U0142792

部首查字表

一畫

一 1　丨 6　丶 7　丿 8　乙 10　亅 12

二畫

二 14　亠 15　人 18　儿 56　入 59　八 60　冂 63　冖 64　冫 65　几 68　凵 68　刀 70　力 81　勹 87　匕 89　匚 90　匸 91　十 92　卜 95　卩 96　厂 99　厶 101　又 102

三畫

口 104　囗 154　土 158　士 176　夂 177　夕 178　大 180　女 187　子 205　宀 209　寸 220　小 223　尢 225　尸 226　屮 230　山 231　巛 238　工 239　己 240　巾 241　干 247　幺 249　广 250　廴 257　廾 257　弋 258　弓 259　彐 264　彡 264　彳 266

四畫

心 272　戈 301　戶 305　手 307　支 356　攴 357　文 363　斗 364　斤 365　方 367　无 369　日 370　曰 382　月 385　木 388　欠 428　止 430　歹 433　殳 436　毋 437　比 439　毛 439　氏 441　气 442　水 444　火 493　爪 510　父 511　爻 512　爿 513　片 513　牙 514　牛 515　犬 518

五畫

玄 526　玉 526　瓜 537　瓦 538　甘 539　生 540　用 541　田 542　疋 547　疒 548　癶 558　白 559　皮 562　皿 562　目 567　矛 577　矢 577　石 578　示 589　禸 594　禾 595　穴 604　立 609

六畫

竹 611
米 625
糸 630
缶 654
网 655
羊 657
羽 661
老 664
而 665
耒 666
耳 667
聿 671
肉 671
臣 690
自 691
至 691
臼 692
舌 694
舛 695
舟 696
艮 698
色 699
艸 700
虍 732
虫 735
血 750
行 751
衣 753
襾 763

七畫

見 764
角 767
言 768
谷 790
豆 791
豕 792
豸 794
貝 795
赤 806
走 807
足 809
身 819
車 820
辛 827
辰 829
辵 830
邑 846
酉 850
釆 855
里 856

八畫

金 857
長 878
門 879
阜 885
隶 894
隹 895
雨 899
青 905
非 905

九畫

面 906
革 907
韋 910
韭 911
音 911
頁 912
風 920
飛 921
食 922
首 929
香 929

十畫

馬 930
骨 937
高 939
髟 940
鬥 941
鬯 942
鬲 943
鬼 943

十一畫

魚 945
鳥 950
鹵 956
鹿 957
麥 958
麻 959

十二畫

黃 960
黍 960
黑 961
黹 964

十三畫

黽 964
鼎 965
鼓 965
鼠 966

十四畫

鼻 966
齊 967

十五畫

齒 967

十六畫

龍 969
龜 970

十七畫

龠 970

小學生常用字典

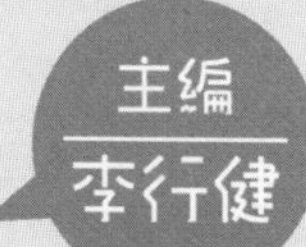

五南圖書出版公司 印行

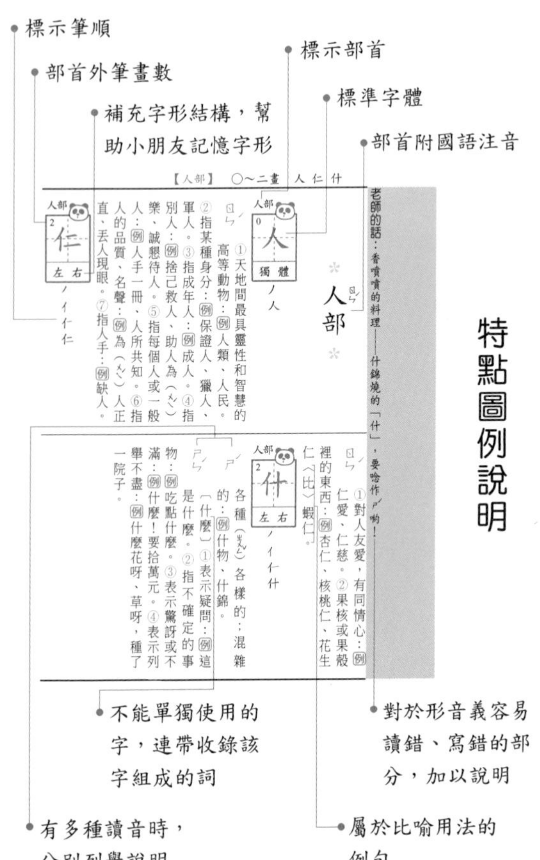
特點圖例說明
標示筆順
部首外筆畫數
補充字形結構，幫助小朋友記憶字形
標示部首
標準字體
部首附國語注音
【人部】 〇～二畫 人 仁 什
老師的話：香噴噴的料理——什錦燒的「什」，要唸作ㄕˊ喲！
人部 ㄖㄣˊ
人部 0 人 獨體 ノ人
ㄖㄣˊ ①天地間最具靈性和智慧的高等動物：例人類、人民。②指某種身分：例保證人、獵人、軍人。③指成年人：例成人。④指別人：例捨己救人、助人為（ㄨㄟˋ）樂、誠懇待人。⑤指每個人或一般人：例人手一冊、人所共知。⑥指人的品質、名聲：例為（ㄨㄟˊ）人正直、丟人現眼。⑦指人手：例缺人。
人部 2 仁 左右 ノ亻仁仁
ㄖㄣˊ ①對人友愛，有同情心：例仁愛、仁慈。②果核或果殼裡的東西：例杏仁、核桃仁、花生仁〈比〉蝦仁。
人部 2 什 左右 ノ亻仁什
ㄕˊ 各種（ㄓㄨㄥˇ）各樣的；混雜的：例什物、什錦。
ㄕㄣˊ 〔什麼〕①表示疑問：例這是什麼。②指不確定的事物：例吃點什麼。③表示驚訝或不滿：例什麼！要捨萬元。④表示列舉不盡：例什麼花呀、草呀，種了一院子。
不能單獨使用的字，連帶收錄該字組成的詞
對於形音義容易讀錯、寫錯的部分，加以說明
有多種讀音時，分別列舉說明
屬於比喻用法的例句

書眉列舉該頁出現的國字

對多音字或容易混淆的字音，標示出正確的讀音

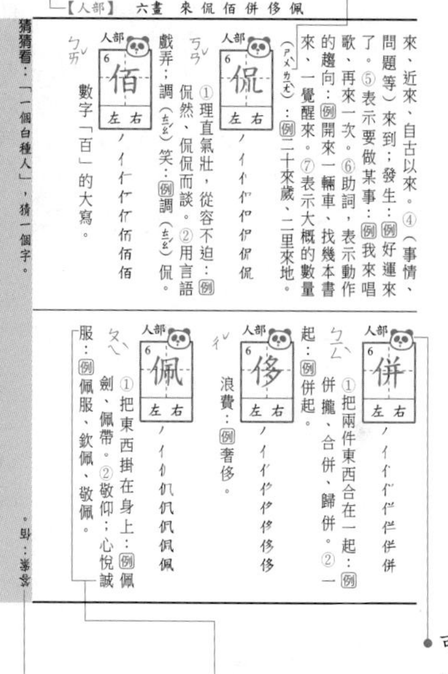

【人部】 六畫 來侃佰併侈佩

來、近來、自古以來。④（事情、問題等）來到；發生：例好運來了。⑤表示要做某事：例我來唱歌、再來一次。⑥助詞，表示動作的趨向：例開來一輛車、找幾本書來、一覺醒來。⑦表示大概的數量（ㄕㄨˋ ㄌㄧㄤˋ）：例二十來歲、二里來地。

人部 6 侃 左右 ㄎㄢˇ

①理直氣壯，從容不迫：例侃然、侃侃而談。②用言語戲弄；調（ㄊㄧㄠˊ）笑：例調（ㄊㄧㄠˊ）侃。

人部 6 佰 左右 ㄅㄞˇ

數字「百」的大寫。

人部 6 併 左右 ㄅㄧㄥˋ

①把兩件東西合在一起：例併攏、合併、歸併。②一起：例併起。

人部 6 侈 左右 ㄔˇ

浪費：例奢侈。

人部 6 佩 左右 ㄆㄟˋ

①把東西掛在身上：例佩劍、佩帶。②敬仰；心悅誠服：例佩服、欽佩、敬佩。

猜猜看：「一個白種人」，猜一個字。

答：佰。

可愛的動物造型，吸引小朋友學習

若有多種字義均分別註明和舉例

從猜字遊戲中認識字詞

顧問（有星號的為常務顧問）

許嘉璐　朱新均　孟吉平

*胡明揚　柳　斌　*曹先擢

*傅永和

主編

李行健

副主編

劉鈞杰　趙丕杰　李恒銓

編寫人員

應雨田　楊必勝　張　博

張育泉　江　漢

特邀審稿專家

斯　霞　霍懋征　袁　瑢

楊再隋　朱敬本　李吉林

戴寶云　謝文清　熊正輝

李建國　周明鑒　楊　東

凡例

「小學生常用字典」是「語文高手」系列工具書之一，主要是針對國民小學的學生和教師特別編製。字典內容完全依據教育部公布的最新標準字體、字音、筆順和部首來編輯，緊密結合國民小學現階段教和學的需要。

有關本字典的編輯體例分成四大部分：一、單字；二、注音；三、釋義；四、查字表。分別舉例說明如下：

一、單字

1. 我們根據教育部公布的「常用國字標準字體表」及國民小學各科課本中的單字，精選出約五千個國字，可以滿足小學生課內學習和課外閱讀的需要。

2. 每個單字先按照部首的順序歸類，再依照筆畫數由少到多排列。

3. 字形是以教育部公布的標準字體為準。每個單字都以欄位處理，欄位設計成田字格，可以清楚地了解每個字形的比例大小之外，也標示部首和部首以外的筆畫數，以及字形結構。同時在欄位的右上方有造型可愛的動物圖案，以吸引小朋友的學習興趣。欄位的下方則是寫出筆畫順序。例如：

亠部

5 亨

上下

4.每個單字下都補充字形結構，幫助學生記憶字形和了解國字的特色，是配合九年一貫國語文學習課程的最佳輔助教材。大致來說，字形結構分為兩類六種：獨體、上下、左右、半包圍、包圍和特殊。

二、注音

1.根據教育部編的「國語一字多音審訂表」，標注每個單字的標準字音。

2.釋義和舉例中出現的多音字或容易混淆的字音，一律加括號標注出審訂音。例如：

ㄉㄧㄥ　①天干的第四位。參（ㄘㄢ）見「干」④。②成年男子：例壯丁。③從（ㄘㄨㄥˊ）事某種（ㄓㄨㄥˋ）勞（ㄌㄠˊ）動的人：例園丁、家丁。④指人口：例人丁與（ㄒㄧㄥ）旺。⑤肉類、蔬菜等切（ㄑㄧㄝ）成的小塊：例肉丁、蘿蔔（ㄅㄛˊ）丁、炒三丁。

三、釋義

1. 收列適合小學生學習的常用義項，不收生僻、深澀、方言的解釋。

2.一個字有若干個義項時，分別按①②③……順序排列；一個義項下還需要分條時，按⑴⑵⑶……順序排列。

3.不能單獨使用的字，在單字下連帶收錄這個字組成的詞，加以注音和釋義。例如：

ㄘˋ

〔伺候〕照料：例伺候老人家、伺候病人。

4.釋義後一般都舉出例句，例句之間用「、」隔開。屬於比喻用法的例句用〈比〉和前面的例句隔開。

5.「老師的話」是針對小朋友編寫的語文小百科，包括容易混淆的形音義，以及成語、俏皮話、唱詩歌等。而「猜猜看」

則收錄富趣味的字謎和腦筋急轉彎等文字遊戲。

四、查字表

1. 分成「部首查字表」和「注音查字表」兩大部分。小朋友可以依自己的習慣或需要查出想要認識的字，例如：

(1)「享」字屬於「亠（ㄊㄡˊ）」部。「亠」部為二畫，在「部首查字表」的二畫內，查出「亠」部頁碼是在第十五頁。

(2)「享」字部首外的筆畫數是六畫，翻到第十五頁後，再按著六畫的字查尋，就可以找到「享」字了。

2.「注音查字表」的使用方法也十分簡單，直接翻到該查字表後，找出要查的注音符號，再循著頁碼查尋，同樣的也可以找到國字。

目錄

小朋友，讓我們
一起來查字典！

一部

一部 0 一 獨體 一

一 ①數（ㄕㄨˋ）字，最小的正整數（ㄕㄨˋ）。②相同；一樣：例坐一趟車、同一個單位、長短不一。③滿；全：例坐了一車人、一身泥土、書堆了一桌子、睡了一整天。④專；純：例一心一意。⑤每；各：例一年一次、一人兩塊錢。⑥某：例一天晚上、有一年。⑦另一種（ㄓㄨㄥˇ）；又一個：例老鼠一名耗子。⑧表示猛然發出某種動作或出現某種情況：例眼前一黑，身子倒（ㄉㄠˇ）在地上。⑨跟「就」呼應（ㄧㄥˋ），表示前後兩件事緊接著發生：例一叫就來、一問便知。⑩表示短暫或嘗試：例笑一笑、瞧一瞧、說一說。

一部 1 丁 獨體 一丁

ㄉㄧㄥ ①天干的第四位。參（ㄘㄢ）見「干」④。②成年男子：例壯丁。③從（ㄘㄨㄥˊ）事某種（ㄓㄨㄥˇ）勞（ㄌㄠˊ）動的人：例園丁、家丁。④指人口：例人丁興（ㄒㄧㄥ）旺。⑤肉類、蔬菜等切（ㄑㄧㄝ）成的小塊：例肉丁、蘿蔔（ㄅㄛ˙）丁、炒三丁。

一部 1 七 獨體 一七

ㄑㄧ 數（ㄕㄨˋ）字，六加一的和（ㄏㄜˊ）。

老師的話：「一」也表示很多東西聚合成一體，例如：一束花、一打鉛筆。

猜猜看：「頭是一，腰是一，尾是一，數數不是一。」猜一個字。

答案：三。

一部 2 **三** 獨體

一 二 三

ㄙㄢ ①數字，二加一的和(ㄏㄜˊ)。②表示多數(ㄕㄨˋ)或多次：例三番兩次、三申五令、再三。

一部 2 **下** 獨體

一 丅 下

ㄒㄧㄚˋ ①低處(ㄔㄨˋ)；底部(跟「上」相對)：例往下跳、樓下、下面、下層、下肢。②指時間或次序靠後的：例下午、下個世紀、下冊、下次。③指等級低的：例高下不等、下級、下策。④低於；少於(常用於否定式)：例這袋米不下五公斤、不下十萬人。⑤從高處到低處；從西往東或從北往南：例下坡、下樓、下馬、下山、下鄉、南下。⑥發布；投送：例下命令、下文件、下請帖(ㄊㄧㄝˇ)。⑦退出；離開：例下場。⑧按時結束(工作等)：例下班、下課。⑨降；落：例雪下得(˙ㄉㄜ)很大、下冰雹(ㄅㄠˊ)。⑩開始使用；用：例下筆、下刀、下毒手。⑪投入；放進：例下鍋、下網、下種(ㄓㄨㄥˇ)、下麵條。⑫取下來；卸掉：例下車輪、下槍、下裝。⑬(動物)生產：例下蛋。⑭量詞，用於動作的次數(ㄕㄨˋ)：例打了好幾下、收拾一下。⑮屬於一定的範圍、處(ㄔㄨˋ)所、條件等：例手下、在老師的領導下、在困難(ㄋㄢˋ)的情況下。⑯方位或方面：例往四下裡看、兩下裡都同意。⑰作出(某種結論、決定、判斷等)：例下斷語、下定義、下決心。⑱表示從高處(ㄔㄨˋ)

到低處：例跳下。⑲表示動作完成或有結果：例留下姓名、打下基礎。⑳表示能容納：例這張床睡得下二個人。

一部 2 **丈** 獨體 一ナ丈

ㄓㄤˋ ①市制長（ㄔㄤˊ）度單位，十尺為一丈，一丈等於三．三三三公尺。②測量（土地）：例丈地、丈量（ㄌㄧㄤˊ）。③指丈夫：例姑丈、妹丈。④對長（ㄓㄤˇ）輩或老年男子的尊稱（ㄔㄥ）：例岳丈（岳父）、老丈。

一部 2 **上** 獨體 丨卜上

ㄕㄤˇ 國語注音四聲中的第三聲：例上聲。

ㄕㄤˋ ①高處（ㄔㄨˋ）；位置在高處的（跟「下」相對）：例往上走、高高在上、上游、上層。②時間或順序在前的：例上半年、上回、上集。③等級或質量較高的：例上級、上將（ㄐㄧㄤˋ）、上等。④從低處到高處；登：例上山、上樓、上台。⑤向前進：例一擁而上。⑥呈獻；奉上：例上茶、上菜、上供（ㄍㄨㄥˋ）。⑦去；往：例上我家、上學校、上街。⑧達到（一定的數量或程度）：例收入上萬元、上了歲數（ㄕㄨˋ）。⑨增補；添加：例上貨、上煤。⑩記載（ㄗㄞˇ）；登載：例上報。⑪安裝；擰（ㄋㄧㄥˇ）緊：例上發條、上螺絲。⑫塗；抹：例上漆、上色、上藥。⑬按規定的時間活動：例上班、上課。⑭表示動作達到了目標或已經開始並繼續下

猜猜看：7/8，猜一句成語。

答案：七上八下。

老師的話：乞丐的「丐」不能寫成「丏（ㄇㄧㄢˇ）」喲！

去：例當上模範生、大家又聊上了。⑮表示事物的範圍或方面：例會議上、課堂上、書本上、實際上。

一部 2 **万** 獨體

一 丆 万

ㄨㄢˋ 千的十倍。同「萬」。

ㄇㄛˋ 複姓：例万俟（ㄑㄧˊ）。

一部 3 **丑** 獨體

㇆ 刀 丑 丑

ㄔㄡˇ ①地支的第二位。參見「支」⑦。②傳（ㄔㄨㄢˊ）統戲曲（ㄑㄩˇ）裡扮演滑稽人物或反面人物，鼻梁上塗白粉：例丑旦、丑角（ㄐㄩㄝˊ）。

一部 3 **丐** 獨體

一 丅 丐

ㄍㄞˋ 以乞討為（ㄨㄟˊ）生的人：例乞丐。

一部 3 **不** 獨體

一 ㇇ 不 不

ㄅㄨˋ ①表示否定：例不走、不漂亮、趕不到、不言不語、不多不少。②單用，表示否定性的回答：例要開會嗎？——不，已經取消了。③用在句尾，表示疑問：例你看書不、天氣冷不。

一部 4 **丙** 獨體

一 ㇀ 冂 丙 丙

ㄅㄧㄥˇ 天干的第三位。參見「干」④。

一部

4 世
獨體

一 十 卄 廿 世

ㄕˋ ①父子相承而形成的輩分（ㄈㄣˋ），一世就是一代：例世代相傳、世世代代。②人的一生：例今生今世、永世不忘。③時代：例當世、近世。④天下；社會：例世間、問世、舉世聞名。

一部

4 丕
上下

一 ㄏ 不 不 丕

ㄆㄧ 大：例丕業。

一部

4 且
獨體

丨 冂 月 月 且

ㄑㄧㄝˇ ①表示先做某事，別的事暫時不管，相當（ㄉㄤ）於「暫且」：例價錢且不談、得過且過。②表示並列關係，相當於「而且」「又……又……」：例水流既深且急、功課既好且熱心助人。

一部

4 丘
獨體

ノ 厂 斤 斤 丘

ㄑㄧㄡ 小山；土堆：例山丘、沙丘、丘陵。

一部

5 丞
上下

フ 了 孑 孓 丞

ㄔㄥˊ ①古代輔佐帝王處（ㄔㄨˇ）理事物的官吏：例丞相（ㄒㄧㄤˋ）。②幫助、輔助：例丞輔。

一部

5 丟
上下

一 二 干 王 丢 丟

老師的話：「丟」字第一筆是一橫，不是一撇（丿）。

猜猜看：「像是樹枝的分叉，烏鴉見時叫啞啞（ㄧㄚ ㄧㄚ）。」猜一個字。

答：丫。

ㄉㄧㄡ ①遺失：例鉛筆丟了、丟了錢。②扔；拋棄：例丟掉、垃圾不要丟在地上。③放下；擱置：例丟下功課不寫、工作丟不開。④失去：例丟臉、丟人現眼。

一部 7 **並** 上下

、丷丷䒑丷丷並

ㄅㄧㄥˋ ①平列；挨著：例並肩、並排、並攏。②一起；同時：例並駕齊驅、齊頭並進。③表示實際上不是那樣：例並非。④表示更進一層：例參（ㄘㄢ）選並入圍。

丨部（ㄍㄨㄣˇ）

丨部 2 **丫** 獨體

、丷丫

ㄧㄚ ［丫頭］①女孩子。②早期供（ㄍㄨㄥ）人役使的女僕。

丨部 3 **中** 獨體

丨冂口中

ㄓㄨㄥ ①跟四周、上下或兩端的距離相等的部位：例居中、中央、中指、中途。②裡面：例心中、群眾中、假期中。③表示事情正在進行（ㄒㄧㄥˊ）：例發展中、洽談中。④性質、等級在兩端之間（ㄐㄧㄢ）：例中等、中性、中級。⑤指中國：例古今中外、中醫、中藥。

ㄓㄨㄥˋ ①對準：例擊中、百發百中。②受到：例中槍、中毒、中暑。③符合；適合：例中看、中意、中聽。④應（ㄧㄥˋ）驗；恰好對上：例中彩、中獎、猜中。

丨部

6 **串** 獨體

丨 冂 口 吕 吕 串

ㄔㄨㄢˋ ①把事物連貫起來，成為（ㄨㄟˊ）整體：例串講、貫串。②連貫而成的物品：例珠寶串、羊肉串。③量詞，用於連貫在一起的東西：例一串項鍊、兩串糖葫蘆。④暗中勾結，互相配合：例串供（ㄍㄨㄥ）、串通。⑤隨處（ㄔㄨˋ）走動：例串門、走街串巷。⑥錯亂地連接：例電話串線、看書老串行。⑦指兩種（ㄓㄨㄥˇ）東西混雜在一起，而改變了原來的特點：例串味兒。

丶部

ㄓㄨˇ

猜猜看：除了一串葡萄外，還有哪些東西也用一串呢？

答案：一串珍珠、一串鞭炮。

丶部

2 **丸** 獨體

ノ 九 丸

ㄨㄢˊ ①小而圓的東西：例肉丸、泥丸、藥丸。②量詞，用於丸藥：例每次服兩丸。

丶部

2 **凡** 獨體

ノ 几 凡

ㄈㄢˊ ①概要；大概：例凡例、大凡。②所有的：例凡是、大凡。③平常；平庸：例自命不凡、平凡、非凡。④人世間（跟仙界相對）：例凡塵、下凡、思凡。

丶部

3 **丹** 獨體

ノ 冂 月 丹

ㄉㄢ ①紅色：例丹心、丹頂鶴。②按成方製成的顆粒狀或粉

老師的話：關於「久」的成語包括：久仰大名、久久長長、久別重逢。

末狀的中藥：例靈丹妙藥。

丶部

4 主 獨體

丶 亠 𠂉 丰 主

ㄓㄨˇ ①擁有權力或財產的人：例當家作主、房主、物主。②邀請並接待客人的人（跟「賓」「客」相對）：例賓主、東道主、喧賓奪主。③主持；負主要責任：例主考、主辦、主講、主編。④主張；決定：例主和、主戰、自主。⑤當事人：例失主、買主、主顧。⑥最基本的；最突出的：例主力、主角（ㄐㄩㄝˊ）、主峰。

丿部

ㄆㄧㄝˇ

丿部

1 乃 獨體

丿 乃

ㄋㄞˇ ①是；就是：例失敗乃成功之母。②就；於是：例乃稍稍休息、乃順水推舟。

丿部

2 久 獨體

丿 ㄅ 久

ㄐㄧㄡˇ 時間長（ㄔㄤˊ）：例很久、長久、久遠、年深日久。

丿部

2 么 獨體

丿 ㄠ 么

一ㄠ ①俗讀「一」為么。②兄弟姊妹中排行最小的：例老么。

丿部

3 之 獨體

丶 亠 ㄗ 之

ㄓ ①代替人或事：例言之成理、置之不理、好自為（ㄨㄟˋ）之、取而代之。②相當於「的」：例赤子之心、少年之家、大旱之年、二分之一。③表示語氣：例總之、久而久之。

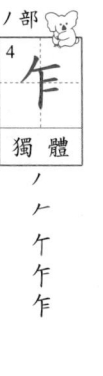

丿部 3 尹 獨體 ㄱ ㅋ ㅋ 尹

ㄧㄣˇ 古代官名：例府尹、京兆尹。

丿部 4 乍 獨體 丿 𠂉 乍 乍 乍

ㄓㄚˋ ①忽然：例乍冷乍熱。②剛剛；起初：例乍見、乍聽、新來乍到。

丿部 4 乏 獨體 丿 ㇀ 乀 乏 乏

ㄈㄚˊ ①缺少：例乏味、缺乏、貧乏。②疲倦無力：例疲乏、人困馬乏。

丿部 4 乎 獨體 丿 ㇀ ㇀ 乎 乎

ㄏㄨ ①用在文言文的句子末尾，表示疑問、反問等語氣，相當於「嗎」「呢」：例可乎（可以嗎）。②於：例出乎意料、合乎常情。

丿部 5 乒 獨體 ㇀ ⺁ 斤 丘 乒

ㄆㄧㄥ ①擬聲詞，模擬開槍、東西碰撞等的聲音：例乒乒作響。②指乒乓球：例乒壇、世乒賽。

丿部 5 **乓** 獨體

筆順：㇀ ㇀ 𠂆 斤 丘 乓

ㄆㄤ 擬聲詞，模擬開槍或碰撞、崩裂的聲音：例槍聲乒乓、大門乓的撞開了。

丿部 7 **乖** 特殊

筆順：一 二 千 千 千 千 乖

ㄍㄨㄞ ①機靈；伶俐：例乖巧、上一次當（ㄉㄤˋ）學一次乖。②（小孩兒）不淘氣；聽話：例乖孩子。

丿部 9 **乘** 特殊

筆順：一 二 千 千 千 千 乖 乘 乘

ㄔㄥˊ ①搭坐交通工具：例乘車、乘船、搭乘、乘坐。②趁；就著：例乘機、乘勢、乘虛而入、乘勝直追。③算術的一種運算方法，即幾個相同的數（ㄕㄨˋ）連續相加的簡便算法，例如：五個二相加，就是五乘二，或者說二乘以五。

ㄕㄥˋ ①車子的代稱（ㄔㄥ），由四匹馬共拉的車叫「一乘」。②佛教的教派：例大乘、小乘。

乙部 ㄧˇ

乙部 0 **乙** 獨體

筆順：乙

ㄧˇ 天干的第二位。參見「干」④。

猜猜看：「騎馬術」，請猜和數學有關的謎語。

答案：乘法。

乙部 1 **九** 獨體

ノ 九

ㄐㄧㄡˇ ①數（ㄕㄨˋ）字，八加一的和（ㄏㄜˊ）。②指多數（ㄕㄨˋ）：例九死一生、九牛一毛。③時令名，從冬至起每九天為一「九」，到九「九」為止，共八十一天：例數（ㄕㄨˇ）九寒天（一般（ㄅㄢ）指「三九」和「四九」天氣，是一年中（ㄓㄨㄥ）最寒冷的時候）。

乙部 2 **也** 獨體

ㄱ ㄊ 也

ㄧㄝˇ ①表示兩件事或多件事有相同之處（ㄔㄨˋ）：例看也行，不看也行、地也掃了，玻璃也擦了。②表示暗含跟另一件事相同：例將來我也要成為科學家、明天我也去看電影。③表示不管怎樣，後果都相同：例寧可節省過生活，也不舉債度日、拚（ㄆㄢ）命也要拿下冠軍。④表示強調：例一動也不動、一點也不累、連頭也不抬。

乙部 2 **乞** 上下

ノ 𠂉 乞

ㄑㄧˇ 請求對方給（ㄐㄧˇ）予；討：例乞求、乞討。

乙部 5 **乩** 左右

丨 ⺊ 卜 占 占 乩

ㄐㄧ 〔扶乩〕一種（ㄓㄨㄥˇ）求神降吉凶的法術。兩個人扶著一個帶木棍的架子，人移動架子，以木棍在沙盤上寫出字句，作為（ㄨㄟˊ）神的啟示。

老師的話：形容窮人撿到錢，很高興，可以用「乞丐撿黃金——樂不可支。」

猜猜看：「亂開車」，猜一種藥名？

答案：白花油。

乙部 7 **乳** 左右

ㄖㄨˇ ①分泌奶汁的器官：例乳房。②奶汁：例母乳、哺乳、水乳交融。③生下不久的；幼小的：例乳燕、乳鴨、乳牙。④滋生：例孳乳。

乙部 10 **乾** 左右

ㄍㄢ ①不含水分或水分極少（跟「溼」相對）：例乾糧、乾燥、乾旱。②枯竭；淨盡：例流乾、乾杯。③空（ㄎㄨㄥ）；白白地（˙ㄉㄜ）：例乾打雷不下雨、乾等了半天、乾著急。④拜認的（親（ㄑㄧㄣ）屬）：例乾媽、乾兒子。⑤加工製成的脫水食品：例葡萄乾、豆腐乾、餅乾。⑥不用水的：例乾洗。

ㄑㄧㄢˊ 易經八卦之一，代表「天」：例乾坤。

乙部 12 **亂** 左右

ㄌㄨㄢˋ ①毫無秩序；沒有條理：例紊亂、雜亂。②動蕩不安；戰亂：例天下大亂、兵慌馬亂。③煩躁不安：例心煩意亂、慌亂。④不加限制地；隨便：例亂花錢、亂出主意、胡言亂語。

亅部 ㄐㄩㄝˊ

亅部 1 **了** 獨體

ㄌㄧㄠˇ ①完結；結束：例又了了一樁（ㄓㄨㄤ）心事、沒完沒了、敷衍了事、了結。②跟「得」或「不」合用，表示可能或不可能：例做得（˙ㄉㄜ）了、去得（˙ㄉㄜ）了、這病好不了。③知道得很清楚，同「瞭」：例了如指掌、一目了然、明了、了解。

˙ㄌㄜ ①用在句子中間，表示前面的動作或變化已經完成：例這個月只放晴了三天、等他來了我再走。②用在句子末尾，表示出現某種情況或發生某種（ㄓㄨㄥˇ）變化：例來信了、天快亮了。③用在句尾或句中停頓的地方，表示勸阻、命令或感嘆的語氣：例好了，不要說了、別打架了、太棒了。

亅部 3 予 獨體

ㄱ ㄱ ㄱ 予

ㄩˊ 我。通「余」。

ㄩˇ 給：例授予、予以協助、免予處（ㄔㄨˇ）分。

亅部 7 事 獨體

一 亠 亡 亩 亭 亭 亭 事

ㄕˋ ①事情：例找你有點事、好人好事、天下大事。②職業；工作：例想在餐廳找點事做。③意外的災禍；事故：例出事了、平安無事。④從事；做：例無所事事、不事生產。⑤責任；關係：例沒你的事。

老師的話：「事務」是指要做的事情，「事物」則是指事情和東西。

老師的話：「井井有條」的相反詞是「亂七八糟」、「雜亂無章」。

二部（ㄦˋ）

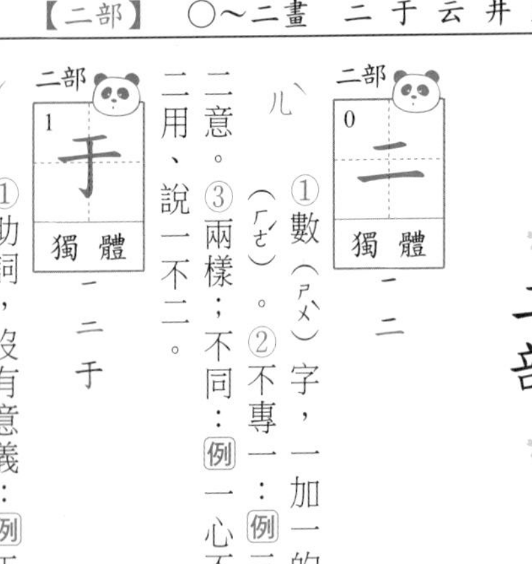

二　二部　0　獨體　一 二

ㄦˋ ①數（ㄕㄨˋ）字，一加一的和（ㄏㄜˊ）。②不專一：例三心二意。③兩樣；不同：例一心不可二用、說一不二。

于　二部　1　獨體　一 二 于

ㄩˊ ①助詞，沒有意義：例于歸（指女子出嫁）。②姓。

云　二部　2　上下　一 二 亍 云

ㄩㄣˊ 說：例人云亦云、不知所云（不知道說什麼）。

井　二部　2　獨體　一 二 井 井

ㄐㄧㄥˇ ①從地面向下挖成的能取水的深洞：例鑿井、掘井、水井。②形狀像井或井架的東西：例礦井、油井、天井。③人口聚居的地方；鄉里：例背井離鄉。④整齊；有條理：例井井有條。

互　二部　2　獨體　一 工 互 互

ㄏㄨˋ 表示彼此進行（ㄒㄧㄥˊ）相（ㄒㄧㄤ）同的動作或具有相同的關係，相當於「互相」：例互幫互學、互惠互利、互通有無、互不干涉、互助。

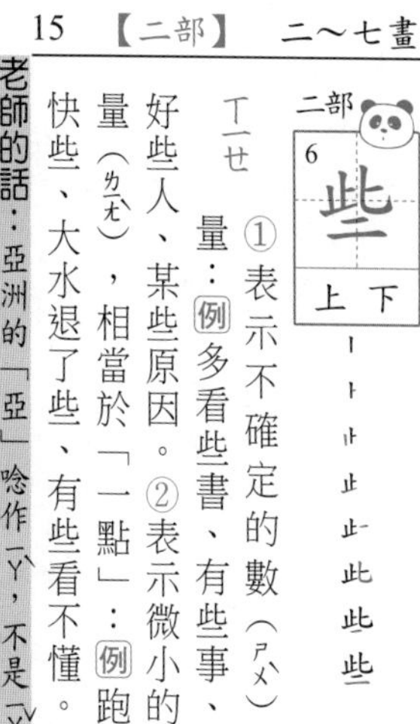

二部 2 五 獨體

一 丅 五 五

ㄨˇ 數（ㄕㄨˋ）字，四加一的和（ㄏㄜˊ）。

二部 4 亙 獨體

一 丆 丂 丂 亘 亙

ㄍㄣˋ （空間或時間上）延續不斷：例 亙古、綿亙、橫亙千里。

二部 6 些 上下

丨 ト 屮 止 止 此 些 些

ㄒㄧㄝ ①表示不確定的數（ㄕㄨˋ）量：例 多看些書、有些事、好些人、某些原因。②表示微小的量（ㄌㄧㄤˋ），相當於「一點」：例 跑快些、大水退了些、有些看不懂。

二部 6 亞 獨體

一 丅 丅 丂 亞 亞 亞 亞

ㄧㄚˋ ①次；次一等的：例 亞軍。②指亞洲：例 亞歐大陸、東南亞。

參考：有學者認為人名用字時，可讀作ㄧㄚˇ。

二部 7 亟 上下

一 丆 丂 丂 丂 亟 亟 亟

ㄑㄧˋ 屢（ㄌㄩˇ）次：例 亟求。

ㄐㄧˊ 急切（ㄑㄧㄝˋ）；趕快：例 亟待、亟需。

亠部 ㄊㄡˊ

老師的話：亞洲的「亞」唸作ㄧㄚˋ，不是ㄧㄚˇ喲！

老師的話：「亥時」是指晚上九點到十一點。

亠部 1 **亡** 獨體

丶 亠 亡

ㄨㄤˊ ①逃走：例逃亡、流亡。②丟掉；失去：例亡羊補牢、脣亡齒寒。③滅亡（跟「興（ㄒㄧㄥ）」相（ㄒㄧㄤ）對）：例亡國、興亡。④死：例父母雙亡、陣亡。

亠部 2 **亢** 上下

丶 亠 亢 亢

ㄎㄤˋ 高；過度的：例高亢、亢奮。

亠部 4 **交** 上下

丶 亠 六 亣 交

ㄐㄧㄠ ①互相交叉；連接：例交錯、交界。②指相連的時間或地區：例春夏之交。③互相往來；互相接觸：例結交、交往、交際、交鋒、交頭接耳。④朋友；交情：例一面之交、深交、斷交、邦交。⑤生物兩性結合：例交配。⑥互相：例交接、交換、交流、交談。⑦一齊；同時：例內外交困、風雨交加。⑧把事物轉移給有關方面：例把任務交給我。

亠部 4 **亦** 上下

丶 亠 亣 亣 亦 亦

ㄧˋ 也：例人云亦云（人家怎麼說，他也跟著怎麼說）。

亠部 4 **亥** 獨體

丶 亠 亠 亥 亥 亥

ㄏㄞˋ 地支的第十二位。參見「支」⑦。

亠部 5 亨 上下

丶亠亡亡亨亨

ㄏㄥ 通達；順利：例萬事亨通。

亠部 6 享 上下

丶亠亡亡亨亨享

ㄒㄧㄤˇ 物質上或精神上受用；得到滿足：例享樂、享受、有福同享、坐享其成。

亠部 6 京 上下

丶亠亡亡亨京京

ㄐㄧㄥ ①國家的首都（ㄉㄨ）：例京城、京師。②特指北京：例京劇。

亠部 7 亭 上下

丶亠亡亡亨亭亭亭

ㄊㄧㄥˊ ①一種（ㄓㄨㄥˇ）有頂無牆的小型建築物：例涼亭、八角亭、亭臺樓閣。②形狀像亭子的小屋：例票亭。

亠部 7 亮 上下

丶亠亡亡亨亮亮亮亮

ㄌㄧㄤˋ ①光線充足；有光澤：例亮光、明亮、亮晶晶。②發出亮光：例亮著燈、天剛亮。③聲音大而且清脆：例嘹亮、洪亮、響亮。④明白；清楚：例打開窗戶說亮話、心明眼亮。⑤擺在明處（ㄔㄨˋ）；顯露（ㄌㄨˋ）出來：例亮底牌、亮相（ㄒㄧㄤˋ）。

老師的話：亨通的「亨」和享受的「享」字形相似，小心別寫錯了！

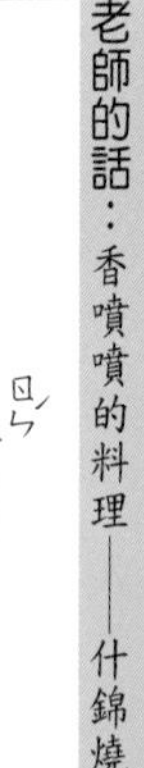

老師的話：香噴噴的料理——什錦燒的「什」，要唸作ㄕˊ喲！

人部 ㄖㄣˊ

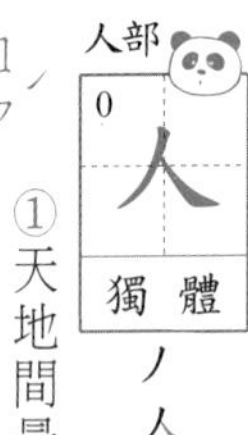

ノ人

ㄖㄣˊ ①天地間最具靈性和智慧的高等動物：例人類、人民。②指某種身分：例保證人、獵人、軍人。③指成年人：例成人。④指別人：例捨己救人、助人為（ㄨㄟˋ）樂、誠懇待人。⑤指每個人或一般人：例人手一冊、人所共知。⑥指人的品質、名聲：例為（ㄨㄟˊ）人正直、丟人現眼。⑦指人手：例缺人。

人部
2
仁
左右

ノ亻亻仁

ㄖㄣˊ ①對人友愛，有同情心：例仁愛、仁慈。②果核或果殼裡的東西：例杏仁、核桃仁、花生仁〈比〉蝦仁。

人部
2
什
左右

ノ亻亻什

ㄕˊ 各種（ㄓㄨㄥˇ）各樣的；混雜的：例什物、什錦。

ㄕㄣˊ 〔什麼〕①表示疑問：例這是什麼。②指不確定的事物：例吃點什麼。③表示驚訝或不滿：例什麼！要拾萬元。④表示列舉不盡：例什麼花呀、草呀，種了一院子。

人部
2
仃
左右

ノ亻亻仃

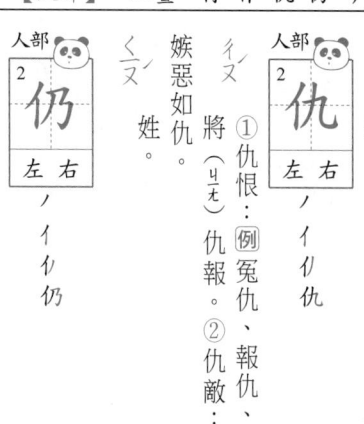

ㄉㄥ
〔伶仃〕形容孤獨的樣子：例孤苦伶仃。

人部 2 仆 左右 ノ亻亻仆仆
ㄆㄨ
向前倒（ㄉㄠˇ）下：例前仆後繼。

人部 2 仇 左右 ノ亻亻仇
ㄔㄡˊ
①仇恨：例冤仇、報仇、恩將（ㄐㄧㄤ）仇報。②仇敵：例嫉惡如仇。
ㄑㄧㄡˊ
姓。

人部 2 仍 左右 ノ亻亻仍
ㄖㄥˊ
還是，和以前一樣：例仍然、仍舊。

人部 2 今 上下 ノ人亼今
ㄐㄧㄣ
①現在；當前：例當今、今年、今天。②現代（跟「古」相對）：例古為今用、古文今譯。

人部 2 介 上下 ノ人亽介
ㄐㄧㄝˋ
①處（ㄔㄨˇ）在兩者之間：例介入。②使二者發生聯繫（ㄒㄧˋ）：例介紹。③使二者發生聯繫的人或事：例媒介、中介。④放在（心裡）：例介意。

人部 2 仄 半包圍 一厂仄仄

老師的話：「仇」字當作姓氏時，記得唸作ㄑㄧㄡˊ喲！

猜猜看：「三寸丁」，猜一個字。

答案：村。

ㄗㄜˋ ①古代把上（ㄕㄤˇ）（第三聲）、去（第四聲）、入（聲音短促的）稱為仄聲。②心裡感到不安：例歉仄。③狹窄：例寬仄。

人部 3 **以** 左右

丨 𠄌 𠄌丶 以

ㄧˇ ①用；拿：例以理服人、以毒攻毒、以牙還（ㄏㄨㄢˊ）牙。②按照；根據：例以姓氏筆畫為（ㄨㄟˊ）順序、以品質好壞分（ㄈㄣ）等級。③因為；由於：例埃及以金字塔聞名於世。④表示目的：例遨遊世界，以增廣見聞。⑤時間、空間或數量的界限：例三年以前、萊茵河以東、一百元以內。

人部 3 **付** 左右

ノ 亻 仁 付 付

ㄈㄨˋ ①交給：例付印、交付、託付。②專指給錢：例付款。

人部 3 **仔** 左右

ノ 亻 仃 仔

ㄗˇ 細心：例仔細。

參考：有學者認為屬廣東音時，可讀作ㄗㄞˇ。例：牛仔褲。

人部 3 **仕** 左右

ノ 亻 仁 什 仕

ㄕˋ ①官吏：例仕宦。②做官：例出仕。

人部 3 **他** 左右

ノ 亻 亻𠃌 他 他

ㄊㄚ ①指另外的；別的：例他人、他鄉、他日、其他。②稱自己和對方以外的某個人：例他是誰、他是我的同學。

仗

人部 3 左右

ノ亻仁什仗

ㄓㄤˋ ①刀、戟(ㄐㄧˇ)等兵器：例明火執仗、儀仗。②拿著(兵器)：例仗劍。③依賴；倚靠：例依仗、仗勢欺人、狗仗人勢。④戰鬥；戰爭：例打仗、勝仗、硬仗。

代

人部 3 左右

ノ亻仁代代

ㄉㄞˋ ①替；替換：例代父從軍、新陳代謝、代勞、代替、取代。②朝(ㄔㄠˊ)代；歷史的分期：例改朝換代、古代、時代。③輩分(ㄈㄣˋ)：例祖孫三代、傳宗接代。④暫時替人擔任某項工作：例代理。

老師的話：「打仗」不可以寫作「打戰」。

令

人部 3 上下

ノ人亼今令

ㄌㄧㄥˋ ①發出命令：例電令各地參照執行、通令全國。②上級發布的命令：例命令、法令、指令。③季節；某個季節的氣候和自然現象等：例時令、當令、夏令。④使；讓：例令人羨慕、令人欽佩。⑤古代某些政府部門的長(ㄓㄤˇ)官：例縣令。⑥計算紙張的單位，五百張全開紙為一令。

仙

人部 3 左右

ノ亻仆仙仙

ㄒㄧㄢ 神話傳說(ㄔㄨㄢˊ ㄕㄨㄛ)和(ㄏㄢˋ)迷信中(ㄓㄨㄥ)指神通廣大並且長(ㄔㄤˊ)生不死的人：例神仙、仙人、仙女、修煉成仙。

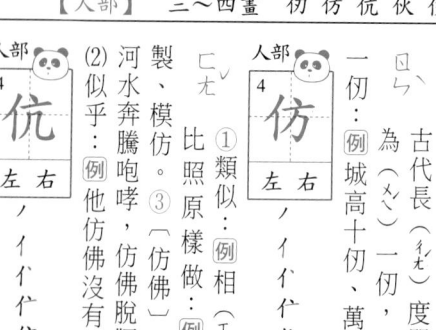

猜猜看：「山頂洞人」，猜一個字。

人部 3 **仞** 左右

ノ 亻 仞 仞 仞

ㄖㄣˋ 古代長（ㄔㄤˊ）度單位，七尺為（ㄨㄟˊ）一仞，一說八尺為一仞：例城高十仞、萬仞高山。

人部 4 **仿** 左右

ノ 亻 亻 仿 仿 仿

ㄈㄤˇ ①類似：例相（ㄒㄧㄤ）仿。②比照原樣做：例仿效、仿製、模仿。③〔仿佛〕(1)好像：例河水奔騰咆哮，仿佛脫韁的野馬。(2)似乎：例他仿佛沒有聽懂。

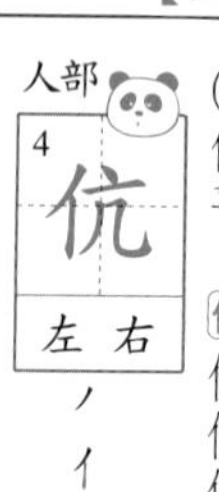

人部 4 **伉** 左右

ノ 亻 亻 伉 伉 伉

ㄎㄤˋ 門當（ㄉㄤ）戶對的夫婦：例伉儷。

人部 4 **伙** 左右

ノ 亻 亻 伙 伙 伙

ㄏㄨㄛˇ ①同伴：例伙伴、同伙。②量詞，用於人群：例一伙人、三個一群，五個一伙。③合作：例兩家伙著開店、合伙、伙同。④集體烹煮的菜肴：例伙食、包伙。⑤家用雜物：例傢伙。

人部 4 **伎** 左右

ノ 亻 亻 仕 伎 伎

ㄐㄧˋ 〔伎倆〕不正當（ㄉㄤˋ）的手段；花招。

人部 4 **伊** 左右

ノ 亻 亻 伊 伊 伊

ㄧ ①他或她，第三人稱：例伊人。②文言助詞，剛剛的意

答案：仙。

思：例伊始。③姓：例伊尹（商朝的賢相（ㄒㄧㄤˋ））。

人部 4 **伕** 左右

ノ 亻 仁 仹 伕

ㄈㄨ 做粗重（ㄓㄨㄥˋ）工作的人：例馬伕、挑伕。

人部 4 **伍** 左右

ノ 亻 仁 仃 伍 伍

ㄨˇ ①指軍隊：例入伍、退伍、隊伍。②同伙：例不要與壞人為伍。③數字「五」的大寫。

人部 4 **伐** 左右

ノ 亻 仁 代 代 伐

ㄈㄚ ①砍：例伐樹、採伐、濫砍亂伐。②征討；攻擊：例北伐、討伐、征伐。

人部 4 **休** 左右

ノ 亻 仁 什 什 休

ㄒㄧㄡ ①歇息：例休假（ㄐㄧㄚˋ）、休息、午休、退休。②停止；完結：例爭論不休、休戰、罷休。③別；不要：例休想、休怪。

人部 4 **伏** 左右

ノ 亻 仁 什 伏 伏

ㄈㄨˊ ①趴：例伏地、伏案（案，桌子）。②隱藏（ㄘㄤˊ）；隱蔽：例埋（ㄇㄞˊ）伏、潛伏、伏擊。③夏天最熱的時間：例三伏天。④低下去；落下去：例此起彼伏、倒（ㄉㄠˇ）伏、起伏。⑤低頭屈服；順服：例伏罪、伏輸。

老師的話：砍伐的「伐」唸作ㄈㄚ，不是ㄈㄚˊ喲！

老師的話：「任」字當作姓氏時，記得唸作ㄖㄣˊ喲！

人部 4 **仲** 左右

ノ 亻 仆 仲 仲

ㄓㄨㄥˋ 一季的第二個月：例仲夏、仲秋。

人部 4 **件** 左右

ノ 亻 仁 仵 件

ㄐㄧㄢˋ ①物品、器具：例零件、配件。②專指公文、書信：例文件、信件、案件、急件、密件、附件。③量詞，計算事或物的單位：例一件事、幾件衣服。

人部 4 **任** 左右

ノ 亻 仁 仟 任

ㄖㄣˋ ①擔（ㄉㄢ）任；擔當（ㄉㄤ）：例任職、任教（ㄐㄧㄠ）、任勞（ㄌㄠˊ）任怨。②職責；職務：例以天下為己任、任重（ㄓㄨㄥˋ）道遠、上任、卸任。③派人擔當（ㄉㄢ ㄉㄤ）職務：例委任、任命、任用。④量詞，用於任職的次數：例做過幾任董事長、第一任總統。⑤放縱；聽（ㄊㄧㄥ）憑：例任意、任性、任憑、任其自然、任人宰割。

ㄖㄣˊ 姓。

人部 4 **仰** 左右

ノ 亻 亻 仂 仰

ㄧㄤˇ ①抬頭向上；臉朝（ㄔㄠˊ）上（跟「俯」相對）：例仰頭、仰望、仰臥。②敬慕；佩服：例敬仰、信仰、仰慕。③依靠；借助：例仰仗、仰賴。

人部 4 仳 左右
ㄆㄧˇ
丿亻亻𠂉仳仳
離別：例仳離（夫妻離散）。

人部 4 份 左右
ㄈㄣˋ
丿亻亻𠆢份份
①整體中的一部分（ㄈㄣˋ）：例股份、等份、份額。②量詞。(1)用於整體分成的部分：例把蛋糕分成八份，每人一份。(2)用於經過組合整理的東西：例一份禮物、兩份材料、三份簡餐。(3)用於報刊、文件等：例訂一份報、把文件影印五份。③用在「省」「縣」「年」「月」後面，表示劃分的單位：例省份、縣份、年份、月份。

人部 4 企 上下
ㄑㄧˇ
丿人个个企企
希望；盼望：例企望、企盼、企求、企圖。

人部 5 位 左右
ㄨㄟˋ
丿亻亻亻仁位位
①位置，所在的地方：例座位、席位、鋪（ㄆㄨ）位、各就各位。②指人在某一領域中所處（ㄔㄨˇ）的地位：例職位、官位、崗（ㄍㄤ）位、學位。③特指君主的統治地位：例讓位、篡位、退位。④量詞，用於人（含敬意）：例各位代表、四位客人。⑤算術中指數的單位：例個（ㄍㄜˋ）位、十位。

老師的話：「部份」也可以寫作「部分」。

猜猜看：「半個人」，猜一個字。

住（人部 5畫，左右）

ㄓㄨˋ　①暫時留宿（ㄙㄨˋ）或長期定居：例住宿、居住。②停息；止住：例雨住了、住手。③表示停頓或靜止：例車停住了、被人問住了。④表示穩當（ㄉㄤˋ）或牢固：例抓住不放、記不住。

佇（人部 5畫，左右）

ㄓㄨˋ　長（ㄔㄤˊ）時間站立：例佇立、佇候（ㄏㄡˋ）。

佗（人部 5畫，左右）

ㄊㄨㄛˊ　①負荷（ㄏㄜˋ），通「駝」。②人名：例華（ㄏㄨㄚˋ）佗（東漢時名醫）。

佞（人部 5畫，左右）

ㄋㄧㄥˋ　①能說（ㄕㄨㄛ）善道，善於奉承：例佞人、奸佞。②有才智：例不佞（謙稱自己）。

伴（人部 5畫，左右）

ㄅㄢˋ　①在一起生活、工作或活動的人：例伴侶、同伴、伙伴。②陪著；隨同：例陪伴、伴隨。③從旁配合：例伴奏、伴唱。

佛（人部 5畫，左右）

ㄈㄛˊ　①佛教（ㄐㄧㄠˋ）徒稱（ㄔㄥ）佛教創（ㄔㄨㄤˋ）始人釋迦牟尼或

答案：伴。

修行（ㄒㄧㄥˊ）圓滿的人：例立地成佛。②指佛教，釋迦牟尼創立的宗教：例佛門、佛經。③指佛像：例石佛、臥佛。

ㄈㄨˊ 〔仿佛〕類似。見「仿」。

人部 5 **何** 左右

ノ イ イ 仁 仃 何 何ㄏㄜˊ 表示疑問。①什麼：例何人、何事、何故、何時、為（ㄨㄟˋ）何。②哪（ㄋㄚˇ）裡：例用意何在、從何說起。③為什麼；怎麼：例何不試試、何至於落到這種（ㄓㄨㄥˇ）地步。④姓。

人部 5 **估** 左右

ㄍㄨ 大致推算：例估價、估計、估量（ㄌㄧㄤˊ）。

ㄍㄨˋ 〔估衣〕過去稱（ㄔㄥ）出售的舊衣服。

人部 5 **佐** 左右

ㄗㄨㄛˇ 幫助：例輔佐、佐治。

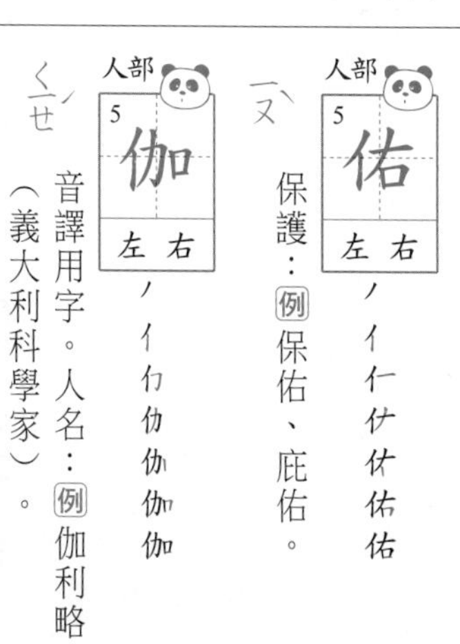

人部 5 **佑** 左右

ノ イ イ 化 佑 佑 佑ㄧㄡˋ 保護：例保佑、庇佑。

人部 5 **伽** 左右

ㄑㄧㄝˊ 音譯用字。人名：例伽利略（義大利科學家）。

老師的話：「保佑」也可以寫作「保祐」。

老師的話：「分佈」也可以寫作「分布」。

ㄐㄧㄚ 音譯用字。①放射性元素：例伽瑪射線。②佛寺的通稱：例伽藍。③印度婆羅門派所提倡的哲學，主張人從靜思中得(ㄉㄜˊ)道；後來也指一種(ㄓㄨㄥˇ)鍛鍊身體的方法：例瑜伽。

人部 5 **佈** 左右

ノ 亻 仁 仜 佈 佈 佈

ㄅㄨˋ 同「布」。①傳達事情：例宣佈。②安排：例佈置。③陳列：例分佈。

人部 5 **伺** 左右

ノ 亻 们 伺 伺 伺 伺

ㄘˋ 〔伺候〕照料：例伺候老人家、伺候病人。

ㄙˋ ①暗中偵察：例窺伺、伺探。②守候：例伺機而動。

人部 5 **伸** 左右

ノ 亻 仆 们 伯 伸 伸

ㄕㄣ 舒展開或向一定方向延展：例伸直、伸展、伸縮。

人部 5 **佃** 左右

ノ 亻 仆 们 伯 佃 佃

ㄉㄧㄢˋ 向地主租地耕種(ㄓㄨㄥˋ)：例佃戶、佃農。

人部 5 **佔** 左右

ノ 亻 仆 仆 佔 佔 佔

ㄓㄢˋ 據有。同「占」：例佔領、佔據、佔上風。

人部 5 **似** 左右

ノ 亻 仆 仏 仏 似 似

ㄙˋ ①像：例相似、類似、如花似玉、似是而非。②彷彿；好像：例似曾相識、似懂非懂。③表示超過：例日子一天好似一天、身體一年強似一年。④〔似的〕表示跟某種事物或情況相像：例淋得落湯雞似的、看起來很輕鬆似的。

人部 5 但 左右 ノ亻亻们但但

ㄉㄢˋ ①只；僅：例但願。②可是；不過：例雖然住得遠，但從不遲到、他很聰明，但不用功。

人部 5 佣 左右 ノ亻仴仴佣佣

ㄩㄥˋ ①受雇用的僕人。通「傭」(ㄩㄥ)：例女佣。②交易時付給介紹人的酬勞：例佣金。

老師的話：「作踐」不可以寫作「作賤」。

人部 5 作 左右 ノ亻亻𠂉作作作

ㄗㄨㄛˋ ①勞動：例作工、作息、日出而作。②興(ㄒㄧㄥ)起；出現：例作怪、振作、興風作浪、鼾(ㄏㄢ)聲大作。③進行(ㄒㄧㄥˊ)：例作報告、作亂。④當(ㄉㄤ)作：例認賊作父。⑤創造；寫：例作畫、作曲(ㄑㄩˇ)、作文。⑥創作的作品：例大作、傑作、佳作、拙作。⑦裝作：例裝腔作勢、弄虛作假。⑧工人：例木作、瓦作。

ㄗㄨㄛˊ ①猜測：例作摩。②調和(ㄊㄧㄠˊ ㄏㄜˊ)食味的材料：例作料。③糟蹋：例作踐。

人部 5 你 左右 ノ亻𠂉仢你你你

老師的話：關於「低」的成語包括：低頭喪氣、低聲下氣、低聲細語。

ㄋㄧˇ

①稱談話的對方：例你好、我見過你、你的書包。②泛指任何人，包括自己：例你就得努力學習、你應該深深反省。③跟「我」或「他」配合使用，代表許多人：例你推我擠、你一言，我一句。④你們，用於集體單位之間：例你廠、你院、你班、你方。

人部 5 **伯** 左右

ノ亻亻'亻'伯伯伯

ㄅㄛˊ

稱（ㄔㄥ）父親的哥哥；尊稱跟父親同輩、年紀比父親大的男子：例伯父、老伯。

人部 5 **低** 左右

ノ亻亻'亻'亻氏低低

ㄉㄧ

①矮（跟「高」相對）：例水位太低、低空掠過。②向下垂或彎：例低頭、低著（˙ㄓㄜ）身子。③地勢凹陷：例低谷、低窪。④在一般狀況以下的：例低潮、低價、低廉、低溫。⑤等級在下的：例低年級、低等動物。

人部 5 **伶** 左右

ノ亻亻'亻'伶伶伶

ㄌㄧㄥˊ

①舊指戲曲（ㄑㄩˇ）演員：例名伶。②〔伶俐〕靈巧的：例聰明伶俐、口齒伶俐。

人部 5 **余** 上下

ノ人亽今令佘余

ㄩˊ

①說話人稱自己，相當於「我」。②姓。

人部 5 **佝** 左右

ノ亻亻'亻勺佝佝

ㄎㄡˋ 〔佝僂〕形容彎腰駝背的樣子。

佯 人部 6 左右

ㄧㄤˊ 偽裝：例佯攻、佯死。

依 人部 6 左右

ㄧ ①緊靠：例依山傍(ㄅㄤˋ)水、依偎(親熱地靠著)、依傍。②依靠；依賴：例相依為命(互相依靠著過活)、依存、依仗、依附。③順從；聽(ㄊㄧㄥ)從：例依從、依順、百依百順。④按照；根據：例依照、依法處(ㄔㄨˇ)罰。

老師的話：「佳作」不可以寫作「嘉作」。

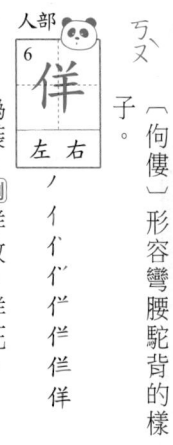

侍 人部 6 左右

ㄕˋ (在尊長(ㄓㄤˇ)身邊)陪伴；伺候：例侍從(ㄗㄨㄥˋ)、侍衛、侍奉、服侍。

佳 人部 6 左右

ㄐㄧㄚ 好的；美的：例佳話、佳期、佳節、佳作。

使 人部 6 左右

ㄕˇ ①派；打發人辦事：例支使、差(ㄔㄞ)使、使喚。②讓；令：例使人佩服、使大家感到意外。③用：例使用、使勁。④派往外國辦事的人：例大使、特使、老師的話：供品的「供」，記得唸作ㄍㄨㄥˋ喲！

使節。

人部 6 **佬** 左右

ノ 亻 亻 什 仕 佬 佬 佬

ㄌㄠˇ 稱（ㄔㄥ）成年男子（含輕視意）：例闊佬、鄉巴佬。

人部 6 **供** 左右

ノ 亻 亻 什 什 供 供 供

ㄍㄨㄥ ①拿出物資或錢財給需要的人使用：例供電、供應（ㄧㄥˋ）、供不應求。②說出或寫出可以參考或利用的意見、資料、條件等：例供參考。③受審的人交代案情：例供詞、供狀、口供。

ㄍㄨㄥˋ ①向神佛或祖先獻祭品：例供品。②所獻的祭品：例擺供、上供。

人部 6 **例** 左右

ノ 亻 亻 仿 仿 伢 例 例

ㄌㄧˋ ①用來比照或依據的事物：例先例、慣例、範例、史無前例。②用來說明問題的類似事物：例舉例、事例、例證、例題。③標準或規則：例體例、條例、凡例。④按照規定進行（ㄒㄧㄥˊ）的：例例會、例假、例行公事。

人部 6 **來** 特殊

一 十 十 朩 朩 來 來 來

ㄌㄞˊ ①從別的地方到這裡（跟「去」或「往」相對）：例客人來了、來德國、來信了、來往。②未來的；以後的（時間）：例來年、來日、將（ㄐㄧㄤ）來。③從過去到說話時的一段時間：例多年來、近來、自古以來。④（事情、問題等）來到；發生：例好運來了。⑤表示要做某事：例我來唱歌、再來一次。⑥助詞，表示動作的趨向：例開來一輛車、找幾本書來、一覺醒來。⑦表示大概的數量（ㄕㄨˋ ㄌㄧㄤˋ）：例二十來歲、二里來地。

人部 6 **侃** 左右

①理直氣壯，從容不迫：例侃然、侃侃而談。②用言語戲弄；調（ㄊㄧㄠˊ）笑：例調（ㄊㄧㄠˊ）侃。

人部 6 **佰** 左右

數（ㄕㄨˋ）字「百」的大寫。

人部 6 **併** 左右

①把兩件東西合在一起：例併攏、合併、歸併。②一起：例併起。

人部 6 **侈** 左右

浪費：例奢侈。

人部 6 **佩** 左右

①把東西掛在身上：例佩劍、佩帶。②敬仰；心悅誠服：例佩服、欽佩、敬佩。

猜猜看：「一個白種人」，猜一個字。

答案：佰。

猜猜看：「印地安人」，猜一個字。

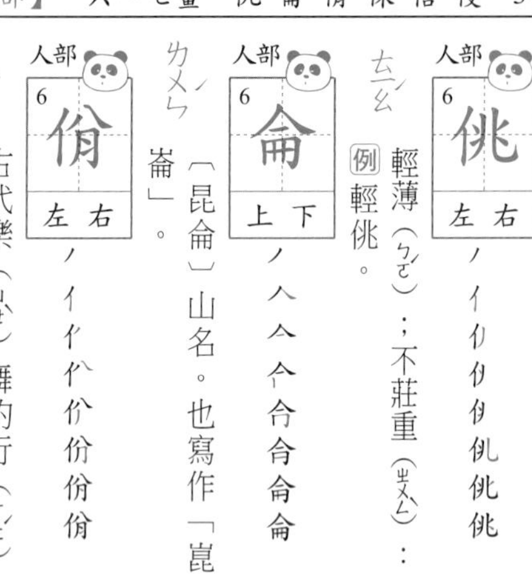

人部 6 佻 左右

ㄊㄧㄠ 輕薄（ㄅㄛˊ）；不莊重（ㄓㄨㄥˋ）：例輕佻。

丿亻仈仈仈佻佻佻

人部 6 侖 上下

ㄌㄨㄣˊ 〔昆侖〕山名。也寫作「崑崙」。

丿人亼今今侖侖侖

人部 6 佾 左右

ㄧˋ 古代樂（ㄩㄝˋ）舞的行（ㄏㄤˊ）列，一行八人為一佾：例八佾。

丿亻亻亻价佾佾佾

人部 6 侏 左右

ㄓㄨ 〔侏儒〕身材異常矮小的人。

丿亻仁仁件件侏侏

人部 7 信 左右

ㄒㄧㄣˋ ①對人真誠，不虛偽：例信守諾言、講信用。②憑據；證明真實性的東西：例信物、印信。③消息：例聽信、信息。④傳達訊息的文字：例寫信、家信、介紹信。⑤認為可靠而不懷疑：例相信、我全信、真實可信、信任、信賴。⑥信仰（宗教）：例信教、信奉、信徒。⑦任憑；隨著（˙ㄓㄜ）：例信口開河、信步走去。

丿亻仁仁信信信信信

人部 7 侵 左右

丿亻仃仃伊伊伊侵侵

答案：侏

奪取別人的東西：例侵入、侵犯、侵害、侵占。

侯（人部 7 畫，左右）

ㄏㄡˊ 古代五等爵位的第二等：例侯爵、諸侯。

便（人部 7 畫，左右）

ㄅㄧㄢˋ ①適宜；方便：例不便公開、便於裝卸、簡便。②適宜的時候；順便的機會：例得便、就便。③簡單的；非正式的：例便飯、便函、便服。④屎；尿：例排便、糞便。⑤就：例一問便知、說了便做。

ㄆㄧㄢˊ 〔便宜〕①好處（ㄔㄨˋ）；不該得（ㄉㄜˊ）到的利益：例貪小便宜、得便宜還（ㄏㄞˊ）賣乖。②價錢低：例便宜貨。〔便便〕身體肥胖：例大腹便便。

老師的話：形容孕婦的肚子大叫「大腹便便」，「便」記得唸作ㄆㄧㄢˊ喲！

俠（人部 7 畫，左右）

ㄒㄧㄚˊ ①義勇的：例俠肝義膽、俠義。②舊指勇武豪邁，見義勇為的人：例大俠、武俠、女俠、俠客、俠士。

俑（人部 7 畫，左右）

ㄩㄥˇ 古代殉葬用的人形或獸形物：例兵馬俑。

俏（人部 7 畫，左右）

猜猜看：「旁人不走，站在門口，留下一木，呆呆看守。」猜一個字。

ㄑㄧㄠˋ ①相（ㄒㄧㄤˋ）貌好看；漂亮：例俏麗、俊俏。②貨物受人喜愛，銷路好：例行（ㄏㄤˊ）情看俏。

人部 7 **保** 左右

丿 亻 … 保

ㄅㄠˇ ①養育；撫養：例保育、保姆。②照顧或守衛，使不受損害或侵犯：例保健、保護、保衛。③維持原狀，使不消失或減弱：例保住優勢、保密、保暖。④負責：例保證、擔保。

人部 7 **促** 左右

丿 亻 … 促

ㄘㄨˋ ①急迫；匆忙：例短促、倉促、急促。②催；推動：例促進、促使、催促、督促。

人部 7 **侶** 左右

丿 亻 … 侶

ㄌㄩˇ 伙伴；同伴：例伴侶。

人部 7 **俘** 左右

丿 亻 … 俘

ㄈㄨˊ ①作戰時被捉住：例俘獲。②戰爭時被捉住的敵人：例戰俘。

人部 7 **俟** 左右

丿 亻 … 俟

ㄙˋ 等待：例俟命、俟機而動。

ㄑㄧˊ 〔万（ㄇㄛˋ）俟〕複姓。

答案：閑。

人部 7 俊 左右
ㄐㄩㄣˋ
丿 亻 亻 仩 佡 佡 俊 俊 俊
①才智超群的人：例俊傑。
②才智超群：例英俊有為。
③容貌秀美出眾：例俊秀、俊美。

人部 7 俗 左右
ㄙㄨˊ
丿 亻 亻 仈 仈 佡 佡 俗 俗
①社會上的風氣、習慣：例移風易俗、民俗、風俗、習俗。②粗俗；不高雅：例庸俗、俗氣、俗套。③大眾的；通行（ㄒㄧㄥˊ）的：例俗語、俗名、通俗。④佛教稱塵世間：例還（ㄏㄨㄢˊ）俗、俗念。

人部 7 侮 左右
ㄨˇ
丿 亻 亻 仁 仁 佐 侮 侮 侮
欺負：例欺侮、侮辱。

人部 7 俐 左右
ㄌㄧˋ
丿 亻 亻 仁 仟 仟 俐 俐 俐
〔伶俐〕聰明活潑的意思。見「伶」。

人部 7 俄 左右
ㄜˊ
丿 亻 亻 仁 仟 仟 俄 俄 俄
〔俄而〕不久；很快：例天空烏雲密布，俄而大雨傾盆。

人部 7 係 左右
ㄒㄧˋ
丿 亻 亻 仫 仫 仫 係 係 係
①綁。同「繫」（ㄐㄧˋ）。②關聯：例關係。③是：例係屬事實。④牽涉：例干係。

老師的話：「俄而」或「俄羅斯」，唸作ㄜˊ不是ㄜˋ喲！

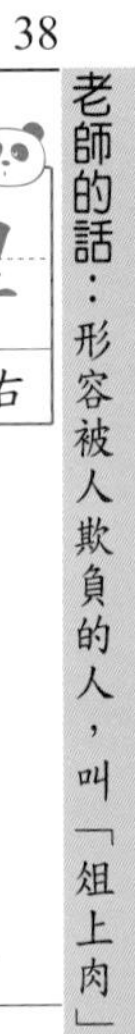

老師的話：形容被人欺負的人，叫「俎上肉」。

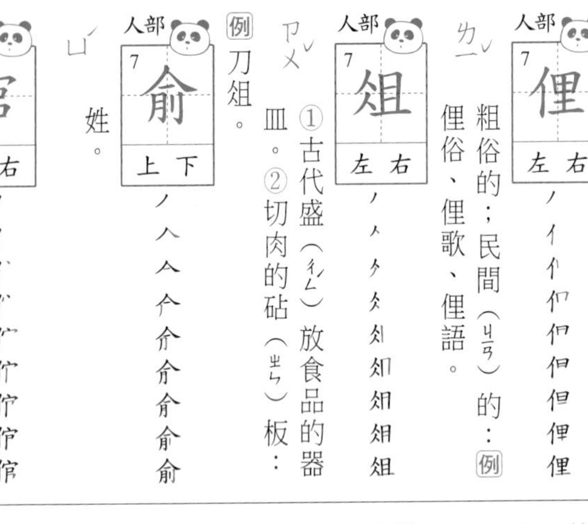

人部 7 **俚** 左右

ㄌㄧˇ 粗俗的；民間（ㄐㄧㄢ）的：例俚俗、俚歌、俚語。

人部 7 **俎** 左右

ㄗㄨˇ ①古代盛（ㄔㄥˊ）放食品的器皿。②切肉的砧（ㄓㄣ）板：例刀俎。

人部 7 **俞** 上下

ㄩˊ 姓。

人部 8 **倌** 左右

ㄍㄨㄢ ①古時茶樓、酒館、飯館裡的服務人員：例堂倌。②古代專管駕車馬的官。③妓女的別稱：例倌人。

人部 8 **倍** 左右

ㄅㄟˋ ①跟原數（ㄕㄨˋ）相同的數，某數的幾倍就是用幾乘某數，如三的五倍是十五。②加一倍，增加跟原數相同的數：例事半功倍。③更加；格外：例倍受寵愛、倍感親切。

人部 8 **倣** 左右

ㄈㄤˇ 效法，照樣做。同「仿」：例倣效、倣照、模倣。

俯
人部 8 左右

筆順：俯

ㄈㄨˇ

①向前，形容非常馴服而彎腰低頭（跟「仰」相對）：例俯首帖（ㄊㄝ）耳。②向下：例俯臥、俯視。

倦
人部 8 左右

筆順：倦

ㄐㄩㄢˋ

①疲勞；勞累：例疲倦、困倦。②懈怠；厭煩：例厭倦。

倥
人部 8 左右

筆順：倥

ㄎㄨㄥ

〔倥傯〕繁忙、緊迫的樣子：例戎馬倥傯。

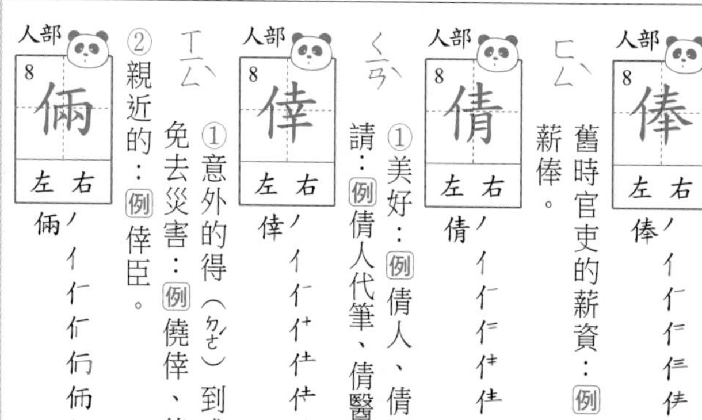

俸
人部 8 左右

筆順：俸

ㄈㄥˋ

舊時官吏的薪資：例俸祿、薪俸。

倩
人部 8 左右

筆順：倩

ㄑㄧㄢˋ

①美好：例倩人、倩影。②請：例倩人代筆、倩醫診治。

倖
人部 8 左右

筆順：倖

ㄒㄧㄥˋ

①意外的得（ㄉㄜˊ）到成功或免去災害：例僥倖、倖存。②親近的：例倖臣。

倆
人部 8 左右

筆順：倆

猜猜看：「青年人」，猜一個字。

答案：倩。

老師的話：倚靠的「倚」，不可以寫作椅子的「椅」喲！

ㄌㄧㄤˇ ①「兩」「個」的合音詞：例買倆饅頭、兄弟倆、他們倆。②指不多（ㄉㄨㄛ）的幾個：例就來這麼倆人、掙了倆錢。

ㄌㄧㄚˇ （伎倆）手段；技能。例臨陣脫逃是他一貫的伎倆。

人部 8
值
左右

值 ノ 亻 亻 什 佇 佰 佰 值 值

ㄓˊ ①碰到；遇上：例正值杜鵑花盛開的時節。②輪到（執行公務）：例值班、值勤、值日。③價值跟價格相當（ㄒㄧㄤ ㄉㄤ）：例值多少錢、一文不值。④價值；價格：例總產值、貶值。⑤值得：例不值一提。⑥按照數學公式演算所得的結果：例比值、數值。

人部 8
借
左右

借 ノ 亻 亻 什 仳 件 借 借 借

ㄐㄧㄝˋ ①臨時使用別人的財物，在一定時間內歸還（ㄏㄨㄢˊ）：例借錢、有借有還。②把自己的財物臨時給別人使用：例借故事書給同學。③憑藉；利用：例借題發揮、借花獻佛。

人部 8
倚
左右

倚 ノ 亻 亻 什 仗 佐 佐 倚 倚

ㄧˇ ①靠：例倚欄杆、倚靠。②仗恃：例倚勢欺人、倚仗。③偏斜：例不偏不倚。

人部 8
倒
左右

倒 ノ 亻 亻 仁 仁 住 侄 侄 倒

ㄉㄠˇ ①由直立變成橫臥：例跌倒、推倒。②垮臺；失敗：例倒臺、倒閉。③人的某些器官受到損傷或刺激，致使功能變壞：例倒嗓子、倒胃口。④更（ㄍㄥ）換；推翻：例倒閣。

ㄉㄠˋ ①使上下或前後的位置顛倒（ㄉㄠˇ）：例「9」字倒過來就成「6」了。②（位置、次序、方向等）相反：例本末倒置、倒數第一、倒流。③使向後退：例倒車、倒退、倒影、倒轉（ㄓㄨㄢˇ）。④翻轉或傾斜容器，使東西傾出：例倒杯水。⑤表示事情和事實相（ㄒㄧㄤ）反：例沒吃藥病倒好了、想得（˙ㄉㄜ）倒簡單。

人部 8 **們** 左右

ㄇㄣˊ 江名：例圖們江。

˙ㄇㄣ 附在名詞或代名詞後面，表示多數：例咱（ㄗㄢˊ）們。

人部 8 **俺** 左右

ㄢˇ 北方話，指「我」或「我們」：例俺們、俺村。

人部 8 **倀** 左右

ㄔㄤ 傳說（ㄔㄨㄢˊ ㄕㄨㄛ）中（ㄓㄨㄥ）被老虎咬死的人變成的鬼，專門幫助老虎吃人：例為（ㄨㄟˋ）虎作倀（比喻幫惡（ㄜˋ）人作壞事）。

人部 8 **倔** 左右

老師的話：圖們江的「們」要唸作「ㄇㄣˊ」。

猜猜看：「頑固老頭」，猜一個字。

ㄐㄩㄝˊ 〔倔強（ㄐㄧㄤˋ）〕性情剛強又固執：例性格倔強。

ㄐㄩㄝˋ 性子耿直，脾氣大：例這孩子真倔、倔脾氣、倔頭倔腦。

人部 8 **倨** 左右

ㄐㄩˋ 傲慢：例前倨後恭、倨傲、倨慢。

人部 8 **俱** 左右

ㄐㄩˋ 全；都：例萬事俱備、面面俱到、一應（ㄧㄥ）俱全。

人部 8 **倡** 左右

ㄔㄤˋ 帶頭；發起：例倡導、倡議、提倡。

ㄔㄤ 古代表演歌舞的人：例倡優。

人部 8 **個** 左右

ㄍㄜˋ ①量詞，人一位或物一件：例兩個人、三個包子、一個國家、四個鐘頭、一個想法、摔了一個跟頭。②單獨的；不普遍的：例個人、個體、個性。③指人的身材或物品的體積：例個子。

ㄍㄜ˙ 〔自個兒〕指自己。

人部 8 **候** 左右

ㄏㄡˋ ①看望；問安：例問候。②等待：例稍候、候診、候補、候車、等候。③指氣象情況：例氣

答案：個。

候。④一段時間；時節：例時候、節候。⑤事物變化的情況或程度：例症候、火候。

倘 人部 8 左右

倘 ノ 亻

ㄊㄤˇ 假使；如果：例倘若、倘使。

ㄔㄤˊ 徘徊（ㄆㄞˊ ㄏㄨㄞˊ）。通「徜」：例倘佯。

俳 人部 8 左右

俳 ノ 亻

ㄆㄞˊ 古代一種（ㄓㄨㄥˇ）滑稽戲，也指演這種戲的人：例俳優。

修 人部 8 左右

修 ノ 亻

ㄒㄧㄡ ①裝飾使整齊美觀：例裝修、修飾、修剪。②使破損的東西恢復原來的形狀和作用：例維修、修復、修理。③興（ㄒㄧㄥ）建：例修建、興修。④學習和鍛鍊：例修業、進修、自修、修養。

倭 人部 8 左右

倭 ノ 亻

ㄨㄛ 我國古代稱（ㄔㄥ）日本：例倭國、倭寇。

倪 人部 8 左右

倪 ノ 亻

ㄋㄧˊ 開端；邊際：例端倪。

俾 人部 8 左右

俾 ノ 亻

老師的話：倭寇的「倭」是人部，矮小的「矮」是矢（ㄕˇ）部，要分辨清楚喲！

老師的話：倉庫的「倉」唸作「ㄘㄤ」，不是「ㄔㄤ」喲！

ㄅㄧˋ 使：例俾臻完善（使達到完善的程度）。

人部 8 **倫** 左右

ㄌㄨㄣˊ ①同類：例不倫不類、荒謬絕倫。②人與人之間的道德準則和關係：例人倫、倫常、天倫之樂（ㄌㄜˋ）。③條理：例語無倫次。

人部 8 **倉** 上下

ㄘㄤ 儲存糧食或其他物資的地方：例糧倉、倉庫。

人部 9 **偺** 左右

ㄗㄢˊ 我；我們。同「咱」：例偺家、偺們。

人部 9 **偽** 左右

ㄨㄟˋ ①假的；故意掩蓋真相（ㄒㄧㄤˋ）的（跟「真」相對）：例去偽存真、偽君子、虛偽、偽造、偽裝。②非法的：例偽藥。

人部 9 **停** 左右

ㄊㄧㄥˊ ①止；中（ㄓㄨㄥ）斷：例停電、停工、停止、停頓。②放置：例停車、停放、停靠、停留。③穩妥：例停當（ㄉㄤˋ）、停妥。

人部 9 **假** 左右

ㄐㄧㄚˇ ①借：例假借。②憑藉；利用：例狐假虎威、假公濟私、不假思索。③姑且（認定）：例假設、假定。④如果：例假如、假若、假使。⑤不真實（跟「真」相對）：例真假難辨、假笑、假牙、假象。⑥虛假的或質量低劣的東西：例摻假、作假。

ㄐㄧㄚˋ 法定或經過批准的暫時停止工作或學習的時間：例放假、請假、休假、暑假、寒假、事假、假日。

人部 9 **偃** 左右

丿 亻 亻 仜 佢 佰 佰 偃 偃 偃 偃

ㄧㄢˇ ①使倒（ㄉㄠˇ）下：例偃旗息鼓。②停止；停息：例偃武修文、偃兵。

人部 9 **偌** 左右

丿 亻 亻 亻' 仜 仩 伫 伫 伫 偌 偌

ㄖㄨㄛˋ 這麼；那麼：例偌大的百貨公司、偌大年紀。

人部 9 **做** 左右

丿 亻 亻 什 估 估 估 做 做 做 做

ㄗㄨㄛˋ ①從事工作或進行（ㄒㄧㄥˊ）活動：例做事情、做針線活、做實驗、做買賣、做工。②製作：例做家具、做衣服、做飯。③寫：例做文章、做作業。④充當（ㄉㄤ）；成為（ㄨㄟˊ）：例做官、做值日生。⑤結成（某種（ㄓㄨㄥˇ）關係）：例做伴兒。⑥用作：例這間屋子做教室、送本書做紀念。⑦裝出：例做鬼臉、做樣子、做作。

人部 9 **偉** 左右

丿 亻 亻 伫 伫 伫 倍 倍 偉 偉 偉

老師的話：「作文」、「創作」、「著作」別誤寫成「做」喲！

老師的話：白頭偕老的「偕」唸作ㄒㄧㄝˊ，不是「ㄐㄧㄝ」喲！

ㄨㄟˇ ①高大：例魁偉。②優異；超出尋常：例偉人、雄偉、偉大、豐功偉績。

人部 9 **健** 左右

ㄐㄧㄢˋ ①具有活力的；強壯的：例健兒、強健、健康、健全。②使強壯：例健身、健胃。③善於；易於：例健談、健忘。

人部 9 **偶** 左右

ㄡˇ ①木雕或泥塑的人像：例木偶、偶像。②雙；成雙成對的（跟「奇」（ㄐㄧ）相對）：例偶數（ㄕㄨˋ）、對偶。③指夫妻或夫妻中的一方：例配偶、佳偶、喪（ㄙㄤˋ）偶。④不是必然的；不經常的：例偶合、偶爾、偶然、偶發事件。

人部 9 **偎** 左右

ㄨㄟ 緊緊挨在一起：例依偎。

人部 9 **偕** 左右

ㄒㄧㄝˊ 一起；共同：例偕行（ㄒㄧㄥˊ）、偕同、白頭偕老。

參考：有學者認為屬專有名詞時，可讀作ㄐㄧㄝ。例：馬偕醫院。

人部 9 **偵** 左右

ㄓㄣ 暗地調查：例偵察。

人部 9 **側** 左右

ㄘㄜˋ ①旁邊：例兩側、側面、側門、側影。②向旁邊傾斜：例側著身子、側耳細聽。

人部 9 **偷** 左右

ノ亻亻亻仒佡佡佡偷偷偷

ㄊㄡ ①竊取別人的財物：例偷東西、偷竊。②偷東西的人：例小偷。③悄悄地；趁人不備地：例偷跑、偷聽、偷看、偷襲。④抽出時間：例偷空（ㄎㄨㄥˋ）、忙裡偷閒。⑤只顧眼前，得（ㄉㄜˊ）過且過：例苟且偷生。

人部 9 **偏** 左右

ノ亻亻伃伃伃伃偏偏偏偏

ㄆㄧㄢ ①歪；斜（跟「正」相對）：例太陽偏西了、球踢偏了、偏北風。②不公正；只注重一方：例偏心、偏愛、偏見。③離開正確的方向或正常的標準：例偏離、偏差（ㄔㄚ）、題目偏難、氣溫偏高。④遠離中（ㄓㄨㄥ）心的；不常見的：例偏遠、偏僻、偏方。⑤表示出乎意料或相反的意思：例偏不湊巧、偏偏。

人部 9 **倏** 左右

ノ亻亻亻亻攸攸倏倏倏

ㄕㄨˋ 表示速度極快：例倏忽。

人部 10 **傢** 左右

ノ亻亻亻亻佇佇佇傢傢傢

ㄐㄧㄚ ①〔傢伙〕指工具或武器。②〔傢具〕家庭用具。③〔傢什（ㄕˊ）〕用具；器物。

老師的話：「傢俱」也可以寫作「傢具」或「家具」。

老師的話：「傍」當作「靠近」的意思時，記得要唸作「ㄅㄤˋ」喲！

人部 10 傍 左右

丿亻亻亻亻亻亻亻亻亻傍傍

ㄅㄤˋ 靠；靠近：例依傍、船傍岸了、依山傍水。

ㄅㄤ 臨近（某個時間）：例傍晚。

人部 10 傳 左右

丿亻亻亻亻亻亻亻亻亻傳傳

ㄈㄨˋ 傳（ㄓㄨㄢˋ）授技藝的人：例師傅。

人部 10 備 左右

丿亻亻亻亻亻亻亻亻亻備備

ㄅㄟˋ ①齊全：例齊備。②具有：例德才兼備。③事先安排或預防：例備料、備課、籌備、戒備。④設施；裝置：例軍備、裝備、設備。⑤完全；都（ㄉㄡ）：例關懷備至、備受歡迎。

人部 10 傑 左右

丿亻亻亻亻亻亻亻亻傑傑傑

ㄐㄧㄝˊ ①才能出眾的人：例俊傑、豪傑。②不平常的；很突出的：例傑作。③才能或成就高超：例傑出。

人部 10 傀 左右

丿亻亻亻亻亻亻亻亻傀傀傀

ㄎㄨㄟˇ 〔傀儡〕木偶戲裡的木頭人；比喻像木偶一樣被人操縱、擺布的人或組織：例傀儡戲、傀儡政府。

人部 10 傖 左右

丿亻亻亻亻亻亻亻亻傖傖傖

ㄘㄤ 粗俗：例傖俗、傖夫（ㄈㄨ）。

傘 人部 10 上下

ㄙㄢˇ ①遮擋雨水或陽光的用具：例雨傘、陽傘、折疊傘。②形狀像傘的東西：例降落傘。

傭 人部 11 左右

ㄩㄥ ①受人雇用：例僱傭。②受人雇用的僕人：例女傭。

債 人部 11 左右

ㄓㄞˋ 所欠下的錢財：例欠了一身債、討債、還（ㄏㄨㄢˊ）債、公債〈比〉血債。

傲 人部 11 左右

ㄠˋ ①自高自大，看不起人：例驕傲、傲氣、傲慢、傲視。②自尊自重（ㄓㄨㄥˋ），堅強（ㄑㄧㄤˊ）不屈：例傲然挺立。

傳 人部 11 左右

ㄔㄨㄢˊ ①一方交給另一方；上代交給下代：例把球傳給守門員、把武藝傳給徒弟、祖傳祕方、傳遞、遺傳。②廣泛散布；宣揚：例宣傳、傳播、傳頌。③命令別人來：例傳訊、傳喚。④表達；流露（ㄌㄡˋ）：例眉目傳情、傳神。⑤熱或電在導體中流通：例傳熱、傳電、傳導。

老師的話：遺傳的「傳」唸作ㄔㄨㄢˊ，自傳的「傳」才唸作ㄓㄨㄢˋ。

老師的話：傾倒的「傾」和頃刻的「頃」字形相似，小心別寫錯了！

ㄓㄨㄢˋ ①記載(ㄗㄞˇ)人物生平事跡的文字：例自傳、傳記。②描述人物故事的文學作品：例《水滸傳》。

人部 11 **僅** 左右

ㄐㄧㄣˇ 只：例僅僅、僅供參考。

人部 11 **傾** 左右

ㄑㄧㄥ ①不正；斜：例傾斜。②偏向；趨向：例左傾、右傾、傾向。③倒(ㄉㄠˇ)塌：例傾覆。④倒(ㄉㄠˋ)出：例傾倒垃圾、傾盆大雨。⑤用盡(力量)；全部拿出：例傾吐(ㄊㄨˇ)、傾訴、傾銷。⑥全：例傾城出動、傾家蕩產。

人部 11 **催** 左右

ㄘㄨㄟ ①叫人趕快去做；促使：例催促。②使事物的發展變化加快：例催生、催眠、催肥。③敲打：例千催百煉、催煉。

人部 11 **傷** 左右

ㄕㄤ ①身體或物體受到損害：例內傷、外傷、傷口。②損害：例傷身、傷天害理、傷風害俗。③悲哀；憂愁：例傷心、悲傷、憂傷。④受某種侵害而得(ㄉㄜˊ)病：例傷風、傷寒。

人部 11 **傻** 左右

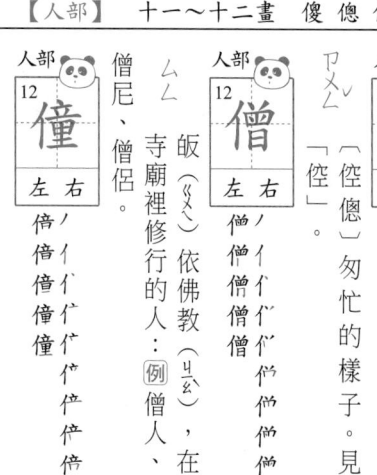

ㄕㄚˇ ①愚笨不聰明的人：例傻子、傻瓜。②心眼死；不靈活：例傻等、傻做。③發呆的樣子：例嚇傻了。

人部 11 **傯** 左右

ㄗㄨㄥˇ 〔倥傯〕匆忙的樣子。見「倥」。

人部 12 **僧** 左右

ㄙㄥ 皈（ㄍㄨㄟ）依佛教（ㄐㄧㄠˋ），在寺廟裡修行的人：例僧人、僧尼、僧侶。

人部 12 **僮** 左右

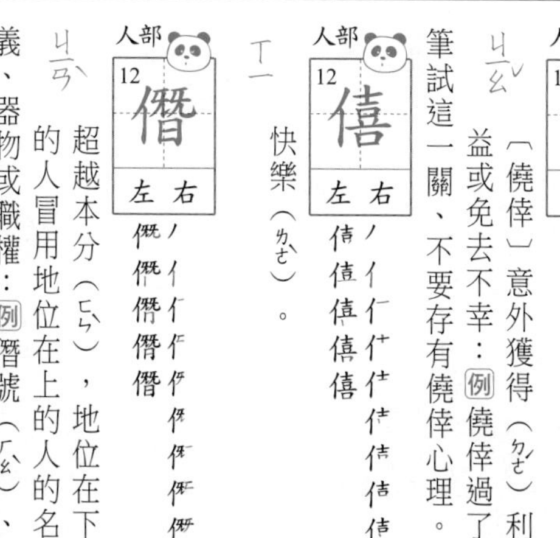

ㄊㄨㄥˊ 未成年的奴僕：例書僮。

人部 12 **僥** 左右

ㄐㄧㄠˇ 〔僥倖〕意外獲得（ㄉㄜˊ）利益或免去不幸：例僥倖過了筆試這一關、不要存有僥倖心理。

人部 12 **僖** 左右

ㄒㄧ 快樂（ㄌㄜˋ）。

人部 12 **僭** 左右

ㄐㄧㄢˋ 超越本分（ㄈㄣˋ），地位在下的人冒用地位在上的人的名義、器物或職權：例僭號（ㄏㄠˋ）、

猜猜看：「童子軍」，猜一個字。

答案：僮。

老師的話：「肖像」、「畫像」、「銅像」的「像」不可以寫作「象」或「相」。

僭言、僭越。

人部 12 **僚** 左右

ㄌㄧㄠˊ 官吏：例官僚、同僚（古時指同在一起做官的人）。

人部 12 **僕** 左右

ㄆㄨˊ ①被雇到家裡做雜事、供（ㄍㄨㄥ）人役使的人（跟「主」相對）：例女僕、僕人、僕從（ㄗㄨㄥˋ）。②〔僕僕〕形容旅途勞頓的樣子：例風塵僕僕。

人部 12 **像** 左右

ㄒㄧㄤˋ ①相似：例孩子長得像爸爸、像這樣的人才。②比照人物製成的圖畫、雕塑等：例畫像、銅像、肖像。③似乎；好像：例天像要下雨、這車像有毛病、看上去像是真跡。

人部 12 **僑** 左右

ㄑㄧㄠˊ ①寄居國外：例僑居。②寄居國外的人：例華僑、外僑、僑商。

人部 12 **僱** 左右

ㄍㄨˋ ①出錢請人做事：例僱人搬貨。②租用：例僱車。③受人聘用的：例僱員、僱傭。

人部 13 **億** 左右

ㄧˋ 數（ㄕㄨˋ）目名，就是一萬萬。

儀 人部 13 左右

ㄧˊ ①禮節：例禮儀、儀式。②禮物：例謝儀、賀儀。③指容貌、舉止、風度（ㄉㄨˋ）等：例儀表、儀容。④用於科學實驗、測量（ㄌㄧㄤˊ）等的較精密的器具：例地震儀、儀器。

僻 人部 13 左右

ㄆㄧˋ ①離中心地區遠：例窮鄉僻壤、偏僻、僻靜。②不常見的；罕用的：例僻字、生僻、冷僻。③脾氣古怪，不好相處（ㄔㄨˇ）：例怪僻、孤僻。

僵 人部 13 左右

ㄐㄧㄤ ①（肢體）直挺，不能活動：例凍僵、僵硬、僵直。②比喻事情無法變通，或意見相持不下：例鬧僵、僵持、僵局。

價 人部 13 左右

ㄐㄧㄚˋ 商品所值的錢：例討價還（ㄏㄨㄢˊ）價、物價、減價、價格。

儂 人部 13 左右

ㄋㄨㄥˊ ①我，是蘇浙一帶的方言，常見於舊時小說或詩文：例儂今葬花人笑痴，他年葬儂知是

猜猜看：「農夫」，猜一個字。

答案：儂。

老師的話：「儘管」的「儘」記得要唸作ㄐㄧㄣˇ喲！

誰。②你，是上海一帶的方言。

人部 13 儈 左右
ㄎㄨㄞˋ
古時指專為（ㄨㄟˋ）別人介紹買賣以從中（ㄓㄨㄥ）取利的人：例市儈、牙儈。

人部 13 儉 左右
ㄐㄧㄢˇ
節省不浪費：例省吃儉用、節儉、勤儉、儉樸。

人部 14 儒 左右
ㄖㄨˊ
①舊指教（ㄐㄧㄠ）書或讀書的人：例儒生、儒醫。②春秋、戰國時期以孔子、孟子為（ㄨㄟˊ）代表的學派：例儒家。

人部 14 儘 左右
ㄐㄧㄣˇ
①最；達到力量所能到的最大程度：例儘早、儘量（ㄌㄧㄤˋ）、儘可能。②聽任，不加限制：例儘管。

人部 14 儔 左右
ㄔㄡˊ
伴侶；同類：例儔侶、儔類。

人部 14 儐 左右
ㄅㄧㄣ
〔儐相（ㄒㄧㄤˋ）〕婚禮中陪伴新郎的男子或陪伴新娘的女子。

人部 15 優 左右

丿 亻 亻 亻 亻 佰 佰 佰 佰 佰 佰 佰 偃 偃 偃 僡 僡 優 優 優

ㄧㄡ ①豐厚；充足：例優渥（ㄨㄛˋ）、優厚、優裕。②好（ㄏㄠˇ）；非常好（跟「劣」相對）：例品學兼優、優點、優秀。③勝利，占上風：例優勢。

人部 15 償 左右

丿 亻 亻 亻 亻 亻 亻 亻 償 償 償 償 償 償 償

ㄔㄤˊ ①歸還（ㄏㄨㄢˊ）；抵補：例得不償失、償還（ㄏㄨㄢˊ）、賠償、補償。②代價；報酬：例無償援助、有償服務。③（願望）得到滿足：例如願以償。

人部 15 儡 左右

丿 亻 仆 仆 伵 伵 伵 伵 伵 儡 儡 儡 儡 儡 儡

ㄌㄟˇ 〔傀儡〕演戲用的木偶。見「傀」。

人部 15 儲 左右

丿 亻 亻 亻 亻 亻 亻 信 信 信 信 儲 儲 儲 儲

ㄔㄨˊ 積蓄；存放：例儲糧、儲蓄、儲備、儲存、儲藏。

人部 19 儷 左右

丿 亻 亻 亻 亻 亻 亻 亻 亻 亻 亻 亻 儷 儷 儷 儷 儷 儷 儷

ㄌㄧˋ ①成對的；對偶的：例儷句、駢儷。②指夫婦：例伉儷。

人部 20 儼 左右

丿 亻 亻 亻 亻 亻 亻 亻 亻 亻 亻 亻 儼 儼 儼 儼 儼 儼 儼 儼

ㄧㄢˇ 〔儼然〕①莊重（ㄓㄨㄥˋ）恭敬的樣子：例道貌儼然。②好像：例這小孩講話儼然像個大人。

老師的話：優秀、優良的「優」不可以寫作憂心的「憂」。

老師的話：「充」字的筆順共五畫，不是六畫喲！

儿部（ㄖㄣˊ）

兀 1 獨體
一 丆 兀
ㄨˋ 高聳突出：例突兀。

元 2 獨體
一 二 テ 元
ㄩㄢˊ ①為（ㄨㄟˊ）首的：例元首、元帥、元勛、元老。②開頭的：例元旦、元年。③主要；基本：例元素、元音。④貨幣的單位。同「圓」：例銀元。

允 2 上下
ㄥ ㄙ 厶 允
ㄩㄣˇ ①答（ㄉㄚ）應；許可：例應允、允許。②公平；恰當（ㄉㄤˋ）：例公允、允當（ㄉㄤˋ）。

充 3 上下
一 亠 云 㐬 充
ㄔㄨㄥ ①滿；足：例充滿、充足、充實、充分（ㄈㄣˋ）。②填滿；塞（ㄙㄞ）住：例充電、充氣、充塞（ㄙㄜˋ）。③擔任：例充任、充當。④假冒：例充好漢、冒充。

兄 3 上下
丶 口 口 尸 兄
ㄒㄩㄥ ①哥哥：例父兄、兄嫂、兄妹。②指同輩親戚中比自己年齡大的男子：例表兄。③對男性朋友的尊稱：例仁兄、老兄。

儿部 4 **光** 上下

丨 ⺌ ⺌ 业 光 光

ㄍㄨㄤ ①物體本身發出或因反射而發出的明亮現象：例發光、陽光、火光、燈光、光線。②明亮：例光明、光亮、光輝、光澤。③光彩；榮譽：例爭光、增光、光榮。④稱（ㄔㄥ）人來的敬詞：例光臨、光顧。⑤時間（ㄐㄢ）；日子：例時光、光陰。⑥景色；景物：例春光、觀光、風光。⑦光滑；平滑：例光溜、光潤、光潔。⑧淨；盡：例錢花光了、吃光喝光。⑨露（ㄌㄡ）出（身體）：例光著身子、光腳。⑩只；僅：例光說不做。

猜猜看：「怪牛兩條腿沒尾巴」，猜一個字。

儿部 4 **兇** 上下

ノ ㄨ 㐅 凶 兇 兇

ㄒㄩㄥ ①殺害人的肇事者。同「凶」：例兇手。②害怕：例兇懼。③強悍：例兇惡。

儿部 4 **兆** 左右

丿 丿 丬 兆 兆 兆

ㄓㄠˋ ①事物發生前的跡象：例吉兆、預兆、徵兆。②數（ㄕㄨˋ）目名，就是一百萬。

儿部 4 **先** 上下

ノ ⺊ 牛 生 先 先

ㄒㄧㄢ ①位置、次序或時間在前的：例先頭部隊、先鋒、事先、先例、搶先。②前代人：例祖先、先人。③尊稱已去世的：例先

答案：先。

老師的話：免除的「免」和兔子的「兔」字形相似，要分辨清楚喲！

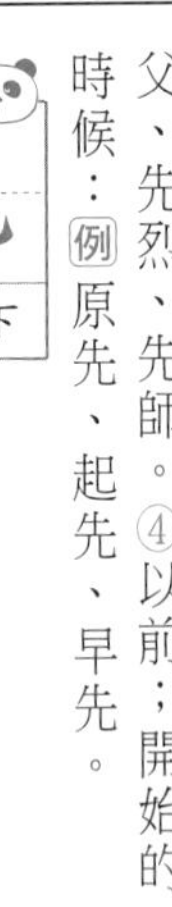

父、先烈、先師。④以前；開始的時候：例原先、起先、早先。

儿部 5 **兌** 上下

ㄉㄨㄟˋ ①交換；憑票據交換現金：例兌換、兌現。②支出：例兌付。

儿部 5 **克** 上下

ㄎㄜˋ ①戰勝；攻取：例克敵致勝、攻克。②制服；抑制：例柔能克剛、克制、克服。③削（ㄒㄩㄝ）減：例克扣。④國際制定的標準重量（ㄓㄨㄥˋ ㄌㄧㄤˋ）單位：例公克。

儿部 5 **兕** 上下

ㄙˋ 古代指雄性犀牛：例虎兕豺狼。

儿部 5 **免** 上下

ㄇㄧㄢˇ ①除去；取消：例免職、免費、免稅、免除、罷免。②避開：例在所難免、免疫、避免。③不要；不可：例閒人免進。

儿部 6 **兔** 上下

ㄊㄨˋ 哺乳動物，耳朵長，尾巴短，上唇中間裂開，善於跳躍、奔跑，喜歡吃紅蘿蔔。

儿部 6 **兒** 上下

ㄦˊ ①小孩子：例嬰兒、幼兒、兒童、兒歌。②兒子：例他有一兒一女、兒媳婦。③青年人（多指男生）：例中華健兒、熱血男兒。④附在詞尾，沒有意義：例鳥兒、孩兒、老頭兒、樹葉兒。

儿部 7 **兗** 上下

ㄧㄢˇ 古代的九州之一，在今山東：例兗州。

儿部 9 **兜** 上下

ㄉㄡ ①用衣物等把東西攏住並提起：例兜了一裙子的番茄。②能裝東西的口袋：例褲兜、布兜。③環繞：例兜圈、兜風。④招攬：例兜攬、兜售。

儿部 12 **兢** 左右

ㄐㄧㄥ （兢兢）小心謹慎的樣子：例戰戰兢兢、兢兢業業。

入部 ㄖㄨˋ

入部 0 **入** 獨體

ㄖㄨˋ ①進；從外邊到裡邊（跟「出」相對）：例病從口入、由淺入深、侵入、入門、入場。②放進；收進：例入庫、入窖、納入。③參加某種組織：例入伍、入學。④合乎；合於：例入情入理、穿著（ㄓㄨㄛˊ）入時。

老師的話：戰戰兢兢的「兢」和競爭的「競（ㄐㄧㄥˋ）」字形相似，小心別寫錯了！

老師的話：「內」字裡面是「入（ㄖㄨˋ）」，不是「人（ㄖㄣˊ）」。

入部 2 **內** 獨體

丨 冂 冂 內

ㄋㄟˋ ①裡面（跟「外」相對）：例禁止入內、內外、室內、內衣、內情。②指內臟或心裡：例內傷、內疚（因為做錯事而心裡不安）。

入部 4 **全** 上下

ノ 入 亼 亼 仐 全

ㄑㄩㄢˊ ①完整；齊備：例殘缺不全、十全十美、齊全。②使完整無缺或不受損害：例兩全其美、成全、保全。③整個的；全體的：例全世界、全神貫注、全部、全面。④表示沒有例外，相當於「都」：例我們全是小學生、全讓他說完了。⑤表示程度上百分之百，相當（ㄒㄧㄤ ㄉㄤ）於「完全」：例全新的襯衫、全不顧個人安危。

入部 6 **兩** 獨體

一 丆 冂 帀 帀 兩 兩 兩

ㄌㄧㄤˇ ①數（ㄕㄨˋ）目，一個加一個是兩個。常用於成雙的事物、量詞，通常在「半」「千」「萬」「億」前：例兩手抓、兩扇門、兩張紙、兩千元。②雙方：例兩敗俱傷、勢不兩立、兩可。③表示不定的數目，大致相當於「幾」：例多待兩天、說兩句話就走。④重量單位，十錢為一兩。

八部 ㄅㄚ

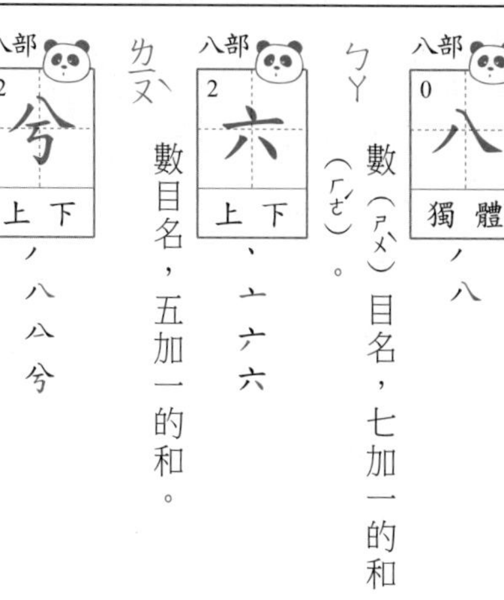

八部 0 **八** 獨體

筆順：丿八

ㄅㄚ 數（ㄕㄨˋ）目名，七加一的和（ㄏㄜˊ）。

八部 2 **六** 上下

筆順：丶亠六六

ㄌㄧㄡˋ 數目名，五加一的和。

八部 2 **兮** 上下

筆順：丿八八兮

ㄒㄧ 文言文的語助詞，用在句尾或句中，沒有意義，相當於「啊」：例魂兮歸來、風蕭蕭兮易水寒。

八部 2 **公** 上下

筆順：丿八公公

ㄍㄨㄥ ①屬於群眾或國家的（跟「私」相對）：例公款、公事、公差（ㄔㄞ）、公務。②有關眾人的事務：例洽公、辦公。③沒有偏私：例公正、公平、公道。④共同的：例公約、公理、公式、公認。⑤國際通用的：例公海、公曆、公制。⑥公開的：例公演。⑦稱丈夫的父親：例公公。⑧雄性的（跟「母」相對）：例公牛、公雞。

八部 4 **共** 上下

筆順：一十廾廾共共

ㄍㄨㄥˋ ①一起承受或進行（ㄒㄧㄥˊ）：例同甘苦，共患難（ㄋㄢˋ）、共事。②大家都具有的；相（ㄒㄧㄤ）

猜猜看：「二八年華」，猜一個字。

答案：六。

老師的話：「兵來將擋，水來土掩」這句俗諺，是說事情總會有解決的辦法。

同的：例共性、共識。③一同；一齊：例和平共處、共存、共管。④總計；合計：例共來了九個人、共寫了兩萬字、共五本。

八部 5 **兵** 上下

ノ ┌ ㄏ 斤 丘 乒 兵

ㄅㄧㄥ ①武器：例短兵相接、兵器。②戰士；軍隊：例士兵、兵權、雄兵百萬。

八部 6 **具** 上下

丨 冂 冃 月 目 且 具 具

ㄐㄩˋ ①器物：例炊具、家具、工具、農具、文具。②有（多用於抽象事物）：例具有、獨具特色、別具一格、初具規模。

八部 6 **其** 上下

一 十 廾 廿 甘 甘 其 其

ㄑㄧˊ ①那個；那樣：例確有其人、有其父必有其子。②他（她、它）的；他（她、它）們的：例人盡其才，物盡其用、名副其實。③第三人稱代名詞，他（她、它）；他（她、它）們：例促其早日實現。④語末助詞，沒有意義：例尤其、其樂（ㄌㄜˋ）無窮。

ㄐㄧ 人名：例酈食（ㄧˋ）其（漢代人）。

八部 6 **典** 上下

丨 冂 冂 巾 曲 曲 典 典

ㄉㄧㄢˇ ①可以作為標準或規範的書籍：例經典、字典。②規範；法則：例典範、典章。③隆重的儀式：例開國大典、盛典、慶典。④詩文裡引用的古書中的故事或詞句：例通俗文章不宜用典太多。⑤用抵押品借錢：例把房子典出去了、典當（ㄉㄤˋ）、典押。

八部 8 **兼** 上下

丶 丷 ⺦ 当 当 当 争 兼 兼 兼

ㄐㄧㄢ ①同時做兩件或兩件以上的事情：例兼課、兼職。②同時涉及兩個以上的情況：例兼顧、德才兼備、軟硬兼施、兼善天下。③兩倍的：例兼程（一天走兩天的路）。

八部 14 **冀** 上下

丨 丬 丬 ⺦ 北 北 北 背 背 背 背 背 背 背 冀 冀

ㄐㄧˋ ①希望：例希冀。②河北省的簡稱：例冀中平原。

老師的話：再接再厲的「再」不可以寫作「在」。

冂部 ㄐㄩㄥ

冂部 3 **冉** 獨體

丨 冂 冂 冄 冉

ㄖㄢˇ （冉冉）慢慢地（•ㄉㄜ）：例太陽從山頂冉冉升起。

冂部 3 **冊** 獨體

丨 冂 冂 冊 冊

ㄘㄜˋ ①裝訂好的本子：例手冊、畫冊、紀念冊。②量詞，用於書籍：例第二冊、這套叢書共八冊。

冂部 4 **再** 獨體

一 丆 丙 再 再 再

老師的話：「冒」字上面是「曰」，不可以寫作「日」。

ㄗㄞˋ ①表示又一次：例再唱一遍、一拖再拖。②表示將再出現：例再見、再度、再來。③持續下去：例再三、再接再厲。④更；更加：例字還（ㄏㄞˊ）要再大些、困難（ㄋㄢˊ）再多也不怕。

冂部 7 **冒** 上下

丨 冂 冃 冃 冃 冐 冐 冐 冒

ㄇㄠˋ ①頂著；不顧一切：例冒險、頂風冒雪、冒著風雨、冒險犯難。②觸犯：例冒犯。③輕率；莽撞：例冒失、冒昧、冒進。④用假的充當真的：例冒名頂替、冒認、假冒。⑤液體或氣體往外湧或散（ㄙㄢˋ）發出來：例冒冷汗、冒煙、冒氣。

冂部 7 **冑** 上下

丶 冂 冃 由 由 冑 冑 冑 冑

ㄓㄡˋ 古代戰士打仗時所穿戴的衣飾：例甲冑。

冂部 9 **冕** 上下

丶 冂 冃 冃 冃 冃 冃 冕 冕

ㄇㄧㄢˇ 古代帝王、諸侯等戴的禮帽；特指王冠（ㄍㄨㄢ）：例加冕、衛冕、冠冕堂皇。

冂部 10 **最** 上下

丶 冂 冃 旦 早 旱 旱 旱 冣 最 最

ㄗㄨㄟˋ 表示程度達到頂點，超過一切：例最好、最高。

冖部 ㄇㄧˋ

冖部 2 冗 上下

丶冖冗冗

ㄖㄨㄥˇ 放著沒用的；多餘的：例冗員、冗長（ㄔㄤˊ）。

冖部 7 冠 上下

丶冖冖冖冖冠冠冠冠

ㄍㄨㄢ ①帽子：例衣冠、王冠、桂冠。②像帽子的東西：例雞冠、花冠。

ㄍㄨㄢˋ ①超出眾人，居第一位：例冠軍。②最優秀的：例技冠群倫。

冖部 8 冤 上下

冤丶冖冖冖冖冖冖冖冤

ㄩㄢ ①受委屈；加上不該有的罪名：例冤案、冤情、冤枉、冤屈。②冤仇；仇恨：例冤家、冤冤相報。③不合算：例這錢花得真冤。

冖部 8 冥 上下

冥丶冖冖冖冖冖冖冖冥

ㄇㄧㄥˊ ①昏暗：例晦冥、幽冥。②愚昧：例冥頑不靈。③深；深沉：例冥思、苦思冥想。④和人死後有關的事物：例冥府、冥紙。

冖部 8 冢 上下

冢丶冖冖冖冖冖冖冖冢

ㄓㄨㄥˇ 高大的墳墓：例古冢、荒冢。

冫（ㄅㄧㄥ）部

老師的話：冠軍的「冠」是「冖（ㄇㄧˋ）部」，不是「宀（ㄇㄧㄢˊ）部」。

猜猜看：「二個夕陽光線長」，猜一個字。

冫部 3 冬 上下

ㄉㄨㄥ

四季的最後一季：例立冬、冬天。

ノ ク 夂 夂 冬

冫部 4 冰 左右

ㄅㄧㄥ

①水遇冷凝結成的固體：例冰塊、冰山、冰雹（ㄅㄠˊ）、冰天雪地。②接觸低溫的東西而感到寒冷：例這裡的水好冰。③用冰使物體變涼：例把西瓜冰一冰、冰過的汽水好好喝。④像冰一樣無色半透明的東西：例冰糖。⑤用冷淡的態度對待人：例冷冰冰。

丶 冫 冫 冰 冰

冫部 5 冶 左右

ㄧㄝˇ

①熔化金屬：例冶金、冶煉。②造就、訓練：例陶冶。③美麗的：例冶豔。

丶 冫 冫 冫 冶 冶

冫部 5 冷 左右

ㄌㄥˇ

①溫度很底（跟「熱」相對）：例寒冷、冰冷、冷颼颼。②刻薄；不熱情：例冷淡、冷酷、冷言冷語、冷嘲熱諷。③不熱鬧；不繁華：例冷寂、冷場、冷冷清清。④偏僻；少（ㄕㄠˇ）見的：例冷僻。⑤意外的；突然的：例冷槍、冷不防。⑥不受歡迎的；很少人過問的：例冷門、冷貨。

丶 冫 冫 冫 冷 冷 冷

冫部 6 冽 左右

丶 冫 冫 冽 冽 冽 冽 冽

答案：冬。

ㄌㄧㄝˋ 寒冷：例凜冽。

冫部 8

凍

左右

、冫冫冫冂汩汩洹凍凍

ㄉㄨㄥˋ ①液體遇冷凝結：例冷凍、冰凍。②遇冷凝結的自然現象：例天寒地凍。③湯汁等凝結成的膠狀體：例肉凍、魚凍、果凍。④寒冷刺激人體：例凍僵、凍瘡。

冫部 8

凌

左右

、冫冫汁汁泩泩浃浃凌

ㄌㄧㄥˊ ①冰塊：例冰凌。②升高；超越：例凌駕、凌空而過、壯志凌雲。③欺壓；侵犯：例欺凌、凌辱、盛（ㄕㄥˋ）氣凌人。④接近：例凌晨。

冫部 8

准

左右

、冫冫冫冫准准准准

ㄓㄨㄣˇ 允許；許可：例不准、批准、准許。

冫部 8

凋

左右

、冫冫冂冂冂冂凋凋凋

ㄉㄧㄠ 草木枯萎脫落；衰落：例凋零、凋謝、凋敝。

冫部 13

凜

左右

、冫冫冫冫冫冫冫冫凜凜凜凜

ㄌㄧㄣˇ ①寒冷：例寒風凜凜。②形容威武嚴肅，使人敬畏的樣子：例威風凜凜、大義凜然。

冫部 14

凝

左右

、冫冫冫冫冫冫冫凝凝凝凝凝凝

老師的話：准許的「准」和準備的「準」字形相似，要分辨清楚喲！

老師的話：「鳳凰」是古代傳說中的神鳥，雄的叫「鳳」，雌的叫「凰」。

ㄋㄧㄥˊ ①凝結，液體變成固體，氣體變成液體：例凝固、凝聚。②聚集；集中（ㄓㄨㄥ）：例凝神、凝視、凝思。

几ㄐㄧ部

几部 0 几 獨體 ㄐㄧ 丿几

ㄐㄧ 一種（ㄓㄨㄥˇ）矮小的桌子：例茶几。

几部 9 凰 半包圍 ㄏㄨㄤˊ 丿几凡凡凤凤凰凰凰凰凰

〔鳳凰〕古代傳說（ㄔㄨㄢˊ ㄕㄨㄛ）中的吉祥鳥。見「鳳」。

几部 10 凱 左右 ㄎㄞˇ 丨山山屮屵岂岂岂岂豈豈凱

①軍隊打了勝仗後所奏的樂曲（ㄩㄝˋ ㄑㄩˇ）：例凱歌。②勝利歸來：例凱旋。

几部 12 凳 上下 ㄉㄥˋ ㇇ㄗ癶癶癶癶癶癶登登登凳

有腿沒有靠背（ㄅㄟˋ）的坐具：例凳子、板凳、圓凳。

凵ㄎㄢˇ部

凵部 2 凶 半包圍 丿乂凶凶

凵部 3 凶 獨體

ㄒㄩㄥ ①不吉利的；不幸的（跟「吉」相對）：例凶宅、凶兆、凶信、凶多吉少。②凶惡；殘暴：例凶猛、凶狠、窮凶極惡。③指殺傷人的行為（ㄒㄧㄥˊ ㄨㄟˊ）：例行凶。④厲害；過分（ㄈㄣˋ）：例這病來勢很凶、鬧得太凶了。

凵部 3 凹 獨體

ㄧ ㄈ ㄈ 凹 凹

ㄠ ①四周高，中間低（跟「凸」相對）：例凹透鏡。②由周圍向中心陷下去：例眼窩凹進去了。

凵部 3 出 獨體

丨 ㄐ 屮 出 出

ㄔㄨ ①從裡面到外面（跟「進」「入」相對）：例出城、出國。②出現；顯現：例出醜、出風頭、水落石出。③來到（某處（ㄔㄨˋ））：例出場、出席、出庭。④做某些事：例出題、出主意、出錢出力、出謀獻策。⑤離開；脫離：例出發、出軌。⑥超過：例出眾、出界、不出一天。⑦生長；生產：例出芽、出人才。⑧發生：例出事、出問題。

凵部 3 凸 獨體

丨 ㄧ ㄧ 凸 凸

ㄊㄨˊ ①周圍低，中間高（跟「凹」相對）：例凸透鏡。②突起來：例凹凸不平、挺胸凸肚。

凵部 6 函 半包圍

ㄱ 了 了 刃 丞 丞 函

ㄏㄢˊ 信：例來函、公函、函件、函授。

老師的話：「凸」字唸作ㄊㄨˊ，不是ㄊㄨ喲！

猜猜看：「不出一點力」，猜一個字。

答案：刀。

刀部（ㄉㄠ）

刀部 0 **刀** 獨體 ㄱ 刀

ㄉㄠ ①用來切、割、削、刺的工具：例菜刀、鐮刀、剪刀。②形狀像刀的東西：例冰刀。③量詞，用於手工製造的紙張，一刀通常為一百張：例一刀紙。④比喻外表和（ㄏㄜˊ）善，內心卻陰險狠毒：例笑裡藏刀。

刀部 0 **刁** 獨體 ㄱ 刁

ㄉㄧㄠ 奸滑；奸詐：例刁蠻、刁鑽（ㄗㄨㄢ）古怪。

刀部 1 **刃** 獨體 ㄱ 刀 刃

ㄖㄣˋ ①刀口：例刀刃。②指刀劍等：例利刃、劍刃。

刀部 2 **分** 上下 ノ 八 分 分

ㄈㄣ ①使整體變成若干部分（ㄈㄣˋ）；區隔（跟「合」相對）：例瓜分、分割、分離、分開。②從主體中分出來的：例分支、分部、分隊、分冊。③區分；辨別：例不分青紅皂白、分清是非、分辨。④計量單位的名稱。(1)長度名，十分為一寸。(2)面積名，十分為一畝。(3)重量名，十分為一錢。(4)幣制名，十分為一角。(5)時間的單位，六十秒為一分，六十分為一小時。(6)數學名詞：例分子、分母。(7)評定的成績：例國語考了一百分、紅隊贏了藍隊五分。

ㄈㄣˋ ①整體中的一個單位；構成事物的物質或因素：例成分、部分、水分、養分、鹽分。②指情誼、機緣、資質等因素：例情分、緣分、天分。③責任和權利的範圍：例本分、分內、過分。

刀部 2 切 左右 一 七 切 切

ㄑㄧㄝ 用刀從上往下分割：例切開、切除、切割。

ㄑㄧㄝˋ ①兩個物體互相摩擦：例咬牙切齒。②靠近；接近：例切身利益、親切。③緊迫：例求勝（ㄕㄥˋ）心切、迫切、急切。④相合；符合：例不切實際、切題、切合。⑤務必；必須：例切記。

刀部 2 刈 左右 丿 乂 刈 刈

ㄧˋ 割（草或穀物）；鏟除：例刈草、刈麥、刈除。

刀部 3 刊 左右 一 二 千 刊 刊

ㄎㄢ ①刪除；修改：例刊誤、刊正。②指排印出版：例刊行、創（ㄔㄨㄤˋ）刊、停刊。③書報雜誌的總稱：例刊物、報刊、月刊、副刊、特刊。

刀部 4 列 左右 一 ㄏ 歹 歹 列 列

ㄌㄧㄝˋ ①按一定順序排放：例排列、陳列、羅列、列清單。

老師的話：「切（ㄑㄧㄝ）」的相似字是「斬」、「割」。

②橫排：例列隊、序列、行列。③各；眾：例列位、列國、列強。④類：例不在討論之列。⑤量詞，用於成排的東西：例一列火車。⑥參加：例列席。

刀部 4 **刑** 左右

一 二 于 开 开 刑

ㄒㄧㄥˊ

①國家依據法律對罪犯施行（ㄒㄧㄥˊ）的制裁：例徒刑、死刑、刑罰。②舊指對犯人的處（ㄔㄨˇ）罰：例動刑、受刑、嚴刑拷打。

刀部 4 **划** 左右

一 七 戈 戈 戈 划

ㄏㄨㄚˊ

①撥水前進：例划船、划槳、划水。②合算；上算：例划算、划得（˙ㄉㄜ）來、划不來。

刀部 4 **刎** 左右

ノ 勹 勿 勿 勿 刎

ㄨㄣˇ

用刀割頸部：例自刎。

刀部 5 **別** 左右

丨 ㄇ 口 号 另 另 別

ㄅㄧㄝˊ

①分離：例告別、分別、離別。②區分；分辨：例辨別、鑑別、區別、分門別類。③差（ㄔㄚ）異：例內外有別、差別。④按照不同特點區分出的種（ㄓㄨㄥˇ）類：例性別、類別、級別。⑤指另外的：例別人、別處、別字（錯讀或錯寫成的字）。⑥用針等把東西附著（ㄓㄨㄛˊ）或固定：例胸前別了一朵花。⑦特殊的：例特別、別出心裁。⑧不要：例別出聲、別忘了、別開玩笑。

猜猜看：「用刀用戈不殺人」，猜一個字。

答案：划。

刀部 5 判 左右

丶 丷 䒑 兰 半 判 判

ㄆㄢˋ ①分開；分辨：例判別、判明、判斷。②裁定；評定：例裁判、評判。③法院對案件作出裁決：例判刑、判案、審判。

刀部 5 利 左右

丿 二 千 禾 禾 利 利

ㄌㄧˋ ①器物頭尖或刃薄，容易刺進或切入物體；快（跟「鈍」相對）：例利刃、利劍、銳利、鋒利。②吉祥的：例吉利、失利、順利。③好處（ㄔㄨˋ）（跟「害」或「弊」相對）：例福利、利益、有利無害、興利除弊、漁翁得利。④生產、交易或存款等獲得的錢：例利息、紅利、一本萬利、薄利多銷。

刀部 5 刪 左右

丨 冂 刀 冊 冊 冊 刪

ㄕㄢ 去掉不好或無用的字句：例刪改、刪節、刪除、刪掉、刪訂。

刀部 5 刨 左右

丿 勹 勹 匀 包 包 刨

ㄅㄠˋ ①推刮物料使平滑的工具：例刨子、刨床。②用刨子或刨床推刮：例刨光、刨平。

ㄆㄠˊ ①挖；掘：例刨坑、刨土、刨樹根。②減掉；除去：例刨除。

刀部 6 刻 左右

丶 亠 亡 亥 亥 亥 刻

老師的話：夏天，小朋友都愛吃冰冰涼涼的刨冰，「刨」字記得唸作ㄅㄠˋ喲！

老師的話：彩券的「券」下面是「刀」，不是「力」。

ㄎㄜˋ ①用小刀雕花紋、文字等：例刻圖章、雕刻。②冷酷；不厚道：例刻薄、尖刻、苛刻、刻毒。③雕刻的物品：例石刻。④時間單位，十五分鐘為一刻：例現在是六點三刻。⑤短暫的時間；時候：例刻不容緩、頃刻、此刻、時刻。

刀部 6 **券** 上下

丶 丷 䒑 兰 半 关 券 券

ㄑㄩㄢˋ ①作為（ㄨㄟˊ）憑證的票：例入場券、招待券、優待券。②具有價值，可以買賣、轉讓、抵押的票據：例債券、禮券、證券。

刀部 6 **刷** 左右

ㄱ コ 尸 尸 𡰪 吊 刷 刷

ㄕㄨㄚ ①清洗汙垢的用具：例刷子、牙刷。②塗抹或清洗：例刷油漆、刷牆、刷牙、刷洗。③淘汰：例頭一輪比賽就被刷掉了。④擬聲詞，模擬迅速擦過或撞擊的聲音：例樹葉被風吹得刷刷響。

刀部 6 **刺** 左右

一 厂 冂 巿 朿 朿 朿 刺

ㄘˋ ①扎入或穿透：例刺破、刺穿。②暗殺：例遇刺、行（ㄒㄧㄥˊ）刺。③嘲笑：例譏刺、諷刺。④像針一樣尖銳的東西：例手上扎了一根刺、魚刺。⑤偵察：例刺探。⑥刺激：例刺耳、刺鼻、刺眼。

刀部 6 **到** 左右

一 ㄷ 厶 云 至 至 到 到

到 ㄉㄠˋ ①抵達；達到：例今天就到美國、初來乍到、到期。②周全：例周到。③去；往：例到親戚家坐坐。④表示有了結果：例想到、做到、看到、收到。

刮（刀部 6畫 左右）

ㄍㄨㄚ ①用有鋒刃的器具延著（•ㄓㄜ）物體的表面移動，清除附著（ㄓㄨㄛˊ）在上面的東西：例水垢該刮了、刮鍋底、刮鬍子。②掠奪：例搜刮。③擦亮：例刮目相看（指別人已經有顯著（ㄓㄨˋ）的進步，要以全新的眼光看待他。）④吹。通「颳」：例刮大風了。

制（刀部 6畫 左右）

ㄓˋ ①擬定；規定：例因地制宜、制訂、制定。②法度；規範；準則：例制度、法制、制服。③管束；限定：例制裁、制止、控制、壓制、管制、限制。

剁（刀部 6畫 左右）

ㄉㄨㄛˋ ①用刀、斧等砍斷：例剁魚、剁骨頭（ㄍㄨˇ •ㄊㄡ）。②用刀細細的切：例剁肉、剁碎。

刹（刀部 7畫 左右）

ㄔㄚˋ ①佛教（ㄐㄧㄠˋ）的寺廟：例古刹、佛刹、寶刹。②〔刹那（ㄋㄨㄛˋ）〕極短的時間：例一刹那、刹那間（ㄐㄧㄢ）。

老師的話：「剁（ㄉㄨㄛˋ）」的相似字是「切（ㄑㄧㄝ）」。

老師的話：形容人走路大搖大擺叫「大剌剌」，「剌」字不可以寫作「刺」。

刀部 7

剃

左右

丶 丷 ⺌ 当 弟 弟 弟 弟 剃

ㄊㄧˋ 用刀具刮去毛髮：例剃光頭、剃鬍子。

刀部 7

削

左右

丨 ⺊ 小 ⺌ 肖 肖 肖 肖 削

ㄒㄩㄝˋ 讀音。①意思跟「削」（ㄒㄧㄠ）相同，用於多音節詞和成語：例削髮、削鐵如泥、削足適履。②減少；減弱：例削價、削減、削弱。③除去；鏟除：例削奪、削職、削平。④搜刮；掠取：例剝削。

ㄒㄧㄠ 語音。用刀斜著（˙ㄓㄜ）切（ㄑㄧㄝ）去物體的表層：例削梨、削鉛筆、刀削麵。

刀部 7

前

上下

丶 丷 䒑 广 前 前 前 前 前

ㄑㄧㄢˊ ①朝（ㄔㄠˊ）對面的方向走：例勇往直前、停滯不前。②次序在先的（跟「後」相對）：例前面、前三名、前兩天。③過去的；從前的：例史無前例、前功盡棄、前幾年、前人。④未來；將來：例前途、前程、前景。⑤次序在先的：例前十名、前兩節課。

刀部 7

剌

左右

一 ㄏ 冖 口 市 申 束 束 剌

ㄌㄚˋ 不合常情、違背（ㄅㄟˋ）事理：例乖剌、剌謬。

ㄌㄚˊ 用刀把東西切（ㄑㄧㄝ）斷或割開：例剌破、剌開。

老師的話：「剔」字唸作ㄊㄧ，是單音字。

刀部 7 剋 半包圍

一 十 ナ 古 古 声 克 克 剋

ㄎㄜˋ ①限定：例剋期、剋日。②約束：例奉公剋己。③勝。通「克」：例剋服、剋星。④私自扣減：例剋扣。

刀部 7 則 左右

丨 冂 冃 月 目 貝 貝 貝 則

ㄗㄜˊ ①規章；條文：例規則、法則、細則。②榜樣；規範：例以身作則。③量詞，用於較短的文章：例笑話五則、新聞三則。④就：例窮則思變、欲速則不達。⑤卻：例說的是一套，做的則是另一套。

刀部 8 剖 左右

丶 亠 亠 立 立 咅 音 音 剖

ㄆㄡˇ ①切（ㄑㄧㄝ）開；破開：例剖腹、解剖、剖面。②分析：例剖析、剖明事理。

刀部 8 剜 左右

丶 丷 宀 宀 宀 宛 宛 宛 剜

ㄨㄢ 用刀挖：例剜肉補瘡（比喻用有害的方法救急）。

刀部 8 剔 左右

丨 冂 日 日 月 另 易 易 剔

ㄊㄧ ①把骨頭（ㄍㄨˇ ˙ㄊㄡ）上的肉刮下來：例剔排骨。②把縫隙或孔洞裡的東西挑（ㄊㄧㄠ）：例剔牙、剔指甲。③除去不好的東西：例剔除。

老師的話：「剛」的相似字是「強」、「硬」。

刀部 8 **剛** 左右

丨 冂 冂 冈 冈 冈 岡 岡 剛 剛

ㄍㄤ

①堅硬；堅強（跟「柔」相對）：例剛直、剛強。②才；方才：例剛開完會、天剛亮。③僅僅：例聲音不大，剛能聽見、別人跑了三圈，他剛跑了一圈。④恰好：例不多不少，剛好一杯、這雙鞋大小剛合腳。

刀部 8 **剝** 左右

ㄥ ㄅ ㄅ 彑 彑 彔 彔 彔 剝 剝

ㄅㄛ

①去掉外皮或殼：例剝皮、生吞活剝。②脫落：例剝落。③強（ㄑㄧㄤˇ）行奪去：例剝削（ㄒㄩㄝ）、剝奪。

刀部 9 **剪** 上下

丶 丷 䒑 广 广 肯 前 前 前 剪 剪

ㄐㄧㄢˇ

①兩刃交錯、可以開合的鐵製用具：例剪子、剪刀。②像剪刀的器具：例火剪、夾剪。③除掉；除去：例剪除、剪滅。④用剪刀截斷東西：例剪斷、剪髮、剪彩、剪紙、修剪、剪貼。

刀部 9 **副** 左右

一 丆 丆 百 戸 戸 畐 畐 畐 畐 副

ㄈㄨˋ

①第二的、助理的：例副標題、副手、副職。②任副職的人：例大副。③附帶的；次要的；次等的：例副產品、副業、副品。④符合：例名實不副、名副其實。⑤量詞。(1)用於成雙成對的東西：例兩副手套、一副對聯。(2)用

於配套的東西：例全副武裝。(3)用於臉部表情：例一副笑臉。

刀部 10 **割** 左右

丶 丷 宀 宀 宇 宑 宔 害 害 割

ㄍㄜ ①用刀截斷；切下：例割稻、割肉、收割、切割。②分割；分開：例割地賠款、割讓、割裂。③捨棄：例割愛、割捨。

刀部 10 **剴** 左右

丨 山 山 屵 岂 岂 岂 豈 豈 剴

ㄎㄞˇ 〔剴切〕①與（ㄩˇ）事理切合：例剴切中（ㄓㄨㄥˋ）理。②切實：例剴切教（ㄐㄧㄠˋ）導。

刀部 10 **創** 左右

丿 𠆢 今 今 今 今 刍 刍 倉 倉 倉 創

ㄔㄨㄤ ①身體受外傷的地方：例創傷。②打擊：例重（ㄓㄨㄥˋ）創。

ㄔㄨㄤˋ ①第一次做；剛開始做：例創刊、創建、創造、草創、創紀錄。②前所未有的；嶄新獨到的：例創舉、創見。

刀部 10 **剩** 左右

一 二 千 千 千 乖 乖 乖 乘 乘 剩

ㄕㄥˋ 餘下；留下：例剩餘、過剩。

刀部 11 **剿** 左右

巛 巛 巛 巛 巛 巛 巢 巢 巢 剿

ㄐㄧㄠˇ 討伐；消滅：例剿匪、剿滅、圍剿、追剿。

刀部 11 **剷** 左右

丶 亠 亣 文 文 产 产 产 产 産 産 剷

老師的話：創口、創傷的「創」字，記得要唸作「ㄔㄨㄤ」喲！

老師的話：「劃」指區分、設計時，通「畫」，例如：劃（畫）分、計劃（畫）。

ㄔㄢˇ ①一種（ㄓㄨㄥˇ）鐵製帶柄的器具。同「鏟」：例鐵剷。②割除、削平：例剷平。

刀部 11 **剽** 左右

ㄆㄧㄠˋ ①搶劫；掠取：例剽掠。②竊取；抄襲：例剽竊。③輕快；敏捷：例剽疾、剽悍。

刀部 12 **劃** 左右

ㄏㄨㄚˋ ①把整體分成若干部分（ㄈㄣˋ）：例把校園劃成五個清潔區。②擬定做事的辦法和步驟等：例籌劃、策劃、規劃、謀劃。③匯寄金錢：例劃撥。④一致的：例整齊劃一。

ㄏㄨㄚˊ 用刀或其他東西擦過物體的表面：例劃破、劃開、劃火柴。

刀部 13 **劇** 左右

ㄐㄩˋ ①厲害；猛烈：例劇痛、劇變、急劇。②演戲的一種（ㄓㄨㄥˇ）藝術形式：例戲劇、話劇、劇本、劇情。

刀部 13 **劈** 上下

ㄆㄧ ①用刀、斧等破開東西；砍：例劈木頭、一劈兩半。②正對著（˙ㄓㄜ）：例大雨劈頭澆下來、劈臉。③分（ㄈㄣ）開：例劈腿。④擬聲詞，用來形容鞭炮聲：例劈哩（ㄌㄧ）啪啦。

刀部 13 劊 左右

ノ 人 𠆢 𠆢 合 命 命 命 命 會 會 會 會 會 劊

ㄎㄨㄞˋ 〔劊子手〕舊指執行死刑的人，後來多比喻屠殺人民的人。

刀部 13 劉 左右

ㄌㄧㄡˊ 姓。

刀部 13 劍 左右

ㄐㄧㄢˋ 古代兵器，長條形，兩邊有刃，中間有脊：例寶劍。

刀部 14 劑 左右

ㄐㄧˋ ①調（ㄊㄧㄠˊ）配藥物、味道等：例調劑。②配製、調和成的東西：例湯劑、針劑、殺蟲劑、防腐劑、潤滑劑。③用來計算中藥的量詞：例一劑湯藥。

力部 ㄌㄧˋ

力部 0 力 獨體

ㄱ 力

ㄌㄧˋ ①動物因筋肉運動所產生的作用：例力氣、臂力、腕力。②人體器官的功能：例聽力、腦力、想像力、生命力。③事物的功能：例火力、水力、藥力、財力、戰鬥力。④竭盡：例力求上進、據理力爭。

老師的話：中國歷史上第一位平民皇帝是漢高祖劉邦。

猜猜看：「人加言」、「水加骨」、「東加木」是什麼字呢？

答案：信、滑、棟。

力部 3 加 左右
ㄐㄧㄚ
ㄱ力加加加
①算術的一種運算方法，把兩個或兩個以上的數（ㄕㄨˋ）合併在一起，計算總和（ㄏㄜˊ）：例加法。②增添：例添加、加油添醋。③在原有的基礎上增多、擴大或提高：例又加了一道菜、袖口得（ㄉㄟˇ）加一寸、加大、加固、加快。④給（ㄐㄧˇ）予：例施加壓力。

力部 3 功 左右
ㄍㄨㄥ
一丅工功功
①對國家、社會或人們有貢獻的事（跟「過」相對）：例立功、功勞、豐功偉績、歌功頌德。②成效；效果：例功效、功能、事半功倍。③本領：例練功、功力、功夫、唱功。

力部 4 劣 上下
ㄌㄧㄝˋ
丨小小少劣劣
低下的；極壞的（跟「優」相對）：例劣等、劣勢、低劣、惡（ㄜˋ）劣、優劣。

力部 5 劫 左右
ㄐㄧㄝˊ
一十土去去劫劫
①強（ㄑㄧㄤˇ）取；搶奪：例趁火打劫、搶劫。②威脅；逼迫：例劫持。③指災難（ㄋㄢˋ）：例劫難、浩劫。

力部 5 助 左右
ㄓㄨˋ
丨冂日月且助助
幫忙、輔佐：例互助、援助、幫助、輔助、助人為樂（ㄌㄜˋ）。

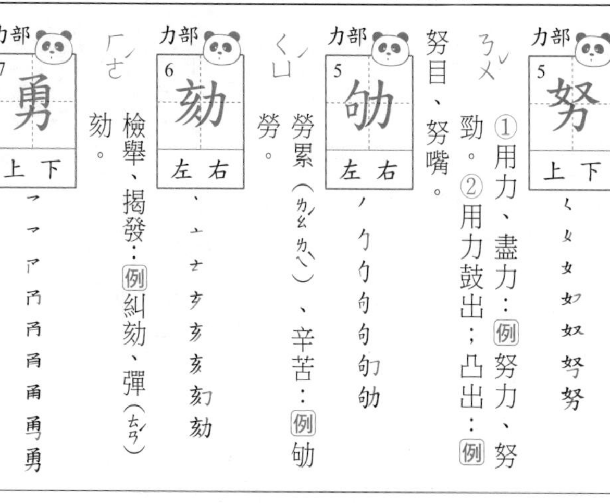

力部 5 **努** 上下

ㄋㄨˇ ①用力、盡力：例努力、努勁。②用力鼓出；凸出：例努目、努嘴。

力部 5 **劮** 左右

ㄑㄩˊ 勞累（ㄌㄠˊ ㄌㄟˋ）、辛苦：例劮勞。

力部 6 **劾** 左右

ㄏㄜˊ 檢舉、揭發：例糾劾、彈（ㄊㄢˊ）劾。

力部 7 **勇** 上下

ㄩㄥˇ 有膽量（ㄌㄧㄤˋ）；遇到危險、困難（ㄋㄢˊ）不退縮：例勇敢、勇武、勇猛、忠勇、神勇、英勇、勇往直前、勇於認錯。

力部 7 **勉** 半包圍

ㄇㄧㄢˇ ①努力；盡力：例勉力、勤勉。②鼓勵；勸導：例共勉、自勉、勉勵。③力量（ㄌㄧㄤˋ）不足或不願意，但是仍然盡力去做：例勉為（ㄨㄟˊ）其難、勉強（ㄑㄧㄤˇ）。

力部 7 **勃** 左右

ㄅㄛˊ ①旺盛的：例蓬勃、生機勃勃、興（ㄒㄧㄥˋ）致勃勃。②突然：例勃興（ㄒㄧㄥ）、勃然大怒、勃然變色。

猜猜看：「石俑出力」，猜一個字。 答案：勇。

老師的話：「勘察」也可以寫作「勘查」。

力部 7 **勁** 右 左

ㄐㄧㄥˋ ①力氣；力量：例用勁、使勁。②效力；作用：例藥勁。③精神；情緒：例幹勁沖天、勁頭十足。④神情；樣子：例傻勁、高興（ㄒㄧㄥˋ）勁、親（ㄑㄧㄣ）熱勁。⑤興致；趣味：例起勁、沒勁。⑥強有力：例勁敵、勁旅、強勁。

力部 9 **勒** 右 左

ㄌㄜˋ ①拉緊韁繩不讓牲口前進：例懸崖勒馬。②強迫：例勒令、勒索。

ㄌㄟ 用繩子等纏住或套住後，用力拉緊：例勒得（˙ㄉㄜ）喘不出氣、勒緊。

力部 9 **務** 右 左

ㄨˋ ①專心去做；致力於：例務本、務實。②事情：例事務、家務、任（ㄖㄣˋ）務、職務。③必須；一定：例務必、務須。

力部 9 **勘** 右 左

ㄎㄢ ①校（ㄐㄧㄠˋ）對；核定：例勘誤、校勘。②實地查看；探測：例勘察、勘測、勘探。

力部 9 **動** 右 左

ㄉㄨㄥˋ ①改變原來的位置或狀態（跟「靜」相對）：例挪動、變動、改動、流動、地動山搖。②

使用；使活動起來：例動筆、動工、動腦筋。③使情感起變化、有反應（ㄧㄥˋ）：例動心、動人、動怒、無動於衷。④行為（ㄨㄟˊ）：例一舉一動、輕舉妄動、聞風而動。

力部 10 **勞** 上下
丶 ⺍ ⺌ 火 火 火 炏 炏 炏 𤇾 𫇧 勞

ㄌㄠˊ ①辛苦；累（ㄌㄟˋ）：例辛勞、勞累、疲勞。②使辛苦：例勞心、勞神、勞民傷財。③煩擾；打擾，用在請別人做事時的客套話：例勞駕、有勞、煩勞。④功績：例功勞、勞績。⑤勤苦做事：例勞務、勞動、不勞而獲、能者多勞。

ㄌㄠˋ 慰問：例慰勞。

力部 10 **勝** 左右
丿 刀 月 月 月 月 月 月 肸 胅 勝 勝

ㄕㄥˋ ①占優勢或超過對方（跟「負」「敗」相對）：例勝利、勝負、勝算、常勝、險勝、百戰百勝。②超過：例勝過、事實勝於雄辯。③優美的；美好的：例勝地、勝會。④優美的地方或境界：例名勝、引人入勝。

ㄕㄥ ①能承擔（ㄉㄢ）；經得（˙ㄉㄜ）住：例勝任、不勝其煩。②盡：例不可勝數、不勝枚舉。

力部 10 **勛** 左右
丨 口 口 尸 月 員 員 員 員 員 勛

ㄒㄩㄣ 同「勳」。①很大的功勞：例功勛、勛章。②有很大功勞的人：例開國元勛。

老師的話：「勝」的相似字是「贏」，相反字是「敗」。

老師的話：募款用「募」，開幕用「幕」，要分辨清楚喲！

力部 11 **募** 上下

一 十 艹 艹 芇 苩 苩 苩 荁 莫 莫 募 募

ㄇㄨˋ

廣泛徵集：例募捐、募集、招募。

力部 11 **勦** 左右

〈 〈〈 巛 巛 巛 巢 巢 巢 巢 巢 巢 勦 勦

ㄐㄧㄠˇ

討伐；消滅。同「剿」：例勦平、勦滅、追勦。

ㄔㄠ

抄襲：例勦襲。

力部 11 **勤** 左右

一 十 廿 廿 廿 芇 苩 苩 苩 堇 堇 勤 勤

ㄑㄧㄣˊ

①努力，不偷懶：例勤快、勤勞、勤奮。②指事務工作：例外勤、勤務、後勤。③指按規定時間上下班的工作：例出勤、考勤、執勤、全勤。④經常；次數多：例勤洗澡常換衣、勤來勤往。

力部 11 **勢** 上下

一 十 土 夫 夫 夫 坴 坴 坴 埶 埶 勢 勢

ㄕˋ

①在政治、經濟或軍事等方面的力量：例勢力、權勢、仗勢欺人。②事物顯示出的力量：例聲勢、氣勢、火勢、風勢。③自然界的外表形貌：例山勢、地勢。④人的姿態、樣子：例手勢、姿勢、架勢、裝腔作勢。⑤發展的狀況或趨向：例局勢、形勢、趨勢。

力部 15 **勵** 左右

一 厂 厂 厂 厂 厂 厂 厂 厲 厲 厲 厲 厲 勵 勵

ㄌㄧˋ

鼓舞；勸勉：例鼓勵、獎勵、激勵、勉勵。

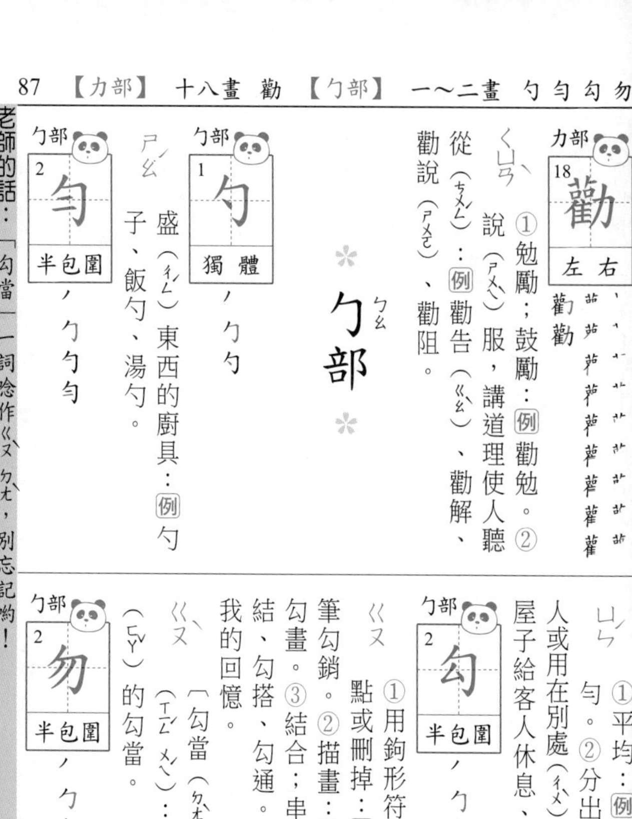

力部 18 **勸** 左右

勸 勸

ㄑㄩㄢˋ ①勉勵；鼓勵：例勸勉。②說（ㄕㄨㄟˋ）服，講道理使人聽從（ㄘㄨㄥˊ）：例勸告（ㄍㄠˋ）、勸解、勸說（ㄕㄨㄛ）、勸阻。

勹（ㄅㄠ）部

勹部 1 **勺** 獨體

ノ 勹 勺

ㄕㄠˊ 盛（ㄔㄥˊ）東西的廚具：例勺子、飯勺、湯勺。

勹部 2 **勻** 半包圍

ノ 勹 勺 勻

ㄩㄣˊ ①平均：例勻稱（ㄔㄣˋ）、均勻。②分出部分（ㄈㄣˋ）給別人或用在別處（ㄔㄨˋ）：例勻一間（ㄐㄧㄢ）屋子給客人休息、勻不出時間。

勹部 2 **勾** 半包圍

ノ 勹 勾 勾

ㄍㄡ ①用鉤形符號表示重（ㄓㄨㄥˋ）點或刪掉：例勾畫重點、一筆勾銷。②描畫：例勾勒、勾臉、勾畫。③結合；串通：例勾引、勾結、勾搭、勾通。④引出：例勾起我的回憶。

ㄍㄡˋ 〔勾當（ㄉㄤˋ）〕不好的行為（ㄒㄧㄥˊ ㄨㄟˊ）：例千萬別做非法（ㄈㄚˇ）的勾當。

勹部 2 **勿** 半包圍

ノ 勹 勺 勿

老師的話：「勾當」一詞唸作ㄍㄡˋ ㄉㄤˋ，別忘記喲！

老師的話：匍匐前進的「匍」和葡萄的「葡」不同，小心別寫錯了。

ㄨˋ 不要；別：例勿忘我、請勿打擾、勿失良機。

勹部 3 **包** 半包圍

ノ 勹 勺 匂 包

ㄅㄠ ①用紙、布等裹住物品：例包紮（ㄓㄚ）、包餃子、包書套。②成件的包起來的東西：例把棉花打成包、點心包、郵包。③裝東西的袋子：例皮包、書包、針線包。④用麵粉做成的食物：例包子、麵包、水煎包、小籠包。⑤量詞，用於包起來的東西：例一包衣服、兩包米。⑥容納在內；總括在一起：例包含、包括、包容。⑦總攬下來，全面負責：例包工、包辦、承包。⑧擔保；保證：例包您滿意、包退包換。⑨全部買下或租用；約定專用：例包場、包廂、包輛遊覽車。⑩圍攏；圍繞：例包抄、包圍。

勹部 3 **匆** 半包圍

ノ 勹 勿 匆 匆

ㄘㄨㄥ 急促；急忙：例匆忙、匆促、來去匆匆。

勹部 4 **匈** 半包圍

ノ 勹 勹 匃 匈 匈

ㄒㄩㄥ 〔匈奴〕古代中國北方的一個民族。

勹部 7 **匍** 半包圍

ノ 勹 勹 匃 匍 匍 匍 匍 匍

ㄆㄨˊ 〔匍匐〕爬行（ㄒㄧㄥˊ）；趴著：例匍匐（ㄈㄨˊ）前進。

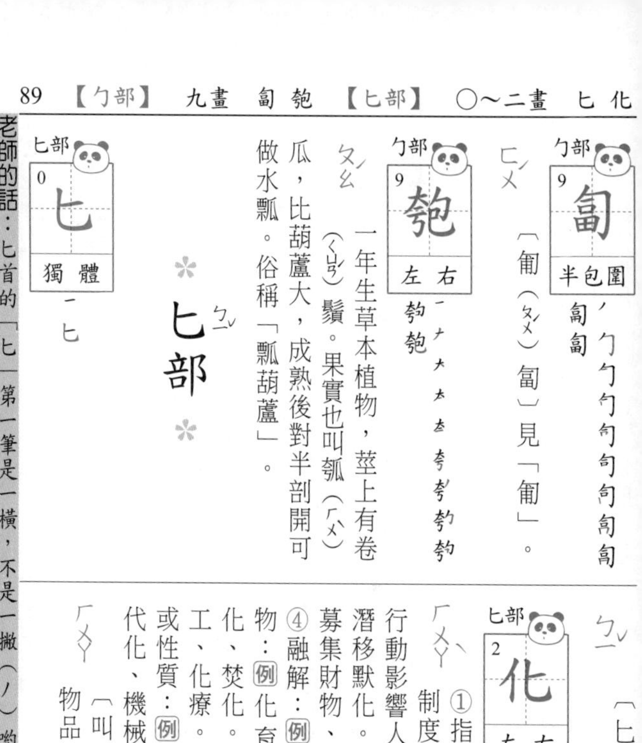

勹部 9 **匐** 半包圍

ノ 勹 勹 勺 句 句 句 匐 匐 匐 匐

ㄈㄨˊ 〔匍（ㄆㄨˊ）匐〕見「匍」。

勹部 9 **匏** 左右

一 ナ 大 夲 夲 夸 夸 匏 匏 匏 匏

ㄆㄠˊ 一年生草本植物，莖上有卷（ㄑㄩㄢˊ）鬚。果實也叫瓠（ㄏㄨˋ）瓜，比葫蘆大，成熟後對半剖開可做水瓢。俗稱「瓢葫蘆」。

匕部 ㄅㄧˇ

匕部 0 **匕** 獨體

一 匕

ㄅㄧˇ 〔匕首〕短劍。

匕部 2 **化** 左右

ノ 亻 亻 化

ㄏㄨㄚˋ ①指各種（ㄓㄨㄥˇ）禮樂（ㄩㄝˋ）制度：例文化。②用言語、行動影響人，使人轉變：例感化、潛移默化。③（僧尼、道士）向人募集財物、食品：例化緣、化齋。④融解：例雪化了。⑤天地生成萬物：例化育。⑥燒成灰燼：例火化、焚化。⑦指化學：例化肥、化工、化療。⑧表示轉變成某種狀態或性質：例美化、淨化、綠化、現代化、機械化、資訊化、電腦化。

ㄏㄨㄚ 〔叫化子〕向人乞求金錢、物品過日子的人。

老師的話：匕首的「匕」第一筆是一橫，不是一撇（ノ）喲！

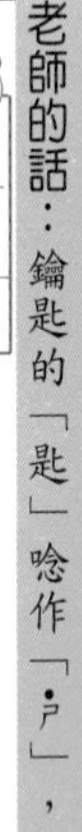

匕部 3 **北** 左右

丨 ⺊ ⺊ 丬 北

ㄅㄟˇ ①方位名（跟「南」相對）：例大江南北、由北往南。②打了敗仗往回跑：例敗北。

匕部 9 **匙** 半包圍

丨 ㄇ 日 日 旦 早 早 是 是 是匙 匙

ㄔˊ 舀液體或粉末狀、顆粒狀東西的小勺（ㄕㄠˊ）子，俗稱（ㄔㄥ）「調（ㄊㄧㄠˊ）羹」：例湯匙、茶匙。

˙ㄕ 〔鑰匙〕開鎖的器具。

匚（ㄈㄤ）部

匚部 3 **匝** 半包圍

一 丆 丙 币 匝

ㄗㄚ ①量詞，環繞一圈叫一匝：例繞樹三匝。②滿；遍：例匝月、柳蔭匝地（遍地都是柳樹的意思）。

匚部 4 **匡** 半包圍

一 二 三 王 王 匡

ㄎㄨㄤ ①糾正：例匡正。②幫助；救助：例匡助、匡救。

匚部 4 **匠** 半包圍

一 ㄏ 厂 斤 斤 匠

ㄐㄧㄤˋ ①有專門技術的工人：例木匠、瓦匠、鐵匠、巧匠。②在文化藝術上成就大或修養深的人：例名匠、文壇巨匠、一代宗匠。③靈巧；巧妙：例匠心。

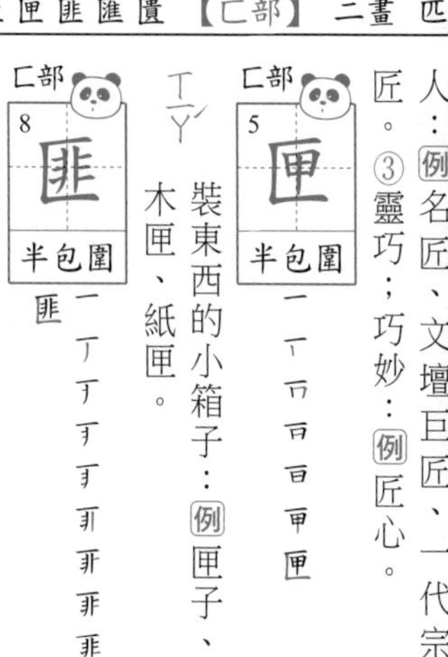

匚部 5 **匣** 半包圍

ㄒㄧㄚˊ 裝東西的小箱子：例匣子、木匣、紙匣。

匚部 8 **匪** 半包圍

ㄈㄟˇ 用暴力搶劫財物，危害他人的歹徒：例土匪、匪徒、匪巢、盜匪。

匚部 11 **匯** 半包圍

ㄏㄨㄟˋ ①（水流）會合到一起：例匯合、匯流、細水匯成巨流。②透過郵局、銀行等把錢由甲方撥付到乙方：例匯款、匯兌、郵匯。

匚部 12 **匱** 半包圍

ㄎㄨㄟˋ 不足；缺乏：例匱乏、匱缺。

匚部 ㄈㄤ

匚部 2 **匹** 半包圍

ㄆㄧ 量詞。計算馬的單位：例馬匹、一匹馬。

ㄆㄧˇ ①比得（˙ㄉㄜ）上；相當（ㄒㄧㄤ ㄉㄤ）：例匹敵、匹配。②單獨的：例匹夫。③用於整綑的布、

老師的話：匹夫之勇的「匹」，唸作ㄆㄧ。

老師的話：「區」指姓氏時，唸作ㄡ，不要讀錯喲！

綢等：例兩匹綢緞。

匚部 9 **匿** 半包圍

筆順：一 … 若 匿

ㄋㄧˋ 隱藏（ㄘㄤˊ）；瞞著：例隱匿、藏匿、匿名信、銷聲匿跡。

匚部 9 **區** 半包圍

筆順：一 … 區

ㄑㄩ ①陸地、水面或空中的特定範圍：例區域、山區、災區、住宅區、自然保護區。②分別；劃分：例區別、區分。③行政上劃分的地方自治單位：例特區、大安區。④微薄的：例區區小錢。

ㄡ 姓。

匚部 9 **匾** 半包圍

筆順：一 … 扁 匾

ㄅㄧㄢˇ 掛在門上或牆上有題字的橫牌：例匾額、橫匾、牌匾。

十部（ㄕˊ）

十部 0 **十** 獨體

筆順：一 十

ㄕˊ ①數（ㄕㄨˋ）目名，九加一的和（ㄏㄜˊ）。②表示達到極點：例十足、十分、十全十美、十拿九穩、十萬火急。

十部 1 **千** 獨體

筆順：ノ 二 千

ㄑㄧㄢ ①數（ㄕㄨˋ）目名，一百的十倍。②表示很多：例千錘百煉、成千上萬、一落千丈、氣象萬千、千方百計、千山萬水。

十部 2 **午** 獨體

ノ ㄏ 𠂉 午

ㄨˇ ①地支的第七位。參見「支」⑦。②時辰名，指上午十一點到下午一點：例午時。③特指日正當中（ㄉㄤ ㄓㄨㄥ）十二點的時候：例中午、正午、午飯。

·ㄏㄨㄛ 正午：例晌午。

十部 2 **升** 獨體

ノ 丿 千 升

ㄕㄥ ①向上或向高處（ㄔㄨˋ）移動（跟「降」（ㄐㄧㄤˋ）相對）：例升旗、上升、回升。②等級或職務提高：例升遷、升格、晉升、步步高升。③容量單位，一公升等於十分之一公斗。

十部 2 **卅** 獨體

一 十 廾 卅

ㄙㄚˋ 數（ㄕㄨˋ）目名，三十的合寫：例卅年。

十部 3 **仟** 左右

ノ 亻 仁 仟

ㄑㄧㄢ 數（ㄕㄨˋ）字「千」的大寫。

十部 3 **半** 獨體

丶 丷 䒑 兰 半

ㄅㄢˋ ①二分之一：例半天、半價、一半、對半、半信半

猜猜看：「同伴走了」，猜一個字。

答案：牛。

猜猜看：「早日卜卦」，猜一個字。

疑、半斤八兩。②中間（ㄐㄧㄢ）的：例半途而廢、半山腰。③不完全：例半生不熟、半自動、半成品。④同量詞連用，表示很少：例連半句話都不說、一星半點。

十部 3 **卉** 上下

一 十 土 𠀍 卉

ㄏㄨㄟˋ 草的總稱（ㄔㄥ）：例花卉。

十部 6 **卒** 上下

丶 亠 𠆢 𠫔 𠓜 卒

ㄗㄨˊ ①士兵：例一兵一卒。②終了（ㄌㄧㄠˇ）；完畢：例卒歲、卒業。③死亡：例生卒年月。

ㄘㄨˋ 急忙。通「猝」：例倉卒。

十部 6 **協** 左右

一 十 𠂇 㔾 协 協 協

ㄒㄧㄝˊ ①共同：例協定、協作、協商、同心協力。②和（ㄏㄜˊ）諧：例協調（ㄊㄧㄠˊ）。③幫助：例協助、協辦。

十部 6 **卓** 上下

丨 ⺊ 𠂉 占 卓 卓 卓

ㄓㄨㄛˊ ①又高又直：例卓立。②不平凡；超出一般：例卓識、卓絕、卓著（ㄓㄨˋ）。

十部 6 **卑** 上下

丿 ⺁ 白 白 白 由 卑 卑

ㄅㄟ ①地位低下：例卑下、卑賤、卑微、卑職。②低劣：例卑劣、卑鄙。③輕視：例自卑。

答案：卓。

十部 7 南 上下

一 十 𠂇 冂 冇 冇 冇 南 南

ㄋㄢˊ ①方位名（跟「北」相對）：例南方、南面、坐北朝（ㄔㄠˊ）南。②指中國南方：例南味、南式、南貨。

ㄋㄚˊ〔南無（ㄇㄛˊ）〕梵語的譯音，有合掌、稽首、歸向、敬禮的意思。

十部 10 博 左右

一 十 𠂇 忄 忄 怙 怙 恒 恒 博 博 博

ㄅㄛˊ ①廣；多：例廣博、博大、地大物博。②見識深廣：例博學、博覽、淵博、博古通今。③換取；取得（ㄉㄜˊ）：例博得（ㄉㄜˊ）好評。④指賭錢：例賭博。

猜猜看：「北軍歸順」，猜臺灣地名。

答案：南投。

卜部

卜部 0 卜 獨體

丨 卜

ㄅㄨˇ ①古代指用龜甲等預測吉凶，後來泛指各種預測吉凶的活動：例卜卦、占卜、求神問卜。②預測：例預卜、未卜先知、成敗未卜。

卜部 2 卞 上下

丶 亠 亣 卞

ㄅㄧㄢˋ 姓。

老師的話：商朝人很迷信，凡事都要用龜甲卜卦算命呢！

卜部

卡 3 上下

丨 卜 上 卡 卡

ㄎㄚˇ ①運輸貨物等的載重（ㄗㄞˋ ㄓㄨㄥˋ）汽車：例卡車。②記錄各種事項的專用紙片：例目錄卡、資料卡。③夾在中間不能動：例卡住、魚刺卡在喉嚨。④設在交通要道或險要地段的崗（ㄍㄤˇ）哨：例關卡。⑤控制：例預算卡得很緊。

ㄑㄧㄚˇ ①夾東西的器具：例卡子。②固定頭髮的小夾子：例髮卡。

卜部

占 3 上下

丨 卜 ⺊ 占 占

ㄓㄢ 用銅錢、竹籤等預測禍福：例占卦、占卜。

ㄓㄢˋ 同「佔」。①用強（ㄑㄧㄤˇ）力或其他不正當（ㄓㄥˋ ㄉㄤˋ）手段取得並據有：例霸占、占領、占據、占便宜。②擁有：例占地一千坪。③處於（某種地位）；屬於（某種情況）：例占上風、占多數。

卜部

卦 6 左右

一 十 土 圭 圭 圭 卦 卦

ㄍㄨㄚˋ 古代預測禍福用的符號：例八卦（象徵天、地、雷、風、水、火、山、澤八種自然現象的符號）。

卩（ㄐㄧㄝˊ）部

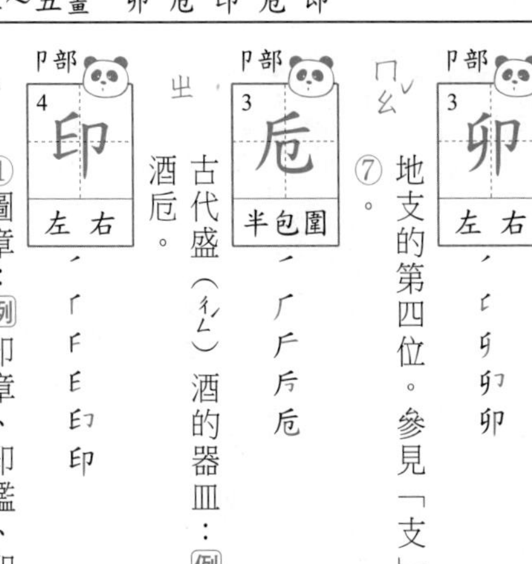

卩部 3 **卯** 左右

ㄇㄠˇ

地支的第四位。參見「支」⑦。

卩部 3 **卮** 半包圍

ㄓ

古代盛（ㄔㄥˊ）酒的器皿：例酒卮。

卩部 4 **印** 左右

ㄧㄣˋ

①圖章：例印章、印鑑、印璽、官印。②符合：例印證、心心相印。③痕跡：例腳印、烙印。④使圖像、文字等附著（ㄓㄨㄛˊ）在紙、布等上面：例印刷、鉛印、複印〈比〉深深地印在腦海裡。

卩部 4 **危** 半包圍

ㄨㄟˊ

①環境險惡；不安全（跟「安」相對）：例危險、危機、危在旦夕、轉危為安。②損害：例危及國家、危害社會。③將（ㄐㄧㄤ）要死亡：例垂危（臨近死亡）、病危。

卩部 5 **即** 左右

ㄐㄧˊ

①接近、靠近：例若即若離。②當（ㄉㄤ）時或當地：例即日、即時、即席。③就；便：例一觸即發、知錯即改。④就是：例孟子即孟軻、非此即彼。⑤〔即使〕假設、就算是：例即使功課再好，也不能驕傲。

老師的話：「卯時」是指早晨五點到七點。

老師的話：「卸」字的總筆畫是八畫，不是九畫。

卩部 5 **卵** 左右

ㄌㄨㄢˇ 雌性生殖細胞；特指鳥類、魚類、蟲類所生的蛋：例卵生、產卵、蟲卵。

卩部 6 **卷** 上下

ㄐㄩㄢˇ 同「捲」。①把東西彎轉（ㄓㄨㄢˇ）成圓筒形或半圓形：例卷鋪蓋、卷簾子。②帶動或掀起：例卷起、卷走、狂風卷著巨浪、卷起塵土。

ㄐㄩㄢˋ ①量詞，用於書籍的本冊或篇章：例上卷、下卷、第一卷。②可以捲起來收藏（ㄘㄤˊ）的書、畫；泛指書畫：例畫卷、手不釋卷。③機關裡保存的文件：例卷宗、案卷。④考試時寫答案的紙：例考卷、交卷、閱卷、試卷。

ㄑㄩㄢˊ 彎曲（ㄑㄩ）：例卷曲（ㄑㄩ）、卷髮。

卩部 6 **卸** 左右

ㄒㄧㄝˋ ①放下、安頓：例卸貨、卸行李。②拆解：例拆卸、卸裝、卸零件。③解除；推脫：例卸任、推卸。

卩部 6 **卹** 左右

ㄒㄩˋ ①同情、憐惜：例體卹、憐卹。②救濟：例撫卹。

卩部 7 **卻** 左右

ㄑㄩㄝˋ ①向後退：例卻步、退卻。②推辭；拒絕：例推卻、盛情難卻。③表示結果，相當於「去」或「掉」：例了(ㄌㄧㄠˇ)卻、忘卻、失卻、冷卻。④表示輕微的轉(ㄓㄨㄢˇ)折：例話雖不多，卻很有分量、我對他很好，他卻不理我。

卩部 8 **卿** 左右

ㄑㄧㄥ ①古代高級官名：例卿相(ㄒㄧㄤˋ)、卿家、上卿。②古代表示親切(ㄑㄧㄝˋ)的稱(ㄔㄥ)呼，用於君稱臣或朋友、夫妻之間互稱：例愛卿。③形容男女間親愛相處(ㄒㄧㄤ ㄔㄨˇ)：例卿卿我我。

厂部 ㄏㄢˇ

厂部 2 **厄** 半包圍

一 厂 厅 厄

ㄜˋ ①困苦：例困厄、厄境、厄運。②險要的境地：例險厄。

厂部 7 **厚** 半包圍

ㄏㄡˋ ①扁平物體上下的距離：例厚度。②扁平物體上下的距離大：例厚度。③多；大；重(ㄓㄨㄥˋ)；濃：例豐厚、厚利、厚禮、厚望、濃厚。④看重(ㄓㄨㄥˋ)；優待：例厚今薄古、厚此薄彼。⑤情意深：例深情厚誼(ㄧˋ)。⑥能寬容人；待人誠懇：例寬厚、忠厚、憨厚、厚道。

老師的話：「卻步」是向後退，「退步」是指成績或表現比以前差。

老師的話：厲害用「厲」，鼓勵用「勵」，要分辨清楚喲！

厂部 8 原 半包圍
一 厂 厂 厂 历 历 盾 厡 原 原

ㄩㄢˊ ①開始的；最初的：例原始、原人、原生林。②沒有加工的：例原料、原稿。③本來的；沒有改變的：例原封不動、原班人馬、原價、原意。④寬容；諒解：例情有可原、原諒。⑤平坦而廣闊的地面：例原野、平原。

厂部 8 厝 半包圍
一 厂 厂 厂 厈 厈 厝 厝 厝

ㄘㄨㄛˋ ①我國南方人稱家或屋子為「厝」。②把靈柩暫時停放以待（ㄉㄞˋ）安葬：例暫厝、奉厝。③安置：例厝身。

厂部 10 厥 半包圍
一 厂 厂 厂 厂 屰 屰 屰 屰 厥 厥 厥

ㄐㄩㄝˊ ①氣閉；暈倒（ㄉㄠˇ）；失去知覺（ㄐㄩㄝˊ）：例暈厥、昏厥。②他的；那個：例大放厥詞。

厂部 12 厭 半包圍
一 厂 厂 厂 厂 厂 厂 肙 肙 肙 厭 厭

ㄧㄢˋ ①滿足；滿意。通「饜」：例學而不厭、貪得無厭。②不喜歡；嫌棄：例厭煩、厭倦、厭戰、厭惡（ㄨˋ）、討厭。

厂部 13 厲 半包圍
一 厂 厂 厂 厂 厂 厂 厂 厝 厝 厲 厲 厲

ㄌㄧˋ ①猛烈；嚴肅：例嚴厲、雷厲風行、聲色俱厲。②嚴格：例厲行節約。

厶部 ㄙ

厶部 3 去 上下

一 十 土 去 去

ㄑㄩˋ ①離開；失掉：例去世、去職、大勢已去。②除掉；減掉：例去掉、去粗取精。③以往的：例去年、去冬今春。④從這裡到別的地方（跟「來」相對）：例去向、去處、去買東西。⑤表示後面的動作是前面動作的目的：例拿著鋤頭去鋤地。⑥表示動作的持續或趨向等：例隨他說去、一眼看去、朝（ㄔㄠˊ）外跑去、火車向遠方駛去。⑦去聲，相當（ㄒㄧㄤ ㄉㄤ）於現在國語注音符號中的第四聲。

厶部 6 叁 上下

ㄥ ㄙ ㄙ ㄙ ㄙ ㄙ 叁 叁

ㄙㄢ 數（ㄕㄨˋ）字「三」的大寫。

厶部 9 參 上下

ㄙ ㄙ ㄙ ㄙ ㄙ ㄙ ㄙ ㄙ 參 參

ㄘㄣ （參差）長短、高低、大小不一致：例參差不齊。

ㄘㄢ ①加入：例參軍、參政、參謀、參加。②對照別的材料加以考察：例參閱、參照。③會（ㄏㄨㄟˋ）見（地位或輩分（ㄈㄣˋ）高的人）：例參拜、參見。

ㄕㄣ 指人參，草本植物，有肥大的肉質根，可以做藥材。

ㄙㄢ 同「三」和「叁」。

老師的話：「去」字是「厶部」，不是「土部」，小心別寫錯了！

老師的話：「叉手」是指十個指頭交錯，「插手」有干涉、加入的意思。

又部（一ㄡˋ）

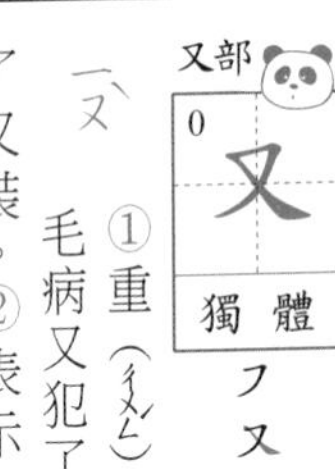

又部 0 **又** 獨體 フ又

一ㄡˋ ①重（ㄔㄨㄥˊ）複或繼續：例老毛病又犯了、裝了又拆，拆了又裝。②表示幾種情況同時存在：例既下雨又出太陽、天又黑，路又滑。③更進一層：例好又更好、病情又加重（ㄓㄨㄥˋ）了。④表示有所補充：例西裝外面，又套了一件風衣。⑤表示整數之外又加零數：例二又三分之一、十小時又五分鐘。

又部 1 **叉** 獨體 フ又叉

ㄔㄚ ①上端有分歧的長齒，可以挑起東西：例叉子、刀叉、魚叉。②用叉子挑（ㄊㄠ）或刺：例叉稻草、叉魚。③交錯：例交叉。④指叉形符號，形狀是「×」，用來表示錯誤或刪除：例對的打勾，錯的打叉。⑤互相卡住；堵住：例垃圾把水溝叉住了、路口讓汽車給叉死了。⑥分開；張開：例叉手、叉腿、叉開。⑦〔劈叉〕武術、舞蹈（ㄉㄠ）等的一種（ㄓㄨㄥˇ）動作，兩腿分開，褲襠著（ㄓㄨㄛˊ）地。

又部 2 **友** 半包圍 一ナ方友

一ㄡˇ ①關係密切（ㄑㄧㄝˋ）、有交情的人：例朋友、良師益友。②關係好；親（ㄑㄧㄣ）近：例友好、友善、友愛。③有親近、和睦關係的：例友邦、友軍。

又部 2

及

獨體

ノ 乃 乃 及

ㄐㄧˊ ①從後面趕上：例來得（˙ㄉㄜ）及、望塵莫及。②到：例及格、涉及、由遠及近、力所能及。③比得（˙ㄉㄜ）上；趕得（˙ㄉㄜ）上（一般用於否定）：例論廚藝，誰也不及媽媽。④跟；和（ㄏㄢˋ）：例老師及學生。

又部 2

反

半包圍

一 厂 反 反

ㄈㄢˇ ①翻轉（ㄓㄨㄢˇ）；掉轉（ㄓㄨㄢˇ）方向或行動：例反攻、反撲、反問、反敗為勝。②翻轉的；方向相背（ㄅㄟˋ）的（跟「正」相對）：例反鎖、反話、反作用、穿反了。③對抗；背（ㄅㄟˋ）叛：例反抗、反叛、反對、違反。

又部 6

取

左右

一 丅 丌 Ｆ 耳 耳 取 取

ㄑㄩˇ ①拿：例領取、取報紙、取匯款。②獲得（ㄉㄜˊ）；招致：例取樂、取暖、自取滅亡。③採用、選中（ㄓㄨㄥˋ）：例取景、取材、錄取。

又部 6

叔

左右

丨 ト 上 卡 未 未 叔 叔

ㄕㄨˊ ①丈夫的弟弟：例小叔。②父親的弟弟：例叔叔、叔侄、叔父。③稱（ㄔㄥ）呼跟父親輩分（ㄈㄣˋ）相同而年紀比父親小的男子：例王叔叔。

老師的話：「及」的相似字是「跟」、「和」、「與」。

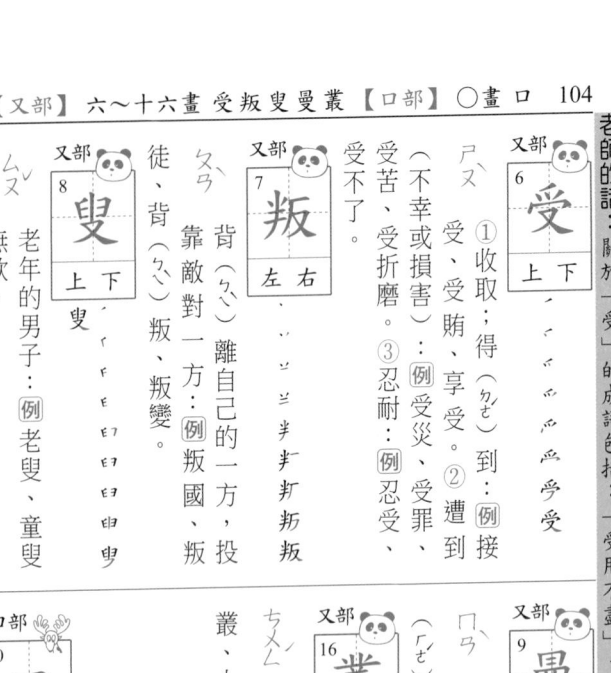

老師的話：關於「受」的成語包括：「受用不盡」、「受冤枉氣」、「受寵若驚」。

又部 6 受 上下

ㄕㄡˋ ①收取；得（ㄉㄜˊ）到：例接受、受賄、享受。②遭到（不幸或損害）：例受災、受罪、受苦、受折磨。③忍耐：例忍受、受不了。

又部 7 叛 左右

ㄆㄢˋ 背（ㄅㄟˋ）離自己的一方，投靠敵對一方：例叛國、叛徒、背（ㄅㄟˋ）叛、叛變。

又部 8 叟 上下

ㄙㄡˇ 老年的男子：例老叟、童叟無欺。

又部 9 曼 上下

ㄇㄢˋ ①長（ㄔㄤˊ）；遠：例曼延（連綿不斷）。②柔美；柔和（ㄏㄜˊ）：例輕歌曼舞。

又部 16 叢 上下

ㄘㄨㄥˊ ①聚集：例雜草叢生。②聚合在一起的人或物：例草叢、人叢、刀叢。

口部 ㄎㄡˇ

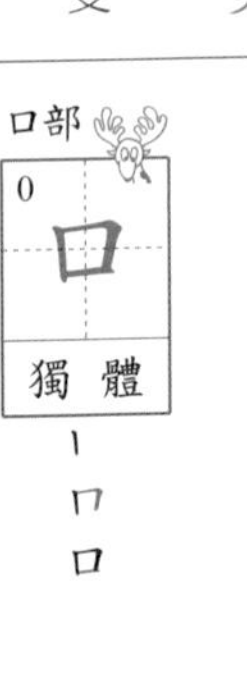

ㄎㄡˇ ①嘴：例開口、漱口、口技、病從口入。②指說話：例口才、口氣、口音。③指人口；家庭成員：例戶口、拖家帶口。④器物內部與外面相通的地方：例瓶口、窗口、袖口、洞口、槍口。⑤出入通過的地方：例門口、巷口、入口、渡口。⑥特指港口：例進口貨、出口產品。⑦（人體或物體表面）破裂的地方：例傷口、裂口、決口、豁口。⑧刀、剪、劍等的鋒刃：例刀口。⑨量詞。(1)用於人或牲口：例三口人、兩口豬。(2)用於器物：例一口井、一口缸、一口刀。

口部 2
可
半包圍

一 丁 𠮙 可 可

ㄎㄜˇ ①准許：例可以、許可、認可。②能夠：例不可忽視、牢不可破。③表示值得（•ㄉㄜ）或應（ㄧㄥ）該：例可惱、可憐、可愛、可歌可泣。④表示強調的語氣：例別問我，我可不知道、可把他累壞了。⑤但是：例可是、話雖不多，可一針見血、我倒（ㄉㄠˋ）沒意見，可別人不肯。⑥適合：例可口。

ㄎㄜˋ 〔可汗〕古代北方某些民族最高統治者的稱號（ㄔㄥ ㄏㄠˋ）。

口部 2
古
上下

一 十 十 古 古

ㄍㄨˇ ①過去的年代；很久以前（跟「今」相對）：例遠古、上古、古今中外、古往今來。②古代的事物：例訪古、考古。③年代久遠的：例古董、古廟、古書、古畫、古老、古舊。

猜猜看：想一想，加上「可」的字有哪些？……。

答案：呵、河、柯……。

老師的話：叨嘮（ㄌㄠˊ）、叨擾的「叨」和叼著菸的「叼」字形相似，要分辨清楚喲！

口部

右 2 半包圍

一 ナ 𠂇 右 右

ㄧㄡˋ ①表示方向、位置（跟「左」相對）：例右邊、向右轉（ㄓㄨㄢˇ）。②方位名，指西方。③表示尊貴的意思：例右位。

口部

召 2 上下

ㄱ 刀 刀 召 召

ㄓㄠˋ 呼喚；叫人來：例召見、召喚、召集、召開、號召。

口部

叮 2 左右

丨 ㄇ 口 口一 叮

ㄉㄧㄥ ①（蚊子等）咬人：例叮咬。②囑（ㄓㄨˇ）咐：例叮嚀、叮囑。③形容金玉撞擊的聲音：例叮噹、叮叮噹噹。

口部

叩 2 左右

丨 ㄇ 口 口ㄱ 叩

ㄎㄡˋ ①敲打：例叩門。②磕頭：例叩首、叩頭、叩拜。

口部

叨 2 左右

丨 ㄇ 口 口ㄱ 叨

ㄉㄠ 話翻來覆去地（˙ㄉㄜ）說：例叨叨、叨咕、叨嘮。

ㄊㄠ 受到（別人的好處（ㄔㄨˋ））：例叨光、叨教（ㄐㄧㄠˋ）、叨擾。

口部

叼 2 左右

丨 ㄇ 口 口ㄱ 叼

ㄉㄧㄠ 用嘴銜住：例叼走、叼著（˙ㄓㄜ）香菸。

口部 2 **司** 半包圍

㇆ ㇆ 刁 司 司

ㄙ ①掌管；主持：例司令、司儀、司機、祭司。②中央政府機關的組織單位：例國教司。

口部 2 **叵** 半包圍

一 丆 丆 叵 叵

ㄆㄛˇ 不可：例居心叵測。

口部 2 **叫** 左右

丨 ㄇ 口 口㇐ 叫

ㄐㄧㄠˋ ①大聲呼喊：例叫嚷、叫賣、大喊大叫。②鳥獸蟲類發出的聲音：例喜鵲喳喳叫〈比〉警報器叫了起來。③稱（ㄔㄥ）呼；稱作；算是：例你叫什麼名字、那叫潛水艇、這才叫流行。④招呼；喚：例有事就叫我一聲、快去叫他。⑤通知人送來：例叫車、叫菜。⑥要求；命令；使：例叫他好好休息、叫你馬上出發、叫人摸不透。⑦容許；聽任：例我不叫你走、叫他們鬧去。⑧被：例叫人給打傷了、別叫人笑話。

口部 2 **另** 上下

丨 ㄇ 口 号 另

ㄌㄧㄥˋ ①別的、特別的：例另外、另日、另冊。②表示在所說的範圍以外（做某事）：例另想辦法、另立門戶、另請高明、另謀高就。

口部 2 **只** 上下

丨 ㄇ 口 尸 只

猜猜看：「老師教我們讀ㄐ」，猜一個字。

答案：叫。

老師的話：「台鑒」是寫信時的敬辭，不可以寫作「台鑑」。

ㄓˇ 僅僅：例只有一個人、只去了一年。

ㄓ 同「隻」。①單個的；極少的：例只身、只字不提、只言片語。②量詞：例一只手套、一只鞋子。

口部 2 **史** 獨體

丶 ㄇ 口 中 史

ㄕˇ 自然界或人類社會以往的發展進程，也指個（ㄍㄜˋ）人或事物的發展過程：例歷史、史料。

口部 2 **叱** 左右

丶 ㄇ 口 口ノ 叱

ㄔˋ ①大聲斥罵：例叱責、怒叱。②〔叱吒〕因發怒而大聲呼喊：例叱吒風雲（形容聲勢威力很大）。

口部 2 **台** 上下

ㄥ ㄙ 厶 台 台

ㄊㄞˊ ①敬辭，用於稱（ㄔㄥ）對方或和（ㄏㄢˋ）對方有關的事物：例兄台、台甫、台啟、台鑒。②同「臺」。

口部 2 **句** 半包圍

ノ ㄅ 勹 句 句

ㄐㄩˋ ①由詞或詞組組成，能表達一個完整意思的語言單位：例造句、語句、例句。②量詞，用於言語或詩文：例幾句話、兩句詩。

ㄍㄡ ①末端銳利，向內彎曲（ㄑㄩ）的物體。同「鉤」：例魚句。②姓：例句踐。

ㄍㄡˋ 〔句當（ㄉㄤˋ）〕指壞事情。通「勾」。

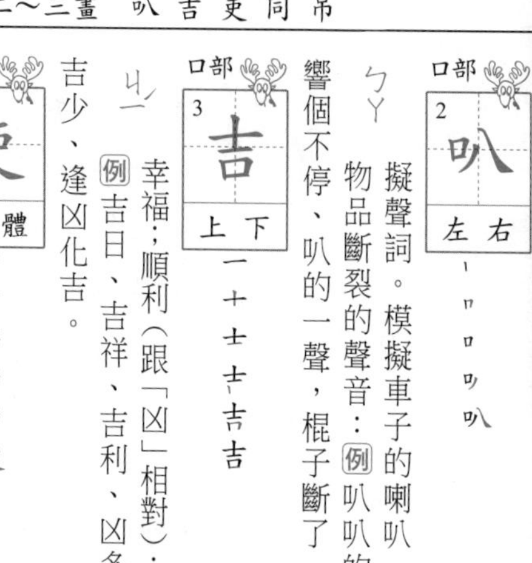

口部 2 **叭** 左右

丨 ㄇ 口 口丿 叭

ㄅㄚ 擬聲詞。模擬車子的喇叭、物品斷裂的聲音：例叭叭的響個不停、叭的一聲，棍子斷了。

口部 3 **吉** 上下

一 十 士 吉 吉 吉

ㄐㄧˊ 幸福；順利（跟「凶」相對）：例吉日、吉祥、吉利、凶多吉少、逢凶化吉。

口部 3 **吏** 獨體

一 ㄧ 𠃍 ㄖ 吏 吏

ㄌㄧˋ 古代稱（ㄔㄥ）官員和在官府裡當差（ㄉㄤ ㄔㄞ）的人：例官吏、貪官汙吏。

老師的話：「喇叭」也可以寫作「喇吧」。

口部 3 **同** 半包圍

丨 ㄇ 冂 同 同 同

ㄊㄨㄥˊ ①一樣；沒有差（ㄔㄚ）別：例同理、同輩、同時。②跟……一樣：例同前、同上。③一起：例同學、同行（ㄒㄧㄥˊ）、同享、同流合汙。④和（ㄏㄢˋ）；跟：例同大家打成一片、同往年不一樣。⑤〔胡同〕小巷。

口部 3 **吊** 上下

丨 ㄇ 口 口 吊 吊

ㄉㄧㄠˋ ①懸掛：例吊橋、吊燈。②把人或物體固定在繩子上向上提或向下放：例吊桶、吊裝、吊一桶水、把人吊到懸崖下。③收回：例吊銷。

老師的話：「自各兒」一詞的「各」，記得要唸作「ㄍㄜˇ」喲！

口部 3 **吐** 左右

丨 ㄇ 口 口一 口十 吐

ㄊㄨˇ ①東西從嘴裡出來：例吐痰、吐口水。②說：例談吐、吐字不清、吐露（ㄌㄨˋ）實情。③從縫（ㄈㄥˋ）隙裡顯露（ㄌㄨˋ）出來：例吐絲、吐穗、吐新芽。

ㄊㄨˋ 消化道或呼吸道裡的東西不由自主地（˙ㄉㄜ）從（ㄘㄨㄥˊ）胃裡湧出：例吐血、嘔（ㄡˇ）吐、上吐下瀉。

口部 3 **吁** 左右

丨 ㄇ 口 口一 口二 吁

ㄒㄩ ①嘆氣：例長（ㄔㄤˊ）吁短嘆。②〔吁吁〕擬聲詞。模擬喘氣的聲音：例氣喘吁吁。

口部 3 **吋** 左右

丨 ㄇ 口 口一 口寸 吋

ㄘㄨㄣˋ 「英吋」的簡稱（ㄔㄥ），一吋大約等於二·五四公分。

口部 3 **各** 上下

丿 ㄅ 夂 夂 各 各

ㄍㄜˋ ①每個：例各人、各位、各別、各種（ㄓㄨㄥˇ）、各地、各國、各位來賓、各式各樣。②分別的：例各執一詞、各有優點、各奔東西。

ㄍㄜˇ 自己：例自各兒。

口部 3 **向** 半包圍

丿 丿 门 向 向 向

ㄒㄧㄤˋ ①朝著；對著：例向前、向陽、面向。②方位；目標：例去向、風向、航向。③對未來的打算：例志向、意向。④偏袒：例偏向、媽媽向著小妹妹。⑤表示動作的方位或對象：例向右看齊、向東挺進、向您請教（ㄐㄧㄠˋ）。⑥一直；從來：例一向、向來。

口部 3 **名** 上下

ノ ク タ タ 名 名

ㄇㄧㄥˊ ①人或事物的稱呼：例大名、簽名、書名、地名、命名、名單。②用來作為（ㄨㄟˊ）依據的說法：例名義、名正言順。③聲譽：例出名、著（ㄓㄨˋ）名、名揚四海、赫赫有名。④著名的：例名人、名醫、名畫、名牌。⑤量詞。用於人：例兩名學生。

口部 3 **合** 上下

ノ 人 亼 今 合 合

ㄏㄜˊ ①閉；併攏（跟「開」相對）：例合上、合眼、合抱、合不攏嘴。②聚集；結合（跟「分」相對）：例合夥、合併、集合。③共同；一起：例合編、合唱、合辦。④相符：例合意、合腳、合格、合法、符合、適合。⑤相當（ㄒㄧㄤ ㄉㄤ）於：例折合、折算。

ㄍㄜˇ 容量單位，一公合等於十分之一公升。

口部 3 **吃** 左右

丨 ㄇ 口 口' 口𠂉 吃

ㄔ ①嚼嚥食物（包括吸、喝）：例吃奶、吃藥、吃饅頭。②吸入（液體）：例沙地吃水力強、

老師的話：合作、合唱、適合的「合」，不可以寫作和氣的「和」喲！

這種紙不吃墨。③下棋或玩牌時的術語，指奪取對方的棋子或牌：例吃牌、吃掉兩個卒。④承受；接受：例吃苦、吃驚、吃緊、吃不消、吃不住。⑤依靠……生活：例吃老本、靠山吃山，靠水吃水。⑥領會；理解：例吃透教材。

ㄐㄧˊ 說話結巴，不流利：例口吃。

口部 3 **后** 半包圍

ㄏㄡˋ ①帝王的妻子：例皇后。②管理土地的神，俗稱「土地公」：例后土。

口部 3 **吆** 左右

ㄧㄠ 大聲呼喊：例吆喝（ㄏㄜ˙）、吆五喝六。

口部 3 **吒** 左右

ㄓㄚˋ ①神話故事中的人名：例哪（ㄋㄨㄛˊ）吒。②「叱（ㄔˋ）吒」吼；喊叫的意思。③吃東西時嘴裡發出聲音：例吒食。

口部 4 **吝** 上下

ㄌㄧㄣˋ 捨不得（˙ㄉㄜ）拿出自己的財物；小器：例吝嗇、吝惜。

口部 4 **吭** 左右

ㄎㄥ 發出聲音；說話：例吭氣、吭聲。

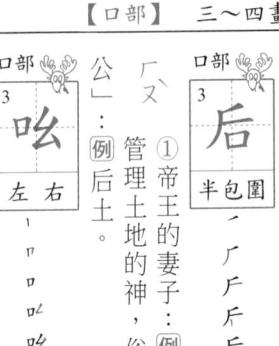

老師的話：形容別人捨不得花錢，可以用「鐵公雞」、「一毛不拔」、「愛財如命」。

ㄏㄤˊ 喉嚨；嗓子：例引吭高歌（放開喉嚨高聲歌唱）。

口部 4 **吞** 上下

一 二 チ 天 吞 吞

ㄊㄨㄣ ①整個或大塊地嚥下去：例吞嚥、吞食、狼吞虎嚥。②侵占；兼併：例獨吞、侵吞、吞併。③忍受：例忍氣吞聲。

口部 4 **吾** 上下

一 丆 五 五 吾 吾 吾

ㄨˊ 我；我們。

口部 4 **否** 上下

一 ア 不 不 不 否 否

ㄈㄡˇ 不；表示不同意：例否認、否定、否決。

ㄆㄧˇ 壞；不好：例否極泰來。

口部 4 **呎** 左右

丨 口 口 口 叩 呎

ㄔˇ 「英呎」的簡稱（ㄔㄥ），十二吋為（ㄨㄟˊ）一呎，一呎大約等於三〇・四八公分。

口部 4 **吧** 左右

丨 口 口 口 口 吧

ㄅㄚ 供喝酒的場所：例酒吧。

˙ㄅㄚ ①用在句尾，表示揣測、不敢肯定或委婉的語氣：例您就是李老師吧、好像是去年吧、快點兒走吧。②用在「好」「行」「可以」等詞後面表示同意：例好吧，就這麼辦、可以吧，先試試

猜猜看：「一大口」，猜一個字。

答案：吞。

老師的話：關於「呆」的歇後語包括：木頭雞兒——呆頭呆腦、木頭腦袋——呆頭呆腦。

看。③用在句中停頓處（ㄔㄨˋ），表示不很肯定：例去吧，路太遠；不去吧，又不好意思。

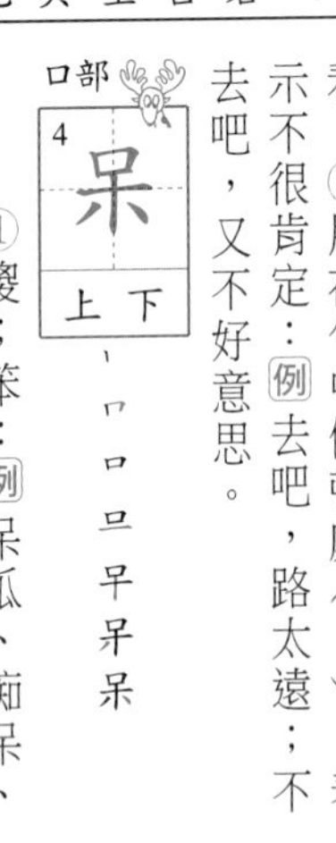

口部　4　**呆**　上下

ㄉㄞ　①傻；笨：例呆瓜、痴呆、呆頭呆腦。②發愣：例發呆、呆滯、嚇呆了。③不靈活：例呆板。

口部　4　**呃**　左右

ㄜˋ　〔打呃〕由於橫膈膜不正常收縮而發出的聲音。也叫「打嗝」。

口部　4　**吳**　上下

ㄨˊ　①古代國名，由孫權建立：例吳國。②姓。

口部　4　**呈**　上下

ㄔㄥˊ　①恭敬地（˙ㄉㄜ）獻上：例呈上、面呈、呈報、呈請、呈遞、敬呈、奉呈、進呈、呈閱。②呈遞交給上級的文件：例呈文。③顯現：例呈現、大海呈深藍色。

口部　4　**呂**　上下

ㄌㄩˇ　姓。

口部　4　**君**　半包圍

ㄐㄩㄣ ①古代稱(ㄔㄥ)帝王：例君王、君主、國君。②對人的敬稱：例諸君、李君。③有才德的賢人：例君子。

口部 4 吩 左右 丨ㄇㄇㄇ'ㄇ八吟吩

ㄈㄣ 〔吩咐〕用言語指派或命令：例媽媽吩咐他去買醬油、您有什麼事儘(ㄐㄧㄣˇ)管吩咐。

口部 4 告 上下 ノ𠂉ㄓ生牛告告

ㄍㄠˋ ①把事情、意見等說給別人聽：例告訴、轉告、勸告、報告。②請求：例告假、央告。③宣布：例告成、告終。④表明；表示：例告別、告辭、自告奮勇。⑤控訴：例告狀、告發、控告。

ㄍㄨˋ 〔告朔〕古時的一種(ㄓㄨㄥˇ)祭祀禮儀。古代天子在秋末冬初的時候，把第二年的曆書頒給諸侯，諸侯領受以後供在祖廟裡，每月一日殺一隻羊到祖廟祭拜，按照曆法施行。

口部 4 吹 左右 丨ㄇㄇㄇ'ㄇ'吵吹

ㄔㄨㄟ ①嘴用力呼氣：例吹滅、吹口哨。②用嘴巴演奏樂(ㄩㄝˋ)器：例吹奏、吹口琴、吹喇叭。③說大話：例吹牛、吹捧、吹噓、自吹自擂。④(事情)失敗；(感情)破裂：例那樁買賣吹了、他們倆吹了。⑤空氣流動：例吹拂。

口部 4 吻 左右 丨ㄇㄇㄇ'ㄇ勺吻吻

老師的話：形容別人愛挑毛病叫「吹毛求疵(ㄘ)」。

老師的話：「河東獅吼」是指有位壞脾氣的人叫柳氏，後來也比喻是兇巴巴的女子。

ㄨㄣˇ　①嘴唇吻合。②用嘴唇接觸表示喜愛：例接吻、親吻。

吸
口部　4　左右

ㄒㄧ　①用鼻子、嘴巴把氣體或液體抽入體內：例吸氣、吸血、呼吸、吮吸、吸食。②收取；引取：例吸水、吸收、吸取。③招引：例吸鐵、吸力、吸引。

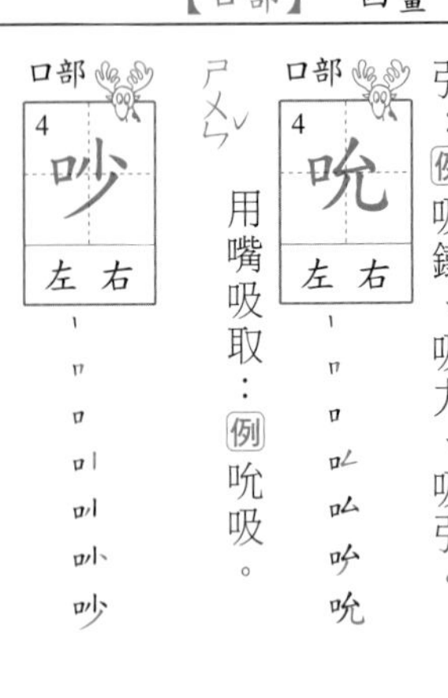

吮
口部　4　左右

ㄕㄨㄣˇ　用嘴吸取：例吮吸。

吵
口部　4　左右

ㄔㄠˇ　①聲音雜亂擾人：例吵鬧、吵雜。②言語爭執；口角：例吵架、吵嘴。

吶
口部　4　左右

ㄋㄚˋ　〔吶喊〕大聲喊叫：例吶喊助威、搖旗吶喊。

吠
口部　4　左右

ㄈㄟˋ　狗叫：例狂吠、雞鳴狗吠。

吼
口部　4　左右

ㄏㄡˇ　①大聲喊叫：例大吼一聲、河東獅吼。②泛指發出巨大聲響：例狂風怒吼、飛機吼叫著，衝入雲霄。

口部 4 呀 左右
丨 ㄇ ㄇ ㄇ一 ㄇㄈ 吁 呀

一Y ①表示驚異：例呀，你怎麼來了、呀，這下可糟了。②擬聲詞。模擬物體摩擦的聲音：例大門呀的一聲打開了。

˙一Y 用在句末表示驚嘆、強調（ㄑㄧㄤˊ ㄉㄧㄠˋ）等語氣：例你怎麼還不回家呀、我是昨天到的呀、快請坐呀、快點去呀。

口部 4 吱 左右
丨 ㄇ ㄇ ㄇ一 ㄇ十 吱 吱

ㄗ 擬聲詞。模擬小鳥或老鼠叫的聲音：例吱吱叫。

口部 4 含 上下
丿 人 𠆢 今 今 含 含

ㄏㄢˊ ①嘴裡放著東西，不咀嚼也不吞嚥：例含著糖、含一口水。②藏（ㄘㄤˊ）在裡面；包括：例含淚、含義、包含。③懷著某種情感：例含恨、含羞、含笑。

口部 4 吟 左右
丨 ㄇ ㄇ ㄇ丿 ㄇ人 吟 吟

一ㄣˊ 有節奏地（˙ㄉㄜ）誦讀詩文：例吟詩、吟詠、吟誦。

口部 5 味 左右
丨 ㄇ ㄇ ㄇ一 ㄇㄈ 吽 味 味

ㄨㄟˋ ①舌頭嘗或鼻子聞東西所得（ㄉㄜˊ）到的感覺（ㄐㄩㄝˊ）：例滋味、氣味、味覺。②體會：例回

老師的話：「味」字右邊是「未（ㄨㄟˋ）」，不是「末（ㄇㄛˋ）」。

老師的話： 咖啡的「咖」唸作ㄎㄚ，不是ㄍㄚ喲！

味、品味、玩味。③指某種（ㄓㄨㄥˇ）菜肴：例野味、海味、臘味。④意味；情趣：例趣味、情味、韻味。⑤量詞，用於中草藥：例這張處（ㄔㄨˋ）方共有十味藥。

口部 5 **呵** 左右

丨 ㄇ 口 口一 叮 叮 呵 呵

ㄏㄜ ①大聲斥責：例呵斥、呵責。②呼氣：例呵氣、呵呵手。③〔呵呵〕擬聲詞。模擬笑聲：例笑呵呵。

口部 5 **咖** 左右

丨 ㄇ 口 叻 叻 咖 咖 咖

ㄎㄚ 〔咖啡〕常綠灌木，產在熱帶地區，種（ㄓㄨㄥˇ）子炒熟磨成粉後，可以做飲料。

口部 5 **呸** 左右

丨 ㄇ 口 口一 口丆 吥 吥 呸

ㄆㄟ 表示看不起或斥責：例呸！虧你說得出這種話。

口部 5 **咕** 左右

丨 ㄇ 口 口一 口十 叶 咕 咕

ㄍㄨ 擬聲詞：例咕嚕、咕咕。

口部 5 **咀** 左右

丨 ㄇ 口 口丨 口冂 口月 口月 咀

ㄐㄩˇ 含在嘴裡細嚼品味：例咀嚼。

口部 5 **呻** 左右

丨 ㄇ 口 口丨 口冂 口日 口日 呻

ㄕㄣ 〔呻吟〕因為（ㄨㄟˋ）痛苦而發出的聲音：例呻吟。

口部 5 **呷** 左右

ㄒㄧㄚˊ 一小口地（˙ㄉㄜ）喝：例呷一口酒。

口部 5 **咄** 左右

ㄉㄨㄛˋ 〔咄咄〕表示斥責或驚詫：例咄咄逼人、咄咄怪事。

口部 5 **咒** 上下

ㄓㄡˋ ①用惡毒、不吉祥的話罵人：例詛咒、咒罵。②某些宗教（ㄐㄧㄠˋ）和巫術中自稱（ㄔㄥ）可以除災降（ㄒㄧㄤˊ）妖驅鬼的口訣：例念咒、咒語、符咒。

口部 5 **咆** 左右

ㄆㄠˊ 〔咆哮〕猛獸大聲地（˙ㄉㄜ）叫；比喻人暴怒喊叫；大水奔騰轟鳴：例老虎咆哮、氣得他咆哮如雷、尼羅河在咆哮。

口部 5 **呼** 左右

ㄏㄨ ①通過口、鼻把肺裡的氣排出體外（跟「吸」相對）：例呼氣、呼吸。②大喊：例呼喊、高呼、歡呼、呼口號。③叫人來；喚：例呼喚、呼應、招呼、一呼百應。④擬聲詞。模擬颳風、吹氣等的聲音：例北風呼呼地吹、呼的一聲，吹滅了蠟燭。

猜猜看：猜一猜，歷史上最會呼風喚雨的是誰？

答案：孔明。

老師的話：「吩咐」含有命令的語氣，多用在長輩對晚輩、長官對部屬。

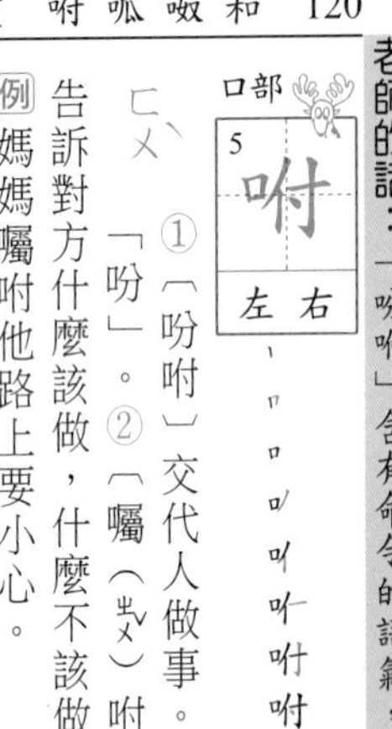

口部 5 咐 左 右

ㄈㄨˋ ①〔吩咐〕交代人做事。見「吩」。②〔囑（ㄓㄨˇ）咐〕告訴對方什麼該做，什麼不該做：例媽媽囑咐他路上要小心。

口部 5 呱 左 右

ㄍㄨㄚ 擬聲詞。模擬鴨子、青蛙的叫聲：例青蛙呱呱地叫。

ㄍㄨ 擬聲詞。模擬嬰兒的啼哭聲：例呱呱墜地。

口部 5 呶 左 右

ㄋㄠˊ ①叫喊：例喧呶、紛呶。②〔呶呶〕說話嘮嘮（ㄌㄠˊ ㄌㄠˊ）叨叨，令人生厭：例呶呶不休。

口部 5 和 左 右

ㄏㄜˊ ①配合或相處（ㄔㄨˇ）得（˙ㄉㄜ）好：例天時地利人和、和諧、和睦。②不激烈；不粗暴：例謙和、和緩、和善、和藹、溫和、心平氣和、和顏悅色。③氣候溫暖：例風和日麗、天氣晴和、和風煦煦。④比賽不分勝負：例和局、和棋。⑤兩個或兩個以上的數（ㄕㄨˋ）相（ㄒㄧㄤ）加的得（ㄉㄜˊ）數，例如：二加二的和是四。

ㄏㄢˋ ①跟；同；對：例有事和大家商量、他的成績和你不相上下。②表示並列或選擇：例老師和同學、去和不去，你自己決定。

ㄏㄜˋ 跟著（·ㄓㄜ）別人說或唱：例應（ㄧㄥˋ）和、隨聲附和。

ㄏㄨㄛˋ 攪拌；混（ㄏㄨㄣˋ）合調（ㄊㄧㄠˊ）配：例和麵、和泥、摻和、攪和。

·ㄏㄨㄛ 氣候不冷也不熱：例暖和。

ㄏㄨˊ 玩牌的時候，牌已經湊成一副而獲勝：例和牌。

咚

口部 5 左右

丨 ㄇ 口 口ノ 口ク 口夂 咚 咚

ㄉㄨㄥ 擬聲詞。模擬敲擊的聲音：例咚咚。

呢

口部 5 左右

丨 ㄇ 口 口ㄱ 口ㄕ 口尸 口尸 呢

·ㄋㄜ ①用在疑問句的末尾，表示強調的語氣：例怎麼辦呢、你們去不去呢。②用在陳述句的末尾，表示肯定的語氣：例路還遠著呢、這才是真本事呢、我正在寫作業呢。③用在句子中間，表示停頓：例我呢，從來不喝酒、你要是不信呢，我也沒有辦法。

ㄋㄧˊ ①呢子，一種（ㄓㄨㄥˇ）比較厚密的毛織品：例呢絨。②形容燕子的叫聲：例呢喃。

周

口部 5 半包圍

丿 冂 月 円 円 周 周 周

ㄓㄡ ①環繞；循環：例周而復始。②全面；普遍：例周身、周遊、眾所周知。③完備；完善：例周密、周詳、周到。④圈子：例圓周、周圍、四周。⑤量詞，用於動作環繞的圈數：例繞場一周。⑥時間的一輪，特指一個星

老師的話：應和的「和」唸作ㄏㄜˋ，暖和的「和」唸作·ㄏㄨㄛ。

期：例周期、周年、上周、周末。⑦接濟：例周濟。

老師的話：「命」的相似字是「令」、「使」、「叫」。

口部 咋 5 左右
ㄗㄜˊ 咬住：例咋舌（形容因驚訝、害怕而說不出話）。
丨 ㄇ ㄇ 叶 吖 吖 咋

口部 命 5 上下
ㄇㄧㄥˋ ①上級對下級發出的指示：例奉命、待命、遵命。②一生中注定的遭遇：例命運、聽（ㄊㄧㄥ）天由命。③生物生存的機能：例長命、救命、喪命、生命、壽命、人命關天。④取定；指定：例命名、命題。
ノ 人 𠆢 亼 合 合 命 命

口部 咎 5 上下
ㄐㄧㄡˋ ①罪責；過失：例歸咎、引咎辭職。②追究罪過；責備：例既往不咎。
ノ ク 夂 夂 处 处 咎 咎

口部 咬 6 左右
ㄧㄠˇ ①用牙齒夾住、切斷或磨碎東西：例咬住、咬斷、咬緊。②誣告：例反咬一口。③說話堅定，不再改變：例一口咬定。④念出或唱出（字音）：例咬字清楚。⑤反覆分析字句的含義：例咬文嚼字。
丨 ㄇ ㄇ 吖 吖 吖 吖 咬 咬

口部 哀 6 上下
丶 亠 亠 古 古 户 户 宀 哀

ㄞ ①悲傷：例悲哀、哀傷、哀嘆、哀悼、喜怒哀樂（ㄌㄜˋ）。②苦苦地（˙ㄉㄜ）：例哀告、哀求。

口部 6 **咨** 上下

ㄗ 商議、商量（ㄌㄧㄤˊ）。同「諮」：例咨詢（徵求意見）。

口部 6 **哆** 左右

ㄉㄨㄛ （哆嗦）身體受外界刺激而不由自主地（˙ㄉㄜ）顫動：例凍得（˙ㄉㄜ）打哆嗦。

口部 6 **咧** 左右

ㄌㄧㄝˇ ①嘴角向兩邊張開：例咧嘴。②（咧咧）用在「罵罵咧咧」（指在說話中夾雜著罵人的話）、「大大咧咧」（形容隨隨便便，滿不在意）等詞語裡。

口部 6 **哎** 左右

ㄞ ①表示哀傷惋（ㄨㄢˇ）惜：例哎！真想不到。②表示驚訝或不滿：例哎！糟了。

口部 6 **哉** 半包圍

ㄗㄞ 表示感嘆：例善哉、難（ㄋㄢˊ）矣哉、嗚呼哀哉。

口部 6 **咸** 半包圍

ㄒㄧㄢˊ 全；都（ㄉㄡ）：例老少咸宜（老的、少（ㄕㄠˋ）的都合適

猜猜看：「吃艾草」，猜一個字。

答案：哎。

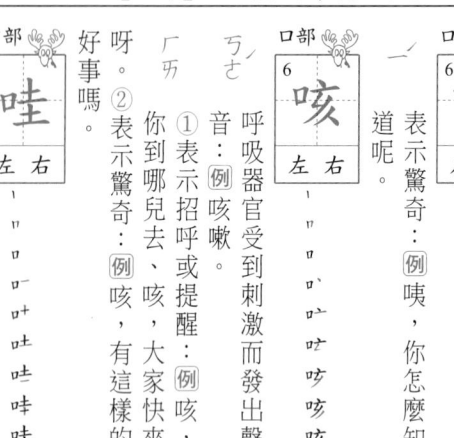

老師的話：咽喉的「咽」唸作ㄧㄢ，吞咽的「咽」唸作ㄧㄢˋ。

的意思）。

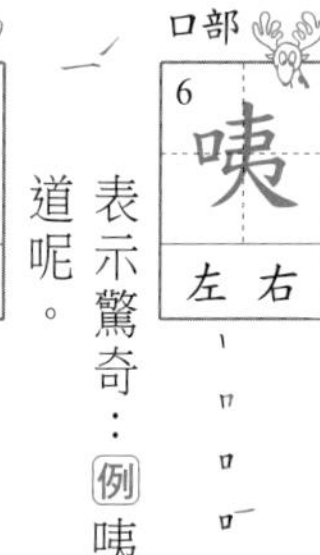

口部 6 咦 左右

ㄧˊ 表示驚奇：例 咦，你怎麼知道呢。

口部 6 咳 左右

ㄎㄜˊ 呼吸器官受到刺激而發出聲音：例 咳嗽。

ㄏㄞ ①表示招呼或提醒：例 咳，你到哪兒去、咳，大家快來呀。②表示驚奇：例 咳，有這樣的好事嗎。

口部 6 哇 左右

ㄨㄚ ①擬聲詞。模擬嘔吐（ㄊㄨˋ）、哭、叫的聲音：例 哇的一聲吐了出來、哇哇大哭。②用在句尾，表示加重（ㄓㄨㄥˋ）的語氣：例 你讓我找得好苦哇、這樣多（ㄉㄨㄛ）好哇、快走哇。

口部 6 哂 左右

ㄕㄣˇ ①微笑：例 哂存、哂納。②譏諷：例 哂笑。

口部 6 咽 左右

ㄧㄢ 消化和呼吸的共同通道。通常跟喉頭合稱「咽喉」。

ㄧㄢˋ 使食物等通過咽喉進入食道；吞下。通「嚥」：例 把這口飯咽下去、狼吞虎咽〈比〉話只說了一半又咽回去了。

一ㄝˋ 悲哀得（ㄉㄜ˙）說不出話來；因悲哀而聲音受阻：例嗚咽、哽（ㄍㄥˇ）咽。

咪 口部 6 左右

丨 ㄇ 口 口丶 口丷 口䒑 口半 咪 咪

ㄇㄧ （咪咪）①放在詞尾，形容輕小：例笑咪咪。②擬聲詞。模擬貓叫的聲音：例小貓咪咪叫。

品 口部 6 上下

丨 ㄇ 口 口丨 口ㄇ 吕 吕 品 品

ㄆㄧㄣˇ ①眾多的東西；物類的總稱（ㄔㄥ）：例物品、商品、樣品、半成品。②事物的種（ㄓㄨㄥˇ）類、等級：例品種（ㄓㄨㄥˇ）、品級、上品、下品。③德行（ㄒㄧㄥˋ）：例品學兼優、人品、品德、品行（ㄒㄧㄥˋ）。④辨別好壞；評定：例品評、品嘗、品味。

老師的話：「品」的相似字是「種」、「類」、「等」、「級」。

哄 口部 6 左右

丨 ㄇ 口 口一 口十 口卄 口丗 哄 哄

ㄏㄨㄥ ①擬聲詞。模擬很多人同時發出聲音：例一哄而散、哄抬物價、哄堂大笑。②吵鬧的。同「烘」：例鬧哄哄。

ㄏㄨㄥˇ ①用假話騙人：例哄騙、欺哄。②用語言或行動逗人高興（ㄒㄧㄥˋ）：例哄人、連哄帶勸。③特指安撫小孩：例哄孩子。

哈 口部 6 左右

丨 ㄇ 口 口ノ 口人 口亼 口今 哈 哈

ㄏㄚ ①張嘴呼氣：例哈氣。②表示得（ㄉㄜˊ）意或驚喜：例哈老師的話：哈巴狗的「哈」，記得要唸作ㄏㄚˇ喲！

哈，終於考上了。③擬聲詞。模擬大笑的聲音：例哈哈大笑。④彎（腰）：例哈腰。

ㄏㄚˇ 〔哈巴狗〕一種個子小、毛長（ㄔㄤˊ）、腿短的狗。也說「獅子狗」或「巴兒狗」。

ㄎㄚ 〔哈喇呢（ㄋㄧˊ）〕一種（ㄓㄨㄥˇ）質地（ㄓˋ ㄉㄧˋ）耐用的毛織物品。

口部 6 **咯** 左右

•ㄌㄛ 表示肯定或語氣結束。同「了」：例當然咯。

ㄍㄜ 擬聲詞。模擬笑聲：例咯咯叫、咯咯笑。

ㄎㄚˇ 用力把東西從食道或氣管裡咳出來：例把魚刺咯出來、咯痰、咯血。

ㄍㄜˊ 通「嗝」：例打咯。

口部 6 **咫** 半包圍

ㄓˇ ①量詞，古代長度單位，一咫等於八吋。②〔咫尺〕比喻很近的距離：例咫尺天涯。

口部 6 **咱** 左右

ㄗㄢˊ ①稱（ㄔㄥ）說話人和聽話人雙方，相當於「咱們」：例咱校、咱班、咱倆。②說話人稱自己，相當（ㄒㄧㄤ ㄉㄤ）於「我」：例咱來了、咱不認識你。

ㄗㄚˊ 古典小說中稱「我」為（ㄨㄟˊ）「咱家」。

口部 6 咻 左右

咻：丨 ㄇ 口 口' 口𠂇 口仁 口什 口付 咻

ㄒㄧㄡ （咻咻）擬聲詞。模擬喘氣聲或某些動物的叫聲：例咻咻地（˙ㄉㄜ）喘個不停、小鴨咻咻地叫著。

ㄒㄩˇ 病人呻吟的聲音：例噢（ㄩˇ）咻。

口部 7 哨 左右

哨：丨 ㄇ 口 口丨 口ㄐ 口小 口ㄓ 口肖 哨

ㄕㄠˋ ①巡邏；警戒：例哨探、巡哨。②為（ㄨㄟˋ）警戒、巡邏而設的崗位，也指執行這種任務的士兵：例崗哨、哨所、哨兵。③一種可以吹出像鳥叫聲的器物：例哨子、吹哨。

口部 7 唐 半包圍

唐：丶 亠 广 户 庐 庐 庚 庚 唐

ㄊㄤˊ ①朝（ㄔㄠˊ）代名：例唐朝。②說話或做事誇大，不切（ㄑㄧㄝˋ）實際：例荒唐。

口部 7 唁 左右

唁：丨 ㄇ 口 口丶 口亠 口亠 口言 口言 唁

ㄧㄢˋ 慰問死者的家屬：例弔唁、唁電。

口部 7 唷 左右

唷：丨 ㄇ 口 口一 口六 口六 口育 口育 唷

ㄧㄛ ①表示疑問：例唷，真的嗎。②表示讚嘆或驚訝：例哎唷，這麼多。③表示痛苦：例唷！痛死我了。

老師的話：美國的唐人街聚居了很多華僑和美味的中國菜喲！

老師的話：小朋友，蝙蝠、抹香鯨都屬於哺乳動物喲！

口部 7 哼 左右

哼 丨 ㄇ 口 口丶 口亠 口亡 口亨 口亨 哼

ㄏㄥ ①鼻子裡發出痛苦的聲音；呻吟：例病痛折磨著他，但是他一聲也不哼。②表示不滿、瞧不起或氣憤：例哼，有什麼了不起、哼，豈有此理。③低聲唱：例哼歌、哼哼唱唱。

口部 7 哥 上下

哥 一 一 丆 丆 可 可 哥 哥 哥 哥

ㄍㄜ ①弟妹對兄長（ㄓㄤˇ）的稱（ㄔㄥ）呼：例哥哥。②對同輩男子的敬稱：例老哥、王大哥。③同輩親戚比自己年齡大的男子：例表哥、堂哥。

口部 7 哲 上下

哲 一 十 才 扌 扩 扩 折 折 哲

ㄓㄜˊ ①明智；智慧超群：例明哲、哲理。②智慧超群的人：例哲人、先哲（先，已經死去的）、賢哲、聖哲。

口部 7 唆 左右

唆 丨 ㄇ 口 口厶 口么 口夋 口夋 唆

ㄙㄨㄛ 指使或挑（ㄊㄧㄠˇ）動（別人去做壞事）：例唆使、教唆、調（ㄊㄧㄠˊ）唆。

口部 7 哺 左右

哺 丨 ㄇ 口 口一 口丆 口冂 口冃 口甫 哺

ㄅㄨˇ 餵養：例反哺、含哺、哺乳、哺育、哺養。

口部 7 唔 左右

唔：丨 ㄇ ㄇ ㄇ一 ㄇ丆 ㄇ丌 ㄇ五 ㄇ吾 唔

ㄨˊ ①表示允許或同意：例唔！有道理。②表示驚訝：例唔！有這回事。

口部 7 哩 左右

哩：丨 ㄇ ㄇ ㄇ冂 ㄇ日 ㄇ旦 ㄇ甲 哩

ㄌㄧ ①〔哩哩啦啦〕形容零零散散（ㄙㄢˇ ㄙㄢˋ）或斷斷續續的樣子：例這兩哩哩啦啦的，真煩人、人們哩哩啦啦地來到會場。②說話不清楚的樣子：例哩嚕（ㄌㄨ）。③語尾助詞，表示肯定：例我才不去哩。

ㄌㄧˇ 「英里」的省（ㄕㄥˇ）略字，英美長度單位，一哩大約等於一六〇九．三一公尺。

口部 7 哭 上下

哭：丨 ㄇ ㄇ ㄇ丨 ㄇㄇ ㄇㄇ ㄇㄇ一 哭 哭

ㄎㄨ 因為（ㄨㄟˋ）痛苦或激動而流淚出聲：例哭泣、號啕大哭、痛哭流涕。

口部 7 員 上下

員：丨 ㄇ ㄇ 尸 肙 員 員 員 員

ㄩㄢˊ ①從（ㄘㄨㄥˊ）事某種（ㄓㄨㄥˇ）職業或擔當（ㄉㄢ ㄉㄤ）某種任務的人：例官員、職員、雇員、教（ㄐㄧㄠˋ）員、學員。②團體或組織中（ㄓㄨㄥ）的一分（ㄈㄣˋ）子：例成員、會員、黨員、團員、隊員、組員。③量詞，多用於武將（ㄐㄧㄤˋ）：例十員大將。

ㄩㄣˊ 人名：例伍員（伍子胥）。

老師的話：關於「哭」的成語包括：哭哭啼啼、哭笑不得、哭眼抹淚。

猜猜看：「我口」，猜一個字。

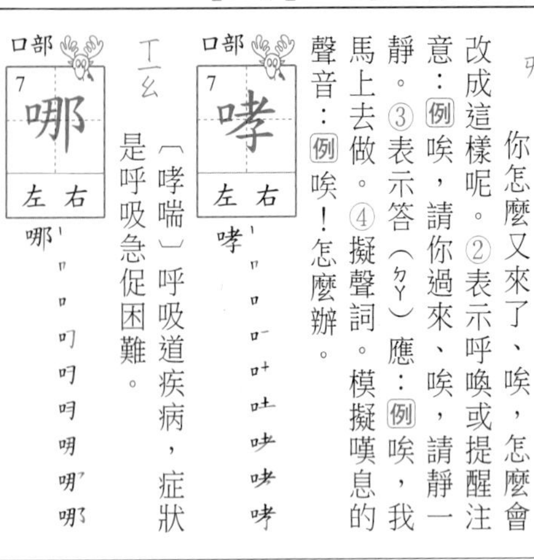

口部 7 **唉** 左右

ㄞ

①表示驚訝或不滿：例唉！你怎麼又來了、唉，怎麼會改成這樣呢。②表示呼喚或提醒注意：例唉，請你過來、唉，請靜一靜。③表示答（ㄉㄚ）應：例唉，我馬上去做。④擬聲詞。模擬嘆息的聲音：例唉！怎麼辦。

口部 7 **哮** 左右

ㄒㄧㄠ

〔哮喘〕呼吸道疾病，症狀是呼吸急促困難。

口部 7 **哪** 左右

ㄋㄚˇ

①表示疑問：例哪位、哪幾種。②指任何一個：例哪件漂亮買哪件。③指不確定的一個：例你哪天有空。④表示反問：例天底下哪有這樣的好（ㄏㄠˇ）事。

˙ㄋㄚ

語尾助詞：例這件事還沒完成哪。

ㄋㄨㄛˊ

〔哪吒〕神話小說「封神榜」、「西遊記」裡的人物。

口部 7 **哦** 左右

ㄜˊ

吟詠；吟唱：例吟哦。

ㄛˊ

表示驚嘆或疑問：例哦，太好了、哦，他也要來嗎。

口部 7 **唧** 左右

答案：哦。

ㄐㄧ ①噴射（液體）：例唧他一身水。②〔唧唧〕擬聲詞。模擬蟲、鳥的叫聲：例秋蟲唧唧。

口部 8 **啥** 左右

丨 ㄇ 口 口丿 口人 口亼 口亽 口今 口全 啥 啥

ㄕㄚˊ 什麼：例你做啥去、啥時候了、要啥有啥。

口部 8 **商** 上下

丶 亠 亠 产 产 产 冂 内 内 商 商

ㄕㄤ ①以買賣貨物為職業的人：例皮貨商、富商、客商、商販。②買賣商品的活動：例經商、商務。③討論（ㄌㄨㄣˋ）；交換意見：例商談、商討、商議、磋商。④算術中除法運算的得（ㄉㄜˊ）數，例如：十被二除的商是五。

口部 8 **啪** 左右

丨 ㄇ 口 口' 叶 吋 吖 啪 啪 啪 啪

ㄆㄚ 擬聲詞。模擬槍聲、掌聲、東西撞擊聲等：例啪，傳（ㄔㄨㄢˊ）來一聲槍響、啪的一聲，杯子破了。

口部 8 **啦** 左右

丨 ㄇ 口 口' 叶 吋 吖 吖 吖 啦 啦

ㄌㄚ 〔啦啦〕擬聲詞。用在「呼啦啦」「嘩啦啦」「哩哩啦啦」等詞語。

˙ㄌㄚ 「了」（˙ㄌㄜ）和「啊」（˙ㄚ）的合音詞，放在句尾，兼有「了」和「啊」的功能：例你回來啦、作業寫完啦。

老師的話：中國歷史上，據說商朝的人擅長做生意，所以生意人也叫「商人」。

老師的話：形容快樂的說不出話，可以用「啞巴拾黃金——說不出的快樂」。

口部 8 **啄** 左右

ㄓㄨㄛˊ 鳥類用嘴叼取食物或敲擊東西：例 啄米、啄食。

口部 8 **啞** 左右

ㄧㄚ （啞啞）擬聲詞。模擬嬰兒學語的聲音、烏鴉叫的聲音、笑聲等：例 啞啞學語。

ㄧㄚˇ ①失去說話能力：例 裝聾作啞、聾啞人。②無聲的：例 啞劇、啞鈴。③炮彈、槍彈等因故障而打不響：例 啞炮、啞火。④發音困難（ㄋㄢˊ）或聲音不清楚：例 沙啞、啞嗓子。

口部 8 **啡** 左右

ㄈㄟ 音譯用字。用於「咖啡」、「嗎（ㄇㄚˇ）啡」等。

口部 8 **啃** 左右

ㄎㄣˇ 咬東西：例 啃玉米、啃骨頭（ㄍㄨˊ ˙ㄊㄡ）〈比〉啃書本（形容用功讀書）。

口部 8 **啊** 左右

ㄚ ①表示驚訝或讚嘆：例 啊，起風了、啊，風景太美了。②表示追問：例 啊，你說什麼、啊，到底是怎麼回事。③表示驚訝或疑問：例 啊，這怎麼可能呢、啊，他怎麼會不知道呢。④表示答（ㄉㄚ）應：例啊，好吧。⑤表示明白或驚嘆：例啊，我懂了、啊，變化真大呀。

˙ㄚ ①語尾助詞，用來加重（ㄓㄨㄥˋ）語氣：例真好啊、千萬別上當（ㄉㄤˋ）啊、你找誰啊。②用在句中（ㄓㄨㄥ）停頓的地方，表示強調（ㄑㄧㄤˊ ㄉㄧㄠˋ）：例這個孩子啊，可真調（ㄊㄧㄠˊ）皮。

口部 8 唱 左右

唱 唱 丨 ㄇ 口 口丨 口ㄇ 口日 口日 口旦 口日 唱 唱

ㄔㄤˋ ①依照音律發聲：例唱歌、演唱、領唱、唱腔。②大聲念：例唱票、唱名、唱和（ㄏㄜˋ）。③歌曲（ㄑㄩˇ）；戲曲（ㄑㄩˇ）：例漁家小唱、唱本。

口部 8 啖 左右

啖 啖 丨 ㄇ 口 口丶 口丷 口火 口炏 口炎 啖

ㄉㄢˋ ①吃；餵。②用利益引誘或收買：例啖以重（ㄓㄨㄥˋ）金。

口部 8 問 半包圍

問 問 丨 ㄗ ㄗ 門 門 門 門 門 問

ㄨㄣˋ ①請人解答自己不知道或不清楚的事情（跟「答」相對）：例詢問、發問、提問、不恥下問。②慰勞（ㄌㄠˋ）、請安：例慰問、問候（ㄏㄡˋ）、問好。③審訊：例問案、審問、拷問。④責備；追究：例問罪、責問。⑤管；干預：例不問青紅皂白、不聞不問、過問。

口部 8 啕 左右

啕 啕 丨 ㄇ 口 口ノ 叼 叼 啕 啕 啕

老師的話：「問世」是指產品上市販售，不是人出生的意思喲！

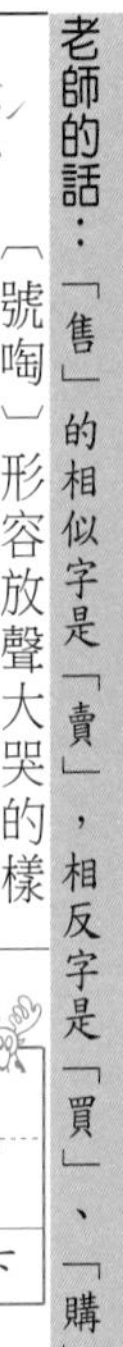

老師的話：「售」的相似字是「賣」，相反字是「買」、「購」。

ㄊㄠˊ （號啕）形容放聲大哭的樣子：例號啕大哭。

口部 8 **唯** 左右

ㄨㄟˊ 只；單單：例唯一、唯獨、唯恐、唯利是圖。

口部 8 **啤** 左右

ㄆㄧˊ （啤酒）音譯詞。是一種以大麥芽、大米為（ㄨㄟˊ）原料，經過低溫發酵而釀成的酒。

口部 8 **唸** 左右

ㄋㄧㄢˋ 誦讀。同「念」：例唸書、唸經。

口部 8 **售** 上下

ㄕㄡˋ 賣：例售價、售貨、零售、出售、銷售一空（ㄎㄨㄥ）。

口部 8 **啜** 左右

ㄔㄨㄛˋ ①喝：例啜酒。②形容哭泣時抽噎的樣子：例啜泣。

口部 8 **唬** 左右

ㄏㄨˇ 虛張聲勢、誇大事實來威嚇別人或騙人：例唬人、嚇唬。

口部 8 **啣** 左右

ㄒㄧㄢˊ 同「銜」。①用嘴含著：例啣一根菸。②存在心裡：例啣冤。

口部 8 唳 左右
ㄌㄧˋ 飛鳥鳴叫：例風聲鶴唳。

口部 9 啻 上下
ㄔˋ 僅；只：例不啻、何啻。

口部 9 喀 左右
ㄎㄚ 擬聲詞。形容咳嗽或東西斷裂的聲音：例喀的一聲，河面上的冰裂開了、喀喀地直咳嗽。

老師的話：風聲鶴唳的「唳」唸作ㄌㄧˋ，不是ㄌㄟˋ喲！

口部 9 喧 左右
ㄒㄩㄢ 聲音大而嘈雜：例喧嘩、喧鬧、喧騰、喧囂、鑼鼓喧天。

口部 9 啼 左右
ㄊㄧˊ ①鳥獸鳴叫：例雞啼、虎嘯猿啼。②哭泣：例啼哭、哀啼、哭哭啼啼、啼笑皆非。

口部 9 喊 左右
ㄏㄢˇ ①大聲呼叫：例呼喊、叫喊、喊口號、大喊大叫。②招呼；叫（人）：例請你喊他來吃飯。

老師的話：「喜」的部首是「口部」，別忘記喲！

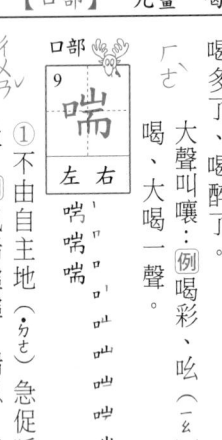

口部 9 喝 左右

ㄏㄜ ①吸食液體或流質食物：例喝茶、喝湯、喝粥、喝汽水、喝牛奶。②特指飲酒：例今天喝多了、喝醉了。

ㄏㄜˋ 大聲叫嚷：例喝彩、吆（ㄧㄠ）喝、大喝一聲。

口部 9 喘 左右

ㄔㄨㄢˇ ①不由自主地（˙ㄉㄜ）急促呼吸：例氣喘噓噓、喘息、氣喘如牛②指哮喘：例喘病又犯了。

口部 9 喂 左右

ㄨㄟˋ ①給動物東西吃；飼養。同「餵」：例喂豬、喂小嬰兒喝牛奶。②表示打招呼：例喂，等等我、喂，你快過來呀。

口部 9 喜 上下

ㄒㄧˇ ①歡樂（ㄌㄜˋ）；高興（ㄒㄧㄥˋ）：例欣喜、歡喜、喜出望外、歡天喜地。②令人高興的；值得慶賀的：例喜事、喜訊、喜慶。③值得（˙ㄉㄜ）高興或慶賀的事：例賀喜、報喜、道喜、雙喜臨門。④婦女懷孕：例有喜、害喜。⑤愛好（ㄏㄠˋ）：例喜好（ㄏㄠˋ）、喜觀、好（ㄏㄠˋ）大喜功、喜新厭舊。

口部 9 喪 上下

ㄙㄤ 跟人死有關的事：例治喪、報喪、喪服。

ㄙㄤˋ ①失去；丟掉：例喪失、喪命、喪盡天良、喪權辱國。②不得（ㄉㄜˊ）意；情緒低落：例沮喪、懊喪。

口部 9 喔 左右

丨 ㄇ 口 口¯ 口ㄱ 口ㄕ 口ㄕ 口尸 口屋 喔 喔 喔

ㄨㄛ 擬聲詞。模擬公雞的叫聲：例喔喔啼。

ㄛ 感嘆詞：例喔！我知道了。

口部 9 喇 左右

丨 ㄇ 口 口¯ 口ㄧ 口ㄧ 口ㄧ 口ㄧ 口ㄧ 喇 喇 喇

ㄌㄚˇ ①〔喇叭〕(1)一種金屬做的管樂（ㄩㄝˋ）器，吹的一頭口小，另一頭口大，可以擴大聲音。(2)形狀像喇叭的擴音器：例汽車喇叭。②〔喇嘛（˙ㄇㄚ）〕藏傳（ㄗㄤˋ ㄔㄨㄢˊ）佛教（ㄐㄧㄠˋ）的僧人。

老師的話：形容公雞喔喔啼的「喔」，要記得唸作ㄨㄛ喲！

口部 9 喋 左右

丨 ㄇ 口 口¯ 口十 口廿 口廿 口世 口世 喋 喋 喋

ㄉㄧㄝˊ ①〔喋喋〕話多煩瑣；囉嗦：例喋喋不休。②〔喋血〕〈文〉形容血流滿地。

口部 9 喃 左右

丨 ㄇ 口 口¯ 口十 口ナ 口冇 口冇 口冇 喃 喃 喃

ㄋㄢˊ ①〔喃喃〕擬聲詞。模擬連續低語（ㄩˇ）的聲音：例喃喃自語（ㄩˇ）。②擬聲詞。模擬燕子的叫聲：例呢喃。

口部 9 喳 左右

丨 ㄇ 口 口¯ 口十 口木 口木 口木 口杏 喳 喳 喳

老師的話：「唾手可得」這句成語不可以寫作「垂手可得」。

ㄓㄚ 〔喳喳〕①擬聲詞。模擬鳥雀的叫聲：例吱吱喳喳。②擬聲詞。模擬小聲說話的聲音：例嘁嘁（ㄑㄧ ㄑㄧ）喳喳。

口部 9 **單** 上下

ㄉㄢ ①獨自一個（•ㄍㄜ）的；不跟別的合在一起的：例單身、單間（ㄐㄧㄢ）、單獨。②微弱；微薄：例單薄、勢單力薄。③項目、種（ㄓㄨㄥˇ）類少；結構、頭緒不複雜：例簡單、單調（ㄉㄧㄠˋ）、單純。④（衣物等）只有一層的：例單衣、單褂。⑤鋪（ㄆㄨ）蓋用的單層大幅的布：例床單、被單、褥單。⑥分項記事用的紙片：例帳單、名單、菜單。⑦奇（ㄐㄧ）數的（如一、三、五、七、九等，跟「雙」相對）：例單數、單號、單日。⑧只；僅：例單說不做、做事不能單憑蠻力。

ㄔㄢˊ 〔單于〕古代匈奴君主的稱號（ㄔㄥ ㄏㄠˋ）。

ㄕㄢˋ 姓。

口部 9 **喟** 左右

ㄎㄨㄟˋ 嘆息：例喟嘆、喟然長嘆。

口部 9 **唾** 左右

ㄊㄨㄛˋ ①口水：例唾液、唾沫。②吐：例唾口水、唾手可得（得，音ㄉㄜˊ。比喻極容易得到）。③（吐唾沫）表示輕視或鄙棄：例唾罵、唾棄。

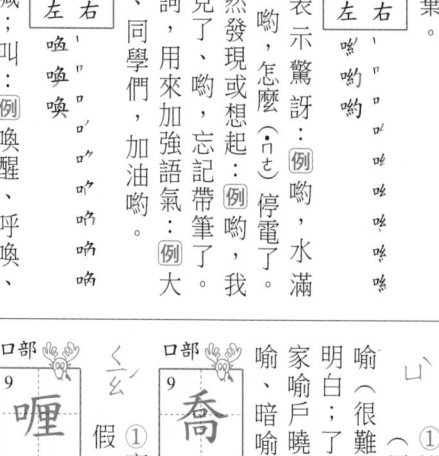

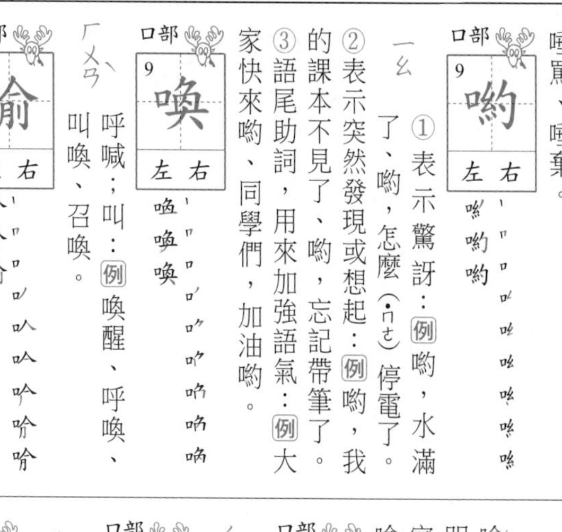

口部 9 喲 左右

一ㄠ ① 表示驚訝：例 喲，水滿了、喲，怎麼（•ㄇㄜ）停電了。② 表示突然發現或想起：例 喲，我的課本不見了、喲，忘記帶筆了。③ 語尾助詞，用來加強語氣：例 大家快來喲、同學們，加油喲。

口部 9 喚 左右

ㄏㄨㄢˋ 呼喊；叫：例 喚醒、呼喚、叫喚、召喚。

口部 9 喻 左右

ㄩˋ ① 說明；開導：例 喻之以理（用道理開導他）、不可理喻（很難用道理說（ㄕㄨㄟˋ）服）。② 明白；了（ㄌㄧㄠˇ）解：例 不言而喻、家喻戶曉。③ 打比方：例 比喻、明喻、暗喻。

口部 9 喬 上下

ㄑㄧㄠˊ ① 高：例 喬木、喬遷。② 作假（ㄐㄧㄚˇ）：例 喬裝打扮。

口部 9 喱 左右

ㄌㄧ 〔咖喱〕音譯詞。一種調味品，色黃，味香辣。

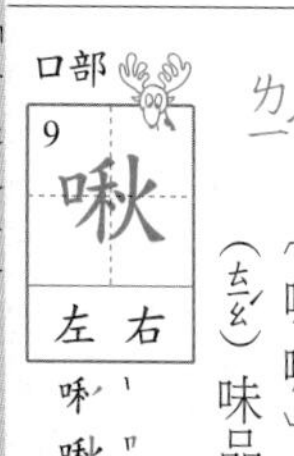

口部 9 啾 左右

老師的話：祝福別人搬新家的賀詞，可以用「喬遷之喜」。

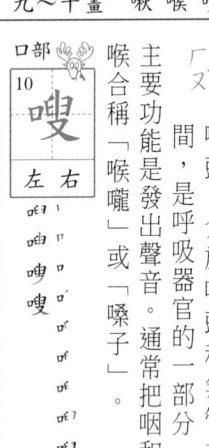

老師的話：「嗨」字也就是英文的「Hello」！

ㄐㄧㄡ 〔啾啾〕擬聲詞。模擬蟲鳥等細碎嘈雜的叫聲：例黃雀啾啾。

口部 9 **喉** 左右

ㄏㄡˊ 喉頭，介於咽頭和氣管之間，是呼吸器官的一部分，主要功能是發出聲音。通常把咽和喉合稱「喉嚨」或「嗓子」。

口部 10 **嗖** 左右

ㄙㄡ 擬聲詞。模擬物體迅速通過的聲音：例子彈嗖嗖地從頭上飛過。

口部 10 **嗟** 左右

ㄐㄧㄝ ①表示感嘆或呼喚：例嗟來食（喂，來吃吧！）。②嘆息：例嗟嘆、嗟悔。

口部 10 **嗨** 左右

ㄏㄞ ①嘆詞。表示招呼或提醒。同「咳」（ㄏㄞ）①。②歌詞中的襯字：例嗨啦啦啦、呼兒嗨喲。

口部 10 **嗓** 左右

ㄙㄤˇ ①喉嚨：例嗓音、嗓子啞了。②聲帶發出的聲音：例嗓音、啞嗓、尖嗓、嗓門兒。

口部 10 **嗦** 左右

ㄙㄨㄛ （哆（ㄉㄨㄛ）嗦）顫抖。

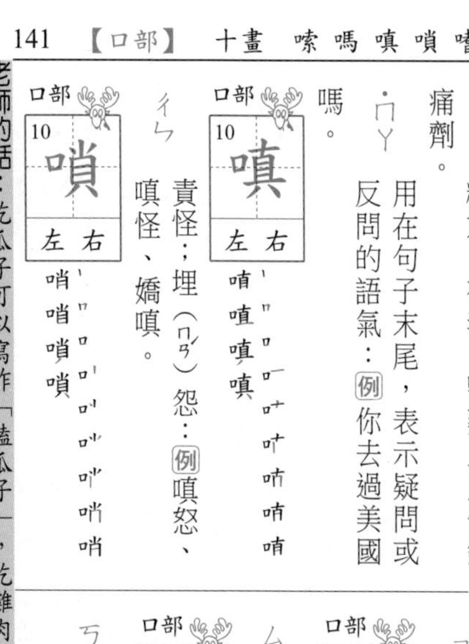

口部 10 **嗎** 左右

ㄇㄚˇ （嗎啡）由鴉片製成的白色粉末，有毒，醫藥上用作鎮痛劑。

˙ㄇㄚ 用在句子末尾，表示疑問或反問的語氣：例你去過美國嗎。

口部 10 **嗔** 左右

ㄔㄣ 責怪；埋（ㄇㄢˊ）怨：例嗔怒、嗔怪、嬌嗔。

口部 10 **嗩** 左右

ㄙㄨㄛˇ （嗩吶）管樂（ㄩㄝˋ）器，形狀像喇叭，管身正面有七個孔，背（ㄅㄟˋ）面一個孔，發音響亮。

口部 10 **嗜** 左右

ㄕˋ 極端愛好（ㄏㄠˋ）：例嗜酒、嗜好（ㄏㄠˋ）。

口部 10 **嗇** 上下

ㄙㄜˋ 小器；應該用的財物捨不得（˙ㄉㄜ）用：例吝嗇。

口部 10 **嗑** 左右

ㄎㄜˋ 用上下門牙咬有殼的或硬的東西：例嗑瓜子。

老師的話：吃瓜子可以寫作「嗑瓜子」，吃雞肉可以寫作「啃雞肉」。

老師的話：形容聲音的字除了「嗡嗡」外，還有「喳喳」、「嘓嘓」、「汪汪」……。

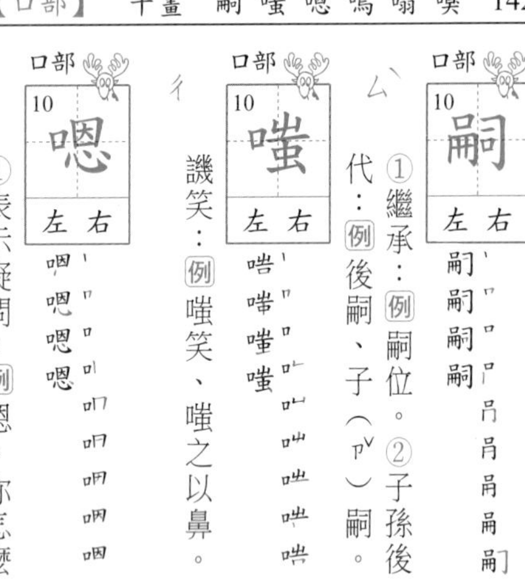

口部 10 嗣 左右

ㄙˋ ①繼承：例嗣位。②子孫後代：例後嗣、子（ㄗˇ）嗣。

口部 10 嗤 左右

ㄔ 譏笑：例嗤笑、嗤之以鼻。

口部 10 嗯 左右

˙ㄣ ①表示疑問：例嗯，你怎麼了、嗯，你說什麼。②表示應（ㄧㄥˋ）諾：例嗯，就照你說的辦吧、（在電話中）嗯，嗯，你說吧。③表示不以為然或出乎意外：例嗯，沒有那麼嚴重吧、嗯，怎麼會呢。

口部 10 嗚 左右

ㄨ 擬聲詞。模擬哭聲、風聲、汽笛聲等：例嗚嗚地（˙ㄉㄜ）哭、狂風嗚嗚地颳著、嗚地一聲長（ㄔㄤˊ）鳴，火車開動了。

口部 10 嗡 左右

ㄨㄥ 擬聲詞。模擬昆蟲飛翔或機器發動的聲音：例蚊子嗡嗡叫、發電機嗡嗡地（˙ㄉㄜ）響。

口部 10 嗅 左右

ㄒㄧㄡˋ 用鼻子聞氣味：例嗅覺（ㄐㄩㄝˊ）、嗅一嗅。

口部 10 **嗆** 左右

ㄑㄧㄤˋ ①食物或水進入氣管引起咳嗽並突然噴出：例慢慢吃，別嗆到了、游泳時嗆了水。②因刺激性的氣體進入鼻孔、喉嚨等而感到難(ㄋㄢˊ)受：例嗆鼻子、辣椒味好(ㄏㄠˇ)嗆人。

口部 10 **嗥** 左右

ㄏㄠˊ ①野獸吼叫聲：例狼嗥。②號(ㄏㄠˊ)哭：例嗥叫。

口部 11 **嗾** 左右

ㄙㄡˇ ①驅使狗時發出的聲音。②教(ㄐㄧㄠ)唆，指使別人做壞事：例嗾使(ㄕˇ)。

口部 11 **嘀** 左右

ㄉㄧˊ 〔嘀咕〕①私下裡小聲說話：例你們倆(ㄌㄧㄚˇ)嘀咕什麼呢。②猶豫不定，心裡不安：例你快決定吧！別嘀咕了。

口部 11 **嘁** 左右

ㄑㄧ 〔嘁嘁喳喳(ㄓㄚ ㄓㄚ)〕擬聲詞。模擬細碎雜亂的說話聲：例兩人嘁嘁喳喳地不知在講些什麼。

口部 11 **嘛** 左右

老師的話：嘀咕的「嘀」唸作ㄉㄧˊ，不是ㄉㄧ喲！

老師的話：喇嘛的「嘛」唸作˙ㄇㄚ，不要忘記喲！

˙ㄇㄚ ①表示理應（ㄧㄥ）如此：例有意見就提嘛、熱了就脫外套嘛。②表示期望或勸阻：例動作快一點嘛、不讓你去，就別去嘛。③用在句中停頓的地方，引起對方注意下文：例學生嘛，本分（ㄈㄣˋ）就是學習。④〔喇嘛〕蒙古、西藏稱（ㄔㄥ）和（ㄏㄜˊ）尚為喇嘛。

ㄇㄚˊ 表示疑問或請求的語氣：例這樣幹嘛。

嘗

口部 11 上下

ㄔㄤˊ ①試著吃一點；辨別滋味：例嘗一嘗、嘗一口、品嘗。②試；試探：例嘗試。③經歷；感受：例嘗受、嘗甜頭、備嘗艱苦。④曾經：例未嘗（沒有過）、何嘗（哪裡有過）。

嗽

口部 11 左右

ㄙㄡˋ 〔咳嗽〕氣管受到刺激，急急吐氣而發聲。

嘔

口部 11 左右

ㄡˇ 吐（ㄊㄨˋ）：例嘔血、嘔吐、嘔心瀝血。

ㄡ 唱歌：例歌嘔。

ㄡˋ 生悶（ㄇㄣˋ）氣；鬧彆（ㄅㄧㄝˋ）扭：例嘔氣、你別嘔了。

嘆

口部 11 左右

ㄊㄢˋ ①因悲傷憂悶（ㄇㄣˋ）而呼出長（ㄔㄤˊ）氣並發出聲音：例

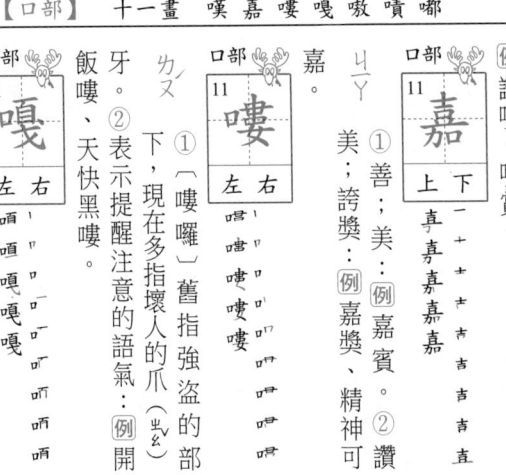

嘆了一口氣、唉聲嘆氣。②讚美：例讚嘆、嘆賞。

口部 11 嘉 上下

ㄐㄧㄚ ①善；美：例嘉賓。②讚美；誇獎：例嘉獎、精神可嘉。

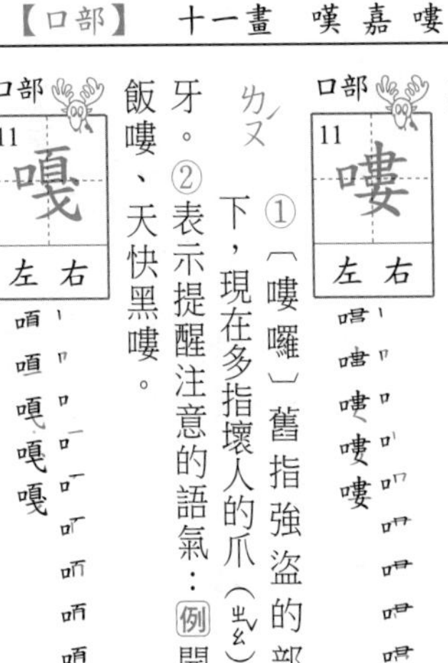

口部 11 嘍 左右

ㄌㄡˊ ①〔嘍囉〕舊指強盜的部下，現在多指壞人的爪（ㄓㄠˇ）牙。②表示提醒注意的語氣：例開飯嘍、天快黑嘍。

口部 11 嘎 左右

ㄍㄚ ①擬聲詞。模擬東西折斷的聲音：例嘎吱。②〔嘎嘎〕擬聲詞。模擬鴨子、大雁等的叫聲。

口部 11 嗷 左右

ㄠˊ 〔嗷嗷〕擬聲詞。模擬哀鳴、呼號（ㄏㄠˊ）的聲音：例嗷嗷待哺。

口部 11 嘖 左右

ㄗㄜˊ 〔嘖嘖〕擬聲詞。用來表示稱（ㄔㄥ）讚、羨慕、驚訝等的聲音：例嘖嘖稱奇。

口部 11 嘟 左右

老師的話：「嘉賓」不可以寫作「佳賓」。

猜猜看：「雙十節大合唱」，猜一個字。

答案：嘻。

ㄉㄨ 擬聲詞。模擬汽車喇叭、警報器等的聲音：例喇叭嘟嘟地響個不停。

口部 11 **嘈** 左右

ㄘㄠˊ 聲音雜亂：例人聲嘈雜。

口部 12 **噁** 左右

ㄜˇ 想吐（ㄊㄨˋ）的感覺：例噁心。

口部 12 **嘮** 左右

ㄌㄠˊ 〔嘮叨〕沒完沒了（ㄌㄧㄠˇ）地（˙ㄉㄜ）說：例奶奶又在嘮叨了（˙ㄌㄜ）。

口部 12 **嘻** 左右

ㄒㄧ 擬聲詞。模擬笑的聲音：例嘻嘻、笑嘻嘻、嘻嘻哈哈。

口部 12 **嘹** 左右

ㄌㄧㄠˊ 〔嘹亮〕聲音清脆響亮：例歌聲嘹亮。

口部 12 **嘲** 左右

ㄔㄠˊ 譏笑；取笑：例嘲弄、嘲笑、冷嘲熱諷。

口部 12 **嘿** 左右

ㄏㄟ ①表示得(ㄉㄜˊ)意或讚嘆：例嘿，我們穩贏了、嘿，真了(ㄌㄧㄠˇ)不起。②表示招呼或提醒：例嘿，上哪兒去、嘿，小心點兒。③表示吃驚：例嘿，我的腳踏車怎麼不見了、嘿，你怎麼來了。④擬聲詞。模擬笑聲（多疊用）：例嘿嘿地傻笑、嘿嘿地冷笑了兩聲。

ㄇㄛˋ 沉默不作聲。通「默」：例嘿然不語、嘿嘿無言。

口部 12 **嘩** 左右

ㄏㄨㄚ 擬聲詞。模擬流水、下雨等的聲音：例水嘩嘩地(˙ㄉㄜ)流、雨嘩嘩地下個不停。

ㄏㄨㄚˊ 人聲嘈雜；喧鬧。通「譁」：例喧嘩。

口部 12 **噓** 左右

ㄒㄩ 慢慢地(˙ㄉㄜ)吐(ㄊㄨˇ)氣：例噓一口氣。

口部 12 **噎** 左右

ㄧㄝ 食物等堵住喉嚨：例噎到、因噎廢食（比喻因為怕出問題，索性不做）。

口部 12 **噗** 左右

ㄆㄨ 擬聲詞。模擬氣或水噴出來的聲音：例噗的一口氣吹滅了蠟燭、泉水噗噗地(˙ㄉㄜ)往上冒。

猜猜看：「吃一口」，猜一個字。

答案：噓。

老師的話：噴嚏的「噴」唸作ㄆㄣ，嚏噴的「噴」唸作•ㄈㄣ。

口部 12 噴 左右

ㄆㄣ 液體、氣體、粉末等受到壓力而沖射出來：例噴泉、噴灑、噴射。

ㄆㄣˋ （噴香）香氣濃：例噴香的茉莉花。

•ㄈㄣ （嚏噴）鼻子受到刺激，猛然出氣而發出的聲音。也說「噴（ㄆㄣ）嚏」。

口部 12 嘶 左右

ㄙ ①馬鳴叫：例馬嘶。②沙啞：例嘶啞、聲嘶力竭。

口部 12 嘯 左右

ㄒㄧㄠˋ 發出長（ㄔㄤˊ）而響亮的聲音：例仰天長嘯、虎嘯、海嘯、呼嘯、飛嘯。

口部 12 嘰 左右

ㄐㄧ ①擬聲詞。模擬小雞、小鳥的叫聲：例小鳥嘰嘰地叫個不停。②小聲說話：例嘰嘰咕咕、嘰哩咕嚕。

口部 13 噙 左右

ㄑㄧㄣˊ 含著（•ㄓㄜ）：例嘴裡噙著（•ㄓㄜ）飯、噙滿淚水。

口部 13 噫 左右

一 表示悲嘆傷感，相當（ㄒㄧㄤ ㄉㄤ）於「唉」：例噫，天喪（ㄙㄤˋ）予（ㄩˊ），天喪予（老天爺要毀滅我啦）。

口部 13 **噹** 左右

ㄉㄤ 擬聲詞。模擬金屬撞擊的聲音：例叮噹、噹噹。

ㄉㄧㄤ 〔噹噹兒〕指沒有見過世面的人。

口部 13 **噩** 特殊

ㄜˋ ①驚人的；可怕的：例噩耗、噩夢。②愚昧無知的樣子：例渾渾噩噩。

口部 13 **噤** 左右

ㄐㄧㄣˋ ①閉上嘴不出聲：例噤聲、噤口不言、噤若寒蟬。②因寒冷而身體顫動：例噤戰、寒噤。

口部 13 **噸** 左右

ㄉㄨㄣˋ ①英制重量名，計二二四〇磅，合一〇一六・〇四八公斤。②美制重量名，計二〇〇〇磅，合九〇七・一八五八公斤。③計算船隻容積的單位，每四十立方英尺是一噸。

口部 13 **嘴** 左右

猜猜看：「不必禁食」，猜一個字。

答案：噤。

老師的話： 關於「嘴」的俏皮話包括：刀子嘴，豆腐心、老太太的嘴——吃軟不吃硬。

ㄗㄨㄟˇ ①吃食物的器官。②像嘴的東西：例壺嘴、瓶嘴。③指吃的東西：例零嘴、忌嘴。④指話多：例多嘴、頂嘴。

口部 13 噪 左右

ㄗㄠˋ ①大聲叫嚷：例鼓噪。②聲音雜亂刺耳：例噪音。

口部 13 器 特殊

ㄑㄧˋ ①用具：例容器、武器、陶器、器皿。②指人的氣度或才幹：例器量、器宇。③看得(˙ㄉㄜ)起；重視：例器重。④生物體的構成部分(ㄈㄣˋ)：例器官。

口部 13 噥 左右

ㄋㄨㄥˊ 〔噥噥〕小聲說話：例噥噥細語。

口部 13 噱 左右

ㄐㄩㄝˊ 笑：例發噱。

ㄒㄩㄝ 〔噱頭〕指逗笑的話或舉動。

口部 13 噯 左右

ㄞˋ 感嘆詞。表示感傷或痛惜的語氣：例噯！怎麼會這樣呢。

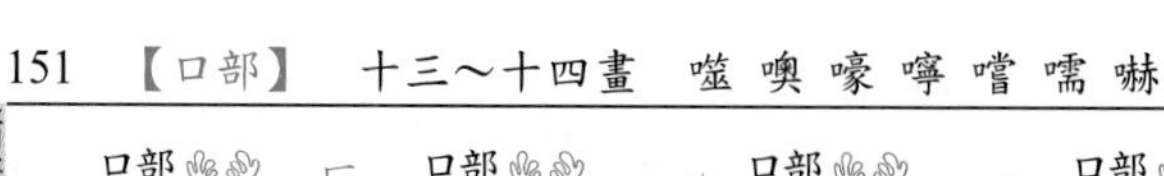

噬 口部 13 左右

ㄕˋ ①咬：例啃噬。②吃：例吞噬。

噢 口部 13 左右

ㄩˇ 〔噢咻（ㄒㄩ）〕形容病人呻吟的聲音。

嚎 口部 14 左右

ㄏㄠˊ 大聲哭叫：例嚎叫、鬼哭狼嚎。

嚀 口部 14 左右

ㄋㄧㄥˊ 〔叮嚀〕反覆囑咐：例千叮嚀，萬囑咐。

嚐 口部 14 左右

ㄔㄤˊ 用口舌分辨味道。同「嘗」：例品嚐。

嚅 口部 14 左右

ㄖㄨˊ 〔囁嚅〕要說又不說的樣子。也說「嚅囁（ㄋㄧㄝˋ）」。

嚇 口部 14 左右

ㄒㄧㄚˋ 害怕：例嚇唬（ㄏㄨˇ）、嚇一跳、嚇得（˙ㄉㄜ）哇哇哭、嚇出一身汗。

猜猜看：「巫婆用竹筷吃飯」，猜一個字。

答案：噬。

老師的話：「嚮」字的部首是「口部」，別忘記喲！

ㄏㄜˋ 用嚴厲的話或暴力使人害怕：例嚇阻、威嚇、恐嚇。

口部 14 **嚏** 左右

ㄊㄧˋ 〔嚏噴（˙ㄈㄣ）〕鼻黏膜受刺激引起帶聲猛烈噴氣的現象：例打嚏噴。也說「噴嚏」。

口部 15 **嚕** 左右

ㄌㄨ ①〔嚕囌〕多話的樣子。②形容喝水的聲音：例咕嚕。

口部 15 **嚮** 上下

ㄒㄧㄤˋ ①歸向；趨向：例嚮往。②接近。同「向」：例嚮晚、嚮暮。③從前；過去：例嚮昔。

口部 16 **嚥** 左右

ㄧㄢˋ ①吞：例狼吞虎嚥、細嚼慢嚥。②〔嚥氣〕人死氣絕。

口部 16 **嚨** 左右

ㄌㄨㄥˊ 〔喉嚨〕嗓子，也就是咽喉。

口部 17 **嚷** 左右

ㄖㄤˇ ①大聲喊叫：例大嚷大叫。②爭吵：例吵嚷。

口部 17 **嚶** 左右

一ㄥ （嚶嚶）①擬聲詞。模擬鳥叫的聲音：例鳥鳴嚶嚶。②擬聲詞。形容低微的哭泣聲：例嚶嚶啜泣。

口部 17 **嚴** 獨體

一ㄢˊ ①莊重；認真：例莊嚴、威嚴、嚴肅。②認真；不放鬆（跟「寬」相（ㄒㄧㄤ）對）：例嚴禁、嚴厲、嚴格。③凜寒的：例嚴寒、嚴冬。④緊急的：例嚴重。⑤緊密的：例嚴密。

口部 17 **嚼** 左右

ㄐㄧㄠˊ ①鑽（ㄗㄨㄢ）研字句：例咬文嚼字。②話太多令人討厭：例嚼舌。③動物反芻（ㄔㄨˊ）：例反嚼、倒（ㄉㄠˋ）嚼。

ㄐㄩㄝˊ 用牙齒咬碎食物：例咀嚼。

口部 18 **囁** 左右

ㄋㄧㄝˋ （囁嚅）想說話又不敢說；吞吞吐吐（ㄊㄨˇ ㄊㄨˇ）。

口部 18 **囀** 左右

ㄓㄨㄢˋ 鳥類的鳴叫聲：例清囀、鶯啼鳥囀。

口部 18 **囂** 特殊

ㄒㄧㄠ ①喧嘩；叫嚷：例喧囂、叫囂。②放肆；猖狂：例囂張。

老師的話：「SARS」的中文名稱叫做「嚴重性呼吸道症候群」。

猜猜看：「藝人唱歌」，猜一個字。

口部 19 **囈** 左右

ㄧˋ 夢中說話：例囈語、夢囈。

口部 19 **囊** 上下

ㄋㄤˊ ①口袋：例行（ㄒㄧㄥˊ）囊、皮囊、香囊。②像口袋的東西：例膽囊、毛囊。③包括（ㄍㄨㄚ）；包羅：例囊括。

口部 19 **囉** 左右

ㄌㄨㄛ 〔囉唆〕多話的樣子。

ㄌㄨㄛˊ 〔嘍囉〕強盜的手下。

口部 20 **囌** 左右

ㄙㄨ 〔嚕囌〕多話的樣子。

口部 21 **囑** 左右

ㄓㄨˇ ①吩咐；託付：例叮囑、囑咐、囑託。②臨死前所交代的話：例遺囑。

囗部 ㄨㄟˊ

口部 2 **四** 包圍

答案：囈。

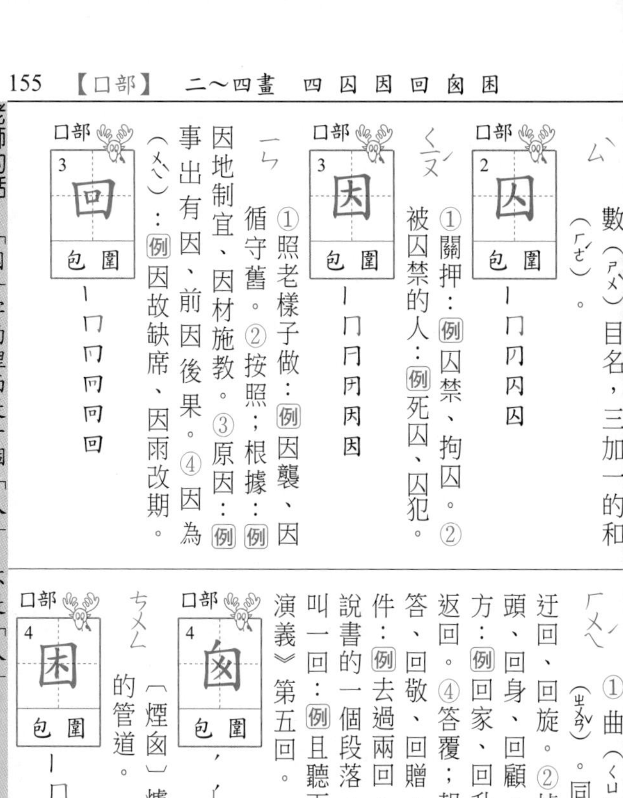

ㄙˋ 數（ㄕㄨˋ）目名，三加一的和（ㄏㄜˊ）。

口部 2 **囚** 包圍

ㄑㄧㄡˊ ①關押：例囚禁、拘囚。②被囚禁的人：例死囚、囚犯。

口部 3 **因** 包圍

ㄧㄣ ①照老樣子做：例因襲、因循守舊。②按照；根據：例因地制宜、因材施教。③原因：例事出有因、前因後果。④因為（ㄨㄟˋ）：例因故缺席、因雨改期。

口部 3 **回** 包圍

ㄏㄨㄟˊ ①曲（ㄑㄩ）折環繞；旋轉（ㄓㄨㄢˇ）。同「迴」：例巡回、迂回、回旋。②掉轉（ㄓㄨㄢˇ）：例回頭、回身、回顧。③歸返原來的地方：例回家、回升、退回、歸回、返回。④答覆；報答：例回信、回答、回敬、回贈。⑤量詞。(1)次；件：例去過兩回、那是兩回事。(2)說書的一個段落、章回小說的一章叫一回：例且聽下回分解、《三國演義》第五回。

口部 4 **囪** 包圍

ㄘㄨㄥ 〔煙囪〕爐灶、鍋爐上排煙的管道。

口部 4 **困** 包圍

老師的話：「囚」字的裡面是一個「人」，不是「入」。

老師的話：固定的「固」不可以寫作故宮博物院的「故」喲！

ㄎㄨㄣˋ ①艱難（ㄋㄢˊ）；窮苦：例困難（ㄋㄢˊ）、困境、困苦、貧困。②陷入痛苦艱難中難以擺脫：例困住、為（ㄨㄟˋ）功課所困。③包圍：例民眾被大水困在高地上、把敵人困在城裡。④疲乏。同「睏」：例困乏、困倦、人困馬疲。

口部 4 **囤** 包圍

ㄊㄨㄣˊ 積存；儲存：例囤糧、囤積。

ㄉㄨㄣˋ 儲存糧食的器物，用竹篾（ㄇㄧㄝˋ）、荊條等編成：例米囤、糧囤。

口部 5 **固** 包圍

ㄍㄨˋ ①結（ㄐㄧㄝ）實；牢靠：例堅固、牢固、穩固。②凝結：例固體、固態、凝固。③不易改變的：例固執、頑固。④堅決：例固守。⑤〔固然〕表示先承認某個事實，引起下文的轉（ㄓㄨㄢˇ）折：例這個辦法固然好，但是目前還做不到。

口部 7 **圃** 包圍

ㄆㄨˇ 種（ㄓㄨㄥˋ）植蔬菜、花草、樹苗的園地：例菜圃、花圃、苗圃。

口部 8 **圈** 包圍

ㄑㄩㄢ ①環形；環形的東西：例圓圈、花圈、救生圈。②比喻特定的範圍或領域：例生活圈、文化圈。③畫圈做記號：例圈點。④圍起來：例現場已用繩子圈住了。⑤把家禽、家畜關起來：例把雞圈在籠子裡。⑥拘禁；關閉：例圈在牢裡、成天把自己圈在家裡。

ㄐㄩㄢˋ 飼養家畜或家禽的場所，一般有柵欄或圍牆，有的還有棚：例羊圈、豬圈。

口部 8 國 包圍 丨冂冂冂冃同同冋国國國

ㄍㄨㄛˊ ①具有土地、人民、主權的政治團體：例國家、國際、國外。②代表國家的：例國旗、國歌、國徽。③指本國的：例國產、國貨。④超出一般常人的：例國色天香。

口部 9 圍 包圍 丨冂冂冃冄冉冋冋冋罒圍圍

ㄨㄟˊ ①環繞：例包圍、圍攻、圍繞。②四周：例周圍、外圍。③周長（ㄔㄤˊ）：例胸圍、腰圍。

口部 10 園 包圍 丨冂冂冂円冄冋冋冋周周園園

ㄩㄢˊ ①種（ㄓㄨㄥˋ）植蔬菜、花果、樹木的地方：例菜園、花園、果園。②遊覽娛樂的場所：例公園、遊樂園、動物園。

口部 10 圓 包圍 丨冂冂冂冂冋冋冐冐冐員圓圓

ㄩㄢˊ ①從中心點到周邊任何一點的距離完全相等的圖形：例圓形、圓心、圓周。②形容聲音。

老師的話：古時統治國家的人稱作國君、皇帝、天子、聖上、萬歲，現在稱作總統。

老師的話：「土」和「士」字形相似，「土」是上短下長，「士」是上長下短。

③完備；周全：例圓滿。④掩蓋或彌補漏洞：例圓謊、圓場、自圓其說。⑤貨幣的名稱（ㄔㄥ）：例銀圓、銅圓。也作「元」。⑥貨幣單位：例拾圓。

口部 11 **團** 包圍

ㄊㄨㄢˊ ①圓形的：例團扇。②把東西捏或揉成球形：例紙團、棉花團。③聚集；會合：例團圓、團聚、團結。④軍隊編制單位，在師以下，營以上。⑤聚成一團的東西：例雲團。⑥從事某種（ㄓㄨㄥˇ）工作或活動的集體：例劇團、社團、考察團。⑦球形或圓形的東西：例線團。⑧量詞，用於計算圓形的東西：例兩團毛線、一團亂麻。

口部 11 **圖** 包圍

ㄊㄨˊ ①用線條、顏色等描繪出來的形象：例畫圖、繪圖、插圖、圖畫。②謀劃；謀求：例圖謀不軌、不圖名利、發憤圖強。③計畫；打算：例宏圖、意圖、企圖。

土部（ㄊㄨˇ）

土部 0 **土** 獨體

一 十 土

ㄊㄨˇ ①地面泥沙等混合物：例土壤、泥土、黏土、沙土。②疆域：例土地、國土、領土、疆土。③家鄉；本地：例本土、故土、土生土長。④本地的；地方性的：例土產、土語。⑤不開通；不合潮流的：例土包子、土裡土氣。⑥民間的（跟「洋」相對）：例土辦法、土專家、土洋結合。

土部 3

圳

左右

ㄗㄨㄣˋ 本指田間水溝，但是多用於地名：例深圳（在廣東）、嘉南大圳（在臺灣）。

土部 3

地

左右

ㄉㄧˋ ①指地球的外殼，也指地球表面除去海洋的部分：例天地、地質、山地、盆地。②土壤：例草地、荒地、耕地、農地。③區域：例地區、本地、內地。④場所；所處（ㄔㄨˇ）的位置：例地點、場地、目的地、就地取材。⑤地位；處（ㄔㄨˇ）境：例境地、地步、設身處地。⑥思惟活動的領域：例見地、心地。⑦路程：例一百多里地。⑧襯托花紋、圖案的底面：例紅地白字、藍地紅花。

˙ㄉㄜ 副詞詞尾：例好好地、漸漸地、慢慢地、悄悄地、一步一步地。

土部 3

在

半包圍

ㄗㄞˋ ①保存；生存：例健在、在世、青春長在、留得青山在。②（人或事物）處（ㄔㄨˇ）於某個地點或位置：例在場、在座、在職。③在於；取決於：例事在人為、貴在堅持。④表示動作正進行

老師的話：存在的「在」不可以寫作再見的「再」。

猜猜看：「好土又土」，猜一個字。

(ㄒㄧㄥˊ)中(ㄓㄨㄥˋ)：例他在看書、外面在下雨。⑤表示事物的時間、範圍、條件等：例列車在夜間到達、在工作上認真負責、在教師的指導下，參(ㄘㄢ)加作文比賽。

土部 3 **圭** 上下

一 十 土 圭 圭 圭

ㄍㄨㄟ ①古代帝王、諸侯舉行典禮時手執的長方形玉器，頂端呈三角形：例白圭、鎮圭。②古代測日影的儀器：例圭臬(比喻準則。臬是古代測日影的標杆。)

土部 3 **圬** 左右

一 十 土 圬 圬 圬

ㄨ 抹(ㄇㄛˇ)平或粉刷：例糞土之牆，不可圬也。

土部 3 **圯** 左右

一 十 土 圯 圯 圯

ㄧˊ 橋：例圯橋。

土部 4 **坊** 左右

一 十 土 坊 坊 坊 坊

ㄈㄤ ①城鎮中的小街小巷：例街坊(鄰居)、坊間(街市上)。②舊時為表彰功德、宣揚忠孝節義而修造的建築物：例牌坊。③店鋪(ㄆㄨˋ)：例磨(ㄇㄛˋ)坊、染坊。

ㄈㄤˊ (堤坊)河邊防水的土石建築。

土部 4 **坑** 左右

一 十 土 坑 坑 坑 坑

答案：圭。

ㄎㄥ ①地面上凹陷的地方：例水坑。②想辦法害人：例坑人。③地洞；地道：例礦坑。

土部 4 **址** 左右

一 十 土 圵 圵 圵 址

ㄓˇ 地基；建築物的位置、處(ㄔㄨˋ)所：例校址、地址。

土部 4 **坍** 左右

一 十 土 圳 坍 坍 坍

ㄊㄢ 倒(ㄉㄠˇ)塌：例坍塌、牆坍了。

土部 4 **均** 左右

一 十 土 圴 均 均 均

ㄐㄩㄣ ①分布或分配的各部分數量(ㄕㄨˋ ㄌㄧㄤˋ)或力量(ㄌㄧㄤˋ)相等：例均衡、均勻、平均、分配不均、勢均力敵。②全；都(ㄉㄡ)：例均可、均是。

土部 4 **坎** 左右

一 十 土 圵 坎 坎 坎

ㄎㄢˇ 〔坎坷〕道路或土地低陷不平，比喻不得(ㄉㄜˊ)志：例坎坷不平、一生坎坷。

土部 4 **圾** 左右

一 十 土 圵 圾 圾 圾

ㄙㄜˋ 〔垃圾〕廢棄物。見「垃」。

土部 4 **坐** 特殊

ノ 人 从 从 坐 坐 坐

ㄗㄨㄛˋ ①把臀(ㄊㄨㄣˊ)部平放在物體上以支持身體：例請坐下、坐在沙發上。②搭乘(ㄔㄥˊ)：例坐

老師的話：「一個蘿蔔一個坑——沒多的。」這句歇後語是說剛剛好，沒有多出來的。

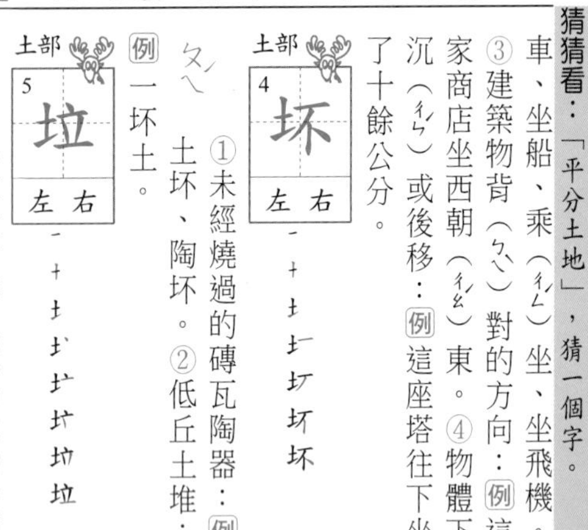

猜猜看：「平分土地」，猜一個字。

答案：坪

車、坐船、乘（ㄔㄥˊ）坐、坐飛機。③建築物背（ㄅㄟˋ）對的方向：例這家商店坐西朝（ㄔㄠˊ）東。④物體下沉（ㄔㄣˊ）或後移：例這座塔往下坐了十餘公分。

土部　4　**坏**　左右

ㄆㄟ　①未經燒過的磚瓦陶器：例土坏、陶坏。②低丘土堆：例一坏土。

土部　5　**垃**　左右

ㄌㄜˋ　（垃圾）髒土或扔掉的破爛東西：例倒垃圾、垃圾箱。

土部　5　**坷**　左右

ㄎㄜˇ　（坎坷）形容地勢不平或人遭受挫折。見「坎」。

土部　5　**坪**　左右

ㄆㄧㄥˊ　平坦的場地：例草坪、停機坪。

土部　5　**坩**　左右

ㄍㄢ　（坩堝）用來熔化金屬或其他物質的耐高溫器皿，多用陶土、石墨、白金等製成。

土部　5　**坡**　左右

ㄆㄛ　①地勢傾斜的地方：例土坡、山坡、高坡、斜坡。②傾斜度：例坡度。

土部 5 坦 左右

ㄊㄢˇ

一 十 土 圠 圸 坦 坦 坦

①平而寬闊：例坦途、平坦。②比喻胸懷寬廣，心境安定：例坦蕩、舒坦、坦然。③直爽；不隱瞞：例坦率、坦白。

土部 5 坤 左右

ㄎㄨㄣ

一 十 土 圠 圸 坦 坤

①周易的卦名之一，代表「地」：例坤卦。②指婚姻中的女方：例坤宅。

土部 5 坼 左右

ㄔㄜˋ

一 十 土 圠 圻 圻 坼 坼

裂開：例天崩地坼、天寒地坼。

土部 6 垂 獨體

ㄔㄨㄟˊ

一 二 千 千 乖 乖 乖 垂 垂

①物體的一頭朝（ㄔㄠˊ）下掛著：例垂柳、垂釣、穀穗向下垂。②低下：例垂頭喪氣。③向下流或滴：例垂淚告別、垂涎三尺。④流傳（ㄔㄨㄢˊ）：例名垂青史、永垂不朽。⑤將（ㄐㄧㄤ）要；將（ㄐㄧㄤ）近：例垂危、垂死掙扎。

土部 6 型 上下

ㄒㄧㄥˊ

一 二 于 开 刑 刑 刑 型 型

①鑄造器物的模子：例砂型、模型。②規格；種（ㄓㄨㄥˇ）類；樣式：例血型、類型、體型、髮型、型號、造型、典型、流線型。

老師的話：髮型、模型、血型的「型」不可以寫作形狀的「形」。

老師的話：「垮」字有倒下來的意思，不能寫作誇獎的「誇（ㄎㄨㄚ）」喲！

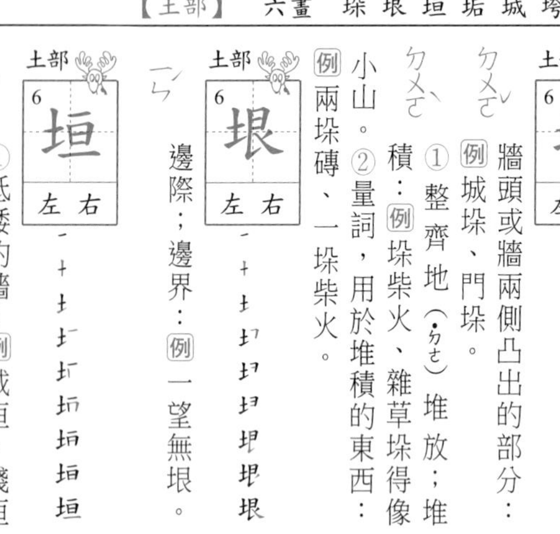

垜 土部 6 左右

ㄉㄨㄛˇ 牆頭或牆兩側凸出的部分：例城垜、門垜。

ㄉㄨㄛˋ ①整齊地（•ㄉㄜ）堆放；堆積：例垜柴火、雜草垜得像小山。②量詞，用於堆積的東西：例兩垜磚、一垜柴火。

垠 土部 6 左右

ㄧㄣˊ 邊際；邊界：例一望無垠。

垣 土部 6 左右

ㄩㄢˊ ①低矮的牆：例城垣、殘垣斷壁。②城市：例省垣（省城）。

垢 土部 6 左右

ㄍㄡˋ 髒東西：例汙垢、油垢、泥垢。

城 土部 6 左右

ㄔㄥˊ ①古代用來防禦的高大圍牆：例城外、城門、城牆。②城牆以內的地方：例南城、東城。③都（ㄉㄨ）市（跟「鄉」相對）：例京城、城市、城鄉交流。

垮 土部 6 左右

ㄎㄨㄚˇ ①倒（ㄉㄠˇ）塌；坍塌：例河堤被洪水沖垮了。②崩潰；

潰敗：例打垮、垮臺。③支撐不住；病倒（ㄉㄠˇ）：例身體垮了。

埂

土部 7 左右

ㄍㄥˇ ①田邊高起的土堤或小路：例土埂、田埂。②用泥土築成的堤防：例堤埂。

埔

土部 7 左右

ㄆㄨˇ 廣東、福建一帶稱河邊的沙洲為「埔」。

埋

土部 7 左右

ㄇㄞˊ ①用土等蓋住：例掩埋、埋葬。②藏（ㄘㄤˊ）；隱蔽：例埋伏、隱姓埋名、埋沒（ㄇㄛˋ）人才。

ㄇㄢˊ 〔埋怨〕對人或事物表示不滿：例自己沒做好，卻埋怨別人、自己不用功，就別埋怨考題太難（ㄋㄢˊ）。

老師的話： 埋怨的「埋」，記得唸作ㄇㄢˊ喲！

埃

土部 7 左右

ㄞ 灰塵；塵土：例塵埃。

域

土部 8 左右

ㄩˋ 一定範圍內較大的地方：例流域、地域、區域、領域。

堅

土部 8 上下

ㄐㄧㄢ ①牢固：例堅硬、堅固、堅實。②人或事的重（ㄓㄨㄥˋ）

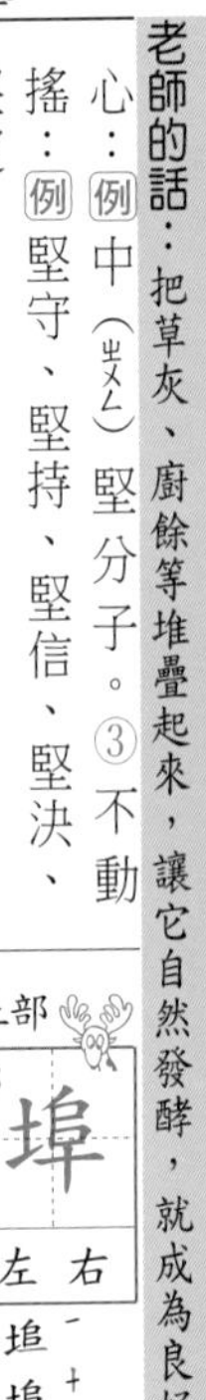

心：例中（ㄓㄨㄥ）堅分子。③不動搖：例堅守、堅持、堅信、堅決、堅定。

老師的話：把草灰、廚餘等堆疊起來，讓它自然發酵，就成為良好的堆肥。

土部 8 **垩** 上下

ㄜˋ

〔白垩〕粉刷牆壁用的白土。

土部 8 **堆** 左右

ㄉㄨㄟ

①累（ㄌㄟˇ）積；聚集：例堆積、堆書、堆雪（ㄒㄩㄝˇ）人、堆磚塊。②堆積在一起的東西：例土堆、草堆。③比喻眾多的人或事：例往人堆裡鑽、問題成堆。④量詞，用於成堆的事物：例一堆人、一堆石頭、一大堆事。

土部 8 **埠** 左右

ㄅㄨˋ

①船隻停泊的地方：例埠口、港埠。②有碼頭的城鎮；泛指城市：例本埠、外埠。

土部 8 **埤** 左右

ㄆㄧˋ

〔埤堄〕城牆上呈凹凸形的矮牆。

ㄆㄧˊ

低窪潮溼的地方。

ㄅㄟ

地名：例虎頭埤（位於臺南縣）。

土部 8 **基** 上下

ㄐㄧ ①建築物的底部：例牆基、房基、路基、地基。②最底(ㄉㄧˇ)層的；起始的；根本的：例基層、基數(ㄕㄨˋ)、基價、基調(ㄉㄧㄠˋ)、基業。③根據：例基於上述理由。

土部 8 堂 上下

ㄊㄤˊ ①正房大廳：例廳堂、堂屋。②舊時官府審案辦事的地方：例公堂、升堂。③專為(ㄨㄟˋ)某種(ㄓㄨㄥˇ)活動用的房屋：例禮堂、課堂、食堂。④同祖父的親屬：例堂兄弟、堂姐妹。⑤量詞，課一節叫「一堂」。

土部 8 堵 左右

ㄉㄨˇ ①阻擋；阻塞(ㄙㄜˋ)：例堵住、堵塞(ㄙㄜˋ)。②心裡不暢快：例心裡堵得慌。③量詞，用於牆壁：例一堵牆。

土部 8 執 左右

ㄓˊ ①拿著(˙ㄓㄜ)：例執旗、執筆。②主持；掌管：例執政、執掌。③執行；從事：例執法、執勤。④堅持：例固執、各執一詞、執迷不悟。⑤憑證：例回執、收執。⑥朋友：例友執。

土部 8 培 左右

ㄆㄟˊ ①給植物或其他物體的根基加土，起保護、加固的作用：例培土、把河堤培厚。②栽種

老師的話：禮堂、課堂的「堂」不可以寫作海棠花的「棠」。

老師的話：牧場、劇場、廣場的「場」唸作ㄔㄤˇ，是翹舌音喲！

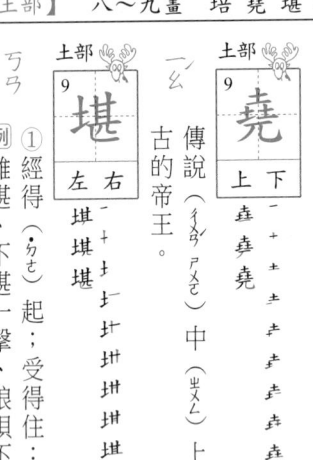

（ㄓㄨㄥˋ）、養育：例培養、培育、培植、培訓、栽培。

ㄆㄡˇ 小土山：例培塿。

土部 9 **堯** 上下

ㄧㄠˊ 傳說（ㄔㄨㄢˊ ㄕㄨㄛ）中（ㄓㄨㄥ）上古的帝王。

土部 9 **堪** 左右

ㄎㄢ ①經得（˙ㄉㄜ）起；受得住：例難堪、不堪一擊、狼狽不堪。②能夠；可以：例堪擔（ㄉㄢ）重（ㄓㄨㄥˋ）任、不堪設想。

土部 9 **場** 左右

ㄔㄤˇ ①有專門用途而且面積開闊的地方或建築：例廣場、市場、會場、劇場。②指某個特定的地點或範圍：例當（ㄉㄤ）場、現場、官場。③特指演出的舞臺和比賽的地方：例場地、出場、上場、登場。④指表演或比賽的過程：例開場、終場。⑤量詞。(1)用於藝文、體育活動：例一場電影、一場球賽、一場演出。(2)用於戲劇中較小的段落：例第一幕第二場。⑥有一定規模的生產單位：例牧場、農場、林場。

土部 9 **堤** 左右

ㄊㄧˊ 用土石等材料沿江河湖海修築的擋水建築物：例河堤、堤壩。

土部 9 堰 左右

一 十 土 圹 圻 坘 坘 坘 垣 堰 堰 堰

ㄧㄢˋ 擋水的土堤。

土部 9 報 左右

一 十 土 去 去 去 幸 幸 幸 郣 報 報

ㄅㄠˋ ①告訴；通知：例通風報信、報告、匯報、通報。②定期出版的零散（ㄙㄢˇ）的印刷品：例訂了兩份報、晚報。③某些傳達訊息的東西：例捷報、警報、情報、電報。④特指電報：例發報機、報務員。⑤回答；答謝：例報以熱烈的掌聲、報效、報答、報酬。⑥對曾經使自己受損害的人進行（ㄒㄧㄥˊ）回擊：例報仇、報復。

土部 9 堡 上下

ノ 亻 亻 仁 伫 但 保 保 保 保 堡 堡

ㄅㄠˇ 防禦用的建築物：例堡壘、碉堡、城堡。

土部 10 塞 上下

丶 丶 宀 宀 宀 宇 宑 宑 寉 寉 寒 寒 塞

ㄙㄞ ①堵住：例塞住。②填滿空（ㄎㄨㄥˋ）隙：例塞滿、填塞。③堵住容器口或孔洞的東西：例耳塞、瓶塞、軟木塞。

ㄙㄞˋ 邊界上險要的地方：例要塞、關塞、邊塞。

ㄙㄜˋ ①阻隔不通：例阻塞、堵塞。②充滿：例充塞。③應（ㄧㄥˋ）付了（ㄌㄧㄠˇ）事：例敷衍塞責。

老師的話：報紙的「報」是「土部」，要記住喲！

猜猜看：「真土」，猜一個字。

土部 10 塑 上下

、丷丷兯屰屰屰朔朔朔朔朔塑塑

ㄙㄨˋ ①用泥土、石膏、銅等製作人或物的形象：例塑造、塑像、雕塑、泥塑。②塑膠。

土部 10 塘 左右

一十土圹圹圹圹圹圹塘塘塘塘

ㄊㄤˊ ①池子：例池塘、魚塘、荷塘。②堤岸：例海塘、河塘。

土部 10 塗 上下

、氵氵氵氵氵氵氵氵氵涂涂涂塗

ㄊㄨˊ ①把油漆、顏料等抹在物體表面：例塗顏色、塗抹（ㄇㄛˇ）、塗脂抹粉。②抹去文字：例塗掉、塗改。③亂寫亂畫：例塗鴉。

土部 10 塚 左右

一十土圹圹圹圹圹圹塚塚塚塚

ㄓㄨㄥˇ 高大的墳墓：例古塚、荒塚。

土部 10 塔 左右

一十土圹圹圹圹圹圹塔塔塔塔

ㄊㄚˇ ①佛教的一種多層尖頂建築物：例寶塔、佛塔。②像塔的建築物：例水塔、燈塔、金字塔。

土部 10 填 左右

一十土圹圹圹圹圹圹填填填填

ㄊㄧㄢˊ ①把低窪的地方墊平；把空（ㄎㄨㄥˋ）缺的地方塞滿：例填平、填滿。②補充：例填補、填充。③在表格、單據等的空白處（ㄔㄨˋ）寫上文字：例填表、填寫。

答案：填。

土部 10 **塌** 左右

一 十 土 圠 坦 坦 坦 坦 埸 埸 塌 塌 塌

ㄊㄚ ①建築物等倒（ㄉㄠˇ）下；下沉（ㄔㄣˊ）：例倒塌、塌方、塌陷。②凹陷：例塌鼻梁。③穩定；安穩：例塌下心來。

土部 10 **塭** 左右

一 十 土 圠 圴 圴 坰 坰 坰 塭 塭 塭

ㄨㄣ 養魚用的池塘：例魚塭。

土部 10 **塊** 左右

一 十 土 圠 圴 圴 坤 坤 坤 塊 塊 塊

ㄎㄨㄞˋ ①結（ㄐㄧㄝˊ）聚成一團或呈固體的東西：例塊根、土塊、磚塊、豆腐塊。②量詞。⑴用於塊狀的東西：例一塊磚頭、兩塊豆腐、三塊白糖。⑵用於某些成塊的片狀物：例一塊布、兩塊蛋糕。⑶用於貨幣，相當於「圓」：例兩塊錢。

土部 10 **塢** 左右

一 十 土 圠 圴 圴 坞 坞 塢 塢 塢 塢

ㄨˋ ①四面高中央低的地方：例山塢、花塢。②建在水邊供（ㄍㄨㄥ）停船、造船或修船的場所：例船塢。

土部 11 **塵** 上下

丶 亠 广 广 庐 庐 庐 庐 鹿 鹿 鹿 塵 塵

ㄔㄣˊ ①飛揚的灰土：例灰塵、塵土。②俗世：例紅塵。

土部 11 **塾** 上下

丶 亠 亠 六 亨 亨 享 享 享 孰 孰 孰 塾 塾

老師的話：「塊」當作數量詞時，大部分指成團或方形的東西。

猜猜看：「土人不野」，猜一個字。

ㄕㄨˊ 舊時私人辦的學校：例家塾、私塾。

土部 11 **境** 左右

一 十 土 圹 圹 圹 圹 圹 圹 境 境 境 境 境

ㄐㄧㄥˋ ①疆土的邊界：例出境、入境、國境。②較大的空間（ㄎㄨㄥ ㄐㄧㄢ）範圍；區域：例環境。③所處（ㄔㄨˇ）的環境或狀況：例處（ㄔㄨˇ）境、家境、境遇、事過境遷。④程度；地步：例漸入佳境。

土部 11 **墓** 上下

丶 丷 艹 艹 节 苩 苩 苴 草 莫 莫 墓

ㄇㄨˋ 埋（ㄇㄞˊ）葬死人的地方：例墳墓、墓地、墓碑。

土部 11 **墊** 上下

一 十 土 去 圥 坴 坴 幸 執 執 埶 墊

ㄉㄧㄢˋ ①用東西支撐、襯托或填充：例把桌子墊高些、床上墊條棉被。②用來鋪（ㄆㄨ）底的東西：例墊子、鞋墊、草墊。③暫時替別人付錢：例墊付、墊款。

土部 11 **塹** 上下

一 厂 冂 百 亘 車 車 斬 斬 斬 塹

ㄑㄧㄢˋ 防禦用的壕溝：例塹壕、天塹。

土部 11 **墅** 上下

丨 口 日 日 旦 甲 里 里 野 野 野 墅

ㄕㄨˋ 供（ㄍㄨㄥ）休養或遊樂（ㄌㄜˋ）用的園林房屋，一般建在郊外或風景區：例別墅。

土部 12 **墟** 左右

一 十 土 圹 圹 圹 圹 墟 墟 墟 墟 墟

答案：墅。

ㄒㄩ 荒蕪的地方：例廢墟、故墟。

增 土部 12 左右

ㄗㄥ 加多；添加（跟「減」相對）：例增光、增加、增產、增援。

墩 土部 12 左右

ㄉㄨㄣ ①土堆：例土墩。②指某些厚實粗大的東西：例木墩、樹墩、橋墩。

墳 土部 12 左右

ㄈㄣˊ 墓穴上面築起的土堆：例上墳、墳墓、墳地。

墜 土部 12 上下

ㄓㄨㄟˋ ①掉下來：例墜落（ㄌㄨㄛˋ）、墜毀、搖搖欲墜。②垂吊的東西：例扇墜、線墜、耳墜子（也就是耳環）。

墮 土部 12 上下

ㄉㄨㄛˋ 掉下來，引申指人的行為（ㄒㄧㄥˊ ㄨㄟˊ）變壞：例墮落。

壁 土部 13 上下

ㄅㄧˋ ①牆：例壁畫、壁燈、牆壁。②像牆一樣陡峭的山石：例絕壁、懸崖峭壁。

老師的話：墜落的「墜」不可以寫作墮落的「墮」喲！

老師的話：墾丁公園最早建於清朝，是我國的國家公園。

土部 13 墾 上下

ㄎㄣˇ ①翻耕土地：例墾地、墾田。②開墾荒地：例開墾、墾荒。

土部 13 壇 左右

ㄊㄢˊ ①土、石等築成的高臺，古代用於舉行祭祀、誓師等重(ㄓㄨㄥˋ)大典禮：例天壇、祭壇。②用土堆成的種(ㄓㄨㄥˋ)花的平臺：例花壇。③指文藝或體育界：例文壇、影壇、體壇。④講學或發表言論的地方：例講壇、論壇。

土部 13 壅 上下

ㄩㄥ ①堵塞(ㄙㄜˋ)：例壅塞(ㄙㄜˋ)。②用土或肥料培養植物的根部：例壅土、壅肥、培壅。

土部 14 壕 左右

ㄏㄠˊ 在戰地挖掘的溝道，供(ㄍㄨㄥ)軍隊藏(ㄘㄤˊ)身：例戰壕、壕溝、防空壕。

土部 14 壓 上下

ㄧㄚ ①從上往下用力：例壓平。②用強力制伏；抑制：例鎮壓、欺壓、壓制。③勝過；超過：例技壓群芳、東風壓倒(ㄉㄠˇ)西風。④逼近；迫近：例大軍壓境。⑤擱置不動：例積壓。⑥指壓力；特指電壓、氣壓或血壓。

土部 14 壑 上下

丨 ⺊ ⺊ ⺊ 𣦵 ... 壑

ㄏㄨㄛˋ ①山谷：例丘壑、千山萬壑。②深溝或大坑：例溝壑。

土部 15 壙 左右

一 十 土 ... 壙

ㄎㄨㄤˋ 墓穴：例打壙、壙穴。

土部 15 壘 上下

丨 ㄇ ... 壘

ㄌㄟˇ ①軍隊駐地的圍牆和防禦工事：例堡壘、兩軍對壘、深溝高壘。②用磚、石、泥土等堆砌或築成：例壘牆。

ㄌㄩˋ 門神名：例鬱壘。

土部 16 壞 左右

一 十 土 ... 壞

ㄏㄨㄞˋ ①東西受到損傷：例損壞、毀壞。②令人不滿的；惡劣的（跟「好」相對）：例壞人、心眼壞、壞習慣。③害人的主意或手段：例使壞。④表示程度深：例累壞了、樂壞了、忙壞了、氣急敗壞。

土部 16 壟 上下

丶 亠 ... 壟

ㄌㄨㄥˇ ①田地裡略微高起的小路：例壟溝、田壟。②獨占：例壟斷。

土部 16 壢 左右

一 十 土 ... 壢

老師的話：「鬱壘」是我國民間傳說的門神，「壘」指人名時，要唸作ㄌㄩˋ。

老師的話：「壯」的相似字是「強」、「健」、「盛」。

ㄌㄧˋ 〔中壢〕地名，在臺灣。

土部 17 **壤** 左右

一 十 土 圹 圹 圹 圹 圹 圹 圹 圹 坾 坾 坾 壤 壤 壤

ㄖㄤˇ ①適合種（ㄓㄨㄥˋ）植的疏鬆泥土：例沃壤、紅壤、土壤。②大地：例霄壤、天壤之別。③地區：例接壤（兩個地區相連接）、窮鄉僻壤。

土部 21 **壩** 左右

ㄅㄚˋ ①攔截水流的建築物：例堤壩、攔河壩。②稱（ㄔㄥ）平原或平地：例壩子。

士部

士部 0 **士** 獨體

一 十 士

ㄕˋ ①古代指讀書人：例名士、寒士。②對人的美稱（ㄔㄥ）：例烈士、勇士、女士。③對某些專業人員的稱呼：例院士、護士、助產士。④指軍人：例將士、士兵、士卒。⑤軍銜名，在尉官以下：例上士、中士、下士。

士部 1 **壬** 獨體

一 二 千 壬

ㄖㄣˊ 天干的第九位。參見「干」。

士部 4 **壯** 左右

丨 丬 丬 爿 爿 壯 壯

ㄓㄨㄤˋ ①強健有力：例健壯、強（ㄑㄧㄤˊ）壯。②雄壯；氣勢盛（ㄕㄥˋ）：例壯志、壯麗、悲壯、理直氣壯。③加強：例壯膽、壯聲勢。

士部 9 **壹** 上下

一 十 士 士 声 声 壱 壱 壹 壹 壹

ㄧ 數（ㄕㄨˋ）字「一」的大寫。

士部 9 **壺** 上下

一 十 士 士 声 声 声 壱 壺 壺 壺 壺

ㄏㄨˊ 一種（ㄓㄨㄥˇ）口小腹大，盛（ㄔㄥˊ）液體的器皿：例茶壺、酒壺、瓷壺。

士部 11 **壽** 上下

一 十 士 圭 圭 寺 壴 壴 壴 壽 壽 壽 壽 壽

ㄕㄡˋ ①活得（˙ㄉㄜ）長（ㄔㄤˊ）久；年紀大：例壽星、人壽年豐、福壽雙全。②年歲；生命：例長壽、壽命、壽比南山。③生日：例做壽、祝壽、壽禮、壽辰。④與死人有關的東西：例壽衣、壽材。

夊部（ㄙㄨㄟ）

夊部 7 **夏** 上下

一 丆 丆 百 百 百 頁 夏 夏

ㄒㄧㄚˋ ①四季中（ㄓㄨㄥ）的第二季，相當（ㄒㄧㄤ ㄉㄤ）於國曆六、七、八月：例夏至、夏天、夏收。②古時指中國：例華夏。

猜猜看：星星會發亮，哪些星不會發亮呢？

答案：明星、歌星、福星、壽星。

老師的話：「夕」的相似字是「暮」，相反字是「朝」。

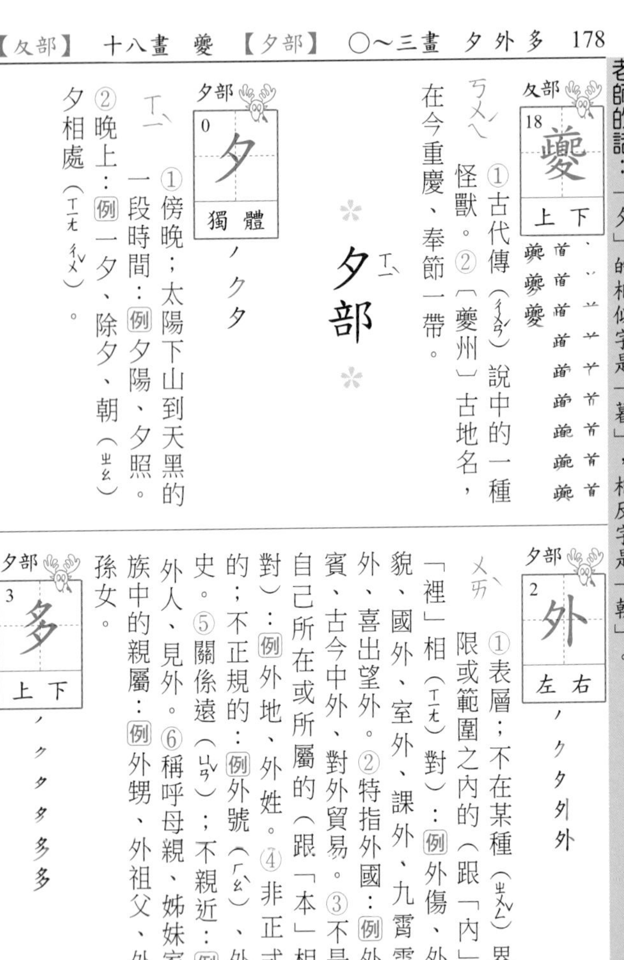

夊部 18 **夔** 上下

丶 丷 丷 丷 丷 丷 丷 首 首 首 首 首 首 首 首 首 首 首 首 首 首 夔

ㄎㄨㄟˊ ①古代傳（ㄔㄨㄢˊ）說中的一種怪獸。②〔夔州〕古地名，在今重慶、奉節一帶。

夕部 ㄒㄧ

夕部 0 **夕** 獨體

ノ ク 夕

ㄒㄧ ①傍晚；太陽下山到天黑的一段時間：例夕陽、夕照。②晚上：例一夕、除夕、朝（ㄓㄠ）夕相處（ㄒㄧㄤ ㄔㄨˇ）。

夕部 2 **外** 左右

ノ ク 夕 夘 外

ㄨㄞˋ ①表層；不在某種（ㄓㄨㄥˇ）界限或範圍之內的（跟「內」「裡」相（ㄒㄧㄤ）對）：例外傷、外貌、國外、室外、課外、九霄雲外、喜出望外。②特指外國：例外賓、古今中外、對外貿易。③不是自己所在或所屬的（跟「本」相對）：例外地、外姓。④非正式的；不正規的：例外號（ㄏㄠˋ）、外史。⑤關係遠（ㄩㄢˇ）；不親近：例外人、見外。⑥稱呼母親、姊妹家族中的親屬：例外甥、外祖父、外孫女。

夕部 3 **多** 上下

ノ ク 夕 夕 多 多

ㄉㄨㄛ ①數量（ㄕㄨˋ ㄌㄧㄤˋ）比較大（跟「少」相對）：例很多、凶多吉少、多層蛋糕。②超過原來的或應（ㄧㄥ）有的數量：例多三個字、多花錢。③超過合適程度的；不必要的：例多疑、多心、多嘴多舌。④剩餘：例多餘。⑤表示整數後的零頭：例三十多公里、三米多高。⑥表示相差（ㄔㄚ）大：例高多了、進步多了。⑦用在疑問句中，詢問程度、數量：例多大、多高。⑧用在感嘆句中，表示程度高：例多討人喜歡、多難（ㄋㄢˊ）過呀。

夙 夕部 3 半包圍

丿几凡凡夙夙

ㄙㄨˋ ①早晨：例夙夜、夙興夜寐。②過去就有的、平素的：例夙願、夙志。

夜 夕部 5 上下

丶亠广疒疒夜夜夜

ㄧㄝˋ 從天黑到天亮的一段時間（跟「日」「晝」相對）：例夜晚、黑夜、夜班、夜以繼日。

夠 夕部 8 左右

丿ク夕多多多多多夠夠夠

ㄍㄡˋ ①滿足或達到所需要的數量、標準等：例足夠、夠資格。②表示程度高：例天氣真夠冷的、事情夠難（ㄋㄢˊ）辦的。

夥 夕部 11 左右

丨口日日旦甲里果果果夥夥夥夥

ㄏㄨㄛˇ ①同伴：例大夥、夥伴、夥友。②年輕力壯的男子：例小夥子。③量詞，用於人群：例一

老師的話：「夜以繼日」不可以寫作「日以繼夜」。

夥人。④合作：例合夥、夥同。⑤多：例遊人甚夥。

老師的話：「夢」是「夕部」，不是「艸部」喲！

夕部 11 夢 上下

丶 丷 艹 艹 芇 芇 苎 苎 苎 苎 萝 萝 夢 夢

ㄇㄥˋ ①睡著（ㄓㄠˊ）以後，大腦受外界和體內的刺激而產生的幻象：例做夢、夢鄉、美夢、噩夢、夢遊、夢境、夜長（ㄔㄤˊ）夢多。②比喻幻想：例夢想、夢幻。

夕部 11 夤 上下

丶 ㄅ 夕 夕 夕 夕 夕 夕 夕 夕 夤 夤 夤 夤 夤

一ㄣˊ ①深：例夤夜。②攀附：例夤緣（比喻巴結（ㄐㄧㄝ））。

大部 ㄉㄚˋ

大部 0 大 獨體

一 ナ 大

ㄉㄚˋ ①（在面積、體積、數量（ㄕㄨˋ ㄌㄧㄤˋ）、力量（ㄌㄧㄤˋ）、程度、重要性等方面）超過通常的情況或比較的對象（跟「小」相對）：例大船、大國、大瓶子、年紀大、力氣大、大事情、大風大雨。②表示程度深：例大紅大綠、大失所望、大不相同。③稱（ㄔㄥ）跟對方有關的事物，表示尊敬：例大名、大駕、大作。④排行（ㄏㄤˊ）第一的：例大舅、老大。⑤官名：例大夫。⑥時間較遠的：例大前天、大後年。⑦用在某些時令、天氣、節日或時間前，表示強調：例大冬天、大熱天、大清早、大年三十。

ㄉㄚˋ 用於「大夫」（醫生）、「大王」（戲曲、舊小說中對國王或強盜首領的稱（ㄔㄥ）呼）。

ㄊㄞˋ 至上的。通「太」：例大上皇。

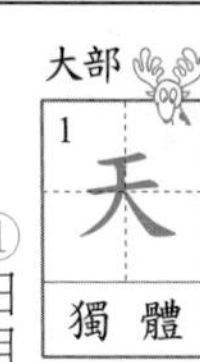

一 二 チ 天

ㄊㄧㄢ ①日月星辰所在的空間（ㄎㄨㄥ ㄐㄧㄢ）：例天空、蒼天、天昏地暗。②自然界：例人定勝天、天災人禍。③與生俱來的：例天生、天資、天險、天性。④天氣；氣候：例雨天、晴天、天乾地燥。⑤季節；時令：例春天。⑥一晝夜的時間；從日出到日落的時間：例整天、半天、天天。⑦命運：例怨天尤人。⑧位置在上面的；架在空中的：例天窗、天橋、天線。

大部 1 夫 獨體

一 二 チ 夫

ㄈㄨ ①丈夫（跟「妻」「婦」相對）：例夫婦、夫妻、妹夫。②舊時稱從事體力勞動的人：例農夫、漁夫、車夫、船夫。

大部 1 太 獨體

一 ナ 大 太

ㄊㄞˋ ①極大；最高：例太空。②對年長（ㄓㄤˇ）或輩分（ㄈㄣˋ）高的人的尊稱：例太姥姥、太爺爺。③表示程度極高或程度過了頭：例這本書太好（ㄏㄠˇ）了、太感謝你了、文章太長（ㄔㄤˊ）了。④用在「不」後，減弱否定程度，使語氣委婉：例不太好（ㄏㄠˇ）、不太滿意。

老師的話：「大夫」的「大」唸作ㄉㄚˋ，是指古代的官；唸作ㄉㄞˋ時，是指醫生。

老師的話：夭折的「夭」第一筆是丿，不是一橫。

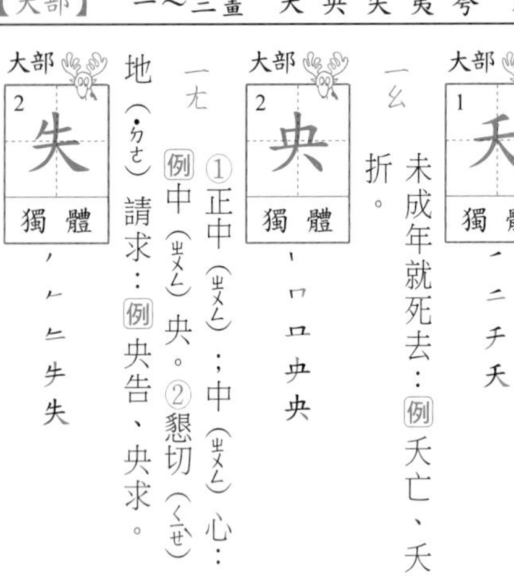

大部 1 **夭** 獨體

一ㄠ 未成年就死去：例夭亡、夭折。

大部 2 **央** 獨體

一ㄤ ①正中（ㄓㄨㄥ）；中（ㄓㄨㄥ）心：例中（ㄓㄨㄥ）央。②懇切（ㄑㄧㄝˋ）地（˙ㄉㄜ）請求：例央告、央求。

大部 2 **失** 獨體

ㄕ ①原有的沒有了；丟掉（跟「得（ㄉㄜˊ）」相對）：例失去信心、得（ㄉㄜˊ）不償失、失效、喪失、丟失。②找不著（ㄓㄠˊ）：例失蹤、迷失方向。③無法控制：例失言、失手、失足、痛哭失聲。④改變（常態）：例失常、失色、失態。⑤沒有達到（願望、目的）：例失意、失望。⑥違背（ㄅㄟˋ）；背（ㄅㄟˋ）離：例失信、失約、失實。⑦過錯：例過失、失誤。

大部 3 **夷** 獨體

一ˊ ①古代稱（ㄔㄥ）中國東部各民族：例東夷。②平坦；平安：例化險為夷（使危險變為平安）。③鏟平；削（ㄒㄩㄝ）平：例夷為平地。④台灣的古稱：例夷洲。

大部 3 **夸** 上下

ㄎㄨㄚ 說大話。通「誇」：例自夸、夸耀、夸張、夸海口、夸夸其談。

大部 4 夾 獨體

ㄐㄧㄚˊ ①從兩旁向同一對象用力箝（ㄑㄧㄢˊ）住或採取行動：例夾菜、夾攻、夾擊。②箝東西的器具：例票夾、髮夾。③處（ㄔㄨˇ）在兩者之間；從兩旁限制住：例把書簽夾在書裡、兩座山夾著一條小河、夾縫（ㄈㄥˋ）。④混（ㄏㄨㄣˋ）合：例夾雜、夾在隊伍裡。⑤裡外兩層的（衣服等）：例夾衣、夾襖、夾被。⑥〔夾肢窩〕指腋下。

大部 5 奉 上下

ㄈㄥˋ ①接受上級或長輩：例奉命轉移、奉令。②尊奉；信仰：例被人們奉為楷模、奉公守法、信奉。③恭敬地（˙ㄉㄜ）送給（ㄍㄟˇ）：例奉上、奉獻、奉送。④供養（ㄍㄨㄥ ㄧㄤˋ）；侍候：例侍奉、奉養（ㄧㄤˇ）。⑤表示尊敬的詞：例奉還（ㄏㄨㄢˊ）、奉告（ㄍㄠˋ）、奉陪。

大部 5 奇 上下

ㄑㄧˊ ①不同一般的；稀罕：例奇形怪狀、奇蹟、奇特、奇異。②出人意料的：例奇遇、奇兵、奇計。③覺得奇怪：例驚奇、不足為奇。

ㄐㄧ 單的；不成雙的（跟「偶」相對）：例奇數（ㄕㄨˋ）。

大部 5 奈 上下

老師的話：奇數的「奇」記得要唸作ㄐㄧ喲！

老師的話：奔放的「奔」是「大部」，小心別寫錯了！

ㄋㄞˋ 對付；處（ㄔㄨˇ）置：例奈何（怎樣對付；怎麼辦）、無奈（沒有辦法）。

大部 5 **奄** 上下

一 ナ 大 大 夻 夻 奄 奄

ㄧㄢˇ 〔奄奄〕形容呼吸微弱：例奄奄一息（快斷氣的樣子）。

大部 5 **奔** 上下

一 ナ 大 太 本 本 夲 奔

ㄅㄣ ①快跑；急走：例奔向遠方、奔走相告（ㄍㄠˋ）、奔馳、奔跑。②趕忙去做（某事）：例奔喪（ㄙㄤ）。③直接往目的地走去：例直奔車站、投奔。④迅速的：例奔流。⑤接近（某個年齡層）：例爺爺已經是奔七十的人了。

大部 6 **奕** 上下

丶 亠 亣 亣 亦 亦 亦 奕 奕

ㄧˋ 〔奕奕〕精神煥發：例神采奕奕。

大部 6 **契** 上下

一 二 三 丰 㓞 㓞 㓞 契 契

ㄑㄧˋ ①證明買賣、租賃（ㄌㄧㄣˋ）、借貸等關係的憑據：例地契、契約、契據、賣身契。②符合；投合：例契合、默契。

大部 6 **奏** 上下

一 二 三 丰 夫 夫 奏 奏 奏

ㄗㄡˋ ①臣子向君主稟告情況或說明意見：例奏明、啟奏、上奏。②取得（ㄉㄜˊ）或建立（功效或功績）：例奏效（發生效力）、屢奏奇功。③吹彈（ㄊㄢˊ）樂（ㄩㄝˋ）器：例奏樂（ㄩㄝˋ）、演奏、伴奏。

大部 6 **奎** 上下

一 ナ 大 太 本 夲 夲 夲 奎

ㄎㄨㄟˊ 星宿（ㄒㄧㄡˋ）名，即文曲（ㄑㄩ）星，二十八宿（ㄒㄧㄡˋ）之一。

大部 6 **奐** 上下

ㄏㄨㄢˋ ①盛（ㄕㄥˋ）大的；眾多的：例美輪美奐。②鮮明的。

大部 7 **套** 上下

一 ナ 大 大 木 本 夲 夲 套 套

ㄊㄠˋ ①罩在物體外面的東西：例手套、書套、筆套、沙發套。②罩在物體外面：例把筆帽套上、套袖、套褲。③互相重疊或銜接：例套色、套印、親上套親、套種（ㄓㄨㄥˋ）、套間。④裝在衣被裡面的棉絮：例被套。⑤同類事物組合成的整體：例成套設備、整套家具、不配套。⑥沿用已久的規矩、辦法：例老套、俗套。⑦模仿；沿用：例套公式、生搬硬套。⑧量詞，用於成組的事物：例一套設備、兩套衣服、三套課本。⑨用繩子等結成的環扣：例挽個套兒、大車套、拉套。⑩用繩具拴或捕捉：例套車、套牲口。⑪籠絡；拉攏：例套交情。⑫使人上當（ㄉㄤˋ）的詭計：例圈套。⑬騙取；用不正當（ㄉㄤˋ）的手段購買：例拿話套他、套匯、套購。

大部 7 **奘** 上下

奘

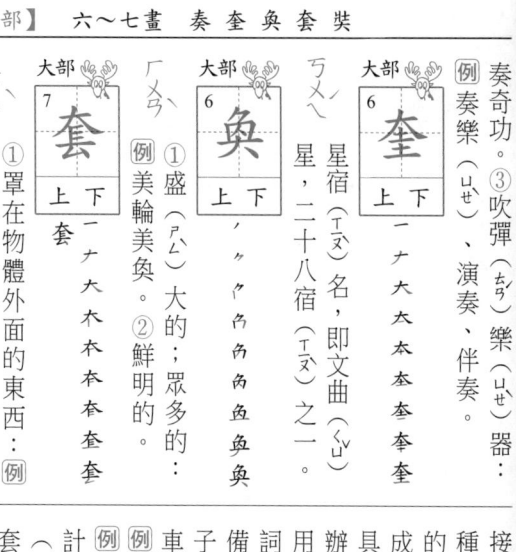

老師的話：「套交情」有嘲笑故意和人建立友情的意思，不能隨便亂用。

老師的話：「奢侈」和「慷慨」不同，奢侈是指人亂花錢，慷慨是指不小器。

ㄗㄤˋ ①強（ㄑㄧㄤˊ）壯粗大。②（玄奘）人名，是唐代著（ㄓㄨˋ）名的高僧，曾（ㄘㄥˊ）到印度取經。

大部 7 **奚** 上下

ㄒㄧ 疑問詞。為什麼：例子奚不為政（你為什麼不出來做官，參與（ㄩˋ）政治活動呢。）

大部 8 **奢** 上下

ㄕㄜ ①亂花錢；過度（ㄉㄨˋ）享受（跟「儉」相對）：例奢侈、奢華（ㄏㄨㄚˊ）。②過分（ㄈㄣˋ）的：例奢望。

大部 9 **奠** 上下

ㄉㄧㄢˋ ①擺放祭品向死者致敬：例祭奠。②使穩固；建立：例奠基、奠定。

大部 10 **奧** 上下

ㄠˋ 含義深，不容易懂：例深奧、奧妙、奧祕。

大部 11 **奪** 上下

ㄉㄨㄛˊ ①脫離：例眼淚奪眶（ㄎㄨㄤ）而出。②迫使（ㄕˇ）失去：例剝奪。③強（ㄑㄧㄤˊ）拿；搶：例奪回、奪取、搶奪、掠奪。④爭先取得（ㄉㄜˊ）；努力爭取：例爭分奪秒、奪標。⑤決定如何處（ㄔㄨˇ）理：例定奪、裁奪。

大部 11

奩

上下

一ナ大太本夲夵夵奋奁奁奁奩

ㄌㄧㄢˊ 古代女子梳妝用的鏡匣（ㄒㄧㄚˊ）：例鏡奩、妝奩（嫁妝）。

大部 13

奮

上下

一ナ大大木木本夲夲夲奞奞奞奞奮奮

ㄈㄣˋ 振作；鼓勁：例奮勇、奮力、振奮、勤奮、奮不顧身。

女部 ㄋㄩˇ

女部 0

女

獨體

く女女

ㄋㄩˇ ①人類兩性之一（跟「男」相對）：例少女、婦女、女性、男女老幼。②女兒：例子女、兒女。

女部 2

奴

左右

く女女如奴

ㄋㄨˊ ①受人壓迫和使喚，沒有人身自由的人：例奴隸、農奴、奴僕。②當（ㄉㄤ）做奴隸一樣（看待）：例奴役。③對人的蔑稱（ㄔㄥ）：例洋奴、守財奴。

女部 2

奶

左右

く女女如奶

ㄋㄞˇ ①乳房：例奶子。②乳汁；乳製品：例母奶、吃奶、奶油。③用自己的乳汁餵養（孩子）：例餵奶、奶孩子。④指嬰兒時期

老師的話：流行語「師奶」一詞是廣東話，指中年婦女。

的：例奶牙、奶名。

女部 3 **妄** 上下

ㄨㄤˋ ①不合實際；不近情理：例狂妄、痴心妄想、妄圖。②隨意；胡亂：例輕舉妄動、妄加評論（ㄌㄨㄣˋ）、膽大妄為（ㄨㄟˊ）。

女部 3 **奸** 左右

ㄐㄧㄢ ①狡詐；邪惡（ㄜˋ）：例奸商、奸計、奸詐、奸笑。②對君主或對國家不忠：例奸臣、奸細（替敵方刺探情報的人）。③背（ㄅㄟˋ）叛、出賣國家、民族或集團利益的人：例漢奸、內奸。④自私自利；虛偽：例奸詐、藏奸耍猾。

女部 3 **妃** 左右

ㄈㄟ 皇帝的妾；太子、王侯的妻子：例貴妃、后妃、王妃。

女部 3 **好** 左右

ㄏㄠˇ ①美；優點多的；令人滿意的（跟「壞」相對）：例美好、良好、好脾氣。②友愛；和睦：例友好、和（ㄏㄜˊ）好。③表示動作已經完成：例衣服做好了、晚飯煮好了。④（生活）幸福；（身體）健康；（疾病）消失：例你好哇、身體好多了、感冒還沒好。⑤強調程度深、數量（ㄕㄨˋ ㄌㄧㄤˋ）多或時間久：例好巨大、好漂亮、好多人、好幾年。⑥表示贊同、答應

老師的話：「好」的相似字是「佳」、「美」、「善」，相反字是「壞」。

（ㄅㄚ ˙ㄌㄥ）、結束或不滿、警告等語氣：例好，這個主意不錯、好吧，就這麼辦、好，就談到這兒吧、好，這下可糟了、好，等著瞧吧。⑦容易（跟「難」相對）：例這事好辦。⑧可以；以便：例留下地址，好給你寫信、把房間收拾乾淨，好招待客人。⑨表示效果好：例好用、好吃、好看、好聽、好受。

ㄏㄠˋ ①喜愛；喜歡：例好客、好強（ㄑㄧㄤˇ）、好吃懶做。②容易（發生某種事情）：例好哭。③喜歡做的事：例嗜好。

她

女部 3 左右

ㄊㄚ ①女性的第三人稱（ㄔㄥ）代名詞：例她是我母親、我跟她是同學。②稱國家、國旗等，表示尊重和敬愛：例家鄉啊，她是我生長的地方。

如

女部 3 左右

ㄖㄨˊ ①符合；依照：例如期完成、如實報告、如意。②好像；同……一樣：例幾十年如一日、膽小如鼠、如同、猶如。③假使：例如果、假如。④比得（˙ㄉㄜ）上；趕得（˙ㄉㄜ）上（只用於否定）：例今年收成不如去年、牛馬不如。⑤表示舉例：例例如、比如、譬如。

妁

女部 3 左右

ㄕㄨㄛˋ 媒人：例媒妁。

老師的話：關於「如」的成語包括：如沐春風、如花似錦、如願以償。

老師的話：化妝要用「妝」，裝扮要用「裝」，要分辨清楚喲！

女部 4 **妝** 左右

ㄓㄨㄤ

①女子修飾、打扮：例濃妝豔抹、梳妝、化妝。②女子出嫁隨身帶到夫家的東西：例嫁妝。

女部 4 **妒** 左右

ㄉㄨˋ

對勝過自己的人心懷忌恨：例忌妒、嫉妒。

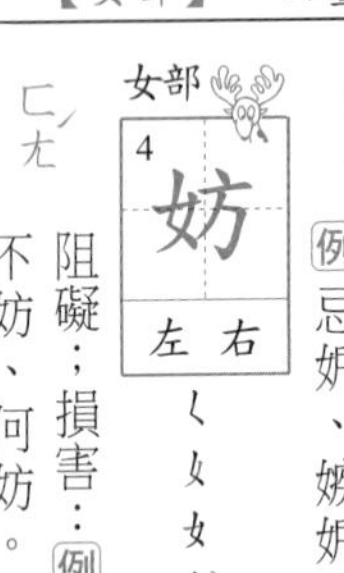

女部 4 **妨** 左右

ㄈㄤˊ

阻礙；損害：例妨礙、妨害、不妨、何妨。

女部 4 **妞** 左右

ㄋㄧㄡ

女孩子：例小妞。

女部 4 **妣** 左右

ㄅㄧˇ

已去世的母親：例考妣、先妣。

女部 4 **妙** 左右

ㄇㄧㄠˋ

①美好：例妙齡、美妙、妙不可言。②神奇；奧祕：例神機妙算、靈丹妙藥、妙計、微妙、精妙、奧妙。

女部 4 **妖** 左右

ㄧㄠ

①妖怪，神話、傳說或童話中所說的害人的怪物：例妖

精、蛇妖、妖魔鬼怪。②荒誕的；惑亂人心的：例妖術、妖道、妖言。③豔麗：例妖嬈。④裝束奇特，作風不正派（多指女性）：例妖豔、妖裡妖氣。

女部 4 姸 左右
ㄧㄢˊ
ㄑ ㄑ 女 女一 女二 女开 姸
美；美好（ㄏㄠˇ）：例姸麗、百花爭姸。

女部 4 妤 左右
ㄩˊ
ㄑ ㄑ 女 女ㄱ 女マ 女ヌ 妤
〔婕妤〕我國漢朝（ㄔㄠˊ）宮中的女官名。見「婕」。

女部 4 妓 左右
ㄐㄧˋ
ㄑ ㄑ 女 女一 女十 女ナ 妓
出賣肉體的女子：例妓女。

女部 4 妊 左右
ㄖㄣˋ
ㄑ ㄑ 女 女一 女二 女壬 妊
懷孕：例妊娠（ㄕㄣ）、妊婦。

女部 4 妥 上下
ㄊㄨㄛˇ
一 ㄑ ㄑ 爫 爫 妥 妥
①穩當（ㄉㄤˋ）可靠：例穩妥、妥當（ㄉㄤˋ）、妥善、欠妥。②適當（ㄉㄤˋ）；完備：例辦妥、談妥。

女部 5 妾 上下
ㄑㄧㄝˋ
丶 亠 亠 立 立 妾 妾
①舊時男子在正妻以外另娶的女子。②古時女子的謙稱

老師的話：雙手捧雞蛋——十拿九穩、皇帝的女兒——不愁嫁，都比喻妥當的意思。

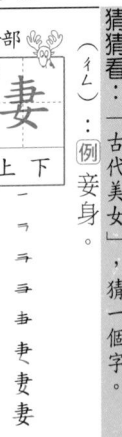

猜猜看：「古代美女」，猜一個字。

（ㄔㄥ）：例妾身。

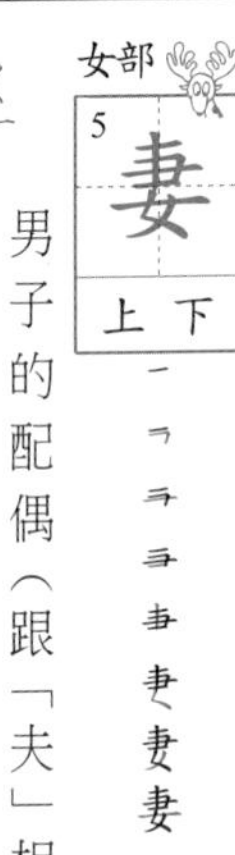

女部 5 妻 上下

ㄑㄧ 男子的配偶（跟「夫」相對）：例夫妻、妻子。

女部 5 委 上下

ㄨㄟˇ ①請人代辦；任命：例委以重（ㄓㄨㄥˋ）任、委託、委派、委任。②委員的簡稱（ㄔㄥ）：例立委。③水的下游；末尾：例原委（從頭到尾的經過）。④精神不振作：例委靡（ㄇㄧˇ）不振。⑤曲（ㄑㄩ）折：例委曲（ㄑㄩ）、委婉。

女部 5 妹 左右

ㄇㄟˋ ①同父母（或只同母）所生而比自己年齡小的女子：例兄妹、姊妹。②親（ㄑㄧㄣ）屬中同輩而比自己年齡小的女子：例堂妹、表妹。

女部 5 妮 左右

ㄋㄧ 女孩子：例小妮子。

女部 5 姑 左右

ㄍㄨ ①父親的姐妹：例姑媽。②丈夫的姐妹：例姑嫂、大姑、小姑。③出家修行（ㄒㄧㄥˊ）的女性：例尼姑、道姑。

答案：姑。

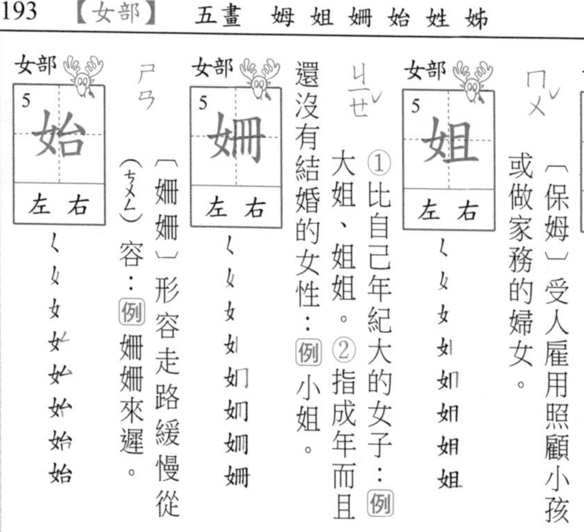

姆
女部 5 左右

ㄇㄨˇ

〔保姆〕受人雇用照顧小孩或做家務的婦女。

姐
女部 5 左右

ㄐㄧㄝˇ

①比自己年紀大的女子：例大姐、姐姐。②指成年而且還沒有結婚的女性：例小姐。

姍
女部 5 左右

ㄕㄢ

〔姍姍〕形容走路緩慢從(ㄘㄨㄥ)容：例姍姍來遲。

始
女部 5 左右

ㄕˇ

①事物發生的最初階段（跟「終」相對）：例有始有終、創始、始末。②開頭：例開始、周而復始。

姓
女部 5 左右

ㄒㄧㄥˋ

①標誌家族系統的字：例姓氏、姓名、貴姓、百家姓、尊姓大名。②民眾：例百姓。

姊
女部 5 左右

ㄗˇ

〔姊妹〕女子先出生的稱姊，後出生的稱妹，通常指同父母所生的。

ㄐㄧㄝˇ

〔姊姊(˙ㄐㄧㄝ)〕尊稱同輩中比自己年長的女子。通「姐」。

老師的話：「姊妹」一詞的「姊」字，記得唸作ㄗˇ喲！

猜猜看：「二千金」，猜一個字。

女部 5 **妯** 左右

ㄑ ㄑ女 女 如 妯 妯 妯

ㄓㄡˊ

〔妯娌〕兄弟的妻子彼此的稱（ㄔㄥ）呼，也就是哥哥的妻子和弟弟的妻子的合稱。

女部 5 **妳** 左右

ㄑ ㄑ女 女 女' 女ㄅ 妳 妳 妳

ㄋㄧˇ

用於女性的第二人稱代名詞。

女部 5 **姒** 左右

ㄑ ㄑ女 女 女l 女レ 女レ' 女以 姒

ㄙˋ

①古代稱丈夫的嫂子為姒，兄弟的妻子間互稱娣姒。②古代稱姊姊為姒，妹妹為娣。

女部 6 **姜** 上下

丶 丷 䒑 䒑 兰 羊 羊 姜 姜

ㄐㄧㄤ

姓。

女部 6 **姘** 左右

ㄑ ㄑ女 女 女' 女丷 女䒑 姘 姘

ㄆㄧㄣ

非夫妻關係的男女同居：例姘居。

女部 6 **姿** 上下

丶 冫 冫' 冫ケ 次 次 姿 姿 姿

ㄗ

①身體的樣子；形狀：例舞姿、姿態、姿勢、千姿百態。②相（ㄒㄧㄤˋ）貌：例姿色、姿容。

女部 6 **姣** 左右

ㄑ ㄑ女 女 女' 女亠 女六 姣 姣

答案：奻。

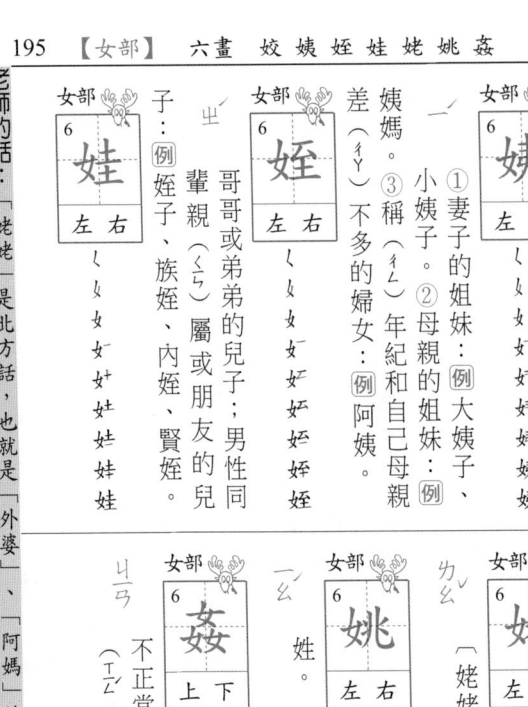

ㄐㄧㄠˇ 容貌美好：例姣美、姣好。

女部 6 姨 左右

ㄧˊ ①妻子的姐妹：例大姨子、小姨子。②母親的姐妹：例姨媽。③稱（ㄔㄥ）年紀和自己母親差（ㄔㄚ）不多的婦女：例阿姨。

女部 6 姪 左右

ㄓˊ 哥哥或弟弟的兒子；男性同輩親（ㄑㄧㄣ）屬或朋友的兒子：例姪子、族姪、內姪、賢姪。

女部 6 娃 左右

ㄨㄚˊ 小孩子：例男娃、女娃。

女部 6 姥 左右

ㄌㄠˇ 〔姥姥〕外祖母。

女部 6 姚 左右

ㄧㄠˊ 姓。

女部 6 姦 上下

ㄐㄧㄢ 不正當（ㄉㄤ）的男女性行為（ㄒㄧㄥˊ ㄨㄟˊ）。

老師的話：「姥姥」是北方話，也就是「外婆」、「阿媽」的意思。

猜猜看：「那個小姐」，猜一個字。

女部 6 威 半包圍 一 厂 厂 反 反 威 威 威 威

ㄨㄟ ①使人敬畏的氣勢或使人畏懼的力量：例威震四海、威風、威嚴、權威、示威。②憑藉威力制服或壓迫他人：例威逼、威脅。

女部 6 姻 左右 ㄑ 女 女 如 如 姻 姻 姻 姻

ㄧㄣ 男女娶嫁的事：例婚姻、姻親（由婚姻關係結成的親戚）。

女部 7 娑 上下 娑 丶 丶 氵 氵 汁 沙 沙 娑 娑

ㄙㄨㄛ 〔婆娑〕形容搖曳（ㄧˋ）盤旋（ㄒㄩㄢˊ）的樣子：例婆娑起舞、樹影婆娑。

女部 7 娘 左右 娘 ㄑ 女 女 女 好 妇 娘 娘 娘

ㄋㄧㄤˊ ①母親：例爹娘。②稱長（ㄓㄤˇ）一輩的或年長（ㄓㄤˇ）的已婚女性：例嬸娘、姨娘、大娘。③年輕女子：例姑娘。

女部 7 娜 左右 娜 ㄑ 女 女 如 妇 妇 娴 娜 娜

ㄋㄚˋ 音譯用字，多用於女性的名字，例如：「安娜」、「戴安娜」。

ㄋㄨㄛˊ 柔美的樣子。見「婀」。

女部 7 娟 左右 娟 ㄑ 女 女 女 如 如 娟 娟 娟

答案：娜。

ㄐㄩㄢ 美好：例娟秀、嬋娟。

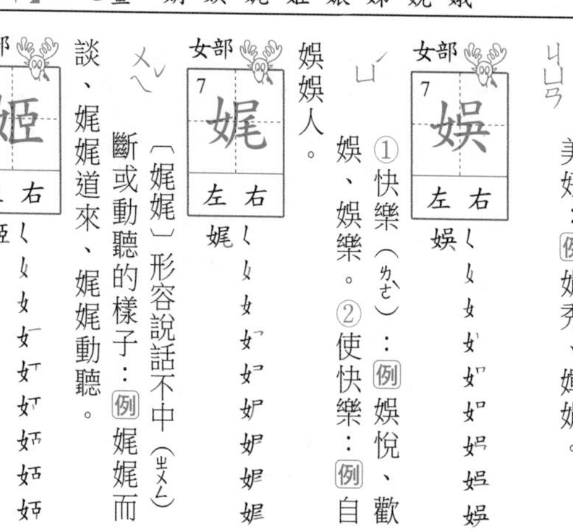

娛（女部 7 畫，左右）

ㄩˊ ①快樂（ㄌㄜˋ）：例娛悅、歡娛、娛樂。②使快樂：例自娛娛人。

娓（女部 7 畫，左右）

ㄨㄟˇ 〔娓娓〕形容說話不中（ㄓㄨㄥ）斷或動聽的樣子：例娓娓而談、娓娓道來、娓娓動聽。

姬（女部 7 畫，左右）

ㄐㄧ ①古代對婦女的美稱（ㄔㄥ）：例虞姬。②妾：例姬妾、寵姬。③歌女：例歌姬。

娠（女部 7 畫，左右）

ㄕㄣ 懷孕：例妊（ㄖㄣˋ）娠。

娣（女部 7 畫，左右）

ㄉㄧˋ ①古代稱妹妹為「娣」。②丈夫弟弟的妻子。

娩（女部 7 畫，左右）

ㄇㄧㄢˇ 婦女生孩子：例分娩。

娥（女部 7 畫，左右）

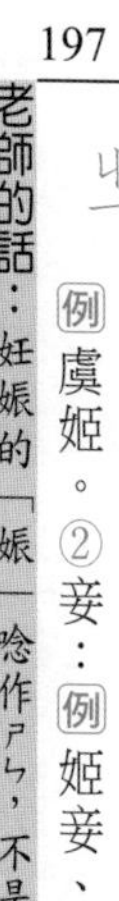

老師的話：妊娠的「娠」唸作ㄕㄣ，不是ㄔㄣ喲！

老師的話：形容別人缺乏決斷力的成語可以用「婦人之仁」。

ㄜˊ 美女：例宮娥。

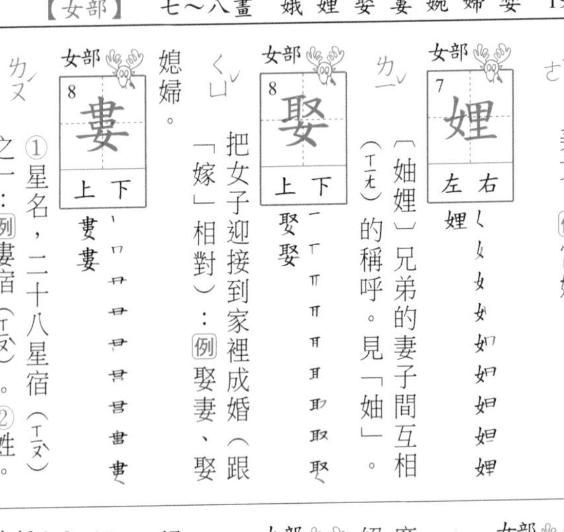

女部 7 **娌** 左右

ㄌㄧˇ （妯娌）兄弟的妻子間互相（ㄒㄧㄤ）的稱呼。見「妯」。

女部 8 **娶** 上下

ㄑㄩˇ 把女子迎接到家裡成婚（跟「嫁」相對）：例娶妻、娶媳婦。

女部 8 **婁** 上下

ㄌㄡˊ ①星名，二十八星宿（ㄒㄧㄡˋ）之一：例婁宿（ㄒㄧㄡˋ）。②姓。

女部 8 **婉** 左右

ㄨㄢˇ ①溫和（ㄏㄜˊ）；柔順：例和（ㄏㄜˊ）婉、婉順。②說話態度溫和，不生硬：例委婉、婉言謝絕。

女部 8 **婦** 左右

ㄈㄨˋ ①成年女子的通稱（ㄔㄥ）：例婦女。②已婚的女子：例婦人、少（ㄕㄠˋ）婦、媳婦。③妻子（跟「夫」相對）：例夫婦、夫唱婦隨。

女部 8 **婪** 上下

ㄌㄢˊ
貪；不滿足：例貪婪。

婀
女部 8 左右
ㄜ
〔婀娜〕輕柔美好（ㄏㄠˇ）：例婀娜多姿、柳枝婀娜。

娼
女部 8 左右
ㄔㄤ
妓女：例娼妓、逼良為娼。

婢
女部 8 左右
ㄅㄧˋ
舊時供人使喚的年輕女子：例婢女、奴婢、奴顏婢膝。

婚
女部 8 左右
ㄏㄨㄣ
①男女正式結合成夫妻：例結婚、新婚、婚禮、婚期。②因結婚而產生的夫妻關係：例婚姻、婚約。

婆
女部 8 上下
ㄆㄛˊ
①稱奶奶輩的或年老的婦女：例外婆、老太婆、老婆婆。②丈夫的母親：例婆婆。

婊
女部 8 左右
ㄅㄧㄠˇ
〔婊子〕舊時稱妓女，也用作罵人的話。

老師的話：古人結婚反而刻意選在黃昏舉行，而且都穿黑衣服呢！

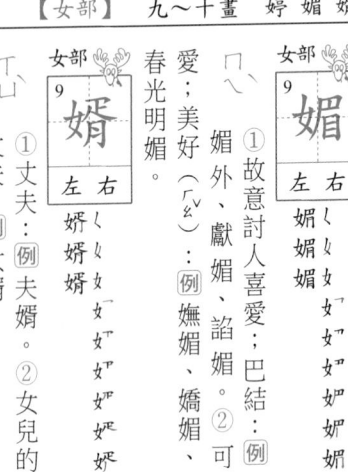

老師的話：除了「嬋媛」是形容美麗的女子外，還有嬋娟、沉魚落雁、閉月羞花。

女部 9 **婷** 左右

ㄊㄧㄥˊ

〔婷婷〕形容人或花木姿態美好的樣子：例婷婷裊裊。

女部 9 **媚** 左右

ㄇㄟˋ

①故意討人喜愛；巴結：例媚外、獻媚、諂媚。②可愛；美好（ㄏㄠˇ）：例嫵媚、嬌媚、春光明媚。

女部 9 **婿** 左右

ㄒㄩˋ

①丈夫：例夫婿。②女兒的丈夫：例女婿。

女部 9 **媒** 左右

ㄇㄟˊ

①介紹婚姻的人：例媒人、媒婆。②使雙方發生聯繫（ㄒㄧˋ）的人或事物：例傳媒、媒介。

女部 9 **媛** 左右

ㄩㄢˋ

①美女：例名媛淑女。②〔嬋媛〕形貌美好的。見「嬋」。

女部 10 **嫁** 左右

ㄐㄧㄚˋ

①女子到男方家裡結婚（跟「娶」相對）：例出嫁、嫁娶、作嫁、陪嫁、待嫁、婚嫁。②轉移（禍害、罪名等）：例嫁禍他

人、轉嫁責任。

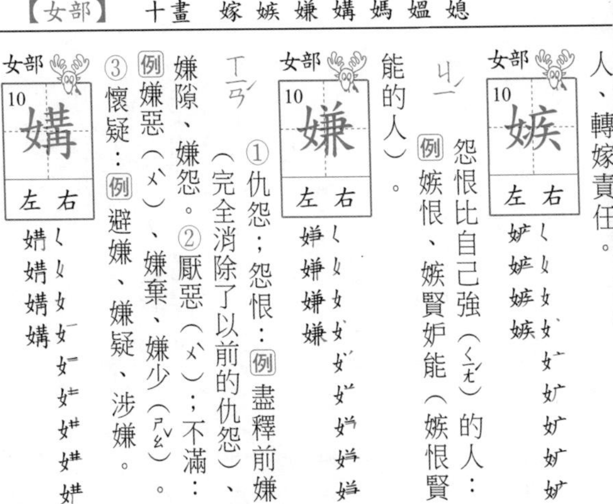

女部 10 嫉 左右

ㄐㄧˊ 怨恨比自己強（ㄑㄧㄤˊ）的人：例嫉恨、嫉賢妒能（嫉恨賢能的人）。

女部 10 嫌 左右

ㄒㄧㄢˊ ①仇怨；怨恨：例盡釋前嫌（完全消除了以前的仇怨）、嫌隙、嫌怨。②厭惡（ㄨˋ）；不滿：例嫌惡（ㄨˋ）、嫌棄、嫌少（ㄕㄠˇ）。③懷疑：例避嫌、嫌疑、涉嫌。

女部 10 媾 左右

ㄍㄡˋ ①交好；講和（ㄏㄜˊ）：例媾和。②交配：例交媾。

女部 10 媽 左右

ㄇㄚ ①稱（ㄔㄥ）母親：例媽媽。②對長（ㄓㄤˇ）輩或年長（ㄓㄤˇ）的已婚女性的稱（ㄔㄥ）呼：例大媽（伯母）、姑媽、舅媽、姨媽。

女部 10 媼 左右

ㄠˇ 年老的婦女：例老媼。

女部 10 媳 左右

ㄒㄧˊ ①兒子的妻子：例兒媳、媳婦。②弟弟或晚輩的妻子：

猜猜看：「小姐要休息」，猜一個字。

答案：媳。

老師的話：「嫦娥」也可以用來形容美麗的女子。

例 弟媳、侄媳、孫媳。

女部 10 **嫂** 左右

ㄙㄠˇ ①哥哥的妻子：例 嫂嫂。②稱（ㄔㄥ）跟自己年齡差不多的已婚婦女：例 劉嫂、李大嫂。

女部 10 **嫓** 左右

ㄆㄧˋ 比得（˙ㄉㄜ）上：例 嫓美（美好的程度差（ㄔㄚ）不多）。

女部 11 **嫡** 左右

ㄉㄧˊ ①家族中血統關係最近的：例 嫡親姐妹。②系統最近的；正統的：例 嫡系、嫡傳（ㄔㄨㄢˊ）。

女部 11 **嫦** 左右

ㄔㄤˊ 〔嫦娥〕傳說（ㄔㄨㄢˊ ㄕㄨㄛ）中（ㄓㄨㄥ）月宮裡的仙女。

女部 11 **嫩** 左右

ㄋㄣˋ ①初生而柔弱的（跟「老」相對）：例 鮮嫩、嬌嫩、細皮嫩肉。②食物烹調（ㄊㄧㄠˊ）的時間短，軟而好嚼：例 把豬肝炒嫩點。③（顏色）淺：例 嫩黃、嫩綠。

女部 11 **嫗** 左右

ㄩˋ 年老的婦女：例 老嫗。

女部 11 **嫖** 左右

ㄆㄧㄠˊ 玩弄妓女：例吃喝嫖賭、嫖娼、嫖妓。

女部 11 **嫘** 左右

ㄌㄟˊ 用於人名。嫘祖，傳說中黃帝的妻子，發明了養蠶取絲。

女部 11 **嫣** 左右

ㄧㄢ ①女子動人的笑容：例嫣然一笑。②（顏色）鮮豔：例姹紫嫣紅。

女部 12 **嬉** 左右

ㄒㄧ 玩耍（ㄕㄨㄚˇ）；遊玩：例嬉笑（笑鬧）、嬉皮笑臉、嬉戲（遊戲）。

女部 12 **嫻** 左右

ㄒㄧㄢˊ ①文靜：例嫻靜。②熟練：例嫻熟。

女部 12 **嬋** 左右

ㄔㄢˊ (一)〔嬋娟〕①姿態美好（ㄏㄠˇ）。②美女。③借指月亮：例但願人長久，千里共嬋娟。(二)〔嬋媛〕①情思牽縈。②姿態美好。

女部 12 **嫵** 左右

猜猜看：「太太害喜了」，猜一個字。

答案：嬉。

老師的話：嬪妃的「嬪」，記得唸作ㄆㄧㄣˊ喲！

ㄨˇ〔嫵媚〕形容姿態美好，惹人喜愛：例嫵媚動人。

女部 12 **嬌** 左右

ㄐㄧㄠ ①柔嫩可愛：例嬌柔、嬌豔。②意志脆弱，不堅強：例嬌氣。③過分（ㄈㄣˋ）寵愛：例嬌縱、嬌生慣養。

女部 13 **嬝** 左右

ㄋㄧㄠˇ 婉轉柔美的樣子。同「裊」。

女部 13 **嬴** 上下

ㄧㄥˊ 姓。

女部 14 **嬰** 上下

ㄧㄥ 初生的小孩子：例嬰兒、女嬰、嬰孩。

女部 14 **嬪** 左右

ㄆㄧㄣˊ 皇帝的妾；古時宮中的女官：例嬪妃、嬪嬙（嬙也是宮中女官名）。

女部 14 **嬤** 左右

ㄇㄚ〔嬤嬤〕①對年老婦女的稱（ㄔㄥ）呼。②奶媽。

女部 15 **嬸** 左右

ㄕㄣˇ ①叔叔的妻子：例嬸母。②稱跟父母同輩而年齡比較小的已婚婦女：例張嬸、李二嬸。

女部

17 孀 左右

孀 孀

ㄕㄨㄤ ①死了丈夫的女人：例遺孀、孀婦。②守寡：例孀居。

子部 ㄗˇ

子部

0 子 獨體

ㄱ 了 子

ㄗˇ ①兒子：例子孫、父子、獨生子。②人的通稱：例男子、女子。③古代對男子的美稱：例孔子、諸子百家。④動物的幼仔或卵：例魚子、不入虎穴，焉得虎子。⑤幼小的；嫩的：例子豬、子雞。⑥植物的子實：例葵花子、瓜子、子粒。⑦顆粒狀物體：例棋子。⑧地支的第一位。參見「支」。

子部

0 孑 獨體

ㄱ 了 孑

ㄐㄧㄝˊ ①單獨；孤獨：例孑立、孑然一身。②〔孑孓〕蚊子的幼蟲。

子部

0 孓 獨體

ㄱ 了 孓

ㄐㄩㄝˊ 〔孑孓〕見「孑」。

子部

1 孔 左右

ㄱ 了 子 孔

老師的話：「孑」唸作ㄐㄧㄝˊ，「孓」唸作ㄐㄩㄝˊ，別混淆了。

老師的話： 形容十分危險可以用「孕婦走獨木橋——鋌（挺）而走險」這句歇後語。

ㄎㄨㄥˇ ①窟窿；洞：例無孔不入、毛孔、鼻孔、孔穴。②很：例孔急。

子部 2 **孕** 上下

ㄩㄣˋ ①懷胎的：例孕婦、孕育。②胎兒：例懷孕。

子部 3 **字** 上下

ㄗˋ ①記錄語言的符號：例文字、國字、片紙隻字、咬文嚼字。②人的別名：例仲尼是孔子的字。③國字的不同形體；書法的不同派別：例字體、字形、草字、柳體字。④發音：例字正腔圓。⑤指女子未出嫁：例待字閨中。

子部 3 **存** 半包圍

ㄘㄨㄣˊ ①活著（˙ㄓㄜ）：例共存、生存、存亡。②積聚；儲藏（ㄘㄤˊ）：例儲存、存款、保存、積存。③寄放：例存放、寄存。④記在心裡；懷著：例存心不良。⑤保留下來：例存檔、存根、存查。

子部 4 **孝** 上下

ㄒㄧㄠˋ ①尊敬並且盡心奉養（ㄧㄤˋ）父母：例孝順、孝心、孝敬、至孝、盡孝。②居喪（ㄙㄤ）期間穿的白色衣服：例孝服、穿孝、披麻戴孝。

子部 4 孜 左右
ㄗ
〔孜孜〕勤奮不懈：例孜孜以求、孜孜不倦。

子部 4 孚 上下
ㄈㄨˊ
令人信服：例深孚眾望。

子部 5 孢 左右
ㄅㄠ
〔孢子〕指低等動物在無性繁殖或有性生殖中產生的生殖細胞或少數（ㄕㄠˇ ㄕㄨˋ）細胞的繁殖體，脫離母體後能直接或間（ㄐㄧㄢˋ）接發育成新個體。

子部 5 孟 上下
ㄇㄥˋ
農曆每個季節的頭一個月：例孟春（春季的第一個月）、孟冬（冬季的第一個月）。

子部 5 孤 左右
ㄍㄨ
①幼年失去父親或父母親的：例孤兒。②單獨：例孤雁、孤軍、孤單、孤立、孤獨。

子部 5 季 上下
ㄐㄧˋ
①一年分為（ㄈㄣ ㄨㄟˊ）春夏秋冬四季，一季為三個月：例春季、季節、季刊。②指一年中的某一時期：例雨季、淡季、旺季。

老師的話：四季的「季」和行李的「李」字形相似，小心別寫錯了。

③第三的：例季軍。

子部 6 **孩** 左右

ㄏㄞˊ

兒童：例男孩、小孩子。

㇇ 了 子 孑 孑 孩 孩 孩 孩

子部 7 **孫** 左右

ㄙㄨㄣ

①兒子（˙ㄗ）的子（ㄗˇ）女：例子（ㄗˇ）孫、孫子（˙ㄗ）、孫女。②跟孫子同輩的親屬：例外孫、侄孫。③孫子以下的各代：例曾（ㄗㄥ）孫、玄孫。

㇇ 了 子 孑 孓 孫 孫 孫 孫 孫

子部 8 **孰** 左右

ㄕㄨˊ

①指人或事物，相當於「誰」「什麼」等：例人非聖賢，孰能無過（一般人並不是像堯舜那樣的聖賢，誰不會犯錯。也就是說，人難免會犯過錯。）、是可忍，孰不可忍（連這樣的事情都可以容忍，還有什麼不能容忍的事呢？）。②表示選擇，相當於「誰」「哪個」等：例孰是孰非（誰對誰錯）、吾與徐公孰美（我和徐公哪個人比較俊美？）。

丶 亠 亣 亨 亨 享 享 孰 孰 孰

子部 9 **孳** 上下

ㄗ

繁衍：例孳生、孳乳。

丶 丷 丷 艹 艹 兹 兹 兹 兹 孳 孳

子部 9 **孱** 半包圍

ㄔㄢˊ

瘦弱；弱小：例孱弱。

㇇ コ 尸 尸 尸 孱 孱 孱 孱 孱 孱 孱

老師的話：比喻軟弱無能的人，可以叫作「孱頭」。

孵
子部 11 左右

ㄈㄨ 鳥類用體溫使卵受熱，而成長（ㄓㄤˇ）為（ㄨㄟˊ）幼鳥的過程；也指用人工的方法使卵變成幼鳥：例孵雞、孵化。

學
子部 13 上下

ㄒㄩㄝˊ ①研習：例學習、活到老，學到老。②仿照：例鸚鵡學舌。③實施教育的場所：例學校、學堂。④才識：例品學兼優、真才實學。⑤指學科：例哲學、數學、物理學、經濟學。

孺
子部 14 左右

ㄖㄨˊ 幼兒；小孩：例孺子、婦孺。

孽
子部 17 上下

ㄋㄧㄝˋ ①妖怪：例妖孽。②禍害；罪惡（ㄜˋ）：例造孽、作孽、冤孽、罪孽、孽種（ㄓㄨㄥˇ）。

孿
子部 19 上下

ㄌㄨㄢˊ 雙胞胎：例孿生姐妹。

宀部 ㄇㄧㄢˊ

猜猜看：「孿生子」，猜一句成語。

答案：一舉兩得。

老師的話：「嘴上扣瓶蓋——守口如瓶」這句歇後話是形容不會亂講話。

宀部

它 2 上下

丶 丷 宀 它 它

ㄊㄚ

指無生物的第三人稱（ㄔㄥ）代名詞：例說起這款冷氣機，它的功能多著呢。

宀部

宇 3 上下

丶 丷 宀 宀 宇 宇

ㄩˇ

①房屋：例屋宇、廟宇、樓宇。②上下四方，無限的空間（ㄎㄨㄥ ㄐㄧㄢ）：例宇宙。③儀表；風度：例眉宇、器宇。

宀部

守 3 上下

丶 丷 宀 宀 守 守

ㄕㄡˇ

①保持，使維持原狀不變化：例守密、保守、守舊。②依照；不違犯：例守信、守法、守規矩。③保護；防衛：例堅守、守衛、鎮守、把守。④看（ㄎㄢ）護：例看（ㄎㄢ）守、守候、守護。⑤靠近：例守著青山在，不怕沒柴燒。

宀部

宅 3 上下

丶 丷 宀 宀 宀 宅

ㄓㄞˊ

住所：例住宅、宅院。

宀部

安 3 上下

丶 丷 宀 宀 安 安

ㄢ

①沒有事故或危險（跟「危」相對）：例安全、平安、治安。②平靜；穩定：例坐立不安、安靜、安穩、安詳。③使平靜、穩定：例安民、安神、安慰。④舒適；快樂（ㄌㄜˋ）：例安逸、安閒、安樂。⑤使人或物有適當（ㄉㄤˋ）的位置：

例安插、安放、安頓、安置、安家落戶。⑥裝：例安裝、安玻璃、安電話。⑦懷著（不好的念頭）：例你安的什麼心、沒安好心。

宀部 4 **完** 上下

丶 丷 宀 宀 宇 完

ㄨㄢˊ ①具備；齊全：例完美、完全、完善、完備。②全部做好：例完工、完稿、完成。③結束：例戲演完了、完結。④用光；沒有剩餘：例墨水用完了、稿紙寫完了。

宀部 4 **宋** 上下

丶 丷 宀 宀 宇 宋 宋

ㄙㄨㄥˋ 姓。

宀部 4 **宏** 上下

丶 丷 宀 宀 宄 宏 宏

ㄏㄨㄥˊ 廣大：例宏大、宏偉、宏圖、寬宏大量（ㄌㄧㄤˋ）。

宀部 5 **宗** 上下

丶 丷 宀 宀 宀 宇 宗 宗

ㄗㄨㄥ ①祖先：例祖宗。②派別：例正宗、宗派。③主要的：例宗旨。④量詞，用於事情、錢財、貨物等：例一宗心事、一宗貸款。

宀部 5 **定** 上下

丶 丷 宀 宀 宀 宇 宇 定

ㄉㄧㄥˋ ①安穩；平靜：例安定、穩定、鎮定。②使固定或鎮靜：例定居、定了定神。③確立；

猜猜看：「屋下種樹」，猜一個字。

答案：宋。

裁決：例確定、決定、斷定、規定、商定。④不變的：例定局、定理、定義、定論。⑤預約：例定酒席、定做、定金。

宀部 5 **官** 上下
、 丶 宀 宀 宀 宀 官 官

ㄍㄨㄢ
①屬於國家或政府的：例官邸、官署、官辦、官價。②國家機構中擔任公職的人員：例官員、法官、外交官。③生物體上具有生理機能的部分：例器官、五官、感官、官能。

宀部 5 **宜** 上下
、 丶 宀 宀 宀 宜 宜 宜

ㄧˊ
①合適；適當（ㄉㄤˋ）：例適宜、相（ㄒㄧㄤ）宜。②相（ㄒㄧㄤ）安、和（ㄏㄜˊ）睦：例宜室宜家。③應該；應當（ㄉㄤ）：例事不宜遲。

宀部 5 **宙** 上下
、 丶 宀 宀 宀 宀 宙 宙

ㄓㄡˋ
古往今來無限的時間（ㄐㄧㄢ）：例宇宙。

宀部 5 **宛** 上下
、 丶 宀 宀 宀 宀 宛 宛

ㄨㄢˇ
彷彿；好像：例音容宛在（聲音、相（ㄒㄧㄤˋ）貌好像還存在）。

ㄩㄢ
大宛，漢朝（ㄔㄠˊ）時西域的國名。

宀部 6 **宣** 上下
、 丶 宀 宀 宀 宣 宣 宣 宣

ㄒㄩㄢ
①發表；傳播（ㄔㄨㄢˊ ㄅㄛˋ）：例宣誓、宣戰、宣布、宣揚。

老師的話：「宣告」是說出事實，「宣傳」有誇大事實的可能，要分辨清楚喲！

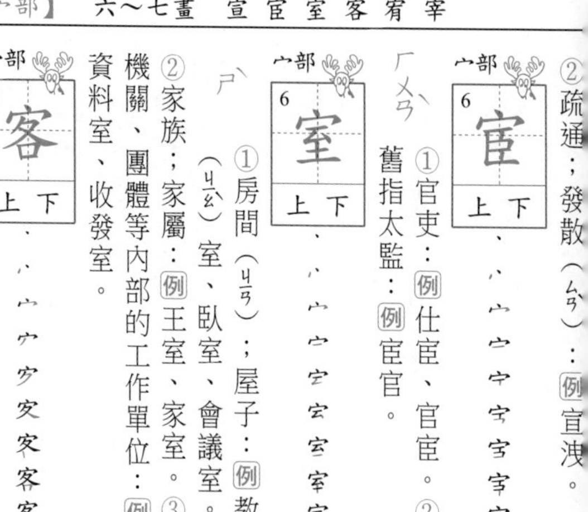

②疏通；發散（ㄙㄢˋ）：例宣洩。

宀部 6 **宦** 上下

ㄏㄨㄢˋ ①官吏：例仕宦、官宦。②舊指太監：例宦官。

宀部 6 **室** 上下

ㄕˋ ①房間（ㄐㄧㄢ）；屋子：例教室、臥室、會議室。②家族；家屬：例王室、家室。③機關、團體等內部的工作單位：例資料室、收發室。

宀部 6 **客** 上下

ㄎㄜˋ ①被邀請的人；來訪的人（跟「主」相對）：例請客、會客、客人。②特指旅客：例客車、客機、客店、客運。③從事某種（ㄓㄨㄥˇ）活動的人：例政客、俠客、刺客。④外來的；非本地區、本單位、本行（ㄏㄤˊ）業的：例客座教授、客隊、客串。⑤商業、服務行（ㄏㄤˊ）業稱服務對象：例顧客、乘客、遊客、旅客。⑥量詞，用於食物或冰品：例一客牛排、一客冰淇淋。

宀部 6 **宥** 上下

一ㄡˋ 寬容；饒恕：例寬宥、原宥。

宀部 7 **宰** 上下

老師的話：教室的「室」和窒息的「窒」字形相似，小心別寫錯了。

老師的話：形容沒什麼好稀奇的，可以用「大年夜的餃子——家家有」這句歇後語。

ㄗㄞˇ ①殺（牲畜）：例宰殺、宰割、屠宰。②古代官名：例宰相。③主管；主持：例主宰。

宀部 7 **害** 上下

害 、 丶 宀 宀 宀 宔 宔 害 害

ㄏㄞˋ ①使受到損失；引起不良後果：例危害、迫害、損害、害人不淺。②壞處：例有益無害。③禍患；災禍：例禍害、水害、病蟲害。④有害的（跟「益」相對）：例害蟲、害鳥。⑤殺；殺死：例被害身亡、殺害、遇害。⑥患病：例害眼、害了一場病。⑦產生不安的感覺或情緒：例害怕、害臊、害羞。

宀部 7 **家** 上下

家 、 丶 宀 宀 宁 宇 家 家 家

ㄐㄧㄚ ①親屬共同生活的固定住所：例家庭、搬家、四海為家、成家立業、勤儉持家。②經營某種行（ㄏㄤˊ）業的人或具有某種身分（ㄈㄣˋ）的人：例農家、漁家、船家、東家。③精通某種知識、技藝的人；具有某種特徵的人：例專家、畫家、科學家、野心家、陰謀家。④跟自己有某種關係的人或個人：例親（ㄑㄧㄣ）家、冤家、仇家。⑤對人謙稱自己的長（ㄓㄤˇ）輩：例家父、家母、家兄。⑥經過馴化、培育、飼養的（跟「野」相對）：例家禽、家畜、家兔。⑦學術上的流派：例自成一家、百家爭鳴。⑧量詞，用於店鋪、工廠等：例一家商店、三家工廠。

ㄍㄨ 古代對女子的尊稱（ㄔㄥ）：例曹大家。

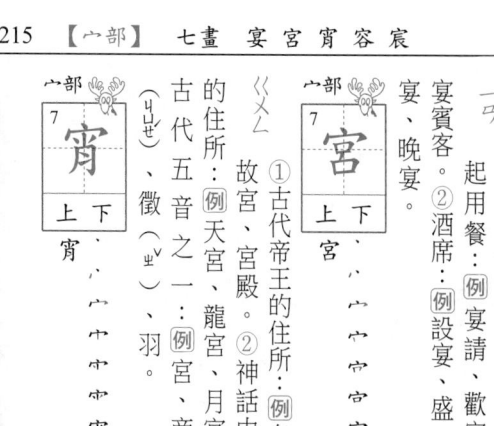

宀部 7 宴 上下

宴

ㄧㄢˋ ①用酒飯招待賓客；聚在一起用餐：例宴請、歡宴、大宴賓客。②酒席：例設宴、盛（ㄕㄥˋ）宴、晚宴。

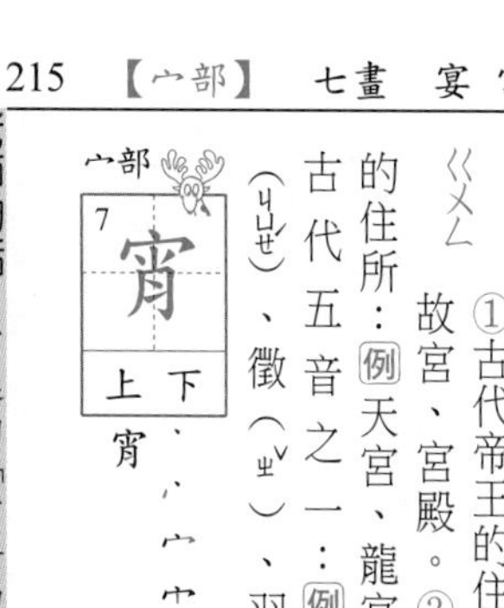

宀部 7 宮 上下

宮

ㄍㄨㄥ ①古代帝王的住所：例皇宮、故宮、宮殿。②神話中仙人的住所：例天宮、龍宮、月宮。③古代五音之一：例宮、商、角（ㄐㄩㄝˊ）、徵（ㄓˇ）、羽。

宀部 7 宵 上下

宵

ㄒㄧㄠ 夜；晚上：例良宵、通宵、春宵。

宀部 7 容 上下

容

ㄖㄨㄥˊ ①盛（ㄔㄥˊ）；包含：例容量（ㄌㄧㄤˋ）、容納。②對人寬大；諒解：例情理難容、容忍、寬容。③允許：例刻不容緩（一刻也不允許耽誤）、容許。④相（ㄒㄧㄤˋ）貌；神色：例容貌、容顏、儀容、笑容、病容。⑤事物的樣子：例市容、軍容、陣（ㄓㄣˋ）容。

宀部 7 宸 上下

宸

ㄔㄣˊ ①大而深的房屋。②帝王的住所：例宸遊、紫宸。③指王位或帝王。

老師的話：宮廷的「宮」和大官的「官」字形相似，小心別寫錯了！

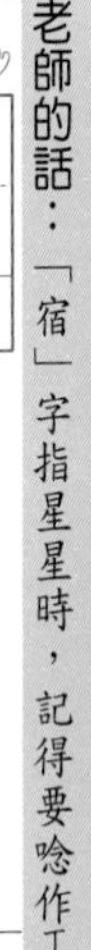
老師的話：「宿」字指星星時，記得要唸作ㄒㄧㄡˋ喲！

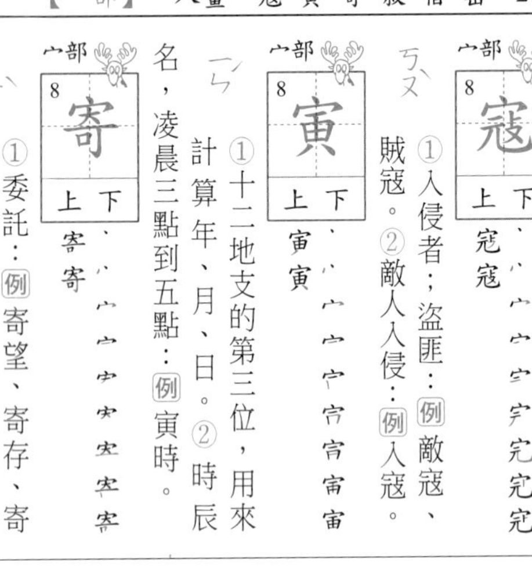

宀部 8 **寇** 上下

丶 丶 宀 …… 寇 寇

ㄎㄡˋ

①入侵者；盜匪：例敵寇、賊寇。②敵人入侵：例入寇。

宀部 8 **寅** 上下

丶 丶 宀 …… 寅 寅

ㄧㄣˊ

①十二地支的第三位，用來計算年、月、日。②時辰名，凌晨三點到五點：例寅時。

宀部 8 **寄** 上下

丶 丶 宀 …… 寄 寄

ㄐㄧˋ

①委託：例寄望、寄存、寄養（ㄧㄤˇ）、寄託。②依附：例寄人籬下、寄居、寄宿。③通過郵局傳（ㄔㄨㄢˊ）遞：例寄信、郵寄、寄包裹。

宀部 8 **寂** 上下

丶 丶 宀 …… 寂 寂

ㄐㄧˊ

①靜；沒有聲響：例寂靜、沉寂。②冷清；冷落：例寂寞、孤寂。

宀部 8 **宿** 上下

丶 丶 宀 …… 宿 宿

ㄙㄨˋ

①過夜：例住宿、投宿、寄宿。②平日的；本來就有的：例宿怨、宿疾（老毛病）。

ㄒㄧㄡˇ

一夜：例一宿。

ㄒㄧㄡˋ

群星：例星宿。

宀部 8 **密** 上下

丶 丶 宀 …… 密 密

ㄇㄧˋ ①隱蔽的；不公開的：例密件、密碼、密談、密謀。②間（ㄐㄧㄢˋ）隔小，距離近（跟「稀」「疏」相對）：例密集、稠密、密度、雨點越來越密。③關係親（ㄑㄧㄣ）；感情深：例密切、親密、密友。④細緻；精細：例細密、精密。

宀部 9 寒 上下
丶 丷 宀 宀 宀 宀 宑 宑 宑 寒 寒 寒

ㄏㄢˊ ①冷：例寒風、寒冷、天寒地凍。②寒冷的季節（跟「暑」相對）：例寒假（ㄐㄧㄚˋ）、寒來暑往。③比喻害怕：例膽寒。④貧困：例貧寒。

宀部 9 富 上下
丶 丷 宀 宀 宀 宀 宀 宀 宀 富 富 富

ㄈㄨˋ ①多；豐盛：例富足、富饒、豐富。②指錢財多：例富翁。

宀部 9 寓 上下
丶 丷 宀 宀 宀 宀 宀 宀 寓 寓 寓 寓

ㄩˋ ①居住：例寓居、寓所。②住處（ㄔㄨˋ）：例公寓。③寄託或隱含：例寓意。

宀部 9 寐 上下
丶 丷 宀 宀 宀 宀 宀 宀 宀 寐 寐 寐

ㄇㄟˋ 睡著（ㄓㄠˊ）：例假寐、夜不能寐、夢寐以求。

宀部 11 寞 上下
丶 丷 宀 宀 宀 宀 宀 宀 宀 宀 寞 寞 寞 寞

ㄇㄛˋ 寂靜；冷落：例寂寞。

老師的話：「寒」的相似字是「冷」、「涼」；相反字是「熱」。

老師的話：「寡人」是古代皇帝的自稱。

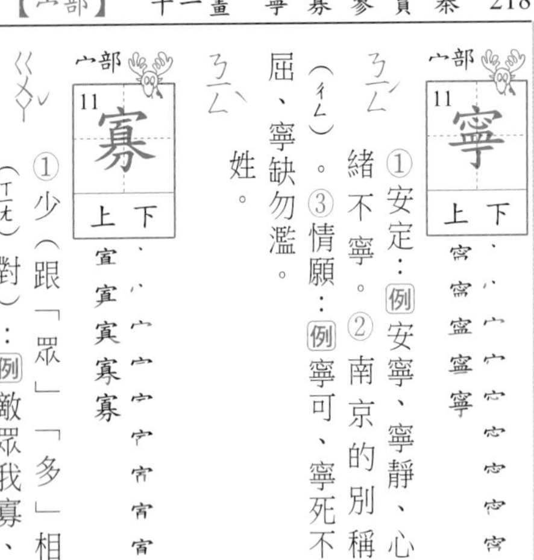

宀部 11 **寧** 上下

ㄋㄧㄥˊ ①安定：例安寧、寧靜、心緒不寧。②南京的別稱（ㄔㄥ）。③情願：例寧可、寧死不屈、寧缺勿濫。

ㄋㄧㄥˋ 姓。

宀部 11 **寡** 上下

ㄍㄨㄚˇ ①少（跟「眾」「多」相（ㄒㄧㄤ）對）：例敵眾我寡、沉默寡言、優柔寡斷。②死了丈夫的：例寡婦、寡居。

宀部 11 **寥** 上下

ㄌㄧㄠˊ ①空（ㄎㄨㄥ）曠高遠：例寥廓。②寂靜：例寂寥。③稀少（ㄕㄠˇ）；稀疏：例寥落、寥寥無幾（ㄐㄧˇ）。

宀部 11 **實** 上下

ㄕˊ ①裡面是滿的，沒有空（ㄎㄨㄥ）隙：例實心、充實、堅實。②具體的：例實惠、實力、實效、實際。③真誠：例誠實、老實、實話實說、實心實意。④真確的：例名存實亡、事實、史實。⑤果子；種子：例子實、果實、開花結（ㄐㄧㄝ）實。

宀部 11 **寨** 上下

ㄓㄞˋ ①舊時的軍營；營房：例安營紮寨、營寨。②四周有柵欄或圍牆的村子：例寨子、村寨。

宀部 11 寢 上下
丶 丷 宀 宀 宀 宀 宀 宀 宀 宀 宀 寢 寢
ㄑㄧㄣˇ ①睡覺：例寢食、廢寢忘食。②睡覺的地方：例寢室。

宀部 11 寤 上下
ㄨˋ 睡醒：例寤寐。

宀部 11 察 上下
ㄔㄚˊ ①細看：例察看、察覺（ㄐㄩㄝˊ）、察顏觀色。②調（ㄉㄧㄠˋ）查了解：例考察、勘察。

老師的話：「寢」字是宀部，不是穴部喲！

宀部 12 寮 上下
ㄌㄧㄠˊ 古代指小屋：例工寮、寮舍。

宀部 12 寬 上下
ㄎㄨㄢ ①橫向的距離大；面積大（跟「窄」相對）：例寬闊、寬敞、寬廣。②橫向的距離：例這塊布六尺長，四尺寬。③使開闊；使鬆緩：例寬心、寬限。④度量（ㄉㄨˋ ㄌㄧㄤˋ）大；不嚴厲：例寬厚、寬容、寬宏大量（ㄌㄧㄤˋ）、從寬處（ㄔㄨˇ）理。⑤富裕：例寬裕。

宀部 12 審 上下

老師的話：形容在良好的環境下，卻什麼也沒獲得，叫「寶山空回」。

ㄕㄣˇ ①觀察；考查：例審稿、審察、審訂。②精細；周密：例審慎、精審。③問案子：例審案、審判、候審、公審。

宀部 12 寫 上下

丶丶宀宀宀宀宀宀宀寫寫寫寫寫

ㄒㄧㄝˇ ①描摹，照著樣子畫：例寫生、寫真。②抄錄：例寫字、抄寫、書寫、默寫、聽寫。③創作：例寫作。

宀部 16 寵 上下

丶丶宀宀宀宀宀宀宀宀宀宀寵寵寵寵

ㄔㄨㄥˇ 過分（ㄈㄣˋ）喜愛；偏愛：例寵愛、寵信、寵遇、受寵、殊寵、恩寵。

宀部 17 寶 上下

丶丶宀宀宀宀宀宀宀宀宀宀宀宀宀寶寶

ㄅㄠˇ ①玉石的總稱；泛指珍貴的東西：例寶貝、珍寶、珠寶、寶石。②稀有而珍貴的：例寶貴。

寸部 ㄘㄨㄣˋ

寸部 0 寸 獨體

一十寸

ㄘㄨㄣˋ ①長（ㄔㄤˊ）度的單位名稱，一公寸等於十公分，一寸等於三公分：例三寸長。②形容極短或極小：例手無寸鐵、寸步難行、寸土必爭。

寸部 3 **寺** 上下

一 十 土 圭 寺 寺

ㄙˋ ①佛教（ㄐㄧㄠˋ）的廟：例寺院、寺廟、少林寺。②伊斯蘭教禮拜、講經的地方：例清真寺。

寸部 6 **封** 左右

一 十 土 圭 圭 圭 圭 封 封

ㄈㄥ ①古代帝王把土地、爵位等分給子女或功臣：例封侯。②使密合：例密封、封條、封好了信。③禁止或限制（通行（ㄒㄧㄥˊ）、活動、聯繫（ㄒㄧˋ）等）：例封鎖、查封、封山育林。④量詞，用於黏著的東西：例兩封信、一封公函。⑤裝東西用的紙袋或外皮：例信封、封套、封面。

寸部 7 **射** 左右

丿 亻 亣 冇 自 身 身 身 射 射

ㄕㄜˋ ①藉助衝力或彈（ㄊㄢˊ）力迅速發出（箭、子彈等）：例射箭、掃射、射門。②液體受壓迅速噴出：例噴射、注射。③以言語或文字暗示：例影射、暗射。④發出（光、熱、電波等）：例反射、光芒四射。

寸部 8 **尉** 左右

乛 コ 尸 尸 尸 尸 尸 尸 尉 尉 尉

ㄨㄟˋ ①古代的武官名：例太尉、縣尉。②軍階名，在校（ㄒㄧㄠˋ）官之下，士之上：例上尉、少尉、尉官。

ㄩˋ 複姓：例尉遲。

猜猜看：「矮子」，猜一個字。

答案：射。

老師的話：「將來」的相似詞是「未來」、「以後」；相反詞是「過去」。

寸部 8 **專** 上下

ㄓㄨㄢ ①集中在一件事情上的；單一的：例專心、專長（ㄔㄤˊ）、專攻、專車（ㄔㄜ）、專款、專門。②單獨掌握或控制：例專政、專權、專賣。

寸部 8 **將** 左右

ㄐㄧㄤ ①拿；用：例將功折罪、恩將仇報、將心比心。②勉強（ㄑㄧㄤˇ）的：例將就。③下象棋時攻擊對方的「將」（ㄐㄧㄤˋ）或「帥」：例將他一車。④用言語刺激或為難（ㄨㄟˊ ㄋㄢˊ）對方：例將住了。⑤快要；就要：例將要、即將、天色將晚。

ㄐㄧㄤˋ ①高級軍官：例帝王將相、損兵折將、名將、將士。②軍階名，在校（ㄒㄧㄠˋ）官之上：例上將、中將。

寸部 9 **尊** 上下

ㄗㄨㄣ ①地位或輩分（ㄈㄣˋ）高：例尊卑、尊貴、尊長（ㄓㄤˇ）。②敬重（ㄓㄨㄥˋ）；推崇：例尊師重道、尊老愛幼。③稱跟對方有關的人或事物，表示尊敬：例尊姓、尊夫人。④量詞，用於佛像、大炮等：例一尊佛像、一尊高射炮。

寸部 9 **尋** 上下

ㄒㄩㄣˊ 探求；找：例尋人、尋求、尋覓。

寸部 11 對 左右

丨 ㄦ ㄦ ㄦ ㄦ ㄦ ㄦ ㄦ 丵 丵 丵 對 對

ㄉㄨㄟˋ ①回答：例應（ㄧㄥˋ）對、對答（ㄉㄚˊ）如流。②向著；朝著（ㄔㄠˊ．ㄓㄜ）：例面對。③應（ㄧㄥˋ）付；用某種態度對人：例對付、對待。④對於：例大家對他很關心、對下棋不感興趣。⑤相（ㄒㄧㄤ）向的；相敵的：例對門、對手。⑥互相：例對調（ㄉㄧㄠˋ）、對換、對流、對立。⑦成雙的：例對聯。⑧量詞，用於成雙的人或事物：例一對夫婦、出雙入對、一對杯子。⑨適合；符合於：例對勁、對脾氣、對心思、對胃口。⑩查核：例對答案、對號入座、核對、對照、對比。⑪正確：例不對、答（ㄉㄚˊ）對。⑫平分成兩份：例對開、對半。

寸部 13 導 上下

丶 ㄦ 丷 ㄦ 䒑 芇 首 首 首 首 道 道 道 道 導 導

ㄉㄠˇ ①引；帶領：例導遊、導航、引導。②提示；授業；以理說（ㄕㄨㄟˋ）服人：例指導、開導、導演、教（ㄐㄧㄠ）導、勸導。③熱、電等通過物體由一處（ㄔㄨˋ）傳到另一處：例導電、導熱、半導體。

小部 ㄒㄧㄠˇ

小部 0 小 獨體

亅 小 小

ㄒㄧㄠˇ ①不大的（跟「大」相對）：例小兩歲、力氣小、聲音小。②暫時：例小坐片刻、小住、

猜猜看：「導遊」，猜一句成語。

答案：引人入勝。

猜猜看：想一想，加上「小」的字有哪些？

小別。③排行最末的：例小姑姑、小兒子。④幼小的人：例上有老，下有小、一家大小。⑤謙稱（ㄔㄥ）自己或與（ㄩˇ）自己有關的人或事物：例小弟、小女、小店。⑥對年紀比自己小的人的稱呼：例小王、小李。⑦壞人；沒有道德的人：例宵小、小人。

小部 1 **少** 獨體

丨 ⺊ 小 少

ㄕㄠˇ ①數量（ㄕㄨˋ ㄌㄧㄤˋ）小（跟「多」相對）：例稀少、少數、少量。②短缺：例缺少。③丟失：例少十塊錢。

ㄕㄠˋ ①年紀輕（跟「老」相對）：例少男少女、少年、少壯。②舊時稱（ㄔㄥ）有錢有勢人家的兒子：例闊少、惡（ㄜˋ）少。③軍階名：例少將（ㄐㄧㄤˋ）、少校、少尉。

小部 3 **尖** 上下

丨 ⺊ 小 尐 尖 尖

ㄐㄧㄢ ①細小而銳利：例尖刀、尖銳。②物體細小銳利的部分：例筆尖、針尖、刀尖。③頂端；前端：例鼻尖、腳尖。④超出同類的人或物：例頂尖人物。⑤聲音又高又細：例尖叫、尖嗓子。⑥感覺（ㄐㄩㄝˊ）敏銳：例眼睛尖、耳朵尖。

小部 5 **尚** 上下

丨 ⺊ 小 ⺌ 尚 尚 尚 尚

ㄕㄤˋ ①崇高：例高尚。②推崇；注重（ㄓㄨㄥˋ）：例崇尚、尚武（注重軍事或武術）。③還（ㄏㄞˊ）：例尚好（ㄏㄠˇ）、尚未成年。

答案：吵、抄、炒、秒、紗……。

尢部 ㄨㄤ

尢部 1 尤 獨體

一ナ九尤

ㄧㄡˊ ①格外；更加：例尤其、尤為（ㄨㄟˊ）重要（ㄓㄨㄥˋ ㄧㄠˋ）。②怨恨：例怨天尤人。

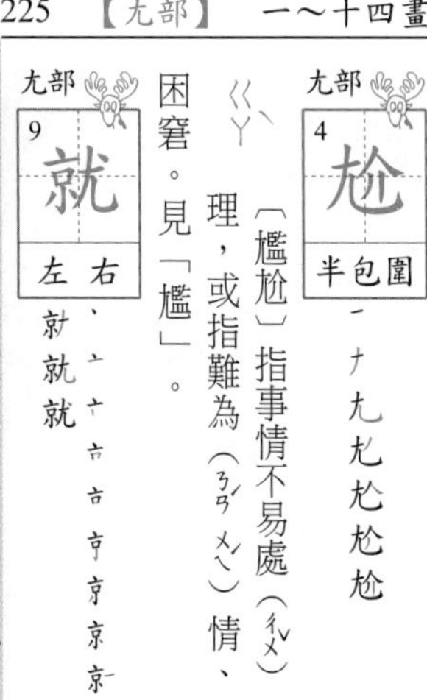

尢部 4 尬 半包圍

一ナ九尢尢尬尬

ㄍㄚˋ 〔尷尬〕指事情不易處（ㄔㄨˇ）理，或指難為（ㄋㄢˊ ㄨㄟˊ）情、困窘。見「尷」。

尢部 9 就 左右

、亠亠亡古古亨京京就就就

ㄐㄧㄡˋ ①接近；湊近：例避重（ㄓㄨㄥˋ）就輕、就近入學、就地取材。②到：例各就各位、就座、就席。③開始進入或從事（某種事業）：例就職、就學、就業。④趁著：例就便、就著天晴，趕緊洗衣服。⑤將（ㄐㄧㄤ）要：例他就要走了、馬上就完成。⑥只；僅：例就我一個人、就他沒有來。⑦完成：例功成名就、造就人才。⑧副食搭配著主食或酒吃：例蘿蔔乾就稀飯、花生米就酒。

尢部 14 尷 半包圍

一ナ九尢尢尢尢尢尢尷尷尷尷尷尷尷尷

ㄍㄢ 〔尷尬〕①處（ㄔㄨˇ）境困難（ㄋㄢˊ），不好（ㄏㄠˇ）處（ㄔㄨˇ）理：例說也不是，不說也不是，十分尷尬。②神態不自然：例謊話被

老師的話：關於「就」的成語包括：就事論事、就地取材、就地正法。

老師的話：尸位素餐的「尸」，不可以寫作「屍」。

揭穿，他顯得(˙ㄉㄜ)非常尷尬。

尸部

ㄕ

尸部 0 **尸** 獨體

ㄱ ㄱ 尸

①人或動物死後的軀體。通「屍」：例死尸、殭尸、尸首。②空(ㄎㄨㄥ)占職位而不做事：例尸位素餐。

尸部 1 **尺** 獨體

ㄱ ㄱ 尸 尺

ㄔˇ

①計算長(ㄔㄤˊ)度的單位：例六尺、公尺。②量長(ㄔㄤˊ)短或畫圖的器具：例木尺、卷尺、丁字尺。

尸部 2 **尼** 半包圍

ㄱ ㄱ 尸 尸 尼

ㄋㄧˊ

在寺廟裡修行(ㄒㄧㄥˊ)的女佛教(ㄐㄧㄠˋ)徒：例尼姑、僧(ㄙㄥ)尼。

尸部 4 **局** 半包圍

ㄱ ㄱ 尸 尸 局 局 局

ㄐㄩˊ

①拘束；狹窄：例局限、局促。②一部分(ㄈㄣˋ)：例局部。③政府中按業務劃分的辦事機構：例教育局、衛生局。④某些業務機構或商店的名稱(ㄔㄥ)：例郵局、書局。⑤量詞，比賽或賭博一次叫一局：例五局三勝。⑥形勢；情況：例大局、政局、時局、結局、敗局、局面、局勢。

尸部

4 **屁** 半包圍

ㄱ コ 尸 尸 尸 屁 屁

ㄆㄧˋ

從肛門排出的臭氣：例放屁、屁滾尿流。

尸部

4 **尿** 半包圍

ㄱ コ 尸 尸 尸 尿 尿

ㄋㄧㄠˋ

①小便，人或動物從腎臟經由尿道排出的液體：例屁滾尿流。②排泄小便：例撒（ㄙㄚ）尿、尿尿、尿床。

尸部

4 **尾** 半包圍

ㄱ コ 尸 尸 尸 尸 尾

ㄨㄟˇ

①鳥獸蟲魚的脊椎末端突出的部分。②指事物的末端：例船尾、機尾、末尾。③最後的；後面的：例尾數（ㄕㄨˋ）、尾聲。④跟在後面：例尾隨。⑤量詞，用於魚：例一尾魚。

尸部

5 **屈** 半包圍

ㄱ コ 尸 尸 尸 屈 屈 屈

ㄑㄩ

①彎曲（跟「伸」相對）；使彎曲（ㄑㄩ）：例屈膝、能屈能伸、屈指可數（ㄕㄨˇ）。②服從；使服從：例屈服、屈從、寧死不屈。③冤枉：例受屈、冤屈。④（理）虧：例理屈詞窮。

尸部

5 **居** 半包圍

ㄱ コ 尸 尸 尸 尸 居 居

ㄐㄩ

①住宿（ㄙㄨˋ）：例分居、居住。②住所：例新居、故居、遷居。③處（ㄔㄨˇ）在（某種位置）：例居中（ㄓㄨㄥ）、後來居上、居高不下。④屬於（某種情況）；占：例

老師的話：比喻時間不會長久，可以用「兔子的尾巴——長不了」這句歇後語。

老師的話：關於「居」的成語包括：居安思危、居心不良、居高臨下。

居多、居少（ㄕㄠˇ）。

尸部 5 **屆** 半包圍

ㄐㄧㄝˋ ①到（預定的時候）：例屆時、屆期。②量詞，用於一定時間舉行的會議或畢業的班級等：例本屆、歷屆、應（ㄧㄥ）屆、第一屆。

尸部 6 **屎** 半包圍

ㄕˇ ①糞，從肛門排泄出來的東西：例拉屎、端屎倒（ㄉㄠˋ）尿。②眼睛、耳朵裡的分泌物：例眼屎、耳屎。

尸部 6 **屏** 半包圍

ㄆㄧㄥˊ ①室內擋風或隔斷視線用的家具：例屏風、畫屏、雀屏。②裱成長條形的字畫，通常以四幅或八幅為一組：例字屏、屏條。③遮擋：例屏蔽、屏障。

ㄅㄧㄥˇ ①排除；放棄：例屏除、屏棄。②暫時閉住氣：例屏息、屏氣。

尸部 6 **屍** 半包圍

ㄕ 死人的身體：例屍首、死屍。

尸部 6 **屋** 半包圍

ㄨ ①房子：例草屋、房屋。②房間：例裡屋、外屋。

尸部 7 **屑** 半包圍

ㄒㄧㄝˋ ①碎末；碎片：例鐵屑、木屑、紙屑。②細碎；微小：例瑣屑。③（不屑）認為（ㄨㄟˊ）事物輕微不值得（˙ㄉㄜ）做：例不屑一顧、不屑計較。

尸部 7 **展** 半包圍

ㄓㄢˇ ①張開；放開：例展翅高飛、愁眉不展、伸展、展開。②擴大：例擴展、展寬。③放寬期限：例展期、展緩。④陳列出來供人看：例展覽、展銷、展售。⑤發揮：例施展、大展宏圖、一籌莫展（一點辦法也想不出來）。

尸部 7 **屐** 半包圍

ㄐㄧ 木底鞋：例木屐。

尸部 8 **屠** 半包圍

ㄊㄨˊ ①宰殺牲畜（ㄔㄨˋ）：例屠宰。②殘殺：例屠殺。

尸部 8 **屜** 半包圍

ㄊㄧˋ 桌子、櫃子等家具中可以抽出推進，用來裝東西的部分（ㄈㄣˋ）：例抽屜。

尸部 11 **屨** 半包圍

老師的話：「屨」的相似字是「每」、「多」、「常」。

老師的話：「步履」就是腳步的意思。

ㄌㄩˇ 多次；不止一次：例屢次、屢屢、屢敗屢戰。

尸部 12 層 半包圍

ㄘㄥˊ ①重（ㄔㄨㄥˊ）疊的東西中（ㄓㄨㄥ）的一部分（ㄈㄣˋ）；層次：例表層、中層、基層、雲層。②量詞。(1)用於重疊的或可以分步驟、分項的事物：例三層樓、千層餅、這段話有三層意思。(2)覆蓋在物體表面上的東西：例一層土。③一次又一次地（˙ㄉㄜ）：例層出不窮。

尸部 12 履 半包圍

ㄌㄩˇ ①踩；走：例如履薄冰（好像踩在薄冰上，比喻非常小心謹慎）。②鞋：例西裝革履。③實踐；實行（ㄒㄧㄥˊ）：例履行、履約。

尸部 18 屬 半包圍

ㄕㄨˇ ①受管轄：例直屬、附屬。②劃（ㄏㄨㄚˋ）歸：例屬於、恐龍屬爬行動物。③是：例純屬虛構、查明屬實。④用十二生肖記出生年：例姐姐屬兔，弟弟屬馬。⑤類別：例金屬、非金屬。⑥親（ㄑㄧㄥˋ）屬：例家屬、眷屬。

ㄓㄨˇ 相連：例相屬。

屮（ㄔㄜˋ）部

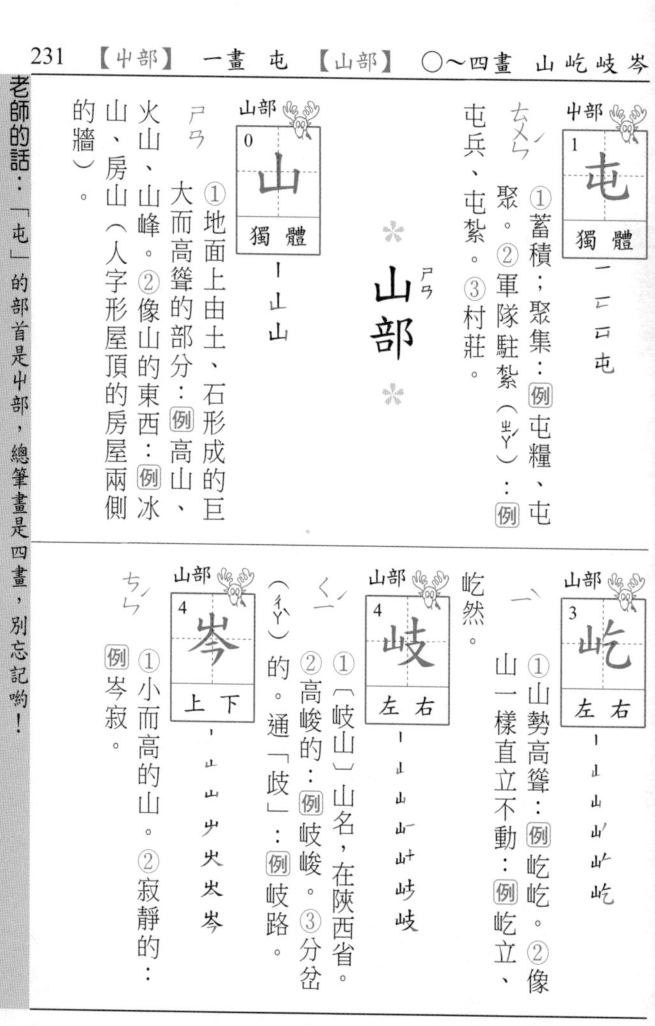

屮部 1 屯 獨體

ㄊㄨㄣˊ

①蓄積；聚集：例屯糧、屯聚。②軍隊駐紮（ㄓㄚˊ）：例屯兵、屯紮。③村莊。

山部 ㄕㄢ

山部 0 山 獨體

ㄕㄢ

①地面上由土、石形成的巨大而高聳的部分：例高山、火山、山峰。②像山的東西：例冰山、房山（人字形屋頂的房屋兩側的牆）。

山部 3 屹 左右

ㄧˋ

①山勢高聳：例屹屹。②像山一樣直立不動：例屹立、屹然。

山部 4 岐 左右

ㄑㄧˊ

①〔岐山〕山名，在陝西省。②高峻的：例岐峻。③分岔（ㄔㄚˋ）的。通「歧」：例岐路。

山部 4 岑 上下

ㄘㄣˊ

①小而高的山。②寂靜的：例岑寂。

老師的話：「屯」的部首是屮部，總筆畫是四畫，別忘記喲！

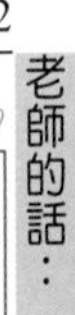

老師的話：「岔路」和「叉路」不同，「叉路」是多條路互相交叉錯雜的路線。

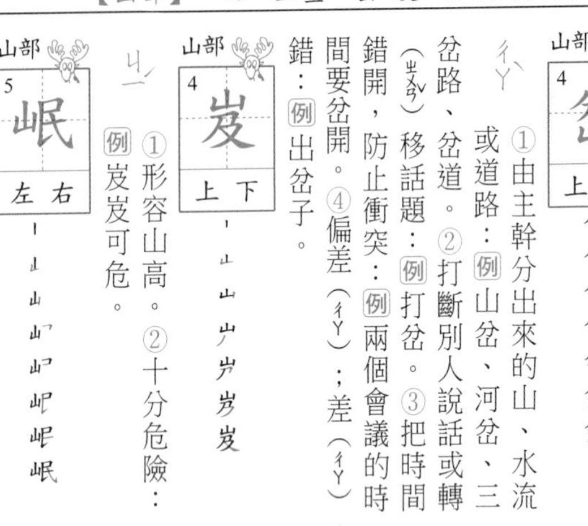

山部 4 **岔** 上下

ㄔㄚˋ

丿 八 分 分 分 岔 岔

①由主幹分出來的山、水流或道路：例山岔、河岔、三岔路、岔道。②打斷別人說話或轉（ㄓㄨㄢˇ）移話題：例打岔。③把時間錯開，防止衝突：例兩個會議的時間要岔開。④偏差（ㄔㄚ）；差（ㄔㄚ）錯：例出岔子。

山部 4 **岌** 上下

ㄐㄧˊ

丨 山 山 岁 岌 岌

①形容山高。②十分危險：例岌岌可危。

山部 5 **岷** 左右

ㄇㄧㄣˊ

丨 山 山 山 山 岷 岷 岷

（岷山）山名，在四川和甘肅交界處（ㄔㄨˋ）。

山部 5 **岡** 半包圍

ㄍㄤ

丨 冂 冂 冂 冂 岡 岡 岡

較低的山脊：例山岡、高岡。

山部 5 **岸** 上下

ㄢˋ

丨 山 山 屵 岸 岸 岸

江、河、湖、海等水邊的陸地：例沿岸、河岸、海岸。

山部 5 **岩** 上下

ㄧㄢˊ

丨 山 山 屵 岩 岩 岩

①高峻的的山峰。②構成地殼的石質：例岩石、火成岩、石灰岩。

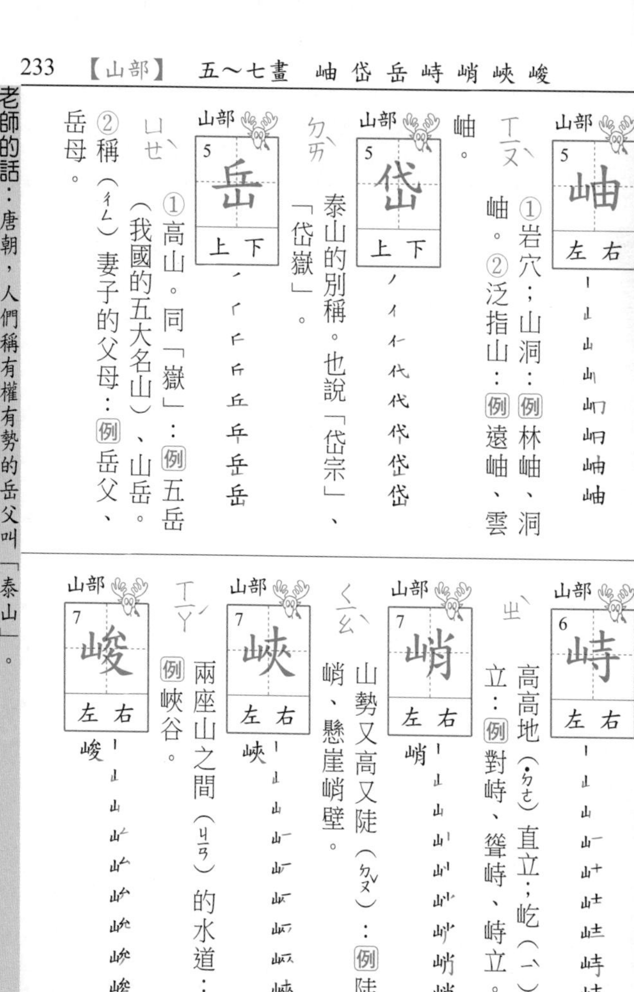

山部 5 岫 左右

ㄒㄧㄡˋ ①岩穴；山洞：例林岫、洞岫。②泛指山：例遠岫、雲岫。

山部 5 岱 上下

ㄉㄞˋ 泰山的別稱。也說「岱宗」、「岱嶽」。

山部 5 岳 上下

ㄩㄝˋ ①高山。同「嶽」：例五岳（我國的五大名山）、山岳。②稱（ㄔㄥ）妻子的父母：例岳父、岳母。

老師的話：唐朝，人們稱有權有勢的岳父叫「泰山」。

山部 6 峙 左右

ㄓˋ 高高地（˙ㄉㄜ）直立；屹（ㄧˋ）立：例對峙、聳峙、峙立。

山部 7 峭 左右

ㄑㄧㄠˋ 山勢又高又陡（ㄉㄡˇ）：例陡峭、懸崖峭壁。

山部 7 峽 左右

ㄒㄧㄚˊ 兩座山之間（ㄐㄧㄢ）的水道：例峽谷。

山部 7 峻 左右

老師的話：「島」的面積比「嶼」大，「嶼」通常是指面積比較小或成群的島。

ㄐㄩㄣˋ ①山勢高而陡（ㄉㄡˇ）：例峻峭、險峻、崇山峻嶺。②嚴厲：例嚴峻、嚴刑峻法。

山部 7 峪 左右
峪：丨 山 山 山' 山八 山父 山谷 峪 峪 峪
ㄩˋ 山谷，多用於地名：例嘉峪關（在甘肅）。

山部 7 峨 左右
峨：丨 山 山 山' 山仁 山仟 山我 山我 峨 峨
ㄜˊ 高峻：例巍峨。

山部 7 峰 左右
峰：丨 山 山 山' 山夕 山夂 山夆 山夆 峰 峰
ㄈㄥ ①高而尖的山頂：例頂峰、山峰、高峰。②像山峰的事物：例駝峰。

山部 7 島 半包圍
島：' 丨 户 白 自 鳥 鳥 島 島 島
ㄉㄠˇ 海洋或江河、湖泊中四面被（ㄅㄟˋ）水包圍的小塊陸地：例島嶼、半島（三面被水包圍的陸地）、群島。

山部 7 崁 上下
崁：丨 山 山 山' 山ヒ 山ヒ 山ケ 山欠 崁 崁
ㄎㄢˇ 山腳地帶，多用於地名：例崁頂（臺北市）。

山部 8 崇 上下
崇：丨 山 山 山' 山宀 山宀 山宀 山宀 崇 崇 崇
ㄔㄨㄥˊ ①高大的：例崇高、崇山峻嶺。②尊重（ㄓㄨㄥˋ）：例推崇、尊崇、崇拜。

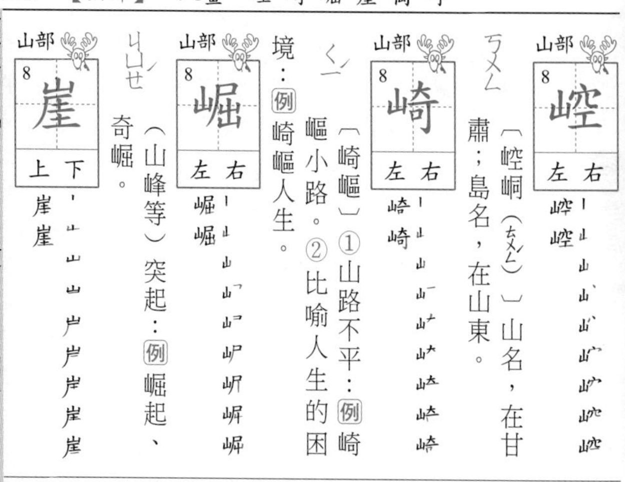

山部 8 **崆** 左右

ㄎㄨㄥ 〔崆峒（ㄊㄨㄥˊ）〕山名，在甘肅；島名，在山東。

山部 8 **崎** 左右

ㄑㄧˊ 〔崎嶇〕①山路不平：例崎嶇小路。②比喻人生的困境：例崎嶇人生。

山部 8 **崛** 左右

ㄐㄩㄝˊ （山峰等）突起：例崛起、奇崛。

山部 8 **崖** 上下

一ㄞˊ 高而陡壁的山邊：例山崖、懸崖。

山部 8 **崗** 上下

ㄍㄤ 地勢不高而較平的土石山；隆起的坡地。通「岡」：例山崗、高崗。

ㄍㄤˇ ①軍警守衛的位置：例崗哨、站崗。②比喻職位：例在崗。

山部 8 **崢** 左右

ㄓㄥ 〔崢嶸（ㄖㄨㄥˊ）〕①山勢高峻的樣子：例山石崢嶸。②超乎尋常；不平凡：例崢嶸歲月、頭角崢嶸。

猜猜看：「不向山屈服」，猜一個字。

答案：崛。

老師的話：「赤嵌樓」是臺閩地區一級古蹟，創建於明朝，原為荷蘭人所建。

山部 8 崑

ㄎㄨㄣ

〔崑崙〕山名，西起帕米爾高原東部，橫貫新疆、西藏，東面延伸到青海境內。

山部 8 崩

ㄅㄥ

①倒（ㄉㄠˇ）塌：例山崩地裂、雪崩。②物體猛然破裂：例氣球崩了〈比〉倆人談崩了。③毀壞：例崩潰。④古時稱（ㄔㄥ）皇帝逝世：例駕崩。

山部 8 崔

ㄘㄨㄟ

姓。

山部 8 崙

ㄌㄨㄣˊ

〔崑崙〕高地，多用於山名。見「崑」。

山部 9 嵌

ㄑㄧㄢ

把東西卡（ㄎㄚˇ）入縫（ㄈㄥˋ）隙裡：例鑲嵌、嵌寶石。

ㄎㄢˇ

〔赤嵌樓〕台南市的名勝古蹟之一。也寫作「赤崁樓」。

山部 9 嵐

ㄌㄢˊ

山林中（ㄓㄨㄥ）的霧氣：例山嵐、曉嵐。

山部 10 嵩 上下
ㄙㄨㄥ
山高而大；高：例嵩巒。

山部 11 嶄 上下
ㄓㄢˇ
①高；突出：例嶄露（ㄌㄨˋ）頭角（比喻第一次展現特殊的才能或本領）。②很：例嶄新。

山部 11 嶇 左右
ㄑㄩ
〔崎嶇〕形容山路不平或困境。見「崎」。

山部 14 嶼 左右
ㄩˇ
小島：例島嶼。

山部 14 嶺 上下
ㄌㄧㄥˇ
①有路可通山頂的山峰：例山嶺、分水嶺、翻山越嶺。②高大的山脈：例秦嶺、大興安嶺。

山部 14 嶽 上下
ㄩㄝˋ
高大的山：例山嶽、五嶽（也可以寫作「五岳」）。

山部 14 嶸 左右
ㄖㄨㄥˊ
〔崢嶸〕山勢高峻的樣子。見「崢」。

老師的話：「嶄露鋒芒」和「嶄露頭角」都用來比喻展現優秀的本領。

老師的話：「川」、「溪」是指較小的河流；「江」、「河」是指較大的河流。

山部 18 **巍** 上下

巍巍巍

ㄨㄟˊ 高大：例巍然、巍峨。

山部 19 **巔** 上下

巔巔巔巔

ㄉㄧㄢ 山頂：例山巔、巔峰。

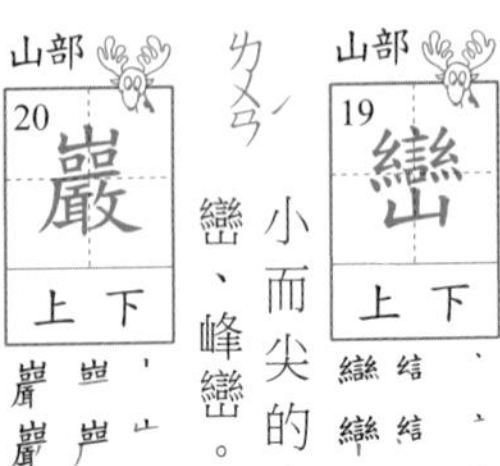

山部 19 **巒** 上下

巒巒巒

ㄌㄨㄢˊ 小而尖的山；山峰：例山巒、峰巒。

山部 20 **巖** 上下

巖巖巖巖巖

ㄧㄢˊ ①又斜又高的山崖：例山巖。②山洞。

川部 ㄔㄨㄢ

川部 0 **川** 獨體

丿 川 川

ㄔㄨㄢ ①河；水道：例大川、川流、河川。②指四川：例川劇、川菜。③平坦的陸地：例平川。

川部 3 **州** 獨體

州

ㄓㄡ ①水中的陸地。同「洲」：例沙州。②舊時行政區劃名稱（ㄔㄥ）。有些作為（ㄨㄟˊ）地名仍保留，例如：徐州、揚州、杭州。

川部 8 巢 上下

巢巢 ㄑ ㄑㄑ ㄑㄑㄑ 巛 巛 巢 巢 巢 巢 巢

ㄔㄠˊ ①鳥窩，也指蜂、蟻等的窩：例鳥巢、蜂巢、蟻巢。②比喻壞人盤踞的地方：例巢穴。

＊ 工部 ㄍㄨㄥ ＊

工部 0 工 獨體

一 丅 工

ㄍㄨㄥ ①從事勞(ㄌㄠˊ)動生產的人：例工人、勞(ㄌㄠˊ)工、礦工、技工。②生產勞動：例工作、做工、加工、手工、工具。③指工程：例施工、竣工、工期、工地。④指工業：例化工、工商界、輕工業、重工業。⑤精巧；細緻：例工筆、工整。

工部 2 巨 半包圍

一 厂 巨 巨 巨

ㄐㄩˋ 大；非常大：例巨人、巨款、巨變、巨大。

工部 2 巧 左右

一 丅 工 工 巧

ㄑㄧㄠˇ ①手藝高；動作靈敏：例技巧、心靈手巧。②精妙；神妙：例巧計、精巧、巧妙。③虛假(ㄐㄧㄚˇ)；不實在：例花言巧語。④正好；剛好：例恰巧、巧遇、巧合。

工部 2 左 半包圍

一 ナ 左 左 左

老師的話：「巨匠」、「巨擘」是用來比喻傑出的人物。

猜猜看：「二個工人」，猜一個字。

答案：巫。

ㄗㄨㄛˇ ①面向南時靠東的一側（跟「右」相對）：例左轉、左邊、左側。②中國古代地理上指東方：例江左（江東）。③偏邪：例旁門左道。④牴觸；不一致：例意見相左。

工部 4 **巫** 特殊

一 丅 丌 丌 丌 巫 巫

ㄨ 以裝神弄鬼替人祈禱、治病等為職業的人：例巫師、巫婆、女巫。

工部 7 **差** 半包圍

丶 丷 䒑 𦍌 羊 羊 差 差 差

ㄔㄚ ①不相（ㄒㄧㄤ）同；不相合：例差別、差距、差額、差價。②錯誤：例差錯、偏差、一念之差。③兩數（ㄕㄨˋ）相減所得的餘數，如六減四的差是二。④欠缺：例還差買票的手續、差十分五點。⑤不好（ㄏㄠˇ）；不合標準：例成績差、品質差。

ㄔㄞ ①派出去做事：例差遣（ㄑㄧㄢˇ）。②被派去做的事：例交差、兼差。

ㄘ 〔參差〕不整齊的。見「參（ㄘㄣ）」。

ㄘㄨㄛ 〔景差〕戰國時楚人。

己部 ㄐㄧˇ

己部 0 **己** 獨體

ㄱ ㄱ 己

ㄐㄧˇ ①天干的第六位。參見「干」。②自己：例知己、己方、捨己為（ㄨㄟˋ）人、固執己見。

己部 0 已 獨體 ㄱ ㄱ 已

ㄧˇ ①止住；停止：例不能自已（不能控制自己的感情）、大哭不已。②既，表示過去的時間：例已經、已往、由來已久、名額已滿。

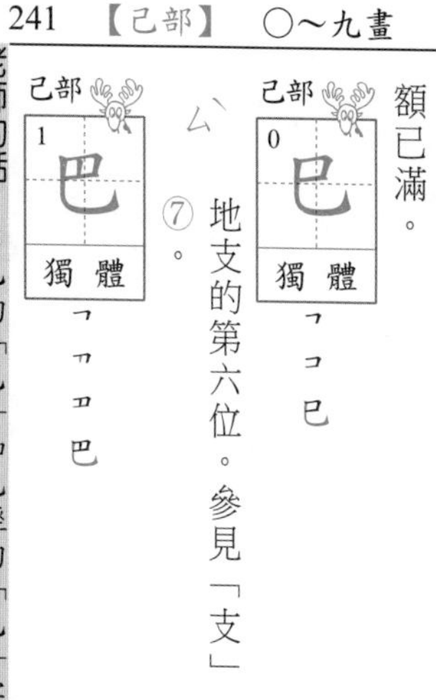

己部 0 巳 獨體 ㄱ ㄱ 巳

ㄙˋ 地支的第六位。參見「支」⑦。

己部 1 巴 獨體 ㄱ ㄱ ㄱ 巴

ㄅㄚ ①盼望；期望：例巴望、巴不得（˙ㄉㄜ）。②緊挨著；貼近：例壁虎巴在牆上。③黏在鍋底上的飯：例鍋巴。④詞尾，無意義：例尾巴、嘴巴、啞巴。

己部 6 巷 上下 一 十 廾 廾 共 共 共 巷 巷

ㄒㄧㄤˋ 狹窄的街道；小胡同：例巷子、窄巷、街頭巷尾。

己部 9 巽 上下 ㄱ ㄱ 巳 巳 巳 巳巳 巳巳 巳巳 巽 巽 巽 巽

ㄒㄩㄣˋ 八卦之一，代表風。

巾部 ㄐㄧㄣ

老師的話：自己的「己」和已經的「已」字形相似，小心別寫錯了。

老師的話：「三尊菩薩兩炷香——沒有希望」這句歇後語是比喻不夠分配。

巾部 0 巾 獨體

ㄐㄧㄣ

丨 冂 巾

用來擦洗、包裹（ㄍㄨㄛˇ）或蓋東西的布：例手巾、圍巾、頭巾、三角巾。

巾部 2 市 上下

ㄕˋ

丶 亠 亡 市 市

①做買賣的場所：例上市、菜市、夜市、市場。②人口密集，工商業和文化事業發達的地方：例城市、都（ㄉㄨ）市、市區、市民。③行政區劃單位：例直轄市。

巾部 2 布 獨體

ㄅㄨˋ

一 ナ 才 冇 布

①棉、麻或人造纖維等織成的，可以做衣服或其他物件的材料：例棉布、布料、尼龍布。②分散（ㄈㄣ ㄙㄢˋ）到各處（ㄔㄨˋ）；廣泛傳播：例烏雲密布、遍（ㄅㄧㄢˋ）布、分布、散布。③陳設；設置：例布局、布置、布下天羅地網。④宣告；當眾陳述：例布告、宣布、開誠布公。

巾部 3 帆 左右

ㄈㄢ

丨 冂 巾 巾 帆 帆

掛在桅（ㄨㄟˊ）杆上，藉著（˙ㄓㄜ）風力推動船行（ㄒㄧㄥˊ）進的布篷：例揚帆、帆船。

巾部 4 希 上下

ㄒㄧ

丿 ㄨ 乂 产 肴 希 希

盼望：例希望、希求、希圖。

巾部 5 **帘** 上下

ㄌㄧㄢˊ ①舊時店鋪（ㄆㄨˋ）門前當（ㄉㄤˋ）作標誌的旗幟：例酒帘。②用布、竹子等製成，用來遮蓋的東西：例門帘、窗帘。

巾部 5 **帚** 上下

ㄓㄡˇ 掃除塵土、垃圾等的用具：例掃帚、笤（ㄊㄧㄠˊ）帚。

巾部 5 **帖** 左右

ㄊㄧㄝ ①安定；穩妥。通「貼」：例妥帖。②馴服；順從。通「貼」：例服帖。

ㄊㄧㄝˇ ①有簡短文字的紙片：例請帖、名帖。②習字或繪畫時摹仿的樣本：例碑帖、字帖、畫帖。

巾部 5 **帕** 左右

ㄆㄚˋ 擦手、臉或包頭用的紡織品：例手帕。

巾部 5 **帛** 上下

ㄅㄛˊ 絲織品的總稱（ㄔㄥ）：例布帛、帛書。

巾部 5 **帑** 上下

ㄊㄤˇ 古代指國庫的錢財：例國帑、公帑。

猜猜看：「毛巾在白小姐的身旁」，猜一個字。

答案：帕。

老師的話：形容忙得連坐下來也沒有時間，叫作「席不暇暖」。

巾部 6 **帝** 上下

、亠亣亣立产产帝帝

ㄉㄧˋ ①神話或宗教中(ㄓㄨㄥ)指天神：例上帝、玉皇大帝。②君主：例帝王、皇帝。

巾部 6 **帥** 左右

丿丨𠂆𠂇𠂤𠂤帥帥帥

ㄕㄨㄞˋ ①軍隊的最高將(ㄐㄧㄤˋ)領：例元帥、統帥、將(ㄐㄧㄤˋ)帥。②漂亮；神氣：例帥氣、他長得真帥、字寫得挺帥。

巾部 7 **席** 半包圍 蓆

、亠广广庐庐序席席

ㄒㄧˊ ①鋪(ㄆㄨ)墊用的又薄又平的東西，用竹篾(ㄇㄧㄝˋ)、蘆葦、蒲草等編成：例炕席、涼席、竹席、草席。②座位；座位的次序：例入席、出席、首席。③整桌的酒菜：例酒席。④量詞，用於酒席、談話等：例一席酒菜、一席話。

巾部 7 **師** 左右 师

丿丨𠂆𠂇𠂤𠂤師師師師

ㄕ ①軍隊編制單位，在軍以下，旅或團以上。②軍隊：例出師不利、百萬雄師。③傳(ㄔㄨㄢˊ)授知識或技藝的人：例教(ㄐㄧㄠˋ)師、師傅、師生。④掌握專門知識或技藝的人：例醫師、技師、工程師、魔術師。⑤對和尚、尼姑、道士的尊稱(ㄔㄥ)：例禪師、法師。

巾部 8 **常** 上下 嘗常

丨丨⺌⺌⺌尚尚尚常

ㄔㄤˊ ①普通的；一般的：例人之常情、常識、常態。②普通的事：例家常、習以為常。③長（ㄔㄤˊ）期不變的：例常綠樹、冬夏常青。④時時：例常常、時常、經常。

巾部 8 **帶** 上下

一 十 卄 卅 卌 𠀉 𢀖 帶 帶

ㄉㄞˋ ①用皮、布等做成的長（ㄔㄤˊ）條狀的東西：例皮帶、腰帶、鞋帶。②隨身拿著（˙ㄓㄜ）：例出遠門要多帶些衣服、沒有帶錢。③率（ㄕㄨㄞˋ）領；引導：例帶隊、帶路、帶兵打仗。

巾部 8 **帳** 左右

丨 冂 巾 巾 帄 帄 帄 帄 帳 帳

ㄓㄤˋ 用紗、布等製成的，有遮蔽作用的東西：例蚊帳、幔帳、帳篷。

巾部 8 **帷** 左右

丨 冂 巾 巾 帄 帄 帄 帄 帷 帷

ㄨㄟˊ 圍在四周的布：例床帷、門帷、帷幕、車帷、羅帷。

巾部 9 **幅** 左右

丨 冂 巾 巾 帄 帄 帄 帄 帄 幅 幅

ㄈㄨˊ ①布匹（ㄆㄧ）等紡織品的寬度：例幅面、單幅。②文章或圖片所占的版面的大小篇幅。③量詞，用於布匹、字畫等：例一幅畫。

巾部 9 **帽** 左右

丨 冂 巾 巾 帄 帄 帄 帄 帄 帽 帽

猜猜看：「帽子跌落」，猜一句成語。

答案：從頭到尾。

老師的話：古時的人把布帛、貝殼當作錢幣來交易呢！

ㄇㄠˋ ①戴在頭上的用品：例帽子、草帽、禮帽、鴨舌帽、安全帽。②像帽子的東西：例筆帽、螺絲帽。

巾部 9 **幀** 左右

ㄓㄥˋ ①量詞，用於字畫：例一幀山水畫。②書籍的裝訂方法：例裝幀。

巾部 10 **幌** 左右

ㄏㄨㄤˇ 〔幌子（˙ㄗ）〕本是懸掛在店鋪（ㄆㄨˋ）門外，表明所賣商品的標誌，後來指蒙騙別人的話或行為（ㄒㄧㄥˊ ㄨㄟˊ）：例打著開會的幌子遊山玩水。

巾部 11 **幛** 左右

ㄓㄤˋ 在布帛上面題詞，用作慶賀或弔唁的禮物：例幛子、喜幛、壽幛。

巾部 11 **幣** 上下

ㄅㄧˋ 錢：例錢幣、紙幣、硬幣。

巾部 11 **幕** 上下

ㄇㄨˋ ①覆蓋或懸掛的大幅布、綢等；帳篷：例帳幕、幕布、銀幕。②戲劇中的一個段落：例第一幕。③事情的開始或結束：例開幕、閉幕。

巾部 11 **幗** 左右

丨 冂 巾 巾 巾冂 巾冂 巾冂 巾冂 巾冂 幗 幗 幗 幗 幗

ㄍㄨㄛˊ 古代婦女的髮飾：例巾幗（本義是指頭巾和髮飾，後來指婦女）。

巾部 11 **幔** 左右

丨 冂 巾 巾 巾冂 巾冂 巾冂 巾冂 巾冂 幔 幔 幔 幔 幔

ㄇㄢˋ 掛在屋裡用來遮擋的布、紗等：例窗幔、紗幔、幔帳。

巾部 12 **幢** 左右

丨 冂 巾 巾 巾亠 巾亠 巾亠 巾亠 幢 幢 幢 幢 幢 幢 幢

ㄔㄨㄤˊ 量詞，用於房屋：例一幢房屋。

巾部 12 **幟** 左右

丨 冂 巾 巾 巾亠 巾亠 巾亠 巾亠 幟 幟 幟 幟 幟 幟 幟

ㄓˋ 旗子：例獨樹一幟、旗幟。

巾部 14 **幫** 上下

一 十 土 圭 圭 圭 封 封 封 封 幫 幫 幫 幫 幫 幫 幫

ㄅㄤ ①物體兩邊或四周的部分：例鞋幫、船幫。②替別人出力；協助：例幫工、幫忙、幫助。③群；團體：例幫會、幫派。④量詞，用於成群成夥的人：例一幫人馬。

干部 ㄍㄢ

干部 0 **干** 獨體

一 二 干

老師的話：「呆子幫忙——愈幫愈忙」是形容沒有能力幫助他人，反而弄得一團糟。

老師的話：關於「平」的成語包括：平心靜氣、平分秋色、平步青雲、平易近人。

ㄍㄢ　①盾：例干戈。②擾亂：例干擾。③牽連：例干涉、不相干。④指天干，包括甲、乙、丙、丁、戊、己、庚、辛、壬、癸，傳（ㄔㄨㄢˊ）統用於紀日、紀年（與地支配合）和（ㄏㄢˋ）排列順序等：例干支（天干和地支）紀年。

干部　2　**平**　獨體

一 丆 丆 立 平

ㄆㄧㄥˊ　①表面沒有高低凹凸；不傾斜：例平躺、平坦、平放。②高低相（ㄒㄧㄤ）等或不相（ㄒㄧㄤ）上下：例平輩、平等、平局。③均等；公正：例公平、平分、平攤。④安定：例平安、平穩、風平浪靜。⑤用武力鎮壓：例平亂、平叛。⑥一般的；經常的：例平淡、平民、平日、平常。⑦平聲，國語注音符號四聲中的第一聲（陰平）、第二聲（陽平）。

干部　3　**并**　上下

丶 丷 兰 关 并

ㄅㄧㄥˋ　①合在一起。通「併」：例合并、吞并、兼并。②一齊。通「並」：例并列。

干部　3　**年**　獨體

丿 𠂉 𠂒 𠂔 年

ㄋㄧㄢˊ　①一年中（ㄓㄨㄥ）莊稼的收成：例年景、年成。②地球環繞太陽運行一周的時間：例閏年、年曆、年產量（ㄌㄧㄤˋ）、三年五載（ㄗㄞˇ）。③歲數（ㄕㄨˋ）：例年紀、年齡、年富力強。④人一生中按年齡劃分的階段：例幼年、少年、青年、中年、老年。⑤時期：例早年、近年、清朝（ㄔㄠˊ）末年。⑥指年節：例過年、拜年、年貨、年畫、年關、年夜飯。

干部 5 **幸** 上下

ㄒㄧㄥˋ ①意外（得到好處（ㄔㄨˋ）或免去災難（ㄋㄢˋ））：例幸存、幸免於難（ㄋㄢˋ）。②福分（ㄈㄣˋ）；吉利：例幸運、幸福、榮幸、萬幸、不幸。③為（ㄨㄟˋ）意外地（˙ㄉㄜ）得（ㄉㄜˊ）福免禍而高興（ㄒㄧㄥˋ）：例幸虧、幸好、慶幸。

干部 10 **幹** 左右

ㄍㄢˋ ①事物的主體或主要部分（ㄈㄣˋ）：例主幹、樹幹、軀幹、幹線、骨幹。②做事：例幹活、巧幹、實幹、埋（ㄇㄞˊ）頭苦幹、洗手不幹。③辦事能力：例才幹。④辦事能力強：例幹練、精幹、幹將（ㄐㄧㄤˋ）、精明強幹。⑤疑問語氣，作什麼事：例幹麼（ㄇㄚˊ）。

ㄏㄢˊ 〔井幹〕井邊用木頭圍成的欄杆。

幺部

幺部 1 **幻** 左右

ㄏㄨㄢˋ ①不可能實現的；不真實的：例幻象、幻覺（ㄐㄩㄝˊ）、幻想、夢幻。②奇異地（˙ㄉㄜ）變化：例幻術、變幻莫測。

老師的話：「幹練」和「老練」不同，「老練」是指經驗多，做事自然精明。

老師的話：幾乎的「幾」是「幺部」，要記得喲！

幺部 2 幼 左右

ㄧㄡˋ ①年紀小；初生的：例幼兒、幼苗、幼蟲、幼年、年幼無知。②兒童：例男女老幼。

幺部 6 幽 特殊

ㄧㄡ ①昏暗：例幽暗。②深：例幽谷、幽深、幽情。③隱蔽的；祕密的：例幽會。④安靜：例幽靜、幽雅。

幺部 9 幾 獨體

ㄐㄧˇ ①用來問數量（ㄕㄨˋ ㄌㄧㄤˋ）的詞：例幾歲、幾點幾分。②表示不確定、比較少的數（ㄕㄨˋ）：例幾次、幾本書。③表示時間的疑問詞：例幾時來的。

ㄐㄧ 很接近；只差（ㄔㄚ）一點點：例幾乎。

广部

ㄧㄢˇ

广部 4 序 半包圍

ㄒㄩˋ ①排列的先後：例順序、程序、秩序、循序漸進。②介紹或評價書的內容的文章：例序文、代序。③在正式內容開始之前的：例序幕、序曲（ㄑㄩˇ）。

广部 4 庇 半包圍

ㄅㄧˋ 遮蔽；掩護：例庇護、包庇。

广部 4 **床** 半包圍

丶 亠 广 广 庄 庄 床

ㄔㄨㄤˊ ①供人睡臥的家具：例床鋪（ㄆㄨ）、床位。②像床一樣起承托作用的東西：例車床、機床、牙床、河床、礦床。③量詞，用於被褥等：例一床棉被。

广部 5 **庚** 半包圍

丶 亠 广 户 户 庚 庚

ㄍㄥ 天干的第七位。參見「干」④。

广部 5 **店** 半包圍

丶 亠 广 广 庐 店 店 店

ㄉㄧㄢˋ ①賣東西的地方：例商店、書店、店鋪（ㄆㄨˋ）、雜貨店。②旅館：例旅店。

广部 5 **府** 半包圍

丶 亠 广 广 庁 府 府 府

ㄈㄨˇ ①舊指官吏辦公的地方，現在指國家機關：例官府、政府。②舊指高級官員或貴族的住所，現在也指某些國家首腦辦公或居住的地方：例王府、相（ㄒㄧㄤˋ）府、總統府。③舊時行政區劃名，比縣高一級：例知府、開封府。

广部 5 **底** 半包圍

丶 亠 广 户 庐 庐 底 底

ㄉㄧˇ ①物體最下面的部分（ㄈㄣˋ）：例箱底、鞋底、海底。②事物的基礎、根源或內情：例底細、

猜猜看：「一點一橫長，一撇到南洋，南洋有個人，只有一寸長。」猜一字。答案：府

老師的話： 度假、度日如年用「度」，渡海用「渡」。

刨（ㄆㄠˊ）根問底。③留作根據的草稿：例留底、底稿、底本、④終點；盡頭：例巷底、年底、月底。

˙ㄉㄜ 用在名詞或代名詞的後面，表示所有的意思。同「的」：例我底書。

广部 5 **庖** 半包圍

ㄆㄠˊ ①古代指做飯的地方：例庖廚。②廚師：例庖人、庖丁。

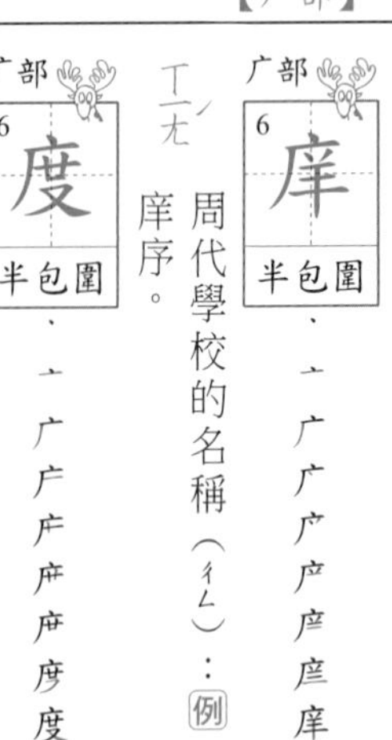

广部 6 **庠** 半包圍

ㄒㄧㄤˊ 周代學校的名稱（ㄔㄥ）：例庠序。

广部 6 **度** 半包圍

ㄉㄨˋ ①計量長（ㄔㄤˊ）短的標準和器具：例度量衡。②法則；準則：例法度、尺度、制度。③一定的範圍：例限度、適度、過度。④限定的的時間（ㄐㄧㄢ）或空間（ㄐㄧㄢ）：例年度、國度。⑤程度；氣量（ㄌㄧㄤˋ）：例進度、知名度、透明度、度量（ㄌㄧㄤˋ）、風度、態度。⑥特指事物的某種性質所達到的程度：例硬度、溫度、溼度、長（ㄔㄤˊ）度。⑦經過；經歷：例虛度、度日如年、歡度、度假。⑧量詞，用於動作的次數：例一年一度、再度上映。

ㄉㄨㄛˋ 揣測；估計：例忖（ㄘㄨㄣˇ）度、揣（ㄔㄨㄞˇ）度。

广部 7 **庫** 半包圍

庫

ㄎㄨˋ ①儲存大量物品的建築物：例車庫、糧庫、水庫、倉庫、庫房。②特指保管、出納國家預算資金的機關：例金庫、國庫。

广部 7 庭 半包圍 庭 丶亠广广庀庄庄庭庭

ㄊㄧㄥˊ ①廳堂：例大庭廣眾。②正房前的院子：例庭院、門庭若市。③審理案件的處（ㄔㄨˋ）所：例法庭、開庭。

广部 7 座 半包圍 座 丶亠广广广应座座座座

ㄗㄨㄛˋ ①供人坐的位子：例座位、座次、讓座、座無虛席。②托底的東西：例底座、盆座。③量詞，用於體積大而固定的東西：例一座山、一座橋。

广部 8 康 半包圍 康康 丶亠广广户户户庚庚康康

ㄎㄤ ①安樂（ㄌㄜˋ）；生活安定：例康樂（ㄌㄜˋ）、康居。②富裕；豐盛：例國富民康、小康。③身體強健：例健康、康復。

广部 8 庸 半包圍 肩庸 丶亠广户户户户肩肩肩

ㄩㄥ 平常；不高明：例平庸、庸俗、庸人、庸才、庸醫。

广部 8 庶 半包圍 庶庶 丶亠广广庀庀庀庶庶庶

ㄕㄨˋ ①多：例富庶、庶務。②平民：例庶民、黎庶。

老師的話：庶民的「庶」和甘蔗的「蔗」字形相似，小心別寫錯了！

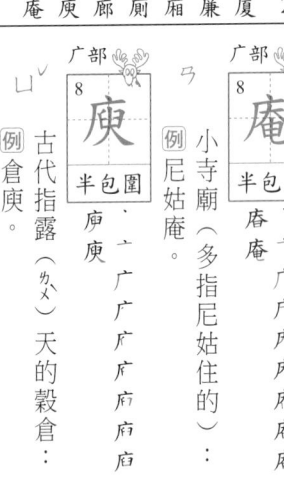

老師的話：「廁身」一詞是參加、加入的意思，不能寫作「側身」喲！

广部 8 **庵** 半包圍

丶亠广庀庀庂庂庵庵庵庵

ㄢ

小寺廟（多指尼姑住的）：例尼姑庵。

广部 8 **庾** 半包圍

丶亠广广庀庂庂庂庾庾庾

ㄩˇ

古代指露（ㄌㄨˋ）天的穀倉：例倉庾。

广部 9 **廊** 半包圍

丶亠广广庁庁庁庁廊廊廊

ㄌㄤˊ

屋簷下的通道；室外有頂的通道：例前廊後廈、走廊、長（ㄔㄤˊ）廊、迴廊。

广部 9 **廁** 半包圍

丶亠广广庁庁庁庁廁廁廁

ㄘㄜˋ

①供人大小便的地方：例廁所。②加入：例廁身。

广部 9 **廂** 半包圍

丶亠广广庁庁庁庁廂廂廂

ㄒㄧㄤ

①正房兩側的房屋：例廂房、東廂、西廂。②像單間房子的設施：例車廂、包廂。③靠近城門一帶的地方：例城廂、關廂。④邊；方面：例一廂情願。

广部 10 **廉** 半包圍

丶亠广广庐庐庐庐廉廉廉廉廉

ㄌㄧㄢˊ

①不貪汙受賄；不損公肥私：例廉潔、清廉、廉正。②價錢低：例廉價、低廉、物美價廉。

广部 10 **廈** 半包圍

丶亠广广庐庐庐庐廈廈廈廈

ㄒㄧㄚˋ ①大房子；大樓：例高樓大廈。②〔廈門〕地名，在福建。

广部 11 **廓** 半包圍

ㄎㄨㄛˋ ①廣大；空闊：例寥廓。②清除；掃蕩：例廓清。③物體的邊緣：例輪廓。

广部 11 **廖** 半包圍

ㄌㄧㄠˋ 姓。

广部 12 **廢** 半包圍

ㄈㄟˋ ①放棄不用；停止：例廢寢忘食、廢除、廢棄、半途而廢。②失去原有效用的；無用的：例廢銅爛鐵、廢紙、廢料、廢話。③特指肢體傷殘：例殘廢。④衰敗；荒蕪：例廢墟、廢園。⑤沮喪（ㄙㄤˋ）；消沉：例頹廢。

广部 12 **廚** 半包圍

ㄔㄨˊ 做飯做菜的地方：例廚房、下廚。

广部 12 **廟** 半包圍

ㄇㄧㄠˋ ①供（ㄍㄨㄥ）奉祖先、神佛或歷史名人的地方：例宗廟、寺廟、孔廟、山神廟、岳王廟。②在寺廟裡面或附近舉辦的貿易和文化娛樂活動：例廟會、趕廟、逛廟。

猜猜看：「垃圾當肥料」，猜一句成語。

答案：廢物利用。

老師的話：「廠」和「場」不完全相同，「場」是指空曠無遮蔽的地方，例如：操場。

广部 12 **廝** 半包圍

ㄙ

①古代指男僕：例小廝。②對人的蔑稱（ㄔㄥ）：例這廝、那廝。③互相（ㄒㄧㄤ）：例廝打、廝殺、廝混（ㄏㄨㄣˋ）。

广部 12 **廣** 半包圍

ㄍㄨㄤˇ

①寬大；寬闊：例廣場、廣闊、寬廣。②擴大：例推廣。③普遍（ㄅㄧㄢˋ）：例廣泛。④多：例大庭廣眾。⑤指廣東。

广部 12 **廠** 半包圍

ㄔㄤˇ

進行工業生產或加工活動的單位：例工廠、鋼鐵廠、加工廠。

广部 16 **龐** 半包圍

ㄆㄤˊ

①高大；極大：例龐大、龐然。②雜亂：例龐雜。③臉孔：例面龐。

广部 16 **廬** 半包圍

ㄌㄨˊ

簡陋的小屋：例茅廬、草廬、廬舍。

广部 22 **廳** 半包圍

ㄊㄧㄥ

①清代設置的地方行政單位，大多設置在新開發地區：例淡水廳。②會客、聚會、娛樂等用的大房間（ㄐㄧㄢ）：例客廳、餐廳。

廴部 ㄧㄣˇ

廴部 4 廷 半包圍

ㄧ ㆓ 千 壬 廷 廷

ㄊㄧㄥˊ ①帝王處（ㄔㄨˇ）理政事的地方：例宮廷、朝（ㄔㄠˊ）廷。②封建王朝（ㄔㄠˊ）的最高統治機構：例清廷（清朝政府）。

廴部 5 延 半包圍

ㄧ ㄧ 千 千 正 延 延 延

ㄧㄢˊ ①拉長（ㄔㄤˊ）：例延長（ㄔㄤˊ）、延伸、蔓（ㄇㄢˋ）延、延年益壽。②推遲：例延期、順延。

廴部 6 建 半包圍

ㄱ ㅋ ㅋ 聿 聿 建 建 建

ㄐㄧㄢˋ ①修築；修造：例建蓋、擴建、修建、建造、建築。②創立；設立：例建國、建都（ㄉㄨ）、建立。③提出：例建議。

廾部 ㄍㄨㄥˇ

廾部 1 廿 獨體

一 十 廿 廿

ㄋㄧㄢˋ 數（ㄕㄨˋ）目名，二十：例廿四史、廿一世紀。

廾部 2 弁 上下

ㄥ ㄙ 厶 弁 弁

老師的話：宮廷的「廷」不可以寫作庭院的「庭」喲！

老師的話：作弊、錢幣、彆扭的「弊」、「幣」、「彆」字形相似，小心別寫錯了。

ㄅㄧㄢˋ ①古代男子戴的帽子。②古代指武官或供差（ㄔㄞ）使的士兵：例武弁、馬弁。③放在前頭的：例弁言（序言的意思）。

ㄆㄢˊ 〔小弁〕詩經小雅的篇名。

廾部 4 **弄** 上下

一 二 干 王 王 弄 弄

ㄋㄨㄥˋ ①手裡拿著（ㄓㄜ˙）玩：例擺弄。②做；辦：例弄飯、弄菜、弄壞、弄糊塗。③戲耍（ㄕㄨㄚˇ）；行使：例耍弄、玩弄、捉弄、愚弄、弄巧成拙、弄假成真。

ㄌㄨㄥˋ 小巷：例弄堂、里弄。

廾部 6 **弈** 上下

丶 亠 亣 亦 亦 亦 亦 弈 弈

ㄧˋ ①圍棋：例博弈。②下棋：例對弈。

廾部 11 **弊** 上下

丶 丷 㣺 尚 尚 尚 尚 尚 敝 敝 敝 敝 弊 弊

ㄅㄧˋ ①害處（ㄔㄨˋ）；毛病（跟「利」相對）：例利多弊少、興利除弊、流弊、弊病。②欺詐蒙騙的行為（ㄒㄧㄥˊ ㄨㄟˊ）：例舞弊、作弊。

弋部

弋部 0 **弋** 獨體

一 七 弋

ㄧˋ 古代一種（ㄓㄨㄥˇ）射（ㄕㄜˋ）鳥的箭，上面繫（ㄐㄧˋ）有繩子。

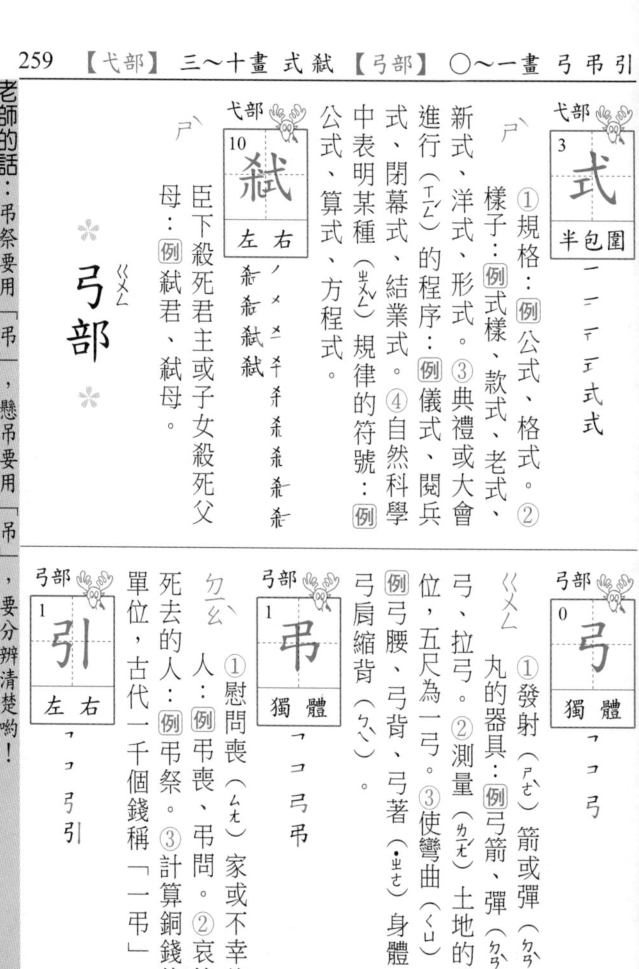

弋部 3 式 半包圍

一 二 亍 工 式 式

ㄕˋ ①規格：例公式、格式。②樣子：例式樣、款式、老式、新式、洋式、形式。③典禮或大會進行（ㄒㄧㄥˊ）的程序：例儀式、閱兵式、閉幕式、結業式。④自然科學中表明某種（ㄓㄨㄥˇ）規律的符號：例公式、算式、方程式。

弋部 10 弒 左右

ノ メ 㐅 𠂒 㐄 杀 杀 杀 杀 杀 杀 弒 弒

ㄕˋ 臣下殺死君主或子女殺死父母：例弒君、弒母。

ㄍㄨㄥ 弓部

弓部 0 弓 獨體

ㄱ ㄱ 弓

ㄍㄨㄥ ①發射（ㄕㄜˋ）箭或彈（ㄉㄢˋ）丸的器具：例弓箭、彈（ㄉㄢˋ）弓、拉弓。②測量（ㄌㄧㄤˊ）土地的單位，五尺為一弓。③使彎曲（ㄑㄩ）：例弓腰、弓背、弓著（˙ㄓㄜ）身體、弓肩縮背（ㄅㄟˋ）。

弓部 1 弔 獨體

ㄱ ㄱ 弓 弔

ㄉㄧㄠˋ ①慰問喪（ㄙㄤ）家或不幸的人：例弔喪、弔問。②哀悼死去的人：例弔祭。③計算銅錢的單位，古代一千個錢稱「一弔」。

弓部 1 引 左右

ㄱ ㄱ 弓 引

老師的話：弔祭要用「弔」，懸吊要用「吊」，要分辨清楚喲！

老師的話：弘揚的「弘」是「弓部」，不是「厶部」，「去」、「參」才是「厶部」。

ㄧㄣˇ ①拉長（ㄔㄤˊ）；延伸：例引吭高歌、引申、引橋。②拉：例牽引、引力、穿針引線。③帶領：例引路、引航、引導、引誘。④招來；導致：例引人發笑。⑤用來作根據：例引用、引證、引經據典、引古證今。

弓部 2 **弘** 左右

ㄱ ㄱ 弓 弘 弘

ㄏㄨㄥˊ 發揚：例弘揚。

弓部 2 **弗** 獨體

ㄱ ㄱ 弓 弔 弗

ㄈㄨˊ 表示否定，相當於「不」：例自嘆弗如（自己感嘆比不上）。

弓部 3 **弛** 左右

ㄱ ㄱ 弓 弓 弘 弛

ㄔˊ 放鬆；鬆懈：例弛緩、鬆弛。

弓部 4 **弟** 上下

丶 丷 䒑 䒑 弟 弟 弟

ㄉㄧˋ ①稱同父母（或只同父、只同母）而比自己年紀小的男子：例小弟、胞弟。②稱同輩親屬中比自己小的男子：例堂弟、表弟。

弓部 5 **弦** 左右

ㄱ ㄱ 弓 弓 弦 弦 弦 弦

ㄒㄧㄢˊ ①緊繃在弓背兩端之間的線：例弓弦、箭在弦上。②樂（ㄩㄝˋ）器上用來發音的線：例琴弦、弦樂器。③指半圓形的月亮。

農曆初七、初八，月亮缺上半叫「上弦」；農曆二十二、二十三，月亮缺下半叫「下弦」。④發條：例給鬧鐘上弦、手錶的弦斷了。

弓部 5 **弧** 左右

ㄏㄨˊ 圓周上的任意一段：例弧形、弧線、弧度。

弓部 5 **弩** 上下

ㄋㄨˇ 古代一種（ㄓㄨㄥˇ）利用機械力量（ㄌㄧㄤˋ）射（ㄕㄜˋ）箭的弓：例弩弓、弩箭。

弓部 6 **弭** 左右

ㄇㄧˇ 平息；消除：例弭亂、消弭、風弭雨停。

弓部 7 **弱** 左右

ㄖㄨㄛˋ ①力量（ㄌㄧㄤˋ）小；實力差（ㄔㄚ）（跟「強」相對）：例弱小、弱國、不甘示弱。②體質差；力氣小：例體弱、瘦弱、衰弱。③年紀小：例弱子、弱輩。④膽小的；不堅固的：例軟弱、怯弱、脆弱。⑤用在分數或小數後面，表示比這個數略少一些：例三分之二弱、百分之二十弱。

弓部 8 **張** 左右

ㄓㄤ ①打開；展開：例張大嘴、張牙舞爪、張開翅膀。②擴

老師的話：弧線、狐狸、孤單的「弧」、「狐」、「孤」字形相似，小心別寫錯了！

老師的話：「強中自有強中手」是勸人不可以驕傲自大，因為人外有人，天外有天。

大；誇大：例擴張、誇張、伸張。③陳設；布置：例張貼、鋪（ㄆㄨ）張、張燈結彩。④看；望：例張望、東張西望。⑤量詞，主要用於平面的東西：例一張紙、一張桌子、兩張烙（ㄌㄠˋ）餅。

弓部 8 **強** 左右

ㄑㄧㄤˊ ①健壯；力量（ㄌㄧㄤˋ）大（跟「弱」相對）：例強國、強健、富強。②使健壯；使強大：例強身、強心劑、自強不息。③粗暴；蠻橫（ㄏㄥˊ）：例強暴、強盜、強權。④用強力（做）：例強渡、強攻、強制、強行（ㄒㄧㄥˊ）。⑤標準高；程度高：例能力強、上進心強。⑥好；優越：例一年比一年強。⑦用在分數或小數後面，表示比這個數略多一些：例三分之二強、百分之二十強。

ㄑㄧㄤˇ 迫使：例強迫、勉強、強辯、牽強附會、強詞奪理、強人所難（ㄋㄢˊ）。

ㄐㄧㄤˋ 態度強（ㄑㄧㄤˋ）硬，不肯屈服的樣子：例倔（ㄐㄩㄝˋ）強、強嘴。

弓部 9 **弼** 左右

ㄅㄧˋ 輔助；輔佐：例輔弼。

弓部 11 **彆** 上下

ㄅㄧㄝˋ 〔彆扭〕①形容不順心；不舒服的意思：例事情沒辦好，心裡挺彆扭、著（ㄓㄠˊ）了點涼，渾身覺得（ㄐㄩㄝˊ ˙ㄉㄜ）彆扭。②不融洽：例為一點小事，他倆鬧得挺彆扭。

弓部 12 **彈** 左右

ㄊㄢˊ ①物體受力後變形，失去外力後又恢復原狀：例彈力、彈性、彈簧。②利用彈性作用發射：例彈射。③用手指頭的彈力觸擊物體：例彈掉灰塵。④撥弄或敲打樂器：例彈鋼琴、彈吉他。⑤利用弓弦的振動使纖維變鬆軟：例彈棉花、彈羊毛。

ㄉㄢˋ ①用彈弓彈（ㄊㄢˊ）射的小丸子：例鐵彈、泥彈。②可以發射或投擲出去，具有破壞力、殺傷力的爆炸物：例槍彈、炮彈、炸彈、導彈、手榴彈。

老師的話：「彌月」是指小嬰兒出生滿一個月，不可以寫作「瀰月」。

弓部 14 **彌** 左右

ㄇㄧˊ ①滿；遍：例彌天大謊、彌天大罪。②填；補：例彌合、彌補。③更加：例意志彌堅、欲蓋彌彰（想要掩蓋真相，反而更加顯露（ㄌㄨˋ））。

弓部 19 **彎** 上下

ㄨㄢ ①曲（ㄑㄩ）折；不直：例扁擔（ㄉㄢˋ）壓彎了、彎彎的月亮、彎路、彎曲（ㄑㄩ）。②使彎曲；折（ㄓㄜˊ）：例彎腰、把鐵絲彎成圓圈。③彎曲的地方：例九十九道彎、拐彎抹（ㄇㄛˋ）角。

老師的話： 彗星的「彗」，不可以寫作聰慧的「慧」喲！

彐部（ㄐㄧˋ）

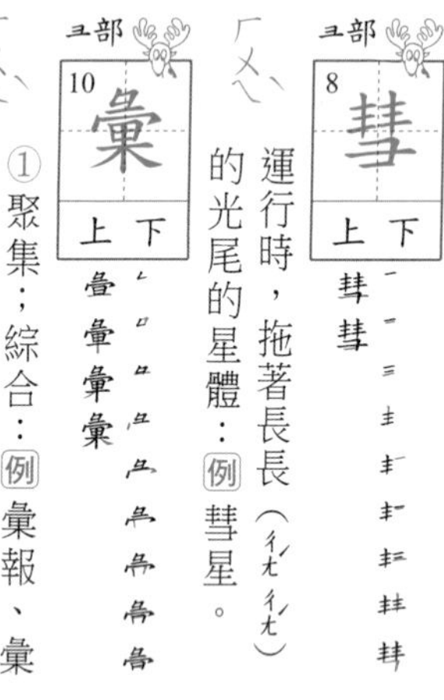

彗（彐部 8畫，上下）ㄏㄨㄟˋ

運行時，拖著長長（ㄔㄤˊ ㄔㄤˊ）的光尾的星體：例彗星。

彙（彐部 10畫，上下）ㄏㄨㄟˋ

①聚集；綜合：例彙報、彙總。②聚集而成的東西：例語彙、詞彙。

彝（彐部 15畫，上下）ㄧˊ

①古代青銅器的總稱（ㄔㄥ）：例彝器、鼎彝。②一定的法則：例彝則、彝倫、彝訓。

彡部（ㄕㄢ）

彤（彡部 4畫，左右）ㄊㄨㄥˊ

紅色：例彤雲、紅彤彤。

形（彡部 4畫，左右）ㄒㄧㄥˊ

①實體：例形體、無形、形影不離。②樣子：例形狀、地形、奇形怪狀。③顯露（ㄌㄨˋ）：例喜形於色。④對照；比較：例相

（ㄒㄧㄤ）形之下。

彡部 6 彥 上下

丶 亠 亣 文 产 产 彦 彥

ㄧㄢˋ 才德出眾的人：例俊彥。

彡部 8 彬 左右

一 十 才 木 朩 村 材 林 林 彬 彬

ㄅㄧㄣ 〔彬彬〕形容文雅的樣子：例文質彬彬、彬彬有禮。

彡部 8 彩 左右

ㄧ ㄧ ㄧ ㄧ 乎 乎 采 采 采 彩 彩

ㄘㄞˇ ①顏色：例彩旗、彩霞、五彩繽紛。②彩色的絲織品：例彩球、張燈結彩。③表示稱（ㄔㄥ）讚的歡呼聲：例喝（ㄏㄜˋ）彩、滿堂彩。④流血：例掛彩。

彡部 8 彫 左右

丿 冂 月 用 用 周 周 周 周 彫 彫

ㄉㄧㄠ ①刻鏤。通「雕」：例彫字、彫印。②零落。通「凋」：例彫落、彫零。

彡部 9 彭 左右

一 十 士 吉 吉 吉 吉 壴 壴 壴 彭 彭

ㄆㄥˊ 姓。

彡部 11 彰 左右

丶 亠 亠 立 产 音 音 音 音 章 章 章 彰 彰

ㄓㄤ ①非常明顯；容易看清楚：例彰明、罪惡昭彰。②宣揚：例表彰。

老師的話：彩虹的顏色有紅橙黃綠藍靛（ㄉㄧㄢˋ）紫七種。

猜猜看：「月下散步」，猜一句成語。

答案：形影相隨。

彡部 12 **影** 左右

ㄧㄥˇ ①人或物體擋住光線後投射（ㄕㄜˋ）出的黑影：例影子、人影、陰影。②人或物體在鏡子、水平等反射物中顯現出來的形象：例水面倒（ㄉㄠˋ）影。③不真實的印象：例杯弓蛇影、捕風捉影。④圖像；照片：例攝影、留影、合影。⑤指電影：例影評、影迷。

彳部

ㄔˋ

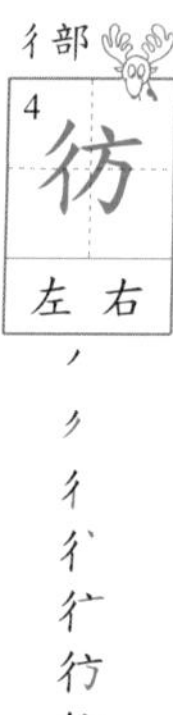

彳部 4 **彷** 左右

ㄆㄤˊ 〔彷徨〕在一個地方來回走，不知往哪裡去；猶豫不決。

ㄈㄤˇ 〔彷彿〕好像。

彳部 4 **役** 左右

ㄧˋ ①強迫使用（人力或畜力）：例役使、奴役、役畜（ㄒㄩˋ）。②當兵的義務：例兵役、服役、退役、預備役。③舊指供使喚的人：例僕役、雜役。④指戰事：例戰役。

彳部 5 **往** 左右

ㄨㄤˇ ①去；到：例來往、往返。②向（某處）去：例你往東，我往西。③朝（ㄔㄠˊ）；向：例往前看。④過去的：例往年、往事。

彳部 5 征 左右

ㄓㄥ ①遠行（ㄒㄧㄥˊ）：例征途、遠征、長（ㄔㄤˊ）征。②出兵討伐：例征伐、征討、出征、征服。③政府召集或收取。同「徵」：例征兵、征糧、征收。

彳部 5 佛 左右

ㄈㄨˊ （仿佛）好像。同「仿佛」。參見「仿」。

彳部 5 彼 左右

ㄅㄧˇ ①那；那個（跟「此」相對）：例彼時、彼此、顧此失彼。②對方：例知己知彼。

彳部 6 很 左右

ㄏㄣˇ 表示程度高：例天很黑、跑得（˙ㄉㄜ）很快、很喜歡、很看得（˙ㄉㄜ）起、很不錯、好得（˙ㄉㄜ）很。

彳部 6 待 左右

ㄉㄞˋ ①等；等候：例等待、期待、守株待兔。②想要；打算：例正待出門。③對付：例對待、優待、虧待。④照顧；侍候：例待客、招待、款待。

ㄉㄞ 停留；逗留：例待在家裡。

老師的話：「半斤不必笑八兩——彼此彼此」，這句歇後語是比喻兩人程度差不多。

猜猜看：「續集」，猜一句成語。

答案：後會有期。

徊 彳部 6 左右

ㄏㄨㄞˊ （徘徊）形容走路欲進不進的樣子。通「回」「迴」。見「徘」。

律 彳部 6 左右

ㄌㄩˋ ①古代測定和校（ㄐㄧㄠˋ）正音高的標準：例音律、樂（ㄩㄝˋ）律。②法則；規章：例法律、規律、紀律、定律。③約束：例嚴以律己。

徇 彳部 6 左右

ㄒㄩㄣˋ 依從（ㄘㄨㄥˊ）；順從（ㄘㄨㄥˊ）：例徇情、徇私舞弊。

後 彳部 6 左右

ㄏㄡˋ ①在背（ㄅㄟˋ）面的，指空間（ㄎㄨㄥ ㄐㄧㄢ）（和「前」相對）：例屋後。②未來的，較晚的，指時間（和「前」或「先」相對）：例後天、日後。③次序靠近末尾的：例後排。④下一代；子孫：例後輩。

徒 彳部 7 左右

ㄊㄨˊ ①步行：例徒步。②學生、弟子：例徒弟、學徒、門徒。③指某種人（含貶義）：例匪徒、賭徒、叛徒、亡命之徒。④信教（ㄐㄧㄠˋ）的人：例信徒、教徒。⑤空的：例徒手。⑥只；僅僅：例徒有虛名。⑦白白地（˙ㄉㄜ）；不起作用地（˙ㄉㄜ）：例徒然、徒勞無益。

彳部 7 **徑** 右 左

徑

ㄐㄧㄥˋ ①直達某處（ㄔㄨˋ）的小路；狹窄的道路：例小徑、曲（ㄑㄩ）徑。②指圓周中心通過圓心的直線：例直徑、口徑、半徑。③方法：例途徑、捷徑、門徑。④直接：例徑行處（ㄔㄨˇ）理。

彳部 7 **徐** 右 左

徐

ㄒㄩˊ 緩慢；慢慢：例徐風、徐徐、徐行（ㄒㄧㄥˊ）、不急不徐。

彳部 8 **得** 右 左

得得

ㄉㄟˇ ①需要：例你得休息三天。②應該；必須：例話得這麼說才行、遇事得跟大家商量。③要；會：例再不出發就得遲到了。

ㄉㄜˊ ①獲取到（跟「失」相對）：例得冠軍、得不償失、得勝、獲得、取得。②表示許可或能夠：例不得入內、哭笑不得。③適合：例得體、得當（ㄉㄤˋ）。④稱（ㄔㄥˋ）心如意；滿意：例洋洋自得、得意。⑤完成：例衣服做得了。⑥表示不必再說：例得，這事就定了、得了，不用再談了。⑦表示只好如此：例得，又挨罵了。⑧演算得到結果：例三加五得八、二三得六。

˙ㄉㄜ ①用在動詞後面，表示可能或可以：例聽不得、看得清楚、拿得動。②用在動詞或形容詞後，表示程度或結果：例說得很清

老師的話：「徐娘半老」是形容年紀稍大卻長得好看的婦人，但是含有不尊敬的意味。

老師的話：遷徙的「徙」不可以寫作徒弟的「徒」喲！

楚、漂亮得很、激動得熱淚盈眶。

彳部 8 **徙** 左右

丿 彡 彳 彳 ... 徙 徙

ㄒㄧˇ 離開原地搬到別處（ㄔㄨˋ）去住：例 徙居、遷徙。

彳部 8 **從** 左右

丿 彡 彳 彳 ... 從 從

ㄘㄨㄥˊ ①跟隨：例 從師學藝、從征（跟隨部隊去打仗）。②依順：例 聽從、順從、服從、力不從心。③依照；採取：例 從長計議。④參加；參與（ㄩˋ）：例 從軍、從政、從事。⑤表示時間、處（ㄔㄨˋ）所或範圍的起點：例 從古至今、從學校出發、從繁到簡。⑥表示經過的路線：例 從小路走、從門縫（ㄈㄥˋ）往裡看。⑦表示憑藉或依據：例 從種種（ㄓㄨㄥˇ ㄓㄨㄥˇ）跡象看、從工作上考慮。⑧一向；向來：例 從不遲到、從沒見過。

ㄗㄨㄥˋ ①跟隨的人：例 隨從、僕從。②同謀的：例 從犯。

ㄘㄨㄥ 不慌不忙：例 從容。

彳部 8 **徘** 左右

丿 彡 彳 ... 徘 徘

ㄆㄞˊ （徘徊）①在一個地方走來走去：例 在岸邊獨自徘徊。②拿不定主意：例 徘徊不定。

彳部 8 **御** 左右

丿 彡 彳 ... 御 御

ㄩˋ 指跟帝王有關的：例 御駕、御醫、御賜。

彳部 9 **復** 左右

ㄈㄨˋ

①反過來；轉（ㄓㄨㄢˇ）過去。同「覆」：例反復。②回答（ㄉㄚˊ）：例復信、答復。③還（ㄏㄨㄢˊ）原：例復學、復原、收復、恢復。④再：例死灰復燃、舊病復發。⑤回報，多指仇恨：例報復、復仇。

彳部 9 **循** 左右

ㄒㄩㄣˊ

遵守；依照：例遵循、循序漸進、循規蹈矩。

彳部 9 **徨** 左右

ㄏㄨㄤˊ

〔彷徨〕猶豫不安的樣子。見「彷」。

彳部 10 **徬** 左右

ㄆㄤˊ

〔徬徨〕猶豫不決。同「彷徨」。

彳部 10 **微** 左右

ㄨㄟˊ

①細小：例細微、微小、微弱、微風、微量、輕微、微不足道。②精妙深奧：例微妙。③稍；略：例稍微、微笑、面色微紅。

彳部 11 **徹** 左右

ㄔㄜˋ

通；透：例徹夜（通宵）、徹底、貫徹、透徹。

老師的話：「微」的相似字是「細」、「輕」，相反字是「巨」、「重（ㄓㄨㄥˋ）」。

猜猜看：「心無二用」，猜一句成語。

彳部 12 **德** 左右

ㄉㄜˊ ①道德；品行（ㄒㄧㄥˋ）：例公德、美德、德育、德才兼備。②信念：例同心同德、一心一德。③恩惠：例恩德、感恩戴德。

彳部 12 **徵** 左右

ㄓㄥ ①由國家召集人民：例徵兵、徵集。②由國家收取：例徵賦、徵稅。③尋求：例徵稿。④表露（ㄌㄡˋ）出來的現象或跡象：例徵兆。⑤證驗：例徵驗。

ㄓˇ 古代五音中之一：例宮、商、角、徵、羽。

彳部 14 **徽** 左右

ㄏㄨㄟ 標誌：例國徽、帽徽、校徽、徽章。

心（ㄒㄧㄣ）部

心部 0 **心** 獨體

ㄒㄧㄣ ①人和脊椎動物體內推動血液循環的器官：例心臟。②指大腦（古人認為心是思考的器官）：例用心、心得（ㄉㄜˊ）、心靈手巧、心領神會。③思想感情；內心世界：例心情、談心、變心、心煩意亂。④事物的中央或內部：例

答案：一心一意。

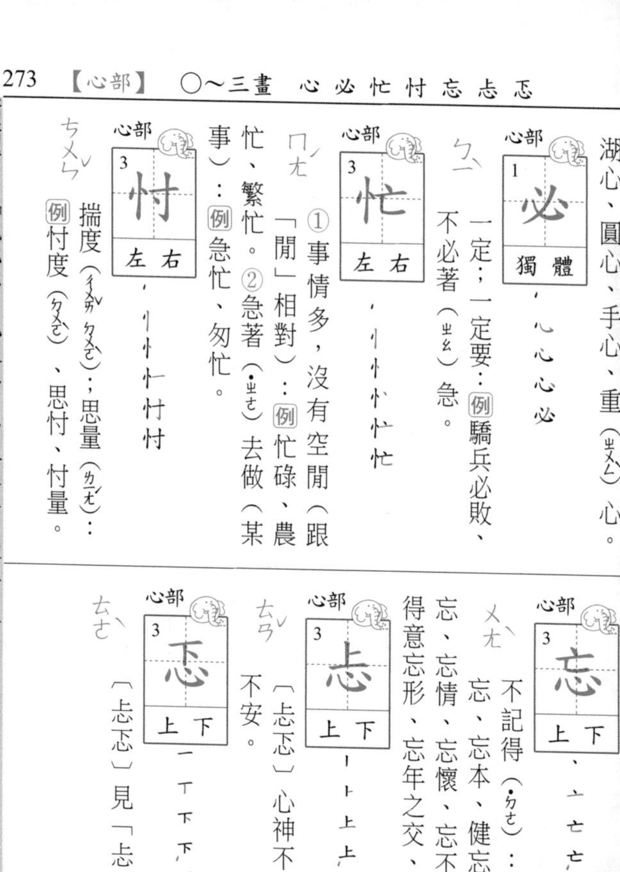

湖心、圓心、手心、重（ㄓㄨㄥˋ）心。

心部 1 **必** 獨體 、 心 心 心 必

ㄅㄧˋ 一定；一定要：例驕兵必敗、不必著（ㄓㄠ）急。

心部 3 **忙** 左右 ， 忄 忄 忙 忙 忙

ㄇㄤˊ ①事情多，沒有空閒（跟「閒」相對）：例忙碌、農忙、繁忙。②急著（˙ㄓㄜ）去做（某事）：例急忙、匆忙。

心部 3 **忖** 左右 ， 忄 忄 忖 忖 忖

ㄘㄨㄣˇ 揣度（ㄔㄨㄞˇ ㄉㄨㄛˋ）；思量（ㄌㄧㄤˊ）：例忖度（ㄉㄨㄛˋ）、思忖、忖量。

心部 3 **忘** 上下 、 亠 亡 亡 忘 忘 忘

ㄨㄤˋ 不記得（˙ㄉㄜ）：例忘記、遺忘、忘本、健忘、難（ㄋㄢˊ）忘、忘情、忘懷、忘不了（ㄌㄧㄠˇ）、得意忘形、忘年之交、忘恩負義。

心部 3 **忐** 上下 丨 卜 上 上 忐 忐 忐

ㄊㄢˇ 〔忐忑〕心神不定：例忐忑不安。

心部 3 **忑** 上下 一 丅 下 下 忑 忑 忑

ㄊㄜˋ 〔忐忑〕見「忐」。

猜猜看：「說他忘，他沒忘，心眼長在一邊上。」猜一個字。

答案：忙。

老師的話：「忍」字的上面是「刃」，不是「刀」。

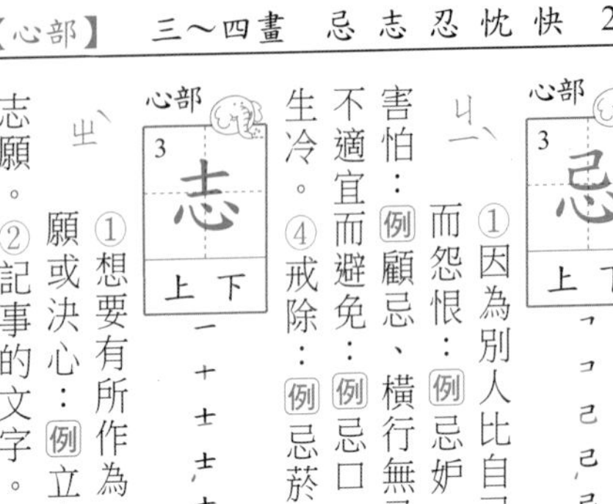

忌 心部 3 上下 ㄐㄧˋ

①因為別人比自己強（ㄑㄧㄤˊ）而怨恨：例忌妒、猜忌。②害怕：例顧忌、橫行無忌。③認為不適宜而避免：例忌口、忌諱、忌生冷。④戒除：例忌菸、忌酒。

志 心部 3 上下 ㄓˋ

一 十 士 士 志 志 志

①想要有所作為（ㄨㄟˊ）的意願或決心：例立志、志氣、志願。②記事的文字。通「誌」：例縣志、墓志、地方志。

忍 心部 3 上下 ㄖㄣˇ

①強壓住感覺（ㄐㄩㄝˊ）或情緒而不表現出來；耐著性子：例忍痛、忍讓、容忍、忍耐。②硬著（˙ㄓㄜ）心腸：例忍心、慘不忍睹。③狠毒：例殘忍。

忱 心部 4 左右 ㄔㄣˊ

心意：例滿腔熱忱。

快 心部 4 左右 ㄎㄨㄞˋ

①高興（ㄒㄧㄥˋ）；喜悅：例愉快、快樂、大快人心。②直爽；直截了當（ㄌㄧㄠˇ ㄉㄤˋ）：例痛快、心直口快。③速度大；迅速（跟「慢」相對）：例快車、快速、跑得快。④鋒利（跟「鈍」相對）：

例快刀斬亂麻。⑤反應（ㄧㄥˋ）敏捷：例腦筋轉得（˙ㄉㄜ）快、眼明手快。⑥趕緊：例快點出門、快走吧。⑦將要；馬上就：例天快黑了、快寫完了、快天亮了。

心部 4 忝 上下
一 二 チ 天 不 乔 忝 忝
ㄊㄧㄢˇ
謙詞，表示辱沒他人而感到愧疚：例忝為人師、無忝所生。

心部 4 忠 上下
丶 口 口 中 中 忠 忠 忠
ㄓㄨㄥ
盡心盡力，赤誠無私：例忠誠、忠告（ㄍㄠˋ）、忠言。

心部 4 忽 上下
丿 勹 勹 勿 勿 忽 忽 忽
ㄏㄨ
①不經心；沒有注意：例忽略、忽視、疏忽。②表示事物發生或變化得（˙ㄉㄜ）很快而且出人意料，相當於「忽然」「忽而」：例忽大忽小、忽高忽低。

心部 4 念 上下
丿 人 𠆢 今 今 念 念 念
ㄋㄧㄢˋ
①惦記；想：例想念、懷念、掛念、念舊。②想法或打算：例雜念、一念之差。③誦讀：例念書。④指上學：例念小學、念大學。

心部 4 忿 上下
丿 八 分 分 分 忿 忿 忿
ㄈㄣˋ
①惱怒：例忿怒、忿恨。②不服氣：例忿忿不平。

老師的話：形容非常忠誠的成語包括：忠心耿耿、赤膽忠心、耿耿忠忠。

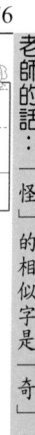

老師的話：「怪」的相似字是「奇」、「異」。

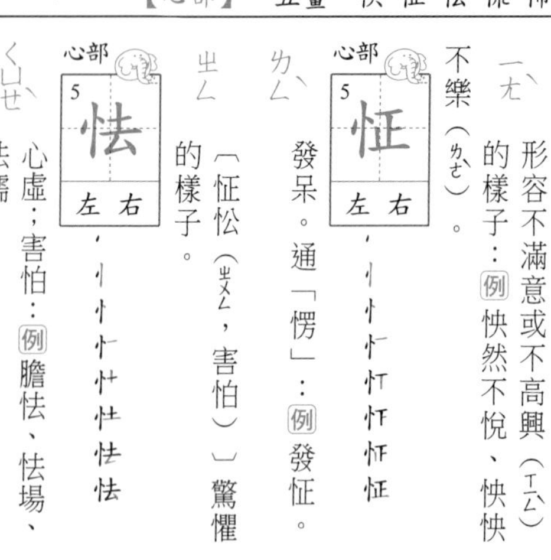

怏（心部 5 畫，左右）

ㄧㄤˋ　形容不滿意或不高興（ㄒㄧㄥˋ）的樣子：例怏然不悅、怏怏不樂（ㄌㄜˋ）。

怔（心部 5 畫，左右）

ㄌㄥˋ　發呆。通「愣」：例發怔。

ㄓㄥ　〔怔忪（ㄓㄨㄥ，害怕）〕驚懼的樣子。

怯（心部 5 畫，左右）

ㄑㄩㄝˋ　心虛；害怕：例膽怯、怯場、怯懦。

怵（心部 5 畫，左右）

ㄔㄨˋ　害怕：例怵目驚心。

怖（心部 5 畫，左右）

ㄅㄨˋ　害怕：例恐怖、驚怖。

怪（心部 5 畫，左右）

ㄍㄨㄞˋ　①奇異的；不常見的：例怪物、古怪、怪現象。②奇異的事物或人：例妖怪、妖魔鬼怪。③感到驚奇：例大驚小怪。④非常；很：例這花怪香的、怪不好意思。⑤埋（ㄇㄢˊ）怨；責備：例責怪、怪罪。

怕 心部 5 左右

丶 丨 忄 忄 忄' 怕 怕 怕

ㄆㄚˋ ①恐懼、發慌：例害怕、懼怕、可怕。②擔心；估計；猜測：例我怕你忘了、怕要下雨了、怕是不行（ㄒㄧㄥˊ）了。③承受不住：例玻璃瓶怕摔、病人怕受涼。

怡 心部 5 左右

丶 丨 忄 忄 忄 怡 怡 怡

ㄧˊ 喜悅；愉快：例心曠神怡、怡然自得（ㄉㄜˊ）。

性 心部 5 左右

丶 丨 忄 忄 忄 忄 性 性

ㄒㄧㄥˋ ①人固有的氣質；脾氣：例人性、天性、個（ㄍㄜˋ）性、性格、任性。②性質、特徵：例藥性、性能、共性、慣性。③指事物的性質、範圍或方式等：例科學性、流行性、創造性。④性別：例男性、女性、雄性、雌性。

怒 心部 5 上下

ㄑ 女 女 奴 奴 奴 怒 怒 怒

ㄋㄨˋ ①氣勢強盛、猛烈：例怒潮、百花怒放、狂風怒號（ㄏㄠˊ）。②氣憤；生氣：例發怒、惱怒、怒氣沖沖。

思 心部 5 上下

丨 ㄇ 日 田 田 田 思 思 思

ㄙ ①想；考慮：例沉思、思考、思慮、思前想後。②掛念；想念：例思鄉、思念、朝思暮想。③心情；想法：例哀思、文思。

猜猜看：「奴婢心不平」，猜一個字。 答案：怒。

老師的話：「怨」和「冤」不同，「怨」有指責別人的意思，「冤」指受到委屈。

心部

5 怠 上下

ㄥ ㄙ ㄙ 台 台 台 怠 怠 怠

ㄉㄞˋ

①冷淡；不恭敬：例怠慢、怠忽。②鬆懈；懶散（ㄙㄢˇ）：例怠工、懈怠、倦怠、疲怠。

心部

5 急 上下

ノ ㄅ ㄅ 刍 刍 刍 急 急 急

ㄐㄧˊ

①迅速而且猛烈：例急流、急病、急轉彎。②緊迫；迫切（ㄑㄧㄝˋ）：例急件、急診、急救。③情況嚴重（ㄓㄨㄥˋ）的事：例救急、告急、當務之急。④沒耐心的；焦躁不安的：例急性子、急脾氣、操之過急、著急、焦急、急躁。

心部

5 怎 上下

ノ ㄥ 午 乍 乍 乍 怎 怎 怎

ㄗㄣˇ

如何，表示疑問：例怎能、怎樣。

心部

5 怨 上下

ノ ク 夕 夗 夗 夗 怨 怨 怨

ㄩㄢˋ

①對人或事極度不滿或仇恨：例怨氣、怨恨、恩怨、積怨。②責怪：例埋怨、報怨、任勞任怨、怨聲載（ㄗㄞˋ）道。

心部

6 恍 左右

丶 忄 忄 忄 忄 忄 恍 恍 恍

ㄏㄨㄤˇ

①模糊；不清楚：例恍惚。②形容猛然醒悟的樣子：例恍然大悟。

心部

6 恰 左右

丶 忄 忄 忄 忄 忄 恰 恰 恰

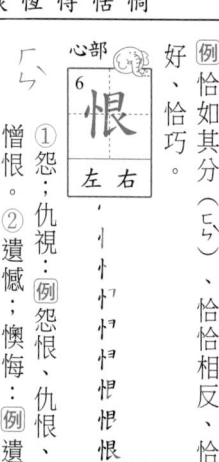

ㄑㄧㄚˋ ①適當(ㄉㄤˋ);合適:例恰當(ㄉㄤˋ)。②正;正好(ㄏㄠˇ):例恰如其分(ㄈㄣˋ)、恰恰相反、恰好、恰巧。

心部 6 恨 左右

ㄏㄣˋ ①怨;仇視:例怨恨、仇恨、憎恨。②遺憾;懊悔:例遺恨、悔恨。

心部 6 恢 左右

ㄏㄨㄟ 〔恢復〕變成原來的樣子:例恢復健康、恢復原狀。

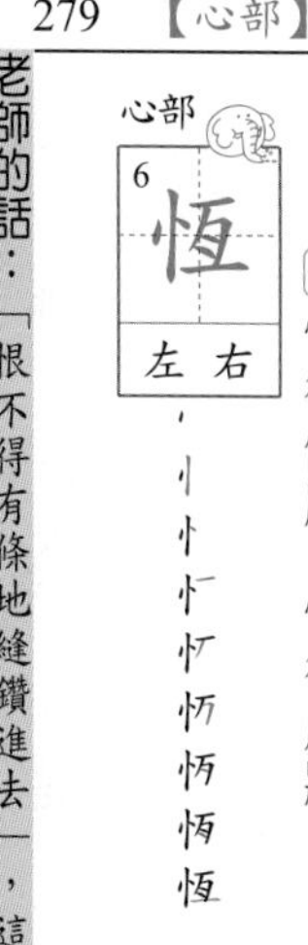

心部 6 恆 左右

ㄏㄥˊ ①長(ㄔㄤˊ)久;固定不變的:例恆心、恆溫、永恆。②持久不變的意志:例有恆、持之以恆。

心部 6 恃 左右

ㄕˋ 仗著(˙ㄓㄜ);依賴:例仗恃、有恃無恐。

心部 6 恬 左右

ㄊㄧㄢˊ ①安靜:例恬靜。②坦然;不在乎:例恬然、恬不知恥(做了壞事滿不在乎,不知羞恥)。

心部 6 恫 左右

老師的話:「恨不得有條地縫鑽進去」,這句俏皮話是形容十分難為情。

猜猜看：「心在滴血」，猜一個字。

答案：恤。

ㄉㄨㄥˋ 恐懼：例恫嚇（ㄏㄜˋ）、恫恐。

ㄊㄨㄥ 病痛。

心部 6 **恪** 左右

ㄎㄜˋ 恭敬而謹慎：例恪遵、恪守。

心部 6 **恤** 左右

ㄒㄩˋ ①憐憫：例憐恤、憐貧恤老。②救濟：例撫恤。

心部 6 **恙** 左右

ㄧㄤˋ 疾病：例安然無恙（沒受損傷或發生意外）。

心部 6 **恣** 上下

ㄗˋ 放縱（ㄗㄨㄥˋ）：例恣行（ㄒㄧㄥˊ）、恣肆（ㄙˋ）、恣縱、恣意妄為（ㄨㄟˊ）。

心部 6 **恥** 左右

ㄔˇ ①感到不光彩或慚愧：例羞恥、可恥。②感到羞恥的事：例雪恥、國恥、奇恥大辱。

心部 6 **恐** 上下

ㄎㄨㄥˇ ①害怕：例恐慌、恐懼、爭先恐後。②使人害怕：例恐嚇（ㄏㄜˋ）。③表示擔（ㄉㄢ）心或推測：例恐怕。

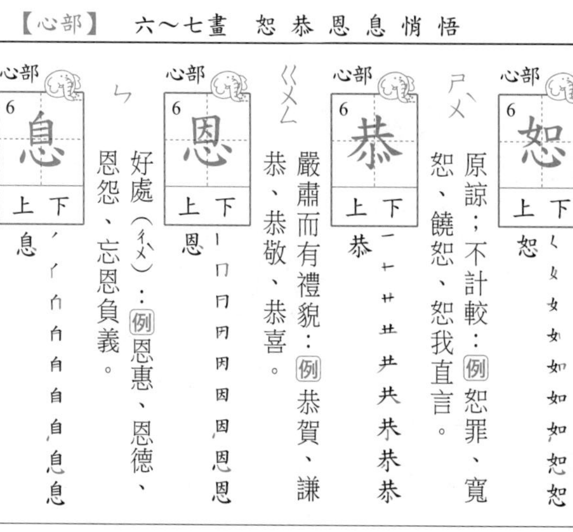

心部 6 恕 上下

恕 ㄑ 女 女 女 如 如 如 如 恕 恕

ㄕㄨˋ

原諒；不計較：例恕罪、寬恕、饒恕、恕我直言。

心部 6 恭 上下

恭 一 十 廾 廾 共 共 共 恭 恭 恭

ㄍㄨㄥ

嚴肅而有禮貌：例恭賀、謙恭、恭敬、恭喜。

心部 6 恩 上下

恩 丨 冂 冃 円 因 因 因 恩 恩 恩

ㄣ

好處（ㄔㄨˋ）：例恩惠、恩德、恩怨、忘恩負義。

心部 6 息 上下

息 丿 亻 白 白 自 自 自 息 息 息

ㄒㄧˊ

①呼出或吸入的氣：例氣息、喘息、嘆息。②歇；休息：例歇息、作息。③停；止：例息怒、平息、奮鬥不息。④利錢：例利息、連本帶息、低息貸款。⑤有關人或事的報導：例信息。

心部 7 悄 左右

悄 丶 忄 忄 忄 忄 忄 悄 悄 悄 悄

ㄑㄧㄠˇ

①沒有聲音或聲音很低：例悄然無聲。②〔悄悄〕(1)聲音很小或沒有聲音：例靜悄悄。(2)不驚動人或不願別人知道：例悄悄地（˙ㄉㄜ）溜走、悄悄地出國。

心部 7 悟 左右

悟 丶 忄 忄 忄 忏 忏 悟 悟 悟 悟

ㄨˋ

明白；變得（˙ㄉㄜ）清醒：例領悟、覺（ㄐㄩㄝˊ）悟、醒悟、

老師的話：恕罪的「恕」和忿怒的「怒」字形相似，小心別寫錯了！

老師的話：「悔」和「誨」形音義都不同，「誨」，言部，讀作ㄏㄨㄟˋ，教導的意思。

恍然大悟。

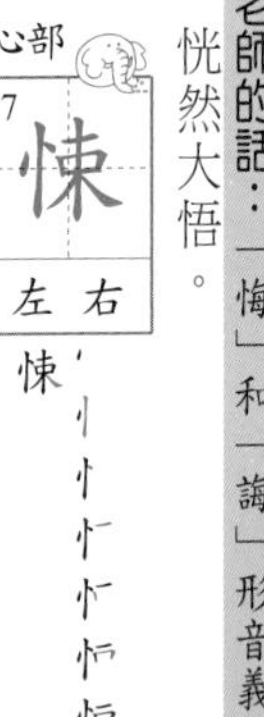

心部 7 **悚** 左右

ㄙㄨㄥˇ

恐懼；害怕：例毛骨悚然。

心部 7 **悍** 左右

ㄏㄢˋ

①勇猛；精幹：例強悍、短小精悍。②凶暴；蠻橫（ㄏㄥˋ）：例凶悍。

心部 7 **悔** 左右

ㄏㄨㄟˇ

事後心裡責怪自己：例懊悔、後悔、悔恨、悔改。

心部 7 **悌** 左右

ㄊㄧˋ

敬愛兄長：例孝悌。

心部 7 **悅** 左右

ㄩㄝˋ

①歡樂；欣喜：例喜悅、歡悅、心悅誠服、和顏悅色。②使人愉快：例悅目（好看）、悅耳（好聽）。

心部 7 **悖** 左右

ㄅㄟˋ

①衝突；牴觸：例悖逆、並行不悖。②不合常理；錯誤：例悖謬、悖逆、悖德、悖禮。

心部 7 **恿** 上下 恿恿

ㄩㄥˇ 〔慫恿〕在一旁鼓動或誘惑人家。見「慫」。

心部 7 **患** 上下 患患

ㄏㄨㄢˋ ①憂慮；擔憂：例憂患、患得（ㄉㄜˊ）患失。②災禍；災難（ㄋㄢˋ）：例後患、禍患、隱患、有備無患。③生病；害病：例患病、患者。

心部 7 **悉** 上下 悉悉

ㄒㄧ ①知道：例獲悉、知悉、熟悉。②全：例悉數（ㄕㄨˋ）。

心部 7 **悠** 上下 悠悠

ㄧㄡ ①長（ㄔㄤˊ）久：例悠久、悠長（ㄔㄤˊ）、悠遠。②閒適；自在：例悠閒、悠然。③在空中擺動：例悠盪。

心部 7 **您** 上下 您您

ㄋㄧㄣˊ 「你」的敬稱（ㄔㄥ）：例您好、您請坐。

心部 8 **惋** 左右 惋惋

ㄨㄢˋ 痛惜；同情：例惋惜。

猜猜看：「一串心」，猜一個字。

答案：患。

老師的話：有關「情」的成語包括：情文並茂、情投意合、情竇初開。

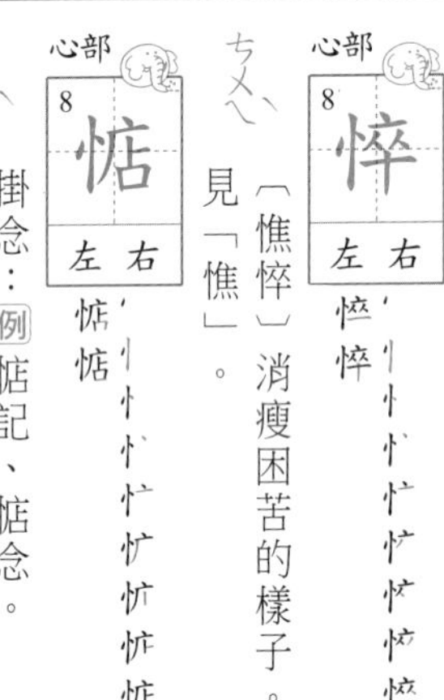

心部 8 悴 左右

ㄘㄨㄟˋ 〔憔悴〕消瘦困苦的樣子。見「憔」。

心部 8 惦 左右

ㄉㄧㄢˋ 掛念：例惦記、惦念。

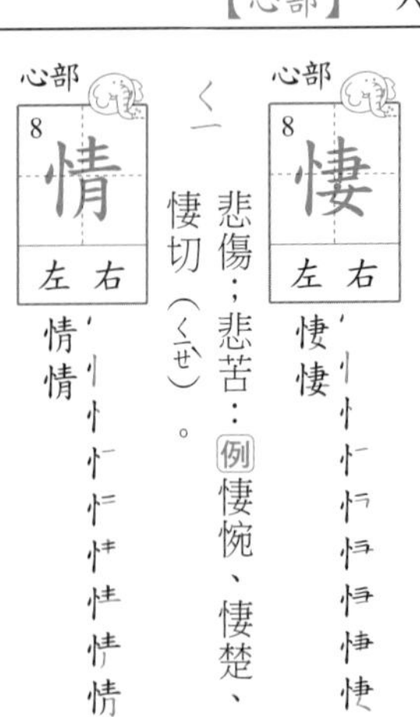

心部 8 悽 左右

ㄑㄧ 悲傷；悲苦：例悽惋、悽楚、悽切（ㄑㄧㄝˋ）。

心部 8 情 左右

ㄑㄧㄥˊ ①外界刺激引發的心理反應（ㄧㄥˋ）：例激情、感情、情緒、情不自禁。②道理；常理：例合情合理、通情達理、人情世故。③樣子；狀況：例病情、災情、情景、情形、情況。④男女之間（ㄐㄧㄢ）的愛：例愛情、談情說愛。⑤情分（ㄈㄣˋ）；面子：例情面、說情、求情、講情。

心部 8 悻 左右

ㄒㄧㄥˋ 惱怒；怨恨：例悻然、悻悻。

心部 8 悵 左右

ㄔㄤˋ 失望；失意：例惆悵、悵惘。

心部 惜 8 左右

ㄒㄧˊ

丶 忄 忄 忄 忄 忄 惜 惜 惜 惜 惜

①對不幸的人或事表示同情：例痛惜、可惜、嘆惜。②愛護；疼愛：例珍惜、愛惜、憐惜。③捨不得（˙ㄉㄜ）丟棄：例惜力、吝惜、在所不惜。

心部 悼 8 左右

ㄉㄠˋ

丶 忄 忄 忄 忄 忄 忄 悼 悼 悼

追念死去的人：例哀悼、追悼、悼念。

心部 惘 8 左右

ㄨㄤˇ

丶 忄 忄 忄 忄 忄 惘 惘 惘 惘

失意：例悵惘、惘然若失。

心部 愓 8 左右

ㄊㄧˋ

丶 忄 忄 忄 忄 忄 忄 忄 愓 愓

小心；謹慎：例警愓、戒愓。

心部 惆 8 左右

ㄔㄡˊ

丶 忄 忄 忄 忄 忄 惆 惆 惆 惆

〔惆悵〕失意；傷感。

心部 惟 8 左右

ㄨㄟˊ

丶 忄 忄 忄 忄 忄 忄 惟 惟 惟

①思考：例思惟。②單單；只：例惟一、惟有、惟利是圖、惟我獨尊。③但是；不過：例學識淵博，惟不善言談（學問很廣博，但是口才不好）。

老師的話：「惟妙惟肖」是形容模仿得十分逼真。

老師的話：「惡」的相似字是「凶」、「厭」，相反字是「善」、「好」。

心部 8 悸 左右

丶 丨 忄 忄 忏 忏 怿 悸 悸 悸 悸

ㄐㄧˋ 驚恐；懼怕：例驚悸、心有餘悸。

心部 8 惚 左右

丶 丨 忄 忄 怐 怐 怱 惚 惚 惚 惚

ㄏㄨ （恍惚）①心神不定：例精神恍惚。②不真切（ㄑㄧㄝˋ）；不清楚：例我恍惚看見他。

心部 8 惑 上下

一 丨 ㄇ 𠂤 𠂤 或 或 或 或 惑 惑 惑

ㄏㄨㄛˋ ①不明白；分不清是非：例疑惑、困惑、迷惑。②使迷惑：例誘惑、造謠惑眾。

心部 8 惡 上下

一 丅 丆 丌 亞 亞 亞 亞 亞 惡 惡 惡

ㄨˋ 憎恨；不喜歡（跟「好（ㄏㄠˋ）」相對）：例好（ㄏㄠˋ）逸惡勞、深惡痛絕、可惡、厭惡。

ㄜˋ ①極壞的行為（ㄨㄟˊ）（跟「善」相對）：例罪惡、善惡不分、罪大惡極。②凶狠；凶猛：例惡毒、惡霸、凶惡、窮凶極惡。③極壞的；不好的：例惡習、惡劣、窮山惡水。

ㄜˇ （惡心）同「噁心」。①想嘔吐（ㄊㄨˋ）：例聞見汽油味就惡心。②使人討厭：例那樣子讓人見了惡心。

心部 8 悲 上下

丿 𠃌 ㇇ 㐅 非 非 非 非 非 悲 悲 悲

ㄅㄟ ①傷心；難（ㄋㄢˊ）過：例悲哀、悲傷、悲歡離合。②憐憫：例慈悲。

心部 8 **悶** 半包圍

ㄇㄣ ①空氣不流通，使人不舒服：例悶熱、這屋子太悶。②緊密封蓋，不透氣：例菜再悶一會兒、茶悶一悶才好喝。③待（ㄉㄞ）在家裡不出門：例別悶在家裡。④聲音低沉：例悶聲悶氣。⑤不說話；不張揚：例悶聲不響。

ㄇㄣˋ ①心煩；不痛快：例煩悶、悶悶不樂。②封閉的；不透氣的：例悶葫蘆。

心部 8 **惠** 上下

ㄏㄨㄟˋ ①好處（ㄔㄨˋ）：例恩惠、實惠、小恩小惠。②給人好處（ㄔㄨˇ）：例平等互惠。③表示尊敬對方的詞：例惠存、惠顧。④溫和（ㄏㄜˊ）；柔順：例賢惠。

心部 9 **愜** 左右

ㄑㄧㄝˋ 心裡滿足；暢快：例愜意。

心部 9 **愣** 左右

ㄌㄥˋ ①發呆：例發愣、愣住了。②魯莽；冒失：例愣頭愣腦。

心部 9 **惺** 左右

猜猜看：「星星知我心」，猜一個字。

答案：惺。

老師的話：煩惱的「惱」和頭腦的「腦」不同，小心別寫錯了。

ㄒㄧㄥ 〔惺忪（ㄙㄨㄥ）〕形容剛醒時視覺（ㄐㄩㄝˊ）模糊不清的樣子：例睡眼惺忪。

心部 9 **愕** 左右

ㄜˋ 驚訝；發呆：例愕然、驚愕。

心部 9 **惰** 左右

ㄉㄨㄛˋ ①懶：例懶惰、怠惰。②不易變化；不活潑：例惰性、惰性氣體。

心部 9 **惻** 左右

ㄘㄜˋ 憂傷；悲痛：例淒惻。

心部 9 **惴** 左右

ㄓㄨㄟˋ 形容憂慮害怕的樣子：例惴慄、惴恐、惴惴不安。

心部 9 **慨** 左右

ㄎㄞˇ ①氣憤：例憤慨。②感嘆：例慨嘆、感慨。

心部 9 **惱** 左右

ㄋㄠˇ ①憤怒；生氣：例惱怒、惱恨、惱火。②煩悶（ㄇㄣˋ）；苦悶（ㄇㄣˋ）：例苦惱、煩惱、懊惱。

心部 9 **愎** 左右

ㄅㄧˋ 固執；任性：例剛愎自用。

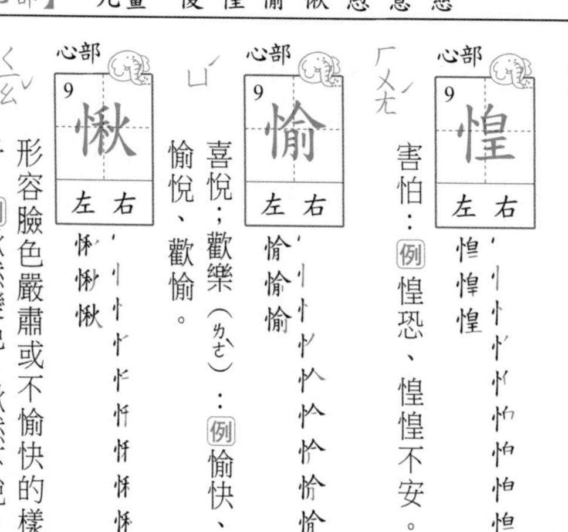

心部 9 惶 左右

ㄏㄨㄤˊ 害怕：例惶恐、惶惶不安。

心部 9 愉 左右

ㄩˊ 喜悅；歡樂（ㄌㄜˋ）：例愉快、愉悅、歡愉。

心部 9 愀 左右

ㄑㄧㄠˇ 形容臉色嚴肅或不愉快的樣子：例愀然變色、愀然不悅。

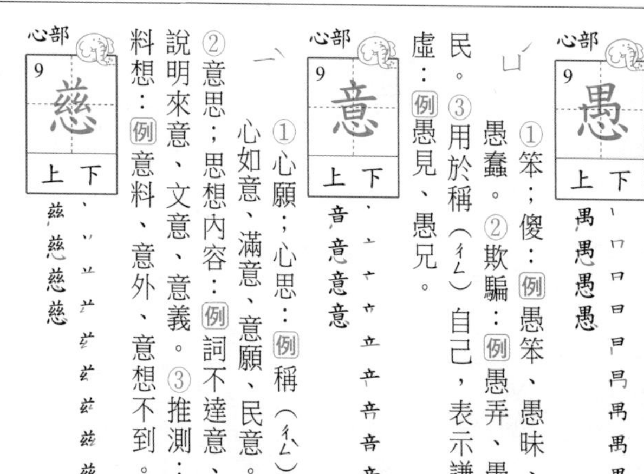

心部 9 愚 上下

ㄩˊ ①笨；傻：例愚笨、愚昧、愚蠢。②欺騙：例愚弄、愚民。③用於稱（ㄔㄥ）自己，表示謙虛：例愚見、愚兄。

心部 9 意 上下

ㄧˋ ①心願；心思：例稱（ㄔㄥˋ）心如意、滿意、意願、民意。②意思；思想內容：例詞不達意、說明來意、文意、意義。③推測；料想：例意料、意外、意想不到。

心部 9 慈 上下

猜猜看：「龍心大喜」，猜一個字。

答案：惶。

老師的話：「愛叫的麻雀不長肉」，這句俏皮話是比喻多話的人，往往沒有真本事。

仁愛；和(ㄏㄜˊ)善：例心慈手軟、慈善、慈悲、仁慈。

心部 9 **感** 半包圍

ㄍㄢˇ ①受到外界的影響而引起的情緒變化：例感動、感想、感慨、感傷、感受、感人肺腑。②因外界事物所引起的反應(ㄧㄥˋ)：例手感、口感、快感。③覺得(ㄐㄩㄝˊ ˙ㄉㄜ)；受到：例感到、感覺(ㄐㄩㄝˊ)、感染、深感不安。④對別人的好意或幫助懷有謝意：例感謝、感激。

心部 9 **想** 上下

ㄒㄧㄤˇ ①動腦筋；思考：例想一想、想辦法。②估計；認為：例料想、猜想。③希望：例想出國、想找工作。④記掛；懷念：例想念、朝(ㄓㄠ)思暮想。

心部 9 **愛** 上下

ㄞˋ ①對人或事物有深厚的感情(跟「恨」相對)：例疼愛、寵愛、愛戴。②愛惜：例愛護、愛面子。③喜歡：例愛好(ㄏㄠˋ)、愛打球、愛乾淨、愛打扮。④容易發生(某種行為(ㄒㄧㄥˊ)或變化)：例愛感冒、愛發脾氣、春天愛颳風。

心部 9 **惹** 上下

ㄖㄜˇ ①招引；挑(ㄊㄧㄠˇ)起：例惹禍、招惹、惹麻煩、惹是生非、惹火燒身。②觸犯：例惹翻了、惹不起。

心部

愁 9 上下

ㄔㄡˊ

憂慮；苦悶：例不愁吃，不愁穿、愁悶（ㄇㄣˋ）、憂愁。

筆順：ノ 二 千 千 禾 禾 禾' 秒 秋 秋 愁 愁 愁

心部

愈 9 上下

ㄩˋ

①越發、更加：例愈戰愈勇。②病好了。通「癒」：例病愈、痊愈、愈合。

筆順：ノ 人 𠆢 个 介 介 介 俞 俞 俞 俞 愈 愈 愈

心部

慎 10 左右

ㄕㄣˋ

小心；不大意：例慎重（ㄓㄨㄥˋ）、謹慎、慎行（ㄒㄧㄥˊ）、慎思、慎謀能斷。

筆順：丶 忄 忄 忙 忙 怕 怕 怕 恒 慎 慎 慎

心部

慌 10 左右

ㄏㄨㄤ

①不沉著（ㄓㄨㄛˊ）；忙亂：例不慌不忙、恐慌、驚慌、慌亂。②難以忍受：例悶（ㄇㄣ）得（˙ㄉㄜ）慌、氣得（˙ㄉㄜ）慌。

筆順：丶 忄 忄 忙 忙 忙 忙 忙 忙 慌 慌 慌

心部

慄 10 左右

ㄌㄧˋ

因恐懼或寒冷而發抖：例戰慄、不寒而慄。

筆順：丶 忄 忄 忄 忄 忄 忄 忄 忄 慄 慄 慄

心部

慍 10 左右

ㄩㄣˋ

怨恨；生氣：例慍怒、慍色、慍容。

筆順：丶 忄 忄 忄 忄 忄 忄 忄 慍 慍 慍 慍

老師的話：「孫悟空大鬧天宮——慌了神」，這句歇後語是形容人心神不寧的樣子。

猜猜看：「心中有氣」，猜一個字。

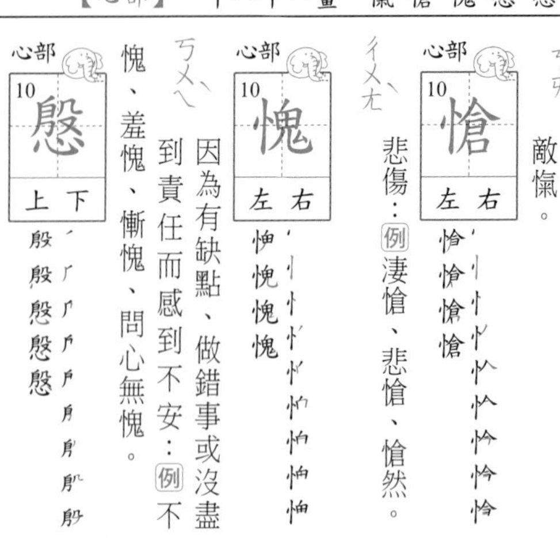

心部 10 **愾** 左右

丶 丨 忄 忙 忾 忾 忾 愾 愾 愾

ㄎㄞˋ 憤慨；憤怒：例憤愾、同仇敵愾。

心部 10 **愴** 左右

丶 丨 忄 忄 忄 忄 怜 怜 愴 愴 愴 愴

ㄔㄨㄤˋ 悲傷：例淒愴、悲愴、愴然。

心部 10 **愧** 左右

丶 丨 忄 忄 忄 怕 怕 怕 怕 愧 愧 愧

ㄎㄨㄟˋ 因為有缺點、做錯事或沒盡到責任而感到不安：例不愧、羞愧、慚愧、問心無愧。

心部 10 **慇** 上下

丿 厂 户 户 户 㐆 㐆 殷 殷 殷 慇 慇 慇 慇

ㄧㄣ 待人接物親切（ㄑㄝ）而周到。同「殷」②：例慇懃。

心部 10 **愿** 上下

一 厂 厂 厂 厂 厂 厂 原 原 原 原 愿 愿 愿

ㄩㄢˋ 忠厚；誠懇：例謹愿。

心部 10 **態** 上下

ㄥ ㄥ 台 台 台 台 台 能 能 能 能 能 態 態

ㄊㄞˋ ①形狀；樣子：例姿態、神態、液態、形態。②情況：例事態、動態。

心部 11 **慷** 左右

丶 丨 忄 忄 忙 忙 怡 怡 怡 慷 慷 慷 慷 慷

ㄎㄤ （慷慨）①充滿正氣，情緒激昂：例慷慨就義、慷慨陳詞。②肯出錢出力幫助人：例為

答案：愾。

（ㄨㄟˋ）人慷慨、慷慨大方。

心部 11 **慢** 左右

丶 丨 忄 忄冂 忄冃 忄冃 忄冃 忄冃 忄曰 忄昌 忄昌 忄昌 慢 慢

ㄇㄢˋ ①對人沒禮貌：例傲慢、怠慢。②速度低；延續的時間久（跟「快」相對）：例走慢些、這錶慢五分鐘、慢車、慢吞吞。

心部 11 **慣** 左右

丶 丨 忄 忄𠃌 忄口 忄口 忄毌 忄毌 忄毌 慣 慣 慣 慣 慣

ㄍㄨㄢˋ ①經常接觸而逐漸適應（ㄧㄥˋ）；習以為常（ㄔㄤˊ）：例慣例、習慣、看不慣。②縱（ㄗㄨㄥˋ）容；過分（ㄈㄣˋ）寵愛：例嬌慣、嬌生慣養。

心部 11 **慟** 左右

丶 丨 忄 忄 忄 忄 忄 忄 忄 忄 忄 忄 慟 慟

ㄊㄨㄥˋ 極度悲哀：例慟哭、悲慟。

心部 11 **慚** 左右

丶 丨 忄 忄 忄 忄 忄 忄 忄 忄 慚 慚 慚 慚

ㄘㄢˊ 羞愧：例慚愧、慚羞、大言不慚。

心部 11 **慘** 左右

丶 丨 忄 忄 忄 忄 忄 忄 忄 忄 慘 慘 慘 慘

ㄘㄢˇ ①狠毒；兇惡（ㄜˋ）：例慘無人道。②（虧損、失敗等）程度嚴重（ㄓㄨㄥˋ）：例慘重（ㄓㄨㄥˋ）、慘敗。③處（ㄔㄨˇ）境或遭遇不幸：例慘案、淒慘、慘痛、悲慘。

心部 11 **慶** 半包圍

丶 一 广 广 户 庐 庐 庐 庐 庐 庐 庐 庐 慶

老師的話：「慟哭」和「痛哭」不同，「慟哭」是悲哀地哭，「痛哭」是盡情地哭。

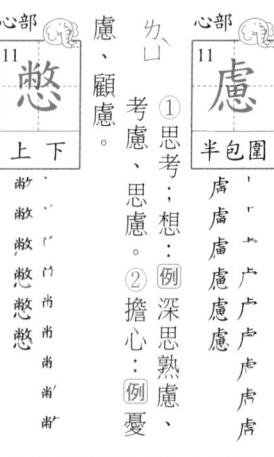

老師的話：憂愁的「憂」是「心部」，不要忘記喲！

ㄑㄧㄥˋ　①祝賀：例歡慶、慶祝、慶豐收。②值得（ㄉㄜˊ）祝賀的事和日子：例婚慶、國慶、校慶。③吉祥：例吉慶話、喜慶事。

心部　11　**慧**　上下

ㄏㄨㄟˋ　聰明；有才智：例智慧、聰慧。

心部　11　**慮**　半包圍

ㄌㄩˋ　①思考；想：例深思熟慮、考慮、思慮。②擔心：例憂慮、顧慮。

心部　11　**憋**　上下

ㄅㄧㄝ　①極力忍住：例憋氣、憋著話。②呼吸不暢；不痛快：例憋氣、憋悶、憋得（˙ㄉㄜ）慌。

心部　11　**慝**　上下

ㄊㄜˋ　邪惡：例奸慝、邪慝。

心部　11　**慕**　上下

ㄇㄨˋ　①敬仰；喜愛：例羨慕、仰慕、慕名。②思念；依戀：例思慕、愛慕。

心部　11　**憂**　上下

ㄧㄡ　①發愁；擔心：例憂傷、憂慮、憂愁、憂國憂民。②讓人發愁的事：例分憂、無憂無慮。

心部

11 慼 半包圍
一厂厂厂厂厍厍厍厍戚戚戚慼慼慼
ㄑㄧ
憂愁。同「戚」①：例憂慼。

心部
11 慰 上下
ㄱㄱ尸尸尸层屋屋屏尉尉尉尉慰慰慰
ㄨㄟˋ
①使心情安適、平靜：例安慰、慰問、慰勞（ㄌㄠˋ）。②心情安適：例欣慰、快慰。

心部
11 慫 上下
ノ彡彳彳彳彳彳彳彳彳從從從從慫慫
ㄙㄨㄥˇ
〔慫恿〕鼓動別人去做：例自己躲在後面，卻慫恿別人出頭。

心部
11 慾 上下
ノ八グ公谷谷谷谷欲欲欲欲慾慾慾
ㄩˋ
想要獲得（ㄉㄜˊ）滿足的願望。同「欲」②：例慾念、慾望、食慾、求知慾。

心部
12 憧 左右
丨忄忄忄忙忙忙忙忙悟悟悟憧憧憧
ㄔㄨㄥ
①〔憧憬〕嚮（ㄒㄧㄤˋ）往：例憧憬未來。②往來不定；搖曳不定：例人影憧憧。

心部
12 憐 左右
丨忄忄忄忄忄忄忄忄憐憐憐憐憐憐
ㄌㄧㄢˊ
①對不幸的人表示同情：例可憐、憐憫、同病相憐。②愛：例愛憐。

老師的話：「憐」的相似字是「愛」、「惜」、「憫」。

老師的話：「憤怒」也可以寫作「忿怒」。

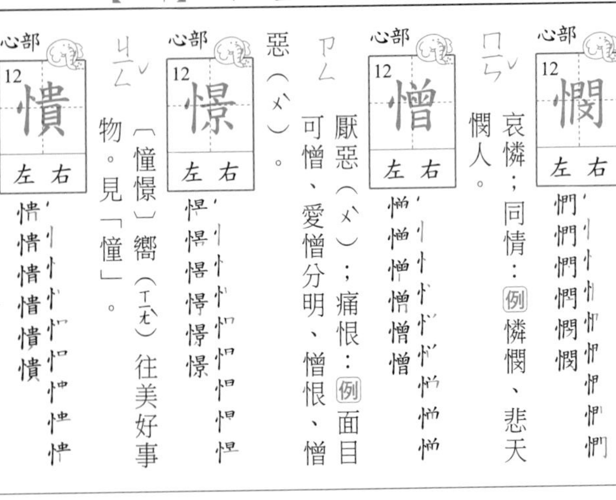

憫 心部 12 左右

ㄇㄧㄣˇ 哀憐；同情：例憐憫、悲天憫人。

憎 心部 12 左右

ㄗㄥ 厭惡（ㄨˋ）；痛恨：例面目可憎、愛憎分明、憎恨、憎惡（ㄨˋ）。

憬 心部 12 左右

ㄐㄧㄥˇ 〔憧憬〕嚮（ㄒㄧㄤˋ）往美好事物。見「憧」。

憒 心部 12 左右

ㄎㄨㄟˋ 糊塗：例昏憒、憒亂、憒憒。

憚 心部 12 左右

ㄉㄢˋ 畏懼；害怕：例肆無忌憚。

憤 心部 12 左右

ㄈㄣˋ 因不滿而激動；發怒：例憤慨、憤怒、激憤、憤憤不平。

憔 心部 12 左右

ㄑㄧㄠˊ 〔憔悴〕瘦弱，臉色沒有精神：例面色憔悴。

心部 12 **憲** 上下

ㄒㄧㄢˋ 指憲法，國家的根本大法，具有最高的法律效力：例立憲、修憲、違憲。

心部 12 **憑** 上下

ㄆㄧㄥˊ ①依靠；依賴：例憑仗、憑藉、全憑本事、憑票入場。②證據：例文憑、憑據、不足為憑、真憑實據。③任隨；不論（ㄌㄨㄣˋ）：例任憑。

心部 12 **憩** 上下

ㄑㄧˋ 休息：例小憩、休憩。

心部 12 **憊** 上下

ㄅㄟˋ 非常疲乏：例憊懶、疲憊、困憊。

心部 12 **憨** 上下

ㄏㄢ ①傻：例憨子、憨直、憨笑。②樸實：例憨厚、憨直。

心部 13 **懍** 左右

ㄌㄧㄣˇ 恭敬而害怕的樣子。同「凜」②：例懍然、懍懍。

心部 13 **憶** 左右

老師的話：「憨頭郎兒增福延壽」，這句俏皮話是說不愛計較的人比較有福氣。

老師的話：「應（ㄧㄥˋ）聲蟲」是形容沒有主見，別人怎麼說就跟著附和的人。

ㄧˋ 回想；想念：例記憶、回憶、追憶。

心部 13 憾 左右 ˊ ㇑ 忄 忄 忄 忄 忄 忄 忄 忄 忄 忄 憾 憾 憾

ㄏㄢˋ 不滿意；失望：例遺憾、缺憾。

心部 13 懂 左右 ˊ ㇑ 忄 忄 忄 忄 忄 忄 忄 忄 忄 忄 懂 懂 懂

ㄉㄨㄥˇ 明白；理解：例懂事、懂得（˙ㄉㄜ）、聽不懂。

心部 13 懊 左右 ˊ ㇑ 忄 忄 忄 忄 忄 忄 忄 忄 忄 忄 懊 懊 懊

ㄠˋ 悔恨；煩惱：例懊悔、懊惱、懊喪（ㄙㄤˋ）。

心部 13 懈 左右 ˊ ㇑ 忄 忄 忄 忄 忄 忄 忄 忄 忄 忄 懈 懈 懈

ㄒㄧㄝˋ 注意力不集中（ㄓㄨㄥ）；工作不緊張：例懈怠、鬆懈。

心部 13 應 上下 ˋ 亠 广 广 广 广 广 广 广 广 广 广 應 應 應

ㄧㄥ 該當（ㄉㄤ）：例應該、應當。

ㄧㄥˋ ①回答（ㄉㄚˊ）：例答（ㄉㄚ）應、呼應、響應。②允許；同意（做某事）：例答應、應許。③承諾；接受：例有求必應、應邀、應聘、應徵。④對付、面臨：例應付、隨機應變。⑤採取措施對付、處（ㄔㄨˇ）理：例應接不暇、應付。⑥（預言、預感與後來發生的事實）相符合：例應驗。

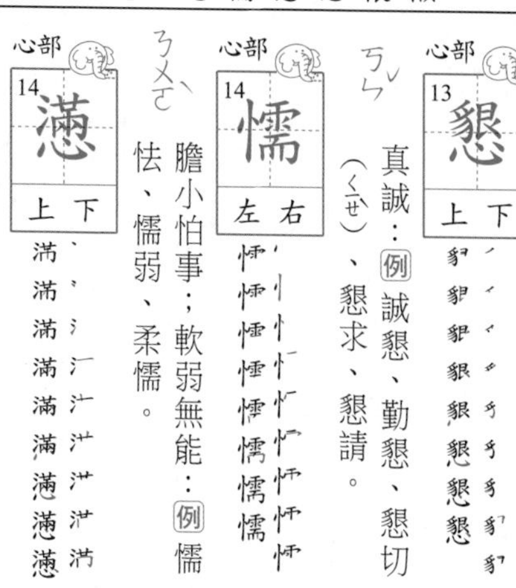

心部 13 **懇** 上下

ㄎㄣˇ

真誠：例誠懇、勤懇、懇切（ㄑㄧㄝˋ）、懇求、懇請。

心部 14 **懦** 左右

ㄋㄨㄛˋ

膽小怕事；軟弱無能：例懦怯、懦弱、柔懦。

心部 14 **懣** 上下

ㄇㄣˋ

〔憤懣〕氣憤；鬱鬱不平。

心部 15 **懲** 上下

ㄔㄥˊ

處（ㄔㄨˇ）罰：例嚴懲、懲罰、懲治、獎懲。

心部 16 **懷** 左右

ㄏㄨㄞˊ

①胸部；胸前：例敞懷、懷抱。②掛念；想念：例懷鄉、懷舊、懷念、緬懷。③心中存有：例懷恨、懷疑、胸懷大志、不懷好意。④心意；心情：例抒懷、情懷。⑤腹內有（胎兒）：例懷胎、懷孕。

心部 16 **懶** 左右

ㄌㄢˇ

①不勤快；不愛勞動（跟「勤」相對）：例懶惰、偷懶。②疲乏；打不起精神：例懶洋洋、伸懶腰。③表示厭煩或不願

老師的話：誠懇的「懇」和開墾的「墾」字形相似，小心別寫錯了！

猜猜看：「小心，隔牆有很多耳朵。」猜一個字。

意：例懶得（˙ㄉㄜ）理他、懶得管閒事。

心部 16 **懵** 左右

ㄇㄥˊ （懵懂）糊塗；不明事理：例聰明一世，懵懂一時。

心部 16 **懸** 上下

ㄒㄩㄢˊ ①吊掛：例懸掛、懸燈結彩、懸梁自盡。②距離遠或差（ㄔㄚ）別大：例天懸地隔、懸殊（差別很大）。③沒有著（ㄓㄨㄛˊ）落；沒有結果：例懸而未決、懸案。④牽掛；掛念：例懸念、心懸兩地。⑤憑空（ㄎㄨㄥ）：例懸想、懸擬。⑥不著（ㄓㄨㄛˊ）地：例懸空、懸肘、懸浮。

心部 17 **懺** 左右

ㄔㄢˋ 為所犯的過失而悔恨：例懺悔。

心部 18 **懼** 左右

ㄐㄩˋ 害怕：例懼怕、恐懼、畏懼、臨危不懼。

心部 18 **懾** 左右

ㄓㄜˊ 害怕；使害怕：例震懾、威懾、懾服。

心部 18 **懿** 左右

答案：聾。

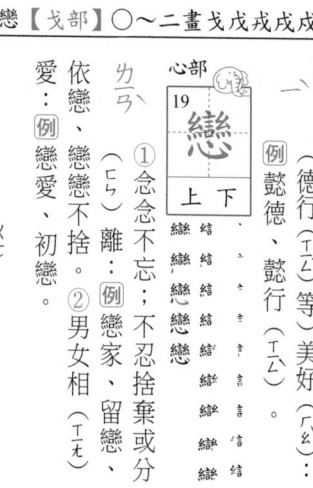

一ˋ （德行（ㄒㄧㄥˋ）等）美好（ㄏㄠˇ）：例懿德、懿行（ㄒㄧㄥˋ）。

心部 19 **戀** 上下

丶 亠 亠 言 言 言 言 信 結 結 結 結 結 結 綷 縊 縊 縊 縊 縊 戀

ㄌㄧㄢˋ ①念念不忘；不忍捨棄或分（ㄈㄣ）離：例戀家、留戀、依戀、戀戀不捨。②男女相（ㄒㄧㄤ）愛：例戀愛、初戀。

戈ㄍㄜ部

戈部 0 **戈** 獨體

一 七 弋 戈

ㄍㄜ 古代兵器，橫刃，有長（ㄔㄤˊ）柄；泛指武器：例反戈一擊、干戈。

老師的話：天干指的是「甲乙丙丁戊」。

戈部 1 **戊** 獨體

一 厂 戊 戊 戊

ㄨˋ 天干的第五位。參見「干」。

戈部 2 **戎** 半包圍

一 二 于 戎 戎 戎

ㄖㄨㄥˊ 軍隊；軍事：例從（ㄘㄨㄥˊ）戎（參軍）、戎裝（軍裝）。

戈部 2 **戌** 半包圍

一 厂 厂 戌 戌 戌

ㄒㄩ 地支的第十一位。參見「支」⑥。

戈部 2 **戍** 半包圍

一 厂 厂 戍 戍 戍

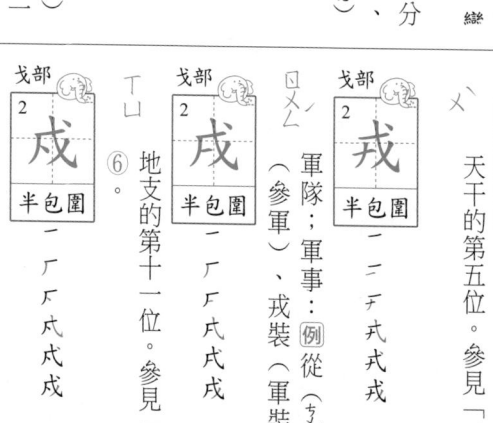

ㄕㄨˋ

軍隊駐守：例衛戍、戍守。

戈部 2 **成** 獨體

一 厂 万 成 成 成

ㄔㄥˊ

①辦事獲得(ㄉㄜˊ)預期的結果(跟「敗」相對)：例完成、成功、大功告成。②幫助人達到目的：例成全、成人之美。③已定的；現成的；做好的：例成約、成語、成品、成藥。④發育到完備的階段：例成長(ㄓㄤˇ)、成熟。⑤發育成熟的：例成人、成蟲。⑥工作、學習等獲得(ㄉㄜˊ)的結果：例成果、成績。⑦變為(ㄨㄟˊ)：例形成、構成、組成、弄假成真。⑧達到一定的數量(ㄕㄨˋ ㄌㄧㄤˋ)單位：例成套、成天、成年、成千上萬。⑨表示同意、認可：例成，我馬上就辦、什麼時候都成。⑩表示有能力做好：例我成，您放心吧。⑪一個整體分成相等的十份，每份叫一成：例比去年增產兩成、七八成新。

戈部 3 **戒** 半包圍

一 二 于 开 戒 戒 戒

ㄐㄧㄝˋ

①提防：例警戒、戒備、戒心、戒驕戒躁。②改掉(不良嗜好)：例戒煙、戒賭、戒酒。③指佛教(ㄐㄧㄠˋ)徒必須遵守的準則；泛指應當(ㄧㄥ ㄉㄤˋ)戒除的事：例戒律、受戒、殺戒。

戈部 3 **我** 獨體

ノ 二 千 手 我 我 我

ㄨㄛˇ

①說話人稱(ㄔㄥ)自己或自己一方：例我方、我校。②自己：例自我、忘我。

老師的話：有關「成」的成語包括：成仁取義、成竹在胸、成群結隊。

戈部 4 **或** 半包圍

ㄏㄨㄛˋ 表示選擇的意思：例今天或明天、或多或少、或你或他、或買或不買。

戈部 4 **戕** 左右

ㄑㄧㄤˊ 殺害；摧殘：例戕害、戕賊、自戕。

戈部 7 **戚** 半包圍

ㄑㄧ ①哀愁；悲傷；煩惱：例悲戚、哀戚、休戚相關。②跟自己家庭有婚姻關係的人或人家：例親戚。

戈部 7 **戛** 上下

ㄐㄧㄚˊ ①〔戛然〕(1)擬聲詞，模擬鳥的叫聲：例戛然長（ㄔㄤˊ）鳴。(2)形容聲音突然中止：例戛然而止。②古代一種長（ㄔㄤˊ）矛兵器。

戈部 8 **戟** 左右

ㄐㄧˇ 古代兵器，長杆頭上有槍尖，旁邊附有月牙形的利刃。

戈部 9 **戡** 左右

ㄎㄢ 平定（戰亂）：例戡亂、戡定。

猜猜看：「國中」，猜一個字。

答案：或。

老師的話：戰爭的「戰」不可以寫作「仗」，打仗的「仗」不可以寫作「戰」。

戈部 9 戢 左右 ㄐㄧˊ

丶 ㄇ ㄇ 口 ㄖ 㠯 㠯 㠯 咠 咠 戢 戢

收藏（ㄘㄤˊ）；收斂：例 戢兵、戢怒。

戈部 10 截 半包圍 ㄐㄧㄝˊ

一 十 土 ⺅ 产 产 产 产 隹 隹 截 截 截

①割斷：例 截肢、截取、截斷。②中（ㄓㄨㄥ）途阻攔：例 攔截、堵截、截獲。③量詞，一段叫一截。④到一定期限為止：例 比賽截至明天為（ㄨㄟˋ）止。

戈部 11 戮 左右 ㄌㄨˋ

ㄱ ㄱ ㄱ 习 习 羽 羽 羽 羽 翏 翏 翏 翏 戮 戮 戮

①殺：例 殺戮。②盡力；合力：例 戮力合作。

戈部 12 戰 左右 ㄓㄢˋ

丶 ㄇ ㄇ 吅 吅 吅 吅 吅 單 單 單 單 戰 戰 戰

①打仗：例 戰鬥、戰爭、作戰、戰勝。②泛指爭勝負、比高低：例 論戰、商戰、戰天鬥地。③發抖：例 戰慄、戰抖、膽戰心驚、戰戰兢兢。

戈部 13 戲 左右 ㄒㄧˋ

丨 ㅏ 卜 广 卢 卢 卢 虍 虍 虍 虍 虘 虘 虚 戲 戲 戲

①玩耍；娛樂：例 兒戲、嬉戲、戲耍、遊戲。②嘲弄；開玩笑：例 戲弄、戲言。③指戲劇等演出：例 京戲、一齣戲、皮影戲。

戈部 13 戴 半包圍

一 十 土 土 吉 吉 吉 吉 吉 壴 壴 壴 壴 壴 戴 戴 戴

ㄉㄞˋ ①頭頂著（˙ㄓㄜ）：例披星戴月。②把東西套在頭上或身體其他部位：例戴帽子、戴手套、戴眼鏡。③尊奉；推崇：例感恩戴德、愛戴、擁戴。

戈部

14 **戳** 左右

ㄔㄨㄛ ①用手指或尖銳的器具觸或捅：例戳穿、戳個洞。②圖章：例手戳、郵戳、蓋戳、戳記。

戶部 ㄏㄨˋ

戶部

0 **戶** 獨體

ㄏㄨˋ ①門：例門戶、夜不閉戶。②人家：例住戶、戶口、千家萬戶、安家落戶。③從（ㄘㄨㄥˊ）事某種（ㄓㄨㄥˇ）職業的人家或人：例農戶、獵戶、工商戶。

戶部

4 **房** 半包圍

ㄈㄤˊ ①供人居住或活動的建築物：例房屋。②房子內隔成的各個部分（ㄈㄣˋ）：例房間、書房、廚房。③家族中的一支：例長（ㄓㄤˇ）房、遠房親戚。④結構或功能像房子的東西：例蜂房、蓮房（蓮蓬的意思）。

戶部

4 **戾** 半包圍

猜猜看：「這一戶姓方的人家」，猜一個字。

答案：房。

猜猜看：「偏心的人走了」，猜一個字。

ㄌㄧˋ ①不合情理；凶暴：例乖戾、暴戾。②罪過：例罪戾。

戶部 4 **所** 左右

ㄙㄨㄛˇ ①地方：例處（ㄔㄨˋ）所、場所、住所、哨所。②放在動詞的前面，代表接受動作的事物：例所見所聞、所讀的書、所注意的事。③跟「為」（ㄨㄟˊ）、被合用，表示被動：例為實踐所證明、不要為謊言所迷惑。④量詞。(1)用於房屋：例一所樓房。(2)用於學校、醫院等：例三所大學、一所醫院。⑤某些機關或機構的名稱（ㄔㄥ）：例派出所、研究所、招待所。

戶部 5 **扁** 半包圍

ㄅㄧㄢˇ 物體寬而薄（ㄅㄛˊ）的：例壓扁、扁平。

ㄆㄧㄢ 狹小的：例一葉扁舟。

戶部 6 **扇** 半包圍

ㄕㄢ 搖動扇（ㄕㄢˋ）子一類的東西使空氣加速流動：例扇扇（ㄕㄢˋ）子。

ㄕㄢˋ ①能搖動或轉（ㄓㄨㄢˋ）動生風的用具，多為薄（ㄅㄛˊ）片狀：例紙扇、折扇、電扇、排風扇。②用來遮擋的板狀或片狀物：例門扇、隔扇、窗扇。③量詞，用於門窗等：例一扇門、兩扇窗子。

戶部 7 **扈** 半包圍

答案：扁。

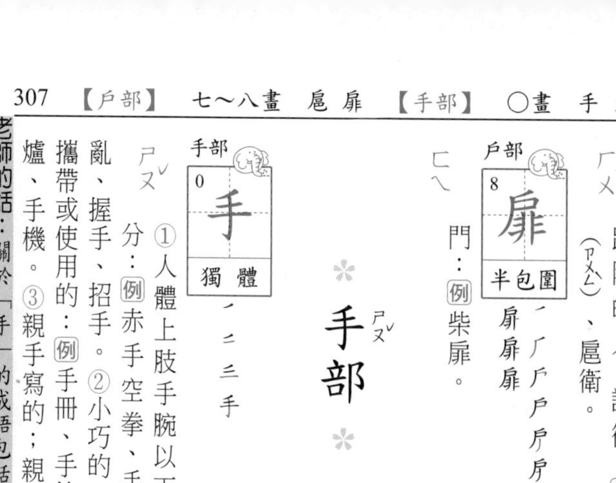

ㄏㄨˋ 跟隨的人；護衛：例扈從（ㄗㄨㄥˋ）、扈衛。

戶部 8 扉 半包圍

一厂户户户户户户户扉扉扉

ㄈㄟ 門：例柴扉。

手部 ㄕㄡˇ

手部 0 手 獨體

一二三手

ㄕㄡˇ ①人體上肢手腕以下的部分：例赤手空拳、手忙腳亂、握手、招手。②小巧的；便於攜帶或使用的：例手冊、手槍、手爐、手機。③親手寫的；親手：例手稿、手跡、手令、手筆、手抄、手書。④指本領或手段：例心靈手巧、心狠手辣、下毒手。⑤掌握某種技術或做某種事的人：例棋手、歌手、神槍手、水手、打手、兇手、助手、新手。⑥量詞。⑴用於技術、本領等：例露（ㄌㄡˋ）兩手、留一手、燒一手好菜。⑵用於經手的次數：例第一手材料、二手貨。

手部 0 才 獨體

一十才

ㄘㄞˊ ①能力；才能：例口才、才華、多才多藝、德才兼備。②人的資質（ㄓˊ）：例人才、天才、全才、將（ㄐㄧㄤˋ）才。③始。通「纔」：例我到現在才明白你的意思。④剛剛，表示動作發生不久：例才出門就下雨了、昨天才到。⑤

老師的話．關於「手」的成語包括：手不釋卷、手忙腳亂、手腳靈活。

老師的話：「打破沙鍋問到底」，這句俏皮話是比喻凡事追問到底。

只有，表示範圍小或數量（ㄕㄨˋ ㄌㄧㄤˋ）少（ㄕㄠˇ）：例才五個班、才一百多塊錢。⑥表示強調（ㄑㄧㄤˊ ㄉㄧㄠˋ）的語氣：例只有堅持到底，才能勝利、由於大家的努力，情況才好轉（ㄓㄨㄢˇ）。

手部 1 扎 左 右

一 十 扌 扎

ㄓㄚ ①刺：例扎手、扎針。②鑽入：例一頭扎到水裡。〔掙扎〕奮力支持、抵抗。

ㄓㄚˊ 見「掙」。

手部 2 打 左 右

一 十 扌 扌 打

ㄉㄚˇ ①用手或憑藉工具敲擊：例打門、打狗、捶打、打蒼蠅。②互相爭鬥；用武器攻擊：例打架、打仗。③被打碎：例雞飛蛋打。④表示某些動作：例打魚、打柴、打工、打岔、打蠟、打地基、打領帶、打燈籠、打籃球、打官司、打交道、打呼嚕、打哈欠、打哆嗦。⑤跟表示動作或性質的單音節詞結合，構成雙音節詞：例打掃、打算、打扮、打聽、打敗、打倒、打擾、打破、打開、打消、打滑。⑥自；從：例我打圖書館來、打上星期他就病了、打小路走、陽光打窗口射進來。⑦量詞，十二個為一打：例一打鉛筆。

手部 2 扔 左 右

一 十 扌 扐 扔

ㄖㄥ ①揮動手臂，拋出或投擲東西：例把球扔給我、扔手榴彈。②丟棄；拋棄：例扔果皮、扔下不管。

手部 2 **扒** 左右

一 十 扌 扌 扒

ㄆㄚˊ ①用手或耙（ㄆㄚˊ）子使東西聚攏或分散（ㄙㄢˋ）：例扒草、扒土。②竊取別人身上的財物：例扒走、扒竊。

ㄅㄚ ①抓住；攀著：例扒著牆頭、扒住欄杆。②撥（ㄅㄛ）動：例扒開草叢、往嘴裡扒飯。③剝；脫：例扒皮、扒光。

手部 3 **扣** 左右

一 十 扌 扌 扣 扣

ㄎㄡˋ ①用圈、環一類的東西套住或攏住：例扣上鈕扣、扣上門、一環扣一環。②繩結：例繩子扣、繫（ㄐㄧˋ）一個活扣。③用來鉤結衣物，使不致散亂的東西：例鈕扣、領扣、袖扣。④強制留下；關押：例扣留、扣押。⑤從原有的數量（ㄕㄨˋ ㄌㄧㄤˋ）中減去一部分：例扣薪、扣分、扣除、扣發。⑥減到原價的十分之幾叫幾扣，也說「折」：例減價八扣（減到原價的百分之八十）、九五扣、折扣。⑦器物口朝下放置；罩住：例把杯子扣在桌上、茶碗上扣個碟子。⑧擲或擊（ㄐㄧˊ）球：例扣球、扣籃、扣殺。

手部 3 **扛** 左右

一 十 扌 扌 扛 扛

ㄍㄤˊ ①用兩手舉起東西：例扛鼎。②兩個人或很多人共同抬一件東西：例扛行李、扛桌子。

老師的話：「扣子」也可以寫作「釦子」。

老師的話：抄寫的「抄」和鈔票的「鈔」字形相似，小心別寫錯了！

ㄎㄤˊ ①用肩膀擔著（˙ㄓㄜ）：例扛槍、扛米、扛活（舊指給地主當長（ㄔㄤˊ）工）。②負責：例扛重任（ㄓㄨㄥˋ ㄖㄣˋ）、扛下來。

手部 3 托 左右
一 十 才 扌 扌 托

ㄊㄨㄛ ①用器物或手掌承受物體：例托著茶盤、托著下巴。②某些器物能起支墊作用的部分：例茶托、槍托。③陪襯：例襯托、烘托、烘雲托月。④寄放：例托身、托兒所。⑤仰仗；靠：例托福。⑥假借（言辭、理由或名義）：例推托、托詞、托故謝絕。⑦請別人辦事：例托人、托付、托運、委托。

手部 4 抄 左右
一 十 才 扌 扌 扌 抄

ㄔㄠ ①照著（˙ㄓㄜ）原文或底稿寫：例抄筆記、傳（ㄔㄨㄢˊ）抄、抄寫。②模仿別人的作品、語句、作業當自己的：例抄襲。③搜查並沒（ㄇㄛˋ）收（財產等）：例抄家產、查抄、抄獲。④從側面繞過去或走近道：例包抄、抄後路。⑤抓；拿：例抄起棍子。

手部 4 抗 左右
一 十 才 扌 扌 扌 抗

ㄎㄤˋ ①抵禦；抵擋：例抗敵、抗洪、抗震、抵抗、頑抗。②不接受；不妥協：例抗命、抗議、違抗。

手部 4 抖 左右
一 十 才 扌 扌 扌 抖

ㄉㄡˇ ①發顫；哆嗦（ㄉㄨㄛ ㄙㄨㄛ）：例渾身發抖、顫抖。②甩動；使振動：例抖落（ㄌㄨㄛˋ）、抖掉身上的雪、抖一抖翅膀。③振作；奮起：例抖擻（ㄙㄡˇ）、抖起精神。④諷刺人突然得（ㄉㄜˊ）勢或發財：例他這幾年抖起來了。⑤全部倒（ㄉㄠˋ）出：例把麵粉抖出來。⑥徹底揭露（ㄌㄨˋ）：例抖出來、抖祕密。

手部 4 **技** 左右

一 十 扌 扌 扩 抟 技

ㄐㄧˋ 某方面的能力；本領：例技藝、技巧、技術、演技、一技之長（ㄔㄤˊ）。

手部 4 **扶** 左右

一 十 扌 扌 扌 扶 扶

ㄈㄨˊ ①用手支撐使人或物起來或不倒（ㄉㄠˇ）下：例扶苗、攙扶、扶起來。②用手抓住或靠著他物來支撐身體：例扶著欄杆、扶著桌子。③幫助：例扶貧、扶助、扶植。

手部 4 **抉** 左右

一 十 扌 扌 扌 抉 抉

ㄐㄩㄝˊ 選擇：例抉擇、抉選。

手部 4 **扭** 左右

一 十 扌 扌 扌 扭 扭

ㄋㄧㄡˇ ①擰（ㄋㄧㄥˊ）；擰傷（筋骨）：例扭斷、強扭、扭了腳踝。②掉轉（ㄓㄨㄢˇ）方向：例扭頭、扭轉（ㄓㄨㄢˇ）、扭過臉。③身體搖擺：例扭擺、扭來扭去、走起路來一扭一

老師的話：「扶養」多指晚輩對長輩的奉養；「撫養」多指父母養育子女。

老師的話：「找」字是「手部」，不是「戈部」喲！

扭的。④揪住：例扭送、扭打、扭成一團。

手部 4 **把** 左右

一 十 扌 扌 扌 把

ㄅㄚˇ ①握住；抓住：例把住方向盤、把握。②手推車、腳踏車上用手握住的部分（ㄈㄣˋ）：例車把。③控制；獨占：例把著（˙ㄓㄜ）不放、把持。④守衛；看（ㄎㄢ）守：例把門、把關、把守。⑤量詞。⑴用於一手可以握住、抓起或紮成小捆的東西：例一把芹菜、一把糖果、兩把蘿蔔。⑵用於有柄的或有把（ㄅㄚˋ）手的東西：例一把菜刀、三把椅子。⑶用於同手有關的動作：例擦把臉、推了一把。⑷用於某些抽象事物：例出一把力、加把勁兒。⑥表示處（ㄔㄨˇ）置或致使：例別把時間浪費掉、把鞋都擠丟了。⑦表示大約的數量（ㄕㄨˋ ㄌㄧㄤˋ）：例萬把人、個把月。

ㄅㄚˋ 器物上便於手拿的部分（ㄈㄣˋ）：例刀把兒、槍把兒。

手部 4 **扼** 左右

一 十 扌 扌 扩 扼

ㄜˋ ①掐住；抓住：例扼殺、扼要。②守衛；控制：例扼守、扼制。

手部 4 **找** 左右

一 十 扌 扌 找 找 找

ㄓㄠˇ ①尋回；尋求所需的：例找回、找朋友、找資料。②退還（ㄏㄨㄢˊ）多收的部分（ㄈㄣˋ）：例找錢、找零。

手部 4 批 左右

一 十 扌 扌 扌 批

ㄆㄧ ①對下級的文件、別人的文章、作業等寫下意見或評語：例批准、批改、批示、審批。②對文章、作業等寫的評語：例文批、眉批、夾批。③對不妥的或錯誤的言論（ㄌㄨㄣˋ）、行為（ㄒㄧㄥˊ ㄨㄟˊ）等提出否定的意見：例批評、批判、批駁。④大宗的；大量的：例批發、批購、批量（ㄌㄧㄤˋ）生產。⑤量詞，用於數量（ㄕㄨˋ ㄌㄧㄤˋ）較多的貨物或人：例一批貨、一批學生。

手部 4 扳 左右

一 十 扌 扌 扳 扳

ㄅㄢ ①改變方向或扭轉（ㄓㄨㄢˇ）：例扳手、扳轉（ㄓㄨㄢˇ）。②指在比賽中由劣勢轉（ㄓㄨㄢˇ）回優勢：例扳回一局。

老師的話：「扳」字讀作ㄅㄢ，不是ㄅㄢˇ喲！

手部 4 抒 左右

一 十 扌 扌 扌 抒

ㄕㄨ 表達；發表：例抒情、抒懷、各抒己見。

手部 4 扯 左右

一 十 扌 扌 扌 扯

ㄔㄜˇ ①拉；牽：例扯住、拉扯、牽扯〈比〉扯著嗓子喊。②撕：例扯破、扯碎。③漫談；閒談：例閒扯、胡扯、東拉西扯。

手部 4 折 左右

一 十 扌 扌 扌 折

ㄓㄜˊ ①斷；弄斷：例骨折、攀折、折斷。②挫敗；損失：例挫猜猜看：「離別」，猜一個字。

折、百折不撓、損兵折將。③按原價減去若干數（ㄕㄨˋ）目：例打折、不折不扣、七折八扣。④彎；曲（ㄑㄩ）：例曲折、周折。⑤返回；改變方向：例折回、轉折、折射（ㄕㄜˋ）。⑥翻轉物體的一部分（ㄈㄣˋ），使同另一部分緊貼在一起：例折扇、折尺、折疊、折紙。⑦用紙互疊或訂成的小冊子：例折子、奏折、存折。⑧按一定的比價或單位換算：例折價、折算、折合。

ㄓㄜ　翻轉（ㄓㄨㄢˇ）：例折騰、折跟頭。

ㄕㄜˊ　①斷：例鉛筆折了。②虧損：例折本、折耗。

手部 4 **扮** 左右

一 十 扌 扌八 扮 扮

ㄅㄢˋ　化裝：例扮演、假扮、女扮男裝。

手部 4 **投** 左右

一 十 扌 扌几 投 投

ㄊㄡˊ　①擲向目標；扔：例投籃、投擲、投標槍。②跳進去：例投河、投井。③放進去：例投票、投資、投放。④合得（˙ㄉㄜ）來：例投緣、投脾氣、情投意合。⑤寄送出去：例投稿、投遞、投書。⑥（光線等）射向物體：例投射、投影。⑦前去依靠；參（ㄘㄢ）加：例投靠、投親、投奔、投考。

手部 4 **抓** 左右

一 十 扌 扌厂 扌爪 抓

ㄓㄨㄚ　①聚攏手指或爪子（ㄓㄠˇ ˙ㄗ）握住：例抓一把土、老鷹抓

答案：扮。

小雞。②用指甲在物體上輕刮：例抓癢、抓耳撓腮。③把握住；不放過：例抓住機會、抓緊時間。④特別注意：例抓重點。⑤逮（ㄉㄞˇ）捕：例抓獲、抓賊、抓小偷。

抑 手部 4 左右

ㄧˋ ①壓；壓制：例抑制、壓抑。②或是：例抑或。

承 手部 4 獨體

ㄔㄥˊ ①（在下面）托著或支撐著：例承重（ㄓㄨㄥˋ）、承載（ㄗㄞˋ）。②接受；擔當（ㄉㄤ）：例承辦、承包、承擔、承當（ㄉㄤ）。③受到對方的好處（ㄔㄨˋ）：例承蒙指教（ㄐㄧㄠˋ）。④繼續：例繼承、承上啟下。

拉 手部 5 左右

ㄌㄚ ①使人或物靠向自己或跟著（˙ㄓㄜ）移動：例拉車、拉網、手拉手。②使樂（ㄩㄝˋ）器發出聲音：例拉胡琴、拉警報。③拖長（ㄔㄤˊ）：例拉長聲音、拉開距離。④拉攏；招攬：例拉關係、拉買賣。⑤排泄：例拉屎、拉肚子。

拌 手部 5 左右

ㄅㄢˋ ①攪和（ㄏㄨㄛˋ）：例攪拌、拌涼麵、拌調味料。②爭吵：例拌嘴。

拄 手部 5 左右

老師的話：「小蔥拌豆腐——一清二白」，這句歇後語是指生活清白，不求非分的錢。

老師的話：「抹一鼻子灰」這句俏皮話是說原本想討好別人，結果反而落個沒趣。

ㄓㄨˇ 用棍棒等頂住地面來支撐身體：例拄拐杖。

手部 5 **抿** 左右

ㄇㄧㄣˇ （嘴脣、翅膀等）略微閉上：例抿著嘴、抿了抿翅膀。

手部 5 **拂** 左右

ㄈㄨˊ ①輕輕擦過：例吹拂、春風拂面。②接近：例拂曉（天快亮的時候）。③甩動：例拂袖而去（把袖子一甩就走了，形容生氣的樣子）。

手部 5 **抹** 左右

ㄇㄛˇ ①塗上；搽：例塗抹、抹粉、抹膠水。②塗掉；除去：例抹掉、抹殺。③擦拭：例抹眼淚、抹桌子。④一線或一帶叫「一抹」：例一抹斜陽。

ㄇㄛˋ ①用泥、灰等塗在物體的表面：例抹牆、抹水泥地。②轉（ㄓㄨㄢˇ）：例拐彎抹角（形容人說話囉哩（ㄌㄧ）囉嗦）。

手部 5 **拒** 左右

ㄐㄩˋ ①抵抗；抵擋：例拒敵、拒捕、抗拒。②不接受：例拒收、拒絕、來者（ㄓㄜˇ）不拒、拒不執行（ㄒㄧㄥˊ）。

手部 5 **招** 左右

ㄓㄠ ①打手勢叫人來：例招手、招呼。②用廣告或通知的方式使人來：例招聘、招考、招生、招領。③引來：例招蚊子、招災惹禍、招人喜歡。④用言語和行動觸動對方：例招惹。⑤承認罪行（ㄒㄧㄥˊ）：例招供（ㄍㄨㄥˋ）、招認、不打自招。⑥計策；手段：例絕招、高招、耍（ㄕㄨㄚˇ）花招。

手部 5 披 左右

一 丨 扌 扌 扩 扩 扩 披

ㄆㄧ ①分開：例披荊斬棘。②打開；散（ㄙㄢˋ）開：例披閱、披露（ㄌㄨˋ）、披頭散髮。③蓋或搭在肩背上：例披著（˙ㄓㄜ）大衣、披肩〈比〉披星戴月。

手部 5 拓 左右

一 丨 扌 扌 扌 打 拓 拓

ㄊㄨㄛˋ 開闢；擴充：例開拓、拓荒、拓展、拓寬。

ㄊㄚˋ 把石碑、器物上的文字、圖形印在紙上：例拓印。

手部 5 拔 左右

一 丨 扌 扌 扌 扐 拔 拔

ㄅㄚˊ ①抽出；連根拉出：例拔插頭、拔草、拔除。②超出；高出：例出類拔萃。③挑（ㄊㄧㄠ）選（人才）：例選拔、提拔。④吸出（毒氣等）：例拔毒、拔火罐。

手部 5 抛 左右

一 丨 扌 扌 抄 执 抛 抛

猜猜看：「手上有石頭」，猜一個字。

答案：拓。

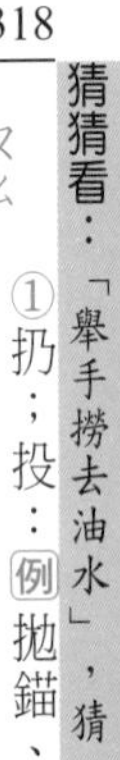

拋 手部 5畫 左右

一 十 扌 扌 扌 扚 拋 拋

ㄆㄠ ①扔；投：例拋錨、拋磚引玉。②捨棄；甩(ㄕㄨㄞˇ)下：例拋頭顱、拋棄。

拈 手部 5畫 左右

一 十 扌 扌 扌 扌 拈 拈

ㄋㄧㄢˊ 用手指頭夾或捏取：例拈香、信手拈來、拈花惹草。

ㄋㄧㄢˇ 用手指頭揉搓。同「捻」：例拈線、拈紙。

抨 手部 5畫 左右

一 十 扌 扌 扌 扌 抨 抨

ㄆㄥ 攻擊他人的過失：例抨擊。

抽 手部 5畫 左右

一 十 扌 扌 扣 抽 抽 抽

ㄔㄡ ①拔出；取出；拉出：例抽出、抽絲剝繭(ㄐㄧㄢˇ)。②從全部中(ㄓㄨㄥˋ)取出一部分(ㄈㄣˋ)：例抽查、抽調(ㄉㄧㄠˋ)、抽樣。③長(ㄓㄤˇ)出：例抽芽、抽穗。④收縮：例抽筋。⑤吸：例抽菸。⑥打：例抽打、抽鞭子。

押 手部 5畫 左右

一 十 扌 扌 扣 扣 押 押

ㄧㄚ ①以財物作擔(ㄉㄢ)保：例押金、抵押。②拘留：例關押、扣押。③保護或看(ㄎㄢ)管：例押運、押解(ㄐㄧㄝˋ)、押送。④詩歌中，句末用韻母相同或相近的字，使音調(ㄉㄧㄠˋ)和(ㄏㄜˊ)諧：例押韻。

拐 手部 5畫 左右

一 十 扌 扌 扣 扣 拐 拐

答案：抽。

手部 5 拐 左右 一 十 扌 扌 扣 拐 拐

ㄍㄨㄞˇ ①用來扶著（˙ㄓㄜ）走路的棍子：例拐棍、拐杖。②瘸（ㄑㄩㄝˊ）腿走路的樣子：例拐著腿走、一瘸一拐。③轉彎；行（ㄒㄧㄥˊ）進時改變方向：例往東一拐就是商店、拐進一條小巷、拐彎。④誘騙：例拐騙、拐帶、拐賣。

手部 5 拙 左右 一 十 扌 扎 扑 扑 拙 拙

ㄓㄨㄛˊ ①笨；不靈巧：例手拙、笨拙、拙劣、弄巧成拙。②稱（ㄔㄥ）有關自己的事物，表示謙虛：例拙作、拙見。

手部 5 拇 左右 一 十 扌 扎 扣 拇 拇 拇

ㄇㄨˇ 手或腳的第一個指頭：例拇指。

老師的話：「拙」的相似字是「笨」、「呆」。

手部 5 拍 左右 一 十 扌 扌 扚 拍 拍 拍

ㄆㄞ ①擊打：例拍手、拍掌、拍蒼蠅。②擊物的用具：例球拍、蒼蠅拍。③音樂（ㄩㄝˋ）的節奏：例慢半拍、合拍、打拍子。④發出：例拍電報。⑤攝影：例拍照、拍片、拍攝。

手部 5 抵 左右 一 十 扌 扌 扌 扺 抵 抵

ㄉㄧˇ ①頂；支撐：例抵著（˙ㄓㄜ）門。②擋住：例抵抗、抵擋、抵禦。③相當（ㄒㄧㄤ ㄉㄤ）；能頂替：例家書抵萬金、一個抵兩個用。④互不相欠：例抵消、相抵。⑤賠償；補償：例抵命、抵債、抵罪。⑥到達：例抵達。

老師的話： 形容一個人視財如命，可以用「抱元寶跳水——死要錢」。

手部 5 **拚** 左右

ㄆㄢˋ ①捨棄。通「拼」：例拚死、拚命。②爭鬥：例拚個你死我活。

手部 5 **抱** 左右

ㄅㄠˋ ①心裡存著（•ㄓㄜ）（想法或意見）：例抱歉、抱不平、抱著（•ㄓㄜ）希望、不抱成見。②用手臂摟住：例擁抱、摟抱。③孵：例抱窩、抱小雞。

手部 5 **拘** 左右

ㄐㄩ ①逮捕；扣押：例拘捕、拘留、拘禁。②約束；限制：例拘束、拘謹。③不知變通：例拘泥（ㄋㄧˋ）。

手部 5 **拖** 左右

ㄊㄨㄛ ①牽引：例拖車、拖出、拖地板。②垂在身體後面：例小松鼠拖著個大尾巴。③延長（ㄔㄤˊ）時間：例推拖、拖欠、拖拉。④牽累（ㄌㄟˋ）；牽制：例拖家帶口。

手部 5 **拗** 左右

ㄠˋ 違背；不順：例違拗、拗口。

ㄋㄧㄡˋ 固執；倔強（ㄐㄧㄤˋ）：例脾氣拗、執拗。

ㄠˇ 折：例拗花、拗斷。

手部 5 拆 左右
一 十 扌 扩 扩 折 拆

ㄔㄞ ①把合起來的東西分開或打開：例拆信、拆洗、拆卸、拆散（ㄙㄢˋ）。②特指毀掉建築物：例拆遷、拆房子。

手部 5 抬 左右
一 十 扌 扌 払 抬 抬 抬

ㄊㄞˊ ①舉起：例抬手、抬高。②幾個人共同用手提或用肩扛：例抬擔（ㄉㄢˋ）架。

手部 5 拎 左右
一 十 扌 扌 扒 拎 拎 拎

ㄌㄧㄥ 用手提（東西）：例拎著水桶、拎著菜。

手部 5 拜 左右
一 二 三 手 手 手= 手= 拜 拜

ㄅㄞˋ ①古代一種（ㄓㄨㄥˇ）表示敬意的禮節：例祭拜、跪拜、下拜。②尊崇；敬奉：例崇拜。③行（ㄒㄧㄥˊ）禮致敬表示祝賀：例拜年、拜壽。④用在表示動作的詞前面，表示尊敬：例拜託、拜訪、拜望、拜讀。⑤透過禮節結成某種（ㄓㄨㄥˇ）關係：例拜師、拜把。

手部 6 挖 左右
一 十 扌 扌 扌 扌 挖 挖 挖

ㄨㄚ 用工具或手掘；掏：例挖土、挖坑、挖掘〈比〉挖潛力。

手部 6 按 左右
一 十 扌 扌 扌 扌 按 按 按

老師的話：拆信的「拆」和打折的「折」字形相似，小心別寫錯了！

老師的話：「持續」是指事情不停地做下去，「繼續」則是中間可以間斷。

ㄢˋ ①用手壓：例按摩、按手印、按電鈴。②壓住；抑制：例按不住、按壓、按捺（ㄋㄚˋ）。③編者、注釋者或引用者對原文作出的說明：例編者按、引者按。④依照：例按時、按計畫進行。

手部 6 拼 左右 一 十 才 扌 扌' 扌' 扌" 拌 拼

ㄆㄧㄣ ①合在一起：例拼圖、拼版、拼音、拼湊。②不顧惜；豁出去。通「拚」：例拼命、拼搏、打拼。

手部 6 拭 左右 一 十 才 扌 扌 扌 扌 拭 拭

ㄕˋ 擦：例拭淚、拭目以待。

手部 6 持 左右 一 十 才 扌 扌 扌 扌 持 持

ㄔˊ ①握住；拿著（˙ㄓㄜ）：例持槍、手持鮮花。②掌管；料理：例主持、操持、持家。③守住不變：例保持、堅持、維持。④互不相（ㄒㄧㄤ）讓；對抗：例僵持、爭持、相持不下。

手部 6 拮 左右 一 十 才 扌 扌 扌 扌 拮 拮

ㄐㄧㄝˊ 〔拮据〕缺錢；經濟情況不好：例手頭拮据。

手部 6 拽 左右 一 十 才 扌 扌 扌 扌 拽 拽

ㄓㄨㄞˋ 拉；拖：例拽住、生拉硬拽。

手部 6 **指** 左右

一 十 扌 扌 扌 扌 指 指 指

ㄓˇ ①手指：例大拇指、指紋。②（手指或物體的尖端）對著：例指向、指南針、指桑罵槐。③點明：例指出、指示、指點、指教（ㄐㄧㄠˋ）。④批評；斥責：例指責、指控。⑤量詞，一個手指的寬度叫一指：例留兩指寬的縫（ㄈㄥˋ）。⑥仰仗；依靠：例指望、指靠。

手部 6 **拱** 左右

一 十 扌 扌 扌 扌 拱 拱 拱

ㄍㄨㄥˇ ①兩手合抱在胸前，表示敬意：例拱手。②弧形的（建築物）：例拱門、石拱橋。③（肢體）向上聳或向前彎成弧形：例拱腰、拱肩縮背。④向前或向上頂；向裡或向外鑽（ㄗㄨㄢ）：例拱開大門、用嘴拱地、苗拱出土。⑤懷抱、圍繞：例眾星拱月。

手部 6 **拷** 左右

一 十 扌 扌 扌 扌 拷 拷 拷

ㄎㄠˇ 打；用刑具逼供（ㄍㄨㄥˋ）：例嚴刑拷打、拷問。

手部 6 **拯** 左右

一 十 扌 扌 扌 扌 扌 拯 拯

ㄓㄥˇ 救：例拯救。

手部 6 **括** 左右

一 十 扌 扌 扌 扌 括 括 括

ㄍㄨㄚ ①包含：例總括、概括、包括、括號。②（給文字）加上括號：例把這段話括起來。

老師的話：拷打的「拷」和烤肉的「烤」字形相似，小心別寫錯了！

老師的話： 形容一個人愛找人麻煩，可以說「雞蛋裡挑骨頭——沒事找事」。

ㄎㄨㄛˋ 〔括約肌〕靠近肛門、尿道等排泄口，有收縮和放鬆的功能。

手部 6 **拾** 左右

一 𠃌 扌 扒 抡 拎 拾 拾 拾

ㄕˊ ①從地下拿起來；撿取：例 拾取、路不拾遺、拾金不昧。②數字「十」的大寫。

ㄕㄜˋ 一步一步的走踏。通「涉」：例 拾級而上。

手部 6 **拴** 左右

一 𠃌 扌 扒 抡 拎 拴 拴 拴

ㄕㄨㄢ 用繩子等繫（ㄐㄧˋ）住：例 拴住、拴馬、拴船。

手部 6 **挑** 左右

一 𠃌 扌 扎 扎 扎 挑 挑 挑

ㄊㄧㄠˇ ①用尖長（ㄔㄤˊ）的器具撥（ㄅㄛ）弄：例 挑刺、挑燈心。②引起：例 挑戰、挑釁、挑撥。③引誘：例 挑逗、挑動。④揚起：例 挑眉毛、挑拇指。⑤引動；舉起：例 挑眉立目、挑簾子。

ㄊㄧㄠ ①用肩膀擔著（ㄉㄢ ˙ㄓㄜ）：例 挑菜、挑土、挑水。②選取；取出：例 挑選、挑取、挑出、挑剔、挑毛病。

手部 6 **拳** 上下

丶 丷 丷 丷 𠂉 关 关 券 券 拳

ㄑㄩㄢˊ ①五指向內合攏的形狀：例 拳頭、握拳、揮拳、拳擊、摩拳擦掌。②彎曲（ㄑㄩ）：例 拳曲（ㄑㄩ）的頭髮。③一種（ㄓㄨㄥˇ）徒手的武術：例 太極拳、少林拳。

手部 6 **挈** 上下

挈 ㄑㄧㄝˋ ①提起：例提綱挈領。②攜帶；率領：例扶老挈幼、挈眷。

手部 6 **拿** 上下

拿 ㄋㄚˊ ①用手握住或抓取；搬：例拿著（˙ㄓㄜ）書、拿開水、把箱子拿走。②捕捉；奪取：例捉拿、拿獲。③裝出或做出（某種姿態、樣子）：例拿架子。④取得（ㄉㄜˊ）：例拿金牌、拿名次。⑤掌握：例拿權、拿不準。⑥用：例拿斧頭砍、拿鼻子聞、拿話唬人。⑦把；對：例別拿我當傻瓜、拿他開玩笑。

手部 7 **捎** 左右

捎 ㄕㄠ ①順便帶東西或傳（ㄔㄨㄢˊ）話：例托人捎食物、捎口信。②輕輕拂過：例風從臉上捎過。

ㄕㄠˋ ①向後退：例把車子往後捎一捎。②顏色減退：例捎色。③雨向某方向灑落：例雨捎進來了。

手部 7 **挾** 左右

挾 ㄒㄧㄚˊ ①夾在腋（ㄧㄝˋ）下。②心懷怨恨：例挾仇、挾嫌、挾怨。③威脅；強（ㄑㄧㄤˇ）迫：例挾持、挾制、要（ㄧㄠ）挾。

猜猜看：「一人一張口，口下長隻手。」猜一個字。

答案：拿。

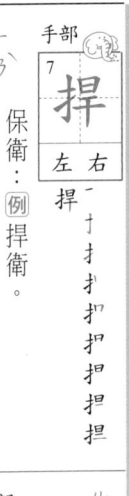

老師的話： 振作的「振」不可以寫作震動的「震」喲！

手部 7 **捍** 左 右

ㄏㄢˋ 保衛：例捍衛。

手部 7 **捌** 左 右

ㄅㄚ 數（ㄕㄨˋ）字「八」的大寫。

手部 7 **捋** 左 右

ㄌㄜ ①撫摸，比喻冒險：例捋虎鬚。②揉搓：例捋奶。③將（ㄐㄧㄤ）環套著（˙ㄓㄜ）的東西取下：例捋下戒指。

ㄌㄩˇ 用手順著摸過去：例捋鬍子、把紙捋平。

ㄌㄨㄛ 用手握住條狀物，向一頭滑動：例捋袖子、捋樹葉。

手部 7 **捅** 左 右

ㄊㄨㄥˇ ①戳；刺：例捅了一刀、把紙捅破。②碰；觸動：例捅醒、捅樓子。③揭露（ㄌㄨˋ）：例捅心陰私。

手部 7 **振** 左 右

ㄓㄣˋ ①搖動；揮動：例振翅、振臂。②奮起；奮發：例振興（ㄒㄧㄥ）、振奮、振作、一蹶不振。

手部 7 **捕** 左 右

ㄅㄨˇ 抓；捉拿：例捕魚、捕獲、逮（ㄉㄞˇ）捕。

手部 7 **捂** 左右

ㄨˇ 遮住或封住：例捂不住、捂著鼻子。

手部 7 **捆** 左右

ㄎㄨㄣˇ ①用繩子等纏緊：例捆綁、捆紮、捆鋪蓋。②量詞，用於成捆的東西：例一捆報紙、五捆甘蔗。

手部 7 **捏** 左右

ㄋㄧㄝ ①用拇指和其他指頭夾住：例捏住、捏著鼻子。②用手指把泥、麵做成某種形狀：例捏麵人、捏餃子。③假造；虛構：例捏造。④握：例捏緊拳頭、捏一把汗。

手部 7 **捉** 左右

ㄓㄨㄛ ①握；拿：例捉筆。②逮；捕捉：例捉賊、捉拿、活捉。

手部 7 **挺** 左右

ㄊㄧㄥˇ ①直：例筆挺、挺進、挺立。②伸直或凸出：例挺直、挺身、挺胸凸肚。③勉強支撐：例硬挺、挺得（˙ㄉㄜ）住。④量詞，用於直長器物的單位：例一挺機關槍。⑤很：例挺好、挺快、挺和氣。

猜猜看：「同胞兄弟」，猜一個字。

答案：捉。

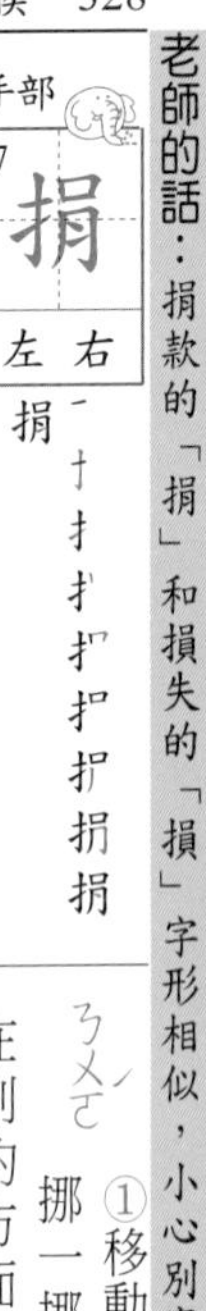

老師的話：捐款的「捐」和損失的「損」字形相似，小心別寫錯了！

手部 7 **捐** 左右

捐 一 十 扌 扌 扣 扣 捐 捐

①獻出財物、生命：例捐錢、捐獻、捐贈、捐助、為國捐軀。②人民向政府繳納的稅金：例稅捐、房捐。

手部 7 **挽** 左右

挽 一 十 扌 扌 扌 扌 挽 挽

①拉；牽引：例挽弓、手挽著手、挽車（拉車）。②哀悼死者：例挽聯、挽歌。③彎臂勾住：例挽著籃子。④使改變方向；挽回：例力挽狂瀾、挽救。⑤捲起：例挽袖子。

手部 7 **挪** 左右

挪 一 十 扌 扌 扌 扌 挪 挪

①移動位置：例挪動、挪開、挪一挪。②移用，把本來用在別的方面的錢、物移作其他用途：例挪用、挪借。

手部 7 **挫** 左右

挫 一 十 扌 扌 扌 扌 挫 挫

失敗；失利：例挫折、受挫、挫敗。

手部 7 **挨** 左右

挨 一 十 扌 扌 扌 扌 挨 挨

①靠近；接觸：例挨近、挨肩並坐。②一個接一個地（˙ㄉㄜ）：例挨門挨戶。③遭受；勉強承受：例挨打、挨餓、挨凍。④艱難（ㄋㄢˊ）地（˙ㄉㄜ）度過：例挨時間、挨日子、挨到天亮。

手部 8 **掠** 左右

一 十 扌 扌 扩 扩 扩 护 掠 掠

ㄌㄩㄝˋ ①搶；奪：例掠奪、掠取。②很快地(˙ㄉㄜ)擦過或拂過：例掠過水面、掠過夜空(ㄎㄨㄥ)。

手部 8 **控** 左右

一 十 扌 扌 扩 扩 扩 控 控 控

ㄎㄨㄥˋ ①掌握；操縱：例控制、遙控。②告發；揭發：例控告、控訴、指控。

手部 8 **捲** 左右

一 十 扌 扌 扌 扌 拦 拦 拦 捲 捲

ㄐㄩㄢˇ ①把東西彎成圓筒形或半圓形：例捲紙、捲簾。②帶動或掀起：例捲走、西風捲落葉、狂風捲巨浪。③彎轉成圓筒形的東西：例紙捲、菸捲、蛋捲。④量詞，用於成捲的東西：例一捲鋪(ㄆㄨ)蓋、一捲字畫。

手部 8 **掖** 左右

一 十 扌 扌 扩 扩 扩 扩 掖 掖

ㄧㄝˋ 攙扶人的胳膊；比喻扶助或獎勵、提拔：例獎掖。

ㄧㄝ 塞(ㄙㄞ)；塞進(衣袋或縫(ㄈㄥˋ)隙裡)：例掖在懷裡、偷偷地(˙ㄉㄜ)掖錢。

手部 8 **探** 左右

一 十 扌 扌 扩 扩 扩 挥 挥 探 探

ㄊㄢˋ ①把手伸進去摸取：例探取、探囊取物。②深入尋求：例探礦、探險、探測。③暗中考察或打聽(ㄊㄧㄥ)：例刺探、窺探、打探。④打探情報的人：例密探、

猜猜看：「手空空如也」，猜一個字。 答：控。

老師的話：「接收」是接管事物，「接受」是收下屬於自己的東西。

探、偵探。⑤看望；訪問：例探親、探病、探望。⑥伸出（頭或上身）：例探出身子、探頭探腦。

手部 8 **接** 左右

ㄐㄧㄝ

①挨近；碰；觸：例交頭接耳、接近、接觸。②連結：例焊接、嫁接、銜接。③連續；繼續：例接續、接二連三、青黃不接、上氣不接下氣。④承擔別人的工作：例接任、接班、接力。⑤用手托住；受：例接過孩子、接球、接納、接電話。⑥相迎（跟「送」相對）：例接人、接待（ㄉㄞˋ）。

手部 8 **捷** 左右

ㄐㄧㄝˊ

①戰勝：例大捷、告捷、捷報。②快；迅速：例捷足先登、敏捷。③近便；方便：例捷徑、便捷、直捷。

手部 8 **捧** 左右

ㄆㄥˇ

①兩手托著：例捧著鮮花、捧一把土、捧腹大笑。②量詞，用於雙手可以捧得（˙ㄉㄜ）下的東西：例一捧瓜子、一捧糖果。③奉承；吹噓：例捧場、又吹又捧。

手部 8 **掘** 左右

ㄐㄩㄝˊ

挖：例掘土、掘井、發掘、挖掘、掘進。

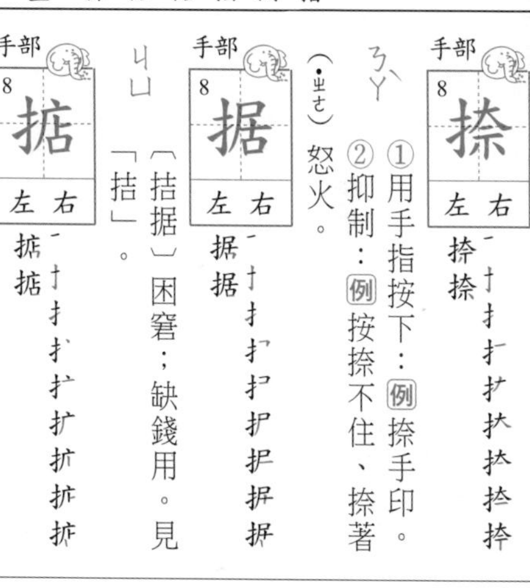

捺 手部 8畫 左右

ㄋㄚˋ ①用手指按下：例捺手印。②抑制：例按捺不住、捺著（·ㄓㄜ）怒火。

据 手部 8畫 左右

ㄐㄩ 〔拮据〕困窘；缺錢用。見「拮」。

掂 手部 8畫 左右

ㄉㄧㄢ 手裡托著（·ㄓㄜ）東西上下抖動（估量（ㄌㄧㄤˊ）輕重（ㄓㄨㄥˋ））：例掂一掂、掂量（ㄌㄧㄤˊ）。

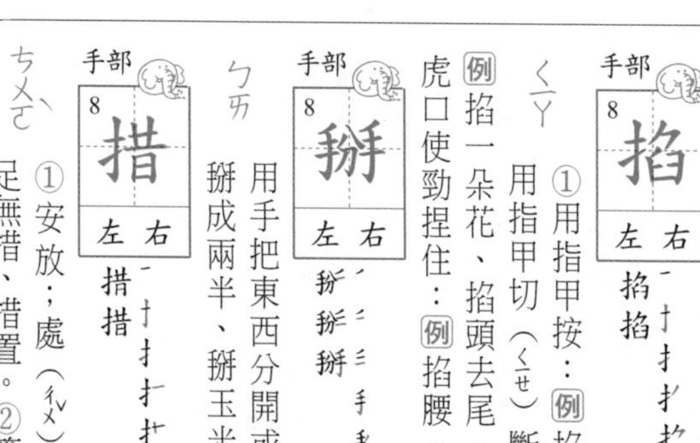

掐 手部 8畫 左右

ㄑㄧㄚ ①用指甲按：例掐頭皮。②用指甲切（ㄑㄧㄝ）斷；截斷：例掐一朵花、掐頭去尾。③用手的虎口使勁捏住：例掐腰、掐脖子。

掰 手部 8畫 左右

ㄅㄞ 用手把東西分開或折斷：例掰成兩半、掰玉米、掰開。

措 手部 8畫 左右

ㄘㄨㄛˋ ①安放；處（ㄔㄨˇ）理：例手足無措、措置。②籌劃辦理：例措施、籌措、舉措。

老師的話：按捺的「捺」唸作ㄋㄚˋ，不是ㄋㄞˋ喲！

老師的話：「掩」的相似字是「遮」、「蔽」、「藏」、「隱」。

捱

手部 8 左右

一 十 扌 扌 扩 扩 护 护 捱 捱 捱

ㄞˊ 忍受。同「挨」：例捱餓。

掩

手部 8 左右

一 十 扌 扌 扌 拚 拚 拚 掩 掩 掩

ㄧㄢˇ ①隱藏（ㄘㄤˊ）；遮蓋：例掩人耳目、掩蓋、遮掩。②關閉；合上：例掩門。

掉

手部 8 左右

一 十 扌 扌 扌 扌 扌 掉 掉 掉 掉

ㄉㄧㄠˋ ①回轉（ㄓㄨㄢˇ）：例掉頭。②對換：例掉換、掉位子。③往下落（ㄌㄨㄛˋ）：例掉落、掉下來。④跟不上；落在後面：例掉隊。⑤遺漏；失去：例掉字、掉了魂。⑥表示除去或離開：例打掉、去掉、忘掉、跑掉、死掉。⑦降（ㄐㄧㄤˋ）低；減損：例掉價、掉色。

掃

手部 8 左右

一 十 扌 扌 扫 扫 扫 扫 掃 掃 掃

ㄙㄠˇ ①用掃帚等清除塵土和垃圾：例掃炕、掃地、打掃。②清除；消除：例掃雷、掃盲、掃蕩。③迅速掠過：例掃射、掃描、掃視。

ㄙㄠˋ 〔掃帚〕掃地的用具。

掛

手部 8 左右

一 十 扌 扌 扌 抖 挂 挂 挂 掛 掛

ㄍㄨㄚˋ ①用鉤子、釘子等懸吊物品：例懸掛、吊掛、掛衣服。②惦記：例掛念、掛記、牽掛。③表面帶著；蒙著：例掛著笑容、掛了一層霜。④量詞，用於成串成套的東西：例一掛鞭炮、一掛香蕉。⑤登記：例掛失、掛號。

手部 8 **捫** 左右

ㄇㄣˊ 摸；按：例捫心自問。

手部 8 **推** 左右

ㄊㄨㄟ ①手向外用力使物體移動：例推門、推磨（ㄇㄛˋ）、推翻、推倒（ㄉㄠˇ）。②用工具剪或刨物體：例推草坪、推平、推頭。③擴充；開展：例推行（ㄒㄧㄥˊ）、推廣、推動、推銷。④把預定的時間向後延：例推延、推遲。⑤舉荐：例推選、推荐、推舉。⑥抬舉；尊崇：例推崇、推重（ㄓㄨㄥˋ）。⑦判斷；預測：例推求、推斷、推測、推論（ㄌㄨㄣˋ）。⑧藉故拒絕，不肯接受：例推辭、推讓。

手部 8 **掄** 左右

ㄌㄨㄣˊ 選擇；選取：例掄才。

ㄌㄨㄣ 使勁揮動：例掄棍、掄拳。

手部 8 **授** 左右

ㄕㄡˋ ①交給；交付：例授獎、授旗、授權、授銜。②教（ㄐㄧㄠ）導別人學問、技藝：例講授、函授、授課。

老師的話：關於「推」的成語包括：推三阻四、推己及人、推心置腹。

老師的話：「菜花黃，蜜蜂採，花花蝴蝶也飛來。」你會唱這首詩歌嗎？

掙 手部 8 左右

ㄓㄥ 〔掙扎〕盡力支撐；盡力擺脫困境：例掙扎著（˙ㄓㄜ）起來、拚命掙扎、垂死掙扎。

ㄓㄥˋ ①用力擺脫：例掙開、掙斷、掙脫。②努力取得（ㄉㄜˊ）：例掙錢、掙面子。

採 手部 8 左右

ㄘㄞˇ ①摘：例採花、採蓮、採桑葉。②選取：例採購、採取。③搜集：例採訪、採集。④挖掘礦藏（ㄘㄤˊ）：例採礦、採掘、開採。

掬 手部 8 左右

ㄐㄩˊ 用手捧：例掬起、掬水、〈比〉笑容可掬。

排 手部 8 左右

ㄆㄞˊ ①除去；消除：例排水、排泄、排除、排斥。②按順序站位或擺放：例排成直線、排名次、安排、編排。③排成的橫隊：例前排、後排、第三排。④軍隊編制單位，在連以下，班以上。⑤指排球或排球隊：例男排、女排。⑥量詞，用於成行（ㄏㄤˊ）的人或事物：例一排房子、兩排椅子。⑦戲劇、舞蹈（ㄉㄠˇ）等上演前的預先練習：例排戲、彩排、排練、排演。

掏 手部 8 左右

掏 手部 8 左右 （ㄊㄠ）
一 十 扌 扌 扚 扚 扚 扚 掏 掏
①挖：例掏洞。②伸進去取；往外拿：例掏耳朵、掏口袋、掏出鑰匙〈比〉掏心掏肺、把心裡話掏出來。

掀 手部 8 左右 （ㄒㄧㄢ）
一 十 扌 扌 扩 扩 折 折 掀 掀
①翻騰；使翻倒（ㄉㄠˇ）：例大海掀起波濤、掀倒。②揭起；打開：例掀鍋蓋、掀門簾。

捻 手部 8 左右 （ㄋㄧㄢˇ）
一 十 扌 扌 扒 抡 抡 拎 捻 捻 捻
①用手指搓（ㄘㄨㄛ）或揉（ㄖㄡˊ）：例捻線、捻鬍子。②用布、紙等搓成的像線、繩一樣的東西：例線捻、紙捻。

老師的話：轉捩點的「捩」唸作ㄌㄧㄝˋ，不是ㄌㄟˋ。

捩 手部 8 左右 （ㄌㄧㄝˋ）
一 十 扌 扌 扩 护 护 护 捩 捩 捩
扭轉（ㄓㄨㄢˇ）：例轉（ㄓㄨㄢˇ）捩點。

捨 手部 8 左右 （ㄕㄜˇ）
一 十 扌 扌 扒 抡 抡 拎 拎 捨 捨
①放棄；拋棄：例捨棄、捨生取義。②散布：例施捨。

掣 手部 8 上下 （ㄔㄜˋ）
丿 𠂉 𠂉 乍 乍 朱 制 制 制 掣 掣 掣
①拽（ㄓㄨㄞˋ）；拉：例掣肘、牽掣、掣後腿。②閃過：例風馳電掣。

掌 手部 8 上下
丶 丷 丷 丷 屮 屮 尚 尚 尚 堂 堂 掌

老師的話：挑揀揀揀要用「揀」，不是撿東西的「撿」喲！

ㄓㄤˇ ①手心：例鼓掌、手掌、摩拳擦掌。②用手打：例掌嘴。③用手拿著（•ㄓㄜ）：例掌燈、掌旗。④主持：例掌印、掌權、掌管、執掌。⑤人或某些動物的腳底板：例腳掌、熊掌、鴨掌。⑥釘（ㄉㄧㄥ）在馬、驢、騾蹄子底下的U形鐵：例馬掌。

描 手部 9 左右
一 十 扌 扌 扌 扌 扌 扌 拺 揀 揀 描

ㄇㄧㄠˊ ①照著（•ㄓㄜ）原樣畫或寫：例描繪、描畫。②重複塗抹：例描眉毛、愈描愈黑。

揀 手部 9 左右
一 十 扌 扌 扌 扌 扌 扌 拺 揀 揀 揀

ㄐㄧㄢˇ 挑（ㄊㄧㄠ）；選擇：例挑揀、挑肥揀瘦。

揩 手部 9 左右
一 十 扌 扌 扌 扌 扌 扌 揩 揩 揩 揩

ㄎㄞ 擦；拭：例揩乾（ㄍㄢ）、揩拭、揩油（比喻占便宜）。

揉 手部 9 左右
一 十 扌 扌 扌 扌 扌 扌 扌 揉 揉 揉

ㄖㄡˊ ①用手反覆擦、搓；按摩：例揉搓（ㄖㄡ ㄘㄨㄛ）、揉眼睛、揉一揉。②搓在一起：例揉麵。

揆 手部 9 左右
一 十 扌 扌 扌 扌 扌 扌 扌 揆 揆 揆

ㄎㄨㄟˊ 估量（ㄌㄧㄤˊ）；推測：例揆情度（ㄉㄨㄛˋ）理、揆時度（ㄉㄨㄛˋ）勢。

手部 9 揍 左右

一 十 扌 扌 扌 扌 扶 扶 扶 揍 揍 揍

ㄗㄡˋ

打人：例 挨揍、揍一頓。

手部 9 插 左右

一 十 扌 扌 扌 扦 扦 扦 插 插 插 插

ㄔㄚ

①把細長（ㄔㄤˊ）或薄片狀的東西放進去或扎進去：例 插花、地上插著牌子。②栽種（ㄓㄨㄥˋ）：例 插秧。③從中間加入：例 插入、插班、安插、插不上手。

手部 9 揣 左右

一 十 扌 扌 扌 扌 扌 扌 揣 揣 揣 揣

ㄔㄨㄞ

①放在懷裡：例 揣著（˙ㄓㄜ）書。②估量（ㄌㄧㄤˊ）；推測：例 揣測、揣摩。

老師的話：形容書法寫得十分秀麗，可以用「插花美人」這句成語。

手部 9 提 左右

一 十 扌 扌 扌 扌 扌 扌 提 提 提 提

ㄊㄧˊ

①垂著手拿（有提梁或繩套的東西）：例 提水、提著書包〈比〉提心吊膽。②往上或往前移：例 提升、提高、提前、提早。③舉出；指出：例 提名、提條件、提意見。④說起；談起：例 不值一提、別提了。⑤舀油、酒等的量（ㄌㄧㄤˊ）具：例 油提、酒提。⑥書法中由下斜向上寫的筆畫，形狀是「㇀」。⑦取出；拿出來：例 提貨、提煉、提成。⑧從關押的地方帶出犯人：例 提審、提犯人。⑨〔提防〕小心防備：例 提防走漏消息。⑩〔提溜〕提拿：例 手裡提溜（˙ㄌㄡ）著（˙ㄓㄜ）書包〈比〉這幾（ㄐㄧˇ）天我的心總提溜著。

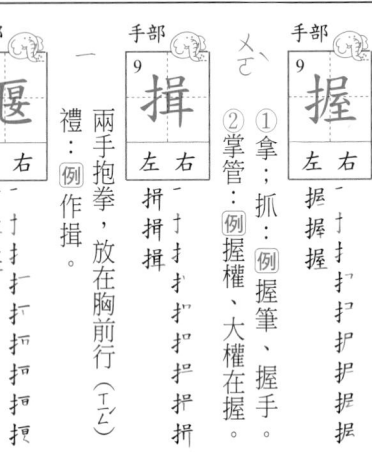

ㄕˊ

(朱提)銀的別名。

手部 9 **握** 左右

一 十 扌 扌 扌 护 护 护 据 握 握 握

ㄨㄛˋ

①拿；抓：例握筆、握手。

②掌管：例握權、大權在握。

手部 9 **揖** 左右

一 十 扌 扌 扌 扌 扌 扌 扌 揖 揖 揖

ㄧ

兩手抱拳，放在胸前行(ㄒㄧㄥˊ)禮：例作揖。

手部 9 **揠** 左右

一 十 扌 扌 扌 扌 扌 扌 扌 揠 揠 揠

ㄧㄚˋ

拔起：例揠苗助長。

手部 9 **揭** 左右

一 十 扌 扌 扌 扌 扌 扌 揭 揭 揭 揭

ㄐㄧㄝ

①高舉：例揭竿而起(指民眾起義)。②掀起：例揭紗、揭幕、揭鍋蓋。③使隱蔽的事物顯露(ㄌㄨˋ)：例揭曉、揭發、揭露、揭穿。④撕下來：例揭封條、揭郵票。

手部 9 **揮** 左右

一 十 扌 扌 扌 扌 扌 扌 揮 揮 揮 揮

ㄏㄨㄟ

①舉起手臂擺動：例揮手、揮鞭、揮動、揮舞。②抹去或甩掉(淚、水等)：例揮淚、揮汗如雨。③散(ㄙㄢˋ)發；散(ㄙㄢˋ)出：例發揮、揮發。

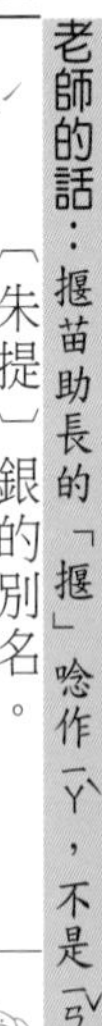

老師的話：揠苗助長的「揠」唸作ㄧㄚˋ，不是ㄧㄢˇ喲！

手部 9 捶 左右
一 ｜ 扌 扌 扌 扌 扌 扌 扌 挿 捶 捶
ㄔㄨㄟˊ 撞擊；敲打：例捶拳、捶背（ㄅㄟˋ）、捶打。

手部 9 援 左右
一 ｜ 扌 扌 扌 扌 扌 扌 扌 扌 援 援
ㄩㄢˊ ①用手牽引：例攀援。②引用：例援引、援用、援例。③幫助；救助：例援助、支援、聲援、救援。

手部 9 揪 左右
一 ｜ 扌 扌 扌 扌 扌 扌 扌 扌 揪 揪
ㄐㄧㄡ 緊緊抓住；用力拉：例揪住、揪過來。

手部 9 換 左右
一 ｜ 扌 扌 扌 扌 扌 扌 扌 扌 換 換
ㄏㄨㄢˋ ①給人東西，同時從對方取得（ㄉㄜˊ）價值相當（ㄒㄧㄤ ㄉㄤ）的東西：例交換、兌換、換錢。②更（ㄍㄥ）改；改變：例變換、替換、換季、換牙。

手部 9 摒 左右
一 ｜ 扌 扌 扌 扌 扌 扌 扌 扌 摒 摒
ㄅㄧㄥˋ 排除：例摒除。同「屏（ㄅㄧㄥˇ）①」。

手部 9 揚 左右
一 ｜ 扌 扌 扌 扌 扌 扌 扌 扌 揚 揚
ㄧㄤˊ ①舉起；升起：例揚手、揚鞭、揚帆。②往上拋撒；向上飄起：例晒乾揚淨、揚起塵土、

老師的話：一般人在六歲到八歲時開始換牙，十二歲到十四歲時乳齒全被恆齒代替。

猜猜看：「追打」，猜一個字。

飄揚。③傳（ㄔㄨㄢˊ）出去：例傳（ㄔㄨㄢˊ）揚、宣揚、張揚、揚名、揚言。④稱（ㄔㄥ）頌；表彰：例頌揚、表揚、讚揚。

手部 10 搥 左右

一 十 扌 … 搥

ㄔㄨㄟˊ 用拳頭或棍棒敲打。同「捶」。

手部 10 搓 左右

一 十 扌 … 搓

ㄘㄨㄛ 兩手相（ㄒㄧㄤ）對摩擦或用手來回揉擦他物：例搓手、搓澡、揉搓、搓麻繩。

手部 10 搾 左右

一 十 扌 … 搾

ㄓㄚˋ 用力擠壓物質，使流出汁液。同「榨」②。

手部 10 搞 左右

一 十 扌 … 搞

ㄍㄠˇ ①做；辦：例搞定、搞什麼。②煩擾：例搞得（˙ㄉㄜ）人心惶惶、搞得（˙ㄉㄜ）手忙腳亂。③整（人）：例搞垮（ㄎㄨㄚˇ）。

手部 10 搪 左右

一 十 扌 … 搪

ㄊㄤˊ ①擋：例搪風、搪饑。②應（ㄧㄥˋ）付；敷衍：例搪塞（ㄙㄜˋ）。③用泥土等塗抹：例搪瓷。

手部 10 搭 左右

一 十 扌 … 搭

答案：捶。

ㄉㄚ ①把衣服、手等放在可以支撐的東西上：例繩子上搭滿了毛巾、把手搭在她的肩膀上。②乘（ㄔㄥˊ）坐：例搭便車、搭飛機。③支起；架設：例搭橋、搭戲台、搭棚子。④配合：例搭菜吃、搭配。⑤連接；結合；加入：例搭線、前言不搭後語、搭伙。⑥攀談；引誘：例搭訕、勾搭。

手部 10 **搽** 左右

一 十 扌 扌 扌 扌 扌 扌 扌 搽 搽 搽 搽

ㄔㄚˊ 往臉上或身上抹：例搽粉、搽油、搽藥。

手部 10 **摁** 左右

一 十 扌 扌 扣 扣 扣 扣 扣 摁 摁 摁 摁

ㄣˋ 用手按或壓：例摁倒（ㄉㄠˇ）、摁電鈴、摁釘子。

手部 10 **搬** 左右

一 十 扌 扌 扌 扌 扌 扌 搬 搬 搬 搬 搬

ㄅㄢ ①移動位置：例搬開、搬運、搬不動。②遷移：例搬家、搬遷。

手部 10 **搏** 左右

一 十 扌 扌 扌 扌 扌 扌 搏 搏 搏 搏 搏

ㄅㄛˊ ①對打：例肉搏、拚搏、搏鬥。②跳動：例脈搏、搏動。

手部 10 **搜** 左右

一 十 扌 扌 扌 扌 扌 扌 搜 搜 搜 搜 搜

ㄙㄡ ①仔細尋找、檢查（犯罪的人或違禁的東西）：例搜身、搜查、搜捕。②尋求：例搜尋、搜羅、搜集。

老師的話：形容沒有靈感，寫不出文章，可以用「搜索枯腸」這句成語。

老師的話：「搶」是多音字，呼天搶地的「搶」記得要唸作ㄑㄧㄤ喲！

手部 10 **搔** 左右

ㄙㄠ 用指甲或其他東西輕抓：例搔頭皮、隔靴搔癢（比喻沒有抓住要害）。

手部 10 **損** 左右

ㄙㄨㄣˇ ①減少；喪（ㄙㄤˋ）失：例損兵折將（ㄐㄧㄤˋ）、虧損、損失。②使損失：例損人利己、損公肥私。③用尖酸刻薄的話挖苦人：例損人。④尖刻；惡毒：例這人說話太損、這一招真夠損的。⑤破壞：例損壞、破損、殘損、汙損。

手部 10 **搶** 左右

ㄑㄧㄤˇ ①強行（ㄑㄧㄤˊ ㄒㄧㄥˊ）奪走：例搶走、搶奪、搶劫。②爭先：例搶購、搶破頭。③抓緊時間做：例搶救、搶修、搶收。④刮去物體表層；擦傷：例搶掉一塊皮。

ㄑㄧㄤ 碰；撞：例呼天搶地。

手部 10 **搖** 左右

ㄧㄠˊ 來回擺動：例搖頭、搖鈴、搖擺、搖來搖去。

手部 10 **搗** 左右

ㄉㄠˇ ①用棍棒等工具撞擊或捶打：例搗藥、搗米、搗衣。②攻打：例搗毀、直搗敵營。③攪擾；擾亂：例搗亂、搗蛋。

撇 手部 11 左右

一 十 扌 扌 扩 扩 扩 撇 撇 撇 撇 撇 撇 撇

ㄆㄧㄝˇ ①書法中向左斜掠或橫掠的筆畫，形狀是「丿」。②量詞，用於像撇的東西：例兩撇鬍子。③嘴角向下傾斜，表示輕視或不高興（ㄒㄧㄥˋ）：例撇嘴。

ㄆㄧㄝ ①丟下；拋棄：例撇下、撇開、撇在腦後。②取出液體表面漂浮的東西：例撇油、撇泡沫。

摘 手部 11 左右

一 十 扌 扌 扩 扩 扩 扩 摘 摘 摘 摘 摘 摘

ㄓㄞ ①採下；取下：例摘蘋果、摘眼鏡、採摘。②選取：例摘錄、摘要、文摘。③斥責：例指摘。

摔 手部 11 左右

一 十 扌 扌 扩 扩 扩 扩 扩 摔 摔 摔 摔 摔

ㄕㄨㄞ ①用力往下扔：例把書摔在桌上。②從高處（ㄔㄨˋ）落下：例從梯子上摔下來。③因掉下而損壞：例小心別把碗摔了。④跌倒（ㄉㄠˇ）：例摔跤、摔倒（ㄉㄠˇ）、摔跟頭。

摻 手部 11 左右

一 十 扌 扌 扩 扩 扩 扩 扩 摻 摻 摻 摻 摻

ㄔㄢ 混合。通「攙」：例摻水、摻沙、摻假、摻雜。

摳 手部 11 左右

一 十 扌 扌 扩 扩 扩 扩 摳 摳 摳 摳 摳 摳

ㄎㄡ ①用手指或尖細的東西挖或掏：例把桌縫（ㄈㄥˋ）裡的針

老師的話：形容吝嗇的人可以用摳門、守財奴、一毛不拔、棺材裡伸手──死要錢。

猜猜看：「丈二金剛」，猜一句俗語。

摳出來、摳鼻孔。②向深處（ㄔㄨˋ）或狹窄的方面鑽（ㄗㄨㄢ）研：例摳書本。③吝嗇；不大方：例摳門兒、該花的錢不肯花，真摳。

摺

手部 11 左右

一 十 扌 扌 扌 扌 扌 扌 扌 摺 摺 摺 摺 摺

ㄌㄧㄠˋ 擱下；扔下：例摺在地上、摺下工作。

摽

手部 11 左右

一 十 扌 扌 扌 扌 扌 扌 摽 摽 摽 摽 摽 摽

ㄅㄧㄠˋ 捆住或鉤住：例把行李摽在車架上、摽著胳膊。

ㄆㄧㄠˇ 落（ㄌㄨㄛˋ）下來：例摽梅。

撤

手部 11 左右

一 十 扌 扌 扌 扌 扌 扌 撤 撤 撤 撤 撤

ㄔㄜˋ ①除去；取消：例撤除、撤職、撤換。②退；向後轉（ㄓㄨㄢˇ）移：例撤退、撤離。

摸

手部 11 左右

一 十 扌 扌 扌 扌 扌 扌 摸 摸 摸 摸 摸

ㄇㄛ ①用手接觸或撫摩：例摸臉、觸摸、摸摸看。②用手尋找：例下水摸魚、從口袋摸出車票。③探求；試著（·ㄓㄜ）做或了（ㄌㄧㄠˇ）解：例摸出門道、摸底。④在黑暗中活動：例摸黑走路。

摟

手部 11 左右

一 十 扌 扌 扌 扌 扌 扌 摟 摟 摟 摟 摟

ㄌㄡ ①用手或工具聚集東西：例摟聚、摟柴火、摟樹葉。②搜刮財物：例摟錢。

答案：摸不著頭腦。

手部 11 摟 左右

ㄌㄡˇ ①兩臂合抱；用胳膊攏著（•ㄓㄜ）：例摟抱、摟在懷裡。②量詞，用於兩臂合抱般粗的東西：例門前的楊樹有一摟粗了。

手部 11 摺 左右

ㄓㄜˊ ①可以折疊的東西：例手摺、奏摺。②用紙疊成、頁數固定的本子：例存摺。③折疊：例摺紙、摺手帕、摺飛機。④折疊式的：例摺尺、摺扇。⑤折疊的痕跡：例摺痕。

手部 11 摑 左右

ㄍㄨㄛˊ 用手掌擊打人的臉：例摑耳光。

手部 11 摧 左右

ㄘㄨㄟ 折斷；毀壞：例無堅不摧、摧毀。

手部 11 摩 半包圍

ㄇㄛˊ ①物體與物體緊密接觸並來回移動：例摩擦。②用手按著來回移動：例撫摩、按摩。③研究；探求：例觀摩、揣摩。

手部 11 摰 上下

ㄓˋ 真誠而懇切（ㄑㄧㄝˋ）：例真摰、誠摰、摰友。

老師的話：摧毀的「摧」和催促的「催」字形相似，小心別寫錯了！

猜猜看：「武昌起義，推翻滿清。」猜一種用品。

答案：撲滿。

手部 11 **摹** 上下

丶 丷 艹 艹 艹 苗 苗 苜 苴 苴 莫 莫 莫 蓦 摹 摹

ㄇㄛˊ 照著（˙ㄓㄜ）現成的樣子寫或畫；模仿：例臨摹、描摹。

手部 12 **撞** 左右

一 十 扌 扌 扩 扩 护 护 拧 掊 掊 撞 撞 撞 撞

ㄓㄨㄤˋ ①物體猛然相（ㄒㄧㄤ）碰：例撞鐘、撞擊。②偶然遇到：例撞見。

手部 12 **撲** 左右

一 十 扌 扌 扌 扌 扌 扌 扌 扌 扌 扌 撲 撲 撲

ㄆㄨ ①拍打：例撲粉、撲滅、撲撲翅膀。②身體猛力向前衝：例撲在懷裡、餓虎撲食。③（氣體等）直衝（ㄔㄨㄥˋ）：例冷風撲面、香氣撲鼻。

手部 12 **撈** 左右

一 十 扌 扌 扌 扌 扌 扌 扌 扌 扌 撈 撈 撈 撈

ㄌㄠ ①從水中取出物體：例撈魚、打撈、捕撈、撈麵條。②用不正當（ㄉㄤˋ）的手段取得（ㄉㄜˊ）：例撈一票、撈外快。

ㄌㄠˊ 指讓人討厭的東西：例撈什子。

手部 12 **撐** 左右

一 十 扌 扌 扌 扌 扌 扌 扌 扌 扌 撐 撐 撐 撐

ㄔㄥ ①用手抵住：例撐著下巴、撐竿跳、撐腰、支撐。②用篙（ㄍㄠ，撐船用的竹竿）抵住河床使船前進：例撐船。③支持：例支撐、撐門面。④使張開：例撐大、撐開。⑤裝得（˙ㄉㄜ）過滿；吃得過飽：例撐破、撐飽、吃撐著（˙ㄓㄜ）。

撰 手部 12 左右

ㄓㄨㄢˋ 寫作：例撰寫、編撰。

撥 手部 12 左右

ㄅㄛ ①用手指挑（ㄊㄧㄠˇ）弄或轉（ㄓㄨㄢˇ）動：例撥動、撥電話、撥鬧鐘。②推開：例撥雲見日。③調（ㄊㄧㄠˊ）配；分（ㄈㄣ）出一部分（ㄈㄣˋ）：例撥人去值夜班、撥款、劃撥。

撓 手部 12 左右

ㄋㄠˊ ①阻止：例阻撓。②輕輕地（˙ㄉㄜ）抓；搔：例撓癢、抓耳撓腮。③彎曲（ㄑㄩ）；比喻屈服：例百折不撓、不屈不撓。

撕 手部 12 左右

ㄙ 扯開；剝開：例撕破、撕毀。

撩 手部 12 左右

ㄌㄧㄠˊ ①挑（ㄊㄧㄠˇ）逗：例春色撩人、撩逗。②把垂下的東西掀起來：例撩起長袍、撩了撩頭髮。③灑水：例往臉上撩些水。

撒 手部 12 左右

ㄙㄚ ①放出；張開：例撒謊、撒手、撒網。②盡力使出；表

老師的話：「隔著窗子撕字紙，撕了字紙吃柿子。」你會唸這句繞口令嗎？

老師的話：傳播的播唸作ㄅㄛˋ，不是ㄅㄛ喲！

現出：例撒野、撒潑、撒嬌。

ㄙㄚˇ ①分散（ㄙㄢˋ）地（˙ㄉㄜ）扔出：例撒種（ㄓㄨㄥˇ）、撒播。②分散地落下：例撒了一地。

撮

手部 12 左右

ㄘㄨㄛ ①量詞，用於成叢的毛髮：例一撮毛、一撮頭髮。②用手指捏取（細碎的東西）：例撮鹽、撮藥。③量詞，用於手指撮取的東西，借指極小的量（ㄌㄧㄤˋ）：例一撮鹽、一撮茶葉、一撮泥土。④聚攏：例撮合。

播

手部 12 左右

ㄅㄛˋ ①撒布種子（ㄓㄨㄥˇ ㄗˇ）：例播種、春播。②散布；傳（ㄔㄨㄢˊ）揚：例傳（ㄔㄨㄢˊ）播、廣播、播送。

撫

手部 12 左右

ㄈㄨˇ ①用手輕輕按：例撫摸。②慰問；慰勞（ㄌㄠˋ）：例撫慰、撫恤、安撫。③愛護；養育：例撫愛、撫育、撫養（ㄧㄤˇ）。

撣

手部 12 左右

ㄉㄢˇ 輕輕地（˙ㄉㄜ）掃或抽打：例撣掉、撣雪、撣一撣。

撅

手部 12 左右

ㄐㄩㄝ ①翹起：例撅嘴、撅尾巴。②折斷：例撅斷。

手部 12 撚 左右

一 ㇐ 扌 扐 扐 扐 扐 扐 撚 撚 撚 撚 撚 撚 撚

ㄋㄧㄢˇ 用手指揉搓。同「捻」。

手部 12 撬 左右

一 ㇐ 扌 扌 扌 扌 撬 撬 撬 撬 撬 撬 撬 撬 撬

ㄑㄧㄠˋ 用棍棒等工具插入縫（ㄈㄥˋ）隙中，用力挑起或撥開：例撬門、撬鎖、撬石頭。

手部 13 擅 左右

一 ㇐ 扌 扌 扌 扌 扌 扌 擅 擅 擅 擅 擅 擅 擅 擅

ㄕㄢˋ ①超越權限自作主張：例擅離職守、擅自處（ㄔㄨˇ）理。②在某方面有專長（ㄔㄤˊ）：例擅長（ㄔㄤˊ）、不擅辭令。

手部 13 擁 左右

一 ㇐ 扌 扌 扌 扌 扌 扌 擁 擁 擁 擁 擁 擁 擁 擁

ㄩㄥ ①摟抱：例擁抱。②圍著：例簇擁、前呼後擁。③聚集：例蜂擁而上、擁擠。④表示贊成並全力支持：例擁護、擁戴。

手部 13 擋 左右

一 ㇐ 扌 扌 扌 扌 扌 扌 擋 擋 擋 擋 擋 擋 擋 擋

ㄉㄤˇ ①阻攔；抵抗：例兵來將（ㄐㄧㄤˋ）擋、阻擋。②遮蔽：例擋雨、遮擋、擋陽光。③用來遮擋的東西：例擋土牆、擋風玻璃。

手部 13 撻 左右

一 ㇐ 扌 扌 扌 扌 扌 扌 撻 撻 撻 撻 撻 撻 撻 撻

ㄊㄚˋ （用鞭、棍等）抽打：例鞭撻。

老師的話：「撬」門、雪「橇」、「蹺」課、「翹翹」板，引號內的字小心別混淆了！

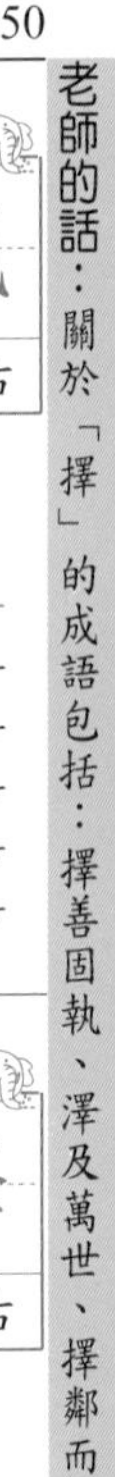
老師的話：關於「擇」的成語包括：擇善固執、澤及萬世、擇鄰而居。

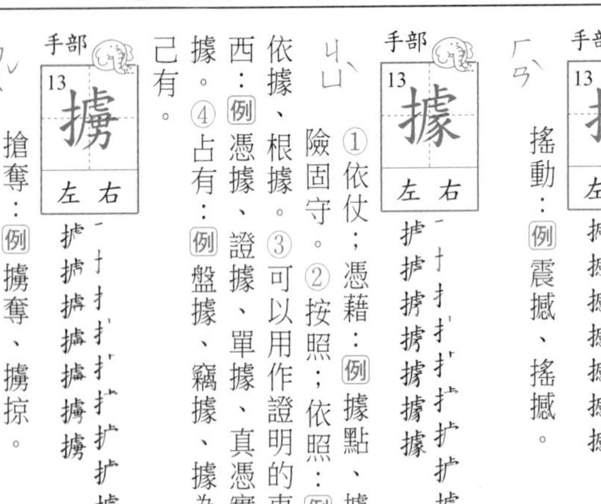
撼 手部 13 左右

ㄏㄢˋ 搖動：例震撼、搖撼。

據 手部 13 左右

ㄐㄩˋ ①依仗；憑藉：例據點、據險固守。②按照；依照：例依據、根據。③可以用作證明的東西：例憑據、證據、單據、真憑實據。④占有：例盤據、竊據、據為己有。

擄 手部 13 左右

ㄌㄨˇ 搶奪：例擄奪、擄掠。

擇 手部 13 左右

ㄗㄜˊ 挑（ㄊㄠ）選；挑揀：例選擇、不擇手段、擇優錄取。

擂 手部 13 左右

ㄌㄟˊ ①敲打：例擂鼓、自吹自擂。②古代比武的高臺：例擂臺。

操 手部 13 左右

ㄘㄠ ①拿在手裡；掌握：例操刀、操縱。②做；從事：例操之過急、操作、操勞（ㄌㄠˊ）。③使用（某種語言或方言）：例操英國腔。④練習；演習：例操練、操演、出操。⑤鍛鍊身體的方法：例早操、體操。⑥品德：例操行（ㄒㄧㄥˋ）、情操。

手部 13 **撿** 左右

ㄐㄧㄢˇ 拾取。通「揀」：例撿石頭、撿破爛。

手部 13 **擒** 左右

ㄑㄧㄣˊ 捕；捉：例擒拿、擒獲、束手被擒。

手部 13 **擔** 左右

ㄉㄢ ①用肩挑（ㄊㄧㄠ）：例擔水。②負責；承當（ㄉㄤ）：例擔責任、擔風險、擔當、承擔。③牽掛；放不下：例擔心、擔憂。④挑（ㄊㄧㄠ）東西的器具：例扁擔。

ㄉㄢˋ ①重量單位，一公擔等於一百公斤。②計算肩挑東西的單位：例一擔米。③比喻肩負的責任：例重擔。

手部 13 **擎** 上下

ㄑㄧㄥˊ 舉；向上托住：例擎起、擎受、一柱擎天。

手部 13 **擊** 上下

ㄐㄧˊ ①敲打；拍打：例擊鼓、擊掌、旁敲側擊。②刺；殺：例擊劍、反戈一擊。③攻打：例聲東擊西、迎頭痛擊、攻擊、打擊。④碰撞；觸及：例衝擊、撞擊、目

老師的話：「擔」是多音字，扁擔的「擔」唸作ㄉㄢˋ，不是ㄉㄢ喲！

猜猜看：「吊死鬼擦粉。」猜一句俗語。

答案：死要面子。

擊（目光接觸，表示親眼看見）。

手部 13 **擘** 上下

ㄅㄛˋ

大拇指：例巨擘（比喻在某一方面居於首位的人物）。

手部 14 **擠** 左右

ㄐㄧˇ

①互相推、擁：例推擠、擠上車。②強行（ㄑㄧㄤˇ ㄒㄧㄥˊ）使人離開或不進入：例擠掉、排擠。③用力使東西排出：例擠牙膏、擠牛奶。④緊緊地（˙ㄉㄜ）靠在一起：例擁擠、擠滿人。

手部 14 **擰** 左右

ㄋㄧㄥˇ

①握住物體的兩頭，向相反方向旋轉（ㄓㄨㄢˇ）：例擰毛巾。②用手指夾住皮肉使勁轉（ㄓㄨㄢˇ）動：例擰耳朵。③用力扭轉（ㄓㄨㄢˇ）物體：例擰螺絲、擰緊水龍頭、擰開瓶蓋。④對立；意見不同：例兩人愈說愈擰。

ㄋㄧㄥˋ

倔強（ㄐㄩㄝˋ ㄐㄧㄤˋ）：例擰性、脾氣擰。

手部 14 **擦** 左右

ㄘㄚ

①物體緊貼著另一物體迅速移動：例擦傷、摩擦、擦火柴。②貼近；挨近：例擦身而過、擦著水面飛。③揩（ㄎㄞ）拭：例擦眼淚、擦皮鞋、擦桌子。④塗抹：例擦粉、擦藥膏。

老師的話：形容料想不到的事，可以說「一個骰子擲七點——意料之外。」

手部 14 **擬** 左右

ㄋㄧˇ ①比較；仿照：例比擬、模擬。②打算；準備：例擬於明日離開。③設計；起草：例擬方案、擬稿、擬定、草擬。

手部 14 **擱** 左右

ㄍㄜ ①禁(ㄐㄧㄣ)受；承受：例擱不住、擱得(˙ㄉㄜ)住。②放置：例擱置、擱放、把花盆擱在窗臺上。③放進；添加：例包餃子多擱點肉、擱不擱味精都好(ㄏㄠˇ)吃。

手部 15 **擴** 左右

ㄎㄨㄛˋ 使(範圍、規模等)增大：例擴大、擴張、擴建。

手部 15 **擲** 左右

ㄓˊ 拋；扔：例擲鉛球、擲地有聲(形容話語豪邁有力)、投擲。

手部 15 **擾** 左右

ㄖㄠˇ 打攪；使混亂或不安寧：例擾民、擾亂、攪擾、打擾。

手部 15 **攆** 左右

ㄋㄧㄢˇ ①趕人離開；驅逐：例攆走、攆出去。②追趕：例攆得(˙ㄉㄜ)上。

猜猜看：「手摘蘭花草」，猜一個字。

答案：攔。

手部 15 **擺** 左右

ㄅㄞˇ ①排列；放置：例擺放、擺設。②列舉；陳述：例擺明事實。③故意顯示：例擺闊、擺資格、擺架子。④來回搖動：例搖擺、擺手、擺動。⑤鐘錶、儀器裡來回搖動的零件：例鐘擺、擺輪。

手部 15 **擻** 左右

ㄙㄡˇ （抖擻）振作：例抖擻精神。

手部 15 **攀** 上下

ㄆㄢ ①抓住東西往上爬：例攀登。②拉攏；牽連拉扯：例高攀、攀親、攀談、攀扯。

手部 16 **攏** 左右

ㄌㄨㄥˇ ①聚合在一起：例聚攏、收攏、拉攏、合不攏、談不攏。②停靠；靠近：例攏岸、靠攏。③梳理：例攏一攏頭髮。

手部 17 **攘** 左右

ㄖㄤˇ 排斥；除掉：例攘除、攘外（抵禦外患）。

手部 17 **攔** 左右

ㄌㄢˊ ①阻止；遮擋：例攔住車、攔截、阻攔。②對著（˙ㄓㄜ）：例攔腰斬斷。

手部 17 攙 左右

ㄔㄢ 用手輕輕架著別人的手或胳臂：例攙扶、攙著老人上樓。

手部 18 攝 左右

ㄕㄜˋ ①吸取：例攝取、攝食。②指攝影：例攝製、拍攝。

手部 18 攜 左右

ㄒㄧ 隨身帶著（˙ㄓㄜ）；用手拉著（˙ㄓㄜ）：例攜款潛逃、扶老攜幼、攜帶、攜手。

手部 19 攤 左右

ㄊㄢ ①鋪開；擺開：例攤牌、攤開地圖。②分擔（ㄉㄢ）：例分攤、均攤、平攤、攤派。③設在路邊、廣場上，無店鋪（ㄆㄨˋ）的售貨處（ㄔㄨˋ）：例地攤、攤位。④量詞，用於液體或糊狀物：例一攤血。

手部 19 攢 左右

ㄗㄢˇ 積累（ㄌㄟˇ）；儲蓄：例攢錢、積攢。

ㄘㄨㄢˊ ①拼湊；聚集：例攢聚、攢集、買零件攢電腦。②皺：例攢眉。

手部 19 攣 上下

ㄌㄨㄢˊ （手腳）彎曲（ㄑㄩ）不能伸開：例攣縮、痙（ㄐㄧㄥˋ）攣。

老師的話：「一攤水」也可以寫作「一灘水」喲！

手部 20 **攫** 左右

ㄐㄩㄝˊ 奪取：例攫取、攫奪、攫為（ㄨㄟˊ）己有。

手部 20 **攪** 左右

ㄐㄧㄠˇ ①擾亂；打亂：例攪局、攪擾、打攪。②用棍子等拌和（ㄏㄨㄛˋ），使混合物均勻：例攪伴、攪一攪。

ㄍㄠˇ ①做；弄。通「搞」：例胡攪、瞎攪、亂攪。②造成：例攪成今天的局面。

手部 21 **攬** 左右

ㄌㄢˇ ①握住；把持：例獨攬大權。②把人或事物吸引過來：例延攬、招攬、攬生意。③圍抱；摟：例把孩子攬在懷裡。

支部 ㄓ

支部 0 **支** 上下

ㄓ ①架起：例支柱、支架、支點。②支持：例支援、體力不支、樂不可支。③從總體中分出的部分：例分支、旁支、支流、支線。④分派；打發：例支使、支派、支配。⑤付出或領取：例支錢、支出、開支、收支平衡。⑥指地支，包括子、丑、寅、卯、辰、

猜猜看：「兩眼看，抓一隻」，猜一個字。

答案：攫。

巳、午、未、申、酉、戌、亥，用於紀日、紀年和排列順序等：例干支紀年。⑦量詞，用於桿狀物、樂曲(ㄩㄝˋ ㄑㄩˇ)、隊伍等：例一支筆、一支隊伍。

攴部（ㄆㄨ）

收
攴部 2 左右

ㄕㄡ ①把散開的東西聚合在一起：例收拾、收集。②獲得(ㄉㄜˊ)：例收益、收入、收支平衡。③收割：例豐收、搶收、秋收、收成。④取回屬於自己的東西：例收取、收回、收稅、收房租、收費、收復。⑤接受；容納：例收到、收留、收容、收養。⑥約束：例收斂、收不住心、收住腳步。⑦結束：例收工、收兵、收場。

改
攴部 3 左右

ㄍㄞˇ ①變更(ㄍㄥ)；更(ㄍㄥ)換：例改變、改換、改革、改天換地。②把錯誤的變成正確的：例改正、改掉、改過、改邪歸正。③把原來的事物加以修飾改變，使更好：例修改、改衣服、改文章。

攻
攴部 3 左右

ㄍㄨㄥ ①主動打擊敵人(跟「守」相對)：例攻下、攻占、攻勢、易守難攻。②專心地研究；鑽(ㄗㄨㄢ)研：例專攻、攻讀。

老師的話：留下來長時間的照顧用「收留」，留下來短時間的照顧用「收容」。

老師的話：「買鹹魚放生——不知死活」，這句歇後語是比喻不可能的事卻堅持去做。

攴部 4 **放** 左右

丶 亠 方 方 方 於 放

ㄈㄤˋ ①不加拘束；放縱（ㄗㄨㄥˋ）：例放開嗓子唱、豪放。②解（ㄐㄧㄝˇ）除禁令或拘押，使自由：例解放、釋放、放行（ㄒㄧㄥˊ）。③把羊等牲畜趕到野地裡找食和活動：例放羊、放豬、放牧。④暫時停止工作或學習：例放工、放學、放假（ㄐㄧㄚˋ）。⑤指引火焚燒：例放火。⑥發出；發射：例放槍、放箭、發放、放光芒。⑦把錢借給別人並且收取利息：例放款、放高利貸。⑧（花）開：例鮮花怒放、百花齊放。⑨擴大；延長（ㄔㄤˊ）：例放長、放大、放寬。⑩擱置：例放置、存放。⑪把某些東西加進去：例放鹽、投放。⑫控制（行動、態度等），使達到某種（ㄓㄨㄥˇ）狀態：例放慢速度、放輕腳步。

ㄈㄤˇ ①依照；依據：例放於利而行（ㄒㄧㄥˊ）。②至、到：例放乎四海。

攴部 5 **政** 左右

一 丅 下 正 正 正 政 政 政

ㄓㄥˋ ①管理眾人的事：例政治、政府、政權、政務。②政府部門主管的業務：例財政、民政、郵政、市政。

攴部 5 **故** 左右

一 十 十 古 古 古 故 故 故

ㄍㄨˋ ①原因：例緣故、藉故、無緣無故。②指意外的或不幸的事：例事故、變故。③有意識或有目的（ㄉㄧˋ）地（˙ㄉㄜ）做：例故意、明知故犯、故作鎮靜。④原來的；過去的：例故鄉、故地、故居。⑤指老朋友：例沾親帶故、一見如故。⑥死亡：例病故、故去。

攴部 6
效
左右

ㄒㄧㄠˋ ①模仿：例效法、仿效、上行下效。②獻出；盡力：例效勞（ㄌㄠˊ）、效忠、效力。③功用：例有效、見效、效果。

攴部 7
敝
左右

ㄅㄧˋ ①破舊：例敝衣、破敝。②用於稱（ㄔㄥ）有關自己的事物，表示謙虛：例敝校（ㄒㄧㄠˋ）、敝處（ㄔㄨˋ）、敝姓。

攴部 7
敖
左右

ㄠˊ 姓。

攴部 7
救
左右

ㄐㄧㄡˋ ①採取措施，使災難（ㄋㄢˋ）或危急情況終止：例救火、救災、救亡、救急。②援助，使脫離危險或免遭災難（ㄋㄢˋ）：例挽救、營救、拯救。

攴部 7
教
左右

ㄐㄧㄠˋ ①把知識、技能傳（ㄔㄨㄢˊ）授給別人：例教導、教育、教養、管教、求教。②指宗教（ㄐㄧㄠˋ）：

老師的話：破敝的「敝」和寬敞的「敞」字形相似，小心別寫錯了！

老師的話：「敏銳」指思想、智慧，「敏捷」形容動作或行為過程。

例佛教、教徒。③使；命令：例誰教你買的。

ㄐㄧㄠ 傳(ㄔㄨㄢˊ)授(知識或技能)：例教書、教跳舞。

攴部 7 **敗** 左右

ㄅㄞˋ ①損壞；毀壞：例敗家、敗壞、傷風敗俗。②做事沒有成功(跟「成」相對)：例成敗、失敗。③在戰爭或競賽中失利(跟「勝」相對)：例只許勝，不許敗、敗仗。④戰勝；打贏：例大敗敵軍。⑤衰落；腐爛：例衰敗、敗落、腐敗。⑥使某些致病因素減弱或消失：例敗毒、敗火。

攴部 7 **啟** 左右

ㄑㄧˇ ①開；打開：例啟封、啟齒(開口)、某某啟(寫在信封上，表示由某人拆信)。②開導；教(ㄐㄧㄠ)導：例啟蒙、啟發、啟示。③開始：例啟動、啟程。④陳述；報告：例啟事。

攴部 7 **敏** 左右

ㄇㄧㄣˇ ①反應(ㄧㄥˋ)快；靈活：例敏捷、靈敏、敏感。②聰明：例聰敏。

攴部 7 **敘** 左右

ㄒㄩˋ ①交談；說：例敘舊、敘談、敘家常。②把事情的經過按次序說出來或寫出來：例敘述、敘事。

攴部 8 **敞** 左右

丨 ⺊ ⺌ ⺌ 尚 尚 尚 尚 尚 敞 敞 敞

ㄔㄤˇ ①寬闊；沒有遮掩：例寬敞、敞亮。②打開：例敞開、敞嘴大笑。

攴部 8 **敦** 左右

丶 亠 亡 亩 亨 亨 享 享 享 孰 敦 敦

ㄉㄨㄣ ①督促：例敦促。②忠厚；誠懇：例敦厚、敦請、敦聘。

攴部 8 **敢** 左右

一 ㄱ 工 干 开 开 耳 耳 耳 敢 敢 敢

ㄍㄢˇ ①有勇氣；有膽量（ㄌㄧㄤˋ）：例勇敢、果敢。②表示有勇氣做某事：例敢當（ㄉㄤ）。

猜猜看：「把馬驚跑了」，猜一個字。

攴部 8 **散** 左右

一 十 卄 卄 卄 昔 昔 昔 昔 散 散 散

ㄙㄢˇ ①零碎的；不連續的：例散沙、散裝、散碎。②藥粉：例胃散。③不緊密的；雜亂的：例鬆散、散漫。

ㄙㄢˋ ①聚在一起的人或物分開：例散會、離散、散夥、煙消雲散。②分布到各處：例散布、散發、散播（ㄅㄛˋ）。③排遣；解除：例散心、散步。

攴部 9 **敬** 左右

丶 丷 ⺾ 艹 芍 芍 苟 苟 苟 敬 敬 敬

ㄐㄧㄥˋ ①態度嚴肅有禮貌：例敬意、敬請光臨。②尊重：例敬重、敬佩、孝敬、敬老愛幼。③有禮貌地（˙ㄉㄜ）獻上：例敬菜、敬酒。

答案：敬。

老師的話：「敲竹槓」通常指占小便宜，「敲詐」才是比較嚴重的勒索。

攴部 10 **敲** 左右

ㄑㄧㄠ ①擊打：例敲鼓、敲門。②用欺騙手段抬高價格或倚仗勢力索取財物：例敲詐、敲竹槓。

攴部 11 **敵** 左右

ㄉㄧˊ ①對手：例敵手、天下無敵。②與自己有仇恨的：例敵人、仇敵、敵國、敵意。③抵擋：例萬夫莫敵、寡不敵眾。④相當（ㄒㄧㄤ）的：例勢均力敵。

攴部 11 **敷** 左右

ㄈㄨ ①（用粉、藥等）搽（ㄔㄚˊ）；塗：例敷藥、敷傷口。②足夠：例入不敷出（收入的錢不夠支付花費）、不敷使用（不夠用）。

攴部 11 **數** 左右

ㄕㄨˇ ①查點；計算：例數一數、從一數到十。②跟同類比較最突出：例同學中數他年紀最小、要說電腦，還得數班長。③一一舉出：例數說、數落（ㄌㄨㄛˋ）、歷數。

ㄕㄨˋ ①計算東西多少的語詞：例數目、整數、人數、歲數、數字。②幾；幾個：例數人、數次、數年。

ㄕㄨㄛˋ 屢次：例數見不鮮（ㄒㄧㄢ）。

攴部 12 **整** 上下

ㄓㄥˇ ①有秩序，有條理；不凌亂：例整齊、整潔、工整、嚴整。②使有條理、有秩序：例重（ㄔㄨㄥˊ）整旗鼓、整理、整隊、整頓。③修理：例整舊如新、整修、修整。④使受苦：例整人、挨整。⑤完全；沒有殘缺或損壞：例整塊、整套、整體、完整。⑥沒有零頭的（跟「零」相對）：例整二十年、一萬元整、晚上十點整、化整為零。

攴部 13 **斂** 左右

ㄌㄧㄢˇ ①聚集；徵收：例斂財、橫征暴斂。②收起；約束：例收斂。

攴部 13 **斃** 上下

ㄅㄧˋ 死：例斃命、擊斃、槍斃。

老師的話：「文房四寶」是指筆、墨、紙、硯。

文部 ㄨㄣˊ

文部 0 **文** 獨體

丶 亠 ナ 文

ㄨㄣˊ ①在身上或臉上刺畫花紋或字：例文身。②非軍事的（跟「武」相對）：例文人、文官、文武雙全。③溫和（ㄏㄜˊ）；不猛烈：例文雅、文靜、文火。④指自然界的現象：例天文、水文、人文。⑤語言的書面形式：例文字、英文、甲骨文。⑥由字組成的篇章：例文章、散文、作文、文不對題。⑦指社會科學：例我是學文猜猜看：「非常斯文」，猜一個字。

的，他是學工的、文科。⑧五四以前通用的以古文為基礎的書面語言：例文言文、文白夾雜、半文半白。⑨量詞，用於舊時的銅錢（銅錢的一面鑄有文字）：例十文錢、分文不取。

ㄨㄣˋ 掩飾；修飾：例文過、文飾。

文部 8 **斑** 左右

ㄅㄢ ①顏色中夾雜小點或條紋：例紅斑、黑斑、斑點、斑紋。②幾種（ㄓㄨㄥˇ）顏色夾雜在一起：例斑白、斑駁。

文部 8 **斐** 上下

ㄈㄟˇ 形容有文彩的樣子：例斐然成章。

答案：斐。

斗部 ㄉㄡˇ

斗部 0 **斗** 獨體

ㄉㄡˇ ①容量（ㄌㄧㄤˋ）單位，一斗等於十升。②有柄，口大底小的方形器具，用來量（ㄌㄧㄤˊ）米或其他東西。③形狀像斗的器物：例漏斗、煙斗、熨斗。④狹小的：例斗室。⑤龐大的：例斗膽。

斗部 6 **料** 左右

ㄌㄧㄠˋ ①推測；估計：例預料、料想、料事如神。②處（ㄔㄨˇ）理；照顧：例料理、照料。③能夠用來製造成品或半成品的東西：例木料、衣料、材料、廢料。④具有某種特定用途的物品：例飲料、飼料、肥料、燃料、顏料、調（ㄊㄧㄠˊ）味料。⑤可供（ㄍㄨㄥ）參考或作依據的材料：例史料、資料、笑料。

斗部 7 斜 左右

ノ ノ ㇒ 今 牟 余 余 余 余 斜

ㄒㄧㄝˊ ①不正；不直：例斜坡、傾斜、斜對面。②向偏離正中或正前方的方向移動：例太陽已經西斜。

ㄧㄝˊ 〔斜谷〕地名，在陝西省。

斗部 9 斟 左右

一 十 廾 廾 甘 苴 其 甚 甚 甚 甚 斟

ㄓㄣ ①把茶、酒倒（ㄉㄠˋ）入杯子等容器：例斟酒、斟茶、自斟自飲。②仔細思考：例斟酌、字斟句酌。

斗部 10 斡 左右

一 十 十 古 古 古 卓 卓 卓 斡 斡 斡 斡 斡

ㄨㄛˋ 旋轉（ㄓㄨㄢˇ）：例斡旋（引申指調（ㄊㄧㄠˊ）解）。

斤部 ㄐㄧㄣ

斤部 0 斤 獨體

一 厂 斤 斤

老師的話：斡旋的「斡」和能幹的「幹」字形相似，小心別寫錯了！

老師的話：北宋人們稱專門報導宮廷八卦消息和政治動態的小報叫「新聞」。

ㄐㄧㄣ 重量單位，有公斤、臺斤等：例半斤八兩。

斥 斤部 1 獨體

㇒ 𠂆 斤 斤 斥

ㄔˋ ①多：例充斥。②使離開：例排斥、斥退。③責備：例申斥、斥責。

斧 斤部 4 上下

丿 八 父 父 斧 斧 斧 斧

ㄈㄨˇ 砍東西的工具：例斧斤、斧頭。

斫 斤部 5 左右

一 丆 不 石 石 石 矿 矿 斫

ㄓㄨㄛˊ 砍；削（ㄒㄩㄝ）：例斫輪老手（指富有經驗的人）。

斬 斤部 7 左右

一 丆 万 百 亘 車 車 車 斬 斬 斬

ㄓㄢˇ 砍；砍斷：例斬草除根、斬釘截鐵、快刀斬亂麻。

斯 斤部 8 左右

一 十 廾 廾 甘 甘 其 其 其 斯 斯 斯

ㄙ 這個；這裡：例斯人、斯時、生於斯，長（ㄓㄤˇ）於斯。

新 斤部 9 左右

丶 亠 亡 立 立 辛 辛 亲 亲 新 新 新 新

ㄒㄧㄣ ①初次出現或初次經驗（跟「舊」或「老」相對）：例新產品、新風氣、新紀錄、新居、新興（ㄒㄧㄥ）。②使變新：例改過自新、耳目一新。③還沒有使用過的（跟「舊」相對）：例嶄新、新衣服、新皮鞋。④特指剛結婚的：例新郎、新娘、新人。⑤指新的人或事物：例迎新、嘗新、推陳出新。⑥最近；剛：例新來的、新買的、新入學、新近。

斤部 14 **斷** 左右

ㄉㄨㄢˋ ①東西分成幾截：例砍斷、截斷、折斷。②隔絕；使不再連貫：例斷絕、斷訊、間（ㄐㄧㄢˋ）斷、斷斷續續。③判定；決定：例當機立斷、獨斷、判斷、診斷。

方部 ㄈㄤ

老師的話：「方」字的筆順是「、亠亐方」，小心別寫錯了！

方部 0 **方** 獨體

、亠亐方

ㄈㄤ ①四個角都是直角的四邊形：例長方、正方。②區域：例地方、遠方。③方向：例東方、四面八方。④相對或相關的一面：例雙方、對方、甲方。⑤做事的步驟、辦法：例方法、引導有方、千方百計。⑥指藥單：例藥方、處方、偏方。⑦數學上稱一個數自乘（ㄔㄥˊ）的積為方：例平方、立方。⑧量詞：例一方匾額。⑨正；才：例來日方長、如夢方醒。

方部 4 **於** 左右

ㄩˊ ①在：例生於憂患。②向；對；給：例求助於大家、滿

老師的話：施嗜弒獅，獅死，獅屍適石室，施氏食獅。你會唸這句繞口令嗎？

足於現狀、嫁禍於人。③從；自：例畢業於著名大學、萊因河發源於阿爾卑斯山。④表示被動：例甲隊敗於乙隊、限於條件。⑤表示「在……方面」：例勇於自我反省（ㄒㄧㄥˇ）、忙於工作、樂於助人。⑥表示方向、目標：例氣候趨於寒冷、工程接近於完成、獻身於科學。⑦比：例輕於鴻毛、高於一切。

方部 5 **施** 左右

ㄕ ①給：例施禮、施恩。②把自己的財物送給別人：例施捨、施給。③添加：例施肥。④實行；發揮：例倒行（ㄉㄠˋ ㄒㄧㄥˊ）逆施、實施、施行（ㄒㄧㄥˊ）、施工、施展。

方部 6 **旁** 上下

ㄆㄤˊ ①邊；側：例旁聽（ㄊㄧㄥ）、旁門、袖手旁觀。②其他的；別的：例旁人、旁證。③國字的偏旁：例言字旁、豎心旁。

方部 6 **旅** 左右

ㄌㄩˇ ①軍隊編制單位。②指軍隊：例軍旅、勁旅。③離家居留在外地：例旅行、旅遊。

方部 7 **族** 左右

ㄗㄨˊ ①家族：例族長（ㄓㄤˇ）、宗族。②民族：例藏族、漢族。③同一類事物或人：例水族

（水生動物）、上班族。

方部 7 旋 左右

丶亠方方方' 方' 方' 旋 旋

ㄒㄩㄢˊ ①（物體）圍繞一個中心轉（ㄓㄨㄢˋ）動：例旋轉（ㄓㄨㄢˇ）、盤旋、旋繞。②回來：例凱旋。③圈子：例打旋、旋渦。

ㄒㄩㄢˋ ①轉（ㄓㄨㄢˋ）圈的：例旋風。②用車床或刀子轉著（ㄓㄨㄛˊ）圈（ㄑㄩㄢ）切削（ㄑㄧㄝ ㄒㄩㄝˋ）：例旋床。

方部 7 旌 左右

丶亠方方方' 方' 方' 旌 旌

ㄐㄧㄥ ①古代一種（ㄓㄨㄥˇ）用羽毛裝飾的旗幟：例旌旗招展。②表彰：例旌表。

方部 7 旎 左右

丶亠方方方' 方' 方' 旎 旎

ㄋㄧˇ 〔旖（ㄧˇ）旎〕柔媚的樣子。見「旖」。

方部 10 旗 左右

丶亠方方方' 方' 方' 旗 旗 旗 旗 旗 旗

ㄑㄧˊ ①旗子：例升旗、國旗、彩旗。②內蒙古自治區的行政區劃單位，相當於縣：例盟旗。

方部 10 旖 左右

丶亠方方方' 方' 方' 旖 旖 旖 旖 旖 旖

ㄧˇ 〔旖旎（ㄋㄧˇ）〕柔美嫵媚的樣子：例風光旖旎。

无部

ㄨˊ

老師的話：「旗袍」最早是清代旗人婦女所穿的服裝。

猜猜看：「畫時圓，寫時方，有它暖，沒它涼。」猜一個字。

答案：日。

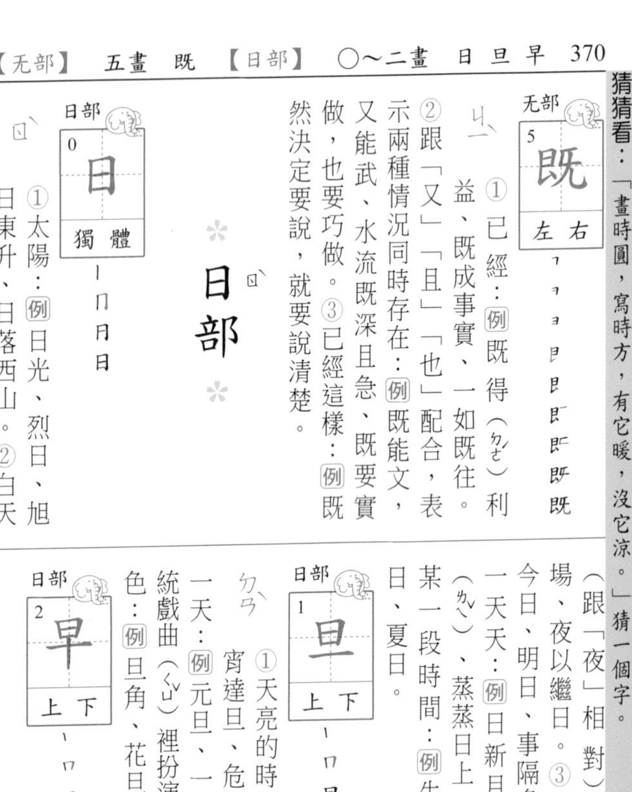

无部

既 5 左右

ㄐㄧˋ

①已經：例既得(ㄉㄜˊ)利益、既成事實、一如既往。②跟「又」「且」「也」配合，表示兩種情況同時存在：例既能文，又能武、水流既深且急、既要實做，也要巧做。③已經這樣：例既然決定要說，就要說清楚。

日部

日部

日 0 獨體

ㄖˋ

①太陽：例日光、烈日、旭日東升、日落西山。②白天（跟「夜」相對）：例日班、日場、夜以繼日。③一晝夜；天：例今日、明日、事隔多日。④每天；一天天：例日新月異、日積月累(ㄌㄟˇ)、蒸蒸日上。⑤指某一天或某一段時間：例生日、節日、往日、夏日。

日部

旦 1 上下

ㄉㄢˋ

①天亮的時候；早晨：例通宵達旦、危在旦夕。②指某一天：例元旦、一旦。③傳(ㄔㄨㄢˊ)統戲曲(ㄑㄩˇ)裡扮演婦女的角(ㄐㄩㄝˊ)色：例旦角、花旦。

日部

早 2 上下

ㄗㄠˇ ①日出前後的一段時間：例早晨、清早、早市、早操、一大早。②提前的：例早期、早春、早稻。③表示很久以前：例問題早解決了、我早就知道。④早晨見面時互相問候的話：例早安。

日部 2 旨 上下 ㄧ ㄈ ㄈ ㄈ 旨 旨

ㄓˇ ①用意；目的：例主旨、要旨、宗旨、旨意。②特指帝王的命令：例遵旨、抗旨、聖旨。

日部 2 旬 半包圍 ノ ㄅ 勹 句 旬 旬

ㄒㄩㄣˊ ①十天叫一旬，一個月分上、中、下三旬：例中旬、旬刊。②十歲叫一旬：例六旬大壽、年滿七旬。

日部 2 旭 半包圍 ノ 九 九 旭 旭 旭

ㄒㄩˋ 太陽初升的樣子；也指初升的太陽：例旭日東升、初旭、朝（ㄓㄠ）旭。

日部 3 旱 上下 丨 ㄇ 日 日 旦 旦 旱

ㄏㄢˋ ①長（ㄔㄤˊ）時間不下雨或雨量（ㄌㄧㄤˋ）太小，田地缺水：例天旱、乾旱、旱災、旱情。②指旱災：例抗旱、防旱。③指陸路交通：例旱路。

日部 4 旺 左右 丨 ㄇ 日 日 日一 日二 日干 旺

ㄨㄤˋ 興盛（ㄒㄧㄥ ㄕㄥˋ）：例旺季、旺盛、興（ㄒㄧㄥ）旺、人畜（ㄔㄨˋ）

猜猜看：「九個太陽」，猜一個字。

答案：旭。

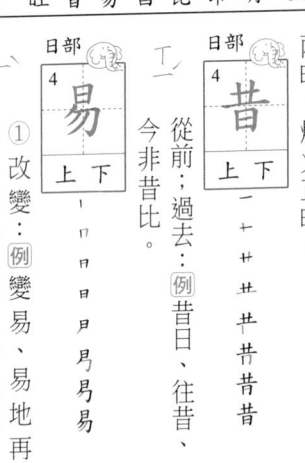

兩旺、爐火正旺。

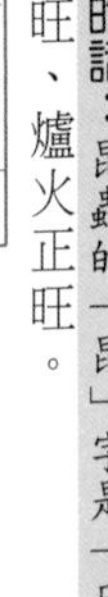

老師的話：昆蟲的「昆」字是「日（ㄖˋ）部」，不是「比」部喲！

日部 4 **昔** 上下
一 十 廾 廾 共 昔 昔 昔

ㄒㄧˊ 從前；過去：例昔日、往昔、今非昔比。

日部 4 **易** 上下
丨 冂 日 日 月 月 易 易

ㄧˋ ①改變：例變易、易地再戰、移風易俗。②交換；換：例貿易、交易。③容易，不費力（跟「難（ㄋㄢˊ）」相對）：例輕而易舉、簡便易行（ㄒㄧㄥˊ）、輕易、淺易。④謙遜；和（ㄏㄜˊ）氣：例平易近人。

日部 4 **昌** 上下
丨 冂 日 日 昌 昌 昌 昌

ㄔㄤ 興盛（ㄒㄧㄥ ㄕㄥˋ）；旺盛：例繁榮昌盛、科學昌明。

日部 4 **昆** 上下
丨 冂 日 日 旦 昆 昆 昆

ㄎㄨㄣ ①哥哥：例昆仲。②〔昆蟲〕蟲類的總稱（ㄔㄥ）。③〔昆侖〕山脈名，西起帕米爾高原東部，橫貫新疆、西藏，東面延伸到青海境內。

日部 4 **昂** 上下
丨 冂 日 日 旦 昂 昂 昂

ㄤˊ ①抬起：例昂首闊步、昂起頭。②價錢高：例昂貴。③情緒高：例鬥志昂揚、慷慨激昂。

日部 4 **明** 左右
丨 冂 日 日 明 明 明 明

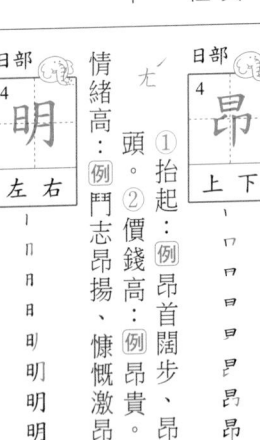

ㄇㄧㄥˊ ①亮（跟「暗」相對）：例月明星稀、明珠、鮮（ㄒㄧㄢ）明、明亮。②次；下一個（˙ㄍㄜ）：例明年、明天。③清楚：例明白、分（ㄈㄣ）明、說明、簡明、明快。④懂得（˙ㄉㄜ）；了（ㄌㄧㄠˇ）解：例不明真相、深明大義。⑤公開的；顯露（ㄌㄨˋ）的：例有話明說、明爭暗鬥。⑥視力：例雙目失明。⑦視力好（ㄏㄠˇ）；有眼光：例眼明手快、精明、高明、明智。

日部 4 **昀** 左右

ㄩㄣˊ 古代指陽光。

日部 4 **昏** 上下

ㄏㄨㄣ ①天快黑的時候：例黃昏。②光線暗淡；模糊不清：例昏暗、天昏地暗、老眼昏花。③頭腦糊塗；神志不清：例昏頭昏腦、發昏、昏庸。④失去知覺（ㄐㄩㄝˊ）：例昏倒（ㄉㄠˇ）在地、昏迷不醒。

日部 4 **昇** 上下

ㄕㄥ 上升。同「升」。

日部 5 **春** 上下

ㄔㄨㄣ ①一年四季的第一季：例春風、春耕、春遊、新春。②比喻生機：例妙手回春。

老師的話：「春眠不覺曉，處處聞啼鳥。夜來風雨聲，花落知多少。」是孟浩然的作品。

老師的話：「反映」有表達意思的意思，「反應」指因為刺激而引起的活動。

日部 5 昭 左右

丨 冂 日 日 日ㄱ 日ㄲ 日召 昭 昭

ㄓㄠ 明白；明顯：例昭示、昭告、昭著（ㄓㄨˋ）、昭彰。

日部 5 映 左右

丨 冂 日 日 日' 日ㄇ 日ㄇ 昳 映

ㄧㄥˋ ①照：例映紅、映入、照映、映射。②因照射而顯出反射：例倒映、反映。③指播（ㄅㄛˋ）放影片：例上映、開映、首映。

日部 5 昧 左右

丨 冂 日 日 日一 日二 昧 昧 昧

ㄇㄟˋ ①糊塗；無知：例愚昧、蒙昧。②隱藏（ㄘㄤˊ）；違背（ㄅㄟˋ）：例拾金不昧、昧著（˙ㄓㄜ）良心。

日部 5 是 上下

丨 冂 日 日 旦 早 早 昇 是

ㄕˋ ①聯繫（ㄒㄧˋ）兩種事物。⑴表示判斷：例《紅樓夢》的作者是曹雪芹、我是三年級學生、這本書是我的。⑵表示解釋或描述：例今年又是豐年、劉老師是體育好手。⑶表示存在：例沿街是一排商店、屋子裡全是人。②正確（跟「非」相對）：例你說得（˙ㄉㄜ）是、自以為是、似是而非。③指正確的或肯定的結論：例實事求是、各行（ㄏㄤˊ）其是。④表示答應（ㄧㄥˋ）：例是，我明白了、是，我馬上就去。

日部 5 星 上下

丨 冂 日 日 尸 旦 星 星 星

ㄒㄧㄥ ①天空（ㄎㄨㄥ）中（ㄓㄨㄥ）除太陽、月亮以外用眼或望遠鏡可以看到的發光的天體：例星星、星空、繁星。②形狀像星的東西，也指細小零碎或閃亮的東西：例鐵油星、直冒火星。③比喻突出的、有特殊作用或才能的人：例救星、災星、影星、歌星。

日部 5 **昨** 左右

丨 ㄇ 日 日 日ノ 日𠂉 昨 昨 昨

ㄗㄨㄛˊ 今天的前一天：例昨天、昨夜。

日部 6 **時** 左右

時 丨 ㄇ 日 日 日一 日十 日土 日土 時

ㄕˊ ①季節：例時令、農時、應（ㄧㄥˋ）時、四時八節。②過去、現在、未來的持續，一直到無限：例時間。③某一段時間；規定的時間：例古時、平時、戰時、過時、按時、準時。④計算時間的單位，一小時是六十分鐘：例時辰、小時。⑤當前的；目前的：例時事、時局、時務、時價。⑥機會：例一時、適時、時機、時運、時裝。⑦常常；經常：例時常、時時、時有出現。⑧有時候：例時鬆時緊、時有時無。

日部 6 **晉** 上下

晉 一 ㄈ 亚 亚 亚 晉 晉 晉

ㄐㄧㄣˋ ①向前進；向上升。通「進」：例晉見、晉升、晉級。②山西的別稱（ㄔㄥ）：例晉劇。③前往：例晉升、晉見、晉謁（ㄧㄝˋ）、晉階。

老師的話：關於「時」的成語包括：時來運轉、時過境遷、時隱時現。

老師的話：晏起的「晏」和宴會的「宴」字形相似，小心別寫錯了！

日部 6 晏 上下

晏 丶口日日旦旦旱旱晏晏

ㄧㄢˋ ①晚；遲：例晏起、晏駕（指帝王死）。②平靜；安定：例河清海晏、海內晏如。

日部 6 晃 上下

晃 丶口日日旦早早昇晃晃

ㄏㄨㄤˇ ①（亮光）閃耀：例光線太強（ㄑㄧㄤˊ），晃得（˙ㄉㄜ）眼睛難受、晃眼、明晃晃。②很快地閃過：例虛晃、一晃而過。（˙ㄉㄜ）

ㄏㄨㄤˋ 搖；擺：例搖晃、晃一晃、搖頭晃腦。

日部 6 晒 左右

晒 丨冂日日日一日一日丂日丙晒

ㄕㄞˋ ①太陽照射：例日晒。②把東西放在陽光下使乾燥；人或物在陽光下吸收光和熱：例晒衣服、晒太陽。

日部 6 晌 左右

晌 丨冂日日日′日′的昫晌

ㄕㄤˇ ①正午或正午前後：例晌午（˙ㄏㄨㄛ）、歇晌。②指一天內的一段時間，也指一個白天：例半晌、前半晌、晚半晌。

日部 7 晝 上下

晝 ㄱ ㅋ ㅋ ㅋ 聿 聿 聿 書 書 書畫

ㄓㄡˋ 白天（跟「夜」相對）：例白晝、晝夜、晝短夜長。

日部 7 晚 左右

晚 丨冂日日日′日⺈日⺈日⺈日⺈ 晚晚

ㄨㄢˇ ①日落的時候：例晚霞。②天黑以後到深夜以前的時間；泛指黑夜：例晚會、晚場、晚車、夜晚。③過了原定的或合適的時間：例晚了一步、火車晚點。④時間上靠後的；臨近終了（ㄌㄧㄠˇ）的：例晚秋、晚稻、晚期、晚輩、晚年。

晤 日部 7 左右

ㄨˋ 相會；見面：例晤面、晤談、會晤。

晨 日部 7 上下

ㄔㄣˊ 清早；太陽剛剛升起的時候或升起前後的一段時間：例早晨、清晨。

晦 日部 7 左右

ㄏㄨㄟˋ ①農曆每月的最後一天。②黑夜：例風雨如晦。③昏暗；不明顯：例晦暗、隱晦。④運氣不好：例晦氣。

普 日部 8 上下

ㄆㄨˇ 廣泛；全面：例普天同慶、普查、普選、普及、普遍、普通。

晾 日部 8 左右

ㄌㄧㄤˋ 把東西放在陽光下或陰涼通風處（ㄔㄨˋ）使乾燥：例晾乾（ㄍㄢ）、晾晒、晾衣服。

猜猜看：「每一天」，猜一個字。

答案：晦。

老師的話：景色的「景」是「日（ㄖˋ）部」，不要忘記喲！

日部 8 **晰** 左右

ㄒㄧ 明白；清楚：例清晰、明晰。

日部 8 **晴** 左右

ㄑㄧㄥˊ 天空無雲或少雲：例晴空（ㄎㄨㄥ）、晴朗、雨過天晴、多雲轉（ㄓㄨㄢˇ）晴。

日部 8 **晶** 上下

ㄐㄧㄥ ①明亮：例晶瑩、亮晶晶。②指水晶（一種（ㄓㄨㄥˇ）堅硬透明的礦物）：例茶晶。③指晶體：例結晶。

日部 8 **景** 上下

ㄐㄧㄥˇ ①現象；情況：例景象、情景、前景。②可供（ㄍㄨㄥ）欣賞的風光：例風景、景致、景色、景物。③舞臺或攝影棚內所布置的景物：例布景、內景、外景。④尊敬；佩服：例景慕、景仰。

ㄧㄥˇ 物的形影、陰影。同「影」：例景印。

日部 8 **暑** 上下

ㄕㄨˇ ①炎熱（跟「寒」相對）：例暑天、暑熱。②炎熱的夏天：例酷暑、寒來暑往。

智 日部 8畫 上下

ㄓˋ ①才識；見識：例智慧、足智多謀、智勇雙全。②聰明而明事理：例明智、機智。

暗 日部 9畫 左右

ㄢˋ ①光線微弱；不亮（跟「明」相對）：例黑暗、陰暗、暗房、天色暗了。②隱藏（ㄘㄤˊ）的；不外露（ㄌㄡˋ）的：例明人不做暗事、暗溝、暗號（ㄏㄠˋ）、暗語（ㄩˇ）、暗鎖。③偷偷地（˙ㄉㄜ）：例暗想、暗笑、暗殺、明爭暗鬥。

暉 日部 9畫 左右

ㄏㄨㄟ 陽光：例朝（ㄓㄠ）暉、殘暉、春暉。

暇 日部 9畫 左右

ㄒㄧㄚˊ 空（ㄎㄨㄥˋ）閒：例閒暇、空暇、餘暇、自顧不暇。

暈 日部 9畫 上下

ㄩㄣ ①頭腦昏亂：例頭暈、眼暈、暈車、暈船、暈眩。②昏迷；失去知覺（ㄐㄩㄝˊ）：例暈厥、暈倒（ㄉㄠˇ）。③迷糊：例忙暈頭、暈頭暈腦、暈頭轉（ㄓㄨㄢˋ）向。

ㄩㄣˋ 日月周圍的光圈：例日暈、月暈。

猜猜看：「太陽下行軍」，猜一個字。

答案：暈。

老師的話：「良言出口三冬暖，惡語傷人六月寒」，這句俗諺是勸告人要多說好話。

日部

暖　9　左右

丨 ㄇ 日 日 ⿰日丿 ⿰日𠂉 ⿰日⺈ ⿰日爫 ⿰日爫 ⿰日爫一 ⿰日爫二 ⿰日爰 暖

ㄋㄨㄢˇ　①不冷也不熱：例溫暖、暖和（˙ㄏㄨㄛ）、暖洋洋、風和（ㄏㄜˊ）日暖。②使變熱：例暖酒、暖壽、暖身。

日部

暢　10　左右

丨 ㄇ 日 日 申 ⿰申丿 ⿰申ㄇ ⿰申ㄇ ⿰申日 ⿰申日 ⿰申昜 暢 暢 暢

ㄔㄤˋ　①沒有阻礙：例暢通、暢銷。②痛快；盡情：例歡暢、暢快、暢談、暢所欲言。

日部

暨　10　上下

⺕ ⺕ ⺕ 艮 ⿰艮一 ⿰艮匚 既 既 ⿱既一 ⿱既日 暨 暨

ㄐㄧˋ　①到；至：例自古暨今。②和（ㄏㄢˋ）；與（ㄩˇ）：例竣工典禮暨慶功大會。

日部

暮　11　上下

丶 十 艹 艹 艹 艹 苷 苜 莫 莫 莫 暮 暮

ㄇㄨˋ　①日落的時候：例暮色、朝（ㄓㄠ）思暮想。②（時間）臨近終了（ㄌㄧㄠˇ）；晚：例暮春、歲暮、暮年。

日部

暫　11　上下

一 厂 戸 百 亘 車 ⿰車丿 ⿰車斤 斬 斬 斬 斬 暫 暫

ㄓㄢˋ　①不久；時間（ㄐㄧㄢ）短（跟「久」相（ㄒㄧㄤ）對）：例短暫、暫時。②表示在短時間之內：例暫緩辦理、暫不實行（ㄒㄧㄥˊ）。

日部

暱　11　左右

丨 ㄇ 日 日 ⿰日一 ⿰日匚 ⿰日匚 ⿰日匚 ⿰日匚 ⿰日匿 ⿰日匿 暱

ㄋㄧˋ　親近；親熱：例親暱、暱稱（ㄔㄥ）。

日部 11 暴 上下

丶口日日旦早早早昇昇 異異異暴暴暴

ㄅㄠˋ ①急驟；突然而且猛烈：例暴風驟雨、山洪暴發、暴病、暴漲（ㄓㄤˇ）。②凶惡；殘酷：例暴行（ㄒㄧㄥˊ）、暴徒、殘暴、凶暴。③糟蹋；損害：例自暴自棄。④過分（ㄈㄣˋ）急躁：例暴躁、暴脾氣。

ㄆㄨˋ ①晒。通「曝」：例一暴十寒。②顯露（ㄌㄨˋ）：例暴露（ㄌㄨˋ）、暴白。

日部 12 曆 上下

一厂厂厂厂厂厂厂厂 厯厯厯厯厯曆曆

ㄌㄧˋ ①用年月日計算時間的方法：例陰曆、陽曆、公曆、曆法。②記錄年月日和時令、季節的書、表、冊頁等：例日曆、年曆、掛曆。

日部 12 曇 上下

丶口日日旦旦早昌昌 曇曇曇曇曇曇

ㄊㄢˊ 〔曇花〕常綠灌木，開白色大花，香味濃烈，幾小時後就凋謝。常用「曇花一現」比喻事物一出現很快就消失。

日部 12 曉 左右

丨冂日日日一日十日土日土日土 日垚日垚日垚日垚日垚曉

ㄒㄧㄠˇ ①天剛亮的時候：例曉行（ㄒㄧㄥˊ）、報曉、拂曉。②明白；知道：例知曉、通曉、曉得（˙ㄉㄜ）、家喻戶曉。③使人知道；告訴：例曉以利害。

日部 12 暹 半包圍

丶口日日尸尸尸尸 星星星暹暹暹暹

老師的話：日曆的「曆」和歷史的「歷」字形相似，小心別寫錯了！

老師的話：曙光的「曙」唸作ㄕㄨˋ，不是ㄕㄨˇ喲！

ㄒㄧㄢ 〔暹羅〕泰國的舊稱（ㄔㄥ）。

日部 13 **曙** 左右

ㄕㄨˋ 天剛亮的時候：例曙光、曙色。

日部 13 **曖** 左右

ㄞˋ 〔曖昧〕①態度不明朗。②行為（ㄨㄟˊ）不光明正大。

日部 15 **曠** 左右

ㄎㄨㄤˋ ①空闊；寬廣：例地曠人稀、空曠、曠野。②心胸開朗：例心曠神怡。③荒廢；耽誤：例曠課、曠工。

日部 15 **曝** 左右

ㄆㄨˋ 晒：例曝光、曝晒、一曝十寒。

日部 16 **曦** 左右

ㄒㄧ 日光：例晨曦。

曰部

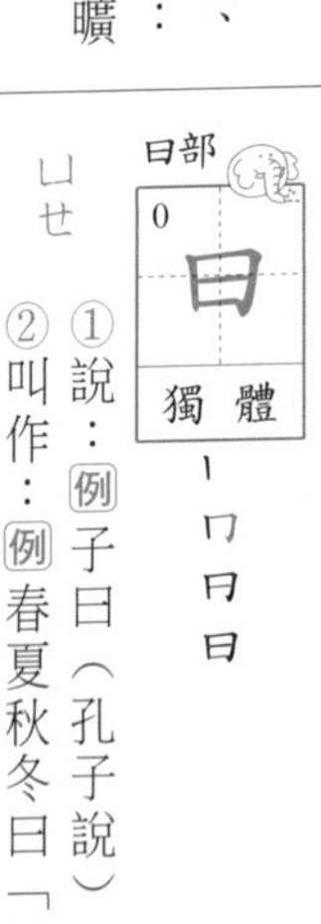

曰部 0 **曰** 獨體

ㄩㄝ ①說：例子曰（孔子說）。②叫作：例春夏秋冬曰「四季」。

曰部 2 曲 獨體 丨冂冃冄冎曲

ㄑㄩ ①彎（跟「直」相對）：例曲線、彎曲、曲折。②不公正；不正確：例是非曲直、歪曲、曲解（ㄐㄧㄝˇ）。

ㄑㄩˇ ①古代一種（ㄓㄨㄥˇ）韻文：例元曲。②音樂（ㄩㄝˋ）或歌唱：例歌曲、高歌一曲。③歌譜：例譜曲、作曲。

曰部 2 曳 獨體 丨冂冃曰电曳

ㄧˋ 拖拉；牽引：例棄甲曳兵、搖曳。

曰部 3 更 獨體 一丆丙丙百更更

ㄍㄥ ①改變；改換：例更正、更改、更新、更換。②古代夜間計時單位，一夜分為五更，每更約兩小時：例三更半夜、更深人靜。

ㄍㄥˋ ①又；再：例更進一步、更上一層樓（比喻再提高一步）。②愈發；尤其：例更艱難（ㄋㄢˊ）、更用功、更敬重。

曰部 5 曷 上下 丨冂日日曰曷曷曷曷

ㄏㄜˊ 表示疑問，相當於「什麼」、「為什麼」。通「何」：例曷故（什麼緣故）、曷為（ㄨㄟˋ）不言（為什麼不說話）。

老師的話：歌曲的「曲」和三更半夜的「更」是「曰（ㄩㄝ）部」，不要忘記喲！

老師的話：「一說曹操，曹操就到。」是指才講到那個人，那個人就剛好到達。

日部 6 **書** 上下

ㄕㄨ ①寫字；記載（ㄗㄞˋ）：例書寫、大書特書。②國字的字體：例草書、楷書。③裝訂成冊的著（ㄓㄨˋ）作：例書籍、圖書、讀書、故事書。④文件：例文書、證書、說明書、申請書。⑤信件：例家書、書信。

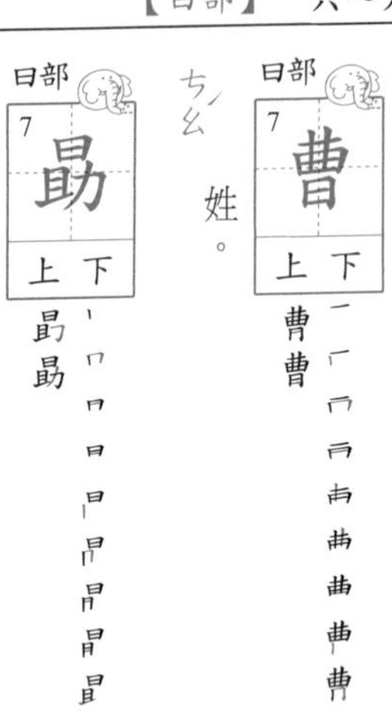

日部 7 **曹** 上下

ㄘㄠˊ 姓。

日部 7 **朂** 上下

ㄒㄩˋ 勸勉；鼓勵：例朂勉、朂助。

日部 8 **曾** 上下

ㄘㄥˊ 表示動作行為（ㄒㄧㄥˊ ㄨㄟˊ）或過去發生的情況：例未曾、不曾、曾到過美國。

ㄗㄥ 相（ㄒㄧㄤ）隔兩代的（親屬關係）：例曾孫、曾祖父。

日部 8 **替** 上下

ㄊㄧˋ ①代換：例代替、替班、替換、接替。②給（ㄍㄟˇ）；為（ㄨㄟˋ）：例替他捏一把冷汗。

日部 9 **會** 上下

ㄏㄨㄟˋ ①聚集在一起：例會合、會師、會餐、會診。②見面：例會面、會見、會客。③有一定目的的集會：例開會、座談會、里民大會。④為共同目的而結成的團體或組織：例工會、學生會。⑤中心城市：例都會。⑥時機：例機會。⑦領悟；理解：例心領神會、體會、誤會。⑧懂得(•ㄉㄜ)；掌握：例會三國語言、不會騎腳踏車、她會唱戲。⑨表示可能：例你只要努力，一定會成功、他怎麼會知道。

ㄏㄨㄟˇ ①片刻：例一會兒。②時候：例這會兒出太陽了。

ㄎㄨㄞˋ ①統計：例會計。②姓。

ㄍㄨㄟˋ 〔會稽〕地名，在浙江省。

老師的話：會計的「會」記得要唸作ㄎㄨㄞˋ喲！

月部 ㄩㄝˋ

月部 0 **月** 獨體

丿冂月月

ㄩㄝˋ ①月亮：例月光、新月、花好月圓。②計時單位，一年分為十二個月。③每個月的：例月刊、月薪、月息、月報表。④像月亮那樣圓的：例月餅。

月部 2 **有** 半包圍

一ナ𠂇冇有有

ㄧㄡˇ ①表示存在(跟「無」或「沒」相對)：例天上有雲彩、馬路上有許多汽車。②表示掌握、持存：例領有、具有、有罪、

老師的話：古人稱「我」為「朕」，但是從秦始皇開始「朕」就成為皇帝的自稱。

有本領、有三輛汽車。③表示具有某種性質：例庭院有兩個籃球場那麼大。④表示發生或出現：例情況有了變化、這孩子今天有點發燒。⑤指不確定的人或事物，跟「某」近似：例有一天你會明白的、你不喜歡，有人喜歡。⑥表示一部分：例有人愛吃甜的，有人愛吃辣的。

月部 4 **服** 左右

丿 几 月 月 月ᄀ 月ᄀ 服

ㄈㄨˊ ①擔（ㄉㄢ）任；承受：例服役、服務、服刑。②聽從：例信服、說（ㄕㄨㄟˋ）服、征服、信服、心服口服。③適應（ㄧㄥˋ）：例服水土不服。④吃（藥物）：例服藥、內服、外服。⑤衣裳（˙ㄕㄤ）：例制服、衣服、服裝。⑥量詞，用於中藥：例三服湯藥。

月部 4 **朋** 左右

丿 几 月 月 月 朋 朋 朋

ㄆㄥˊ 友人，彼此要好的人：例朋友、高朋滿座、親朋好友。

月部 6 **朔** 左右

朔 丶 丷 䒑 屰 屰 朔 朔 朔

ㄕㄨㄛˋ ①農曆每月初一，地球上看不到月亮，這種月相（ㄒㄧㄤˋ）叫朔。②農曆每月初一：例朔日、朔望（初一和十五）。③北：例朔風、朔方。

月部 6 **朕** 左右

朕 丿 几 月 月 月 月 月 朕 朕

ㄓㄣˋ 皇帝的自稱（ㄔㄥ）。

朗 月部 6 左右

ㄌㄤˇ ①明亮；光線充足：例晴朗、爽朗、明朗。②聲音清晰響亮：例朗讀、朗誦。

望 月部 7 上下

ㄨㄤˋ ①往遠處（ㄔㄨˋ）看：例遠望、望塵莫及。②察看：例望風、觀望。③名聲；聲譽：例名望、聲望、威望、德高望重。④期待：例盼望、希望、大失所望、期望、渴望、絕望、失望。⑤向；對：例望那邊看、望上瞧。⑥探視：例探望、拜望、看望。

老師的話：關於「望」的成語包括：望穿秋水、望梅止渴、望塵莫及。

期 月部 8 左右

ㄑㄧˊ ①預定的時間：例定期、限期、按期、過期。②指一段時間：例假（ㄐㄧㄚˋ）期、學期、初期、生長（ㄓㄤˇ）期。③量詞，用於分期的事物：例兩期培訓班、本刊第三期。④等待；盼望：例期待（ㄉㄞˋ）、期望。

朝 月部 8 左右

ㄓㄠ ①早晨；清早：例朝陽、朝夕、朝思暮想。②日；天：例今朝、有朝一日。

ㄔㄠˊ ①臣子拜見君主；宗教（ㄐㄧㄠˋ）徒參拜神、佛：例朝見、朝拜、朝聖。②君主、處（ㄔㄨˇ）理政事的地方：例上朝、退朝。③君主世代相傳（ㄔㄨㄢˊ）的統治時期：例朝代、改朝換代。④正對著（˙ㄓㄜ）；面向著（˙ㄓㄜ）：例坐北朝南、仰面朝天。⑤向；對：例門朝南開、朝我笑了笑、朝著目標前進。

猜猜看：「今夜的蒙古月」，猜一個字。

答案：朦。

月部 14 朦 左右
ㄇㄥˊ
丿 刀 月 月 月' 月⁻ 月⁺ 月⁺ 月⁺⁺ 月⁺⁺ 朦 朦 朦 朦 朦 朦 朦 朦

（朦朧）①月光不明：例月色朦朧。②不分明；模糊：例煙霧朦朧、往事朦朧。

月部 16 朧 左右
ㄌㄨㄥˊ
丿 刀 月 月 月' 月⁻ 月⁺ 月⁺ 朧 朧 朧 朧 朧 朧 朧 朧 朧 朧 朧 朧

（朦朧）見「朦」。

木部 ㄇㄨˋ

木部 0 木 獨體
ㄇㄨˋ
一 十 オ 木

①樹的通稱（ㄔㄥ）：例林木、樹木、花木、果木。②木頭；木料：例松木、檀香木。③用木頭製成的：例木箱、木器。④局部感覺不靈活或喪（ㄙㄤˋ）失：例痲木、凍木了、腦袋發木。

木部 1 朮 獨體
ㄓㄨˊ
一 十 オ 朩 朮

植物名，包括白朮、蒼朮，都是草本植物，根狀莖可以做藥材。

木部

1 本 獨體

一十才木本

ㄅㄣˇ

①草木的根或莖、幹；泛指事物的根源（跟「末」相對）：例本固枝榮、本末倒（ㄉㄠˋ）置、忘本、根本。②本來；原來：例本意、本性、本質、本不想去、本以為他不來了。③指自己或自己方面的：例本人、本校、本村。④現今的：例本世紀、本年度、本次列車、本屆大會。⑤依據：例本著規定辦理。⑥冊子：例帳本、書本、筆記本。⑦版本；底本：例修訂本、劇本。⑧量詞，用於書籍簿冊等：例一本書、三本畫冊。⑨用來做生意、生利息的錢；製造產品需要的費用：例虧本、資本、成本、連本帶利。⑩中心的；主要的：例校本部、大學本科。

木部

1 未 獨體

一二𠂉未未

ㄨㄟˋ

①沒有（跟「已」相對）：例未定、未成年、前所未有。②地支的第八位。參見「支」。

木部

1 末 獨體

一二𠂉末末

ㄇㄛˋ

①樹梢；事物的尖端：例末梢、秋毫之末。②事物的最後部分；盡頭（跟「始」相對）：例周末、秋末、始末、末尾。③最後的：例最末一名、末班車、末日、末代。④次要的、非根本的事物；事物次要的一面（跟「本」相對）：例捨本逐末、本末倒置。⑤碎屑；細粉：例粉末、藥末。

老師的話：未來的「未」和末日的「末」字形相似，小心別寫錯了！

老師的話：「朱門」是富貴人家的代稱，因為古代貴族的大門都是紅色的。

木部 1
札
左右

一 十 才 木 札

ㄓㄚˊ ①書信：例書札、信札、手札。②筆記：例札記。

木部 2
朽
左右

一 十 才 木 朽

ㄒㄧㄡˇ ①腐爛：例腐朽、永垂不朽。②磨滅；消失：例不朽。③衰老：例衰朽、老朽。

木部 2
朴
左右

一 十 才 木 札 朴

ㄆㄨˊ 質樸的。通「樸」：例朴厚。

ㄆㄛˋ 朴樹，落葉喬木，木材可以製作家具，樹皮可以造紙。

ㄆㄠˊ 姓。

木部 2
朱
獨體

丿 𠂉 二 牛 牛 朱

ㄓㄨ ①大紅色：例朱紅、朱筆。②朱砂的別稱，可做顏料和藥材。

木部 2
朵
上下

丿 几 朵 朵 朵 朵

ㄉㄨㄛˇ 量詞，用於花或形狀像花的東西：例一朵花、紅霞萬朵、白雲朵朵。

木部 3
杆
左右

一 十 才 木 杆 杆 杆

ㄍㄢ ①較細的圓木條或像木條的東西：例杆子、旗杆、電線杆。②用竹、木、鐵、石等製成的遮擋物：例欄杆。③器物上像棍子的細長部分（ㄈㄢˇ）：例筆杆。

木部 3 束 獨體

一 ㄧ ㄇ ㄖ 申 申 束

ㄕㄨˋ ①捆綁；限制：例束皮帶、束髮、管束、約束。②捆在一起或聚集成條狀的東西：例花束、光束。③量詞，用於捆起來的東西：例一束花、一束箭。

木部 3 杈 左右

一 十 才 木 朩 杈 杈

ㄔㄚ ①植物的分枝：例樹杈、枝杈。②杈形的農具或漁具，有三個長（ㄔㄤˊ）齒，用來叉取柴草等：例木杈、鐵杈、三股杈。

木部 3 李 上下

一 十 才 木 本 李 李

ㄌㄧˇ 李子樹，落葉喬木，花白色，果實叫李子，可以吃，果仁、根皮可以做藥材。

木部 3 杏 上下

一 十 才 木 杏 杏 杏

ㄒㄧㄥˋ 杏樹，落葉喬木，果實也叫杏，味酸甜，核仁叫杏仁，可以榨油或做藥材。

木部 3 材 左右

一 十 才 木 木 村 材

ㄘㄞˊ ①木料：例木材。②事物的原料：例鋼材、藥材、材料。③資料：例題材、教（ㄐㄧㄠˋ）材、素材。

老師的話：「人材」也可以寫作「人才」，但是「木材」不可以寫作「木才」喲！

猜猜看：「樹木寸寸高」，猜一個字。

木部 3 村 左右

ㄘㄨㄣ 村民聚居的地方：例村莊、鄉村。

一 十 才 木 木 村 村

木部 3 杜 左右

ㄉㄨˋ ①杜梨，落葉喬木，枝上有針刺，果實小，味酸。也叫「棠梨」或「甘棠」。②阻塞（ㄙㄜˋ）；防止：例杜絕（徹底堵住）。

一 十 才 木 木 杜 杜

木部 3 杖 左右

ㄓㄤˋ ①走路時拄的棍子：例拐杖、手杖。②指棍棒：例拿刀動杖。

一 十 才 木 木 杖 杖

木部 3 杞 左右

ㄑㄧˇ 周朝（ㄔㄠˊ）的諸侯國名：例杞人。

一 十 才 木 杞 杞 杞

木部 3 杉 左右

ㄕㄢ 常綠喬木，樹幹高而直，木材可用於建築和製作家具。

一 十 才 木 杉 杉 杉

木部 4 杭 左右

ㄏㄤˊ 指杭州：例杭紡（杭州出產的紡綢）。

一 十 才 木 木 杧 杭 杭

木部 4 枋 左右

一 十 才 木 木 杧 枋 枋

答案：村。

ㄈㄤ ①古書上記載（ㄗㄞˋ）的一種（ㄓㄨㄥˇ）樹，就是「檀木」。②方形的長（ㄔㄤˊ）木。

木部 4 枕 左右

一十才木木'杙枕

ㄓㄣˇ 躺著的時候用來墊頭的物品：例枕巾、枕套、枕頭。

ㄓㄣˋ 躺著的時候把頭放在枕頭上或其他東西上：例枕戈待旦、枕著枕頭睡覺（ㄐㄧㄠˋ）、頭枕在胳膊（ㄍㄜ ㄅㄛˊ）上。

木部 4 東 獨體

一厂门厅百申東東

ㄉㄨㄥ ①四個基本方向之一，太陽出來的一邊（跟「西」相對）：例河東、東方、水向東流。②指東道主（請客的主人）：例做東。③財產所有者：例房東、股東。

木部 4 果 獨體

丨口日日旦甲果果

ㄍㄨㄛˇ ①植物的果實：例果樹、果園、水果、開花結果。②事情的最後結局（跟「因」相對）：例後果、成果、惡（ㄜˋ）果。③確實：例果然、果真。④堅決；不猶豫：例果敢、果斷。

木部 4 杳 上下

一十才木杏杳杳杳

ㄧㄠˇ 遠得（˙ㄉㄜ）不見蹤影：例杳然、杳無音信、杳如黃鶴。

木部 4 杷 左右

一十才木木'杷杷杷

老師的話：「東床坦腹」本是指大書法家王羲之，後來也指女婿。

猜猜看：「青銅柄，黃銅鈴，銅鈴裡面黑鐵心。」猜一種水果。

答案：枇杷。

ㄆㄚˊ

〔枇杷〕見「枇」。

木部 4 **枇** 左右

一 十 才 木 木 枇 枇

ㄆㄧˊ

〔枇杷〕常綠小喬木，果實也叫「枇杷」，球形，橙黃色，味甜，可以吃。

木部 4 **枝** 左右

一 十 才 木 木 枝 枝 枝

ㄓ

①植物主幹上生長（ㄓㄤˇ）出來的細條：例樹枝、枝條、枝繁葉茂。②量詞，用於計算桿狀的東西：例一枝桃花。

木部 4 **林** 左右

一 十 才 木 木 村 材 林

ㄌㄧㄣˊ

①連成片的樹木或竹子：例樹林、竹林、森林、防護林。②培育和保護森林的生產事業：例林業。③比喻聚集在一起的同類事物或人：例石林、碑林、藝林。

木部 4 **杯** 左右

一 十 才 木 木 杉 杯 杯

ㄅㄟ

①盛（ㄔㄥˊ）飲料等液體的器皿：例茶杯、酒杯、玻璃杯。②杯狀的獎品：例獎杯、金杯。

木部 4 **杰** 上下

一 十 才 木 木 杰 杰 杰

ㄐㄧㄝˊ

①優異的；超群的：例杰出、杰作。②才能出眾的人：例俊杰、豪杰。

木部 4 板 左右

一十才木木'朾析板

ㄅㄢˇ ①片狀的木頭；成片的較硬的物體：例木板、石板、鋼板、黑板。②打節拍的樂（ㄩㄝˋ）器，也指節拍：例行（ㄒㄧㄥˊ）板、有板有眼。③不靈活；缺少變化：例死板、呆板。④使表情嚴肅：例板起面孔、板著（˙ㄓㄜ）臉。

木部 4 枉 左右

一十才木杧杆枉

ㄨㄤˇ ①彎曲（ㄑㄩ）；不正：例矯枉過正。②使歪曲不正：例貪贓枉法。③冤屈：例冤枉。④白白地；勞（ㄌㄠˊ）而無功：例枉然、枉費心機。

木部 4 松 左右

一十才木朩松松

ㄙㄨㄥ 松樹，常綠喬木，樹皮多為鱗片狀，種子叫松子，可以吃，木材和樹脂用途很廣。

木部 4 析 左右

一十才木木'朾析

ㄒㄧ ①分開；分散（ㄈㄣ ㄙㄢˋ）：例分崩離析（形容集團、國家等分裂瓦解）。②辨別；解釋：例辨析、解析、析疑（解釋疑難）。

木部 4 杵 左右

一十才木朾杵杵

ㄔㄨˇ ①舂米、洗衣服等用的圓木棒，一頭粗，一頭細：例杵臼、木杵。②搗碎藥材的器具：例

老師的話：分析的「析」和折斷的「折」字形相似，小心別寫錯了！

藥杵。③指用長形東西的一端捅或戳：例紙燈籠被孩子杵了個洞。

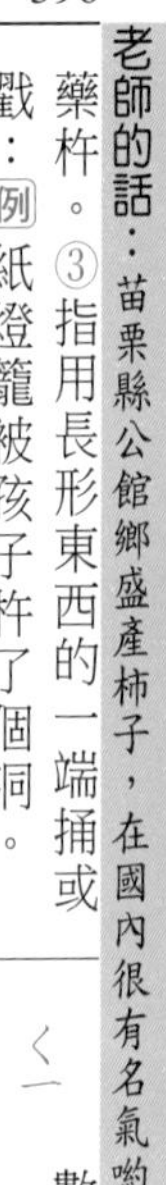

老師的話：苗栗縣公館鄉盛產柿子，在國內很有名氣喲！

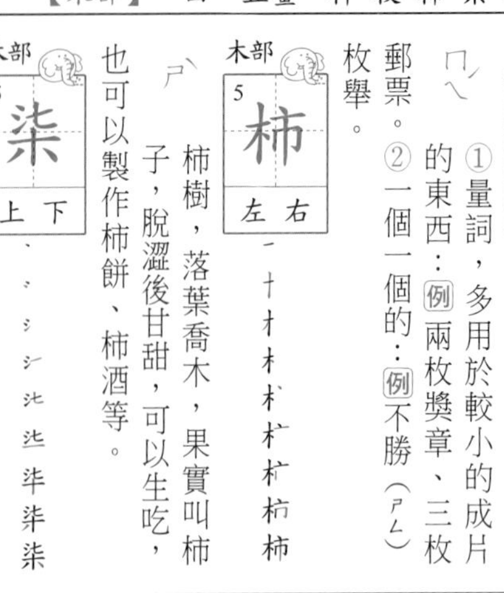

木部 4 **枚** 左右

一 十 才 木 朩 杧 杦 枚

ㄇㄟˊ ①量詞，多用於較小的成片的東西：例兩枚獎章、三枚郵票。②一個一個的：例不勝(ㄕㄥ)枚舉。

木部 5 **柿** 左右

一 十 才 木 朩 杧 杮 柿 柿

ㄕˋ 柿樹，落葉喬木，果實叫柿子，脫澀後甘甜，可以生吃，也可以製作柿餅、柿酒等。

木部 5 **柒** 上下

丶 冫 氵 氵 汢 汢 柒 柒 柒

ㄑㄧ 數(ㄕㄨˋ)字「七」的大寫。

木部 5 **柙** 左右

一 十 才 木 朩 柙 柙 柙 柙

ㄒㄧㄚˊ ①關猛獸或罪犯的牢籠：例虎柙。②裝衣服的木箱。

木部 5 **枷** 左右

一 十 才 木 朸 枷 枷 枷 枷

ㄐㄧㄚ 古代套在犯人脖子上的刑具：例枷鎖、披枷戴鎖。

木部 5 **染** 上下

丶 冫 氵 氿 氿 染 染 染 染

ㄖㄢˇ ①給紡織品等上色：例印染、染衣服。②沾上；感受到：例一塵不染、染病、沾染、傳(ㄔㄨㄢˊ)染。

木部 5 柱 左右

一十才木木' 木' 木'' 杧 柱

ㄓㄨˋ ①建築物中起支撐作用的東西：例柱子、石柱、偷梁換柱。②形狀像柱子的東西：例冰柱、水銀柱。

木部 5 柔 上下

ㄇ ㄇ ㄇ 予 矛 柔 柔 柔 柔

ㄖㄡˊ ①軟；不硬：例柔軟、柔弱、柔韌。②溫和（跟「剛」相對）：例柔和、柔順、溫柔。

木部 5 某 上下

一 十 廿 廿 甘 甘 苴 某 某

ㄇㄡˇ ①代指特定的人或事物（不知道名稱或知道名稱而不說出）：例鄰居李某、這是某某經理的意見。②代指不確定的人或事物：例某人、某日、某些把柄、某所學校。③代替自己或別人的名字：例赴湯蹈火，趙某在所不辭、請轉告孫某，我會準時赴約。

木部 5 柬 獨體

一 冂 冂 冂 冋 曰 申 柬 柬

ㄐㄧㄢˇ 指信件、請帖（ㄊㄧㄝˇ）等：例請柬、柬帖。

木部 5 架 上下

フ カ カ 加 加 加 架 架 架

ㄐㄧㄚˋ ①支撐物體的構件或放置器物的用具：例房架、骨架、衣架、書架、擔（ㄉㄢˋ）架。②支撐；搭起：例架橋、架設。③攙扶：例架著（˙ㄓㄜ）老奶奶上樓。④抵擋；承受：例招架、架不住。⑤量詞，

猜猜看：「十加八」，猜一個字。

答案：木。

用於某些有支柱或骨架的物體：例一架鋼琴、兩架飛機。⑥毆打；爭吵：例打架、吵架。

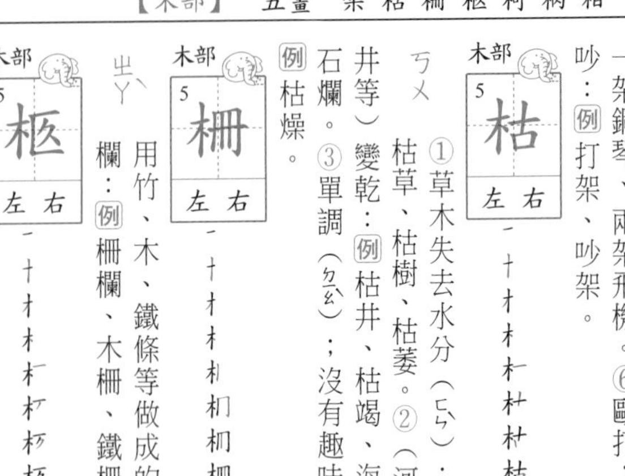

枯 木部 5 左右

一 十 才 木 木 村 村 枯 枯

ㄎㄨ ①草木失去水分（ㄈㄣˋ）：例枯草、枯樹、枯萎。②（河、井等）變乾：例枯井、枯竭、海枯石爛。③單調（ㄉㄧㄠˋ）；沒有趣味：例枯燥。

柵 木部 5 左右

一 十 才 木 木 机 柵 柵 柵

ㄓㄚˋ 用竹、木、鐵條等做成的圍欄：例柵欄、木柵、鐵柵。

柩 木部 5 左右

一 十 才 木 木 杧 柩 柩 柩

ㄐㄧㄡˋ 裝著（ㄓㄜ˙）屍體的棺材：例棺柩、靈柩。

柯 木部 5 左右

一 十 才 木 木 杆 柯 柯 柯

ㄎㄜ 姓。

柄 木部 5 左右

一 十 才 木 木 柄 柄 柄 柄

ㄅㄧㄥˇ ①東西的把（ㄅㄚˋ）兒：例斧柄、槍柄、刀柄。②比喻在言行（ㄒㄧㄥˊ）上被人抓住的缺點或漏洞：例笑柄、話柄。③花、葉或果實跟莖或枝相連的部分（ㄈㄣˋ）：例花柄、葉柄。

柑 木部 5 左右

一 十 才 木 木 朴 柑 柑 柑

ㄍㄢ 常綠灌木或小喬木，果實也叫柑，多汁，味道酸甜可口，果皮、核、葉可以做藥材。

木部 5 **枴** 左右

一 十 才 木 杧 朾 枴 枴 枴

ㄍㄨㄞˇ 行走時用來支撐身體的手杖：例枴杖、枴棒、木枴。

木部 5 **柚** 左右

一 十 才 木 朩 杣 柚 柚 柚

ㄧㄡˋ 常綠喬木，果實叫柚子，比橘子大，味酸甜，可以吃。

木部 5 **查** 上下

一 十 才 木 木 杏 杳 查 查

ㄔㄚˊ ①仔細驗看：例查票、抽查、查戶口。②仔細了(ㄌㄧㄠˇ)解：例調(ㄉㄧㄠˋ)查、偵查、查考。③翻檢：例查字典、查資料。

ㄓㄚ 姓。

老師的話：調查的「查」不可以寫作警察的「察」喲！

木部 5 **枸** 左右

一 十 才 木 杓 杓 枸 枸 枸

ㄍㄡˇ 〔枸杞(ㄑㄧˇ)〕落葉小灌木，莖有短刺。漿果叫枸杞子，紅色，可以做藥材；根皮也可以做藥材，叫地骨皮。

ㄍㄡ 〔枸橘〕落葉灌木，掌狀複葉，開白花，果實圓而黃，可作藥。也稱「枳」。

ㄐㄩˇ 〔枸櫞(ㄩㄢˊ)〕常綠小喬木或大灌木，有短而堅硬的刺。果實有香味，可供(ㄍㄨㄥ)觀賞，果皮可以做藥材。也說「香櫞」或「佛手柑」。

老師的話：「柳暗花明」這句成語是比喻在困難中出現新希望。

木部 5 **柏** 左右

一 十 才 木 朾 柎 柏 柏 柏

ㄅㄛˊ ①柏樹，常綠喬木，木材堅硬，是建築和製造家具的優良用材。②音譯用字，用於「柏林」（地名，在德國）等。

木部 5 **柞** 左右

一 十 才 木 朾 杧 杵 柞 柞

ㄗㄨㄛˋ 常綠灌木或小喬木，木質堅硬，可製作家具等：例柞木、柞蠶。

木部 5 **柳** 左右

一 十 才 木 朩 杉 柳 柳 柳

ㄌㄧㄡˇ 柳樹，落葉喬木或灌木，枝條柔韌，種（ㄓㄨㄥˇ）子上有白毛狀的東西，隨風飛散，叫柳絮。枝條可以用來編織器具。

木部 6 **校** 左右 校

一 十 才 木 朩 杧 杧 栌 校

ㄐㄧㄠˋ ①比較：例校場（舊時比武或操演的地方）。②改正文字上的錯誤：例校訂、校對、校樣。

ㄒㄧㄠˋ ①學校：例返校、校友、母校。②軍銜名，在將（ㄐㄧㄤˋ）官之下，尉官之上：例上校、少（ㄕㄠˋ）校。

木部 6 **核** 左右 核

一 十 才 木 朩 杧 杧 核 核

ㄏㄜˊ ①果實中心包含果仁的堅硬部分：例棗核、桃核、杏核。②物體中心像核的部分（ㄈㄣˋ）：例細胞核、原子核。③特指原子核：例核武器、核燃料。④對照；考查：例核算、核對、審核、考核。

木部 6 **案** 上下

案 丶 ⺀ 宀 它 安 安 安 宰 案 案

ㄢˋ

①一種（ㄓㄨㄥˇ）狹長的桌子，也指支撐起來的長（ㄔㄤˊ）方形木板：例案頭、書案、肉案、案板。②保存備查的文件：例案卷、檔案。③有關建議或計畫的文件：例提案、議案、方案、教（ㄐㄧㄠˋ）案。④有關法律或政治的事件：例破案、審案、冤案、案件。

木部 6 **框** 左右

框 一 十 才 木 木一 木二 木三 木王 框

ㄎㄨㄤ

①用來固定門窗的架子：例門框、窗框。②器物周邊的支架：例玻璃框、畫框、鏡框。③在文字、圖片周圍加上線條：例把畫框起來、重（ㄓㄨㄥˋ）點用紅筆框起來。④約束；限制：例不要被守舊的想法框住手腳。

木部 6 **桓** 左右

桓 一 十 才 木 木一 木丆 木丙 木百 桓

ㄏㄨㄢˊ

①植物名。葉似柳葉，皮呈黃白色。②逗留；不離開：例盤桓。③姓。

木部 6 **根** 左右

根 一 十 才 木 木ㄱ 木ㄋ 木ヨ 木艮 根

ㄍㄣ

①植物莖幹下部長（ㄓㄤˇ）在土裡的部分：例樹根、根深葉茂。②物體的下部或同其他東西連著的部分：例牆根、舌根、根基。③事物的本源：例刨根問底、禍根、根源。④依據：例根據、存根。⑤從根本上；徹底地（˙ㄉㄜ）：

老師的話：「根深柢固」是形容基礎穩固，不容易動搖，也可以寫作「根深蒂固」。

老師的話：「桂圓」也稱作「龍眼」，味道很甜。

例根治、根除。⑥量詞，用於草木或細條狀的東西：例一根草、一根棍子、一根頭髮。

桂 木部 6畫 左右

筆順：一 十 才 木 木一 木十 木土 桂

ㄍㄨㄟˋ ①肉桂，常綠喬木，木材可以製家具；樹皮叫桂皮，嫩枝叫桂枝，都可以做藥材。②月桂，常綠喬木，花可以供（ㄍㄨㄥ）觀賞，葉子和果實可以提取芳香油。③桂花，常綠小喬木或灌木，開白色、紅色或黃色花，有特殊的香味，是珍貴的觀賞植物。④廣西壯族自治區的別稱（ㄔㄥ）。

桔 木部 6畫 左右

筆順：一 十 才 木 木一 木十 木土 木圭 桔

ㄐㄧㄝˊ 〔桔梗〕多年生草本植物，根可以做藥材。

ㄐㄩˊ 水果名。通「橘」。

栩 木部 6畫 左右

筆順：一 十 才 木 杓 杓 杓 栩 栩

ㄒㄩˇ 〔栩栩〕形容生動活潑的樣子：例栩栩如生。

梳 木部 6畫 左右

筆順：一 十 才 木 木一 木士 木去 梳 梳

ㄕㄨ ①梳子，整理頭髮的用具。②用梳子整理頭髮：例梳頭、梳辮子、梳妝打扮。

栗 木部 6畫 上下

筆順：一 冖 冂 襾 覀 覀 覀 栗 栗

ㄌㄧˋ ①栗子樹，落葉喬木，果實叫栗子，包在帶刺的殼內，可以吃。②因為害怕或寒冷而發抖。通「慄」：例戰栗、不寒而栗。

木部 6 桌 上下 桌

ㄓㄨㄛ ①一種用來放置物品、吃飯、寫字的器具：例桌子、書桌、飯桌、圓桌。②量詞，用於酒席：例一桌酒席、三桌客人。

木部 6 桑 上下 桑

ㄙㄤ 落葉喬木，葉子可以餵蠶，果實可以生吃或釀酒，樹皮可以造紙。

木部 6 栽 半包圍 栽

ㄗㄞ ①種（ㄓㄨㄥˋ）植：例栽樹、栽花、栽培、移栽。②供移植的植物幼苗：例花栽子、柳栽子。③硬加上：例栽上罪名、栽贓。④頭朝下跌倒（ㄉㄠˇ）：例栽倒（ㄉㄠˇ）、栽跟頭。

木部 6 柴 上下 柴

ㄔㄞˊ ①供燃燒用的木片或枯樹枝：例柴火、木柴。②形容衰瘦乾（ㄍㄢ）枯的：例骨瘦如柴。

木部 6 桐 左右 桐

老師的話：栽種的「栽」和剪裁的「裁」字形相似，小心別寫錯了！

猜猜看：「狼來了」，猜一種水果。

答案：楊桃（羊逃）。

ㄊㄨㄥˊ 喬木，包括泡桐、梧桐、油桐。泡桐可以成為防風林，梧桐木可以製樂器，油桐的種（ㄓㄨㄥˇ）子可以榨油，用作塗料。

木部 6 桀 上下

桀 ノ ク タ タ⁻ 夕ㄥ 舛 桀 桀 桀

ㄐㄧㄝˊ ①凶暴：例桀驁（ㄠˋ）不馴。②人名，夏朝（ㄔㄠˊ）最後一個君主。

木部 6 格 左右

格 一 十 才 木 木ノ 木夕 柊 柊 格 格

ㄍㄜˊ ①劃（ㄏㄨㄚˋ）分成方形的框子或條紋：例方格、花格布。②標準的式樣：例格式、合格、破格、及格、規格。③品位；品質：例風格、品格、人格、性格。④打：例格鬥、格殺。

木部 6 桃 左右

桃 一 十 才 木 木ノ 村 村 杊 桃 桃

ㄊㄠˊ ①桃樹，落葉喬木，花色豔麗，可供觀賞，果實叫桃子，是常見的水果。②形狀像桃的東西：例蟠（ㄆㄢˊ）桃。

木部 6 株 左右

株 一 十 才 木 木ノ 木⁻ 木⁼ 株 株 株

ㄓㄨ ①露（ㄌㄡˋ）在地面上的樹根：例守株待兔。②植物體：例植株、株距。③量詞，相當於「棵」：例一株柳樹。

木部 6 桅 左右

桅 一 十 才 木 木ノ 木⺈ 栌 桅 桅 桅

ㄨㄟˊ 桅杆，船上掛帆或信號、旗幟等用的長（ㄔㄤˊ）杆：例船桅、桅頂、桅燈。

木部 6 栓 左右
一 十 才 木 木 朴 於 松 拴 栓 栓

ㄕㄨㄢ ①器物上用作開關的活門：例水栓、槍栓、消防栓。②塞子；形狀或作用像塞子的東西：例瓶栓、血栓、栓塞（ㄙㄜˋ）、栓劑。

木部 7 梁 上下
丶 丶 氵 汈 汈 沏 沏 沏 泖 梁 梁

ㄌㄧㄤˊ ①橋：例橋梁。②架在牆上或柱子上起支撐作用的橫木：例房梁、棟樑、橫梁。③物體或身體上凸起或成弧形的部分（ㄈㄣˋ）：例山梁、鼻梁、提梁。

木部 7 梯 左右
一 十 才 木 木 木 杪 杪 梢 梯 梯

ㄊㄧ ①供人登高或下降（ㄐㄧㄤˋ）的器具、設施：例梯子、樓梯、電梯。②形狀像梯子的：例梯田。

木部 7 梢 左右
一 十 才 木 木 朴 朴 朴 梢 梢 梢

ㄕㄠ 樹枝或長（ㄔㄤˊ）條形東西較細的一頭：例樹梢、眉梢、辮梢。

木部 7 梓 左右
一 十 才 木 杧 杧 栌 栌 栌 梓 梓

ㄗˇ ①梓樹，落葉喬木，木材輕軟耐朽，可製作家具或做建築材料。②指故鄉：例鄉梓、桑梓。③刻版；刻版印刷：例付梓。④指兒子：例喬梓。

老師的話：橋梁的「梁」和高粱酒的「粱」字形相似，小心別寫錯了！

老師的話：「電線桿」也可以寫作「電線杆」。

木部 7 梵 上下 一十才木朩村材林梵梵梵

ㄈㄢˋ ①有關古代印度的：例梵文。②有關佛教的：例梵音。

木部 7 桿 左右 一十才木村杷杷桿桿桿

ㄍㄢˇ ①長（ㄔㄤˊ）竿：例旗桿、電線桿。②細長（ㄔㄤˊ）像棍子的器物：例筆桿、秤（ㄔㄥˋ）桿、槍桿。③量詞，用於計算杆狀的東西：例一桿筆、一桿槍。

木部 7 桶 左右 一十才木杧杧杧柄柄桶桶

ㄊㄨㄥˇ 盛（ㄔㄥˊ）東西的器具，多為（ㄨㄟˊ）圓柱形：例水桶、木桶、油漆桶。

木部 7 梱 左右 一十才木札村相相相梱梱

ㄎㄨㄣˇ 豎立在門中間的短木，也就是門檻（ㄎㄢˇ）。

木部 7 梧 左右 一十才木朩朩杯梧梧梧梧

ㄨˊ ①〔梧桐〕落葉喬木，木材可以做樂（ㄩㄝˋ）器和器具，種子（ㄓㄨㄥˇ ㄗˇ）可以吃或榨油，葉子可以做藥材。②身材高大的：例魁梧。

木部 7 梗 左右 一十才木朩柯柯柯梗梗

ㄍㄥˇ ①草本植物的莖或枝：例草梗、荷葉梗。②直著；挺著：例把頭一梗、梗著（・ㄓㄜ）脖子。③

阻塞（ㄙㄜˋ）；阻礙（ㄞˋ）：例梗阻、梗塞（ㄙㄜˋ）、從中（ㄓㄨㄥˋ）作梗。

械

木部 7 左右

ㄒㄧㄝˋ ①有專門用途的或較精密的器具：例器械、機械。②武器：例繳械、槍械。

梃

木部 7 左右

ㄊㄧㄥˇ 棍；棒：例梃擊。

棄

木部 7 上下

ㄑㄧˋ 捨（ㄕㄜˇ）去；扔掉：例棄權、捨棄、拋棄、棄暗投明。

老師的話：放棄的「棄」總筆畫是十一畫，不是十二畫喲！

梭

木部 7 左右

ㄙㄨㄛ ①織布機上用來牽引緯線的工具，形狀像棗核：例梭子、梭杼。②來往不斷的：例梭巡、穿梭、日月如梭。

梆

木部 7 左右

ㄅㄤ ①擬聲詞。模（ㄇㄛˊ）擬敲擊、碰撞木頭的聲音：例敲得（˙ㄉㄜ）梆梆響、梆的一聲，門撞開了。②〔梆子〕(1)打更（ㄍㄥ）用的響器。(2)打擊樂（ㄩㄝˋ）器，用兩根長（ㄔㄤˊ）短不同的棗木製成，多用於梆子腔的伴奏。

老師的話：春末夏初容易下起梅雨，也叫「霉雨」或「黃梅雨」。

木部 7 **梅** 左右

一 十 才 木 朩 杧 杧 梅 梅 梅 梅

ㄇㄟˊ 落葉喬木，早春開花，氣味清香，可供（ㄍㄨㄥ）觀賞，果實叫梅子，味道酸，可以吃。

木部 7 **梔** 左右

一 十 才 木 朩 杧 柝 栀 栀 梔 梔

ㄓ 梔子，常綠灌木，開白色花，有濃烈的香味。果實也叫梔子，可以做黃色染料和（ㄏㄢˋ）藥材。

木部 7 **條** 左右

丿 亻 亻 攸 攸 攸 攸 條 條 條 條

ㄊㄧㄠˊ ①植物細長（ㄔㄤˊ）的枝：例柳條、荊條、枝條。②泛指細長的東西：例紙條、麵條、布條。③細長形的：例條紋、條幅。④事物的層次或次序：例條理、有條不紊、井井有條。⑤按條理分項的：例條目、條令、條約。⑥量詞。(1)用於細長的東西：例兩條腿、一條河、兩條魚。(2)用於分項的東西：例兩條意見、三條新聞。

木部 7 **梨** 上下

丿 二 千 禾 禾 利 利 利 梨 梨 梨

ㄌㄧˊ 落葉喬木，開白花，果實也叫梨，是常見的水果。

木部 7 **梟** 上下

丶 亻 白 白 白 鳥 鳥 鳥 梟 梟 梟

ㄒㄧㄠ ①鳥名，就是「鴞」。②懸掛（砍下的人頭）：例梟首示眾。③違法集團的首領：例毒梟、匪梟。

棺 木部 8 左右

ㄍㄨㄢ 裝死人的器具：例棺木、棺材。

棕 木部 8 左右

ㄗㄨㄥ 棕櫚（ㄌㄩˊ），常綠喬木，主要生長（ㄓㄤˇ）在熱帶，莖幹直立，不分枝，外有棕毛，可做繩子、刷子、床墊等。

棠 木部 8 上下

ㄊㄤˊ ①即杜梨，也叫棠梨，落葉喬木，多用來嫁接梨樹。②〔海棠〕落葉小喬木，開白色或粉紅色花，果實也叫海棠，可以吃。

棘 木部 8 左右

ㄐㄧˊ ①酸棗樹，落葉灌木，莖上有刺，果實較小，味酸，種子可以做藥材。②泛指有刺的草木：例披荊斬棘。③（草木）刺人；扎：例棘手（比喻事情難辦）。

棗 木部 8 上下

ㄗㄠˇ 棗樹，落葉喬木，果實叫棗子，橢圓形，暗紅色，味甜。

椅 木部 8 左右

ㄧˇ 一種（ㄓㄨㄥˇ）有靠背（ㄅㄟˋ）的坐具：例椅子、桌椅、藤椅、摺疊椅。

老師的話：「棘手」是比喻不容易處理的事情，不可以寫作辣手（指很厲害的手段）。

猜猜看：「森」，猜臺灣的地名。

棟

木部 8 左右

一 十 才 木 … 棟

ㄉㄨㄥˋ ①房屋的大梁：例棟梁（多比喻擔（ㄉㄢ）負重（ㄓㄨㄥˋ）任的人）。②量詞，用於房屋：例一棟房子、兩棟樓。

棵

木部 8 左右

一 十 才 木 … 棵

ㄎㄜ 量詞，用於植物等：例一棵樹、幾棵草。

森

木部 8 上下

一 十 才 木 … 森

ㄙㄣ ①樹木多：例森林、松柏森森。②陰暗：例陰森。

棧

木部 8 左右

一 十 才 木 … 棧

ㄓㄢˋ ①在懸崖絕壁上鑿孔支架木樁，鋪（ㄆㄨ）上木板而成的小路：例棧道。②堆放貨物或留宿客商的處（ㄔㄨˋ）所：例貨棧、客棧。

棹

木部 8 左右

一 十 才 木 … 棹

ㄓㄠˋ ①船槳。通「櫂（ㄓㄠˋ）」。②借指船。

ㄓㄨㄛ 同「桌」：例方棹（方形的桌子）。

棒

木部 8 左右

一 十 才 木 … 棒

ㄅㄤˋ ①較粗、較短的棍子：例木棒、棍棒、棒槌。②強

答案：樹林。

（ㄑㄤˊ）；好（ㄏㄠˇ）：例身體棒、功課棒。

木部 8 **棲** 左右

ㄑㄧ

停留；居住：例棲息、棲身、水陸兩棲。

木部 8 **棣** 左右

ㄉㄧˋ

①〔常棣〕古書上說的一種植物。②借指弟弟：例賢棣、仁棣。

木部 8 **棋** 左右

ㄑㄧˊ

①文體項目的一類，可供娛樂（ㄌㄜˋ）、鬥智：例下棋、象棋、五子棋。②指棋子：例舉棋不定、星羅棋布。

木部 8 **棍** 左右

ㄍㄨㄣˋ

①圓長（ㄔㄤˊ）條形，多用木、竹截成或金屬製成：例棍子、木棍、鐵棍、棍棒。②指無賴之徒：例惡棍、賭棍。

木部 8 **植** 左右

ㄓˊ

①栽種（ㄓㄨㄥˋ）：例植樹、移植。②培養（ㄧㄤˇ）：例扶植、培植。③醫學中，一種（ㄓㄨㄥˇ）類似植物移植的手術：例植皮。④樹立；建立：例植基、植黨營私。

木部 8 **椒** 左右

老師的話：「棋逢對手」是比喻雙方的本領差不多，也寫作「棋逢敵手」。

ㄐㄧㄠ 指某些果實或種子有刺激性味道的植物：例花椒、辣椒。

木部 8 椎 左右
一 十 才 木 木' 杙 杵 杵 桙 椎 椎

ㄓㄨㄟ 構成脊柱的短骨：例椎骨、頸椎、腰椎、脊椎。

木部 8 棉 左右
一 十 才 木 木' 杓 杓 柏 柏 棉 棉

ㄇㄧㄢˊ ①棉花，有草棉、木棉兩種。果實裡邊的纖維也叫棉花，可以紡紗、做枕心、墊褥等；種子可以榨油。②棉製的：例棉被。③薄弱的。通「綿」：例聊盡棉力。

木部 8 棚 左右
一 十 才 木 村 机 朋 朋 朋 棚 棚 棚

ㄆㄥˊ 一種（ㄓㄨㄥˇ）用來遮蔽風雨、陽光的設備，用竹木等搭成架子，上面蓋著席、布等：例棚子、草棚、天棚、涼棚。

木部 9 榔 左右
一 十 才 木 朩 朸 朸 朸 根 根 榔 榔

ㄌㄤˊ 〔榔頭〕敲打用的工具。

木部 9 業 獨體
丨 丨丨 丨丨丨 业 业 业 业 业 业 丵 業 業

ㄧㄝˋ ①學習的內容或過程：例學業、畢業、肄（ㄧˋ）業。②個人所從事的工作：例就業、職業、失業、業餘、不務正業。③社會上的各種工作：例手工業、運輸業、各行各業。④做生意：例營業、開業、停業。⑤大事：例事

老師的話：「歹戲拖棚」這句臺灣俗諺是比喻事情的發展拖泥帶水，毫無創新。

業、創（ㄔㄨㄤˋ）業、業績。⑥財產：例祖業、產業、家大業大。

木部 9 **楚** 上下

ㄔㄨˇ ①刑杖，古代教（ㄐㄧㄠˋ）師處罰學生用的戒尺：例夏楚。②痛苦：例淒楚、苦楚。③清晰；整齊：例清楚、一清二楚。

木部 9 **楷** 左右

ㄎㄞˇ ①典範；榜樣：例楷模。②現在通行的國字手寫正體字：例楷書、楷體、大楷、小楷。

木部 9 **楠** 左右

ㄋㄢˊ 〔楠木〕常綠喬木，木材濃香，是建築和製作器具的上等材料。

木部 9 **楔** 左右

ㄒㄧㄝ 一種（ㄓㄨㄥˇ）釘（ㄉㄧㄥ）入木器縫（ㄈㄥˋ）隙中起固定作用的木片：例木楔。

木部 9 **楂** 左右

ㄓㄚ 〔山楂〕落葉喬木，果實也叫山楂，小球形，深紅色，味酸，可以吃，也可以做藥材。

木部 9 **椿** 左右

老師的話：清楚的「楚」是「木部」，不要忘記喲！

老師的話：「倒楣」不可以寫作「倒霉」。

ㄔㄨㄣ　①〔香椿〕落葉喬木，嫩枝葉有香味，可以吃。②父親的代稱：例椿庭、椿萱。

木部 9 **楣** 左右

ㄇㄟˊ　門框上方的橫木：例門楣。

木部 9 **椽** 左右

ㄔㄨㄢˊ　架在屋梁上承受屋頂的木條：例椽子、屋椽。

木部 9 **極** 左右

ㄐㄧˊ　①最高點；頂端：例登峰造極。②達到頂點：例物極必反、樂極生悲。③最高的；最終的：例極點、極度、極端、極限。④表示最高程度：例極興奮、極重要、累極了、好看極了。⑤特指地球的南北兩端；電流的正負兩端：例南極、北極、陰極、陽極。

木部 9 **椰** 左右

ㄧㄝˊ　椰子，常綠喬木，產在熱帶，果實也叫椰子，果肉白色多汁。果肉可以食用或榨油，果汁可以做飲料。

木部 9 **概** 左右

ㄍㄞˋ　①氣度；風度：例氣概。②大略；大致：例梗概、概要、概況。③一律；沒有例外：例概不負責、概不退換。

老師的話：楓葉也可以稱作「楓紅」、「紅葉」。

木部 9 **楊** 左右 一ㄤˊ

一 十 才 木 朩 朩 朩 朩 朩 枵 楊 楊 楊

楊樹，落葉喬木，樹幹高大，葉子寬闊，木材可製作器具、造紙等。

木部 9 **楨** 左右 ㄓㄣ

一 十 才 木 朩 朩 朩 朩 朩 楨 楨 楨 楨

古代築土牆時樹立在兩端的木柱；泛指支柱：例楨幹（比喻骨幹）。

木部 9 **楫** 左右 ㄐㄧˊ

一 十 才 木 朩 朩 朩 朩 朩 楫 楫 楫 楫

划船用的槳（ㄐㄧㄤˇ）：例舟楫。

木部 9 **楞** 左右 ㄌㄥˊ ㄌㄥˋ

一 十 才 木 朩 朩 朩 朩 朩 楞 楞 楞 楞

ㄌㄥˊ 物體的緣角。同「稜」（ㄌㄥˊ）：例有楞有角。

ㄌㄥˋ 發呆。通「愣」：例發楞。

木部 9 **楓** 左右 ㄈㄥ

一 十 才 木 朩 朩 机 枫 枫 枫 楓 楓 楓

楓樹，落葉喬木，秋天葉子會逐漸變紅，可以供（ㄍㄨㄥ）觀賞。

木部 9 **楹** 左右 一ㄥˊ

一 十 才 木 朩 朩 朩 朩 朩 楹 楹 楹 楹

廳堂的前柱：例兩楹、楹聯。

老師的話：古代科舉考試前三名分別稱作「狀元」、「榜眼」、「探花」。

木部 9 楡 左右
一 十 才 木 朩 朩 枠 枠 枠 楡 楡 楡 楡
ㄩˊ
落葉喬木，果實叫楡錢，木材可以製作器具或用作建築材料。

木部 10 榜 左右
一 十 才 木 朩 朩 朩 栌 栌 栌 栌 榜 榜
ㄅㄤˇ
張貼出來的文告或名單：例放榜、落榜、榮譽榜、張榜招賢、榜上有名。

木部 10 榨 左右
一 十 才 木 朩 朩 朩 朩 朩 榨 榨 榨 榨 榨
ㄓㄚˋ
①擠壓汁液的器具：例油榨、酒榨。②用力壓取。通「搾」：例榨油、榨取。

木部 10 榕 左右
一 十 才 木 朩 朩 朩 朩 朩 榕 榕 榕 榕 榕
ㄖㄨㄥˊ
①榕樹，常綠喬木，生長（ㄓㄤˇ）在熱帶和亞熱帶，木材輕軟，可以做器具。②福州市的別稱（ㄔㄥ）。

木部 10 槁 左右
一 十 才 木 朩 朩 朩 朩 槁 槁 槁 槁 槁
ㄍㄠˇ
乾枯；乾癟（ㄅㄧㄝˇ）：例枯槁、槁木死灰。

木部 10 榮 上下
丶 丷 ㄨ 火 火 炏 炏 炏 炏 炏 炏 炏 榮 榮
ㄖㄨㄥˊ
①草木繁盛：例欣欣向榮。②光彩：例榮譽、榮耀、光榮、引以為榮。③興（ㄒㄧㄥ）盛：例繁榮。

槓 木部 10 左右

一 十 才 木 … 槓

ㄍㄤˋ ①比較粗的棍棒：例木槓、鐵槓、門槓。②體操運動的器械：例單槓、雙槓。③閱讀或批改時畫的粗直線：例畫了一道紅槓。④爭吵；爭執：例抬槓、槓上了。

構 木部 10 左右

一 十 才 木 … 構

ㄍㄡˋ ①把各個組成部分（ㄈㄣˋ）安排、結合起來：例構築、構件、構圖、構詞。②結成（用於抽象事物）：例構思、虛構。

榛 木部 10 左右

一 十 才 木 … 榛

ㄓㄣ 榛樹，落葉灌木或小喬木，果實叫榛子，可以吃，也可以榨（ㄓㄚˋ）油。

榷 木部 10 左右

一 十 才 木 … 榷

ㄑㄩㄝˋ 研究；商討：例商榷。

榻 木部 10 左右

一 十 才 木 … 榻

ㄊㄚˋ 床：例臥榻、病榻、下榻。

榫 木部 10 左右

一 十 才 木 … 榫

ㄙㄨㄣˇ 器物或構件上利用凹凸（ㄠ ㄊㄨˊ）方式相連接的地方。凸出的部分叫「榫頭」，凹進去的部

老師的話：「構思」大多指作品的運用思考，「構想」大部分指事物的處理。

分叫「榫眼」。

榴 木部 10 左右

ㄌㄧㄡˊ 石榴，落葉灌木或小喬木，一般開紅花。果實也叫石榴，球形，內有很多種子，可以吃。

槐 木部 10 左右

ㄏㄨㄞˊ 槐樹，落葉喬木，木材堅硬，可以製作船舶、車輛、器具，花蕾和果實可以做藥材。

槍 木部 10 左右

ㄑㄧㄤ ①舊時兵器，有長（ㄔㄤˊ）柄，頂端有金屬尖頭：例長槍。②發射子彈的武器：例手槍、步槍、機關槍。③性能或形狀像槍的器械：例水槍、焊（ㄏㄢˋ）槍。

老師的話：舞榭歌臺的「榭」不可以寫作感謝的「謝」喲！

榭 木部 10 左右

ㄒㄧㄝˋ 建在高臺上的房屋：例水榭、舞榭歌臺。

槌 木部 10 左右

ㄔㄨㄟˊ 類似棒子的敲打用具，一頭較粗或為（ㄨㄟˊ）球形：例鼓槌、棒槌。

樣 木部 11 左右

ㄧㄤˋ ①形狀：例樣子、樣式、模樣、花樣。②用來作標準的：例樣品、樣本、榜樣、鞋樣。

③量詞，用於事物的種類：例三樣菜、兩樣貨色、樣樣都行（ㄒㄧㄥˊ）。

樟 木部 11 左右

ㄓㄤ 樟樹，常綠喬木，全株有香氣，枝葉可以提取樟腦和樟油，以樟木製成的家具能防蟲蛀。

槨 木部 11 左右

ㄍㄨㄛˇ 古代套在棺材外面的大棺材。

椿 木部 11 左右

ㄓㄨㄤ ①插入地裡的棍子或柱子：例木椿。②量詞，相當於「件」：例一椿喜事。

樞 木部 11 左右

ㄕㄨ 事物的中心部分或關鍵部分：例交通樞紐、神經中樞。

標 木部 11 左右

ㄅㄧㄠ ①事物的枝節或表面；非根本性的一面：例不能只治標不治本。②發給優勝者的獎品：例錦標、奪標。③記號：例標記、商標、標誌、標點符號。④用文字或其他方式表明：例標價、標題、標籤。⑤計畫達到的要求；衡量（ㄌㄧㄤˊ）事物的準則：例指標、標準。

槽 木部 11 左右

老師的話：「標誌」是表明特徵的記號，「標幟」是作記號來辨別。

老師的話：關於「樂」的成語包括：樂不可支、樂善好施、樂極生悲。

木部 11 **槽** 左右

一 十 才 木 朩 朩 朾 朾 朾 朾 朾 槽 槽 槽 槽

ㄘㄠˊ ①裝飼料餵牲口或存水、釀酒用的器具，多為長方形，四周高，中間凹下：例豬槽、酒槽。②指某些兩邊高中間凹下的水道：例水槽、渡槽、河槽。③物體上像槽一樣凹下的部分（ㄈㄣˋ）：例在木板上挖個槽。

木部 11 **模** 左右

一 十 才 木 朩 朩 朾 朾 朾 朾 朾 模 模 模 模

ㄇㄛˊ ①標準；規範：例楷模、模型、模範。②照著現成的樣子做：例模仿、模擬。③把材料壓製或澆灌成形的工具：例鉛模、木模、銅模、模子。④形狀；樣子：例模樣。

木部 11 **樓** 左右

一 十 才 木 朩 朩 朾 朾 朾 朾 朾 樓 樓 樓 樓

ㄌㄡˊ ①兩層或兩層以上的房屋：例高樓、樓房。②某些下面有通道的建築：例門樓、牌樓。③用於某些店鋪（ㄆㄨˋ）的名稱（ㄔㄥ）：例茶樓、酒樓。④量詞，指樓房的一層：例他家住二樓。

木部 11 **樊** 上下

丿 乂 乂 爻 爻 杈 杈 杈 樹 樹 樹 樊 樊 樊

ㄈㄢˊ 籬笆。通「藩」：例樊籬。

木部 11 **槳** 上下

丨 丬 丬 丬 丬 丬 丬 丬 將 將 將 槳 槳 槳

ㄐㄧㄤˇ 划船的用具，多用木製，裝置在船的兩旁：例船槳。

木部 11 **樂** 上下

丿 亻 白 白 白 白 白 白 白 樂 樂 樂 樂 樂 樂

ㄌㄜˋ ①快活；歡喜：例歡樂、快樂、樂極生悲。②令人愉快的事：例取樂、找樂子。③很高興（ㄒㄧㄥˋ）：例喜聞樂見、津津樂道。④笑：例樂得（˙ㄌㄜ）合不上嘴。

ㄩㄝˋ 和（ㄏㄜˊ）諧而有節奏感的聲音：例音樂、奏樂、樂曲、樂隊。

ㄧㄠˋ 愛好（ㄏㄠˋ）：例敬樂樂群、知（ㄓˋ）者樂水，仁者樂山。

木部 11 **樅** 左右

一 十 才 木 … 樅

ㄘㄨㄥ 即冷杉，常綠喬木，莖高大，木材輕軟而脆，可以做建築或造紙的材料。

木部 12 **樽** 左右

一 十 才 木 … 樽

ㄗㄨㄣ 古代盛（ㄔㄥˊ）酒的器具：例金樽。

木部 12 **樸** 左右

一 十 才 木 … 樸

ㄆㄨˊ 純真的，沒有經過修飾的：例樸實、樸素、淳樸。

木部 12 **樺** 左右

一 十 才 木 … 樺

ㄏㄨㄚˋ 落葉喬木或灌木，樹皮光滑，可以一層一層地剝下來。品種（ㄓㄨㄥˇ）很多，主要有白樺、黑樺。木材可以製作家具。

木部 12 **橙** 左右

一 十 才 木 … 橙

ㄔㄥˊ ①常綠小喬木，果實叫橙子，紅黃色，味道酸甜可

老師的話：樸素的「樸」和僕人的「僕」字形相似，小心別寫錯了！

老師的話：「橄欖油」是一種十分健康的食用油，吃義大利麵時一定會用到喲！

口。②紅和黃合成的顏色：例橙色。

木部 12 **橫** 左右

一 十 才 木 木 朩 杧 杧 杧 栏 栏 棤 棤 棤 横 横

ㄏㄥˊ ①跟水面平行的；左右方向的（跟「豎」「直」「縱（ㄗㄨㄥˋ）」相對）：例橫梁、橫線、橫隊、橫排。②地理上指東西方向的（跟「縱」相對）：例橫渡太平洋。③國字的筆畫，平著（˙ㄓㄜ）由左到右，形狀是「一」。④縱橫雜亂：例蔓草橫生、血肉橫飛。⑤不順情理的；蠻不講理的：例橫加干涉、橫行霸道。

ㄏㄥˋ ①粗暴；不講道理：例強（ㄑㄧㄤˇ）橫、蠻橫。②意想不到的：例橫禍、橫財。

木部 12 **橘** 左右

一 十 才 木 木 朩 杧 杼 杼 杼 桥 橘 橘 橘 橘 橘

ㄐㄩˊ 橘子樹，常綠灌木或小喬木，果實叫橘子，是常見的水果。果皮、種子、樹葉等都可以做藥材。

木部 12 **樹** 左右

一 十 才 木 木 朩 杧 桔 桔 桔 桔 桔 桔 樹 樹 樹

ㄕㄨˋ ①種植；培養：例十年樹木，百年樹人。②建立：例樹立、樹碑、建樹。③木本植物的統稱：例樹木、樹林、松樹、植樹。

木部 12 **橄** 左右

一 十 才 木 木 朩 杧 杧 析 析 析 栴 栴 橄 橄 橄

ㄍㄢˇ 〔橄欖〕常綠喬木，果實也叫橄欖或青果，綠色，可以吃，也可以做藥材。

木部 12 **橢** 左右

ㄊㄨㄛˇ 長（ㄔㄤˊ）圓形：例橢圓。

木部 12 **橡** 左右

ㄒㄧㄤˋ ①橡樹，落葉喬木，木材堅硬，可做枕木、家具，果實叫橡子，可以做藥材。②「橡膠樹」常綠喬木，樹裡的乳汁含膠質，可以製天然橡膠。

木部 12 **橋** 左右

ㄑㄧㄠˊ 橫跨河、溝、道路，連接兩邊以便通行（ㄒㄧㄥˊ）的建築物：例木橋、拱橋、天橋、橋梁。

木部 12 **橇** 左右

ㄑㄧㄠ 在冰雪上滑行（ㄒㄧㄥˊ）的工具：例雪橇。

木部 12 **樵** 左右

ㄑㄧㄠˊ 砍柴的人：例樵夫。

木部 12 **機** 左右

ㄐㄧ ①機器的通稱（ㄔㄥ）：例織布機、縫紉機。②靈巧；靈敏：例機靈、機敏、機智。③特指飛機：例戰鬥機、直昇機。④事物發生、變化的關鍵：例生機、轉

猜猜看：「大象在樹旁」，猜一個字。

答：橡。

老師的話：檢查的「檢」和撿拾的「撿」字形相似，小心別寫錯了！

機、危機。⑤關鍵的時刻；適宜的時候：例機不可失、乘（ㄔㄥˊ）機、機遇、機會。⑥極重（ㄓㄨㄥˋ）要而且必須保密的事情：例軍機、機要、機密。⑦心裡萌發的念頭：例動機、殺機、心機。

木部 13 **檀** 左右

一 十 才 木 …… 檀

ㄊㄢˊ 喬木，包括黃檀、青檀、香檀、紫檀等。木材堅韌，其中香檀木極香，紫檀木很名貴。

木部 13 **檔** 左右

一 十 才 木 …… 檔

ㄉㄤˇ ①存放案卷的櫥櫃：例歸檔、存檔。②分類保存的文件等：例檔案、查檔。③量詞，相當於「件」「樁」：例這檔子事。

木部 13 **檐** 左右

一 十 才 木 …… 檐

ㄉㄢˋ ①扁擔（ㄉㄢ）：例檐子。②舉：例檐竿。

ㄧㄢˊ ①屋頂延伸出來的部分（ㄈㄣˋ）：例屋檐、廊檐。②器物上向外伸出的部分：例帽檐。

木部 13 **檄** 左右

一 十 才 木 …… 檄

ㄒㄧˊ 古代官府的一種（ㄓㄨㄥˇ）文書，用於曉諭，徵召等；特指聲討敵人的文書：例檄文、羽檄、傳（ㄔㄨㄢˊ）檄。

木部 13 **檢** 左右

一 十 才 木 …… 檢

ㄐㄧㄢˇ ①約束；限制：例檢點、行為（ㄒㄧㄥˊ ㄨㄟˊ）不檢。②查：例檢驗、檢閱、檢查、翻檢。

木部 13 **檜** 左右

ㄎㄨㄞˋ ①常綠喬木，葉子像鱗片，木材細緻堅實，有香氣，可供建築和製作家具等。②用於人名：例秦檜（南宋奸臣，殺害忠臣岳飛）。

木部 13 **櫛** 左右

ㄐㄧㄝˊ ①梳頭用具。②梳頭：例櫛風沐雨（以風洗頭，以雨洗髮，形容奔波勞累）。③排列得（˙ㄉㄜ）很整齊：例鱗次櫛比。

木部 14 **檳** 左右

ㄅㄧㄣ 〔檳榔〕常綠喬木，生長（ㄓㄤˇ）在熱帶、亞熱帶。果實也叫檳榔，可以食用，也可以做藥材。但是常吃會使牙齒變黑，而且導致食慾減退，身體機能變弱。

木部 14 **檬** 左右

ㄇㄥˊ 〔檸檬〕見「檸」。

木部 14 **櫃** 左右

ㄍㄨㄟˋ 裝東西的家具，通常為長（ㄔㄤˊ）方形，有蓋或有門：例櫃子、衣櫃、書櫃、櫃檯、櫥櫃、櫃

老師的話：檜木的「檜」唸作ㄎㄨㄞˋ，不是ㄍㄨㄞˋ喲！

老師的話：衣櫥的「櫥」和廚房的「廚」字形相似，小心別寫錯了！

臺、保險櫃。

木部 14 **檻** 左右

ㄐㄧㄢˋ ①圈養獸類的柵欄：例圈檻、獸檻。②窗戶下或長（ㄔㄤˊ）廊旁的欄杆。

ㄎㄢˇ 門框下貼近地面的橫（ㄏㄥˊ）木：例門檻。

木部 14 **檸** 左右

ㄋㄧㄥˊ 〔檸檬〕常綠小喬木，果實也叫檸檬，橢圓形或卵圓形，味道酸，可以做飲料。

木部 14 **櫂** 左右

ㄓㄨㄛˊ 古代盛（ㄔㄥˊ）湯或飯的器皿。

ㄓㄠˋ 划船用的長槳（ㄔㄤˊ ㄐㄧㄤˇ）。通「棹（ㄓㄠˋ）」。

木部 15 **櫥** 左右

ㄔㄨˊ 放衣物的家具，前面有門：例書櫥、壁櫥、衣櫥、櫥櫃。

木部 15 **櫝** 左右

ㄉㄨˊ 匣（ㄒㄧㄚˊ）子；櫃子：例木櫝。

木部 15 **櫚** 左右

ㄌㄩˊ 〔棕櫚〕植物名。見「棕」。

木部 15 **櫓** 左右

一 十 才 木 朩 杪 柗 柗 柗 柗 桷 桷 櫓 櫓 櫓 櫓 櫓 櫓 櫓 櫓

ㄌㄨˇ 安裝在船尾或船邊用來搖船的器具，比槳（ㄐㄧㄤˇ）粗大。

木部 17 **櫻** 左右

一 十 才 木 朩 杒 枂 枂 枂 枂 枂 櫻 櫻 櫻 櫻 櫻 櫻 櫻 櫻 櫻 櫻

ㄧㄥ ①〔櫻花〕即山櫻花，落葉喬木，開白色或紅色花。產於我國和日本，是著（ㄓㄨˋ）名的觀賞植物。②〔櫻桃〕落葉灌木，果實也叫櫻桃，味酸甜可口。

木部 17 **欄** 左右

一 十 才 木 朩 杒 枂 枂 枂 枂 枂 欄 欄 欄 欄 欄 欄 欄 欄 欄 欄

ㄌㄢˊ ①用來攔擋的東西：例欄杆、木欄、井欄、柵欄。②養家畜（ㄔㄨˋ）的地方：例牛欄。③表格裡劃分項目的格子：例共七欄、第一欄。④書刊報紙上按內容、性質的劃分，用線條等隔開的部分：例通欄、專欄、欄目。⑤張貼布告、海報等的固定裝置：例布告欄。⑥阻隔在跑道上供跨躍用的體育器材：例跨欄、高欄。

木部 18 **權** 左右

一 十 才 木 朩 朩 杧 杧 杧 桦 桦 桦 桦 桦 權 權 權 權

ㄑㄩㄢˊ ①衡量（ㄌㄧㄤˊ）；比較：例權衡利弊。②職責範圍內支配的力量：例權力、掌權、當（ㄉㄤ）權、職權。③應該享受的利益：例權利、選舉權、發言權。

木部 21 **欖** 左右

一 十 才 木 木 朩 杧 杼 杼 杼 杼 杼 杼 杼 欖 欖 欖 欖 欖 欖 欖

老師的話：「櫻桃小口」是形容女孩子的嘴巴很小。

猜猜看：「欠一斤菜」，猜一個字。

ㄌㄢˇ 〔橄欖〕植物名。見「橄」。

欠部 ㄑㄧㄢˋ

欠部 0 **欠** 上下

ノ ㄅ ㄅ 欠

ㄑㄧㄢˋ ①困倦時不由自主地（ㄉㄜ˙）張嘴深吸氣，再呼出：例打呵欠。②不足；缺乏：例欠妥、欠缺、欠考慮。③借了沒有還（ㄏㄨㄢˊ），該給的沒有給：例欠帳、拖欠、虧欠。④上身或腳稍微抬起：例欠身。

欠部 2 **次** 左右

丶 冫 冫 冫 次 次

ㄘˋ ①第二：例次日、次子。②質量較差（ㄔㄚ）的；等級較低的：例次品、次等、次要。③順序：例依次、名次、座次、次序。④量詞，用於需要按順序計算的動作或事物：例初次、一次。

欠部 4 **欣** 左右

ノ 厂 F 斤 斤 斤 欣 欣

ㄒㄧㄣ 喜悅；快樂：例欣喜、欣慰、歡欣鼓舞。

欠部 7 **欲** 左右

ノ 八 ク 公 谷 谷 谷 谷 谷 欲 欲

ㄩˋ ①想要；希望：例欲罷不能（想停卻停不下來）、暢所欲言。②想得（ㄉㄜˊ）到某種東西或達到某種目的（ㄉㄧˋ）的（ㄉㄜ˙）願望。通「慾」：例欲望、求知欲。

答案：欣。

③將要：例欣喜欲狂、搖搖欲墜。

欠部 8 款 左右
一 十 士 吉 吉 幸 幸 柰 㱁 款 款 款

ㄎㄨㄢˇ ①真心實意：例款待、款留。②書畫上的題名：例上款、落款。③規格；樣式：例款式、行(ㄏㄤˊ)款、新款。④法令、規章等分條列舉的事項：例條款。⑤指數(ㄕㄨˋ)目較大的錢：例撥(ㄅㄛ)款、存款、公款。

欠部 8 欺 左右
一 十 廾 廾 甘 甘 其 其 其 欺 欺 欺

ㄑㄧ ①騙：例欺詐、欺騙、自欺欺人。②壓迫；侮辱：例欺壓、欺負、仗勢欺人、欺軟怕硬。

欠部 8 欽 左右
丿 𠆢 仒 仒 全 伞 余 金 金 欽 欽 欽

ㄑㄧㄣ ①敬重：例欽佩。②表示皇帝親自派遣：例欽差(ㄔㄞ)、欽定、欽賜。

欠部 9 歇 左右
丨 冂 日 日 旦 号 曷 曷 曷 歇 歇 歇 歇

ㄒㄧㄝ ①休息：例歇腳、歇一會兒。②停止：例歇業、歇工。

欠部 10 歉 左右
丶 丷 丷 当 当 当 兼 兼 兼 兼 歉 歉 歉 歉

ㄑㄧㄢˋ ①農作物收成不好：例歉收、歉年。②覺得(ㄐㄩㄝˊ・ㄉㄜ)對不住別人：例歉疚、歉意、道歉、抱歉。

老師的話：「歇歇，涼涼，掉個棗子來嘗一嘗。」你會唱這首詩歌嗎？

老師的話：關於「歡」字的成語包括：歡欣鼓舞、歡歡喜喜、歡喜冤家。

欠部 10 歌 左右

一 丆 丆 可 可 可 哥 哥 哥 哥 哥 哥 歌 歌

ㄍㄜ ①唱：例歌唱、歌詠。②配合樂（ㄩㄝˋ）章可以吟唱的曲調（ㄉㄧㄠˋ）：例歌曲（ㄑㄩˇ）、歌譜、歌詞。

欠部 11 歐 左右

一 丆 丆 丆 丆 丆 丆 丆 品 區 區 區 區 歐 歐

ㄡ 指歐洲：例西歐、歐美。

欠部 12 歙 左右

丿 人 个 今 今 合 合 合 翕 翕 翕 翕 歙 歙 歙 歙

ㄒㄧˋ 用鼻子吸氣。

ㄕㄜˋ 歙縣，地名，在安徽。

欠部 14 歟 左右

丶 𠂉 ⺈ 白 白 白 白 白 白 白 白 與 與 與 歟 歟

ㄩˊ 表示疑問的語氣，相當（ㄒㄧㄤ ㄉㄤ）於「呢」或「嗎」：例子非大（ㄉㄞˋ）夫歟（你不是醫生嗎？）。

欠部 18 歡 左右

丶 丷 艹 艹 艹 艹 艹 艹 艹 艹 萑 萑 萑 萑 雚 雚 歡 歡

ㄏㄨㄢ ①高興（ㄒㄧㄥˋ）；喜悅：例歡慶、歡聚、歡喜、歡天喜地。②男女稱（ㄔㄥ）所愛的對象：例新歡。

止部 ㄓˇ

止部 0

止

獨體

①停住，不再進行（ㄒㄧㄥˊ）：例停止、終止、休止。②使停住；阻攔：例止血、止痛、制止、望梅止渴。③只有：例不止一遍、止此一家。

止部 1

正

獨體

①不偏不斜；位置在中間（ㄓㄨㄥ ㄐㄧㄢ）：例立正、坐正、日正當中（ㄉㄤ ㄓㄨㄥ）。②合乎標準的：例正點、正品、正規、正式、正直、正當（ㄉㄤˋ）、正派、正理、正途、義正詞嚴。③（色、味）純而不雜：例純正、正色。④改正錯誤：例正音、正字。⑤主要的；作為主體的：例正文、正餐、正業。⑥露在外面的或主要使用的一面（跟「反」相對）：例正面。⑦自然科學中指大於零的或失去電子的：例正數、正極。⑧表示動作在進行（ㄒㄧㄥˊ）中：例我們正在開會。⑨恰好；剛好：例一進門正趕上開飯、衣服長短正合適。

農曆的第一個月：例正月。

止部 2

此

左右

①這；這個：例此人、此事、此物、此時、此地。②這會（ㄏㄨㄟˇ）兒；這裡：例從此以後、由此往南、到此為止。③這樣：例長此以往、事已至此。

猜猜看：「上有一橫線，表示止步。」猜一個字。

答案：正。

猜猜看：「登山」，猜一句成語。

止部 3
步
上下
丨 卜 𠃊 止 㐄 步 步

ㄅㄨˋ ①用腳走；行（ㄒㄧㄥˊ）走：例步入、徒步、散步、步行。②行走時兩腳之間的距離：例腳步、步伐、昂首闊步。③事情進行的程序或階段：例步驟、下一步。④處（ㄔㄨˇ）境；境地：例地步。

止部 4
武
半包圍
一 二 千 千 正 正 武 武

ㄨˇ ①跟軍事或強力有關的事物（跟「文」相對）：例武器、武裝、武力、動武、文武雙全。②勇猛：例英武、威武。③跟搏鬥（ㄅㄛˊ ㄉㄡˋ）有關的：例武術、武藝、武功。

止部 4
歧
左右
丨 卜 𠃊 止 止 㞢 歧 歧

ㄑㄧˊ ①岔（ㄔㄚˋ）路；由大路分出來的：例歧路；歧途（比喻錯誤的道路）。②不一致；有差（ㄔㄚ）異：例歧義、歧視。

止部 5
歪
上下
一 ア 不 不 丕 歪 歪 歪 歪

ㄨㄞ ①偏；斜（跟「正」相對）：例線畫歪了、字寫歪了。②不正當（ㄉㄤˋ）；不正派：例邪門歪道、歪風邪氣。

ㄨㄞˇ 扭傷：例歪了腳。

止部 9
歲
上下
丨 卜 𠃊 止 𣥂 产 产 岸 岸 岸 歲 歲 歲

答案：步步高陞。

ㄙㄨㄟˋ ①年：例歲末、歲月。②表示年齡的單位：例千歲、歲數（ㄕㄨˋ）。

止部 12 **歷** 半包圍

ㄌㄧˋ ①經過：例歷經、歷時、歷程、歷盡千辛萬苦。②親身體驗、嘗試的事：例簡歷、閱歷、來歷。③過去的各個或各次：例歷年、歷代、歷次、歷屆。

止部 14 **歸** 左右

ㄍㄨㄟ ①返回：例回歸、歸國、歸途、早出晚歸。②還給（ㄏㄨㄢˊ）；使返回：例歸還、物歸原主。③依附：例歸化、歸附、眾望所歸。④屬（ㄕㄨˇ）於（誰所有）；由（誰負責）：例歸屬、房子歸他，家具歸你、財務歸他管。⑤女子出嫁：例于歸、歸寧。

歹部 ㄉㄞˇ

歹部 0 **歹** 獨體

一 ㄏ 歹 歹

ㄉㄞˇ 壞；惡（ㄜˋ）：例歹徒、歹毒、不知好歹、為非作歹。

歹部 2 **死** 半包圍

ㄙˇ ①生物喪（ㄙㄤˋ）失生命（跟「活」、「生」相（ㄒㄧㄤ）對）：例枯死、生死、死活。②不顧性命：例拚（ㄆㄢˋ）死、死守陣

老師的話：歸還的「歸」是止部，不要忘記喲！

老師的話：「殃及池魚」這句成語是比喻無緣無故受到牽累。

地。③堅決：例死不悔改、死心塌（ㄊㄚ）地。④不能活動的；不再改變的：例釘死、綁死、死扣。⑤無法調和（ㄊㄧㄠˊ ㄏㄜˊ）的：例死對頭、死敵。⑥不能通過；不流通：例堵死、死水。⑦不靈活：例死板、死腦筋、死心眼、死規矩。

歹部 4

歿

左右

ㄇㄛˋ

死亡：例病歿。

歹部 5

殃

左右

ㄧㄤ

①災禍：例遭殃、災殃。②使受災禍：例禍國殃民。

歹部 5

殆

左右

ㄉㄞˋ

①危險：例危殆。②表示肯定或推測，相當於「幾（ㄐㄧ）乎」「差不多」：例殆盡。

歹部 6

殊

左右

ㄕㄨ

①不相同的：例殊途同歸、懸殊。②特別的：例特殊、殊功、殊遇。

歹部 6

殉

左右

ㄒㄩㄣˋ

①古代用人或物陪葬：例殉葬。②為了（ㄨㄟˋ ˙ㄌㄜ）追求理想而犧牲生命：例殉職、殉國、殉難（ㄋㄢˋ）。

歹部 8 **殘** 左右

ㄘㄢˊ ①傷害；毀壞：例殘害、殘殺、摧殘。②凶狠；凶惡（ㄜˋ）：例殘忍、殘暴、殘酷。③剩下的：例殘餘、殘存、殘羹剩飯。④有缺損的；不完整的：例殘品、殘缺、殘破。

歹部 8 **殖** 左右

ㄓˊ 生育：例生殖、繁殖、養殖。

歹部 11 **殤** 左右

ㄕㄤ ①未成年而死。②戰死者：例國殤（為國而死的人）。

歹部 13 **殮** 左右

ㄌㄧㄢˋ 把死人裝進棺材：例入殮、裝殮。

歹部 13 **殭** 左右

ㄐㄧㄤ 動物死後遺體不腐朽的：例殭屍、殭蠶。

歹部 14 **殯** 左右

ㄅㄧㄣˋ ①停放靈柩待葬：例殯殮。②把裝著（˙ㄓㄜ）死人的棺材，送去火化或安葬：例出殯。

歹部 17 **殲** 左右

老師的話：生殖的「殖」和植樹的「植」字形相似，小心別寫錯了！

老師的話：「殺雞取卵」比喻只顧眼前小小的好處而損害長遠的利益。

ㄐㄧㄢ 消滅：例圍殲、殲滅。

殳部（ㄕㄨ）

殳部 5 **段** 左右

ㄉㄨㄢˋ ①量詞。(1)用於條狀物分成的若干部分（ㄈㄣˋ）：例繩子剪成三段、一段甘蔗、兩段木頭。(2)用於時間（ㄐㄧㄢ）或空間（ㄐㄧㄢ）的一定距離：例一段時間、一段路程、坐了一段火車。(3)用於事物的一部分：例一段話、一段文章、兩段京劇。②事物劃分成的部分：例段落、階段、片段、地段。

殳部 6 **殷** 左右

ㄧㄣ ①富裕；富足：例殷實、殷富。②深厚；熱情：例殷切、殷勤。

ㄧㄢ 紅黑色：例殷紅。

ㄧㄣˇ ①震動：例殷天動地。②形容巨大的雷聲：例殷其雷。

殳部 7 **殺** 左右

ㄕㄚ ①使人或動物結束生命：例殺傷、殺害。②搏鬥；戰鬥：例殺出重圍（ㄔㄨㄥˊ）、殺入敵群。③消除；削減：例殺一殺他的威風、殺價。④很；非常：例惱殺人。⑤結束；完成：例殺尾、殺青。

ㄕㄞˋ 衰敗：例隆殺。

殳部 8

殼

ㄎㄜˊ 物體堅硬的表皮：例甲殼、果殼、地殼、外殼。

殳部 9

毀

ㄏㄨㄟˇ ①破壞；損壞：例毀滅、撕毀、毀壞。②燒掉：例焚毀、銷毀。③無中生有，說（ㄕㄨㄛ）別人壞話：例毀謗、詆毀。

殳部 9

殿

ㄉㄧㄢˋ ①高大的建築物；特指供（ㄍㄨㄥ）奉神佛或帝王接受朝（ㄔㄠˊ）見、處（ㄔㄨˇ）理國事的廳堂：例寶殿、宮殿。②走在最後：例殿後、殿尾。

殳部 11

毅

ㄧˋ 剛強（ㄑㄧㄤˊ）；果斷：例毅力、堅毅、剛毅、毅然。

殳部 11

毆

ㄡ 擊；打：例毆打、鬥毆。

毋部 ㄨˊ

老師的話：古時對皇帝或太子稱作「殿下」。

老師的話：母親的「母」不可以寫作保姆的「姆」。

毋部

0 **毋** 獨體

ㄥ ㄐ 毌 毋

ㄨˊ

表示禁止或勸阻，相當於「不要」、「不可」：例寧缺毋濫、臨財毋苟得，臨難（ㄋㄢˋ）毋苟免。

毋部

0 **母** 獨體

ㄥ ㄐ 母 母 母

ㄇㄨˇ

①媽媽：例母女、慈母、家母。②親屬（ㄕㄨˇ）中（ㄓㄨㄥ）的女性長（ㄓㄤˇ）輩：例祖母、伯母、姨母、岳母。③禽獸中雌（ㄘ）性的（跟「公」相（ㄒㄧㄤ）對）：例母牛、母雞。④最初的或能產生其他事物的東西：例酒母、字母。

毋部

2 **每** 上下

ノ 𠂉 𠂉 每 每 每 每

ㄇㄟˇ

①指全體中的任何一個：例每個、每組三人、每一事物。②表示同一動作有規律地反覆出現：例每到假日，他都回家。③屢次；時常：例每每如此、每戰必勝。

毋部

4 **毒** 上下

一 二 丰 丰 圭 毒 毒 毒

ㄉㄨˊ

①對生物體有害的物質：例下毒、有毒、中（ㄓㄨㄥˋ）毒。②有毒的：例毒蛇、毒藥、毒品。③殘酷；猛烈：例狠毒、毒辣、下毒手。④用有毒的東西殺害：例毒死、用藥毒老鼠。⑤對思想有害的東西：例流毒。⑥指毒品：例販

毒、禁毒。

毋部 8 **毓** 左右

ㄩˋ 生養；養育。同「育」：例鍾靈毓秀（指美好（ㄏㄠˇ）的自然環境產生優秀的人物）。

比 ㄅㄧˇ 部

比部 0 **比** 左右

ㄅㄧˇ ①較量（ㄌㄧㄤˋ）：例比較、比武、對比。②數學名詞：例比例、比值、百分比。③表示競賽雙方得分的結果：例主隊以三比一勝客隊。④仿照：例比照、將（ㄐㄧㄤ）心比心。⑤摹擬、譬喻：例比方、比喻。

ㄅㄧˋ ①相並列：例比肩。②最近：例比來。

比部 5 **毖** 上下

ㄅㄧˋ 謹慎：例懲前毖後（吸取以前犯錯誤的教（ㄐㄧㄠˋ）訓，以後小心謹慎，不再犯錯）。

比部 5 **毗** 左右

ㄆㄧˊ 連接：例毗鄰、毗連。

毛 ㄇㄠˊ 部

老師的話：「比」字的筆順第一筆和第三筆都是一短橫，不是一撇，要記得喲！

猜猜看：「小公雞不會叫，飛上腳背跳幾跳。」猜一種童玩。

答案：毽子。

毛部 0 **毛** 獨體

ノ 二 三 毛

ㄇㄠˊ ①人和動植物皮上所生的細絲狀物：例眉毛、寒毛、豬毛、雞毛。②小；細微：例毛細血管、毛毛雨。③錢幣的單位，一角叫「一毛」。④不純淨的：例毛利、毛重。⑤粗糙的；沒有加工的：例毛布、毛坯、毛樣。⑥粗率；不細心：例毛手毛腳、毛毛躁躁。⑦驚慌；害怕：例心裡發毛。

毛部 7 **毫** 上下

丶 亠 亡 古 古 亭 亭 亭 亭 毫 毫

ㄏㄠˊ ①動物身上細長（ㄔㄤˊ）的毛：例毫末、絲毫。②指毛筆：例揮毫（用毛筆寫字或畫畫）。③計量單位名稱。(1)長度的單位，一毫等於十分之一釐。(2)在公制表中的千分之一：例毫克、毫米、毫升。④極少；一點兒（只用於否定式）：例毫不費力、毫無辦法。

毛部 8 **毯** 半包圍

ノ 二 三 毛 毛 毛 毯 毯 毯 毯 毯 毯

ㄊㄢˇ 可以鋪（ㄆㄨ）、蓋或作裝飾用的紡織品：例毛毯、線毯、地毯、掛毯。

毛部 9 **毽** 半包圍

ノ 二 三 毛 毛 毛 毛 毛 毛 毽 毽 毽 毽

ㄐㄧㄢˋ 一種用皮或布裹著銅錢，錢孔中插羽毛，玩的時候用腳連續向上踢，使不落地：例踢毽子。

毛部 13 **氈** 左右

丶 亠 亡 亣 亩 亩 亩 亶 亶 亶 亶 亶 亶 氈

ㄓㄢ 用羊毛等壓製成的織物：例氈帽、氈墊。

氏部 ㄕˋ

氏部 0 **氏** 獨體

ㄕˋ ①姓：例王氏兄弟。②對歷史上有影響的人物的稱呼：例神農氏、有巢氏。

ㄓ 古代西域國名：例月氏。

氏部 1 **民** 獨體

ㄇㄧㄣˊ ①組成國家的人、百姓：例人民、民眾、國民、公民。②指出於民間（ㄐㄧㄢ）的：例民歌、民俗、民情。③某個民族的人：例漢民、回民、藏民。④從事某種（ㄓㄨㄥˇ）工作的人：例農民、牧民、漁民。⑤非軍人；非軍事的：例軍民一家、民航機。

氏部 1 **氐** 獨體

ㄉㄧˇ 樹根；根本。

ㄉㄧ 中國古代民族，東晉時曾建立前秦和後涼。

氏部 4 **氓** 左右

ㄇㄤˊ 〔流氓〕①指不務正業、為（ㄨㄟˋ）非作歹的人。②指卑鄙的行為（ㄒㄧㄥˊ ㄨㄟˊ）：例耍流氓。

老師的話：古時候人民也稱作「布衣」、「庶民」、「黎民」喲！

猜猜看：「紅的瓜，綠的瓜，飛到天上不回家。」猜一種玩具。
（答案：氣球）

气部 ㄑㄧˋ

气部 2 **氖** 半包圍

ノ ⺈ ⺈ 气 气 氖

ㄋㄞˇ 非金屬化學元素。無色無臭氣體，放電時發出紅光，可用來製霓虹燈或信號燈。

气部 4 **氛** 半包圍

ノ ⺈ ⺈ 气 气 気 氛 氛

ㄈㄣ 周圍的情景；情勢：例氣氛、氛圍。

气部 5 **氟** 半包圍

ノ ⺈ ⺈ 气 气 气 氕 氟 氟

ㄈㄨˊ 非金屬化學元素。淺黃綠色氣體，味臭，有毒，腐蝕性極強，是非金屬中最活潑的元素。

气部 6 **氣** 半包圍 氣

ノ ⺈ ⺈ 气 气 气 氣 氣

ㄑㄧˋ ①沒有固定的形狀和體積，能流動散布的物體；特指空氣：例氧氣、煤氣、水蒸氣、氣壓。②指陰晴冷暖等自然現象：例天氣、氣象、氣候、秋高氣爽。③呼吸時出入的氣：例喘氣、氣息。④憤怒：例氣憤、氣惱、氣人。⑤惱怒的情緒：例嘔氣、消消氣、怒氣沖沖。⑥味道：例香氣、臭氣、腥氣、臊氣。⑦人所表現的精神態度：例勇氣、志氣、氣節、一鼓作氣、氣壯山河。⑧作風：例習氣、土氣、嬌氣、書生氣、孩子氣。

气部 6 氧 半包圍

氧 丿 𠂉 𠂉 气 气 气 氕 氧 氧 氧

一尢ˇ 非金屬化學元素，無色無味無臭的氣體，能幫助燃燒，是燃燒過程和動植物呼吸所必需的氣體。

气部 6 氨 半包圍

氨 丿 𠂉 𠂉 气 气 气 氕 氨 氨 氨

ㄢ 氮和氫的化合物，無色氣體，有特殊臭味，可以製成冷凍劑和化肥。

气部 6 氦 半包圍

氦 丿 𠂉 𠂉 气 气 气 氕 氦 氦 氦

ㄏㄞˋ 非金屬化學元素。無色無臭氣體，在大氣中含量（ㄌㄧㄤˋ）極少，可用來填空氣球、氣囊、潛水衣等。

气部 6 氤 半包圍

氤 丿 𠂉 𠂉 气 气 氕 氤 氤 氤

一ㄣ 〔氤氳〕形容雲煙瀰漫的樣子。

气部 7 氫 半包圍

氫 氫 丿 𠂉 𠂉 气 气 气 氕 氫 氫

ㄑㄧㄥ 非金屬化學元素，無色無臭無味氣體，是已知元素中最輕的。工業上用途很廣。

气部 8 氮 半包圍

氮 氮 氮 丿 𠂉 𠂉 气 气 气 氕 氮 氮

ㄉㄢˋ 非金屬化學元素，無色無臭無味的氣體，在空氣中約占五分之四，可以製造氮肥。

老師的話：你知道氣球為什麼會飛起來嗎？因為裡面充滿了氫氣或氦氣呢！

老師的話：「小器鬼喝涼水，打破了缸割破了嘴，討個老婆打斷了腿。」你會念嗎？

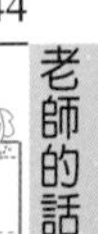

气部 8 **氯** 半包圍

ノ ㇒ 𠂉 气 气 氕 氖 氖 氯 氯 氯

ㄌㄩˋ 非金屬化學元素，淺黃綠色氣體，有臭味，有毒，可以製造漂白粉、農藥等。

气部 10 **氳** 半包圍

ノ ㇒ 𠂉 气 气 氕 氖 氖 氳 氳 氳 氳 氳 氳

ㄩㄣ 〔氤氳〕見「氤」。

水部 ㄕㄨㄟˇ

水部 0 **水** 獨體

亅 ⺘ 水 水

ㄕㄨㄟˇ ①無色、無臭、無味的液體。②河流：例漢水。③泛指一切水域（跟「陸」相對）：例水陸兩棲、三面環水、跋山涉水。④指某些含水或像水的液體：例血水、藥水、花露（ㄌㄨˋ）水。

水部 1 **永** 獨體

丶 亅 ⺘ 永 永

ㄩㄥˇ 長（ㄔㄤˊ）久；久遠：例永久、永恆、永世、永不消逝。

水部 2 **汁** 左右

丶 冫 氵 汁 汁

ㄓ 含有某種（ㄓㄨㄥˇ）物質的液體：例果汁、墨汁、汁液。

水部 2 **汀** 左右

丶 冫 氵 汀 汀

ㄊㄧㄥ 水邊的平地：例汀洲、沙汀、綠汀。

水部

2 **氾** 左右

丶 氵 氾 氾

ㄈㄢˋ ①水高漲(ㄓㄤˇ)而大量(ㄌㄧㄤˋ)向外橫流：例氾濫。②普遍的。通「汎」：例氾愛。③漂浮。通「泛」：例氾舟。④姓。

水部

2 **求** 獨體

一 十 寸 才 求 求 求

ㄑㄧㄡˊ ①想辦法得(ㄉㄜˊ)到：例求學、尋求、追求、徵求。②懇請：例乞求、求援、求情、求饒。③要(ㄧㄠ)求：例精益求精。④需要：例需求、供(ㄍㄨㄥ)大於求。

猜猜看：「女孩的眼淚」，猜一個字。

水部

3 **汝** 左右

丶 氵 汄 汝 汝

ㄖㄨˇ 稱談話的對方，相當於「你」、「你的」：例汝曹、汝輩。

水部

3 **汗** 左右

丶 氵 汇 汗 汗

ㄏㄢˋ 從皮膚表面排出的液體：例出汗、汗水、汗流滿面。

ㄏㄢˊ 古代西域國王的稱號(ㄔㄥ ㄏㄠˋ)：例可汗。

水部

3 **汙** 左右

丶 氵 汇 汙 汙

ㄨ ①骯髒的東西：例同流合汙、藏汙納垢。②骯髒的：例汙泥、汙點。③不廉潔：例貪官汙吏。④使不潔淨：例汙染、汙損、

答案：汝。

玷（ㄉㄧㄢˋ）汙。

老師的話：早上的海濤稱「潮」，晚上的稱「汐」。

水部 3 **江** 左右
、 丶 氵 氵 汀 江
ㄐㄧㄤ
①長江的專稱：例大江南北。
②泛指大河：例江河湖海。

水部 3 **池** 左右
、 丶 氵 氵 汁 池
ㄔˊ
①積水的坑；水塘：例水池、養魚池、游泳池。②指某些四周高中間低的地方：例樂（ㄩㄝˋ）池（舞台前樂隊伴奏的地方）。

水部 3 **汛** 左右
、 丶 氵 氵 汛 汛
ㄒㄩㄣˋ
①江河季節性漲（ㄓㄤˇ）水的現象：例汛期、春汛、潮汛。
②指某些魚類在一定時期內成群出現的現象：例魚汛。

水部 3 **汐** 左右
、 丶 氵 氵 汐 汐
ㄒㄧ
夜晚的潮水：例潮汐。

水部 3 **汕** 左右
、 丶 氵 氵 汕 汕
ㄕㄢˋ
〔汕頭〕地名，在廣東。

水部 3 **汞** 上下
一 丅 工 汞 汞 汞
ㄍㄨㄥˇ
金屬元素，銀白色液體，有毒，可用於製造鏡子、溫度計、血壓計、藥品等。也說「水銀」。

水部 4 **沙** 左右

丶 冫 氵 氵丨 氵小 沙 沙

ㄕㄚ ①細碎的石粒：例沙土、沙漠、沙灘、飛沙走石。②顆粒小而鬆散（ㄙㄢˇ）像沙的東西：例豆沙、蠶沙（蠶屎）。③嗓音發啞：例沙啞。

水部 4 **沏** 左右

丶 冫 氵 氵一 氵七 沏 沏

ㄑㄧ 用開水沖泡：例沏茶、沏奶粉。

水部 4 **沁** 左右

丶 冫 氵 氵丿 沁 沁 沁

ㄑㄧㄣˋ （氣味、液（ㄧㄝˋ）體等）滲（ㄕㄣˋ）入或透出：例沁人心脾、沁出冷汗。

老師的話：「沈」和「沉」形音義都不同，小心別寫錯了！

水部 4 **沈** 左右

丶 冫 氵 氵冖 氵冘 沈 沈

ㄕㄣˇ 姓。

水部 4 **沉** 左右

丶 冫 氵 氵冖 氵冗 沉 沉

ㄔㄣˊ ①向下落（跟「浮」相對）：例沉沒、石沉大海。②陷落；降落：例下沉、月落星沉。③情緒等低落：例低沉、消沉。④穩定；鎮靜：例沉著（ㄓㄨㄛˊ）、沉住氣。⑤程度深：例沉醉、沉思、暮氣沉沉。⑥重（ㄓㄨㄥˋ）；分量（ㄌㄧㄤˋ）大：例沉重、沉甸甸。

水部 4 **沅** 左右

丶 冫 氵 氵一 氵二 沅 沅

老師的話：「汪汪」是狗叫聲，「喵喵」是貓叫聲，「喔喔」是公雞啼。

ㄩㄢˊ 沅江，水名，源於貴州，經湖南流入洞庭湖。

水部 沛 4 左右
丶 氵 氵 汇 沂 沛
ㄆㄟˋ 豐盛；充足：例精力充沛。

水部 汪 4 左右
丶 氵 氵 汇 汀 汪
ㄨㄤ ①水又深又廣：例汪洋大海。②（液體）積聚：例一汪秋水、一汪淚水。③擬聲詞，模擬狗叫的聲音：例汪汪。④姓。

水部 決 4 左右
丶 氵 氵 汀 沪 決
ㄐㄩㄝˊ ①水沖垮（堤岸）：例決堤、決口、潰決。②破裂：例決裂。③作出判斷；確定：例決定、決斷、表決、判決。④特指執行死刑：例處（ㄔㄨˇ）決、槍決。⑤斷定勝負：例決戰、決賽、一決勝負。⑥果斷；堅定：例果決、堅決、猶豫不決。⑦一定；必定：例決不罷休、決不放棄。

水部 沐 4 左右
丶 氵 氵 汁 汁 沐
ㄇㄨˋ 洗頭髮；洗：例沐浴。

水部 汰 4 左右
丶 氵 氵 汁 汁 汰
ㄊㄞˋ 去掉差（ㄔㄚ）的、不合適的：例淘汰、汰舊換新。

老師的話：一飛沖天的「沖」不可以寫作衝鋒陷陣的「衝」喲！

水部 4 沌 左右
、 ⺀ 氵 氵 氵 沌 沌
ㄉㄨㄣˋ
〔混（ㄏㄨㄣˋ）沌〕①古代傳說中指天地未分之前渾然一體的狀態：例混沌初開。②模糊；糊塗：例腦子混沌。
（ㄔㄨㄣˊ ㄗㄨㄛˊ）

水部 4 汨 左右
、 ⺀ 氵 氵 汩 汨 汨
ㄇㄧˋ
〔汨羅江〕水名，發源於江西，流入洞庭湖。

水部 4 汩 左右
、 ⺀ 氵 氵 汩 汩 汩
ㄍㄨˇ
〔汩汩〕擬聲詞，模擬水流動的聲音：例泉水汩汩流。

水部 4 沖 左右
、 ⺀ 氵 氵 沪 沪 沖
ㄔㄨㄥ
①用開水澆：例沖茶、沖奶粉。②向上升；向上頂：例沖入雲霄、一飛沖天。③由上向下清洗：例沖涼、沖澡。④（水）撞擊（物體）：例沖垮、沖刷、沖洗。

水部 4 沒 左右
、 ⺀ 氵 氵 沪 沒 沒
ㄇㄛˋ
①沉下：例沉沒。②隱藏（ㄘㄤˊ）；消失：例隱沒、出沒無常、神出鬼沒。③把財物收歸公有：例沒收、罰沒。④漫過或高過（人或物）：例水深沒頂、野草沒過羊群。
ㄇㄟˊ
①無；不存在：例沒有、沒預算、沒花錢。②不到（某

猜猜看：「及時雨」，猜一個字。

答案：汲。

個數量等）：例沒兩天就壞了、這間屋子肯定沒十坪。③不如：例弟弟沒哥哥高、誰都沒他跑得快。④未；不曾：例沒來、沒乾。

水部 4 **汽** 左右　、 丶 氵 氵 氵 汽 汽

ㄑㄧˋ　液體或固體受熱變成的氣體；特指水蒸氣：例汽船、汽笛。

水部 4 **沃** 左右　、 丶 氵 氵 汇 沃 沃

ㄨㄛˋ　土地肥美：例肥沃、沃土、沃野千里。

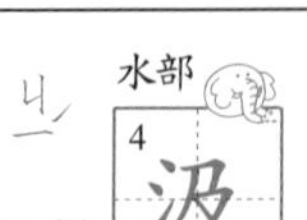

水部 4 **汲** 左右　、 丶 氵 氵 沥 汲 汲

ㄐㄧˊ　從井裡打水；泛指從下往上打水：例汲水、汲引。

水部 4 **汾** 左右　、 丶 氵 氵 汾 汾 汾

ㄈㄣˊ　汾河，水名，在山西，流入黃河。

水部 5 **泣** 左右　、 丶 氵 氵 氵 泣 泣 泣

ㄑㄧˋ　無聲或低聲地（·ㄉㄜ）哭：例哭泣、抽泣、泣不成聲。

水部 5 **泔** 左右　、 丶 氵 氵 汁 泔 泔 泔

ㄍㄢ　〔泔水〕淘米、洗菜、刷鍋等用過的水。

水部 5 **注** 左右　、 丶 氵 氵 氵 汴 注 注

ㄓㄨˋ ①灌進去；倒（ㄉㄠˋ）入：例灌注、傾注、注射。②（精神、目光等）集中到某一點上：例注視、注意、全神貫注。③投入賭博的錢物：例賭注。④用文字解釋書中的字句。通「註」：例注釋。⑤解釋書中字句的文字：例附注。⑥記錄；登記：例注冊。

水部 5 **泳** 左右
丶 丶 氵 氵 氵 氵 氵 泳

ㄩㄥˇ 游水：例游泳、蛙泳。

水部 5 **沱** 左右
丶 丶 氵 氵 氵 氵 沱

ㄊㄨㄛˊ ①水名，長江的支流，在四川：例沱江。②水勢盛（ㄕㄥˋ）大的樣子：例滂沱。③淚如雨下的樣子：例涕泗滂（ㄊㄤ ㄙ ㄆㄤ）沱。

水部 5 **泌** 左右
丶 丶 氵 氵 氵 泌 泌 泌

ㄇㄧˋ 液體由細孔排出：例分泌、泌尿。

ㄅㄧˋ 〔泌陽〕地名，在河南省。

水部 5 **泥** 左右
丶 丶 氵 氵 氵 氵 氵 泥

ㄋㄧˊ ①水跟土的混合物：例汙泥、泥塘、泥土、泥濘。②像泥一樣的東西：例棗泥、印泥、紅豆泥。③塗抹：例泥壁、泥牆。

ㄋㄧˋ 固執；死板：例拘泥。

猜猜看：「尼姑游泳」，猜一個字。

答案：泥。

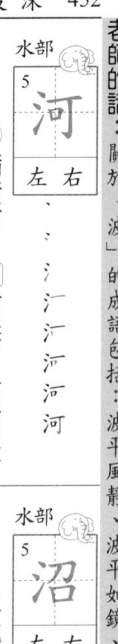

老師的話：關於「波」的成語包括：波平風靜、波平如鏡、波光閃閃、波濤洶湧。

水部 5 河 左右
丶 丷 氵 汀 汀 沔 沔 河
ㄏㄜˊ
①指黃河：例河套、河西走廊。②泛指大水道：例運河、護城河、江河湖海。

水部 5 沽 左右
丶 丷 氵 氵 汁 汁 沽 沽
ㄍㄨ
買：例沽酒、沽名釣譽（釣取名譽）。

水部 5 沾 左右
丶 丷 氵 氵 汁 汁 沾 沾
ㄓㄢ
①浸溼；浸潤：例沾襟。②受到好處（ㄏㄠˇ ㄔㄨˋ）：例沾光、利益均沾。③附著（ㄓㄨㄛˊ）：例沾泥土、沾水。④接觸；染上：例沾染、菸酒不沾。

水部 5 沼 左右
丶 丷 氵 沙 沙 沼 沼 沼
ㄓㄠˇ
水池：例池沼、沼澤。

水部 5 波 左右
丶 丷 氵 氵 沪 沪 波 波
ㄅㄛ
①起伏不平的水面：例波濤、波浪。②比喻突然出現的情況：例風波、波折、一波未平，一波又起。③比喻流轉（ㄓㄨㄢˇ）的目光：例眼波、秋波。

水部 5 沫 左右
丶 丷 氵 汀 汀 沣 沫 沫
ㄇㄛˋ
①液（ㄧㄝˋ）體形成的水泡：例泡沫、肥皂沫。②唾液（ㄊㄨㄛˋ ㄧㄝˋ）：例唾沫。

水部 5 法 左右
丶 丶 氵 氵一 汁 汢 法 法

ㄈㄚˇ ①指國家立法機關制定的法規：例憲法、違法亂紀、奉公守法。②標準；模式：例法則、語法。③方式：例辦法、方法、土法。④仿效：例效法、師法古人。⑤指佛教（ㄐㄧㄠˋ）的教（ㄐㄧㄠˋ）義，也指僧道等畫符念咒的手段：例法力、法術、現身說法。⑥國名，法蘭西的簡稱，位在西歐：例法國。

ㄈㄚˊ 辦事的方式：例法子。

水部 5 泓 左右
丶 丶 氵 氵𠃌 氵弓 氵弓 泓 泓

ㄏㄨㄥˊ ①水深廣的樣子：例泓涵。②量詞，用於清水：例一泓春水、一泓清溪。

老師的話：石油也可以稱作「黑金」喲！

水部 5 沸 左右
丶 丶 氵 氵弓 氵弓 沸 沸 沸

ㄈㄟˋ 液體受熱到一定溫度，產生氣泡而翻騰：例沸水、沸騰。

水部 5 泄 左右
丶 丶 氵 氵一 汁 沚 泄 泄

ㄒㄧㄝˋ ①排出（液體、氣體等）：例泄洪、排泄、水泄不通。②發泄：例泄憤、泄恨。③透露（ㄌㄡˋ）：例泄密、泄露（ㄌㄡˋ）。④比喻失去信心：例泄氣、泄勁。

ㄧˋ 舒緩的：例泄泄。

水部 5 油 左右
丶 丶 氵 氵丨 氵冂 汩 油 油

老師的話：「泅」的相似字是「游」、「泳」。

ㄧㄡˊ ①動植物體內的脂肪；從地下開採出來的液態礦產品：例豆油、牛油、石油、柴油。②用油漆或桐油塗飾：例油飾、油家具。③圓滑：例這人太油了、油腔滑調、油頭滑腦、油嘴滑舌。

水部 5 **況** 左右

、 ⺀ 氵 氵 沪 沪 沪 況

ㄎㄨㄤˋ ①情形：例近況、盛(ㄕㄥˋ)況、情況、狀況。②〔況且〕表示意思更進一層：例這本書內容好，況且又便宜。③〔何況〕用在反問，表示更進一層：例大人都搬不動，何況小孩子。

水部 5 **沮** 左右

、 ⺀ 氵 氵 汩 汩 泪 沮

ㄐㄩˇ 頹喪(ㄙㄤˋ)；消沉：例沮喪(ㄙㄤˋ)。

水部 5 **泗** 左右

、 ⺀ 氵 氵 汩 泗 泗 泗

ㄙˋ ①鼻涕：例涕泗滂沱、涕泗縱(ㄗㄨㄥ)橫。②泗河，水名，在山東。

水部 5 **泅** 左右

、 ⺀ 氵 氵 汩 泅 泅 泅

ㄑㄧㄡˊ 游水：例泅水、泅渡。

水部 5 **泱** 左右

、 ⺀ 氵 氵 江 江 泱 泱

ㄧㄤ 〔泱泱〕形容水面廣或氣勢宏大：例江水泱泱、泱泱大國。

水部 5 **沿** 左右

丶 冫 氵 氵 氿 沿 沿 沿

ㄧㄢˊ ①照老樣子繼續下去：例沿用、沿襲、相沿至今。②順著：例沿河邊走、沿街叫賣。③邊緣：例炕沿、河沿。

水部 5 **治** 左右

丶 冫 氵 氵 氵 汁 治 治

ㄓˋ ①整修；管理：例治水、治國、自治、治理。②社會安定：例天下大治、長治久安。③處（ㄔㄨˇ）罰；懲辦：例治罪、處（ㄔㄨˇ）治、懲治。④醫療：例治療、治病、醫治、診治。⑤研究學（ㄒㄩㄝˊ）問：例治學（ㄒㄩㄝˊ）。

ㄔˊ 限於姓氏或水名。

水部 5 **泡** 左右

丶 冫 氵 氵 汋 沟 沟 泡

ㄆㄠˋ ①液體中或液體表層的氣體小圓球或半圓球：例氣泡、水泡、泡沫。②表皮因受傷而凸出像球形的症狀：例腳上磨起了泡。③用水沖浸：例泡水、泡茶。④拖延、耽擱：例泡時間。⑤窮追歪纏：例泡妞。

ㄆㄠ ①鼓起而又鬆軟的東西：例豆泡兒、豆腐泡。②量詞，用於屎、尿：例撒泡尿、拉一泡屎。

水部 5 **泛** 左右

丶 冫 氵 氵 氵 汇 泛 泛

ㄈㄢˋ ①在水上漂浮：例泛舟。②一般；不深入：例浮泛、空泛、泛泛而談。③透出；漾出：例

老師的話：一泡尿的「泡」記得要唸作ㄆㄠ喲！

老師的話：「黃泉」是指人死後的地方，也稱作「陰間」、「地府」。

東方泛出魚肚白、胃裡直泛酸水。④江河湖泊的水漫溢出來：例泛濫成災。⑤廣泛；普遍（ㄅㄧㄢˋ）：例寬泛、泛指。

泊

水部 5 泊 左右

、 冫 氵 氵 汋 泊 泊 泊

ㄅㄛˊ

①湖：例湖泊、水泊〈比〉倒（ㄉㄠˋ）在血泊中。②停船靠岸：例泊岸、泊船、停泊。③停留；暫住：例漂泊、駐泊。

泉

水部 5 泉 上下

ノ 亻 白 白 白 皁 皁 泉 泉

ㄑㄩㄢˊ

湧出地面的地下水：例溫泉、礦泉、山泉。

泰

水部 5 泰 上下

一 二 三 丰 夫 夫 夫 泰 泰 泰

ㄊㄞˋ

安定；平安：例康泰、國泰民安。

洋

水部 6 洋 左右

、 冫 氵 氵 氵 氵 氵 氵 洋

ㄧㄤˊ

①廣大；豐富：例洋溢、洋洋大觀、喜氣洋洋。②比海更廣大的水域：例海洋、太平洋。③指外國：例西洋、洋貨。④舊指銀元（洋錢）：例大洋。

洲

水部 6 洲 左右

、 冫 氵 氵 氵 氵 氵 洲 洲

ㄓㄡ

①河流中（ㄓㄨㄥ）的陸地：例沙洲、綠洲。②大陸及附近島嶼的總稱（ㄔㄥ）。地球上有七大洲，即亞洲、歐洲、非洲、北美洲、南美洲、大洋洲、南極洲。

水部 6 **洪** 左右

、 ⺀ 氵 汁 汁 洪 洪 洪

ㄏㄨㄥˊ ①大水：例山洪、防洪、抗洪、洪峰。②大：例洪福、聲如洪鐘。

水部 6 **流** 左右

、 ⺀ 氵 氵 汁 汁 浐 浐 流

ㄌㄧㄡˊ ①液體移動：例流淌、水向東流、淚流滿面、血流不止。②沒有固定方向地移動：例流通、流動、流浪、流彈（ㄉㄢˋ）、流星。③留傳；傳播：例流芳百世、流傳、流毒、流行。④水道中的流水：例水流、激流。⑤指具有移動現象的水、空氣或物質：例氣流、寒流、電流。⑥指江河水離開源頭以後的部分（跟「源」相對）：例中流、源遠流長。⑦分支；派別；等級：例三教九流、流派、二流作品、三流演員。⑧像流水那樣順暢：例流暢、流利。

水部 6 **津** 左右

、 ⺀ 氵 氵 汩 汩 津 津 津

ㄐㄧㄣ ①渡口：例問津（打聽（ㄊㄧㄥ）渡口，比喻探問）。②指天津：例津浦鐵路。③人體或動植物體內的液體；特指唾液（ㄊㄨㄛˋ ㄧㄝˋ）：例津液、生津止渴。

水部 6 **洌** 左右

、 ⺀ 氵 氵 汅 汅 洌 洌 洌

ㄌㄧㄝˋ ①清澈；不混濁：例清洌、酒洌。②寒冷的：例洌風、冷洌、寒洌。

老師的話：關於「津」的成語包括：津津有味、津津樂道。

老師的話：「白布掉染缸——洗也洗不清」，這句歇後語是比喻沒有辦法消除嫌疑。

水部 6 **洱** 左右

ㄦˇ 洱海，湖名，在雲南。

水部 6 **洞** 左右

ㄉㄨㄥˋ ①深穴：例山洞、防空洞〈比〉漏洞。②透徹；清晰：例洞察、洞悉、洞燭機先。

ㄊㄨㄥˊ 山西縣名：例洪洞縣。

水部 6 **洗** 左右

ㄒㄧˇ ①用水或其他洗滌劑除掉髒東西：例洗澡、洗腳、乾洗、刷洗。②除掉：例洗冤、洗恥、把那段錄音洗掉。③像洗過一樣地（•ㄉㄜ）殺光或搶光：例洗劫、洗城。④沖印底片、照片：例洗印、洗相片。⑤把麻將（ㄐㄧㄤˋ）、撲克牌等經過整理，改變原來的排列順序：例洗牌。

水部 6 **活** 左右

ㄏㄨㄛˊ ①有生命；生存（跟「死」相對）：例活了一輩子、死去活來、存活、復活。②工作（一般指體力勞（ㄌㄠˊ）動）：例幹活、零活。③活動的；可以變動的：例活水、活塞（ㄙㄞ）、活期存款。④生動不呆板：例活潑、靈活、活躍、心眼活。⑤真正；簡直：例活該、活像、活受罪。

水部 6 **洽** 左右

、 冫 氵 氵 汄 汵 洽 洽 洽

ㄑㄧㄚˋ ①和（ㄏㄜˊ）諧；協調（ㄊㄧㄠˊ）一致：例融洽。②跟人商量（ㄌㄧㄤˊ）以求得（ㄉㄜˊ）協調：例接洽、洽商、洽談。

水部 6 **派** 左右

、 冫 氵 氵 汀 沪 沠 派 派

ㄆㄞˋ ①指主張、風格一致的人群：例黨派、流派、學派。②作風；樣子：例氣派、派頭、正派。③分配；差（ㄔㄞ）遣：例派活、派車、派遣、攤派、指派。④量詞，用於景色、語言等：例一派春光、一派欣欣向榮、一派胡言。

水部 6 **洶** 左右

、 冫 氵 氵 汋 汋 洶 洶 洶

ㄒㄩㄥ ①水向上翻騰得（˙ㄉㄜ）很厲害：例洶湧澎湃。②〔洶洶〕氣勢大或聲勢大：例氣勢洶洶、來勢洶洶。

水部 6 **洛** 左右

、 冫 氵 氵 汐 汷 洛 洛 洛

ㄌㄨㄛˋ 洛河，水名。(1)發源於陝西北部，流入渭河。也說「北洛河」。(2)發源於陝西南部，流經河南入黃河。也說「南洛河」。

水部 7 **浪** 左右

浪

、 冫 氵 氵 氵 泊 泊 泿 浪 浪

ㄌㄤˋ ①水波：例波浪、海浪、風平浪靜。②像波浪一樣起伏

猜猜看：「匈奴過江」，猜一個字。

答案：洶。

老師的話：「消費者文教基金會」是專門保護消費者權益的組織喲！

的：例熱浪、氣浪。③不受約束；放縱（ㄗㄨㄥˋ）：例放浪、浪費。

水部 7 **涕** 左右

涕 、 丶 氵 氵 氵 氵 泸 浐 涕 涕

ㄊㄧˋ ①眼淚：例痛哭流涕、感激涕零。②鼻涕：例涕淚交流。

水部 7 **消** 左右

消 、 丶 氵 氵 氵 氵 氵 消 消 消

ㄒㄧㄠ ①（事物）逐漸減少，以至不存在：例煙消雲散、冰消瓦解、消失、消亡。②使不存在；消除：例消災、消愁、消滅、取消、打消。③度過（時光）：例消磨、消遣。④花費；用去：例消費、消耗。

水部 7 **涇** 左右

涇 、 丶 氵 氵 氵 氵 氵 氵 涇 涇

ㄐㄧㄥ （涇河）水名，發源於寧夏，流入陝西境內的渭河。（涇縣）地名，在安徽。

水部 7 **浦** 左右

浦 、 丶 氵 氵 汇 汇 沪 洎 浦 浦

ㄆㄨˇ 水邊，也指河流入海的地方，多用於地名：例浦口（在江蘇省）。

水部 7 **浸** 左右

浸 、 丶 氵 氵 氵 氵 氵 浔 浸 浸

ㄐㄧㄣˋ ①泡在液（ㄧㄝˋ）體裡：例浸泡、浸一浸。②液體滲入：例浸溼、浸透、浸潤。

水部 7 **海** 左右

海 丶 丶 氵 氵 汇 汇 海 海 海 海

ㄏㄞˇ ① 靠近大陸比洋小的水域：例黃海、南海、東海。② 海裡生長或出產的：例海龜、海帶、海鮮。③ 用於湖泊的名稱（ㄔㄥ）：例青海。④ 比喻聚集成一大片的人或事物：例人海、火海、林海。⑤ 大：例海碗、誇下海口。

水部 7 **浙** 左右

浙 丶 丶 氵 氵 汁 汁 浙 浙 浙 浙

ㄓㄜˋ 指浙江：例江浙一帶。

水部 7 **涓** 左右

涓 丶 丶 氵 氵 汩 汩 涓 涓 涓 涓

ㄐㄩㄢ 細小的水流：例涓滴、涓埃。

水部 7 **浬** 左右

浬 丶 丶 氵 氵 汩 汩 浬 浬 浬 浬

ㄌㄧˇ 海里的簡稱，是計算海面距離的單位，英美制一浬約等於一・八五公里。

水部 7 **涉** 左右

涉 丶 丶 氵 氵 汁 汁 涉 涉 涉 涉

ㄕㄜˋ ① 徒步過水；從水上經過：例跋山涉水、遠涉重洋（ㄔㄨㄥˊ）。② 經歷：例涉險。③ 關聯；牽連：例涉及、涉外、涉嫌。

ㄉㄧㄝˊ 踐踏前行（ㄒㄧㄥˊ）。通「蹀」、「喋」：例涉血。

老師的話：「海上、上海」；「性感、感性」；「房子、子房」都是字同義反的語詞。

老師的話：「浮雲朝露」這句成語是比喻人生雖短，變化卻很大。

水部 7 **浮** 左右

浮、丶丶氵氵氵氵氵浮浮

ㄈㄨˊ ①漂在液（一ㄝˋ）體表面（跟「沉」相對）：例漂浮、浮沉〈比〉臉上浮現一絲笑意。②在水裡游動：例浮水。③在空中飄動的：例浮雲。④空虛；不切（ㄑㄧㄝˋ）實際：例浮誇、浮華。⑤不踏實；不穩重：例浮躁、輕浮。⑥表面上的：例浮土、浮雕、浮面。⑦多餘：例人浮於事。

水部 7 **浚** 左右

浚、丶氵氵氵氵氵浚浚

ㄐㄩㄣˋ 深挖；疏通（水道）：例疏浚、浚河。

水部 7 **浴** 左右

浴、丶氵氵氵氵浴浴浴

ㄩˋ 洗澡：例沐浴、浴池〈比〉浴血奮戰。

水部 7 **浩** 左右

浩、丶氵氵氵氵浩浩浩

ㄏㄠˋ （氣勢、規模等）大：例浩大、浩蕩、浩劫。

水部 8 **涎** 左右

涎涎、丶氵氵氵氵氵涎涎

ㄒㄧㄢˊ 口水；唾液（ㄊㄨㄛˋ 一ㄝˋ）：例垂涎三尺（比喻非常羨慕）。

水部 8 **涼** 左右

涼涼、丶氵氵氵氵氵氵涼

ㄌㄧㄤˊ ①溫度較低；微寒（比「冷」的程度淺）：例天涼了、冬暖夏涼、涼快、涼爽、涼菜。②哀戚的：例悲傷、悲涼。③冷落；不熱鬧：例荒涼、蒼涼、淒涼。④防暑避熱用的：例涼棚、涼席、涼鞋。

ㄌㄧㄤˋ 把熱東西放一會兒，使溫度降（ㄐㄧㄤˋ）低：例飯涼一會兒再吃、把茶涼一下。

水部 8 **淳** 左右

淳 淳

ㄔㄨㄣˊ 樸實；厚道：例淳厚、淳樸。

水部 8 **淙** 左右

淙 淙

ㄘㄨㄥˊ 〔淙淙〕擬聲詞，模擬流水的聲音：例溪水淙淙。

水部 8 **液** 左右

液 液

ㄧㄝˋ 沒有固定形狀的流體物質：例汁液、唾液、血液、溶液。

水部 8 **淡** 左右

淡 淡

ㄉㄢˋ ①味道不濃；不鹹：例清淡可口、淡而無味。②稀薄（跟「濃」相對）：例淡墨、淡紅、雲淡風清、輕描淡寫。③不熱心：例冷淡、淡忘。④生意少；不興（ㄒㄧㄥ）旺：例淡季、淡月。⑤內容少；無關緊要：例平淡無味、扯淡。

水部 8 **淌** 左右

淌 淌

猜猜看：「君子之交」，猜臺灣地名。

答案：淡水。

ㄊㄤˇ 向下流：例流淌、淌眼淚。

水部 8 **淤** 左右

ㄩ ①水底沉積的泥沙：例清淤。②沉積：例淤積、淤塞（ㄙㄜˋ）。

水部 8 **添** 左右

ㄊㄧㄢ 增加：例增添、添加、添設。

水部 8 **淺** 左右

ㄑㄧㄢˇ ①上下或裡外之間的距離小（跟「深」相對）：例淺海、淺灘、坑洞挖得（˙ㄉㄜ）太淺。②學問、見識不多：例膚淺、淺薄、淺見、才疏學淺。③簡明易懂：例深入淺出、淺顯、淺易。④顏色淡：例淺色、淺藍。⑤離開始的時間短：例資歷淺。⑥感情不深：例交情淺、緣分（ㄈㄣˋ）淺。⑦分量（ㄌㄧㄤˋ）輕；程度低：例害人不淺。

水部 8 **清** 左右

ㄑㄧㄥ ①透明純淨，沒有雜質（跟「濁」相對）：例清水、清泉、清澈。②單純，沒有摻雜其他東西：例清唱、清茶、清一色。③使純潔；使乾淨：例清除、清洗。④明白：例清楚、清晰。⑤查點：例清一清人數、清帳、清理。⑥公正廉潔：例清廉、清正、清官。⑦寂靜：例清靜、冷清。

老師的話：關於「清」的成語包括：清風兩袖、清風明月、清清楚楚、清茶淡飯。

淇 水部 8 左右
筆順：丶 丶 氵 汁 汫 泄 泔 淇 淇 淇
ㄑㄧˊ
〔淇河〕水名，在河南，流入衛河。

淋 水部 8 左右
筆順：丶 丶 氵 氵 汁 汁 沐 沐 沐 淋 淋
ㄌㄧㄣˊ
①被雨水澆溼：例淋雨、日晒雨淋。②澆水，指洗澡：例淋浴。③過濾：例過淋。

涯 水部 8 左右
筆順：丶 丶 氵 汇 汇 沥 沥 涯 涯 涯 涯
ㄧㄚˊ
邊際：例天涯海角、學海無涯。

淑 水部 8 左右
筆順：丶 丶 氵 氵 汁 汁 泔 泔 洡 洡 淑
ㄕㄨˊ
善良；美好（ㄏㄠˇ）：例淑女、賢淑。

涮 水部 8 左右
筆順：丶 丶 氵 氵 汀 沪 沪 涓 涓 涮 涮
ㄕㄨㄢˋ
①搖動著沖洗：例涮涮手、涮一涮。②把食物從滾水裡燙一下便取出來吃：例涮羊肉。

淞 水部 8 左右
筆順：丶 丶 氵 氵 汁 汁 沐 沐 淞 淞 淞
ㄙㄨㄥ
〔淞江〕水名，源於江蘇，至上海與黃浦江匯合，流入長江。通稱吳淞江。

淹 水部 8 左右
筆順：丶 丶 氵 氵 汁 汁 沐 淶 淹 淹 淹
ㄧㄢ
水漫過或吞沒：例淹水、淹沒（ㄇㄛˋ）。

老師的話：涮涮鍋的「涮」字記得要唸作ㄕㄨㄢˋ喲！

老師的話：乾涸的「涸」唸作ㄏㄜˊ，不是ㄍㄨˋ喲！

水部 8 涸 左右

丶 丶 氵 汀 汩 泂 洇 涸 涸 涸

ㄏㄜˊ 乾枯：例乾涸、枯涸、涸轍鮒魚（轍，車輪輾出的軌跡。比喻在困境中急待救助的人）。

水部 8 混 左右

丶 丶 氵 氵 沪 沪 沪 浧 浧 混 混

ㄏㄨㄣˋ ①摻雜在一起：例混雜、混同、混淆、混為一談。②真假摻雜，以假亂真：例蒙混、魚目混珠。③不清潔：例混濁。④相處（ㄔㄨˋ）往來：例沒幾天就混熟了。⑤將（ㄐㄧㄤ）就過日子：例鬼混、廝混、混日子、混飯吃。

ㄎㄨㄣ 〔混夷〕古代的西戎國名。

水部 8 淵 左右

丶 丶 氵 氵 氵 氵 淵 淵 淵 淵 淵

ㄩㄢ ①深潭；深池：例萬丈深淵、天淵之別。②深：例淵深、淵博。

水部 8 淅 左右

丶 丶 氵 氵 汁 汁 沐 沐 淅 淅 淅

ㄒㄧ ①淘米水。②〔淅瀝〕擬聲詞，模擬小雨、微風、落葉等的聲音：例雨聲淅瀝。

水部 8 淒 左右

丶 丶 氵 氵 汚 浮 浮 淒 淒 淒 淒

ㄑㄧ ①寒冷：例風雨淒淒。②悲傷。通「悽」：例淒婉、淒切。③寂寞；冷落：例淒清。

水部 8 渚 左右

渚、氵氵氵汢汢沣渚渚渚渚

ㄓㄨˇ 水中的小塊陸地：例江渚、沙渚、洲渚。

水部 8 涵 左右

涵、氵氵氵汀汀汀汀涿涿涵涵

ㄏㄢˊ 包容；包含：例包涵、涵養、內涵。

水部 8 淚 左右

淚、氵氵氵氵沪沪沪淚淚淚

ㄌㄟˋ 眼睛裡分泌的無色透明液體：例眼淚、熱淚、淚水、淚珠。

水部 8 淫 左右

淫、氵氵氵氵氵氵氵淫淫淫

ㄧㄣˊ ①過度；過分（ㄈㄣˋ）：例淫威、淫雨。②指男女關係不正當（ㄉㄤˋ）：例淫亂、淫穢。

水部 8 淘 左右

淘、氵氵氵汋汋泃泃淘淘淘

ㄊㄠˊ ①用水清洗，以除去雜質：例淘米、淘金、淘汰。②舀出：例淘缸、淘井。③頑皮：例淘氣。

水部 8 淪 左右

淪、氵氵氵氵氵氵淪淪淪淪

ㄌㄨㄣˊ ①落到水裡，比喻陷入不幸或罪惡的境地：例淪落、淪陷。②喪（ㄙㄤˋ）亡；消失：例淪亡、淪喪（ㄙㄤˋ）。

猜猜看：「河邊有一戶，只養一隻狗。」猜一個字。

答案：淚。

老師的話：「生、旦、淨、末、丑」都是國劇的角色名稱。

水部 8

深

左右

丶 丶 氵 氵 氵 氵 氵 氵 浮 浮 深 深

ㄕㄣ

①從上到下或從外到裡的距離大（跟「淺」相對）：例深山、深坑、深耕、深海。②（道理、含義等）不易理解：例文章很深、深入淺出。③精奧的：例深入、深刻、深遠、深思熟慮。④感情濃厚的；密切的：例深厚、深情、深交。⑤顏色濃：例深藍、深色。⑥經歷的時間久：例深秋、夜深了、年深日久。⑦很；十分：例深知、深怕、深信不疑。

水部 8

淮

左右

丶 丶 氵 氵 氵 氵 氵 氵 淮 淮 淮

ㄏㄨㄞˊ

〔淮河〕水名，發源於河南，流經安徽、江蘇，入洪澤湖。

水部 8

淨

左右

丶 丶 氵 氵 氵 氵 氵 氵 浮 浮 淨

ㄐㄧㄥˋ

①清潔；沒有汙垢或雜質：例洗淨、乾淨、潔淨、淨水、純淨。②使清潔：例淨手、淨身。③盡；不剩：例一乾二淨、錢花淨了。④純；單純：例淨賺、淨增、淨重。⑤僅僅：例淨說不做。⑥全部：例滿院子淨是樹葉。⑦總是：例你別淨打岔、心裡著（ㄓㄠ）急，淨寫錯字。

水部 8

淆

左右

丶 丶 氵 氵 氵 氵 氵 氵 淆 淆 淆

ㄧㄠˊ

混雜；錯亂：例混淆。

淄 水部 8 左右
、 冫 氵 氵 氵 氵 氵 淄 淄 淄 淄

ㄗ ①（淄河）水名，在山東，流入渤海。②黑色。

淀 水部 8 左右
、 冫 氵 氵 氵 氵 氵 淀 淀 淀 淀

ㄉㄧㄢˋ ①河名：例淀河（在河北）。②清淺的湖泊。

港 水部 9 左右
、 冫 氵 氵 汁 汫 洪 洪 洪 洪 港 港

ㄍㄤˇ ①水運和空運線上供旅客上下和裝卸貨物的地方：例港灣、港口、不凍港、航空港。②指香港：例港幣、港澳（香港和澳門）。

游 水部 9 左右
、 冫 氵 氵 氵 汸 汸 汸 游 游 游 游

ㄧㄡˊ ①流動；移動：例游動、游擊。②在水裡行（ㄒㄧㄥˊ）動：例游來游去、游泳。③江河的一段：例上游、下游。

湔 水部 9 左右
、 冫 氵 氵 氵 氵 氵 湔 湔 湔 湔 湔

ㄐㄧㄢ 洗掉（恥辱、冤屈、哀痛等）：例湔洗、湔雪。

渡 水部 9 左右
、 冫 氵 氵 氵 沪 沪 沪 渡 渡 渡 渡

ㄉㄨˋ ①橫過水面；由一岸到另一岸：例渡河、渡船、遠渡重洋。②通過；由一個階段到另一個階段：例渡過難關、過渡時期。③

猜猜看：「游泳比賽」，猜一句成語。

答案：力爭上游。

猜猜看：「水沖來巨木」，猜一個字。

坐船過河的地方：例渡口、津渡。④拯救：例普渡眾生。

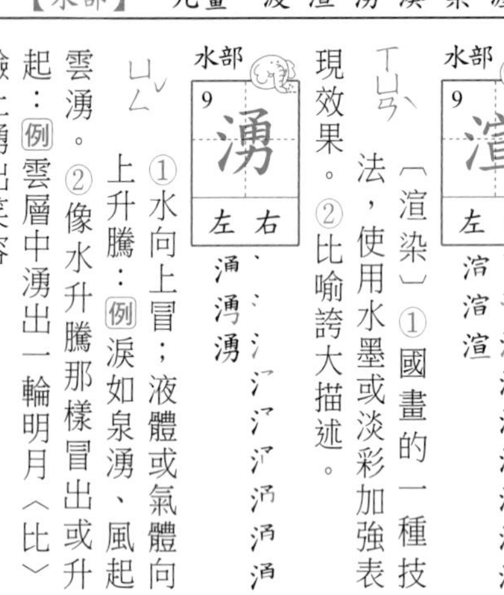

水部 9 **渲** 左右

ㄒㄩㄢˋ 〔渲染〕①國畫的一種技法，使用水墨或淡彩加強表現效果。②比喻誇大描述。

水部 9 **湧** 左右

ㄩㄥˇ ①水向上冒；液體或氣體向上升騰：例淚如泉湧、風起雲湧。②像水升騰那樣冒出或升起：例雲層中湧出一輪明月〈比〉臉上湧出笑容。

水部 9 **湊** 左右

ㄘㄡˋ ①聚合：例湊合、湊數（ㄕㄨˋ）、湊在一起。②靠攏；挨近：例湊攏、湊熱鬧、湊到耳邊。③碰巧：例湊巧。

水部 9 **渠** 上下

ㄑㄩˊ 人工開鑿的水溝、河道：例水渠、河渠、溝渠。

水部 9 **渥** 左右

ㄨㄛˋ 優厚：例優渥。

水部 9 **渣** 左右

ㄓㄚ ①提煉出精華和汁液（ㄧㄝˋ）後剩下的東西：例油渣、豆

答案：渠。

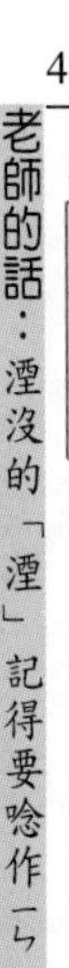

腐渣。②碎屑：例點心渣、饅頭渣。

水部 9 **減** 左右

ㄐㄧㄢˇ ①從總體或原數中去掉一部分（跟「增」相對）：例減員、減少、縮減、裁減。②降低；衰退：例有增無減、不減當年、減速、減輕、減弱。③算術的運算方法，即從一個數（ㄕㄨˋ）中去掉另一個數，例如：十減六等於四。

水部 9 **湛** 左右

ㄓㄢˋ ①（學識等）深厚：例精湛。②清澈：例湛藍。

水部 9 **湘** 左右

ㄒㄧㄤ ①〔湘江〕水名，發源於廣西，流經湖南入洞庭湖。②湖南的別稱（ㄔㄥ）：例湘繡、湘劇。

水部 9 **渤** 左右

ㄅㄛˊ 〔渤海〕中國內海，在山東半島和遼東半島之間。

水部 9 **湖** 左右

ㄏㄨˊ 四周是陸地的大片水域：例湖泊、洞庭湖、江河湖海。

水部 9 **湮** 左右

ㄧㄣ ①沉沒（ㄇㄛˋ）；埋沒：例湮沒、湮滅。②因泥沙淤積而堵塞（ㄙㄜˋ）：例河道久湮。③浸潤

老師的話：「和尚端湯上塔，塔滑湯灑湯燙塔。」你會唸這句繞口令嗎？

或滲透：例湮溼、這種（ㄓㄨㄥˇ）紙一沾墨水就湮。

渭
水部 9 左右

渭渭渭

ㄨㄟˋ 〔渭河〕水名，發源於甘肅，流經陝西入黃河。

渦
水部 9 左右

渦渦渦

ㄨㄛ ①水流旋轉（ㄒㄩㄢˊ ㄓㄨㄢˇ）時形成中間（ㄓㄨㄥ ㄐㄧㄢ）較低窪的地方：例旋渦、水渦。②臉頰上像漩（ㄒㄩㄢˊ）渦的小凹點：例酒渦。

湯
水部 9 左右

湯湯湯

ㄊㄤ ①熱水；開水：例赴湯蹈火、落湯雞、湯鍋。②中草藥加水煎出的藥液：例湯劑。③汁多菜少的菜肴；食物熬煮後所得（ㄉㄜˊ）的汁液（ㄧㄝˋ）：例三鮮湯、綠豆湯、雞湯。④指溫泉：例泡湯。

ㄕㄤ 水流盛（ㄕㄥˋ）大的樣子：例江水湯湯。

渴
水部 9 左右

渴渴渴

ㄎㄜˇ ①口乾想喝水：例口渴、解渴、饑渴。②比喻十分著（ㄓㄠˊ）急：例渴望、渴求。

湍
水部 9 左右

湍湍湍

ㄊㄨㄢ 水流得（˙ㄉㄜ）很急：例湍急。

水部 9 **渺** 左右

ㄇㄧㄠˇ ①大水遼闊無邊：例煙波浩渺。②〔渺茫〕因為遙遠而模糊不清；難以預測：例音信渺茫、前途渺茫。③微小：例渺小。

水部 9 **測** 左右

ㄘㄜˋ ①量（ㄌㄧㄤˊ），用儀器確定空間、時間、溫度、速度、功能等的數（ㄕㄨˋ）值：例測量、測繪、勘（ㄎㄢ）測。②料想；推測：例天有不測風雲、預測、猜測。

水部 9 **湃** 左右

ㄆㄞˋ 〔澎湃〕水勢洶湧的樣子。見「澎」。

水部 9 **渝** 左右

ㄩˊ ①（態度、感情等）改變：例忠貞不渝。②重慶的別稱（ㄔㄥ）：例成渝鐵路。

水部 9 **渾** 左右

ㄏㄨㄣˊ ①汙濁：例攪（ㄐㄧㄠˇ）渾、渾濁、渾水。②糊塗；不明事理：例渾人。③整個的：例渾身。

ㄏㄨㄣˋ 雜亂無章的。通「混」：例渾淆。

水部 9 **滋** 左右

猜猜看：「從一粒沙中看世界」，猜一個字。

答案：渺。

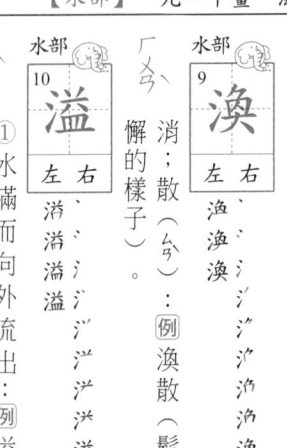

老師的話：「溶」是東西消散在水中，「融」是東西和水合而為一，要分辨清楚喲！

ㄗ ①生長（ㄓㄤˇ）；繁殖：例滋生、滋長、滋蔓。②引起（事端）：例滋事。③味道：例滋味。

水部 9 **溉** 左右

ㄍㄞˋ 澆灌：例灌溉。

水部 9 **渙** 左右

ㄏㄨㄢˋ 消；散（ㄙㄢˋ）：例渙散（鬆懈的樣子）。

水部 10 **溢** 左右

ㄧˋ ①水滿而向外流出：例溢出、橫溢。②泛指流出；表露出：例溢於言表（指內在的情感超出言詞之外，形容感情真摯）。

水部 10 **溯** 左右

ㄙㄨˋ ①逆流而上：例溯江而上。②從現在向過去推求；回想：例上溯、追溯、回溯。

水部 10 **滓** 左右

ㄗˇ 物品去除水分（ㄈㄣˋ）後剩下來的東西：例渣滓。

水部 10 **溶** 左右

ㄖㄨㄥˊ 物質在液（ㄧㄝˋ）體裡化開：例溶化、溶解。

水部 10 滂 左右
、 ﹔ 氵 氵 氵 泞 泞 泞 泞 滂 滂 滂 滂
ㄆㄤ
〔滂沱〕形容雨下得（•ㄉㄜ）很大：例大雨滂沱。

水部 10 源 左右
、 ﹔ 氵 氵 汀 汀 沥 沥 沥 源 源 源 源
ㄩㄢˊ
①水流開始的地方：例源遠流長、飲水思源、水源、源頭。②事物的根本：例財源、貨源、能源、來源、根源、淵源。

水部 10 溝 左右
、 ﹔ 氵 氵 汁 汫 泄 泄 溝 溝 溝 溝
ㄍㄡ
①流水的通道：例暗溝、山溝、排水溝。②溝狀的防禦工事：例壕溝。③像溝的淺槽：例瓦溝、車溝。④使雙方融洽：例溝通。

水部 10 滇 左右
、 ﹔ 氵 汁 汁 汁 沽 洁 洁 滇 滇 滇 滇
ㄉㄧㄢ
雲南的簡稱（ㄔㄥ）：例滇劇。

水部 10 滅 左右
、 ﹔ 氵 氵 汇 汇 汇 派 派 派 滅 滅 滅
ㄇㄧㄝˋ
①熄火：例熄滅。②不再存在；除去：例自生自滅、殺人滅口、滅種（ㄓㄨㄥˇ）、消滅、滅絕、滅跡。

水部 10 溥 左右
、 ﹔ 氵 汇 汇 沔 沔 沔 洧 浦 浦 溥 溥
ㄆㄨˇ
普遍（ㄅㄧㄢˋ）：例溥天之下、溥天同慶。

老師的話：關於「源」的成語包括：源源不斷、源遠流長、源頭活水、源源而來。

猜猜看：木魚掉到水裡，會變成什麼魚？

答案：虱木魚（溼木魚）。

水部 10 **溘** 左右

筆順：、 冫 氵 氵 汁 汢 汢 汢 汢 溘 溘 溘 溘

ㄎㄜˋ 表示發生得（•ㄉㄜ）急速或突然：例溘然長逝、朝露（ㄓㄠ ㄌㄨˋ）溘至。

水部 10 **溼** 左右

筆順：、 冫 氵 氵 氵 氵 氵 氵 氵 溼 溼 溼 溼

ㄕ 沾了水的；含水分（ㄈㄣˋ）的（跟「乾（ㄍㄢ）」相對）：例淋溼、溼潤、潮溼。

水部 10 **溺** 左右

筆順：、 冫 氵 氵 氵 氵 氵 氵 氵 溺 溺 溺 溺

ㄋㄧˋ ①淹沒（ㄇㄛˋ）在水裡：例溺水。②過分（ㄈㄣˋ）；沒有節制：例溺愛。

水部 10 **溫** 左右

筆順：、 冫 氵 氵 氵 氵 氵 氵 氵 溫 溫 溫 溫

ㄨㄣ ①冷熱適度；暖和（•ㄏㄨㄛ）：例溫水、溫暖、溫帶。②使變暖；適當（ㄉㄤˋ）加熱：例溫酒。③複習：例溫書、溫習。④冷熱的程度：例溫度、室溫、氣溫、體溫。⑤和（ㄏㄜˊ）順；寬厚：例溫和（ㄏㄜˊ）、溫順、溫情。

水部 10 **滑** 左右

筆順：、 冫 氵 氵 氵 氵 氵 氵 氵 滑 滑 滑 滑

ㄏㄨㄚˊ ①物體表面光溜：例滑溜、光滑、天雨路滑。②在光溜的物體表面迅速移動：例滑行（ㄒㄧㄥˊ）、滑冰、滑了個跟頭。③奸詐；不誠實：例圓滑、滑頭、耍（ㄕㄨㄚˇ）滑、油腔滑調（ㄉㄧㄠˋ）。

ㄍㄨˇ 有趣的：例滑稽。

水部 10 準 上下

丶 冫 氵 氵 汁 汁 汁 汻 汻 淮 淮 淮 準 準

ㄓㄨㄣˇ ①依據的法則：例標準。②程度：例水準。③正確的：例準確。④一定：例他準會成功。

水部 10 溜 左右

丶 冫 氵 氵 氵 汅 汅 汅 泖 泖 泖 泖 溜 溜 溜 溜

ㄌㄧㄡ ①在平面上滑行（ㄒㄧㄥˊ）或向下滑動：例溜冰、溜滑梯。②偷偷走掉：例溜走、溜之大吉。③光滑；平滑：例光溜、滑溜。

ㄌㄧㄡˋ ①房簷上流下的雨水。②一道；一股：例一溜煙的跑了。③填滿或封住縫（ㄈㄥˋ）隙：例用水泥溜牆縫、拿紙把窗戶縫溜上。④沒事而隨便走走。通「遛（ㄌㄡˋ）」：例溜達。

水部 10 滄 左右

丶 冫 氵 氵 汄 汄 汵 汵 浛 滄 滄 滄 滄 滄

ㄘㄤ ①（水）深綠色。通「蒼」：例滄海。②寒冷：例滄涼。

水部 10 滔 左右

丶 冫 氵 氵 氵 氵 氵 氵 泙 泙 泙 滔 滔 滔

ㄊㄠ ①瀰漫；充滿：例罪惡（ㄜˋ）滔天。②大水漫流：例滔滔不絕、海浪滔滔、濁浪滔天。

水部 10 溪 左右

丶 冫 氵 氵 氵 氵 氵 氵 泙 泙 溪 溪 溪 溪

ㄒㄧ 山谷裡的小水流；小河溝：例溪水、小溪、溪流。

老師的話：準備的「準」不可以寫作准許的「准」喲！

老師的話：「溼漉漉」也可以寫作「溼淋淋」、「溼答答」。

水部 11 **漳** 左右

、 ⺀ 氵 氵 汁 汁 浐 浐 浐 浐 漳 漳 漳 漳

ㄓㄤ ①〔漳河〕水名，發源於山西，流入河北。②〔漳州〕地名，在福建。

水部 11 **演** 左右

、 ⺀ 氵 氵 氵 沪 沪 沪 涥 涥 演 演 演 演

ㄧㄢˇ ①發展變化：例演變、演化、演進。②當眾表演技藝：例演戲、演奏、扮演。③練習或計算：例演習、演算、演練。

水部 11 **滾** 左右

、 ⺀ 氵 氵 汁 汸 浐 浐 浐 浐 滚 滚 滾

ㄍㄨㄣˇ ①旋轉（ㄒㄩㄢˊ ㄓㄨㄢˋ）；翻轉（ㄓㄨㄢˇ）：例滾動、翻滾、打滾。②液（ㄧㄝˋ）體達到沸點而翻騰：例油滾了。③走開（用於辱罵或斥責）：例滾開、滾出去。④非常；特別：例滾圓、滾燙、滾熱。

水部 11 **漉** 左右

、 ⺀ 氵 氵 广 沪 沪 沪 漉 漉 漉 漉 漉 漉

ㄌㄨˋ 〔溼漉漉〕形容非常潮溼：例冬天的被子老是溼漉漉的。

水部 11 **漚** 左右

、 ⺀ 氵 氵 汇 沔 沔 沔 沔 漚 漚 漚 漚 漚

ㄡˋ （汗、水等）長（ㄔㄤˊ）時間地（˙ㄉㄜ）浸泡：例漚爛、漚麻。

水部 11 **漓** 左右

、 ⺀ 氵 氵 汁 汁 汁 浐 滴 滴 漓 漓 漓 漓

ㄌㄧˊ ①〔漓江〕水名，在廣西。②〔淋漓〕形容溼淋淋往下

漓的樣子：例大汗淋漓。

水部 11 **滴** 左右

丶 冫 氵 氵 汁 汴 泞 浐 浐 滳 滳 滳 滳 滴

ㄉㄧ ①（液（ㄧㄝˋ）體）一點一點地（˙ㄉㄜ）落下：例滴水、滴下眼淚、滴水成河。②小水點：例水滴、汗滴、露（ㄌㄨˋ）滴。③量詞，用於掉落（ㄌㄨㄛˋ）的液體：例一滴眼淚、幾滴血。④使液體一點一點地落下：例滴幾滴油、滴眼藥水。

水部 11 **漩** 左右

丶 冫 氵 氵 汸 汸 汸 汸 游 游 游 游 漩

ㄒㄩㄢˊ 水流旋轉（ㄒㄩㄢˊ ㄓㄨㄢˇ）形成的圓窩：例漩渦、打漩。

水部 11 **漾** 左右

丶 冫 氵 氵 氵 氵 洋 洋 洋 洋 洋 漾 漾 漾

ㄧㄤˋ ①水輕微動盪：例盪漾。②液體漫出：例水都漾出來了。

水部 11 **漠** 左右

丶 冫 氵 氵 汁 汁 汁 汁 涓 涓 漠 漠 漠

ㄇㄛˋ ①地面被沙覆蓋，乾燥缺水，植物稀少的地區：例沙漠。②冷淡；不經心：例冷漠、漠視、漠不關心。

水部 11 **漬** 左右

丶 冫 氵 氵 汁 汁 洼 洼 清 清 清 漬 漬 漬

ㄗˋ ①浸泡：例浸漬。②積存在物體上的汙垢或汙痕：例油漬、墨漬。③地上的積水：例防洪排漬。

水部 11 **漏** 左右

丶 冫 氵 氵 氵 汩 沪 沪 沪 涓 涓 漏 漏 漏

老師的話：「滴水穿石」這句成語是比喻只要不斷努力，就可以克服困難，獲得成功。

老師的話：「漂」是在水上浮動，「飄」是在空中浮動，要分辨清楚喲！

ㄌㄡˋ ①東西從孔、縫（ㄈㄥˋ）中滴下、透出或掉出：例漏水、漏氣。②沒守住祕密：例洩漏消息、走漏風聲。③因為疏忽而缺少或脫落：例說漏、脫漏、掛一漏萬（形容遺漏很多）。

水部 11 **漂** 左右

、 丶 氵 氵 汀 沂 沔 沔 洒 洒 洒 湮 湮 漂 漂

ㄆㄧㄠ 浮在液（ㄧˋ）體表面；浮在水面上隨著水流、風向移動：例漂浮、漂流。

ㄆㄧㄠˇ ①用水沖洗：例漂洗。②用化學藥劑使物品潔白：例漂白、漂染。

ㄆㄧㄠˋ 〔漂亮〕①好看；美麗：例長得（ㄓㄤˇ ˙ㄉㄜ）真漂亮、漂亮的時裝。②出色：例任務完成得（˙ㄉㄜ）真漂亮。

水部 11 **漢** 左右

、 丶 氵 氵 汁 汁 泄 泄 泄 泄 漟 漟 漟 漢 漢

ㄏㄢˋ ①〔漢水〕水名，源於陝西，經湖北流入長江。②種族名，我國五大民族之一：例漢族。③男子：例大漢、漢子、男子漢。

水部 11 **滿** 左右

、 丶 氵 氵 汁 泄 泄 泄 满 满 满 滿 滿 滿

ㄇㄢˇ ①盈滿、充足：例客滿。②感到已經足夠：例滿意、滿足、心滿意足。③驕傲：例自滿。④達到一定限度：例不滿周歲、限期已滿。⑤整個；完全：例滿身是血、滿口答應（ㄉㄚ ˙ㄧㄥ）、滿不在乎。

水部 11 **滯** 左右

、 丶 氵 氵 汁 汁 泄 泄 泄 泄 滞 滞 滞 滞 滯

ㄓˋ 流通不暢；停留：例滯銷、滯留、停滯。

水部 11 **漆** 左右

、 氵 氵 汁 汁 沐 沐 浃 浃 浃 泲 泲 漆 漆

ㄑㄧ ①〔漆樹〕落葉喬木，樹皮裡有乳汁，可以做塗料。②各種（ㄓㄨㄥˇ）塗料的總稱：例油漆。③塗抹（ㄇㄛˇ）：例漆家具。④形容非常黑暗：例漆黑。

水部 11 **漱** 左右

、 氵 氵 氵 沪 沪 沪 泭 涑 涑 涑 漱 漱 漱

ㄕㄨˋ 含著水盪洗口腔：例漱口、洗漱。

水部 11 **漸** 左右

、 氵 氵 氵 沪 沪 沪 洹 洹 漸 漸 漸 漸 漸

ㄐㄧㄢˋ 表示程度、數量（ㄕㄨˋ ㄌㄧㄤˋ）緩慢地（˙ㄉㄜ）變化：例逐漸、漸漸、天氣漸暖、日漸減少、循序漸進。

水部 11 **漲** 左右

、 氵 氵 氵 沪 沪 沪 沪 沪 沪 沪 漲 漲 漲

ㄓㄤˇ ①水量（ㄌㄧㄤˋ）增加：例漲潮。②價格提高：例漲價。

ㄓㄤˋ ①體積增大：例豆子泡漲了。②瀰漫：例煙塵漲天。③多出：例漲出半尺布。④充滿：例漲紅了臉。

水部 11 **漣** 左右

、 氵 氵 氵 沪 沪 沪 洹 洹 漣 漣 漣 漣 漣

ㄌㄧㄢˊ ①風吹水面形成的波（ㄅㄛ）紋：例輕漣、漣漪。②形容淚流不止的樣子：例淚漣漣。

老師的話：漲價、漲紅了臉要用「漲」，膨脹、肚子脹才用「脹」，要分辨清楚喲！

老師的話：清澈的「澈」不可以寫作徹底的「徹」喲！

水部 11 **漕** 左右

ㄘㄠˊ 我國古代利用水道將（ㄐㄧㄤ）各地的糧食運到京師：例漕運、漕糧、漕河。

水部 11 **漫** 左右

ㄇㄢˋ ①遍（ㄅㄧㄢˋ）布；充滿：例漫山遍野、漫天大雪、瀰漫。②水過滿而外流：例水漫出來了。③隨意；無拘無束：例漫遊、漫談、漫步、散（ㄙㄢˋ）漫。④長（ㄔㄤˊ）；遠：例長夜漫漫、漫長。

水部 11 **漯** 左右

ㄊㄚˋ 〔漯河〕古水名，在山東省。

ㄌㄨㄛˋ 〔漯河〕地名，在河南省。

水部 11 **澈** 左右

ㄔㄜˋ 水清而透明：例清澈、明澈。

水部 11 **漪** 左右

ㄧ 水面的波（ㄅㄛ）紋：例漣漪、漪瀾、碧漪盪漾。

水部 11 **滬** 左右

ㄏㄨˋ 上海的簡稱（ㄔㄥ）：例滬劇。

水部 11 漁 左右
丶 氵 氵 氵 氵 氵 沪 洦 洦 渔 渔 渔 渔 渔 漁
ㄩˊ ①捕魚：例漁獵、漁業。②謀求(不該得(ㄉㄜˊ)到的東西)：例漁利。

水部 11 滲 左右
丶 氵 氵 氵 氵 氵 氵 氵 氵 渗 渗 渗 渗 滲
ㄕㄣˋ 液體逐漸透入或漏出：例滲透、滲出汗珠、水滲到地裡去了。

水部 11 滌 左右
丶 氵 氵 氵 氵 氵 氵 氵 氵 滌 滌 滌 滌 滌
ㄉㄧˊ 清洗：例洗滌、滌蕩。

水部 11 漿 上下
丨 丩 丬 爿 爿 爿 爿 爿 將 將 將 將 漿 漿 漿
ㄐㄧㄤ ①濃的汁液(一ㄝˋ)：例豆漿、糖漿。②用含澱粉的液體浸泡紗、布、衣服等，使乾後可以光滑硬挺：例漿衣服。
ㄐㄧㄤˋ 黏稠的糊狀物：例漿糊。

水部 12 潼 左右
丶 氵 氵 氵 氵 氵 氵 氵 氵 潼 潼 潼 潼 潼 潼
ㄊㄨㄥˊ 用於地名。例如：潼關、臨潼，均在陝西。

水部 12 澄 左右
丶 氵 氵 氵 氵 氵 氵 氵 氵 澄 澄 澄 澄 澄 澄
ㄔㄥˊ ①水又清又平靜：例澄澈。②使清明；使清楚：例澄清

老師的話：「漿」是多音字，豆「漿」唸作ㄐㄧㄤ，「漿」糊念作ㄐㄧㄤˋ。

老師的話：潑水的「潑」記得要唸作ㄆㄛ喲！

是非、澄清事實。

ㄉㄥˋ ①使液體裡的雜質沉澱：例水太濁，澄清了才能用。②過濾：例澄沙。

水部 12 潑 左右

ㄆㄛ ①把液（ㄧㄝˋ）體用力向外灑開：例潑水。②滿不講理；兇：例潑辣、潑婦。

水部 12 潦 左右

ㄌㄠˇ ①〔潦草〕（做事）不認真；（字跡）不工整：例敷衍潦草、字跡潦草。②〔潦倒（ㄉㄠˇ）〕意志消沉；不得（ㄉㄜˊ）志：例一生潦倒、窮困潦倒。

ㄌㄠˇ 路上或溝中的積水。

水部 12 潔 左右

ㄐㄧㄝˊ ①乾淨：例清潔、潔淨、整潔。②清白：例廉潔、貞潔。

水部 12 澆 左右

ㄐㄧㄠ ①灌溉：例澆田、澆花。②把液（ㄧㄝˋ）體倒（ㄉㄠˋ）在物體上：例火上澆油、冷水澆頭。③把熔化的金屬或混凝土漿等注入模型，使凝固成形：例澆鑄、澆築。

水部 12 澇 左右

ㄌㄠˋ ①雨水過多而造成災害（跟「旱」相對）：例防澇、莊稼澇了。②田裡積存的雨水：例排澇。

水部 12 **潭** 左右

ㄊㄢˊ 深水池：例深潭、龍潭虎穴。

水部 12 **潛** 左右

ㄑㄧㄢˊ ①深入水中：例潛泳、潛水。②隱藏（ㄘㄤˊ）；不露（ㄌㄡˋ）在外面：例潛伏、潛藏。③祕密地（˙ㄉㄜ）：例潛逃。

水部 12 **潸** 左右

ㄕㄢ 形容流淚的樣子：例淚潸潸、潸然淚下。

水部 12 **潮** 左右

ㄔㄠˊ ①海水定時漲落的現象，早上叫潮，晚上叫汐：例海潮、漲（ㄓㄤˇ）潮、退潮。②比喻像潮水那樣有起有伏的事物：例思潮、怒潮。③溼：例潮溼、地面太潮、食物受潮了。

水部 12 **澎** 左右

ㄆㄥ 〔澎湃〕形容浪互相撞擊；比喻氣勢雄偉：例奔騰澎湃、熱情澎湃。

ㄆㄥˊ 〔澎湖〕臺灣縣名，共有六十四個小島，是旅遊觀光勝

猜猜看：「朝鮮河」，猜一個字。

答案：潮。

猜猜看：「門裡陽光照，門外雨飄飄。」猜一個字。

答：澗。

地。

水部 12 **潺** 左右

ㄔㄢˊ 〔潺潺〕擬聲詞，模擬流水的聲音：例水聲潺潺。

水部 12 **潰** 左右

ㄎㄨㄟˋ ①大水沖破堤防：例潰決、潰堤。②（軍隊）被打垮；逃散：例潰敗、潰退、擊潰。③肌肉腐爛：例潰爛。

水部 12 **潤** 左右

ㄖㄨㄣˋ ①潮溼；不乾燥：例潤澤、溼潤。②使不乾燥：例浸潤、潤一潤喉嚨、把筆在硯臺上潤了潤。③細膩光滑；有光澤：例珠圓玉潤、滑潤、光潤。④利益；好處（ㄔㄨˋ）：例利潤。

水部 12 **澗** 左右

ㄐㄧㄢˋ 兩座山之間的流水：例山澗。

水部 12 **潘** 左右

ㄆㄢ 姓。

水部 13 **濂** 左右

ㄌㄧㄢˊ 用於地名。例如：濂江，水名，在江西省；濂溪，水名，在湖南省。

水部 13 **澱** 左右

ㄉㄧㄢˋ ①液(ㄧㄝˋ)體中沒有溶解的物質沉到底層：例沉澱。②一種(ㄓㄨㄥˇ)有機化合物：例澱粉。

水部 13 **澡** 左右

ㄗㄠˇ 洗身體：例洗澡、搓澡。

水部 13 **濃** 左右

ㄋㄨㄥˊ ①稠密；含某種(ㄓㄨㄥˇ)成分(ㄈㄣˋ)多(跟「淡」相(ㄒㄧㄤ)對)：例濃茶、濃雲、濃度。②顏色重(ㄓㄨㄥˋ)：例濃綠色、濃豔。③深厚：例濃厚、興(ㄒㄧㄥˋ)趣濃。

水部 13 **澤** 左右

ㄗㄜˊ ①積水的低地：例沼澤、草澤、深山大澤。②溼：例潤澤。③恩惠：例恩澤。④物體表面反射出來的光：例光澤、色澤。

水部 13 **濁** 左右

ㄓㄨㄛˊ ①液體有雜質不透明(跟「清」相對)：例渾濁、汙泥濁水。②(聲音)低而粗：例濁聲濁氣、嗓音粗濁。

水部 13 **澧** 左右

ㄌㄧˇ (澧水)水名，在湖南省，流入洞庭湖。

老師的話：澱粉、沉澱要用「澱」，宮殿、殿下才用「殿」，要分辨清楚喲！

猜猜看：「奧國的多瑙河」，猜一個字。

答案：澳。

水部 13 **澳** 左右

ㄠˋ ①指澳門：例港澳（香港和澳門）。②指澳大利亞：例澳洲。

水部 13 **激** 左右

ㄐㄧ ①水流受到阻礙而湧起或濺起：例礁石激起陣陣浪花。②急劇；猛烈：例產量（ㄌㄧㄤˋ）激增、激戰、激烈。③有感而發：例感激、激動、慷慨激昂、激於義憤。④使感情衝動：例激怒、刺激。

水部 13 **澹** 左右

ㄉㄢˋ ①淡薄的。通「淡」：例澹泊。②辛苦的樣子：例慘澹。

ㄊㄢˊ〔澹臺〕複姓。

水部 14 **濘** 左右

ㄋㄧㄥˋ 爛泥：例泥濘。

水部 14 **濱** 左右

ㄅㄧㄣ ①靠近水邊的地方：例湖濱、海濱。②緊靠（水邊）：例濱江、濱海。

水部 14 **濟** 左右

ㄐㄧˋ ①過河；渡：例同舟共濟。②用錢或物幫助有困難（ㄋㄢˋ）的人：例接濟、救濟、賑濟。③補益：例無濟於事。

ㄐㄧˇ ①濟水，古水名。山東省的濟南因濟水得（ㄉㄜˊ）名。②〔濟濟〕形容人多：例人才濟濟、濟濟一堂。

濠

水部 14 左右

ㄏㄠˊ 護城河。通「壕」：例城濠。

濛

水部 14 左右

ㄇㄥˊ 〔濛濛〕雨點又小又密：例濛濛細雨。

濤

水部 14 左右

ㄊㄠ ①大浪：例波濤洶湧、驚濤駭浪。②像海浪沖擊的聲音：例松濤、林濤。

濫

水部 14 左右

ㄌㄢˋ ①（江河湖泊的水）滿出來：例泛濫。②過度；沒有約束：例濫用職權、亂砍濫伐。③空洞而不切（ㄑㄧㄝˋ）實際：例陳腔濫調。

濯

水部 14 左右

ㄓㄨㄛˊ ①清洗：例洗濯。②山上沒有草木的樣子，引申作人的頭上光禿無髮：例童山濯濯。

老師的話：「濯」的相似字是「洗」、「滌」。

老師的話：過濾、濾水器要用「濾」，考慮、思慮才用「慮」，要分辨清楚喲！

水部 14 澀 左右

ㄙㄜˋ ①不光滑；不潤滑：例乾澀、滯澀、枯澀。②舌頭感到麻木：例酸澀、苦澀。③不自然；不流暢：例羞澀、晦澀。

水部 14 濬 左右

ㄐㄩㄣˋ 疏通或挖深水道：例濬川、濬河、疏濬。

水部 14 濡 左右

ㄖㄨˊ 沾溼；沾染：例濡溼、濡筆以待（ㄉㄞˋ）、相（ㄒㄧㄤ）濡以沫。

水部 15 瀉 左右

ㄒㄧㄝˋ ①急速地（˙ㄉㄜ）流：例傾瀉、一瀉千里。②拉肚子：例腹瀉、上吐（ㄊㄨˋ）下瀉。

水部 15 瀋 左右

ㄕㄣˇ 〔瀋陽〕地名，在遼寧省。

水部 15 濾 左右

ㄌㄩˋ 使液（ㄧㄝˋ）體或氣體通過紗布等，除去雜質：例過濾、濾紙、濾水器。

水部 15

瀆 左右

ㄉㄨˊ 侮慢；對人不尊敬：例冒瀆、瀆職。

水部 15

濺 左右

ㄐㄧㄢˋ 液（ㄧㄝˋ）體因急速下落或受撞擊而向外飛射：例濺落、水花四濺、濺了一身油。

ㄐㄧㄢ 水流急速的樣子；水急流的聲音。

水部 15

瀑 左右

ㄆㄨˋ 從懸崖或河床的陡坡傾瀉下來的水流：例瀑布、飛瀑。

ㄅㄠˋ 迅疾的：例瀑雨。

水部 15

瀏 左右

ㄌㄧㄡˊ （瀏覽）大致上看一下；泛泛地（˙ㄉㄜ）閱讀：例瀏覽市容、瀏覽一遍。

水部 16

瀛 左右

ㄧㄥˊ 大海：例瀛海、東瀛（常用來指日本）。

水部 16

瀟 左右

ㄒㄧㄠ （瀟灑）舉動神態大方：例態度瀟灑。

老師的話：「瀏覽」和「閱讀」不同，「閱讀」是指認真地看，並且領會內容。

猜猜看：「翰林院旁有溪流」，猜一個字。答案：瀚。

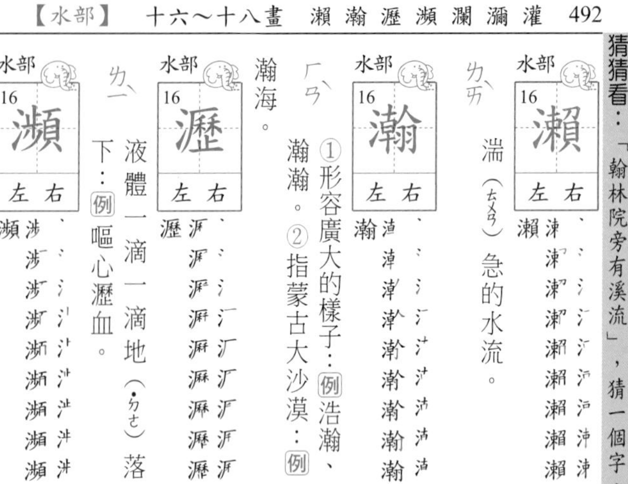

水部 16 **瀨** 左右

ㄌㄞˋ 湍（ㄊㄨㄢ）急的水流。

水部 16 **瀚** 左右

ㄏㄢˋ ①形容廣大的樣子：例浩瀚、瀚瀚。②指蒙古大沙漠：例瀚海。

水部 16 **瀝** 左右

ㄌㄧˋ 液體一滴一滴地（˙ㄉㄜ）落下：例嘔心瀝血。

水部 16 **瀕** 左右

ㄅㄧㄣ 臨近：例瀕於滅亡、瀕危。

水部 17 **瀾** 左右

ㄌㄢˊ 大波浪：例波瀾壯闊、力挽狂瀾。

ㄌㄢˋ 洗米水。

水部 17 **瀰** 左右

ㄇㄧˊ 滿；遍：例瀰漫、大霧瀰天、瀰天大謊。

水部 18 **灌** 左右

ㄍㄨㄢˋ ①把水注入田裡；澆田：例灌田、春灌、灌溉、排灌。

②倒（ㄉㄠˋ）進去：例灌開水、百川灌河。

水部 19 **灑** 左右

丶 冫 氵 氵 汀 沔 沔 沔 沔 洒 洒 洒 洒 洒 灑 灑 灑 灑 灑

ㄙㄚˇ ①把水散（ㄙㄢˋ）布在地上：例灑水、灑掃。②散（ㄙㄢˋ）落：例飯粒灑了一地。

水部 19 **灘** 左右

丶 冫 氵 氵 汁 汁 汁 汁 洪 洪 洪 漢 漢 漢 漢 灘 灘 灘 灘

ㄊㄢ ①水淺石多、水流很急的地方：例險灘。②水邊的沙地或平地：例海灘、沙灘。

水部 21 **灞** 左右

丶 冫 氵 氵 汇 沔 沔 沔 沔 沔 沔 沔 沔 沔 沔 沔 漯 漯 灞 灞 灞

ㄅㄚˋ 〔灞河〕水名，在陝西省，流入渭河。

老師的話： 海灘的「灘」和路邊攤的「攤」字形相似，小心別寫錯了！

水部 22 **灣** 左右

丶 冫 氵 氵 氵 氵 氵 氵 氵 氵 氵 氵 氵 氵 氵 氵 氵 灣 灣 灣 灣 灣

ㄨㄢ ①河流彎曲（ㄑㄩ）的地方：例河灣、水灣。②海洋向陸地深入的地方：例海灣、港灣。

水部 23 **灤** 左右

丶 冫 氵 氵 氵 氵 氵 氵 氵 氵 氵 氵 氵 氵 氵 氵 氵 氵 灤 灤 灤 灤 灤

ㄌㄨㄢˊ 〔灤河〕水名，在河北，流入渤海。

火部 ㄏㄨㄛˇ

火部 0 **火** 獨體

丶 丷 少 火

老師的話：「灶神」是中國民間信仰中供奉於灶頭，掌管一家禍福的神明。

ㄏㄨㄛˇ ①物體燃燒時發出的光和焰：例火花、火焰、烈火。②比喻緊急：例火速、十萬火急。③比喻激動、暴躁或憤怒的情緒：例發火、怒火、一肚子火、火冒三丈。④發怒：例發火、惱火。⑤中醫指引起發炎、紅腫等症狀的病因：例上火、敗火。⑥指槍炮子彈：例軍火、火器、火力點。⑦指作戰的行動：例交火、開火、停火、戰火。⑧紅色，像火一樣的顏色：例火紅的太陽。

火部 2
灰
半包圍

一 ナ 大 灰 灰 灰

ㄏㄨㄟ ①物體燃燒後殘留的粉末：例灰燼、菸灰、骨灰。②像粉末的東西：例灰土、灰塵。③特指建築用的石灰：例和（ㄏㄨㄛˋ）點兒灰、抹灰。④介於黑白之間（ㄐㄧㄢ）的顏色：例銀灰色、灰白色。⑤比喻消沉、失望：例心灰意冷、灰心喪（ㄙㄤˋ）氣。

火部 3
灶
左 右

丶 丷 少 火 火一 灶 灶

ㄗㄠˋ ①燒火做飯的設備：例爐灶、鍋灶、砌（ㄑㄧˋ）灶。②指廚房：例下灶。

火部 3
灼
左 右

丶 丷 少 火 火' 灼 灼

ㄓㄨㄛˊ ①燒：例灼傷、燒灼。②亮：例目光灼灼。③明白透徹：例真知灼見。

火部 3
災
上 下

く 巜 巛 巛 巛 災 災

ㄗㄞ ①自然的或人為（ㄨㄟˋ）的禍害：例水災、火災、災難（ㄋㄢˋ）、救災。②個（ㄍㄜˋ）人遇到的禍害：例招災惹禍、沒災沒病、無妄之災。

火部 3 灸 上下 ノ ク 夂 夂 夕 多 灸

ㄐㄧㄡˇ 中醫治療方法，用艾葉或艾絨燒灼或熏烤人體的穴位：例針灸。

火部 4 炕 左右 丶 ㇒ 火 火 炉 炉 炕

ㄎㄤˋ 北方農村睡覺（ㄐㄧㄠˋ）用的臥鋪（ㄆㄨˋ），用磚塊砌成，內有煙道，可以燒火取暖：例睡炕、炕洞、炕桌、火炕。

火部 4 炎 上下 丶 ㇒ 火 火 炎 炎 炎

ㄧㄢˊ ①天氣很熱：例炎熱、炎夏。②指炎帝，傳（ㄔㄨㄢˊ）說中的上古帝王：例炎黃子孫。③身體的某一部位出現紅、腫、熱、痛等症狀：例肺炎、發炎、消炎、腮腺炎。

火部 4 炒 左右 丶 ㇒ 火 火 灯 灯 炒

ㄔㄠˇ ①把食物放在鍋裡翻動到煮熟為（ㄨㄟˊ）止：例炒菜、炒蛋。②操作：例炒新聞、炒股票。

火部 4 炊 左右 丶 ㇒ 火 火 炉 炉 炊

ㄔㄨㄟ 燒火做飯：例炊火、炊煙、炊具。

老師的話：炎熱的夏天除了用「炎夏」形容外，還可以用「酷夏」、「酷暑」。

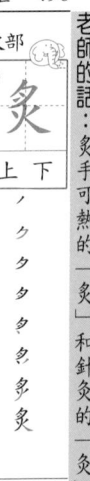

老師的話：炙手可熱的「炙」和針灸的「灸」字形相似，小心別寫錯了！

火部 4 **炙** 上下

ㄓˋ

①烤：例炙手可熱。②烤熟的肉食：例炙肉、殘羹冷炙。③比喻薰陶或影響：例親炙、薰炙。

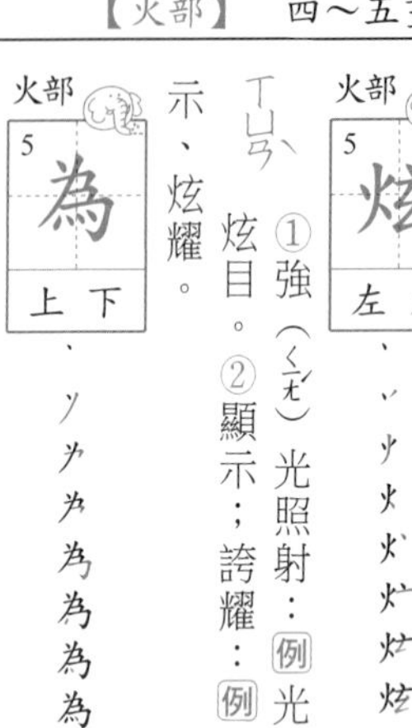

火部 5 **炫** 左右

ㄒㄩㄢˋ

①強（ㄑㄧㄤˇ）光照射：例光彩炫目。②顯示；誇耀：例炫示、炫耀。

火部 5 **為** 上下

ㄨㄟˊ

①做：例盡力而為、事在人為、為非作歹。②當（ㄉㄤˋ）作；充當（ㄉㄤ）：例拜他為師、四海為家、為首。③變成；成為：例化整為零、反敗為勝。④是：例天下為公、失敗為成功之母。⑤表示被動，相當於「被」（常跟「所」合用）：例為人民所愛戴、為事實所證明。

ㄨㄟˋ

①替；給：例為人作嫁、為國爭光。②由於；為了：例為他高興（ㄒㄧㄥˋ）、為方便讀者。

火部 5 **炳** 左右

ㄅㄧㄥˇ

明亮：例彪炳。

火部 5 **炬** 左右

ㄐㄩˋ

火把（ㄅㄚˇ）：例火炬。

火部 5 炯 左右
丶 丷 少 火 灯 灯 炯 炯 炯

ㄐㄩㄥˇ 明亮的；光明的：例炯炯有神、目光炯炯。

火部 5 炭 上下
丨 山 山 屵 屵 岸 岸 炭 炭

ㄊㄢˋ ①一種（ㄓㄨㄥˇ）用木材燒製成的黑色燃料：例木炭、黑炭。②指煤：例煤炭、焦炭。

火部 5 炸 左右
丶 丷 少 火 炉 炸 炸 炸 炸

ㄓㄚˋ ①突然爆裂：例炸破、爆炸。②用火藥等爆破：例炸塌、轟炸。③激烈：例氣炸了。

ㄓㄚˊ 把食物放在煮沸的油或水裡使熟脆：例炸魚、炸油條、炸雞腿。

火部 5 炮 左右
丶 丷 少 火 灼 灼 灼 炮 炮

ㄆㄠˋ ①能用炸藥發射彈（ㄉㄢˋ）頭的重型武器：例炮火、禮炮、高射炮。②指爆竹：例鞭炮。

ㄆㄠˊ 加工中藥的一種（ㄓㄨㄥˇ）方法，把生藥放到高溫鐵鍋中急炒，使焦黃爆裂：例炮煉、炮製。

ㄅㄠ ①烹調方法的一種（ㄓㄨㄥˇ），把肉片放在鍋內用大火急炒：例炮羊肉。②把物品放在器物上烘烤：例把溼衣服炮乾、把花生炮一炮。

火部 6 烊 左右
烊 丶 丷 少 火 炉 炉 烂 烂 烊

猜猜看：「紙包得住火」，猜一個字。

答案：炮。

ㄧㄤˊ　〔打烊〕商店關門不營業。

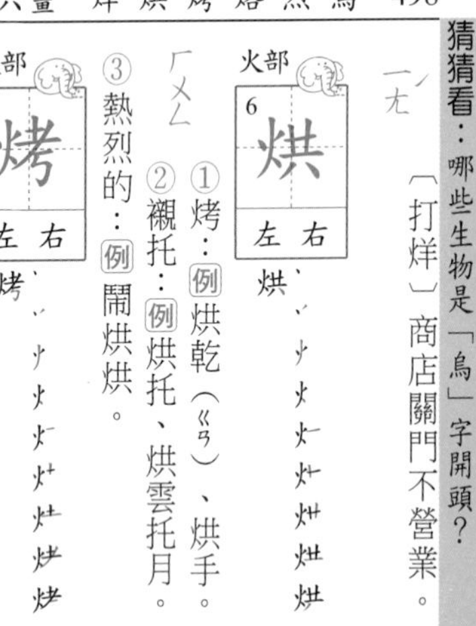

火部 6 **烘** 左右

烘：丶 丷 火 火 灶 灶 烘 烘 烘

ㄏㄨㄥ　①烤：例烘乾（ㄍㄢ）、烘手。②襯托：例烘托、烘雲托月。③熱烈的：例鬧烘烘。

火部 6 **烤** 左右

烤：丶 丷 火 火 灶 灶 烂 烤 烤

ㄎㄠˇ　①把食物放在離火近的地方，慢慢燒熟：例烘烤、烤肉、烤麵包。②用火取暖：例烤手、烤火。

火部 6 **烙** 左右

烙：丶 丷 火 火 灼 炊 烙 烙 烙

ㄌㄠˋ　①熨燙，使衣物平整，或在物體上留下標記：例烙衣服、烙印。②把麵食放在鍋子上烤熟：例烙餅。

ㄌㄨㄛˋ　〔炮烙〕古代一種酷刑，用燒熱的金屬器物灼燙身體。

火部 6 **烈** 上下

烈：一 丆 歹 歹 列 列 列 烈 烈 烈

ㄌㄧㄝˋ　①強猛的：例猛烈、強烈、烈火、烈日、熱烈、興（ㄒㄧㄥ）高采烈。②剛強；正直：例烈性子、剛烈。③為正義事業而犧牲的人：例先烈、烈士。

火部 6 **烏** 獨體

烏：丿 ｒ 户 户 鸟 烏 烏 烏 烏 烏

ㄨ　①黑色：例烏木、烏雲、烏黑。②指烏鴉，全身羽毛黑

猜猜看：哪些生物是「烏」字開頭？

答案：烏龜、烏賊、烏鴉、烏魚。

色，多群居在樹林中或田野間，吃穀類、昆蟲等：例愛屋及烏。

火部 7 **烹** 上下

ㄆㄥ 燒煮飯菜：例烹飪、烹調（ㄊㄧㄠˊ）。

火部 7 **焉** 上下

ㄧㄢ ①指人、事物或處（ㄔㄨˋ）所，相當（ㄉㄤ）於「之」或「於（介詞）是（代詞）」：例眾好（ㄏㄠˋ）之，必察焉、三人行（ㄒㄧㄥˊ），必有我師焉。②表示疑問，相當（ㄒㄧㄤ ㄉㄤ）於「哪裡」「怎麼」：例不入虎穴，焉得虎子、焉能不敗。③用於句末，有加強語氣等作用：例於我心有戚戚焉。

老師的話：烘焙麵包的「焙」記得要唸作ㄅㄟˋ喲！

火部 7 **焊** 左右

ㄏㄢˋ 用熔化的金屬連接或修補金屬器物：例焊接、電焊。

火部 7 **烽** 左右

ㄈㄥ ①古代夜間以煙火為（ㄨㄟˊ）信號的邊防警報系統。②比喻戰亂：例烽火連天。

火部 8 **焙** 左右

ㄅㄟˋ 用小火烘烤：例焙茶、焙乾（ㄍㄢ）。

火部 8 **焚** 上下

猜猜看：「三十七計」，猜一句成語。

ㄈㄣˊ ①燃燒：例焚香、焚毀、焚燒。②乾熱的：例焚風。

火部 8 **焦** 上下

ノ 亻 亻 亻 什 隹 隹 隹 焦 焦 焦 焦

ㄐㄧㄠ ①物體經高溫後變黑變硬：例烤焦、燒焦。②著（ㄓㄠ）急；煩躁：例焦急、焦躁、心焦、焦慮、焦頭爛額。③煤經過高溫處（ㄔㄨˇ）理後煉成的固體燃料：例煉焦、焦炭。

火部 8 **焰** 左右

丶 丷 火 火 灯 灯 灯 炉 炉 焰 焰 焰

ㄧㄢˋ ①火苗：例火焰、烈焰。②比喻威風、氣勢：例氣焰、凶焰。

火部 8 **無** 上下

ノ 𠂉 仁 仁 仁 無 無 無 無 無 無 無

ㄨˊ ①沒有（跟「有」相對）：例無能、無限、四肢無力、無聲無息。②不：例無妨、無論（ㄌㄨㄣˋ）、無動於衷。③不論：例事無大小，他都要過問。

ㄇㄛˊ 佛家稱合掌行（ㄒㄧㄥˊ）禮為（ㄨㄟˊ）「南（ㄋㄚˊ）無」。

火部 8 **然** 上下

ノ ク 夕 夕 夕 外 外 外 然 然 然 然

ㄖㄢˊ ①這樣；那樣：例不然、當然、所以然。②附在某些詞的後面，表示事物或動作的狀態：例忽然、突然、偶然、顯然、飄飄然。③對；正確：例不以為然。④「然而」表示轉折：例實驗雖然失

答案：無計可施。

敗，然而他們並不灰心。

煮

火部 8 上下

一 十 土 耂 耂 者 者 者 者 者 煮 煮

ㄓㄨˇ 把食物或其他東西放在水中加熱：例煮蛋、煮沸、火煮、烹煮。

煎

火部 9 上下

丶 丷 䒑 ⺌ 广 产 前 前 前 前 前 前 煎

ㄐㄧㄢ ①烹調（ㄊㄧㄠˊ）方法的一種，把食物放在少量（ㄌㄧㄤˋ）的油裡炸到表面變黃：例煎魚、煎蛋。②把東西放在水中熬（ㄕㄠ）煮：例煎藥、煎茶。③痛苦的：例煎熬。

煲

火部 9 上下

ノ 亻 亻 仁 仆 保 保 保 保 保 保 煲 煲

ㄅㄠ ①廣東話稱鍋子為（ㄨㄟˊ）「煲」。②用小火煮或熬：例煲湯、煲粥。

煙

火部 9 左右

丶 丷 火 火 灯 灯 炉 炉 炉 炬 煙 煙 煙

ㄧㄢ ①燃燒時產生的氣體：例炊煙、煙燻火烤。②像煙的東西：例煙霧、雲煙、暮煙。③煙草製品：例香煙、吸煙。④特指鴉片。

煩

火部 9 左右

丶 丷 火 火 灯 灯 炘 炘 炘 烦 煩 煩 煩

ㄈㄢˊ ①心情不暢快：例煩慮、煩悶（ㄇㄣˋ）、煩躁。②心情紛亂；使心情紛擾，不暢快：例厭煩、真煩人。③請人幫忙的客套話：例煩勞（ㄌㄠˊ）、煩您捎個信。

老師的話：比喻別人很掃興，可以用「煮鶴焚琴」。

老師的話：煉鋼要用「煉」，鍛鍊才用「鍊」，要分辨清楚喲！

火部 9 **煤** 左右

ㄇㄟˊ 黑色固體礦產，是重(ㄓㄨㄥˋ)要的燃料和化工原料：例煤炭、煤球、煤層、煤礦。

火部 9 **煉** 左右

ㄌㄧㄢˋ ①用加熱等方法提高純度或性能：例煉鋼、煉油、錘煉、冶煉、提煉。②仔細推敲使字句簡潔：例煉字、煉句。

火部 9 **照** 上下

ㄓㄠˋ ①光線投射到物體上：例普照、照耀、照射。②對著鏡子等看自己的影子：例照鏡子、攬鏡自照。③察看；查對：例對照、查照。④看(ㄎㄢ)顧；看(ㄎㄢ)管：例照顧、照料、照管、照應。⑤拍攝：例拍照、照相(ㄒㄧㄤˋ)。⑥相(ㄒㄧㄤˋ)片：例近照、玉照。⑦主管機關所發的憑證：例執照、護照。⑧依據；模擬：例遵照、按照、依照、仿照、照章辦事。⑨對著(˙ㄓㄜ)；朝(ㄔㄠˊ)著：例照著靶心射擊、照著目標前進。

火部 9 **煜** 左右

ㄩˋ 照耀。

火部 9 **煬** 左右

ㄧㄤˊ 熔化金屬。通「烊」。

火部 9 **煦** 上下
ㄒㄩˇ 溫暖：例煦日、煦暖、和（ㄏㄜˊ）煦。

火部 9 **煌** 左右
ㄏㄨㄤˊ 明亮；光明：例輝煌、煌煌。

火部 9 **煥** 左右
ㄏㄨㄢˋ 鮮明；光亮：例煥然一新、精神煥發。

火部 9 **煞** 上下
ㄕㄚˋ ①凶神：例凶神惡煞、滿臉煞氣。②很；極：例臉氣得（˙ㄉㄜ）煞白、煞費苦心。
ㄕㄚ ①結束；止住：例煞住、煞尾。②勒（ㄌㄟ）緊：例煞緊、煞腰帶。③停住：例煞車。

火部 10 **熔** 左右
ㄖㄨㄥˊ 固體在高溫下變為液體。通「鎔」：例熔化、熔解、熔鑄。

火部 10 **熙** 上下

老師的話：煞車的「煞」不可以寫作「剎」喲！

老師的話：「熊貓」產於中國大陸西南高山區的原始竹林中，是保育類動物。

ㄒㄧ ①明亮；和樂（ㄏㄜˊ ㄌㄜˋ）。②〔熙攘（ㄖㄤˇ）〕形容人來人往熱鬧擁擠的樣子：例熙攘的人群、熙熙攘攘。

熒 火部 10 上下

ㄧㄥˊ ①眩惑、迷亂：例熒惑。②光線微弱的樣子：例熒熒。③亮光閃爍的樣子：例熒煌。

煽 火部 10 左右

ㄕㄢ 鼓動（別人做不該做的事）：例煽動、煽惑。

熊 火部 10 上下

ㄒㄩㄥˊ 哺乳動物，身體肥大，能直立行走，會爬樹，有黑熊、棕熊、白熊等。

熄 火部 10 左右

ㄒㄧˊ 停止燃燒；滅（燈、火）：例熄滅、熄火、熄燈。

熟 火部 11 上下

ㄕㄡˊ ①食物燒煮到可以吃的程度（跟「生」相對）：例飯熟了、熟肉、熟食。②農作物生長（ㄓㄤˇ）到可收成的程度：例成熟、葡萄熟了。③經過加工或治理的：例熟鐵、熟皮。④因經常接觸而知道或記得（˙ㄉㄜ）很清楚：例熟悉、熟識、熟人、面熟。⑤有經驗，不生疏：例熟手、熟練、純熟、熟能生巧。⑥程度深：例睡得（˙ㄉㄜ）很熟、深思熟慮。

火部 11 **熬** 上下

ㄠˊ

①長（ㄔㄤˊ）時間地（˙ㄉㄜ）煮：例熬粥、熬藥。②忍耐；勉強（ㄑㄧㄤˇ）支撐：例熬夜、熬日子。③烹調方法的一種（ㄓㄨㄥˇ），把蔬菜等作（ㄗㄨㄛˋ）料放在鍋裡煮：例熬白菜、熬豆腐。

火部 11 **熱** 上下

ㄖㄜˋ

①溫度高（跟「冷」相對）：例熱水、炎熱。②使溫度升高：例把菜熱一熱。③情意深厚；強烈：例熱心腸、熱烈、熱愛、親熱。④吸引人的：例熱門、熱點。⑤一個時期內最吸引人的現象：例棒球熱、旅遊熱、足球熱。⑥繁華；興（ㄒㄧㄥ）盛：例熱鬧、熱潮。

火部 11 **熨** 上下

ㄩㄣˋ

①藉勢力燙平衣服的器具：例熨斗。②用燒熱的金屬器具燙平衣物：例熨衣服。

ㄩˋ

妥切（ㄑㄧㄝˋ）的：例熨貼。

火部 12 **熾** 左右

ㄔˋ

①燒：例熾炭。②火勢盛（ㄕㄥˋ）大的樣子：例熾烈、熾熱。③熱烈；旺盛的樣子：例旺熾。

猜猜看：「滾滾江水」，猜一個字。

答：熱。

猜猜看：「此物大而輕，肚內火燒心。」猜一種東西。

（答案：燈籠。）

燉

火部 12 左右

ㄉㄨㄣˋ

用小火把食物煮得（•ㄉㄜ）爛熟：例燉肉、燉雞。

燐

火部 12 左右

ㄌㄧㄣˊ

一種（ㄓㄨㄥˇ）化學元素。同「磷」。

燒

火部 12 左右

ㄕㄠ

①使東西著（ㄓㄠˊ）火：例焚燒、燃燒。②加熱使物體起變化：例燒水、燒飯、燒磚、燒炭。③做飯菜，也指一種烹飪方法：例燒得（•ㄉㄜ）一手好菜、燒雞。④因生病體溫增高：例發燒。

燈

火部 12 左右

ㄉㄥ

用來照明或有指示作用的器具：例電燈、路燈、燈籠、紅綠燈。

燕

火部 12 上下

ㄧㄢˋ

燕子，候鳥，體型小，尾巴像張開的剪刀，春天飛向北方，秋天飛回南方。

ㄧㄢ

古國名，在今河北省北部，為戰國七雄之一。

熹

火部 12 上下

ㄒㄧ

①微明的陽光：例熹微、晨熹。②光明的。

火部 **燎** 12畫 左右

ㄌㄧㄠˊ ①靠近火而被燒焦：例別燎了頭髮、煙熏火燎。②燒；燙：例星火燎原、燎泡。

火部 **燙** 12畫 上下

ㄊㄤˋ ①被高溫物體燒痛或燒傷：例燙手、燙傷。②用高溫使物體溫度升高或起變化：例燙酒、燙髮。③溫度很高：例水太燙、滾燙。

火部 **燜** 12畫 左右

ㄇㄣˋ 烹調（ㄊㄧㄠˊ）方法的一種，把食物放在鍋裡，加少量（ㄌㄧㄤˋ）的水，蓋緊鍋蓋，用小火慢慢燒煮，直到煮熟：例燜肉、燜地瓜。

火部 **燃** 12畫 左右

ㄖㄢˊ ①燒：例燃燒、點燃、死灰復燃。②引火點著（ㄓㄠˊ）：例點燃、燃放。

火部 **燄** 12畫 左右

ㄧㄢˋ ①火光微燃的樣子。②比喻氣勢：例氣燄。

火部 **燧** 13畫 左右

ㄙㄨㄟˋ ①古代取火的用具：例燧石。②古代邊防用來預警、傳遞訊息的煙火，白天放的煙叫「烽」，

老師的話：「燃眉之急」這句成語是比喻非常的急迫。

老師的話：香噴噴的肉燥麵，「燥」字記得要唸作ㄙㄠˋ喲！

夜間（ㄐㄢ）點的火叫「燧」：例烽燧。

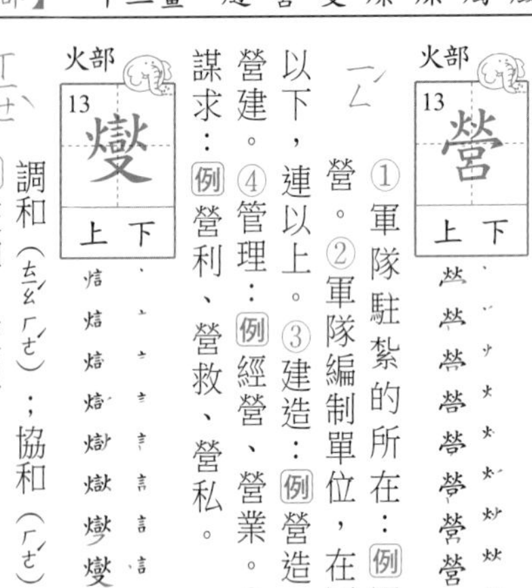

火部 13 **營** 上下

ㄧㄥˊ ①軍隊駐紮的所在：例軍營。②軍隊編制單位，在團以下，連以上。③建造：例營造、營建。④管理：例經營、營業。⑤謀求：例營利、營救、營私。

火部 13 **燮** 上下

ㄒㄧㄝˋ 調和（ㄊㄠˊ ㄏㄜˊ）；協和（ㄏㄜˊ）：例燮和、燮理。

火部 13 **燦** 左右

ㄘㄢˋ （燦爛）鮮明耀眼：例陽光燦爛、燦爛輝煌。

火部 13 **燥** 左右

ㄗㄠˋ 乾；乾熱：例口乾舌燥、燥熱、乾燥。

ㄙㄠˋ 方言，指細切（ㄑㄧㄝ）的肉：例肉燥。

火部 13 **燭** 左右

ㄓㄨˊ ①用蠟和油製成的照明用品：例火燭、蠟燭。②計算光度的單位：例燭光。

火部 13 **燬** 左右

ㄏㄨㄟˇ 被火燒掉：例焚燬、銷燬、燒燬。

火部 13 **燴** 左右

ㄏㄨㄟˋ 把多種（ㄓㄨㄥˇ）食物混在一起煮：例雜燴、燴三鮮。

火部 14 **燻** 左右

ㄒㄩㄣ ①食品加工方法，用煙火烤熟食物：例燻魚、燻雞。②煙、氣等刺激人或沾染、侵襲物體：例臭氣燻天、牆燻黑了、燻蚊子。

火部 15 **爆** 左右

ㄅㄠˋ ①猛然迸裂：例爆發、爆炸、爆破。②烹調方法的一種（ㄓㄨㄥˇ），把食物放在滾油裡略炸或在滾水中略煮，立即取出：例爆炒。③出人意料地發生：例爆冷門。

火部 15 **爍** 左右

ㄕㄨㄛˋ 光亮：例繁爍。

火部 16 **爐** 左右

ㄌㄨˊ 做飯、燒水、取暖、冶煉等用的器具或設備：例火爐、瓦斯爐、微波爐。

火部 17 **爛** 左右

老師的話：用火烤的肉叫「燻」肉，喝醉酒叫醉「醺醺」，香草的一種叫「薰衣草」。

老師的話：「爪」字只有「爪子」一詞，或指器物的腳時才唸作ㄓㄨㄚˇ。

ㄌㄢˋ ①食物熟透後變得（˙ㄉㄜ）鬆軟：例肉燉得（˙ㄉㄜ）很爛、麵不要煮太爛。②某些東西吸水後變得鬆軟：例紙泡爛了、爛泥。③動物、植物變質變壞：例葡萄放爛了、臭魚爛蝦、潰爛、腐爛。④殘破：例鞋穿爛了、破衣爛衫。⑤混亂：例爛帳、爛攤子。⑥表示程度極深：例爛熟、爛醉如泥。

火部 25 爨 上下

ㄘㄨㄢˋ ①燒火做飯：例分爨（分家過日子）。②爐灶：例廚爨。

爪ㄓㄠˇ部

爪部 0 爪 獨體

ㄓㄠˇ ①手指甲和腳指甲：例指爪、腳爪。②鳥獸的腳：例鷹爪、虎爪、爪牙、張牙舞爪。

ㄓㄨㄚˇ ①爪子。②器物基座部分（ㄈㄣˋ）的腳：例這個茶盤有四個爪。

爪部 4 爬 半包圍

ㄆㄚˊ ①人的胸腹朝（ㄔㄠˊ）下，手腳並用向前移動；昆蟲或爬行（ㄒㄧㄥˊ）動物向前移動：例爬行、慢慢爬。②抓著（˙ㄓㄜ）東西往上前進；攀登：例爬樹、爬竿、爬山、爬樓梯。

爪部 4 爭 上下

丿 𠂊 𠂊 爫 爫 乑 爭 爭

ㄓㄥ ①搶奪；力求獲得（ㄉㄜˊ）或做到：例爭食、爭冠軍、爭先恐後、爭光、爭奪。②吵架：例爭執、爭議。

爪部 5 爰 上下

丿 𠂊 𠂊 爫 爫 爰 爰 爰 爰

ㄩㄢˊ 表示順承關係，相當（ㄒㄧㄤ ㄉㄤ）於「於是」。

爪部 13 爵 上下

丿 𠂊 𠂊 爫 爫 爫 爫 爫 爫 爵 爵 爵 爵 爵 爵 爵 爵

ㄐㄩㄝˊ ①古代酒器，青銅製成，有三條腿：例金爵。②君主國家對貴族或功臣所封的名位：例公爵、封爵。

老師的話：「爵士樂」是起源於美國黑人民間的音樂，曲風熱情奔放。

父部 ㄈㄨˋ

父部 0 父 獨體

丿 八 ク 父

ㄈㄨˋ ①爸爸：例父子、父母、同父異母。②對男性長（ㄓㄤˇ）輩的稱（ㄔㄥ）呼：例祖父、伯父、舅父、岳父。

ㄈㄨˇ ①古代對男子的美稱（ㄔㄥ）。通「甫」：例仲父。②對老年人的尊稱：例漁父。

父部 4 爸 上下

丿 八 ク 父 父 爷 爸 爸

ㄅㄚˋ 父親。也說「爸爸」。

老師的話：「爹」的相似字是「父」、「爸」，相反字是「母」、「娘」。

父部 6 **爹** 上下

ㄉㄧㄝ 父親：例爹媽、親爹親娘。

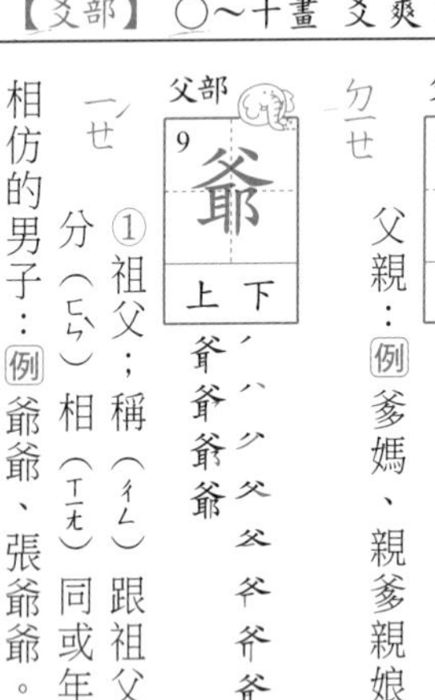

父部 9 **爺** 上下

ㄧㄝˊ ①祖父；稱（ㄔㄥ）跟祖父輩分（ㄈㄣˋ）相（ㄒㄧㄤ）同或年齡相仿的男子：例爺爺、張爺爺。②古時對主人或尊貴者的稱呼：例老爺、少（ㄕㄠˋ）爺、縣太爺。③對神佛等的稱呼：例土地爺、城隍爺、閻王爺。

爻ㄧㄠˊ部

爻部 0 **爻** 上下

ㄧㄠˊ 構成《易》卦的長（ㄔㄤˊ）、短橫線，「⚊」是陽爻，「⚋」是陰爻，每三爻合成一卦。

爻部 7 **爽** 特殊

ㄕㄨㄤˇ ①清亮；明朗：例秋高氣爽、清爽。②性格開朗；直率：例豪爽、直爽、爽快。③舒適；暢快：例身體不爽、人逢喜事精神爽。

爻部 10 **爾** 特殊

ㄦˇ ①這；那：例爾時、爾後（從那以後）。②你；你的：例爾等（你們）、爾母。

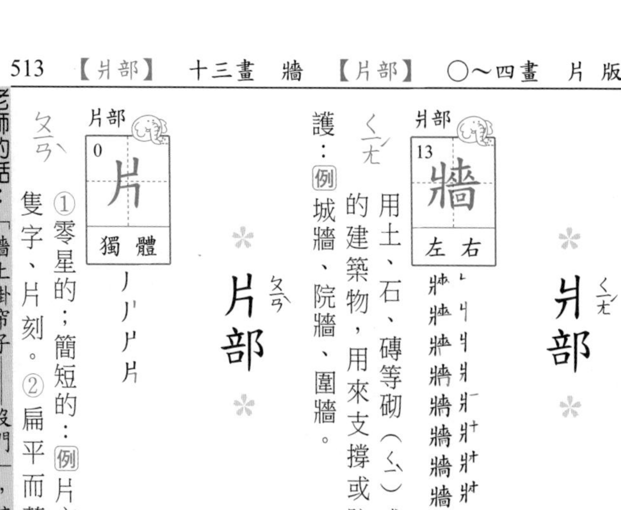

爿部 ㄑㄧㄤˊ

爿部 13 **牆** 左右

ㄑㄧㄤˊ 用土、石、磚等砌（ㄑㄧˋ）成的建築物，用來支撐或防護：例城牆、院牆、圍牆。

片部 ㄆㄧㄢˋ

片部 0 **片** 獨體

ㄆㄧㄢˋ ①零星的；簡短的：例片言隻字、片刻。②扁平而薄（ㄅㄛˊ）的東西：例照片、鏡片、鐵片、名片、刀片。③量詞。(1)用於薄片狀的東西：例兩片麵包、五片花瓣。(2)用於具有相同景象又連在一起的地面或水面等：例一片草地、一片汪洋。(3)用於景色、聲音、心意等：例一片豐收景象、一片嘈雜聲、一片好心。④指影片：例文藝片、科幻片。⑤整體中的一小部分（ㄈㄣˋ）：例片段。

片部 4 **版** 左右

ㄅㄢˇ ①印刷用的底板，上面有文字或圖形：例木版、鉛版、製版、排版。②書籍排印的次數（ㄕㄨˋ）：例初版、再版、修訂版。③報紙的一面：例頭版、影劇版、體育版。④照相（ㄒㄧㄤˋ）的底片：例

老師的話：「牆上掛簾子——沒門」，這句歇後語是比喻方法不行或行不通。

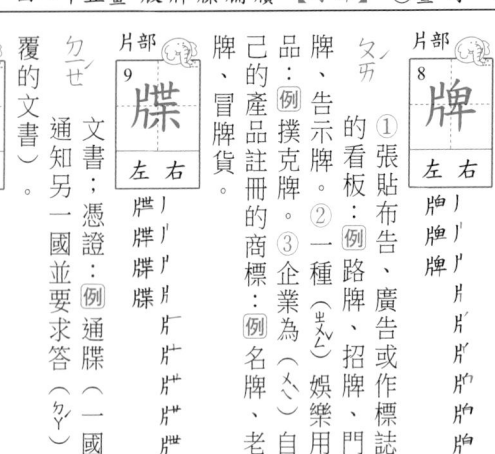

猜猜看：「小小掃帚一手拿牢，白石縫裡天天打掃。」猜一種日用品。

答案：牙刷。

底版、修版。

片部 8 **牌** 左右

丿 丿 片 片 片 片 片 片 牌 牌 牌

ㄆㄞˊ ①張貼布告、廣告或作標誌的看板：例路牌、招牌、門牌、告示牌。②一種（ㄓㄨㄥˇ）娛樂用品：例撲克牌。③企業為（ㄨㄟˋ）自己的產品註冊的商標：例名牌、老牌、冒牌貨。

片部 9 **牒** 左右

丿 丿 片 片 片 片 片 片 牒 牒 牒 牒 牒

ㄉㄧㄝˊ 文書；憑證：例通牒（一國通知另一國並要求答（ㄉㄚˊ）覆的文書）。

片部 11 **牖** 左右

丿 丿 片 片 片 片 片 片 牖 牖 牖 牖 牖 牖 牖

ㄧㄡˇ 窗戶：例戶牖。

片部 15 **牘** 左右

丿 丿 片 片 片 片 片 片 牘 牘 牘 牘 牘 牘 牘 牘 牘 牘 牘

ㄉㄨˊ ①古代寫字用的長（ㄔㄤˊ）方形木板：例連篇累牘（形容文字太長）。②書信；公文：例尺牘（書信，古代書簡約長一尺）、文牘。

牙部 ㄧㄚˊ

牙部 0 **牙** 獨體

一 二 于 牙

ㄧㄚˊ ①動物口腔中有打斷、磨碎食物作用的器官：例牙齒、長(ㄓㄤˇ)牙、刷牙、換牙。②特指象牙：例牙雕、牙章。

牛部 ㄋㄧㄡˊ

牛部 0 **牛** 獨體

丿 𠂉 𠂉 牛

ㄋㄧㄡˊ ①哺乳動物，吃草，力氣大，能耕田或拉車，肉、奶可以吃，角、皮、骨可以製作器物。常見的有黃牛、水牛、犛牛等。②比喻倔強(ㄐㄩㄝˋ ㄐㄧㄤˋ)、固執：例牛脾氣、牛性子。

牛部 2 **牟** 上下

𠃋 厶 厶 𠂉 牟 牟

ㄇㄡˊ 謀取：例牟利、牟取。

牛部 2 **牝** 左右

丿 𠂉 ⺧ 牛 牜 牝

ㄆㄧㄣˋ 雌性的(鳥獸)(跟「牡」相對)：例牝馬、牝雞。

牛部 3 **牢** 上下

丶 丶 宀 宀 宀 牢

ㄌㄠˊ ①養牲畜(ㄔㄨˋ)的圈欄：例亡羊補牢(比喻事後補救)。②監禁囚犯的地方：例監牢、牢房。③結(ㄐㄧㄝ)實；堅固：例釘(ㄉㄧㄥˋ)牢、牢固、牢不可破。④穩妥：例牢靠。

牛部 3 **牡** 左右

丿 𠂉 ⺧ 牛 牜 牡 牡

老師的話：「牢」字是「牛部」，不是「宀部」喲！

老師的話：如果第三人稱是指動物，要用「牠」，不是用「它」喲！

ㄇㄨˇ ①雄性的鳥、獸（和「牝」（雌（ㄘ）性）相（ㄒㄧㄤ）對）：例牡羊。②〔牡丹〕落葉灌木，花也叫牡丹，大而美麗，是我國著（ㄓㄨˋ）名的觀賞植物。

牛部 3 **牠** 左右

ㄊㄚ 第三人稱（ㄔㄥ）代名詞，通常用來稱呼動物。

牛部 4 **牧** 左右

ㄇㄨˋ 放養牲畜（ㄔㄨˋ）：例牧馬、遊牧、畜（ㄒㄩˋ）牧。

牛部 4 **物** 左右

ㄨˋ ①東西：例植物、貨物、文物、物品、龐然大物。②指文章或說話的實際內容：例言之有物、空洞無物。

牛部 5 **牲** 左右

ㄕㄥ 家畜（ㄔㄨˋ）：例牲口、牲畜（ㄔㄨˋ）。

牛部 5 **牯** 左右

ㄍㄨˇ 被割去生殖器的公牛。

牛部 5 **牴** 左右

ㄉㄧˇ ①有角的獸類用角互相碰撞或頂觸。②衝突：例牴觸。

牛部 6 特 左右
特：丶 ㄏ 牛 牛 牜 牜 牪 特 特
ㄊㄜˋ ①不同於一般的；獨有的：例特色、特產、特點、奇特、特殊。②專門：例特赦、特派、特約。

牛部 7 牽 上下
牽：丶 亠 玄 玄 玄 玄 玄 牵 牽 牽
ㄑㄧㄢ ①拉；領著向前：例牽手、牽動。②連帶：例牽扯、牽連、牽涉、牽累。③掛念；惦記：例牽掛、牽念。

牛部 7 犁 上下
犁：一 二 千 千 禾 禾 利 利 利 犁 犁
ㄌㄧˊ ①耕田的農具，用畜（ㄔㄨˋ）力或機器牽引。②用犁耕地：例犁田。

牛部 8 犄 左右
犄：丶 ㄏ 牛 牛 牜 牜 牪 牪 犄 犄 犄
ㄐㄧ 獸角：例犄角。

牛部 8 犀 半包圍
犀：一 コ 尸 尸 尸 尸 屖 屖 屖 屖 屖 犀
ㄒㄧ 〔犀牛〕哺乳類動物，形狀有點像牛，脖子短，四肢粗大，鼻子上有一個或兩個角，毛稀少。

牛部 10 犒 左右
犒：丶 ㄏ 牛 牛 牜 牜 牪 牪 犒 犒 犒 犒 犒
ㄎㄠˋ 用酒食慰勞（ㄌㄠˋ）：例犒賞、犒勞（ㄌㄠˊ）。

老師的話：犁田的「犁」和水梨的「梨」字形相似，小心別寫錯了！

猜猜看：「狗咬狗」，猜一句成語。

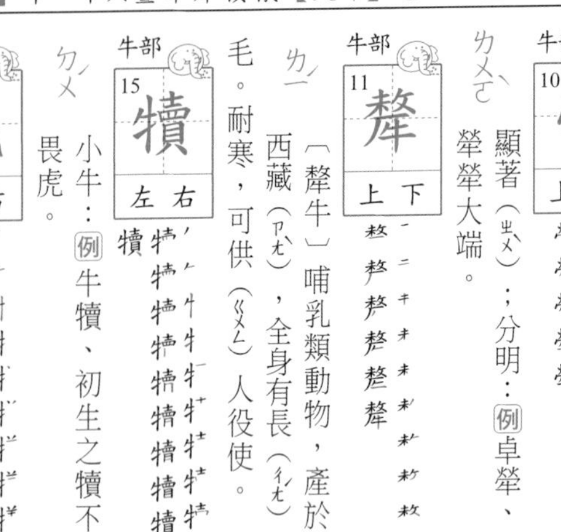

牛部 10 **犖** 上下

ㄌㄨㄛˋ 顯著（ㄓㄨˋ）；分明：例卓犖、犖犖大端。

牛部 11 **犛** 上下

ㄌㄧˊ （犛牛）哺乳類動物，產於西藏（ㄗㄤˋ），全身有長（ㄔㄤˊ）毛。耐寒，可供（ㄍㄨㄥ）人役使。

牛部 15 **犢** 左右

ㄉㄨˊ 小牛：例牛犢、初生之犢不畏虎。

牛部 16 **犧** 左右

ㄒㄧ （犧牲）①專供（ㄍㄨㄥ）祭祀用，毛色純而不雜的家畜。②為了正義的目的捨棄生命：例為國犧牲、流血犧牲。③放棄或損害利益：例犧牲休息時間。

犬部 ㄑㄩㄢˇ

犬部 0 **犬** 獨體

一ナ大犬

ㄑㄩㄢˇ 狗，哺乳類動物，聽覺（ㄐㄩㄝˊ）和嗅覺十分靈敏，有的品種（ㄓㄨㄥˇ）可以訓練成獵犬、警犬。

犬部 2 **犯** 左右

ノ犭犭犯犯

答案：犬牙交錯。

ㄈㄢˋ ①侵害；損害：例侵犯、進犯。②牴觸；違反：例冒犯、觸犯、犯法、犯規。③做出（違法的或不應該做的事）；引發（不好的情況）：例犯罪、犯錯、犯病、犯愁。④犯罪的人：例囚犯、戰犯、罪犯、刑事犯。

犬部 4 **狄** 左右

ㄉㄧˊ 我國古代北方的一個民族；泛指北方各民族。

犬部 4 **狂** 左右

ㄎㄨㄤˊ ①瘋；精神失常：例瘋狂、發狂、癲狂。②自高自大：例狂言、狂妄、這個人也太狂了。③毫無拘束地（•ㄉㄜ）：例狂喜、狂笑、狂飲。④猛烈：例狂風、狂瀾（ㄌㄢˊ）、狂奔。

犬部 4 **狀** 左右

ㄓㄨㄤˋ ①外貌：例狀態、形狀、奇形怪狀。②情形：例狀況、慘狀、現狀。③起訴書：例訴狀、狀告。④獎勵或委任等的證書：例獎狀、委任狀、軍令狀。

犬部 5 **狎** 左右

ㄒㄧㄚˊ 戲弄；玩弄：例狎侮、戲狎、狎妓。

犬部 5 **狙** 左右

猜猜看：「狗王」，猜一個字。

答案：狂。

老師的話：「狡兔三窟」這句成語是比喻逃避禍患的計畫很周密。

ㄐㄩ ①古書上指一種（ㄓㄨㄥˇ）猴子。②窺伺：例狙詐、狙擊。

犬部 5 **狗** 左右

ㄍㄡˇ 家畜（ㄔㄨˋ），聽覺（ㄐㄩㄝˊ）或嗅覺靈敏，可以看（ㄎㄢ）守門戶，有的經訓練後可以幫助偵察。

犬部 5 **狐** 左右

ㄏㄨˊ 〔狐狸〕哺乳類動物，形狀有點像狼，尾巴比身子長（ㄔㄤˊ），性情狡猾。

犬部 6 **狩** 左右

ㄕㄡˋ ①冬季打獵；泛指打獵：例狩獵。②帝王出外巡視：例巡狩。

犬部 6 **狠** 左右

ㄏㄣˇ ①凶惡；殘暴：例狠毒、凶狠、心狠手辣。②堅決；嚴厲：例狠狠打擊。③痛下決心：例狠下心來，把東西賣了。

犬部 6 **狡** 左右

ㄐㄧㄠˇ 奸猾；詭詐：例狡辯、狡猾、狡詐、狡賴。

犬部 7 **狼** 左右

ㄌㄤˊ 哺乳類動物，形狀像狗，耳朵直立，尾巴下垂，性情凶殘，會傷害人畜（ㄔㄨˋ）。

犬部 7 狹 左右
狹 丿 犭 犭 犭 狆 狆 狹 狹 狹
ㄒㄧㄚˊ
窄；不寬闊：例狹窄、狹長（ㄔㄤˊ）、狹隘。

犬部 7 狽 左右
狽 丿 犭 犭 犭 犭 犭 狽 狽 狽
ㄅㄟˋ
①〔狼狽〕形容困苦或窘迫的樣子：例處（ㄔㄨˇ）境狼狽、狼狽不堪。②〔狼狽為奸〕比喻串通一起做壞事。

犬部 7 狸 左右
狸 丿 犭 犭 犭 犭 犭 狸 狸 狸
ㄌㄧˊ
哺乳類動物，體型像狐，顏色是黑褐色，四肢短小，尾巴粗長（ㄔㄤˊ）。

犬部 7 狷 左右
狷 丿 犭 犭 犭 犭 犭 狷 狷 狷
ㄐㄩㄢˋ
①急躁；偏激：例狷急。②耿直：例狷直、狷介。

犬部 8 猓 左右
猓猓 丿 犭 犭 犭 犭 犭 犭 猓 猓
ㄍㄨㄛˇ
〔猓猓〕少數（ㄕㄠˇ ㄕㄨˋ）民族彝（ㄧˊ）族的舊稱（ㄔㄥ）。

犬部 8 猜 左右
猜猜 丿 犭 犭 犭 犭 犭 犭 猜 猜
ㄘㄞ
①懷疑：例猜疑、瞎猜。②推想；推測：例猜忌、猜想、猜測、猜謎語、猜不透。

犬部 8 猛 左右
猛猛 丿 犭 犭 犭 犭 犭 犭 犭 猛

老師的話：狐狸要用「狸」，貍貓才用「貍」，要分辨清楚喲！

老師的話：猖狂的「猖」和提倡的「倡」字形相似，小心別寫錯了！

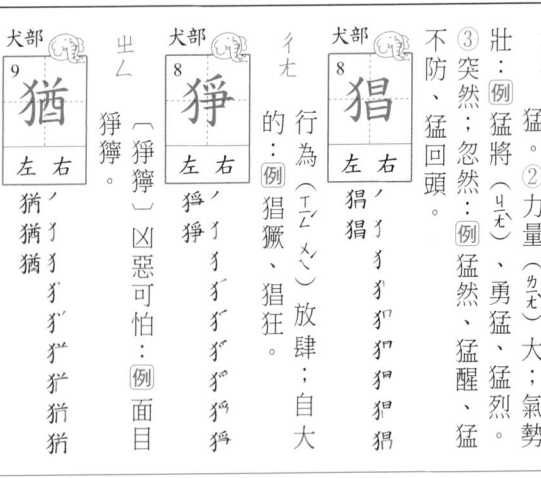

ㄇㄥˇ ①凶暴：例猛虎、猛獸、凶猛。②力量（ㄌㄧㄤˋ）大；氣勢壯：例猛將（ㄐㄧㄤˋ）、勇猛、猛烈。③突然；忽然：例猛然、猛醒、猛不防、猛回頭。

犬部 8 **猖** 左右

ㄔㄤ 行為（ㄒㄧㄥˊ ㄨㄟˊ）放肆；自大的：例猖獗、猖狂。

犬部 8 **猙** 左右

ㄓㄥ 〔猙獰〕凶惡可怕：例面目猙獰。

犬部 9 **猶** 左右

ㄧㄡˊ ①像；如同：例雖死猶生、猶如。②還（ㄏㄞˊ）；仍然：例言猶在耳、記憶猶新。

犬部 9 **猥** 左右

ㄨㄟˇ ①混亂；繁雜的：例猥雜。②鄙陋；下賤的：例猥瑣、卑猥。

犬部 9 **猴** 左右

ㄏㄡˊ 哺乳類動物，形狀略像人，種（ㄓㄨㄥˇ）類很多，行（ㄒㄧㄥˊ）動敏捷，成群地（˙ㄉㄜ）生活在山林中，吃野果、野菜等。

犬部 9 **猩** 左右

ㄒㄧㄥ 〔猩猩〕哺乳類動物，形狀略像人，前肢特長（ㄔㄤˊ），能較長（ㄔㄤˊ）時間（ㄐㄧㄢ）直立行走。

犬部 9 **猷** 左右

ㄧㄡˊ 謀略；計畫：例鴻猷（宏偉的計畫）。

犬部 10 **獅** 左右

ㄕ 〔獅子〕哺乳類動物，雄獅頭大臉闊，頸部有長（ㄔㄤˊ）毛。產於非洲和亞洲西部。

犬部 10 **猿** 左右

ㄩㄢˊ 哺乳類動物，比猴大，形狀略像人，沒有尾巴，生活在森林中。種（ㄓㄨㄥˇ）類很多，有大猩猩、黑猩猩和長（ㄔㄤˊ）臂猿等。

犬部 10 **猾** 左右

ㄏㄨㄚˊ 奸詐；不誠實：例狡猾、奸猾。

犬部 10 **獃** 左右

ㄉㄞ ①痴傻的。同「呆」：例獃子。②不活潑；不靈敏的：例獃頭獃腦。③出神的：例發獃。

犬部 11 **獄** 左右

ㄩˋ ①官司；案件：例冤獄、文字獄。②監禁罪犯的地方：例監獄、牢獄。

老師的話：狡猾的「猾」不可以寫作滑水的「滑」喲！

老師的話：獲得要用「獲」，收穫才用「穫」，要分辨清楚喲！

犬部 **獐** 11畫 左右

ㄓㄤ 哺乳類動物，像鹿而小，行動靈敏，善跳躍，能游泳。

犬部 **獎** 11畫 上下

ㄐㄧㄤˇ ①稱（ㄔㄥ）讚；誇讚：例誇獎、嘉獎。②為（ㄨㄟˋ）了鼓勵或表揚而授予榮譽或錢物等：例獎懲、獎勵、獎賞。③授予的榮譽或錢物等：例中（ㄓㄨㄥˋ）獎、發獎、領獎、頒獎。

犬部 **獗** 12畫 左右

ㄐㄩㄝˊ 〔猖獗〕凶猛而放肆：例鼠害猖獗、猖獗一時。

犬部 **獨** 13畫 左右

ㄉㄨˊ ①單一；唯一的：例獨木橋、獨幕劇、獨身、獨子。②孤單的：例單獨、獨自、獨占、獨奏。③與（ㄩˇ）眾不同；特別：例獨到、獨創、獨特。④專斷的：例獨裁、獨斷獨行（ㄒㄧㄥˊ）。

犬部 **獰** 14畫 左右

ㄋㄧㄥˊ 凶惡（ㄜˋ）可怕：例獰笑、猙獰。

犬部 **獲** 14畫 左右

ㄏㄨㄛˋ ①捉住：例捕獲、擒獲、俘獲。②得（ㄉㄜˊ）到；取得

（ㄌㄜ）：例獲獎、獲利、不勞（ㄌㄠˊ）而獲。

犬部 15 **獷** 左右

ㄍㄨㄤˇ 粗野；粗豪：例獷悍、粗獷。

犬部 15 **獵** 左右

ㄌㄧㄝˋ ①捕捉禽獸：例打獵、漁獵、狩獵。②奪取；追求：例獵取、獵奇。

犬部 15 **獸** 左右

ㄕㄡˋ ①指有四條腿、渾身長（ㄓㄤˇ）毛的哺乳類動物：例禽獸、野獸、飛禽走獸。②野蠻；下流；殘忍：例獸性、獸行（ㄒㄧㄥˊ）。

犬部 16 **獺** 左右

ㄊㄚˇ 哺乳類動物，住在水裡，形狀像狗，但是體型比較小，有水獺、旱獺、海獺三種（ㄓㄨㄥˇ）。穴居在河邊，善游泳。

犬部 16 **獻** 左右

ㄒㄧㄢˋ ①恭敬而莊重地（˙ㄉㄜ）送上：例獻身、獻禮、貢獻、損獻。②恭敬地（˙ㄉㄜ）表現出來給人看：例獻藝、獻技、獻殷勤。

犬部 19 **玀** 左右

猜猜看：「臘肉被狗吃了」，猜一個字。

答案：獵。

老師的話：「率」字是「玄部」，不要忘記喲！

ㄌㄨㄛˊ 〔豬玀〕豬。

玄部 ㄒㄩㄢˊ

玄部 0
玄
上下

ㄒㄩㄢˊ ①黑色：例玄狐、玄青。②深奧難（ㄋㄢˊ）懂：例玄妙、玄理。③虛妄；不可靠：例這話太玄了、故弄玄虛。

玄部 6
率
上下

ㄕㄨㄞˋ ①帶領：例率隊、率領、統率。②榜樣：例表率。③不仔細：例粗率、草率、輕率。④直爽：例坦率、直率。

ㄌㄩˋ 兩個相（ㄒㄧㄤ）關數量（ㄕㄨˋ ㄌㄧㄤˋ）間的比：例利率、功率、出勤率、增長（ㄓㄤˇ）率、圓周率。

玉部 ㄩˋ

玉部 0
王
獨體

一 二 干 王

ㄨㄤˊ ①君主國家的最高統治者或最高封爵：例國王、帝王、親王。②首領；頭目：例占山為（ㄨㄟˊ）王、擒賊先擒王。③同類中為（ㄨㄟˊ）首的、最大的或最強（ㄑㄧㄤˊ）的：例蜂王、花中之王。

玉 玉部 0 獨體 ㄩˋ

一 二 干 王 玉

①質地細膩、堅韌而有光澤的石頭：例玉石、玉器、玉雕、美玉。②像玉一樣晶瑩、潔白和美麗：例玉顏、亭亭玉立。③稱對方的身體等，表示尊敬：例玉體、玉音、玉照。

玖 玉部 3 左右 ㄐㄧㄡˇ

一 二 干 王 玌 玖

數（ㄕㄨˋ）字「九」的大寫。

玩 玉部 4 左右 ㄨㄢˊ

一 二 干 王 玎 玊 玩 玩

①觀賞；欣賞：例遊玩、遊山玩水。②供（ㄍㄨㄥ）觀看欣賞的東西：例古玩、珍玩。③以不嚴肅、不認真的態度對待：例玩世不恭、玩忽職守。④使用不正當（ㄉㄤˋ）的手段；要弄：例玩花招、玩手段。⑤遊戲：例玩耍、嬉玩。

玨 玉部 4 左右 ㄐㄩㄝˊ

一 二 干 王 玎 玊 玨 玨

合在一起的兩塊玉。

玟 玉部 4 左右 ㄨㄣˊ

一 二 干 王 玎 玏 玟 玟

玉的紋理。

玫 玉部 4 左右

一 二 干 王 玎 玏 玫 玫

老師的話：「玉貌花容」、「玉樹臨風」、「玉質金相」都是形容人的外貌美好。

猜猜看：「看看沒有，摸摸倒有，像冰不化，像水不流。」猜一物品。 答案：玻璃。

ㄇㄟˊ （玫瑰）落葉灌木，枝上帶尖刺，開紫紅色或白色花，香味濃，可以供（ㄍㄨㄥ）觀賞。

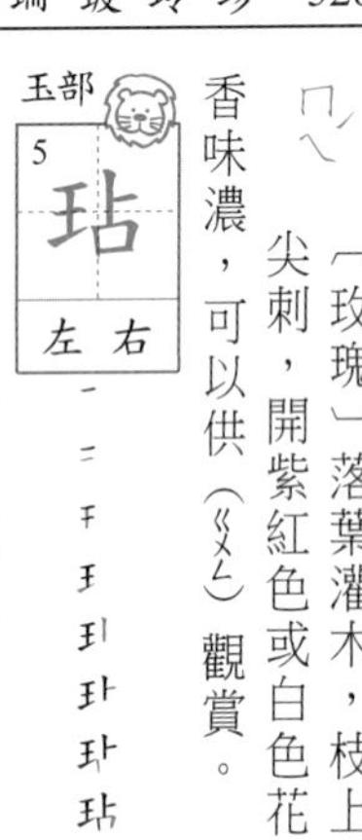

玉部 5 **玷** 左右

ㄉㄧㄢˋ ①白玉上面的汙點。②侮辱：例玷汙、玷辱。

玉部 5 **珊** 左右

ㄕㄢ （珊瑚）珊瑚蟲（海裡一種腔腸動物）骨骼的聚集體，有的形狀像樹枝，鮮豔美觀，可以供（ㄍㄨㄥ）觀賞。

玉部 5 **玻** 左右

ㄅㄛ （玻璃）一種（ㄓㄨㄥˇ）脆硬透明的建築、裝飾材料，用石英砂、石灰石等混合熔化製成。

玉部 5 **玲** 左右

ㄌㄧㄥˊ （玲瓏）①細緻精巧：例小巧玲瓏。②靈活敏捷：例嬌小玲瓏。

玉部 5 **珍** 左右

ㄓㄣ ①寶貴的東西：例奇珍異寶、山珍海味。②貴重（ㄓㄨㄥˋ）的；稀有的：例珍品、珍貴、珍禽異獸。③看（ㄎㄢˋ）重；愛惜：例自珍自愛、珍重、珍視、珍惜。

玉部 5 **珀** 左右

一 二 干 王 王' 玓 珀 珀 珀

ㄆㄛˋ

（琥珀）古代松柏等植物的樹脂化石。見「琥」。

玉部 5 **玳** 左右

一 二 干 王 王 玎 玏 玳 玳

ㄉㄞˋ

（玳瑁（ㄇㄟˋ））爬蟲類動物，是一種（ㄓㄨㄥˇ）生活在海中的龜類。背（ㄅㄟˋ）上覆蓋著許多片甲質板，有褐色和淡黃色相間（ㄒㄧㄤ ㄐㄧㄢˋ）的花紋。甲質板可以做眼鏡框或裝飾品，也可以做藥材。

玉部 6 **班** 左右

班 一 二 干 王 王 玎 玗 玡 班

ㄅㄢ

①為了便於工作或學習而分成的單位：例班級、資優班。②工作按時間分成的段落：例早班、晚班。③一定時間內從事的工作：例上班、值班、接班。④定時運行（ㄒㄧㄥˊ）的（交通工具）：例班車、班機。⑤軍隊的編制單位，在排以下。⑥量詞。⑴用於人群：例這班青年。⑵用於定時運行的交通工具：例搭頭班車。

玉部 6 **琉** 左右

琉 一 二 干 王 王' 玗 玗 玣 琉

ㄌㄧㄡˊ

（琉璃）指用釉料塗在缸、盆、磚瓦半成品的表面，再燒製而成的玻璃質表層，有綠、藍、金黃等顏色：例琉璃磚、琉璃瓦。

玉部 6 **珮** 左右

珮 一 二 干 王 玎 玑 玑 珮 珮

老師的話：琉璃的「琉」和硫黃的「硫」字形相似，小心別寫錯了！

老師的話：「理髮店關門——懶理」，這句歇後語是比喻不願意理睬別人的意思。

ㄆㄟˋ 古時繫（ㄐㄧˋ）在衣帶上的裝飾品。

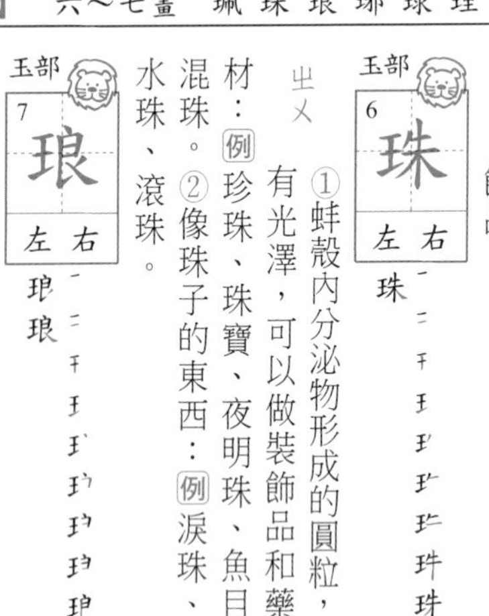

玉部 6 **珠** 左右

ㄓㄨ ①蚌殼內分泌物形成的圓粒，有光澤，可以做裝飾品和藥材：例珍珠、珠寶、夜明珠、魚目混珠。②像珠子的東西：例淚珠、水珠、滾珠。

玉部 7 **琅** 左右

ㄌㄤˊ 〔琅琅〕擬聲詞，模擬響亮的讀書聲：例書聲琅琅。

玉部 7 **琊** 左右

ㄧㄝˊ 〔琅琊〕山名，在山東省。

玉部 7 **球** 左右

ㄑㄧㄡˊ ①由中心點到表面各點的距離都相等的立體物：例球面、球體。②球形的東西：例煤球、眼球。③指地球：例東半球、全球。④指球形體育用品和球類運動：例皮球、足球、賽球、打籃球。

玉部 7 **理** 左右

ㄌㄧˇ ①整治、治事：例治理、管理、理財、料理、護理。②對別人的言行作出表示：例理睬、答理、置之不理。③修整：例理髮、整理、清理。④東西上自然形成的條紋：例紋理〈比〉條理。⑤事物的規律：例道理、真理、理論、合情合理。⑥特指自然科學：例物理學、數理化。

玉部 7 **現** 左右

一 二 干 王 … 現

ㄒㄧㄢˋ ①顯露（ㄌㄨˋ）；露（ㄌㄨˋ）出：例表現、出現、顯現。②此刻；目前：例現今、現行、現狀、現代。③當（ㄉㄤ）時；臨時：例現炸的薯條、現編現演。④目前就有的：例現金、現款、現貨。⑤現金的簡稱（ㄔㄥ）：例兌現、付現、提現。

玉部 7 **琍** 左右

一 二 干 王 … 琍

ㄌㄧˋ 多用於外國人名的翻譯：例維多利亞。

玉部 8 **琺** 左右

一 二 干 王 … 琺

ㄈㄚˋ ①用硼砂、玻璃粉、石英等原料，加鉛、錫金屬氧化物，燒成像釉的塗料，塗在金屬表面，作為裝飾及防鏽，俗稱「搪瓷」：例琺瑯。②牙齒表面具有白色光澤的一層硬質，可以保護牙齒：例琺瑯質。

玉部 8 **琪** 左右

一 二 干 王 … 琪

ㄑㄧˊ 美玉。

老師的話：琺瑯質的「琺」唸作ㄈㄚˋ，不是ㄈㄚˇ喲！

老師的話：「琴」字下面是「今」，不是「令」喲！

玉部 8 **琳** 左右

ㄌㄧㄣˊ 〔琳琅〕美玉，比喻珍貴華美的東西：例琳琅滿目。

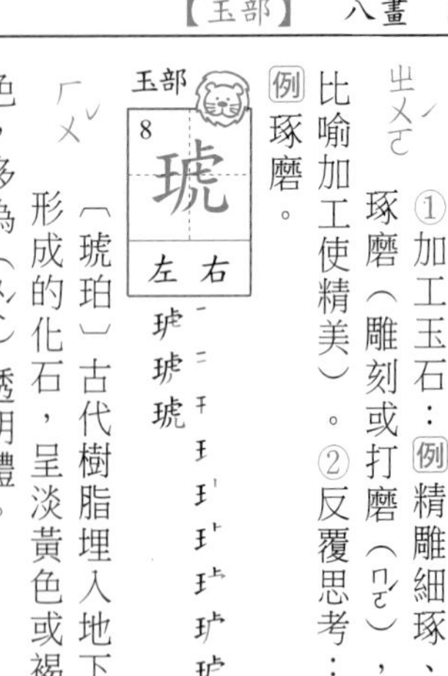

玉部 8 **琢** 左右

ㄓㄨㄛˊ ①加工玉石：例精雕細琢、琢磨（雕刻或打磨（ㄇㄛˊ）），比喻加工使精美）。②反覆思考：例琢磨。

玉部 8 **琥** 左右

ㄏㄨˇ 〔琥珀〕古代樹脂埋入地下形成的化石，呈淡黃色或褐色，多為（ㄨㄟˊ）透明體。

玉部 8 **琵** 上下

ㄆㄧˊ 〔琵琶〕彈撥樂（ㄩㄝˋ）器，下部長（ㄔㄤˊ）圓形，上有長柄，有四根弦。

玉部 8 **琶** 上下

ㄆㄚˊ 〔琵琶〕一種（ㄓㄨㄥˇ）撥弦樂（ㄩㄝˋ）器。見「琵」。

玉部 8 **琴** 上下

ㄑㄧㄣˊ ①弦樂器，琴身狹長，有五根弦或七根弦，演奏時左手按弦，右手撥彈。②某些樂器的總稱（ㄔㄥ）：例鋼琴、風琴、提琴、胡琴、口琴。

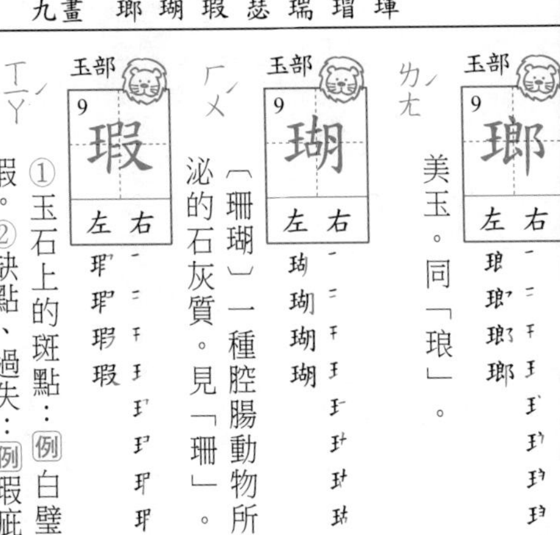

瑯 玉部 9 左右

ㄌㄤˊ 美玉。同「琅」。

瑚 玉部 9 左右

ㄏㄨˊ 〔珊瑚〕一種腔腸動物所分泌的石灰質。見「珊」。

瑕 玉部 9 左右

ㄒㄧㄚˊ ①玉石上的斑點：例白璧無瑕。②缺點、過失：例瑕疵、瑕瑜、瑕不掩瑜。

瑟 玉部 9 上下

ㄙㄜˋ ①古代一種（ㄓㄨㄥˇ）像琴的弦樂器：例琴瑟。②〔瑟瑟〕(1)擬聲詞，模擬微風等輕細的聲音。(2)形容人因寒冷而發抖的樣子。

瑞 玉部 9 左右

ㄖㄨㄟˋ ①預兆；特指吉祥的預兆：例祥瑞（好的預兆）。②吉祥的：例瑞雪兆豐年。

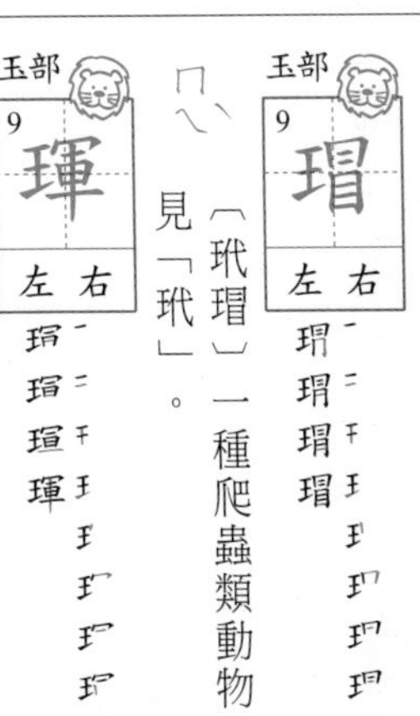

瑁 玉部 9 左右

ㄇㄟˋ 〔玳瑁〕一種爬蟲類動物。見「玳」。

琿 玉部 9 左右

老師的話：「玳瑁」的「瑁」唸作ㄇㄟˋ，不是ㄇㄠˋ。

老師的話：瑣碎的「瑣」和封鎖的「鎖」字形相似，小心別寫錯了！

ㄏㄨㄣˊ 美玉。

瑙
玉部 9 左右

ㄋㄠˇ 〔瑪瑙〕石英類礦物。見「瑪」。

瑛
玉部 9 左右

ㄧㄥ 像玉的美石。

瑜
玉部 9 左右

ㄩˊ 玉的光彩，比喻優點：例瑕不掩瑜（缺點掩蓋不了（ㄌㄠˇ）優點）。

瑤
玉部 10 左右

ㄧㄠˊ ①美玉：例瓊瑤。②〔瑤池〕傳（ㄔㄨㄢˊ）說中西王母住的地方。

瑣
玉部 10 左右

ㄙㄨㄛˇ 零碎；細小：例瑣事、瑣聞、瑣碎、瑣細。

瑪
玉部 10 左右

ㄇㄚˇ 〔瑪瑙〕礦石的一種（ㄓㄨㄥˇ），有花紋，堅硬耐磨，可以用來製作儀表軸承、研磨（ㄇㄛˊ）用具、裝飾品等。

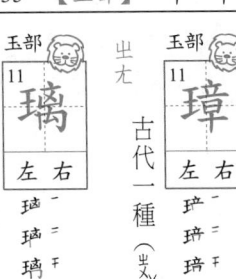

玉部 10 瑰 左右
一 = Ŧ 王 王' 王' 珀 珀 珀 珀 瑰 瑰 瑰 瑰 瑰

ㄍㄨㄟ

①珍奇；珍貴：例瑰寶、瑰麗。②〔玫瑰〕植物名。見「玫」。

玉部 10 瑩 上下
、 ゛ ⺌ 火 火 炏 炏 炏 炏 炏 炏 炏 瑩 瑩 瑩

ㄧㄥˊ

光潔而明亮：例晶瑩。

玉部 11 璋 左右
一 = Ŧ 王 王' 王' 王' 王' 王' 王' 璋 璋 璋 璋

ㄓㄤ

古代一種（ㄓㄨㄥ）玉器。

玉部 11 璃 左右
一 = Ŧ 王 王' 王' 王' 王' 王' 王' 璃 璃 璃 璃 璃

ㄌㄧˊ

①〔玻璃〕化學物的一種。見「玻」。②〔琉璃〕光潔如玉的石頭。見「琉」。

玉部 12 璜 左右
一 = Ŧ 王 王' 王' 王' 王' 王' 王' 璜 璜 璜 璜 璜 璜

ㄏㄨㄤˊ

玉器的一種，形狀像半塊璧。

玉部 12 璣 左右
一 = Ŧ 王 王' 王' 王' 王' 王' 王' 璣 璣 璣 璣 璣 璣

ㄐㄧ

①不圓的珠子：例珠璣。②古代觀測天象的儀器。

玉部 13 璩 左右
一 = Ŧ 王 王' 王' 王' 王' 王' 王' 璩 璩 璩 璩 璩 璩

ㄑㄩˊ

玉製的耳環：例耳璩。

老師的話：晶瑩、螢光、軍營的「瑩」、「螢」、「營」寫法不同，要分辨清楚喲！

老師的話：和氏璧的「璧」和牆壁的「壁」字形相似，小心別寫錯了！

玉部 13 **環** 左右

ㄏㄨㄢˊ ①圓形的東西：例耳環、門環、花環、吊環。②圍繞：例環球、環繞、環行（ㄒㄧㄥˊ）。③整體中相互關聯的一個部分（ㄈㄣˋ）：例環節、一環、一環扣一環。

玉部 13 **璦** 左右

ㄞˋ ①美玉。②〔璦琿〕地名，在黑龍江。

玉部 13 **璧** 上下

ㄅㄧˋ ①古代一種中間有孔的扁平圓形玉器；泛指美玉：例和（ㄏㄜˊ）氏璧。②美好的：例璧人。

玉部 14 **璽** 上下

ㄒㄧˇ 皇帝的印章：例玉璽。

玉部 15 **瓊** 左右

ㄑㄩㄥˊ ①美玉：例瓊瑤。②精美的；美好的：例瓊樓玉宇（華麗的房屋）、瓊漿（美酒）。③海南的別稱（ㄔㄥ）：例瓊劇。

玉部 16 **瓏** 左右

ㄌㄨㄥˊ 〔玲瓏〕靈活敏捷；精巧。見「玲」。

瓜部 ㄍㄨㄚ

瓜部 0 瓜 獨體

一 厂 兀 瓜 瓜

ㄍㄨㄚ 蔓生植物，果實也叫瓜，可以吃。種類很多，如冬瓜、南瓜、黃瓜、絲瓜、西瓜、香瓜等。

瓜部 6 瓠 左右

一 ナ 大 夲 夸 夸 夸 夸 瓠 瓠 瓠

ㄏㄨˋ ①一年生草本植物，莖蔓生。果實叫瓠子，長（ㄔㄤˊ）筒形，可以做蔬菜。②比喻子孫眾多：例瓜瓠綿綿。

瓜部 11 瓢 左右

一 ㄧ 冂 襾 襾 西 覀 覀 覀 票 票 票 瓢 瓢 瓢 瓢

ㄆㄧㄠˊ ①用葫蘆或瓠瓜對半剖開製成的器具，用來舀水或盛（ㄔㄥˊ）東西：例水瓢、湯瓢、飯瓢。②昆蟲名，種（ㄓㄨㄥˇ）類很多，身體為（ㄨㄟˊ）半圓形，有臭味，背上有顏色鮮豔的斑點：例瓢蟲。

瓜部 14 瓣 左右

、 亠 亠 立 立 辛 辛 辛 新 新 新 新 新 新 新 辦 辦 瓣 瓣

ㄅㄢˋ ①組成花朵的花片：例花瓣。②植物的種子、果實或球莖上可以分開的部分（ㄈㄣˋ）：例豆瓣、橘瓣、蒜瓣。

瓜部 17 瓤 左右

、 亠 瓤 瓤 瓤

猜猜看：「一個黑孩從不開口，要是開口，掉出舌頭。」猜一食品。

答案：瓜子。

老師的話：鶯歌的陶瓷老街有二百多年歷史，充滿了陶瓷藝術風味呢！

ㄖㄤˊ ①瓜果內部的肉：例西瓜瓤、橘子瓤。②指物品的內部：例信瓤。

瓦部 ㄨㄚˇ

瓦部 0 **瓦** 獨體

一 丆 丅 瓦 瓦

ㄨㄚˇ ①用泥土燒製的器物：例瓦盆、瓦罐、瓦器。②鋪（ㄆㄨ）屋頂的建築材料，用泥土或水泥等製成：例磚瓦、琉璃瓦。③電功率單位「瓦特」的簡稱（ㄔㄥ）。

瓦部 6 **瓶** 左右

丶 丷 丷 兰 并 并 瓶 瓶 瓶 瓶 瓶

ㄆㄧㄥˊ 用陶土、瓷土、石英為（ㄨㄟˊ）原料製成的口小肚大的容器，多用來裝液（ㄧㄝˋ）體：例花瓶、酒瓶、瓶瓶罐罐。

瓦部 6 **瓷** 上下

丶 冫 冫 次 次 次 次 姿 瓷 瓷 瓷

ㄘˊ 用黏土、長石和石英粉混合，高溫燒成的器具，質地堅硬細緻：例瓷器、瓷磚、瓷碗、瓷窯。

瓦部 9 **甄** 左右

一 𠃊 丙 丙 西 覀 覀 覀 甄 甄 甄 甄 甄

ㄓㄣ 考察；鑑別：例甄用、甄審、甄別。

瓦部 11 **甌** 左右

一 丆 丅 ㄈ 匚 匚 匚 区 區 區 區 區 甌 甌 甌

ㄡ ①小盆、小碗、小杯一類的器皿：例茶甌、酒甌、甌子。②甌江，水名，在浙江。③浙江溫州的別稱（ㄔㄥ）：例甌繡（溫州出產的刺繡）。

瓦部 13 甕 上下

ㄨㄥˋ 一種（ㄓㄨㄥˇ）口小腹大的陶製容器：例水甕、酒甕。

甘部

甘部 0 甘 獨體

一十廾廿甘

ㄍㄢ ①甜；美好（跟「苦」相對）：例甘甜、甘露（ㄌㄨˋ）、甘泉、同甘共苦、苦盡甘來。②情願；樂意：例甘願、不甘落後、心甘情願。

甘部 4 甚 獨體

一十廾廿甘甘甘其甚

ㄕㄣˋ ①厲害；嚴重（ㄓㄨㄥˋ）：例欺人太甚。②很；非常：例反應（ㄧㄥˋ）甚佳、來賓甚多。

ㄕㄣˊ 疑問代名詞：例甚麼。

甘部 6 甜 左右

ㄊㄧㄢˊ ①像糖或蜜的滋味：例甜食、甜蜜、甜頭。②美好動聽的：例甜言蜜語。③舒適：例甜睡。

老師的話：形容事情無法十全十美，可以用「甘蔗沒有兩頭甜」這句諺語。

老師的話：關於「生」的成語包括：生生不息、生生世世、生龍活虎、生離死別。

生部

ㄕㄥ

生部 0 **生** 獨體

ノ ㄏ 𠂉 牛 生

ㄕㄥ ①生物體長出：例生根、叢生、野生、生長（ㄓㄤˇ）。②人和動物出世：例生產、生育、出生、誕生。③讀書人：例書生、考生、學生。④活著（跟「死」相對）：例生存、生還（ㄏㄨㄢˊ）、永生、出生入死。⑤一輩子：例一生、畢生、前半生。⑥活的：例生物。⑦食物沒有煮熟的；果實沒有成熟的：例生肉、生菜。⑧不熟悉的：例面生、生面孔。⑨不熟悉：例生人、生字、生僻、人生地不熟。⑩勉強（ㄑㄧㄤˇ）：例生搬硬套。

生部 6 **產** 半包圍

丶 亠 亣 文 文 产 产 产 彦 産 產

ㄔㄢˇ ①（人或動物）從母體中分（ㄈㄣ）離出幼體：例產子、產卵、臨產。②自然形成、天然生長（ㄓㄤˇ）或人工種（ㄓㄨㄥˋ）植：例土產、水產、農產。③製造或創造財富：例產銷、增產、出產。④指擁有的金錢、物資、房屋、土地等：例恆產、財產、遺產、資產、產權、房地產。

生部 7 **甥** 左右

ノ ㄏ 𠂉 牛 生 生 𤯓 𤯓 甥 甥 甥 甥

ㄕㄥ 姐姐或妹妹的子女：例外甥、外甥女。

生部 7 **甦** 半包圍

一 𠂆 𠂇 百 百 更 更 更 更 更 甦 甦 甦

ㄙㄨ 從昏迷中醒過來；死而復活。同「蘇」：例甦醒。

用部 ㄩㄥˋ

用部 0 **用** 半包圍

丿 冂 月 月 用

ㄩㄥˋ ①效果；功效：例作用、效用、功用。②花費的錢財：例費用、家用、零用。③需要（多用於否定）：例不用幫忙。④表示動作憑藉或使用的工具、手段等，相當於「拿」：例用開水泡茶、用鋤頭鋤地。

用部 0 **甩** 半包圍

丿 冂 月 月 甩

ㄕㄨㄞˇ ①（胳膊等）向下擺動：例甩手、甩尾巴。②投擲：例甩石頭。③拋開；拋棄：例別把他甩在後面。

用部 2 **甬** 上下

ㄱ ㄱ 𠃌 𠂶 甬 甬 甬

ㄩㄥˇ ①用磚、石砌成的道路：例甬道。②甬江，水名，在浙江，流經寧波。③寧波的別稱（ㄔㄥ）：例甬劇、滬杭甬。

用部 2 **甫** 獨體

一 𠃍 𠃌 冃 冃 甫 甫

ㄈㄨˇ 剛；才：例年甫三十。

老師的話：「用筆如舌」是讚美別人文筆佳，像舌頭說話般靈巧。

猜猜看：「一個字，生得惡，四張嘴，一隻角。」猜一個字。

用部

甭 4 上下

一 丆 不 不 不 甭 甭 甭 甭

ㄅㄥˊ 「不用」的合音詞，表示用不著（ㄓㄠˊ）、不必：例甭操心、甭插手。

田ㄊㄧㄢˊ部

田部

田 0 獨體

丨 冂 冃 田 田

ㄊㄧㄢˊ ①可以耕種（ㄓㄨㄥˋ）的土地：例旱田、梯田、田野。②指蘊藏（ㄘㄤˊ）礦物的地帶：例煤田、油田、氣田。

田部

由 0 獨體

丨 冂 冃 由 由

ㄧㄡˊ ①因為，表示因果：例咎由自取。②從：例由上而下、由南到北。③歸：例經費由我方提供（ㄍㄨㄥ）、客戶由總經理陪同。④根據：例由此可見。⑤原因：例原由、情由、理由、事由。⑥順從（ㄘㄨㄥˊ）；聽任：例身不由己、由他去吧。

田部

甲 0 獨體

丨 冂 冃 日 甲

ㄐㄧㄚˇ ①天干的第一位，常用來表示順序或等級的第一位：例甲班、甲等、甲級品。②位居第一：例桂林山水甲天下。③動物身上具有保護作用的硬殼：例龜甲、

答案：甲。

甲殼。④手指和腳趾上的角質硬殼：例指甲。⑤古人作戰時穿的護身衣：例盔甲。⑥金屬製成的有保護作用的裝備：例裝甲。

田部 0 **申** 獨體

丨 ㄇ 日 曰 申

ㄕㄣ ①陳述；說明：例三令五申、申請、申辯、申述、申冤、申雪。②地支的第九位。參見「支」⑦。

田部 2 **男** 上下

丨 ㄇ 日 田 田 男 男

ㄋㄢˊ ①人類兩性之一（跟「女」相（ㄒㄧㄤ）對）：例男子、男生、男女老少（ㄕㄠˋ）。②兒子：例生男育女。

田部 2 **甸** 半包圍

ノ 勹 勹 句 句 甸 甸

ㄉㄧㄢˋ 古代指京城郊外的地方：例京甸。

田部 3 **甽** 左右

丨 ㄇ 日 田 田 甽 甽 甽

ㄑㄩㄢˇ 田間的小溝：例甽畝。

田部 4 **畎** 左右

丨 ㄇ 日 田 田 田 畎 畎 畎

ㄑㄩㄢˇ 田間的小溝。通「甽」：例畎畝。

田部 4 **畏** 上下

丨 ㄇ 日 田 田 畀 畏 畏 畏

猜猜看：「去頭是字，去尾是字，去頭去尾還是字。」猜一個字。 答案：申。

老師的話：牲畜的「畜」唸作ㄔㄨˋ，畜牧的「畜」唸作ㄒㄩˋ，要分辨清楚喲！

ㄨㄟˋ ①害怕：例無畏、畏懼、畏怯。②敬佩：例敬畏、後生可畏。

田部 4 界 上下
丶 冂 日 田 田 尹 界 界 界

ㄐㄧㄝˋ ①地區跟地區相交的地方：例界線、國界、交界、分界。②泛指一定的範圍或限度：例外界、眼界、境界、自然界、生物界。③特指按職業、工作、性別等劃定的範圍：例教育界、科學界、工商界、婦女界。

田部 5 畔 左右
丨 冂 日 田 田 田' 田' 田" 畔

ㄆㄢˋ ①田地的邊界：例田畔。②旁邊；附近：例江畔、路畔、耳畔。

田部 5 畝 左右
丶 亠 亡 市 市 亩 亩 亩' 畝

ㄇㄨˇ 計算田地面積的單位，六十丈平方為一畝。一公畝等於一百平方公尺，或三十又四分之一坪。

田部 5 畜 上下
丶 亠 亠 玄 玄 玄 斉 畜 畜 畜

ㄔㄨˋ 禽獸，多指家畜：例耕畜、牲畜、畜類。

ㄒㄩˋ 飼養（ㄧㄤˇ）家禽或牲畜：例畜養、畜牧、畜產。

田部 5 畚 上下
𠃋 厶 厶 弁 弁 弁 畚 畚 畚 畚

ㄅㄣˇ 古代用草繩或竹篾等編成的器具：例畚箕。

田部 5 **留** 上下

ㄌㄧㄡˊ ①停在某個地方或位置；不離開：例留任、留級、停留、逗留。②不讓對方離去：例挽留、收留。③保存；不丟棄：例保留。④不用盡或不帶走：例遺留、留言、殘留。⑤注意力集中（ㄓㄨㄥ）在某方面：例留心、留意、留神。⑥特指在外國求學：例留學、留美。

田部 6 **略** 左右

ㄌㄩㄝˋ ①奪取；掠奪：例侵略。②計謀；規劃：例才略、策略、戰略。③大概情況：例概略、事略。④簡單：例略寫、簡略、粗略。⑤省去：例省略、刪略。⑥稍微：例略加分析、略有進步。

田部 6 **畦** 左右

ㄑㄧˊ 由田埂分成的小塊田地：例菜畦、種了兩畦蘿蔔。

田部 6 **畢** 獨體

ㄅㄧˋ ①完成；終結：例畢業、完畢。②全部；完全：例畢生、原形畢露。

田部 6 **異** 上下

ㄧˋ ①不同的：例異議、異口同聲、日新月異。②其他的；別的：例異鄉、異國、異族。③新奇的；特別的：例奇花異草、異香、

老師的話：「畢恭畢敬」不可以寫作「必恭必敬」。

異味、怪異。④驚奇：例驚異、詫異。

老師的話：「畫蛇添足」是比喻做多餘的事，反而不恰當。

田部 7 **畫** 上下

畫 畫 畫

ㄏㄨㄚˋ ①用筆描繪出圖形或線條、符號等：例畫線、畫押。②繪出的圖形：例國畫、年畫、風景如畫。③用語言描寫：例刻畫、描畫。④國字的一筆叫一畫：例「大」字有三畫、一筆一畫。

田部 7 **番** 上下

番 番 番

ㄈㄢ ①舊指外國或外族：例番邦、番將（ㄐㄧㄤˋ）。②量詞。(1)用於動作的遍數（ㄕㄨˋ）：例一番、幾番、三番五次。(2)用於事物的種（ㄓㄨㄥˇ）類：例一番滋味、這番情景。

ㄆㄢ 〔番禺〕地名，在廣東。

田部 8 **當** 上下

當 當 當

ㄉㄤ ①相（ㄒㄧㄤ）配；相稱（ㄔㄥˋ）：例門當戶對、旗鼓相當。②掌管；主持：例當權、當政、當家。③承擔；承受：例一人做事一人當、當之無愧。④擔任；充任：例當義工、當老師。⑤對著（˙ㄓㄜ）；向著：例當面、當眾表揚。⑥正在（那時候或那地方）：例當地、當場示範。⑦應（ㄧㄥ）該：例應當、當省（ㄕㄥˇ）就省、不當問的不問。

ㄉㄤˇ 以為：例天這麼晚了，我當你不來了呢。

ㄉㄤˋ ①合適；適宜：例恰當、適當、妥當、用詞不當。②抵押：例典當。③當（ㄉㄤˋ）作；作為（ㄨㄟˊ）：例把學生當子女般愛護。

田部 8 **畸** 左右

ㄐㄧ ①不規則的；不正常的：例畸形、畸變。②偏：例畸輕畸重（ㄓㄨㄥˋ）。

田部 14 **疇** 左右

ㄔㄡˊ ①田地：例田疇。②類別：例範疇。

田部 14 **疆** 左右

ㄐㄧㄤ ①邊界：例疆界、疆土、邊疆。②界限：例萬壽無疆。③指新疆維吾爾自治區：例南疆（新疆天山以南的地區）。

田部 17 **疊** 上下

ㄉㄧㄝˊ ①一層一層地（˙ㄉㄜ）往上加；累（ㄌㄟˇ）積：例堆疊、重（ㄔㄨㄥˊ）疊。②摺：例疊紙、疊衣服、疊被子。

疋部 ㄆㄧˇ

疋部 0 **疋** 獨體

ㄆㄧˇ 計算布帛的單位。同「匹」

③。

老師的話：「疊羅漢」是一種由許多人堆疊成各種形狀的遊戲。

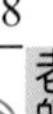

老師的話：懷疑的「疑」是「疋部」，不要忘記喲！

疋部 6 **疏** 左右

乛 了 了 孑 疋 疋 疋 疋 疋 疏 疏

ㄕㄨ

①除去阻塞（ㄙㄜˋ），使暢通：例疏浚、疏通。②使從密變稀：例疏散。③物體之間距離遠或空（ㄎㄨㄥˋ）隙大（跟「密」相對）：例稀疏、疏密不勻。④關係不親密：例疏遠、親疏遠近。⑤不熟悉；不熟練：例生疏、荒疏。⑥粗心大意：例疏忽、疏漏。

疋部 9 **疑** 左右

一 ㄴ ㄴ ㄴ ㄴ 𠤕 𠤕 𠤕 𠤕 𠤕 𠤕 𠤕 𠤕 疑

ㄧˊ

①不能確定；不相信：例堅信不疑、半信半疑、疑惑。②因為（ㄨㄟˋ）不信而猜測：例懷疑、猜疑、行跡可疑。③不明白的；難（ㄋㄢˊ）解決的：例疑問、疑案。

疒部 ㄔㄨㄤˊ

疒部 3 **疝** 半包圍

丶 亠 广 广 疒 疒 疒 疝 疝

ㄕㄢˋ

腹腔內臟向外凸出或墜落等病症。通常指腹股溝部，因小腸墜入陰囊而引起的症狀，會產生劇烈的疼痛：例疝氣。

疒部 3 **疙** 半包圍

丶 亠 广 广 疒 疒 疒 疙

ㄍㄜ

〔疙瘩（ㄉㄚ˙）〕①皮膚或肌肉上突起的硬塊：例雞皮疙瘩、讓蚊子咬了個疙瘩。②球形或塊狀的東西：例麵疙瘩。③比喻不容易解決的問題：例心存疙瘩。

疒部 **疚** 3 半包圍

丶 亠 广 广 疒 疒 疚 疚

ㄐㄧㄡˋ 由於自己的過失而產生不安或慚愧的心情：例 內疚、愧疚、歉疚。

疒部 **疫** 4 半包圍

丶 亠 广 广 疒 疒 疒 疫 疫

ㄧˋ 流行性傳（ㄔㄨㄢˊ）染病：例 瘟疫、防疫、免疫力。

疒部 **疤** 4 半包圍

丶 亠 广 广 疒 疒 疒 疒 疤

ㄅㄚ ①傷口癒合後留下的痕跡：例 傷疤、疤痕。②器物上的疤痕：例 臉盆上有塊疤。

疒部 **疥** 4 半包圍

丶 亠 广 广 疒 疒 疒 疥 疥

ㄐㄧㄝˋ 一種（ㄓㄨㄥˇ）由疥蟲寄生所引起的傳染性皮膚病，多生在指縫（ㄈㄥˋ）、手腕、腋窩等部位，患處（ㄔㄨˋ）刺癢難忍：例 疥瘡。

疒部 **疾** 5 半包圍

疾 丶 亠 广 广 疒 疒 疒 疒 疾

ㄐㄧˊ ①迅速；猛烈：例 大聲疾呼、疾馳、疾速。②病：例 疾病、積勞成疾。③痛苦：例 疾苦。④厭惡（ㄨˋ）；憎恨：例 疾惡（ㄜˋ）如仇（恨壞人壞事像恨仇敵一樣）。

疒部 **病** 5 半包圍

病 丶 亠 广 广 疒 疒 疒 病 病

老師的話：「疾風迅雷」、「疾風掃秋葉」、「疾雷不及掩耳」都是形容十分迅速。

老師的話：麻疹的「疹」不可以寫作診所的「診」。

ㄅㄧㄥˋ ①患疾；身體不舒服：例生病、患病。②缺點；錯誤：例毛病、語（ㄩˇ）病。③責備：例詬病。

疒部 5 **症** 半包圍

ㄓㄥˋ 疾病：例病症、急症、疑難（ㄋㄢˊ）雜症。

疒部 5 **疲** 半包圍

ㄆㄧˊ 身體感覺（ㄐㄩㄝˊ）累：例疲倦、疲勞、疲憊、精疲力盡。

疒部 5 **疳** 半包圍

ㄍㄢ 中醫指小孩子食慾減退、面黃肌瘦、肚子膨大、營養失調（ㄊㄧㄠˊ）的慢性病：例疳積。

疒部 5 **疽** 半包圍

ㄐㄩ 中醫指一種（ㄓㄨㄥˇ）局部皮膚腫脹、堅硬的毒瘡。

疒部 5 **疼** 半包圍

ㄊㄥˊ ①傷、病等引起的極不舒服的感覺（ㄐㄩㄝˊ）：例疼痛、肚子疼。②關懷；喜愛：例疼愛。

疒部 5 **疹** 半包圍

ㄓㄣˇ 皮膚上起紅疙瘩的病，例如：麻疹、溼疹等。

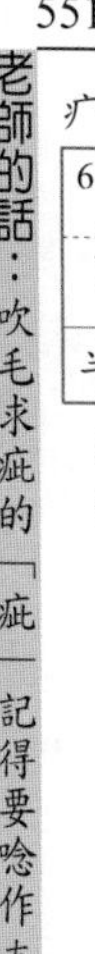

老師的話：吹毛求疵的「疵」記得要唸作ㄘ喲！

痊 疒部 6 半包圍

、亠广广疒疒疒疒疒痊痊

ㄑㄩㄢˊ 病好了（ㄏㄠˇ・ㄌㄜ）：例痊癒。

痔 疒部 6 半包圍

、亠广广疒疒疒疒疒痔痔

ㄓˋ 一種（ㄓㄨㄥˇ）因肛門疼痛出血的病症：例痔瘡。

痕 疒部 6 半包圍

、亠广广疒疒疒疒疒痕痕

ㄏㄣˊ ①傷口癒合後留下的疤：例刀痕、傷痕。②事物留下的印跡：例痕跡、淚痕、裂痕。

疵 疒部 6 半包圍

、亠广广疒疒疒疒疒疵疵

ㄘ 毛病；缺點：例吹毛求疵、瑕疵。

痢 疒部 7 半包圍

、亠广广疒疒疒疒疒疒痢痢

ㄌㄧˋ 一種腸道傳染病，症狀是腹痛，腹瀉，糞便中帶膿、血或黏液：例痢疾。

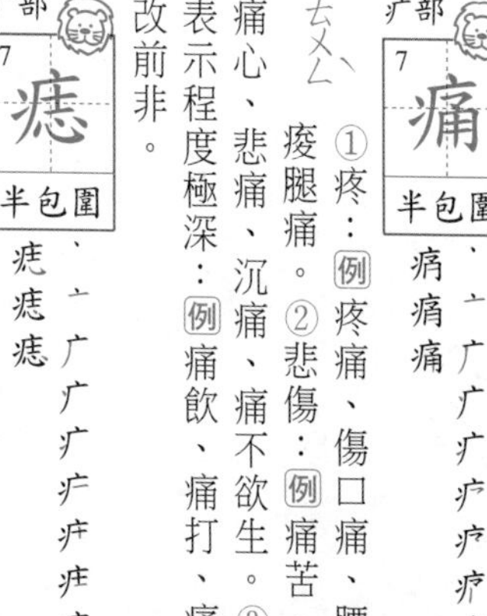

痛 疒部 7 半包圍

、亠广广疒疒疒疒疒疒痛痛

ㄊㄨㄥˋ ①疼：例疼痛、傷口痛、腰痠腿痛。②悲傷：例痛苦、痛心、悲痛、沉痛、痛不欲生。③表示程度極深：例痛飲、痛打、痛改前非。

痣 疒部 7 半包圍

、亠广广疒疒疒疒疒疒痣痣

老師的話：痙攣的「痙」唸作ㄐㄧㄥˋ，不是ㄐㄧㄥ。

ㄓˋ 皮膚上長（ㄓㄤˇ）的有色的斑點或小疙瘩，不痛不癢。

疒部 7 **痙** 半包圍

ㄐㄧㄥˋ 〔痙攣〕肌肉不由自主地（˙ㄌㄜ）收縮：例胃痙攣、手腳痙攣。

疒部 7 **痘** 半包圍

ㄉㄡˋ ①一種急性傳染病，俗稱「天花」，症狀是全身出現膿疱（ㄆㄠ），十天左右結痂，痂脫落後形成疤痕：例牛痘。②指牛痘疫苗：例種（ㄓㄨㄥˋ）痘可以預防天花。③青春期因內分泌過旺，長（ㄓㄤˇ）在臉上的小脂肪球：例青春痘。

疒部 7 **痞** 半包圍

ㄆㄧˇ ①中醫指肚子裡可以摸到的硬塊。②流氓；無賴：例地痞、痞子。

疒部 7 **痠** 半包圍

ㄙㄨㄢ 肌肉因過度疲勞或生病而引起麻痛無力的感覺（ㄐㄩㄝˊ）。通「酸」：例痠痛。

疒部 8 **瘀** 半包圍

ㄩ 血液凝滯不通：例瘀血、瘀傷、活血化瘀。

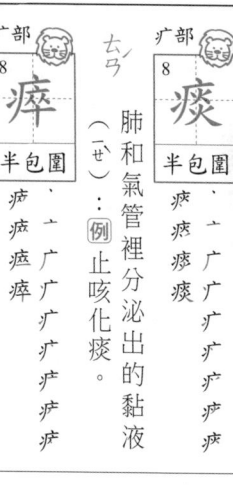

疒部 8 痰 半包圍

丶 亠 广 广 疒 疒 疒 疒 疒 疒 疒 痰 痰 痰

ㄊㄢˊ 肺和氣管裡分泌出的黏液（ㄧㄝˋ）：例止咳化痰。

疒部 8 瘁 半包圍

丶 亠 广 广 疒 疒 疒 疒 疒 疒 疒 瘁 瘁 瘁

ㄘㄨㄟˋ 過於勞累：例心力交瘁、鞠躬盡瘁。

疒部 8 痲 半包圍

丶 亠 广 广 疒 疒 疒 疒 疒 疒 痲 痲 痲 痲

ㄇㄚˊ ①一種由痲瘋桿菌侵入皮膚黏膜及神經末梢，而引起的慢性傳（ㄔㄨㄢˊ）染病，患者會出現肌肉萎縮、手指彎曲（ㄑㄩ）、皮膚潰爛等症狀：例痲瘋。②由痲疹病毒所引起的傳（ㄔㄨㄢˊ）染病，患者以小孩較多，有發燒、皮膚長（ㄓㄤˇ）紅點等症狀：例痲疹。

疒部 8 痱 半包圍

丶 亠 广 广 疒 疒 疒 疒 疒 痱 痱 痱 痱

ㄈㄟˋ 夏天常見的一種皮膚病，由於出汗過多，毛孔堵塞（ㄙㄜˋ），而在皮膚上生出許多小紅點，非常刺癢：例痱子。

疒部 8 痺 半包圍

丶 亠 广 广 疒 疒 疒 疒 疒 痺 痺 痺 痺

ㄅㄧˋ 〔痲痺〕①身體某一部分（ㄈㄣˋ）喪（ㄙㄤˋ）失感覺（ㄐㄩㄝˊ）和運動能力。②比喻喪失警惕性：例痲痺大意。

疒部 8 痿 半包圍

丶 亠 广 广 疒 疒 疒 疒 疒 痿 痿 痿 痿

老師的話：心力交瘁的「瘁」不可以寫作憔悴的「悴」喲！

老師的話：關於「痴」的成語包括：痴人說夢、痴心妄想、痴人痴福。

ㄨㄟˇ 中醫指身體某些部分萎縮或喪失機能：例痿痺。

疒部 8 **痴** 半包圍

丶 亠 广 广 疒 疒 疒 疒 疒 疾 疾 痴 痴

ㄔ ①傻：例痴呆、如醉如痴。②形容極度迷戀：例痴迷、痴心、痴情。

疒部 9 **瘧** 半包圍

丶 亠 广 广 疒 疒 疒 疒 疒 疒 疒 瘧 瘧

ㄋㄩㄝˋ 急性傳(ㄔㄨㄢˊ)染病，症狀是發冷發熱，熱後大量(ㄌㄧㄤˋ)出汗，頭痛口渴，渾身無力。也說「瘧子」：例瘧疾。

疒部 9 **瘍** 半包圍

丶 亠 广 广 疒 疒 疒 疒 疒 疒 疒 瘍 瘍 瘍

ㄧㄤˊ 皮膚或黏膜潰爛：例潰瘍。

疒部 9 **瘋** 半包圍

丶 亠 广 广 疒 疒 疒 疒 疒 瘋 瘋 瘋 瘋 瘋

ㄈㄥ ①神經錯亂，舉止失常：例瘋狂、裝瘋賣傻。②舉動輕狂，不穩重(ㄓㄨㄥˋ)；言語不合常理：例瘋言瘋語。

疒部 9 **瘉** 半包圍

丶 亠 广 广 疒 疒 疒 疒 疒 疒 瘉 瘉 瘉 瘉

ㄩˋ 病好了。通「癒」：例病瘉、痊瘉。

疒部 9 **瘓** 半包圍

丶 亠 广 广 疒 疒 疒 疒 疒 疒 疒 疒 瘓 瘓

ㄏㄨㄢˋ 〔癱瘓〕肢體麻木而不能活動。見「癱」。

疒部 10 **瘠** 半包圍

丶 一 广 广 疒 疒 疒 疒 … 瘠 瘠 瘠

ㄐㄧˊ （身體）瘦；（土地）不肥沃：例 瘠瘦、瘠薄（ㄅㄛˊ）、貧瘠。

疒部 10 **瘩** 半包圍

丶 一 广 广 疒 疒 疒 疒 … 瘩 瘩

ㄉㄚˊ ①（瘩背）中醫指長（ㄓㄤˇ）在後背（ㄅㄟˋ）的一種毒瘡。②（疙（ㄍㄜ）瘩）皮膚上長（ㄓㄤˇ）出或凸起的圓粒。見「疙」。

疒部 10 **瘟** 半包圍

丶 一 广 广 疒 疒 疒 疒 … 瘟 瘟

ㄨㄣ 中醫指流行性急性傳（ㄔㄨㄢˊ）染病：例 瘟疫、雞瘟。

疒部 10 **瘤** 半包圍

丶 一 广 广 疒 疒 疒 疒 … 瘤 瘤

ㄌㄧㄡˊ 人或動植物體由於細胞增生而形成的疙瘩：例 腫瘤、肉瘤、毒瘤、根瘤。

疒部 10 **瘦** 半包圍

丶 一 广 广 疒 疒 疒 疒 … 瘦 瘦

ㄕㄡˋ ①肌肉不豐滿；脂肪少（跟「胖」相對）：例 瘦弱、瘦小、面黃肌瘦。②指食用肉不肥：例 瘦肉。③（衣服等）窄小，不肥大：例 褲子太瘦、穿在腳上肥瘦正合適。

疒部 10 **瘡** 半包圍

丶 一 广 广 疒 疒 疒 疒 … 瘡 瘡

老師的話：「瘦巴巴」、「胖嘟嘟」、「水噹噹」都是後面二個字相同的重疊字。

老師的話： 怪癖的「癖」唸作ㄆㄧˋ，不是ㄆㄧˇ喲！

ㄔㄨㄤ 指皮膚或黏膜紅腫潰爛的病：例 膿瘡、凍瘡、口瘡。

瘴
疒部 11 半包圍

丶亠广广疒疒疒疒疒 瘖瘖瘖瘴瘴

ㄓㄤˋ 熱帶或亞（ㄧㄚˋ）熱帶的山林裡，因溼熱蒸發形成的毒氣，會使人生病：例 瘴氣。

瘸
疒部 11 半包圍

ㄑㄩㄝˊ 腳跛的病，走路時身體不能保持平衡：例 瘸子、一瘸一拐。

癆
疒部 12 半包圍

ㄌㄠˊ 中醫指結核病：例 肺癆、癆病。

療
疒部 12 半包圍

ㄌㄧㄠˊ 醫治：例 醫療、治療、療養。

癌
疒部 12 半包圍

ㄧㄞˊ 惡性腫瘤：例 癌症、肺癌。

癖
疒部 13 半包圍

ㄆㄧˋ 積久成習的嗜好（ㄏㄠˋ）：例 潔癖、癖好（ㄏㄠˋ）、怪癖。

癤
疒部 13 半包圍

ㄐㄧㄝ 皮膚病的一種（ㄓㄨㄥˇ），症狀是皮下局部出現硬塊，紅腫，疼痛，化膿：例癤子。

疒部 13 **癘** 半包圍

丶 亠 广 广 疒 … 癘

ㄌㄧˋ 瘟疫，即流行性急性傳（ㄔㄨㄢˊ）染病：例癘疫、癘疾。

疒部 13 **癒** 半包圍

丶 亠 广 广 疒 … 癒

ㄩˋ 病好了（ㄏㄠˇ·ㄌㄜ）。同「瘉」：例病癒、痊癒。

疒部 14 **癟** 半包圍

丶 亠 广 广 疒 … 癟

ㄅㄧㄝˇ 物體表面下陷；不充實：例輪胎癟了、餓癟了、乾癟。

疒部 15 **癢** 半包圍

丶 亠 广 广 疒 … 癢

ㄧㄤˇ 皮膚受到刺激而引起想要抓撓（ㄋㄠˊ）的感覺（ㄐㄩㄝˊ）：例不疼不癢、刺癢、隔靴搔癢。

疒部 15 **癥** 半包圍

丶 亠 广 广 疒 … 癥

ㄓㄥ 〔癥結〕中醫指肚子裡結硬塊的病；比喻不好解決的關鍵所在。

疒部 16 **癩** 半包圍

丶 亠 广 广 疒 … 癩

ㄌㄞˋ ①一種頭癬，痊癒後留下疤痕，不再長（ㄓㄤˇ）頭髮。②皮毛脫落或表面凹凸不平，像生了癩似的：例癩皮狗、癩蛤蟆。

老師的話：癩皮狗的「癩」不可以寫作賴皮的「賴」。

老師的話：形容辦不到的事情，可以用「登著梯子上天——沒門」這句歇後語。

疒部 17 癮 半包圍

丶亠广广疒疒疒疒疒疒疒疒疒疒疒疒癮

ㄧㄣˇ 依賴性的嗜好或習慣：例菸癮、毒癮、酒癮。

疒部 17 癬 半包圍

丶亠广广疒疒疒疒疒疒疒疒疒疒疒疒癬

ㄒㄩㄢˇ 由黴菌引起的皮膚病，有頭癬、腳癬、手癬等。

疒部 19 癱 半包圍

丶亠广广疒疒疒疒疒疒疒疒疒疒疒疒疒疒癱

ㄊㄢ ①身體的一部分(ㄈㄣˋ)完全或不完全地(˙ㄉㄜ)喪(ㄙㄤˋ)失活動能力：例癱瘓。②肢體綿軟無力，難(ㄋㄢˊ)以動彈(ㄊㄢˊ)：例癱在床上。

疒部 19 癲 半包圍

丶亠广广疒疒疒疒疒疒疒疒疒疒疒疒疒疒癲

ㄉㄧㄢ 神經錯亂；精神失常：例瘋癲、癲狂。

癶部 ㄅㄛ

癶部 4 癸 上下

ノノ癶癶癶癶癸癸癸

ㄍㄨㄟˇ 天干的第十位。

癶部 7 登 上下

ノノ癶癶癶癶癶癶登登登登

ㄉㄥ ①由低處(ㄔㄨˋ)向高處行(ㄒㄧㄥˊ)進：例登高、登臺、登山。②刊載（ㄗㄞˇ）；記載：例登載、登記。

癶部 7 **發** 上下

ㄈㄚ ①放射，把箭、槍彈（ㄉㄢˋ）等射出去：例萬箭齊發、百發百中（ㄓㄨㄥˋ）、發炮。②產生；生長：例發生、發電、發芽。③引起；開始行動：例啟發、引發、發動、發起。④顯現；流露（ㄌㄨˋ）：例發青、發潮、發酸、發軟、發暈、發怒、發愁。⑤（財勢）興（ㄒㄧㄥ）旺：例發跡、發財。⑥擴展：例發展、發達、發揚。⑦特指食物由於發酵或泡水後體積增大：例發饅頭、發海帶。⑧離開；啟程：例出發、進發。⑨打開；揭示：例發掘、揭發。⑩散（ㄙㄢˋ）開：例散發、揮發、蒸發。⑪表達：例發布、發令、發言、發表。⑫把東西送出去：例發信、發貨、收發、發薪資。⑬量詞，用於槍彈（ㄉㄢˋ）、炮彈：例一發子彈、二百多發炮彈。

白部 ㄅㄞˊ

白部 0 **白** 獨體

ㄅㄞˊ ①像雪一樣的顏色：例白色、雪白、潔白。②明亮：例白晝、白天、東方發白。③清楚；使人容易了解（ㄌㄧㄠˇ ㄐㄧㄝˇ）：例真相（ㄒㄧㄤˋ）大白、明白。④說明；陳述：例表白、辯白、對白。⑤淺

老師的話：關於「發」的成語包括：發憤圖強、發號施令、發揚光大、發人深省。

顯的口語：例白話、半文半白。⑥沒有加其他東西的；空（ㄎㄨㄥ）的：例白開水、交白卷、白手起家。⑦沒有效果地（˙ㄉㄜ）：例白操心、白白浪費時間。⑧不付出代價地（˙ㄉㄜ）；無償地（˙ㄉㄜ）：例白給、白饒、白吃白喝。⑨讀音或字形有錯誤：例寫白字、念白字。

白部 1 **百** 獨體

一 丆 丆 百 百 百

ㄅㄞˇ ①數（ㄕㄨˋ）字，十個十。②表示很多：例千方百計、百花齊放、百折不撓。

白部 2 **皂** 上下

ˊ ㇒ 白 白 白 皂 皂

ㄗㄠˋ ①黑色：例不分青紅皂白。②有洗滌去汙作用的日用品：例肥皂、香皂、藥皂。

白部 3 **的** 左右

ˊ ㇒ 白 白 白 的 的 的

˙ㄉㄜ ①附在別的詞語後面，表示這個詞語對後面的詞語加以限制或描寫：例幸福的童年、藍藍的天、綠油油的稻田、愁眉苦臉的樣子。②附在部分詞語後面構成詞組，代替跟這些詞語有關的人或事物：例有大的也有小的、說的比唱的還好聽。③用在句末，表示肯定的語氣：例你這樣做是行不通的。

ㄉㄧˊ 確實；實在：例的確。

ㄉㄧˋ 箭靶的中（ㄓㄨㄥ）心：例眾矢之的、有的放矢〈比〉目的。

猜猜看：「神槍手」，猜一句成語。

答案：百發百中。

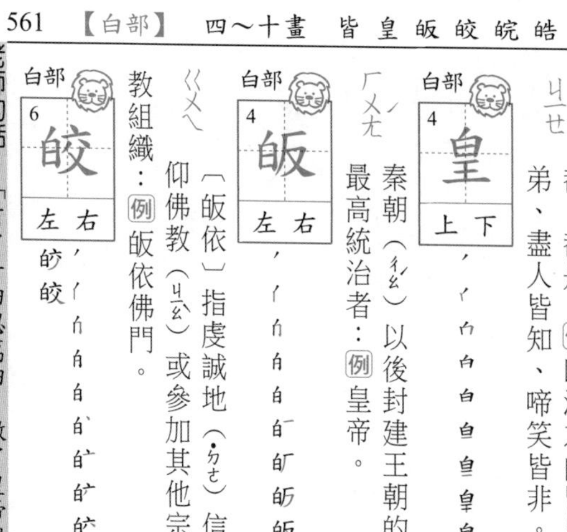

皆 白部 4 上下

ㄐㄧㄝ

都；都是：例四海之內皆兄弟、盡人皆知、啼笑皆非。

皇 白部 4 上下

ㄏㄨㄤˊ

秦朝（ㄔㄠˊ）以後封建王朝的最高統治者：例皇帝。

皈 白部 4 左右

ㄍㄨㄟ

〔皈依〕指虔誠地（˙ㄉㄜ）信仰佛教（ㄐㄧㄠˋ）或參加其他宗教組織：例皈依佛門。

皎 白部 6 左右

ㄐㄧㄠˇ

潔白明亮：例皎月、皎潔。

皖 白部 7 左右

ㄨㄢˇ

安徽的簡稱（ㄔㄥ）：例皖南。

皓 白部 7 左右

ㄏㄠˋ

①光亮：例皓月當空。②潔白：例皓首、皓齒朱脣。

皚 白部 10 左右

ㄞˊ

〔皚皚〕（霜雪）潔白：例白雪皚皚。

老師的話：「有了千田思萬田，做了皇帝想成仙」，這句俏皮話是勸人知足才會快樂。

猜猜看：「皮老虎，鐵嘴唇，只吃衣服不吃人。」猜一種物品。

答案：皮箱。

皮部 ㄆㄧˊ

皮 皮部 0 獨體

ㄆㄧˊ ①動植物體表面的組織：例蛇皮、樹皮、表皮、皮膚。②加工過的獸皮：例皮革、皮鞋、皮襖。③有韌性；不脆：例花生米都皮了。④指橡膠：例橡皮。⑤物體的表面：例地皮。⑥包在外面的東西：例書皮、封皮、餃子皮。⑦薄片狀的物品：例鐵皮、豆腐皮。⑧淘氣：例頑皮、調（ㄊㄧㄠˊ）皮。

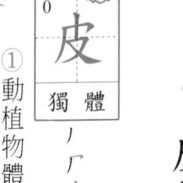

皰 皮部 5 左右

ㄆㄠˋ 皮膚上生出的水泡狀的小疙瘩：例面皰。

皴 皮部 7 左右

ㄘㄨㄣ ①（皮膚）因風吹受涼而粗糙起皺或裂開：例手皴了。②皮膚表面或褶皺中積存的老皮或泥垢：例搓搓腳上的皴、一脖子皴。

皺 皮部 10 左右

ㄓㄡˋ ①物體表面因收縮或揉弄擠壓而產生的紋路：例皺紋。②起皺紋：例皺褶、皺痕。皺巴巴。③收縮；擠緊：例皺眉頭。

皿部 ㄇㄧㄣˇ

皿 皿部 0 獨體

ㄇㄧㄣˇ

丨 ㄇ ㄇ ㄇ 皿

（器皿）指碗、碟、杯、盆、盤一類的日常用具。

盂 皿部 3 上下

ㄩˊ

盛（ㄔㄥˊ）液體的敞口器皿：例痰盂。

盈 皿部 4 上下

ㄧㄥˊ

①充滿：例充盈、顧客盈門、熱淚盈眶。②比原有的多出來：例盈利、盈餘。

盆 皿部 4 上下

ㄆㄣˊ

盛（ㄔㄥˊ）東西或洗東西的用具：例臉盆、花盆。

盅 皿部 4 上下

ㄓㄨㄥ

喝酒、喝茶用的小杯子：例茶盅、酒盅。

盃 皿部 4 上下

ㄅㄟ

盛（ㄔㄥˊ）液體的容器。同「杯」：例酒盃。

益 皿部 5 上下

ㄧˋ

①增長（ㄓㄤˇ）（跟「損」相對）：例增益、延年益壽。②更加：例老當益壯、多多益善（愈多愈好）。③好處（ㄔㄨˋ）；利

老師的話：「盂蘭盆會」是佛教徒為了追思祖先，每逢農曆七月十五日所舉行的儀式。

老師的話： 關於「盛」的成語包括：盛氣凌人、盛況空前、盛情難卻、盛行一時。

益（跟「害」相對）：例受益不淺、開卷有益、效益、權益。④有利的：例益蟲、益鳥、良師益友。

皿部 5 **盍** 上下

ㄏㄜˊ 用於動詞前表示反問或疑問，相當於「何不」：例盍嘗問焉（為什麼不試著問一問呢）。

皿部 5 **盎** 上下

ㄤˋ （盎然）形容氣氛、趣味等洋溢的樣子：例春意盎然、綠意盎然、興（ㄒㄧㄥˋ）味盎然。

皿部 6 **盔** 上下

ㄎㄨㄟ ①像瓦盆而略深的容器：例瓦盔。②保護頭部的帽子，多用金屬或硬塑膠製成：例鋼盔、盔甲、頭盔。

皿部 6 **盒** 上下

ㄏㄜˊ 有蓋子的容器，體積比較小：例紙盒、鐵盒、飯盒、火柴盒。

皿部 6 **盛** 上下

ㄕㄥˋ ①興（ㄒㄧㄥ）旺；繁榮（跟「衰」相對）：例興盛、繁盛、由盛轉衰。②充足；豐富：例豐盛、盛產、盛裝。③大；隆重：例盛名、盛譽、盛會、盛典、盛況。④範圍廣；普遍：例盛行（ㄒㄧㄥˊ）、盛傳（ㄔㄨㄢˊ）。⑤深厚；強烈：例盛情、盛意、年少（ㄕㄠˋ）氣盛。

ㄔㄥˊ ①用容器裝東西：例盛菜、盛酒、盛湯、盛飯。②容納：例貨太多，倉庫盛不下。

皿部 7 **盜** 上下

丶 丷 氵 氵 氵 汐 汐 次 咨 咨 咨 盜

ㄉㄠˋ ①偷竊；搶劫：例盜竊、失盜。②偷竊、搶劫財物的人：例盜賊、強盜。

皿部 8 **盞** 上下

一 二 弋 戈 戈 戔 戔 戔 戔 盞 盞 盞 盞

ㄓㄢˇ ①小而淺的杯子：例酒盞。②量詞，用於燈：例兩盞燈、明燈萬盞。

皿部 8 **盟** 上下

丨 冂 日 日 日) 明 明 明 明 盟 盟 盟 盟

ㄇㄥˊ ①發誓；宣誓：例海誓山盟。②依據一定的信約結成的聯合組織：例同盟、聯盟、加盟。

皿部 9 **盡** 上下

㇇ ⺕ ⺕ 聿 聿 聿 肀 肀 肀 盡 盡 盡 盡 盡

ㄐㄧㄣˋ ①完：例用盡力氣、想盡辦法。②達到極限：例盡頭、盡善盡美、山窮水盡。③死亡：例同歸於盡。④全部使出；發揮全部作用：例盡心盡力、人盡其才，物盡其用。⑤竭力做：例盡職盡責。⑥全部；所有的：例盡人皆知、盡數（ㄕㄨˋ）收回。⑦完全；都（ㄉㄡ）：例應有盡有。

老師的話：「盡量」也可以寫作「儘（ㄐㄧㄣˇ）量」，都是盡力去做的意思。

老師的話：盪秋千的「盪」不可以寫作放蕩的「蕩」喲！

皿部 9 **監** 上下

ㄐㄧㄢ　①從旁嚴密注視；督察：例監工、監考、監場、監察、監督、監視。②關押犯人的處（ㄔㄨˋ）所：例探監、監獄、監牢。

ㄐㄧㄢˋ　古代官府的名稱（ㄔㄥ）：例欽天監、國子監。

皿部 10 **盤** 上下

ㄆㄢˊ　①淺底的盛（ㄔㄥˊ）東西的餐具，比碟子大：例盤子、茶盤、托盤。②環繞；旋轉（ㄓㄨㄢˇ）：例盤腿、盤繞、盤頭髮。③逐個或反覆清查：例盤點、盤問、盤查。④砌（灶、炕）：例盤灶、盤炕。⑤像盤子的東西：例羅盤、棋盤。⑥量詞。(1)用於纏繞著（˙ㄓㄜ）的東西：例一盤蚊香、一盤鐵絲。(2)用於棋類、球類比賽：例下盤棋、第一盤第二局。

皿部 11 **盧** 半包圍

ㄌㄨˊ　姓。

皿部 11 **盥** 上下

ㄍㄨㄢˋ　洗手；洗臉：例盥漱、盥洗。

皿部 12 **盪** 上下

ㄉㄤˋ　①洗滌：例盪口。②搖晃；搖動：例盪舟、盪秋千。③

空（ㄎㄨㄥ）曠廣大的樣子：例盪盪。

目部 ㄇㄨˋ

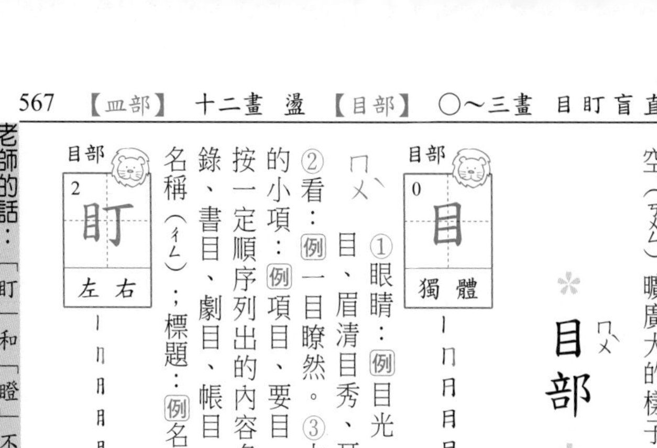

目部 0 **目** 獨體

ㄇㄨˋ ①眼睛：例目光、閉目、注目、眉清目秀、耳聞目睹。②看：例一目瞭然。③大項下分成的小項：例項目、要目、細目。④按一定順序列出的內容名稱：例目錄、書目、劇目、帳目、節目。⑤名稱（ㄔㄥ）；標題：例名目、題目。

目部 2 **盯** 左右

ㄉㄧㄥ 目光集中在一點上；注視：例盯住、兩眼直盯著黑板。

目部 3 **盲** 上下

ㄇㄤˊ ①眼睛看不見東西的人：例盲人。②比喻對某些事物不認識或分辨不清：例色盲、文盲、盲從。

目部 3 **直** 上下

ㄓˊ ①不彎曲（ㄑㄩ）（跟「曲」相對）：例筆直、直線。②挺立：例伸直、累得直不起腰來。③同地面垂直的；豎的（跟「橫」相對）：例直立。④公正：例剛直、正直、耿直、理直氣壯。⑤爽快；坦率：例直率、直性子、心直口

老師的話：「盯」和「瞪」不同，「瞪」帶有怒意或埋怨的意味。

老師的話：關於「眉」的成語包括：眉目傳情、眉飛色舞、眉開眼笑、眉清目秀。

快。⑥毫無阻礙地（˙ㄉㄜ）：例直接、直達。⑦不停頓：例熱得（˙ㄉㄜ）直出汗。

目部 4 **省** 上下

丨 ⺌ 小 少 少 省 省 省 省

ㄕㄥˇ ①減少；免除：例這道程序不能省、省略。②節約（跟「費」相對）：例省錢、省時間、省工省料。③簡略：例省略、省寫。

ㄒㄧㄥˇ ①檢討：例反省、內省、省察。②明白；醒悟：例不省人事、發人深省。

目部 4 **盹** 左右

丨 冂 月 目 目 盯 盰 盹

ㄉㄨㄣˇ 短時間（ㄐㄢ）的睡眠：例打盹。

目部 4 **相** 左右

一 十 才 木 木 朻 相 相 相

ㄒㄧㄤ ①表示動作和情況是雙方或多方共同的：例相同、相對、相見、相親相愛。②指一方對另一方的行為（ㄒㄧㄥˊ ㄨㄟˊ）：例相信、相勸、相託、實不相瞞。

ㄒㄧㄤˋ ①察看：例相命、人不可貌相、相機行（ㄒㄧㄥˊ）事。②容貌：例長（ㄓㄤˇ）相、相貌。③事物的外貌或情況：例真相大白。④姿勢；樣子：例站相、坐相、睡相。⑤官名：例宰相、丞相、首相。⑥親自察看（是否合意）：例相中（ㄓㄨㄥˋ）、相親（ㄑㄧㄣ）。

目部 4 **眉** 半包圍

乛 ㇇ ㇇ 尸 尸 屇 眉 眉 眉

ㄇㄟˊ ①生在眼眶上緣的毛：例眉毛、眉清目秀、濃眉大眼。②書頁上端空（ㄎㄨㄥˋ）白的地方：例書眉。

目部 看 4 半包圍

一 二 三 手 耒 耒 看 看 看

ㄎㄢ ①守護；照管：例看家、看護。②監視；監管：例看守、看押。

ㄎㄢˋ ①使視線接觸人或物：例看報、偷看、觀看、看電視、走馬看花。②觀察；判斷：例看著辦。③對待：例看待、另眼相看。④料理：例照看。⑤表示試一試：例做做看、嚐嚐看、想想看。⑥為（ㄨㄟˋ）人治病：例看診、看牙。⑦探望；訪問：例看望、看朋友。

目部 盾 4 半包圍

一 厂 戶 𠂆 盾 盾 盾 盾 盾

ㄉㄨㄣˋ ①古代用來遮擋刀箭的防護武器：例矛盾、盾牌。②形狀像盾的東西：例金盾、銀盾。

目部 盼 4 左右

丨 冂 冃 目 盼 盼 盼 盼 盼

ㄆㄢˋ ①看：例左顧右盼。②期望；希望：例盼望、企盼。

目部 眩 5 左右

丨 冂 冃 目 目 盷 盷 眩 眩 眩

ㄒㄩㄢˋ 眼睛花；暈：例頭暈目眩、昏眩、眩暈。

目部 真 5 上下

一 十 𠂉 古 古 有 直 直 真 真

老師的話：比喻喜歡接近有錢有勢的人，可以說「看見皇上叫姐夫——攀高結貴」。

猜猜看：「三人橫目看人」，猜一個字。

ㄓㄣ　①合事實的；正確的（跟「假」「偽」相對）：例真理、真正、真人真事、真心實意。②確切（ㄑㄧㄝˋ）；清楚：例真切（ㄑㄧㄝˋ）。③確實；實在：例真漂亮、真不是滋味。④事物的原樣：例失真、傳（ㄔㄨㄢˊ）真。

目部 5 **眠** 左右

ㄇㄧㄢˊ　①睡：例安眠、睡眠。②指動物在冬天不吃不動的現象：例冬眠。

目部 5 **眨** 左右

ㄓㄚˇ　眼皮迅速地（˙ㄌㄜ）一閉一開：例一眨眼、眨了眨眼。

目部 6 **眷** 上下

ㄐㄩㄢˋ　①關心；顧念：例眷戀、眷念。②親屬（ㄕㄨˇ）：例眷屬、家眷、親眷。

目部 6 **眾** 上下

ㄓㄨㄥˋ　①許多人：例民眾、大眾、觀眾、萬眾一心。②多（跟「寡」相對）：例眾人、眾多、眾寡懸殊。

目部 6 **眼** 左右

ㄧㄢˇ　①眼睛，人和動物的視覺器官。②孔穴：例針眼。③事物的關鍵：例節骨眼。④戲曲（ㄑㄩˇ）

答案：眾。

中的節拍：例板眼、一板一眼。

目部 6 **眶** 左右

ㄎㄨㄤ 眼睛的四周：例眼眶、熱淚盈眶、奪眶而出。

目部 6 **眸** 左右

ㄇㄡˊ 眼珠；泛指眼睛：例凝眸、回眸一笑、明眸皓齒。

目部 6 **眺** 左右

ㄊㄠˋ 往遠處（ㄔㄨˋ）看：例臨眺、登眺、遠眺、眺望。

目部 7 **睏** 左右

ㄎㄨㄣˋ 想睡覺（ㄐㄧㄠˋ）：例睏得（˙ㄉㄜ）睜不開眼。

目部 8 **睛** 左右

ㄐㄧㄥ 眼珠：例眼睛、目不轉睛、畫龍點睛。

目部 8 **睫** 左右

ㄐㄧㄝˊ 睫毛，眼皮邊緣的毛：例迫在眉睫。

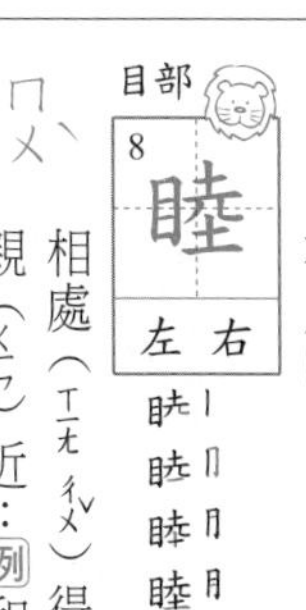

目部 8 **睦** 左右

ㄇㄨˋ 相處（ㄒㄧㄤ ㄔㄨˇ）得（˙ㄉㄜ）好；親（ㄑㄧㄣ）近：例和（ㄏㄜˊ）睦、睦鄰。

老師的話：眼眶的「眶」和鏡框的「框」字形相似，小心別寫錯了！

老師的話：比喻別人很驕傲，可以用「蒸籠裡的饅頭——自大」這句歇後語。

目部 8 **睞** 左右

ㄌㄞˋ 向旁邊看；看：例青睞（用黑眼珠看，比喻對人的喜愛或重（ㄓㄨㄥˋ）視）。

目部 8 **督** 上下

ㄉㄨ ①察看：例監督、督察。②催促：例督促。

目部 8 **睹** 左右

ㄉㄨˇ 看到：例目睹、先睹為快、視若無睹。

目部 8 **睪** 上下

ㄍㄠ 雄性動物生殖器官的一部分，能產生精子：例睪丸。

目部 8 **睬** 左右

ㄘㄞˇ 對別人的言語行（ㄒㄧㄥˊ）動作出反應（ㄧㄥˋ）：例不理不睬。

目部 8 **睜** 左右

ㄓㄥ 張開（眼）：例睜眼、半眼瞎（比喻不識字）、半睜半閉、睜一眼閉一眼。

目部 8 **睥** 左右

ㄅㄧˋ （睥睨）斜著（˙ㄓㄜ）眼睛看，表示傲視：例睥睨一切。

睨 目部 8 左右

ㄋㄧˋ 〔睥睨〕斜眼看別人。見「睥」。

瞄 目部 9 左右

ㄇㄧㄠˊ 目光集中（ㄓㄨㄥ）在目標上；注視：例偷瞄、瞄準。

瞅 目部 9 左右

ㄔㄡˇ 看：例瞅一瞅、瞅了一眼。

睽 目部 9 左右

ㄎㄨㄟˊ 〔睽睽〕形容睜大眼睛注視的樣子：例眾目睽睽。

睿 目部 9 上下

ㄖㄨㄟˋ 眼光深遠；通達：例睿哲、睿智。

睡 目部 9 左右

ㄕㄨㄟˋ 閉上眼睛，大腦處（ㄔㄨˇ）於休息狀態：例睡覺（ㄐㄧㄠˋ）、酣睡、入睡、昏睡、瞌睡。

瞎 目部 10 左右

ㄒㄧㄚ ①眼睛看不見東西：例瞎眼。②盲目；胡亂：例瞎鬧、瞎說、瞎指揮、瞎操心。

猜猜看：「眼看田上長青草」，猜一個字。

答案：瞄。

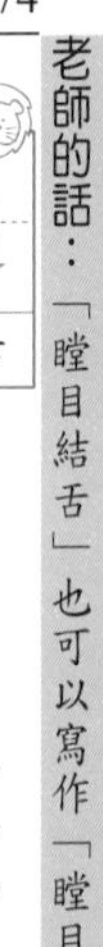

老師的話：「瞠目結舌」也可以寫作「瞠目咋（ㄗㄜˊ）舌」。

瞇 目部 10 左右

丨 冂 冃 冃 目 目丶 目丷 目䒑 目半 目米 目米 目米 目迷 目迷 瞇

ㄇㄧ

①眼皮略微合上而不全閉：例瞇眼、瞇成一條縫（ㄈㄥˋ）。

②短時間地（˙ㄉㄜ）閉眼養神：例瞇一會（ㄏㄨㄟˇ）兒。

瞌 目部 10 左右

丨 冂 冃 冃 目 目一 目十 目土 目去 目去 目去 目盍 目盍 目盍 瞌

ㄎㄜ

疲倦想睡覺（ㄐㄧㄠˋ）：例打瞌睡。

瞑 目部 10 左右

丨 冂 冃 冃 目 目丶 目冖 目冖 目冖 目冥 目冥 目冥 目冥 目冥 瞑

ㄇㄧㄥˊ

閉上眼睛：例瞑目。

瞠 目部 11 左右

丨 冂 冃 冃 目 目丨 目⺌ 目⺍ 目⺍ 目尚 目尚 目尚 目堂 目堂 瞠

ㄔㄥ

瞪著（˙ㄓㄜ）眼睛直看：例瞠視、瞠目結舌。

瞞 目部 11 左右

丨 冂 冃 冃 目 目一 目十 目廿 目廿 目艹 目苜 目苜 目瞒 目瞒 瞞

ㄇㄢˊ

隱藏（ㄘㄤˊ）實情，不讓人知道：例隱瞞、瞞天過海、欺上瞞下。

瞟 目部 11 左右

丨 冂 冃 冃 目 目一 目丆 目丙 目覀 目覀 目覀 目票 目票 目票 瞟

ㄆㄧㄠˇ

斜著眼睛看：例瞟了一眼。

瞥 目部 11 上下

丶 丷 㣺 㣺 㡀 㡀 㡀 㡀 㡀 敝 敝 敝 瞥 瞥 瞥

ㄆㄧㄝ

目光很快地（˙ㄉㄜ）掠過：例瞥見、瞥一眼。

目部 12 **瞳** 左右

ㄊㄨㄥˊ

眼球中央進光的圓孔，隨光線的強弱而縮小或擴大：例瞳孔。

目部 12 **瞪** 左右

ㄉㄥˋ

①（因生氣或不滿）睜大眼睛看：例瞪眼。②用力睜大眼睛：例瞪大眼睛、目瞪口呆。

目部 12 **瞰** 左右

ㄎㄢˋ

從高處（ㄔㄨˋ）向下看：例俯瞰、鳥瞰。

目部 12 **瞬** 左右

ㄕㄨㄣˋ

①短暫的時間：例瞬間、瞬息萬變。②眼珠轉（ㄓㄨㄢˋ）動；眨眼：例瞬目、目不轉瞬。

目部 12 **瞧** 左右

ㄑㄧㄠˊ

①看：例瞧瞧、瞧病、瞧不見、瞧一眼。②看（ㄎㄢˋ）望；訪問：例瞧病人、瞧朋友。

目部 12 **瞭** 左右

ㄌㄧㄠˇ

明白、清楚：例明瞭、瞭解、瞭如指掌。

ㄌㄧㄠˋ

從高處（ㄔㄨˋ）向遠處看：例瞭望。

老師的話：「瞭解」也可以寫作「了（ㄌㄧㄠˇ）解」。

猜猜看：「鳥有雙目」，猜一個字。

答案：瞿。

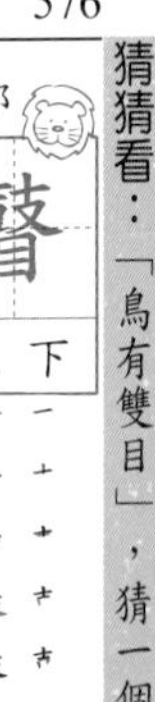

目部 13 **瞽** 上下

ㄍㄨˇ 瞎：例瞽叟（叟，音ㄙㄡˇ，老人的意思）。

目部 13 **瞿** 上下

ㄑㄩˊ 形容驚視的樣子：例瞿然注視。

目部 13 **瞻** 左右

ㄓㄢ 向上看或向前看：例瞻仰、高瞻遠矚、瞻前顧後。

目部 14 **矇** 左右

ㄇㄥˊ ①把東西蓋起來：例矇住。②模糊不清的樣子：例矇矓。

ㄇㄥ ①欺騙：例矇騙、矇人。②僥倖；猜測：例矇著（ㄓㄠˊ）。

目部 16 **矓** 左右

ㄌㄨㄥˊ 〔矇矓〕見「矇」。

目部 19 **矗** 上下

ㄔㄨˋ 直而高；高聳：例矗立。

目部 21 **矚** 左右

ㄓㄨˇ 專心注意地（˙ㄉㄜ）看：例矚望、矚目、高瞻遠矚。

矛部 ㄇㄠˊ

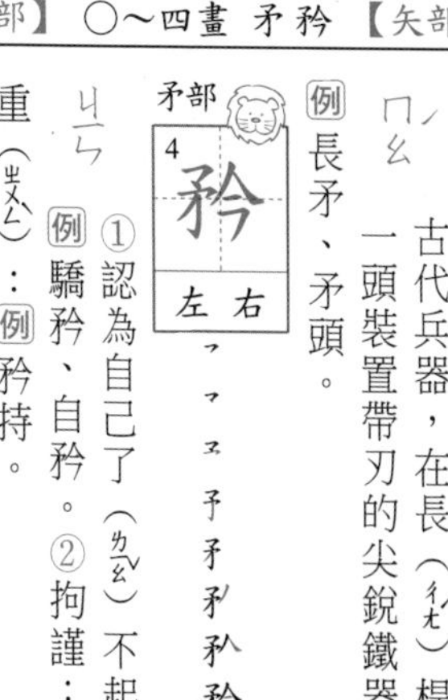

矛部 0 **矛** 上下

ㄇㄠˊ 古代兵器，在長（ㄔㄤˊ）桿的一頭裝置帶刃的尖銳鐵器：例長矛、矛頭。

矛部 4 **矜** 左右

ㄐㄧㄣ ①認為自己了（ㄌㄧㄠˇ）不起：例驕矜、自矜。②拘謹；慎重（ㄓㄨㄥˋ）：例矜持。

矢部 ㄕˇ

矢部 0 **矢** 獨體

ㄕˇ 箭：例有的（ㄉㄧˋ）放矢（對準靶子射箭，比喻言行（ㄒㄧㄥˊ）目標明確）、弓矢。

矢部 2 **矣** 上下

ㄧˇ ①用於句末表示陳述語氣，相當於「了（˙ㄌㄜ）」：例可矣、法已定矣、禍將至矣。②表示感嘆語氣：例欲人之無惑也難矣。

矢部 3 **知** 左右

ㄓ ①知識：例無知、真知、求知。②明白；了（ㄌㄧㄠˇ）解：例知道、知曉、熟知。③使明白；

老師的話：矛盾的「矛」不可以寫作名列前茅的「茅」喲！

老師的話：矩形、拒絕、距離的「矩」、「拒」、「距」寫法都不同，要分辨清楚喲！

使了解：例通知、告知、知照。

ㄓˋ 智慧。同「智」：例大知若愚。

矢部 5

矩

左右

ㄐㄩˇ ①用來求直角的曲(ㄑㄩ)尺：例矩尺。②方形；特指長(ㄔㄤˊ)方形：例矩形。③規則；法度：例循規蹈矩、守規矩。

矢部 7

短

左右

ㄉㄨㄢˇ ①一頭到另一頭的長(ㄔㄤˊ)度小(跟「長」相對)：例短褲、繩子太短、木頭鋸短了。②時間的距離小：例短命、短期、短暫、晝短夜長。③缺少；欠缺：例短缺、短少。④過失：例缺點、揭短、護短、揚長避短、說長(ㄔㄤˊ)道短。⑤淺薄：例短見、短淺。

矢部 8

矮

左右

ㄞˇ ①高度小(跟「高」相對)：例矮牆、矮小。②等級、地位低：例矮一級、矮一截。

矢部 12

矯

左右

ㄐㄧㄠˇ ①使彎曲(ㄑㄩ)的東西變直；糾正：例矯正、矯治、矯形。②強(ㄑㄧㄤˊ)健；勇敢：例矯健、矯捷。

石部 ㄕˊ

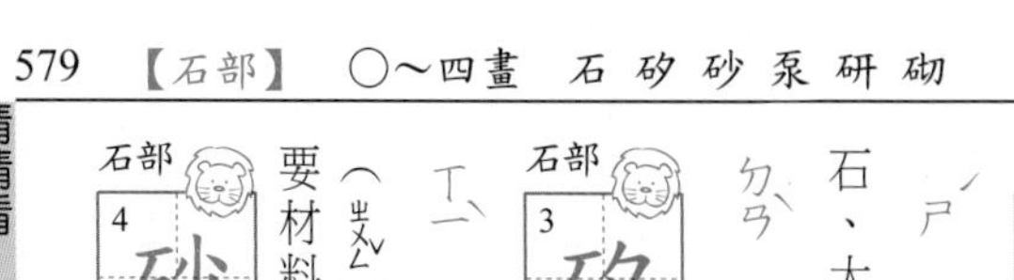

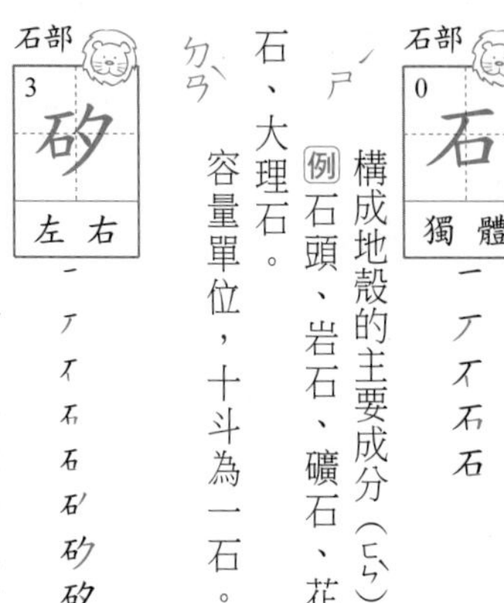

石部 0 **石** 獨體

一 丆 不 石 石

ㄕˊ 構成地殼的主要成分(ㄈㄣˋ)：例石頭、岩石、礦石、花崗石、大理石。

ㄉㄢˋ 容量單位，十斗為一石。

石部 3 **矽** 左右

一 丆 不 石 石 矽 矽

ㄒㄧˋ 一種(ㄓㄨㄥˇ)非金屬元素，分成結晶矽和非結晶矽兩種(ㄓㄨㄥˇ)，是製造玻璃的重(ㄓㄨㄥˋ)要材料：例矽藻、矽膠。

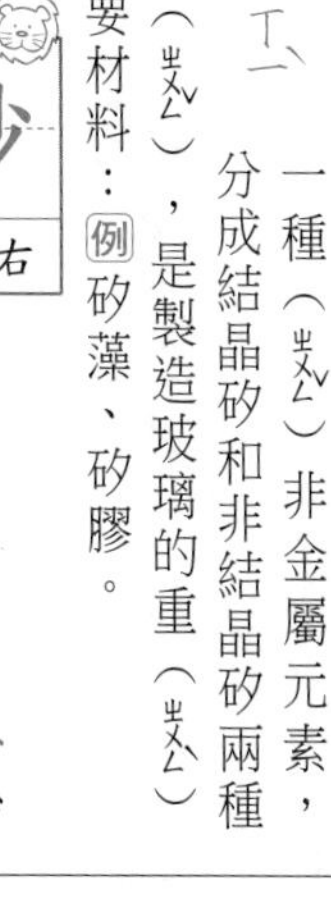

石部 4 **砂** 左右

一 丆 不 石 石 砂

ㄕㄚ ①細碎的石粒：例砂粒、飛砂走石。②像砂的東西：例礦砂。

石部 4 **泵** 上下

一 丆 不 石 石 泵

ㄅㄥˋ 抽水機，也就是「幫浦」。

石部 4 **研** 左右

一 丆 不 石 石 研

ㄧㄢˊ ①細細地(˙ㄉㄜ)磨(ㄇㄛˊ)或碾(ㄋㄧㄢˇ)：例研墨、研碎。②精心思考；深入探求：例研究、鑽研、研討。

石部 4 **砌** 左右

一 丆 不 石 石 砌

猜猜看：「寶石一顆也不少」，猜一個字。

答案：砂。

猜猜看：「一邊是硬，一邊是軟，硬的做階，軟的做鞋。」猜一個字。

答案：破。

ㄑㄧˋ 堆疊：例砌牆、堆砌、砌爐灶。

砍
石部 4 左右

ㄎㄢˇ ①用刀斧等猛劈：例砍樹、砍殺。②除掉；削（ㄒㄩㄝ）減：例砍預算。

砰
石部 5 左右

ㄆㄥ 擬聲詞，模擬撞擊或爆裂的聲音：例砰然作響、門砰地關上了。

砧
石部 5 左右

ㄓㄣ 捶、切（ㄑㄧㄝ）東西時墊在下面的器具：例砧板、刀砧。

砸
石部 5 左右

ㄗㄚˊ ①重（ㄓㄨㄥˋ）物落（ㄌㄨㄛˋ）在物體上；用重（ㄓㄨㄥˋ）物撞擊：例砸傷、砸石頭。②打壞；搗毀：例杯子砸了、砸壞。③事情做壞或失敗：例戲唱砸了、考砸了。

砝
石部 5 左右

ㄈㄚˇ 〔砝碼〕天平或磅秤（ㄔㄥˋ）上用來計算重量（ㄓㄨㄥˋ ㄌㄧㄤˋ）的金屬塊或金屬片。

破
石部 5 左右

ㄆㄛˋ ①損壞；使損壞：例捅破、破碎、牢不可破、破壞。②

打敗；攻克：例大破敵軍、擊破。③除掉；消除：例破除迷信。④超出（原有的格局、限制、紀錄等）；不遵守（原有的規定等）：例破紀錄、破例、破格。⑤使受到損失；花費：例破財、破費。⑥使分開；劈開：例勢如破竹、破門而入、破冰船。⑦揭穿：例破案、說（ㄕㄨㄛ）破、識破、偵破。⑧不完整的；破爛的：例破書包、破大衣、破房子。

石部 5

砷

左右

ㄕㄣ 非金屬元素。有黃、灰、褐三種顏色，具毒性。可以用於製造硬質合金、殺蟲劑等。

石部 5

砥

左右

ㄉㄧˇ ①質地較細的磨刀石：例砥石。②磨練；修養：例砥節勵行（ㄒㄧㄥˋ）、砥礪志節。

石部 5

砭

左右

ㄅㄧㄢ ①古代治病用的石針：例砭石、砭針。②用石針刺病人的經穴。③刺人：例寒風砭骨。④改過遷善：例痛下針砭。

石部 6

硫

左右

ㄌㄧㄡˊ 非金屬元素，淺黃色，在工業和醫藥上有廣泛用途。通稱「硫磺」。

石部 6

硃

左右

老師的話：「砥」是細的磨刀石，「礪」是粗的磨刀石。

猜猜看：「看見一塊石頭」，猜一個字。

ㄓㄨ　一種（ㄓㄨㄥˇ）深紅色的礦物顏料，是水銀和硫礦的天然化合物：例硃砂。

石部 7 **硝** 左右

一 丆 不 石 石 … 硝 硝 硝

ㄒㄧㄠ　礦物的一種，為（ㄨㄟˋ）白色透明的結晶體，可製火藥和玻璃。加少量（ㄕㄠˇ ㄌㄧㄤˋ）在肉中可防腐，製香腸、火腿時常用：例硝石。

石部 7 **硬** 左右

一 丆 不 石 石 … 硬 硬 硬

ㄧㄥˋ　①堅固，物體受外力後不容易變形（跟「軟」相對）：例堅硬。②堅定不移；堅強有力：例強硬、硬漢子、口氣硬。③不顧一切的：例硬幹。④能力強；品質好：例工夫硬、貨色硬。⑤不靈活：例僵硬。⑥不可改變的：例硬性規定。

石部 7 **硯** 左右

一 丆 不 石 石 … 硯 硯 硯

ㄧㄢˋ　研墨用的文具，多用石頭製成：例硯臺、筆墨紙硯。

石部 8 **碎** 左右

一 丆 不 石 石 … 碎 碎 碎

ㄙㄨㄟˋ　①物件破裂成小片或小塊：例打碎、摔碎、破碎。②使破碎：例粉身碎骨。③零星的；不完整的：例零碎、瑣碎、碎紙片。④指說話絮叨、囉唆：例嘴碎、閒言碎語。

答案：硯。

碰（石部 8畫 左右）

ㄆㄥˋ ①撞擊：例碰撞。②偶然；正好趕上：例碰巧。③接觸；試探：例碰運氣、碰機會。

碗（石部 8畫 左右）

ㄨㄢˇ 吃飯用的器皿。

碘（石部 8畫 左右）

ㄉㄧㄢˇ 非金屬元素，紫黑色結晶體，用於醫藥和製造染料。

碌（石部 8畫 左右）

ㄌㄨˋ ①平凡；平常：例庸碌、碌碌無為（ㄨㄟˊ）。②繁忙：例忙碌、勞碌。

碉（石部 8畫 左右）

ㄉㄧㄠ 防禦用的建築物：例碉堡、碉樓。

硼（石部 8畫 左右）

ㄆㄥˊ 非金屬元素，是褐色粉末或淡黃色晶體，可用來製造合金、溫度計等：例硼砂、硼酸。

碑（石部 8畫 左右）

ㄅㄟ 豎立起來作為（ㄨㄟˊ）紀念物或標誌的石塊，上面刻（ㄎㄜˋ）

老師的話：比喻所做的事毫無效果，可以用「一碗水往大海裡潑」這句俏皮話。

老師的話：「碩」的相似字是「大」、「壯」、「健」。

有文字或圖案：例墓碑、里程碑、紀念碑。

石部 9 **磁** 左右

ㄘˊ 能吸引鐵等金屬的性能：例磁石、磁力、磁化。

石部 9 **碟** 左右

ㄉㄧㄝˊ 盛（ㄔㄥˊ）食品的器皿，比盤子小：例碟子。

石部 9 **碴** 左右

ㄔㄚˊ ①器物上的裂痕、破口或折斷的地方：例碗碴。②感情的裂痕；引起爭執的事由：例找碴打架。③物體的小碎塊：例冰碴、骨頭碴、玻璃碴。

石部 9 **碧** 上下

ㄅㄧˋ 青綠色：例碧空、碧綠、碧波蕩漾、金碧輝煌。

石部 9 **碳** 左右

ㄊㄢˋ 非金屬元素，是構成有機物的主要成分（ㄈㄣˋ），在工業和醫藥上用途很廣：例碳酸。

石部 9 **碩** 左右

ㄕㄨㄛˋ 大：例豐碩、碩大、碩果纍纍。

老師的話：磕頭的「磕」和打瞌睡的「瞌」字形相似，小心別寫錯了！

石部 10 **磋** 左右

一 ㄏ 不 石 石 石 石 石 石 石 磋 磋 磋 磋 磋

ㄘㄨㄛ ①把象牙製成器物；磨製：例如切（ㄑㄧㄝ）如磋。②商量（ㄌㄧㄤˊ）、研討：例切磋、磋商。

石部 10 **磅** 左右

一 ㄏ 不 石 石 石 石 石 石 石 磅 磅 磅 磅 磅

ㄅㄤˋ ①英美制重量（ㄓㄨㄥˋ ㄌㄧㄤˋ）單位，一公斤約等於二點二磅。②指磅秤（ㄔㄥˋ），金屬製的有承重底座的秤。③用磅秤（ㄔㄥˋ）稱（ㄔㄥ）重量：例磅體重、磅一磅。

ㄆㄤˊ 〔磅礴〕盛（ㄕㄥˋ）大：例氣勢磅礴。

石部 10 **確** 左右

一 ㄏ 不 石 石 石 石 石 石 石 確 確 確 確 確

ㄑㄩㄝˋ ①堅決；堅定：例確認、確定、確信。②符合實際的；真實的：例準確、明確、確切、千真萬確。

石部 10 **磊** 上下

一 ㄏ 不 石 石 石 石 石 石 石 磊 磊 磊 磊 磊

ㄌㄟˇ ①大石頭：例磊塊。②〔磊落〕光明正大。

石部 10 **碾** 左右

一 ㄏ 不 石 石 石 石 石 石 石 碾 碾 碾 碾 碾

ㄋㄧㄢˇ ①軋碎穀物或使穀物去皮的工具；泛指滾壓或研磨的工具：例石碾。②用碾子等滾軋（ㄧㄚˋ）：例碾米、碾藥。

石部 10 **磕** 左右

一 ㄏ 不 石 石 石 石 石 石 石 磕 磕 磕 磕 磕

猜猜看：「石馬」，猜一個字。

ㄎㄜ ① 碰撞：例磕頭。② 咬開：例磕瓜子。

石部 10 **碼** 左右

ㄇㄚˇ ① 表示數（ㄕㄨˋ）目的符號：例號碼、頁碼、編碼。② 計算數目的用具：例籌碼。③ 量詞，用於事情：例兩碼事。

石部 10 **磐** 上下

ㄆㄢˊ 巨大的石頭：例堅如磐石、風雨如磐。

石部 11 **磨** 半包圍

ㄇㄛˊ ① 用磨具加工玉石等材料：例琢磨（雕刻並打磨）。② 摩擦：例磨破、磨出繭、磨刀、打磨。③ 因時間久而逐漸消失：例磨滅。④ 消耗（時間）；拖延：例磨菇、磨工夫。⑤ 糾纏：例折磨、磨難（ㄋㄢˋ）。

ㄇㄛˋ ① 碾（ㄋㄧㄢˇ）碎糧食的工具：例石磨、電磨、磨盤。② 用磨（ㄇㄛˋ）磨（ㄇㄛˊ）碎：例磨麥子、磨豆腐。

石部 11 **磚** 左右

ㄓㄨㄢ ① 用土坯燒製成的建築材料，多為長（ㄔㄤˊ）方形或方形：例紅磚、空心磚。② 像磚的東西：例冰磚、茶磚。

石部 11 **磬** 上下

答案：碼。

ㄑㄧㄥˋ ①古代用玉、石或金屬製成的打擊樂器。②寺廟念經時所敲的銅缽。

石部 12
磷
左右

ㄌㄧㄣˊ 非金屬元素，常見的有白磷（有毒）和紅磷（無毒），可以用於軍事、醫療和製造肥料。

石部 12
磺
左右

ㄏㄨㄤˊ 〔硫磺〕黃色結晶體，易著（ㄓㄠˊ）火。見「硫」。

石部 12
磴
左右

ㄉㄥˋ ①石頭臺階。②量詞，用於樓梯、臺階或梯子。

石部 12
磯
左右

ㄐㄧ 露（ㄌㄡˋ）出水面的岩石或水邊突出的大石：例釣磯。

石部 12
礁
左右

ㄐㄧㄠ 江河、海洋中隱藏（ㄘㄤˊ）在水下或露（ㄌㄡˋ）出水面的岩石：例礁石、暗礁。

石部 13
礎
左右

ㄔㄨˇ ①墊在房屋柱子底下的石頭：例礎石。②事情的根本：例基礎。

猜猜看：「石頭烤焦了」，猜一個字。

答案：礁。

老師的話：防礙、凝結、模擬的「礙」、「凝」、「擬」寫法都不同，要分辨清楚喲！

礙
石部 14 左右

ㄞˋ 妨害；阻擋：例礙手礙腳、礙眼、礙事、妨礙、阻礙。

礦
石部 15 左右

ㄎㄨㄤˋ ①埋藏（ㄘㄤˊ）在地下的有開採價值的物質：例礦石、煤礦、鐵礦。②開採礦石的場所或單位：例礦坑、礦床。③跟採礦有關的事物：例礦工、礦井、礦業。

礪
石部 15 左右

ㄌㄧˋ ①質地較粗的磨（ㄇㄛˊ）刀石。②磨；磨練：例礪戈秣馬、砥礪。

礬
石部 15 上下

ㄈㄢˊ 某些金屬硫酸鹽的含水結晶。最常見的是明礬，也說「白礬」，可用來製革、造紙，製造顏料、染料。

礫
石部 15 左右

ㄌㄧˋ 碎石塊；碎塊：例礫石、砂礫、瓦礫。

礴
石部 17 左右

ㄅㄛˊ 〔磅（ㄆㄤ）礴〕浩大的。見「磅」。

示部 ㄕˋ

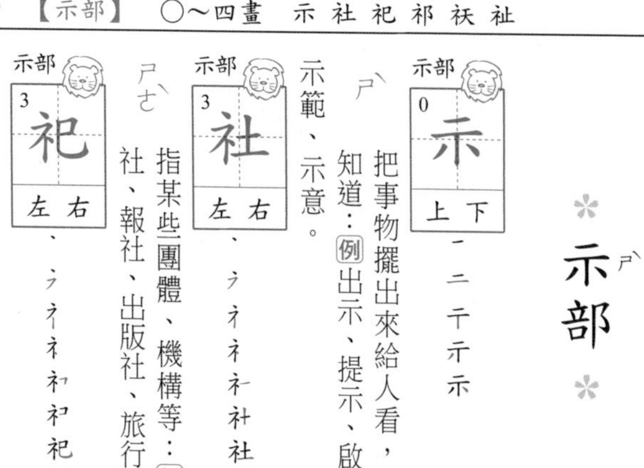

示部 0 示 上下

一 二 亍 亓 示

ㄕˋ 把事物擺出來給人看，讓人知道：例出示、提示、啟示、示範、示意。

示部 3 社 左右

丶 ㄋ 礻 礻 社 社

ㄕㄜˋ 指某些團體、機構等：例詩社、報社、出版社、旅行社。

示部 3 祀 左右

丶 ㄋ 礻 礻 祀 祀

ㄙˋ 準備供品祭拜祖先或神佛，表示崇敬並且祈求保佑：例祭祀、奉祀。

示部 3 祁 左右

丶 ㄋ 礻 礻 祁 祁

ㄑㄧˊ ①山名，是甘肅和青海的界山：例祁連山。②用於地名。

示部 4 祅 左右

丶 ㄋ 礻 礻 祅 祅 祅

ㄒㄧㄢ 祅教（ㄐㄧㄠˋ），起源於古代波斯，認為世界只有光明和黑暗兩種（ㄓㄨㄥˇ）神，崇拜火和日月星辰。西元六世紀傳（ㄔㄨㄢˊ）入中國。也說「拜火教」。

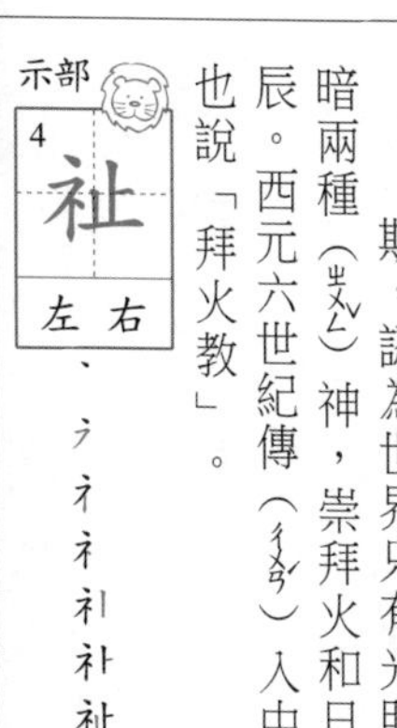

示部 4 祉 左右

丶 ㄋ 礻 礻 礻 祉 祉 祉

老師的話：祭祀的「祀」右邊是「巳」，不可以寫作「已」或「己」喲！

老師的話：鬼鬼祟祟的「祟」和崇高的「崇」字形相似，小心別寫錯了！

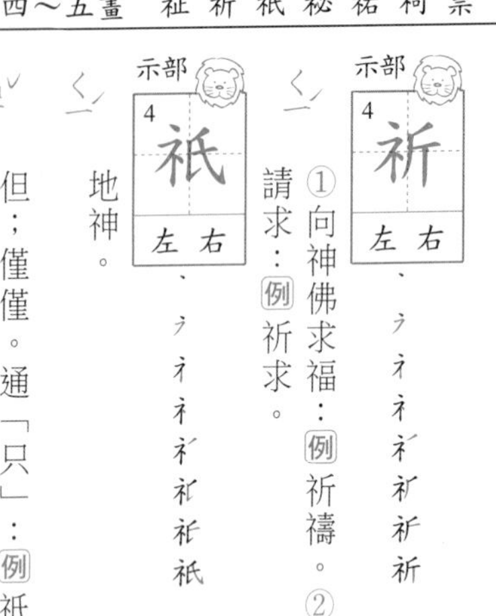

ㄓˇ　幸福：例福祉。

祈
示部 4　左右

ㄑㄧˊ　①向神佛求福：例祈禱。②請求：例祈求。

祇
示部 4　左右

ㄑㄧˊ　地神。

ㄓˇ　但；僅僅。通「只」：例祇得（ㄉㄜˊ）。

祕
示部 5　左右

ㄇㄧˋ　不公開的；叫人摸不透的：例祕訣、祕方、祕密、神祕。

ㄅㄧˋ　〔祕魯〕國名，在南美洲。也寫作「秘魯」。

祐
示部 5　左右

ㄧㄡˋ　神靈保護、幫助：例天祐、保祐、庇祐、神祐。

祠
示部 5　左右

ㄘˊ　舊時祭祀神鬼、祖先或聖賢的房子：例祠堂、祖祠、土地祠、忠烈祠。

祟
示部 5　上下

ㄙㄨㄟˋ　鬼神帶來的災害；借指不光明正大的行為（ㄒㄧㄥˊ ㄨㄟˊ）：例作祟、鬼鬼祟祟。

示部 5 **祖** 左右

、ラ礻礻礻礼初袓祖祖

ㄗㄨˇ ①家族中較早的上輩：例祖宗、祖先。②比父母高一輩的人：例祖父、外祖母。③某種事業或宗派的創始人：例鼻祖、祖師爺、佛祖。

示部 5 **神** 左右

、ラ礻礻礻初初神神

ㄕㄣˊ ①古代傳說（ㄔㄨㄢˊ ㄕㄨㄛ）和宗教（ㄐㄧㄠˋ）中指天地萬物的創造者和統治者，或可以長（ㄔㄤˊ）生不老的人物：例求神拜佛、神仙、神靈。②特別神奇的；極其高超的：例神機妙算、神醫、神效、神妙。③指人的精神或注意力：例全神貫注、出神、恍神。④人的表情和所顯示的內心狀態：例神色、神態、神采。

示部 5 **祝** 左右

、ラ礻礻礻初袒祝祝

ㄓㄨˋ 向人表示良好願望：例敬祝健康、祝壽、祝酒、祝賀。

示部 5 **祇** 左右

、ラ礻礻礻祀祇祇祇

ㄓ 敬重而有禮貌：例祇候回音（希望對方回覆的客氣話）。

示部 5 **祚** 左右

、ラ礻礻礻礼祚祚祚

ㄗㄨㄛˋ ①福氣：例門衰祚薄（ㄅㄛˊ）、天祚明德。②帝位。通「阼」：例帝祚。

猜猜看：「廟門」，猜日本地名。

答案：神戶。

老師的話：人人都愛聽吉祥話，例如：五福臨門、六六大順、福如東海、鯉躍龍門。

示部 6 **祥** 左右

丶 ㇇ 礻 礻 礻' 礻'' 祥 祥 祥 祥

ㄒㄧㄤˊ

吉利；幸運：例吉祥、不祥之兆、祥瑞（好的兆頭）。

示部 6 **票** 上下

一 丆 丙 襾 襾 覀 覀 覀 票 票 票

ㄆㄧㄠˋ

①印刷或手寫的作為（ㄨㄟˋ）憑證的紙片：例車票、郵票、電影票。②紙幣：例鈔票。

示部 6 **祭** 上下

丿 ク 夕 夕 夕' 夕ヌ 夕ヌ 祭 祭 祭 祭

ㄐㄧˋ

準備供品祭拜神靈或祖先，表示崇敬並且祈求保佑，也指舉行儀式對死者表示追悼和崇敬：例祭祀、祭奠、公祭、祭禮、祭品。

示部 8 **祺** 左右

丶 ㇇ 礻 礻 礻 礻 礻 礻 祺 祺 祺

ㄑㄧˊ

吉祥，現多用於書信：例敬頌文祺、順候時祺。

示部 8 **祿** 左右

丶 ㇇ 礻 礻 礻 礻 礻 礻 祿 祿 祿

ㄌㄨˋ

古代指官吏的薪俸：例俸祿、祿位、高官厚祿。

示部 8 **禁** 上下

一 十 才 木 木 村 林 林 林 林 禁 禁

ㄐㄧㄣˋ

①不准許：例嚴禁、禁止、查禁。②不許進行某項活動的法令、規章或習俗：例犯禁、違禁、解（ㄐㄧㄝˇ）禁。③把人關起來：例監禁、禁閉。

ㄐㄧㄣ ①承受；擔當（ㄉㄢ ㄉㄤ）：例禁不起、禁得（˙ㄉㄜ）住、禁受。②忍住（多跟「不」結合）：例弱不禁風、情不自禁。③承受得（˙ㄉㄜ）住；耐：例皮鞋比布鞋禁穿。

示部 9 **禎** 左右

、ラ礻礻礻礻礻礻礻 禎禎禎禎

ㄓㄣ 吉祥的徵兆：例禎祥。

示部 9 **福** 左右

、ラ礻礻礻礻礻礻礻 福福福福

ㄈㄨˊ ①吉祥的事（跟「禍」相對）：例幸福、享福。②幸運的：例福氣、福分（ㄈㄣˋ）、口福、一飽眼福。③指福建：例福橘。

示部 9 **禍** 左右

、ラ礻礻礻礻礻礻礻 禍禍禍禍

ㄏㄨㄛˋ ①對人危害很大的事；人或自然造成的嚴重損害（跟「福」相對）：例招災惹禍、車禍、禍首、禍根。②危害；損害：例禍國殃民。

示部 11 **禦** 上下

ノ彳彳彳彳彳彳彳 禦禦禦禦禦禦禦禦

ㄩˋ 抵抗；抵擋：例禦侮、禦寒、禦敵、抵禦、防禦。

示部 12 **禧** 左右

、ラ礻礻礻礻礻礻 禧禧禧禧禧禧禧禧

ㄒㄧ 幸福；吉利：例年禧、鴻禧、千禧年、恭賀新禧。

猜猜看：「言多必失」，猜一句成語。

答案：禍從口出。

老師的話：禪讓、禪位的「禪」，記得唸作ㄕㄢˋ喲！

示部 12
禪
左右

、 ㄋ 礻 礻 礻 礻 礻 礻 禪 禪 禪 禪 禪 禪 禪 禪 禪

ㄔㄢˊ ①佛教（ㄐㄧㄠˋ）指收心靜思：例空禪、參禪。②泛指有關佛教的事物：例禪師、禪房、禪杖。

ㄕㄢˋ （古代君王）把帝位讓給別人：例禪讓、禪位。

示部 13
禮
左右

、 ㄋ 礻 礻 礻 礻 礻 禮 禮 禮 禮 禮 禮 禮 禮 禮 禮 禮

ㄌㄧˇ ①為（ㄨㄟˋ）表示敬意、慶祝或紀念而舉行的儀式：例祭禮、婚禮、喪（ㄙㄤ）禮、典禮。②我國古代制定的行為（ㄨㄟˊ）準則和道德規範：例禮義廉恥、封建禮教（ㄐㄧㄠˋ）。③表示尊敬的態度或言語、動作：例賠禮、禮節。④為表示尊敬、慶賀或感謝而贈送的物品：例厚禮、禮品、禮物。

示部 14
禱
左右

、 ㄋ 礻 礻 礻 礻 礻 禱 禱 禱 禱 禱 禱 禱 禱 禱 禱 禱 禱

ㄉㄠˇ 向神佛請求保佑：例禱告、祈禱。

禸部 ㄖㄡˊ

禸部 4
禹
獨體

ノ 亻 ㄇ ㄇ 禹 禹 禹 禹 禹

ㄩˇ 傳（ㄔㄨㄢˊ）說中夏朝（ㄔㄠˊ）第一個君主，曾治理洪水。

禸部 4
禺
獨體

丨 ㄇ 日 日 日 禺 禺 禺 禺

（番（ㄆㄢ）禺）縣名。見「番」。

禸部 8 萬 上下
ㄨㄢˋ
丶 丷 艹 艹 芍 芎 苩 苩 萬 萬 萬 萬
①數字，十個一千：例萬貫家財。②形容數量（ㄕㄨˋ ㄌㄧㄤˋ）極大：例萬物、萬紫千紅、千山萬水。③絕對；必然的：例萬惡（ㄜˋ）、萬幸、萬全、萬不得已。

禸部 8 禽 上下
ㄑㄧㄣˊ
丿 人 人 𠆢 今 今 今 舎 禽 禽 禽 禽 禽
鳥類的總稱（ㄔㄥ）：例家禽、珍禽。

禾（ㄏㄜˊ）部

禾部 0 禾 獨體
ㄏㄜˊ
一 二 千 千 禾
穀類作物的幼苗；特指水稻的植株：例禾苗、禾穗（ㄙㄨㄟˋ）。

禾部 2 私 左右
ㄙ
一 二 千 千 禾 私 私
①屬於個人或個人之間的；非官方或集體的（跟「公」相對）：例私事、私情、私交、私產。②個人；個人的事：例私有、公而忘私、公私兼顧。③只為自己的：例私心、私念、自私。④不公開的；不合法的：例私話、私貨。⑤暗地裡；私下：例私訪、私了（ㄌㄧㄠˇ）、私吞。

老師的話：千千萬萬的「萬」是「禸部」，不是「艸部」喲！

老師的話：秉持的「秉」是「禾部」，不要忘記喲！

禾部 秀 2 上下
ㄒㄧㄡˋ
①稻麥的穗或草木的花：例麥秀、穀秀。②出眾的；傑出的：例優秀、優異、優良。③出眾的人才：例後起之秀、文壇新秀。④俊美；美麗而不俗氣：例秀麗、秀美、俊秀、山清水秀。

禾部 禿 2 上下
ㄊㄨ
①（人）沒有頭髮：例禿子、禿頭、禿頂。②（山）沒有草木；（樹）沒有葉子：例禿山、禿樹。③物體的尖端缺損，不銳利：例錐子磨禿了、禿筆。

禾部 秉 3 獨體
ㄅㄧㄥˇ
①拿著：例秉筆、秉燭。②掌握；主持：例秉公執法。

禾部 科 4 左右
ㄎㄜ
①條目：例科目。②學術或業務的分類：例理科、學科、內科、專科。③機構中按工作性質分設的單位：例兵役科、財政科。

禾部 秒 4 左右
ㄇㄧㄠˇ
①時間的計算單位：例六十秒為一分、分秒必爭、分分秒秒。②圓周角度計算的單位，六十秒為一分，六十分為一度。

秕 禾部 4畫 左右

ㄅㄧˇ 子粒不飽滿：例秕子。

秋 禾部 4畫 左右

ㄑㄧㄡ ①農作物成熟的季節：例麥秋、大秋。②四季的第三季：例秋季。③指一年：例一日不見，如隔三秋、千秋萬代。④指特定的某個時期：例危急存亡之秋、多事之秋。⑤秋天成熟的農作物：例秋收。⑥〔秋千〕運動和遊戲的器具，在懸掛的兩根長（ㄔㄤˊ）繩下端拴一塊板子，人坐在板子上前後擺動。同「鞦韆」。

秤 禾部 5畫 左右

ㄔㄥˋ ①測量物體重量的器具。同「稱（ㄔㄥˋ）」：例磅秤。②用秤來計量物體的輕重：例秤一秤。

ㄆㄥˊ 〔天秤〕計量物體輕重的工具。也寫作「天平」。

秫 禾部 5畫 左右

ㄕㄨˊ 指有黏性的高粱；泛指高粱，可以釀（ㄋㄧㄤˋ）酒：例秫米、秫秸（ㄐㄧㄝ）。

秣 禾部 5畫 左右

ㄇㄛˋ ①牲畜（ㄔㄨˋ）的飼料：例糧秣。②餵養牲畜：例秣馬厲

老師的話：指星座時，天秤座的「秤」唸作ㄆㄥˊ，不是ㄔㄥˋ喲！

老師的話： 插秧的「秧」和遭殃的「殃」字形相似，小心別寫錯了！

兵（餵飽馬，磨利兵器，形容作好戰鬥準備）。

禾部 5 **秧** 左右

ㄧㄤ ①稻苗；植物的幼苗：例插秧、秧田、育秧。②某些初生的飼養動物：例魚秧、豬秧。

禾部 5 **租** 左右

ㄗㄨ ①出錢向人借東西：例租用、租地、租房子。②把東西借給人用而收取代價：例出租、招租。③房子、田地借給人用，所收的金錢：例房租、地租。

禾部 5 **秦** 上下

ㄑㄧㄣˊ ①朝（ㄔㄠˊ）代名。②陝西省的簡稱（ㄔㄥ）。

禾部 5 **秩** 左右

ㄓˋ 次序：例秩序。

禾部 5 **秘** 左右

ㄇㄧˋ 不公開的；不讓人知道的。同「祕」：例秘密、神秘。

ㄅㄧˋ 〔秘魯〕國名。

禾部 6 **移** 左右

ㄧˊ ①變動位置；搬遷：例移栽、移居、移動、遷移。②

改變；變更（ㄍㄥ）：例移風易俗（改變舊的風俗習慣）、堅定不移。

禾部 6 **秸** 左右

ㄐㄧㄝ

某些農作物去穗或脫粒後剩下的莖稈：例秸稈、麥秸、豆秸。

禾部 7 **稍** 左右

ㄕㄠ

表示數量（ㄕㄨˋ ㄌㄧㄤˋ）不多、程度不深或時間短暫，相當於「略微」：例稍多、稍貴、稍不留意、稍停了停。

禾部 7 **稈** 左右

ㄍㄢˇ

例高粱、玉米等農作物的莖：例稻稈、麥稈、高粱稈。

禾部 7 **程** 左右

ㄔㄥˊ

①規矩；法度：例章程、規程。②（行（ㄒㄧㄥˊ）進的）距離：例行程、里程、路程、航程。③（行進的）道路；一段路：例啟程、登程、前程、送了一程又一程。④事物發展的經過或進行的步驟：例過程、日程、療程、程序。

禾部 7 **稅** 左右

ㄕㄨㄟˋ

政府按規定徵收的錢或實物：例關稅、賦稅、所得（ㄉㄜˊ）稅、營業稅。

老師的話：稻稈的「稈」是「禾部」，不可以寫作「木部」的「桿」喲！

老師的話： 稠密的「稠」和綢緞的「綢」字形相似，小心別寫錯了！

禾部 7 **稀** 左右

ノ 二 千 千 禾 禾' 秂 秂 秂 秤 稀 稀

ㄒㄧ ①事物之間（ㄐㄧㄢ）間（ㄐㄧㄢˋ）隔大（跟「密」相對）：例稀疏、地廣人稀、月明星稀。②事物的數量少或出現的次數少：例人生七十古來稀、稀少、稀客。③不濃的（跟「稠」相對）：例稀飯。

禾部 8 **稜** 左右

ノ 二 千 千 禾 禾 秂 秂 秂 秂 秂 稜 稜

ㄌㄥˊ ①物體兩面相連接的突起部分：例稜角、桌稜、有稜有角。②物體表面凸起的條狀物：例冰稜、瓦稜。

禾部 8 **稚** 左右

ノ 二 千 千 禾 禾' 秆 秆 秆 秆 秆 稚 稚

ㄓˋ 幼小：例稚弱、稚嫩、稚子、幼稚。

禾部 8 **稞** 左右

ノ 二 千 千 禾 禾 和 和 和 稈 稈 稞 稞

ㄎㄜ （青稞）產於西藏（ㄗㄤˋ）、青海等地，是藏族人民的主要食糧。

禾部 8 **稗** 左右

ノ 二 千 千 禾 禾' 秈 秈 秈 秈 稗 稗 稗

ㄅㄞˋ ①草本植物，葉子和稻子相似，是一種雜草。②非正統的：例稗官、稗史。

禾部 8 **稠** 左右

ノ 二 千 千 禾 和 和 和 稠 稠 稠 稠 稠

ㄔㄡˊ ①多而密：例稠密、地廣人稠。②液（ㄧㄝˋ）體的濃度大

（跟「稀」相（ㄒㄧㄤ）對）：例濃稠、稠粥、不稀不稠。

禾部 8 **稔** 左右

丿 二 千 禾 禾 秎 秎 秎 秎 稔 稔 稔 稔

ㄖㄣˇ ①穀物成熟：例歲稔、豐稔。②指一年：例五稔、十稔。③熟悉：例熟稔、素稔、稔知。

禾部 8 **稟** 上下

丶 亠 亠 亠 亠 亠 亠 亠 稟 稟 稟 稟 稟

ㄅㄧㄥˇ 指向長（ㄓㄤˇ）輩或上級報告：例稟報、稟告。

禾部 9 **種** 左右

丿 二 千 禾 禾 秆 秆 秆 秆 秆 種 種 種 種

ㄓㄨㄥˇ ①植物的子粒：例稻種、花種、菜種。②泛指生物藉以繁殖傳（ㄔㄨㄢˊ）代的物質：例傳種、配種。③具有共同起源和共同遺傳特徵的人群：例黃種、白種、人種、種族。④事物的類別：例種類、品種、特種。⑤量詞，用於人或事物的類別：例兩種人、兩種語言、幾種顏色、各種意見。

ㄓㄨㄥˋ 把植物的種子或幼苗的根部埋在土裡，讓它發芽、生長：例種樹、種植、栽種。

禾部 9 **稱** 左右

丿 二 千 禾 禾 秆 秆 秆 秆 稍 稱 稱 稱 稱

ㄔㄥ ①測量輕重（ㄓㄨㄥˋ）：例稱重。②肯定或表揚：例稱讚、稱頌。③用言語或動作表達意見或感情：例稱謝、聲稱、拍手稱快。④叫作：例稱呼、稱作、稱兄道弟、人稱小博士。⑤對人或事物的叫法：例名稱、通稱、簡稱、敬稱、

老師的話：「稱」字是多音字，唸作ㄔㄥ和ㄔㄥˋ，要分辨清楚喲！

職稱、稱號（ㄏㄠˋ）。

ㄔㄥˋ ①符合：例稱職、相（ㄒㄧㄤ）稱、稱心如意。②合適：例勻稱、對稱。③衡量（ㄌㄧㄤˊ）輕重（ㄓㄨㄥˋ）的工具。通「秤」：例磅稱。

禾部 10 **稿** 左右

ノ 二 千 千 禾 禾 秆 秆 秆 秆 稿 稿 稿 稿 稿

ㄍㄠˇ ①詩文、公文、圖畫等的草底：例草稿、初稿、腹稿。②寫或畫成的文章、圖畫作品：例稿件、投稿、發稿。

禾部 10 **稼** 左右

ノ 二 千 千 禾 禾 秆 秆 秆 秆 稼 稼 稼 稼 稼

ㄐㄧㄚˋ 〔莊稼〕泛指田裡的農作物（多指糧食作物）。

禾部 10 **穀** 左右

一 十 士 士 声 声 壱 壱 壱 壱 壳 壳 壳 壳 穀 穀

ㄍㄨˇ ①糧食作物的總稱（ㄔㄥ）：例五穀、穀物。②一種糧食作物，脫殼後叫小米：例穀子、穀穗。③稻子或稻子的子實：例稻穀。

禾部 10 **稽** 左右

ノ 二 千 千 禾 禾 秆 秆 秆 秆 秆 稽 稽 稽 稽

ㄐㄧ 考核；調（ㄉㄧㄠˋ）查：例無稽之談、有案可稽、稽查。

ㄑㄧˇ 一種（ㄓㄨㄥˇ）叩頭至地，表示十分恭敬的禮節：例稽首。

禾部 10 **稷** 左右

ノ 二 千 千 禾 禾 秆 秆 秆 秆 稷 稷 稷 稷 稷

ㄐㄧˋ ①古代指高粱。②五穀之神。

老師的話：讚美別人很會寫文章，可以說他的肚子裡有「腹稿」。

猜猜看：「零存整取」，猜一句成語。

禾部 10 **稻** 左右

ㄉㄠˋ 草本植物，子實叫稻穀，去殼後叫大米。

禾部 11 **積** 左右

ㄐㄧ ①逐漸聚集：例積水、積累、堆積、日積月累（ㄌㄟˇ）。②長時間的：例積習、積怨、積弊。③數學上指幾個數（ㄕㄨˋ）相乘（ㄔㄥˊ）所得（ㄉㄜˊ）的結果，例如：三乘以四的積是十二。

禾部 11 **穎** 左右

ㄧㄥˇ ①出眾；聰明：例聰穎。②與（ㄩˇ）眾不同：例新穎。

禾部 11 **穆** 左右

ㄇㄨˋ 恭敬；嚴肅：例肅穆、靜穆。

禾部 11 **穌** 左右

ㄙㄨ 〔耶穌〕基督教的神名。見「耶」。

禾部 12 **穗** 左右

ㄙㄨㄟˋ ①稻、麥等糧食作物生在莖稈頂上的花或果實：例麥穗、抽穗、吐穗。②用絲線等紮（ㄓㄚ）成的裝飾品：例穗子、帽穗。③廣州市的別稱（ㄔㄥ）。

答案：積少成多。

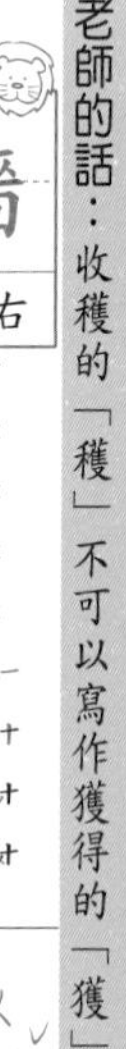

老師的話：收穫的「穫」不可以寫作獲得的「獲」喲！

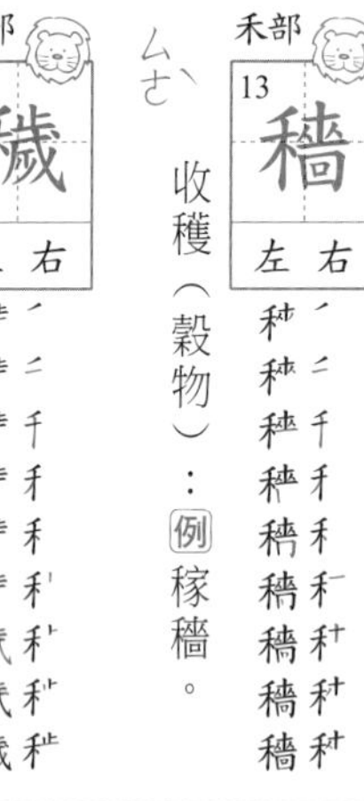

禾部 13 **穡** 左右

ㄙㄜˋ 收穫（穀物）：例稼穡。

禾部 13 **穢** 左右

ㄏㄨㄟˋ ①骯髒；不乾淨：例穢氣、汙穢。②醜惡（ㄜˋ）的；下流的：例穢行（ㄒㄧㄥˋ）、淫穢。

禾部 14 **穫** 左右

ㄏㄨㄛˋ 收割（農作物）：例收穫。

禾部 14 **穩** 左右

ㄨㄣˇ ①固定不動；不搖晃：例穩固、穩當（ㄉㄤˋ）、安穩。②安定平靜，沒有波動：例平穩、穩定。③妥貼；可靠：例穩妥、十拿九穩、穩如泰山、四平八穩。④沉著（ㄓㄨㄛˊ）；不輕浮：例穩重、穩健、沉穩。

穴部（ㄒㄩㄝˋ）

穴部 0 **穴** 上下

ㄒㄩㄝˋ ①洞；窟窿：例洞穴、孔穴、石穴。②動物的窩：例蛇穴、蟻穴、巢穴、龍潭虎穴。③中醫指身體上可以針灸的部位：例穴位、穴道。

穴部 2 **究** 上下

丶 ⺀ 宀 穴 穵 究

ㄐㄧㄡˋ ①深入探求；鑽（ㄗㄨㄢ）研：例研究、探究。②追查：例追究、既往不究。

穴部 3 **空** 上下

丶 ⺀ 宀 穴 空 空 空 空

ㄎㄨㄥ ①裡面沒有東西：例空車（ㄔㄜ）、空腹、空虛。②沒有內容，不切（ㄑㄧㄝˋ）實際：例空談、空想、空泛。③天：例高空、晴空、航空、領空。④沒有：例空前絕後、目空一切、人財兩空。⑤白白地（˙ㄉㄜ）；徒然：例空跑、空高興（ㄒㄧㄥˋ）。

ㄎㄨㄥˋ ①使空（ㄎㄨㄥ）缺；騰出來：例空出時間、空出位置。②空缺的；沒有使用的：例空房、空地、空位、空白。③沒有安排利用的時間、地方：例沒空、抽空、抓空、得（ㄉㄜˊ）空、填空。

穴部 3 **穹** 上下

丶 ⺀ 宀 穴 穴 穹 穹 穹

ㄑㄩㄥ ①中間隆起四邊下垂的；拱形的：例穹廬（古代北方民族住的氈帳）。②天空：例蒼穹。

穴部 4 **穿** 上下

丶 ⺀ 宀 穴 穴 穴 空 穿 穿

ㄔㄨㄢ ①鑿、鑽或刺，使形成孔洞：例穿洞、穿孔、穿刺。②通過：例穿針、穿越、穿過人群。③串聯：例貫穿。④把衣服、鞋襪等套在身上：例穿衣、穿襪子。⑤指衣服、鞋襪等：例有吃有穿、穿戴

老師的話：比喻自找麻煩，可以用「夏天穿皮襖——自己找罪受」這句歇後語。

講究。⑥表示徹底顯露（ㄌㄨˋ）：例看穿、說穿、拆穿。

老師的話：「窄」的相反字是「寬」、「敞」。

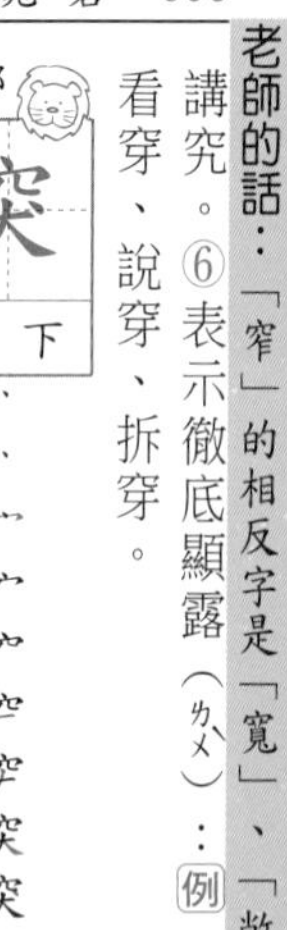

穴部 4 **突** 上下 、丶宀宂穴空突突

ㄊㄨˊ ①忽然；出人意料：例突變、突發、突然。②衝撞；衝破：例衝突、突擊、突破、突圍。③凸起；高出周圍：例突起、突出。

穴部 5 **窄** 上下 、丶宀宂穴空空窄窄窄

ㄓㄞˇ ①狹小（跟「寬」相對）：例窄小、狹窄、窄裙、窄橋。②（心胸）不開闊；（氣量）小：例心眼窄、心胸狹窄。

穴部 5 **窈** 上下 、丶宀宂穴空空窈窈窈

ㄧㄠˇ ①形容（儀態等）美好的樣子：例窈窕。②形容幽深、深遠的樣子：例雲霧窈然。

穴部 6 **窒** 上下 、丶宀宂穴空空窒窒窒窒

ㄓˋ 阻塞（ㄙㄜˋ）不通；阻礙：例窒息、窒礙。

穴部 6 **窕** 上下 、丶宀宂穴空空窕窕窕窕

ㄊㄧㄠˇ 形容女子端莊、美麗：例窈窕。

穴部 7 **窘** 上下 、丶宀宂穴空空窘窘窘窘窘

ㄐㄩㄥˇ ①窮困：例窘迫、窘困。②難（ㄋㄢˊ）堪；為難（ㄨㄟˊ ㄋㄢˊ）：例窘促、窘態。

窗
穴部 7 上下

ㄔㄨㄤ 房屋、車船上通氣透光的裝置：例玻璃窗、紗窗、窗戶。

窖
穴部 7 上下

ㄐㄧㄠˋ ①收藏（ㄘㄤˊ）東西的地洞或坑：例冰窖、地窖。②把東西收藏在窖裡：例窖藏了幾百斤白菜。

窟
穴部 8 上下

ㄎㄨ ①洞穴：例石窟、狡兔三窟。②聚集的地方、場所：例匪窟、賭窟、貧民窟。

窠
穴部 8 上下

ㄎㄜ 鳥窩；泛指動物棲息的地方：例雞犬同窠、蜂窠〈比〉窠臼（比喻現成的格式，陳舊的手法）。

窪
穴部 9 上下

ㄨㄚ ①（地面）四周高，中間低：例窪地、低窪。②四周高，中間低的地方：例山窪、水窪。

窩
穴部 9 上下

ㄨㄛ ①鳥獸昆蟲的巢穴：例鳥窩、蜂窩、蟻窩。②比喻人安身、聚集或躲藏的地方：例安樂窩、賊

老師的話：請別人有話直說，可以用「打開天窗——說亮話」這句歇後語。

猜猜看：「洞穴中一隻鼠」，猜一個字。

窩。③凹陷的地方：例山窩、眼窩。④藏（ㄘㄤˊ）匿：例窩藏、窩贓。⑤情緒悶（ㄇㄣˋ）在心裡，得（ㄉㄜˊ）不到發洩：例窩了一肚子火。⑥量詞，用於一胎所生或一次孵出的家畜、家禽：例一窩小雞。

穴部 10 **窯** 上下

丶 丷 宀 宂 穴 穵 空 空 空 空 窐 窐 窯 窯 窯

ㄧㄠˊ ①燒製磚瓦陶瓷等的建築物：例石灰窯、磚窯。②開採煤礦的洞：例煤窯。③可供（ㄍㄨㄥ）居住的山洞或土屋：例窯洞。

穴部 10 **窮** 上下

丶 丷 宀 宂 穴 穵 穵 穵 穵 穷 窮 窮 窮 窮 窮

ㄑㄩㄥˊ ①盡；完：例無窮無盡、理屈詞窮、窮盡。②表示程度極高：例窮凶極惡。③徹底；極力：例窮追猛打、窮究。④貧困；缺少錢財：例貧窮、窮苦。⑤邊遠；偏僻：例窮鄉僻壤、窮巷。

穴部 11 **窺** 上下

丶 丷 宀 宂 穴 穵 穵 窐 窐 窐 窺 窺 窺 窺 窺 窺

ㄎㄨㄟ 從孔眼、縫（ㄈㄥˋ）隙或暗藏（ㄘㄤˊ）的地方偷看：例窺測、窺探、窺見。

穴部 12 **窿** 上下

丶 丷 宀 宂 穴 穵 穵 穵 窄 窄 窿 窿 窿 窿 窿 窿 窿

ㄌㄨㄥˊ 〔窟窿〕孔；洞：例襪子上燒了個窟窿、窟窿眼、冰窟窿。

穴部 13 **竄** 上下

丶 丷 宀 宂 穴 穵 穵 穵 穵 窅 窅 竄 竄 竄 竄 竄 竄 竄

答案：竄。

ㄘㄨㄢˋ 亂跑；逃亡（含貶義）：例東奔西竄、流竄、逃竄。

穴部 13 **竅** 上下

ㄑㄧㄠˋ ①特指人體器官上的孔穴：例七竅。②比喻事情的關鍵：例竅門、訣竅。

穴部 15 **竇** 上下

ㄉㄡˋ ①孔穴；洞：例狗竇（狗洞）〈比〉情竇初開。②人體某些器官類似孔穴的部分（ㄈㄣ）：例鼻竇、額竇。

穴部 18 **竊** 上下

ㄑㄧㄝˋ ①偷：例盜竊、偷竊、失竊。②偷偷地（˙ㄉㄜ）；暗中（ㄓㄨㄥ）：例竊聽、竊笑。

立部 ㄌㄧˋ

立部 0 **立** 獨體

ㄌㄧˋ ①站著；物體豎直放著：例坐立不安、站立、立足、門口立著旗杆。②使直立；豎起：例把旗杆立起來、橫眉立目。③建立：例立業、立案、立功。④訂立；制定：例立字據、立規矩、立法。⑤直立的：例立柱、立櫃。⑥生存；存在：例獨立自主、勢不兩立。⑦即刻；馬上：例當機立斷、立

老師的話：關於「立」的成語包括：立地成佛、立竿見影、立命安身、立人達人。

猜猜看：「只騙中年人」，猜一句成語。

答案：童叟無欺。

立刻、立即。

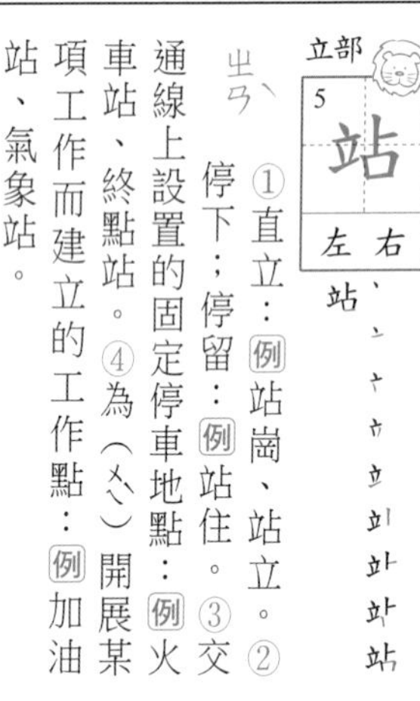

立部 5 **站** 左右

、亠亣立 站

ㄓㄢˋ ①直立：例站崗、站立。②停下；停留：例站住。③交通線上設置的固定停車地點：例火車站、終點站。④為(ㄨㄟˋ)開展某項工作而建立的工作點：例加油站、氣象站。

立部 7 **童** 上下

、亠亣立 音 童

ㄊㄨㄥˊ 小孩：例兒童、童年、童言無忌。

立部 7 **竣** 左右

、亠亣立 竣

ㄐㄩㄣˋ 完成；結束：例竣工。

立部 9 **竭** 左右

、亠亣立 竭

ㄐㄧㄝˊ ①完；盡：例取之不盡，用之不竭、精疲力竭、衰竭。②用盡；全部拿出：例竭盡全力、竭誠相見、竭力。③乾枯：例枯竭。

立部 9 **端** 左右

、亠亣立 端

ㄉㄨㄢ ①直；正：例端坐、端正。②品行(ㄒㄧㄥˋ)正直，作風正派：例端莊、端重(ㄓㄨㄥˋ)。③用手捧著東西：例端茶、端碗、端盤子。④(東西的)一頭：例上端、兩端、尖端、頂端。⑤(事情的)開頭或起因：例開端、發端、爭端。⑥事情（多指不好的事）：例事端、弊端。⑦頭緒、項目：例思緒萬端、詭計多端。

立部 15 **競** 左右

ㄐㄧㄥˋ 互相（ㄒㄧㄤ）爭勝；比賽：例競爭、競選、競走、競賽。

竹部 ㄓㄨˊ

竹部 0 **竹** 左右

ㄓㄨˊ ①常綠植物，莖中空（ㄎㄨㄥ），有節。莖可用來建造房屋、製造器具、造紙；嫩芽叫筍，是鮮美的蔬菜。②指簫、笛一類的竹製管樂（ㄩㄝˋ）器：例絲竹。

老師的話：竹竿的「竿」和「竽」字形相似，要分辨清楚喲！

竹部 2 **竺** 上下

ㄓㄨˊ 〔天竺〕我國古代稱（ㄔㄥ）印度。

竹部 3 **竿** 上下

ㄍㄢ ①竹幹：例竹竿。②類似竹竿的東西。通「杆」：例旗竿。

竹部 3 **竽** 上下

ㄩˊ 古代樂（ㄩㄝˋ）器，像笙而稍大。

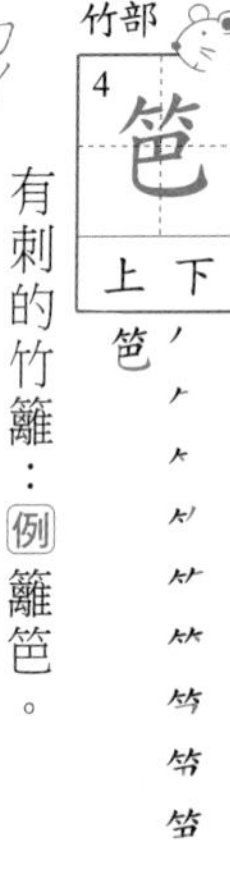

竹部 4 **笆** 上下 笆

ㄅㄚ 有刺的竹籬：例籬笆。

竹部 4 **笑** 上下 笑

ㄒㄧㄠˋ ①露（ㄌㄡˋ）出喜悅的表情；發出高興（ㄒㄧㄥˋ）的聲音：例大笑、微笑、哈哈笑。②嘲諷、輕視：例譏笑、嘲笑、恥笑、笑罵。③令人發笑的：例笑話、笑談、笑料。

竹部 5 **笠** 上下 笠笠

ㄌㄧˋ 一種（ㄓㄨㄥˇ）用竹或草編製成的圓形寬邊帽子，可以擋雨遮陽：例斗笠。

竹部 5 **笨** 上下 笨笨

ㄅㄣˋ ①記憶力和理解力差（ㄔㄚ）；不聰明：例笨頭笨腦、愚笨。②不靈巧：例笨手笨腳、嘴笨。③粗大沉重（ㄔㄣˊ ㄓㄨㄥˋ）：例笨重。

竹部 5 **笳** 上下 笳笳

ㄐㄧㄚ 古代北方民族的一種（ㄓㄨㄥˇ）樂器，形狀像笛子：例胡笳。

竹部 5 **笤** 上下 笤笤

ㄊㄧㄠˊ 〔笤帚（ㄓㄡˇ）〕掃灰塵、垃圾的用具。

老師的話：笑哈哈的「笑」下面寫作「夭（ㄧㄠ）」，不是「天（ㄊㄧㄢ）」喲！

竹部 5 笛 上下
笛 ㄉㄧˊ
①管樂（ㄩㄝˋ）器的一種（ㄓㄨㄥˇ），用竹子或金屬等製成，上面有一排按音高排列的氣孔：例笛子、長笛、橫笛。②響聲尖銳的發音器：例汽笛、警笛。

竹部 5 第 上下
第 ㄉㄧˋ
①附在整數（ㄕㄨˋ）前面，表示次序：例第一個、第二次、第五。②古代科舉考試考中（ㄓㄨㄥˋ）了進士叫及第，沒考中叫落第。

竹部 5 符 上下
符 ㄈㄨˊ
①標記；記號（ㄏㄠˋ）：例音符、符號（ㄏㄠˋ）。②相（ㄒㄧㄤ）合；吻合：例相符、符合。

竹部 5 笙 上下
笙 ㄕㄥ
我國傳（ㄔㄨㄢˊ）統的吹奏樂（ㄩㄝˋ）器，由許多長（ㄔㄤˊ）短不齊的竹管組成。

竹部 5 笞 上下
笞 ㄔ
用鞭、杖或竹板抽打：例鞭笞、笞責。

竹部 6 等 上下
等 ㄉㄥˇ
①（程度或數量（ㄕㄨˋ ㄌㄧㄤˋ）等）相同：例等長（ㄔㄤˊ）、

猜猜看：「土上有竹林，土下一寸金。」猜一個字。

答案：等。

猜猜看：「筆戰」，猜一句成語。

等號、等於。②品級、次第：例等級、上等、優等、劣等。③表示列舉未完，不再一一說出：例等等。④逗留一段時間：例等待、等候、等車、等一下。

竹部 6 **策** 上下

ノ ㇒ 𠂉 𠂉' 𥫗 𥫗 竺 笁 笧 第 第 策

ㄘㄜˋ ①用鞭子驅趕；驅使：例揚鞭策馬、鞭策。②謀劃：例策劃、策動。③謀略：例計策、出謀劃策、束手無策。

竹部 6 **筆** 上下

ノ ㇒ 𠂉 𠂉' 𥫗 𥫗 竺 笁 笁 笔 笔 筆

ㄅㄧˇ ①寫字、繪畫的文具：例毛筆、鋼筆、筆筒。②寫：例代筆、親筆。③書寫文字時的一畫：例筆順、一筆一畫。④量詞。(1)用於款項、債務等：例一筆錢、兩筆債。(2)用於書畫：例能寫一筆好字、畫幾筆山水。

竹部 6 **筐** 上下

ノ ㇒ 𠂉 𠂉' 𥫗 𥫗 竺 竺 竺 笁 笁 筐

ㄎㄨㄤ 用竹篾、柳條、荊條等編成的盛(ㄔㄥˊ)東西的器具：例籮筐、土筐、菜筐。

竹部 6 **筒** 上下

ノ ㇒ 𠂉 𠂉' 𥫗 𥫗 竹 竹 竹 筒 筒 筒

ㄊㄨㄥˇ ①粗竹管：例竹筒。②像竹筒中空的器物：例筆筒、郵筒、錢筒。③衣服鞋襪等的筒狀部分(ㄈㄣˋ)：例袖筒、長筒襪。

竹部 6 **答** 上下

ノ ㇒ 𠂉 𠂉' 𥫗 𥫗 竺 笁 笁 笒 答 答

答案：紙上談兵。

ㄉㄚˊ ①用口說、筆寫的方式回應(ㄧㄥˋ)對方：例你問我答、答題、答覆、回答。②回報別人給自己的好處(ㄔㄨˋ)：例報答、答謝。

ㄉㄚ ①允許：例答允、答應(ㄧㄥ)、答腔。②害羞的樣子：例羞答答。

竹部 6

筍

上下

ㄙㄨㄣˇ 竹筍，剛從土裡長(ㄓㄤˇ)出的竹子的嫩芽，可以吃。

竹部 6

筋

上下

ㄐㄧㄣ ①肌腱或骨頭(ㄍㄨˇ ˙ㄊㄡ)上的韌帶：例傷筋動骨、牛筋。②肌肉：例筋骨、筋疲力盡。③可以看見的皮下靜脈血管：例青筋。④具有韌性的物體：例橡皮筋。

竹部 6

筏

上下

ㄈㄚˊ 水上交通工具，用竹、木等並排編紮(ㄓㄚ)而成：例竹筏、羊皮筏。

竹部 7

筷

上下

ㄎㄨㄞˋ 用竹、木等製作的夾取飯菜等的細長(ㄔㄤˊ)棍子：例筷子、竹筷。

竹部 7

節

上下

ㄐㄧㄝˊ ①泛指草、禾莖上生葉的部位或植物枝幹相連接的部位：例竹節、藕節、枝節。②動物

猜猜看：「筍」，猜台灣的地名。

答案：新竹。

骨骼連接的地方：例骨節、關節。③時令：例節氣、節令。④具有某種特點的一段時間或日子：例季節、時節、春節、節日。⑤互相銜接的事物中的一個段落；整體中的一個部分：例章節、環節、脫節。⑥從整體中截取一部分：例節錄、節選、刪節。⑦量詞，用於分段的事物：例四節課、一節甘蔗、三節車廂。⑧限制；約束：例節制、節育、節哀、調（ㄊㄧㄠˊ）節。⑨減省：例節約、節省、節儉、開源節流、節水節電。⑩禮儀：例禮節。⑪操守：例氣節、名節、晚節。⑫音樂的拍子：例節奏、節拍、小節（節拍的段落）。

竹部 7 筠 上下

①竹皮。②指竹子。

竹部 8 管 上下

①指笛、簫、號（ㄏㄠˋ）等吹奏的樂器：例黑管、雙簧管、管樂器。②泛指細長中空的圓筒：例竹管、鋼管、輸油管。③特指外形像長（ㄔㄤˊ）管的電器零件：例真空管。④處（ㄔㄨˇ）理、治理：例管理、管轄。⑤照料；約束：例看（ㄎㄢ）管、管教（ㄐㄧㄠ）。⑥過問；參與（ㄩˋ）：例管閒事。⑦無論：例不管、管他三七二十一。⑧負責供給（ㄐㄧˇ）：例管吃管住。⑨保證：例管用、管保。⑩把（跟「叫」連用）：例大家管他叫小老師、有些地區管花生叫土豆。

老師的話：關於「管」的成語包括：管寧割席、管中窺豹、管急弦繁。

竹部 8 箕 上下

丿𠂉𥫗𥫗竺竺筀箕箕箕箕箕

ㄐㄧ ①收集垃圾、泥土的用具：例畚箕。②形狀像簸（ㄅㄛˇ）箕的指紋：例箕斗。

竹部 8 箋 上下

丿𠂉𥫗𥫗竺竺笺笺笺笺笺箋

ㄐㄧㄢ ①注釋：例箋注。②書信：例箋札。③寫信、題詞用的紙：例信箋、便箋。

竹部 8 筵 上下

丿𠂉𥫗𥫗竺竺笁筵筵筵筵筵

ㄧㄢˊ 指古人席地而坐時鋪（ㄆㄨ）的席子；泛指筵席（酒席）：例壽筵、婚筵、慶功筵。

竹部 8 算 上下

丿𠂉𥫗𥫗竺竺笪笪笪算算算

ㄙㄨㄢˋ ①計數（ㄕㄨˋ）；用數學方法從已知數推求未知數：例能寫會算、算帳、預算。②籌劃：例打算、算計、盤算。③稱得（˙ㄉㄜ）上；當（ㄉㄤ）作：例還算結實、就算三斤吧。④表示不再進行（ㄒㄧㄥˊ）或不再計較：例算了，不用去了、算了，不必追究了。⑤承認有效：例算數、說話算話、不能說了不算。

竹部 8 箝 上下

丿𠂉𥫗𥫗竺竺笁箝箝箝箝箝

ㄑㄧㄢˊ ①挾（ㄒㄧㄚˊ）東西的工具：例竹箝、老虎箝。②夾住；限制；約束：例箝口、箝制。

猜猜看：「竹子一窩，數目不多，數來數去，共二十株。」猜一個字。 答案：箕。

老師的話：孫悟空戴的緊箍咒的「箍」，不可以寫作老虎箝的「箝」喲！

竹部 8 **箔** 上下

ㄅㄛˊ ①簾子：例 珠簾玉箔。②金屬薄片：例 金箔、鋁箔。

竹部 8 **箍** 上下

ㄍㄨ ①用竹篾、金屬條、帶子等勒（ㄌㄟ）緊或套緊：例 箍水桶、箍毛巾。②環繞器物的金屬圈：例 金箍、鐵箍。

竹部 8 **箏** 上下

ㄓㄥ ①我國傳（ㄔㄨㄢˊ）統的撥弦樂器，音箱為木製長方形，有五弦、十二弦、十三弦、十六弦等。②〔風箏〕紙、紗等糊成的玩具，能藉著（˙ㄓㄜ）風力飛上天空。

竹部 9 **箭** 上下

ㄐㄧㄢˋ 用弓發射的武器，一端裝有金屬的尖頭：例 弓箭、射箭、箭靶。

竹部 9 **箱** 上下

ㄒㄧㄤ ①存放衣物、貨品等的長（ㄔㄤˊ）方形用具：例 皮箱、木箱、貨箱。②像箱子的東西：例 風箱、信箱。

竹部 9 **範** 上下

ㄈㄢˋ ①應該遵守的規則、法令：例 規範。②好（ㄏㄠˇ）的榜樣：

例模範、典範。③值得（˙ㄉㄜ）學習的：例範例、範本。④界限：例範圍。⑤限制：例防範。

竹部 9 **箴** 上下 ㄓㄣ

丿 𠂉 𠂉 ⺮ ⺮ ⺮ 笁 笁 笁 笁 箴 箴 箴 箴 箴

規勸；告誡：例箴言、箴規。

竹部 9 **篆** 上下 ㄓㄨㄢˋ

丿 𠂉 𠂉 ⺮ ⺮ ⺮ 竺 竺 竺 篆 篆 篆 篆 篆 篆

指篆書，國字字體的一種（ㄓㄨㄥˇ）：例大篆、小篆。

竹部 9 **篇** 上下 ㄆㄧㄢ

丿 𠂉 𠂉 ⺮ ⺮ ⺮ 笉 笉 篇 篇 篇 篇 篇 篇 篇

①結構完整的文章：例篇籍。②一部著（ㄓㄨˋ）作可以分開的大段落：例篇章。③量詞，用於紙張、書頁或文章等：例三篇文章。

老師的話：竹篙的「篙」和茼蒿（ㄊㄨㄥˊ ㄏㄠ）的「蒿」字形相似，要分辨清楚喲！

竹部 9 **篁** 上下 ㄏㄨㄤˊ

丿 𠂉 𠂉 ⺮ ⺮ ⺮ 笉 笉 篁 篁 篁 篁 篁

竹林；也指竹子。

竹部 10 **篙** 上下 ㄍㄠ

丿 𠂉 𠂉 ⺮ ⺮ ⺮ 竺 竺 竺 篙 篙 篙 篙 篙 篙 篙

撐船用的竹竿：例竹篙。

竹部 10 **簑** 上下 ㄙㄨㄛ

丿 𠂉 𠂉 ⺮ ⺮ ⺮ 竺 竺 竺 簑 簑 簑 簑 簑 簑 簑

用草或棕櫚葉編成的雨具：例簑笠。

竹部 10 **築** 上下

丿 𠂉 𠂉 ⺮ ⺮ ⺮ 竺 竺 竺 築 築 築 築 築 築 築

老師的話：花團錦簇的「簇」唸作ㄘㄨˋ，不是ㄗㄨˊ喲！

ㄓㄨˋ 建造；修建：例築路、構築、建築。

竹部 10 篤 上下

ㄉㄨˇ ①忠實；專一：例篤信、篤行（ㄒㄧㄥˋ）。②（病勢）重：例病篤。

竹部 10 篛 上下

ㄖㄨㄛˋ 竹子的一種（ㄓㄨㄥˇ）。葉寬而大，可以用來編製器具和竹笠，也可以包粽子：例篛笠。

竹部 10 篡 上下

ㄘㄨㄢˋ 奪取：例篡權、篡位、篡奪。

竹部 10 篩 上下

ㄕㄞ ①用竹條或鐵絲等編成的器具，底上有很多孔，用來淘汰細碎的東西：例篩子。②用篩子過濾東西：例篩米、篩沙子。

竹部 11 簇 上下

ㄘㄨˋ ①聚集在一起：例簇擁（許多人緊緊圍著）。②聚集成堆的事物：例花團錦簇。③量詞，用於聚集在一起的東西：例一簇花。

竹部 11 簍 上下

ㄌㄡˇ 用竹篾、荊條等編成的盛（ㄔㄥˊ）東西的器具：例魚簍、字紙簍。

簑（竹部 11畫 上下）

ㄇㄧㄝˋ 用竹子或蘆葦等的莖削（ㄒㄩㄝ）成的薄片，用來編製器物：例竹簑。

篷（竹部 11畫 上下）

ㄆㄥˊ ①用竹木、帆布等製成的遮蔽風雨的東西：例船篷、帳篷、敞篷車。②特指船帆：例扯起篷來。

簫（竹部 12畫 上下）

ㄒㄧㄠ 用一根竹管做的，直吹的樂（ㄩㄝˋ）器。也叫「洞簫」。

老師的話：帳篷的「篷」不可以寫作蓬頭垢面的「蓬」。

簧（竹部 12畫 上下）

ㄏㄨㄤˊ 樂器裡用來振動發聲的金屬薄片；泛指器物中有彈（ㄊㄢˊ）力的部分：例彈簧、簧樂器。

簪（竹部 12畫 上下）

ㄗㄢ ①用來別住髮髻（ㄐㄧˋ）的飾物：例簪子、玉簪。②插在頭髮裡：例簪花、簪戴。

簞（竹部 12畫 上下）

ㄉㄢ 古代盛（ㄔㄥˊ）飯的竹器，圓形有蓋：例簞食（ㄙˋ）壺漿（用簞盛飯、用壺盛湯，形容受到熱烈歡迎的情景）。

老師的話：作業簿的「簿」和薄荷的「薄」字形相似，小心別寫錯了！

竹部 12 **簣** 上下

ㄎㄨㄟˋ　盛土的竹器：例功虧一簣（比喻一件事情只差最後一點而未能完成，便前功盡棄）。

竹部 12 **簡** 上下

ㄐㄧㄢˇ　①古代寫字用的狹長（ㄔㄤˊ）竹片或木片：例竹簡。②書信：例書簡。③結構單純（跟「繁」相對）：例簡歷、簡單、簡便。④使繁變簡；使多變少：例精兵簡政、精簡。

竹部 13 **簾** 上下

ㄌㄧㄢˊ　用布、竹子等做的遮蓋物：例門簾、窗簾、草簾、竹簾〈比〉眼簾。

竹部 13 **簿** 上下

ㄅㄨˋ　本子：例帳簿、筆記簿、練習簿。

竹部 13 **簸** 上下

ㄅㄛˇ　①上下顛動盛（ㄔㄥˊ）有糧食的簸（ㄅㄛˋ）箕，以除去雜物：例簸弄。②上下搖動：例顛簸。

ㄅㄛˋ　〔簸箕〕用來簸（ㄅㄛˇ）弄糧食或掃垃圾的器具，用竹條、柳條或鐵皮等製成。

竹部 13 簽 上下

ㄑㄧㄢ 在文件或單據上寫上姓名、文字或畫上記號：例簽名、簽字、簽到、簽押。

竹部 13 簷 上下

ㄧㄢˊ 同「檐」。①屋頂向外伸出去的部分，用來遮風雨：例屋簷、房簷。②物體的邊緣：例帽簷。

竹部 14 籌 上下

ㄔㄡˊ ①古代計數（ㄕㄨˋ）的用具，多用小竹片、小木棍製成：例籌碼、略勝一籌。②謀劃；想辦法弄到：例籌劃、籌辦、籌款。

竹部 14 籃 上下

ㄌㄢˊ ①竹篾、柳條等編成的盛（ㄔㄥˊ）東西的用具，有提梁：例竹籃、花籃、菜籃。②籃球架上用來投球的帶網鐵圈：例投籃、籃板。③指籃球或籃球隊：例籃壇、男籃。

竹部 14 籍 上下

ㄐㄧˊ ①書：例書籍、古籍。②祖居或本人出生的地方：例祖籍、原籍。③指個人對國家或組織的隸屬關係：例國籍、戶籍、學籍。

老師的話：花籃、籃球的「籃」不可以寫作青出於藍的「藍」喲！

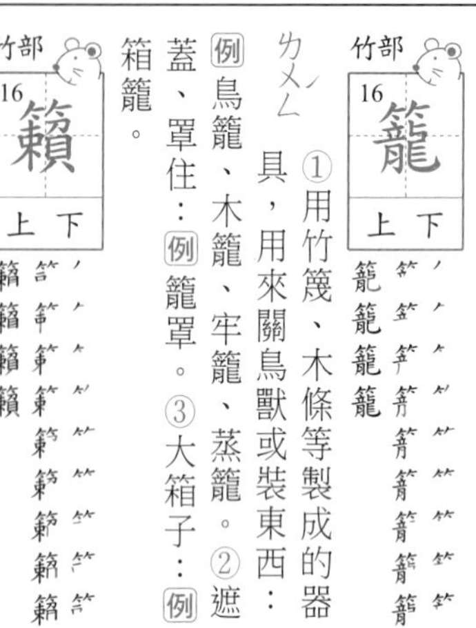

竹部 15 **籐** 上下

ㄊㄥˊ ①蔓生植物，有的莖柔軟堅韌，可以用來編織。②指有匐匍莖或攀緣莖的植物：例瓜籐、葡萄籐。

竹部 16 **籠** 上下

ㄌㄨㄥˊ ①用竹篾、木條等製成的器具，用來關鳥獸或裝東西：例鳥籠、木籠、牢籠、蒸籠。②遮蓋、罩住：例籠罩。③大箱子：例箱籠。

竹部 16 **籟** 上下

ㄌㄞˋ ①古代一種（ㄓㄨㄥ）竹器。②泛指聲音：例萬籟俱寂、天籟（自然界的聲音）。

竹部 17 **籤** 上下

ㄑㄧㄢ ①上面有文字、符號的細竹片，用來算命、賭博等：例求籤、抽籤。②一頭尖的細竹木棍：例竹籤、牙籤。③當作標誌用的小紙片：例標籤、書籤。

竹部 19 **籬** 上下

ㄌㄧˊ 用竹子、樹枝等編成的起隔離作用的東西，圍在房屋、場地周圍。

老師的話：比喻難得、稀有的事，可以用「打著燈籠沒處找」這句俏皮話。

籮 竹部 19 上下

ㄌㄨㄛˊ

丿 ⺈ ⺮ 竹 笁 笂 ... 籮

竹編的盛東西的器具，大多是方底圓口：例籮筐。

籲 竹部 26 上下

ㄩˋ

丿 ⺈ ⺮ ... 籲

為某種請求而吶喊：例呼籲、籲請。

米部

ㄇㄧˇ

米 米部 0 獨體

ㄇㄧˇ

丶 丷 䒑 半 米 米

①某些植物去掉皮殼的種子，特指稻穀等去殼後的子實：例小米、稻米、高粱米、花生米。②像米粒的東西：例蝦米。③公制長（ㄔㄤˊ）度單位，就是「公尺」：例百米賽跑。

籽 米部 3 左右

ㄗˇ

丶 丷 䒑 半 米 米 籽 籽

植物的種子：例花籽、菜籽。

粉 米部 4 左右

ㄈㄣˇ

丶 丷 䒑 半 米 米 粉 粉 粉

①化妝用的白色或淺紅色細末：例脂粉、香粉。②細末狀的東西：例粉末、麵粉、胡椒粉、洗衣粉。③變成或使變成粉末：例粉身碎骨。④用澱粉製作的食品：例粉條、粉絲、米粉、麵粉。⑤紅色和白色混合的顏色：例

猜猜看：「分送米食」，猜一個字。

答案：粉。

老師的話：香甜可口的玉蜀黍也叫「玉米」、「粟米」、「包穀」喲！

粉紅、粉嫩。

米部 5 粒 左右
丶丷㐅半米米'米'米'粒

ㄌㄧˋ ①像米一樣細小的東西：例穀粒、鹽粒、顆粒。②量詞，用於顆粒狀的東西：例一粒米、三粒花生。

米部 5 粕 左右
丶丷㐅半米米'米'粕

ㄆㄛˋ 〔糟粕〕釀酒、榨油剩下的渣滓（ㄓㄚ ㄗˇ），比喻沒有價值的東西。

米部 5 粘 左右
丶丷㐅半米米|米|粘

ㄋㄧㄢˊ 用漿糊（ㄐㄧㄤ ㄏㄨˊ）或膠水等把東西連接起來：例粘貼。

米部 5 粗 左右
丶丷㐅半米米|米|粗

ㄘㄨ ①不精緻：例粗糙（ㄘㄠ）、粗布。②粗疏；不周密：例粗率（ㄕㄨㄞˋ）、粗心大意。③顆粒較大（跟「細」相對）：例粗鹽。④條狀物橫切面的面積大；長條形的東西寬度大：例柱子真粗、腰粗了、眉毛很粗。⑤聲音低而大：例粗聲粗氣。⑥沒禮貌：例粗魯、粗話、粗野、粗俗。

米部 6 粟 上下
一冖冂丙襾襾覀覀粟

ㄙㄨˋ 糧食作物，子實去殼後叫小米。

米部 6 粥 左右 ㄓㄡ
用糧食等熬成的糊狀食物：例玉米粥、蓮子粥。
ㄩˋ
〔葷（ㄒㄩㄣ）粥〕我國古代北方的一個民族。

米部 7 粱 上下 ㄌㄧㄤˊ
〔高粱〕糧食作物，莖稈高，子實可以吃，也可以釀酒。

米部 7 粳 左右 ㄍㄥ
粳稻，一種生長（ㄓㄤˇ）期較長（ㄔㄤˊ）的矮稈稻子，碾（ㄋㄧㄢˇ）出的米叫粳米。

米部 7 粵 上下 ㄩㄝˋ
廣東的別稱（ㄔㄥ）：例粵劇、粵菜。

米部 8 粹 左右 ㄘㄨㄟˋ
①純淨；成分（ㄈㄣˋ）不雜：例純粹。②精華：例國粹、精粹。

米部 8 粽 左右 ㄗㄨㄥˋ
粽子，用竹葉包裹（ㄍㄨㄛˇ）糯米做成的食品。

米部 8 粼 左右

老師的話：「包粽」的諧音是「包中（ㄓㄨㄥˋ）」，所以粽子的飾物成為考生的最愛。

老師的話：關於「精」的成語包括：精打細算、精益求精、精疲力竭。

ㄌㄧㄣˊ 〔粼粼〕水清澈明淨的樣子：例波光粼粼。

米部 8 **精** 左右

丶 丷 丬 半 米 米 米 粁 粁 粁 精 精 精 精

ㄐㄧㄥ ①提煉出來的東西：例酒精、香精、精華。②活力：例精神、精力、聚精會神。③神話傳說中的妖怪：例妖精、白骨精。④經過提煉的或挑選的：例精鹽、精米、精礦、精兵。⑤完善；最好：例精益求精、精良、精美。⑥熟練掌握某種學問或技術：例精通。⑦細緻；嚴密：例精雕細刻、精密、精確。⑧聰明；能幹：例精明。

米部 9 **糊** 左右

丶 丷 丬 半 米 米 米 粘 粘 粘 糊 糊 糊 糊 糊

ㄏㄨˊ ①用米、麥的粉加水調（ㄊㄠˊ）成的黏漿（ㄐㄧㄤ）：例麵糊。②像粥一樣的流汁：例芝麻糊。③黏：例糊信封、糊窗戶。④黏合封閉：例用水泥糊牆縫（ㄈㄥˋ）。

米部 10 **糕** 左右

丶 丷 丬 半 米 米 米 米 米 糕 糕 糕 糕 糕 糕 糕

ㄍㄠ 用麵粉等製成的塊狀食品：例年糕、蛋糕、糕點。

米部 10 **糖** 左右

丶 丷 丬 半 米 米 米 米 米 粐 粐 粐 糖 糖 糖 糖

ㄊㄤˊ ①從甘蔗、甜菜、米、麥等植物中提煉出來的有甜味的東西，包括紅糖、白糖、冰糖、麥芽糖等。②糖製的食品：例牛奶糖、水果糖。③碳水化合物，人體內產生熱能的主要物質：例葡萄糖。

糠 米部 11 左右

ㄎㄤ

①稻、穀等子實的皮或殼：例米糠、吃糠嚥菜。②質地變鬆：例蘿蔔糠。

糜 米部 11 半包圍

ㄇㄧˊ

①腐爛：例糜爛。②浪費：例糜費。③草本植物，形狀像黍類穀物，磨粉後可以製作食品。

糞 米部 11 上下

ㄈㄣˋ

動物的排泄物：例糞便。

糢 米部 11 左右

ㄇㄛˊ

不清楚。通「模」：例糢糊。

糟 米部 11 左右

ㄗㄠ

①釀酒剩下的渣（ㄓㄚ）子：例酒糟、糟糠。②用酒或酒糟醃製食物：例糟肉、糟鴨、糟蛋。③朽爛；不結（ㄐㄧㄝ）實：例房梁全糟了、糟木頭。④（事情或情況）不好：例生意愈來愈糟、身體糟透了、一團糟。

糙 米部 11 左右

猜猜看：「製造米食」，猜一個字。

答案：糕。

老師的話：「糾正」是改正行為等錯誤，「更正」是改正文字的錯誤，意思不同喲！

ㄘㄠ

①只去掉殼的米：例糙米。②不光滑；不精細：例皮膚很粗糙。

米部 12 **糧** 左右

丶 丷 亠 半 米 米 米 粆 粆 粆 粮 糧 糧 糧 糧 糧 糧 糧

ㄌㄧㄤˊ

①可食用的穀類、豆類和薯類等：例糧食、乾糧。②有田地的人對國家所繳的稅：例納糧。

米部 14 **糯** 左右

丶 丷 亠 半 米 米 米 粆 粆 粆 粐 粠 粣 粨 粰 粸 粿 糯 糯 糯

ㄋㄨㄛˋ

煮熟後黏性強的米：例糯米。

糸部 ㄇㄧˋ

糸部 0 **糸** 獨體

ㄥ ㄠ 幺 糸 糸 糸

ㄇㄧˋ

細絲。

糸部 1 **系** 獨體

丿 ㄥ ㄠ 幺 糸 系 系

ㄒㄧˋ

①同類事物依照一定的關係組成的整體：例系統、水系、語系、派系、直系。②大專院校中依學科劃分的教（ㄐㄧㄠ）學行政單位：例中文系、數學系。

糸部 2 **糾** 左右

ㄥ ㄠ 幺 糸 糸 糸 糹 糾 糾

ㄐㄧㄡ

①集合；聚集：例糾合、糾集。②纏繞：例糾結、糾纏。③矯正；改正：例糾偏、糾正。

糸部 3 紂 左右

ㄓㄡˋ

人名，商代最後一個君主。

ㄥ ㄠ ㄠ ㄠ ㄠ ㄠ 紂 紂 紂

糸部 3 紅 左右

ㄏㄨㄥˊ

①像鮮血一樣的顏色：例紅霞、鮮紅、淺紅。②象徵喜慶：例紅白喜事。③象徵成功或受到重（ㄓㄨㄥˋ）視：例紅人、紅歌星、走紅運。④企業分給（ㄍㄟˇ）股東的利潤：例紅利、分紅。

ㄍㄨㄥ

縫（ㄈㄥˊ）紉的事務。通「工」：例女紅。

ㄥ ㄠ ㄠ ㄠ ㄠ ㄠ 紅 紅 紅

糸部 3 紀 左右

ㄐㄧˋ

①制度；法度：例紀律、風紀、法紀、軍紀、違紀。②記載年代的單位，古代以十二年為一紀，現代以一百年為一世紀。③同「記」①②，用於「紀元」「紀年」「紀念」「紀要」「紀行」等語詞中。

ㄥ ㄠ ㄠ ㄠ ㄠ ㄠ 紀 紀 紀

糸部 3 紉 左右

ㄖㄣˋ

①把線穿過針眼：例紉針。②縫（ㄈㄥˊ）：例縫紉。

ㄥ ㄠ ㄠ ㄠ ㄠ ㄠ 紉 紉 紉

糸部 3 紇 左右

ㄏㄜˊ

①粗劣的絲。②唐代西北的民族：例回紇。

ㄥ ㄠ ㄠ ㄠ ㄠ ㄠ 紇 紇 紇

老師的話：風紀、法紀、二十一世紀的「紀」不可以寫作日記的「記」喲！

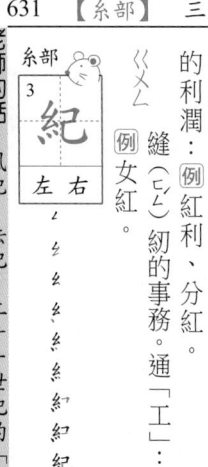

老師的話：紗布、紗窗的「紗」和沙漠、沙灘的「沙」字形相似，小心別寫錯了！

糸部 3 **約** 左右

ㄩㄝ

①限制：例約束、制約。②事先說定；邀請：例約定、預約、特約。③事先說定的事；共同遵守的條款：例有約在先、失約、條約、公約。④節儉：例節約、儉約。⑤大概；大約：例年約七十、約七百斤。

糸部 4 **紡** 左右

ㄈㄤˇ

①把棉、絲、麻、毛等纖維製成紗或線：例紡線、紡織、紡棉花。②一種（ㄓㄨㄥˇ）質地柔軟細緻的絲織品：例紡綢。

糸部 4 **紗** 左右

ㄕㄚ

①用棉花、麻等紡成的細絲，可以合成線或織成布：例棉紗。②用紗織成的織物：例紗巾、紗布、紗窗。

糸部 4 **紋** 左右

ㄨㄣˊ

紡織品上的條紋或圖形；泛指物體、人體上呈線條狀的紋路：例斜紋、木紋、指紋、紋理。

糸部 4 **紊** 上下

ㄨㄣˋ

雜亂；紛亂：例有條不紊、紊亂。

素 糸部 4 上下

ㄙㄨˋ ①本色；白色：例素服、素絲。②色彩單純的：例素雅、素淨。③基本的；不加修飾的：例素質、素材、樸素。④構成事物的基本成分（ㄈㄣˋ）：例元素、要素、因素。⑤平時的：例素日、素常、平素。⑥一向；向來：例素不相識、素昧平生、素來。⑦指蔬菜、瓜果等沒有葷腥的食物（跟「葷」相對）：例素食、葷素搭配。

索 糸部 4 上下

ㄙㄨㄛˇ ①粗繩子：例繩索。②搜求；找：例搜索、探索、摸索、思索。③討取；要：例索取、索要、索還（ㄏㄨㄢˊ）。

純 糸部 4 左右

ㄔㄨㄣˊ ①成分（ㄈㄣˋ）單一；沒有雜質：例純金、單純、純潔。②熟練：例純熟。

紐 糸部 4 左右

ㄋㄧㄡˇ ①某些器物上可以提起或繫（ㄐㄧˋ）掛的部分：例秤（ㄔㄥˋ）紐、印紐。②衣扣：例紐扣。③連結；聯繫（ㄒㄧˋ）：例紐帶。④事物的關鍵：例樞紐。

紕 糸部 4 左右

老師的話：「紐扣」也可以寫作「鈕扣」或「鈕釦」。

猜猜看：「象棋譜」，猜一句成語。

答案：紙上談兵。

ㄆㄧ ①紡織品破爛散（ㄙㄢˋ）開：例線紕了。②疏忽；錯誤：例紕漏、紕繆。

糸部 4 **級** 左右

ㄐㄧˊ ①等次：例上級、高級、等級。②臺階：例石級。③量詞，用於臺階、樓梯、塔層等：例這樓梯有十多級、七級寶塔。④學校的班次：例年級、班級。

糸部 4 **紜** 左右

ㄩㄣˊ 〔紛紜〕（言論（ㄌㄨㄣˋ）或事情）多而雜亂：例眾說紛紜、頭緒紛紜。

糸部 4 **納** 左右

ㄋㄚˋ ①放進；接受：例納入、出納、採納、容納。②交付：例納稅、繳納。③細密地（˙ㄉㄜ）縫（ㄈㄥˊ）：例納鞋底。

糸部 4 **紙** 左右

ㄓˇ 可供（ㄍㄨㄥ）寫字、繪畫、印刷、包裝等用的薄（ㄅㄛˊ）片狀的東西，多用植物纖維製成：例紙張、報紙、紙幣。

糸部 4 **紛** 左右

ㄈㄣ ①繁多；雜亂：例紛繁、紛亂、紛紛。②爭執：例糾紛、排難（ㄋㄢˋ）解紛。

糸部 5 **絆** 左右

ㄅㄢˋ 阻擋或纏住，使跌倒（ㄉㄠˇ）或行（ㄒㄧㄥˊ）走不便：例絆了一跤、絆腳石（比喻阻礙前進的人或事物）。

糸部 5 **絃** 左右

ㄒㄧㄢˊ ①樂（ㄩㄝˋ）器上發聲的絲線。同「弦」②：例琴絃。②比喻妻子：例續絃。

糸部 5 **統** 左右

ㄊㄨㄥˇ ①總括（ㄍㄨㄚ）；總管：例統稱（ㄔㄥ）、統率（ㄕㄨㄞˋ）、統轄、統籌。②管轄：例統治。③事物的連續關係：例系統、血統。

糸部 5 **紮** 上下

ㄓㄚ ①量詞，東西一束叫「一紮」。②行軍後屯駐下來：例紮營、駐紮。③纏綁：例包紮。

糸部 5 **紹** 左右

ㄕㄠˋ 〔介紹〕使雙方認識或發生聯繫（ㄒㄧˋ）：例介紹工作、介紹信。

糸部 5 **紼** 左右

ㄈㄨˊ ①大繩。②牽引棺材的繩子：例執紼（原指送葬時幫

老師的話：介紹的「紹」和詔（ㄓㄠˋ）書的「詔」字形相似，要分辨清楚喲！

助牽引棺材，後來泛指送葬）。

老師的話： 關於「細」的成語包括：細水長流、細聲細氣、細雨和風、細嚼慢嚥。

糸部 5 **絀** 左右

ㄔㄨˋ 短缺：例相形見絀、經費支絀。

糸部 5 **細** 左右

ㄒㄧˋ ①很窄的（跟「粗」相（ㄒㄧㄤ）對）：例細腰、細竹竿。②微小：例細菌、細節、瑣細。③聲音輕微：例嗓音細、細聲細語。④顆粒小：例細沙。⑤精緻：例細密、精細、精雕細刻。⑥詳細；仔細：例膽大心細、精打細算、細看。⑦密探；間（ㄐㄧㄢˋ）諜：例奸細。

糸部 5 **紳** 左右

ㄕㄣ 舊時指地方上有勢力、有地位的人：例紳士、鄉紳、富紳、豪紳。

糸部 5 **組** 左右

ㄗㄨˇ ①結合構成：例組合、改組。②由若干人結合成的單位：例小組。③量詞，用於成套的事物：例一組。④成套的（文藝作品）：例組歌、組詩、組曲、組畫。

糸部 5 **累** 上下

ㄌㄟˇ ①堆積；積聚：例日積月累、成千累萬、積累、累計。②

連續；連接：例連篇累牘、長年累月。③〔累贅〕(1)多餘：例文章的結尾顯得（・ㄉㄜ）累贅。(2)多餘的事物：例買太多衣服，反而成了累贅。

ㄌㄟˋ ①災難（ㄋㄢˋ）、憂患：例終身之累。②家屬（ㄕㄨˇ）：例攜家帶累。③牽連：例牽累、連累。④疲乏：例勞累。

糸部 5 **終** 左右

ㄓㄨㄥ ①結局；最後階段（跟「始」相對）：例年終、自始至終。②結束：例劇終、告終。③指人死：例臨終。④從起始到最後的：例終日、終身。⑤到底；畢竟：例終於勝利。

糸部 6 **絞** 左右

ㄐㄧㄠˇ ①把兩根以上的線、繩、鐵絲等擰（ㄋㄧㄥˊ）在一起：例船纜是三四股麻繩絞成的。②擰；扭緊：例把衣服上的水絞乾〈比〉絞盡腦汁。③（用繩索）勒（ㄌㄟ）死：例絞架、絞刑。

糸部 6 **結** 左右

ㄐㄧㄝˊ ①用繩、線或帶子打成的疙瘩：例領結、蝴蝶結。②凝聚：例凝結、結晶。③形成某種關係：例結合、結交、結仇、結成兄弟、結為聯盟。④終了（ㄌㄧㄠˇ）：例結束、了結、結業、結局、完結。⑤植物長（ㄓㄤˇ）出果實或種（ㄓㄨㄥˇ）

猜猜看：「結實纍纍」，猜一個字。

答案：緒。

子：例開花結果。

ㄐㄧㄝ ①〔結巴〕口吃（ㄐㄧˊ）：例結巴得（˙ㄉㄜ）說不出話來。②〔結實〕堅固耐用；健壯：例這玩具很結實、身體很結實。

糸部 6
絨
左右

紅 紅 紆 紱 絨 絨

ㄖㄨㄥˊ ①細軟的短毛：例絨毛、鴨絨。②表面有一層細毛的紡織品：例絲絨、呢絨。

糸部 6
絕
左右

紹 紹 絕 絕 絕

ㄐㄩㄝˊ ①斷：例絕交、絕望、斷絕、隔絕。②窮盡；完了：例方法都用絕了、彈（ㄉㄢˋ）盡糧絕。③（水準、程度）達到極點的：例絕活、絕技、絕招、絕唱。④最；特別：例絕大多數、絕密、絕妙。⑤沒有出路的；無法挽救的：例絕境、絕路、絕症。⑥斷然；絕對：例絕無此事、絕不答應（ㄉㄚ ㄧㄥ）。⑦死：例絕命、悲痛欲絕。

糸部 6
紫
上下

此 此 紫 紫 紫 紫

ㄗˇ ①藍和紅合成的顏色：例萬紫千紅、紫氣東來。②姓。

糸部 6
絮
上下

如 如 如 絮 絮 絮

ㄒㄩˋ ①像絲棉一樣輕柔的花：例柳絮。②把棉花等鋪（ㄆㄨ）進衣、被裡：例絮被子、絮棉褲。③囉唆；重（ㄔㄨㄥˊ）複：例絮叨（˙ㄉㄠ）、絮煩。

老師的話：唐代的大官都穿紫色的衣服，所以人們形容發達的人叫「紅得發紫」。

絲

糸部 6 左右

ㄙ

①蠶吐出來的細線，是織綢緞的原料：例蠶絲、絲線、絲織品。②泛指又細又長（ㄔㄤˊ）的東西：例粉絲、雨絲。③表示極少的量（ㄌㄧㄤˋ）：例絲毫不差、一絲微笑、一絲不苟。

絡

糸部 6 左右

ㄌㄨㄛˋ

①人體的血管和神經細脈：例經絡、脈絡。②用網狀物兜住或罩住：例用髮網絡住頭髮〈比〉籠絡。③聯繫（ㄒㄧˋ）：例聯絡。

ㄌㄠˋ

〔絡子〕①用線編結成的網袋。②繞紗、線的器具。

給

糸部 6 左右

ㄍㄟˇ

①使對方得（ㄉㄜˊ）到或受到：例給他一支筆、給孩子喝點兒水。②被（ㄅㄟˋ）：例衣服給雨淋溼了、玻璃給人打碎了。③朝（ㄔㄠˊ）；向：例給老師敬禮、給人家道謝。④為；替：例給奶奶端飯、媽媽給我買了件衣服。

ㄐㄧˇ

①供應（ㄍㄨㄥ ㄧㄥˋ）：例給水、補給、供給、自給自足。②富裕；豐足：例家給人足。

絢

糸部 6 左右

ㄒㄩㄢˋ

色彩華麗：例絢麗多彩。

猜猜看：除了「雨絲」是形容雨，還有哪些語詞呢？

答案：雨點、雨滴、雨珠。

老師的話：「經過」是大概說明一個過程，「經歷」則必須有具體事蹟的過程。

糸部 7 經 左右

ㄐㄧㄥ ①紡織物縱（ㄗㄨㄥˋ）向的紗線（跟「緯」相對）：例經紗、經線。②傳（ㄔㄨㄢˊ）統的具權威性的著（ㄓㄨˋ）作；宣揚宗教教義的重（ㄓㄨㄥˋ）要著（ㄓㄨˋ）作：例四書五經、經典、佛經。③長（ㄔㄤˊ）時間不變的：例經常。④從事；治理：例經商、經營。⑤親身接觸過：例經歷、身經百戰。⑥禁（ㄐㄧㄣ）受；承受：例經得（˙ㄉㄜ）住、經不起。⑦地理學上假想的通過地球南北極與赤道成直角（ㄐㄧㄠˇ）的線，在本初子午線以東的稱東經，以西的稱西經：例經度。

糸部 7 絹 左右

ㄐㄩㄢˋ 一種（ㄓㄨㄥˇ）薄（ㄅㄛˊ）而結（ㄐㄧㄝ）實的絲織品：例絹花。

糸部 7 條 左右

ㄊㄠ 用絲線編織的帶子：例絛子、彩絛。

糸部 7 綑 左右

ㄎㄨㄣˇ 通「捆」。①量詞，稱（ㄔㄥ）可以捆束的東西：例一綑報紙。②綁住：例綑紮、綑行李。

糸部 7 綁 左右

ㄅㄤˇ 捆；纏繞：例捆綁、綁腿、五花大綁。

糸部 7 **綏** 左右

ㄙㄨㄟ ①安撫：例綏靖、綏撫。②安好（多用於書信）：例順頌台綏、時綏。

糸部 8 **綻** 左右

ㄓㄢˋ 開裂：例開綻、綻裂、皮開肉綻。

糸部 8 **綰** 左右

ㄨㄢˇ ①盤繞：例綰結、綰髮。②捲：例綰袖子。

糸部 8 **綜** 左右

ㄗㄨㄥˋ 總合在一起：例綜合、綜述、錯綜複雜。

糸部 8 **綽** 左右

ㄔㄨㄛˋ 寬鬆；寬裕：例綽綽有餘、寬綽。

糸部 8 **綾** 左右

ㄌㄧㄥˊ 一種（ㄓㄨㄥˇ）細薄光滑而有花紋的絲織品：例綾羅綢緞。

糸部 8 **綠** 左右

老師的話：綜合的「綜」和粽子的「粽」字形相似，小心別寫錯了！

老師的話：魚網、大網、剛才的「網」、「綱」、「剛」寫法不同，要分辨清楚喲！

ㄌㄩˋ 像青草一樣的顏色：例碧綠、綠油油、花紅柳綠。

糸部 8 **緊** 上下

ㄐㄧㄣˇ ①物體受到較大的拉力或壓力後呈現的狀態（跟「鬆」相對）：例琴弦太緊了、緊繃。②牢固；固定：例緊握、拴緊。③牢的：例緊抓不放。④密而沒有空（ㄎㄨㄥˋ）隙的：例緊靠。⑤生活不富裕：例手頭緊。⑥急迫：例吃緊、不緊不慢。

糸部 8 **綴** 左右

ㄓㄨㄟˋ ①用線縫（ㄈㄥˊ）合：例縫綴。②裝飾：例點綴。

糸部 8 **網** 左右

ㄨㄤˇ ①用繩線等結成的捕魚或捉鳥的工具：例撒（ㄙㄚ）網、魚網。②形狀像網狀的東西：例蜘蛛網、鐵絲網。③縱（ㄗㄨㄥ）橫交錯像網的組織、系統：例通訊網、交通網、法網、網路。④捕捉：例網魚、網羅人才。

糸部 8 **綱** 左右

ㄍㄤ 魚網上的總繩，比喻事物最主要的部分（ㄈㄣˋ）：例提綱挈（ㄑㄧㄝˋ）領（提住網的總繩和衣服的領子，比喻把問題簡要地（˙ㄉㄜ）提出來）、大綱、綱領。

綺 糸部 8 左右

ㄑㄧˇ 古代指有花紋的絲織品。

綢 糸部 8 左右

ㄔㄡˊ 又薄（ㄅㄛˊ）又軟的絲織品：例綢緞、紡綢、絲綢。

綿 糸部 8 左右

ㄇㄧㄢˊ ①接連不斷：例綿延、連綿。②指絲綿：例綿裡裹（ㄍㄨㄛˇ）針（比喻柔中有剛）。③柔軟的：例軟綿綿。④很軟的東西：例海綿。

綵 糸部 8 左右

ㄘㄞˇ 各種（ㄓㄨㄥˇ）顏色的絲綢。同「彩」：例剪綵、張燈結綵。

綸 糸部 8 左右

ㄌㄨㄣˊ ①釣魚用的絲線：例釣綸。②組成的絲線，引申為（ㄨㄟˊ）規劃（ㄏㄨㄚˋ）：例經綸。

ㄍㄨㄢ 用青色絲帶編織成的頭巾：例綸巾。

維 糸部 8 左右

ㄨㄟˊ ①拴住；連結：例維繫（ㄒㄧˋ）。②保持；保護：例維持、維護、維修。

老師的話：綿羊、海綿、纏綿要用「綿」，棉花、棉衣、棉薄則是用「棉」。

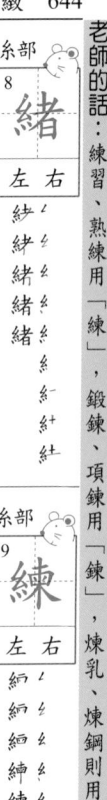

老師的話：練習、熟練用「練」，鍛鍊、項鍊用「鍊」，煉乳、煉鋼則用「煉」。

緒
糸部 8 左右

ㄒㄩˋ ①開端：例頭緒、緒論、千頭萬緒。②心情：例情緒、思緒、心緒。

緇
糸部 8 左右

ㄗ 黑色：例緇衣。

締
糸部 9 左右

ㄉㄧˋ ①結合；訂立：例締交、締結、締約、締盟。②建立：例締造。

練
糸部 9 左右

ㄌㄧㄢˋ ①白色的絲絹：例彩練。②反覆學習，以求純熟：例練功、練習、訓練。③經驗多，見識廣：例熟練、老練、幹練。

緯
糸部 9 左右

ㄨㄟˋ ①織物上跟直向的經線相交叉的橫線：例緯紗。②地理學上假想的沿地球表面與赤道平行的線，赤道以北的稱北緯，以南的稱南緯：例緯度。③治理：例緯世。

緻
糸部 9 左右

ㄓˋ 精細：例細緻、精緻。

緘 糸部 9 左右

ㄐㄧㄢ ①封閉：例緘默（閉口不說話）。②為（ㄨㄟˋ）書信封口（寫在信封上寄信人姓名後）：例王大明緘。

緬 糸部 9 左右

ㄇㄧㄢˇ 遙遠：例緬懷、緬想。

緝 糸部 9 左右

ㄑㄧˋ ①搜查；捉拿：例緝捕、緝私、緝拿、通緝。②縫（ㄈㄥˊ）紉的方法，一針一針細密的縫：例緝鞋口。

編 糸部 9 左右

ㄅㄧㄢ ①把細長（ㄔㄤˊ）的條狀物交叉地（˙ㄉㄜ）織起來：例編筐、編織、編辮子。②按順序組織或排列：例編號、編碼。③對資料或現成的作品進行（ㄒㄧㄥˊ）整理、加工：例編稿、編輯。④整本的書；書的一部分：例續編、簡編、上編、下編。⑤創作（劇本、歌舞等）：例編曲、編劇本、編舞蹈。⑥捏造：例編瞎話、胡編亂造。

緣 糸部 9 左右

猜猜看：「上樹垂釣」，猜一句成語。

答案：緣木求魚。

老師的話：「放長線，釣大魚」這句俗語是說經過有計畫性的方法以達到目的。

ㄩㄢˊ ①原因：例緣由、緣故、無緣無故。②自然在一起的情分：例緣分、姻緣。③邊：例邊緣。

糸部 9 **線** 左右

ㄒㄧㄢˋ ①棉、毛、絲、麻等紡成的細長的東西：例絲線、麻線、毛線。②像線一樣細長的東西：例電線、銅線〈比〉光線、射線。③從一個地方到另一個地方所經過的道路：例路線、鐵路幹線。④指探求問題的途徑或探聽（ㄊㄧㄥ）消息的人：例線索、眼線、內線。⑤彼此交界的地方：例前線、海岸線、分界線。⑥某種境況：例死亡線。⑦指工作崗（ㄍㄤˇ）位所處的位置：例生產線。⑧量詞，跟數詞「一」連用，表示極少、微弱：例一線光明、一線轉（ㄓㄨㄢˇ）機、一線希望。

糸部 9 **緞** 左右

ㄉㄨㄢˋ 質地厚密、正面平滑有光澤的絲織品：例綢緞。

糸部 9 **緩** 左右

ㄏㄨㄢˇ ①（局勢、氣氛等）寬鬆；不緊張：例緩和（ㄏㄜˊ）、緩解。②慢（跟「急」相對）：例緩慢、遲緩、輕重緩急。③推遲；延遲：例緩期、緩刑。

糸部 9 **綞** 左右

ㄉㄨㄛˇ 有花紋的絲織品。同「綾」：例綞子。

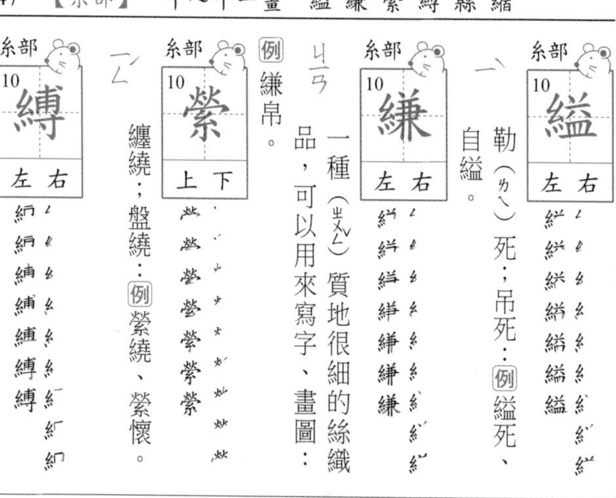

糸部 10 **縊** 左右

一ˋ 勒（ㄌㄟ）死；吊死：例縊死、自縊。

糸部 10 **縑** 左右

ㄐㄧㄢ 一種（ㄓㄨㄥˇ）質地很細的絲織品，可以用來寫字、畫圖：例縑帛。

糸部 10 **縈** 上下

一ㄥˊ 纏繞；盤繞：例縈繞、縈懷。

糸部 10 **縛** 左右

ㄈㄨˊ 捆；綁：例作繭自縛、束縛、手無縛雞之力。

糸部 10 **縣** 左右

ㄒㄧㄢˋ 我國行政區劃單位，在直轄市以下，鄉、鎮以上。

糸部 11 **縮** 左右

ㄙㄨㄛ ①由大變小或由長變短；收縮：例熱脹冷縮、收縮、伸縮。②沒伸開或伸開了又收回去；不伸出：例縮著脖子、縮手縮腳。③後退：例退縮、畏縮不前。④節省（ㄕㄥˇ）；減少：例節衣縮食、緊縮、縮編。

老師的話：形容人膽小怕事，可以用「縮頭縮腦」這句成語。

老師的話：成績、業績的「績」不可以寫作積少成多的「積」喲！

糸部 11 **績** 左右

ㄐㄧ ①把麻或其他纖維捻（ㄋㄧㄢˇ）成線：例績麻、紡績。②功業；成果：例豐功偉績、功績、業績、成績。

糸部 11 **繆** 左右

ㄇㄡˊ （綢繆）①修繕：例未雨綢繆（趁沒下雨，先修繕房屋門窗，比喻事先防備）。②纏綿：例情意綢繆。

ㄇㄧㄠˋ 姓。

ㄇㄧㄡˋ 錯誤。同「謬」：例繆論（ㄌㄨㄣˋ）。

糸部 11 **縷** 左右

ㄌㄩˇ ①線：例千絲萬縷。②有條理；詳詳細細：例條分縷析（形容分析細緻而有條理）、縷述。③量詞，用於細長而輕柔的東西：例一縷絲線、幾縷青煙。

糸部 11 **縲** 左右

ㄌㄟˊ 捆綁犯人的繩索。

糸部 11 **繃** 左右

ㄅㄥ ①拉緊：例緊繃、衣服繃在身上。②稀疏地（˙ㄉㄜ）縫（ㄈㄥˊ）上或用針別上：例繃臂章。

③用來包紮傷口的藥具：例繃帶。

ㄅㄥˇ ①臉部肌肉緊張，表情嚴肅：例繃著（・ㄓㄜ）臉。②用力支撐；勉強（ㄑㄧㄤˇ）忍住：例繃緊點，別鬆手、繃不住笑。

ㄅㄥˋ 脹裂：例繃裂、繃開、氣球繃了。

糸部 11 **縫** 左右

ㄈㄥˊ 用針線連結：例縫補、縫紉、縫衣服、傷口縫了三針。

ㄈㄥˋ ①縫（ㄈㄥˊ）合或接合的地方：例褲縫、天衣無縫。②空（ㄎㄨㄥˋ）隙；裂口：例裂縫、縫隙、窗戶縫。

糸部 11 **總** 左右

ㄗㄨㄥˇ ①聚集；匯合：例總而言之、總括（ㄍㄨㄚ）、總結。②所有的；全面的：例總的情況、總產量（ㄌㄧㄤˋ）、總複習。③負責領導的：例總經理、總公司。④一直；一貫：例他總是這麼年輕、上課時總愛說話。⑤畢竟；終歸：例將（ㄐㄧㄤ）來總會好起來的。

糸部 11 **縱** 左右

ㄗㄨㄥˋ ①不加約束：例縱容、放縱、縱情歌唱。②即使：例縱然、縱使。③身體猛力向上或向前跳：例縱身一跳。

ㄗㄨㄥ 直的；豎的（跟「橫」相對）：例縱線、縱橫、縱隊、縱貫鐵路。

猜猜看：「兩廣總督」，猜一句成語。

答案：各奔東西。

老師的話：「繁華」用來形容熱鬧的地方，「繁榮」用來形容國家或社會蓬勃昌盛。

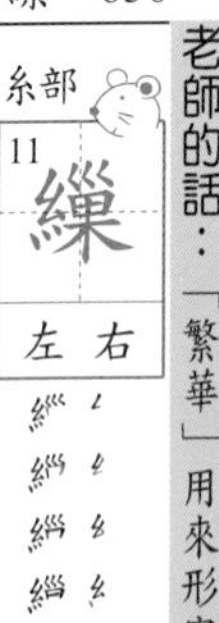

糸部 11 繅 左右

ㄙㄠ 把蠶絲浸在熱水裡抽絲：例繅絲。

糸部 11 繁 上下

ㄈㄢˊ ①多：例繁多、繁雜、頻繁。②茂盛；興(ㄒㄧㄥ)旺：例枝繁葉茂、繁華、繁榮。③滋生；逐漸增多：例繁育、繁殖。④複雜(跟「簡」相對)：例繁複。

ㄆㄛˊ 姓。

糸部 12 織 左右

ㄓ ①用絲、麻、棉紗、線等編製成物品：例織布、紡織、編織、織毛衣。②構成：例組織。

糸部 12 繕 左右

ㄕㄢˋ ①修補好：例修繕。②工整地(˙ㄉㄜ)抄寫：例繕寫。

糸部 12 繞 左右

ㄖㄠˋ ①纏：例把線繞成團。②圍著中心轉(ㄓㄨㄢˋ)動：例圍繞、環繞、繞圈子。③走彎路：例繞道、繞遠。④問題糾纏在一起，弄不清楚：例纏繞。

糸部 12 繚 左右

ㄌㄠˊ ①圍繞：例繚繞、繚亂。②用針線斜著縫（ㄈㄥˊ）：例隨便繚上幾針。

糸部 12 繡 左右
ㄒㄧㄡˋ ①用彩色的線在綢、布上刺出花紋、圖案或文字：例繡花、繡畫、刺繡、彩繡。②刺有五彩花紋的絲織品：例湘繡、川繡。

糸部 13 繫 上下
ㄐㄧˋ 打結；扣：例繫蝴蝶結、繫領帶、繫扣子。
ㄒㄧˋ ①聯結：例維繫。②拴住：例繫馬。③牽掛：例繫念。

糸部 13 繭 上下
ㄐㄧㄢˇ ①蠶在變成蛹（ㄩㄥˇ）之前，吐絲結成的橢圓形物體：例蠶繭。②手腳因過度摩擦而生的厚皮：例老繭。

糸部 13 繹 左右
ㄧˋ 連續不斷：例絡繹不絕。

糸部 13 繳 左右
ㄐㄧㄠˇ ①交付；付出：例繳費、繳稅、繳納。②迫使交出（武器）：例繳械。

老師的話：小朋友，台灣鹿港的刺繡十分聞名喲！有機會的話，不妨去見識一番。

老師的話：形容一個人把柄多，可以用「維吾爾姑娘——辮子多」這句歇後語。

ㄓㄨㄛˊ 繫（ㄐㄧˋ）在箭上的絲繩，用來射馬，射中（ㄓㄨㄥˋ）可以拉住：例纓（ㄧㄥ）繳。

糸部 13 **繩** 左右

ㄕㄥˊ ①用絲、棉、麻纖維或草等製成的長條物：例麻繩、草繩。②標準；規矩：例準繩。③約束；制裁：例繩之以法（用法律來制裁）。

糸部 13 **繪** 左右

ㄏㄨㄟˋ ①畫出圖形：例繪畫、繪圖、描繪。②描述、形容：例繪聲繪影。

糸部 14 **辮** 左右

ㄅㄧㄢˋ ①分股交叉編起來的頭髮：例辮子、髮辮。②比喻把柄：例抓住對方的小辮子。

糸部 14 **繽** 左右

ㄅㄧㄣ 〔繽紛〕繁盛（ㄕㄥˋ）；眾多：例五彩繽紛。

糸部 14 **繼** 左右

ㄐㄧˋ 接續；連續：例前仆後繼、夜以繼日、相（ㄒㄧㄤ）繼、繼續。

糸部 14 **纂** 上下

ㄗㄨㄢˇ 編緝：例纂輯、編纂。

纏
糸部 15 左右

ㄔㄢˊ ①繞；圍繞：例纏綳（ㄅㄥ）帶、纏繞。②不停地打擾：例疾病纏身、糾纏。

續
糸部 15 左右

ㄒㄩˋ ①連接；接連不斷：例持續、連續、繼續。②接在原有事物的後面或下面：例續集、續約。

纓
糸部 17 左右

ㄧㄥ ①帶子；繩子：例長纓。②衣物上的穗狀裝飾物：例帽纓。③像穗狀裝飾物的蔬菜葉子：例蘿蔔纓、芥菜纓。

纖
糸部 17 左右

ㄒㄧㄢ ①細小；細微：例纖細、纖維、纖弱。②指纖維：例化纖。

纔
糸部 17 左右

ㄘㄞˊ ①僅僅，只：例這所學校纔有五個班。②剛剛：例方纔、剛纔。③表示強調（ㄑㄧㄤˊ ㄉㄧㄠˋ）的語氣：例這纔是真的。

纜
糸部 21 左右

老師的話：「剛纔」也可以寫作「剛才」。

ㄌㄢˇ ①多股擰(ㄋㄧㄥˊ)成的粗繩或鐵索，多用來拴船：例纜繩、船纜。②多股組成的像繩子的東西：例電纜、光纜。

缶(ㄈㄡˇ)部

缶部 0 **缶** 獨體

ㄈㄡˇ ①古代一種(ㄓㄨㄥˇ)大腹小口的瓦器。②古代一種瓦製的打擊樂器：例擊缶。

缶部 3 **缸** 左右

ㄍㄤ 用陶土、瓷土、玻璃等燒製的容器，一般口大底小：例水缸、酒缸、魚缸。

老師的話：「缺」的相似字是「少」、「乏」，相反字是「多」、「盈」。

缶部 4 **缺** 左右

ㄑㄩㄝ ①殘破；不完整：例完整無缺、殘缺不全、缺口。②短少；不足：例缺貨、缺錢、欠缺、缺乏。③不完善：例缺點。④該到而沒有到：例缺席、缺勤。

缶部 5 **缽** 左右

ㄅㄛ ①一種(ㄓㄨㄥˇ)像盆而較小的器皿，多為陶製：例飯缽。②僧人盛(ㄔㄥˊ)飯的器具：例缽盂、衣缽相傳(ㄔㄨㄢˊ)。

缶部 11 **罄** 上下

ㄑㄧㄥˋ 器皿空（ㄎㄨㄥ）了（˙ㄌㄜ）；用完了（˙ㄌㄜ）：例告罄、罄盡、罄竹難（ㄋㄢˊ）書。

缶部 12 **罈** 左右

ㄊㄢˊ 肚大口小的瓦器或瓷器，可以用來裝東西：例酒罈、菜罈、醋罈。

缶部 18 **罐** 左右

ㄍㄨㄢˋ 盛（ㄔㄥˊ）東西用的器皿：例罐頭、玻璃罐、瓶瓶罐罐。

网部 ㄨㄤˇ

网部 3 **罕** 上下

ㄏㄢˇ 稀少（ㄕㄠˇ）：例罕見、稀罕。

网部 3 **罔** 半包圍

ㄨㄤˇ ①蒙騙：例欺罔、欺君罔上。②無；沒有：例藥石罔效。③不，表示否定：例罔顧人命。

网部 5 **罟** 上下

ㄍㄨˇ 捕魚和捕鳥獸的網：例網罟。

网部 8 **置** 上下

猜猜看：「枕頭」，猜一句成語。

答案：置之腦後。

老師的話：責罵的「罵」是「网部」，不是「馬部」喲！

ㄓˋ　①設立；建立：例設置、裝置、配置。②購買：例置辦、購置、添置。③安放：例安置、置之不理。

网部 8 **罩** 上下
丶冂冂罒罒罒罒罒罒罟罟罩罩

ㄓㄠˋ　①某些遮在外面的東西：例燈罩、口罩、面罩、床罩。②覆蓋；套在外面：例罩件大衣、籠罩。

网部 8 **罪** 上下
丶冂冂罒罒罒罒罒罪罪罪罪罪

ㄗㄨㄟˋ　①犯法行為（ㄒㄧㄥˊ ㄨㄟˊ）：例犯罪、認罪。②刑罰：例判罪、死罪、畏罪自殺。③痛苦；苦難（ㄋㄢˋ）：例受罪、遭罪。④過失；錯誤：例無罪、罪過。

网部 8 **署** 上下
丶冂冂罒罒罒罒罒罒罒署署署

ㄕㄨˇ　處（ㄔㄨˇ）理公務的地方：例官署、公署。

ㄕㄨˋ　①布置；安排：例部署。②簽名；題名：例署名、簽署。

网部 9 **罰** 上下
丶冂冂罒罒罒罒罒罒罰罰罰罰罰

ㄈㄚˊ　使犯規或犯罪的人受到懲戒：例處（ㄔㄨˇ）罰、受罰、罰款、懲罰、責罰、賞罰分明。

网部 10 **罵** 上下
丶冂冂罒罒罒罒罒罒罵罵罵罵罵罵

ㄇㄚˋ　①用粗話侮辱人：例罵人、罵街、辱罵、謾罵。②用嚴厲的話訓人：例責罵。

猜猜看：「禮義廉恥」，猜一個字。

罷 网部 10 上下

丨 冂 冂 罒 罒 罒 罒 罒 罒 罒 罒 罒 罒 罷 罷

ㄅㄚˋ ①停；歇：例罷休、罷手、罷工。②免去或解除（職務）：例罷官、罷免。③完：例用罷、聽罷。

ㄆㄧˊ 疲勞的。通「疲」：例罷於奔命。

罹 网部 11 上下

丨 冂 冂 罒 罒 罒 罒 罒 罒 罒 罒 罒 罒 罒 罹

ㄌㄧˊ 遭到；遭遇：例罹禍、罹難（ㄋㄢˋ）。

羅 网部 14 上下

丨 冂 冂 罒 罒 罒 罒 罒 罒 罒 罒 罒 罒 罒 罒 罒 罒 罒 羅

ㄌㄨㄛˊ ①捕鳥的網：例羅網、天羅地網。②搜集；包含：例網羅、搜羅、包羅萬象。③質地輕軟的絲織品：例綾羅綢緞。④一種（ㄓㄨㄥˋ）密孔篩子：例銅絲羅。⑤排列；分布：例羅列、星羅棋布。

羈 网部 19 上下

丨 冂 冂 罒 罒 罒 罒 罒 罒 罒 罒 罒 罒 罒 罒 罒 罒 罒 羈 羈 羈 羈 羈

ㄐㄧ ①馬籠頭。②約束；拘束：例羈絆、羈押、落拓不羈。③寄居或停留在外地：例羈旅、羈留。

羊部（ㄧㄤˊ）

羊 羊部 0 獨體

丶 丷 䒑 兰 兰 羊

答案：罷。

老師的話：形容女孩子長得很美的成語包括：閉月羞花、國色天香、花容月貌。

ㄧㄤˊ 哺乳動物，多數頭上有一對角，吃草，反芻。種類很多，有山羊、綿羊、羚羊等。

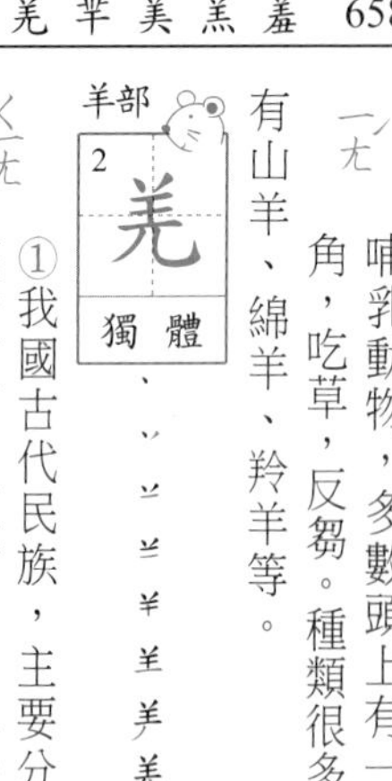

羊部 2 羌 獨體

ㄑㄧㄤ ①我國古代民族，主要分布在今甘肅、青海、四川一帶。②〔羌族〕少數民族之一，分布在四川。

羊部 2 芈 上下

ㄇㄧㄝ 擬聲詞，模擬羊叫的聲音。

ㄇㄧˇ 姓。

羊部 3 美 上下

ㄇㄟˇ ①好看（跟「醜」相對）：例美貌、美景、美麗、俊美。②使事物變美：例美容、美髮。③好的；令人滿意的：例物美價廉、美味、美德。④指美洲或美國：例北美、歐美、美元。

羊部 4 羔 上下

ㄍㄠ 泛指幼小的動物：例羔羊。

羊部 5 羞 半包圍

ㄒㄧㄡ ①不光彩；不體面：例遮羞、羞恥、羞愧。②難為（ㄨㄟˊ）

情的心理或表情：例怕羞、害羞。③使人不好意思：例你別羞他了。

羊部 5
羚 左右

ㄌㄧㄥˊ 形狀像山羊，角向後彎，毛灰黑色，性情溫馴（ㄒㄩㄣˊ），奔跑的速度很快：例羚羊。

羊部 6
善 上下

ㄕㄢˋ ①良好：例多多益善、改善、完善。②善良；心地好（跟「惡（ㄜˋ）」相對）：例性善、慈善、和（ㄏㄜˊ）善。③好事：例善行、善事、行善、棄惡從善。④友好；和（ㄏㄜˊ）睦：例友善、親善。⑤擅長：例善交際、能歌善舞。⑥容易產生：例善變、多愁善感。⑦好好地（˙ㄉㄜ）；妥善地（˙ㄉㄜ）：例善自珍重、善罷甘休。

羊部 7
義 上下

ㄧˋ ①公正的道理：例正義、道義、義正詞嚴、義不容辭。②人與人之間的感情聯繫（ㄒㄧˋ）：例信義、有情有義。③符合大眾利益的：例義演、義賣。④因拜認而結成的關係：例義父、義子。⑤人造的：例義肢。⑥意思：例詞義、意義、含義。

羊部 7
羨 上下

ㄒㄧㄢˋ 因喜愛而希望得（ㄉㄜˊ）到：例羨慕、欣羨。

老師的話：羨慕的「羨」是「羊部」，不要忘記喲！

猜猜看：「烤羊肉，味鮮美。」猜一個字。

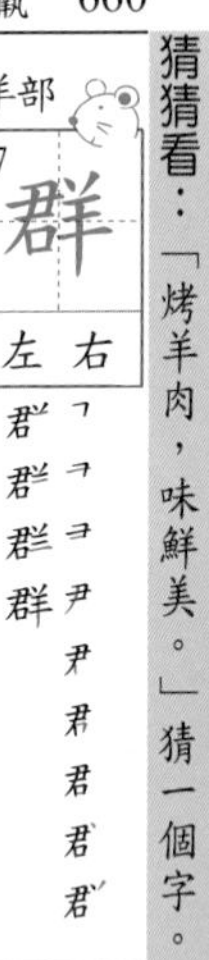

羊部 7 **群** 左右

ㄑㄩㄣˊ ①聚集在一起的許多人或物：例人群、羊群、成群結隊。②成群的；眾多的：例群島、群山、群居、群集。③指眾多的人：例群起響應（ㄧㄥˋ）、群情激奮、武藝超群。④量詞，用於成群的人或物：例一群人、一群羊。

羊部 9 **羯** 左右

ㄐㄧㄝˊ ①閹（ㄧㄢ）割過的公羊。②我國古代北方的民族。

羊部 10 **羲** 上下

ㄒㄧ 〔伏羲〕人名，傳（ㄔㄨㄢˊ）說中的遠古帝王。

羊部 13 **羶** 左右

ㄕㄢ 羊身上所發出的腥臊（ㄙㄠ）氣味。

羊部 13 **羹** 上下

ㄍㄥ 蒸成或煮成的汁狀、糊狀食品：例肉羹、魷魚羹、蓮子羹。

羊部 13 **羸** 上下

ㄌㄟˊ 瘦；弱：例羸弱、羸瘦。

答案：羹。

羽部 ㄩˇ

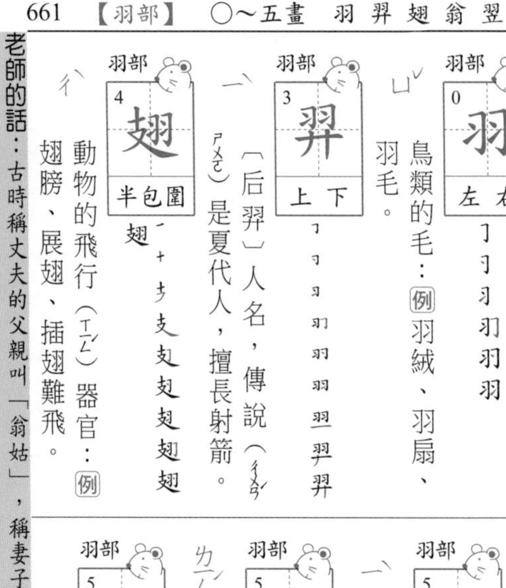

羽部 0 羽 左右 ㄩˇ

ㄱ ㄱ ㄱ 习 羽 羽

鳥類的毛：例羽絨、羽扇、羽毛。

羽部 3 羿 上下 ㄧˋ

ㄱ ㄱ ㄱ 习 羽 羽 羽 羿 羿 羿

〔后羿〕人名，傳說（ㄔㄨㄢˊ）（ㄕㄨㄛ）是夏代人，擅長射箭。

羽部 4 翅 半包圍 ㄔˋ

一 十 土 支 支 支 支 翅 翅 翅

動物的飛行（ㄒㄧㄥˊ）器官：例翅膀、展翅、插翅難飛。

羽部 4 翁 上下 ㄨㄥ

ノ 八 公 公 公 爹 翁 翁 翁 翁

年老的男人：例老翁。

羽部 5 翌 上下 ㄧˋ

ㄱ ㄱ ㄱ 习 羽 羽 羽 翌 翌 翌 翌

次；下一個：例翌晨、翌日、翌年。

羽部 5 翎 左右 ㄌㄧㄥˊ

ノ 人 へ 今 令 令 令 翎 翎 翎 翎

鳥翅膀和尾巴上的長（ㄔㄤˊ）羽毛：例雁翎、翎毛。

羽部 5 習 上下

ㄱ ㄱ ㄱ 习 羽 羽 羽 習 習 習 習

老師的話：古時稱丈夫的父親叫「翁姑」，稱妻子的父親叫「翁婿」。

老師的話：比喻人風度好，可以用「風度翩翩」這句成語。

ㄒㄧˊ ①反覆地（•ㄉㄜ）學：例複習、練習、溫習。②因反覆接觸而熟悉：例習慣、習以為常。③長期形成的不容易改變的行為或風氣：例積習、惡習、習俗、習氣。

羽部 6 **翔** 左右

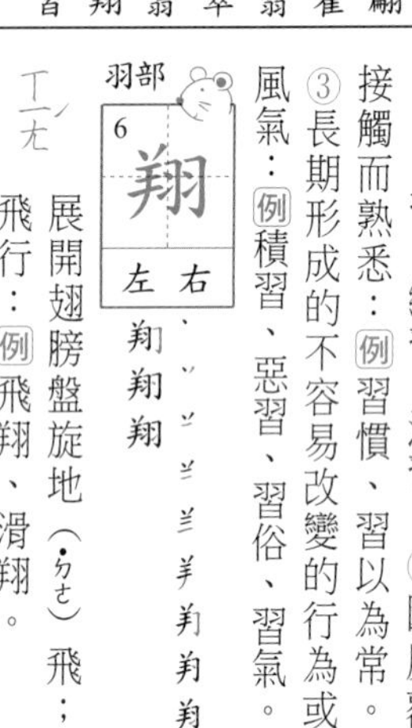

ㄒㄧㄤˊ 展開翅膀盤旋地（•ㄉㄜ）飛；飛行：例飛翔、滑翔。

羽部 6 **翕** 上下

ㄒㄧˋ 收斂；閉合：例翕動（嘴唇等一張一合地（•ㄉㄜ）動）、翕張（一合一張）。

羽部 8 **翠** 上下

ㄘㄨㄟˋ 青綠色：例翠柏、翠竹、翠綠。

羽部 8 **翡** 上下

ㄈㄟˇ 〔翡翠〕一種（ㄓㄨㄥˇ）寶石，半透明，有光澤，鮮豔翠綠色的最貴重（ㄓㄨㄥˋ）。可以製成飾品。

羽部 8 **翟** 上下

ㄓㄞˊ 姓。

ㄉㄧˊ 長（ㄔㄤˊ）尾巴（ㄨㄟˇ •ㄅㄚ）的野雞。

羽部 9 **翩** 左右

ㄆㄧㄢ 〔翩翩〕形容輕快地（˙ㄉㄜ）舞動的樣子：例翩翩起舞。

翰

羽部 10 左右

ㄏㄢˋ 長（ㄔㄤˊ）而硬的羽毛；借指毛筆、文章、書信等：例翰札、翰墨、文翰。

翱

羽部 10 左右

ㄠˊ 〔翱翔〕鳥回旋（ㄒㄩㄢˊ）地飛：例老鷹在天空中翱翔。

翳

羽部 11 上下

ㄧˋ ①遮蓋：例翳日、林木陰翳。②長（ㄓㄤˇ）在眼角膜上的白斑：例眼翳。

翼

羽部 11 上下

ㄧˋ ①鳥類或昆蟲的翅膀：例鳥翼、蟬翼。②像翅膀的東西：例機翼。③軍隊、球隊的左右兩側：例兩翼夾攻、左翼。

翹

羽部 12 半包圍

ㄑㄧㄠˊ ①物體的一頭向上揚起：例翹尾巴。②抬起：例翹首、翹望。③傑出的、才能出眾的：例翹楚。

ㄑㄧㄠˋ 高起；突起：例翹翹板。

翻

羽部 12 左右

老師的話：翹翹板的「翹」唸作ㄑㄧㄠˋ，不要忘記喲！

老師的話：形容別人做事慢吞吞，可以用「老牛拉破車」這句俏皮話。

ㄈㄢ ①上下或裡外位置變換；歪倒（ㄉㄠˇ）：例翻身、翻車、人仰馬翻。②變換；改變：例翻新、翻改、翻案。③把一種（ㄓㄨㄥˇ）語言文字的意義變換成另一種語言文字表示出來：例翻譯。④作相（ㄒㄧㄤ）反的改變：例翻供、翻臉。⑤越過：例翻越、翻過。

羽部 14

耀

左右

丨 ⺊ ⺌ 业 光 光 光 光 光 光 光 光 光 光 光 耀 耀 耀

ㄧㄠˋ ①強光照射：例耀眼、閃耀、照耀。②顯示；誇示：例顯耀、炫耀、誇耀。③光榮：例榮耀。

老部 ㄌㄠˇ

老部 0

老

半包圍

一 十 土 耂 耂 老

ㄌㄠˇ ①年紀大（跟「少」「幼」相對）：例人老心不老、老奶奶。②年紀大的人：例尊老愛幼、一家老小。③富有經驗的：例老練、老手、老於世故。④歷時長（ㄔㄤˊ）久的（跟「新」相對）：例老牌子、老朋友、老字號。⑤陳舊的；過時的：例樣式太老。⑥原來的：例老地方、老脾氣、老毛病。⑦生長（ㄓㄤˇ）時間過長（ㄔㄤˊ）或加工過了火候而不好（ㄏㄠˇ）吃（跟「嫩」相對）：例肉炒老了。⑧一直；經常：例老是寫錯字。⑨詞頭，沒有意義：例老鼠、老虎、老李、老大。⑩很：例老大不小、老早。

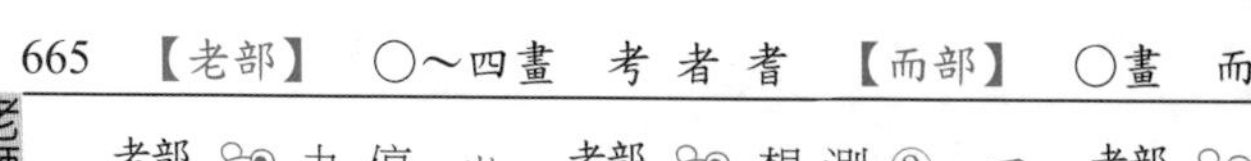

老部 0 **考** 半包圍

一 十 土 耂 耂 考

ㄎㄠˇ ①深入細緻地(˙ㄉㄜ)觀察、調(ㄉㄧㄠˋ)查：例考核、考察。②檢查：例考績、考勤、考查。③測驗：例考試。④仔細地(˙ㄉㄜ)想；研究：例思考、考慮、考證。

老部 4 **者** 上下

一 十 土 耂 耂 者 者 者

ㄓㄜˇ ①表示人或事物：例弱者、前者、後者、兩者。②表示停頓的語氣：例北山愚公者，年且九十。

老部 4 **耆** 上下

一 十 土 耂 耂 老 耂 耆 耆 耆

ㄑㄧˊ 六十歲以上的老人：例耆老、耆年。

而部

而部 0 **而** 獨體

一 ㄒ ㄏ 丙 而 而

ㄦˊ ①又；並且：例少而精、高而壯、肥而不膩、物美而價廉。②表示轉折的語氣，相當(ㄒㄧㄤ ㄉㄤ)於「但是」：例費力大而成效小。③表示前面的話是後面的話的目的、原因、依據、方式、狀態等：例為正義而戰、因下雨而延期、憑個人興趣而定、挺身而出、匆匆而來。④表示由一種(ㄓㄨㄥˇ)狀態過渡到另一種狀態，有「到」的狀

老師的話：「考查」多指對事物進行調查，「考察」偏重實地觀察研究。

老師的話：玩耍的「耍」和需要的「要」字形相近，要分辨清楚喲！

意思：例一而再，再而三、由遠而近、從下而上、自東而西。

而部 3 耐 左右

ㄋㄞˋ

承受得（ㄉㄜ˙）住；能忍受：例耐磨、耐久、耐用、忍耐、耐心、耐性、耐煩。

一 ㄏ ㄏ 丙 丙 而 而 耐 耐

而部 3 耍 上下

ㄕㄨㄚˇ

①玩；遊戲：例玩耍。②捉弄：例耍弄、耍笑。③擺著（ㄓㄜ˙）玩；表演：例耍刀弄棒。④施展；賣弄：例耍花招、耍手腕、耍花樣、耍嘴皮子。

一 ㄏ ㄏ 丙 丙 而 耎 耎 耍

耒部

ㄌㄟˇ

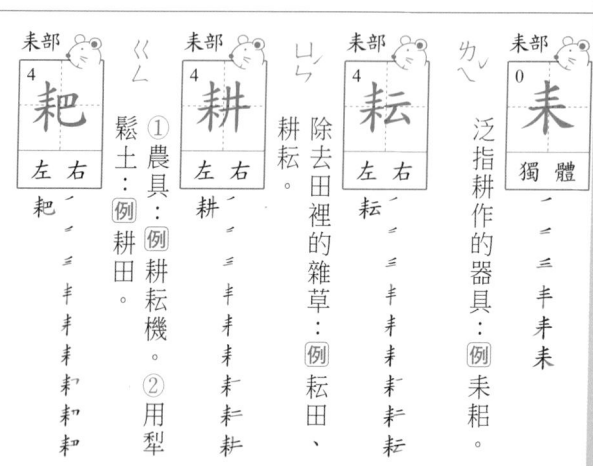

耒部 0 耒 獨體

ㄌㄟˇ

泛指耕作的器具：例耒耜。

一 二 三 丰 耒 耒

耒部 4 耘 左右

ㄩㄣˊ

除去田裡的雜草：例耘田、耕耘。

耘 一 二 三 丰 丰 耒 耒 耘 耘 耘

耒部 4 耕 左右

ㄍㄥ

①農具：例耕耘機。②用犁鬆土：例耕田。

耕 一 二 三 丰 丰 耒 耒 耕 耕 耕

耒部 4 耙 左右

耙 一 二 三 丰 丰 耒 耒 耙 耙 耙

ㄆㄚˊ ①一種（ㄓㄨㄥˇ）鋸齒形的農具，用來平整土地或聚攏、散（ㄙㄢˋ）開穀物等：例竹耙、釘耙。②翻動泥土：例耙土。

耒部 4 耗 左右

耗 一 二 三 丰 丯 耒 耒 耒 耗

ㄏㄠˋ ①減損；消費：例消耗、耗費。②壞消息：例噩耗（人死的消息）。③拖延：例消耗、耗時間。④「耗子」老鼠。

耒部 5 耜 左右

耜 一 二 三 丰 丯 耒 耒 耜 耜

ㄙˋ 古代一種（ㄓㄨㄥˇ）挖土的農具：例耒耜。

耳部 ㄦˇ

耳部 0 耳 獨體

一 丅 丌 丌 耳 耳

ㄦˇ ①聽覺（ㄐㄩㄝˊ）器官。②外形像耳朵的東西：例木耳、銀耳。③位置在兩側的：例耳房（正房兩側的小屋）。

耳部 3 耶 左右

一 丅 丌 丌 耳 耳 耳 耶 耶

ㄧㄝˊ ①用在句末表示疑問語氣，相當於「嗎」「呢」：例是耶、非耶。②音譯用字。用於「耶穌」、「耶路撒冷」等。

耳部 4 耽 左右

耽 一 丅 丌 丌 耳 耳 耳 耴 耽

ㄉㄢ 拖延：例耽擱、耽誤。

老師的話：耶誕老人的「耶」是單音字，唸作ㄧㄝˊ，不要忘記喲！

老師的話：「聊天」也可以叫作扯閒淡、拉家常、煲（ㄅㄠ）電話粥。

耳部 4 **耿** 左右

耿 ㄍㄥˇ 正直：例耿介、耿直。

耳部 5 **聊** 左右

聊 ㄌㄧㄠˊ ①姑且；暫且：例聊備一格、聊以自慰。②略微；稍微：例聊勝於無、聊表謝意。③依賴；依靠：例民不聊生（百姓沒有賴以生存的條件）、無聊（精神空虛無所寄託）。④閒談：例聊天。

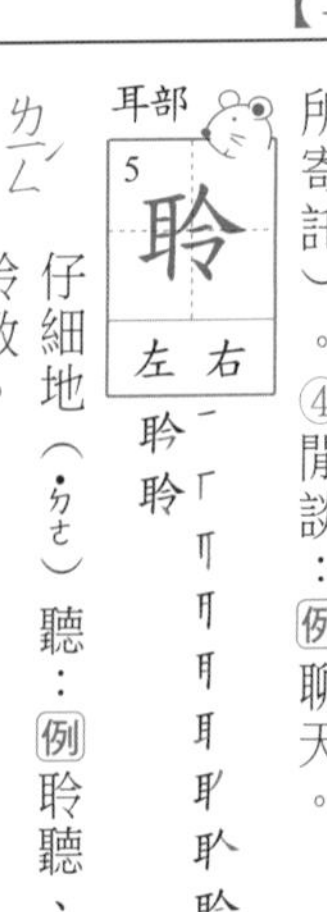

耳部 5 **聆** 左右

聆 ㄌㄧㄥˊ 仔細地（˙ㄉㄜ）聽：例聆聽、聆教。

耳部 7 **聖** 上下

聖 ㄕㄥˋ ①品格最高尚、智慧最高超的人；在某方面有極高成就的人：例聖賢、詩聖、棋聖。②最崇高；最莊嚴：例神聖、聖潔、聖地。③君主時代尊稱（ㄔㄥ）帝王：例聖上、聖旨。④宗教（ㄐㄧㄠˋ）徒尊稱所信仰的：例聖誕、聖經。

耳部 7 **聘** 左右

聘 ㄆㄧㄣˋ ①請人擔任某個職務或參（ㄘㄢ）加某項工作：例解聘、應（ㄧㄥ）聘。②女子出嫁：例出聘。

耳部 8 聞 半包圍

丨 𠃌 𠃍 𠃍 門 門 門 門 閂 閅 閒 閗 聞

ㄨㄣˊ ①聽見：例耳聞目睹、聞風而動。②聽到的事；消息：例新聞、奇聞、趣聞。③用鼻子辨別氣味：例聞香、聞一聞。

耳部 8 聚 上下

一 𠂆 丆 𠃊 耳 耳 取 取 聚 聚 聚 聚 聚

ㄐㄩˋ 會集；集合：例聚集、聚會、聚餐。

耳部 11 聱 上下

一 十 士 キ 去 考 考 考 考 敖 敖 敖 敖 聱 聱 聱 聱

ㄠˊ 〔聱牙〕讀起來不順口。

耳部 11 聲 上下

一 十 士 韦 吉 吉 声 声 声 殸 殸 殸 殸 聲 聲 聲 聲

ㄕㄥ ①物體振動發出的音響：例聲音、雷聲、歌聲、聲響。②發出聲音；宣揚：例不聲不響、聲稱、聲討、聲張。③名譽；威望：例名聲、聲譽、聲望。④語音學的輔音，例如：ㄅ、ㄆ、ㄇ等。⑤聲調（ㄉㄧㄠˋ）：例上聲、輕聲。⑥量詞，用於發出聲音的次數（ㄕㄨˋ）：例哭了幾聲、一聲槍響。

耳部 11 聰 左右

一 𠂆 丆 𠃊 耳 耳 耳′ 耳′ 耳′ 耳′ 聆 聆 聆 聆 聆 聰 聰

ㄘㄨㄥ ①聽覺（ㄐㄩㄝˊ）敏銳：例耳聰目明。②智力發達，記憶和理解能力強（ㄑㄧㄤˊ）：例聰明、聰穎。

老師的話：「聰明」的相似詞是機智、伶俐、靈敏，相反詞是愚蠢、笨拙、遲鈍。

老師的話：「聯絡」也可以寫作「連絡」。

耳部 11 **聯** 左右

ㄌㄧㄢˊ ①接續不斷：例蟬聯。②結合在一起：例聯合、聯盟、聯絡、聯繫（ㄒㄧˋ）。③對聯：例上聯、春聯、輓聯。

耳部 11 **聳** 上下

ㄙㄨㄥˇ ①使人害怕；驚動：例聳人聽聞、危言聳聽。②高高地立起：例高聳、聳立。③抬高或前移：例聳肩。

耳部 12 **職** 左右

ㄓˊ ①按照規定應做的事情或應盡的責任：例職責、失職、盡職、天職。②所從事的工作：例職業、兼職、正職。

耳部 12 **聶** 上下

ㄋㄧㄝˋ 姓。

耳部 16 **聾** 上下

ㄌㄨㄥˊ 聽不見或聽不清聲音：例聾子、裝聾作啞。

耳部 16 **聽** 左右

ㄊㄧㄥ ①用耳朵接收聲音：例聽故事、聽收音機、聽力、聽覺（ㄐㄩㄝˊ）。②依從；接受：例聽話、聽從。③探問消息：例打聽、探聽。

ㄊㄧㄥˋ ①任憑；順著：例聽天由命。②治理；管理：例聽政。③裁判；決定：例聽訟。

聿部 ㄩˋ

聿（聿部 0畫 獨體）

ㄩˋ ①「筆」的本字，寫字的工具。②文言文中句子開頭用的發語詞，沒有意義。

肆（聿部 7畫 左右）

ㄙˋ ①毫無顧忌；任意胡來：例肆意妄為、放肆。②數（ㄕㄨˋ）字「四」的大寫。

老師的話：嚴肅的「肅」是「聿部」，不要忘記喲！

肄（聿部 7畫 左右）

ㄧˋ 學習：例肄業（指沒有畢業或還沒有畢業）。

肅（聿部 8畫 獨體）

ㄙㄨˋ ①恭敬：例肅立、肅然起敬。②莊重（ㄓㄨㄥˋ）；嚴肅：例肅穆、肅靜。③清除：例肅清。

肇（聿部 8畫 上下）

ㄓㄠˋ ①開始：例肇始、肇端。②引起：例肇事。

肉部 ㄖㄡˋ

老師的話：病入膏肓的「肓」和盲人的「盲」字形相似，小心別寫錯了！

肉部 0 **肉** 半包圍
丨 冂 内 内 肉 肉
ㄖㄡˋ ①人或動物體內被皮包著的柔軟物質：例肉體、肌肉。②果實裡面可以吃的部分：例果肉。

肉部 2 **肋** 左右
丿 刀 月 月 肋 肋
ㄌㄜˋ 人和某些動物胸部的兩側：例兩肋、左肋、肋骨。

肉部 2 **肌** 左右
丿 刀 月 月 肌 肌
ㄐㄧ 肌肉，人體和動物體內的組織，由許多肌纖維構成，可以分成橫紋肌、平滑肌和心肌。

肉部 3 **肖** 上下
丨 丨 ⺌ 𫩏 肖 肖 肖
ㄒㄧㄠˋ 像；相（ㄒㄧㄤ）似：例惟妙惟肖、肖像。

肉部 3 **肓** 上下
丶 亠 亡 肓 肓 肓 肓
ㄏㄨㄤ 中國古代醫學指心臟和隔膜之間（ㄐㄧㄢ）的部分（ㄈㄣˋ），認為（ㄨㄟˋ）是藥力達不到的地方：例病入膏肓。

肉部 3 **肝** 左右
丿 刀 月 月 肝 肝 肝
ㄍㄢ 人和動物的消化器官，有儲存養料、分泌膽汁、解毒、造血等功能。

肉部 3 肘 左右
丿 刀 月 月 月一 肘 肘

ㄓㄡˇ ①上臂與下臂交接處（ㄔㄨˋ）可以彎曲（ㄑㄩ）的部位：例手肘、肘臂、掣（ㄔㄜˋ）肘、捉襟見肘。②指動物的腿部：例豬肘子。

肉部 3 肛 左右
丿 刀 月 月 月一 肝 肛

ㄍㄤ 在直腸的末端，是排泄糞便的器官：例肛門。

肉部 3 肚 左右
丿 刀 月 月 月一 肚 肚

ㄉㄨˋ ①動物的腹部：例肚子、肚皮、挺胸凸肚。②物體圓而凸起的部分（ㄈㄣˋ）：例腿肚子。

ㄉㄨˇ 豬、牛、羊等的胃：例牛肚。

肉部 3 育 上下
一 ㄊ 云 产 育 育 育

ㄩˋ ①生孩子：例生育、節育。②養活：例育嬰、養育。③培養：例教（ㄐㄧㄠˋ）育、培育、育人、育才。④教育活動：例德育、體育、智育。

肉部 4 肺 左右
丿 刀 月 月 月一 肝 肺 肺

ㄈㄟˋ 人和高等動物的呼吸器官，在胸腔內，左、右各一，有支氣管相連，負責氧氣和二氧化碳的交換。

老師的話：肺部的「肺」右邊寫作「巿」，不是台北市的「市」喲！

猜猜看：「四四方方，又白又光，姑娘請他，清潔衣裳。」猜日用品。

答案：肥皂

肉部 4 **肥** 左右

ㄈㄟˊ ①含脂肪多的（跟「瘦」相對）：例肥肉、肥胖。②土地含養分（ㄈㄣˋ）多：例肥沃。③使肥沃：例肥田。④能增加土地養分的東西：例肥料、水肥、堆肥、化肥。⑤靠不正當（ㄉㄤˋ）的收入而富裕：例損公肥私。⑥收入多的：例肥缺。

肉部 4 **肢** 左右

ㄓ ①人的手和腳：例四肢。②鳥獸的翅膀和腳：例折肢、肢體。

肉部 4 **肱** 左右

ㄍㄨㄥ ①人的上臂（ㄅㄧˋ），從肩到肘的部分（ㄈㄣˋ）：例肱骨。②手臂：例股肱（比喻得（ㄉㄜˊ）力的助手）。

肉部 4 **股** 左右

ㄍㄨˇ ①大腿：例股骨。②量詞。(1)用於氣體、氣味、力氣等：例一股熱氣、一股清香、一股勁。(2)用於成批的人：例一股敵軍。③財物分配或集合資金中的一份：例入股、股東、股金。

肉部 4 **肫** 左右

ㄓㄨㄣ 鳥類的胃：例雞肫。

肉部 4 **肩** 半包圍

ㄐㄧㄢ ①上臂和身體相連的部分（ㄈㄣˋ）：例肩膀、肩頭。②擔（ㄉㄢ）負：例身肩重任。

肉部 4 **肴** 上下

ㄧㄠˊ 泛指雞鴨魚肉等菜：例佳肴、菜肴。

肉部 4 **肪** 左右

ㄈㄤˊ （脂肪）動物體內的油脂。見「脂」。

肉部 4 **肯** 上下

ㄎㄣˇ ①同意；許可：例首肯（點頭同意）、肯定。②表示願意：例肯不肯。

肉部 5 **胖** 左右

ㄆㄤˋ （人體）肉厚，含脂肪多（跟「瘦」相對）：例肥胖、胖娃娃。

ㄆㄢˊ 寬舒；舒坦：例心廣體胖。

肉部 5 **胥** 上下

ㄒㄩ 古代辦理文書的小官。

猜猜看：「半個月亮」，猜一個字。

答案：胖。

猜猜看：「古時的月」，猜一個字。

答案：胡。

肉部 5 **胚** 左右

丿 几 月 月 月一 肞 肧 胚

ㄆㄟ 剛剛發育的動、植物幼體：例胚胎、胚芽。

肉部 5 **胃** 上下

丨 冂 冂 田 田 甲 胃 胃 胃

ㄨㄟˋ 消化器官之一，上面和食道相連，下面和腸相連：例腸胃。

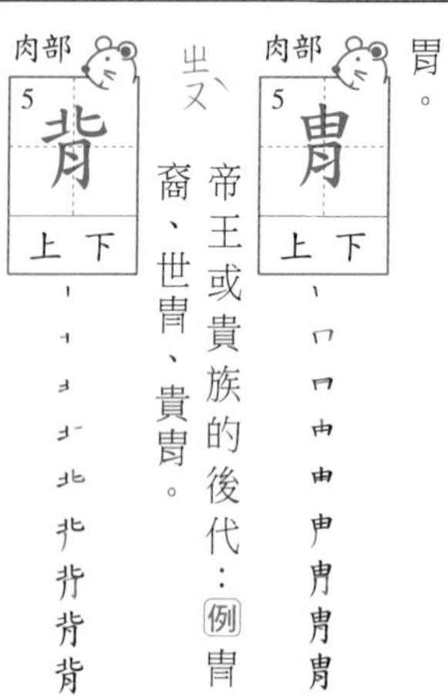

肉部 5 **胄** 上下

丨 冂 冂 由 由 胄 胄 胄 胄

ㄓㄡˋ 帝王或貴族的後代：例胄裔、世胄、貴胄。

肉部 5 **背** 上下

丨 丨 丬 北 北 背 背 背 背

ㄅㄟ ①人用背（ㄅㄟˋ）馱東西：例背書包、背小孩。②承受；負擔：例背惡（ㄜˋ）名、背債。

ㄅㄟˋ ①軀幹上跟胸、腹相對的部位：例背部、脊背。②物體的反面或後面：例背面、刀背、手背。③以背（ㄅㄟˋ）部向著（˙ㄓㄜ）或靠著（跟「向」相對）：例背著風走、背水一戰、背光。④違反；不遵守：例背信棄義、背約、違背。⑤不順：例手氣背、走背運。⑥離開：例背井離鄉。⑦避開；瞞著（˙ㄓㄜ）：例背著人做壞事。⑧憑記憶讀出來：例背書、背誦。⑨聽覺（ㄐㄩㄝˊ）不靈：例耳朵背。

肉部 5 **胡** 左右

一 十 古 古 古 古 胡 胡 胡

ㄏㄨˊ ①古代稱我國北方和西方的民族：例胡人。②從外族或外國來的：例胡琴、胡桃、胡椒。③指胡琴：例京胡、二胡、板胡。④說話、做事不講道理，任意亂來：例胡寫亂畫、胡說八道、胡鬧、胡來。⑤〔胡同〕小街巷。

肉部 5 胛 左右

ㄐㄧㄚˇ 背脊上部跟胳膊連接的部分（ㄈㄣˋ）：例肩胛。

肉部 5 胎 左右

ㄊㄞ ①人和哺乳動物母體內懷著的幼體：例胎兒、胚胎。②量詞，用於懷孕或生育的次數（ㄕㄨˋ）：例頭胎。③襯在器物內部的東西：例泥胎、輪胎。

肉部 5 胞 左右

ㄅㄠ ①包裹（ㄍㄨㄛˇ）胎兒的薄膜：例胞衣。②同父母所生的：例胞妹。③同國籍的人：例同胞。

肉部 5 胤 左右

ㄧㄣˋ 後代：例胤裔、胤嗣。

肉部 6 胱 左右

ㄍㄨㄤ 〔膀胱〕泌尿器官。見「膀」。

老師的話：關於宋太祖趙匡胤最有名的歷史故事是「杯酒釋兵權」。

猜猜看：「一月七日」，猜一個字。

肉部 6 **脂** 左右

ㄓ

①動植物所含的油性物質：例脂肪、松脂、油脂。②含脂的化妝品：例脂粉、塗脂抹粉。

肉部 6 **胰** 左右

ㄧˊ

〔胰腺〕人和動物體內的腺體，它的分泌物能幫助消化，調（ㄊㄧㄠˊ）節體內新陳代謝。

肉部 6 **脅** 上下

ㄒㄧㄝˊ

①從腋下到肋骨盡處（ㄔㄨˋ）的部分（ㄈㄣˋ）：例兩脅、脅下。②逼迫；強（ㄑㄧㄤˇ）迫：例脅迫、脅從（ㄘㄨㄥˊ）、威脅。

肉部 6 **胭** 左右

ㄧㄢ

〔胭脂〕一種紅色的脂粉，可當（ㄉㄤˋ）作化妝品用。

肉部 6 **胴** 左右

ㄉㄨㄥˋ

軀幹：例胴體。

肉部 6 **脆** 左右

ㄘㄨㄟˋ

①容易斷或容易碎（跟「韌」相對）：例這餅乾已經脆了。②受挫折後動搖；不堅定：例脆弱。③酥脆爽口：例又甜又脆。④聲音清亮：例嗓音脆。⑤俐落；不拖泥（ㄋㄧˊ）帶水：例乾脆。

答案：脂。

肉部 6 胸 左右

胸 丿 几 月 月 月' 肑 肑 胸 胸

ㄒㄩㄥ ①胸膛，軀幹的一部分（ㄈㄣˋ），在頸與腹或頭與腹之間。②指內心：例胸襟、胸懷大志、心胸開闊。

肉部 6 胯 左右

胯 丿 几 月 月 月一 月ナ 肣 胯

ㄎㄨㄚˋ 人體腰部兩側和大腿之間的部分：例胯下、胯骨。

肉部 6 胳 左右

胳 丿 几 月 月 月' 月ク 肸 胳 胳

ㄍㄜ 〔胳膊〕從肩到手腕的部分。也說「胳臂」。

肉部 6 脈 左右

脈 丿 几 月 月 月' 月厂 月厂 脈 脈

ㄇㄞˋ ①分布在人和動物體內的血管：例動脈、靜脈。②像血管那樣成系統的事物：例山脈、葉脈、一脈相承。

ㄇㄛˋ 〔脈脈〕形容用眼神表達情意的樣子：例含情脈脈。

肉部 6 能 左右

能 ㄥ ㄙ 厶 台 自 自 自' 能 能

ㄋㄥˊ ①本領；才幹：例各盡所能、逞能、無能、低能、才能、智能。②有才幹的：例能工巧匠、能人、能手。③表示善於做某事：例能寫會畫、能歌善舞。④應（ㄧㄥ）該；可以：例考試時不能作弊。

老師的話：含情脈脈的「脈脈」唸作ㄇㄛˋㄇㄛˋ，不要忘記喲！

老師的話：關於「脫」的成語包括：脫口成章、脫胎換骨、脫穎而出。

脊

肉部 6 上下

ㄐㄧˇ ①人和脊椎動物背部中間的骨骼：例脊椎、脊梁、脊背。②物體上像脊一樣高起的部分(ㄈㄣˋ)：例屋脊、山脊。

脯

肉部 7 左右

ㄈㄨˇ ①肉乾：例肉脯。②用糖醃製的瓜果乾：例桃脯、梅脯。

ㄆㄨˊ 胸部的肉塊：例胸脯、雞脯。

脖

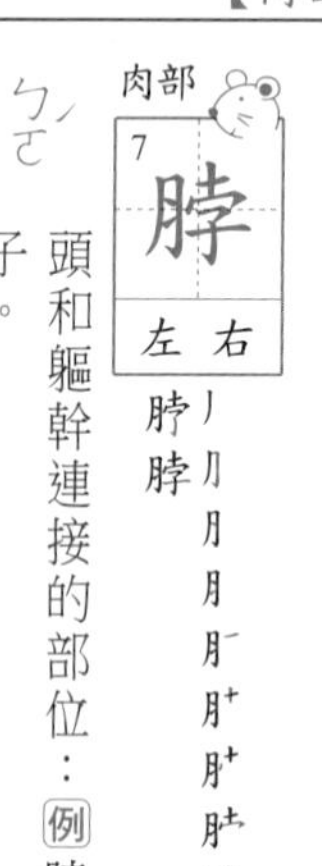

肉部 7 左右

ㄅㄛˊ 頭和軀幹連接的部位：例脖子。

脣

肉部 7 上下

ㄔㄨㄣˊ 人和某些動物嘴邊的肌肉組織：例嘴脣、紅脣、脣舌、脣齒、朱脣。

脫

肉部 7 左右

ㄊㄨㄛ ①(皮膚、毛髮等)掉落：例脫皮、脫毛。②取下；除去：例脫衣、脫鞋、脫色、脫脂。③離開：例脫軌、脫險、擺脫、逃脫。④(文字)缺漏；脫漏：例脫了幾個字。

脩

肉部 7 左右

老師的話：腋下的「腋」是單音字，唸作ㄧㄝˋ，不是ㄧˋ喲！

ㄒㄧㄡ ①乾肉，弟子送給老師的酬金：例束脩、脩金。②研習。同「修」。

肉部 8 **腕** 左右

丿 刀 月 月 月' 肸 肸 肸 腔 腕 腕

ㄨㄢˋ 手掌跟前臂（ㄅㄧˋ）或腳跟小腿相連接可以活動的部分（ㄈㄣˋ）：例手腕、腳腕。

肉部 8 **腔** 左右

丿 刀 月 月 月' 肸 肸 胵 腔 腔 腔

ㄑㄧㄤ ①動物體內或器物的空心部分：例腹腔、胸腔、口腔、炮腔。②曲（ㄑㄩˇ）調：例唱腔、字正腔圓。③說話的聲音、語氣等：例南腔北調（ㄉㄧㄠˋ）、官腔。

肉部 8 **腋** 左右

丿 刀 月 月 月' 肸 肸 肸 腋 腋 腋

ㄧㄝˋ 上肢和肩膀連接的內側部分。俗稱「胳肢窩」：例腋窩、腋毛。

肉部 8 **腑** 左右

丿 刀 月 月 月' 肸 肸 肸 肸 腑 腑

ㄈㄨˇ 中醫對胃、膽、膀胱、腸等臟器的總稱：例臟腑、肺腑。

肉部 8 **腎** 上下

一 丅 下 丂 臣 臣 臤 臤 腎 腎 腎

ㄕㄣˋ 腎臟。俗稱「腰子」，是新陳代謝中排泄廢物的器官。

肉部 8 **脹** 左右

丿 刀 月 月 肝 肝 肝 肝 脹 脹 脹

老師的話：形容壞脾氣的人，可以用「瘋狗的脾氣——見人就咬」這句歇後語。

ㄓㄤˋ ①體積變大：例膨脹、熱脹冷縮。②因食物或焦慮等引起生理或心理不舒服的感覺：例肚子脹、頭昏腦脹。

肉部 8 **腌** 左右

ㄤ 汙穢；不清潔：例腌臢（ㄗㄤ）。

肉部 8 **腆** 左右

ㄊㄧㄢˇ ①胸、腹凸出或挺起：例腆著（・ㄓㄜ）肚子、腆著胸脯（ㄆㄨˊ）。②〔靦腆〕見「靦」。

肉部 8 **脾** 左右

ㄆㄧˊ ①人和高等動物貯藏（ㄘㄤˊ）血液的內臟，具有過濾血液、調（ㄊㄧㄠˊ）節血量（ㄌㄧㄤˋ）等功能：例脾臟。②性情：例脾氣。

肉部 8 **腐** 半包圍

ㄈㄨˇ ①敗壞：例腐爛、腐朽、腐蝕。②不通事理的：例陳腐。③不振作的：例腐敗。

肉部 9 **腱** 左右

ㄐㄧㄢˋ 連接肌肉和骨骼的結締（ㄉㄧˋ）組織，白色，質地堅韌。也說「肌腱」。

肉部 9 **腰** 左右

一ㄠ ①肋骨下肚子左右和中間（ㄓㄨㄥ ㄐㄧㄢ）的部分（ㄈㄣˋ）。②腎臟：例腰子、炒腰花。③裙、褲等圍在腰間的部分：例褲腰。④事物中間的地方：例山腰。

肉部 9 **腸** 左右

丿 刀 月 月 月' 月ㄇ 月ㄇ 月日 月旦 腸 腸 腸 腸

ㄔㄤˊ ①人和高等動物消化器官的一部分。長管狀，上端跟胃相連，下端通肛門，一般分（ㄈㄣ）小腸、大腸兩部分（ㄈㄣˋ）。②情緒：例愁腸、斷腸、古道熱腸。

肉部 9 **腥** 左右

丿 刀 月 月 月' 月ㄇ 月ㄇ 月日 月旦 腥 腥 腥 腥

ㄒㄧㄥ ①指魚、肉等食物：例葷腥。②生魚蝦等發出的氣味：例腥臭、腥臊（ㄙㄠ）。

肉部 9 **腮** 左右

丿 刀 月 月 月' 月ㄇ 月ㄇ 月田 月田 腮 腮 腮 腮

ㄙㄞ 面頰：例托腮、腮幫子。

肉部 9 **腳** 左右

丿 刀 月 月 月' 月ㄙ 月ㄙ 月ㄙ 月ㄙ 腳 腳 腳 腳

ㄐㄧㄠˇ ①人或動物身體最下端的部分，用來行走。②物體的最下部：例牆腳、山腳、桌腳。

肉部 9 **腫** 左右

丿 刀 月 月 月' 月ㄏ 月ㄏ 月ㄏ 月ㄏ 腫 腫 腫 腫

ㄓㄨㄥˇ 皮肉或內臟因發炎、化膿、內出血等而浮脹：例腫脹、紅腫、浮腫。

老師的話：「打腫臉充胖子」這句俏皮話是比喻人愛面子。

老師的話：頭腦、煩惱、瑪瑙的「腦」、「惱」、「瑙」寫法不同，要分辨清楚喲！

肉部 9 腼 左右

丿 刀 月 月 肀 肀 肀 肵 肵 腼 腼 腼 腼

ㄇㄧㄢˇ

〔腼腆〕害羞；不自然：例 說話很腼腆。

肉部 9 腹 左右

丿 刀 月 月 肀 肀 肀 肵 肵 肵 腹 腹 腹

ㄈㄨˋ

①肚子：例 腹腔、腹瀉、空腹。②比喻內心或中（ㄓㄨㄥ）心地區：例 打腹稿、深入腹地。

肉部 9 腺 左右

丿 刀 月 月 月 肀 肀 肵 肵 腺 腺 腺 腺

ㄒㄧㄢˋ

動植物體內具有分泌功能的組織或器官。例如：人的汗腺、淋巴腺、腮腺，花的蜜腺。

肉部 9 腦 左右

丿 刀 月 月 月 腦 腦 腦 腦 腦 腦 腦 腦

ㄋㄠˇ

①人和脊椎動物神經系統的主要部分，主管全身的感覺（ㄐㄩㄝˊ）、運動、思維和記憶。②指頭部：例 探頭探腦、搖頭晃腦。③像腦漿（ㄐㄧㄤ）的東西：例 豆腐腦。

肉部 10 膀 左右

丿 刀 月 月 月 肀 肀 肀 肵 肵 膀 膀 膀 膀

ㄅㄤˇ

①胳膊和軀幹相連的部分（ㄈㄣˋ）：例 肩膀。②鳥類和昆蟲飛行的器官：例 翅膀。

ㄆㄤˊ

〔膀胱〕儲存尿的器官，下通尿道。

ㄆㄤ

浮腫：例 膀腫。

ㄅㄤˋ 指男女間（ㄐㄧㄢ）互相（ㄒㄧㄤ）勾引：例吊膀子。

肉部 10 **膏** 上下

丶 亠 亠 亡 亨 亨 亨 亭 亭 膏 膏 膏 膏

ㄍㄠ ①肥肉；脂肪：例民脂民膏（比喻人民用血汗換來的財富）。②濃稠的糊狀物：例牙膏、膏藥。③把潤滑油加在經常轉（ㄓㄨㄢˋ）動的機件部分：例膏油。

肉部 10 **膈** 左右

丿 刀 月 月 月 肝 肝 肝 膈 膈 膈 膈 膈

ㄍㄜˊ 橫膈膜，人或哺乳動物分隔胸腔和腹腔的膜狀肌肉。

肉部 10 **膞** 左右

丿 刀 月 月 月 肝 肝 肝 膞 膞 膞 膞 膞 膞

ㄅㄛˊ 手臂（ㄅㄧˋ）靠近肩膀的部分（ㄈㄣˋ）：例胳膊。

肉部 10 **腿** 左右

丿 刀 月 月 月 月 肝 肝 腿 腿 腿 腿 腿 腿

ㄊㄨㄟˇ ①人的下肢或動物的肢體：例小腿、大腿。②器物底下像腿一樣起支撐作用的部分：例桌子腿、椅子腿。

肉部 11 **膛** 左右

丿 刀 月 月 月 肝 肝 肝 膛 膛 膛 膛 膛 膛 膛

ㄊㄤˊ ①胸腔：例開膛、胸膛。②器物的中空部分：例炮膛。

肉部 11 **膘** 左右

丿 刀 月 月 月 肝 肝 肝 膘 膘 膘 膘 膘 膘 膘

ㄅㄧㄠ 牲畜（ㄔㄨˋ）身上的肥肉：例肉膘。

老師的話：「腿上貼郵票——走人」這句歇後語是比喻人將離開。

老師的話：「膠原蛋白」是人體組織的主要成分，目前被運用在食品、化妝品等方面。

肉部 11 膜 左右

丿 刀 月 月 月' 月⁺ 月⁺⁺ 月艹 肸 肸 腊 腊 膜 膜

ㄇㄛˊ ①細胞表面或動、植物體內一層很薄的組織：例耳膜、骨膜、腦膜、細胞膜、眼角膜。②佛教（ㄐㄧㄠˋ）徒拜佛的一種禮節，表示極端恭敬、虔誠：例頂禮膜拜。

肉部 11 膝 左右

丿 刀 月 月 月一 月十 月木 月木 脒 脒 膝 膝 膝 膝 膝

ㄒㄧ 連接大小腿的關節的部分（ㄈㄣˋ）：例膝蓋。

肉部 11 膠 左右

丿 刀 月 月 月 月ㄱ 月ㄱ 月ㄱㄱ 月ㄱㄱ 月ㄱㄱ 脟 脟 膠 膠 膠

ㄐㄧㄠ ①黏性物質，有用動物的皮、角等熬製的，也有植物分泌的和人工合成的：例膠水、黏膠。②用橡膠或塑膠做成的用具：例膠布、膠鞋。

肉部 11 膚 半包圍

丨 ⺊ ⺊ 广 卢 虍 虍 虍 虍 膚 膚 膚 膚 膚 膚

ㄈㄨ ①人體的表皮：例皮膚。②淺薄：例膚見、膚淺。

肉部 12 膳 左右

丿 刀 月 月 月' 月'' 月⺷ 月⺷ 胖 胖 胖 胖 胖 胖 膳 膳

ㄕㄢˋ 飯食：例用膳、膳食。

肉部 12 膩 左右

丿 刀 月 月 月一 月二 月二 月二 月二 脜 脜 脜 脜 膩 膩 膩

ㄋㄧˋ ①食物的脂肪多：例肥膩、油膩。②因為過多而使人厭煩：例膩煩。③光潤；細緻：例滑膩、細膩。④汙垢：例垢膩、塵膩。

⑤親密的：例膩友。

肉部 12 **膨** 左右

丿 刀 月 月 月 肝 肚 肚 肤 肤 肤 膨 膨 膨 膨

ㄆㄥˊ 脹；體積變大：例膨脹、膨鬆。

肉部 13 **臆** 左右

丿 刀 月 月 月 肝 肝 肝 肝 肝 肝 臆 臆 臆 臆 臆 臆

ㄧˋ ①胸：例胸臆。②主觀的：例臆斷、臆造、臆說（ㄕㄨㄛ）、臆測。

肉部 13 **臃** 左右

丿 刀 月 月 月 肝 肝 肝 肝 肝 肝 臃 臃 臃 臃 臃 臃

ㄩㄥ 〔臃腫〕因過度肥胖或穿衣過多而不靈活：例身體臃腫。

肉部 13 **臊** 左右

丿 刀 月 月 月 肝 肝 肝 肝 肝 肝 肝 肝 肝 臊 臊 臊

ㄙㄠ 腥臭氣味：例臊臭、臊氣、腥臊。

ㄙㄠˋ 害羞；難為（ㄨㄟˊ）情：例害臊、臊紅了臉。

肉部 13 **膻** 左右

丿 刀 月 月 月 肝 肝 肝 肝 肝 肝 膻 膻 膻 膻 膻 膻

ㄕㄢ 像羊身上的腥臊氣味：例膻氣、腥膻。

肉部 13 **膺** 上下

丶 亠 广 广 广 广 广 广 广 广 广 膺 膺 膺 膺 膺 膺

ㄧㄥ ①胸：例義憤填膺。②承當（ㄉㄤ）：例膺選、榮膺、身膺重任（ㄓㄨㄥˋ ㄖㄣˋ）。

老師的話：臃腫的「臃」是單音字，唸作ㄩㄥ，不是ㄩㄥˇ喲！

老師的話：手臂的「臂」和臀部的「臀」字形相似，小心別寫錯了！

肉部 13 **臂** 上下

ㄅㄧˋ　從肩到腕的部分：例胳臂、振臂、手臂、臂膀、臂力。

肉部 13 **臀** 上下

ㄊㄨㄣˊ　屁股：例臀部、臀圍。

肉部 13 **膿** 左右

ㄋㄨㄥˊ　皮肉發炎腐爛後生成的黃白色或黃綠色黏液（ㄧㄝˋ）：例膿包、流膿、化膿、膿腫。

肉部 13 **膽** 左右

ㄉㄢˇ　①內臟器官，分泌的液體叫膽汁，有幫助消化等功能：例膽囊。②勇氣：例膽量（ㄌㄧㄤˋ）、膽怯、膽識、膽小如鼠。③某些器物內部可以盛（ㄔㄥˊ）水或充氣的東西：例熱水瓶膽、球膽。

肉部 13 **臉** 左右

ㄌㄧㄢˇ　①面孔；從面額到下巴的部分：例臉色、臉龐。②面子：例沒臉見人、丟臉、賞臉。③臉上的表情：例變臉、翻臉、愁眉苦臉。④某些物體的前端：例門臉兒、鞋臉兒。

肉部 13 **膾** 左右

ㄎㄨㄞˋ 切得（ㄑㄝ˙ㄉㄜ）很細的肉或魚：例膾炙人口（比喻好的詩文受人讚美）。

肉部 14 **臍** 左右

ㄑㄧˊ 臍帶（胎兒肚子中間跟母體的胎盤相連接的管子）脫落形成的凹陷：例肚臍。

肉部 14 **臏** 左右

ㄅㄧㄣˋ ①膝蓋骨。也稱「臏骨」。②古代一種（ㄓㄨㄥˇ）削（ㄒㄩㄝ）去膝蓋骨的刑罰。

肉部 15 **臘** 左右

ㄌㄚˋ ①指農曆十二月：例臘月、臘八。②臘月或冬天醃製後風乾或熏乾的魚、肉等：例臘肉、臘味。

肉部 16 **臚** 左右

ㄌㄨˊ 陳列；羅列：例臚陳、臚列。

肉部 18 **臟** 左右

ㄗㄤˋ ①中醫稱（ㄔㄥ）心、肝、脾、肺、腎為臟：例臟腑、五臟六腑。②人和某些動物胸腔和腹腔內器官的名稱：例內臟、臟器、肝臟、心臟。

老師的話：肚臍的「臍」是單音字，唸作ㄑㄧˊ，不是ㄐㄧˋ喲！

老師的話：臥室的「臥」是「臣部」，不是「人部」喲！

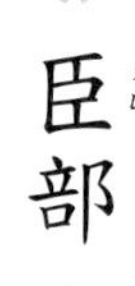

臣部 ㄔㄣˊ

臣 臣部 0 半包圍

ㄔㄣˊ ①君主時代的官吏：例大臣、忠臣、臣子。②官吏對皇帝上書或說話時的自稱（ㄔㄥ）。

臥 臣部 2 左右

ㄨㄛˋ ①躺著（·ㄓㄜ）；趴著（·ㄓㄜ）：例臥床、臥病、臥倒（ㄉㄠˇ）。②睡覺（ㄐㄧㄠˋ）：例臥鋪（ㄆㄨˋ）、臥室、臥具。

臧 臣部 8 半包圍

ㄗㄤ ①好（ㄏㄠˇ）、善：例人謀不臧。②褒揚；稱（ㄔㄥ）讚：例臧丕（ㄆㄧ）。

臨 臣部 11 左右

ㄌㄧㄣˊ ①從高處（ㄔㄨˋ）往下看：例居高臨下。②從上面到下面；來到：例光臨、降（ㄐㄧㄤˋ）臨、來臨、大難（ㄋㄢˋ）臨頭、身臨其境。③面對；靠近：例臨街、如臨大敵。④將要；快要：例臨行（ㄒㄧㄥˊ）、臨產、臨別、臨終。⑤對照著（·ㄓㄜ）字或畫模仿：例臨帖、臨畫、臨摹（ㄇㄛˊ）。

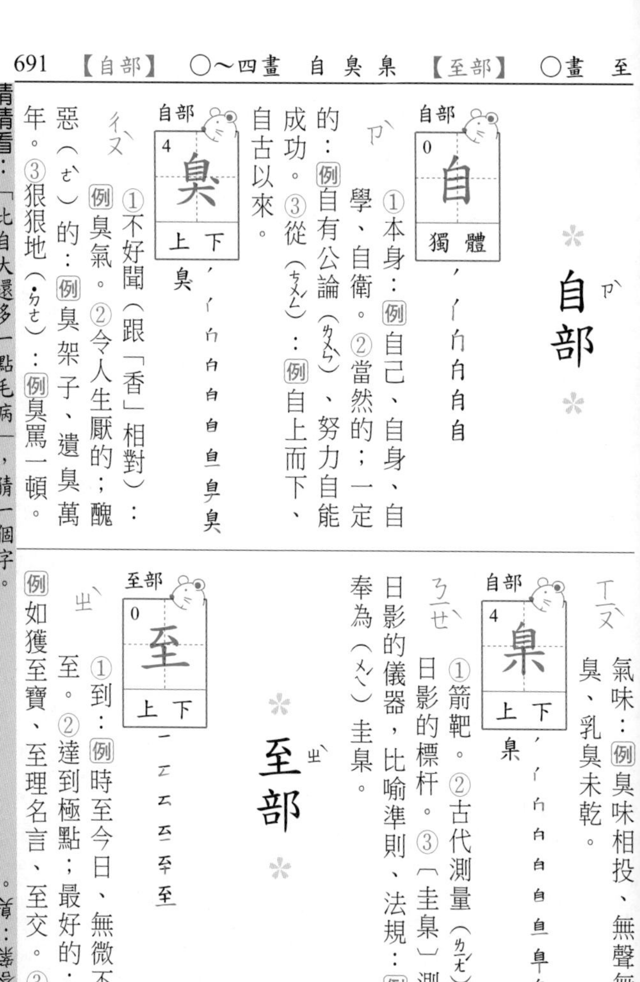

自部 ㄗˋ

自部 0 **自** 獨體

ノ 亻 白 白 自 自

ㄗˋ ①本身：例自己、自身、自學、自衛。②當然的；一定的：例自有公論（ㄌㄨㄣˋ）、努力自能成功。③從（ㄘㄨㄥˊ）：例自上而下、自古以來。

自部 4 **臭** 上下 臭

ノ 亻 白 白 自 自 自 臭 臭

ㄔㄡˋ ①不好聞（跟「香」相對）：例臭氣。②令人生厭的；醜惡（ㄜˋ）的：例臭架子、遺臭萬年。③狠狠地（˙ㄉㄜ）：例臭罵一頓。

ㄒㄧㄡˋ 氣味：例臭味相投、無聲無臭、乳臭未乾。

自部 4 **臬** 上下 臬

ノ 亻 白 白 自 自 臬 臬

ㄋㄧㄝˋ ①箭靶。②古代測量（ㄌㄧㄤˊ）日影的標杆。③〔圭臬〕測日影的儀器，比喻準則、法規：例奉為（ㄨㄟˊ）圭臬。

至部 ㄓˋ

至部 0 **至** 上下

一 ㄗ ㄗ 亙 至 至

ㄓˋ ①到：例時至今日、無微不至。②達到極點；最好的：例如獲至寶、至理名言、至交。③

猜猜看：「比自大還多一點毛病」，猜一個字。

答案：臭。

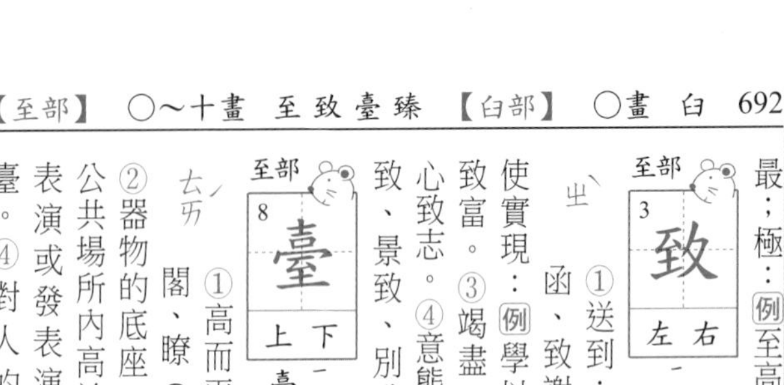

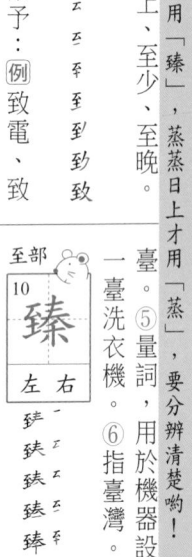

最；極：例至高無上、至少、至晚。

老師的話：日臻完善要用「臻」，蒸蒸日上才用「蒸」，要分辨清楚喲！

至部 3 **致** 左右

ㄓˋ ①送到；給予：例致電、致函、致謝、致敬。②招引；使實現：例學以致用、致死、勤勞致富。③竭盡；集中（ㄓㄨㄥ）：例專心致志。④意態；情趣：例興（ㄒㄧㄥˋ）致、景致、別致。

至部 8 **臺** 上下

ㄊㄞˊ ①高而平的建築：例亭臺樓閣、瞭（ㄌㄧㄠˇ）望臺、觀禮臺。②器物的底座：例燈臺、燭臺。③公共場所內高於地面的設施，用於表演或發表演說等：例舞臺、講臺。④對人的敬稱（ㄔㄥ）：例兄臺。⑤量詞，用於機器設備等：例一臺洗衣機。⑥指臺灣。

至部 10 **臻** 左右

ㄓㄣ 達到：例日臻完善、漸臻佳境。

臼部 ㄐㄧㄡˋ

臼部 0 **臼** 獨體

ㄐㄧㄡˋ ①搗米等用的器具，多用石頭或木頭製成，中間凹下：例石臼。②形狀像臼的東西：例臼齒、脫臼。

老師的話：參與的「與」唸作ㄩˋ，不要忘記喲！

臼部 2 **臾** 特殊

ㄩˊ （須臾）片刻；一會（ㄏㄨㄟˇ）兒：例須臾不離。

臼部 4 **舀** 上下

ㄧㄠˇ 用瓢、勺等取東西：例舀水、舀菜。

臼部 5 **舂** 上下

ㄔㄨㄥ 把穀類等放在特製的容器裡搗去皮殼或搗碎：例舂米、舂藥。

臼部 7 **舅** 上下

ㄐㄧㄡˋ ①母親的兄、弟：例舅父、大舅。②妻子的兄、弟：例妻舅、大舅子。

臼部 7 **與** 上下

ㄩˇ ①給：例授與、贈與。②跟；同：例與朋友約定、與我無關。③和（ㄏㄢˋ）：例國語與數學。

ㄩˋ 參加：例參與。

ㄩˊ 放在句尾，表示感嘆或疑問的語氣，和「歟」字相通。

臼部 9 **興** 上下

ㄒㄧㄥ ①發動；動員：例興兵作亂、興師動眾。②創辦：例興建、興辦、興修、大興土木、興利除弊。③流行：例時興。④昌盛；旺盛：例興盛、興旺、興衰。

ㄒㄧㄥˋ 對事物喜愛的情緒：例興致、興趣、助興、掃興、興高采烈。

臼部 10 **舉** 上下

ㄐㄩˇ ①向上托；往上抬：例高舉、舉重（ㄓㄨㄥˋ）、舉手。②動作；行為（ㄒㄧㄥˊ ㄨㄟˊ）：例一舉一動、一舉成名、舉止、創舉。③發動：例舉行、舉辦。④推荐；選拔：例舉荐、推舉、選舉。⑤提出；揭示：例舉例、檢舉、舉報。⑥全；整個：例舉世聞名、舉國上下。

臼部 12 **舊** 上下

ㄐㄧㄡˋ ①經過長（ㄔㄤˊ）期放置或使用的（跟「新」相對）：例舊家具、舊衣服。②過時的；不合時宜的：例舊時代、舊制度。③從（ㄘㄨㄥˊ）前的；曾經的：例舊居、舊事、舊交。④特指老朋友、老交情：例故舊、訪舊、念舊。

猜猜看：「雙手贊成」，猜一種體育項目。

答案：舉重。

舌部（ㄕㄜˊ）

舌部 0 **舌** 上下

ㄕㄜˊ ①人和某些動物口中辨別滋味、幫助咀嚼（ㄐㄩㄝˊ）和發音的器官：例舌頭。②形狀像舌頭的東西：例火舌。

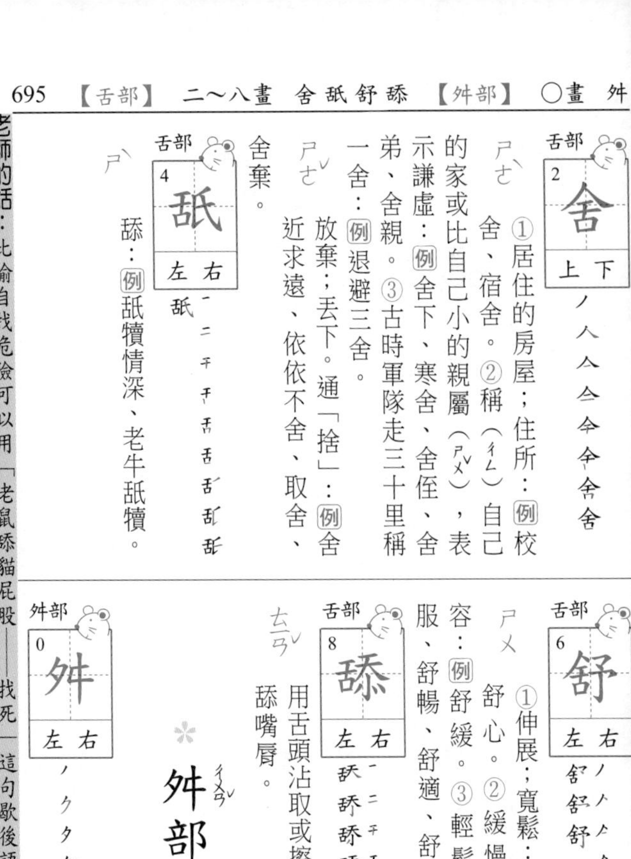

舌部 2 **舍** 上下

ㄕㄜˋ ①居住的房屋；住所：例校舍、宿舍。②稱（ㄔㄥ）自己的家或比自己小的親屬（ㄕㄨˇ），表示謙虛：例舍下、寒舍、舍侄、舍弟、舍親。③古時軍隊走三十里稱一舍：例退避三舍。

ㄕㄜˇ 放棄；丟下。通「捨」：例舍近求遠、依依不舍、取舍、舍棄。

舌部 4 **舐** 左右

ㄕˋ 舔：例舐犢情深、老牛舐犢。

舌部 6 **舒** 左右

ㄕㄨ ①伸展；寬鬆：例舒筋活血、舒心。②緩慢；從（ㄘㄨㄥ）容：例舒緩。③輕鬆愉快：例舒服、舒暢、舒適、舒坦。

舌部 8 **舔** 左右

ㄊㄧㄢˇ 用舌頭沾取或擦拭：例舔食、舔嘴唇。

舛部 ㄔㄨㄢˇ

舛部 0 **舛** 左右

老師的話：比喻自找危險可以用「老鼠舔貓屁股——找死」這句歇後語。

老師的話： 關於「舞」的成語包括：舞刀躍馬、舞鳳飛龍、舞態生風。

ㄔㄨㄢˇ ①差（ㄔㄚ）錯：例舛誤、舛訛。②不順利：例命途多舛。

舛部 6 **舜** 上下

ㄕㄨㄣˋ 傳說（ㄔㄨㄢˊ ㄕㄨㄛ）中上古時代的帝王。

舛部 8 **舞** 上下

ㄨˇ ①按照一定的韻律轉（ㄓㄨㄢˇ）動身體：例起舞、跳舞、載（ㄗㄞˋ）歌載（ㄗㄞˋ）舞（邊唱歌邊跳舞）。②舞蹈：例芭蕾舞。③揮動；飄動：例張牙舞爪（ㄓㄠˇ）、揮舞、飛舞、飄舞。④玩弄；耍弄：例舞文弄墨（玩弄文字技巧）、舞弊。

舟部 ㄓㄡ

舟部 0 **舟** 獨體

ㄓㄡ 船：例同舟共濟、泛舟（划船遊玩）。

舟部 3 **舢** 左右

ㄕㄢ （舢板）一種（ㄓㄨㄥˇ）用槳（ㄐㄧㄤˇ）划行的小船。

舟部 4 **航** 左右

ㄏㄤˊ 行駛；飛行（ㄒㄧㄥˊ）：例航行、航向、航海、航空、航天。

舟部 4

舫

左右

ㄈㄤˇ 船：例畫舫、遊舫。

舟部 4

舨

左右

ㄅㄢˇ 〔舢舨〕同「舢板」。參見「舢」。

舟部 4

般

左右

ㄅㄢ ①種（ㄓㄨㄥˇ）；類；樣：例百般照顧、萬般無奈、兩人一般高。②一樣的：例珍珠般的露（ㄌㄨˋ）水、翻江倒（ㄉㄠˇ）海般的氣勢。

ㄆㄢˊ 流連；徘徊：例般桓、般樂。

ㄅㄛ 梵語，智慧：例般若（ㄖㄜˇ）。

舟部 5

舵

左右

ㄉㄨㄛˋ ①控制行（ㄒㄧㄥˊ）船方向的裝置，多裝在船尾：例掌舵、見風轉舵。②指飛機等交通工具控制方向的裝置：例方向舵、升降（ㄐㄧㄤˋ）舵。

舟部 5

舷

左右

ㄒㄧㄢˊ 船、飛機等兩側的邊沿部分（ㄈㄣˋ），也指兩側：例船舷、左舷。

舟部 5

舶

左右

猜猜看：「搬東西不用手」，猜一個字。

答案：般。

老師的話：「船到橋頭自然直」這句諺語是比喻凡事都有解決的辦法，不用過於擔心。

舶 ㄅㄛˊ 舟部 5 左右
大船：例舶船、舶來品（指進口的貨物）。

船 ㄔㄨㄢˊ 舟部 5 左右
水上常用的交通工具：例輪船、帆船、漁船、船艙、乘（ㄔㄥˊ）船。

艇 ㄊㄧㄥˇ 舟部 7 左右
輕便的小船，也指某些較大的船：例快艇、汽艇、潛水艇。

艘 ㄙㄠ 舟部 10 左右
量詞，用於船隻：例一艘船。

艙 ㄘㄤ 舟部 10 左右
船或飛機中載（ㄗㄞˋ）人或裝東西的地方：例船艙、貨艙、駕駛艙。

艦 ㄐㄧㄢˋ 舟部 14 左右
軍用的大型船隻：例軍艦、艦艇、航空母艦。

艮部 ㄍㄣˋ

艮 艮部 0 獨體

ㄍㄣˋ 八卦之一，卦形為☶，代表山。

ㄍㄣˇ ①食物韌（ㄖㄣˋ）而不脆（ㄘㄨㄟˋ），不易咀嚼：例艮蘿蔔。②耿直的；脾氣倔（ㄐㄩㄝˋ）：例性情很艮、說話太艮。

艮部 1 **良** 獨體

丶 ㇇ ㇋ ㇋ 自 良 良

ㄌㄧㄤˊ ①好：例良田、良好、優良、善良、良辰美景。②很：例良久、用心良苦。

艮部 11 **艱** 左右

一 十 廾 廾 廾 苎 苎 苷 菓 菓 莫 莫 莫 莫 莫 艱 艱

ㄐㄧㄢ 困難（ㄋㄢˊ）；不容易：例艱難（ㄋㄢˊ）、艱苦、艱險、艱深。

色部 ㄙㄜˋ

色部 0 **色** 上下

ノ ㄅ ㄅ 名 名 色

ㄙㄜˋ ①面部的表情：例面不改色、和顏悅色。②景象；情景：例景色、暮色、月色。③種（ㄓㄨㄥˇ）類：例各色各樣、貨色齊備、各色人等。④光線照在物體上，反映在眼裡的現象：例顏色、色彩、五光十色。⑤女子的美好容貌：例姿色。⑥物品（多指金銀）的成分（ㄈㄣˋ）：例成色。

ㄕㄞˇ 骰（ㄊㄡˊ）子，一種賭具：例色子。

老師的話：形容別人文筆佳，可以用「五色筆」這句俏皮話。

老師的話：自怨自艾的「艾」，記得要唸作ㄧˋ喲！

艸部 ㄘㄠˇ

艸部 2 艾 上下

ㄞˋ ①草本植物，葉子有香氣，可以做藥材：例艾草。②終止；結束：例方興（ㄒㄧㄥ）未艾（事情正在發展，一時不會終止）。

ㄧˋ 悔恨自己的過錯而改正：例自怨自艾。

艸部 3 芒 上下

ㄇㄤˊ ①某些穀類種子外殼上的細刺：例麥芒。②四射的光線：例光芒。③刀劍最鋒利的部分：例鋒芒。

艸部 3 芋 上下

ㄩˋ 草本植物，葉子大，地下塊莖也叫芋頭，可以吃。俗稱「芋頭」。

艸部 3 芍 上下

ㄕㄠˊ （芍藥）草本植物，花大而美麗，像牡丹，是著（ㄓㄨˋ）名的觀賞植物。

艸部 4 芳 上下

ㄈㄤ ①香：例芳草、芳香、芬芳。②比喻美好的德行（ㄒㄧㄥˋ）或名聲：例流芳百世。

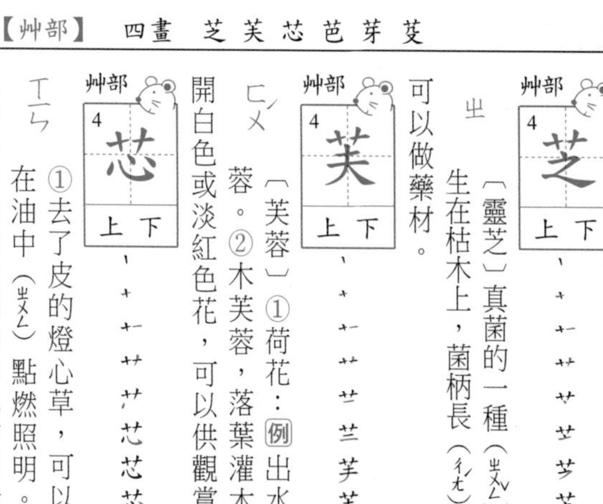

艸部 4 **芝** 上下

ㄓ 〔靈芝〕真菌的一種（ㄓㄨㄥˇ），生在枯木上，菌柄長（ㄔㄤˊ），可以做藥材。

艸部 4 **芙** 上下

ㄈㄨˊ 〔芙蓉〕①荷花：例出水芙蓉。②木芙蓉，落葉灌木，開白色或淡紅色花，可以供觀賞。

艸部 4 **芯** 上下

ㄒㄧㄣ ①去了皮的燈心草，可以放在油中（ㄓㄨㄥ）點燃照明。②〔芯子〕(1)裝在器物中心有引發作用的東西：例蠟芯、爆竹芯。(2)蛇的舌頭：例蛇芯。

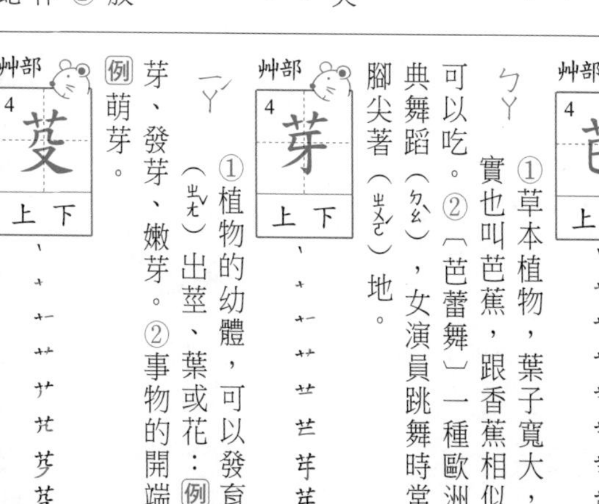

艸部 4 **芭** 上下

ㄅㄚ ①草本植物，葉子寬大，果實也叫芭蕉，跟香蕉相似，可以吃。②〔芭蕾舞〕一種歐洲古典舞蹈（ㄉㄠˇ），女演員跳舞時常用腳尖著（ㄓㄨㄛˊ）地。

艸部 4 **芽** 上下

ㄧㄚˊ ①植物的幼體，可以發育長（ㄓㄤˇ）出莖、葉或花：例新芽、發芽、嫩芽。②事物的開端：例萌芽。

艸部 4 **芰** 上下

老師的話：比喻非常巧合，可以用「芝麻落在針眼裡——巧透了」這句歇後語。

老師的話：關於「花」的成語包括：花好月圓、花拳繡腿、花枝招展、花無百日紅。

ㄕㄢ ①除草。②除掉；消滅：例芟除。

艸部 4 **芹** 上下

ㄑㄧㄣˊ 草本植物，有特殊香味。莖和葉可以吃：例芹菜。

艸部 4 **花** 上下

ㄏㄨㄚ ①植物的繁殖器官，有多種（ㄓㄨㄥˇ）形狀和顏色，有的品種有香味：例鮮花、花卉、花粉。②像花朵的東西：例雪花、浪花、火花。③指棉絮：例棉花。④煙火的一種，能噴出多種彩色火花：例花炮、禮花。⑤線條和圖案：例花紋、黑底白花。⑥色彩或種（ㄓㄨㄥˇ）類混雜的：例花白。⑦模糊：例昏花、老花。⑧好看或好聽但是不實在的；用來迷惑人的：例花言巧語、花招。⑨用掉；消耗：例花錢、花功夫、花費。

艸部 4 **芬** 上下

ㄈㄣ 香：例芬芳。

艸部 4 **芥** 上下

ㄐㄧㄝˋ 草本植物，種子黃色，有辣味，研成粉末叫芥末，可以製成調（ㄊㄧㄠˊ）味品：例芥菜。

艸部 4 **芻** 上下

ㄔㄨˋ 牲畜（ㄔㄨˋ）吃的草：例芻秣。

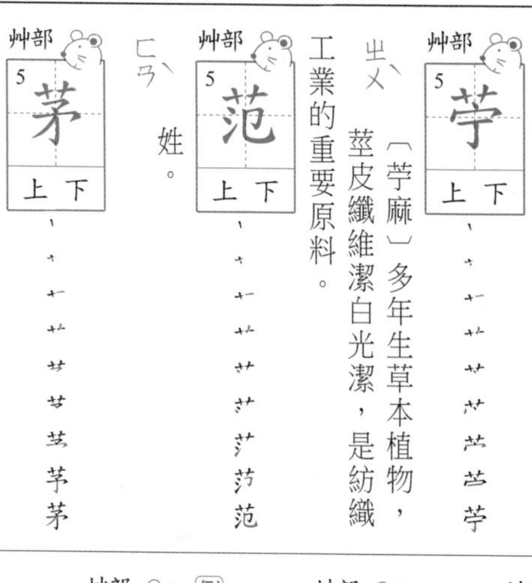

芧 艸部 5 上下

ㄓㄨˋ 〔芧麻〕多年生草本植物，莖皮纖維潔白光潔，是紡織工業的重要原料。

范 艸部 5 上下

ㄈㄢˋ 姓。

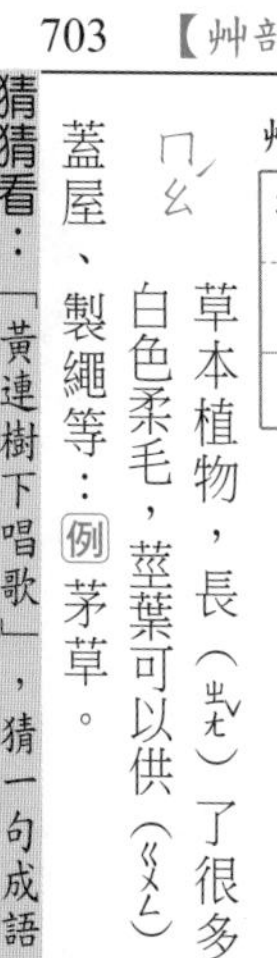

茅 艸部 5 上下

ㄇㄠˊ 草本植物，長（ㄓㄤˇ）了很多白色柔毛，莖葉可以供（ㄍㄨㄥ）蓋屋、製繩等：例茅草。

苣 艸部 5 上下

ㄐㄩˋ 〔萵（ㄨㄛ）苣〕蔬菜名。見「萵」。

苛 艸部 5 上下

ㄎㄜ ①繁雜；繁重（ㄓㄨㄥˋ）：例苛捐雜稅。②過於瑣細嚴厲：例苛求、苛刻、苛責。

苦 艸部 5 上下

ㄎㄨˇ ①像苦瓜或黃連的味道（跟「甘」「甜」相對）。②勞累；艱辛：例刻苦、勞苦、艱苦。③竭力；耐心：例苦勸、苦苦相求。④難過；痛苦：例苦惱、苦

猜猜看：「黃連樹下唱歌」，猜一句成語。

答案：苦中作樂。

老師的話：旁若無人的「若」不可以寫作辛辛苦苦的「苦」喲！

海、苦衷、苦不堪言。

茄

艸部 5 上下

丶 ⺊ 十 艹 艹 艻 茄 茄 茄

ㄑㄧㄝˊ 草本植物，果實也叫茄子，多為球形或長（ㄔㄤˊ）圓形，是常見的蔬菜：例茄子。

ㄐㄧㄚ 音譯用字，用於「雪茄」（用煙葉捲成的煙，比紙煙粗而長（ㄔㄤˊ））等。

若

艸部 5 上下

丶 ⺊ 十 艹 艹 芏 若 若 若

ㄖㄨㄛˋ ①像；好像：例大智若愚、若有若無、旁若無人。②如果；假如：例若非、若要。

ㄖㄜˇ 〔般（ㄅㄛ）若〕梵語，智慧的意思。

茂

艸部 5 上下

丶 ⺊ 十 艹 艹 芦 茂 茂 茂

ㄇㄠˋ ①（草木）繁盛（ㄕㄥˋ）：例茂密、根深葉茂。②豐盛美好（ㄏㄠˇ）：例文情並茂。

茉

艸部 5 上下

丶 ⺊ 十 艹 艹 苎 苹 茉 茉

ㄇㄛˋ 〔茉莉〕常綠攀緣灌木，白色，香味很濃，可以熏製成茶葉。

苒

艸部 5 上下

丶 ⺊ 十 艹 艹 芢 苒 苒 苒

ㄖㄢˇ 〔荏苒〕時光漸漸過去。見「荏」。

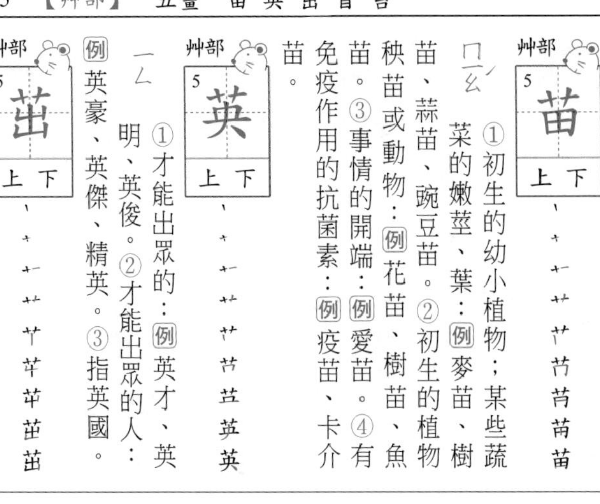

艸部 5 **苗** 上下

ㄇㄧㄠˊ ①初生的幼小植物；某些蔬菜的嫩莖、葉：例麥苗、樹苗、蒜苗、豌豆苗。②初生的植物秧苗或動物：例花苗、樹苗、魚苗。③事情的開端：例愛苗。④有免疫作用的抗菌素：例疫苗、卡介苗。

艸部 5 **英** 上下

ㄧㄥ ①才能出眾的：例英才、英明、英俊。②才能出眾的人：例英豪、英傑、精英。③指英國。

艸部 5 **茁** 上下

ㄓㄨㄛˊ 動植物生長（ㄓㄤˇ）旺盛（ㄕㄥˋ）：例茁壯、茁長（ㄓㄤˇ）、茁芽。

艸部 5 **苜** 上下

ㄇㄨˋ 〔苜蓿〕多年生草本植物，可以做成飼料或肥料，俗稱「金花菜」。

艸部 5 **苔** 上下

ㄊㄞˊ ①苔蘚植物，根、莖、葉之間（ㄐㄧㄢ）的區別不明顯，有綠、青、紫等色，多生長（ㄓㄤˇ）在陰暗潮溼的地方。②舌頭表面上的滑膩物質，可以反映人的健康狀況，是中（ㄓㄨㄥ）醫診斷病情的依據之一：例舌苔。

猜猜看：「田上一棵草」，猜一個字。

答案：苗。

老師的話：「非揮發性化學肥料，使荒廢的花卉恢復生長。」你會唸這句繞口令嗎？

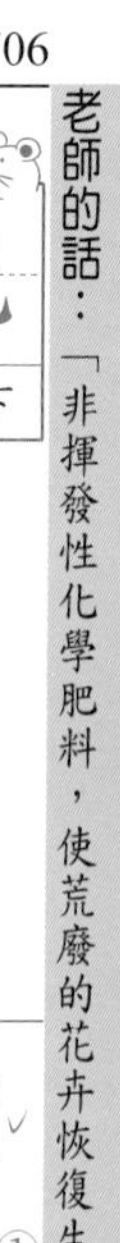

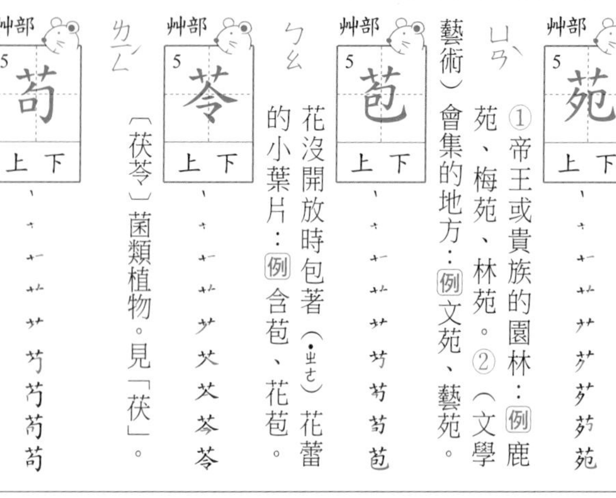

艸部 5 **苑** 上下

ㄩㄢˋ ①帝王或貴族的園林：例鹿苑、梅苑、林苑。②（文學藝術）會集的地方：例文苑、藝苑。

艸部 5 **苞** 上下

ㄅㄠ 花沒開放時包著（ㄓㄜˊ）花蕾的小葉片：例含苞、花苞。

艸部 5 **苓** 上下

ㄌㄧㄥˊ 〔茯苓〕菌類植物。見「茯」。

艸部 5 **苟** 上下

ㄍㄡˇ ①隨便；馬虎：例一絲不苟。②只顧眼前，得（ㄉㄜˊ）過且過：例苟全、苟活、苟安。③假如；如果：例苟能堅持，必有收穫。

艸部 6 **茫** 上下

ㄇㄤˊ ①十分廣闊，看不到邊：例人海茫茫、茫無邊際。②不清晰；不明白：例前途茫然。

艸部 6 **茜** 上下

ㄑㄧㄢˋ 茜草，草本植物，根可以做紅色染料，也可以做藥材。

艸部 6 **荒** 上下

ㄏㄨㄤ ①（田地）長（ㄓㄤˇ）滿草：例荒蕪。②沒有開墾或耕種（ㄓㄨㄥˋ）的土地：例開荒、生荒。③年成不好：例荒年、荒歉、飢荒。④人煙稀少；冷落：例荒郊野外、荒涼。⑤因缺乏練習而生疏：例荒疏、荒廢。⑥不合情理的：例荒謬、荒誕。

艸部 6 **荔** 上下

ㄌㄧˋ 〔荔枝〕常綠喬木，果實也叫荔枝，成熟時外殼是紫紅色，果肉白色，汁多味甜。

艸部 6 **荊** 左右

ㄐㄧㄥ ①落葉灌木，枝條堅韌，可以編筐、籃、籬笆等，果實可以做藥材。②古代用荊條作成的刑杖：例負荊請罪。

艸部 6 **茸** 上下

ㄖㄨㄥˊ ①（草初生時）又細又軟：例綠茸茸。②濃密細軟：例茸毛。③雄鹿的角：例鹿茸。

艸部 6 **荐** 上下

ㄐㄧㄢˋ 推舉；介紹：例推荐、舉荐。

艸部 6 **草** 上下

ㄘㄠˇ ①樹木、穀物、蔬菜以外，莖稈柔軟的高等植物的總稱：例雜草、野草、花草。②指用

老師的話：中國歷史上四大美人之一的楊貴妃，據說很喜歡吃荔枝呢！

作燃料、飼料等的植物的莖、葉：例稻草、柴草、草料。③不細緻；不認真：例潦草、草率、草草收兵。④我國書寫體的一種（ㄓㄨㄥˇ）：例草書。⑤創始：例草創。⑥文章的初稿：例起草。⑦沒有確定或沒有公布的：例草稿、草圖、草案。

茵 艸部 6 上下

ㄧㄣ 坐褥；墊子：例綠草如茵。

茴 艸部 6 上下

ㄏㄨㄟˊ （茴香）①小茴香，草本植物，有強烈的芳香氣味，嫩莖、葉可以吃。②大茴香，常綠喬木，果實叫八角或大料，呈八角形，可以做香料或藥材。

荏 艸部 6 上下

ㄖㄣˇ ①一年生草本植物，有香味，嫩葉可以實用，種子可以榨油。通稱「白蘇」。②軟弱；怯懦：例色厲內荏、荏弱。③時光漸漸過去：例荏苒。

茲 艸部 6 上下

ㄗ 現在：例茲收到。

ㄘˊ （龜（ㄑㄧㄡ）茲）漢代西域國名。

茹 艸部 6 上下

老師的話：「茲」字是「艸部」，不是「幺部」喲！

ㄖㄨˊ 吃；吞嚥（ㄧㄢˋ）：例含辛茹苦、茹毛飲（ㄧㄣˇ）血。

艸部 6 **茶** 上下

ㄔㄚˊ ①常綠灌木，嫩葉加工後就是茶葉：例茶樹。②用茶葉沖成的飲料：例喝茶、濃茶。③指某些糊狀食品：例麵茶、杏仁茶。④綠中帶黑的顏色：例茶色。

艸部 6 **茗** 上下

ㄇㄧㄥˊ 茶樹的嫩芽；泛指飲（ㄧㄣˇ）用的茶：例香茗、品茗。

艸部 6 **荀** 上下

ㄒㄩㄣˊ 姓。

艸部 6 **茱** 上下

ㄓㄨ 〔茱萸〕植物名，包括山茱萸、吳茱萸、食茱萸，都是落葉喬木，果實可以做藥材。

艸部 7 **莎** 上下

ㄙㄨㄛ 莎草，多年生草本植物，多生長在潮溼地帶。地下塊莖可以做藥材，叫「香附子」。

ㄕㄚ 當譯名，用於地名、人名：例莎車（在新疆維吾爾自治區）、莎士比亞（英國大文豪）。

老師的話：茶不僅可以沖泡來喝，還可以加入菜肴中烹煮成茶餐，既健康又美味呢！

老師的話：莘莘學子的「莘」唸作ㄕㄣ，不是ㄒㄧㄣ喲！

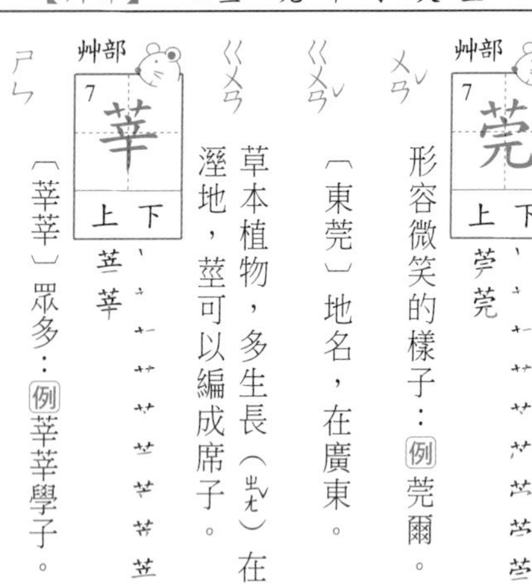

艸部 7 **莞** 上下

莧 莞

ㄨㄢˇ 形容微笑的樣子：例 莞爾。

ㄍㄨㄢˇ 〔東莞〕地名，在廣東。

ㄍㄨㄢ 草本植物，多生長（ㄓㄤˇ）在溼地，莖可以編成席子。

艸部 7 **莘** 上下

莘 莘

ㄕㄣ 〔莘莘〕眾多：例 莘莘學子。

艸部 7 **荸** 上下

荸 荸

ㄅㄧˊ 〔荸薺〕草本植物，生長（ㄓㄤˇ）在池沼或水田裡。地下莖也叫荸薺，扁圓形，皮赤褐色，肉白色，可以吃。

艸部 7 **莢** 上下

莢 莢

ㄐㄧㄚˊ 豆類等植物的果實，有狹長（ㄔㄤˊ）形的外殼，成熟時外殼繃（ㄅㄥ）裂成兩片：例 豆莢。

艸部 7 **莖** 上下

莖 莖

ㄐㄧㄥ 植物體的主幹部分（ㄈㄣˋ），上端一般有葉、花和果實，下端和根連接。一般生長在地上，也有的生長在地下，成為塊莖（馬鈴薯）、鱗莖（洋蔥）、球莖（荸薺，ㄅㄧˊ ㄑㄧˊ）、根狀莖（蓮藕）等地下莖。

莽（艸部 7畫，上下）

ㄇㄤˇ ①茂密的草：例草莽。②粗魯；冒失：例莽撞、魯莽。

莫（艸部 7畫，上下）

ㄇㄛˋ ①不：例望塵莫及、變化莫測。②不要；不可：例閒人莫入。

莒（艸部 7畫，上下）

ㄐㄩˇ 莒縣，地名，在山東：例毋忘在莒。

莊（艸部 7畫，上下）

ㄓㄨㄤ ①嚴肅；不輕浮：例莊重（ㄓㄨㄥˋ）、莊嚴、端莊。②村落；田舍：例村莊、莊園。③規模較大的商號（ㄏㄠˋ）：例布莊、錢莊。

莓（艸部 7畫，上下）

ㄇㄟˊ 灌木或草本植物，常見的是草莓，果實可以吃，也可以釀酒。

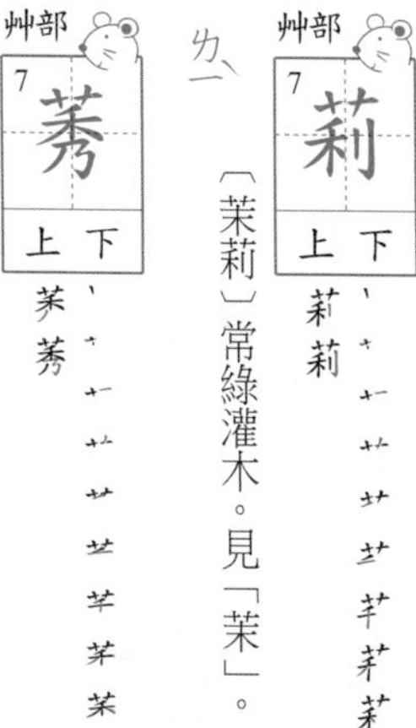

莉（艸部 7畫，上下）

ㄌㄧˋ 〔茉莉〕常綠灌木。見「茉」。

莠（艸部 7畫，上下）

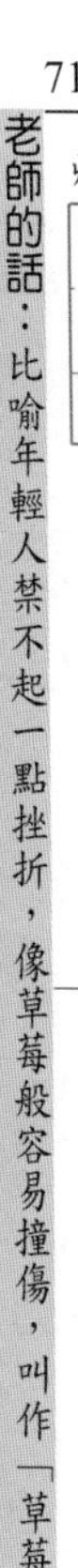

老師的話：比喻年輕人禁不起一點挫折，像草莓般容易撞傷，叫作「草莓族」。

老師的話：如火如荼的「荼」和茶葉的「茶」字形相似，小心別寫錯了！

ㄧㄡˇ ①一年生草本植物，只開花不結（ㄐㄧㄝˊ）實。俗稱（ㄔㄥ）「狗尾草」。②壞；惡（ㄜˋ）：例 莠言亂政、良莠不齊。

荷
艸部 7 上下

ㄏㄜˊ 蓮：例 荷花、荷葉、荷塘。

ㄏㄜˋ ①背（ㄅㄟ）；扛（ㄎㄤˊ）：例 荷槍實彈、荷鋤。②承擔（ㄉㄢ）；擔負：例 荷重（ㄓㄨㄥˋ）、負荷、擔（ㄉㄢˋ）荷。

荻
艸部 7 上下

ㄉㄧˊ 多年生草本植物，形狀像蘆葦，生長在路旁或水邊。莖稈可以編席、造紙。

荼
艸部 7 上下

ㄊㄨˊ ①使痛苦：例 荼苦、荼毒生靈（使百姓受苦）。②茅草、蘆葦等所開的白花：例 如火如荼（形容熱烈或激烈）。

ㄕㄨ 〔神荼〕門神名。

菩
艸部 8 上下

ㄆㄨˊ 〔菩薩〕佛教（ㄐㄧㄠˋ）指修行（ㄒㄧㄥˊ）到一定程度，地位僅次於佛的人。

萃
艸部 8 上下

ㄘㄨㄟˋ 聚集；也指聚在一起的人或事物：例萃集、出類拔萃。

菸 艸部 8 上下

ㄧㄢ 菸草，草本植物，葉子可以製成捲煙、煙絲。

萍 艸部 8 上下

ㄆㄧㄥˊ 草本植物，葉子浮在水面，可以做飼料，也可以做藥材：例浮萍。

菠 艸部 8 上下

ㄅㄛ ①〔菠菜〕草本植物，葉子略呈三角形，根部紅色，葉嫩綠有甜味，含豐富的鐵質。②〔菠蘿〕草本植物，果實也叫菠蘿，果皮像鱗甲，果肉酸甜，有很濃的香味。

菅 艸部 8 上下

ㄐㄧㄢ 多年生草本植物，葉子多毛，細長（ㄔㄤˊ）而尖：例草菅人命（把人命看得（˙ㄉㄜ）如同野草一樣）。

萋 艸部 8 上下

ㄑㄧ 〔萋萋〕形容草茂盛（ㄕㄥˋ）的樣子：例芳草萋萋。

菁 艸部 8 上下

老師的話：草菅人命的「菅」唸作ㄐㄧㄢ，不是ㄍㄨㄢ喲！

猜猜看：「一隻小船兩頭翹，嫩肉全靠骨頭包。」猜一種食物。

答案：菱角

ㄐㄧㄥ ①俗稱「韭菜花」：例韭菁。②草木茂盛的樣子：例菁菁。③事物的精粹：例菁華、去蕪存菁。

艸部 8 **華** 上下

ㄏㄨㄚˊ ①繁榮：例繁華。②光彩；光輝：例華麗、華美、華燈。③美好的時光：例年華。④事物最美好的部分：例精華、英華。⑤指中國：例華人、華僑、五胡亂華。

ㄏㄨㄚ 通「花」：例春華秋實。

ㄏㄨㄚˋ 〔華山〕山名，在陝西。

艸部 8 **菱** 上下

ㄌㄧㄥˊ 草本植物，生長（ㄓㄤˇ）在河湖池沼中，葉片呈三角形，果實有硬殼，果肉可以吃：例菱角。

艸部 8 **菴** 上下

ㄢ 寺廟。同「庵」。

艸部 8 **著** 上下

ㄓㄨˋ ①明顯：例顯著。②顯露（ㄌㄨˋ）：例著名、著稱（ㄔㄥ）。③寫作：例著書、著作、編著。④作品：例名著、新著。⑤〔土著〕世代居住本土的人。

ㄓㄨㄛˊ ①接觸；挨上：例附著、著陸、不著邊際。②使接觸或附在別的事物上：例著色、著墨。

③穿（衣）：例穿著、著裝。④棋子：例棋高一著。

ㄓㄠˊ ①表示動作有結果或達到目的：例睡著了、猜著了、點著了、找不著。②燃燒：例點著。

ㄓㄠ 受到；進入：例著涼、著魔、著急、著慌、著迷。

·ㄓㄜ 表示動作或狀態在持續：例打著一把傘、飯還熱著呢。

艸部 8 **萊** 上下

ㄌㄞˊ 古代指叢生的野草。

艸部 8 **菰** 上下

ㄍㄨ 多年生草本植物，生長在池沼裡，嫩葉可以作菜，叫「茭白」。秋天結的果實如米，稱「菰米」，可以用來煮飯。

艸部 8 **萌** 上下

ㄇㄥˊ ①發芽：例萌芽。②開始發生：例萌生、萌動、杜漸防萌（指錯誤或壞事一發生就加以防範）。③顯現；發生：例萌發、故態復萌。

艸部 8 **菌** 上下

ㄐㄩㄣˋ ①指細菌，自然界中廣泛存在的微生物，有的能引起疾病，有的與工農業生產有密切關係：例殺菌、桿菌、黴菌。②〔真菌〕靠吸收其他生物的營養為生，被認為是與動物、植物並列的生物。

猜猜看：「明日之草」，猜一個字。

答案：萌。

猜猜看：「空肚子上街，滿肚子回來，又吃魚，又吃菜。」猜一物品。

答案：菜籃。

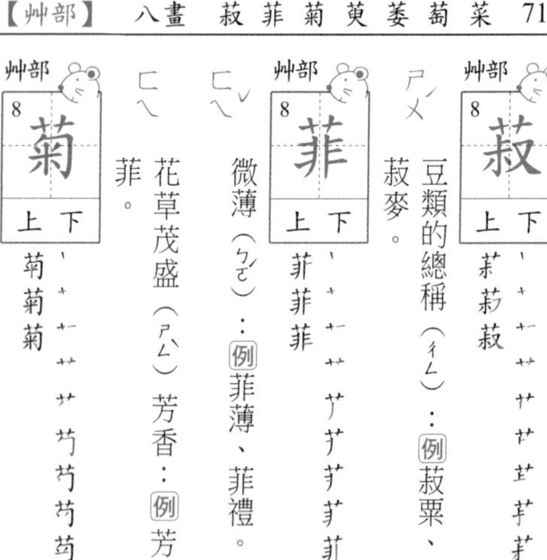

菽 艸部 8畫 上下

ㄕㄨˊ 豆類的總稱（ㄔㄥ）：例菽粟、菽麥。

菲 艸部 8畫 上下

ㄈㄟˇ 微薄（ㄅㄛˊ）：例菲薄、菲禮。

ㄈㄟ 花草茂盛（ㄕㄥˋ）芳香：例芳菲。

菊 艸部 8畫 上下

ㄐㄩˊ 草本植物，秋季開花，是著（ㄓㄨˋ）名的觀賞植物，有的品種可以做藥材：例菊花。

萸 艸部 8畫 上下

ㄩˊ 〔茱萸〕落葉喬木。見「茱」。

萎 艸部 8畫 上下

ㄨㄟ ①（植物）乾枯：例枯萎、萎謝、凋萎。②衰退：例萎縮、萎靡（ㄇㄧˇ）。

萄 艸部 8畫 上下

ㄊㄠˊ 〔葡萄〕果類食物。見「葡」。

菜 艸部 8畫 上下

ㄘㄞˋ ①蔬類植物的總稱（ㄔㄥ）：例蔬菜、野菜、大白菜。②經過烹調（ㄊㄧㄠˊ）的蔬菜、肉類等的總稱：例四菜一湯、炒菜。

艸部 8 **菇** 上下

丶 十 艹 艹 艹 芢 芢 芢 芢 菇 菇 菇

ㄍㄨ 菌類植物：例草菇。

艸部 9 **蒂** 上下

丶 十 艹 艹 艹 艹 艹 芦 芦 芦 蒂 蒂

ㄉㄧˋ 花或瓜果跟枝、莖相連的部分：例花蒂、瓜熟蒂落。

艸部 9 **葷** 上下

丶 十 艹 艹 艹 芢 芢 芢 营 营 萱 葷

ㄏㄨㄣ 指肉類食物（跟「素」相對）：例葷菜、葷腥。

艸部 9 **落** 上下

丶 十 艹 艹 艹 艹 艹 茳 茳 茖 茖 落 落

ㄌㄨㄛˋ ①掉下來：例落葉、落淚。②下降（ㄐㄧㄤˋ）；使下降：例落雨、降落、落幕。③遺留在後面：例落伍、落榜。④由興（ㄒㄧㄥ）盛（ㄕㄥˋ）轉（ㄓㄨㄢˇ）向衰敗：例衰落、破落、沒（ㄇㄛˋ）落。⑤歸屬：例大權旁落。⑥停留：例落腳。⑦留下；寫下：例不落痕跡、落款。⑧停留的地方：例下落、著（ㄓㄠˊ）落。⑨人聚居的地方：例村落、院落。

ㄌㄠˋ ①跌；降：例落價、水落石出。②得（ㄉㄜˊ）到：例落個好名聲。③墜下：例落在屋頂。④剩餘：例除去開銷，還落了幾塊錢。

ㄌㄚˋ ①跟不上：例落在後頭。②忘記帶走；遺漏：例落字。

猜猜看：「一頂小傘，落在林中，一旦撐開，再難收攏。」猜一種植物。

答案：菇。

老師的話：比喻很神祕的意思，可以說「鐵拐李的葫蘆——不知賣的什麼藥。」

艸部 9 **萱** 上下

ㄒㄩㄢ ①萱草，多年生草本植物，花晒乾後可以食用，叫「金針草」。古人認為（ㄨㄟˋ）觀萱草可以使人忘憂。也說「忘憂草」。②母親：例萱堂。

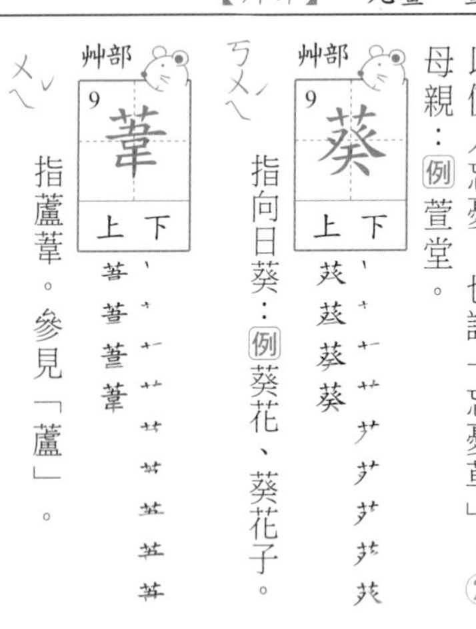

艸部 9 **葵** 上下

ㄎㄨㄟˊ 指向日葵：例葵花、葵花子。

艸部 9 **葦** 上下

ㄨㄟˇ 指蘆葦。參見「蘆」。

艸部 9 **葫** 上下

ㄏㄨˊ 〔葫蘆〕草本植物，莖有卷（ㄐㄩㄢˇ）鬚，開白花，果實形狀像大小兩個球相連，乾燥後可做容器或供（ㄍㄨㄥ）觀賞。

艸部 9 **葉** 上下

ㄧㄝˋ ①植物管呼吸、蒸發等作用的器官：例落（ㄌㄨㄛˋ）葉歸根。②歷史上較長（ㄔㄤˊ）時期的分段：例明代中（ㄓㄨㄥ）葉、二十世紀末葉。③輕小像葉子的：例一葉扁（ㄆㄧㄢ）舟。

ㄕㄜˋ 〔葉縣〕古地名，現位於河南。

艸部 9 **葬** 上下

ㄗㄤˋ ①掩埋（ㄇㄞˊ）人的屍體：例埋葬、喪（ㄙㄤ）葬〈比〉葬送前途。②泛指處（ㄔㄨˇ）理人的屍體：例火葬。

艸部 9 **葛** 上下

ㄍㄜˊ ①草本植物，根肥大，含澱粉，可以吃，也可以做藥材，莖皮纖維可以織成葛布。②一種（ㄓㄨㄥˇ）有花紋的紡織品：例毛葛。③〔諸葛〕複姓。

ㄍㄜˇ 姓。

老師的話：諸葛的「葛」唸作ㄍㄜˊ，葛先生的「葛」唸作ㄍㄜˇ，不要忘記喲！

艸部 9 **萼** 上下

ㄜˋ 包在花瓣外緣的綠色葉狀薄片。花芽期保護花芽，花開時托著花冠（ㄍㄨㄢ）：例花萼。

艸部 9 **萵** 上下

ㄨㄛ 〔萵苣〕一年生或二年生草本植物，葉無柄，花黃色，莖可以食用。

艸部 9 **葡** 上下

ㄆㄨˊ 〔葡萄〕藤本植物，漿果也叫葡萄，圓形或長圓形，可以吃，也可以釀酒。

老師的話：「蓄」字的相似字是「貯」、「儲」、「存」。

艸部 9 **董** 上下

ㄉㄨㄥˇ （董事）某些企業、學校等推舉出來擔任監督管理工作的人：例 董事會、董事長。

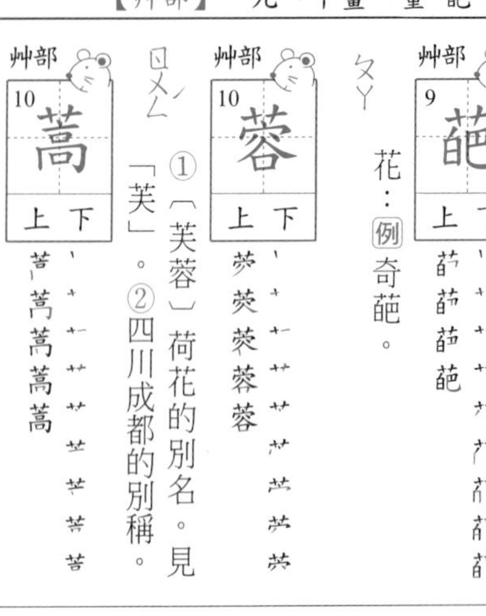

艸部 9 **葩** 上下

ㄆㄚ 花：例 奇葩。

艸部 10 **蓉** 上下

ㄖㄨㄥˊ ①（芙蓉）荷花的別名。見「芙」。②四川成都的別稱。

艸部 10 **蒿** 上下

ㄏㄠ 草本植物，常見的有茼（ㄊㄨㄥˊ）蒿、青蒿、艾蒿等，都帶有特殊氣味，有的可以吃，有的可以用來熏蚊子、做藥材。

艸部 10 **蓆** 上下

ㄒㄧˊ 用草莖編成，可以坐臥的墊子。同「席」①：例 草蓆。

艸部 10 **蓄** 上下

ㄒㄩˋ ①積聚；儲藏（ㄘㄤˊ）：例 積蓄、儲蓄。②存有：例 蓄意、蓄謀。③留著（鬍、髮）不剃（ㄊㄧˋ）：例 蓄髮、蓄鬍。

艸部 10 **蒙** 上下

艸部 10 蒙 上下

ㄇㄥˊ ①覆蓋：例蒙面、蒙蔽。②遭受：例蒙冤、蒙難（ㄋㄢˋ）。③隱瞞：例蒙哄（ㄏㄨㄥˇ）、蒙混。④沒有知識：例啟蒙。⑤哄騙：例蒙騙。⑥胡亂猜測：例瞎蒙。⑦糊塗：例蒙頭轉（ㄓㄨㄢˋ）向。

艸部 10 蒞 上下

ㄌㄧˋ 到；臨：例蒞任、蒞會、蒞臨。

艸部 10 蒲 上下

ㄆㄨˊ 香蒲，草本植物，葉子和莖可以編蒲席、蒲扇。

艸部 10 蒜 上下

ㄙㄨㄢˋ 草本植物，地下莖有辣味，可以做調（ㄊㄧㄠˊ）味料和藥材：例蒜泥、蒜頭。

艸部 10 蓋 上下

ㄍㄞˋ ①器物上端有遮蔽和封閉作用的東西：例鍋蓋、瓶蓋。②形狀像蓋的骨骼：例頭蓋骨、膝蓋。③遮掩：例覆蓋、掩蓋。④印上去：例蓋章、蓋鋼印。⑤壓倒（ㄉㄠˇ）；超過：例蓋過、蓋世無雙。⑥建造：例搭蓋、蓋房子。

ㄍㄜˇ 姓。

艸部 10 蒸 上下

老師的話：比喻人故意裝糊塗，可以說「水仙不開花——裝蒜」。

老師的話：遮蔽的「蔽」和破敝的「敝」字形相似，要分辨清楚喲！

艸部 10 蒸 上下

ㄓㄥ ①水氣上升：例蒸騰、蒸發、蒸餾。②利用水蒸氣使東西變熟：例蒸飯、蒸饅頭。

艸部 10 蓀 上下

ㄙㄨㄣ 古代一種（ㄓㄨㄥˇ）香草名。

艸部 10 蓓 上下

ㄅㄟˋ 〔蓓蕾〕含苞還沒有開放的花朵。

艸部 10 蒐 上下

ㄙㄡ ①聚集。同「搜」②：例蒐集、蒐羅。

艸部 10 蒼 上下

ㄘㄤ ①青色的：例蒼天、蒼松、蒼山。②灰白色的：例蒼白、蒼蒼。

艸部 11 蔗 上下

ㄓㄜˋ 甘蔗，草本植物，莖高大圓直，中間（ㄓㄨㄥ ㄐㄧㄢ）有節。莖內甜汁豐富，可以生吃，也可以製糖；渣（ㄓㄚ）可以造紙。

艸部 11 蔽 上下

ㄅㄧˋ ①覆蓋；遮擋：例掩蔽、遮蔽、隱蔽。②概括（ㄍㄨㄚ）：例一言蔽之。

蔚

艸部 11 上下

ㄨㄟˋ 茂盛（ㄕㄥˋ）；盛大：例蔚然成林、蔚為（ㄨㄟˊ）大觀。

ㄩˋ 姓。

蓮

艸部 11 上下

ㄌㄧㄢˊ 水生草本植物，地下莖叫藕，葉子叫荷葉，子實叫蓮子。藕和蓮子可以吃，蓮子、荷葉等可以做藥材。也說「芙蓉」或「荷花」等。

蔬

艸部 11 上下

ㄕㄨ 蔬菜，是可食用的草菜類的總稱（ㄔㄥ），一般都是人工栽培。

蔭

艸部 11 上下

ㄧㄣˋ ①樹下的陰影：例蔭涼、柳蔭、樹蔭。②因父祖有功而給（ㄐㄧˇ）予子孫仕宦的權利或特權。通「廕」：例庇蔭、祖蔭。

蔓

艸部 11 上下

ㄇㄢˋ ①草本植物細長（ㄔㄤˊ）柔軟而攀繞他物的莖：例蔓草、枝蔓、瓜蔓、葛（ㄍㄜˊ）蔓。②滋生；擴展：例蔓延（像蔓草一樣不斷向周圍擴展延伸）。

老師的話：深藍色也可以寫作「蔚藍」。

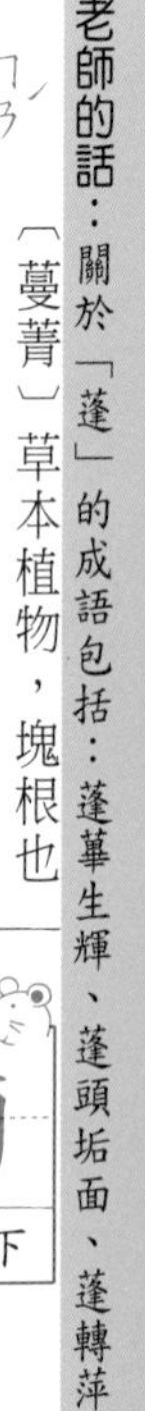
老師的話：關於「蓬」的成語包括：蓬蓽生輝、蓬頭垢面、蓬轉萍飄。

ㄇㄢˊ 〔蔓菁〕草本植物，塊根也叫蔓菁，可以吃。

艸部 11 **蔑** 上下

ㄇㄧㄝˋ ①小；輕微：例蔑視、輕蔑、侮蔑。②造謠毀壞別人的名譽：例誣蔑、鄙蔑。

艸部 11 **蔣** 上下

ㄐㄧㄤˇ 姓。

艸部 11 **蔡** 上下

ㄘㄞˋ 周朝（ㄔㄠˊ）諸侯國名。

艸部 11 **蔔** 上下

ㄅㄛˊ 〔蘿蔔〕蔬類植物，主根肥大，呈球形或圓柱形，根和（ㄏㄢˋ）葉都可以食用。

艸部 11 **蓬** 上下

ㄆㄥˊ ①蓮花結的果子：例蓮蓬。②鬆散（ㄙㄢˇ）；散（ㄙㄢˋ）亂：例蓬鬆、蓬頭垢面。

艸部 11 **蔥** 上下

ㄘㄨㄥ ①草本植物，莖葉有辣味，常用來爆炒食物，增加美味：例蔥白、蔥花。②青綠色：例蔥翠、蔥綠。

艸部 11 **蓿** 上下

ㄙㄨˋ （苜蓿）多年生草本植物。見「苜」。

艸部 12 **蕊** 上下

ㄖㄨㄟˇ 植物的生殖器官，雌（ㄘ）的能長出果實：例花蕊。

艸部 12 **蕙** 上下

ㄏㄨㄟˋ 多年生草本植物，開黃色花，香味濃郁。

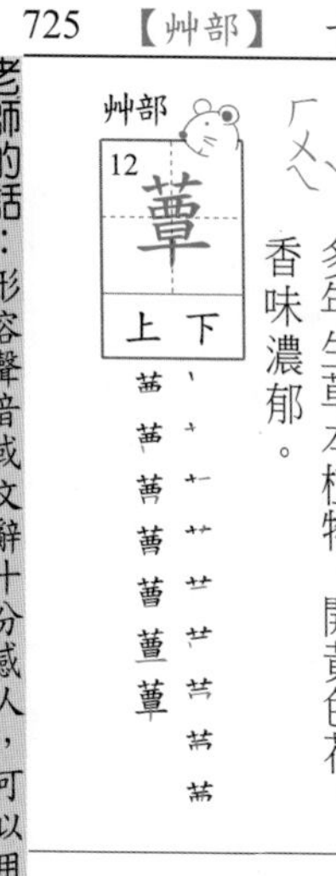

艸部 12 **蕈** 上下

ㄒㄩㄣˋ 菌類植物的總稱。生長（ㄓㄤˇ）在樹林裡或草地上。種類很多，有的可以食用，有的有毒。

艸部 12 **蕨** 上下

ㄐㄩㄝˊ 多年生草本植物，嫩葉可以食用，地下莖可製成澱粉。

艸部 12 **蕩** 上下

ㄉㄤˋ ①沖洗：例蕩滌。②搖動；晃動：例動蕩、晃蕩。③沒有目的地（˙ㄉㄜ）走來走去；閒逛：例遊蕩、逛蕩。④清除；敗光：例掃蕩、傾家蕩產。⑤放縱（ㄗㄨㄥˋ）；不檢點：例放蕩、浪蕩。⑥淺水湖：例蘆葦蕩、荷花蕩。

老師的話：形容聲音或文辭十分感人，可以用「蕩氣迴腸」這句成語。

老師的話：荒蕪的「蕪」不可以寫作無聊的「無」。

艸部 12 **蕃** 上下

丶 亠 ⺊ 艹 艹 艹 苎 苹 苹 莱 莱 蕃 蕃 蕃 蕃

ㄈㄢˊ ①茂盛（ㄕㄥˋ）：例蕃盛。②繁殖：例蕃滋。

ㄈㄢ 〔吐蕃〕我國古代民族，在今青藏（ㄗㄤˋ）高原，唐時曾（ㄘㄥˊ）建立政權。

艸部 12 **蕉** 上下

丶 亠 ⺊ 艹 艹 艹 芢 芢 芢 芢 芢 萑 萑 蕉 蕉

ㄐㄧㄠ ①〔芭蕉〕見「芭」。②〔香蕉〕草本植物，產在熱帶或亞熱帶，是常見的水果。③指葉子像芭蕉葉那樣大的植物：例美人蕉。

艸部 12 **蕎** 上下

丶 亠 ⺊ 艹 艹 艹 艹 芖 芖 茯 茯 茯 蕎 蕎 蕎

ㄑㄧㄠˊ 〔蕎麥〕糧食作物，莖綠中帶紅，開白色或淡紅色小花。子實也叫蕎麥，磨粉後可以吃。

艸部 12 **蕭** 上下

丶 亠 ⺊ 艹 艹 芓 芓 芓 芓 芓 蕭 蕭 蕭 蕭

ㄒㄧㄠ 冷落；缺乏生機：例蕭條、蕭瑟。

艸部 12 **蕪** 上下

丶 亠 ⺊ 艹 艹 芢 芢 芢 苷 苷 蕪 蕪 蕪 蕪 蕪

ㄨˊ ①田地荒廢，野草叢生：例荒蕪。②繁雜：例蕪雜。

艸部 13 **薪** 上下

丶 亠 ⺊ 艹 艹 苙 苙 苙 苙 苙 莘 莘 薪 薪 薪 薪

ㄒㄧㄣ ①作燃料用的木材；柴火：例臥薪嘗膽。②工資：例薪水、發薪、月薪。

薄

艸部 13 上下

ㄅㄛˊ ①微；少（ㄕㄠˇ）：例薄利、薄弱、薄禮。②輕視：例厚此薄彼、鄙薄。③苛刻；輕浮：例刻薄、輕薄。④多用於成語：例如履薄冰、妄自菲薄。⑤不厚的：例薄片、薄紙。⑥不肥沃：例薄田。⑦感情冷淡：例薄情、淡薄。⑧味道淡：例薄茶、薄酒。

ㄅㄛˋ 〔薄荷〕草本植物，莖、葉有清涼香味，可以提取出薄荷油，還（ㄏㄞˊ）可以做藥材。

蕾

艸部 13 上下

ㄌㄟˇ 含苞快要開放的花朵：例花蕾、蓓蕾。

薜

艸部 13 上下

ㄅㄧˋ 〔薜荔〕常綠灌木，莖蔓生。果實含果膠，可以製成涼粉；莖、葉、果實都可以做藥材。

薑

艸部 13 上下

ㄐㄧㄤ 多年生草本植物，地下莖成塊狀，黃色，有辣味，可以作調（ㄊㄧㄠˊ）味料和藥材，又名「生薑」。

薔

艸部 13 上下

ㄑㄧㄤˊ 〔薔薇〕落葉灌木，枝上有刺，夏初開花，色彩鮮豔，有香味，可以供（ㄍㄨㄥ）觀賞。

猜猜看：「田裡雨後長青草」，猜一個字。

答案：蕾。

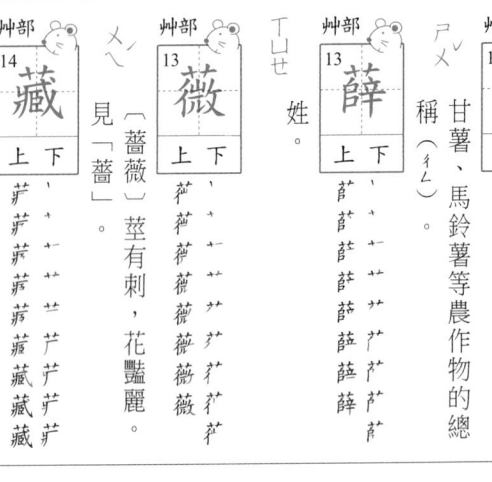

老師的話：關於「藏」的成語包括：藏汙納垢、藏頭露尾、藏龍臥虎。

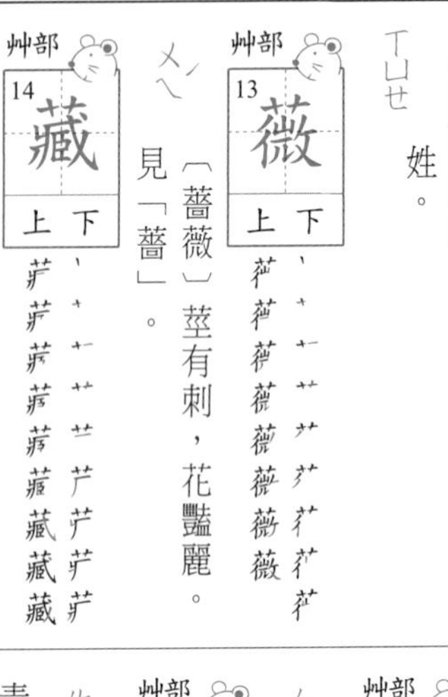

薯 艸部 13畫（上下）

ㄕㄨˇ 甘薯、馬鈴薯等農作物的總稱（ㄔㄥ）。

薛 艸部 13畫（上下）

ㄒㄩㄝ 姓。

薇 艸部 13畫（上下）

ㄨㄟˊ 〔薔薇〕莖有刺，花豔麗。見「薔」。

藏 艸部 14畫（上下）

ㄘㄤˊ ①躲起來不讓人看見；隱蔽：例藏身、隱藏。②儲存：例收藏、儲藏、藏書。

ㄗㄤˋ ①儲存大量（ㄌㄧㄤˋ）東西的地方：例寶藏。②指西藏：例青藏高原、藏香、藏紅花。③指藏族：例藏醫、藏藥。

薩 艸部 14畫（上下）

ㄙㄚˋ 〔菩薩〕梵語。見「菩」。

藍 艸部 14畫（上下）

ㄌㄢˊ ①草本植物，葉子含藍汁，可提製染料：例藍草。②深青色：例蔚藍、青出於藍。

艸部 14 薺 上下

ㄐㄧˋ

薺菜，草本植物，全草可以做藥材，嫩莖葉可以吃。

ㄑㄧˊ

〔荸（ㄅㄧˊ）薺〕多年生草本植物。見「荸」。

艸部 14 藐 上下

ㄇㄧㄠˇ

小看：例藐視。

艸部 14 藉 上下

ㄐㄧㄝˋ

①墊子：例草藉。②依賴：例憑藉。③〔慰藉〕安慰。④〔蘊藉〕指言語、神情或文章含蓄而不顯露（ㄌㄨˋ）。

ㄐㄧˊ

〔狼藉〕雜亂或破敗不堪：例杯盤狼藉、聲名狼藉。

艸部 14 薰 上下

ㄒㄩㄣ

①多年生草本植物，味芳香，也稱「蕙草」。②花的香氣：例草薰。③充滿：例利慾薰心。④溫和（ㄏㄜˊ）的：例薰風。

艸部 15 藩 上下

ㄈㄢ

①籬笆：例藩籬。②古代稱屬國、屬地：例藩國、藩鎮。

艸部 15 藝 上下

ㄧˋ

①技能；本領：例多才多藝、手藝、技藝。②具美感的活

老師的話：藐視的「藐」不可以寫作渺茫的「渺」。

動或這種活動的產物：例藝術、文藝、曲（ㄑㄩˇ）藝。

艸部 15 **藪** 上下

ㄙㄡˇ ①野草叢生的湖澤。②人或物聚集的地方：例淵藪。

艸部 15 **藕** 上下

ㄡˇ 蓮的地下莖，裡面有許多管狀的小孔，折斷後有絲。可以吃，也可以加工成藕粉。

艸部 15 **藤** 上下

ㄊㄥˊ 某些植物沿著地面或依附其他東西向上生長的莖。白藤的莖可以編製箱子、椅子等器具。

艸部 15 **藥** 上下

ㄧㄠˋ ①能防治疾病、病蟲害或改善人體機能的物品：例中藥、西藥、補藥。②毒殺：例藥老鼠。③有爆發性的東西：例火藥。

艸部 16 **藻** 上下

ㄗㄠˇ ①水草的總稱：例海藻。②華麗的文詞：例詞藻、藻飾。

艸部 16 **藹** 上下

ㄞˇ 態度和（ㄏㄜˊ）善：例和（ㄏㄜˊ）藹可親（ㄑㄧㄣ）。

老師的話：比喻容易生病吃藥的人，可以用「藥罐子」這句俏皮話。

艸部 16 **蘑** 上下

ㄇㄛˊ

菌類植物名，形狀像傘，多生長在枯樹上：例蘑菇。

艸部 16 **藺** 上下

ㄌㄧㄣˋ

〔馬藺〕多年生草本植物，葉子可以用來捆東西，根可以製成刷子。

艸部 16 **蘆** 上下

ㄌㄨˊ

多年生草本植物，生長在池沼、河岸或路邊。莖稈可以編成席子或造紙：例蘆葦。

艸部 16 **蘋** 上下

ㄆㄧㄥˊ

〔蘋果〕落葉喬木，味甜可口，是常見的水果。

ㄆㄧㄣˊ

蕨類植物，生在淺水中，四片小葉組成一複葉，像「田」字。又叫「田字草」。

艸部 16 **蘇** 上下

ㄙㄨ

①從昏迷中醒過來：例復蘇、蘇醒。②指江蘇或蘇州：例蘇北、蘇杭、蘇繡。

艸部 16 **蘊** 上下

ㄩㄣˋ

包藏（ㄘㄤˊ）；包含：例蘊藏、蘊含。

老師的話：蘆筍、盧溝橋、茅廬的「蘆」、「盧」、「廬」寫法不同，要分辨清楚喲！

老師的話：古時女子的房間稱作「蘭室」。

艸部 17 **蘗** 上下

ㄅㄛˋ 「黃蘗」落葉喬木，果實呈黑色，可以供(ㄍㄨㄥ)藥用，莖的內皮可以當(ㄉㄤˋ)作染料，木材可以製造器具。

ㄅㄧˋ 常綠灌木。通「薜」。

艸部 17 **蘭** 上下

ㄌㄢˊ 蘭花，草本植物，花味清香，可以供觀賞或製成香料。

艸部 17 **蘚** 上下

ㄒㄧㄢˇ 隱花植物，綠色，莖和葉都很小，沒有根，多生長(ㄓㄤˇ)在陰暗潮溼的地方：例苔蘚。

艸部 19 **蘸** 上下

ㄓㄢˋ 把東西放在液(ㄧㄝˋ)體、粉末狀或糊狀物裡沾一下就拿出來：例蘸墨水、蘸果醬。

艸部 19 **蘿** 上下

ㄌㄨㄛˊ ①指某些爬蔓植物：例女蘿、藤蘿。②「蘿蔔」草本植物，主根也叫蘿蔔，圓柱形或球形，可以吃，種(ㄓㄨㄥˇ)子可以做藥材。

虍部 ㄏㄨ

虍部 2 虎 半包圍

ㄏㄨˇ ①老虎，哺乳動物，毛黃褐色，有黑色橫紋，性情凶猛。②威武勇猛：例虎將（ㄐㄧㄤˋ）、虎虎生風。

虍部 3 虐 半包圍

ㄋㄩㄝˋ 凶狠殘暴：例暴虐、虐待。

虍部 4 虔 半包圍

ㄑㄧㄢˊ 恭敬而有誠意：例虔心、虔誠。

虍部 5 處 半包圍

ㄔㄨˋ ①地方：例去處、住處、暗處、處所。②事物的方面或部分：例大處著（ㄓㄠˊ）眼，小處著（ㄓㄠˊ）手、長處、壞處。③某些機關、團體的名稱；機關中按業務劃分的單位：例工商管理處、辦事處、總務處。

ㄔㄨˇ ①置身在（某個地方、時期或場合）：例地處山區、設身處地。②跟別人交往：例相（ㄒㄧㄤ）處。③安排；辦理：例處置、處理、處事。④懲辦：例處罰、處分（ㄈㄣˋ）、處死。

虍部 5 彪 半包圍

老師的話：關於「虎」的成語包括：虎頭蛇尾、虎口餘生、虎背熊腰、虎父無犬子。

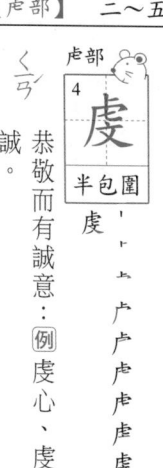

猜猜看：「踏實走」，猜一句成語。

ㄅㄧㄠ 小老虎；比喻人健壯高大：例彪形大漢。

虍部 6 **虛** 半包圍

ㄒㄩ ①空（跟「實」相對）：例空虛、座無虛席。②不自滿：例虛心、謙虛。③空（ㄎㄨㄥˋ）隙；弱點：例乘（ㄔㄥˊ）虛而入、避實就虛。④體質弱：例虛症、虛弱、虛汗。⑤假；不真實：例虛情假意、虛偽、虛名、虛構。⑥白白地（˙ㄉㄜ）：例虛度年華、彈（ㄉㄢˋ）無虛發。⑦膽怯：例心虛。

虍部 7 **虜** 半包圍

ㄌㄨˇ ①在戰場上活捉：例虜獲。②打仗時活捉的敵人：例俘虜。

虍部 7 **虞** 半包圍

ㄩˊ ①料想；猜度（ㄉㄨㄛˋ）：例不虞。②憂慮；擔憂：例衣食無虞。③欺詐：例爾虞我詐。④傳（ㄔㄨㄢˊ）說中上古朝代名，舜所建。

虍部 7 **號** 左右

ㄏㄠˋ ①發出的命令：例口號、發號施令。②軍隊或樂隊裡使用的喇叭：例吹號、軍號。③名稱（ㄔㄥ）：例國號、年號、牌號、稱號。④標記：例記號、符號、暗號。⑤排定的次序：例編號、號碼。⑥表示不同的等級或規格：例特大號、型號。

答案：不虛此行。

ㄏㄠˊ ①拉長（ㄔㄤˊ）聲音大叫：例呼號、號叫〈比〉狂風怒號。②高聲哭叫：例哀號、號哭。

虍部 11 **虧** 左右

ㄎㄨㄟ ①損失；損耗（跟「盈」相對）：例虧本、盈虧、虧損。②缺欠；短少：例理虧。③使受損失；對不起：例虧待、虧心。④幸而：例幸虧、多虧。⑤表示譏諷（ㄈㄥˋ）、斥責的語氣：例這種（ㄓㄨㄥˇ）缺德事，虧你做得（˙ㄉㄜ）出來。

虫部 ㄏㄨㄟˇ

虫部 0 **虫** 獨體

ㄏㄨㄟˇ 毒蛇。

ㄔㄨㄥˊ 「蟲」字的簡寫。

虫部 2 **虱** 半包圍

ㄕ 寄生在人、畜（ㄔㄨˋ）身上的灰白色小昆蟲，吸食血液，能傳播（ㄔㄨㄢˊ ㄅㄛ）疾病。同「蝨」。

虫部 3 **虹** 左右

ㄏㄨㄥˊ 雨後出現在空中的弧形彩色光帶，有紅、橙、黃、綠、藍、靛（ㄉㄧㄢˋ）、紫七種顏色。

猜猜看：「風吹跑了左邊門」，猜一個字。

答案：虱。

猜猜看：「小小飛賊，武器是針，抽別人血，養自己身。」猜一種昆蟲。

答案：蚊子。

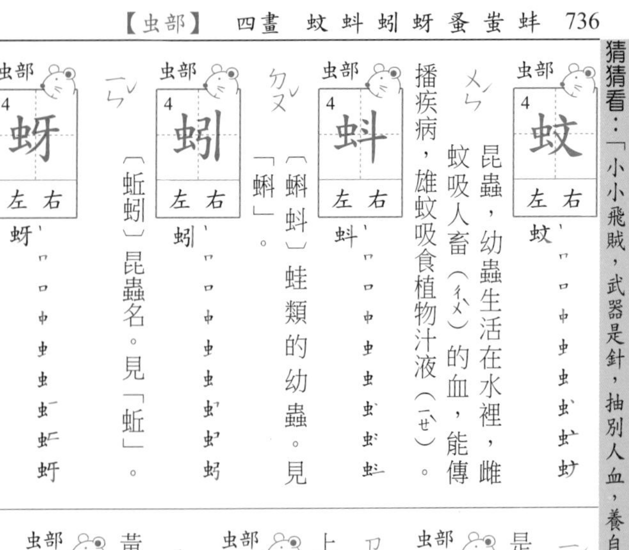

虫部 4 **蚊** 左右 ㄨㄣˊ

蚊

昆蟲，幼蟲生活在水裡，雌蚊吸人畜（ㄔㄨˋ）的血，能傳播疾病，雄蚊吸食植物汁液（ㄧㄝˋ）。

虫部 4 **蚪** 左右 ㄉㄡˇ

蚪

〔蝌蚪〕蛙類的幼蟲。見「蝌」。

虫部 4 **蚓** 左右 ㄧㄣˇ

蚓

〔蚯蚓〕昆蟲名。見「蚯」。

虫部 4 **蚜** 左右 ㄧㄚˊ

蚜

蚜蟲，昆蟲名，吸食植物的汁液（ㄧㄝˋ），危害農作物，是一種（ㄓㄨㄥˇ）害蟲。

虫部 4 **蚤** 上下 ㄗㄠˇ

蚤

跳蚤，昆蟲名，善於跳躍（ㄩㄝˋ），寄生在人和動物身上，吸食血液，能傳播疾病。

虫部 4 **蚩** 上下 ㄔ

蚩

①毛蟲名。②〔蚩尤〕人名，古傳說中九黎族的首領，與黃帝戰於涿鹿山，後來被打敗。

虫部 4 **蚌** 左右

蚌

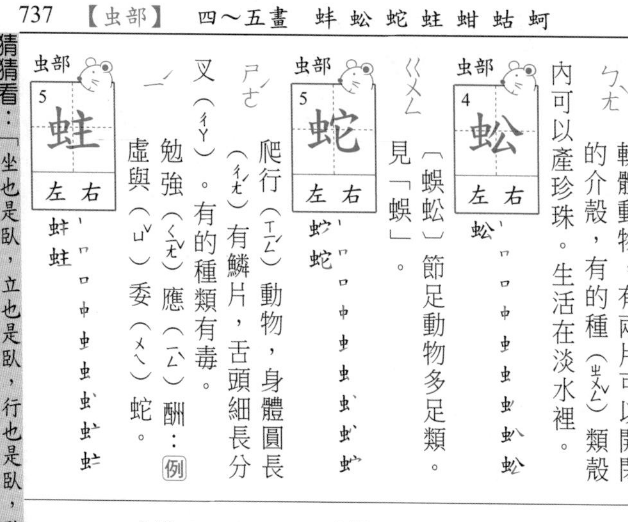

ㄅㄤˋ 軟體動物，有兩片可以開閉的介殼，有的種(ㄓㄨㄥˇ)類殼內可以產珍珠。生活在淡水裡。

虫部 4 **蚣** 左右

ㄍㄨㄥ 〔蜈蚣〕節足動物多足類。見「蜈」。

虫部 5 **蛇** 左右

ㄕㄜˊ 爬行(ㄒㄧㄥˊ)動物，身體圓長(ㄔㄤˊ)有鱗片，舌頭細長分叉(ㄔㄚ)。有的種類有毒。

ㄧˊ 勉強(ㄑㄧㄤˇ)應(ㄧㄥˋ)酬：例虛與(ㄩˇ)委(ㄨㄟ)蛇。

虫部 5 **蛀** 左右

ㄓㄨˋ 被蟲咬：例蛀蝕。

虫部 5 **蚶** 左右

ㄏㄢ 軟體動物，貝殼堅厚，肉味鮮美。也稱「魁蛤(ㄍㄜˊ)」。

虫部 5 **蛄** 左右

ㄍㄨ ①〔蟪蛄〕蟬的一種(ㄓㄨㄥˇ)。見「蟪」。②〔螻蛄〕昆蟲名。見「螻」。

虫部 5 **蚵** 左右

ㄎㄜ 〔屎蚵蜋(ㄌㄤˊ)〕甲蟲名，本名「蜣螂」，又稱(ㄔㄥ)「糞金龜」。喜歡吃人畜(ㄔㄨˋ)的

猜猜看：「坐也是臥，立也是臥，行也是臥，臥也是臥。」猜一種動物。 答案：蛇。

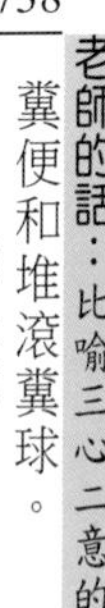

老師的話：比喻三心二意的人，可以用「蚯蚓走路——伸伸縮縮」這句歇後語。

糞便和堆滾糞球。

ㄜˊ 即牡蠣。

虫部 5 **蛆** 左右

丶 口 中 虫 虫 虫 虯 虯 蛆 蛆

ㄑㄩ 蒼蠅的幼蟲，白色，生長（ㄓㄤˇ）在糞便、動物屍體和腐爛的東西上。

虫部 5 **蛉** 左右

丶 口 中 虫 虫 虫 蚧 蛉 蛉 蛉

ㄌㄧㄥˊ 〔白蛉〕昆蟲名，比蚊子小，雌（ㄘˊ）的吸食人畜（ㄔㄨˋ）的血液（ㄧㄝˋ），能傳播（ㄔㄨㄢˊ ㄅㄛˋ）黑熱病。

虫部 5 **蛋** 上下

乛 了 下 疋 疋 疋 疍 疍 疍 蛋 蛋

ㄉㄢˋ ①鳥、龜、蛇等產的卵：例鳥蛋、雞蛋。②形狀像蛋的：例鵝蛋臉。③比喻具有某種特點的人（含貶義）：例壞蛋、糊塗蛋、窮光蛋。

虫部 5 **蚱** 左右

丶 口 中 虫 虫 虫 虫 蚱 蚱 蚱

ㄓㄚˋ 〔蚱蜢〕昆蟲名，身體草綠色或枯黃色，樣子像蝗蟲，善跳躍（ㄩㄝˋ）。喜歡吃稻葉，是農作物的害蟲。

虫部 5 **蚯** 左右

丶 口 中 虫 虫 虫 虫 虫 蚯 蚯

ㄑㄧㄡ 〔蚯蚓〕環節動物，生活在土壤中，能使土壤疏鬆、肥沃（ㄨㄛˋ）。

老師的話：蛔蟲的「蛔」不可以寫作迴避的「迴」喲！

虫部 6 蛟 左右

ㄐㄧㄠ

蛟龍，古代傳（ㄔㄨㄢˊ）說中能興（ㄒㄧㄥ）風雨、發洪水的龍。

虫部 6 蛙 左右

ㄨㄚ

兩棲類動物，善於跳躍（ㄩㄝˋ）和泅（ㄑㄧㄡˊ）水，吃昆蟲，對農業有益。幼體叫蝌蚪。種（ㄓㄨㄥˇ）類很多，常見的有青蛙等。

虫部 6 蛐 左右

ㄑㄩ

〔蛐蛐兒〕蟋蟀。

虫部 6 蛭 左右

ㄓˋ

環節動物，身體長（ㄔㄤˊ）而扁平，以吸取人畜（ㄔㄨˋ）的血液（ㄧㄝˋ）維生。通稱「螞蟥（ㄏㄨㄤˊ）」。

虫部 6 蛔 左右

ㄏㄨㄟˊ

〔蛔蟲〕寄生蟲，形狀像蚯蚓，寄生在人和家畜（ㄔㄨˋ）的小腸內，會引起疾病。

虫部 6 蛛 左右

ㄓㄨ

指蜘蛛。參見「蜘」。

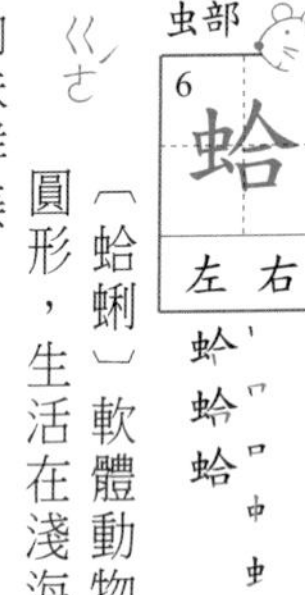

蛤　虫部　6畫　左右

ㄍㄜˊ　〔蛤蜊〕軟體動物，貝殼卵圓形，生活在淺海泥沙中，肉味鮮美。

ㄏㄚˊ　〔蛤蟆〕青蛙和癩（ㄌㄞˋ）蛤蟆（ㄇㄚ˙）的總稱（ㄔㄥ）。

蛹　虫部　7畫　左右

ㄩㄥˇ　某些昆蟲由幼蟲變為成蟲的過渡形態。這時大多不食不動，原有的幼蟲組織器官逐漸破壞，新的成蟲組織器官逐漸形成，最後變為（ㄨㄟˊ）成蟲。

蜓　虫部　7畫　左右

ㄊㄧㄥˊ　〔蜻蜓〕昆蟲名。見「蜻」。

老師的話：比喻做事不認真，可以用「蜻蜓點水」這句成語。

蜈　虫部　7畫　左右

ㄨˊ　〔蜈蚣〕節肢動物，身體長而扁，由許多環節組成，每節有一對腳，第一對腳有爪（ㄓㄠˇ）和腺，能分泌毒液（ㄧㄝˋ）。乾燥的全蟲可以做藥材。

蜇　虫部　7畫　上下

ㄓㄜˊ　①〔海蜇〕生活在海水中的腔腸動物，形狀像張開的傘，可食用。②蜂、蠍子等有毒刺的昆蟲螫刺人或牲畜（ㄔㄨˋ）：例 蟲蜇。

蜀 虫部 7 上下

ㄕㄨˇ 四川的別稱（ㄔㄥ）：例蜀錦、蜀繡。

蛾 虫部 7 左右

ㄜˊ ①昆蟲名，形狀像蝴蝶，種（ㄓㄨㄥˇ）類很多，喜在夜間活動，幼蟲大多是害蟲。②比喻美人的眉毛：例蛾眉。

ㄧˇ 同「蟻」。

蛻 虫部 7 左右

ㄊㄨㄟˋ ①蟲類脫下的皮：例蠶蛻、蟬蛻、蛇蛻。②蟬、蛇等脫皮：例蛻皮。③變化或變質：例蛻化、蛻變。

蜂 虫部 7 左右

ㄈㄥ ①昆蟲名，有毒刺，能螫（ㄓㄜ）人，種類很多，有蜜蜂、胡蜂、黃蜂等。②特指蜜蜂：例蜂蜜、蜂蠟、蜂巢。③成群地（˙ㄉㄜ）：例蜂擁、蜂起。

蜃 虫部 7 上下

ㄕㄣˋ 大蛤蜊（ㄍㄜˊ ㄌㄧˊ）：例蜃景（古人認為是蜃吐（ㄊㄨˇ）氣形成的）、海市蜃樓。

蜿 虫部 8 左右

老師的話：「蜀犬吠日」是比喻人少見多怪的意思。

ㄨㄢ 〔蜿蜒〕形容彎彎曲曲（ㄑㄩ）向前延伸的樣子：例蜿蜒的山路。

老師的話：甜言蜜語的「蜜」不可以寫作祕密的「密」喲！

虫部 8 **蜜** 上下

丶 丷 宀 宀 宓 宓 宓 宓 宓 宻 宻 宻 宻 蜜

ㄇㄧˋ ①蜜蜂採集花的甜汁而釀（ㄋㄧㄤˋ）成的黃白色黏稠液體：例採蜜、釀蜜。②像蜜一樣甜的：例蜜柑、蜜桃。③比喻甜美：例甜蜜、甜言蜜語。

虫部 8 **蜒** 左右

丨 ㄇ 口 中 虫 虫 虫 虫 虫 虫 虫 虫 虫 蜒 蜒

ㄧㄢˊ 〔蜒蚰（ㄧㄡˊ）〕軟體動物名，就是無殼的蝸牛。也叫「蛞蝓（ㄎㄨㄛˋ ㄩˊ）」。

虫部 8 **蜷** 左右

丨 ㄇ 口 中 虫 虫 虫 虫 虫 虫 虫 蜷 蜷 蜷

ㄑㄩㄢˊ 彎曲（ㄑㄩ）：例蜷曲、蜷伏、蜷縮。

虫部 8 **蜻** 左右

丨 ㄇ 口 中 虫 虫 虫 虫 虫 虫 虫 蜻 蜻 蜻

ㄑㄧㄥ 〔蜻蜓〕昆蟲名，身體細長，有兩對翅，生活在水邊，捕食蚊子等小飛蟲，是益蟲。

虫部 8 **蜢** 左右

丨 ㄇ 口 中 虫 虫 虫 虫 虫 虫 虫 蜢 蜢 蜢

ㄇㄥˇ 〔蚱蜢〕蝗蟲的一類。見「蚱」。

虫部 8 **蜥** 左右

丨 ㄇ 口 中 虫 虫 虫 虫 虫 虫 虫 蜥 蜥 蜥

ㄒㄧ 〔蜥蜴〕爬行（ㄒㄧㄥˊ）動物，身體表面有角質鱗，多數（ㄕㄨˋ）具四肢，尾細長（ㄔㄤˊ），容易斷，能再生，以捕食昆蟲和小動物維生。俗稱（ㄔㄥ）「四腳蛇」。

虫部 8 **蜴** 左右

丶 口 口 中 虫 虫 虫 蚎 蚏 蚏 蚏 蜴 蜴 蜴

ㄧˋ 〔蜥蜴〕爬蟲類。見「蜥」。

虫部 8 **蜘** 左右

丶 口 口 中 虫 虫 虫 虫 虫 蚈 蚨 蚨 蜘 蜘

ㄓ 〔蜘蛛〕節肢動物，分泌（ㄈㄣ ㄇㄧˋ）的黏液（ㄧㄝˋ）在空氣中變成絲，用來結網捕食昆蟲。

虫部 8 **蝕** 左右

丿 人 𠆢 今 今 今 食 食 食 飠 飠 飠 蝕 蝕

ㄕˊ ①日月的光被遮蔽（ㄅㄧˋ）：例日蝕、月蝕。②損傷；虧缺：例侵蝕、腐蝕、蝕本。

虫部 9 **螂** 左右

丶 口 口 中 虫 虫 虫 虫 虫 虫 蚼 蜋 蜋 螂 螂

ㄌㄤˊ 〔螳螂〕昆蟲名。見「螳」。

虫部 9 **蝴** 左右

丶 口 口 中 虫 虫 虫 虫 虫 蛄 蛄 蝴 蝴 蝴 蝴

ㄏㄨˊ 〔蝴蝶〕昆蟲名，種類很多，有兩對大翅膀，顏色美麗，吸食花蜜，能幫助傳播花粉。

虫部 9 **蝶** 左右

丶 口 口 中 虫 虫 虫 虫 虫 虫 蚶 蜓 蜓 蝶 蝶

ㄉㄧㄝˊ 指蝴蝶。參見「蝴」。

猜猜看：「啄木鳥」，猜一個字。

答案：蝕。

老師的話：中國人很偏愛「蝙蝠」，因為和「翩翩來福」音近，表示福氣降臨的意思。

虫部 9 **蝠** 左右

ㄈㄨˊ （蝙蝠）能飛的哺乳動物名。見「蝙」。

虫部 9 **蝦** 左右

ㄒㄧㄚ 節肢動物，身體由許多環節構成，有透明的軟殼。生活在水裡：例草蝦、龍蝦。

ㄏㄚˊ 兩棲動物名。同「蛤」：例蝦蟆。

虫部 9 **蝸** 左右

ㄍㄨㄚ 軟體動物，有硬殼，頭部有兩對觸角。吃植物的嫩葉，是農作物的害蟲：例蝸牛。

虫部 9 **蝟** 左右

ㄨㄟˋ 哺乳類動物，身上長（ㄓㄤˇ）滿短而密的硬刺，遇敵害時能蜷曲（ㄑㄩ）成球，用刺保護身體。常在夜間活動，以吃昆蟲、鼠、蛇等維生，對農業有益：例刺蝟。

虫部 9 **蝨** 上下

ㄕ 昆蟲名，頭大腹小，身體橢圓形，有六隻腳。同「虱」。

虫部 9 **蝙** 左右

ㄅㄧㄢ （蝙蝠）哺乳動物，頭和身子像老鼠，前後肢和尾部之間有薄（ㄅㄛˊ）膜，夜間在空（ㄎㄨㄥ）

中飛翔，捕食蚊、蛾等昆蟲。

虫部 9 **蝗** 左右

ㄏㄨㄤˊ 昆蟲名，善於跳躍和飛行（ㄒㄧㄥˊ），種（ㄓㄨㄥˇ）類很多，對莊稼危害很大：例蝗蟲。

虫部 9 **蝌** 左右

ㄎㄜ 〔蝌蚪〕蛙或蟾蜍（ㄔㄢˊ ㄔㄨˊ）的幼蟲。黑色，橢圓形，尾巴（ㄨㄟˇ ˙ㄅㄚ）長，生活在水中。

虫部 10 **螃** 左右

ㄆㄤˊ 〔螃蟹〕甲殼動物，有五對腳，前面一對像鉗（ㄑㄧㄢˊ）子，橫著（˙ㄓㄜ）爬，肉可以吃。

虫部 10 **螟** 左右

ㄇㄧㄥˊ 昆蟲名，螟蛾的幼蟲。多數（ㄕㄨˋ）生活在農作物的莖稈中，是農作物的害蟲：例螟蟲。

虫部 10 **螞** 左右

ㄇㄚˇ ①〔螞蟥〕環節動物，體狹長，後端有吸盤，生活在水田和沼澤，吸食人、畜的血液維生。也叫「水蛭」。②〔螞蟻〕昆蟲名；多在地下築巢，成群穴居。

ㄇㄚˋ 〔螞蚱（ㄓㄚˋ）〕昆蟲名，就是蝗蟲的幼蟲。

虫部 10 **螢** 上下

老師的話：螢光的「螢」和晶瑩的「瑩」字形相似，小心別寫錯了！

老師的話：明、清時的官服，上面都繡有金黃色的蟒蛇，數量愈多，表示官位愈高喲！

ㄧㄥˊ 昆蟲名，黃褐色，末端有發光的器官，能發出光，喜在夜間（ㄐㄧㄢ）活動：例螢火蟲。

融
虫部 10 左右

ㄖㄨㄥˊ ①冰雪等受熱化成水：例融化、消融。②幾種（ㄓㄨㄥˇ）不同的東西合為（ㄨㄟˊ）一體或調（ㄊㄧㄠˊ）配在一起：例融會貫通、水乳交融、融合、融洽。

蟀
虫部 11 左右

ㄕㄨㄞˋ 〔蟋蟀〕昆蟲名。見「蟋」。

蟑
虫部 11 左右

ㄓㄤ 〔蟑螂〕昆蟲名，能分泌（ㄈㄣ ㄇㄧˋ）特殊臭味，常咬壞衣物，傳播（ㄔㄨㄢˊ ㄅㄛˋ）疾病。

螳
虫部 11 左右

ㄊㄤˊ 昆蟲名，頭三角形，前足像鐮刀：例螳螂、螳臂當車（ㄐㄩ）。

蟒
虫部 11 左右

ㄇㄤˇ 一種（ㄓㄨㄥˇ）無毒的大蛇，背部有黃褐色斑紋，多生活在熱帶近水的森林裡：例蟒蛇。

蟆
虫部 11 左右

ㄇㄚˊ 〔蛤蟆〕青蛙和癩蛤（ㄌㄞˋ ㄏㄚˊ）蟆。

虫部 11 螫 上下

ㄓㄜ 蜂、蠍等有毒腺的蟲用毒尾針刺人、畜：例蜂螫。

虫部 11 螻 左右

ㄌㄡˊ 昆蟲名，體長大約三公分，前足呈鏟狀，善於掘（ㄐㄩㄝˊ）土，並能切（ㄑㄧㄝ）斷植物的根、嫩莖和幼苗，白天居於土洞中，晚上才出來活動：例螻蛄（ㄍㄨ）。

虫部 11 螺 左右

ㄌㄨㄛˊ ①軟體動物，體外有回旋形的硬殼：例田螺、海螺。②像螺一樣有回旋形紋理的：例螺紋。

虫部 11 蟈 左右

ㄍㄨㄛ 〔蟈蟈〕昆蟲名，腹部大，雄的能振翅發出清脆的聲音。

虫部 11 蟋 左右

ㄒㄧ 〔蟋蟀〕昆蟲名，黑褐色，後腿粗，尾部有尾鬚。雄蟲好鬥，能用兩翅摩擦發聲。以吃植物的根、莖和種（ㄓㄨㄥˇ）子維生，是危害農作物的害蟲。

虫部 12 蟯 左右

老師的話：「秋後的蟈蟈——沒幾天吱吱頭了」是比喻再也活不了多久的意思。

老師的話：古時的人去世後，嘴裡會含一塊雕刻蟬形的玉器，表示生生不息。

ㄖㄠˊ （蟯蟲）寄生蟲，形似線頭，白色，寄生在人的盲腸及其附近的腸粘膜上。雌（ㄘ）蟲常從肛門裡爬出產卵，引起肛門奇癢。

虫部 12 **蟬** 左右

ㄔㄢˊ 昆蟲名，雄的腹部有發音器，叫聲很響。幼蟲生活在土裡，吸食植物根部的汁液（一ㄝˋ）。

虫部 12 **蟥** 左右

ㄏㄨㄤˊ （螞蟥）即「水蛭」。見「螞」。

虫部 12 **蟲** 上下

ㄔㄨㄥˊ ①昆蟲的通稱（ㄔㄥ）：例毛毛蟲。②看不起或罵人的話：例懶蟲、糊塗蟲。

虫部 13 **蟻** 左右

ㄧˇ ①昆蟲名，喜築巢群體居住。一般雌蟻、雄蟻有翅膀，工蟻、兵蟻沒有翅膀。②眾多如蟻的：例蟻附、蟻聚。

虫部 13 **蠅** 左右

ㄧㄥˊ 昆蟲名，幼蟲叫蛆（ㄑㄩ），能傳播霍亂、傷寒、結核、痢（ㄌㄧˋ）疾等疾病：例蒼蠅。

虫部 13 **蠍** 左右

ㄒㄧㄝ 節肢動物，尾部有毒鉤，用來禦敵或捕食：例蠍子。

虫部 13 蟹 上下

ㄒㄧㄝˋ 指螃蟹：例河蟹、蟹黃。參見「螃」。

虫部 14 蠔 左右

ㄏㄠˊ 軟體動物，有上下兩扇貝殼。肉可以吃，也可以製成蠔油；殼可以做藥材。也說「牡蠣」。

虫部 14 蠕 左右

ㄖㄨˊ 像蚯蚓那樣爬行（ㄒㄧㄥˊ）：例蠕動。

虫部 15 蠣 左右

ㄌㄧˋ 指牡蠣，也就是「蠔（ㄏㄠˊ）」：例蠣黃（牡蠣的肉）。

虫部 15 蠢 上下

ㄔㄨㄣˇ ①形容蟲類爬動的樣子；比喻壞人進行活動：例蠢動、蠢蠢欲動。②愚笨：例蠢人、愚蠢。

虫部 15 蠡 上下

ㄌㄧˊ ①用於人名：例范蠡（春秋時人）。②蠡縣，地名，在河北。

ㄌㄧˇ 用貝殼製成的舀水器具：例以蠡測海、管窺蠡測。

猜猜看：「春土下有兩條蟲」，猜一個字。

答案：蠢。

老師的話：蠟燭的「蠟」不可以寫作臘肉的「臘」喲！

虫部 15 **蠟** 左右

ㄌㄚˋ ①動、植物或礦物所產生的一種（ㄓㄨㄥˇ）油質，有蜂蠟、白蠟、石蠟等，可以用來防溼、密封、做蠟燭。②指蠟燭，用蠟或其他油脂製成的照明的東西。

虫部 17 **蠱** 上下

ㄍㄨˇ ①古代傳說，抓許多毒蟲放在同個器皿裡，使彼此互相吞食，最後剩下不死的毒蟲叫蠱，被用來害人。②毒害：例蠱惑。

虫部 18 **蠶** 上下

ㄘㄢˊ 蠶蛾的幼蟲，吃桑樹等的葉子，長大後吐絲做繭（ㄐㄧㄢˇ），變成蛹，蛹再變成蠶蛾。

虫部 18 **蠹** 上下

ㄉㄨˋ ①昆蟲名，蛀蝕器物的小蟲：例蠹魚。②蛀爛；腐蝕：例這張椅子被蠹壞了。

虫部 19 **蠻** 上下

ㄇㄢˊ ①古代稱（ㄔㄥ）我國南方的民族：例南蠻。②粗野兇狠，不講道理：例蠻橫（ㄏㄥˋ）、野蠻、蠻不講理。③魯莽：例蠻幹。

血部 ㄒㄧㄝˇ

血部 0 **血** 獨體

ㄒㄧㄝˇ ①流動於心臟和血管內的紅色液體，由血漿、血細胞和血小板組成：例血液。②有血緣關係的：例血親、血統。③剛強、熱誠的：例血性、血氣方剛。

血部 15 **衊** 左右

ㄇㄧㄝˋ ①汙濁的血。②捏造罪名陷害他人：例誣（ㄨ）衊。

行（ㄒㄧㄥˊ）部

行部 0 **行** 左右

ㄒㄧㄥˊ ①走：例寸步難行、航行、遊行、行走、行駛。②前往：例出行、旅行、行程。③流動；流通：例流行、風行、發行、行銷。④流動的；臨時的：例行商。⑤書法字體的一種，介於草書和楷書之間：例行書、行草。⑥做；從（ㄘㄨㄥˊ）事：例倒（ㄉㄠˋ）行逆施、施行、行醫、行不通。⑦可以：例行不行、行，就這麼辦。⑧能幹；有本事：例你真行，什麼事一辦就成。

ㄒㄧㄥˋ 品德；行為（ㄒㄧㄥˊ ㄨㄟˊ）：例品行、操行。

ㄏㄤˊ ①人或物排列成的一字形：例單行、一目十行。②兄弟姐妹按出生先後排列順序：例排

猜猜看：「器皿上有一黑點」，猜一個字。

答案：血。

猜猜看：「千山吾獨行」，猜一個字。

答案：衙。

行。③量詞，用於成行的東西：例兩行眼淚、寫了幾行字。④某些營業機構：例商行。⑤行業；職業：例各行各業、同行、改行。⑥行業的知識、經驗：例內行、行家。

ㄏㄤˋ ①剛強（ㄑㄧㄤˊ）的樣子：例行行。②成行（ㄏㄤˊ）的樹木：例樹行子。

衍

行部 3 左右

ㄧㄢˇ ①孳生：例繁衍。②多出來的（字句）：例衍文。③不切（ㄑㄧㄝˋ）實際的：例敷衍。

術

行部 5 左右

ㄕㄨˋ ①技藝；才能：例武術、醫術。②方法；策略：例戰術、防身術。

街

行部 6 左右

ㄐㄧㄝ 兩邊有建築物的大路：例街頭、街道、大街小巷。

衙

行部 7 左右

ㄧㄚˊ 舊時指官府：例縣衙、衙門。

ㄩˊ 行（ㄒㄧㄥˊ）動；行（ㄒㄧㄥˊ）走的樣子：例衙衙。

衛

行部 9 左右

ㄨㄟˋ ①保護；防守：例保衛、防衛。②負責保護、防守的人：例門衛、侍衛、後衛。

行部 9 衝 左右

ノ ク 彳 彳 彳 彳 𧗟 𧗟 𧗟 𧗟 𧗟 𧗟 𧗟 𧗟 衝

ㄔㄨㄥ ①交通要道：例要衝、首當其衝。②朝（ㄔㄠˊ）特定的方向或目標快速猛闖：例衝鋒、衝刺、橫衝直闖。③猛烈碰撞：例衝突、衝撞。

ㄔㄨㄥˋ ①面對著（˙ㄓㄜ）；朝（ㄔㄠˊ）著：例面衝大海。②根據：例衝這幾句話，就知道他是行（ㄏㄤˊ）家。③濃烈：例酒味很衝。

行部 10 衡 左右

ノ ク 彳 彳 彳 彳 𧗟 𧗟 𧗟 𧗟 𧗟 𧗟 𧗟 𧗟 衡

ㄏㄥˊ ①稱（ㄔㄥ）重量（ㄓㄨㄥˋ ㄌㄧㄤˋ）的器具：例度量衡。②考慮；比較：例權衡利弊、衡量（ㄌㄧㄤˊ）。③平：例平衡、均衡。

行部 18 衢 左右

ノ ク 彳 彳 彳 彳 𧗟 𧗟 𧗟 𧗟 𧗟 𧗟 𧗟 𧗟 𧗟 𧗟 𧗟 𧗟 𧗟 𧗟 衢

ㄑㄩˊ 四通八達的道路；大路：例通衢大道、衢路。

衣部

衣部 0 衣 上下

、 亠 ナ 𧘇 𧘇 衣

ㄧ ①衣服：例大衣、外衣、上衣。②包在物體外面的一層東西：例糖衣。

ㄧˋ 穿著（ㄓㄨㄛˊ）：例衣布衣（第二個衣，唸ㄧ。布衣，布做的衣服或指平民）。

猜猜看：「依靠的人不見了」，猜一個字。

答案：衣。

老師的話：衰弱的「衰」和悲哀的「哀」字形相似，要分辨清楚喲！

衣部 2 **初** 左右

ㄔㄨ

①起頭的：例初冬、人之初。②開始的一段時間：例月初、明末清初。③原來的：例初衷、初願。④第一個：例初稿、正月初一。⑤第一次；剛剛：例初試、初犯、初診、初來乍到、如夢初醒。⑥最低的（等級）：例初等、初級。

衣部 2 **表** 上下

ㄅㄧㄠˇ

①外面；外部：例表裡如一、外表、表面、表皮。②顯示：例表露（ㄌㄨˋ）、表現、表示、發表。③分類排列的記載（ㄗㄞˇ）文件：例表格、登記表、火車時刻表。④表示親戚關係：例表妹。⑤測量用的儀器：例電表、水表、壓力表。⑥標準；榜樣：例表率、師表。

衣部 3 **衫** 左右

ㄕㄢ

①單層的上衣：例汗衫、襯衫、羊毛衫。②泛指衣服：例長（ㄔㄤˊ）衫、破衣爛衫。

衣部 3 **衩** 左右

ㄔㄚˋ

衣裙下邊開叉（ㄔㄚ）的地方：例裙衩、腰衩。

衣部 4 **衰** 上下

ㄕㄨㄞ

由強（ㄑㄧㄤˊ）變弱：例興（ㄒㄧㄥ）衰、衰弱、衰退、衰敗。

衣部 4 **衷** 上下

ㄓㄨㄥ 內心：例衷心、苦衷、言不由衷、無動於衷。

衣部 4 **袁** 上下

ㄩㄢˊ 姓。

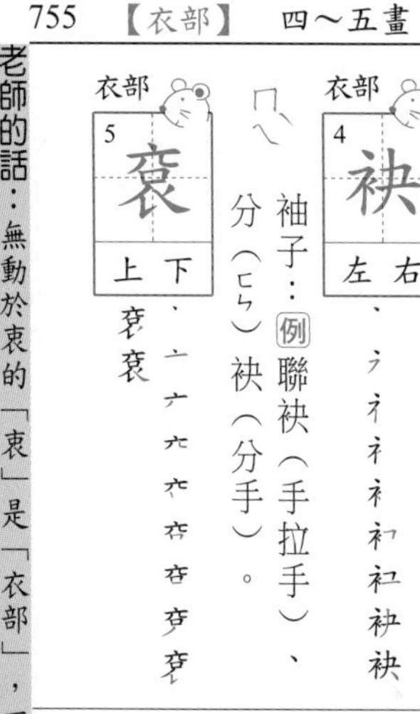

衣部 4 **袂** 左右

ㄇㄟˋ 袖子：例聯袂（手拉手）、分（ㄈㄣ）袂（分手）。

衣部 5 **衮** 上下

ㄍㄨㄣˇ ①古代君主穿的禮服。②眾多的樣子：例衮衮諸公（指眾多有權勢的人）。

衣部 5 **袈** 上下

ㄐㄧㄚ 〔袈裟（ㄕㄚ）〕僧人披（ㄆㄧ）的法衣。

衣部 5 **被** 左右

ㄅㄟˋ ①睡覺（ㄐㄧㄠˋ）時蓋在身上的用品，可以保暖，多用棉織品和棉絮做成：例棉被。②遭受：例被屈含冤、被大水淹沒、房子被拆、樹被颱風吹倒（ㄉㄠˇ）了。

ㄆㄧ 散（ㄙㄢˋ）開。通「披（ㄆㄧ）」：例被衣、被頭散（ㄙㄢˋ）髮。

老師的話：無動於衷的「衷」是「衣部」，不是「亠部」喲！

老師的話：人見人愛的「娃娃屋」是一種袖珍藝術，據說從古埃及就開始流行呢！

衣部 5 **袒** 左右

丶 ㄋ 衤 衤 衤 衵 衵 衵 袒 袒

ㄊㄢˇ ①脫掉或敞開上衣，露（ㄌㄡˋ）出身體的一部分：例袒胸露懷、袒露。②有意保護錯誤的想法和行為（ㄒㄧㄥˊ ㄨㄟˊ）：例偏袒、袒護。

衣部 5 **袖** 左右

丶 ㄋ 衤 衤 衤 衤 衵 袖 袖 袖

ㄒㄧㄡˋ ①衣服上套手臂的部分（ㄈㄣˋ）：例短袖、套袖。②小型或輕巧的：例袖珍。

衣部 5 **袍** 左右

丶 ㄋ 衤 衤 衤 衤 衤 袀 袍 袍

ㄆㄠˊ 有大襟的中式長（ㄔㄤˊ）衣：例長袍、棉袍。

衣部 5 **袋** 上下

ノ 亻 亻 代 代 代 岱 岱 袋 袋 袋

ㄉㄞˋ ①用布、皮、紙等材料製作的盛（ㄔㄥˊ）東西的用具：例麵袋、口袋、塑膠袋。②量詞，用於水煙、旱煙：例抽一袋煙。

衣部 6 **裁** 半包圍

一 十 土 土 圭 圭 圭 圭 圭 栽 栽 裁

ㄘㄞˊ ①用刀、剪等分割布、紙等片狀物：例裁衣、裁紙。②削減；去掉不用的或多餘的：例裁員、裁軍、裁減。③控制：例制裁。④作出判斷：例裁決、裁判、裁定、獨裁。⑤指文章的格式：例體裁。

衣部

裂 6 上下

一 ㄏ 歹 歹 歹 列 列 列 列 裂 裂 裂

ㄌㄧㄝˋ

整體被破開或分離：例破裂、分裂、四分五裂。

衣部

袱 6 左右

、 ㄋ ネ ネ ネ 衤 衤 衤 衤 袱 袱

ㄈㄨˊ

〔包袱〕包裹（ㄍㄨㄛˇ）或覆蓋東西的布。

衣部

裟 7 上下

、 、 氵 氵 氵 沙 沙 沙 沙 娑 娑 裟 裟

ㄕㄚ

〔袈（ㄐㄧㄚ）裟〕指僧侶所穿的衣服。

衣部

裔 7 上下

、 亠 亠 亣 衣 衣 衣 衣 裔 裔 裔 裔 裔

ㄧˋ

後代：例後裔、華裔。

衣部

裙 7 左右

、 ㄋ ネ ネ 衤 衤 衤 衤 衤 裙 裙 裙

ㄑㄩㄣˊ

①一種（ㄓㄨㄥˇ）圍在腰部遮蔽下體的服裝，沒有褲管：例短裙、連衣裙。②形狀或作用像裙子的東西：例圍裙。

衣部

補 7 左右

、 ㄋ ネ ネ 衤 衤 衤 衤 衤 補 補 補

ㄅㄨˇ

①修理破損的東西：例修補、補衣服、修橋補路。②添上：例補充、補足、填補。③益處（ㄔㄨˋ）：例於事無補。

衣部

裘 7 上下

一 十 寸 才 求 求 求 求 求 裘 裘 裘 裘

ㄑㄧㄡˊ

老師的話：補充的「補」不可以寫作捕手的「捕」喲！

猜猜看：「標本」，猜一句成語。

答案：裝模作樣。

ㄑㄧㄡˊ 毛皮做的衣服：例裘皮大衣。

衣部 7 **裝** 上下

ㄓㄨㄤ ①衣服：例服裝、時裝。②修飾、打扮：例裝飾、裝修。③演員演出時穿戴打扮用的衣物：例上裝、定裝、卸裝。④裝訂書籍：例線裝書、精裝本。⑤做出某種（ㄓㄨㄥˇ）假象：例裝糊塗、裝腔作勢。⑥把零件配成整體：例安裝、裝配、組裝。

衣部 7 **裡** 左右

ㄌㄧˇ ①衣服被褥（ㄖㄨˋ）等的內層；紡織品的反面（跟「面」相（ㄒㄧㄤ）對）：例裡子、內裡、被裡。②一定的界限以內；內部（跟「外」相對）：例裡三層，外三層、裡院。③表示在一定的處（ㄔㄨˋ）所、時間、範圍、方向之內：例房間裡、假（ㄐㄧㄚˋ）期裡。

衣部 7 **裊** 上下

ㄋㄧㄠˇ ①〔裊裊〕(1)形容煙氣繚繞上升的樣子：例炊煙裊裊。(2)形容聲音綿延不絕的樣子：例餘音裊裊。②〔裊娜（ㄋㄨㄛˊ）〕形容草木柔軟細長或女子姿態優美。

衣部 7 **裕** 左右

ㄩˋ 財物多；充足：例富裕、充裕、寬裕。

裳
衣部 8 上下

ㄔㄤˊ 古人把穿在下半身的衣服叫「裳」，上半身的叫「衣」：例綠衣黃裳。

˙ㄕㄤ 〔衣裳〕衣服。

褂
衣部 8 左右

ㄍㄨㄚˋ 中（ㄓㄨㄥ）式的單衣：例大褂、短褂、長（ㄔㄤˊ）袍馬褂。

裴
衣部 8 上下

ㄆㄟˊ 姓。

裹
衣部 8 上下

ㄍㄨㄛˇ ①包；纏繞：例裹腿、包裹。②停止：例裹足不前。

裸
衣部 8 左右

ㄌㄨㄛˇ 暴露（ㄌㄨˋ）；沒有遮蓋：例裸露（ㄌㄨˋ）、裸體。

製
衣部 8 上下

ㄓˋ 造；作器物：例製作、製版、製圖。

裨
衣部 8 左右

老師的話：長袍馬褂的「褂」和掛念的「掛」字形相似，要分辨清楚喲！

老師的話：複習、重複的「複」不可以寫作答覆的「覆」喲！

ㄅㄧˋ ①增補：例裨補。②益處（ㄔㄨˋ）：例裨益。

ㄆㄧˊ 副的；輔佐的：例裨將（ㄐㄧㄤˋ）、偏裨。

衣部 8 **褚** 左右

、ㄋ礻衤衤衤衤衤衤褚褚褚

ㄔㄨˇ ①把棉絮（ㄒㄩˋ）裝進衣服的夾層裡面。②姓。

衣部 8 **裱** 左右

、ㄋ礻衤衤衤衤衤衤裱裱裱

ㄅㄧㄠˇ ①用紙、布或絲織品襯托、黏貼字畫、古畫等，使美觀耐久：例裱畫、裝裱、裱褙。②用紙或其他材料糊屋子的頂棚或牆壁：例裱糊。

衣部 9 **褐** 左右

、ㄋ礻衤衤衤衤衤衤褐褐褐褐

ㄏㄜˊ 像糖炒栗（ㄌㄧˋ）子的顏色：例褐色。

衣部 9 **複** 左右

、ㄋ礻衤衤衤衤衤衤複複複複

ㄈㄨˋ ①又；再一次：例重複。②多數的（和「單」相對）：例複眼。③不簡單的：例複雜。

衣部 9 **褒** 上下

、亠广广疒疒疒疒疒褒褒褒褒褒

ㄅㄠ 讚揚；誇獎（跟「貶」相對）：例褒貶、褒獎、褒揚。

衣部 9 **褓** 左右

、ㄋ礻衤衤衤衤衤衤褓褓褓褓褓

ㄅㄠˇ 包裹（ㄍㄨㄛˇ）嬰兒的被（ㄅㄟˋ）子：例襁褓。

褪
衣部 10 左右

ㄊㄨㄣˋ ①（顏色）變淡或消失：例褪色。②（羽毛等）脫落：例褪毛。③向後退：例褪身、褪後。

褲
衣部 10 左右

ㄎㄨˋ 穿在腰部以下的衣服：例褲子、短褲。

褥
衣部 10 左右

ㄖㄨˋ 床上鋪（ㄆㄨ）的墊子，多用布裹（ㄍㄨㄛˇ）著棉花製成：例褥套、床褥、被（ㄅㄟˋ）褥、墊褥。

褫
衣部 10 左右

ㄔˇ 革除；剝奪：例褫奪。

褻
衣部 11 上下

ㄒㄧㄝˋ ①輕慢不恭：例褻瀆、褻慢。②淫穢：例褻語、猥褻。

褶
衣部 11 左右

ㄉㄧㄝˊ 古時候的一種（ㄓㄨㄥˇ）夾衣。

ㄓㄜˊ 衣服折疊後留下的痕跡：例褲褶。

ㄓㄜˇ 衣服上的皺（ㄓㄡˋ）痕：例褶子。

猜猜看：「兩口井，一樣深，跳下去，齊腰身。」猜一物品。

答案：褲子。

老師的話：比喻職位步步高升，可以說「沒底的襪子——一直往上升」。

ㄒㄩㄝˊ 戲裝：例褶子。

襄

衣部 11 上下

ㄒㄧㄤ 幫助；協助：例襄辦、襄理、襄助。

褸

衣部 11 左右

ㄌㄩˇ 〔襤褸〕形容衣服破爛的樣子。

襠

衣部 13 左右

ㄉㄤ ①兩條褲管相(ㄒㄧㄤ)連的地方：例褲襠、開襠褲。②兩腿之間(ㄐㄧㄢ)的部位：例腿襠。

襟

衣部 13 左右

ㄐㄧㄣ ①上衣或袍子前面的部分：例大襟、對襟、開襟。②指胸懷；抱負：例胸襟、襟懷。

襖

衣部 13 左右

ㄠˇ 有襯裡的中(ㄓㄨㄥ)式上衣：例棉襖、皮襖、夾襖。

襤

衣部 14 左右

ㄌㄢˊ 〔襤褸〕衣服破爛：例衣衫襤褸。

襪

衣部 15 左右

ㄨㄚˋ 套在腳上的紡織品：例絲襪、棉襪、毛線襪。

衣部 16 **襲** 上下

丶 亠 亠 亣 立 产 产 音 音 音 音 音 龍 龍 龍 龍 龍 龔 龔 龔 龔 襲

ㄒㄧˊ ①照過去的或別人的樣子做：例沿襲、襲用、抄襲。②繼承：例襲位、世襲。③乘（ㄔㄥˊ）對方不防備而進攻：例偷襲、奇襲、空襲、襲擊。

衣部 16 **襯** 左右

丶 ㇇ 衤 衤 衤 衤 衤 衤 衤 衤 衤 衤 衤 衤 衤 衤 衤 襯 襯 襯 襯 襯

ㄔㄣˋ ①貼身的衣服：例襯衫、襯褲。②附在衣裳（˙ㄕㄤ）、鞋、帽等裡面的材料：例帽襯、領襯、鞋襯。③在裡面或下面墊上紙、布等：例襯紙、襯絨。④加上別的事物，使主要事物突出：例襯托、陪襯、映襯、反襯。

襾部 ㄧㄚˋ

襾部 0 **西** 獨體

一 丆 冂 丙 两 西

ㄒㄧ ①四個基本方向之一，太陽落下的一邊（跟「東」相對）：例西部、西郊、西半球、夕陽西下。②指西洋（多指歐美各國）：例西藥、西餐、西裝。

襾部 3 **要** 上下

一 丆 冂 襾 襾 襾 覀 要 要

ㄧㄠˋ ①重（ㄓㄨㄥˋ）點：例摘要、紀要。②急切（ㄑㄧㄝˋ）的：例要事、要緊、次要。③盼望得（ㄉㄜˊ）

老師的話：抄襲的「襲」是「衣部」，不是「龍部」喲！

老師的話：形容無知的人，可以說「井底之蛙——見識少」。

到或保有：例想要這本書嗎。④索取：例要錢。⑤請求：例要求。⑥叫；讓：例媽媽要小妹快回家。⑦應該；必須：例我們要團結、寫字要工整。⑧準備；將(ㄐㄧㄤ)會：例明天要出國、天要放晴。⑨如果：例明天要下雨，我們就不走了。

ㄧㄠ ①求：例要求。②強(ㄑㄧㄤˇ)求；脅迫：例要挾。

襾部 6 **覃** 上下

一 冖 冂 襾 襾 西 覀 覀 覀 覃 覃 覃

ㄊㄢˊ 深：例覃思、覃恩。

ㄑㄧㄣˊ 姓。

襾部 12 **覆** 上下

一 冖 冂 襾 襾 西 覀 覀 覀 覀 覆 覆 覆 覆 覆 覆 覆 覆

ㄈㄨˋ ①下部朝(ㄔㄠˊ)上翻過來或翻倒(ㄉㄠˇ)：例天翻地覆、顛覆、覆轍。②滅亡：例覆滅、覆亡。③遮蓋：例覆蓋。④重(ㄔㄨㄥˊ)；再：例覆核。

見部 (ㄐㄧㄢˋ)

見部 0 **見** 獨體

丨 冂 月 月 目 貝 見

ㄐㄧㄢˋ ①看到：例見聞、罕見。②會面：例相(ㄒㄧㄤ)見、接見、會見、召見。③對事物的認識和看法：例固執己見、高見、成見、見解。④看得(˙ㄉㄜ)出；顯現出：例日見好轉、見分曉、見效、見輕。⑤用來指明文字的出處或參看的地方：例參見、見附表。⑥用在「聽」「看」等字後面表示有了（˙ㄌㄜ）結果：例看見、夢見、聽不見。

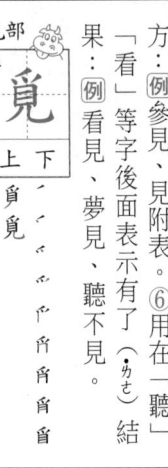

見部 4 覓 上下

ㄇㄧˋ 尋找：例覓食、尋覓。

見部 4 規 左右

ㄍㄨㄟ ①畫圓的工具：例圓規。②法度；準則：例規則、規範、法規、校規。③打算；謀劃：例規劃、規定。④勸告：例規勸。

見部 4 視 左右

ㄕˋ ①看：例注視、視覺（ㄐㄩㄝˊ）、目不斜視。②觀察；考察：例視察、巡視。③看待（ㄉㄞˋ）；對待（ㄉㄞˋ）：例視死如歸、仇視、輕視、重（ㄓㄨㄥˋ）視。

見部 9 親 左右

ㄑㄧㄣ ①關係近；感情深（跟「疏」相對）：例親愛、親密、親近。②指父母，也單指父或母：例雙親、母親。③泛指有血統關係或婚姻關係的人：例沾親帶故、親屬、親戚。④指婚姻：例結親、定親、提親、親事。⑤特指新娘：例娶親、迎親。⑥用唇、臉接觸，表示親（ㄑㄧㄣ）愛：例親吻。⑦自己直接參與（ㄩˋ）：例親臨、親歷、親手、親口。

老師的話：親愛的「親」唸作ㄑㄧㄣ，親家的親唸作ㄑㄧㄥˋ，不要忘記喲！

老師的話：「觀」是道教的廟宇，「寺」是和尚住的地方，「庵」是尼姑住的地方。

ㄑㄧㄥˋ 〔親家〕①因為子女相婚配而結成的親戚：例兒女親家。②夫妻雙方的父母之間（ㄐㄧㄢ）的互稱（ㄔㄥ）：例親家母。

見部 9 **覦** 左右

丿 人 亼 今 佥 俞 俞 俞 俞 覦 覦 覦 覦 覦 覦 覦

ㄩˊ 〔覬覦〕想得（ㄉㄜˊ）到不屬於自己的東西：例覬覦錢。

見部 10 **覬** 左右

丨 山 屵 豈 豈 豈 豈 豈 豈 豈 覬 覬 覬 覬 覬 覬

ㄐㄧˋ 企圖；希望。見「覬覦」。

見部 11 **覲** 左右

一 十 廾 廿 廿 甘 苫 堇 堇 堇 堇 覲 覲 覲 覲 覲 覲 覲

ㄐㄧㄣˋ 朝（ㄔㄠˊ）見（君主）；朝拜（聖地）：例覲見、朝覲。

見部 13 **覺** 上下

丿 𠂉 ⺌ 𦥑 𦥑 𦥑 𦥑 𦥑 𦥑 𦥑 𦥑 𦥑 𦥑 𦥑 𦥑 𦥑 𦥑 覺 覺

ㄐㄩㄝˊ ①醒悟；明白：例覺悟、覺醒、自覺。②感到：例不知不覺。③對外界刺激的感受和辨別：例視覺、聽覺、嗅（ㄒㄧㄡˋ）覺、錯覺、幻覺、直覺。

ㄐㄧㄠˋ 從入睡到睡醒的過程：例睡覺、午覺。

見部 14 **覽** 上下

一 丆 丂 五 臣 臣 臣 臣 臨 臨 臨 臨 臨 臨 臨 臨 覽 覽 覽 覽 覽

ㄌㄢˇ 觀看：例瀏覽、展覽、閱覽。

見部 18 **觀** 左右

丶 丷 艹 艹 艹 艹 艹 艹 艹 艹 雚 雚 雚 雚 雚 雚 雚 雚 觀 觀 觀 觀 觀 觀 觀

ㄍㄨㄢ ①看；察看：例走馬觀花、觀察、觀測、觀看。②看到的景象：例改觀、壯觀、外觀、洋洋大觀。③對事物的認識或態度：例人生觀、價值觀、樂（ㄌㄜˋ）觀。

ㄍㄨㄢˋ 道教（ㄐㄧㄠˋ）的廟宇：例道觀。

角部 ㄐㄧㄠˇ

角 角部 0 上下

丿 ⺈ ⺈ 角 角 角 角

ㄐㄧㄠˇ ①牛、羊、鹿等動物頭上長出硬而尖的東西。②古代軍隊中的樂（ㄩㄝˋ）器（多用獸角製成）：例號角、鼓角。③物體兩個邊沿相接的地方：例桌角、牆角、眼角、嘴角。④幾何學名詞：例直角、銳角、對角線。⑤中國貨幣的輔助單位，一圓的十分之一。⑥較量；競爭：例角力、角逐。

ㄐㄩㄝˊ ①戲劇或影視中，演員扮演的劇中人物：例主角、配角。②戲曲（ㄑㄩˇ）中根據角色類型劃分的類別：例旦角、丑角。③泛指演員：例名角。

解 角部 6 左右

丿 ⺈ ⺈ 角 角 角 角 角 角 角 解 解 解

ㄐㄧㄝˇ ①剖開：例解剖。②離散（ㄙㄢˋ）；分裂：例瓦解、解散、解體。③消除：例解渴、解悶（ㄇㄣˋ）、解恨、解除。④排泄大小便：例大解、小解。⑤把捆著或繫（ㄐㄧˋ）著的東西打開：例解開。⑥分析；說明：例解說、解釋、講

老師的話：「解鈴還得繫鈴人」，這句話是比喻出了事情，應該由當事人解決。

老師的話：關於「言」的成語包括：言不及義、言不由衷、言外之意、言出必行。

解、注解。⑦明白；懂：例了解、理解。⑧分析演算：例解答（ㄉㄚˊ）、解題。

ㄐㄧㄝˋ ①明、清兩代鄉試中（ㄓㄨㄥˋ）錄取的第一名：例解元。②押送：例押解。

ㄒㄧㄝˋ ①〔解池〕湖名。②〔解州〕地名。都在山西。

角部 11 **觴** 左右

丿 ⺈ ⺈ 角 角 角 角 角 角 角 觴 觴 觴 觴 觴 觴 觴 觴

ㄕㄤ 古代一種（ㄓㄨㄥˇ）盛（ㄔㄥˊ）酒的器具：例舉觴相慶。

角部 13 **觸** 左右

丿 ⺈ ⺈ 角 角 角 角 角 角 角 觸 觸 觸 觸 觸 觸 觸 觸 觸 觸

ㄔㄨˋ ①碰到；挨上：例觸景生情、觸電、觸覺（ㄐㄩㄝˊ）、接觸。②因碰到某種刺激而引起的感情變化等：例觸怒、感觸、觸發。

言部 ㄧㄢˊ

言部 0 **言** 上下

丶 亠 亠 亠 亠 言 言

ㄧㄢˊ ①說：例不言而喻（不用說就明白）。②話：例言語、留言、名言。③一句話或一個字：例一言難（ㄋㄢˋ）盡、七言詩。

言部 2 **計** 左右

丶 亠 亠 亠 亠 言 言 訁 計

ㄐㄧˋ ①用數（ㄕㄨˋ）學方法根據已知數得（ㄉㄜˊ）出未知數：例計數（ㄕㄨˋ）、計量（ㄌㄧㄤˊ）、計酬、計算。②謀劃；打算：例計畫、計議、設計。③策略；主意：例計謀、計策、心計、妙計。④考慮：例不計名利。⑤測量(ㄌㄧㄤˊ)有關數(ㄕㄨˋ)值的儀器：例溫度計、血壓計。

言部 2 **訂** 左右

ㄉㄧㄥˋ ①改正：例訂正、修訂、審訂。②研討或協商後（把章程、條約、合同等）確定下來：例制訂、簽訂、訂立。③約定：例訂約、訂貨、訂婚。④把書頁或紙張穿連成冊：例裝訂。

言部 2 **訃** 左右

ㄈㄨˋ 把去世的消息通知死者的親友或向大眾公布：例訃告、訃聞。

言部 3 **記** 左右

ㄐㄧˋ ①把聽到的話或已經發生的事寫下來：例記帳、記載(ㄗㄞˇ)、登記。②把印象保持在腦子裡：例記憶、記性、惦記。③為幫助辨識而做的標誌：例記號、標記、暗記。④記載事物的書或文章：例日記、遊記。

言部 3 **訐** 左右

ㄐㄧㄝˊ 攻擊別人的短處；揭發別人的隱私：例攻訐、訐發陰私。

言部 3 **討** 左右

老師的話：日記、遊記、記憶的「記」不可以寫作紀年的「紀」喲！

猜猜看：「山也說話」，猜一個字。

ㄊㄠˇ ①攻打：例討伐、征討。②公開譴（ㄑㄧㄢˇ）責：例聲討、申討。③研究；商議：例探討、商討、討論（ㄌㄨㄣˋ）。④索取；請求：例討債、討教（ㄐㄧㄠˋ）。⑤招惹：例討喜、討厭、討人嫌。

言部 3 **訌** 左右

訌：丶 亠 亠 亠 言 言 言 訁 訂 訌

ㄏㄨㄥˋ 爭吵；混（ㄏㄨㄣˋ）亂：例內訌、訌爭。

言部 3 **訕** 左右

訕：丶 亠 亠 亠 言 言 言 訁 訕 訕

ㄕㄢˋ ①譏（ㄐㄧ）笑：例訕笑、譏訕。②羞慚；難為（ㄋㄢˊ ㄨㄟˊ）情：例訕訕。

言部 3 **訊** 左右

訊：丶 亠 亠 亠 言 言 言 訁 訊 訊

ㄒㄩㄣˋ ①詢問；問候：例問訊。②審問：例審訊、傳訊。③音信；消息：例訊息、訊號（ㄏㄠˋ）、音訊、資訊、通訊。

言部 3 **託** 左右

託：丶 亠 亠 亠 言 言 言 訁 託 託

ㄊㄨㄛ ①請求：例拜託。②依賴：例託福、託孤。③推辭：例推託。

言部 3 **訓** 左右

訓：丶 亠 亠 亠 言 言 言 訁 訓 訓

ㄒㄩㄣˋ ①教（ㄐㄧㄠˋ）導；告誡：例教訓、訓話、訓導、訓誡。②教（ㄐㄧㄠˋ）導或告誡的話：例家訓、

答案：訕。

校訓。③準則；典範：例明訓。④操練：例訓練、集訓、培訓、受訓。

訖　言部　3　左右

ㄑㄧˋ　完畢；終了（ㄌㄧㄠˇ）：例收訖、查訖、驗訖、銀貨兩訖。

訪　言部　4　左右

ㄈㄤˇ　①向人調查打聽（ㄊㄧㄥ）；探尋：例察訪、尋訪、採訪。②探望：例拜訪、訪問、來訪、回訪。

訝　言部　4　左右

ㄧㄚˋ　驚奇；詫異：例驚訝、訝然。

訣　言部　4　左右

ㄐㄩㄝˊ　①告別；分別（多指不再相見的離別）：例訣別、永訣。②高明的或關鍵性的方法：例訣竅、妙訣、祕訣。③根據事物的內容編成簡短順口、易於記誦的詞句：例口訣、歌訣。

訥　言部　4　左右

ㄋㄜˋ　說話遲鈍，不善言談：例訥口、木訥。

許　言部　4　左右

ㄒㄩˇ　①應（ㄧㄥ）允；認可：例允許、准許、特許、許可。②

老師的話：木訥的「訥」是單音字，唸作ㄋㄜˋ，不是ㄋㄚˋ喲！

老師的話：批評的「評」和抨擊的「抨（ㄆㄥ）」字形相似，小心別寫錯了！

期望：例期許。③很；非常：例許久、許多。④可能：例也許。

言部 4 **設** 左右

、亠亠亖言言訁訉設設

ㄕㄜˋ ①擺放；安置：例陳設、擺設、架設。②建立；開辦：例設立、建設、開設。③籌劃；考慮：例設法、設計。④假定；假設：例設身處（ㄔㄨˇ）地、設想。

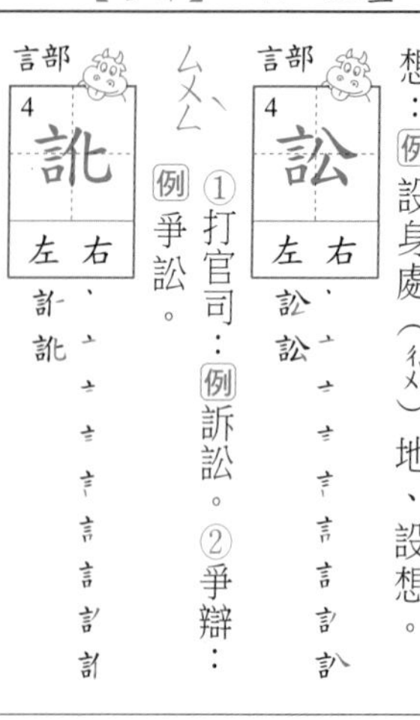

言部 4 **訟** 左右

、亠亠亖言言訁訟訟訟

ㄙㄨㄥˋ ①打官司：例訴訟。②爭辯：例爭訟。

言部 4 **訛** 左右

、亠亠亖言言訁訁訛訛

ㄜˊ ①不真實的；有錯誤的：例以訛傳訛、訛字、訛誤。②敲詐；威嚇（ㄏㄜˋ）：例訛人、訛詐。

言部 5 **註** 左右

、亠亠亖言言訁訁訁註註註

ㄓㄨˋ ①用來解釋說明文字。通「注」：例附註。②登記；記載（ㄗㄞˇ）：例註冊。

言部 5 **詠** 左右

、亠亠亖言言訁訁訁詠詠詠

ㄩㄥˇ ①聲調（ㄉㄧㄠˋ）抑揚地（˙ㄉㄜ）誦讀；歌唱：例吟詠、歌詠、詠嘆。②用詩詞的形式抒寫：例詠懷、詠史、詠梅。

言部 5 **評** 左右

、亠亠亖言言訁訁訁評評評

ㄆㄧㄥˊ ①議論(ㄌㄨㄣˋ)或判定：例評論、評語(ㄩˇ)、評分、評選、批評。②議論的話或文章：例評論、短評、書評。

言部 5 **詞** 左右

、亠亠亖言言言訂訂詞詞詞

ㄘˊ ①代表一個觀念的文字或語言：例名詞、形容詞。②話；語句：例供(ㄍㄨㄥ)詞、臺詞、歌詞。③古代一種(ㄓㄨㄥˇ)詩歌體裁，句子有長(ㄔㄤˊ)有短：例宋詞。

言部 5 **証** 左右

、亠亠亖言言言訂訂訂証

ㄓㄥˋ 同「證」。

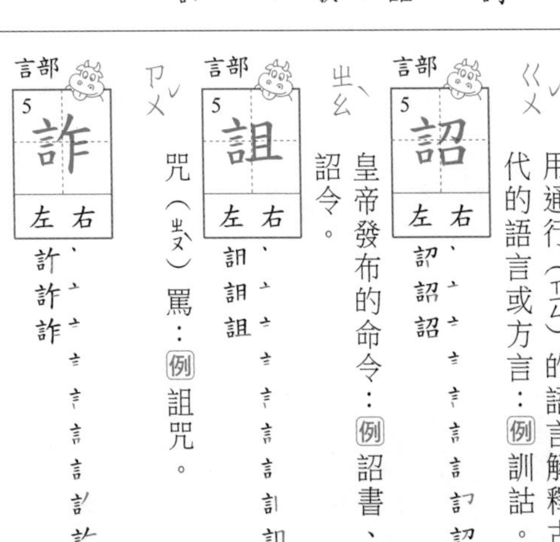

言部 5 **詁** 左右

、亠亠亖言言言計計詁詁詁

ㄍㄨˇ 用通行(ㄒㄧㄥˊ)的語言解釋古代的語言或方言：例訓詁。

言部 5 **詔** 左右

、亠亠亖言言言訒訒詔詔詔

ㄓㄠˋ 皇帝發布的命令：例詔書、詔令。

言部 5 **詛** 左右

、亠亠亖言言言訁訁詛詛詛

ㄗㄨˇ 咒(ㄓㄡˋ)罵：例詛咒。

言部 5 **詐** 左右

、亠亠亖言言言訁訁詐詐詐

老師的話：詐騙的「詐」指用謊話騙人，是言部，不可以寫作炸蝦的「炸」喲！

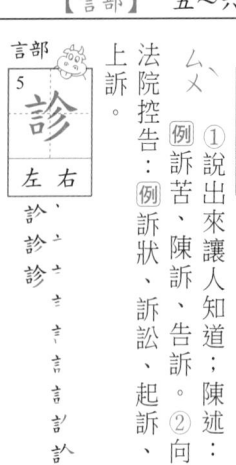

老師的話：詳細、吉祥的「詳」、「祥」寫法不同，要分辨清楚喲！

ㄓㄚˋ ①欺騙：例詐財、詐騙。②假裝；冒充：例詐降（ㄒㄧㄤˊ）、詐死。

言部 5 **詆** 左右

、亠亠亖言言言訁訂訃訐詆詆

ㄉㄧˇ 責罵；誹謗（ㄈㄟˇ ㄅㄤˋ）：例詆毀。

言部 5 **訴** 左右

、亠亠亖言言言訁訂訢訴訴

ㄙㄨˋ ①說出來讓人知道；陳述：例訴苦、陳訴、告訴。②向法院控告：例訴狀、訴訟、起訴、上訴。

言部 5 **診** 左右

、亠亠亖言言言訁訃診診診

ㄓㄣˇ 檢查病人的病情：例診病、診斷、診治、門診。

言部 6 **詫** 左右

、亠亠亖言言言訁訁訡詑詫詫

ㄔㄚˋ 驚訝；覺得（ㄐㄩㄝˊ ˙ㄉㄜ）奇怪：例詫異、驚詫。

言部 6 **該** 左右

、亠亠亖言言言訁訁該該該該

ㄍㄞ ①輪到：例今天該我值班。②應當（ㄧㄥ ㄉㄤ）：例應該、該當、我該走了。③表示估計應當如此：例他該國小畢業了吧。④指上面說過的人或事物，相當（ㄒㄧㄤ ㄉㄤ）於「這個」：例該校、該地。

言部 6 **詳** 左右

、亠亠亖言言言訁訁詳詳詳詳

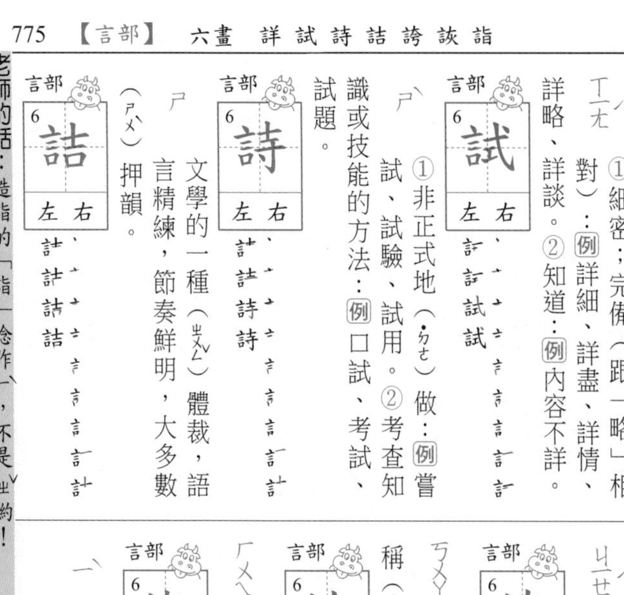

ㄒㄧㄤˊ ①細密；完備（跟「略」相對）：例詳細、詳盡、詳情、詳略、詳談。②知道：例內容不詳。

言部 6 **試** 左右

、 亠 亠 亠 亠 言 言 言 言 訁 訁 試 試

ㄕˋ ①非正式地（ㄉㄜ˙）做：例嘗試、試驗、試用。②考查知識或技能的方法：例口試、考試、試題。

言部 6 **詩** 左右

、 亠 亠 亠 亠 言 言 言 言 訁 詰 詩 詩

ㄕ 文學的一種（ㄓㄨㄥˇ）體裁，語言精練，節奏鮮明，大多數（ㄕㄨˋ）押韻。

言部 6 **詰** 左右

、 亠 亠 亠 亠 言 言 言 言 訁 詰 詰 詰

ㄐㄧㄝˊ 追問；質（ㄓˊ）問：例詰問、詰責、反詰。

言部 6 **誇** 左右

、 亠 亠 亠 亠 言 言 言 言 訁 訁 誇 誇

ㄎㄨㄚ ①說大話：例誇口、自誇。②炫耀：例誇示、誇耀。③稱（ㄔㄥ）讚、讚美：例誇獎、誇讚。

言部 6 **詼** 左右

、 亠 亠 亠 亠 言 言 言 言 訁 訁 詼 詼

ㄏㄨㄟ 幽默風趣：例詼諧（ㄒㄧㄝˊ）。

言部 6 **詣** 左右

、 亠 亠 亠 亠 言 言 言 言 訁 訁 詣 詣

ㄧˋ 指學（ㄒㄩㄝˊ）問、技藝所達到的程度：例造詣。

老師的話：造詣的「詣」唸作ㄧˋ，不是ㄓˇ喲！

老師的話：比喻兩個人意見不合，可以說「話不投機半句多」。

言部 6 **誠** 左右

、亠亠亠言言言訁訂訢試誠誠

ㄔㄥˊ 真實；忠實：例誠心、誠意、誠實、誠願、忠誠。

言部 6 **話** 左右

、亠亠亠言言言訁訂訐訏話話

ㄏㄨㄚˋ ①用文字記錄下來的語言：例說話、俗話、廢話。②說；談論（ㄌㄨㄣˋ）：例話別、對話、話家常。

言部 6 **誅** 左右

、亠亠亠言言言訁訂訐許誅誅

ㄓㄨ ①指責；懲（ㄔㄥˊ）罰：例口誅筆伐。②殺死：例天誅地滅。

言部 6 **誆** 左右

、亠亠亠言言言訁訂訐訐誆誆

ㄎㄨㄤ 欺騙：例你別誆我、誆哄（ㄏㄨㄥˇ）、誆騙。

言部 6 **詭** 左右

、亠亠亠言言言訁訂詐詐詭詭

ㄍㄨㄟˇ 狡詐；虛偽（ㄨㄟˋ）：例詭詐、詭辯、詭計多端。

言部 6 **詢** 左右

、亠亠亠言言言訁訂訇詢詢詢

ㄒㄩㄣˊ 徵求意見；打聽（ㄊㄧㄥ）：例諮詢、徵詢、查詢、詢商、詢問。

言部 6 **詮** 左右

、亠亠亠言言言訁訂訡詮詮詮

ㄑㄩㄢˊ
①詳細說明：例詮釋、詮注。②事理：例真詮。

言部 6 詬 左右
筆順：、 亠 亠 亠 言 言 言 訁 訂 訂 訢 詬 詬
ㄍㄡˋ
①恥辱：例忍辱含詬。②辱罵：例詬罵。

言部 6 詹 半包圍
筆順：ノ ク 夕 产 产 产 产 产 产 产 詹 詹 詹 詹
ㄓㄢ
①選定：例謹詹於元旦宴客。②姓。

言部 7 誦 左右
筆順：、 亠 亠 亠 言 言 言 訁 訂 訂 訁 誦 誦 誦
ㄙㄨㄥˋ
①出聲地（˙ㄉㄜ）念；朗讀：例朗誦、誦讀、背（ㄅㄟˋ）誦。②述說（ㄕㄨㄛ）；誇獎：例傳（ㄔㄨㄢˊ）誦、稱（ㄔㄥ）誦。

言部 7 誌 左右
筆順：、 亠 亠 亠 言 言 言 訁 計 計 誌 誌 誌 誌
ㄓˋ
①定期出版的刊物：例雜誌。②記事文的一種：例墓誌。③記號：例標誌。④記住：例永誌不忘。⑤表示：例誌喜、誌哀。

言部 7 語 左右
筆順：、 亠 亠 亠 言 言 言 訁 訂 訂 語 語 語 語
ㄩˇ
①說；談論（ㄌㄨㄣˋ）：例自言自語、默默不語。②說的話：例國語、外語。③代替語言的動作或信號：例手語、旗語、燈語。
ㄩˋ
告訴：例吾語汝（我告訴你）。

言部 7 誣 左右
筆順：、 亠 亠 亠 言 言 言 訁 訂 訂 誣 誣 誣 誣

老師的話：我國第一位鐵路工程師——詹天佑的「詹」唸作ㄓㄢ，不是ㄓㄤ喲！

老師的話：比喻光說不做的人，可以用「鐵嘴豆腐腳——能說不能做」這句歇後語。

ㄨ　無中生有地（˙ㄉㄜ）說別人做了壞事：例誣告、誣賴、誣陷。

言部 7 **認** 左右

、 亠 亠 亠 言 言 言 訁 訒 訒 訒 認 認 認

ㄖㄣˋ　①識別；分辨：例辨認、認領。②同意或承受：例承認、認錯、認罪、默認、認可、認命。③建立或明確某種（ㄓㄨㄥˇ）關係：例認朋友的小孩作乾女兒。

言部 7 **誡** 左右

、 亠 亠 亠 言 言 言 訁 訁 訁 誡 誡 誡 誡

ㄐㄧㄝˋ　規勸；警告：例告誡、勸誡、訓誡。

言部 7 **誓** 上下

一 十 扌 扌 扌 扩 折 折 折 哲 哲 誓 誓 誓

ㄕˋ　①表示決心依照約定或所說的話去做：例發誓、誓師、誓言、誓約。②發誓時表示決心的話：例宣誓、起誓。

言部 7 **誤** 左右

、 亠 亠 亠 言 言 言 訁 訁 訁 誤 誤 誤 誤

ㄨˋ　①錯；不正確：例誤解、誤會、誤差（ㄔㄚ）、錯誤、筆誤、謬誤。②耽誤：例誤點、誤事、延誤。③使受害：例誤人不淺、誤人子弟。④不是故意地（˙ㄉㄜ）：例誤傷、誤入歧途。

言部 7 **說** 左右

、 亠 亠 亠 言 言 言 訁 訁 訁 說 說 說 說

ㄕㄨㄛ　①用言語表達意思；講：例說故事、解說、說明、說理。②主張；道理：例自圓其說、著

（ㄓㄨˋ）書立說、學說。③勸告；責備：例說他一頓。④介紹：例說媒。

ㄕㄨㄟˋ 用話勸告別人同意自己的主張：例說服、游說。

ㄩㄝˋ 喜悅。同「悅」：例有朋自遠方來，不亦說乎（有遠方的朋友來拜訪，不是值得（˙ㄉㄜ）高興（ㄒㄧㄥˋ）嗎？）。

言部 7 **誥** 左右

丶 亠 亠 亖 言 言 言 訁 訁 計 訐 誥 誥 誥

ㄍㄠˋ 古代帝王下達命令的文告：例誥命、詔誥、酒誥（節酒的文告）。

言部 7 **誨** 左右

丶 亠 亠 亖 言 言 言 訁 訁 訂 訏 誨 誨 誨

ㄏㄨㄟˋ 教（ㄐㄧㄠˋ）導：例教（ㄐㄧㄠˋ）誨、訓誨、勸誨、誨人不倦。

言部 7 **誘** 左右

丶 亠 亠 亖 言 言 言 訁 訁 訐 訐 誘 誘 誘

ㄧㄡˋ ①引導；勸導：例循循善誘、誘導、勸誘。②用手段引對方上當（ㄉㄤˋ）：例誘敵、引誘、誘惑、利誘。③引發；導致：例誘因、誘發。

言部 7 **誆** 左右

丶 亠 亠 亖 言 言 言 訁 訁 訂 訂 訐 誆 誆

ㄎㄨㄤ 欺騙；瞞哄（ㄏㄨㄥˇ）：例誆言、誆語（ㄩˇ）、誆騙。

言部 8 **誼** 左右

丶 亠 亠 亖 言 言 言 訁 訁 訁 訂 訂 誼 誼 誼

ㄧˋ 交情：例情誼、友誼、聯誼、深情厚誼。

老師的話：友誼的「誼」是單音字，唸作ㄧˋ，不是ㄧˊ喲！

老師的話：關於「談」的成語包括：談笑自如、談虎色變、談天說地、談古論今。

諒 言部 8 左右
丶亠亠言言言言訁訃訁訁諒諒諒諒諒
ㄌㄧㄤˋ ①體察並同情別人：例體諒、原諒、諒解。②預料；估計：例諒他也不敢。

談 言部 8 左右
丶亠亠言言言言訁訁訁訁談談談談談
ㄊㄢˊ ①說出；對話；討論（ㄌㄨㄣˋ）：例談話、談論、交談。②言論；話語：例無稽之談、老生常談、美談、笑談。

諄 言部 8 左右
丶亠亠言言言言訁訁訁諄諄諄諄諄
ㄓㄨㄣ 〔諄諄〕懇切（ㄑㄧㄝˋ）而有耐心：例諄諄教（ㄐㄧㄠˋ）導、諄諄告誡。

誕 言部 8 左右
丶亠亠言言言言訁訁訁誕誕誕誕誕
ㄉㄢˋ ①荒唐；不合情理：例怪誕、荒誕。②出生：例誕生、誕辰。③出生的日子：例聖誕、壽誕。

請 言部 8 左右
丶亠亠言言言言訁訁訁請請請請請
ㄑㄧㄥˇ ①要（ㄧㄠ）求：例請求、請教（ㄐㄧㄠˋ）、請假（ㄐㄧㄚˋ）。②邀；聘（ㄆㄧㄣˋ）：例邀請、聘請、請客。③用於拜託對方做某事，表示尊敬：例請進、請多幫忙。

諸 言部 8 左右
丶亠亠言言言言訁訁訁諸諸諸諸諸
ㄓㄨ 眾；許多：例諸侯、諸位、諸子百家。

言部 8 課 左右

、亠亠亠言言言訁訁訁訁訁訁課課

ㄎㄜˋ ①按規定分段進行（ㄒㄧㄥˊ）的教（ㄐㄧㄠ）學活動：例上課。②教學活動的時間單位：例一節課。③按內容性質劃分的教學科目：例國語課、社會課。④教材的段落：例這一冊國語課本有十五課。

言部 8 誹 左右

、亠亠亠言言言訁訁訁訁訁訁誹誹

ㄈㄟˇ 說（ㄕㄨㄛ）別人的壞話：例誹謗（ㄅㄤˋ）。

言部 8 諉 左右

、亠亠亠言言言訁訁訁訁訁諉諉

ㄨㄟˇ 把過錯、責任等推給別人：例諉過、諉罪、推諉。

老師的話：「誹謗」也可以寫作「毀謗」。

言部 8 諂 左右

、亠亠亠言言言訁訁訁訁訁諂諂

ㄔㄢˇ 奉承討好（ㄏㄠˇ）；獻媚：例諂上欺下、諂媚。

言部 8 調 左右

、亠亠亠言言言訁訁訁訁訁調調

ㄊㄧㄠˊ ①和（ㄏㄜˊ）諧；配合適當（ㄉㄤˋ）：例風調雨順、協調、失調。②使配合均勻或適合要求：例調味、烹調、調節。③使和（ㄏㄜˊ）解：例調解、調停。④挑逗；挑撥：例調戲、調唆（ㄙㄨㄛ）。

ㄉㄧㄠˋ ①改變安排、處（ㄔㄨˇ）置；分派：例調兵遣將（ㄑㄧㄢˇ ㄐㄧㄤˋ）、調任、抽調。②考查了（ㄌㄧㄠˇ）解：例調研、調查。③提取：例調卷、調檔案。④音樂的聲律曲（ㄑㄩˇ）

老師的話：關於「論」的成語包括：論道經邦、論今說古、論列是非。

調：例A大調、C大調。⑤聲調的高低：例音調。⑥指說話的聲音特點、口音等：例南腔北調。

言部 8 **誰** 左右

、亠亠亠言言言言訁訁訃訃訃詐誰誰

ㄕㄟˊ ①什麼人；哪個人：例誰來做報告、參加旅遊的有誰。②表示任何人，無論（ㄌㄨㄣˊ）什麼人：例誰也不知道該怎麼辦。③表示沒有一個人：例誰能比得上你呢。

言部 8 **論** 左右

、亠亠亠言言言言訁訁訃訡訡論論論

ㄌㄨㄣˋ ①講說；說明：例議論、討論、辯論。②衡量；評定：例論功行賞、論罪。③按照；就……（來說）：例論斤賣、論下棋，他數（ㄕㄨˇ）第一。④談論；看待：例相提並論、一概而論。⑤說明道理的言論或文章：例輿論、公論。

ㄌㄨㄣˊ 論語，記載（ㄗㄞˇ）孔子和其弟子討論學問或處（ㄔㄨˇ）世的書。

言部 8 **諍** 左右

、亠亠亠言言言言訁訁訃訃諍諍諍

ㄓㄥˋ 直率地（˙ㄉㄜ）規勸：例諍言、諍諫。

言部 9 **諦** 左右

、亠亠亠言言言言訁訁訃訃訃諦諦諦

ㄉㄧˋ ①仔細：例諦聽、諦視。②道理；意義：例真諦、妙諦。

言部 9 **諺** 左右

、亠亠亠言言言言訁訁訃訃訃諺諺諺

ㄧㄢˋ 俗語，民間流傳（ㄔㄨㄢˊ）的固定語句，多含深刻的道理。

言部 9 諫 左右

丶亠亠亠言言言言訁訂訂訶訶諫諫諫

ㄐㄧㄢˋ 直言勸告（一般用於下對上）：例進諫、拒諫。

言部 9 諱 左右

丶亠亠亠言言言言訁訂訂訶訶諱諱諱

ㄏㄨㄟˋ 因為有顧慮而不敢說或不便說：例直言不諱、隱諱、忌諱。

言部 9 謀 左右

丶亠亠亠言言言言訁訂訂訶訶謀謀謀

ㄇㄡˊ ①想主意；策劃：例謀劃、圖謀、密謀、參謀、合謀。②主意；計策：例足智多謀、計謀、智謀、陰謀。③設法找到或取得（ㄉㄜˊ）：例另謀出路、謀求。④商量（ㄌㄧㄤˊ）：例不謀而合。

言部 9 諜 左右

丶亠亠亠言言言言訁訂訂訶訶諜諜諜

ㄉㄧㄝˊ ①祕密刺探敵方或別國情報的人：例間（ㄐㄧㄢˋ）諜。②祕密刺探敵方或別國情報：例諜報。

言部 9 諧 左右

丶亠亠亠言言言言訁訂訂訶訶諧諧諧

ㄒㄧㄝˊ ①協調（ㄊㄧㄠˊ）；配合得（˙ㄉㄜ）很好：例和諧、調（ㄊㄧㄠˊ）諧。②風趣、愛開玩笑：例詼諧。

言部 9 諮 左右

丶亠亠亠言言言言訁訂訂訶訶諮諮諮

ㄗ 商量（ㄌㄧㄤˊ）；詢問。同「咨」：例諮詢、諮商、諮議。

老師的話：間諜的「諜」不可以寫作飛碟的「碟」喲！

> 老師的話：「諾貝爾獎」是頒發給對世界有重大貢獻的人，源於瑞典的化學家諾貝爾。

言部 9 **諾** 左右

丶 亠 亠 亠 言 言 言 訁 訁 訁 訁 訁 訁 訁 諾 諾

ㄋㄨㄛˋ

①答應（ㄉㄚ ㄧㄥˋ）人的話：例一諾千金。②答應；應允：例諾言、許諾、承諾、應諾。③回答的聲音，表示同意：例一呼百諾、唯唯諾諾。

言部 9 **謁** 左右

丶 亠 亠 亠 言 言 言 訁 訁 訁 訁 訁 謁 謁 謁

ㄧㄝˋ

進見；拜見：例謁見、謁陵、拜謁、請謁、朝（ㄔㄠˊ）謁。

言部 9 **謂** 左右

丶 亠 亠 亠 言 言 言 訁 訁 訁 訁 訁 謂 謂 謂 謂

ㄨㄟˋ

①說：例所謂（所說的）。②叫作；稱（ㄔㄥ）呼：例稱謂。

言部 9 **諷** 左右

丶 亠 亠 亠 言 言 言 訁 訁 訁 訁 訁 諷 諷 諷 諷

ㄈㄥˋ

①用含蓄委婉的話勸告或批評：例借古諷今。②用尖刻的話指責或嘲笑：例譏諷、嘲諷、諷刺、冷嘲熱諷。

言部 9 **諭** 左右

丶 亠 亠 亠 言 言 言 訁 訁 訁 訁 訁 諭 諭 諭 諭

ㄩˋ

①告訴（用於上對下）：例告諭、勸諭、曉諭。②舊時指上對下的文告、指示；皇帝的詔令：例諭旨、手諭、上諭、詔諭。

言部 10 **謎** 左右

丶 亠 亠 亠 言 言 言 訁 訁 訁 訁 訁 謎 謎 謎 謎 謎

ㄇㄧˊ

①暗射事物或文字等讓人猜測的隱語：例謎語、謎底、

燈謎、啞謎、打謎、猜謎。②比喻難（ㄋㄢˊ）以理解或還沒有弄清楚的問題：例謎團。

言部 10 **謗** 左右

ㄅㄤˋ

無中生有地（˙ㄉㄜ）說人壞話：例誹（ㄈㄟˇ）謗、毀謗。

言部 10 **謙** 左右

ㄑㄧㄢ

虛心；不自滿：例謙虛、謙讓。

言部 10 **講** 左右

ㄐㄧㄤˇ

①說；評說：例講話、講理、講述、講評。②商議；商談：例講條件、講價錢。③解說；口頭傳（ㄔㄨㄢˊ）授：例講解、講課。④注重（ㄓㄨㄥˋ）；追求：例講排場、講求。

言部 10 **謊** 左右

ㄏㄨㄤˇ

①假話；騙人的話：例謊言、謊話、扯謊、撒（ㄙㄚ）謊。②假；不真實：例謊報、謊稱（ㄔㄥ）。

言部 10 **謠** 左右

ㄧㄠˊ

①口頭流傳（ㄔㄨㄢˊ）的詩歌：例歌謠、民謠、童謠。②沒有事實根據的傳（ㄔㄨㄢˊ）說：例闢謠、謠言、造謠。

言部 10 **謝** 左右

老師的話：比喻感謝別人的好意，可以說：「落花滿地紅——多謝。」

老師的話：謳歌、嘔吐、海鷗的「謳」、「嘔」、「鷗」寫法不同，要分辨清楚喲！

ㄒㄧㄝˋ ①推辭；拒絕：例辭謝、推謝、謝絕。②凋落；脫落：例凋謝、萎謝。③感激：例感謝、謝意、謝幕。

言部 10 **謄** 左右

ㄊㄥˊ ①照原樣抄寫的文件：例戶籍謄本。②照底稿或原文抄寫：例謄寫、謄清、謄稿。

言部 11 **謨** 左右

ㄇㄛˊ 計策；謀略：例令謨、良謨、遠謨、宏謨。

言部 11 **謹** 左右

ㄐㄧㄣˇ ①慎重（ㄓㄨㄥˋ）小心：例謹慎、謹防、拘謹。②表示鄭重或恭敬：例謹謝、謹啟、謹贈。

言部 11 **謳** 左右

ㄡ 歌唱；歌頌：例謳歌。

言部 11 **謾** 左右

ㄇㄢˊ 對人無禮：例輕謾、謾罵。

ㄇㄢˋ 欺騙：例謾言、欺謾。

言部 11 **謬** 左右

ㄇㄧㄡˋ 錯誤；不合情理：例謬論（ㄌㄨㄣˋ）、荒謬、謬誤。

言部 12 **譁** 左右

ㄏㄨㄚˊ 大聲吵鬧：例喧譁、譁眾取寵。

言部 12 **譜** 左右

ㄆㄨˇ ①根據事物的類別或系統編成的表、書或畫成的圖：例年譜、菜譜、畫譜、棋譜。②用符號記錄下來的音樂（ㄩㄝˋ）作品；記載（ㄗㄞˋ）音符的冊子：例樂譜、曲譜、簡譜、五線譜。③作曲（ㄑㄩˇ）；為歌詞配曲：例譜曲。④打算；根據：例離譜。⑤顯示的身分（ㄈㄣˋ）或派頭：例擺譜。

言部 12 **識** 左右

ㄕˋ ①知道；辨別：例識字、識貨、認識、識別。②道理；學問：例知識、見識、常識、學識、才識、膽識。

ㄓˋ ①記住：例博聞強（ㄑㄧㄤˊ）識（見聞廣，記性好）。②記號。通「幟」：例款識、標識。

言部 12 **證** 左右

ㄓㄥˋ ①可以讓人相信的人或事物：例證人、證物。②用事實和道理來表明或推斷真假（ㄐㄧㄚˇ）：例證明、證婚。

猜猜看：「中國話」，猜一個字。

答案：講。

猜猜看：「警報」，猜一句成語。

答案：一鳴驚人。

言部 12 **譚** 左右

筆順：、亠亠亠言言言訁訁訁訁訁訁訁訁訁譚譚

ㄊㄢˊ

①談話。通「談」：例天方夜譚、老生常譚。②姓。

言部 12 **譎** 左右

筆順：、亠亠亠言言言訁訁訁訁訁訁訁譎譎譎譎譎

ㄐㄩㄝˊ

①狡詐：例狡譎、譎詐。②奇異怪誕；變化多端：例怪譎、奇譎。

言部 12 **譏** 左右

筆順：、亠亠亠言言言訁訁訁訁訁訁訁訁譏譏譏譏

ㄐㄧ

諷（ㄈㄥˋ）刺；挖苦：例譏諷、譏笑、譏刺。

言部 13 **議** 左右

筆順：、亠亠亠言言言訁訁訁訁訁訁訁訁訁議議議

ㄧˋ

①談論（ㄌㄨㄣˋ）；商討：例議事、商議、會議、審議。②評論；批評：例公議、評議。③意見；主張：例異議（不同的意見）、提議、抗議。

言部 13 **譬** 上下

筆順：ㄱコ尸尸尸居居居居居辟辟辟辟辟辟辟辟辟辟譬譬

ㄆㄧˋ

打比方；比喻：例譬如、譬喻。

言部 13 **警** 上下

筆順：、丷丷丷艹芍芍苟苟苟苟苟敬敬敬敬警警警警

ㄐㄧㄥˇ

①告誡；使人注意：例警告、警誡。②注意並防備（可能發生的危險）：例警衛、警備、警戒。③（對危險或異常情況）感覺（ㄐㄩㄝˊ）敏銳：例警惕、警覺、機警、警醒。④指警察：例刑警。⑤危急

的情況或事件：例火警、報警。

言部 13 **譯** 左右

ㄧˋ ①把一種（ㄓㄨㄥˇ）語言文字按原意轉換成另一種語言文字：例口譯、直譯、中譯、音譯、翻譯。②解釋意思：例注譯。

言部 14 **譴** 左右

ㄑㄧㄢˇ ①因做錯事而遭到懲（ㄔㄥˊ）罰：例天譴。②責備；斥責：例譴責、譴罰、斥譴。

言部 14 **護** 左右

ㄏㄨˋ ①保衛：例保護、愛護、救護、護理、護航。②偏袒；包庇：例護短、袒護。

言部 14 **譽** 上下

ㄩˋ ①稱（ㄔㄥ）讚；表揚：例稱譽、讚譽。②名聲：例名譽、聲譽、信譽、沽名釣譽。

言部 15 **讀** 左右

ㄉㄨˊ ①看著（˙ㄓㄜ）文字並且念出聲：例朗讀、宣讀。②看；閱覽：例閱讀、默讀。③指上學或學習：例讀小學、試讀。④讀作；讀音是：例這個字讀去聲。

ㄉㄡˋ 文章中語氣沒有結束，需要停頓的地方：例句讀。

猜猜看：「選舉不用手而用言」，猜一個字。

答案：譽。

老師的話：讚美、稱讚要用「讚」，贊成、贊助要用「贊」。

言部 16 變 上下

丶 亠 亠 亠 亠 言 言 言 信 結 結 結 結 結 結 結 綜 綜 綜 綜 綜 綜 綜 綜 戀 戀 變 變

ㄅㄧㄢˋ ①情況跟原來有所不同：例變動、變化、改變。②突然發生的禍亂或事件：例政變、事變、兵變。

言部 17 讓 左右

丶 亠 亠 亠 言 言 言 言 言 言 訁 訁 訁 訁 訁 訁 訁 訁 訁 訁 誶 譁 譁 譲 讓 讓

ㄖㄤˋ ①把方便或好處（ㄔㄨˋ）留給別人：例讓步、讓路、退讓。②把東西、權利等轉（ㄓㄨㄢˇ）給別人：例讓位、轉讓、出讓。③邀請：例讓茶。④容許；使：例讓您久等了。⑤被：例飯都讓他吃光了、讓人打了一頓。

言部 17 讒 左右

丶 亠 亠 亠 言 言 言 言 言 言 訁 訁 訁 訁 訁 訁 訁 訁 讒 讒 讒 讒 讒 讒

ㄔㄢˊ ①說別人壞話：例讒言、讒害。②誹謗（ㄈㄟˇ ㄅㄤˋ）離間（ㄐㄧㄢˋ）的話：例進讒、信讒。

言部 17 讖 左右

丶 亠 亠 亠 言 言 言 言 言 訁 訁 訁 訁 訁 訁 訁 訁 訁 訁 誶 誶 誶 讖 讖 讖

ㄔㄣˋ 預言；預兆：例讖語、詩讖、圖讖、一語成讖。

言部 19 讚 左右

丶 亠 亠 亠 言 言 言 言 言 訁 訁 訁 訁 訁 訁 訁 訁 訁 訁 讚 讚 讚 讚 讚 讚 讚 讚

ㄗㄢˋ ①佛經中的頌詞：例梵讚。②誇獎：例稱讚、讚不絕口。

谷部 ㄍㄨˇ

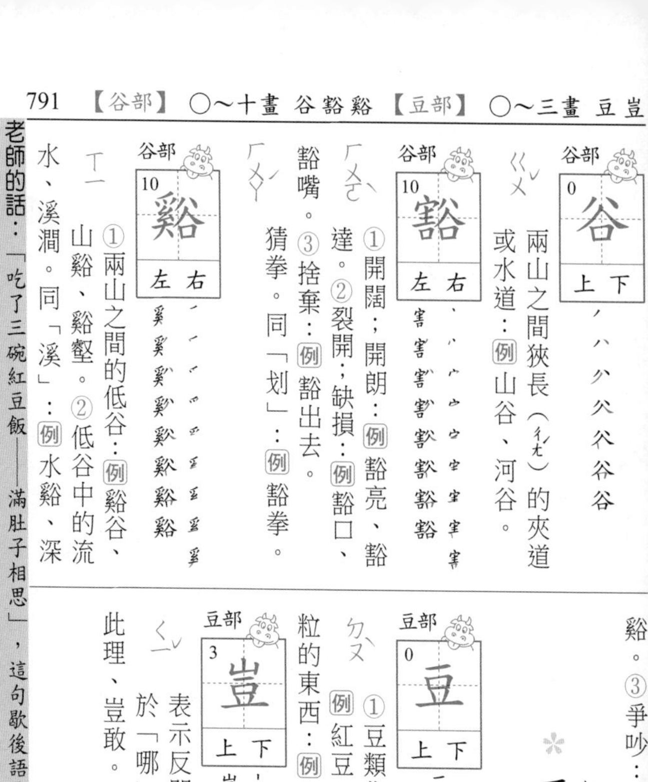

谷部 0 **谷** 上下

ㄍㄨˇ 兩山之間狹長（ㄔㄤˊ）的夾道或水道：例山谷、河谷。

谷部 10 **豁** 左右

ㄏㄨㄛˋ ①開闊；開朗：例豁亮、豁達。②裂開；缺損：例豁口、豁嘴。③捨棄：例豁出去。

ㄏㄨㄚˊ 猜拳。同「划」：例豁拳。

谷部 10 **谿** 左右

ㄒㄧ ①兩山之間的低谷：例谿谷、山谿、谿壑。②低谷中的流水、溪澗。同「溪」：例水谿、深谿。③爭吵：例勃谿。

豆部 ㄉㄡˋ

豆部 0 **豆** 上下

ㄉㄡˋ ①豆類作物的種（ㄓㄨㄥˇ）子：例紅豆、蠶豆。②形狀像豆粒的東西：例花生豆、咖啡豆。

豆部 3 **豈** 上下

ㄑㄧˇ 表示反問，相當（ㄒㄧㄤ ㄉㄤ）於「哪」「怎麼」：例豈有此理、豈敢。

老師的話：「吃了三碗紅豆飯——滿肚子相思」，這句歇後語是比喻非常地想念。

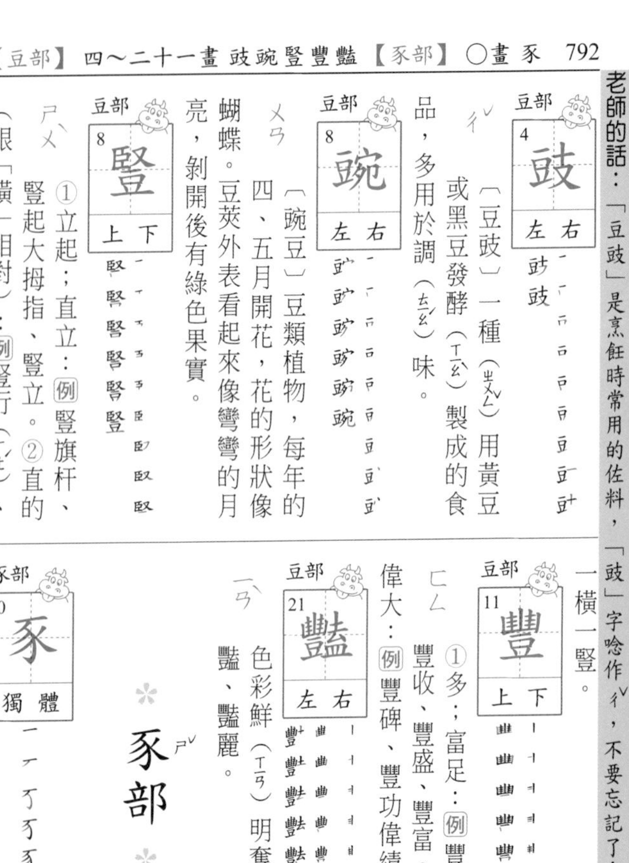

老師的話：「豆豉」是烹飪時常用的佐料，「豉」字唸作ㄔˇ，不要忘記了！一橫一豎。

豆部 4 豉 左右

ㄔˇ （豆豉）一種（ㄓㄨㄥˇ）用黃豆或黑豆發酵（ㄒㄧㄠˋ）製成的食品，多用於調（ㄊㄧㄠˊ）味。

豆部 8 豌 左右

ㄨㄢ （豌豆）豆類植物，每年的四、五月開花，花的形狀像蝴蝶。豆莢外表看起來像彎彎的月亮，剝開後有綠色果實。

豆部 8 豎 上下

ㄕㄨˋ ①立起；直立：例豎旗杆、豎起大拇指、豎立。②直的（跟「橫」相對）：例豎行（ㄏㄤˊ）、

豆部 11 豐 上下

ㄈㄥ ①多；富足：例豐衣足食、豐收、豐盛、豐富。②高大；偉大：例豐碑、豐功偉績。

豆部 21 豔 左右

ㄧㄢˋ 色彩鮮（ㄒㄧㄢ）明奪目：例鮮豔、豔麗。

豕部

豕部 0 豕 獨體

豕 ㄕˇ

ㄕˇ 哺乳類動物。俗稱（ㄔㄥ）「豬」。

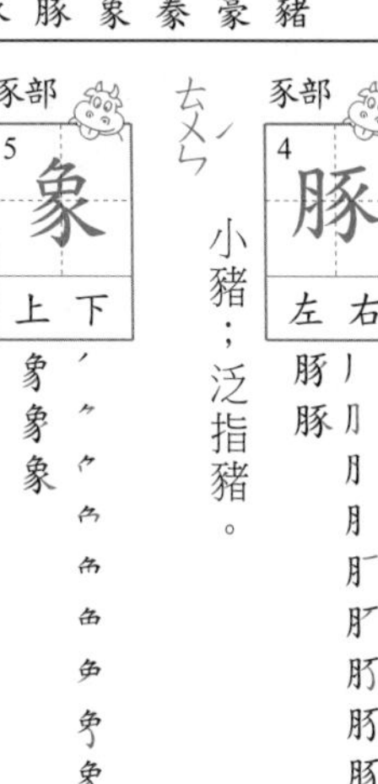

豕部 4 **豚** 左右

丿 刀 月 月 月 肕 肕 肕 豚 豚

ㄊㄨㄣˊ 小豬；泛指豬。

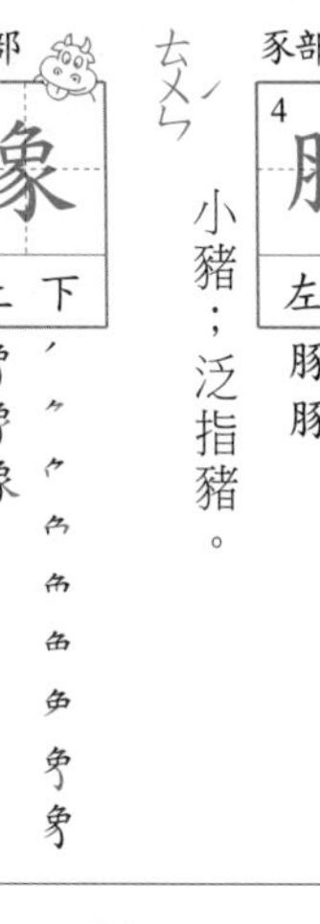

豕部 5 **象** 上下

ㄒㄧㄤˋ ①陸地上現存最大的哺乳動物，皮厚毛稀，腿粗，耳朵大，鼻子長，可以伸捲，有一對長（ㄔㄤˊ）門牙伸出口外。②外觀；樣子：例萬象更新、景象、現象、險象、假象、印象、形象。③模仿；仿效：例象形、象聲。

豕部 6 **豢** 上下

ㄏㄨㄢˋ 飼養牲畜（ㄔㄨˋ）：例豢養。

豕部 7 **豪** 上下

ㄏㄠˊ ①才能出眾的人：例文豪、英豪、豪傑。②氣魄大；直爽痛快：例豪言壯語、豪爽、豪放、豪邁。③權勢大；強橫（ㄑㄧㄤˊ ㄏㄥˋ）：例豪門、豪強、巧取豪奪。④感到光榮；認為值得驕傲：例自豪。

豕部 8 **豬** 左右

ㄓㄨ 哺乳類動物，身體肥壯，四肢短小，肉可吃，皮可製成

老師的話：印象、畫像、真相的「象」、「像」、「相」寫法不同，要分辨清楚喲！

皮革，鬃（ㄗㄨㄥ）毛可以做刷子。

豕部 9 **豫** 左右

ㄩˋ ①河南的別稱（ㄔㄥ）：例豫劇。②遲疑的：例猶豫。

豸部 ㄓˋ

豸部 3 **豺** 左右

ㄔㄞˊ 哺乳類動物，形狀像狗，性情殘暴，常成群襲擊家畜（ㄔㄨˋ）：例豺狼。

豸部 3 **豹** 左右

ㄅㄠˋ 大型貓科哺乳動物，像虎而較小，身上有黑色斑紋或斑點，性凶猛，會爬樹，奔跑速度很快：例花豹、金錢豹。

豸部 5 **貂** 左右

ㄉㄧㄠ 哺乳類動物，四肢短，尾巴粗，尾毛長（ㄔㄤˊ）而蓬鬆。毛皮十分珍貴。

豸部 6 **貊** 左右

ㄇㄛˋ 〔蠻貊〕北方夷狄名。

豸部 6 **貉** 左右

老師的話：「豺狼請客——不是好事」是比喻災難即將來臨。

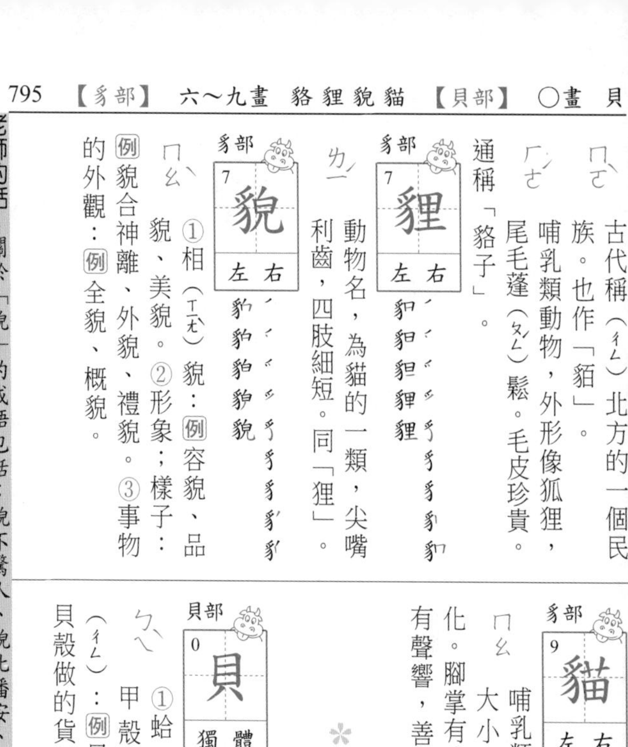

ㄇㄛˋ 古代稱（ㄔㄥ）北方的一個民族。也作「貊」。

ㄏㄜˊ 哺乳類動物，外形像狐狸，尾毛蓬（ㄆㄥˊ）鬆。毛皮珍貴。通稱「貉子」。

豸部 7 **貍** 左右

ㄌㄧˊ 動物名，為貓的一類，尖嘴利齒，四肢細短。同「狸」。

豸部 7 **貌** 左右

ㄇㄠˋ ①相（ㄒㄧㄤˋ）貌：例容貌、品貌、美貌。②形象；樣子：例貌合神離、外貌、禮貌。③事物的外觀：例全貌、概貌。

豸部 9 **貓** 左右

ㄇㄠ 哺乳類動物，瞳（ㄊㄨㄥˊ）孔的大小會隨著光線強弱而變化。腳掌有肉墊，行（ㄒㄧㄥˊ）走時沒有聲響，善長捕捉老鼠。

貝部 ㄅㄟˋ

貝部 0 **貝** 獨體

ㄅㄟˋ ①蛤（ㄍㄜˊ）、蚌（ㄅㄤˋ）等有甲殼的軟體動物的總稱（ㄔㄥ）：例貝殼、貝雕。②古代用貝殼做的貨幣。

老師的話：關於「貌」的成語包括：貌不驚人、貌比潘安、貌似心非。

老師的話：錢財的「財」唸作ㄘㄞˊ，不是ㄔㄞˊ喲！

貝部 2 貞 上下

ㄓㄣ 堅定不移：例忠貞、堅貞。

貝部 2 負 上下

ㄈㄨˋ ①背（ㄅㄟ）：例負重（ㄓㄨㄥˋ）。②承擔（ㄉㄢ）；擔任：例負責任、肩負、擔負。③遭受：例負傷。④欠：例負債累累（ㄌㄟˇㄌㄟˇ）。⑤違背；背棄：例忘恩負義、不負眾望、負約、辜負。⑥失敗（跟「勝」相對）：例三勝二負、不分勝負。⑦「正」的相反：例負數（ㄕㄨˋ）、負電、負極、負面。

貝部 3 財 左右

ㄘㄞˊ 物資和金錢的總稱（ㄔㄥ）：例財產、財富、財政、資財、勞（ㄌㄠˊ）民傷財。

貝部 3 貢 上下

ㄍㄨㄥˋ ①古代臣民把東西獻給君主：例貢獻、入貢、朝（ㄔㄠˊ）貢、進貢。②獻給君主的東西：例貢品。

貝部 4 販 左右

ㄈㄢˋ ①買進貨物再賣出以獲取利潤的商人：例小販、攤販、販夫走卒。②賣：例販賣。

貝部 4 責 上下
一 二 キ 丰 圭 青 青 青 青 責 責

ㄗㄜˊ ①要（ㄧㄠ）求：例責成、責令。②批評：例指責、責怪、責罵、斥責、譴責。③質問：例責問。④應該完成的任務或承擔（ㄉㄢ）的過失：例責任、負責、罪責。

貝部 4 貫 上下
ㄴ ㅁ 冊 毌 毌 毌 毌 貫 貫 貫 貫

ㄍㄨㄢˋ ①穿過；連通：例如雷貫耳、貫穿、橫貫、貫通、連貫。②世代居住的地方；出生地（ㄉㄧˋ）：例籍貫。

貝部 4 貨 上下
ノ イ 亻 化 化 化 貨 貨 貨 貨 貨

ㄏㄨㄛˋ ①商品；供（ㄍㄨㄥ）出售的物品：例貨品、進貨、存貨、訂貨。②指具有某種特點的人（含貶義）：例蠢貨、笨貨。③錢：例貨幣、貨款。

貝部 4 貪 上下
ノ 八 人 今 今 含 含 含 貪 貪 貪

ㄊㄢ ①一心追求財物；不知足：例貪財、貪便宜、貪生怕死、貪玩。②利用職務上的便利非法取得（ㄉㄜˊ）財物：例貪汙、貪贓枉法、貪官汙吏。

貝部 4 貧 上下
ノ 八 分 分 分 貧 貧 貧 貧 貧 貧

ㄆㄧㄣˊ ①窮（跟「富」相對）：例貧民、貧窮、貧困。②缺乏：例貧血、貧乏。③話太多令人討

老師的話：形容貪心不足的人，可以說「貪婪鬼赴宴——貪吃貪喝」。

猜猜看：「佛非人，財非才，是什麼？」猜一個字。

答案：費。

厭：例貧嘴。

貯（貝部 5畫，左右）

ㄓㄨˇ 儲藏（ㄘㄤˊ）；儲存：例貯糧、貯藏、貯存。

貼（貝部 5畫，左右）

ㄊㄧㄝ ①黏上去：例貼春聯、剪貼、張貼。②緊緊靠近：例貼身、貼近。③補助：例貼補。

貳（貝部 5畫，半包圍）

ㄦˋ 數（ㄕㄨˋ）字「二」的大寫。

貽（貝部 5畫，左右）

ㄧˊ ①贈送：例貽贈。②留下；遺留：例貽人口實、貽笑大方、貽患無窮。

賁（貝部 5畫，上下）

ㄅㄧˋ 請客人光臨：例賁臨。

ㄅㄣ 奔走：例虎賁（像虎一樣奔走逐獸，比喻勇士）。

費（貝部 5畫，上下）

ㄈㄟˋ ①消耗：例費神、耗費、消費。②開支的錢：例學費、路費、經費、免費。③花太多錢

（跟「省」相對）：例浪費。

貝部 5 **賀** 上下

ㄏㄜˋ 慶祝：例慶賀、祝賀、賀喜、賀年、恭賀。

貝部 5 **貴** 上下

ㄍㄨㄟˋ ①價格或價值高（跟「賤」相對）：例春雨貴如油、昂貴。②社會地位高：例貴族、貴人、貴賓。③珍視；珍愛的：例寶貴、可貴、名貴、珍貴。④稱（ㄔㄥ）跟對方有關的事物，表示尊敬：例貴姓、貴校、貴客。

貝部 5 **買** 上下

ㄇㄞˇ ①購入（跟「賣」相對）：例買房子、買衣服。②拉攏：例收買、買通。

貝部 5 **貶** 左右

ㄅㄧㄢˇ ①降（ㄐㄧㄤˋ）低：例貶價、貶值。②給（ㄐㄧˇ）予低的評價（跟「褒（ㄅㄠ）」相對）：例貶低。

貝部 5 **貿** 上下

ㄇㄠˋ ①交易：例貿易、財貿。②輕率（ㄕㄨㄞˋ）；魯莽：例貿然。

貝部 5 **貸** 上下

ㄉㄞˋ ①借出或借入：例貸款、借貸、告貸。②借出的款項：

猜猜看：「寶貝不缺乏」，猜一個字。

答案：敗。

老師的話：「賈（ㄍㄨˇ）」的相似字是「售」、「賣」，相反字是「買」、「購」。

例信貸、高利貸。③寬恕；減免：例嚴懲不貸。④推脫：例責無旁貸。

貝部 6 **賊** 左右

丨 冂 月 目 貝 貝 貝 貝 貝 賊 賊 賊

ㄗㄟˊ ①偷竊財物的人：例盜賊、竊賊。②危害人民和國家的人：例賣國賊。③邪惡的：例賊心、賊眼、賊頭賊腦、賊眉鼠眼。

貝部 6 **資** 上下

丶 冫 冫 冫 次 次 次 資 資 資 資 資 資

ㄗ ①物產和錢財的總稱（ㄔㄥ）：例物資、資財、資產、資源。②費用；本錢：例工資、郵資、資金、投資、合資。③幫助：例資助。④人的素質（ㄓˋ）：例天資、資質。⑤指身分、條件或經歷：例資格、資歷。

貝部 6 **賈** 上下

一 丅 冂 襾 襾 襾 襾 賈 賈 賈 賈 賈 賈

ㄍㄨˇ 商人：例商賈。

ㄐㄧㄚˇ 姓。

貝部 6 **賄** 左右

丨 冂 月 目 貝 貝 貝 貝 貝 賄 賄 賄

ㄏㄨㄟˋ ①用財物買通別人替自己做事：例賄賂、行賄、賄選。②用來買通別人的財物：例受賄。

貝部 6 **貲** 上下

丨 ㇐ 止 止 此 此 此 此 貲 貲 貲 貲

ㄗ ①錢財。同「資」。例損失不貲。②計算：

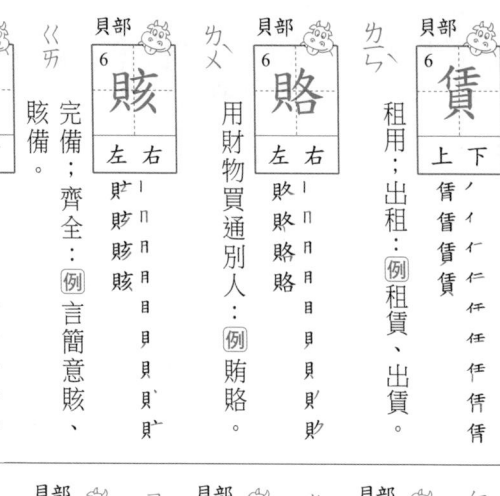

貝部 6 賃 上下

ㄌㄧㄣˋ

租用；出租：例租賃、出賃。

貝部 6 賂 左右

ㄌㄨˋ

用財物買通別人：例賄賂。

貝部 6 賅 左右

ㄍㄞ

完備；齊全：例言簡意賅、賅備。

貝部 7 賓 上下

客人（跟「主」相（ㄒㄧㄤ）對）：例嘉賓、貴賓、外賓。

老師的話：關於「賓」的成語包括：賓主盡歡、賓至如歸、賓客如雲、賓客盈門。

貝部 7 賑 左右

ㄓㄣˋ

救濟：例賑災、賑濟。

貝部 7 賒 左右

ㄕㄜ

買賣貨物時延期付款或收款：例賒欠、賒購。

貝部 8 賠 左右

ㄆㄟˊ

①補償：例賠款、賠償。②虧損（跟「賺」相對）：例賠本、賠錢。③向人道歉或認錯：例賠禮、賠罪、賠不是。通「陪」：例賠禮、賠罪、賠不是。

老師的話：打賭的「賭」和目睹的「睹」字形相似，小心別寫錯了！

貝部 8 **賞** 上下

ㄕㄤˇ ①賜給；獎勵（跟「罰」相對）：例賞罰分明、獎賞。②賜給或獎勵的東西：例懸賞、有賞、領賞。③宣揚；稱（ㄔㄥ）讚：例賞識、讚賞。④領會事物的美：例觀賞、欣賞、賞月、賞花、賞析。

貝部 8 **賦** 左右

ㄈㄨˋ ①舊指田地稅：例賦稅。②交給（ㄍㄟˇ）：例賦予。③人的天性；自然具有的資質：例賦性、天賦。④我國古代一種（ㄓㄨㄥˇ）文體：例漢賦、詞賦。⑤寫作（詩、詞）：例賦詩一首。

貝部 8 **賤** 左右

ㄐㄧㄢˋ ①價格低（跟「貴」相對）：例賤賣、賤價。②地位低：例卑賤、貧賤。③卑鄙，罵人的話：例賤骨頭（ㄍㄨˇ·ㄊㄡ）。

貝部 8 **賬** 左右

ㄓㄤˋ ①財物出入的記載（ㄗㄞˋ）。同「帳」：例記賬、賬目。②債：例借賬、欠賬、還（ㄏㄨㄢˊ）賬。

貝部 8 **賭** 左右

ㄉㄨˇ ①拿財物作注比輸贏：例賭博、賭錢、聚賭。②泛指比勝負、爭輸贏：例打賭。

貝部 8 **賢** 上下

ㄒㄧㄢˊ ①德行（ㄒㄧㄥˋ）高尚，才能突出的：例賢人、賢良、賢明。②品德高尚，有才能的人：例聖賢、賢達。③善良：例賢德、賢慧、賢妻。④稱（ㄔㄥ）年歲比自己小的平輩或晚輩，表示尊敬：例賢弟、賢婿、賢侄。

貝部 8 **賣** 上下

ㄇㄞˋ ①售出（跟「買」相對）：例賣菜、拍賣。②用勞動、技藝等換取錢財：例賣藝、賣唱。③用國家、民族或他人利益以達到個（ㄍㄜˋ）人目的：例出賣、賣國。④儘（ㄐㄧㄣˇ）量使出來：例賣命、賣力氣。⑤炫耀：例賣乖、賣弄。

貝部 8 **賜** 左右

ㄙˋ ①上級或長（ㄓㄤˇ）輩把財物等送給下級或晚輩：例賜予、賞賜。②尊稱別人對自己的請求：例賜教（ㄐㄧㄠˋ）。

貝部 8 **質** 上下

ㄓˋ ①客觀存在的實體：例物質。②本性：例本質、性質、品質、氣質、變質。③樸實：例質樸。④依據事實問明或辨別是非：例質疑、質問。

ㄓˋ 抵押；抵押品：例典質、人質（作抵押品的人）。

猜猜看：「寶貝交易」，猜一個字。

答案：賭。

老師的話：「羊鹿賽跑——不相上下」是比喻兩人才能差不多，分不出高低。

貝部 9 賴 左右

一 ㄧ ㄧ 屮 申 束 束 剌 剌 剌 剌 剌 剌 剌 賴

ㄌㄞˋ ①依靠；仗恃：例依賴、信賴。②不講理：例耍賴、撒（ㄙㄚ）賴、賴皮。③壞：例不分好賴、唱得不賴。④故意拖延：例賴著不走。⑤不承認錯誤或不承擔（ㄉㄢ）責任：例賴帳、抵賴。⑥硬說別人有過錯：例誣（ㄨ）賴。

貝部 10 賺 左右

丨 ㄇ 日 月 目 貝 貝 貝' 貝' 貝'' 貝'' 貝'' 賺 賺 賺 賺 賺

ㄓㄨㄢˋ 做生意得（ㄉㄜˊ）到利潤（跟「賠」相對）：例賺錢、有賠有賺。

貝部 10 賽 上下

丶 丶' 宀 宀 宀 宀 宀 宀 宀 宀 宀 宀 宀 宀 賽 賽 賽

ㄙㄞˋ ①比較高低、強弱：例賽跑、比賽、競賽。②比得（˙ㄉㄜ）上；勝過：例一個賽一個。③指比賽活動：例足球賽、田徑賽。

貝部 10 購 左右

丨 ㄇ 日 月 目 貝 貝 貝' 貝' 貝'' 貝'' 貝'' 購 購 購 購 購

ㄍㄡˋ 買：例購買、購置、採購、收購。

貝部 11 贅 上下

一 十 土 丰 丰 声 声 声 声 敖 敖 敖 贅 贅 贅 贅 贅 贅

ㄓㄨㄟˋ ①多餘無用的：例累（ㄌㄟˋ）贅、贅述、贅言。②男子到女方家結婚並且住在女方家：例入贅、招贅。

貝部 12 贈 左右

丨 ㄇ 日 月 目 貝 貝 貝' 貝' 貝'' 貝'' 貝'' 贈 贈 贈 贈 贈 贈 贈

ㄗㄥˋ 把東西無償地(•ㄉㄜ)送給別人：例贈送、贈閱、捐贈。

貝部 12 **贊** 上下

ㄗㄢˋ ①幫助；支持：例贊助。②同意：例贊成。

貝部 13 **贏** 上下

ㄧㄥˊ ①通過經營獲得(ㄉㄜˊ)利潤：例贏利。②(打賭或比賽)獲勝後得到(東西)(跟「輸」相對)：例贏錢。③獲勝：例這盤棋我準贏、官司打贏了。

貝部 13 **贍** 左右

ㄕㄢˋ 供給(ㄍㄨㄥ ㄐㄧˇ)；供養(ㄍㄨㄥ ㄧㄤˋ)：例贍養。

貝部 14 **贓** 左右

ㄗㄤ 貪汙、受賄或盜竊等所得(ㄉㄜˊ)的財物：例銷贓、退贓、贓物、贓款。

貝部 15 **贖** 左右

ㄕㄨˊ ①用財物換回人身自由或抵押品：例贖當(ㄉㄤˋ)、贖身。②用錢財或功績抵消罪過：例立功贖罪。

貝部 15 **贗** 半包圍

老師的話：仿冒貨叫「贗品」，「贗」字唸作ㄧㄢˋ，不是ㄧㄣ。

老師的話：關於「赤」的成語包括：赤子之心、赤手空拳、赤膽忠心、赤貧如洗。

ㄧㄢˋ 假的；偽造的：例贗品、贗本。

貝部 17 贛 左右

ㄍㄢˋ ①〔贛江〕水名，在江西。②江西的別稱（ㄔㄥ）。

赤部

赤部 0 赤 上下

ㄔˋ ①紅色：例面紅耳赤。②純真：例赤心、赤膽、赤誠。③空；什麼也沒有：例赤手空拳、赤貧。④裸露（ㄌㄨˋ）：例赤腳、赤膊。

赤部 4 赧 左右

ㄋㄢˇ 由於害羞或慚愧而臉紅：例赧顏、羞赧。

赤部 4 赦 左右

ㄕㄜˋ 減輕或免除刑罰：例赦罪、大赦、赦免。

赤部 7 赫 左右

ㄏㄜˋ 顯著（ㄓㄨˋ）；盛（ㄕㄥˋ）大：例顯赫、赫赫有名。

赤部 8 赭 左右

ㄓㄜˇ 紅褐色：例赭色。

走部 ㄗㄡˇ

走部 0 走 上下
一 十 土 キ キ 𡗗 走

ㄗㄡˇ ①跑：例奔走、逃走、走馬看花。②步行（ㄒㄧㄥˊ）：例走路、行走。③離去：例他剛走、把椅子搬走。④移動；挪動：例船走得很慢、走棋。⑤洩漏：例走漏。⑥改變原來的樣子：例走調、走板、走樣。⑦（親友間）交往：例走親（ㄑㄧㄣ）戚、走娘家。

走部 2 赴 半包圍
一 十 土 キ キ 𡗗 走 赴 赴

ㄈㄨˋ 到（某處（ㄔㄨˋ））去；前往：例赴宴、赴任。

走部 2 赳 半包圍
一 十 土 キ キ 𡗗 走 赳 赳

ㄐㄧㄡ 〔赳赳〕形容威武雄壯的樣子：例雄赳赳。

走部 3 起 半包圍
一 十 土 キ キ 𡗗 走 起 起 起

ㄑㄧˇ ①由躺而坐；由坐而站：例起床、起立。②升起：例大起大落、起伏不平。③長（ㄓㄤˇ）出：例起疹子。④發生；開始：例起風、起火、起飛、起跑。⑤建立；興（ㄒㄧㄥ）建：例白手起家。⑥

老師的話：雄赳赳的「赳赳」不可以寫作「糾糾」喲！

擬定：例起草。⑦量詞。(1)次；件：例一起事故。(2)群；批：例一起吃飯。⑧取出：例起貨。⑨承受：例買不起、禁得（˙ㄉㄜ）起。

走部 5 **越** 半包圍

ㄩㄝˋ ①跨過；經過：例翻山越嶺、跨越、穿越、越冬。②超出：例越權、越級、越界。③超出或勝過：例卓越、優越。④更加：例越跑越快、越來越熱。⑤指浙江東部：例越劇。

走部 5 **超** 半包圍

ㄔㄠ ①從後面趕到前面；勝過：例超車、超群、超過。②高出規定的限度或程度：例超額、超期、超齡、超編。③不平常的；特出的：例超級、超等。

走部 5 **趁** 半包圍

ㄔㄣˋ 表示利用時間、條件或機會：例趁早、趁勢、趁便、打鐵趁熱。

走部 7 **趙** 半包圍

ㄓㄠˋ ①戰國七雄之一。②姓。

走部 7 **趕** 半包圍

ㄍㄢˇ ①追：例趕上、追趕、你追我趕。②加快：例趕工、趕路。③驅逐：例趕走、趕蚊子。④

老師的話：「越來越多」也可以寫作「愈來愈多」。

駕；驅使：例趕鴨子。⑤參加：例趕集、趕廟會。⑥遇到；碰到：例趕上一場雪、趕巧。

走部 8 **趟** 半包圍

一 十 土 丰 丰 走 走 赱 赱 赱 趟 趟 趟 趟 趟

ㄊㄤˋ 量詞，用於來往的次數（ㄕㄨˋ）：例兩趟、走一趟。

走部 8 **趣** 半包圍

一 十 土 丰 丰 走 走 赱 赲 赳 趄 趄 趣 趣 趣

ㄑㄩˋ ①意向；志向：例旨趣、志趣。②使人感到愉快或有興（ㄒㄧㄥˋ）味：例趣味、樂趣、風趣。

走部 10 **趨** 半包圍

一 十 土 丰 丰 走 走 赱 赱 赹 赹 赹 趍 趨 趨 趨 趨

ㄑㄩ ①追求；迎合：例趨名逐利、趨炎附勢。②發展：例趨向、大勢所趨、日趨緩和（ㄏㄜˊ）。

足部 ㄗㄨˊ

足部 0 **足** 上下

丶 口 口 早 早 尸 足

ㄗㄨˊ ①腳：例足跡、手舞足蹈。②充滿；不缺乏的：例豐衣足食、富足。③可以；值得（˙ㄉㄜ）：例足以勝任、微不足道。

足部 2 **趴** 左右

丶 口 口 早 早 𧾷 𧾷 趴 趴

ㄆㄚ ①胸腹朝（ㄔㄠˊ）下臥著（˙ㄓㄜ）：例趴下、趴在床上。②身體向前靠在物體上：例趴在桌上。

老師的話：趴下的「趴」和扒手的「扒」字形相似，要分辨清楚喲！

猜猜看：「老太婆包腳」，猜一個字。

答案：跑。

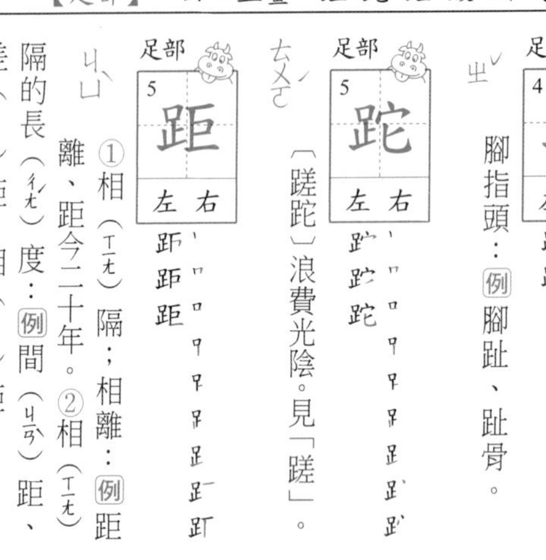

趾 足部 4 左右

ㄓˇ

腳指頭：例腳趾、趾骨。

跎 足部 5 左右

ㄊㄨㄛˊ

〔蹉跎〕浪費光陰。見「蹉」。

距 足部 5 左右

ㄐㄩˋ

①相（ㄒㄧㄤ）隔；相離：例距離、距今二十年。②相（ㄒㄧㄤ）隔的長（ㄔㄤˊ）度：例間（ㄐㄧㄢˋ）距、差（ㄔㄚ）距、相（ㄒㄧㄤ）距。

跋 足部 5 左右

ㄅㄚˊ

①在山地行走：例跋山涉水、長途跋涉。②寫在書籍、文章、字畫等後面，說明寫作經過或評價內容的短文：例題跋。

跚 足部 5 左右

ㄕㄢ

〔蹣跚〕走路困難（ㄋㄢˊ）的樣子。見「蹣」。

跑 足部 5 左右

ㄆㄠˇ

①大步快速向前走：例奔跑、跑步、快跑、賽跑。②走；去：例東跑西跑。③奔走：例跑買賣、跑新聞。④逃走；溜走：例逃

跑。⑤丟掉；失去：例帽子讓風颳跑了、到手的買賣，跑不了（ㄌㄧㄠˇ）。

足部 5 **跌** 左右

ㄉㄧㄝˊ ①摔；摔倒（ㄉㄠˇ）：例跌跤、跌倒、跌跌撞撞。②下降（ㄐㄧㄤˋ）：例下跌、跌價。

足部 5 **跛** 左右

ㄅㄛˇ 腿或腳有病，走路時不方便：例跛腳。

ㄅㄧˋ 偏斜不正：例跛倚。

足部 5 **跆** 左右

ㄊㄞˊ 踢踏；踩踏：例跆拳。

足部 6 **跡** 左右

ㄐㄧ ①腳印；印子：例足跡、汗跡、墨跡、痕跡。②行（ㄒㄧㄥˊ）動後留下來的情況：例行跡、事跡、奇跡、劣跡。③前人留下的事物：例遺跡、古跡。

足部 6 **跟** 左右

ㄍㄣ ①腳或鞋襪的後部：例腳跟、鞋跟。②緊隨在後面：例請跟我來。③同：例我跟你一起走。④和（ㄏㄢˋ）：例紙跟墨。

老師的話：「天上下雨，地下滑，自己跌倒自己爬。」這句諺語是說不要依賴別人。

老師的話：跨越、誇口、垮臺的「跨」、「誇」、「垮」寫法不同，要分辨清楚喲！

足部 6 **跨** 左右

丨 口 口 ⺊ ⺊ 𧾷 𧾷 𧾷 𧾷 跂 跉 跨 跨

ㄎㄨㄚˋ ①越過：例跨欄、跨越。②騎乘（ㄔㄥˊ）：例跨馬。③越過界限：例跨世紀、跨年度。

足部 6 **路** 左右

丨 口 口 ⺊ ⺊ 𧾷 𧾷 𧾷 跁 路 路 路 路

ㄌㄨˋ ①人或車馬通行的通道：例道路、馬路、陸路、水路。②道路的距離：例山高路遠。③途徑：例生路、門路、路徑。④條理：例思路、紋路。⑤方面；地區：例各路人馬。⑥類型；等次：例同路人、一路貨色。⑦量詞，用於隊列，相當（ㄒㄧㄤ ㄉㄤ）於「排」、「行」：例六路縱（ㄗㄨㄥ）隊、排成兩路。

足部 6 **跤** 左右

丨 口 口 ⺊ ⺊ 𧾷 𧾷 𧾷 𧾷 跂 跤 跤 跤

ㄐㄧㄠ 跌倒（ㄉㄠˇ）：例摔跤、跌跤。

足部 6 **跳** 左右

丨 口 口 ⺊ ⺊ 𧾷 𧾷 𧾷 𧾷 𧾷 跳 跳 跳

ㄊㄧㄠˋ ①腿部用力，使身體離地向上或向前：例跳高、跳遠、跳躍。②振動：例心跳、眼皮直跳。③越過：例跳行（ㄏㄤˊ）、跳級。

足部 6 **跺** 左右

丨 口 口 ⺊ ⺊ 𧾷 𧾷 𧾷 𧾷 跺 跺 跺 跺

ㄉㄨㄛˋ 用力踏地：例跺腳。

老師的話： 踮腳跟要用「踮」，不是墊高的「墊」喲！

足部 6 **跪** 左右

膝蓋彎曲(ㄑㄩ)著(ㄓㄨㄛˊ)地：例跪拜、下跪、跪地求饒。

足部 7 **跼** 左右

徘徊不前的樣子：例跼躅(ㄓㄨˊ)。

足部 8 **踫** 左右

撞擊。同「碰」：例相踫。

足部 8 **踐** 左右

①踏；踩：例踐踏。②履行(ㄒㄧㄥˊ)；實行：例實踐、踐約(履行原來的約定)。

足部 8 **踝** 左右

①腳後跟：例腳踝。②小腿與(ㄩˇ)腳連接處(ㄔㄨˋ)的左右兩側凸起的部分(ㄈㄣˋ)。

足部 8 **踢** 左右

用腳撞擊：例一腳把門踢開、踢球。

足部 8 **踮** 左右

抬起腳跟，用腳尖著(ㄓㄨㄛˊ)地：例踮腳。

猜猜看：「帝王的腳」，猜一個字。

足部 8 **踏** 左右

ㄊㄚˋ ①用腳踩：例一腳踏空（ㄎㄨㄥ）了、踐踏、踏青。②到實地查看：例踏看、踏訪。③〔踏實〕(1)不浮躁：例學習踏實。(2)情緒穩定：例功課沒寫，心裡不踏實。

足部 8 **踩** 左右

ㄘㄞˇ 腳接觸地面或蹬在物體上：例踩了一腳泥、踩油門。

足部 8 **踟** 左右

ㄔˊ 〔踟躕（ㄔㄨˊ）〕形容猶豫不定，要走不走的樣子：例踟躕不前。

足部 9 **蹄** 左右

ㄊㄧˊ 獸類的腳：例牛蹄、馬不停蹄。

足部 9 **踱** 左右

ㄉㄨㄛˋ 慢慢地（˙ㄉㄜ）走動：例踱步、踱來踱去。

足部 9 **踴** 左右

ㄩㄥˇ 〔踴躍〕①跳躍。②形容熱烈積極，爭先恐後的樣子。

足部 9 **蹂** 左右

答案：蹕。

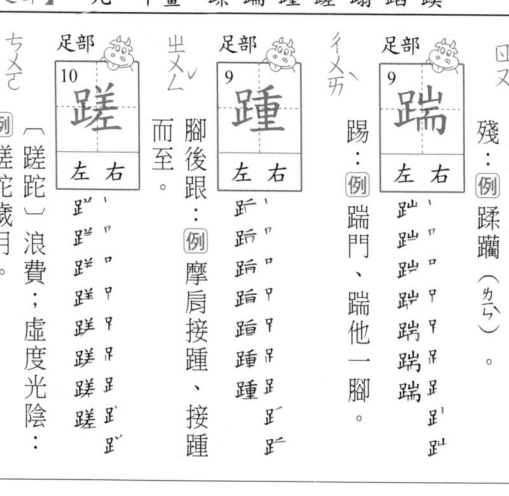

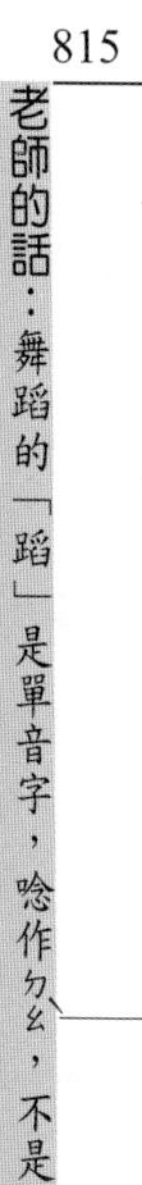

老師的話：舞蹈的「蹈」是單音字，唸作ㄉㄠˋ，不是ㄉㄠˇ喲！

ㄖㄡˊ 踩踏，比喻用暴力欺壓、摧殘：例蹂躪（ㄌㄧㄣˋ）。

踹
足部 9 左右

ㄔㄨㄞˋ 踢：例踹門、踹他一腳。

踵
足部 9 左右

ㄓㄨㄥˇ 腳後跟：例摩肩接踵、接踵而至。

蹉
足部 10 左右

ㄘㄨㄛ 〔蹉跎〕浪費；虛度光陰：例蹉跎歲月。

蹋
足部 10 左右

ㄊㄚˋ 〔糟蹋〕浪費；損壞：例不要糟蹋食物。

蹈
足部 10 左右

ㄉㄠˋ ①踏；踩：例赴湯蹈火、重（ㄔㄨㄥˊ）蹈覆轍。②跳動：例手舞足蹈。③遵循：例循規蹈矩。

蹊
足部 10 左右

ㄒㄧ ①徑；小路：例蹊徑。②〔蹊蹺（ㄑㄧㄠ）〕奇怪；可疑：例這件事有些蹊蹺。

老師的話： 有蹼的動物包括：青蛙、蟾蜍、鴨、鵝等。

足部 11 **蹙** 上下

ㄘㄨˋ

①皺眉：例雙眉緊蹙。②緊迫；急促：例窮蹙、國勢日蹙。

足部 11 **蹣** 左右

ㄇㄢˊ

（蹣跚）形容走路緩慢、搖搖擺擺的樣子：例步履蹣跚、蹣跚學步。

足部 11 **蹦** 左右

ㄅㄥˋ

雙腳齊跳：例連蹦帶跳、蹦蹦跳跳。

足部 11 **蹤** 左右

ㄗㄨㄥ

腳印；足跡：例蹤跡、蹤影、失蹤、行（ㄒㄧㄥˊ）蹤。

足部 12 **蹼** 左右

ㄆㄨˊ

青蛙、烏龜、鴨子等動物腳趾間的皮膜，便於划水。

足部 12 **蹲** 左右

ㄉㄨㄣ

雙腿儘量（ㄐㄧㄣˇ ㄌㄧㄤˋ）向下彎曲（ㄑㄩ），臀部不著（ㄓㄨㄛˊ）地：例蹲下、半蹲。

足部 12 **躇** 左右

ㄔㄨˊ

〔躊（ㄔㄡˊ）躇〕拿不定主意。

見「躊」。

蹶 足部 12畫 左右 ㄐㄩㄝˊ

比喻失敗或挫折：例一蹶不振。

蹬 足部 12畫 左右 ㄉㄥ

①踩踏：例腳蹬在椅子上。②腿和腳一起向腳底的方向用力：例蹬腳踏車。

蹭 足部 12畫 左右 ㄘㄥˋ

①擦；磨：例蹭破皮、蹭一蹭。②拖延：例磨（ㄇㄛˊ）蹭。

蹺 足部 12畫 左右 ㄑㄧㄠ

①抬起；豎起：例蹺腳、蹺二郎腿、蹺起大拇指。②指高蹺，傳（ㄔㄨㄢˊ）統戲曲（ㄑㄩˇ）、民間（ㄐㄧㄢ）藝術中，表演者在小腿綁上有踏腳裝置的木棍，邊走邊跳舞。

躉 足部 13畫 上下 ㄉㄨㄣˇ

①整；整批的：例躉批、躉買躉賣（整批進貨，整批出售）。②整批買進貨物：例躉貨、現躉現賣。

躁 足部 13畫 左右

老師的話：蹺蹺板寫作「蹺」，翹辮子用「翹」，要分辨清楚喲！

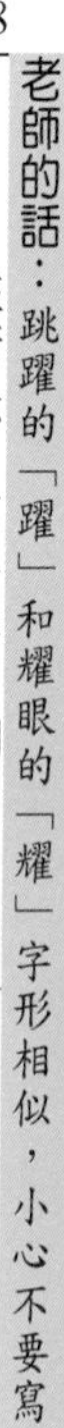

老師的話：跳躍的「躍」和耀眼的「耀」字形相似，小心不要寫錯了！

ㄗㄠˋ 性情急；不冷靜：例性子太躁、急躁、煩躁。

足部 13 **躅** 左右

ㄓㄨˊ （躑（ㄓˊ）躅）見「躑」。

足部 13 **躂** 左右

ㄊㄚˋ 失足跌倒（ㄉㄠˇ）：例躂了一跤。

足部 14 **躊** 左右

ㄔㄡˊ （躊躇（ㄔㄨˊ））猶豫：例躊躇不決。

足部 14 **躍** 左右

ㄩㄝˋ 跳：例跳躍、躍進、躍居第一。

足部 15 **躑** 左右

ㄓˊ （躑躅（ㄓㄨˊ））徘徊（ㄆㄞˊ ㄏㄨㄞˊ）：例躑躅街頭。

足部 18 **躡** 左右

ㄋㄧㄝˋ ①踩：例躡足。②追隨：例躡蹤。③放輕腳步：例躡手躡腳。

足部 18 **躥** 左右

ㄘㄨㄢ 快速向上或向前跳：例縱(ㄗㄨㄥ)身一躥。

足部 20 躪 左右

ㄌㄧㄣˋ 殘害。見「蹂」。

身部 ㄕㄣ

身部 0 身 獨體

ㄕㄣ ①軀體：例身體、身材。②物體的主體或主幹：例機身、車身、船身。③本人：例自身、以身作則。④生命；一生：例捨身救人、奮不顧身、終身。⑤品德；才能：例修身養性、身手不凡。⑥社會地位：例身敗名裂、身分、出身。⑦量詞，用於衣服：例一身新衣服。

身部 3 躬 左右

ㄍㄨㄥ ①身體向前彎曲(ㄑㄩ)：例躬身、鞠躬。②親身去做：例躬行(ㄒㄧㄥˊ)、躬耕。

身部 6 躲 左右

ㄉㄨㄛˇ ①避開；避讓：例躲避、躲閃、躲躲閃閃。②隱藏(ㄘㄤˊ)：例躲藏。

身部 8 躺 左右

老師的話：比喻無法逃避，可以用「躲得過初一，躲不過十五」這句俏皮話。

ㄊㄤˇ 身體平臥：例躺下、平躺〈比〉把梯子躺著（˙ㄓㄜ）放。

身部 11 **軀** 左右

丿 亻 亻 个 介 自 身 身 身一 身一 身厂 躯 躯 躯 躯 躯 軀 軀 軀 軀 軀

ㄑㄩ 身體：例軀體、身軀。

車部

ㄔㄜ

車部 0 **車** 獨體

一 厂 戸 百 亘 車

ㄐㄩ 讀音。①象棋棋子中的一種（ㄓㄨㄛˇ）：例車馬炮。②形容學識豐富的人：例學富五車。

ㄔㄜ 語音。①陸地上有輪子的交通運輸工具：例火車、貨車、車輛。②利用輪軸轉（ㄓㄨㄢˇ）動來工作的機器：例紡車、水車、車床。③用機械運轉來製造物品：例車布邊。

車部 1 **軋** 左右

一 厂 戸 百 亘 車 軋

ㄧㄚˋ ①用車輪或圓柱形的工具碾（ㄋㄧㄢˇ）壓：例軋棉花、軋馬路。②排擠：例傾軋、擠軋。

ㄍㄚˊ ①同時進行（ㄒㄧㄥˊ），趕著（˙ㄓㄜ）辦理：例軋戲。②核對：例軋帳、軋頭寸。

車部 2 **軍** 上下

丶 冖 冖 冝 冝 冝 冝 宣 軍

ㄐㄩㄣ ①武裝部隊：例參軍、海軍、軍隊、軍人。②軍隊編制單位，在師以上。

老師的話：「車走車路，馬行馬道」是比喻各做各的，誰也不管誰。

車部 2

軌 左右

一 丆 亓 百 亘 車 軋 軌

ㄍㄨㄟˇ ①車輛經過的痕跡：例軌跡。②比喻法度、規矩、秩序等：例越軌、常軌、正軌。③依照一定路線前進的設施：例軌道、鐵軌。

車部 3

軒 左右

一 丆 亓 百 亘 車 軒 軒 軒

ㄒㄩㄢ ①高：例軒昂、軒然大波（比喻大的糾紛或風潮）。②有窗的長（ㄔㄤˊ）廊或小屋，多用作書房、茶館、飯館的名字。

車部 3

軔 左右

一 丆 亓 百 亘 車 軔 軔 軔

ㄖㄣˋ 用來阻止車輪滾動的木頭：例發軔（引申為事情的開始）。

車部 4

軛 左右

一 丆 亓 百 亘 車 軛 軛 軛 軛

ㄜˋ 架在牛、馬等牲口脖子上的橫木，用來連接套繩。

車部 4

軟 左右

一 丆 亓 百 亘 車 軟 軟 軟 軟

ㄖㄨㄢˇ ①物體受到外力以後容易變形（跟「硬」相對）：例軟糖、軟席、鬆軟。②沒有氣力：例兩腿發軟。③不堅決；不強硬：例心軟、耳根子軟、軟硬兼施。

車部 5

軻 左右

一 丆 亓 百 亘 車 軻 軻 軻 軻 軻

ㄎㄜ 用於人名。孟子，名軻，戰國時期的思想家。

老師的話：比喻膽小的人，可以說「軟雞蛋」、「軟腳蟹」、「軟腳蝦」。

老師的話：裝載的「載」和擁戴的「戴」字形相似，小心別寫錯了！

車部 5 **軸** 左右

一 厂 冂 白 白 亘 車 車 軻 軻 軸 軸

ㄓㄡˊ ①貫穿在輪子中間（ㄓㄨㄥ ㄐㄧㄢ）的圓杆：例車軸、輪軸。②用來往上繞或捲東西的圓柱形器物：例線軸、畫軸。③量詞，計算可以收捲成軸的物品：例兩軸線、一軸山水畫。

車部 5 **軼** 左右

一 厂 冂 白 白 亘 車 車 軋 軼 軼 軼

ㄧˋ ①超過：例軼群、超軼。②散（ㄙㄢˋ）失；失傳（ㄔㄨㄢˊ）：例軼事、軼聞。

車部 6 **較** 左右

一 厂 冂 白 白 亘 車 車 軋 軒 軒 較 較

ㄐㄧㄠˋ ①分（ㄈㄣ）出事物的異同或高下：例較勁、較量（ㄌㄧㄤˋ）、比較。②相（ㄒㄧㄤ）比：例課業較進步、今年冬天較冷。

車部 6 **載** 半包圍

一 十 土 土 吉 吉 吉 吉 車 載 載 載

ㄗㄞˋ ①裝運：例載客、載重（ㄓㄨㄥˋ）、裝載。②充滿：例怨聲載道。③記錄：例記載。④刊登：例連載。⑤疊用，相當（ㄒㄧㄤ ㄉㄤ）於「一邊……一邊……」：例載歌載舞。

ㄗㄞˇ 年：例一年半載、千載難逢。

車部 6 **軾** 左右

一 厂 冂 白 白 亘 車 車 軒 軒 軾 軾

ㄕˋ 古代車子前供乘（ㄔㄥˊ）車人扶著（˙ㄓㄜ）的橫木。

輊 車部 6畫 左右

一 ㄏ 冂 冂 百 亘 車 車 軒 軽 軽 輊 輊

ㄓˋ 〔軒輊〕車前高後低叫「軒」，前低後高叫「輊」。用來比喻優劣：例難分軒輊。

輔 車部 7畫 左右

一 ㄏ 冂 冂 百 亘 車 車 軒 軒 軒 輔 輔 輔

ㄈㄨˇ 從旁幫助：例輔導、輔助。

輒 車部 7畫 左右

一 ㄏ 冂 冂 百 亘 車 車 軒 軒 軒 輒 輒 輒

ㄓㄜˊ ①就：例淺嘗輒止。②總是：例動輒得（ㄉㄜˊ）咎。

輕 車部 7畫 左右

一 ㄏ 冂 冂 百 亘 車 車 軒 軒 軒 軽 輕 輕

ㄑㄧㄥ ①重量（ㄓㄨㄥˋ ㄌㄧㄤˋ）小（跟「重」相對）：例輕而易舉、身輕如燕。②不笨重；靈巧：例輕騎（ㄐㄧˋ）、輕便、輕巧。③沒有負擔（ㄉㄢ）：例輕鬆、輕閒、輕音樂。④不重要；不貴重：例責任輕、禮物輕。⑤認為（ㄨㄟˊ）不重要；不重視：例輕敵、輕生、輕蔑（ㄇㄧㄝˋ）。⑥不莊重；不嚴肅：例輕薄（ㄅㄛˊ）、輕浮、輕狂。⑦不慎重；隨隨便便：例輕舉妄動、輕信、輕率。⑧程度淺；數（ㄕㄨˋ）量少：例輕傷、年紀輕。⑨用力不猛：例輕拿輕放、輕輕一推。

輓 車部 7畫 左右

一 ㄏ 冂 冂 百 亘 車 車 軒 軒 軒 輓 輓 輓

ㄨㄢˇ 哀悼死者的詞：例輓歌、輓聯。

老師的話：「輕口薄舌」、「輕嘴薄舌」都是形容人講話不莊重。

猜猜看：「車上有兩位夫人」，猜一個字。

答案：輦。

車部 8 輝 左右

ㄏㄨㄟ

①閃射的光：例落日餘輝、光輝。②照射；閃耀：例輝映。

車部 8 輛 左右

ㄌㄧㄤˋ

量詞，用於計算車子的單位：例一輛汽車、兩輛卡車。

車部 8 輟 左右

ㄔㄨㄛˋ

中（ㄓㄨㄥ）途停頓；停止：例輟學、輟演、輟筆。

車部 8 輩 上下

ㄅㄟˋ

①等；類（指人）：例我輩、無能之輩。②輩分（ㄈㄣˋ），家族中世代相傳（ㄒㄧㄤ ㄔㄨㄢˊ）的順序：例長輩、晚輩。③一世或一生：例後半輩子。

車部 8 輦 上下

ㄋㄧㄢˇ

古代用人拉或推的車，秦漢以後專指帝王、后妃乘（ㄔㄥˊ）坐的車：例龍車鳳輦。

車部 8 輪 左右

ㄌㄨㄣˊ

①車輛或機械上能轉動的圓形物件：例車輪、輪胎、齒輪。②依照次序替換：例輪換、輪流、輪休。③像輪子的東西：例耳輪、年輪。④指輪船：例郵輪、客

輪。⑤量詞。(1)用於太陽和圓月：例一輪紅日、一輪明月。(2)用於循環的事物或動作：例首輪電影院、循環賽進行（ㄒㄧㄥˊ）了三輪。

車部 8 **輜** 左右

ㄗ 「輜重（ㄓㄨㄥˋ）」行軍時所帶的軍械、糧草等作戰物資。

車部 9 **輻** 左右

ㄈㄨˊ 車輪上連接裡圈和外圈的條狀物：例輻條〈比〉輻射。

車部 9 **輯** 左右

ㄐㄧˊ 搜集資料編成書籍報刊：例編輯。

車部 9 **輸** 左右

ㄕㄨ ①運送；傳（ㄔㄨㄢˊ）送：例輸出、輸液、輸送、運輸。②失敗（跟「贏」相對）：例輸球、賭輸了。

車部 10 **轄** 左右

ㄒㄧㄚˊ 管理；管束：例統轄、管轄。

車部 10 **輾** 左右

ㄓㄢˇ 「輾轉（ㄓㄨㄢˇ）」①翻來覆去：例輾轉不眠、輾轉反側。②中間經過許多人或許多地方：例輾轉相（ㄒㄧㄤ）告、輾轉各地。

老師的話：「輸得自己，贏得別人」，這句諺語是比喻做事要勇於冒險，才能成功。

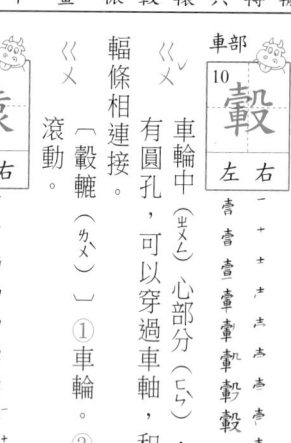

猜猜看：「學生專用車」，猜一個字。

答案：轎。

ㄋㄢˇ 用轉輪壓碎東西。通「碾(ㄋㄢˇ)」：例輾米。

車部 10 **轂** 左右

ㄍㄨˇ 車輪中(ㄓㄨㄥ)心部分(ㄈㄣˋ)，有圓孔，可以穿過車軸，和輻條相連接。

ㄍㄨ 〔轂轆(ㄌㄨˋ)〕①車輪。②滾動。

車部 10 **轅** 左右

ㄩㄢˊ 車前用來套住牲畜(ㄔㄨˋ)的兩根直木：例車轅。

車部 10 **輿** 上下

ㄩˊ 眾多；眾人的：例輿論(ㄌㄨㄣˋ)、輿情。

車部 11 **轉** 左右

ㄓㄨㄢˇ ①變換(方向、情況等)：例向後轉、轉敗為勝。②把一方的物品、意見等傳(ㄔㄨㄢˊ)送給另一方：例轉告、轉交。

ㄓㄨㄢˋ 圍繞著中心運動：例轉圈(ㄑㄩㄢ)、地球繞著太陽轉。

車部 11 **轍** 左右

ㄔㄜˋ 車輪在地面上碾(ㄋㄢˇ)出的痕跡：例車轍。

ㄓㄜˊ ①辦法；法(ㄈㄚˇ)子：例沒轍。②北方戲曲(ㄑㄩˇ)、曲藝等唱詞所押的韻：例合轍。

車部 12 **轔** 左右

ㄌㄧㄣˊ 〈轔轔〉擬聲詞，模擬很多車行進的聲音：例車轔轔。

車部 12 **轎** 左右

ㄐㄧㄠˋ 一種（ㄓㄨㄥˇ）舊式交通工具，形狀像小屋，由人抬著（˙ㄓㄜ）走：例轎子、抬轎、花轎。

車部 14 **轟** 上下

ㄏㄨㄥ ①擬聲詞，模擬巨大的聲響：例轟然巨響。②打雷、爆炸或炮擊：例轟炸、轟擊、砲轟、雷轟電閃。③趕走：例轟走、轟出去。

車部 15 **轡** 上下

ㄆㄟˋ 駕馭（ㄩˋ）牲口用的韁（ㄐㄧㄤ）繩：例轡頭。

辛部

ㄒㄧㄣ

辛部 0 **辛** 上下

ㄒㄧㄣ ①辣，一種（ㄓㄨㄥˇ）帶刺激性的味道：例辛辣。②勞（ㄌㄠˊ）苦；困難（ㄋㄢˊ）：例千辛萬苦、辛苦、辛勞（ㄌㄠˊ）、艱辛。③悲傷：例辛酸。④天干的第八位。參（ㄘㄢ）見「干」④。⑤姓。

老師的話：「大姑娘坐轎——頭一回」，這句歇後話是比喻第一次做某件事。

老師的話：辦法、辨別、辮子、花瓣的「辦」、「辨」、「辮」、「瓣」寫法不同喲！

辛部 5 辜 上下
一 十 ㇐ 古 古 古 吉 查 辜 辜 辜 辜 辜

ㄍㄨ
①罪；罪過：例死有餘辜、無辜。②（辜負）對不住：例辜負他的一番好意。

辛部 6 辟 左右
ㄱ ㄱ 尸 尸 吊 吊 吊 吊 吊 吊 启 启 辟 辟

ㄅㄧˋ
君主：例復辟（被推翻的君主重（ㄔㄨㄥˊ）新執政，比喻被消滅的制度復活）。

ㄆㄧˋ
開拓；開發。同「闢」：例開天辟地、開辟。

辛部 7 辣 左右
丶 亠 亠 立 立 立 辛 辛 辛 辛 辛 辛 辛 辣 辣

ㄌㄚˋ
①辣椒、蒜、薑等具有的刺激性的味道：例麻辣、辣醬、辛辣。②辣味刺激：例辣得滿頭是汗、辣舌頭。③兇惡；狠毒：例毒辣。

辛部 9 辨 左右
丶 亠 亠 立 立 立 辛 辛 辛 辛 辛 辛 辛 辛 辛 辨

ㄅㄧㄢˋ
區分；識別：例辨別、辨認、分辨、明辨是非。

辛部 9 辦 左右
丶 亠 亠 立 立 立 辛 辛 辛 辛 辛 辛 辛 辛 辛 辦

ㄅㄢˋ
①做；處（ㄔㄨˇ）理：例辦公、辦理、辦事。②採買；購置：例辦年貨、辦酒席、置辦、備辦。③處（ㄔㄨˇ）罰：例嚴辦、懲（ㄔㄥˊ）辦、依法究辦。④經營；創（ㄔㄨㄤˋ）建：例開辦、舉辦、創辦。

辛部 12 辭 左右

丿 𠂆 𠂉 ... 辭

ㄘˊ ①言語。通「詞」：例文辭、言辭、修辭。②推托：例推辭。③主動要求解除職務：例辭職。④解雇：例辭退。⑤告別：例辭別。

辛部 14 辯 左右

丶 亠 ... 辯

ㄅㄧㄢˋ 提出理由或根據來說明真假（ㄐㄧㄚˇ）或是非：例辯論（ㄌㄨㄣˋ）、辯駁、辯解、爭辯。

辰（ㄔㄣˊ）部

辰部 0 辰 半包圍

一 厂 𠂆 戶 戸 辰 辰

ㄔㄣˊ ①地支的第五位。參見「支」⑦。②日、月、星的總稱（ㄔㄥ）：例星辰。③時間；日子：例良辰、誕辰、壽辰。

辰部 3 辱 上下

一 厂 戶 ... 辱

ㄖㄨˋ ①可恥的事情：例恥辱、屈辱、奇恥大辱。②使受到羞恥：例羞辱、侮辱、辱罵。

辰部 6 農 上下

丶 冂 ... 農

ㄋㄨㄥˊ ①種（ㄓㄨㄥˋ）田的事業：例農業、務農。②從事耕種（ㄓㄨㄥˋ）的人：例農夫、農民。

老師的話：日月星辰的「辰」不可以寫作清晨的「晨」。

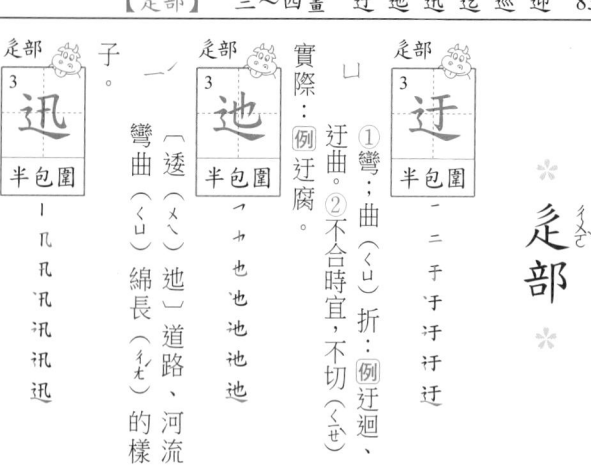

老師的話：迄今的「迄」和收訖的「訖」字形相似，小心別寫錯了！

辵部（ㄔㄨㄛˋ）

辵部 3 **迂** 半包圍

ㄩ ①彎；曲（ㄑㄩ）折：例迂迴、迂曲。②不合時宜，不切（ㄑㄧㄝˋ）實際：例迂腐。

辵部 3 **迆** 半包圍

ㄧˊ 〔逶（ㄨㄟ）迆〕道路、河流彎曲（ㄑㄩ）綿長（ㄔㄤˊ）的樣子。

辵部 3 **迅** 半包圍

ㄒㄩㄣˋ 速度很快：例迅速、迅猛、迅雷不及掩（ㄧㄢˇ）耳。

辵部 3 **迄** 半包圍

ㄑㄧˋ ①到；至：例自古迄今。②一直：例迄未成功、迄無音信。

辵部 3 **巡** 半包圍

ㄒㄩㄣˊ 往來視察：例巡哨（ㄕㄠˋ）、巡夜、巡視、巡查。

辵部 4 **迎** 半包圍

ㄧㄥˊ ①接待：例迎接、迎賓、迎娶、歡迎、迎新送舊。②面向著（˙ㄓㄜ）；正對著：例迎面、迎風、迎頭趕上。

辵部 4 返 半包圍

一 厂 万 反 ˊ反 䢀 䢀 返

ㄈㄢˇ 回；歸：例返鄉、返家、返回、往返。

辵部 4 近 半包圍

ノ 厂 斤 斤 ˊ斤 䜣 䜣 近

ㄐㄧㄣˋ ①距離短（跟「遠」相對）：例遠處是山，近處是水、近水樓臺。②關係親（ㄑㄧㄣ）密：例近親、近支、親近。③差（ㄔㄚ）異小；相似：例近似、相近。④靠近；接近：例平易近人、不近人情。

辵部 5 述 半包圍

一 十 才 木 朮 ˊ朮 䢀 沭 述

ㄕㄨˋ 說明：例陳述、口述、敘述、述說、描述。

辵部 5 迦 半包圍

ㄱ カ 加 加 加 ˊ加 迦 迦 迦

ㄐㄧㄚ 音譯用字：例釋迦牟（ㄇㄡˊ）尼（佛教（ㄐㄧㄠˋ）創始人）。

辵部 5 迢 半包圍

ㄱ 刀 刀 召 召 ˊ召 迢 迢 迢

ㄊㄧㄠˊ 〔迢迢〕形容路途遙遠：例千里迢迢。

辵部 5 迪 半包圍

丨 冂 日 由 由 ˊ由 油 油 迪

ㄉㄧˊ 開導：例啟迪。

老師的話：比喻情況愈來愈糟，可以說「近視眼生瞎子——一代不如一代」。

老師的話：迥異的「迥」不可以寫作迴旋的「迴」喲！

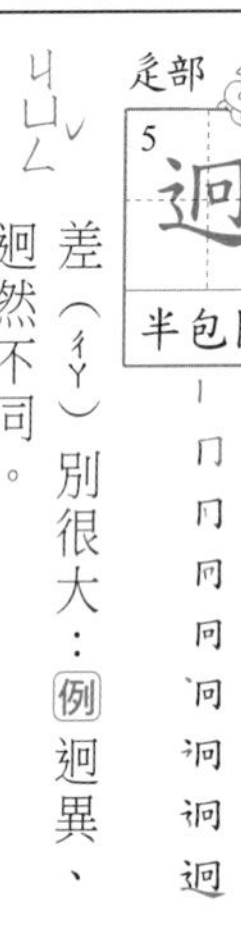

辵部 5 **迥** 半包圍

ㄐㄩㄥˇ 差（ㄔㄚ）別很大：例迥異、迥然不同。

辵部 5 **迭** 半包圍

ㄉㄧㄝˊ ①輪換；交替：例更（ㄍㄥ）迭。②屢（ㄌㄩˇ）次：例高潮迭起。③及（用於否定）：例後悔不迭、忙不迭。

辵部 5 **迫** 半包圍

ㄆㄛˋ ①接近；逼近：例迫在眉睫、迫近。②壓制；壓服：例迫不得已、壓迫、逼迫、強（ㄑㄧㄤˇ）迫。③急切（ㄑㄧㄝˋ）；急促：例迫不及待（ㄉㄞˋ）、從（ㄘㄨㄥ）容不迫、緊迫。

辵部 6 **送** 半包圍

ㄙㄨㄥˋ ①陪伴著（·ㄓㄜ）走：例送別、送行。②贈給（ㄍㄟˇ）：例送禮、贈送。③運去；帶給：例送貨、送信、運送。④沒有價值地（·ㄉㄜ）付出；喪（ㄙㄤˋ）失：例送命、送死、斷送、葬送。

辵部 6 **逆** 半包圍

ㄋㄧˋ ①相（ㄒㄧㄤ）反方向：例逆轉（ㄓㄨㄢˇ）、倒行（ㄉㄠˋ ㄒㄧㄥˊ）逆施、逆流而上、逆向行走。②不順的：例逆境。③牴觸；不順從（ㄘㄨㄥˊ）：例忠言逆耳、逆反、逆子。④背（ㄅㄟˋ）叛：例叛逆。

辵部 6 迷 半包圍

迷 丶 丷 丬 半 米 米 迷 迷

ㄇㄧˊ ①分辨不清：例迷路、迷失、迷惑、昏迷。②對某人或某事物過於喜愛：例迷戀、沉迷。③過分（ㄈㄣˋ）喜愛某種（ㄓㄨㄥˇ）事物的人：例影迷、戲迷、球迷。④陶醉：例財迷心竅（ㄑㄧㄠˋ）、紙醉金迷。

辵部 6 退 半包圍

退 ㇇ ㇇ 彐 艮 艮 艮 退 退

ㄊㄨㄟˋ ①向後移動（跟「進」相對（ㄒㄧㄤ 對））：例後退、撤（ㄔㄜˋ）退、退縮、退避三舍。②離開；脫離：例退場、退伍、退休。③下降（ㄐㄧㄤˋ）；衰減：例退熱、消退、衰退。④交還（ㄏㄨㄢˊ）：例退票、退還（ㄏㄨㄢˊ）。⑤撤銷：例退約、退婚。

老師的話：關於「迷」的成語包括：迷花眼笑、迷而不悟、迷人眼目、迷頭認影。

辵部 6 迺 半包圍

迺 一 ㄒ 丙 丙 西 西 迺 迺

ㄋㄞˇ 同「乃」：例迺是、失敗迺成功之母。

辵部 6 迴 半包圍

迴 丨 冂 冂 冋 回 回 迴 迴

ㄏㄨㄟˊ 環繞（ㄖㄠˋ）；旋轉（ㄒㄩㄢˊ ㄓㄨㄢˇ）：例巡迴、迴旋。

辵部 6 逃 半包圍

逃 丿 ㇀ ⺊ 兆 兆 兆 逃 逃

ㄊㄠˊ ①迅速離開：例脫逃、逃跑、逃出虎口。②躲避：例逃避、逃難（ㄋㄢˋ）、逃稅、逃學。

辵部 6 迸 半包圍

迸 丶 丷 丷 兰 并 并 迸 迸

老師的話：邂逅的「逅」唸作ㄏㄡˋ，不是ㄍㄡˋ喲！

ㄅㄥˋ 向外濺射或爆開：例迸裂、迸發。

辵部 6 **追** 半包圍

ㄓㄨㄟ ①緊跟在後面趕：例你追我趕、追趕、追逐、追隨。②回憶：例追思、追憶、追述。③事後補做：例追加、追認。④力求達到某種（ㄓㄨㄥˇ）目的：例追求、追名逐利。⑤查究：例追究、追問、追查。

辵部 6 **逅** 半包圍

ㄏㄡˋ 〔邂（ㄒㄧㄝˋ）逅〕無意中（ㄓㄨㄥˋ）相（ㄒㄧㄤ）遇：例兩人在綿綿細雨中邂逅。

辵部 7 **這** 半包圍

ㄓㄜˋ ①指距離比較近的人或事物（跟「那」相對）：例這些、這裡、這個、這孩子、這本書。②立刻：例他這就出發。

辵部 7 **逍** 半包圍

ㄒㄧㄠ 〔逍遙〕無拘無束，自由自在：例逍遙自在。

辵部 7 **通** 半包圍

ㄊㄨㄥ ①到達：例四通八達。②沒有阻礙的：例暢通、通行（ㄒㄧㄥˊ）。③了（ㄌㄧㄠˇ）解：例通情達理、精通。④文字流暢：例通順。

⑤共同的；一般的：例通病、通稱、通常。⑥全部；整個：例通宵、通盤。⑦使不堵塞（ㄙㄜˋ）：例疏通。⑧互相（ㄒㄧㄤ）往來；連接：例溝通。⑨傳（ㄔㄨㄢˊ）達：例通知、通告。

辵部 7 **逗** 半包圍

ㄉㄡˋ ①停留：例逗留。②招引；惹：例逗弄、逗趣、挑（ㄊㄧㄠˇ）逗、逗人發笑。

辵部 7 **連** 半包圍

ㄌㄧㄢˊ ①互相接著，不斷開：例骨肉相連、藕斷絲連、連接、連續。②一個接一個地（˙ㄉㄜ）：例連續、接二連三。③表示包括（ㄍㄨㄚ）在內：例連你共十個人。④表示強（ㄑㄧㄤˇ）調：例連我都不好意思、激動得（˙ㄉㄜ）連話都說不出來。⑤軍隊編制單位，在營以下，排以上。

辵部 7 **速** 半包圍

ㄙㄨˋ ①快：例速記、速效、迅速、急速、速戰速決。②指快慢的程度：例時速、車速、風速。

辵部 7 **逝** 半包圍

ㄕˋ ①消失：例流逝、消逝。②死亡：例病逝。

辵部 7 **逐** 半包圍

ㄓㄨˊ ①追；趕上：例隨波（ㄅㄛ）逐流、追逐。②驅（ㄑㄩ）趕：

老師的話：指人逝世的俏皮話包括：翹辮子、蘇州賣鴨蛋、三長兩短。

例驅逐。③一個挨著一個：例逐字逐句、逐年、逐個、逐步。

辵部 7 **逕** 半包圍

ㄐㄧㄥˋ ①小路。通「徑」。②直接的：例逕自、逕寄、逕稱（ㄔㄥ）。

辵部 7 **逞** 半包圍

ㄔㄥˇ ①炫耀；賣弄：例逞威風、逞能、逞強（ㄑㄧㄤˇ）。②施展；實現（指壞事）：例得（ㄉㄜˊ）逞。

辵部 7 **造** 半包圍

ㄗㄠˋ ①做；製作：例造船、造紙、造句、製造、創造。②虛構；瞎編：例造謠言、捏（ㄋㄧㄝ）造、編造。③到；去：例登峰造極、造訪。④培養：例深造、造就。

辵部 7 **透** 半包圍

ㄊㄡˋ ①穿通；通過：例透光、透風、透氣。②清楚；徹底：例看透、透徹。③達到充分（ㄈㄣˋ）的程度：例熟透了、忙透了。④泄漏；暗中說出去：例透露（ㄌㄡˋ）。⑤顯露（ㄌㄨˋ）：例白裡透紅。

辵部 7 **逢** 半包圍

ㄈㄥˊ 碰到；遇見：例千載（ㄗㄞˇ）難逢、相（ㄒㄧㄤ）逢。

辵部 7 **逖** 半包圍

老師的話：形容無限的傷心，可以用「透骨酸心」這句成語。

老師的話：「途」的相似字是「道」、「路」。

ㄊㄧˊ 遙遠：例遜聽（書信用語，指在很遠的地方聽到）。

辵部 7 逛 半包圍
ノ 丿 犭 犭 犭 犴 犴 狂 狂 逛 逛

ㄍㄨㄤˋ 閒遊；遊覽：例閒逛、逛大街、逛廟會、東遊西逛。

辵部 7 途 半包圍
ノ 人 𠆢 今 全 余 余 余 涂 途

ㄊㄨˊ 道路：例中（ㄓㄨㄥ）途、長（ㄔㄤˊ）途、路途。

辵部 8 逮 半包圍
ㄱ ㄱ ⺕ 尹 聿 聿 隶 隶 隶 逮 逮

ㄉㄞˋ 捕；捉拿：例逮捕。

ㄉㄞˇ 趕上：例力有未逮。

辵部 8 逵 半包圍
一 十 土 土 夫 夫 坴 坴 坴 逵 逵

ㄎㄨㄟˊ 四通八達的道路：例通逵。

辵部 8 週 半包圍
丨 冂 冂 冂 用 用 周 周 周 调 週

ㄓㄡ ①量詞，環行（ㄒㄧㄥˊ）一圈叫一週：例繞場一週。②星期：例週日。③環繞：例週而復始。④一個區域的外圍：例四週。⑤完備的：例招待不週。⑥普遍（ㄅㄧㄢˋ）的：例眾所週知。

辵部 8 逸 半包圍
ノ ク ク 夕 各 名 ⺈ 免 免 免 逸 逸

ㄧˋ ①奔跑；逃：例逃逸。②閒適；安樂（ㄌㄜˋ）：例以逸待

老師的話：關於「遊」的成語包括：遊山玩水、遊手好閒、遊客如織、遊戲人間。

（ㄌㄞˋ）勞、安逸。

辵部 8 **進** 半包圍

ノ 亻 亻 仁 仹 隹 隹 隹 准 准 進

ㄐㄧㄣˋ ①向前移動（跟「退」相對）：例前進、推進、進化。②呈上；奉上：例進言、進獻。③由外邊到裡邊（跟「出」相對）：例進門、進駐。④接納；收入：例進貨、進款。⑤推荐：例引進、進賢。

辵部 9 **運** 半包圍

丶 冖 冖 冝 冝 冝 冝 軍 軍 渾 渾 運

ㄩㄣˋ ①移動：例運動、運行（ㄒㄧㄥˊ）、運轉（ㄓㄨㄢˇ）。②輸送、搬送：例搬運、運送、運走、運輸。③使用：例運筆、運用。④命中（ㄓㄨㄥˋ）注定的遭遇：例運氣、命運。

辵部 9 **遊** 半包圍

丶 亠 方 方 方 斿 斿 斿 斿 游 游 遊

ㄧㄡˊ ①行（ㄒㄧㄥˊ）走、玩賞：例遊覽、夜遊、遊山玩水。②到遠地去：例遊學、遠遊。③來往：例交遊。④不固定的：例遊牧。⑤閒蕩不務正業的：例遊民、遊手好閒。⑥旅行中的：例遊客、遊伴。

辵部 9 **道** 半包圍

丶 丷 䒑 䒑 产 首 首 首 首 道 道 道

ㄉㄠˋ ①路：例道路、林蔭道。②水流的途徑：例河道、下水道。③途徑；規律：例志同道合、道理、門道。④準則和規範：例道德、道義。⑤指道教（ㄐㄧㄠˋ）徒：例道士。⑥用言語表示：例道謝、道歉。⑦說：例能說善道、常言道、指名道姓。⑧量詞。⑴用於某些細長（ㄔㄤˊ）的東西：例一道白光、三道防線。⑵用於門、牆等：例三道門、一道高牆、兩道關口。⑶用於題目、命令等：例五道題、一道命令。⑷用於連續事物中的一次：例上了三道菜、多費一道手續。

辵部 9 **遂** 半包圍

ㄙㄨㄟˋ ①完成；成功：例功成名遂、未遂。②稱（ㄔㄥˋ）心；如願：例遂心如意、遂願、順遂。

辵部 9 **達** 半包圍

ㄉㄚˊ ①通：例四通八達。②到：例抵達、到達。③明白：例通情達理。④表現；告訴：例詞不達意、表達、傳（ㄔㄨㄢˊ）達、轉（ㄓㄨㄢˇ）達。

辵部 9 **逼** 半包圍

ㄅㄧ ①靠近：例逼近、逼真。②強（ㄑㄧㄤˇ）迫；威脅（ㄒㄧㄝˊ）：例形勢逼人、逼迫。③強行（ㄑㄧㄤˇ ㄒㄧㄥˊ）索取：例逼債、逼供（ㄍㄨㄥ）。

辵部 9 **違** 半包圍

ㄨㄟˊ ①離別；離開：例久違。②背（ㄅㄟˋ）離；不遵從：例陽奉陰違、違背（ㄅㄟˋ）、違法。

辵部 9 **遐** 半包圍

老師的話：遂心如意的「遂」和逐日完成的「逐」字形相似，小心別寫錯了！

老師的話：遍布的「遍」不可以寫作偏心的「偏」。

ㄒㄧㄚˊ
①遙遠：例聞名遐邇、遐想。
②長久：例遐年、遐壽。

辵部 9 **遇** 半包圍

丨 ㄇ 日 日 月 月 禺 禺 禺 禺 遇 遇 遇

ㄩˋ
①偶然見到；碰到：例百年不遇、遇難（ㄋㄢˋ）、遭遇。
②對待：例禮遇、待遇。
③機會：例機遇、際遇。

辵部 9 **遏** 半包圍

丨 ㄇ 日 日 旦 号 曷 曷 曷 遏 遏 遏

ㄜˋ
壓制；阻止：例怒不可遏、遏制、遏止。

辵部 9 **過** 半包圍

丨 ㄇ ㄇ ㄇ 冎 冎 咼 咼 咼 過 過 過

ㄍㄨㄛˋ
①從一個地方移到另一個地方：例經過、過河、路過、過來。
②經歷：例度過、過節、過冬。
③轉（ㄓㄨㄢˇ）移：例過門、過戶、過繼、過帳。
④超出：例過量（ㄌㄧㄤˋ）、過期、過火、過多、過細。
⑤錯誤（跟「功」相對）：例過失、過錯、罪過。

ㄍㄨㄛ
姓。

辵部 9 **遍** 半包圍

㇒ 𠂆 户 户 户 肩 扁 扁 扁 遍 遍 遍

ㄅㄧㄢˋ
①全面；廣泛：例漫（ㄇㄢˋ）山遍野、遍地、遍布。
②量詞，用於一個動作從頭至尾的過程：例說了兩遍、看過好多遍。

辵部 9 **遑** 半包圍

㇒ ㇒ 白 白 白 白 皇 皇 皇 遑 遑 遑

ㄏㄨㄤˊ ①閒暇（ㄒㄧㄚˊ）：例不遑（沒有閒暇）。②〔遑遑〕匆忙；急促不安的樣子。

辵部 9 **逾** 半包圍

ㄩˊ 越過；超過：例逾越、年逾花甲（超過六十歲）、逾期。

辵部 9 **遁** 半包圍

ㄉㄨㄣˋ ①逃跑：例逃遁。②隱居：例遁世、遁道。

辵部 10 **遠** 半包圍

ㄩㄢˇ ①空間或時間的距離長（跟「近」相對）：例遙遠。②不密切：例遠親（ㄑㄧㄣ）、疏遠。③差距大：例差遠了、遠不如他。

ㄩㄢˋ 避開：例敬鬼神而遠之。

辵部 10 **遛** 半包圍

ㄌㄡˋ ①慢步走；隨便走走：例遛街、出去遛遛。②牽著牲畜或提著鳥籠慢步走：例遛狗、遛鳥。

辵部 10 **遘** 半包圍

ㄍㄡˋ 遇到：例遘見。

辵部 10 **遜** 半包圍

ㄒㄩㄣˋ ①謙讓：例出言不遜、謙遜。②比不上：例遜色。

老師的話：在香港園圃街的雀鳥花園，常常可以看見人們提著鳥籠，悠哉地遛鳥。

老師的話：遣散的「遣」和遺失的「遺」字形相似，要分辨清楚喲！

辵部 **遣** 10 半包圍

ㄑㄧㄢˇ ①派出：例調（ㄉㄧㄠˋ）兵遣將（ㄐㄧㄤˋ）、派遣、差（ㄔㄞ）遣、遣送。②排解：例排遣、消遣。

辵部 **遙** 10 半包圍

ㄧㄠˊ ①距離遠：例遙望、遙控。②時間久：例遙遙無期。

辵部 **遞** 10 半包圍

ㄉㄧˋ ①傳（ㄔㄨㄢˊ）送：例傳遞、遞交。②順著（˙ㄓㄜ）次序：例遞補、遞增、遞進。

辵部 **適** 11 半包圍

ㄕˋ ①符合：例適用、適合、適齡、削足適履（ㄌㄩˇ）。②恰好：例適得（ㄉㄜˊ）其反、適值中秋佳節。③舒服：例舒適。

辵部 **遮** 11 半包圍

ㄓㄜ ①擋住：例遮住、遮天蔽（ㄅㄧˋ）日。②掩蓋：例遮羞、遮掩、遮人耳目。

辵部 **遨** 11 半包圍

ㄠˊ 漫（ㄇㄢˋ）遊：例遨遊。

辵部 11 **遭** 半包圍

ㄗㄠ ①量詞，指次數。通「趟」：例白走一遭。②碰到（多指不幸的事）：例遭災、遭遇。③回；次：例第一遭。

辵部 11 **遷** 半包圍

ㄑㄧㄢ ①搬離：例遷居、遷移、搬遷。②變動；轉（ㄓㄨㄢˇ）變：例事過境遷、變遷。

辵部 12 **遵** 半包圍

ㄗㄨㄣ 依從：例遵命、遵從、遵守、遵照。

辵部 12 **遴** 半包圍

ㄌㄧㄣˊ 慎重挑（ㄊㄧㄠ）選：例遴選。

辵部 12 **選** 半包圍

ㄒㄩㄢˇ ①挑出符合要求的：例選擇、挑選。②被挑中（ㄓㄨㄥˋ）的人或物：例人選。③被選出來編輯在一起的作品：例詩選、散（ㄙㄢˇ）文選、小說選。④用投票等方式推舉：例選舉。

辵部 12 **遲** 半包圍

ㄔˊ ①緩慢：例遲緩。②比規定的時間晚：例遲到。

老師的話：「少年不知勤學苦，老來方悔讀書遲。」這句諺語是勉勵人要好好用功。

老師的話：關於「遺」的成語包括：遺臭萬年、遺恨千古、遺風遺澤、遺風餘烈。

遼
辵部 12 半包圍

ㄌㄧㄠˊ 遠（ㄩㄢˇ）：例遼遠、遼闊。

遺
辵部 12 半包圍

ㄧˊ ①丟失；漏掉：例遺失、遺漏、遺忘。②留下：例不遺餘力、遺臭萬年、遺跡、遺毒、遺留。③特指古人或死者留下的：例遺產、遺容、遺願、遺囑。

避
辵部 13 半包圍

ㄅㄧˋ ①躲開：例避難（ㄋㄢˋ）、避雨、躲避。②防止：例避免。

遽
辵部 13 半包圍

ㄐㄩˋ ①急速：例急遽。②驚慌：例惶遽。

還
辵部 13 半包圍

ㄏㄨㄢˊ ①返回；恢復原狀：例還鄉、還原。②把借來的錢或物交給原主：例還債、歸還、償還。③回報；回敬：例以牙還牙、還手、還擊、還禮。

ㄏㄞˊ ①仍然：例他還在讀書、天氣還那麼冷。②再；又：例會讀，會寫，還要會用。③更加：例今年比去年還熱、成績比預想的還好。

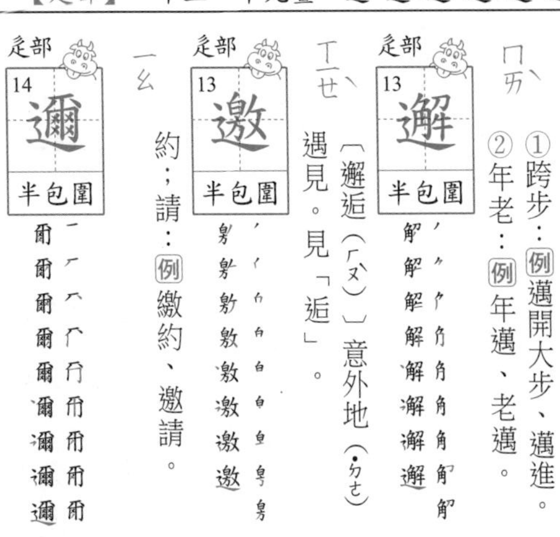

辵部 13 **邁** 半包圍

ㄇㄞˋ ①跨步：例邁開大步、邁進。②年老：例年邁、老邁。

辵部 13 **邂** 半包圍

ㄒㄧㄝˋ 〔邂逅（ㄏㄡˋ）〕意外地（˙ㄉㄜ）遇見。見「逅」。

辵部 13 **邀** 半包圍

ㄧㄠ 約；請：例繳約、邀請。

辵部 14 **邇** 半包圍

ㄦˇ 近：例邇日、邇來。

辵部 15 **邊** 半包圍

ㄅㄧㄢ ①兩旁：例海邊、路邊、邊緣。②近旁；側面：例身邊、手邊、旁邊。③方面：例站在我們這邊、一邊倒。④表示不同動作同時進行：例邊走邊談、邊打工，邊讀書。⑤交界處（ㄔㄨˋ）；界限：例一望無邊、邊防、邊境。⑥數學上指夾成角或圍成多角形的線段：例四邊形。

辵部 19 **邐** 半包圍

ㄌㄧˇ 〔迤（ㄧˇ）邐〕曲（ㄑㄩ）折連綿的樣子：例迤邐不絕的

老師的話：「敲邊鼓」這句俏皮話是比喻在一旁幫腔，鼓動別人。

老師的話：關於「邪」的成語包括：邪不勝正、邪門歪道、邪說異端。

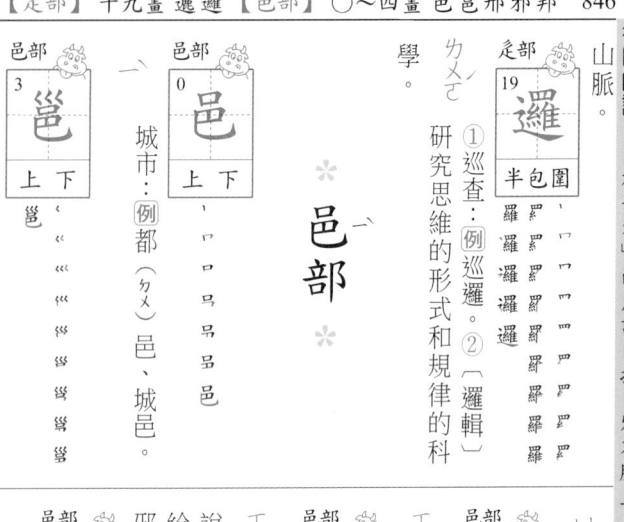

山脈。

辵部 19 **邏** 半包圍

ㄌㄨㄛˊ ①巡查：例巡邏。②〔邏輯〕研究思維的形式和規律的科學。

邑部

邑部 0 **邑** 上下

ㄧˋ 城市：例都（ㄉㄨ）邑、城邑。

邑部 3 **邕** 上下

ㄩㄥ 〔邕江〕水名，在廣西壯族自治區。

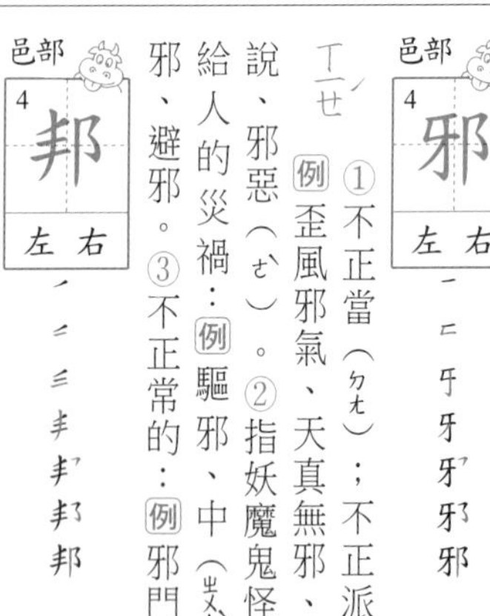

邑部 4 **邢** 左右

ㄒㄧㄥˊ 姓。

邑部 4 **邪** 左右

ㄒㄧㄝˊ ①不正當（ㄉㄤ）；不正派：例歪風邪氣、天真無邪、邪說、邪惡（ㄜˋ）。②指妖魔鬼怪帶給人的災禍：例驅邪、中（ㄓㄨㄥˋ）邪、避邪。③不正常的：例邪門。

邑部 4 **邦** 左右

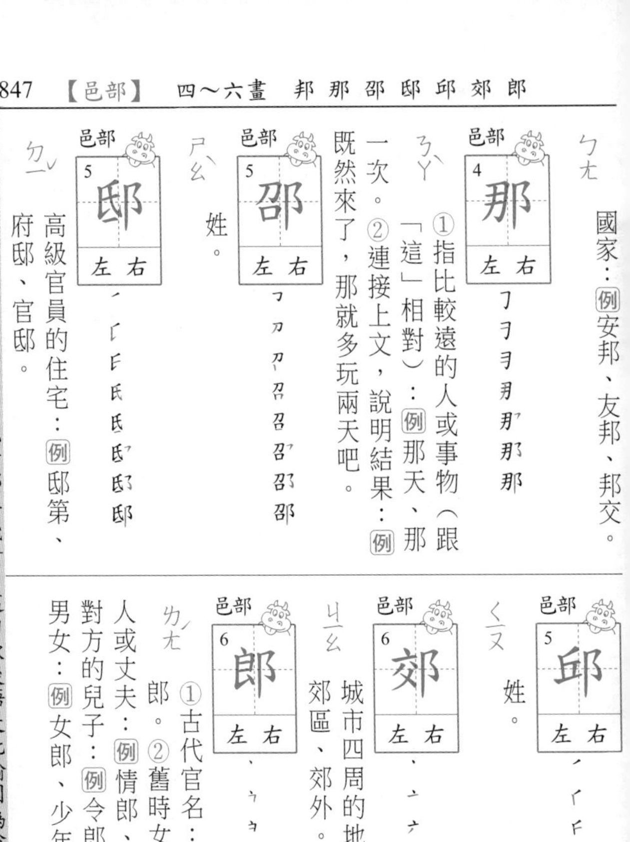

ㄅㄤ 國家：例安邦、友邦、邦交。

邑部 4 **那** 左右

ㄋㄚˋ ①指比較遠的人或事物（跟「這」相對）：例那天、那一次。②連接上文，說明結果：例既然來了，那就多玩兩天吧。

邑部 5 **邵** 左右

ㄕㄠˋ 姓。

邑部 5 **邸** 左右

ㄉㄧˇ 高級官員的住宅：例邸第、府邸、官邸。

邑部 5 **邱** 左右

ㄑㄧㄡ 姓。

邑部 6 **郊** 左右

ㄐㄧㄠ 城市四周的地區：例近郊、郊區、郊外。

邑部 6 **郎** 左右

ㄌㄤˊ ①古代官名：例侍郎、員外郎。②舊時女子稱（ㄔㄥ）情人或丈夫：例情郎、郎君。③敬稱對方的兒子：例令郎。④通稱年輕男女：例女郎、少年郎。

老師的話：「郎中賣棺材——死活都要錢」，這句歇後語是比喻因為貪財而不擇手段。

老師的話：部下的「部」和陪伴的「陪」字形相似，小心別寫錯了！

邑部 6 郁 左右
一 ナ 才 有 有 有 有ˇ 有ᶾ 郁

ㄩˋ 香氣濃：例濃郁。

邑部 7 郡 左右
ㄱ ㅋ ㅋ 尹 尹 君 君 君ˇ 君ᶾ 郡

ㄐㄩㄣˋ 古代的地方行政區劃單位。

邑部 8 部 左右
丶 ㅗ 亠 立 立 产 音 音 音ˇ 音ᶾ 部

ㄅㄨˋ ①全體中（ㄓㄨㄥ）的一份（ㄈㄣˋ）：例內部、上半部。②量詞，用於書籍、影片等：例一部小說、兩部電影。③國家某些機關的名稱（ㄔㄥ）；機關、企業中按業務劃分（ㄏㄨㄚˋ ㄈㄣ）的單位：例教育部、編輯部、門市部。④安排：例部署（ㄕㄨˋ）、按部就班。

邑部 8 郭 左右
丶 ㅗ 亠 古 古 亨 亨 享 享ˇ 享ᶾ 郭

ㄍㄨㄛ 古代城牆以外圍著（˙ㄓㄜ）的大牆：例城郭。

邑部 8 都 左右
一 十 土 耂 耂 者 者 者 者ˇ 者ᶾ 都

ㄉㄨ 大城市：例都市、首都。

ㄉㄡ ①表示全部：例都是、什麼都沒說。②表示加重（ㄓㄨㄥˋ）語氣：例拉都拉不動他、都半夜了，快睡吧。

邑部 9 鄂 左右
丶 ㄇ ㅁ ㅁㅁ ㅁㅁ ㅁㅁ 咢 咢 咢ˇ 咢ᶾ 鄂

ㄜˋ ①湖北的簡稱。②姓。

邑部 9 **郵** 左右

ㄧㄡˊ ①遞送：例郵寄、郵購、電郵、付郵。②指郵政業務：例郵局、郵差（ㄔㄞ）。③特指郵票：例集郵。

邑部 9 **鄉** 左右

ㄒㄧㄤ ①縣或區以下的行政區域名。②農村：例城鄉交流、魚米之鄉、鄉下、鄉村。③老家：例家鄉、故鄉、同鄉。

邑部 10 **鄒** 左右

ㄗㄡ ①周朝（ㄔㄠˊ）諸侯國名，在現今山東。②姓。

邑部 11 **鄙** 左右

ㄅㄧˇ ①粗俗；低下：例鄙俗、卑鄙。②看不起：例鄙視、鄙薄（ㄅㄛˊ）。③用於稱（ㄔㄥ）自己，表示謙虛：例鄙人。

邑部 12 **鄰** 左右

ㄌㄧㄣˊ ①位在自己住所附近的人家：例鄰里、左鄰右舍。②位置接近：例鄰近、鄰國。

邑部 12 **鄭** 左右

猜猜看：「綠衣漢，街上站，光吃紙，不吃飯。」猜一物品。

答案：郵筒。

老師的話：指帶頭的人除了用「酋長」外，還有首領、領袖、老大、頭目、總統等。

ㄓㄥˋ ①認真的：例鄭重。②姓。

邑部 12 **鄧** 左右

ㄉㄥˋ 姓。

邑部 12 **鄱** 左右

ㄆㄛˊ 〔鄱陽湖〕湖名，在江西。

邑部 14 **鄹** 左右

ㄗㄡ ①春秋時魯國地名，在今山東曲阜東南，是孔子的家鄉。②古同「鄒」。

酉部 ㄧㄡˇ

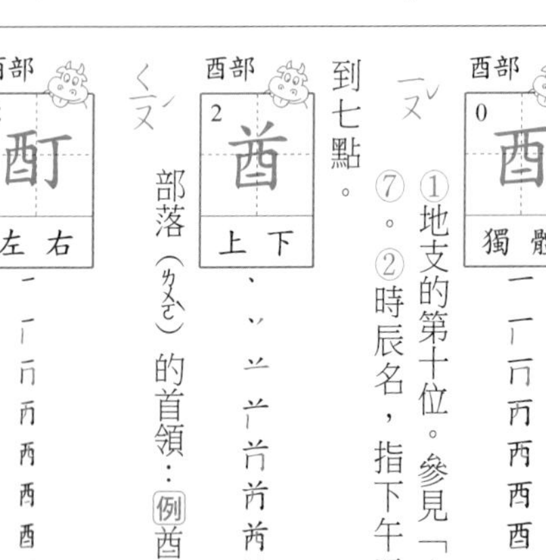

酉部 0 **酉** 獨體

ㄧㄡˇ ①地支的第十位。參見「支」⑦。②時辰名，指下午五點到七點。

酉部 2 **酋** 上下

ㄑㄧㄡˊ 部落（ㄌㄨㄛˋ）的首領：例酋長。

酉部 2 **酊** 左右

ㄉㄧㄥˇ（酩酊）喝了（˙ㄌㄜ）很多酒，醉醺醺的樣子。

ㄉㄧㄥ 溶於酒精的藥：例碘酊。

酉部 3 酒 左右 酒

ㄐㄧㄡˇ 用糧食、水果等經過發酵釀製的飲料，有啤酒、白酒、黃酒、水果酒等。

酉部 3 配 左右 配

ㄆㄟˋ ①丈夫或妻子，多指妻子：例配偶、元配。②結婚：例婚配、許配。③交合：例配種（ㄓㄨㄥˇ）、交配。④調和（ㄏㄜˊ）或拼合：例配色、配藥、配製、調（ㄊㄧㄠˊ）配。⑤分（ㄈㄣ）派；安排：例分配、支配、配備、配置。⑥陪襯（ㄔㄣˋ）；襯托：例紅花配綠葉、配角（ㄐㄩㄝˊ）。

酉部 3 酌 左右 酌

ㄓㄨㄛˊ ①倒（ㄉㄠˋ）酒：例自酌自飲。②估量（ㄌㄧㄤˊ）：例酌情、酌量（ㄌㄧㄤˊ）、斟酌。

酉部 4 酗 左右 酗

ㄒㄩˋ 沒有節制地（˙ㄉㄜ）喝酒：例酗酒。

酉部 5 酣 左右 酣

ㄏㄢ ①暢快；盡興（ㄒㄧㄥˋ）：例酣暢、酣睡。②激烈：例酣戰。

老師的話：「酒腸寬似海」這句俏皮話是比喻人的酒量好。

老師的話：「酵母菌」可以使麵包、饅頭發酵，也稱作「釀母菌」。

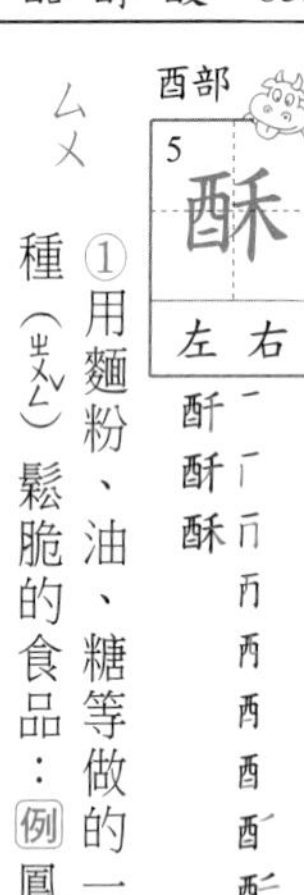

酉部 5 **酥** 左右

一 ㄏ 丙 丙 两 西 酉 酉' 酐 酐 酥 酥

ㄙㄨ ①用麵粉、油、糖等做的一種（ㄓㄨㄥˇ）鬆脆的食品：例鳳梨酥、杏仁酥。②鬆脆；鬆軟：例酥脆。③無力，發軟：例全身酥軟。

酉部 6 **酬** 左右

一 ㄏ 丙 丙 两 西 酉 酉 酉 酬 酬 酬 酬

ㄔㄡˊ ①回報：例酬謝、酬金、報酬。②為報答別人而給（ㄐㄧˇ）付的錢物：例稿酬。③實現：例壯志未酬。④指交際往來：例應（ㄧㄥˋ）酬。

酉部 6 **酪** 左右

一 ㄏ 丙 丙 两 西 酉 酉' 酌 酌 酪 酪 酪

ㄌㄨㄛˋ ①用牛、羊、馬的奶製成的半凝固狀的食品：例乳酪、奶酪。②用植物果實做的糊狀食品：例杏仁酪。

酉部 6 **酩** 左右

一 ㄏ 丙 丙 两 西 酉 酉' 酌 酌 酩 酩 酩

ㄇㄧㄥˇ 〔酩酊（ㄉㄧㄥˇ）〕醉得（•ㄉㄜ）很厲害的樣子：例酩酊大醉。

酉部 7 **酵** 左右

一 ㄏ 丙 丙 两 西 酉 酉 酉 酎 酎 酵 酵 酵

ㄒㄧㄠˋ 利用微生物的作用使有機物起變化：例發酵。

酉部 7 **酸** 左右

一 ㄏ 丙 丙 两 西 酉 酉' 酉' 酢 酢 酸 酸 酸

ㄙㄨㄢ ①像醋的味道或氣味：例酸棗、酸菜。②悲痛；難（ㄋㄢˊ）

過：例心酸、悲酸。③身上輕微疼痛，沒有力氣。同「痠」：例酸疼、酸痛、酸懶。④化學名詞：例硫酸、鹽酸。

酉部 7 **酷** 左右

一 丆 万 丙 丙 两 酉 酉 酉 酉 酐 酐 酐 酷 酷

ㄎㄨˋ ①殘暴；苛刻：例酷刑、殘酷、冷酷。②極；非常：例酷熱、酷愛、酷似。

酉部 8 **醇** 左右

一 丆 万 丙 丙 两 酉 酉 酉 酉 酉 酉 醇 醇 醇

ㄔㄨㄣˊ 酒味等純正濃厚：例醇酒、清醇、醇厚。

酉部 8 **醉** 左右

一 丆 万 丙 丙 两 酉 酉 酉 酉 酉 酉 酉 醉 醉

ㄗㄨㄟˋ ①飲酒過量（ㄌㄤˋ）而昏迷或不清醒：例醉醺醺。②過於喜愛，達到痴迷的程度：例陶醉、沉醉。③用酒泡的食品：例醉雞、醉蝦。

酉部 8 **醋** 左右

一 丆 万 丙 丙 两 酉 酉 酉 酉 酉 酉 醋 醋 醋

ㄘㄨˋ 有酸味的液（ㄧㄝˋ）體，多用糧食、水果發酵製成：例米醋、果醋。

酉部 8 **醃** 左右

一 丆 万 丙 丙 两 酉 酉 酉 酉 酉 酉 酉 醃 醃

ㄧㄢ 加工製造食品的方法，在食物中（ㄓㄨㄥ）添加鹽、糖、酒等，浸泡一段時間（ㄐㄧㄢ）就可以食用：例醃酸梅、醃泡菜。

老師的話：「醋罐子」這句俏皮話是俗稱愛嫉妒的人。

老師的話：比喻免不了的事，可以用「醜媳婦見公婆——遲早有一回」這句歇後語。

酉部 9 醒 左右

一 ｒ 冂 币 襾 西 酉 酉 酊 酊 酊 酲 酲 酲 醒 醒

ㄒㄧㄥˇ ①酒醉、麻醉或昏迷後恢復正常狀態：例酒醒了、昏迷不醒、甦醒。②由迷糊變清楚；由糊塗到明白：例清醒、醒悟、覺（ㄐㄩㄝˊ）醒。③明顯；清晰：例醒目。

酉部 10 醣 左右

一 ｒ 冂 币 襾 西 酉 酉 酉 酉 酐 酐 酐 酐 醣 醣 醣 醣 醣

ㄊㄤˊ 一種有機化合物，是碳水化合物的舊稱：例葡萄醣。

酉部 10 醞 左右

一 ｒ 冂 币 襾 西 酉 酉 酉 酉 酊 酊 酊 酊 酊 醞 醞 醞 醞

ㄩㄣˋ 釀（ㄋㄧㄤˋ）酒。引申為逐漸變成或形成：例醞釀（比喻事前做準備）。

酉部 10 醜 左右

一 ｒ 冂 币 襾 西 酉 酉 酉 酉 酌 酌 酌 酌 酌 醜 醜 醜 醜

ㄔㄡˇ ①罪惡（ㄜˋ）：例醜事。②惡（ㄜˋ）聞：例醜聞。③恥辱：例家醜。④相（ㄒㄧㄤˋ）貌難看：例醜陋。⑤不雅觀的：例醜態、出醜。⑥惡（ㄜˋ）劣的：例醜話。

酉部 11 醫 上下

一 ㄒ ㄈ ㄈ 至 矢 医 医 医 医 医殳 医殳 医殳 医殳 醫 醫 醫 醫

ㄧ ①以防治疾病為（ㄨㄟˊ）職業的人：例牙醫。②治療：例醫治、醫療。③與醫療相（ㄒㄧㄤ）關的：例醫德、醫術。

酉部 11 醬 上下

丨 丬 丬 丬 丬 丬 丬 丬 丬 將 將 將 將 將 醬 醬 醬 醬

ㄐㄧㄤˋ ①用發酵的豆、麥等製成的糊狀調（ㄊㄧㄠˊ）味品：例甜麵醬。②用醬或醬油醃製、燉煮：例醬黃瓜、醬牛肉。③像醬的糊狀食品：例果醬、芝麻醬、花生醬。

酉部 14 **醺** 左右

ㄒㄩㄣ 形容酒醉的樣子：例微醺、醉醺醺。

酉部 17 **釀** 左右

ㄋㄧㄤˋ ①利用發酵作用製造：例釀酒、釀造。②慢慢形成：例醞釀、釀成大禍。③指蜜蜂採花蕊的汁液（ㄧㄝˋ）製成蜜：例釀蜜。

酉部 18 **釁** 上下

ㄒㄧㄣˋ ①爭執：例挑釁。②古代祭祀時把牲畜（ㄔㄨˋ）的血塗在器皿上，用來祭神：例釁鐘。

采部 ㄅㄧㄢˋ

采部 1 **采** 上下

ㄘㄞˇ 儀容，就是人的風度：例神采。

采部 6 **釉** 左右

老師的話：「醉漢騎驢——搖頭晃腦」，是形容漫不經心的樣子。

猜猜看：「千里相逢」，猜一個字。 答案：重。

ㄧㄡˋ 塗在陶瓷表面的玻璃質料，燒製後發出玻璃光澤。

釆部 13
釋
左右

ㄕˋ ①放走（被關起來的人）：例保釋、釋放。②解除；消散（ㄙㄢˋ）：例釋疑、消釋。③解說；說明：例釋義、解釋、注釋。④放開；放下：例愛不釋手、如釋重（ㄓㄨㄥˋ）負。⑤指佛教創始人釋迦牟尼，也指佛教：例釋宗、釋教（ㄐㄧㄠˋ）。

里（ㄌㄧˇ）部

里部 0
里
獨體

ㄌㄧˇ ①戶政單位：例里長（ㄓㄤˇ）。②家鄉：例故里、鄉里。③長（ㄔㄤˊ）度單位：例萬里。

里部 2
重
獨體

ㄓㄨㄥˋ ①分量（ㄈㄣˋ ㄌㄧㄤˋ）大（跟「輕」相（ㄒㄧㄤ）對）：例沉重、負擔（ㄉㄢˋ）重。②分量：例淨重。③要緊的：例重要、重地、重任（ㄖㄣˋ）。④特別注意；關切（ㄑㄧㄝˋ）：例看重、尊重、器重。⑤程度深：例嚴重、重病。⑥不輕率（ㄕㄨㄞˋ）：例莊重、慎重、隆重、鄭重。

ㄔㄨㄥˊ ①重疊：例重複、重合。②再；又：例重抄一遍、重建家園、重整旗鼓。③量詞，相當於「層」：例萬重山、重重包圍。

里部 4 野 左右

丨 口 日 日 旦 甲 里 里 野 野 野

ㄧㄝˇ ①離城區較遠（ㄩㄢˇ）的地方；偏遠的地方：例野外、原野。②不當（ㄉㄤ）權的；民間或私人的：例朝野、下野、在野、野史。③粗魯無禮；蠻不講理：例粗野、撒（ㄙㄚ）野、野蠻。④非人工飼養或培育的：例野獸、野花。⑤範圍；界限：例視野、分野。

里部 5 量 上下

丨 口 日 日 旦 早 昌 昌 昌 昌 量 量 量

ㄌㄧㄤˋ ①指能容納的限度：例飯量、酒量、容量、度（ㄉㄨˋ）量。②估計：例量力而行。

ㄌㄧㄤˊ ①用器具測定輕重（ㄓㄨㄥˋ）、長（ㄔㄤˊ）短、大小、多少等：例量體重、丈量、測量。②商議；斟酌：例商量、思量、衡量。

里部 11 釐 半包圍

一 二 ㄔ 未 未 未 未 敉 敉 敉 敉 敉 斄 斄 斄 斄 釐 釐

ㄌㄧˊ ①計量單位。(1)長（ㄔㄤˊ）度單位，十毫為一釐，十釐為一分。(2)面積單位，十公釐為一公分。②稅捐：例釐金。③訂正：例釐正、釐清、釐定。

ㄒㄧ 幸福。通「禧」：例恭賀新釐。

金ㄐㄧㄣ部

金部 0 金 上下

丿 人 亼 今 全 全 金 金

猜猜看：「值錢不值錢，全在這二點。」猜一個字。

答案：金。

老師的話：「針不離線，線不離針。」是比喻雙方關係密切，常常在一起。

ㄐㄧㄣ ①金屬的通稱（ㄔㄥ），通常指金、銀、銅、鐵、錫等：例五金、冶（ㄧㄝˇ）金。②貨幣；錢：例拾金不昧、現金、金錢、獎金、一諾千金。③金屬元素，深黃色，有光澤。通稱「金子」或「黃金」。④金色的：例金光閃閃。

金部 2 釘 左右
釘 丿𠂉𠆢亼全伞余金釘

ㄉㄧㄥ ①用金屬或竹木製成的尖頭細棍，用來貫穿和（ㄏㄨㄛˋ）固定物體：例圖釘、螺絲釘。②緊跟著（˙ㄓㄜ）或緊挨著；監視：例釘住、緊迫釘人。③督促；催：例釘著孩子寫作業、釘問。

ㄉㄧㄥˋ ①把釘（ㄉㄧㄥ）子等打進別的東西：例釘釘子、釘木條。②縫（ㄈㄥˊ）：例釘鈕釦。

金部 2 針 左右
針 丿𠂉𠆢亼全伞余金針

ㄓㄣ ①縫製或編織衣物時引線用的細長形工具：例繡花針、鉤針、縫衣針。②指中醫用針狀器具來治病：例扎針、針灸（ㄐㄧㄡˇ）。③形狀像針的東西：例別針、時針、指南針、大頭針。④西醫注射液體藥物用的器械：例針頭、針筒。

金部 2 釗 左右
釗 丿𠂉𠆢亼全伞余金釗

ㄓㄠ 勉勵；鼓勵：例勉釗。

金部 2 釜 上下
釜 ˊ八ク父父冬斧斧釜

ㄈㄨˇ 古代炊具，銅製或陶製，類似現在的鍋子：例釜底抽薪、破釜沉舟。

釵 金部 3 左右

ㄔㄞ 婦女固定髮髻的頭飾：例金釵、玉釵、髮釵、荊釵布裙（形容婦女裝束樸素）。

釦 金部 3 左右

ㄎㄡˋ 扣住衣服的鈕子：例釦子、衣釦、袖釦、暗釦。

釣 金部 3 左右

ㄉㄧㄠˋ ①用裝有食餌的鉤針誘捕（魚蝦等）：例釣魚。②用手段騙取：例沽名釣譽。

釧 金部 3 左右

ㄔㄨㄢˋ 手鐲（ㄓㄨㄛˊ）：例金釧、玉釧。

鈔 金部 4 左右

ㄔㄠ 紙幣：例鈔票。

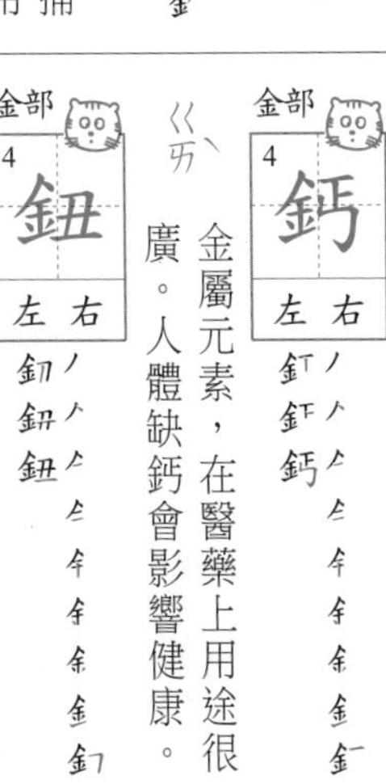

鈣 金部 4 左右

ㄍㄞˋ 金屬元素，在醫藥上用途很廣。人體缺鈣會影響健康。

鈕 金部 4 左右

老師的話：「釣大魚」這句俏皮話是比喻預先安排計畫，好使日後獲得利益。

老師的話：千鈞一髮的「鈞」不可以寫作平均的「均」喲！

ㄋㄧㄡˇ 器物上用手按壓，可以發生作用的開關：例電鈕、按鈕。

金部 4 **鈉** 左右

ㄋㄚˋ 金屬元素，它的化合物包括（ㄍㄨㄚ）鹽、鹼（ㄐㄧㄢˇ）等，用處（ㄔㄨˋ）很大。

金部 4 **鈞** 左右

ㄐㄩㄣ ①古代重量（ㄓㄨㄥˋ ㄌㄧㄤˋ）單位，三十斤為一鈞：例千鈞一髮、雷霆（ㄊㄧㄥˊ）萬鈞。②書信中尊稱（ㄔㄥ）長（ㄓㄤˇ）輩或上級的敬辭：例鈞安、鈞啟、鈞鑒。

金部 4 **鈍** 左右

ㄉㄨㄣˋ ①不鋒利；不尖銳（跟「快」或「銳」相（ㄒㄧㄤ）對）：例鈍刀。②笨拙；反應（ㄧㄥˋ）慢：例魯鈍、遲鈍。

金部 4 **鈐** 左右

ㄑㄧㄢˊ ①圖章：例鈐記。②蓋印（ㄧㄣˋ）章：例鈐印、鈐蓋。

金部 5 **鈷** 左右

ㄍㄨ 金屬元素，硬度和延展性都比鐵高，可以和（ㄏㄢˋ）別的金屬製成合金。醫學上用放射性鈷來治療癌（ㄞˊ）症。

金部 5 **鉗** 左右

ㄑㄧㄢˊ ①用來夾住或夾斷東西的金屬工具：例火鉗、老虎鉗、尖嘴鉗。②夾住；限制。通「箝（ㄑㄧㄢˊ）」：例鉗制。

金部 5 **鈸** 左右

ㄅㄚˊ 打擊樂（ㄩㄝˋ）器，銅製，圓形，中間凸起，兩片相（ㄒㄧㄤ）擊能發出響亮的聲音。

金部 5 **鈽** 左右

ㄅㄨˋ 核子分裂時所產生的一種（ㄓㄨㄥˇ）新元素，可用作核反應（ㄧㄥˋ）器的燃料和製作核武器。

金部 5 **鉀** 左右

ㄐㄧㄚˇ 金屬元素，鉀的化合物用途很廣，鉀肥是重（ㄓㄨㄥˋ）要的肥料。

金部 5 **鈾** 左右

ㄧㄡˊ 金屬元素，有放射性，在自然界中（ㄓㄨㄥ）分（ㄈㄣ）布極少，主要用來製造原子彈。

金部 5 **鉛** 左右

ㄑㄧㄢ ①金屬元素，有毒，可以製造鉛字、蓄（ㄒㄩˋ）電池、防腐材料等。②用石墨或加顏料的黏土製成的筆芯（ㄒㄧㄣ）：例鉛筆。

金部 5 **鉋** 左右

老師的話：鉛球是運動器材的一種，俗稱「鐵球」。

老師的話：「鈴」和「鐘」都是樂器名，「鈴」聲音比較小，「鐘」聲音比較宏亮。

（鉋，續）

ㄅㄠˋ　①裝有利刃，能刮起物體表層，使物體平整的工具：例鉋子。②用鉋子刮削（ㄒㄩㄝ）：例鉋平、鉋木板。

鉤

金部 5　左右

ㄍㄡ　①懸掛、探取東西的用具，形狀彎曲（ㄑㄩ）：例秤鉤、鉤子、魚鉤、掛鉤。②用鉤子懸掛：例鉤住。③用帶鉤的針編織：例鉤花邊。④書法中末端彎曲的筆法，形狀是「亅」「㇂」「㇃」「乛」「乚」等：例豎鉤、斜鉤、橫鉤、豎彎鉤。⑤鉤形符號，形狀是「√」，用來表示正確或合格。同「勾」：例對的打鉤、錯的打叉。

鉚

金部 5　左右

ㄇㄠˇ　①用特製的金屬釘（ㄉㄧㄥ）把金屬板或其他器件連接起來：例鉚接、鉚釘（ㄉㄧㄥ）。②集中（ㄓㄨㄥ）力量（ㄌㄧㄤˋ）：例鉚足勁。

鉑

金部 5　左右

ㄅㄛˊ　金屬元素，富延展性，容易導熱和導電，耐腐蝕。可以製成催化劑、電極、裝飾品。通稱（ㄔㄥ）「白金」。

鈴

金部 5　左右

ㄌㄧㄥˊ　①金屬製成的響器，多是球形或半球形：例鈴鐺、電鈴、車鈴、搖鈴。②形狀像鈴鐺的東西：例啞鈴。

金部 6 鉸 左右
ㄐㄧㄠˇ
用剪刀裁剪：例鉸剪。

金部 6 銬 左右
ㄎㄠˋ
①戴在犯人手腕上的刑具：例手銬、鐐銬。②給人戴上手銬：例把犯人銬起來。

金部 6 銀 左右
ㄧㄣˊ
①金屬元素，有光澤，用於製造貨幣、首飾等。②指跟錢有關的事物：例銀行（ㄏㄤˊ）、收銀臺。③銀白色的：例銀髮。

金部 6 銅 左右
ㄊㄨㄥˊ
金屬元素，容易導電和導熱，常用於製造導電、導熱的器物，用途很廣。

金部 6 銘 左右
ㄇㄧㄥˊ
①古代的一種（ㄓㄨㄥˇ）文體：例墓誌銘、座右銘。②在器物上刻字，比喻深深記住：例銘記、刻骨銘心。

金部 6 銖 左右
ㄓㄨ
古代重量（ㄓㄨㄥˋ ㄌㄧㄤˋ）單位，一兩的二十四分之一：例錙

老師的話：手銬的「銬」唸作ㄎㄠˋ，不是ㄎㄠˇ喲！

老師的話：一筆勾銷的「銷」不可以寫作消失的「消」。

（ㄗ）銖（指數（ㄕㄨˋ）目很少的錢，用來比喻微小的事）。

鉻
金部 6 左右

ㄍㄜˋ

金屬元素，可以用來電鍍和製造不鏽鋼。

銓
金部 6 左右

ㄑㄩㄢˊ

評定高下，選授官職：例銓敘、銓選。

銜
金部 6 左右

ㄒㄧㄢˊ

①含；用嘴叼：例銜著食物、銜著石頭。②互相連接：例銜接。③職位和階級的稱號（ㄔㄥ ㄏㄠˋ）：例官銜、頭銜、職銜。

鋅
金部 7 左右

ㄒㄧㄣ

金屬元素，用來製鋅版、白鐵、乾電池等。

銻
金部 7 左右

ㄊㄧ

金屬元素，有毒，可以和鉛、錫等金屬混合，以增加硬度和強度，多用來製成鉛字。

銷
金部 7 左右

ㄒㄧㄠ

①加熱使固體狀態的金屬變為液體狀態：例銷毀、銷熔。②去掉；使不存在：例銷帳、註銷、報銷、撤銷、一筆勾銷。③花費；耗費：例開銷。④出售：例銷售、

銷路、滯銷、推銷。⑤插在器物中起連接或固定作用的東西：例銷子、插銷。

金部

鋪 7 左右

ㄆㄨ 把東西展開或攤平：例鋪軌、鋪展、鋪被子。

ㄆㄨˋ ①小商店：例藥鋪、店鋪、雜貨鋪。②用木板搭的床；泛指床：例床鋪、上鋪、臥鋪、鋪位。

金部

鋤 7 左右

ㄔㄨˊ ①用來除草、翻土等的農具：例耘鋤。②用鋤頭鬆土或除草：例鋤地。③鏟除：例鋤奸。

金部

鋁 7 左右

ㄌㄩˇ 金屬元素，能導電和導熱，可以製成高壓電纜、日用器皿等，鋁合金可以製造飛機、火箭、汽車。

金部

銳 7 左右

ㄖㄨㄟˋ ①（刀鋒）又尖又快（跟「鈍」相對）：例銳利、尖銳。②旺盛（ㄕㄥˋ）的氣勢：例銳氣、養精蓄（ㄒㄩˋ）銳、銳不可擋。③快速；急劇：例銳減、銳增。

金部

銼 7 左右

老師的話：「銳」的相似字是「鋒」、「利」、「快」，相反字是「鈍」。

老師的話：鋒利、鋒面的「鋒」不可以寫作蜜蜂、蜂擁的「蜂」。

ㄘㄨㄛˋ ①鋼製的磨削（ㄇㄛˊ ㄒㄩㄝ）工具，用來打磨金屬、竹木等的表面。②用銼刀磨削：例銼平。

金部 7 **鋒** 左右

ㄈㄥ ①刀、劍等器物的銳利部分（ㄈㄣˋ）或尖端部分：例刀鋒、鋒芒、筆鋒、鋒利。②在前面帶頭的人：例前鋒、先鋒。

金部 8 **錠** 左右

ㄉㄧㄥˋ ①金屬或藥物製成的塊狀物：例金錠、銀錠、藥錠。②紡紗機上繞（ㄖㄠˋ）紗的機件：例紗錠、紡線錠。

金部 8 **錶** 左右

ㄅㄧㄠˇ ①可以攜帶在手腕上或腰帶中的小型計時器。通「表」：例手錶、懷錶、掛錶。②記時、測量（ㄌㄧㄤˊ）器的通稱：例體溫錶。

金部 8 **鋸** 左右

ㄐㄩˋ ①剖開或截斷物體的工具，主要部分是有許多尖齒的薄（ㄅㄛˊ）鋼片：例鋸條、鋸齒、鋼鋸、電鋸、拉鋸。②用鋸子剖開或截斷：例鋸木頭、鋸鋼管。

金部 8 **錳** 左右

ㄇㄥˇ 金屬元素，質堅而脆，可以用來製造各種合金、化學品。

金部 8 **錯** 左右

ㄘㄨㄛˋ ①交叉；雜亂：例交錯、錯綜、錯雜、錯亂。②不對：例錯怪、錯覺（ㄐㄩㄝˊ）。③過失：例過錯、錯誤。④壞；差（ㄔㄚ）：例交情不錯、成績不錯。⑤避開：例錯開、錯車。

金部 8 **錢** 左右

ㄑㄧㄢˊ ①古代用銅鑄造的貨幣：例銅錢。②指貨幣：例錢幣、零錢。③費用：例繳錢、書錢、菜錢。④重量（ㄓㄨㄥˋ ㄌㄧㄤˋ）單位，一錢等於十分之一兩。

金部 8 **鋼** 左右

ㄍㄤ 用鐵精煉而成，堅硬有彈（ㄊㄢˊ）性，是重（ㄓㄨㄥˋ）要的工業材料：例鋼筋、鋼鐵、不鏽鋼。

ㄍㄤˋ 磨（ㄇㄛˊ）利：例把菜刀鋼一鋼。

金部 8 **錫** 左右

ㄒㄧˊ 金屬元素，可以製造日用器具、鍍鐵、焊（ㄏㄢˋ）接金屬：例錫杖、錫壺。

金部 8 **錄** 左右

ㄌㄨˋ ①記載（ㄗㄞˇ）；謄（ㄊㄥˊ）寫：例記錄、抄錄、摘錄。②記

老師的話：臺幣、英鎊、法郎、日圓、港幣都是指「錢」。

老師的話：關於「錦」的成語包括：錦上添花、錦衣玉食、錦繡前程、錦衣還鄉。

載（ㄗㄞˋ）言行、事物的文字材料：例目錄、語錄、通訊錄、見聞錄。③選取；任用：例錄取、錄用。④用儀器記錄聲音或圖像：例錄音、錄影。

金部 8

錚

左右

ㄓㄥ （錚錚）模擬金屬等的撞擊聲〈比〉鐵錚錚（比喻才能超凡）。

金部 8

錐

左右

ㄓㄨㄟ ①尖端銳利，用來鑽（ㄗㄨㄢ）孔的工具：例錐子。②像錐子的東西：例冰錐、圓錐體。③用錐子刺入或鑽（ㄗㄨㄢ）孔：例錐股、錐心、錐不動。

金部 8

錦

左右

ㄐㄧㄣˇ ①用彩線織出有花紋的絲織品：例織錦。②色彩華麗：例錦衣、錦緞、錦繡、錦囊。③花樣繁多的：例什（ㄕˊ）錦。

金部 9

鍍

左右

ㄉㄨˋ 用化學方法把某種（ㄓㄨㄥˇ）金屬附著（ㄓㄨㄛˊ）在別的物體表面：例鍍金、電鍍。

金部 9

鍘

左右

ㄓㄚˊ ①切（ㄑㄧㄝ）草用的大刀：例鍘刀。②用鍘刀切：例鍘草。

金部 9 **鎂** 左右

ㄇㄟˇ

金屬元素，燃燒時發出強光。鎂粉可以製成閃光燈、煙火、信號彈（ㄉㄢˋ），鋁鎂合金可以製作航空器材。

金部 9 **錨** 左右

ㄇㄠˊ

用來穩定船身的鐵鉤子，停泊時拋入水底或岸邊，使船穩定：例 起錨、拋錨。

金部 9 **鍵** 左右

ㄐㄧㄢˋ

①插在門閂上具固定作用的金屬棍。②樂（ㄩㄝˋ）器、家電用品或其他機器上的方形板片：例 琴鍵、按鍵、鍵盤。③事物的重（ㄓㄨㄥˋ）要部分（ㄈㄣˋ）：例 關鍵。

老師的話：鍛鍊的「鍊」和練習的「練」字形相似，小心別寫錯了。

金部 9 **鍊** 左右

ㄌㄧㄢˋ

①用金屬環相（ㄒㄧㄤ）連而成的繩狀物。通「鏈」：例 鐵鍊、項鍊。②冶金。通「煉」：例 鍛鍊、千錘百鍊。

金部 9 **鍥** 左右

ㄑㄧㄝˋ

用刀雕刻：例 鍥而不捨（比喻有恆心，有毅力）。

金部 9 **鍋** 左右

ㄍㄨㄛ

煮飯燒菜的用具，多用鐵、鋁或不銹鋼等製成：例 鐵鍋、

老師的話：一見鍾情的「鍾」不可以寫作時鐘的「鐘」。

蒸鍋、高壓鍋。

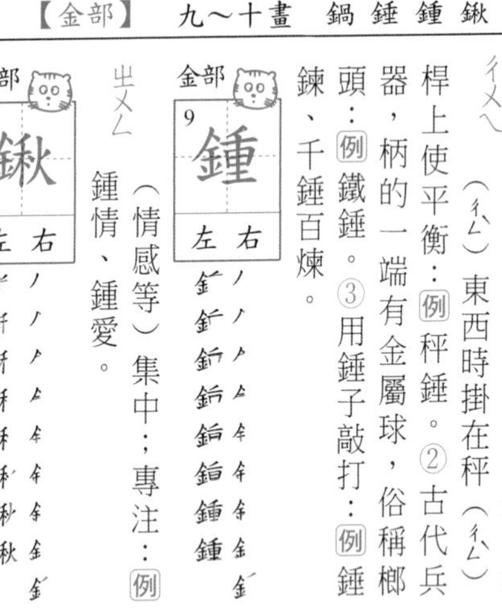

金部 9 **錘** 左右

ㄔㄨㄟˊ ①穿有細繩的金屬塊，稱（ㄔㄥ）東西時掛在秤（ㄔㄥ）桿上使平衡：例秤錘。②古代兵器，柄的一端有金屬球，俗稱榔頭：例鐵錘。③用錘子敲打：例錘鍊、千錘百煉。

金部 9 **鍾** 左右

ㄓㄨㄥ （情感等）集中；專注：例鍾情、鍾愛。

金部 9 **鍬** 左右

ㄑㄧㄠ 挖土或鏟東西的鐵製工具：例鐵鍬。

金部 9 **鍛** 左右

ㄉㄨㄢˋ 把金屬加熱到一定溫度後加以捶打，使改變形狀：例鍛造、鍛壓、鍛鍊。

金部 9 **鍰** 左右

ㄏㄨㄢˊ 古代稱金子的重量單位，一鍰等於六兩：例千金百鍰。

金部 10 **鎔** 左右

ㄖㄨㄥˊ 用火融化金屬（ㄕㄨˇ）。通「熔」：例鎔化、鎔解、鎔鑄（ㄓㄨˋ）。

鎊

金部 10 左右

ㄅㄤˋ 「英鎊」的音譯字，是英國的貨幣單位。

鎖

金部 10 左右

ㄙㄨㄛˇ ①用鐵環互相勾連而成的鏈子：例鎖鏈。②裝在門、箱、抽屜上的金屬器具，使人不能隨便打開：例鎖匙（˙ㄕ）、鑰匙。③用鎖關住：例鎖門、鎖車。④封閉：例封鎖、閉關鎖國。⑤一種（ㄓㄨㄥˇ）縫紉法，用針線順著布邊密密的縫（ㄈㄥˊ）緊，常用來縫衣服邊緣或釦眼：例鎖布邊、鎖釦眼。

鎬

金部 10 左右

ㄍㄠˇ 掘土的工具：例十字鎬。

ㄏㄠˋ 古代地名，在今陝西省：例鎬京。

鎢

金部 10 左右

ㄨ 金屬元素，質硬而脆，熔點高。用於製造電燈泡中（ㄓㄨㄥ）的鎢絲等。

鎳

金部 10 左右

ㄋㄧㄝˋ 金屬元素，質堅韌，在空氣中不容易氧化，可用於電鍍和製成各種（ㄓㄨㄥˇ）合金：例鎳幣。

猜猜看：「一隻狗，門外守，打一槍，就開口。」猜一種日用品。

答案：鎖。

老師的話：「鏡中花，水中月——空好看」是比喻外表中看不中用。

金部 10 鎮 左右

ㄓㄣˋ ①壓制；抑制：例鎮壓、鎮痛。②安定；穩定：例鎮靜、鎮定。③用武力守衛：例鎮守、坐鎮。④地方行政區域的單位：例市鎮、集鎮、城鎮、鄉鎮、村鎮。⑤把食物、飲料等放在冰塊上或冷水裡使變涼：例冰鎮。

金部 11 鏡 左右

ㄐㄧㄥˋ ①用來反映物體影像的器具：例鏡子、穿衣鏡。②泛指利用光學原理製成的，可以改善視力或做科學實驗的用具：例眼鏡、望遠鏡、顯微鏡。③當（ㄉㄤˋ）作參考用的事物：例借鏡。

金部 11 鏑 左右

ㄉㄧˊ 箭頭；箭：例鳴鏑（射時發出響聲的箭，古代用作信號（ㄏㄠˋ））。

金部 11 鏟 左右

ㄔㄢˇ ①一種（ㄓㄨㄥˇ）鐵製帶柄的器具：例鏟子、鐵鏟。②用鍬或鏟子削（ㄒㄩㄝ）平、清除：例鏟平、鏟土、鏟除。

金部 11 鏃 左右

ㄗㄨˊ 箭頭：例箭鏃。

金部 11 **鏈** 左右

ノ ㇒ 𠆢 𠂉 𠂉 仐 牟 金 釒 釒 鈩 鈩 鉮 鍕 鏈 鏈 鏈 鏈 鏈

ㄌㄧㄢˋ ①用金屬環連接成的像繩索的東西：例鐵鏈、鏈條、項鏈。②拉鏈，利用兩排齒狀的鍊條形製品，使衣服、皮包等能夠分合。

金部 11 **鏜** 左右

ノ ㇒ 𠆢 𠂉 仐 牟 牟 金 釒 釒 釒 鈯 鋩 鋿 鏜 鏜 鏜 鏜

ㄊㄤ 國樂（ㄩㄝˋ）的打擊樂（ㄩㄝˋ）器，形狀像小銅鑼。

金部 11 **鏝** 左右

ノ ㇒ 𠆢 𠂉 仐 牟 牟 金 釒 釒 鈤 鋂 鋂 鍝 鍝 鏝 鏝 鏝

ㄇㄢˋ 金屬錢幣上沒有鑄（ㄓㄨˋ）幣名的一面叫「鏝兒」，有鑄幣名的一面叫「字兒」。

金部 11 **鏖** 上下

丶 亠 广 户 户 庐 庐 庐 庐 鹿 鹿 鹿 鹿 塵 麈 麈 鏖

ㄠˊ 激戰；苦戰：例鏖戰。

金部 11 **鏢** 左右

ノ ㇒ 𠆢 𠂉 仐 牟 牟 金 釒 釒 鈩 鈵 鉀 鉀 鏢 鏢 鏢 鏢 鏢

ㄅㄧㄠ 古代一種投擲（ㄓˊ）的武器。通「鑣」：例飛鏢。

金部 11 **鏍** 左右

ノ ㇒ 𠆢 𠂉 仐 牟 牟 金 釒 釒 鈤 鈤 鉀 鉀 鍟 鍟 鏍 鏍

ㄌㄨㄛˊ ①古代一種（ㄓㄨㄥˇ）用來烹飪的小鍋子。②應（ㄧㄥ）用螺旋（ㄒㄩㄢˊ）原理，以金屬製成，用來連接或固定物體的零件：例鏍絲釘。

老師的話：生鏽的「鏽」和刺繡的「繡」字形相似，小心不要寫錯了！

金部 11 鏘 左右

ㄑㄧㄤ ①形容金屬或玉石撞擊的聲音：例鏗聲鏘鏘。②〔鏗鏘〕見「鏗」。

金部 11 鏤 左右

ㄌㄡˋ 雕刻：例鏤刻、鏤花、鏤空（ㄎㄨㄥ）、鏤心刻骨（比喻記憶深刻，難（ㄋㄢˊ）以忘懷）。

金部 11 鏗 左右

ㄎㄥ ①擬聲詞，形容響亮的聲音。②〔鏗鏘〕形容有節奏而響亮的聲音：例歌聲鏗鏘有力。

金部 12 鐘 左右

ㄓㄨㄥ ①金屬製成的敲擊樂器：例敲鐘、鐘樓〈比〉警鐘。②計時的器具：例掛鐘、鬧鐘、鐘錶。③指時刻：例鐘點、十分鐘。

金部 12 鐃 左右

ㄋㄠˊ ①古代軍中銅製的打擊樂（ㄩㄝˋ）器，像鈴鐺，中間沒有舌鈴。行軍時，用來引導鼓聲停止。②銅製的圓形打擊樂器，每副兩片，相互撞擊而發出聲音。

金部 12 鏽 左右

ㄒㄧㄡˋ ①金屬跟空氣接觸而生成的一種物質：例銅鏽、鐵鏽。②金屬品被氧化，表面黏附著（˙ㄓㄜ）氧化物：例生鏽、刀鏽了。

金部 12 **鐐** 左右

ㄌㄧㄠˊ 套在犯人腳腕上的刑具：例腳鐐、鐐銬。

金部 13 **鐮** 左右

ㄌㄧㄢˊ 割莊稼或草的農具，形狀彎曲（ㄑㄩ），內彎部分（ㄈㄣˋ）有刃：例鐮刀。

金部 13 **鐳** 左右

ㄌㄟˊ 金屬元素，放射性強，用於治療癌症。

金部 13 **鐵** 左右

ㄊㄧㄝˇ ①金屬元素，質堅硬，在潮溼空氣中易生鏽，可以煉鋼、製造機器和用具，也是生物體不可缺少的物質。②指刀槍等武器：例手無寸鐵。③比喻確定不移：例鐵證、鐵的紀律、鐵案如山。④比喻堅硬；堅強：例銅牆鐵壁、鐵人、鐵腕。⑤比喻無情：例鐵面無私、鐵石心腸。

金部 13 **鐺** 左右

ㄉㄤ ①古代捆綁犯人的鐵鏈（ㄌㄧㄢˋ）：例鋃鐺。②形容金

老師的話：關於「鐵」的成語包括：鐵石心腸、鐵面無私、鐵樹開花、鐵證如山。

老師的話：「鈞鑒」是書信用語的一種，不可以寫作「鈞鑑」喲！

屬撞擊的聲音。同「噹」：例鐺聲鐺鐺地（˙ㄉㄜ）響。

ㄔㄥ 一種（ㄓㄨㄥˇ）用來烙（ㄌㄠˋ）餅或煎食物的平底鍋。

鐸

金部 13 左右

ㄉㄨㄛˊ 古代宣布政教（ㄐㄧㄠˋ）法令或遇到戰爭時使用的一種（ㄓㄨㄥˇ）大鈴：例木鐸、金鐸。

鐲

金部 13 左右

ㄓㄨㄛˊ 戴在手腕上的環形裝飾物：例鐲子、手鐲、玉鐲。

鑄

金部 14 左右

ㄓㄨˋ 把鎔化的金屬或非金屬材料倒（ㄉㄠˋ）進模子裡，凝固成器物：例鑄造、鑄錢、鎔鑄。

鑑

金部 14 左右

ㄐㄧㄢˋ ①鏡子：例明鑑。②可作為（ㄨㄟˊ）警戒、勸勉的事：例前車之鑑。③審視；審查：例鑑別、鑑識、鑑賞。④映照：例光可鑑人。⑤警戒：例鑑戒。

鑒

金部 14 上下

ㄐㄧㄢˋ ①鏡子。通「鑑」。②映照。通「鑑」：例光可鑒人。③書信用語，用在開頭，表示請人看信：例大鑒、鈞鑒、賜鑒。

金部 15 **鑣** 左右

ㄅㄧㄠ ①夾在馬嘴裡的鐵鏈，在口中的叫「銜」，在口邊的叫「鑣」。②馬的代稱：例分道揚鑣。

金部 15 **鑠** 左右

ㄕㄨㄛˋ 用高溫熔化金屬：例眾口鑠金（比喻眾人議論的影響很大）、鑠石流金（形容天氣酷熱）。

金部 17 **鑲** 左右

ㄒㄧㄤ 把東西嵌（ㄑㄢ）入物體，或在外圍加邊：例鑲寶石、鑲花邊、鑲牙、鑲嵌。

金部 17 **鑰** 左右

ㄧㄠˋ 〔鑰匙（˙ㄕ）〕開鎖的用具。

金部 18 **鑷** 左右

ㄋㄧㄝˋ 拔除毛髮、細刺或夾取細小東西的用具：例鑷子。

金部 19 **鑽** 左右

ㄗㄨㄢ ①打洞：例鑽孔、鑽洞。②深入研究：例鑽研。③運用各種關係以求達到目的：例鑽營。

ㄗㄨㄢˋ ①穿孔的工具：例電鑽。②金鋼石：例鑽石、鑽戒。

老師的話：關於「鑽」的成語包括：鑽牛角尖、鑽木取火、鑽天入地、鑽冰求火。

猜猜看：「永久太平」，猜中國一地名。

答案：長安。

金部 19 鑾 上下

ㄌㄨㄢˊ ①古代繫（ㄐㄧˋ）在馬脖子下的鈴鐺：例鑾鈴、鑾音。②借指皇帝的座車：例鑾駕、鑾輿。

金部 19 鑼 左右

ㄌㄨㄛˊ 銅製的圓形打擊樂（ㄩㄝˋ）器：例鑼鼓喧天、敲鑼打鼓。

金部 20 鑿 上下

ㄗㄠˊ ①挖槽或穿孔的工具：例鑿子。②打孔：例鑿洞、鑿冰。③挖：例鑿井、開鑿。④明確；真實：例證據確鑿。

長部

長部 0 長 獨體

ㄔㄤˊ ①兩點間（ㄐㄧㄢ）的距離大（跟「短」相對）。(1)指空間：例這座橋很長、長途。(2)指時間：例晝短夜長、長期、長久。②兩點間的距離：例長度、身長、周長。③優點：例長處（ㄔㄨˋ）、專長。

ㄓㄤˇ ①滋生；發育：例長蟲、長大、生長、成長。②年紀大；輩分（ㄈㄣˋ）高：例年長、長輩。③年齡大或輩分高的人：例長幼有序。④領導者；負責人：例長官、局長。⑤增進；增強：例助長、滋長、增長。

門部 ㄇㄣˊ

門部 0 **門** 左右

ㄇㄣˊ ①建築物或交通工具等的出入口，也指安裝在出入口可以開關的裝置：例車門、玻璃門、防盜門。②器物上可以開關的部分（ㄈㄣˋ）；形狀或作用像門的東西：例水門、閘（ㄓㄚˊ）門。③事物的類別：例分門別類、五花八門。④量（ㄌㄧㄤˋ）詞。(1)用於功課、科學技術等：例三門課程、一門技術。(2)用於親戚、婚事等：例一門親戚。(3)用於火炮：例兩門大炮。⑤途徑；訣竅：例門路、竅門。

猜猜看：「才子門裡坐」，猜一個字。

門部 1 **閂** 半包圍

ㄕㄨㄢ 關門用的橫木：例門閂。

門部 2 **閃** 半包圍

ㄕㄢˇ ①迅速側身避開：例躲閃、閃開。②突然顯現或時隱時現：例燈光一閃、閃耀。③陰雨天氣雲層放電時發出的光：例閃電。④動作過猛而扭傷：例閃了腰。

門部 3 **閉** 半包圍

答案：閉。

老師的話：「柳樹開花——無結果」是比喻做一件事情白費工夫的意思。

ㄅㄧˋ ①關；合：例閉嘴、閉目養神、閉門造車（ㄐㄩ）、封閉、關閉。②堵塞（ㄙㄜˋ）：例閉塞、閉氣。③結束：例閉市、閉幕。

門部 4 閔 半包圍

丨 … 門 門 門 閔

ㄇㄧㄣˇ 姓。

門部 4 閏 半包圍

丨 … 門 門 門 閏

ㄖㄨㄣˋ 地球繞太陽一周的時間是三百六十五天五小時四十八分四十六秒，陽曆把一年定成三百六十五天，所餘的時間約每四年積累（ㄌㄟˇ）成一天，加在二月裡；農曆把一年定成三百五十四天或三百五十五天，所餘的時間約每三年積累（ㄌㄟˇ）成一個月，加在某一年裡。這種辦法在曆法上叫做「閏」。

門部 4 開 半包圍

丨 … 門 門 門 開

ㄎㄞ ①使不閉合（跟「關」「閉」相對）：例開門、開幕、開鎖、開花、孔雀開屏。②解除；除掉：例開戒。③沸騰：例水開了。④拓展；發掘：例開闢、開荒、開採、開發。⑤創立；設置：例開店、開工廠、電視臺新開了兩個頻道。⑥起始：例開春、開學、開演、開始。⑦舉行：例開會、召開。⑧發動或操縱：例開飛機、開動。⑨使連接的東西分離：例拉鏈開了。⑩分項寫出；標出價錢：例開帳單、開藥方、開價。⑪支付：例開銷、開支。⑫用來計算紙張的大小：

例十六開紙。⑬表示動作的趨向或結果：例搬開、傳（ㄔㄨㄢˊ）開、笑開懷。⑭黃金的純度單位（二十四開為純金）：例十八開的金項鍊。

門部 4 **閑** 半包圍

丨 ｢ ｢ ｢ 門 門 門 門 閂 閑 閑

ㄒㄧㄢˊ 通「閒」。①無事可做；空閑（跟「忙」相對）：例遊手好（ㄏㄠˋ）閑、清閑、閑散。②放著不使用：例閑置。③正事以外的：例閑談、閑事。④沒事可做的時候：例空（ㄎㄨㄥˋ）閑、農閑、忙裡偷閑。

門部 4 **間** 半包圍

丨 ｢ ｢ ｢ 門 門 門 門 間 間 間

ㄐㄧㄢ ①兩個事物當中（ㄉㄤ ㄓㄨㄥ）或兩段時間當中：例彼此之間。②一定的範圍之內：例區間、人間、夜間、期間。③房屋：例房間。④量詞：例兩間教室、三間房子。

ㄐㄧㄢˋ ①縫隙（ㄈㄥˋ ㄒㄧˋ）：例間隙、親密無間。②非直接的：例間接。③隔開；斷開：例間隔、間斷、間歇。④挑撥（ㄊㄧㄠˇ ㄅㄛ），使人不和（ㄏㄜˊ）：例離間。

門部 4 **閒** 半包圍

丨 ｢ ｢ ｢ 門 門 門 門 閒 閒 閒

ㄒㄧㄢˊ ①沒有事情做：例忙裡偷閒。②放著（˙ㄓㄜ）不用：例房子閒在那裡沒住人。③安靜：例安閒、悠閒。④沒有關聯的：例閒人莫進。⑤多餘的：例閒錢。⑥不重（ㄓㄨㄥˋ）要的：例閒書。⑦隨意的：例閒聊、閒逛。

猜猜看：「月光照進門」，猜一個字。

答案：閒。

老師的話：大家閨秀的「閨」和閏月的「閏」字形相似，要分辨清楚喲！

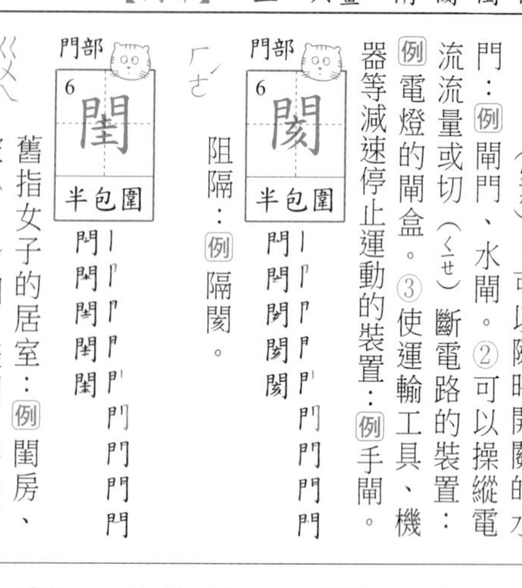

門部 5 **閘** 半包圍

丨 𠃌 𠃍 𠃍 門 門 門 門 閂 閅 閘 閘

ㄓㄚˊ ①一種用來調（ㄊㄧㄠˊ）節水量（ㄌㄧㄤˋ），可以隨時開關的水門：例閘門、水閘。②可以操縱電流流量或切（ㄑㄧㄝ）斷電路的裝置：例電燈的閘盒。③使運輸工具、機器等減速停止運動的裝置：例手閘。

門部 6 **閡** 半包圍

丨 𠃌 𠃍 𠃍 門 門 門 門 閂 閃 閡 閡 閡

ㄏㄜˊ 阻隔：例隔閡。

門部 6 **閨** 半包圍

丨 𠃌 𠃍 𠃍 門 門 門 門 閂 閆 閨 閨 閨

ㄍㄨㄟ 舊指女子的居室：例閨房、空（ㄎㄨㄥ）閨、深閨、待字閨中（ㄓㄨㄥ）。

門部 6 **閩** 半包圍

丨 𠃌 𠃍 𠃍 門 門 門 門 閂 問 閩 閩 閩

ㄇㄧㄣˇ ①〔閩江〕水名，在福建。②福建的別稱（ㄔㄥ）：例閩南、閩劇、閩南語。

門部 6 **閣** 半包圍

丨 𠃌 𠃍 𠃍 門 門 門 門 閃 閣 閣 閣 閣

ㄍㄜˊ ①舊指女子的臥室：例閨閣、出閣（出嫁的意思）。②風景區或庭園裡供人休息遠望的建築物：例亭臺樓閣。③現代某些國家的最高行政機關：例內閣、閣員。

門部 6 **閥** 半包圍

丨 𠃌 𠃍 𠃍 門 門 門 門 閂 閅 閥 閥 閥

ㄈㄚˊ ①有勢力的人或集團：例財閥、軍閥。②管道或機器中（ㄓㄨㄥ）起調（ㄊㄧㄠˊ）節、控制作用的裝置：例水閥、油閥。

門部 6 閤 半包圍
丨 ㄏ ㄏ ㄏ 𠂆 門 門 門 門 閁 閃 閤 閤

ㄍㄜˊ 小樓房。通「閣」：例樓閤。

ㄏㄜˊ 全部。通「合」「闔」：例閤第光臨。

門部 7 閭 半包圍
丨 ㄏ ㄏ ㄏ 𠂆 門 門 門 門 閁 閂 閆 閭 閭 閭

ㄌㄩˊ ①里巷的大門：例倚閭而望。②里巷；鄰里：例村閭、閭巷。

門部 7 閱 半包圍
丨 ㄏ ㄏ ㄏ 𠂆 門 門 門 門 閁 閂 閆 閱 閱 閱

ㄩㄝˋ ①查看；視察：例檢閱、閱兵。②看：例閱覽、閱讀、閱卷。③經歷：例閱歷。

門部 8 閻 半包圍
丨 ㄏ ㄏ ㄏ 𠂆 門 門 門 門 閁 閂 閆 閻 閻 閻 閻

ㄧㄢˊ 姓。

門部 9 闊 半包圍
丨 ㄏ ㄏ ㄏ 𠂆 門 門 門 門 閁 閂 閆 闊 闊 闊 闊 闊

ㄎㄨㄛˋ ①面積大；寬廣的：例海闊天空（ㄎㄨㄥ）、寬闊、廣闊、遼闊。②富裕；奢侈：例擺闊、闊氣。③久遠：例闊別（長（ㄔㄤˊ）時間（ㄐㄧㄢ）沒見面）。

猜猜看：「家中兄長多，一門共八人。」猜一個字。

答案：閃。

老師的話：夜闌人靜的「闌」，不可以寫作欄杆的「欄」。

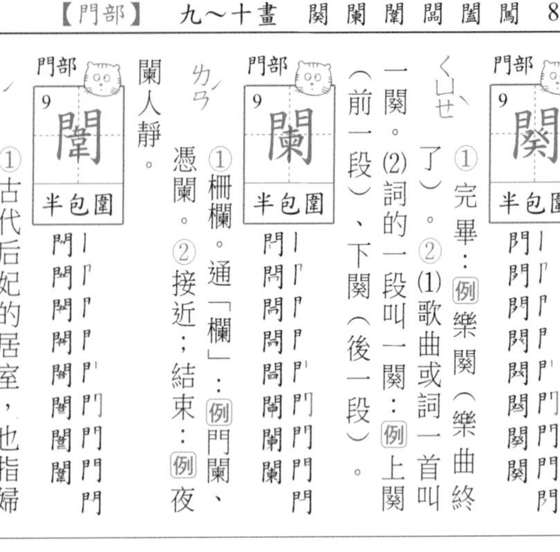

闋 門部 9 半包圍

丨 ㄏ ㄏ ㄏ ㄏ' 門 門 門 門 閃 閃 閃 閃 閃 閃 闋 闋

ㄑㄩㄝˋ ①完畢：例樂闋（樂曲終了）。②(1)歌曲或詞一首叫一闋。(2)詞的一段叫一闋：例上闋（前一段）、下闋（後一段）。

闌 門部 9 半包圍

丨 ㄏ ㄏ ㄏ ㄏ' 門 門 門 門 閂 閂 閂 閂 闌 闌

ㄌㄢˊ ①柵欄。通「欄」：例門闌、憑闌。②接近；結束：例夜闌人靜。

闈 門部 9 半包圍

丨 ㄏ ㄏ ㄏ ㄏ' 門 門 門 門 閂 閂 閂 閂 闈 闈 闈 闈

ㄨㄟˊ ①古代后妃的居室，也指婦女的居室：例宮闈、房闈。②考試時辦理命題、印試卷（ㄐㄩㄢˋ）的場所：例闈場、入闈。

闆 門部 9 半包圍

丨 ㄏ ㄏ ㄏ ㄏ' 門 門 門 門 問 問 問 問 闆 闆 闆

ㄅㄢˇ （老闆）私營企業的業主。也可以寫作「老板」。

闔 門部 10 半包圍

丨 ㄏ ㄏ ㄏ ㄏ' 門 門 門 門 閂 閂 閂 閂 闔 闔 闔 闔

ㄏㄜˊ ①關閉；閉合：例闔眼。②全：例闔家、闔第光臨。

闖 門部 10 半包圍

丨 ㄏ ㄏ ㄏ ㄏ' 門 門 門 門 閂 閂 閂 閂 闖 闖 闖 闖 闖

ㄔㄨㄤˇ ①猛衝（ㄔㄨㄥ）：例橫衝直闖。②奔走：例闖盪、闖出名堂、走南闖北。③惹出；招來：例闖禍。

闐 門部 10 半包圍

ㄊㄧㄢˊ

①充滿：例賓客闐門。②〔和闐〕地名，在新疆。

關 門部 11 半包圍

ㄍㄨㄢ

①閉（跟「開」相對）：例關門、關閉。②拘留；拘禁：例關入大牢。③停止營業；歇業：例關門大吉。④使開動的機器、電氣設備等停止工作：例關機、關燈。⑤古代在險要地方或邊境出入口設立的守衛處（ㄔㄨˋ）所：例關隘（ㄞˋ）、關口、邊關。⑥對進出口貨物查驗和收稅的機構：例海關、關稅。⑦比喻困難的一段時間：例難（ㄋㄢˊ）關、年關。⑧轉折點：例關頭、關鍵。⑨牽涉；牽掛：例關心、關懷、關照。

闡 門部 12 半包圍

ㄔㄢˇ

說明白：例闡明、闡述。

闢 門部 13 半包圍

ㄆㄧˋ

①打開：例另闢門戶。②開拓：例開疆闢土。③駁斥；糾正：例闢謠。④透徹的：例精闢。

阜部 ㄈㄨˋ

老師的話：比喻人不自量力，愛吹牛，可以用「關公面前耍大刀」這句俏皮話。

老師的話：預防的「防」和妨害的「妨」字形相似，小心別寫錯了！

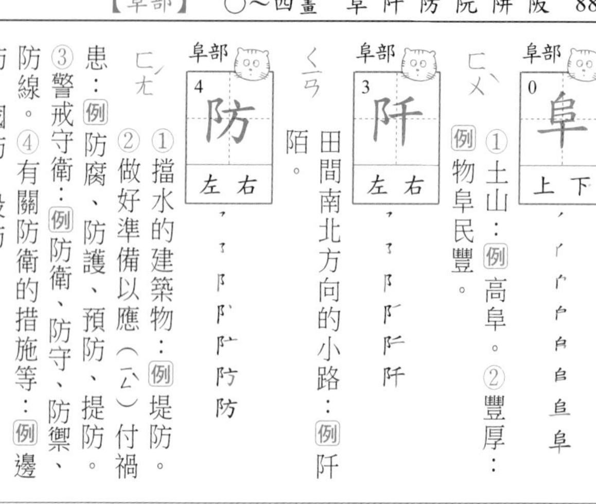

阜

阜部 0 上下

ㄈㄨˋ ①土山：例高阜。②豐厚：例物阜民豐。

阡

阜部 3 左右

ㄑㄧㄢ 田間南北方向的小路：例阡陌。

防

阜部 4 左右

ㄈㄤˊ ①擋水的建築物：例堤防。②做好準備以應（ㄧㄥˋ）付禍患：例防腐、防護、預防、提防。③警戒守衛：例防衛、防守、防禦、防線。④有關防衛的措施等：例邊防、國防、設防。

阮

阜部 4 左右

ㄖㄨㄢˇ ①姓。②指阮咸（撥弦樂器，音箱呈圓形，柄長而直，有四根弦，因西晉人阮咸擅長彈奏這種樂器而得名）：例大阮、中阮。

阱

阜部 4 左右

ㄐㄧㄥˇ 用來防禦（ㄩˋ）敵人或捕野獸的深坑：例陷阱。

阪

阜部 4 左右

ㄅㄢˇ 〔大阪〕地名，在日本。

阜部 5 **陀** 左右

㇇ 了 阝 阝' 阝'' 阝宀 陀

ㄊㄨㄛˊ 「陀螺」玩具的一種，圓錐形，多用木頭製成，用細繩抽甩，可以在地上旋轉（ㄓㄨㄢˋ）。

阜部 5 **阿** 左右

㇇ 了 阝 阝一 阝丆 阝丙 阿 阿

ㄚ 加在稱（ㄔㄥ）呼或譯名的詞頭：例阿斗、阿姨、阿波羅。

ㄜ 迎合；偏袒：例阿諛奉承、剛直不阿。

阜部 5 **阻** 左右

㇇ 了 阝 阝丨 阝冂 阝月 阝目 阻

ㄗㄨˇ 攔擋：例通行（ㄒㄧㄥˊ）無阻、阻擋、勸阻、攔阻。

阜部 5 **附** 左右

㇇ 了 阝 阝丿 阝亻 阝亻一 附 附

ㄈㄨˋ ①依傍（ㄅㄤ）；依從：例依附、附屬、附著（ㄓㄨㄛˊ）。②挨近：例附耳說話、附近。③另外加上：例附帶、附加、附設。

阜部 6 **限** 左右

㇇ 了 阝 阝㇆ 阝彐 阝艮 阝艮 阝艮 限

ㄒㄧㄢˋ 分（ㄈㄣ）界；指定的範圍：例界限、期限、限額、無限。

阜部 6 **陋** 左右

㇇ 了 阝 阝一 阝丆 阝丙 阝丙 阝丙 陋

ㄌㄡˋ ①狹小；不華麗：例陋室、陋巷。②缺少見識；淺薄：例孤陋寡聞、淺陋。③不文明的；不好的：例陋俗、陳規陋習。④難

老師的話：降價的「降」唸作ㄐㄧㄤˋ，投降的「降」唸作ㄒㄧㄤˊ，要分辨清楚喲！

（ㄋㄢˇ）看；粗劣：例醜陋、粗陋。

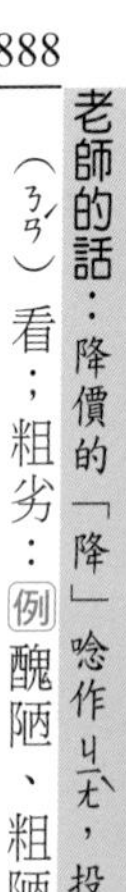

阜部 6 **陌** 左右

ㄇㄛˋ ①田間小路：例陌路、巷陌。②〔陌生〕生疏；不熟悉：例陌生人。

阜部 6 **降** 左右

ㄐㄧㄤˋ 落下（跟「升」相對）：例降雨、降落、下降、降低、降旗、降級、降壓、降價。

ㄒㄧㄤˊ ①屈服：例投降。②使馴服：例降伏、降龍伏虎、一物降一物。

阜部 7 **院** 左右

ㄩㄢˋ ①房屋及周圍用牆或柵欄等圍起來的空間（ㄐㄧㄢ）：例四合院、大雜院、深宅大院。②房前屋後圍起來的空（ㄎㄨㄥˋ）地：例庭院。③某些機關或公共場所的名稱（ㄔㄥ）：例國務院、法院、電影院。

阜部 7 **陣** 左右

ㄓㄣˋ ①作戰時的兵力部署（ㄕㄨˇ）：例陣容、陣營、衝鋒陷陣。②戰場：例上陣、陣亡、臨陣磨（ㄇㄛˊ）槍。③指一段時間：例這陣子很忙。④量詞，用於延續了一段時間的事情或現象：例一陣風、一陣掌聲、一陣疼痛。

阜部 7 **陡** 左右

ㄉㄡˇ 坡（ㄆㄛ）度大：例陡峭、陡坡。

阜部 7 **陛** 左右

ㄅㄧˋ 宮殿的臺階：例陛下（對帝王的尊稱（ㄔㄥ））。

阜部 7 **陝** 左右

ㄕㄢˇ 指陝西：例陝北。

阜部 7 **除** 左右

ㄔㄨˊ ①去掉：例清除、除掉、除塵、根除、掃除。②算術的一種計算方法，即用一個數（ㄕㄨˋ）把另一個數平均分為若干份，例如：八除十六等於二。③不計算在內：例除此以外。

阜部 8 **陪** 左右

ㄆㄟˊ ①隨同做伴：例陪伴。②從（ㄘㄨㄥˊ）旁協助：例陪審。

阜部 8 **陵** 左右

ㄌㄧㄥˊ ①土山：例丘陵、山陵。②帝王的墳墓，現在也指領袖或烈士的墳墓：例明十三陵、中山陵、烈士陵園。

阜部 8 **陳** 左右

ㄔㄣˊ ①排列；擺出：例陳列、陳設。②有條理地（˙ㄉㄜ）說出

老師的話：比喻白費力氣而沒有效果，可以用「陪公子趕考——白陪」這句歇後語。

老師的話：「陰溝裡的蚯蚓——成不了龍」，是比喻不會有什麼大作為。

來：例陳詞、陳訴、陳述。③時間久的；過時的：例陳舊、陳跡。

阜部 8 **陸** 左右

ㄌㄨˋ ①高出水面的地面：例陸地、大陸、登陸。②指陸地上的路（相（ㄒㄧㄤ）對「水路」而言）：例陸運、水陸交通。

ㄌㄧㄡˋ 數（ㄕㄨˋ）字「六」的大寫。

阜部 8 **陰** 左右

ㄧㄣ ①雲層密布，不見或少見陽光的天氣：例陰雨、多雲轉陰。②日光照不到的地方：例樹陰。③山的北面；水的南面（跟「陽」相對）：例山陰（在山的北面）、江陰（在江的南面）。④隱蔽（ㄅㄧˋ）的；不外露（ㄌㄡˋ）的：例陰溝、陽奉陰違。⑤不正大光明：例陰謀、陰險、陰毒。⑥凹下的：例陰文印章。⑦指有關鬼神的：例陰間、陰魂、陰曹地府。⑧帶負電的：例陰極、陰離子。

阜部 8 **陴** 左右

ㄆㄧˊ 城上凹凸（ㄊㄨ）形的矮牆。

阜部 8 **陶** 左右

ㄊㄠˊ ①用黏土燒製的器物：例陶瓷、彩陶、陶器。②比喻教（ㄐㄧㄠˋ）育、培養：例陶冶（ㄧㄝˇ）、薰陶。③喜悅；快樂（ㄌㄜˋ）：例陶醉、樂陶陶。

阜部 8 陷 左右

ㄒㄧㄢˋ ①掉進（泥沙、沼澤等鬆軟的地方）：例陷進、陷入。②被攻破或占領：例陷落、失陷、攻陷、淪陷。③想法（ㄈㄚˇ）子害人：例陷害、誣陷。④物體表面的一部分（ㄈㄣˋ）凹進去；下沉：例深陷、凹陷、天塌地陷、沉陷。⑤缺點：例缺陷。

阜部 9 隊 左右

ㄉㄨㄟˋ ①有組織的團體：例分隊、球隊、樂（ㄩㄝˋ）隊。②行（ㄏㄤˊ）列；隊形：例隊伍、排隊。③量詞，用於排成隊列的人或動物：例一隊人馬、一隊駱駝。

阜部 9 階 左右

ㄐㄧㄝ ①建築物中用磚、石等砌（ㄑㄧˋ）成的部分（ㄈㄣˋ），多在門前或坡道上，供人上下用：例階梯、石階、臺階。②區分（ㄈㄣ）等級的高低：例官階、軍階、音階。

阜部 9 隋 左右

ㄙㄨㄟˊ 朝（ㄔㄠˊ）代名，楊堅所建，被唐朝滅亡。

阜部 9 陽 左右

ㄧㄤˊ ①日光：例太陽、夕陽、陽光。②山的南面；水的北面：

猜猜看：「重男輕女」，猜中國一地名。

答案：貴陽。

例衡陽（在衡山的南面）、洛陽（在洛河的北面）。③顯露（ㄌㄨˋ）的；表面的：例陽奉陰違。④凸出的：例陽文圖章。⑤關於活人和人世的：例陽世、陽間。⑥帶正電的：例陽極、陽離子。

阜部 9 **隅** 左右

ㄱ 了 阝 阝' 阝ㄇ 阝日 阝日 阝甲 阝禺 隅 隅 隅

ㄩˊ 角（ㄐㄧㄠˇ）落：例城隅、負隅頑抗（倚靠險要的地勢頑固抵抗）。

阜部 9 **隆** 左右

ㄱ 了 阝 阝' 阝ク 阝夂 阝夅 阝夅 阝夅 降 隆 隆

ㄌㄨㄥˊ ①盛（ㄕㄥˋ）大；興（ㄒㄧㄥ）盛：例隆重、興隆。②鼓起來：例隆起。③程度深：例隆冬。④擬聲詞，用在「轟隆」「隆隆」「咕隆」等詞。

阜部 9 **隍** 左右

ㄱ 了 阝 阝' 阝ń 阝白 阝白 阝白 阝白 隍 隍 隍

ㄏㄨㄤˊ 環繞在城牆外的濠（ㄏㄠˊ）溝，有水的稱「池」，沒有水的稱（ㄔㄥ）「隍」。

阜部 9 **陲** 左右

ㄱ 了 阝 阝' 阝ㄏ 阝千 阝千 阝千 阝千 陲 陲 陲

ㄔㄨㄟˊ 邊境；邊疆：例邊陲。

阜部 10 **隘** 左右

ㄱ 了 阝 阝' 阝'' 阝ㄓ 阝关 阝关 阝关 隘 隘 隘 隘

ㄞˋ ①狹窄；狹小：例狹隘。②關口；險要的地方：例要隘（險要的關口）、邊隘（邊境上險要的地方）。

老師的話：「城隍」是護城的神，相傳是陰間判定是非的官員，俗稱「城隍爺」。

阜部 10
隔
左右

ㄍㄜˊ ①遮斷；阻擋：例分（ㄈㄣ）隔、隔斷、隔開、阻隔。②相（ㄒㄧㄤ）距：例相隔。

阜部 10
隕
左右

ㄩㄣˇ 從高空（ㄎㄨㄥ）墜（ㄓㄨㄟˋ）落：例隕落、隕石。

阜部 11
隙
左右

ㄒㄧˋ ①裂縫（ㄈㄥˋ）：例縫隙。②空（ㄎㄨㄥˋ）閒的時間（ㄐㄧㄢ）或地區：例農隙、隙地。③漏洞：例無隙可乘（ㄔㄥˊ）、尋隙鬧事。④（感情上的）裂痕：例嫌隙。

阜部 11
障
左右

ㄓㄤˋ ①妨礙：例障礙。②用來阻隔、遮蔽（ㄅㄧˋ）的設施：例路障、屏障。

阜部 11
際
左右

ㄐㄧˋ ①交界或靠近邊緣的地方：例邊際、天際、一望無際。②接觸；交往：例交際。③彼此之間（ㄐㄧㄢ）：例國際、人際。④指某個特定的時候：例秋冬之際。

阜部 13
隧
左右

ㄙㄨㄟˋ 在地下或在山裡挖成的通道：例隧道、隧洞。

老師的話：隕石的「隕」和損失的「損」字形相似，小心別寫錯了！

老師的話：關於「隨」的成語包括：隨波逐流、隨機應變、隨遇而安、隨手拈來。

阜部 13 **隨** 左右

ㄙㄨㄟˊ ①跟著：例隨從、隨後、隨即、隨風飄揚、隨機應變。②順便：例隨手關門。③依從（ㄘㄨㄥˊ）；順從：例入鄉隨俗、客隨主便、隨和（ㄏㄜˊ）。④任憑；由著：例隨便、隨意。⑤不論什麼（時間、地點）：例隨時、隨地、隨處（ㄔㄨˋ）。

阜部 13 **險** 左右

ㄒㄧㄢˇ ①地形惡劣的：例險峰、險峻、險阻。②險要的地方：例天險。③狠毒：例險惡（ㄜˋ）、陰險、奸險、險詐。④艱困危急的：例危險、驚險、艱險。⑤艱危的情況或境地：例脫險、冒險。⑥差（ㄔㄚ）一點（發生意外的事情）：例險些出事、險遭不測。

阜部 14 **隱** 左右

ㄧㄣˇ ①躲藏（ㄘㄤˊ）：例隱藏、隱蔽。②掩蓋真相（ㄒㄧㄤˋ）：例隱姓埋名、隱瞞。③深藏的：例隱情、隱私。④不明顯：例隱約、隱隱作痛。⑤祕密：例難言之隱。

阜部 16 **隴** 左右

ㄌㄨㄥˇ 甘肅的別稱（ㄔㄥ）。

隶部 ㄉㄞˋ

隶部 9 **隸** 左右

一 十 木 木 夫 去 李 李 隶 隶 隶 隶 隶 隶 隶 隸 隸

ㄌㄧˋ ①指社會地位低下，被差（ㄔㄞ）使的人：例奴隸、僕隸。②附屬；從（ㄘㄨㄥˊ）屬：例隸屬。③古時在衙門裡當差（ㄔㄞ）的人：例皂隸、隸卒。④漢字字體的一種：例隸書。

隹部 ㄓㄨㄟ

隹部 2 **隻** 上下

ノ イ 亻 仁 忙 仹 佳 隹 隻 隻

ㄓ ①計算動物的單位：例三隻小豬。②單一的；單獨的：例隻字片語、形單影隻。

隹部 3 **雀** 上下

丨 小 小 少 少 尖 尖 雀 雀 雀 雀

ㄑㄩㄝˋ 鳥名，多棲（ㄑㄧ）息在有人居住的地方，吃植物的果實或種子，也吃昆蟲：例麻雀。

隹部 4 **雁** 半包圍

一 厂 厂 厂 厂 厂 厂 厂 厂 厈 厈 雁

ㄧㄢˋ 候鳥的一種（ㄓㄨㄥˇ）。秋天飛往南方，春天飛往北方，飛行（ㄒㄧㄥˊ）時排列成人字形或一字形：例飛雁、鴻雁。

隹部 4 **雅** 左右

一 二 于 牙 牙 牙 牙 牙 牙 牙 牙 雅

ㄧㄚˇ ①高尚；不庸俗：例高雅、文雅、雅俗共賞。②美觀大方：例雅觀、雅致。

猜猜看：「不識字，把字排，秋天去，春天來。」猜一種鳥名。

答案：雁。

猜猜看：「空中霸王」，猜臺灣一地名。

隹部 4 雄 左右

一ナ𠂇𠂇𠂇𠂇𠂇𠂇𠂇雄雄雄

ㄒㄩㄥˊ ①公的（跟「雌」相對）：例雄雞、雄蜂、雄蕊、雄性。②才能或有勇氣的人；有強（ㄑㄧㄤˊ）大實力的集團或國家：例英雄、戰國七雄。③強有力的；有氣魄的：例雄兵、雄才、雄心、雄偉。

隹部 4 雋 上下

ノイ亻亻亻亻亻隹隹雋雋雋

ㄐㄩㄢˋ 言論（ㄌㄨㄣˋ）、詩文意味深長（ㄔㄤˊ）：例雋永、雋語（ㄩˇ）。

ㄐㄩㄣˋ 才德出眾的人。通「俊」：例英雋、豪雋。

隹部 4 集 上下

ノイ亻亻亻亻亻隹隹隼隼集

ㄐㄧˊ ①聚在一起；會合：例集思廣益、聚集、召集、集中（ㄓㄨㄥ）。②由許多單篇作品彙編成的書：例詩集、畫集、全集。③某些書籍或影片因篇幅多而分（ㄈㄣ）成的段落或部分（ㄈㄣˋ）：例上集、第二集。④定期或臨時聚在一起進行（ㄒㄧㄥˊ）買賣的場所：例集市、趕集。

隹部 4 雇 半包圍

一厂户户户户户户户扉扉雇

ㄍㄨˋ ①出錢請人做事。通「僱」：例雇用、解雇。②出錢臨時使用別人的車、船等：例雇車、雇船。

隹部 5 雍 上下

丶亠亠亠亠亠亠亠亠亠亠亠雍

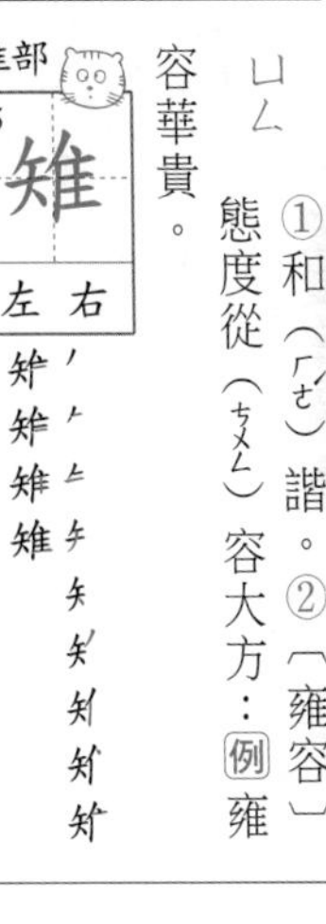

ㄩㄥ ①和（ㄏㄜˊ）諧。②〔雍容〕態度從（ㄘㄨㄥ）容大方：例雍容華貴。

隹部 5 **雉** 左右

ㄓˋ ①鳥名，形狀像雞，雄的羽毛華麗。通稱「野雞」：例山雉、野雉。②量詞，古代計算城牆面積的單位，長三丈，高一丈為一雉。

隹部 6 **雌** 左右

ㄘ 母的（跟「雄」相（ㄒㄧㄤ）對）：例雌雄、雌蕊、雌性。

隹部 8 **雕** 左右

ㄉㄧㄠ ①大型猛禽，嘴像鉤子，眼大而深，鉤爪（ㄓㄠˇ）銳利，捕食羊、兔等為生。通「鵰」。②在玉石、象牙、竹木等材料上刻寫：例雕刻、雕花、雕像。③指雕刻成的藝術作品：例石雕、冰雕。

隹部 9 **雖** 左右

ㄙㄨㄟ 連接詞，縱然；即使：例雖然、雖死猶生（雖已死了，但是仍和活著一樣）、雖敗猶榮（雖失敗了，但是仍感到光榮）。

隹部 10 **雜** 左右

ㄗㄚˊ ①不純；多種（ㄓㄨㄥˇ）或多樣：例雜物、雜亂、複雜。②混（ㄏㄨㄣˋ）合在一起：例夾雜、混雜。

老師的話：雌性的「雌」唸作ㄘ，不是ㄘˊ喲！

③正項以外的；非正規的：例雜費、雜項。

隹部 10 **雙** 上下

ㄕㄨㄤ

①兩個的；兩種（ㄓㄨㄥˇ）的（跟「單」相對）：例雙手、雙方、雙層。②雙數（ㄕㄨˋ）的，成倍的：例雙日、雙周、雙號、雙料、雙份。③量詞，用於左右對稱（ㄔㄥˋ）的器官或成對使用的東西：例一雙眼睛、一雙球鞋、兩雙筷子。

隹部 10 **雛** 左右

ㄔㄨˊ

①出生不久的幼禽：例雛燕、雛雞。②幼小的孩子：例孤雛。

隹部 10 **雞** 左右

ㄐㄧ

家禽的一種（ㄓㄨㄥˇ），頭部有鮮紅的肉冠（ㄍㄨㄢ），翅膀不發達，不能高飛，肉和蛋都可以吃。

隹部 11 **離** 左右

ㄌㄧˊ

①分開；分別：例悲歡離合、離別、分離。②背（ㄅㄟˋ）叛；不合：例眾叛親（ㄑㄧㄣ）離、離心離德。③相（ㄒㄧㄤ）隔、相距：例距離、離上課還有半小時。

隹部 11 **難** 左右

ㄋㄢˊ

①不容易做的（跟「易」相對）：例困難、難點、難關。

老師的話：「雞蛋裡挑骨頭」，是比喻刻意找出別人的缺點。

②使感到困難（ㄋㄢˊ）：例難不倒（ㄉㄠˇ）。③令人感到不好：例難看、難聽、難吃、難受。

ㄋㄢˋ ①重（ㄓㄨㄥˋ）大的不幸：例災難、遇難、苦難。②質（ㄓˊ）問；責問：例責難。

雨部 ㄩˇ

雨 雨部 0 獨體

ㄩˇ ①空氣中（ㄓㄨㄥ）的水蒸氣遇冷變成水滴後，落下地面：例雨水。②指朋友：例舊雨新知。

雪 雨部 3 上下

ㄒㄩㄝˇ ①空氣中的水蒸氣遇冷到攝氏零度以下，凝結而成的白色結晶體：例雪屋。②洗刷；清除：例雪恥。③像雪一樣白：例雪白、雪肌。

雯 雨部 4 上下

ㄨㄣˊ 形成花紋的雲彩。

雲 雨部 4 上下

ㄩㄣˊ ①成團地（˙ㄉㄜ）聚集並且飄浮在空中的小水滴或冰晶：例白雲、雲霧。②指雲南：例雲貴高原。

猜猜看：「千條線，萬條線，掉在水裡都不見。」猜一種自然現象。

答案：雨。

老師的話：冰雹的「雹」唸作ㄅㄠˊ，不是ㄅㄠˋ喲！

雨部 5 **雷** 上下

ㄌㄟˊ ①陰雨天氣雲層放電時發出的巨大響聲：例打雷、雷雨、春雷。②指某些能爆炸的武器：例地雷、魚雷。

雨部 5 **電** 上下

ㄉㄧㄢˋ ①陰雨天氣雲層放電時發出的光：例閃電、雷電交加。②一種（ㄓㄨㄥˇ）重（ㄓㄨㄥˋ）要能源，廣泛應（ㄧㄥˋ）用於生產、生活各方面：例電燈、電冰箱。③觸電：例被插頭電了一下。④指電報：例致電、急電、賀電。

雨部 5 **雹** 上下

ㄅㄠˊ 水蒸氣遇到極冷的空氣凝結成的冰粒或冰塊，常在夏季隨雷陣雨降（ㄐㄧㄤˋ）落：例冰雹。

雨部 5 **零** 上下

ㄌㄧㄥˊ ①花葉枯落：例零落、飄零、凋零。②分散的；細碎的（跟「整」相對）：例化整為零、零件、零售、零散（ㄙㄢˇ）、零碎。③餘數；整數以外的尾數：例零頭、零錢。④放在兩個數量（ㄕㄨˋ ㄌㄧㄤˋ）之間，表示數（ㄕㄨˋ）的空（ㄎㄨㄥˋ）位：例九點零五分、一年零十天。⑤表示沒有的數量：例九減九等於零。⑥表示某些量（ㄌㄧㄤˊ）度的計算起點：例攝氏零下五度。

雨部 6 需 上下
一 ㇐ 一 币 币 币 币 币 雨 雪 雪 雫 雫 需

ㄒㄩ ①應該有或一定要有：例需求、需用、急需、必需品。②費用：例軍需。

雨部 7 霄 上下
一 ㇐ 一 币 币 币 币 币 雨 雪 雫 雫 霄 霄

ㄒㄧㄠ 雲；天空（ㄎㄨㄥ）：例雲霄、九霄雲外。

雨部 7 霆 上下
一 ㇐ 一 币 币 币 币 币 雨 雪 雫 雫 霆 霆

ㄊㄧㄥˊ 急速而猛烈的雷：例雷霆。

雨部 7 震 上下
一 ㇐ 一 币 币 币 币 币 雨 雪 雫 雫 霄 震

ㄓㄣˋ ①猛烈顫動；驚動：例地震、震耳欲聾、震撼、震驚。②指地震：例抗震、餘震。③激動：例震驚、震怒。

雨部 7 霉 上下
一 ㇐ 一 币 币 币 币 币 雨 雪 雫 雫 霉 霉

ㄇㄟˊ ①東西受潮變色變質：例霉爛、發霉。②真菌的一種（ㄓㄣ），形狀像細絲：例霉菌。

雨部 8 霎 上下
一 ㇐ 一 币 币 币 币 币 雨 雪 雪 雫 雫 霎 霎

ㄕㄚˋ 極短的時間：例霎時、一霎。

老師的話：地震、震怒用「震」，振作有為、振振有詞用「振」，要分辨清楚喲！

猜猜看：「雨中相看」，猜一個字。

雨部 8 霑 上下

一 ㄧ 𠂉 ... 霑

ㄓㄢ ①浸溼。同「沾」：例霑衣。②潤澤，比喻接受別人的恩惠：例霑恩、霑惠。

雨部 8 霖 上下

ㄌㄧㄣˊ 連續下三天以上的雨：例甘霖。

雨部 8 霍 上下

ㄏㄨㄛˋ ①迅速：例霍地（˙ㄉㄜ）、霍然。②〔霍亂〕一種（ㄓㄨㄥˇ）急性腸道傳染病。

雨部 8 霓 上下

ㄋㄧˊ 雨後出現在虹外側的弧形光環，顏色比虹暗淡。

雨部 8 霏 上下

ㄈㄟ 雨雪紛飛；煙、雲多：例霏霏。

雨部 9 霜 上下

ㄕㄨㄤ ①空氣中（ㄓㄨㄥ）的水蒸氣遇冷在地面或物體上結成的白色冰晶：例下霜、冰霜、霜凍。②像霜的東西：例面霜、糖霜。

答案：譜。

雨部 9 **霞** 上下

ㄒㄧㄚˊ 日出日落前後，天空因日光斜照而出現的彩色的光或雲：例霞光、彩霞、晚霞、朝(ㄓㄠ)霞。

雨部 11 **霪** 上下

ㄧㄣˊ 〔霪雨〕下了很久、過量(ㄌㄧㄤˋ)的雨。

雨部 11 **霧** 上下

ㄨˋ ①空氣中的水蒸氣遇冷結成的飄浮在空氣中的細小水珠：例濃霧、霧氣、雲霧。②像霧的東西：例噴霧器。

雨部 13 **霸** 上下

ㄅㄚˋ ①古代諸侯聯盟的領袖：例霸主。②憑藉權勢欺壓他人的人：例惡(ㄜˋ)霸。③憑藉權勢強占：例霸占、獨霸一方。

雨部 13 **霹** 上下

ㄆㄧ 〔霹靂〕來勢猛、響聲大的雷：例晴天霹靂。

雨部 13 **露** 上下

ㄌㄨˋ 讀音。①接近地面的水蒸氣夜間遇冷凝結在物體上的水珠：例露珠、雨露。②在房屋外面，沒有遮蓋：例露宿、露營、露

老師的話：比喻對事情不夠了解，可以說「霧裡看花」。

老師的話：雲靄的「靄」和和藹的「藹」字形相似，小心別寫錯了！

天。③顯現：例不露聲色、暴露、流露。④用花、葉、果實、藥材等製成的飲料或化妝品：例花露水。

ㄌㄡˋ 語音。顯出，表現在外：例露馬腳、露一手、露口風。

雨部 14 **霽** 上下

ㄐㄧˋ ①雨或雪停止，天色放晴：例雨霽、雪霽。②怒氣消散（ㄙㄢˋ）：例霽怒。③晴朗；明朗：例光風霽月。

雨部 14 **霾** 上下

ㄇㄞˊ 空氣中由於懸浮著（˙ㄓㄜ）大量（ㄌㄧㄤˋ）煙塵等微粒而形成的混濁現象：例陰霾。

雨部 16 **靂** 上下

ㄌㄧˋ 〔霹靂〕急雷的聲音。見「霹」。

雨部 16 **靈** 上下

ㄌㄧㄥˊ ①指神仙，也指靈魂或精神：例神靈、精靈。②跟死人有關的事物：例靈堂、靈車、靈位、守靈。③特別有效；能夠應（ㄧㄥˋ）驗：例靈驗。④聰明；機敏：例心靈手巧、機靈。⑤活動迅速；反應（ㄧㄥˋ）快：例靈活、靈通。

雨部 16 **靄** 上下

ㄞˇ 雲氣；煙霧：例雲靄、煙靄。

青部 ㄑㄧㄥ

青 青部 0 上下

一 二 丰 丰 青 青 青 青

ㄑㄧㄥ ①顏色。⑴藍色：例青天。⑵綠色：例青草、青苗、青菜。⑶黑色：例青布、青絲（黑頭髮）。②指青年：例老、中（ㄓㄨㄥ）、青三代。

靖 青部 5 左右

、 亠 亠 立 立 立 立 立 立 靖 靖 靖 靖

ㄐㄧㄥˋ ①安定。②使安定；平定：例靖邊。

靛 青部 8 左右

一 二 丰 丰 青 青 青 青 青 青 青 青 青 靛

ㄉㄧㄢˋ ①深藍色有機染料，用藍草的葉子浸水再加工製成。②深藍色：例靛青、靛藍。

靜 青部 8 左右

一 二 丰 丰 青 青 青 青 青 青 青 靜 靜 靜 靜 靜

ㄐㄧㄥˋ ①安定不動（跟「動」相對）：例靜物、靜坐、靜止。②安定：例鎮靜、平靜。③沒有聲音；不出聲：例安靜、夜深人靜、寂靜、靜默。

非部 ㄈㄟ

老師的話：關於「青」的成語包括：青出於藍、青紅皂白、青梅竹馬、青山綠水。

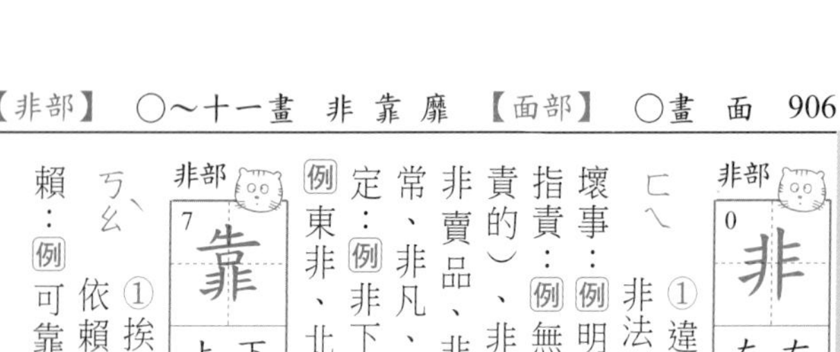

老師的話：「靠牆牆倒，靠屋屋塌」這句諺語是勉勵人要自立更生，不要有依賴心。

非部

非 0 左右

ㄈㄟ ①違背（ㄅㄟˋ）；不合於：例非法、非分（ㄈㄣˋ）。②錯誤；壞事：例明辨是非、為非作歹。③指責：例無可非議（沒有什麼可指責的）、非難（ㄋㄢˋ）。④不是：例非賣品、非親非故。⑤不：例非常、非凡、非同小可。⑥必須；一定：例非下苦功不可。⑦指非洲：例東非、北非。

非部

靠 7 上下

ㄎㄠˋ ①挨近：例靠攏、停靠。②依賴：例投靠、依靠。③信賴：例可靠、牢靠、靠不住。

非部

靡 11 半包圍

ㄇㄧˊ 爛。通「糜」：例靡爛。

ㄇㄧˇ 倒（ㄉㄠˇ）下：例風靡一時、披靡（草木隨風倒（ㄉㄠˇ）下，比喻軍隊潰散（ㄙㄢˋ））。

面部 ㄇㄧㄢˋ

面部

面 0 獨體

ㄇㄧㄢˋ ①臉：例汗流滿面、面孔、面龐。②當面；面對面：例面談、面商、面試。③事物的部位：例面面俱到、獨當（ㄉㄤ）一面、正反兩面。④附在表示方位的詞後面，相當於「邊」：例下面、裡面、後面、西面、右面。⑤物體的表面：例水面、地面、鏡面、牆面。⑥東西露（ㄌㄡˋ）在外面的一層或紡織品的正面（跟「裡」相對）：例封面、被面。⑦量詞。(1)用於會面的次數：例以前見過幾面。(2)用於帶有平面的東西：例兩面錦旗、一面鏡子。

面部 7 **靦** 左右

ㄊㄧㄢˇ 慚愧的：例靦顏。

ㄇㄧㄢˇ 害羞的樣子。通「腼」：例靦覥。

面部 14 **靨** 半包圍

ㄧㄝˋ 笑時臉頰上出現的小凹洞：例酒靨、笑靨。

革部（ㄍㄜˊ）

革部 0 **革** 上下

ㄍㄜˊ ①經過去毛並加工的獸皮：例皮革。②改變；更（ㄍㄥ）換：例改革、變革、革新。③除掉；撤銷：例革職、革除。

革部 4 **靴** 左右

老師的話：比喻做事不切實際，可以說「隔靴搔癢——不著邊際」。

猜猜看：「兩兄弟，不分離，睡覺在床前，吃飯在桌底。」猜一日用品。 答案：鞋。

ㄒㄩㄝ 長(ㄔㄤˊ)筒的鞋子：例靴子、馬靴。

革部 4
靶
左右
一 十 廾 廿 廿 芇 苫 苫 革 靪 靪 靶 靶

ㄅㄚˇ 練習、比賽射箭或射擊用的目標：例靶心、靶場、打靶。

ㄅㄚˋ 器物上便於拿的部分(ㄈㄣˋ)：例執靶、刀子靶。

革部 5
靼
左右
一 十 廾 廿 廿 芇 苫 苫 革 靪 靪 靼 靼 靼

ㄉㄚˊ 〔韃靼〕蒙古種(ㄓㄨㄥˇ)族名。見「韃」。

革部 5
鞅
左右
一 十 廾 廿 廿 芇 苫 苫 革 靪 靪 靪 鞅 鞅

ㄧㄤ 古代套在牛、馬頸上用來拉車的皮帶。

革部 6
鞍
左右
一 十 廾 廿 廿 芇 苫 苫 革 革 靪 靪 鞍 鞍 鞍

ㄢ 放在牲口背(ㄅㄟˋ)上供(ㄍㄨㄥ)人乘(ㄔㄥˊ)坐或馱運東西的器具：例馬鞍。

革部 6
鞋
左右
一 十 廾 廿 廿 芇 苫 苫 革 革 靪 鞋 鞋 鞋 鞋

ㄒㄧㄝˊ 穿在腳上可以起保護作用，便於行(ㄒㄧㄥˊ)走的用品：例皮鞋、拖鞋。

革部 6
鞏
上下
一 ㄒ 工 玑 巩 巩 巩 巩 巩 巩 巩 巩 巩 鞏 鞏

ㄍㄨㄥˇ 牢固；堅固：例鞏固。

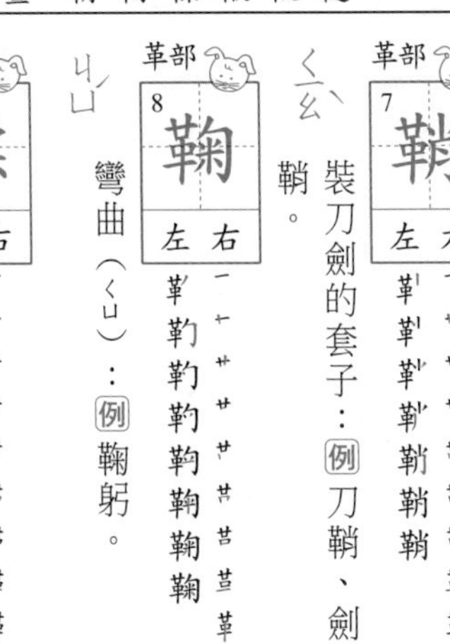

革部 7 **鞘** 左右

ㄑㄧㄠˋ 裝刀劍的套子：例刀鞘、劍鞘。

革部 8 **鞠** 左右

ㄐㄩ 彎曲（ㄑㄩ）：例鞠躬。

革部 9 **鞣** 左右

ㄖㄡˊ 加工使獸皮軟化：例鞣皮、鞣革、鞣製。

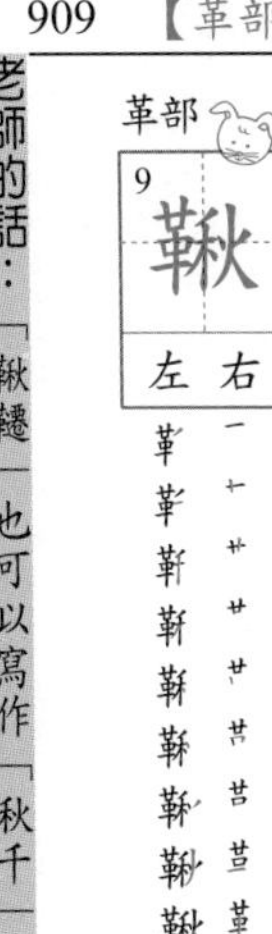

革部 9 **鞦** 左右

ㄑㄧㄡ 〔鞦韆〕一種供（ㄍㄨㄥ）人遊戲的器具，在懸（ㄒㄩㄢˊ）掛的長（ㄔㄤˊ）繩下端拴（ㄕㄨㄢ）一塊木板，人坐或踩在板子上前後擺動。

革部 9 **鞭** 左右

ㄅㄧㄢ ①趕牲口的用具：例馬鞭、皮鞭、揚鞭。②古代兵器，長條形，有節，沒有刃：例鋼鞭、竹節鞭、九節鞭。③編連成串的小爆竹：例鞭炮。

革部 13 **韃** 左右

ㄉㄚˊ 〔韃靼〕古代對北方遊牧民族的總稱（ㄔㄥ）。

老師的話：「鞦韆」也可以寫作「秋千」。

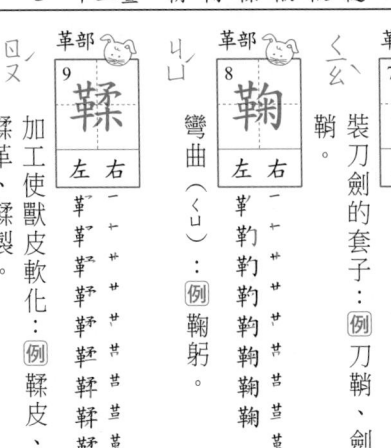

老師的話：韓國的泡菜種類多又美味，令人垂涎三尺呢！

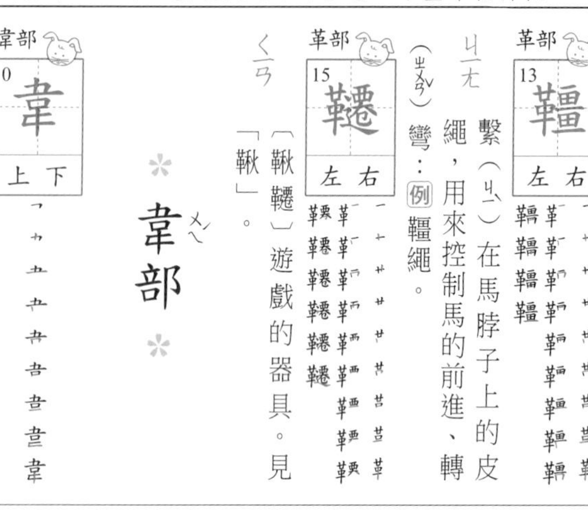

革部 13 **韁** 左右

ㄐㄧㄤ 繫（ㄐㄧˋ）在馬脖子上的皮繩，用來控制馬的前進、轉（ㄓㄨㄢˇ）彎：例韁繩。

革部 15 **韆** 左右

ㄑㄧㄢ 〔鞦韆〕遊戲的器具。見「鞦」。

韋（ㄨㄟˊ）部

韋部 0 **韋** 上下

ㄨㄟˊ 去毛加工後所製成的柔軟獸皮。也稱「熟皮」：例韋帶。

韋部 3 **韌** 左右

ㄖㄣˋ 又軟又結（ㄐㄧㄝ）實，不容易斷裂（跟「脆」相對）：例柔韌、堅韌、韌帶、韌性。

韋部 8 **韓** 左右

ㄏㄢˊ ①國名，在亞洲東北部，現在由北緯三十八度分為南韓、北韓。②姓。

韋部 10 **韜** 左右

ㄊㄠ ①隱藏（ㄘㄤˊ）：例韜光養晦（隱藏才能、謀略，不表現出來）。②用兵的謀略：例韜略。

韭部 ㄐㄧㄡˇ

韭部 0 韭 獨體

韭 ㄐㄧㄡˇ 草本植物，葉子細長（ㄔㄤˊ）扁平。葉和（ㄏㄢˋ）花、莖可以吃，種（ㄓㄨㄥˋ）子可以做藥材：例韭黃、韭菜。

音部 ㄧㄣ

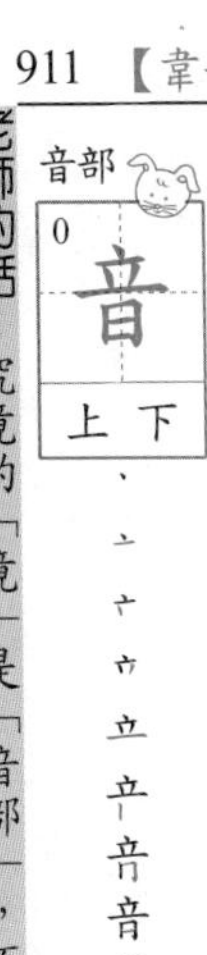
音部 0 音 上下

音 ㄧㄣ ①物體受振動後，由空氣傳播（ㄔㄨㄢˊ ㄅㄛ）而發出的聲響：例聲音、音波、噪音。②指腔調（ㄉㄧㄠˋ）：例鄉音。③信息；消息：例佳音、音信、回音。

音部 2 章 上下

章 ㄓㄤ ①法規；規程：例黨章、規章、簡章。②條目；條款：例約法三章。③樂曲（ㄑㄩˇ）詩文的段落：例樂（ㄩㄝˋ）章、篇章、章節。④條理：例雜亂無章。⑤身上佩帶的標誌：例勛章、肩章、徽章、證章。⑥圖記；印信：例圖章、蓋章、印章。

音部 2 竟 上下

老師的話：究竟的「竟」是「音部」，不要忘記喲！

老師的話：音響的「響」和嚮往的「嚮」字形相似，小心不要寫錯了！

ㄐㄧㄥˋ ①結束；完畢：例未竟的事業。②終究；到底：例有志者事竟成。③出乎意料：例竟然、竟敢。

音部 5 韶 左右
ㄕㄠˊ 美好：例韶光、韶華（ㄏㄨㄚˊ）。

音部 10 韻 左右
ㄩㄣˋ ①音節中聲母、聲調以外的部分，例如：ㄩㄣˋ，ㄩ是聲，ㄣ是韻，四聲是調：例押韻、聲韻。②情趣；風度：例韻味、風韻。

音部 12 響 上下
ㄒㄧㄤˇ ①聲音：例聲響、音響。②發出聲音：例一聲不響、鈴響了。③附和（ㄏㄜˋ）、呼應（ㄧㄥˋ）：例回響、響應（ㄧㄥˋ）。④聲音大；洪亮：例響亮、響徹雲霄。

頁（ㄧㄝˋ）部

頁部 0 頁 獨體
ㄧㄝˋ ①書冊中單張的紙：例活頁夾、畫頁、插頁。②量詞，書冊中一張紙的一面為一頁：例頁碼、第幾頁、共二十頁。

頁部 2 項 左右

ㄉㄧㄥˇ ①人體或物體的最上部：例頭頂、屋頂、山頂。②最；極：例頂好、頂難（ㄋㄢˊ）看、頂討人喜歡。③量詞，用於有頂的東西：例一頂帽子、一頂蚊帳。④用頭承載（ㄗㄞˋ）或承受：例頂著太陽趕路。⑤支撐；支持：例頂著門、頂不住。⑥抵得（˙ㄉㄜ）上；相當：例三個臭皮匠，頂個諸葛（ㄍㄜˊ）亮。⑦代替：例冒名頂替。⑧用頭撞擊：例把球頂進了球門。⑨面對；迎著（˙ㄓㄜ）：例頂著風雪。⑩用言語觸犯、衝撞：例頂撞、頂嘴。

頁部 2 **頃** 左右

ㄑㄧㄥˇ ①計算土地面積的單位，一百畝等於一頃。②很短的時間：例少（ㄕㄠˇ）頃、頃刻（ㄎㄜˋ）。

頁部 3 **項** 左右

ㄒㄧㄤˋ ①脖子的後部；脖子：例項背、頸項。②事物的門類或條目：例事項、項目。③指款項；錢：例進項、用項、存項。④量詞，用於分項的事物：例第二條第三項、兩項開支、一項任務、十項全能。

頁部 3 **順** 左右

ㄕㄨㄣˋ ①依從（ㄘㄨㄥˊ）：例孝順、歸順、順從。②朝（ㄔㄠˊ）同一方向（跟「逆」相對）：例順風、順流而下。③有條理；通暢：例文從字順、通順。④沒有阻礙：例順利、順暢。⑤適合：例順他的意、順

猜猜看：「三頁紙」，猜一個字。

答案：順。

老師的話：「頑石點頭」是比喻像石頭般頑固的人，最後都能順從。

看不順眼。⑥沿著；趁便：例順路、順手牽羊、順口答應（ㄉㄚ ㄧㄥ）。

頁部 3 **須** 左右

須 須 須

ㄒㄩ ①一定要：例必須、務須努力、無須費事。②片刻、短時間：例須臾。

頁部 4 **預** 左右

預 預 預 預

ㄩˋ ①事先：例預兆、預祝、預定、預料、預約。②參與（ㄩˋ）：例干預。

頁部 4 **頑** 左右

頑 頑 頑 頑

ㄨㄢˊ ①不易制服的；非常固執的：例頑固、頑症、頑敵。②不聽勸導，愛玩鬧：例頑童、頑皮。③堅硬；堅強：例頑強、頑抗。

頁部 4 **頓** 左右

頓 頓 頓 頓

ㄉㄨㄣˋ ①停下來：例停頓。②安排；處（ㄔㄨˇ）理：例安頓、整頓。③量詞。(1)用於飯食：例一頓飯。(2)用於斥責、打罵等行為（ㄨㄟˊ）的次數（ㄕㄨˋ）：例訓一頓、痛打一頓。④疲勞（ㄌㄠˊ）：例困頓、勞頓。

頁部 4 **頊** 左右

頊 頊 頊 頊

ㄒㄩˋ 〔顓（ㄓㄨㄢ）頊〕古代帝王名。見「顓」。

頁部 4 **頒** 左右

頒 頒 頒 頒

ㄅㄢ ①發給（ㄍㄟˇ）：例頒獎、頒發、頒贈。②宣布；發布：例頒布、頒行（ㄒㄧㄥˊ）。

頁部 4 **頌** 左右

ㄙㄨㄥˋ ①讚揚：例歌頌、頌揚、頌詞、歌功頌德。②以頌揚為（ㄨㄟˊ）內容的詩文、歌曲（ㄑㄩˇ）等：例商頌、中華頌。

頁部 5 **頗** 左右

ㄆㄛ ①偏；不正：例偏頗。②很：例頗為省（ㄕㄥˇ）力、頗感興（ㄒㄧㄥˋ）趣。

頁部 5 **領** 左右

ㄌㄧㄥˇ ①脖子：例領巾、領帶。②衣服上圍繞脖子的部分（ㄈㄣˋ）：例領扣、硬領、領口。③要點；綱要：例要領、綱領。④擁有；管轄：例領土、領域、占領。⑤引導：例領航、領路、帶領。⑥量詞，用於長袍、席子等：例一領道袍、三領草席。⑦接受；受取（發給（ㄍㄟˇ）的東西）：例領教、領情、領獎、領取、領薪水。⑧了（ㄌㄧㄠˇ）解：例領會、領悟。

頁部 6 **頡** 左右

ㄒㄧㄝˊ 〔頡頏（ㄏㄤˊ）〕①鳥上下飛翔：例歸鳥頡頏。②不相（ㄒㄧㄤ）上下：例二人的功課相頡頏。

ㄐㄧㄝˊ 〔倉頡〕人名。相傳（ㄔㄨㄢˊ）是古代創造文字的人。

老師的話：歌頌的「頌」和訴訟的「訟」字形相似，小心別寫錯了！

猜猜看：「高高山上一叢麻，月月割它月月發。」猜人體的一部分。

答案：頭髮

頰 頁部 7 左右

ㄐㄧㄚˊ 臉兩側眼以下的部分（ㄈㄣˋ），俗稱「腮幫子」：例兩頰、面頰、臉頰。

頸 頁部 7 左右

ㄐㄧㄥˇ 脖子：例頸椎、頸項。

ㄍㄥˇ 〔脖頸子〕脖子的後部。

頻 頁部 7 左右

ㄆㄧㄣˊ ①多次；屢次：例頻繁、頻傳、頻頻。②在一定的次數（ㄕㄨˋ）中（ㄓㄨㄥ），事件發生的比率（ㄌㄩˋ）：例頻率。

頷 頁部 7 左右

ㄏㄢˋ ①下巴：例頷下。②點頭，表示答應（ㄉㄚ ˙ㄧㄥ）的意思：例頷首。

頭 頁部 7 左右

ㄊㄡˊ ①人和動物身體上長（ㄓㄤˇ）著口、鼻、眼、耳等器官的部分，俗稱「腦袋」。②頭髮；髮式：例剃光頭、梳頭。③首領；為首的：例工頭、頭目。④第一：例頭獎、頭等、頭班車。⑤次序或時間在前的：例頭兩節車廂、頭一次、頭幾天。⑥物體的最頂端或最末端：例山頭、橋頭、地頭。⑦起點或終點：例從頭說起、一年到頭。⑧某些東西的殘存部分（ㄈㄣˋ）：例布頭、零頭。⑨方面：例分頭尋找、話分兩頭。⑩量詞，用於牲口：例一頭牛、三頭驢。⑪附在某些詞的後面，組成雙音節詞：例石頭、木頭、上頭、前頭、聽頭、盼頭、苦頭。

頁部 7 **頹** 左右

ㄊㄨㄟˊ ①倒（ㄉㄠˇ）塌：例頹垣（ㄩㄢˊ）斷壁。②衰敗：例頹敗、衰頹、頹風敗俗。③消沉；不振作：例頹唐、頹廢。

頁部 7 **頤** 左右

ㄧˊ ①保養：例頤情養性、頤養天年。②面頰：例大快朵頤。

頁部 8 **顆** 左右

ㄎㄜ ①小而圓的東西：例顆粒。②量詞，多用於小球狀或顆粒狀的東西：例一顆珍珠、幾顆豆子、五顆子彈、一顆心。

頁部 9 **額** 左右

ㄜˊ ①頭髮以下眉毛以上的部位：例額頭、前額、焦頭爛額。②牌匾，懸（ㄒㄩㄢˊ）掛在門楣或牆上，寫有文字的長（ㄔㄤˊ）方形木板：例匾額、橫額。③限定的數（ㄕㄨˋ）目：例名額、定額、超額、差（ㄔㄚ）額、額外。

老師的話：一顆糖果的「顆」不可以寫作一棵大樹的「棵」喲！

老師的話：「顏筋柳骨」是讚美別人的書法字寫得漂亮，有顏真卿、柳公權的風格。

頁部 9 **顏** 左右

ㄧㄢˊ

①臉部的表情：例鶴髮童顏（形容白髮老人紅光滿面）、容顏、喜笑顏開。②色彩：例顏色、顏料、五顏六色。③臉皮；面子：例厚顏無恥、無顏相見。

頁部 9 **題** 半包圍

ㄊㄧˊ

①寫作或講演內容的名稱（ㄔㄥ）：例文不對題、命題作文、標題。②練習或考試時要求解答的問話：例問題、習題、試題。③寫；簽上：例題字、題詩、題名。

頁部 9 **顎** 左右

ㄜˋ

指嘴的上下兩部分（ㄈㄣˋ），構成臉下半部的骨骼。在上方的稱（ㄔㄥ）「上顎骨」，在下方的稱「下顎骨」。

頁部 9 **顓** 左右

ㄓㄨㄢ

〔顓頊（ㄒㄩ）〕傳（ㄔㄨㄢˊ）說中上古帝王名，黃帝的孫子。

頁部 10 **類** 左右

ㄌㄟˋ

①相同或相似事物的總合：例種類、類別、類型。②像；相似：例畫虎不成反類犬、類似。

頁部 10 **願** 左右

ㄩㄢˋ ①期望；希望：例心願、事與願違。②信徒對神佛許下的酬謝：例許願、還（ㄏㄨㄢˊ）願。③肯；樂（ㄌㄜˋ）意：例願意、甘願、自願、情願。

頁部 10 顛 左右

一 十 𠂇 冇 冇 冇 有 直 直 真 真 真 真 真 真 真 真 顛 顛

ㄉㄧㄢ ①高而直立的物體的頂端：例山顛、樹顛、塔顛。②跌落（ㄌㄨㄛˋ）；倒（ㄉㄠˇ）：例顛覆、顛撲不破（理論正確無法推翻）。③上下震動：例顛簸（ㄅㄛˇ）。

頁部 12 顧 左右

丶 𠃌 戶 戶 戶 戶 戶 戶 戶 戶 雇 雇 雇 雇 雇 顧 顧 顧 顧 顧 顧

ㄍㄨˋ ①回頭看；看：例瞻前顧後、回顧、環顧、左顧右盼。②客人購買貨物：例惠顧。③照顧；憐惜：例顧此失彼、奮不顧身。

頁部 13 顫 左右

丶 亠 亠 宀 亩 亩 亩 亩 亶 亶 亶 亶 亶 亶 顫 顫 顫 顫 顫 顫 顫

ㄓㄢˋ 短促而頻繁地（˙ㄉㄜ）振動；抖動：例兩腿發顫、顫動、顫抖。

頁部 14 顯 左右

丨 ㄇ 日 日 旦 早 星 星 星 㬎 㬎 㬎 㬎 㬎 㬎 顯 顯 顯 顯 顯 顯 顯 顯

ㄒㄧㄢˇ ①露（ㄌㄡˋ）在外面的；容易發現的：例顯而易見、顯著（ㄓㄨˋ）、明顯、淺顯。②表露（ㄌㄨˋ）：例顯示、顯露（ㄌㄨˋ）、顯現。③名聲、權勢大：例顯赫、顯貴、顯要。

頁部 15 顰 上下

丨 ㅏ 止 止 步 步 步 步 步 步 頻 頻 頻 頻 頻 頻 頻 頻 顰 顰 顰 顰 顰 顰

老師的話：關於「顧」的成語包括：顧名思義、顧此失彼、顧全大局、顧盼生姿。

猜猜看：「水皺眉，樹搖動，花彎腰，雲逃走。」猜一種自然現象。

答案：風。

ㄆㄧㄣˊ 皺(ㄓㄡˋ)眉頭：例顰眉、東施效顰、一笑一顰。

頁部 16 顱 左右

丨 ⺊ 卢 卢 虍 虍 虍 虍 虍 虍 虍 虍 虍 盧 盧 盧 盧 盧 盧 盧 顱 顱 顱 顱 顱 顱 顱

ㄌㄨˊ 頭部：例顱骨、頭顱。

風部 (ㄈㄥ)

風部 0 風 半包圍

丿 几 凡 凡 凨 凨 風 風 風

ㄈㄥ ①指空氣流動的現象：例狂風、春風、颱風、風力。②習俗；習尚：例風氣、民風、移風易俗、歪風邪氣。③姿態；作風：例風采、風貌、風格、學風。④傳播(ㄔㄨㄢˊ ㄅㄛ)出來的消息：例聞風而動、通風報信、口風。⑤傳(ㄔㄨㄢˊ)聞的；不確實的：例風言風語、風聞。⑥景象；景色：例風景、風光、風物。⑦藉風力吹乾淨：例風乾、晒乾風淨。

風部 5 颯 左右

丶 亠 亠 立 立 立 刌 刌 刌 颯 颯 颯 颯 颯

ㄙㄚˋ 〔颯颯〕擬聲詞，模擬風聲、雨聲等：例秋風颯颯、寒雨颯颯。

風部 5 颱 半包圍

丿 几 凡 凡 凨 凨 風 風 風 風 颱 颱 颱 颱

ㄊㄞˊ 〔颱風〕發生在太平洋西部海洋上的一種(ㄓㄨㄥˇ)熱帶氣旋(ㄒㄩㄢˊ)，中心周圍風力在十二級以上，同時伴有暴雨，容易造成災害，常發生在夏秋兩季。

風部 6 颳 半包圍
丿几凡凤凧凨風風風颳颳颳颳颳颳

ㄍㄨㄚ 吹。通「刮」：例颳風。

風部 8 颶 半包圍
丿几凡凤凧凨風風風颶颶颶颶颶颶颶颶

ㄐㄩˋ 〔颶風〕古代指海上強烈的風暴；氣象學上指風力等於或大於十二級的風。

風部 9 颺 半包圍
丿几凡凤凧凨風風風颺颺颺颺颺颺颺颺颺

ㄧㄤˊ ①被風吹起。同「揚」：例風颺。②飛翔：例高颺、飛颺、遠颺。

風部 10 颼 半包圍
丿几凡凤凧凨風風風颼颼颼颼颼颼颼颼颼颼

ㄙㄡ ①擬聲詞，模擬風吹過的聲音：例涼風颼颼地（˙ㄉㄜ）吹來。②冷的樣子：例冷颼颼。

風部 11 飄 左右
一 ㄏ 襾 襾 襾 襾 覀 票 票 票 票 飃 飃 飄 飄 飄 飄 飄 飄 飄

ㄆㄧㄠ 隨風擺動或飛舞：例飄飄、飄揚、飄舞。

飛部 ㄈㄟ

飛部 0 飛 獨體
乙 乙 飞 飞 𠃧 飛 飛 飛 飛

老師的話：形容一個人很快樂的樣子，可以說「飄飄然」、「飄飄欲仙」。

老師的話：「食言而肥」這句成語是比喻說話不算話的人。

①（鳥、蟲等）搧（ㄕㄢ）動翅膀在空中活動：例飛翔、遠走高飛。②在空中飄盪或行（ㄒㄧㄥˊ）動：例飛雪、飛沙走石、起飛、飛行。③快速地（˙ㄉㄜ）行動：例飛奔、健步如飛、物價飛漲、火車從眼前飛過。④沒有根據的；無緣無故的：例流言飛語、飛災橫禍。

食部 ㄕˊ

食部 0 **食** 上下

①吃的東西：例主食、糧食、豐衣足食。②吃：例吞食、絕食、食不知味。③日月部分或全部被遮住：例日食、月食。④供（ㄍㄨㄥ）食用的：例食鹽、食物、食品、食用油。

食部 2 **飢** 左右

①餓：例飢餓、飢寒交迫、如飢似渴。②莊稼收成不好或沒有收成：例飢荒。

食部 3 **飧** 左右

①晚飯。②飯菜：例盤飧。

食部 4 **飪** 左右

煮飯菜：例烹飪。

食部 4 飯 左右

ㄈㄢˋ

①糧食做成的熟食；特指米飯：例飯熟了、粗茶淡飯。②吃飯：例飯前要洗手。③每天按時吃的正餐：例早飯。

食部 4 飩 左右

ㄉㄨㄣˊ

〔餛（ㄏㄨㄣˊ）飩〕一種（ㄓㄨㄥˇ）用麵粉做成薄（ㄅㄛˊ）皮包肉餡的食品。見「餛」。

食部 4 飲 左右

ㄧㄣˇ

①喝：例飲水思源。②特指喝酒：例對飲、暢飲。③心中含著（˙ㄓㄜ）：例飲恨。④指飲料：例冷飲、熱飲。

ㄧㄣˋ

讓牲畜（ㄔㄨˋ）喝水：例飲牲口、飲馬。

食部 4 飭 左右

ㄔˋ

整頓；治理：例整飭。

食部 5 飼 左右

ㄙˋ

餵養（動物）：例飼牛、飼養（ㄧㄤˇ）。

食部 5 飴 左右

ㄧˊ

米、麥芽熬成的糖漿；今指某些軟糖：例香蕉飴、甘之如飴、含飴弄孫。

老師的話：飼養的「飼」和伺候的「伺」字形相似，要分辨清楚喲！

猜猜看：「吃包子」，猜一個字。

答案：飽。

食部 5 飽 左右
ノ 𠆢 𠆢 今 今 今 食 食 食 飠 飣 飽 飽 飽

ㄅㄠˇ ①吃足了（跟「餓」相（ㄒㄧㄤ）對）：例溫飽、填飽、酒足飯飽、飽食終日。②充足；充分（ㄈㄣˋ）：例飽經風霜、飽受、飽嘗、飽含。③（子粒）豐滿：例飽滿。

食部 5 飾 左右
ノ 𠆢 𠆢 今 今 今 食 食 食 飠 飣 飾 飾

ㄕˋ ①裝扮；美化：例修飾、裝飾、粉飾。②用來裝扮的東西：例首飾、服飾。③掩蓋：例掩飾。④扮演：例飾演。

食部 6 餃 左右
ノ 𠆢 𠆢 今 今 今 食 食 食 飠 飣 飣 餃 餃

ㄐㄧㄠˇ 用麵皮捏成的半圓形麵食，裡面包著（˙ㄓㄜ）餡（ㄒㄧㄢˋ）：例餃子、水餃、蒸餃。

食部 6 餅 左右
ノ 𠆢 𠆢 今 今 今 食 食 食 飠 飠 飠 餅 餅

ㄅㄧㄥˇ ①熟的麵食，一般為（ㄨㄟˊ）扁圓形：例烙（ㄌㄠˋ）餅、燒餅、蔥油餅。②形狀扁圓的東西：例月餅、柿餅、鐵餅。

食部 6 餌 左右
ノ 𠆢 𠆢 今 今 今 食 食 食 飠 飣 飣 餌 餌

ㄦˇ 引魚上鉤或誘捕其他動物的食物：例魚餌、釣餌、誘餌。

食部 6 餉 左右
ノ 𠆢 𠆢 今 今 今 食 食 食 飠 飠 餉 餉 餉

ㄒㄧㄤˇ 古代指軍糧，後多指軍警、政府機關工作人員的薪水：例糧餉、關餉、發餉。

食部 6 養 上下
丶 丷 䒑 䒑 兰 羊 美 美 羕 羕 养 养 養 養 養

ㄧㄤˇ ①飼養動物：例養雞、養馬。②供給（ㄍㄨㄥ ㄐㄧˇ）維持生活必需的錢、物；撫育：例養家、贍養、撫養。③使身心得（ㄉㄜˊ）到休息和滋補：例養病、保養、休養。④修鍊；培植：例修養、培養、教（ㄐㄧㄠˋ）養、修身養性。⑤領養的；非親生的：例養子、養母。⑥種（ㄓㄨㄥˋ）植：例養花種（ㄓㄨㄥˇ）草。

ㄧㄤˋ 晚輩侍奉長（ㄓㄤˇ）輩：例奉養。

食部 7 餓 左右
丿 𠂉 𠆢 今 今 今 食 食 食 飠 飣 飦 飫 餓 餓 餓

ㄜˋ 肚子裡沒有食物，想吃東西（跟「飽」相（ㄒㄧㄤ）對）：例飢餓、挨餓。

食部 7 餒 左右
丿 𠂉 𠆢 今 今 今 食 食 食 飠 飣 飦 飫 餒 餒 餒

ㄋㄟˇ ①餓：例凍餒（又冷又餓）。②喪（ㄙㄤˋ）失勇氣：例勝不驕，敗不餒、氣餒。

食部 7 餘 左右
丿 𠂉 𠆢 今 今 今 食 食 食 飠 飫 飫 飲 餘 餘 餘

ㄩˊ ①多出而剩下的：例餘力、餘地、其餘、剩餘。②零數（ㄕㄨˋ），大約估計的詞：例二十餘人。③將（ㄐㄧㄤ）結束的；殘盡：例

老師的話：「餘」的相似字是「剩」、「殘」、「留」。

老師的話：「餛飩」又叫作「雲吞」。

餘生、餘年。

餐
食部 7 上下

ㄘㄢ ①吃飯：例野餐、秀色可餐、飽餐一頓。②飯食：例西餐、快餐、一日三餐。

館
食部 8 左右

ㄍㄨㄢˇ ①供賓客、旅客居住的場所：例賓館、旅館。②一個國家在另一個國家辦理外交事務的人員的處（ㄔㄨˋ）所：例大使館、公使館、領事館。③開展文化體育活動的場所：例圖書館、博物館。④某些服務行（ㄏㄤˊ）業的店鋪（ㄆㄨˋ）名稱（ㄔㄥ）：例飯館、茶館、照相館。

餞
食部 8 左右

ㄐㄧㄢˋ ①擺設酒食送別：例餞行（ㄒㄧㄥˊ）。②用蜜或糖浸泡後製成的食品：例蜜餞。

餛
食部 8 左右

ㄏㄨㄣˊ 〔餛飩（ㄉㄨㄣ˙）〕用薄（ㄅㄛˊ）麵皮包上少量（ㄕㄠˇ ㄌㄧㄤˋ）肉餡（ㄒㄧㄢˋ）製成的麵食。

餡
食部 8 左右

ㄒㄧㄢˋ 包在水餃、包子等食物裡的材料，一般用肉、菜、豆沙等製成：例肉餡、韭（ㄐㄧㄡˇ）菜餡、豆沙餡。

食部 9 餵 左右

ノ 𠂉 𠂊 今 今 今 𩙿 食 食 飠 飣 飤 飥 餇 餵 餵 餵 餵

ㄨㄟˋ ①把吃的東西送到別人的嘴裡：例餵哺、餵奶。②拿東西給動物吃：例餵狗。

食部 10 餾 左右

ノ 𠂉 𠂊 今 今 今 𩙿 食 食 飠 飣 餡 餾 餾 餾 餾 餾 餾

ㄌㄧㄡˋ ①加熱使液體變成蒸氣後再凝結成純淨的液體：例蒸餾。②把涼了的熟食蒸熱：例餾饅頭。

食部 10 餿 左右

ノ 𠂉 𠂊 今 今 今 𩙿 食 食 飠 飠 飠 餇 餇 餇 餇 餿 餿

ㄙㄡ ①食物變質（ㄓˊ）發出酸臭（ㄒㄧㄡˋ）的味道：例飯餿了。②酸臭的：例餿水、餿味。③壞的；不好（ㄏㄠˇ）的：例餿主意。

食部 10 餽 左右

ノ 𠂉 𠂊 今 今 今 𩙿 食 食 飠 飠 飽 飽 飽 餽 餽 餽

ㄎㄨㄟˋ 贈送。通「饋」：例餽贈。

食部 11 饅 左右

ノ 𠂉 𠂊 今 今 今 𩙿 食 食 飠 飠 飠 飠 飠 餇 餇 餇 饅 饅

ㄇㄢˊ 〔饅頭〕一種（ㄓㄨㄥˇ）用發酵過的麵粉蒸熟後的食品。

食部 11 饃 左右

ノ 𠂉 𠂊 今 今 今 𩙿 食 食 飠 飠 飠 飠 飠 飠 飠 饃 饃

ㄇㄛˊ 某些地區指餅類食物，特指饅頭：例饃饃。

食部 11 饉 左右

ノ 𠂉 𠂊 今 今 今 𩙿 食 食 飠 飠 飠 飠 飠 飠 飠 饉 饉

老師的話：傳說發明饅頭的人是諸葛亮，當初是用來取代人頭的祭品。

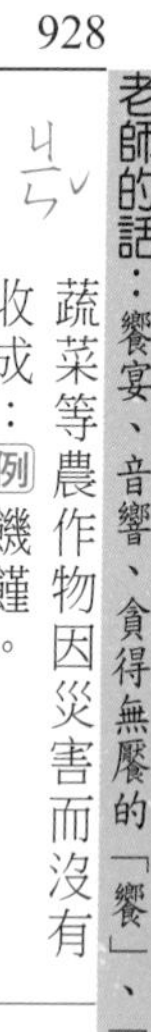

蔬菜等農作物因災害而沒有收成：例饑饉。

饒 ㄖㄠˊ 食部 12 左右

①多；富足：例富饒、豐饒。②寬恕；原諒：例饒恕、饒命、求饒。

饑 ㄐㄧ 食部 12 左右

①五穀收成不好的荒年：例饑荒、饑饉。②飢餓的。通「飢」：例饑寒交迫、饑腸轆轆。

饗 ㄒㄧㄤˇ 食部 12 上下

①設酒宴招待：例饗宴、饗客。②請人享用：例以饗讀

者。

饋 ㄎㄨㄟˋ 食部 12 左右

贈送東西給別人。通「餽」：例饋贈。

饜 ㄧㄢˋ 食部 14 上下

①吃飽：例食饜。②滿足：例饜足、貪得（ㄉㄜˊ）無饜。

饞 ㄔㄢˊ 食部 17 左右

①看到好吃的就很想吃；專愛吃好的：例嘴饞。②看到好東西就想得（ㄉㄜˊ）到；羨慕：例眼饞。

老師的話：饗宴、音響、貪得無饜的「饗」、「響」、「饜」寫法不同，要分辨清楚喲！

首部 ㄕㄡˇ

首部 0

首 上下

丶 丷 䒑 䒑 产 首 首 首 首

ㄕㄡˇ ①頭：例斬首、昂首闊步。②領頭的人：例禍首、魁（ㄎㄨㄟˊ）首。③最早：例首先、首倡、首創。④第一：例首屆、首次。⑤最高的：例首都（ㄉㄨ）、首要、首席代表。⑥向治安機關報告犯罪的經過：例自首。⑦量詞，用於詩詞、歌曲（ㄑㄩˇ）等：例一首詩、兩首民歌。

香部 ㄒㄧㄤ

香部 0

香 上下

丿 二 千 禾 禾 秂 香 香 香

ㄒㄧㄤ ①氣味好聞（跟「臭」相對）：例香水、芳香、鳥語花香。②覺得（ㄐㄩㄝˊ ˙ㄉㄜ）東西好吃：例香甜可口。③睡得（˙ㄉㄜ）舒服、踏實：例睡得（˙ㄉㄜ）香。④天然帶有香味的東西：例檀香。⑤用木屑加香料等做成的細條，用於拜祭祖先或神佛，也用於驅除異味或蚊子：例燒香、線香、蚊香。

香部 9

馥 左右

丿 二 千 禾 禾 秂 香 香 香 香 香 香 香 香 香 馥 馥 馥

ㄈㄨˋ 香氣濃重（ㄓㄨㄥˋ）：例馥郁、馥馥。

猜猜看：「彎彎床，彎彎被，彎彎姑娘裡面睡。」猜一種水果。

答案：香蕉。

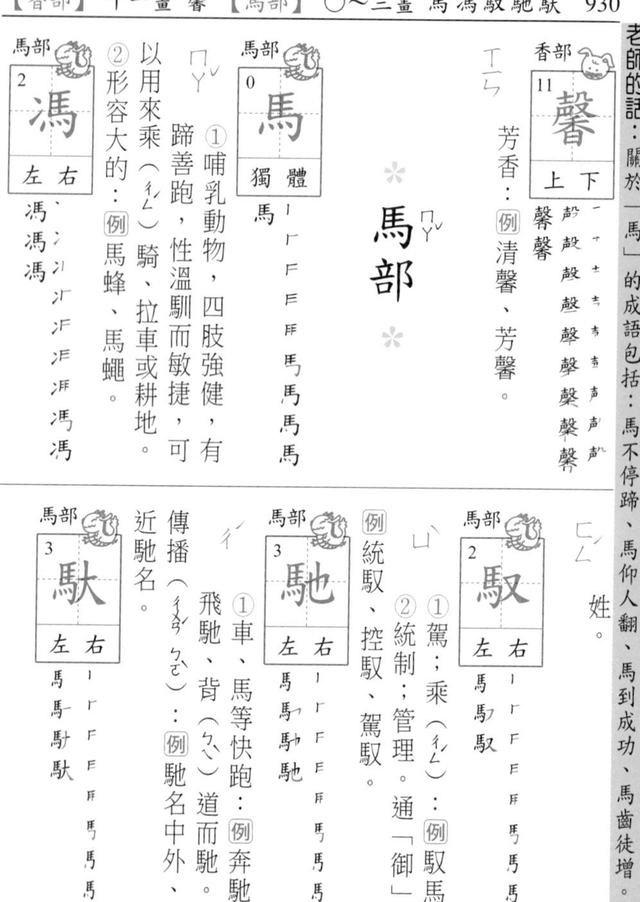

老師的話：關於「馬」的成語包括：馬不停蹄、馬仰人翻、馬到成功、馬齒徒增。

香部 11 **馨** 上下

ㄒㄧㄣ

芳香：例清馨、芳馨。

馬部 ㄇㄚˇ

馬部 0 **馬** 獨體

ㄇㄚˇ

①哺乳動物，四肢強健，有蹄善跑，性溫馴而敏捷，可以用來乘（ㄔㄥˊ）騎、拉車或耕地。②形容大的：例馬蜂、馬蠅。

馬部 2 **馮** 左右

ㄈㄥˊ

姓。

馬部 2 **馭** 左右

ㄩˋ

①駕；乘（ㄔㄥˊ）：例馭馬。②統制；管理。通「御」：例統馭、控馭、駕馭。

馬部 3 **馳** 左右

ㄔˊ

①車、馬等快跑：例奔馳、飛馳、背（ㄅㄟˋ）道而馳。②傳播（ㄔㄨㄢˊ ㄅㄛˋ）：例馳名中外、遠近馳名。

馬部 3 **馱** 左右

ㄊㄨㄛˊ 用背（ㄅㄟˋ）背（ㄅㄟ）著（˙ㄓㄜ）人或物：例馱運。

ㄉㄨㄛˋ 〔馱子〕①背（ㄅㄟ）上馱（ㄊㄨㄛˊ）著貨物的牲口：例趕騾馱子。②量詞，用於牲口所背（ㄅㄟ）的貨物：例五馱貨。

馬部 3 **馴** 左右

丨 ㄏ ㄏ ㄏ 馬 馬 馬 馬 馬 馬 馴 馴

ㄒㄩㄣˊ ①順從（ㄘㄨㄥˊ）的；聽從指使的：例馴順、馴服、馴良、溫馴。②使服從：例馴馬、馴獸。

ㄒㄩㄣˋ 教（ㄐㄧㄠˋ）化。通「訓」：例教馴。

馬部 4 **駁** 左右

丨 ㄏ ㄏ ㄏ 馬 馬 馬 馬 馬 馬 駁 駁 駁 駁

ㄅㄛˊ ①用自己的觀點否定別人的觀點；指出別人意見的錯誤：例駁回、駁斥、駁倒、批駁、反駁。②顏色或內容混（ㄏㄨㄣˋ）雜不純：例斑駁、駁雜。③用船轉（ㄓㄨㄢˇ）運旅客或貨物：例駁運、駁貨。

馬部 5 **駐** 左右

丨 ㄏ ㄏ ㄏ 馬 馬 馬 馬 馬 馬 駐 駐 駐 駐 駐

ㄓㄨˋ ①停留：例駐足（停下腳）、留駐。②（軍隊）停留在（某地）；（機構）設立在（某地）：例駐守、駐紮。

馬部 5 **駟** 左右

丨 ㄏ ㄏ ㄏ 馬 馬 馬 馬 馬 馬 駟 駟 駟 駟 駟

ㄙˋ 古代指同駕一輛車的四匹馬，也指套著（˙ㄓㄜ）四匹馬的車：例一言既出，駟馬難（ㄋㄢˊ）追。

猜猜看：「馬行河川旁」，猜一個字。

答案：馴。

猜猜看：「奴隸騎馬」，猜一個字。

答案：駑。

馬部 駝 5 左右
丨 ㄏ ㄏ ㄏ 𠀆 馬 馬 馬 馬 馬 馬' 馬' 駝' 駝' 駝

ㄊㄨㄛˊ ①〔駱駝〕哺乳類草食動物。又稱（ㄔㄥ）「沙漠之舟」。見「駱」：例駱駝。②脊背（ㄅㄟˋ）拱起，像駝峰一樣：例駝背。

馬部 駛 5 左右
丨 ㄏ ㄏ ㄏ 𠀆 馬 馬 馬 馬 馬 馬' 馬' 駛' 駛 駛

ㄕˇ ①車馬等快跑：例疾駛、奔駛、飛駛。②操縱車船等行進：例駕駛。

馬部 駑 5 上下
ㄑ ㄆ ㄆ 奴 奴 奴 奴 奴 奴 奴 奴 駑 駑 駑 駑

ㄋㄨˊ ①跑不快的劣馬：例駑馬。②比喻人的才能平庸低下：例駑鈍。

馬部 駕 5 上下
ㄱ ㄌ 力 加 加 加 加 加 加 加 架 駕 駕 駕 駕

ㄐㄧㄚˋ ①用牲口拉（車或農具）：例牛耕地，馬駕車。②操縱（ㄗㄨㄥ）（車、船、飛機等）：例駕飛機、駕駛。③對別人表示敬意的用語：例駕臨、大駕、勞駕。

馬部 駒 5 左右
丨 ㄏ ㄏ ㄏ 𠀆 馬 馬 馬 馬 馬 馬' 駒 駒 駒 駒

ㄐㄩ ①少（ㄕㄠˋ）壯的馬：例名駒、良駒、千里駒。②初生的馬、騾、驢：例小驢駒、馬駒子。

馬部 駙 5 左右
丨 ㄏ ㄏ ㄏ 𠀆 馬 馬 馬 馬 馬 馬' 駙 駙 駙 駙

ㄈㄨˋ ①拉副車（皇帝的侍從（ㄗㄨㄥ）的車輛）的馬。②〔駙馬〕

漢代官名，主管拉副車的馬匹（ㄆㄧˇ）。帝王的女婿常擔任這個官，因此特指帝王的女婿。

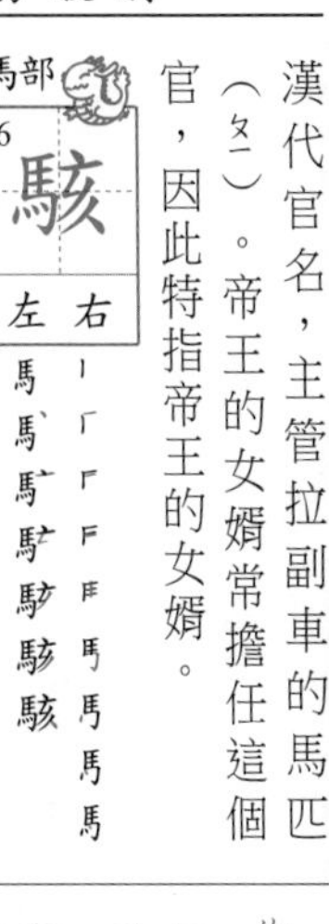

馬部 6 駭 左右

丨 ㄏ ㄏ ㄏ 馬 馬 馬 馬 馬 馬 馬 駭 駭 駭

ㄏㄞˋ

驚嚇：例駭怕、駭異、驚駭、駭人聽聞（聽了使人吃驚）。

馬部 6 駢 左右

丨 ㄏ ㄏ ㄏ 馬 馬 馬 馬 馬 馬 馬 駢 駢 駢 駢

ㄆㄧㄢˊ

①兩匹馬並行（ㄒㄧㄥˊ）：例駢列。②對偶的：例駢體（六朝（ㄔㄠˊ）時期要求詞句整齊對偶的文體）、駢文（用駢體寫的文章）、駢儷（指文章的對偶句法）。

馬部 6 駱 左右

丨 ㄏ ㄏ ㄏ 馬 馬 馬 馬 馬 馬 駱 駱 駱 駱

（駱駝）哺乳類草食動物，身體高大，背（ㄅㄟˋ）上有一個或兩個駝峰，耐饑渴高溫，能負重（ㄓㄨㄥˋ）在沙漠中長（ㄔㄤˊ）途行走。

ㄌㄨㄛˋ

馬部 7 騁 左右

丨 ㄏ ㄏ ㄏ 馬 馬 馬 馬 馬 馬 騁 騁 騁 騁 騁

ㄔㄥˇ

①縱（ㄗㄨㄥˋ）馬奔跑：例馳騁。②展開；放任：例騁目、騁望、騁懷。

馬部 7 駿 左右

丨 ㄏ ㄏ ㄏ 馬 馬 馬 馬 馬 馬 駿 駿 駿 駿 駿 駿

ㄐㄩㄣˋ

好（ㄏㄠˇ）馬：例駿馬、良駿、神駿。

馬部 8 騎 左右

丨 ㄏ ㄏ ㄏ 馬 馬 馬 馬 馬 馬 騎 騎 騎 騎 騎 騎 騎 騎

老師的話：「駱駝」又號稱「沙漠之舟」。

老師的話：騙子、偏心、一遍的「騙」、「偏」、「遍」寫法不同，要分辨清楚喲！

ㄑㄧˊ ①兩腿左右分開跨（ㄎㄨㄚˋ）坐：例騎馬、騎腳踏車。②供（ㄍㄨㄥ）人騎的馬或其他牲畜（ㄔㄨˋ）：例坐騎。③騎馬作戰的軍隊：例騎兵、輕騎、鐵騎。

馬部 9 **鶩** 上下

ㄱ ㄱ 𠂊 予 矛 矛 矛 矛 敄 敄 敄 敄 敄 敄 敄 敄 鶩 鶩 鶩

ㄨˋ ①縱橫（ㄗㄨㄥ ㄏㄥˊ）馳騁：例馳鶩。②力求；追求：例好高鶩遠。

馬部 9 **騙** 左右

丨 ㄏ ㄏ ㄏ 戶 馬 馬 馬 馬 馬 馬 馬 馬 馬 馬 騙 騙 騙 騙

ㄆㄧㄢˋ ①用謊話或欺詐手段使人相（ㄒㄧㄤ）信、上當（ㄉㄤˋ）：例哄（ㄏㄨㄥˇ）騙、欺騙、詐騙、行（ㄒㄧㄥˊ）騙。②用詐欺的手段取得（ㄉㄜˊ）：例騙錢、騙取。

馬部 10 **騫** 上下

丶 丶 宀 宀 宀 宀 宑 寉 寉 寉 寒 寒 寒 寒 寒 騫 騫 騫 騫 騫

ㄑㄧㄢ 高舉：例騫舉。

馬部 10 **騰** 左右

丿 刀 月 月 月 月 肸 肸 朕 朕 朕 朕 朕 朕 朕 騰 騰 騰 騰 騰

ㄊㄥˊ ①上升：例騰空（ㄎㄨㄥ）、飛騰、騰達。②跳；奔馳：例騰越、歡騰、奔騰。③上下左右翻動：例沸騰、翻騰。④表示動作反覆：例折（ㄓㄜ）騰。⑤使空（ㄎㄨㄥˋ）出來：例騰房、騰出手來。

馬部 10 **騷** 左右

丨 ㄏ ㄏ ㄏ 戶 馬 馬 馬 馬 馬 馬 馬 馬 馬 馬 騷 騷 騷 騷 騷

ㄙㄠ ①擾亂：例騷擾、騷動、騷亂。②舉動輕浮，行為（ㄒㄧㄥˊ

ㄨˋ）放蕩：例風騷。

馬部 11 **驅** 左右

丨 ㄏ ㄈ ㄈ 厓 馬 馬 馬 馬 馬 馬 馬 馬 馬 馬 馬 驅 驅 驅 驅 驅

ㄑㄩ ①趕牲畜（ㄔㄨˋ）；趕車：例揚鞭驅馬、驅車。②趕走：例驅寒、驅逐、驅除、驅散（ㄙㄢˋ）。③快跑：例長驅直入、並駕齊驅。④迫使（ㄕˇ）：例驅使。

馬部 11 **驃** 左右

丨 ㄏ ㄈ ㄈ 厓 馬 馬 馬 馬 馬 馬 馬 馬 馬 馬 馬 驃 驃 驃 驃 驃

ㄆㄧㄠˋ ①勇猛的：例驃悍。②馬跑得（˙ㄉㄜ）很快的樣子：例驃騎（ㄐㄧˋ）。

馬部 11 **驀** 上下

丶 ㇐ 十 艹 艹 苩 苩 甘 莫 莫 莫 莫 莫 驀 驀 驀 驀 驀

ㄇㄛˋ 突然；忽然：例他驀地（˙ㄉㄜ）站起來、驀然回首。

馬部 11 **騾** 左右

丨 ㄏ ㄈ ㄈ 厓 馬 馬 馬 馬 馬 馬 馬 馬 馬 馬 馬 騾 騾 騾 騾 騾

ㄌㄨㄛˊ 哺乳類動物，驢和馬交配所生的牲畜（ㄔㄨˋ），耐勞（ㄌㄠˊ），抗病力及適應（ㄧㄥˋ）性強，常用來載（ㄗㄞˋ）貨，但是不能繁殖後代。俗稱「馬騾」。

馬部 12 **驕** 左右

丨 ㄏ ㄈ ㄈ 厓 馬 馬 馬 馬 馬 馬 馬 馬 馬 馬 馬 驕 驕 驕 驕 驕 驕

ㄐㄧㄠ ①強（ㄑㄧㄤˊ）烈：例驕陽似火。②自高自大：例驕傲、驕氣、戒驕戒躁（ㄗㄠˋ）。

馬部 13 **驚** 上下

丶 丷 艹 艹 芍 苟 苟 苟 苟 敬 敬 敬 敬 敬 敬 敬 敬 驚 驚 驚 驚 驚

老師的話：驕傲的「驕」不可以寫作嬌滴滴的「嬌」喲！

猜猜看：「三人兩口一匹馬」，猜一個字。

ㄐㄧㄥ ①騾馬因受到突然的刺激而狂奔不止：例馬驚車敗。②由於受到刺激而緊張或恐懼：例驚慌、驚擾、受驚、驚惶失措、膽戰心驚。③震動：例驚動、驚天動地、打草驚蛇。

馬部 13 驛 左右

ㄧˋ 古代傳（ㄔㄨㄢˊ）遞公文的人和來往的官員在中（ㄓㄨㄥˋ）途換馬或住宿（ㄙㄨˋ）的地方：例驛站。

馬部 13 驗 左右

ㄧㄢˋ ①通過實踐等途徑得（ㄉㄜˊ）到證實：例驗證、應（ㄧㄥˋ）驗、靈驗。②察看（ㄎㄢˋ）；檢查：例驗貨、驗收、檢驗。

馬部 14 驟 左右

ㄗㄡˋ ①速度非常快：例急驟、暴風驟雨。②突然；忽然：例驟冷、驟變、驟然。

馬部 16 驢 左右

ㄌㄩˊ 哺乳類動物，像馬而小，耳朵和臉部都較長，毛灰褐色。家驢可以用來拉車、騎乘（ㄑㄧˊ ㄔㄥˊ）、馱（ㄊㄨㄛˊ）東西。

馬部 16 驥 左右

ㄐㄧˋ ①千里馬：例按圖索驥。②比喻傑出的人才：例驥才。

答案：驗。

馬部 19 **驪** 左右

丨 厂 F F F 馬 馬 馬 馬 馬 馬 馬 馬 馬 馬 馬 馬 馬 驪 驪 驪 驪 驪 驪 驪 驪 驪

ㄌㄧˊ 純黑色的馬：例驪駒。

骨部 ㄍㄨˇ

骨部 0 **骨** 上下

丨 冂 冂 冂 冎 冎 冎 骨 骨 骨

ㄍㄨˇ ①人和脊椎動物體內起支撐作用的堅硬組織：例骨骼、筋骨、肋骨、軟骨。②比喻人的品格、氣概：例骨氣。③物體內部起支撐作用的架子：例傘骨、扇骨、鋼骨。

ㄍㄨˊ 〔骨頭（・ㄊㄡ）〕同「骨（ㄍㄨˇ）」①。

ㄍㄨ ①〔骨朵兒〕還沒有開放的花朵：例花骨朵兒。②〔骨碌〕滾；翻滾：例把油桶骨碌過來、一骨碌爬起來。

骨部 4 **骯** 左右

丨 冂 冂 冂 冎 冎 冎 骨 骨 骨 骨 骨 骯 骯

ㄤ 〔骯髒〕①不乾淨：例這間廁所太骯髒、骯髒的抹布。②比喻下流醜惡（ㄜˋ）：例骯髒的交易。

骨部 4 **骰** 左右

丨 冂 冂 冂 冎 冎 冎 骨 骨 骨 骨 骨 骰 骰

ㄊㄡˊ 〔骰子〕色子（ㄕㄞˇ・ㄗ），六面小立方體，分別刻上一、二、三、四、五、六個點，投擲後

老師的話：比喻人沒有本領，不能解決事情，可以說「沒骨頭的傘——支撐不開。」

老師的話：「髒」的相似字是「汙」，相反字是「淨」、「潔」。

依據點數（ㄕㄨˋ）來決定勝負。

骷
骨部 5 左右 ㄎㄨ

丨 ㄇ ㄇ ㄇ ㄇ ㄇ 丹 骨 骨 骨 骨 骨 骷 骷 骷

〔骷髏（ㄌㄡˊ）〕死人的頭骨（ㄍㄨˇ）或沒有皮肉、毛髮的屍體骨架。

骸
骨部 6 左右 ㄏㄞˊ

丨 ㄇ ㄇ ㄇ ㄇ ㄇ 丹 骨 骨 骨 骨 骨 骸 骸 骸 骸

①人的骨頭（多指屍骨）：例骸骨、屍骸。②身體：例形骸。

骼
骨部 6 左右 ㄍㄜˊ

丨 ㄇ ㄇ ㄇ ㄇ ㄇ 丹 骨 骨 骨 骨 骨 骼 骼 骼 骼

骨頭（ㄍㄨˊ ·ㄊㄡ）：例骨骼。

髏
骨部 11 左右 ㄌㄡˊ

丨 ㄇ ㄇ ㄇ ㄇ ㄇ 丹 骨 骨 骨 骨 骨 骨 骨 骨 骨 髏 髏 髏 髏 髏

〔骷髏〕死人的頭骨。見「骷」。

髒
骨部 13 左右 ㄗㄤ

丨 ㄇ ㄇ ㄇ ㄇ ㄇ 丹 骨 骨 骨 骨 骨 骨 骨 骨 骨 髒 髒 髒 髒 髒 髒 髒

有汙垢；不乾淨：例髒衣服、髒亂、骯髒〈比〉說話帶髒字。

髓
骨部 13 左右 ㄙㄨㄟˇ

丨 ㄇ ㄇ ㄇ ㄇ ㄇ 丹 骨 骨 骨 骨 骨 骨 骨 骨 骨 髓 髓 髓 髓 髓 髓 髓

①充滿在骨頭（ㄍㄨˊ ·ㄊㄡ）內腔中的柔軟組織：例骨（ㄍㄨˇ）髓。②身體內像骨髓的東西：例腦髓、脊髓。③比喻精華部分（ㄈㄣˋ）：例精髓。

骨部 13 體 左右

丨 冂 冂 冂 冂 冂 丹 咼 骨 骨 骨 骨 骨 骨 骨 體 體 體 體 體 體 體 體

ㄊㄧˇ ①人或動物的全身或身子的一部分：例體型、身體、肢體。②事物的本身或全部：例物體、集體、全體、體積。③事物的形狀或形態：例固體、液體、長方體。④事物的規格、形式或規矩等：例體例、體制、體統。⑤文字的書寫形式或文章的表現形式：例字體、文體、體裁。⑥親身實踐或經歷：例身體力行、體察、體會、體驗。⑦設身處地(ㄉㄧˋ)替人著想：例體諒、體恤、體貼。

骨部 14 髕 左右

丨 冂 冂 冂 冂 冂 丹 咼 骨 骨 骨 骨 骨 骨 骨 骨 骨 骨 髕 髕 髕 髕 髕 髕

ㄅㄧㄣˋ ①膝蓋骨。②削(ㄒㄩㄝ)去髕骨，古代的一種(ㄓㄨㄥˇ)酷刑。

高部 ㄍㄠ

高部 0 高 上下

丶 亠 亠 亠 亠 亠 亯 亯 高 高

ㄍㄠ ①從底部到頂部的距離大；所處(ㄔㄨˇ)的位置到地面的距離大(跟「低」相對)：例高樓、高原、高大、高高低低、高低起伏。②從上到下的距離：例高度、身高。③高的地方：例居高臨下、登高望遠。④地位、等級在上的：例職務高、高級、高等、高檔。⑤超出一般的；大於平均值的：例見解高、產量(ㄌㄧㄤˋ)高、高齡、高

猜猜看：「小小東西放到嘴裡，有病無病看它肚皮。」猜一種儀器。

答案：體溫計

老師的話：有一種食物叫「髮菜」，細細長長，又是黑色的，很像頭髮呢！

速。⑥用於稱（ㄔㄥ）跟對方有關的事物，表示尊敬：例高壽（用於詢問老人的歲數（ㄕㄨˋ））、高足（稱別人的學生）、高見。

髟部 ㄅㄧㄠ

髟部 4 **髦** 上下

ㄇㄠˊ

古代兒童下垂在前額的短頭髮；借指兒童。

髟部 5 **髮** 上下

ㄈㄚˇ

①人頭上生長（ㄓㄤˇ）的毛：例頭髮、理髮、染髮、白髮。②古代的長（ㄔㄤˊ）度單位，是一寸的千分之一，比喻非常微小：例千鈞一髮、毫髮不差（ㄔㄚ）。

髟部 5 **髯** 上下

ㄖㄢˊ

兩腮（ㄙㄞ）上的鬍鬚：例長髯、美髯。

髟部 6 **髻** 上下

ㄐㄧˋ

把頭髮挽（ㄨㄢˇ）起來，梳攏（ㄌㄨㄥˇ）在頭上的一種（ㄓㄨㄥˇ）髮式：例高髻、抓髻、髮髻。

髟部 6 **髭** 上下

ㄗ

嘴唇上方的鬍鬚：例短髭、鬍髭。

彡部 8 鬃 上下

ㄗㄨㄥ 馬、豬等動物頸上的長（ㄔㄤˊ）毛，較粗硬：例馬鬃、豬鬃。

髟部 8 鬆 上下

ㄙㄨㄥ ①放開、解（ㄐㄧㄝˇ）開：例鬆手、鬆綁、鬆口氣。②散（ㄙㄢˇ）亂的：例蓬鬆。③不煩重（ㄓㄨㄥˋ）的：例輕鬆、稀鬆。④經濟寬裕：例手頭鬆。⑤懈（ㄒㄧㄝˋ）怠的：例鬆弛、鬆懈。

髟部 9 鬍 上下

ㄏㄨˊ 人長（ㄓㄤˇ）在口部四周或臉頰上的毛：例鬍子、鬍鬚、落腮（ㄙㄞ）鬍。

髟部 12 鬚 上下

ㄒㄩ ①人長（ㄓㄤˇ）在下巴或嘴邊的毛：例鬍鬚、鬍鬚、鬍鬚。②動物口邊的毛：例羊鬚、虎鬚。

髟部 14 鬢 上下

ㄅㄧㄣˋ 臉兩側靠近耳朵的頭髮：例鬢髮、鬢角、兩鬢。

老師的話：「落腮鬍」不可以寫作「絡腮鬍」。

鬥部 ㄉㄡˋ

老師的話：全世界盛產鬱金香最多的國家是「荷蘭」。

鬥部 0 **鬥** 獨體

ㄉㄡˋ ①對打：例搏鬥、格鬥、械鬥。②一方跟另一方爭執：例鬥爭。③為一定的目的而努力：例奮鬥。④競爭；爭勝：例鬥智、鬥法。⑤讓動物互相（ㄒㄧㄤ）打架：例鬥牛、鬥狗、鬥蟋蟀。

鬥部 5 **鬧** 半包圍

ㄋㄠˋ ①人多聲雜：例鬧區、喧鬧、鬧嚷嚷（ㄖㄤˇ ㄖㄤˇ）。②吵嚷；爭吵：例連吵帶鬧、又哭又鬧、吵吵鬧鬧。③攪擾（ㄐㄧㄠˇ ㄖㄠˇ）；擾亂：例大鬧、鬧事。④發作；發生（不好的事情）：例鬧情緒、鬧病、鬧災荒、鬧彆（ㄅㄧㄝˋ）扭。⑤戲耍（ㄕㄨㄚˇ）：例打打鬧鬧。

鬥部 6 **鬨** 半包圍

ㄏㄨㄥˋ 許多人在一起吵。同「哄（ㄏㄨㄥˋ）」。①聚集吵鬧：例起鬨、笑鬨、一鬨而散。②很多人同時大笑的聲音：例鬨堂大笑。

鬯（ㄔㄤˋ）部

鬯部 19 **鬱** 上下

ㄩˋ （憂愁、憤怒等情緒）憋（ㄅㄧㄝ）在心裡，得（ㄉㄜˊ）不到發洩：例抑鬱、鬱悶（ㄇㄣˋ）、憂鬱、鬱鬱寡歡。

鬲部 ㄌㄧˋ

鬲部 0
鬲 上下
鬲：一 丆 丙 丙 戸 鬲 鬲 鬲 鬲 鬲

ㄌㄧˋ 古代一種（ㄓㄨㄥˇ）炊具，形狀像鼎。

ㄍㄜˊ 〔鬲津〕古水名，發源於河北，經山東入海。

鬼部 ㄍㄨㄟˇ

鬼部 0
鬼 獨體
鬼：丿 ⺊ 白 白 白 由 甶 鬼 鬼

ㄍㄨㄟˇ ①傳（ㄔㄨㄢˊ）說人死後能離開軀體而存在的靈魂：例鬼魂、鬼神。②對具有某種特點的人的蔑稱：例酒鬼、膽小鬼、吸血鬼、討厭鬼。③不可告人的行為（ㄒㄧㄥˊ ㄨㄟˊ）：例搗鬼。④不正大光明；不正當（ㄉㄤˋ）：例鬼頭鬼腦、鬼鬼祟祟、鬼混。⑤不好的；糟糕的：例鬼天氣、鬼地方。⑥指機靈的小孩，多用於暱稱（ㄔㄥ）：例鬼靈精、淘氣鬼、頑皮鬼。

鬼部 4
魁 半包圍
魁：丿 ⺊ 白 白 白 由 甶 鬼 鬼 鬼 鬼 鬼 魁 魁

ㄎㄨㄟˊ ①居首位的人或事物：例罪魁禍首、魁首、奪魁。②高大：例魁梧、魁偉。

老師的話：「魁星」是北斗七星中的一顆星，距離斗柄最遙遠。

老師的話：「魂不附體」、「魂飛魄散」都是形容驚嚇過度。

魂

鬼部　4　左右

ㄏㄨㄣˊ　①古人認為（ㄨㄟˊ）附在人體上的一種（ㄓㄨㄥˇ）非物質的東西，離開人體人就死亡，而它仍然獨立存在：例靈魂、魂魄。②指人的精神或情緒：例心魂不定、神魂顛倒（ㄉㄠˇ）。③特指高尚的精神：例國魂、民族魂。

魅

鬼部　5　半包圍

ㄇㄟˋ　①傳（ㄔㄨㄢˊ）說中的鬼怪：例鬼魅。②誘惑；吸引：例魅力、魅人（使人陶醉）。

魄

鬼部　5　左右

ㄆㄛˋ　①指依附於人身上，人死後可以繼續存在的精神：例魂魄、失魂落魄、魂飛魄散。②精神；精力；膽識：例體魄、氣魄、魄力、驚心動魄。

魏

鬼部　8　左右

ㄨㄟˋ　姓。

魔

鬼部　11　半包圍

ㄇㄛˊ　①宗教（ㄐㄧㄠˋ）或神話傳說（ㄔㄨㄢˊ ㄕㄨㄛ）中能迷惑人、害人的鬼怪：例魔鬼、妖魔、惡（ㄜˋ）魔。②比喻害人的東西或惡勢力：例病魔、混世魔王。③神奇的；變幻難（ㄋㄢˊ）測的：例魔力、魔術。

鬼部 14 **魘** 半包圍

一厂厂厂厂厂厂厂厂厂厂厭厭厭厭厭厭厭厭厭厭厭魘魘魘魘魘

ㄧㄢˇ 做噩夢時的驚叫，或覺得（ㄐㄩㄝˊ ˙ㄉㄜ）被東西壓住不能動彈（ㄊㄢˊ）：例 夢魘。

魚部

ㄩˊ

魚部 0 **魚** 獨體

丿⺈⺈⺈⺈⺈⺈魚魚魚魚

ㄩˊ ①生活在水中（ㄓㄨㄥ）的脊椎動物，一般身體側扁，用鰭游泳，用腮（ㄙㄞ）呼吸。種（ㄓㄨㄥˇ）類極多，大部分（ㄈㄣˋ）可食用。②書信的代稱（ㄔㄥ）：例 魚沉雁杳（ㄧㄠˇ）（沒有音訊或蹤影的意思）。

猜猜看：「坐也是行，立也是行，行也是行，臥也是行。」猜水中生物。。魚：案答

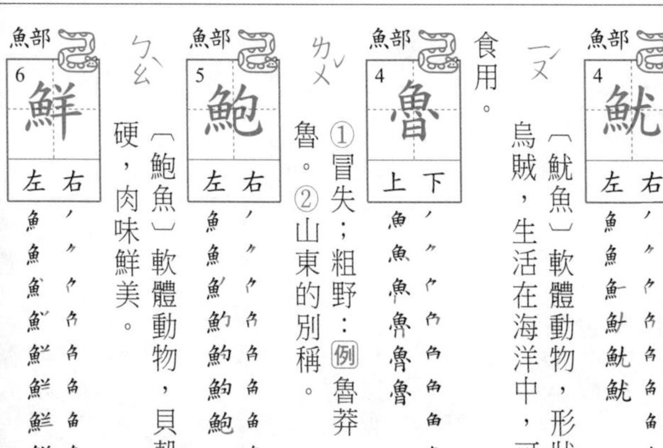

魚部 4 **魷** 左右

丿⺈⺈⺈⺈⺈⺈⺈魚魚魚魷魷魷

ㄧㄡˊ 〔魷魚〕軟體動物，形狀像烏賊，生活在海洋中，可以食用。

魚部 4 **魯** 上下

丿⺈⺈⺈⺈⺈⺈⺈魚魚魚魯魯魯

ㄌㄨˇ ①冒失；粗野：例 魯莽、粗魯。②山東的別稱。

魚部 5 **鮑** 左右

丿⺈⺈⺈⺈⺈⺈⺈魚魚魚鮈鮈鮑鮑

ㄅㄠˋ 〔鮑魚〕軟體動物，貝殼堅硬，肉味鮮美。

魚部 6 **鮮** 左右

丿⺈⺈⺈⺈⺈⺈⺈魚魚魚魚鮮鮮鮮鮮鮮

老師的話： 鯊魚的鰭就是「魚翅」，是珍貴的食品。

ㄒㄧㄢ ①指供（ㄍㄨㄥ）食用的魚、蝦等水產品：例魚鮮、海鮮。②剛宰殺或剛收穫的魚、肉、蔬菜、水果等：例時鮮、嘗鮮。③沒有變質的：例新鮮、鮮魚、鮮奶、鮮貨。④滋味可口：例鮮美。⑤不乾（ㄍㄢ）枯；潤澤：例鮮花、鮮嫩。⑥明亮：例鮮豔、鮮紅、鮮明。

ㄒㄧㄢˇ 少（ㄕㄠˇ）：例鮮見、鮮有。

鮫

魚部 6 左右

ㄐㄧㄠ 海水魚名，就是「鯊魚」。

鮪

魚部 6 左右

ㄨㄟˇ （鮪魚）體呈紡錘形，腹部灰白色，背（ㄅㄟˋ）部藍黑色，兩側有黑色斜帶。分布在溫帶、熱帶海洋中（ㄓㄨㄥ），味道鮮美，可以製成罐頭。

鯊

魚部 7 上下

ㄕㄚ （鯊魚）牙鋒利，性凶猛，生活在海洋中。肉可以吃，鰭和唇是名貴食品，肝可以製成魚肝油。

鯰

魚部 8 左右

ㄋㄧㄢˊ （鯰魚）頭大嘴寬，體表多黏液（ㄧㄝˋ），沒有鱗，可以食用。

鯉
魚部 7 左右

ㄌㄧˇ

①〔鯉魚〕體側扁形，嘴邊有一至兩對鬚，生活在淡水底層，肉可吃，是重要（ㄓㄨㄥˋ（ㄠˋ））的淡水魚類。②借指書信。

鯽
魚部 7 左右

ㄐㄧˋ

〔鯽魚〕生活在淡水中（ㄓㄨㄥ），身體側扁，頭和口皆小，背（ㄅㄟˋ）部青褐色，腹白，鱗細，是常見的食用魚。

鯨
魚部 8 左右

ㄐㄧㄥ

生活在海洋中的哺乳動物，外形像魚，用肺呼吸，胎生，是目前海洋中最大的動物，有白鯨、藍鯨、抹香鯨等。

鯧
魚部 8 左右

ㄔㄤ

〔鯧魚〕體略呈卵圓形，銀灰色，沒有腹鰭，生活在海洋中，是優質食用魚。也說「平魚」。

鰓
魚部 9 左右

ㄙㄞ

多數（ㄕㄨˋ）水生動物的呼吸器官，用來吸取溶解在水中的氧。

ㄒㄧˇ

恐懼的樣子：例鰓鰓。

老師的話：鯨是哺乳動物，不是魚類喲！

老師的話： 泥鰍的外皮因為有很多黏液，所以摸起來十分黏滑。

鰍
魚部 9 左右

ㄑㄧㄡ 魚名，口小，有鬚。種(ㄓㄨㄥˇ)類很多，常見的有花鰍、泥鰍等。

鰭
魚部 10 左右

ㄑㄧˊ 魚或其他水生脊椎動物的運動器官。魚類的鰭包括(ㄍㄨㄚ)背鰭、胸鰭、腹鰭、臀鰭和尾鰭。

鰥
魚部 10 左右

ㄍㄨㄢ 死了妻子的男子：例鰥夫、鰥寡孤獨。

鱉
魚部 11 上下

ㄅㄧㄝ 爬行(ㄒㄧㄥˊ)動物，形狀像龜，背(ㄅㄟˋ)腹有甲殼，生活在淡水中(ㄓㄨㄥ)，肉鮮美，甲殼可以做藥材。也說「甲魚」。

鰱
魚部 11 左右

ㄌㄧㄢˊ 〔鰱魚〕鱗細，腹部銀灰色，因為成長(ㄓㄤˇ)很快，所以民間(ㄐㄧㄢ)養殖最多。

鰾
魚部 11 左右

ㄅㄧㄠˋ 魚類體內的氣囊，收縮時魚下沉，膨脹時魚上浮，缺氧時可以輔助呼吸。俗稱「魚胞」。

魚部 11 鰻 左右

ㄇㄢˊ 淡水魚名，前部略呈圓筒形，後部側扁，是名貴的食用魚。簡稱「鰻」。也說「白鱔」。

魚部 12 鱔 左右

ㄕㄢˋ 〔鱔魚〕體呈圓筒形，外觀像蛇，黃褐色，無鱗，肉鮮(ㄒㄧㄢ)美。

魚部 12 鱗 左右

ㄌㄧㄣˊ ①魚類、爬行動物和少數哺乳動物身體表面小而硬的薄(ㄅㄛˊ)片，對身體有保護作用。②像魚鱗般緊密地(˙ㄉㄜ)排列：例鱗次、鱗集。

魚部 12 鱖 左右

ㄍㄨㄟˋ 〔鱖魚〕性凶猛，吃魚蝦，生活在淡水中(ㄓㄨㄥ)，是名貴的食用魚。

魚部 16 鱷 左右

ㄜˋ 爬行動物，嘴大牙尖，四肢短，尾長，全身有硬皮和鱗甲，性凶暴，生活在江河湖澤中。

魚部 16 鱸 左右

ㄌㄨˊ 〔鱸魚〕性凶猛，吃魚蝦，棲息於近海，肉鮮美。

老師的話：鱷魚並非魚類，而是一種爬蟲類動物。

老師的話：關於「鳥」的成語包括：鳥語花香、鳥道羊腸、鳥為食亡。

鳥部 ㄋㄧㄠˇ

鳥 鳥部 0 獨體 ㄋㄧㄠˇ

筆順：丿 亻 亻 户 户 自 阜 鳥 鳥 鳥 鳥

脊椎動物，卵生，全身有羽毛，有一對翅膀，一般能飛。

ㄉㄧㄠˇ 罵人的話：例鳥兒郎當（ㄉㄤ）。

鳩 鳥部 2 左右 ㄐㄧㄡ

筆順：丿 九 九 九 九 九 九 九 九 鳩 鳩 鳩 鳩 鳩

鴿子一類的鳥。常見的有斑鳩，羽毛灰褐色，有斑紋，不善於築巢。

鳧 鳥部 2 上下 ㄈㄨˊ

筆順：丿 亻 亻 户 户 自 阜 鳥 鳥 鳥 鳥 鳥 鳧

野鴨，形狀像家鴨，羽毛柔軟，善游水，能飛，常聚集在沼澤地。

鳴 鳥部 3 左右 ㄇㄧㄥˊ

筆順：丨 口 口 口 叮 叩 叩 咱 咱 鳴 鳴 鳴 鳴 鳴

①（鳥、獸、昆蟲）叫：例雞鳴狗吠、鹿鳴、蟬鳴、鳴禽。②發出聲響：例雷鳴、耳鳴、鳴槍、鳴笛。③表達：例鳴謝、百家爭鳴、鳴冤叫屈。

鳶 鳥部 3 上下 ㄩㄢ

筆順：一 七 弋 弋 犬 芥 芥 芥 鳶 鳶 鳶 鳶 鳶 鳶

①猛禽的一種，上嘴彎曲（ㄑㄩ），趾有利爪（ㄓㄠˇ），

善於飛翔，常捕食蛇、鼠等動物。通稱「老鷹」。②風箏：例紙鳶。

鳥部 3 鳳 半包圍

ㄈㄥˋ 傳說（ㄔㄨㄢˊ ㄕㄨㄛ）中的百鳥之王，羽毛美麗，常用來比喻吉祥或珍貴的事物：例百鳥朝（ㄔㄠˊ）鳳、鳳毛麟角（比喻稀少（ㄕㄠˇ）而珍貴的人或事物）。

鳥部 4 鴆 左右

ㄓㄣˋ ①傳說中（ㄓㄨㄥ）的一種（ㄓㄨㄥˇ）鳥，羽毛有劇毒，可用來泡酒做成毒藥。②用鴆羽浸泡的毒酒：例飲鴆止渴（比喻只圖眼前困難（ㄋㄢˋ）而不顧後果）。

鳥部 4 鴉 左右

ㄧㄚ ①鳥名，羽毛黑色，嘴大翼長。常見的有烏鴉、寒鴉、白頸鴉等。②寫得（˙ㄉㄜ）很醜的字，多用為自謙詞：例信手塗鴉。

鳥部 5 鴕 左右

ㄊㄨㄛˊ 目前鳥類中最大的鳥，身高約二公尺，不能飛，腿長（ㄔㄤˊ），走得（˙ㄉㄜ）很快，生活在非洲和阿拉伯沙漠地帶。

鳥部 5 鴣 左右

ㄍㄨ ①〔鵓鴣〕就是「斑鳩」。見「鵓」。②〔鷓鴣〕鳥名，

老師的話：形容非常安靜，可以說「鴉雀無聲」。

老師的話：鴨嘴獸的「鴨」不可以寫作烏鴉的「鴉」喲！

形狀像雞。見「鷓」。

鴦
鳥部 5 上下

ㄧㄤ

（鴛鴦）鳥名，形狀像野鴨。見「鴛」。

鴨
鳥部 5 左右

ㄧㄚ

鳥名，包括家鴨和野鴨。家鴨嘴長（ㄔㄤˊ）而扁平，腿短，趾間有蹼，善游泳。卵、肉可以吃。

鴒
鳥部 5 左右

ㄌㄧㄥˊ

（鶺鴒）鳥名。見「鶺」。

鴛
鳥部 5 上下

ㄩㄢ

（鴛鴦）鳥名，像野鴨而略小，善游泳，雌雄成對生活。

鴻
鳥部 6 左右

ㄏㄨㄥˊ

①指鴻雁，就是大雁：例輕於鴻毛。②宏大：例鴻文（好文章）。

鴿
鳥部 6 左右

ㄍㄜ

鳥名，種（ㄓㄨㄥˇ）類很多，其中家鴿翅膀大，飛翔能力極強，有的經訓練可以用來傳（ㄔㄨㄢˊ）遞書信，叫「信鴿」。

鳥部 7 **鵑** 左右

ㄐㄩㄢ 〔杜鵑〕①鳥名，以捕捉昆蟲為主食，是益鳥。也說「布穀」。②常綠或落葉灌木，春天開紅花，可供觀賞。也說「映山紅」。

鳥部 7 **鵓** 左右

ㄅㄛˊ ①〔鵓鴿〕鴿子的一種。通稱家鴿。②〔鵓鴣（ㄍㄨ）〕鳥名，羽毛灰褐色，天將下雨或放晴時，常在樹上咕咕地（˙ㄉㄜ）叫。

鳥部 7 **鵝** 左右

ㄜˊ 家禽，比鴨子大，前額有肉瘤，肉和蛋可以吃。

老師的話：杜鵑鳥也叫作「杜宇」、「子規」。

鳥部 7 **鵠** 左右

ㄏㄨˊ 就是天鵝，羽毛全白，善游泳：例鴻鵠。

ㄍㄨˇ 箭靶的中（ㄓㄨㄥ）心；比喻目標、目的（ㄉㄧˋ）：例鵠的（ㄉㄧˋ）、中（ㄓㄨㄥˋ）鵠。

鳥部 8 **鶉** 左右

ㄔㄨㄣˊ ①鳥名，腳短尾禿，身體肥圓、羽毛有暗黃色的條紋，雜有白色斑點，通常和鵪（ㄢ）合稱（ㄔㄥ）「鵪鶉」。②比喻破爛的衣服：例鶉衣、鶉衣百結。

鳥部 8 **鵡** 左右

老師的話：形容春天充滿生機的景色，可以用「鶯歌燕舞」這句成語。

ㄨˇ （鸚鵡）鳥名，能學人說話。見「鸚」。

鳥部 8 **鵲** 左右

一 十 廾 廾 廾 昔 昔 昔 昔 昔' 昔' 昔' 昔' 鵲 鵲 鵲 鵲 鵲 鵲

ㄑㄩㄝˋ 鳥名，就是「喜鵲」，上體羽毛黑褐色，其餘為白色，尾巴長（ㄔㄤˊ），叫聲響亮。

鳥部 8 **鵪** 左右

一 ナ 大 大 夳 夳 夳 奄 奄' 奄' 奄' 奄' 奄' 鵪 鵪 鵪 鵪 鵪 鵪

ㄢ （鵪鶉）鳥名，形體像小雞，頭小尾禿，羽毛赤褐色，肉和卵可供（ㄍㄨㄥ）食用。

鳥部 8 **鵬** 左右

丿 刀 月 月 月 朋 朋 朋 朋' 朋' 朋' 朋' 朋' 朋' 鵬 鵬 鵬 鵬 鵬

ㄆㄥˊ 古代傳（ㄔㄨㄢˊ）說中最大的鳥：例 大鵬鳥、鵬程萬里。

鳥部 10 **鶯** 上下

丶 丷 火 火 炏 炏 炏 炏 炏 炏 炏 炏 炏 鶯 鶯 鶯 鶯 鶯 鶯 鶯 鶯

ㄧㄥ 黃鸝（ㄌㄧˊ）的別稱（ㄔㄥ）。參見「鸝」。

鳥部 10 **鶴** 左右

丶 冖 冖 宀 宀 宀 宀 隺 隺 隺' 隺' 隺' 隺' 隺' 鶴 鶴 鶴 鶴 鶴 鶴 鶴

ㄏㄜˋ 水鳥名，頭小，頸、嘴和（ㄏㄢˋ）腿都很長（ㄔㄤˊ），翅膀大，羽毛白色或灰色。常見的有丹頂鶴、白鶴、灰鶴。

鳥部 10 **鷂** 左右

丿 ク 夕 夕 夕 夕 名 名 名 名' 名' 名' 名' 名' 鷂 鷂 鷂 鷂 鷂 鷂 鷂

ㄧㄠˋ ①猛禽，像鷹而較小，以捕捉小鳥為（ㄨㄟˋ）食。②指風箏：例 鷂子、紙鷂。

老師的話：比喻替主人為非作歹的奴僕，叫作「鷹犬」。

鶺

鳥部 10 左右

ㄐㄧˊ

〔鶺鴒〕鳥名，體小，尾長，喜在水邊捕食昆蟲、小魚。

鷓

鳥部 11 左右

ㄓㄜˋ

〔鷓鴣〕鳥名，頭頂棕色，羽毛黑白相（ㄒㄧㄤ）雜，不能久飛。

鷗

鳥部 11 左右

ㄡ

水鳥名，善飛翔，能游水，羽毛多為（ㄨㄟˊ）白色，生活在海邊，常見的有海鷗、燕鷗。

鷥

鳥部 12 上下

ㄙ

〔鷺鷥〕白鷺。見「鷺」。

鷹

鳥部 13 半包圍

ㄧㄥ

鳥名，上嘴是鉤形，翅膀大，性凶猛，食肉，多棲息於山林或平原地帶。常見的有蒼鷹、雀鷹等。

鷺

鳥部 13 上下

ㄌㄨˋ

水鳥的一種（ㄓㄨㄥˇ），頸和腿都很長（ㄔㄤˊ），常見的有白鷺、蒼鷺。

老師的話：「鸚鵡學舌」是比喻為了討好別人，對方怎麼說自己也跟著怎麼說。

鳥部 17 **鸚** 左右

ㄧㄥ 〔鸚鵡〕鳥名，上嘴是鉤形，羽毛絢麗，有的經訓練以後能模仿人說話的聲音，是著（ㄓㄨˋ）名的觀賞鳥。

鳥部 18 **鸛** 左右

ㄍㄨㄢˋ 鳥名，形狀像鶴，常在水邊活動，捕食魚、蝦、蛙、貝等。

鳥部 19 **鸝** 左右

ㄌㄧˊ 〔黃鸝〕鳥名，鳴聲清脆好聽，是常見的觀賞鳥。也說「黃鶯」「黃鳥」。

鳥部 19 **鸞** 上下

ㄌㄨㄢˊ 傳說（ㄔㄨㄢˊ ㄕㄨㄛ）中鳳凰一類的鳥，古人常用來比喻賢人或夫妻：例 鸞（ㄌㄨㄢˊ）翔鳳集（人才會集）、鸞鳳和（ㄏㄜˋ）鳴（夫妻恩愛）。

鹵部 ㄌㄨˇ

鹵部 0 **鹵** 上下

ㄌㄨˇ 熬鹽剩下的黑色液（ㄧㄝˋ）體，味苦有毒，可以使豆漿（ㄐㄧㄤ）凝結成豆腐：例 鹽鹵。

鹵部 9 **鹹** 左右

ㄒㄧㄢˊ

像食鹽那樣的味道：例鹹菜、不鹹不淡。

鹵部 13 **鹼** 左右

ㄐㄧㄢˇ

可以用來洗衣服、去油垢，是製造肥皂、玻璃等物質的原料。

鹵部 13 **鹽** 上下

ㄧㄢˊ

有鹹味的調（ㄊㄧㄠˊ）味品，呈白色晶體狀：例食鹽。

鹿部 ㄌㄨˋ

鹿部 0 **鹿** 半包圍

ㄌㄨˋ

哺乳類動物，一般雄的頭上有角，四肢細長（ㄔㄤˊ），尾巴短，性溫順，善於奔跑。

鹿部 2 **麂** 半包圍

ㄐㄧˇ

一種（ㄓㄨㄥˇ）小型的鹿類動物。口中有長（ㄔㄤˊ）牙，雄的有短角。通稱（ㄔㄥ）「麂子」。

鹿部 6 **麋** 半包圍

ㄇㄧˊ

哺乳類動物，角像牛，頭像馬，身子像驢，蹄子像牛。也說「四不像」。

猜猜看：「家住大海，走上岸來，太陽晒一晒，身體變白。」猜食用品。。答案：鹽老師的話：「風和日麗」是形容好天氣，「麗質天生」是形容人的容貌好看。

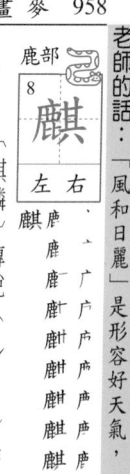

麒 鹿部 8 左右

ㄑㄧˊ

〔麒麟〕傳說（ㄔㄨㄢˊ ㄕㄨㄛ）中一種象徵祥瑞的動物，形狀像鹿，頭上有角，全身有鱗甲。

麗 鹿部 8 上下

ㄌㄧˋ

漂亮；好看：例美麗、秀麗、富麗。

麓 鹿部 8 上下

ㄌㄨˋ

山腳：例山麓。

麝 鹿部 10 半包圍

ㄕㄜˋ

哺乳類動物，形狀像鹿而小，無角，雄的有獠（ㄌㄧㄠˊ）牙，臍（ㄑㄧˊ）下有香腺，能分泌麝香。通稱（ㄔㄥ）「香獐」。

麟 鹿部 12 左右

ㄌㄧㄣˊ

指麒麟：例鳳毛麟角。

麥部 ㄇㄞˋ

麥 麥部 0 上下

ㄇㄞˋ

草本植物，有小麥、大麥、黑麥、燕麥等多種（ㄓㄨㄥˇ）。子實磨（ㄇㄛˊ）成麵粉後可以吃。

麥部 4 **麩** 左右

一 十 才 才 木 來 夾 夾 麥 麥 麥 麩 麩

ㄈㄨ

小麥磨成麵粉後剩下的皮。

麥部 6 **麯** 左右

一 十 才 才 木 來 夾 夾 麥 麥 麥 麯 麯 麯 麯

ㄑㄩˊ

釀酒或作醬料時引起發酵的東西，用麯黴和大麥、大豆、麩皮等製成：例大麯、酒麯。

麥部 8 **麴** 左右

一 十 才 才 木 來 夾 夾 麥 麥 麥 麴 麴 麴 麴 麴 麴

ㄑㄩˊ

酒母。同「麯」。

麥部 9 **麵** 左右

一 十 才 才 木 來 夾 夾 麥 麥 麥 麵 麵 麵 麵 麵 麵 麵

ㄇㄧㄢˋ

①小麥或其他穀物的種（ㄓㄨㄥˇ）子磨（ㄇㄛˊ）成的粉：例白麵、麵粉、蕎麥麵。②指麵條：例炒麵、泡麵、湯麵。

麻部 ㄇㄚˊ

麻部 0 **麻** 半包圍

丶 亠 广 广 庍 庍 庥 麻 府 麻 麻

ㄇㄚˊ

①草本植物，有大麻、黃麻、亞麻等。莖皮纖維也叫「麻」，可以製繩索、麻袋，也可以織布。②指芝麻：例麻油、麻醬。③臉上不光滑的或有碎斑點的：例麻子、麻臉。④身體某部分輕度失去知覺，或產生像蟲蟻爬過那樣不舒服的感覺：例手腳麻木、

猜猜看：「一身毛，尾巴翹，不會走，只會跳。」猜一種鳥類。

答案：麻雀。

老師的話：炎黃子孫的「黃」不可以寫作皇帝的「皇」喲！

腿壓麻了、麻酥酥（ㄙㄨ ㄙㄨ）的。⑤瑣碎：例麻煩。

麻部 3

麼（半包圍）

丶 亠 广 广 庁 庁 庥 庥 麻 麻 麻 麼 麼 麼

ㄇㄛˊ ①細小的：例么麼。②微不足道的：例么麼小丑。（形容微不足道的小人）

˙ㄇㄜ 附在某些詞的後面：例這麼、那麼、怎麼、什麼、多麼。甚（ㄕㄣˊ）麼；為什（ㄕㄣˊ）麼：

ㄇㄚˊ 例幹麼。

麻部 4

麾（半包圍）

丶 亠 广 广 庁 庁 庥 庥 麻 麻 麻 麾 麾 麾 麾

ㄏㄨㄟ ①古代指揮軍隊的旗幟（ㄓˋ）：例旌麾。②對將（ㄐㄧㄤˋ）帥的尊稱或指部下：例麾下。③指揮：例麾軍前進。

黃（ㄏㄨㄤˊ）部

黃部 0

黃（上下）

一 十 廾 廾 廿 芇 芇 苗 苗 黃 黃 黃

ㄏㄨㄤˊ ①顏色的一種：例米黃、杏黃、鵝黃。②指黃帝，我國古代傳說中的帝王：例炎黃子孫。

黍（ㄕㄨˇ）部

黍部 0

黍（上下）

丿 二 千 千 禾 禾 夫 夫 柔 黍 黍 黍

ㄕㄨˇ 糧食作物，子實淡黃色，叫黍子，去皮後叫黃米，性黏，可以用來釀酒或磨（ㄇㄛˊ）成粉作糕點：例禾黍。

黍部 3 黎 上下

丿 二 千 禾 禾 禾 秒 秒 秒 黎 黎 黎 黎 黎 黎

ㄌㄧˊ ①眾多的：例黎民百姓。②接近：例黎明。

黍部 5 黏 左右

丿 二 千 禾 禾 禾 禾 黍 黍 黍 黍 黍 黏 黏 黏 黏 黏

ㄋㄧㄢˊ ①能把一種（ㄓㄨㄥˇ）東西粘連在另一種東西上的性質：例黏液（ㄧㄝˋ）、黏性。②形容糾纏人不放：例黏人。

老師的話：「黏土」也可以寫作「粘土」。

黑部

ㄏㄟ

黑部 0 黑 上下

丶 ㄇ 冂 冋 回 四 甲 里 里 黑 黑 黑

ㄏㄟ ①像煤的顏色（跟「白」相對）：例黑色、烏黑、漆黑、黑黝黝（ㄧㄡˇ ㄧㄡˇ）、黑白分明。②光線昏暗：例黑夜、昏黑、天黑了。③夜晚：例黑夜、月黑風高、天昏地黑。④壞；惡（ㄜˋ）毒：例心毒手黑、黑心肝。⑤隱蔽（ㄅㄧˋ）的；不合法的：例黑話、黑貨、黑市、黑金、黑店、掃黑。

黑部 3 墨 上下

丶 ㄇ 冂 冋 回 四 甲 里 里 黑 黑 黑 黑 墨 墨

ㄇㄛˋ ①寫字或繪畫用的文具，多為松煙等製成的黑色塊狀物，也指用墨塊製成的汁：例墨條、墨汁。②黑色或近於黑色的：

老師的話：默寫的「默」是「黑部」，不是「犬部」喲！

例墨鏡、墨綠、墨菊。③指寫字、繪畫或印刷用的顏料：例墨水、油墨。

黑部 4 **默** 右 左

ㄇㄛˋ ①不說話；不出聲：例沉默、默讀、默許。②憑記憶寫出：例默寫、默生字。

黑部 4 **黔** 右 左

ㄑㄧㄢˊ ①黑色：例黔首（古代指老百姓）。②貴州的別稱（ㄔㄥ）：例黔劇、黔驢技窮（比喻有限的一點本領已經完全施展出來）。

黑部 5 **點** 右 左

ㄉㄧㄢˇ ①細小的斑痕；小滴的液體：例斑點、汙點、雨點。②國字的筆畫，形狀是「、」。③用筆等加上點；指定：例圈圈點點、畫龍點睛、點菜、點歌。④查對；數（ㄕㄨˇ）：例點貨、盤點、點錢。⑤一落一起地（˙ㄉㄜ）動：例指點、指指點點、蜻蜓點水。⑥引燃：例點火、點爆竹。⑦使一點一滴地（˙ㄉㄜ）落下：例點眼藥。⑧時間單位，一晝夜的二十四分之一：例上午十點。⑨指規定的時間：例到點就走、火車正點到站。⑩一定的位置或限度：例起點、終點、沸點、熔點。⑪事物特定的部分（ㄈㄣˋ）或方面：例特點、重（ㄓㄨㄥˋ）點、優點、缺點。⑫量詞，用於事項：例三點意見。⑬指小數（ㄕㄨˋ）點，例如：3.1416讀作「三點一四一六」。⑭

表示少量（ㄕㄠˇ ㄌㄧㄤˋ）：例一點事、一點錢。⑮糕餅類食品：例點心、糕點、茶點。

黑部 5 **黜** 左右

ㄔㄨˋ 貶職；罷（ㄅㄚˋ）免：例貶黜、黜免、罷黜。

黑部 5 **黝** 左右

ㄧㄡˇ 黑色：例黝黑、黑黝黝。

黑部 5 **黛** 上下

ㄉㄞˋ ①古代婦女畫眉用的青黑色顏料：例粉黛。②指婦女的眉毛：例秀黛。③青黑色：例黛綠。

老師的話：慧黠的「黠」唸作ㄒㄧㄚˊ，不是ㄐㄧㄝˊ喲！

黑部 6 **黠** 左右

ㄒㄧㄚˊ ①聰慧機敏：例敏黠、慧黠。②狡猾奸詐：例狡黠、黠吏。

黑部 8 **黨** 上下

ㄉㄤˇ ①因共同利益而結合在一起的團體：例黨羽、政黨、結黨營私。②志同道合常在一起的朋友：例死黨。

黑部 9 **黯** 左右

ㄢˋ ①昏暗：例黯色、黯淡無光。②精神沮喪（ㄐㄩˇ ㄙㄤˋ）；情緒低落（ㄌㄨㄛˋ）：例黯然淚下、黯然神傷。

老師的話：黴菌、徽章、微小的「黴」、「徽」、「微」寫法不同，小心不要寫錯了！

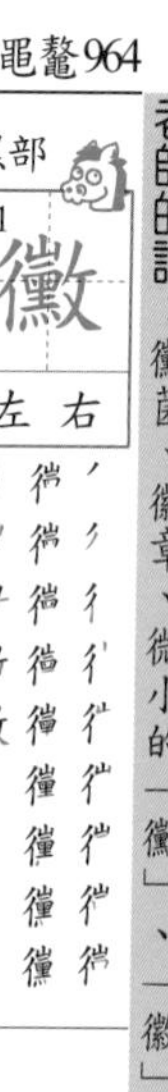

黑部 11 **黴** 左右

ノ ㇀ 彳 … 黴黴黴黴黴

ㄇㄟˊ 東西因受潮變質而產生的小青黑點，屬真菌的一種（ㄓㄨㄥˇ）：例黴菌、發黴。

黑部 15 **黷** 左右

丶 … 黷黷黷黷黷

ㄉㄨˊ 沒有節制的濫（ㄌㄢˋ）用：例窮黷、窮兵黷武。

黹部 ㄓˇ

黹部 0 **黹** 上下

丶 … 黹黹黹

ㄓˇ 女紅（ㄍㄨㄥ）的通稱（ㄔㄥ），指刺繡、縫紉（ㄈㄥˊ ㄖㄣˋ）等工作：例針黹。

黽部 ㄇㄧㄣˇ

黽部 0 **黽** 獨體

丶 … 黽黽黽黽

ㄇㄧㄣˇ 努力；勤勉：例黽勉。

黽部 11 **鼇** 上下

一 … 鼇鼇鼇鼇鼇鼇鼇

ㄠˊ 傳說（ㄔㄨㄢˊ ㄕㄨㄛ）中海裡的大龜或大鱉：例獨占鼇頭（比喻占居首位）。

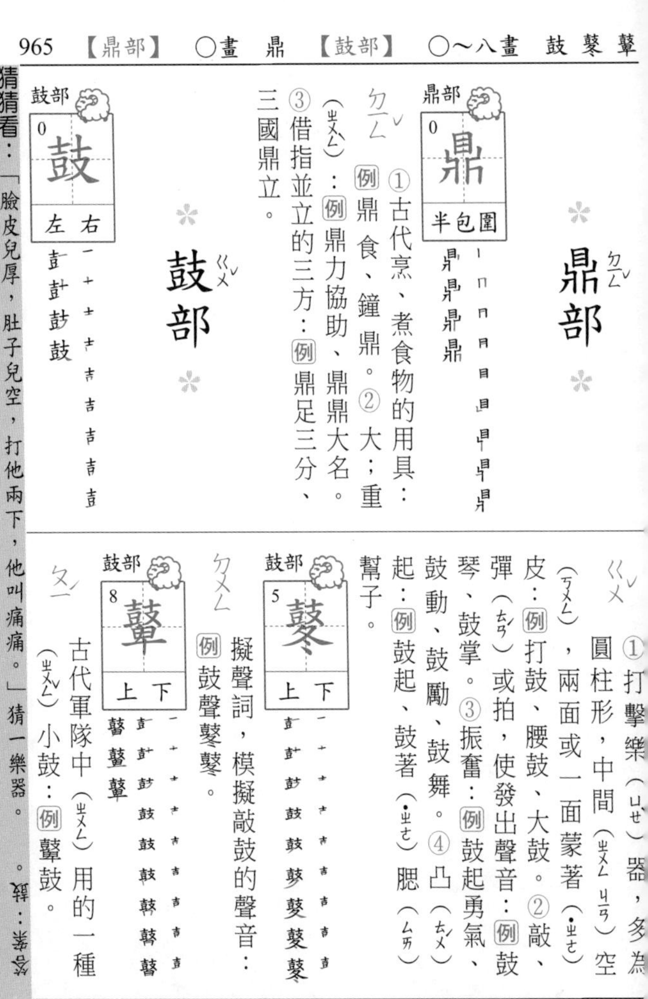

鼎部 ㄉㄧㄥˇ

鼎部 0 **鼎** 半包圍

ㄉㄧㄥˇ ①古代烹、煮食物的用具：例鼎食、鐘鼎。②大；重（ㄓㄨㄥˋ）：例鼎力協助、鼎鼎大名。③借指並立的三方：例鼎足三分、三國鼎立。

鼓部 ㄍㄨˇ

鼓部 0 **鼓** 左右

ㄍㄨˇ ①打擊樂（ㄩㄝˋ）器，多為圓柱形，中間（ㄓㄨㄥ ㄐㄧㄢ）空（ㄎㄨㄥ），兩面或一面蒙著（˙ㄓㄜ）皮：例打鼓、腰鼓、大鼓。②敲、彈（ㄊㄢˊ）或拍，使發出聲音：例鼓琴、鼓掌。③振奮：例鼓起勇氣、鼓動、鼓勵、鼓舞。④凸（ㄊㄨˊ）起：例鼓起、鼓著（˙ㄓㄜ）腮（ㄙㄞ）幫子。

鼓部 5 **鼕** 上下

ㄉㄨㄥ 擬聲詞，模擬敲鼓的聲音：例鼓聲鼕鼕。

鼓部 8 **鼙** 上下

ㄆㄧˊ 古代軍隊中（ㄓㄨㄥ）用的一種小鼓：例鼙鼓。

猜猜看：「臉皮兒厚，肚子兒空，打他兩下，他叫痛痛。」猜一樂器。

答案：鼓。

老師的話：比喻眼光短淺，沒有遠見，可以用「鼠目寸光」這句成語。

鼠部 ㄕㄨˇ

鼠部 0 鼠 上下

ㄕㄨˇ 哺乳類動物，體小尾長，繁殖力強，常盜食糧食，破壞器物，能傳播（ㄔㄨㄢˊ ㄅㄛ）鼠疫等疾病：例老鼠、鼠疫、鼠患、鼠輩。

鼠部 5 鼬 左右

ㄧㄡˋ 哺乳類動物，體小而長（ㄔㄤˊ），尾較粗，遇到敵人會分泌（ㄇㄧˋ）臭氣自衛。種類有黃鼬、香鼬、臭鼬等。黃鼬俗稱（ㄔㄥ）「黃鼠狼」。

鼠部 9 鼴 左右

ㄧㄢˇ 哺乳類動物，外形像鼠，前肢發達，有利爪（ㄓㄠˇ）。善掘土，生活在土裡，晝伏夜出，對農業有害：例鼴鼠。

鼻部 ㄅㄧˊ

鼻部 0 鼻 上下

ㄅㄧˊ ①人和高等動物呼吸和聞氣味的器官：例鼻子、鼻孔、高鼻、隆鼻、朝天鼻、嗤（ㄔ）之以鼻、一鼻孔出氣。②器物上凸起或帶孔的部分：例門鼻、印（ㄧㄣˋ）鼻。

鼻部 3 **鼾** 左右

丿 亻 白 白 自 自 自 鳥 鳥 鼻 鼻 鼻 鼻 鼻 鼻 鼾

ㄏㄢˊ 熟睡時粗重（ㄓㄨㄥˋ）的呼吸聲：例打鼾、鼾睡、鼾聲如雷。

齊部 ㄑㄧˊ

齊部 0 **齊** 上下

丶 亠 亣 亣 亣 亣 亣 亣 亣 亣 亣 齊 齊 齊

ㄑㄧˊ ①長（ㄔㄤˊ）短、大小等一致：例整齊、參差（ㄘㄣ ㄘ）不齊。②達到一樣的高度：例齊腰深的水。③一致：例齊心協力、齊頭並進。④一起；同時：例百鳥齊鳴、雙管齊下、齊唱。⑤全；完備：例齊全、齊備。

ㄗ 喪（ㄙㄤ）服的一種（ㄓㄨㄥˇ），用粗麻布製成，有縫（ㄈㄥˊ）邊：例齊衰（ㄘㄨㄟ）。

齊部 3 **齋** 上下

丶 亠 亣 亣 亣 亣 亣 亣 亣 亣 亣 齊 齊 齋 齋 齋 齋

ㄓㄞ ①房屋，多用作書房、商店等的名稱（ㄔㄥ）：例書齋。②信仰佛教（ㄐㄧㄠˋ）、道教的人所吃的素食：例齋戒、齋沐、吃齋念佛。

齒部 ㄔˇ

齒部 0 **齒** 上下

丨 卜 ⺊ 止 止 𣥂 𣥂 𣥂 𣥂 𣥂 𣥂 𣥂 𣥂 𣥂 齒

老師的話：齋戒的「齋」和齊全的「齊」字形相似，小心別寫錯了！

老師的話：一齣戲的「齣」不可以寫作年齡的「齡」喲！

ㄔˇ ①高等動物嚼（ㄐㄩㄝˊ）食物的器官：例牙齒、唇亡齒寒（嘴唇沒有了，牙齒就感到寒冷。比喻兩者相互依存，關係密切）。②像牙齒一樣排列的東西：例鋸齒、梳齒、齒輪。

齒部 5 **齟** 左右

ㄐㄩˇ （齟齬）上下牙齒對不齊，比喻互相牴觸，意見不合：例齟齬不合。

齒部 5 **齣** 左右

ㄔㄨ 量詞，用於戲曲（ㄑㄩˇ）：例一齣戲。

齒部 5 **齡** 左右

ㄌㄧㄥˊ ①歲數（ㄕㄨˋ）：例年齡、適齡、老齡、超齡。②年數（ㄕㄨˋ）；年限：例工齡、黨齡、樹齡。

齒部 6 **龇** 左右

ㄗ 張嘴露（ㄌㄡˋ）出牙齒：例龇牙咧（ㄌㄧㄝˇ）嘴。

齒部 6 **齦** 左右

ㄧㄣˊ 包住牙根的肉：例牙齦。

齬 齒部 7 左右

ㄩˇ

〔齟齬〕彼此有爭執。見「齟」。

齪 齒部 7 左右

ㄔㄨㄛˋ

〔齷齪〕不乾淨。見「齷」。

齷 齒部 9 左右

ㄨㄛˋ

〔齷齪〕①髒；不潔淨：例渾身齷齪。②比喻人品卑劣：例卑鄙（ㄅㄧˇ）齷齪。

齲 齒部 9 左右

ㄑㄩˇ

牙齒被腐蝕（ㄕˊ）而形成空（ㄎㄨㄥ）洞或殘缺：例齲齒。

龍部 ㄌㄨㄥˊ

龍 龍部 0 獨體

ㄌㄨㄥˊ

①傳說（ㄔㄨㄢˊ ㄕㄨㄛ）中的神異動物，身體長（ㄔㄤˊ），有鱗、爪（ㄓㄠˇ），能上天入水，興（ㄒㄧㄥ）雲降（ㄐㄧㄤˋ）雨：例龍的傳人、畫龍點睛、龍飛鳳舞。②封建時代用作帝王的象徵，也指屬於帝王的東西：例龍顏、龍袍、龍床。③形狀像龍或有龍的圖形的東西：例排成長（ㄔㄤˊ）龍、火龍、水龍、龍舟。④指遠古某些巨大的爬行（ㄒㄧㄥˊ）動

老師的話：關於「龍」的成語包括：龍爭虎鬥、龍飛鳳舞、龍鳳呈祥、龍潭虎穴。

老師的話：「龔」字唸作ㄍㄨㄥ，不是ㄍㄨㄥˇ喲！

物：例恐龍、翼手龍。

龍部 6 龔 上下

ㄍㄨㄥ 姓。

龜部 ㄍㄨㄟ

龜部 0 龜 上下

ㄍㄨㄟ 爬蟲類動物，背（ㄅㄟˋ）部有甲殼，頭、尾和腳能縮入甲殼內。多生活在水邊，壽命很長（ㄔㄤˊ）：例烏龜、龜年鶴壽。

ㄐㄩㄣ 皮膚因嚴寒而凍裂。通「皸（ㄐㄩㄣ）」：例龜裂。

龠部 ㄩㄝˋ

龠部 0 龠 上下

ㄩㄝˋ 古代一種（ㄓㄨㄥˇ）管樂（ㄩㄝˋ）器，形狀像笛子，有三孔或六孔。

附錄

容易鬧出笑話了。「國語文法表」能夠幫助小朋友了解詞性，很容易一學就會呢！）

其實「標點符號」和「詞性」都很簡單，一學就會喲！

一、標點符號用法表

符號	名稱	位置	說明和舉例
。	句號	占行中一格	用在敘述句的後面，表示這句話已經說明完畢。 ♣學校已經放假了。 註：中文的句號是一個圓圈「。」，英文的句號則是一個小圓點「．」。
，	逗號	占行中一格	用在一句中需要停頓、分開的地方，閱讀起來更方便明白。 ♣他喜歡游泳，所以臉曬得黑黑的。
、	頓號	占行中一格	1. 用在句中並列連用的同類詞或短語短句之間。 2. 用在表明次序的數目字後面。 ♣紙、指南針、印刷術和火藥都是中國人發明的。 ♣古人把筆、紙、墨、硯合稱為文房四寶。
；	分號	占行中一格	用來分開複句中並列的句子，使意思清楚明白。

符號	名稱	位置	用法
			♣姊姊的優點是刻苦耐勞，勤儉持家；妹妹的優點是謹慎細心，理財有道。
：	冒號	占行中一格	1.用來總起下文或總結上文，表示前面和後面的句子意思相等。 2.用在正式提引句的前面，表示接著提引的話。 3.用在書信的稱呼後面和「某某人說」之後，常和引號配合。 ♣我收到的禮物包括：玩具、衣服、故事書等。 ♣孔子曰：「有朋自遠方來，不亦說（悅）乎？」
？	問號	占行中一格	用在表示疑問、發問、反問的句子後面。 ♣小華到哪裡去了？ 註：如果遇到間接疑問，沒有問號口氣的句子時，不能用問句。例如：我根本就不知道小華去了哪裡。
！	驚嘆號	占行中一格	用來表示強烈的感情，例如：興奮、堅定、憤怒、嘆息、驚奇、請求或祝福等。

			♣呵，我終於成功了！（興奮） ♣這件工作，只許成功，不許失敗！（堅定） ♣這種缺德的人，我真想訓他一頓！（憤怒） ♣唉，我們還有什麼辦法呢！（嘆息） ♣什麼，非洲下雪了！（驚奇） ♣你就做做好人，幫個忙吧！（請求）
（）〔〕——	夾註號	（）〔〕各占行中一格 ——占行中二格	在句中用來說明或註釋的部分。 ♣二十年前，我就住在那個甘榜（馬來話「鄉村」的意思）裡。 ♣我在小學讀書時，就開始學注音符號（當時叫做「注音字母」）了。
——	破折號	占行中二格	1.語意突然轉變。 2.時間的起止。 3.代替夾註號。 ♣這是表哥送給我的書——據說是著名童話家安徒生所寫的。 ♣中日戰爭發生於清光緒二十年至二十一年（西

			元一八九四——一八九五年）。 ♣詩仙——李白，和杜甫並稱李杜。
「」『』	引號	左右符號各占行中一格	1. 說話。 2. 專有名詞。 3. 特別強調的詞句。 4. 引號有兩種：「」叫單引號，『』叫雙引號。一般都用單引號，如果引號中還要用到引號的話，就用雙引號。 5. 直接引用別人的話或文字時，才用引號，否則不能用。 ♣老師說得好：「人如果沒有毅力，便不能克服各種各樣的困難。」 ♣你聽過「愚公移山」這個寓言嗎？ ♣對於他的「好意」，我看你還是小心一點。 ♣小李說：「聽說張明病得很重，所以昨天我便到醫院去看他。哪裡知道他一看到我，就跳起

符號	名稱	位置	用法及例句
			來說：『小李，醫院裡悶死了，快帶我出去走走吧！』我聽了，不知道怎麼回答才好。」 ♣老師說：「你們把作業簿放在桌上。」（老師叫我們把作業簿放在桌上。）
﹏	書名號	直行標在專名左旁，橫行標在專名之下。	用在書名、篇名、歌曲名、報章雜誌名、影劇名等的左旁。橫寫的文字則標在文字的下面。 ♣愛的教育是一本很有教育性的書。 ♣本地的中英文報紙有中央日報、聯合報等等。
│	私名號又稱專名號	直行標在專名左旁，橫行標在專名之下。	用在人名、種族名、國名、時代名、地名、學派名、機構名稱的左旁。橫寫的文字則標在下面。 ♣發明電燈的是美國的愛迪生。
‧	音界號	占行中一格	用在譯成中文的外國人的姓和名字中間。 ♣羅曼‧羅蘭是法國著名的戲劇家兼小說家。
……	刪節號	占行中二格	1. 文章中省略的部分。 2. 意思尚未說完。

3. 聲音的延續。

4. 刪節號的用途有時差不多等於「等」或「等等」的意思。

♣我曾經到香港、印尼、馬來西亞、日本……去旅行。

♣在百貨公司裡可以買到罐頭食品、文具、衣服、化妝品……。

♣「噹！噹！噹……」下課鐘響了。

♣我們所學的科目有國語、美勞、英文、體育……。

註：刪節號的點數是六點，不能隨意延長或縮短。如果要表示省略很多文字的話，可連用兩個刪節號（十二點），千萬不要把刪節號和「等等」同時用，以免重複。例如：我們所學的科目有國語、美勞、英文……。

二、國語文法表

名稱	說明	舉例
名詞	用來指稱事物的詞。	♣白雪公主是一則家喻戶曉的童話故事。 ♣我們都是國家未來的主人翁。 ♣他不畏困難的精神，非常令人敬佩。
代名詞	用來代替或指示名詞的詞。	♣只要大家同心協力，彼此信賴，就一定能完成這個計畫。 ♣公園裡綠草如茵，弟弟常常到那裡玩。
動詞	表示動作或情況的詞。	♣小鳥在天空自由自在地飛翔。 ♣請你不要拒絕我的好意。 ♣「艋舺」就是「萬華」的舊稱。
連接詞	用來連接詞句的詞。	♣恆心和毅力是成功的兩大祕訣。 ♣他平時很用功，所以成績總是名列前茅。 ♣連他都不知道，何況我呢！

詞類	說明	例句
		♣假如你同意，我們立刻就出發。
形容詞	形容事物的形態、性質的詞。多加在名詞的上面。	♣媽媽是個典型的賢妻良母。 ♣巷口的榕樹，已經有十幾年的樹齡了。 ♣每個偉人背後都有一段艱苦的奮鬥歷程。
副詞	把事物的動作、形態，加以區別或限制；用來修飾形容詞、動詞或其他副詞。	♣經過長久的努力，他終於取得博士學位。 ♣月亮高高地掛在天邊，好像一面明亮的鏡子。 ♣老師推荐的這本書，的確是一本好書。
介詞	介紹名詞或代名詞與另一詞發生關係的詞。	♣弟弟自從上學以後，就變得很乖巧懂事。 ♣太陽被烏雲遮住了。 ♣這道菜的味道有點奇怪。
助詞	用來輔助文句，傳達語氣的詞。	♣我決定從今以後再也不貪玩了。 ♣我實在忙不過來，請你幫幫忙吧！ ♣魔術對他來說，不過是雕蟲小技罷了！
感嘆詞	表示感慨嘆息的用語。	♣哎呀！你認錯人了。 ♣哥哥追著公車大叫：「喂！等等我。」

注音查字表

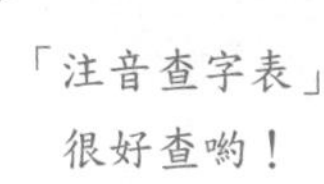

【ㄅ】

ㄅㄚ 八 61 叭 109 吧 113 巴 241 扒 309 捌 326 疤 549 笆 612 芭 701

ㄅㄚˊ 拔 317 跋 810 鈸 861

ㄅㄚˇ 把 312 靶 908

ㄅㄚˋ 壩 176 把 312 灞 493 爸 511 罷 657 霸 903 靶 908

˙ㄅㄚ 吧 113

ㄅㄛ 剝 78 撥 347 波 452 玻 528 缽 654 般 697 菠 713

ㄅㄛˊ 伯 30 勃 83 博 95 帛 243 搏 341 柏 400 泊 456 渤 471 礡 588 箔 618 薄 727 脖 680 膊 685 舶 698 蔔 724 鉑 862 駁 931 鵓 953

ㄅㄛˇ 簸 622 跛 811

ㄅㄛˋ 播 348 擘 352 簸 622 薄 727 蘗 732

ㄅㄞ 掰 331

ㄅㄞˊ 白 559

ㄅㄞˇ 佰 33 擺 354 百 560

ㄅㄞˋ 拜 321 敗 360 稗 600

ㄅㄟ 卑 94 埤 166 悲 287 杯 394 盃 563 碑 583 背 676

ㄅㄟˇ 北 90

ㄅㄟˋ 倍 38 備 48 悖 282 憊 297 焙 499 狽 521 背 676 蓓 722 被 755 貝 795 輩 824

ㄅㄠ 包 88 孢 207 炮 497 胞 677 苞 706 褒 760

ㄅㄠˊ 雹 900

ㄅㄠˇ 保 36 堡 169 寶 220 褓 761 飽 924

ㄅㄠˋ 刨 73 報 169 抱 320 暴 381 瀑 491 煲 501 爆 509 豹 794 鉋 862 鮑 945

ㄅㄢ 扳 313 搬 341 斑 364 班 529 般 697 頒 915

ㄅㄢˇ 板 395 版 513 舨 697 闆 884 阪 886

ㄅㄢˋ 伴 26 半 93 扮 314 拌 315 辦 537 絆 635 瓣 828

ㄅㄣ 奔 184 賁 798

ㄅㄣˇ 本 389 畚 544

ㄅㄣˋ 笨 612

ㄅㄤ 傍 48 幫 247 梆 407 邦 847
ㄅㄤˇ 榜 416 綁 641 膀 684
ㄅㄤˋ 傍 48 棒 410 磅 585 膀 685 蚌 737 謗 785 鎊 871
ㄅㄥ 崩 236 繃 648
ㄅㄥˊ 甭 542

ㄅㄥˇ 繃 649
ㄅㄥˋ 泵 579 繃 649 蹦 816 迸 834
ㄅㄧ 逼 839
ㄅㄧˊ 荸 710 鼻 966
ㄅㄧˇ 匕 89 妣 190 彼 267 比 439 秕 597 筆 614 鄙 849
ㄅㄧˋ 俾 44

埤 166 壁 173 婢 199 幣 246 庇 251 弊 258 弼 262 必 273 愎 289 敝 359 斃 363 比 439 毖 439 泌 451 璧 536 畢 545 痺 553 睥 572 碧 584 祕 590 秘 598 臂 688

蔽 722 薜 727 蘗 732 裨 760 賁 798 跛 811 辟 828 避 844 閉 880 陛 889
ㄅㄧㄝ 憋 294 鱉 948
ㄅㄧㄝˊ 別 72
ㄅㄧㄝˇ 癟 557
ㄅㄧㄝˋ 彆 262
ㄅㄧㄠ 標 419 膘 685

彪 734 鏢 873 鑣 877
ㄅㄧㄠˇ 婊 199 表 754 裱 760 錶 866
ㄅㄧㄠˋ 摽 344 鰾 948
ㄅㄧㄢ 砭 581 編 645 蝙 744 邊 845 鞭 909
ㄅㄧㄢˇ 匾 92 扁 306 貶 799
ㄅㄧㄢˋ 便 35 卞 95 弁 258 辮 652 變 790 辨 828 辯 829 遍 840
ㄅㄧㄣ 儐 54 彬 265 檳 425 濱 488 瀕 492 繽 652 賓 801
ㄅㄧㄣˋ 殯 435 臏 689 髕 939 鬢 941
ㄅㄧㄥ 兵 62 冰 66
ㄅㄧㄥˇ 丙 4 屏 228 柄 398 炳 496 秉 596 稟 601 餅 924
ㄅㄧㄥˋ 並 6 併 33 并 248 摒 339 病 550
ㄅㄨˇ 卜 95 哺 128 捕 327 補 757
ㄅㄨˋ

不 4
佈 28
埠 166
布 242
怖 276
步 432
簿 622
部 848
鈽 861

【ㄆ】

ㄆㄚ
啪 131
葩 720
趴 809

ㄆㄚˊ
扒 309
杷 394
爬 510
琶 532
耙 667

ㄆㄚˋ
帕 243
怕 277

ㄆㄛ
坡 162
潑 484

ㄆㄛˊ
婆 199
繁 650
鄱 850

ㄆㄛˇ
叵 107
頗 915

ㄆㄛˋ
朴 390
珀 529
破 580
粕 626
迫 832
魄 944

ㄆㄞ
拍 319

ㄆㄞˊ
俳 43
徘 270
排 334
牌 514

ㄆㄞˋ
派 459
湃 473

ㄆㄟ
呸 118
胚 676

ㄆㄟˊ
坏 162
培 167
裴 759
賠 801
陪 889

ㄆㄟˋ
佩 33
沛 448
珮 530
轡 827
配 851

ㄆㄠ
拋 318
泡 455

ㄆㄠˊ
刨 73
匏 89
咆 119
庖 252
炮 497
袍 756

ㄆㄠˇ
跑 810

ㄆㄠˋ
泡 455
炮 497
皰 562

ㄆㄡˇ
剖 77
培 168

ㄆㄢ
攀 354
潘 486
番 546

ㄆㄢˊ
弁 258
盤 566
磐 586
胖 675
般 697

ㄆㄢˋ
判 73
叛 104
拚 320
畔 544
盼 569

ㄆㄣ
噴 148

ㄆㄣˊ
盆 563

ㄆㄣˋ
噴 148

ㄆㄤ
乓 10
滂 475
磅 585
膀 684

ㄆㄤˊ
龐 256
彷 266
徬 271
旁 368
膀 684
螃 745

ㄆㄤˋ
胖 675

ㄆㄥ
抨 318
澎 485
亨 499
砰 580

ㄆㄥˊ
彭 265
朋 386
棚 412
澎 485
硼 583
篷 621
膨 687
蓬 724
鵬 954

ㄆㄥˇ
捧 330

ㄆㄥˋ
碰 583
踫 813

ㄆㄧ
丕 5
劈 80
匹 91
批 313
披 317
紕 634
被 755
霹 903

ㄆㄧˊ
啤 134
埤 166
枇 394

毗 439　琵 532　疲 550　皮 562　罷 657　脾 682　裨 760　陴 890　鼙 965

ㄆㄧˇ　仳 25　匹 91　否 113　疋 547　痞 552　癖 556

ㄆㄧˋ　僻 53　媲 202　屁 227　譬 788　辟 828　闢 885

ㄆㄧㄝ　撇 343　瞥 575

ㄆㄧㄝˇ　撇 343

ㄆㄧㄠ　漂 480　飄 921

ㄆㄧㄠˊ　嫖 203　朴 390　瓢 537

ㄆㄧㄠˇ　摽 344　漂 480　瞟 574

ㄆㄧㄠˋ　剽 80　漂 480　票 592　驃 935

ㄆㄧㄢ　偏 47　扁 306　篇 619　翩 663

ㄆㄧㄢˊ　便 35　駢 933

ㄆㄧㄢˋ　片 513　騙 934

ㄆㄧㄣ　姘 194　拼 322

ㄆㄧㄣˊ　嬪 204　蘋 731　貧 797　頻 916　顰 920

ㄆㄧㄣˇ　品 124

ㄆㄧㄣˋ　牝 515

ㄆㄧㄥ　乒 9

ㄆㄧㄥˊ　坪 162　屏 228　平 248　憑 297　瓶 538　秤 597　萍 713　蘋 731　評 773

ㄆㄧㄥˋ　聘 668

ㄆㄨ　仆 19　噗 147　撲 346　鋪 865

ㄆㄨˊ　僕 52　匍 88　朴 390　樸 421　脯 680　菩 712　葡 719　蒲 721　蹼 816

ㄆㄨˇ　圃 156　埔 165　普 377　浦 460　溥 475　譜 787

ㄆㄨˋ　暴 381　曝 382　瀑 491　鋪 865

【ㄇ】

ㄇㄚ　媽 201　嬤 204

ㄇㄚˊ　嘛 144　痲 553　蟆 747　麻 959　麼 960

ㄇㄚˇ　嗎 141　瑪 534　碼 586　螞 745　馬 930

ㄇㄚˋ　罵 656　螞 745

˙ㄇㄚ　嗎 141　嘛 144

ㄇㄛ　摸 344

ㄇㄛˊ　摩 345　摹 346　模 420　無 500　磨 586　糢 629　膜 686　蘑 731　謨 786　魔 944　麼 960　饃 927

ㄇㄛˇ　抹 316

ㄇㄛˋ　万 4　嘿 147　寞 217

秘 598　糸 630　蜜 742　覓 765

ㄇㄧㄝ　芈 658

ㄇㄧㄝˋ　滅 475　篾 621　蔑 724　蠛 751

ㄇㄧㄠˊ　描 336　瞄 573　苗 705

ㄇㄧㄠˇ　渺 473　秒 596　藐 729

ㄇㄧㄠˋ　妙 190　廟 255　繆 648

ㄇㄡˋ　繆 648　謬 787

ㄇㄧㄢˊ　棉 412　眠 570　綿 643

ㄇㄧㄢˇ　免 58　冕 64　勉 83　娩 197　緬 645　腼 684　靦 907

ㄇㄧㄢˋ　面 906　麵 959

ㄇㄧㄣˊ　岷 232　民 441

ㄇㄧㄣˇ　憫 296　抿 316　敏 360　皿 563　閔 880　閩 882　黽 964

ㄇㄧㄥˊ　冥 65　名 111　明 372　瞑 574　茗 709　螟 745　酩 852　銘 863　鳴 950

ㄇㄧㄥˋ　命 122

ㄇㄨˇ　姆 193　拇 319　母 438　牡 516　畝 544

ㄇㄨˋ　募 86　墓 172　幕 246　慕 294　暮 380　木 388　沐 448　牧 516　目 567　睦 571　穆 603　苜 705

【ㄈ】

ㄈㄚ　伐 23　發 559

ㄈㄚˊ　乏 9　法 453　筏 615　罰 655　閥 883

ㄈㄚˇ　法 453　砝 580　髮 940

ㄈㄚˋ　琺 531

ㄈㄛˊ　佛 26

ㄈㄟ　啡 132　妃 188　扉 307　菲 716　霏 902　非 906　飛 922

ㄈㄟˊ　肥 674

ㄈㄟˇ　匪 91　斐 364　翡 662　菲 716　誹 781

ㄈㄟˋ　吠 116　廢 255　沸 453　痱 553　肺 673　費 798

ㄈㄡˇ　否 113　缶 654

ㄈㄢ　番 546　翻 664　蕃 726

ㄈㄢˊ　凡 7　帆 242　樊 420　煩 501　礬 588　繁 650　蕃 726　藩 729

ㄈㄢˇ　反 103　返 831

ㄈㄢˋ　梵 406　氾 445　泛 455　犯 519　範 618　范 703　販 796　飯 923

ㄈㄣ

分 70　吩 115　氛 442　紛 634　芬 702　ㄈㄣˊ 墳 173　汾 450　焚 500　ㄈㄣˇ 粉 625　ㄈㄣˋ 份 25　分 71　奮 187　忿 275　憤 296　糞 629　·ㄈㄣ 噴 148　ㄈㄤ 坊 160

方 367　枋 393　芳 700　ㄈㄤˊ 坊 160　妨 190　房 305　肪 675　防 886　ㄈㄤˇ 仿 22　倣 38　彷 266　放 358　紡 632　舫 697　訪 771　ㄈㄤˋ 放 358　ㄈㄥ 封 221　峰 234

楓 415　烽 499　瘋 554　蜂 741　豐 792　鋒 866　風 920　ㄈㄥˊ 縫 649　逢 836　馮 930　ㄈㄥˋ 俸 39　奉 183　縫 649　諷 784　鳳 951　ㄈㄨ 伕 23　夫 181　孵 209　敷 362

膚 686　麩 959　ㄈㄨˊ 伏 23　佛 27　俘 36　匐 89　孚 207　幅 245　弗 260　彿 267　扶 311　拂 316　服 386　氟 442　浮 462　福 593　符 613　紼 635　縛 647　芙 701　蝠 744

袱 757　輻 825　鳧 950　ㄈㄨˇ 俯 39　府 251　撫 348　斧 366　父 511　甫 541　脯 680　腑 681　腐 682　輔 823　釜 859　ㄈㄨˋ 付 20　傅 48　副 78　咐 120　婦 198　富 217

復 271　父 511　腹 684　複 760　覆 764　訃 769　負 796　賦 802　赴 807　阜 886　附 887　馥 929　駙 932

【ㄉ】

ㄉㄚ 搭 341　答 615　ㄉㄚˊ 瘩 555　答 615　達 839

靼 908　韃 909　ㄉㄚˇ 打 308　ㄉㄚˋ 大 180　ㄉㄜˊ 得 269　德 272　·ㄉㄜ 地 159　底 252　得 269　的 560　ㄉㄞ 呆 114　待 267　獃 523　ㄉㄞˇ 歹 433　逮 837　ㄉㄞˋ

代 21　大 181　岱 233　帶 245　待 267　怠 278　戴 305　殆 434　玳 529　袋 756　貸 799　逮 837　黛 963

ㄉㄟˇ　得 269

ㄉㄠ　刀 70　叨 106

ㄉㄠˇ　倒 41　導 223　島 234

搗 342　禱 594

ㄉㄠˋ　倒 41　到 75　悼 285　盜 565　稻 603　蹈 815　道 838

ㄉㄡ　兜 59　都 848

ㄉㄡˇ　抖 311　斗 364　蚪 736　陡 889

ㄉㄡˋ　痘 552　竇 609　讀 789

豆 791　逗 835　鬥 942

ㄉㄢ　丹 7　擔 351　簞 621　耽 667

ㄉㄢˇ　撣 348　膽 688

ㄉㄢˋ　但 29　啖 133　彈 263　憚 296　擔 351　旦 370　檐 424　氮 443　淡 463　澹 488

石 579　蛋 738　誕 780

ㄉㄤ　噹 149　當 546　襠 762　鐺 875

ㄉㄤˇ　擋 349　檔 424　當 546　黨 963

ㄉㄤˋ　當 546　盪 566　蕩 725

ㄉㄥ　燈 506　登 558

ㄉㄥˇ　等 613

ㄉㄥˋ　凳 68　澄 484　瞪 575　磴 587　蹬 817　鄧 850

ㄉㄧ　低 30　氐 441　滴 479

ㄉㄧˊ　嘀 143　嫡 202　廸　敵 362　滌 483　狄 519　的 560　笛 613　翟 662　荻 712

迪 831　鏑 872

ㄉㄧˇ　底 251　抵 319　氐 441　牴 516　砥 581　詆 774　邸 847

ㄉㄧˋ　地 159　娣 197　帝 244　弟 260　棣 411　的 560　第 613　締 644　蒂 717　諦 782　遞 842

ㄉㄧㄝ　爹 512

ㄉㄧㄝˊ　喋 137　涉 461　牒 514　疊 547　碟 584　蝶 743　褶 761　諜 783　跌 811　迭 832

ㄉㄧㄠ　凋 67　刁 70　叼 106　彫 265　碉 583　貂 794　雕 897

ㄉㄧㄠˇ

鳥 950

ㄉㄧㄠˋ
吊 109
弔 259
掉 332
調 781
釣 859

ㄉㄧㄡ
丟 6

ㄉㄧㄢ
巔 238
掂 331
滇 475
癲 558
顛 919

ㄉㄧㄢˇ
典 62
碘 583
點 962

ㄉㄧㄢˋ
佃 28
墊 172
奠 186
店 251
惦 284
殿 437
淀 469
澱 487
玷 528
甸 543
踮 813
電 900
靛 905

ㄉㄤ
噹 149

ㄉㄧㄥ
丁 1
仃 19
叮 106
盯 567
酊 851
釘 858

ㄉㄧㄥˇ
酊 851
頂 913
鼎 965

ㄉㄧㄥˋ
定 211
訂 769
釘 858
錠 866

ㄉㄨ
嘟 146
督 572
都 848

ㄉㄨˊ
櫝 426
毒 438
瀆 491
牘 514
犢 518
獨 524
讀 789
黷 964

ㄉㄨˇ
堵 167
睹 572
篤 620
肚 673
賭 802

ㄉㄨˋ
妒 190
度 252
杜 392
渡 469
肚 673
蠹 750
鍍 868

ㄉㄨㄛ
哆 123
多 179

ㄉㄨㄛˊ
奪 186
鐸 876

ㄉㄨㄛˇ
垛 164
朵 390
躲 819

ㄉㄨㄛˋ
剁 75
咄 119
垛 164
墮 173
度 252
惰 282
舵 697
跺 812
踱 814
馱 931

ㄉㄨㄟ
堆 166

ㄉㄨㄟˋ
兌 58
對 223
隊 891

ㄉㄨㄢ
端 610

ㄉㄨㄢˇ
短 578

ㄉㄨㄢˋ
斷 367
段 436
緞 646
鍛 870

ㄉㄨㄣ
墩 173
敦 361
蹲 816

ㄉㄨㄣˇ
盹 568
躉 817

ㄉㄨㄣˋ
噸 149
囤 156
沌 449
燉 506
盾 569
遁 841
鈍 860
頓 914
飩 923

ㄉㄨㄥ
冬 66
東 393
鼕 965

ㄉㄨㄥˇ
懂 298
董 720

ㄉㄨㄥˋ
凍 67
動 84
恫 280
棟 410
洞 458
胴 678

【ㄊ】

ㄊㄚ
他 20
塌 171
她 189
它 210
牠 516

ㄊㄚˇ

塔 170 ｜ ㄊㄚˋ 拓 317 撻 349 榻 417 漯 482 獺 525 踏 814 蹋 815 躂 818 ｜ ㄊㄜˋ 忑 273 慝 294 特 517 ｜ ㄊㄞ 胎 677 ｜ ㄊㄞˊ 台 108 抬 321 臺 692 苔 705 跆 811

颱 920 ｜ ㄊㄞˋ 大 181 太 181 態 292 汰 448 泰 456 ｜ ㄊㄠ 叨 106 掏 335 滔 477 絛 640 韜 910 ｜ ㄊㄠˊ 啕 134 桃 404 淘 467 濤 489 萄 716 逃 833 陶 890 ｜ ㄊㄠˇ

討 770 ｜ ㄊㄠˋ 套 185 ｜ ㄊㄡ 偷 47 ｜ ㄊㄡˊ 投 314 頭 916 骰 937 ｜ ㄊㄡˋ 透 836 ｜ ㄊㄢ 坍 161 攤 355 灘 493 癱 558 貪 797 ｜ ㄊㄢˊ 壇 174 彈 263 曇 381 檀 424

潭 485 澹 488 痰 553 罈 655 覃 764 談 780 譚 788 ｜ ㄊㄢˇ 坦 163 忐 273 毯 440 袒 756 ｜ ㄊㄢˋ 嘆 144 探 329 炭 497 碳 584 ｜ ㄊㄤ 湯 472 鏜 873 ｜ ㄊㄤˊ 唐 127

堂 167 塘 170 搪 340 棠 409 糖 628 膛 685 螳 746 醣 854 ｜ ㄊㄤˇ 倘 43 帑 243 淌 464 躺 820 ｜ ㄊㄤˋ 燙 507 趟 809 ｜ ㄊㄥˊ 疼 550 籐 624 藤 730 謄 786 騰 934

ㄊㄧ 剔 77 梯 405 踢 813 銻 864 ｜ ㄊㄧˊ 啼 135 堤 168 提 337 蹄 814 題 918 ｜ ㄊㄧˇ 體 939 ｜ ㄊㄧˋ 剃 76 嚏 152 屜 229 悌 282 惕 285 替 384 涕 460 逖 837

ㄊㄝ 帖 243 貼 798 ｜ ㄊㄝˇ 帖 243 鐵 875 ｜ ㄊㄠ 挑 324 ｜ ㄊㄠˊ 佻 34 條 408 笤 612 調 781 迢 831 ｜ ㄊㄠˇ 挑 324 窕 606 ｜ ㄊㄠˋ 眺 571 跳 812 ｜ ㄊㄢ 天 181

添 464 ㄊㄧㄢˊ 填 170 恬 279 甜 539 田 542 闐 885 ㄊㄧㄢˇ 忝 275 腆 682 舔 695 靦 907 ㄊㄧㄥ 廳 256 汀 445 聽 670 ㄊㄧㄥˊ 亭 17 停 44 婷 200 庭 253 廷 257

蜓 740 霆 901 ㄊㄧㄥˇ 挺 327 梃 407 艇 698 ㄊㄧㄥˋ 聽 671 ㄊㄨ 禿 596 ㄊㄨˊ 凸 69 圖 158 塗 170 屠 229 徒 268 突 606 荼 712 途 837 ㄊㄨˇ 吐 110 土 158

ㄊㄨˋ 兔 58 吐 110 ㄊㄨㄛ 托 310 拖 320 脫 680 託 770 ㄊㄨㄛˊ 佗 26 沱 451 跎 810 陀 887 馱 931 駝 932 鴕 951 ㄊㄨㄛˇ 妥 191 橢 423 ㄊㄨㄛˋ 唾 138 拓 317

ㄊㄨㄟ 推 333 ㄊㄨㄟˊ 頹 917 ㄊㄨㄟˇ 腿 685 ㄊㄨㄟˋ 蛻 741 退 833 ㄊㄨㄢ 湍 472 ㄊㄨㄢˊ 團 158 ㄊㄨㄣ 吞 113 ㄊㄨㄣˊ 囤 156 屯 231 臀 688 豚 793 ㄊㄨㄣˋ 褪 761

ㄊㄨㄥ 恫 280 通 834 ㄊㄨㄥˊ 僮 51 同 109 彤 264 桐 404 洞 458 潼 483 瞳 575 童 610 銅 863 ㄊㄨㄥˇ 捅 326 桶 406 筒 614 統 635 ㄊㄨㄥˋ 慟 293 痛 551

【ㄋ】

ㄋㄚˊ 南 95 拿 325 ㄋㄚˇ 哪 130 ㄋㄚˋ 吶 116 娜 196 捺 331 納 634 那 847 鈉 860 ˙ㄋㄚ 哪 130 ㄋㄜˋ 訥 771 ˙ㄋㄜ 呢 121 ㄋㄞˇ 乃 8

奶 187 氖 442 迺 833 ㄋㄞˋ 柰 184 耐 666 ㄋㄟˇ 餒 925 ㄋㄟˋ 內 60 ㄋㄠˊ 呶 120 撓 347 鐃 874 ㄋㄠˇ 惱 288 瑙 534 腦 684 ㄋㄠˋ 鬧 942 ㄋㄢˊ 南 95

ㄋㄧˇ 霓 902 泥 451 尼 226 妮 192 呢 121 倪 43 ㄋㄧˊ 能 679 ㄋㄥˊ 囊 154 ㄋㄤˊ 嫩 202 ㄋㄣˋ 難 899 ㄋㄢˋ 赧 806 ㄋㄢˇ 難 898 男 543 楠 413 喃 137

鑷 877 鎳 871 躡 818 臬 691 聶 670 孽 209 囁 153 ㄋㄧㄝˋ 捏 327 ㄋㄧㄝ 逆 832 膩 686 睨 573 溺 476 泥 451 暱 380 匿 92 ㄋㄧˋ 旎 369 擬 352 妳 194 你 30

黏 961 鯰 946 粘 626 拈 318 年 248 ㄋㄧㄢˊ 拗 320 ㄋㄧㄡˋ 鈕 860 紐 633 扭 311 ㄋㄧㄡˇ 牛 515 ㄋㄧㄡˊ 妞 190 ㄋㄧㄡ 尿 227 ㄋㄧㄠˋ 鳥 950 裊 758 嬝 204 ㄋㄧㄠˇ

寧 218 嚀 151 凝 68 ㄋㄧㄥˊ 釀 855 ㄋㄧㄤˋ 娘 196 ㄋㄧㄤˊ 您 283 ㄋㄧㄣˊ 念 275 廿 257 唸 134 ㄋㄧㄢˋ 輾 826 輦 824 碾 585 撵 353 撚 349 捻 335 拈 318 ㄋㄧㄢˇ

ㄋㄨㄛˊ 挪 328 娜 196 哪 130 ㄋㄨㄛˇ 怒 277 ㄋㄨˋ 弩 261 努 83 ㄋㄨˇ 駑 932 奴 187 ㄋㄨˊ 濘 488 擰 352 寧 218 佞 26 ㄋㄧㄥˋ 擰 352 ㄋㄧㄥˇ 獰 524 檸 426

啦 131 ㄌㄚ

【ㄌ】

虐 733 瘧 554 ㄋㄩㄝˋ 女 187 ㄋㄩˇ 弄 258 ㄋㄨㄥˋ 農 829 膿 688 濃 485 噥 150 儂 53 ㄋㄨㄥˊ 暖 380 ㄋㄨㄢˇ 諾 784 糯 630 懦 299 ㄋㄨㄛˋ

·ㄌㄜ 肋 672 樂 421 捋 326 垃 168 勒 84 ㄌㄜˋ 咯 126 ·ㄌㄜ 啦 131 ·ㄌㄚ 辣 828 蠟 750 落 717 臘 689 剌 76 ㄌㄚˋ 喇 137 ㄌㄚˇ 剌 76 ㄌㄚˊ 拉 315

了 13

ㄌㄞˊ 來 32　萊 715

ㄌㄞˋ 瀨 492　癩 557　睞 572　籟 624　賴 804

ㄌㄟ 勒 84

ㄌㄟˊ 嫘 203　擂 350　縲 648　羸 660　鐳 875　雷 900

ㄌㄟˇ 儡 55　壘 175　磊 585　累 636　耒 666　蕾 727

ㄌㄟˋ 淚 467　累 637　類 918

ㄌㄠ 撈 346

ㄌㄠˊ 勞 85　嘮 146　撈 346　牢 515　癆 556

ㄌㄠˇ 佬 32　姥 195　潦 484　老 664

ㄌㄠˋ 勞 85　澇 485　烙 498　絡 639　落 717

ㄌㄡ 摟 344

ㄌㄡˊ 嘍 145　婁 198　樓 420　螻 747　髏 938

ㄌㄡˇ 摟 345　簍 620

ㄌㄡˋ 漏 480　鏤 874　陋 887　露 904

ㄌㄢˊ 婪 199　嵐 236　攔 354　欄 427　瀾 492　籃 623　藍 728　蘭 732　襤 762　闌 884

ㄌㄢˇ 懶 299　攬 356　欖 428　纜 654　覽 766

ㄌㄢˋ 濫 489　瀾 492　爛 510

ㄌㄤˊ 廊 254　榔 412　狼 520　琅 530　瑯 533　螂 743　郎 847

ㄌㄤˇ 朗 387

ㄌㄤˋ 浪 459

ㄌㄥˊ 楞 415　稜 600

ㄌㄥˇ 冷 66

ㄌㄥˋ 怔 276　愣 287　楞 415

ㄌㄧ 哩 129

ㄌㄧˊ 喱 139　梨 408　漓 478　犁 517　犛 518　狸 521　璃 535　籬 624　罹 657　蠡 749　貍 795　釐 857　離 898　驪 937　鸝 956　黎 961

ㄌㄧˇ 俚 38　哩 129　娌 198　李 391　浬 461　澧 487　理 530　禮 594　蠡 749　裡 758　邐 845　里 856　鯉 947

ㄌㄧˋ 例 32　俐 37　儷 55　利 73　力 81　勵 86　厲 100　吏 109　唳 135　壢 176　慄 291　戾 306　曆 381

嶺 237　領 915

ㄌㄧㄥˋ　令 21　另 107

ㄌㄨ　嚕 152

ㄌㄨˊ　盧 256　爐 509　廬 566　臚 689　蘆 731　顱 920　鱸 949

ㄌㄨˇ　擄 350　櫓 427　虜 734　魯 945　鹵 956

ㄌㄨˋ　戮 304　漉 478　碌 583　祿 592　賂 801　路 812　錄 867　陸 890　露 903　鷺 955　鹿 957　麓 958

ㄌㄨㄛ　囉 154　捋 326

ㄌㄨㄛˊ　囉 154　玀 526　籮 625　羅 657　蘿 732　螺 747　邏 846　鏍 874　鑼 873　騾 935

ㄌㄨㄛˇ　綞 646　裸 759

ㄌㄨㄛˋ　洛 459　漯 482　烙 498　犖 518　絡 639　落 717　酪 852　駱 933

ㄌㄨㄢˊ　孿 209　巒 238　攣 355　灤 493　鑾 878　鸞 856

ㄌㄨㄢˇ　卵 98

ㄌㄨㄢˋ　亂 12

ㄌㄨㄣ　掄 333

ㄌㄨㄣˊ　侖 34　倫 44　崙 236　掄 333　淪 467　綸 643　論 782　輪 824

ㄌㄨㄣˋ　論 782

ㄌㄨㄥˊ　嚨 152　瓏 536　朧 576　窿 608　籠 624　聾 670　隆 892　龍 969

ㄌㄨㄥˇ　壟 175　攏 354　隴 894

ㄌㄩˊ　櫚 426　閭 883　驢 936

ㄌㄩˇ　侶 36　呂 114　婁 230　屢 230　履 230　捋 326　旅 368　縷 648　褸 762　鋁 865

ㄌㄩˋ　壘 175　律 268　慮 294　氯 444　濾 490　率 526　綠 642

ㄌㄩㄝˋ　掠 329　略 545

《ㄍ》

ㄍㄚ　嘎 145

ㄍㄚˇ　軋 820

ㄍㄚˋ　尬 225

ㄍㄜ　割 79　咯 126　哥 128　戈 301　擱 353　歌 430　疙 548　胳 679　鴿 952

ㄍㄜˊ　咯 126　格 404　膈 685　葛 719　蛤 740　閣 882　閤 883　隔 893　革 907　骼 938　鬲 943

ㄍㄜˇ

給	ㄍㄟˇ	鈣	蓋	溉	概	丐	ㄍㄞˋ	改	ㄍㄞˇ	賅	該	ㄍㄞ	鉻	各	個	ㄍㄜˋ	蓋	葛	合	各	個
639		859	721	474	414	4		357		801	774		864	110	42		721	719	111	110	42

鉤	溝	枸	句	勾	ㄍㄡ	誥	告	ㄍㄠˋ	鎬	稿	槁	攪	搞	ㄍㄠˇ	高	膏	羔	糕	篙	睪	ㄍㄠ
862	475	399	108	87		779	115		871	602	416	356	340		939	685	658	628	619	572	

泔	柑	杆	干	尷	坩	乾	ㄍㄢ	遘	購	詬	構	媾	夠	垢	句	勾	ㄍㄡˋ	苟	狗	枸	ㄍㄡˇ
450	399	390	248	252	162	12		841	804	777	417	201	179	164	108	87		706	520	399	

艮	亙	ㄍㄣˋ	艮	ㄍㄣˇ	跟	根	ㄍㄣ	贛	幹	ㄍㄢˋ	趕	稈	橄	桿	敢	感	ㄍㄢˇ	肝	竿	疳	甘
699	15		699		811	401		806	249		808	599	422	406	361	290		672	611	550	539

ㄍㄥˇ	耕	羹	粳	更	庚	ㄍㄥ	鋼	槓	ㄍㄤˋ	港	崗	ㄍㄤˇ	鋼	肛	缸	綱	扛	崗	岡	剛	ㄍㄤ
	666	660	627	383	251		867	417		469	235		867	673	654	642	309	235	232	78	

鴣	骨	鈷	辜	轂	蛄	菰	箍	沽	家	孤	姑	呱	咕	估	ㄍㄨ	更	ㄍㄥˋ	頸	耿	梗	埂
951	937	860	828	826	737	715	618	452	214	207	192	120	118	27		383		916	668	406	165

僱	估	ㄍㄨˋ	鼓	鵠	骨	轂	賈	谷	詁	蠱	股	罟	穀	瞽	牯	滑	汩	古	ㄍㄨˇ	骨	ㄍㄨˊ
52	27		965	953	937	826	800	791	773	750	674	655	602	576	516	477	449	105		937	

告 115　固 156　故 358　雇 896　顧 919

ㄍㄨㄚ　刮 75　呱 120　括 323　瓜 537　蝸 744　颳 921

ㄍㄨㄚˇ　寡 218

ㄍㄨㄚˋ　卦 96　掛 332　褂 759

ㄍㄨㄛ　蟈 747　過 840　郭 848　鍋 869

ㄍㄨㄛˊ　國 157　幗 247　摑 345

ㄍㄨㄛˇ　果 393　槨 419　猓 521　裹 759

ㄍㄨㄛˋ　過 840

ㄍㄨㄞ　乖 10

ㄍㄨㄞˇ　拐 319　枴 399

ㄍㄨㄞˋ　怪 276

ㄍㄨㄟ　圭 160　歸 433　瑰 535　皈 561　規 765　閨 882　龜 970

ㄍㄨㄟˇ　癸 558　詭 776　軌 821　鬼 943

ㄍㄨㄟˋ　會 385　桂 402　櫃 425　貴 799　跪 813　鱖 949

ㄍㄨㄢ　倌 38　冠 65　官 212　棺 409　綸 643　莞 710　觀 767　關 885　鰥 948

ㄍㄨㄢˇ　管 616　莞 710　館 926

ㄍㄨㄢˋ　冠 65　慣 293　灌 492　盥 566　罐 655　觀 767　貫 797　鸛 956

ㄍㄨㄣˇ　滾 478　袞 755

ㄍㄨㄣˋ　棍 411

ㄍㄨㄤ　光 57　胱 677

ㄍㄨㄤˇ　廣 256　獷 525

ㄍㄨㄤˋ　逛 837

ㄍㄨㄥ　供 32　公 61　功 82　宮 215　工 239　弓 259　恭 281　攻 357　紅 631　肱 674　蚣 737　躬 819　龔 970

ㄍㄨㄥˇ　拱 323　汞 446　鞏 908

ㄍㄨㄥˋ　供 32　共 61　貢 796

【ㄎ】

ㄎㄚ　咖 118　哈 126　喀 135

ㄎㄚˇ　卡 96　咯 126

ㄎㄜ　柯 398　棵 410　瞌 574　磕 586　科 596　稞 600　窠 607　苛 703　蚵 737　蝌 745　軻 821　顆 917

ㄎㄜˊ　咳 124　殼 437

ㄎㄜˇ　可 105　坷 162　渴 472

ㄎㄜˋ　克 58　刻 74　剋 77　可 105　嗑 141

靠	銬	犒		考	烤	拷		愾		楷	慨	剴	凱		開	揩		課	溘	恪	客
906	863	517	ㄎㄠˋ	665	498	323	ㄎㄠˇ	292	ㄎㄞˋ	413	288	79	68	ㄎㄞˇ	880	336	ㄎㄞ	781	476	280	213

檻	嵌	崁	坎	侃		看	戡	堪	勘	刊		釦	扣	寇	叩	佝		口		摳	
426	236	234	161	33	ㄎㄢˇ	569	303	168	84	71	ㄎㄢ	859	309	216	106	31	ㄎㄡˋ	105	ㄎㄡˇ	343	ㄎㄡ

吭		炕	抗	伉	亢		扛		糠	慷	康		肯	懇	墾	啃		瞰	看		砍
112	ㄎㄥ	495	310	22	16	ㄎㄤˋ	310	ㄎㄤˊ	629	292	253	ㄎㄤ	675	299	174	132	ㄎㄣˇ	575	569	ㄎㄢˋ	580

	跨	胯		垮		誇	夸		酷	褲	庫		苦		骷	窟	枯	哭		鏗	坑
ㄎㄨㄛˋ	812	679	ㄎㄨㄚˋ	164	ㄎㄨㄚˇ	775	182	ㄎㄨㄚ	853	761	253	ㄎㄨˋ	703	ㄎㄨˇ	938	607	398	129	ㄎㄨ	874	160

睽	揆	奎	夔		虧	窺	盔		膾	筷	檜	會	快	塊	劊	儈		闊	擴	括	廓
573	336	185	178	ㄎㄨㄟˊ	735	608	564	ㄎㄨㄟ	689	615	425	385	274	171	81	54	ㄎㄨㄞˋ	883	353	324	255

昆	崑	坤		款		寬		饋	餽	簣	潰	憒	愧	喟	匱		傀		魁	逵	葵
372	236	163	ㄎㄨㄣ	429	ㄎㄨㄢˇ	219	ㄎㄨㄢ	928	927	622	486	296	292	138	91	ㄎㄨㄟˋ	48	ㄎㄨㄟˇ	943	837	718

礦	況	曠	壙		誑	狂		誆	筐	眶	框	匡		睏	困		綑	梱	捆		混
588	454	382	175	ㄎㄨㄤˋ	779	519	ㄎㄨㄤˊ	776	614	571	401	90	ㄎㄨㄤ	571	156	ㄎㄨㄣˋ	640	406	327	ㄎㄨㄣˇ	466

ㄎㄨㄥ 崆 235 空 605
ㄎㄨㄥˇ 倥 39 孔 206 恐 280
ㄎㄨㄥˋ 控 329 空 605

【ㄏ】

ㄏㄚ 哈 125
ㄏㄚˊ 蛤 740 蝦 744
ㄏㄚˇ 哈 126
ㄏㄜ 呵 118 喝 136

ㄏㄜˊ 何 27 劾 83 合 111 和 120 曷 383 核 400 河 452 涸 466 盍 564 盒 564 禾 595 紇 631 荷 712 褐 760 貉 795 閡 882 閤 883 闔 884
ㄏㄜˋ 和 121 喝 136
嚇 152 荷 712 賀 799 赫 806 鶴 954

ㄏㄞ 咳 142 嗨 140
ㄏㄞˊ 孩 208 還 844 骸 938
ㄏㄞˇ 海 461
ㄏㄞˋ 亥 16 害 214 氦 413 駭 933
ㄏㄟ 嘿 147 黑 961

ㄏㄠ 蒿 720
ㄏㄠˊ 嗥 143 嚎 151 壕 174 毫 440 濠 489 號 735 蠔 749 豪 793
ㄏㄠˇ 好 188
ㄏㄠˋ 好 189 浩 462 皓 561 耗 667 號 734 鎬 871
ㄏㄡˊ 侯 35
喉 140 猴 522

ㄏㄡˇ 吼 116
ㄏㄡˋ 候 42 厚 99 后 112 後 268 逅 834
ㄏㄢ 憨 297 蚶 737 酣 857 鼾 967
ㄏㄢˊ 函 69 含 117 寒 217 幹 249 汗 445 涵 467
韓 910

ㄏㄢˇ 喊 135 罕 655
ㄏㄢˋ 和 120 悍 282 憾 298 捍 326 撼 350 旱 371 汗 445 漢 480 瀚 492 焊 499 翰 663 頷 916
ㄏㄣˊ 痕 551
ㄏㄣˇ 很 267 狠 520

ㄏㄣˋ 恨 279
ㄏㄤˊ 吭 113 杭 392 航 696 行 751
ㄏㄤˋ 行 752
ㄏㄥ 亨 17 哼 128
ㄏㄥˊ 恆 279 横 422 衡 753
ㄏㄥˋ 横 422
ㄏㄨ 乎 9 呼 119 忽 275

惚 286

ㄏㄨˊ 和 121　壺 177　弧 261　湖 471　狐 520　瑚 533　糊 628　胡 677　葫 718　蝴 743　鬍 941　鵠 953

ㄏㄨˇ 唬 134　琥 533　虎 733

ㄏㄨˋ 互 14　戶 305　扈 307　滬 482　瓠 537　護 789

ㄏㄨㄚ 化 89　嘩 147　花 702　華 714

ㄏㄨㄚˊ 划 72　劃 80　嘩 147　滑 476　猾 523　華 714　譁 787　豁 791

ㄏㄨㄚˋ 劃 80　化 89　樺 421　畫 546　華 714　話 716

ㄏㄨㄛˊ 活 458

ㄏㄨㄛˇ 伙 22　夥 179　火 494

ㄏㄨㄛˋ 和 121　壑 175　惑 286　或 303　獲 524　禍 593　穫 604　豁 791　貨 797　霍 902

·ㄏㄨㄛ 午 93　和 121

ㄏㄨㄞˊ 徊 268　懷 298　槐 418　淮 468　踝 813

ㄏㄨㄞˋ 壞 175

ㄏㄨㄟ 徽 272　恢 279　揮 338　暉 379　灰 494　詼 775　輝 824　麾 960

ㄏㄨㄟˊ 回 155　茴 708　蛔 739　迴 833

ㄏㄨㄟˇ 悔 282　會 385　毀 437　燬 509　虫 735

ㄏㄨㄟˋ 匯 91　卉 94　彗 224　彙 264　惠 287　慧 294　晦 377　會 385　燴 509　穢 604　繪 652　蕙 725　誨 779　諱 783　賄 800

ㄏㄨㄢ 歡 430

ㄏㄨㄢˊ 桓 401　環 536　還 844　鍰 870

ㄏㄨㄢˇ 緩 646

ㄏㄨㄢˋ 喚 139　奐 185　宦 213　幻 249　患 283　換 339　渙 474　煥 503　瘓 554　豢 793

ㄏㄨㄣ 婚 199　昏 373　葷 717

ㄏㄨㄣˊ 渾 473　琿 533　餛 926　魂 944

ㄏㄨㄣˇ 混 466

ㄏㄨㄣˋ 渾 473

ㄏㄨㄤ 慌 291　肓 672　荒 707

ㄏㄨㄤˊ 凰 68　徨 271　惶 289　煌 503　璜 535　皇 561

礦 587 篁 619 簧 621 蝗 745 蟥 748 遑 841 隍 892 黃 960

ㄏㄨㄤˇ 幌 246 恍 278 晃 376 謊 785

ㄏㄨㄤˋ 晃 376

ㄏㄨㄥ 哄 125 烘 498 轟 827

ㄏㄨㄥˊ 弘 260 宏 211 泓 453 洪 457 紅 631 虹 735 訌 750 鴻 952

ㄏㄨㄥˇ 哄 125

ㄏㄨㄥˋ 鬨 942

【ㄐ】

ㄐㄧ 乩 11 其 62 几 68 嘰 148 基 167 奇 183 姬 197 屐 229 幾 250 機 423 激 488 犄 517 璣 535 畸 547 磯 587 稽 602 積 603 箕 617 績 648 羈 657 肌 672 譏 788 跡 811 雞 898 飢 922 饑 928

ㄐㄧˊ 亟 15 即 97 及 103 吉 109 吃 112 唧 131 嫉 201 寂 216 岌 232 急 278 戢 304 擊 351 棘 409 極 414 楫 415 汲 450 疾 549 瘠 555 籍 623 級 634 藉 729 輯 825 集 896 鶺 955

ㄐㄧˇ 己 241 幾 250 戟 303 擠 352 濟 489 給 639 脊 680 麂 957

ㄐㄧˋ 伎 22 冀 63 劑 81 妓 191 季 207 寄 216 忌 274 悸 286 技 311 既 370 暨 380 濟 489 祭 592 稷 602 紀 631 繫 651 繼 652 薺 729 覬 766 計 768 記 769 際 893 霽 904 驥 936 髻 940 鯽 947

ㄐㄧㄚ 伽 28 佳 31 傢 47 加 82 嘉 145 家 214 枷 396 笳 612 茄 704 袈 755 迦 831

ㄐㄧㄚˊ 夾 183 戛 303 秸 599 莢 710 頰 916

ㄐㄧㄚˇ 假 44 甲 542 胛 677 賈 800 鉀 861

ㄐㄧㄚˋ 假 44 價 53 嫁 200 架 397 稼 602 駕 932

ㄐㄧㄝ

錦	謹	緊	儘	僅	金	襟	筋	禁	矜	津	斤	巾	今	餞	間	鑒	鑑	鍵	踐
868	786	642	54	50	858	762	615	593	577	457	367	246	19	926	881	876	876	869	813

槳	韁	薑	疆	漿	江	殭	將	姜	僵	進	近	覲	禁	盡	浸	晉	噤	殣
420	910	727	547	483	446	435	222	194	53	838	831	766	592	565	460	375	149	928

菁	莖	荊	經	精	睛	涇	晶	旌	兢	京	降	醬	漿	強	將	匠	講	蔣	獎
714	710	707	640	628	571	460	378	369	59	17	888	855	483	262	222	90	785	724	524

竟	靜	靖	鏡	逕	競	痙	淨	敬	徑	境	勁	頸	阱	警	景	憬	井	鯨	驚
912	905	905	872	836	611	552	468	361	269	172	84	916	868	788	378	296	14	947	936

莒	舉	矩	沮	枸	咀	鞠	跼	菊	橘	桔	掬	局	駒	車	疽	狙	据	居
711	694	578	454	399	118	909	813	716	422	402	334	226	932	820	550	520	331	227

倔	撅	颶	鋸	遽	距	苣	聚	炬	據	拒	懼	巨	句	劇	具	俱	倨	齟
42	348	921	866	844	810	703	669	496	350	316	300	239	108	80	62	42	42	968

倔	蹶	譎	訣	角	覺	蕨	絕	玨	獗	爵	決	攫	掘	抉	崛	孓	嚼	噱	厥
42	817	788	771	767	766	725	638	527	524	511	448	356	330	311	235	205	153	150	100

	龜	鈞	軍	均	君		雋	絹	眷	狷	圈	卷	倦		捲	卷		鵑	涓	捐	娟
ㄐㄩㄣˋ	970	860	820	161	115	ㄐㄩㄣ	896	640	570	521	157	98	39	ㄐㄩㄢˋ	329	98	ㄐㄩㄢˇ	953	461	328	197

戚	慼	悽	妻	嘁	七		【ㄑ】	迥	窘	炯		駿	雋	郡	菌	竣	濬	浚	峻	俊
303	295	284	192	143	1	ㄑㄧ		832	606	497	ㄐㄩㄥˇ	933	896	848	715	610	490	462	234	37

祈	祁	畦	琪	淇	歧	棋	期	旗	崎	岐	奇	其	俟		萋	漆	淒	沏	欺	棲	柒
590	589	545	531	465	432	411	387	369	235	231	183	62	36	ㄑㄧˊ	713	481	466	447	429	411	396

契	器	企	亟		起	豈	綺	稽	杞	啟	乞		齊	麒	鰭	騎	蘄	臍	耆	祺	祇
184	150	25	15	ㄑㄧˋ	807	791	643	602	392	360	11	ㄑㄧˇ	967	958	948	934	729	689	665	592	590

	茄	伽		切		洽	恰		卡		掐		迄	訖	緝	砌	泣	汽	氣	棄	憩
ㄑㄧㄝˇ	704	27	ㄑㄧㄝˊ	71	ㄑㄧㄝ	459	279	ㄑㄧㄚˋ	96	ㄑㄧㄚˇ	331	ㄑㄧㄚ	830	771	645	580	450	450	442	407	297

蕎	翹	瞧	樵	橋	憔	喬	僑		鍬	蹺	橇	敲		鍥	竊	挈	愜	妾	切		且
726	663	575	423	423	296	139	52	ㄑㄧㄠˊ	870	817	423	362	ㄑㄧㄠ	869	609	325	287	191	71	ㄑㄧㄝˋ	5

泅	求	囚	仇		鰍	鞦	邱	蚯	秋	丘		鞘	翹	撬	峭	俏		愀	悄	巧	
454	445	155	19	ㄑㄧㄡˊ	948	909	847	738	597	5	ㄑㄧㄡ	909	663	349	233	36	ㄑㄧㄠˋ	289	281	239	ㄑㄧㄠˇ

球 530 裘 758 酋 850 ㄑㄧㄢ 千 93 仟 93 嵌 236 牽 517 簽 623 籤 624 謙 785 遷 843 鉛 861 阡 886 韆 910 騫 934 ㄑㄧㄢˊ 乾 12 前 76 潛 485 箝 617 虔 733

鈐 860 鉗 861 錢 867 黔 962 ㄑㄧㄢˇ 淺 464 譴 789 遣 842 ㄑㄧㄢˋ 倩 39 塹 172 欠 427 歉 429 茜 706 ㄑㄧㄣ 侵 35 欽 429 親 765 ㄑㄧㄣˊ 勤 86 噙 148 擒 351

琴 532 禽 595 秦 598 芹 702 覃 764 ㄑㄧㄣˇ 寢 219 ㄑㄧㄣˋ 沁 447 ㄑㄧㄤ 搶 342 槍 418 羌 658 腔 681 鏘 874 ㄑㄧㄤˊ 強 262 戕 303 牆 513 薔 727 ㄑㄧㄤˇ 強 262

搶 342 ㄑㄧㄤˋ 嗆 143 ㄑㄧㄥ 傾 50 卿 90 氫 443 清 464 蜻 742 輕 823 青 905 ㄑㄧㄥˊ 情 284 擎 351 晴 378 ㄑㄧㄥˇ 請 780 頃 913 ㄑㄧㄥˋ 慶 294 磬 587 罄 655

親 766 ㄑㄩ 區 92 屈 227 嶇 237 曲 383 蛆 738 蛐 739 趨 809 軀 820 驅 935 ㄑㄩˊ 劬 83 渠 470 璩 535 瞿 576 衢 753 麯 959 麴 959 ㄑㄩˇ 取 103 娶 198

曲 383 齲 969 ㄑㄩˋ 去 101 趣 809 ㄑㄩㄝ 缺 654 ㄑㄩㄝˊ 瘸 556 ㄑㄩㄝˋ 卻 99 怯 276 榷 417 確 585 闋 884 雀 895 鵲 954 ㄑㄩㄢ 圈 156 ㄑㄩㄢˊ 全 60 卷 98

拳 324 權 427 泉 456 痊 551 蜷 742 詮 777 銓 864 ㄑㄩㄢˇ 犬 518 甽 543 畎 543 ㄑㄩㄢˋ 券 74 勸 87 ㄑㄩㄣˊ 群 660 裙 757 ㄑㄩㄥ 穹 605 ㄑㄩㄥˊ 瓊 536 窮 608

【ㄒ】

ㄒㄧ 僖 51 兮 61 吸 116 嘻 146 奚 186 嬉 203 希 242 悉 283 攜 355 晰 378 曦 382 析 395 淅 466 溪 477 熙 504 熹 506 犀 517 犧 518 禧 593 稀 600 羲 660 膝 686 蜥 743 蟋 747 西 763 谿 791 蹊 815 釐 857

ㄒㄧˊ 媳 201 席 244 息 281 惜 285 昔 372 檄 424 熄 504 習 662 蓆 720 襲 763 錫 867

ㄒㄧˇ 喜 136 徙 270 洗 458 璽 536 鰓 947

ㄒㄧˋ 係 37 夕 178 戲 304 歙 430 汐 446 矽 579 系 630 細 636 繫 651 翕 662 隙 893

ㄒㄧㄚ 瞎 573 蝦 744

ㄒㄧㄚˊ 俠 35 匣 91 呷 119 峽 233 挾 325 暇 379 柙 396 狎 519 狹 521 瑕 533 轄 825 遐 840 霞 903 黠 963

ㄒㄧㄚˋ 下 2 嚇 151 夏 177 廈 255

ㄒㄧㄝ 些 15 歇 429 蠍 749

ㄒㄧㄝˊ 偕 46 協 94 斜 365 脅 678 諧 783 邪 846 鞋 908 頡 915

ㄒㄧㄝˇ 寫 220 血 751

ㄒㄧㄝˋ 卸 98 屑 229 懈 298 械 407 楔 413 榭 418 泄 453 瀉 490 燮 508 蟹 749 褻 761 解 768 謝 786 邂 845

ㄒㄧㄠ 削 76 哮 130 囂 153 宵 215 梟 408 消 460 瀟 491 硝 582 簫 621 蕭 726 逍 834 銷 864 霄 901

ㄒㄧㄠˇ 小 223 曉 381

ㄒㄧㄠˋ 嘯 148 孝 206 效 359 校 400 笑 612 肖 672 酵 852

ㄒㄧㄡ 休 23 修 43 咻 127 羞 658 脩 681

ㄒㄧㄡˇ 宿 216 朽 390

ㄒㄧㄡˋ 嗅 142 宿 216 岫 233 秀 596

喧 135 宣 212 萱 718 軒 821

ㄒㄩㄢˊ 懸 300 旋 369 漩 479 玄 526

ㄒㄩㄢˇ 選 843

ㄒㄩㄢˋ 旋 369 渲 470 炫 496 眩 539 絢 639

ㄒㄩㄣ 勛 85 燻 509 薰 729 醺 855

ㄒㄩㄣˊ 尋 222 循 272 旬 371 荀 709 詢 736 巡 837 馴 931

ㄒㄩㄣˋ 巽 241 徇 268 殉 434 汛 446 蕈 725 訊 770 訓 770 迅 830 遜 841 馴 931

ㄒㄩㄥ 兄 56 兇 57 凶 69 匈 88 洶 459 胸 679

ㄒㄩㄥˊ 熊 504 雄 896

【ㄓ】

ㄓ 之 9 卮 97 只 108 支 356 枝 394 梔 408 氏 441 汁 444 知 577 織 650 肢 674 脂 678 芝 701 蜘 743 隻 895

ㄓˊ 值 40 執 167 姪 195 擲 353 植 411 殖 435 直 567 職 670 質 803 躑 818

ㄓˇ 只 108 咫 126 址 161 徵 272 指 323 旨 371 止 431 祉 590 祇 590 紙 634 趾 810 黹 964

ㄓˋ 制 75 峙 233 幟 247 志 274 摯 345 智 379 治 455 滯 481 炙 496 痔 551 痣 552 知 578 秩 598 稚 608 窒 606 緻 645 置 656 至 691 致 692 蛭 739 製 759 誌 777 識 787 質 803 輊 823 雉 897

ㄓㄚ 喳 138 扎 308 查 398 楂 399 渣 470

ㄓㄚˊ 扎 308 札 390 炸 497 紮 635 鍘 868 閘 882

ㄓㄚˇ 眨 570

ㄓㄚˋ 乍 9 吒 112 搾 340 柵 398 榨 416 炸 497 蚱 738 詐 774

ㄓㄜ 折 313 螫 747 遮 842

ㄓㄜˊ 哲 128 懾 300 折 313 摺 345 蟄 740

窄	ㄓㄞˇ	翟	宅	ㄓㄞˊ	齋	摘	ㄓㄞ	著	˙ㄓㄜ	鷓	這	蔗	浙	ㄓㄜˋ	赭	褶	者	ㄓㄜˇ	輙	輒	褶
606		662	210		967	343		715		955	834	722	461		807	761	665		826	823	761

罩	照	櫂	棹	召	兆	ㄓㄠˋ	爪	沼	找	ㄓㄠˇ	著	ㄓㄠˊ	釗	著	朝	昭	招	ㄓㄠ	寨	債	ㄓㄞˋ
656	502	426	410	106	57		510	452	312		715		858	715	387	374	317		219	49	

皺	晝	宙	咒	胄	ㄓㄡˋ	肘	帚	ㄓㄡˇ	軸	妯	ㄓㄡˊ	週	舟	粥	洲	州	周	ㄓㄡ	趙	詔	肇
562	376	212	119	64		673	243		822	194		837	696	627	456	238	121		808	773	671

湛	棧	暫	戰	占	佔	ㄓㄢˋ	輾	盞	斬	嶄	展	ㄓㄢˇ	霑	詹	瞻	沾	氈	占	ㄓㄢ	冑	紂
471	410	380	304	96	28		825	565	366	237	229		902	777	576	452	441	96		676	631

診	疹	枕	ㄓㄣˇ	針	貞	臻	箴	禎	砧	真	甄	珍	榛	楨	斟	偵	ㄓㄣ	顫	蘸	綻	站
774	550	393		858	796	692	619	593	580	570	538	528	417	415	365	46		919	732	641	610

長	漲	掌	ㄓㄤˇ	章	蟑	璋	獐	漳	樟	彰	張	ㄓㄤ	鴆	震	陣	鎮	賑	枕	朕	振	ㄓㄣˋ
878	481	336		911	746	534	524	478	419	265	261		951	901	888	872	801	393	386	326	

睜	癥	猙	爭	正	掙	怔	徵	征	崢	ㄓㄥ	障	賬	脹	瘴	漲	杖	幛	帳	仗	丈	ㄓㄤˋ
572	557	522	511	431	334	276	272	267	235		893	802	682	556	481	392	246	245	21	3	

箏 618　蒸 722　諍 782　錚 868

ㄓㄥˇ　拯 323　整 363

ㄓㄥˋ　幀 246　掙 334　政 358　正 431　症 550　証 773　證 787　鄭 850

ㄓㄨ　侏 34　朱 390　株 404　珠 530　硃 582

茱 709　蛛 739　誅 776　諸 780　豬 793　銖 863

ㄓㄨˊ　朮 388　燭 508　竹 611　竺 611　築 620　躅 818　逐 835

ㄓㄨˇ　主 8　囑 154　屬 230　拄 316　渚 467　煮 501　矚 576

貯 798

ㄓㄨˋ　住 26　佇 26　助 82　柱 397　注 451　祝 591　苧 703　著 714　蛀 737　註 772　鑄 876　駐 931

ㄓㄨㄚ　抓 314

ㄓㄨㄚˇ　爪 510

ㄓㄨㄛ　捉 327　桌 403　棹 410

ㄓㄨㄛˊ　卓 94　啄 132　拙 319　斫 366　櫂 426　濁 487　濯 489　灼 494　琢 532　繳 652　茁 705　著 714　酌 851　鐲 876

ㄓㄨㄞˋ　拽 322

ㄓㄨㄟ　椎 412　追 834　錐 868

ㄓㄨㄟˋ　墜 173　惴 288　綴 642　贅 804

ㄓㄨㄢ　專 222　磚 586　顓 918

ㄓㄨㄢˇ　囀 153　轉 826

ㄓㄨㄢˋ　傳 50　撰 347　篆 619　賺 804　轉 826

ㄓㄨㄣ　肫 675　諄 780

ㄓㄨㄣˇ　准 67

準 477

ㄓㄨㄤ　妝 190　莊 711　裝 758

ㄓㄨㄤˋ　壯 177　撞 346　狀 519

ㄓㄨㄥ　中 6　忠 275　盅 563　終 637　衷 755　鍾 870　鐘 874

ㄓㄨㄥˇ　冢 65　塚 170　種 601　腫 683

踵 815

ㄓㄨㄥˋ　中 6　仲 24　眾 570　種 601　重 856

【ㄔ】

ㄔ　吃 111　嗤 142　痴 554　笞 613　蚩 736

ㄔˊ　匙 90　弛 260　持 322　池 446　治 455　踟 814

插差叉　飭赤翅熾斥啻叱　齒豉褫恥尺呎侈　馳遲

337 240 102 ㄔㄚ 923 806 661 505 366 135 108 ㄔˋ 968 792 761 280 226 113 33 ㄔˇ 930 843

澈撤掣徹坼　扯　車　詫衩岔剎　茶碴查搽察　杈

482 344 335 271 163 ㄔㄜˋ 313 ㄔㄜˇ 820 ㄔㄜ 774 754 232 75 ㄔㄚˋ 709 584 399 341 219 ㄔㄚˊ 391

炒吵　潮朝巢嘲　鈔超抄勦　豺柴　釵拆差　轍

ㄔㄡ 495 116 ㄔㄠˇ 485 387 239 146 ㄔㄠˊ 859 808 310 86 ㄔㄠ 794 403 ㄔㄞˊ 859 321 240 ㄔㄞ 826

攙摻　臭　醜瞅丑　酬躊綢籌稠疇愁惆儔仇　抽

ㄔㄢˊ 355 343 ㄔㄢ 691 ㄔㄡˋ 854 573 4 ㄔㄡˇ 852 818 643 623 600 547 291 285 54 19 ㄔㄡˊ 318

宸塵　嗔　懺　闡鏟諂產剷　饞讒蟬纏禪潺孱嬋單

215 171 ㄔㄣˊ 141 ㄔㄣ 300 ㄔㄢˋ 885 872 781 540 80 ㄔㄢˇ 928 790 748 653 594 486 208 203 138

嚐嘗償倘　鯧猖昌娼倡倀　趁讖櫬　陳辰臣沉晨忱

151 144 55 43 ㄔㄤˊ 947 522 372 199 42 41 ㄔㄤ 808 790 763 ㄔㄣˋ 889 829 690 447 377 274

乘丞　鐺稱瞠撐　暢悵唱倡　敞廠場　長裳腸常嫦

10 5 ㄔㄥˊ 876 601 574 346 ㄔㄥ 380 284 133 42 ㄔㄤˋ 361 256 168 ㄔㄤˇ 878 759 683 245 202

【ㄕ】

裳 759 ˙ㄕㄤ 尚 224 上 3 ㄕㄤˋ 賞 802 晌 376 上 3 ㄕㄤˇ 觴 768 湯 472 殤 435 商 131 傷 50 ㄕㄤ 蜃 741 腎 681 甚 539 滲 483 慎 291 ㄕㄣˋ 瀋 490

書 388 抒 313 ㄕㄨ 聖 668 盛 564 勝 85 剩 79 乘 10 ㄕㄥˋ 省 568 ㄕㄥˇ 繩 652 ㄕㄥˊ 聲 669 笙 613 甥 540 生 540 牲 816 昇 373 升 93 勝 85 ㄕㄥ

著 728 署 657 暑 378 數 362 屬 230 ㄕㄨˇ 贖 805 菽 716 秫 597 淑 465 孰 208 塾 172 叔 103 ㄕㄨˊ 輸 825 蔬 723 荼 712 舒 695 疏 548 殊 434 樞 419 梳 402

耍 666 ㄕㄨㄚˇ 刷 74 ㄕㄨㄚ 述 831 豎 792 術 752 署 656 漱 481 樹 422 束 391 曙 382 數 362 戍 302 恕 281 庶 253 墅 172 倏 47 ㄕㄨˋ 鼠 966 黍 960 蜀 741

睡 573 ㄕㄨㄟˋ 水 444 ㄕㄨㄟˇ 蟀 746 率 524 帥 244 ㄕㄨㄞˋ 甩 541 ㄕㄨㄞˇ 衰 754 摔 343 ㄕㄨㄞ 鑠 877 碩 584 爍 509 朔 386 數 362 妁 189 ㄕㄨㄛˋ 說 778 ㄕㄨㄛ

【ㄖ】

爽 512 ㄕㄨㄤˇ 霜 902 雙 898 孀 205 ㄕㄨㄤ 順 913 舜 696 瞬 575 ㄕㄨㄣˋ 吮 116 ㄕㄨㄣˇ 涮 465 ㄕㄨㄢˋ 閂 879 栓 405 拴 324 ㄕㄨㄢ 說 779 稅 599

ㄖㄢˊ 肉 672 ㄖㄡˋ 鞣 909 蹂 815 柔 397 揉 336 ㄖㄡˊ 繞 650 ㄖㄠˋ 擾 353 ㄖㄠˇ 饒 928 蟯 748 ㄖㄠˊ 熱 505 ㄖㄜˋ 若 704 惹 290 ㄖㄜˇ 日 370 ㄖˋ

然 500　燃 507　髯 940

ㄖㄢˇ　冉 63　染 396　苒 704

ㄖㄣˊ　人 18　仁 18　任 24　壬 176

ㄖㄣˇ　忍 274　稔 601　荏 708

ㄖㄣˋ　仞 22　任 24　刃 70　妊 191　紉 631　認 778　軔 821　韌 910　飪 922

ㄖㄤˊ　攘 354　瓤 538

ㄖㄤˇ　嚷 152　壤 176

ㄖㄤˋ　讓 790

ㄖㄥ　扔 308

ㄖㄥˊ　仍 19

ㄖㄨˊ　儒 54　嚅 151　如 189　孺 209　濡 490　茹 709　蠕 749

ㄖㄨˇ　乳 12　汝 445

ㄖㄨˋ　入 59　褥 761　辱 829

ㄖㄨㄛˋ　偌 45　弱 261　箬 620　若 704

ㄖㄨㄟˇ　蕊 725

ㄖㄨㄟˋ　瑞 533　睿 573　銳 865

ㄖㄨㄢˇ　軟 821　阮 886

ㄖㄨㄣˋ　潤 486　閏 880

ㄖㄨㄥˊ　容 215　嶸 237　戎 301　榮 416　榕 416　溶 474　熔 503　絨 638　茸 707　蓉 720　融 746　鎔 870

ㄖㄨㄥˇ　冗 65

【ㄗ】

ㄗ　吱 117　咨 123　姿 194　孜 207　孳 208　淄 469　滋 479　緇 644　茲 708　諮 783　資 800　貲 800　輜 825　髭 940　齊 967　齜 968

ㄗˇ　仔 20　姊 193　子 205　梓 405　滓 474　秄 625　紫 638

ㄗˋ　字 206　恣 280　漬 479　自 691

ㄗㄚ　匝 90

ㄗㄚˊ　咱 126　砸 580　雜 897

ㄗㄜˊ　則 77　咋 122　嘖 145　擇 350　澤 487　責 797

ㄗㄜˋ　仄 20

ㄗㄞ　哉 123　栽 403　災 495

ㄗㄞˇ　宰 214　載 822

ㄗㄞˋ　再 64　在 159　載 822

ㄗㄟˊ　賊 800

ㄗㄠ　糟 629　遭 843

ㄗㄠˊ　鑿 878

ㄗㄠˇ　早 371　棗 409　澡 487

藻 730　蚤 736

ㄗㄠˋ　噪 150　灶 494　燥 508　皂 560　躁 818　造 836

ㄗㄡ　鄒 849　鄹 850

ㄗㄡˇ　走 807

ㄗㄡˋ　奏 184　揍 337　驟 936

ㄗㄢ　簪 621

ㄗㄢˊ　偺 44　咱 126

ㄗㄢˇ　攢 355

ㄗㄢˋ　讚 790　贊 805

ㄗㄣˇ　怎 278

ㄗㄤ　臧 690　贓 805　髒 938

ㄗㄤˋ　奘 186　臟 689　葬 719　藏 728

ㄗㄥ　增 173　憎 296　曾 384

ㄗㄥˋ　贈 805

ㄗㄨ　租 598

ㄗㄨˊ　卒 94　族 368　足 809　鏃 872

ㄗㄨˇ　俎 38　祖 591　組 636　詛 773　阻 887

ㄗㄨㄛˋ　作 29　昨 375

ㄗㄨㄛˇ　佐 27　左 240

ㄗㄨㄛˋ　作 29　做 45　坐 161　座 253　柞 400　祚 591

ㄗㄨㄟˇ　嘴 150

ㄗㄨㄟˋ　最 64　罪 656　醉 853

ㄗㄨㄢ　鑽 877

ㄗㄨㄢˇ　纂 653

ㄗㄨㄢˋ　鑽 877

ㄗㄨㄣ　尊 222　樽 421　遵 843

ㄗㄨㄣˋ　圳 159

ㄗㄨㄥ　宗 211　椶 409　縱 649　蹤 816　鬃 941

ㄗㄨㄥˇ　傯 51　總 649

ㄗㄨㄥˋ　從 270　粽 627　綜 641　縱 649

【ㄘ】

ㄘ　差 240　疵 551　雌 897

ㄘˊ　慈 290　瓷 538　磁 584　祠 590　茲 708　詞 773　辭 829

ㄘˇ　此 431

ㄘˋ　伺 28　刺 74　次 428

ㄘㄚ　擦 352

ㄘㄜˋ　側 47　冊 63　廁 254　惻 288　測 473　策 614

ㄘㄞ　猜 521

ㄘㄞˊ　才 307　材 391　纔 653　裁 756　財 796

ㄘㄞˇ　彩 265　採 334　睬 572　綵 643　踩 814　采 855

ㄘㄞˋ　菜 717　蔡 724

ㄘㄠ　操 350　糙 630

ㄘㄠˊ

嘈 146　曹 384　槽 420　漕 482

ㄘㄠˇ　草 707

ㄘㄡˋ　湊 470

ㄘㄢ　参 101　餐 926

ㄘㄢˊ　慚 293　残 435　蠶 750

ㄘㄢˇ　惨 293

ㄘㄢˋ　燦 508

ㄘㄣ　参 101

ㄘㄣˊ　岑 231

ㄘㄤ　倉 44　傖 49　滄 477　艙 698　蒼 722

ㄘㄤˊ　藏 728

ㄘㄥˊ　層 230　曾 384

ㄘㄥˋ　蹭 817

ㄘㄨ　粗 626

ㄘㄨˋ　促 36　卒 94　簇 620　蹙 816　醋 853

ㄘㄨㄛ　差 240　搓 340　磋 585　蹉 815

ㄘㄨㄛˋ　厝 100　挫 328　措 331　撮 348　銼 866　錯 867

ㄘㄨㄟ　催 50　崔 236　摧 345

ㄘㄨㄟˋ　悴 284　瘁 553　粹 627　翠 662　脆 678　萃 713

ㄘㄨㄢ　躥 819

ㄘㄨㄢˊ　攢 355

ㄘㄨㄢˋ　爨 510　竄 609　篡 620

ㄘㄨㄣ　村 392　皴 562

ㄘㄨㄣˊ　存 206

ㄘㄨㄣˇ　忖 273

ㄘㄨㄣˋ　吋 110　寸 220

ㄘㄨㄥ　匆 88　囪 155　從 270　樅 421　聰 669　蔥 724

ㄘㄨㄥˊ　叢 104　從 270　淙 463

【ㄙ】

ㄙ　司 107　嘶 148　廝 256　思 277　撕 347　斯 366　私 595　絲 639　鷥 955

ㄙˇ　死 433

ㄙˋ　伺 28　似 29　俟 36　兕 58　嗣 142　四 155　姒 194　寺 221　巳 241　泗 454　祀 589　耜 667　肆 671　賜 803　飼 923　駟 931

ㄙㄚ　撒 347

ㄙㄚˇ　撒 348　灑 493

ㄙㄚˋ　卅 93　薩 728　颯 920

ㄙㄜˋ　嗇 141　圾 161　塞 169　澀 490　瑟 533　穡 604　色 699

ㄙㄞ　塞 169　腮 683　鰓 947

ㄙㄞˋ　塞 169　賽 804

ㄙㄠ　搔 342　繅 650

臊 687　艘 698　騷 934

ㄙㄠˇ　嫂 202　掃 332

ㄙㄠˋ　掃 332　燥 508　臊 687

ㄙㄡ　嗖 140　搜 341　蒐 722　颼 921　餿 927

ㄙㄡˇ　叟 104　嗾 143　擻 354　藪 730

ㄙㄡˋ　嗽 144

ㄙㄢ　三 2　叁 101　參 101

ㄙㄢˇ　傘 49　散 361

ㄙㄢˋ　散 361

ㄙㄣ　森 410

ㄙㄤ　喪 137　桑 403

ㄙㄤˇ　嗓 140

ㄙㄤˋ　喪 137

ㄙㄨ　囌 154　甦 541　穌 603　蘇 731　酥 852

ㄙㄨˊ　俗 37

ㄙㄨˋ　塑 170　夙 179　宿 216　溯 474　粟 626　素 633　肅 671　蓿 725　訴 774　速 835

ㄙㄨㄛ　唆 128　嗦 141　娑 196　梭 407　簑 619　縮 647　莎 709

ㄙㄨㄛˇ　嗩 141　所 306　瑣 534　索 633　鎖 871

ㄙㄨㄟ　綏 641　雖 897

ㄙㄨㄟˊ　隋 891　隨 894

ㄙㄨㄟˇ　髓 938

ㄙㄨㄟˋ　歲 433　燧 507　碎 582　祟 590　穗 603　遂 839　隧 893

ㄙㄨㄢ　痠 552　酸 852

ㄙㄨㄢˋ　算 617　蒜 721

ㄙㄨㄣ　孫 208　蓀 722　飧 922

ㄙㄨㄣˇ　損 342　榫 417　筍 615

ㄙㄨㄥ　嵩 237　松 395　淞 465　鬆 941

ㄙㄨㄥˇ　悚 282　慫 295　聳 670

ㄙㄨㄥˋ　宋 211　訟 772　誦 777　送 832　頌 915

【ㄚ】

ㄚ　啊 132　阿 887

ㄚ˙　啊 133

【ㄛ】

ㄛ　喔 137

ㄛˊ　哦 130

【ㄜ】

ㄜ　婀 199　阿 887

ㄜˊ　俄 37　哦 130　娥 198　峨 234　蚵 738　蛾 741　訛 772　額 917　鵝 953

ㄜˇ　噁 146　惡 286

ㄜˋ　厄 99　呃 114　噩 149

堊 166　惡 286　愕 288　扼 312　萼 719　軛 821　遏 840　鄂 849　顎 918　餓 925　鱷 949

【ㄞ】

ㄞ　哀 123　哎 123　唉 130　埃 165　挨 328

ㄞˊ　捱 332　癌 556　皚 561

ㄞˇ　矮 578　藹 730　靄 905

ㄞˋ　噯 150　愛 290　曖 382　璦 536　礙 588　艾 700　隘 892

【ㄠ】

ㄠ　凹 69

ㄠˊ　嗷 145　敖 359　熬 505　翱 663　聱 669　遨 842　鏖 873　鼇 964

ㄠˇ　媼 201　拗 320　襖 762

ㄠˋ　傲 49　奧 186　懊 298　拗 320　澳 488

【ㄡ】

ㄡ　區 92　嘔 144　歐 430　毆 437　甌 539　謳 786　鷗 955

ㄡˇ　偶 46　嘔 144　藕 730

ㄡˋ　嘔 144　漚 478

【ㄢ】

ㄢ　安 210　庵 254　氨 443　菴 714　鞍 908　鵪 954

ㄢˇ　俺 41

ㄢˋ　岸 232　按 322　暗 379　案 401　黯 963

【ㄣ】

ㄣ　恩 281

˙ㄣ　嗯 142

ㄣˋ　摁 341

【ㄤ】

ㄤ　腌 682　骯 937

ㄤˊ　昂 372

ㄤˋ　盎 564

【ㄦ】

ㄦˊ　兒 59　而 665

ㄦˇ　洱 458　爾 512　耳 667　邇 845　餌 924

ㄦˋ　二 14　貳 798

【一】

一　一 1　伊 22　依 31　壹 177　揖 338　漪 482　衣 753　醫 854

一ˊ　儀 53　咦 124　圯 160　夷 182　姨 195　宜 212　彝 264　怡 277　疑 548　移 598　胰 678　蛇 737　貽 798　迤 830　遺 844　頤 917　飴 923

乙 10　以 20　倚 40　已 241　旖 369　椅 409　矣 577　蛾 741　蟻 748

一ˋ

亦 16　佾 34　億 53　刈 71　噫 149　囈 154　奕 184　屹 231　弈 258　弋 258　役 266　意 289

憶 298　懿 301　抑 315　易 372　曳 383　毅 437　泄 453　溢 474　異 545　疫 549　益 563　縊 647　繹 651　義 659　羿 661　翌 661　翳 663　翼 663　肄 671　臆 687　艾 700　藝 729

蜴 743　衣 753　裔 753　詣 775　誼 779　議 788　譯 789　軼 822　逸 837　邑 846　驛 936

ㄧㄚ

丫 6　呀 117　啞 132　壓 174　押 318　鵶 951　鴨 952

ㄧㄚˊ

涯 465　牙 514

芽 701　蚜 736　衙 752

ㄧㄚˇ

啞 132　雅 895

ㄧㄚˋ

亞 15　揠 338　訝 771　軋 820

˙ㄧㄚ

呀 117

ㄧㄛ

唷 127

ㄧㄝ

噎 147　掖 329

ㄧㄝˊ

斜 365　椰 414　爺 512

琊 530　耶 667

ㄧㄝˇ

也 11　冶 66　野 857

ㄧㄝˋ

咽 125　夜 179　掖 329　業 412　液 463　腋 681　葉 718　謁 784　靨 907　頁 912

ㄧㄞˊ

崖 235

ㄧㄠ

幺 8　吆 112

喲 139　夭 182　妖 190　腰 683　要 764　邀 845

ㄧㄠˊ

堯 168　姚 195　搖 342　淆 468　爻 512　瑤 534　窯 608　肴 675　謠 785　遙 842

ㄧㄠˇ

咬 122　杳 393　窈 606　舀 693

ㄧㄠˋ

樂 421　耀 664　藥 730　要 763　鑰 874　鷂 954

ㄧㄡ

優 55　幽 250　悠 283　憂 294

ㄧㄡˊ

尤 225　油 454　游 469　猶 522　猷 523　由 542　遊 838　郵 849　魷 945

奄	咽		鼬	鈾	釉	誘	莠	祐	柚	幼	宥	右	又	佑		黝	酉	牖	有	友	
184	124	ㄧㄢ	966	861	869	779	712	590	390	250	213	106	102	27	ㄧㄡˋ	963	850	514	385	102	ㄧㄡˇ

蜒	簷	筵	研	炎	沿	檐	延	巖	岩	妍	嚴		醃	菸	胭	燕	煙	焉	淹	殷	嫣
742	623	617	579	495	455	424	257	238	232	191	153	ㄧㄢˊ	853	713	678	506	501	499	465	436	203

彥	宴	堰	嚥	唁	咽	厭		鼴	魘	衍	眼	演	掩	兗	儼	偃		鹽	顏	閻	言
265	215	169	152	127	124	100	ㄧㄢˋ	966	945	752	570	478	332	59	55	45	ㄧㄢˇ	957	918	883	768

	音	陰	茵	湮	氤	殷	慇	姻	因		驗	饜	雁	贗	豔	諺	硯	燄	燕	焰	晏
ㄧㄣˊ	911	890	708	471	443	436	292	196	155	ㄧㄣ	936	928	895	806	792	782	582	507	506	500	376

	飲	蔭	胤	印		飲	隱	蚓	癮	殷	引	尹		齦	霪	銀	淫	寅	夤	垠	吟
ㄧㄤ	923	723	677	97	ㄧㄣˋ	923	894	736	558	436	260	9	ㄧㄣˇ	968	903	863	467	216	180	164	117

養	癢	氧	仰		颺	陽	羊	瘍	煬	烊	洋	楊	揚	佯		鴦	鞅	秧	泱	殃	央
925	557	434	24	ㄧㄤˇ	921	891	658	554	503	498	456	415	339	31	ㄧㄤˊ	952	908	598	454	434	182

瀛	楹	嬴		鸚	鷹	鶯	英	膺	纓	瑛	櫻	應	嬰	嚶		養	漾	樣	恙	怏	
491	415	204	ㄧㄥˊ	956	955	954	705	687	653	534	427	298	204	153	ㄧㄥ	925	479	418	286	276	ㄧㄤˋ

熒 504　營 508　瑩 535　盈 563　縈 647　螢 746　蠅 748　嬴 805　迎 830

ㄧㄥˇ　影 266　景 378　穎 603

ㄧㄥˋ　應 298　映 374　硬 582

【ㄨ】

ㄨ　嗚 142　圬 160　屋 228　巫 240　汙 445　烏 498　誣 778　鎢 871

ㄨˊ　亡 16　吾 113　吳 114　唔 129　梧 406　毋 438　無 500　蕪 726　蜈 740

ㄨˇ　五 15　伍 23　侮 37　午 93　嫵 204　捂 327　武 432　舞 696　鵡 954

ㄨˋ　兀 56　務 84　勿 88　塢 171　寤 219　悟 289　惡 286　戊 301　晤 377　物 516　誤 778　霧 903　鶩 934

ㄨㄚ　哇 124　挖 321　窪 607　蛙 739

ㄨㄚˊ　娃 195

ㄨㄚˇ　瓦 538

ㄨㄚˋ　襪 763

ㄨㄛ　倭 43　渦 472　窩 607　萵 719

ㄨㄛˇ　我 302

ㄨㄛˋ　喔 137　握 338　斡 365　沃 450　渥 470　臥 690　齷 969

ㄨㄞ　歪 432

ㄨㄞˇ　歪 432

ㄨㄞˋ　外 178

ㄨㄟ　偎 46　威 196　萎 716

ㄨㄟˊ　危 97　唯 134　圍 157　巍 238　帷 245　微 271　惟 285　桅 404　為 496　維 643　薇 728　違 839　闈 884　韋 910

ㄨㄟˇ　偉 46　委 192　娓 197　尾 227　猥 522　痿 554　緯 644　葦 718　諉 781　鮪 946

ㄨㄟˋ　位 25　偽 44　味 117　喂 136　尉 221　慰 295　未 389　渭 472　為 496　畏 544　胃 676　蔚 723　蝟 744　衛 752　謂 784　餵 927　魏 944

ㄨㄢ　剜 77　彎 263　灣 493　蜿 742　豌 792

ㄨㄢˊ　丸 7　完 211　玩 527　頑 914

字	頁碼
宛	212
淵	466
蔿	950
鴛	952
ㄩㄢˊ	
元	56
原	100
員	129
園	157
圓	157
垣	164
媛	200
援	339
沅	448
源	475
爰	511
猿	523
緣	646
袁	755
轅	826
ㄩㄢˇ	
遠	841
ㄩㄢˋ	
怨	278
愿	292
苑	706
遠	841
院	888
願	919
ㄩㄣ	
暈	379
氳	444
ㄩㄣˊ	
云	14
勻	87
員	129
昀	373
筠	616
紜	634
耘	666
雲	899
ㄩㄣˇ	
允	56
隕	893
ㄩㄣˋ	
孕	206
慍	291
暈	379
熨	505
蘊	731
運	838
醞	854
韻	912
ㄩㄥ	
傭	49
壅	174
庸	253
臃	687
邕	846
雍	897
ㄩㄥˇ	
俑	35
勇	83
恿	283
擁	349
永	444
ㄩㄥˇ (續)	
泳	451
湧	470
甬	541
蛹	740
詠	772
踴	814
ㄩㄥˋ	
佣	29
用	541

國家圖書館出版品預行編目資料

小學生常用字典／李行健主編 . -- 四版 .--
臺北市：五南圖書出版股份有限公司，
2023.01
面；　公分
ISBN 978-626-343-460-8（平裝）

1.CST: 漢語詞典

802.3　　　　111016399

1A64

小學生常用字典

主　　編	李行健
總經理	楊士清
總編輯	楊秀麗
副總編輯	黃文瓊
執行編輯	黃文瓊　吳雨潔
封面設計	姚孝慈　王麗娟

原出版者	語文出版社
出版者	五南圖書出版股份有限公司
發行人	楊榮川

地　　址：台北市大安區 106
和平東路二段 339 號 4 樓
電　　話：(02)27055066（代表號）
傳　　真：(02)27066100
劃　　撥：01068953
網　　址：https://www.wunan.com.tw
電子郵件：wunan@wunan.com.tw

顧　　問　林勝安律師

版　　刷　2005 年 2 月　初版一刷
2011 年 11 月　二版一刷
2019 年 5 月　三版一刷
2023 年 1 月　四版一刷
2024 年 1 月　四版二刷

定　　價　350 元整

部首查字表

一畫

一	丨	丶	丿	乙	亅
1	6	7	8	10	12

二畫

二	亠	人	儿	入	八	冂	冖	冫	几	凵	刀	力	勹	匕	匚	匸	十	卜	卩	厂	厶	又
14	15	18	56	59	60	63	64	65	68	68	70	81	87	89	90	91	92	95	96	99	101	102

三畫

口	囗	土	士	夊	夕	大	女	子	宀	寸	小	尢	尸	屮	山	巛
104	154	158	176	177	178	180	187	205	209	220	223	225	226	230	231	238

工	己	巾	干	幺	广	廴	廾	弋	弓	彐	彡	彳
239	240	241	247	249	250	257	257	258	259	264	264	266

四畫

心	戈	戶	手
272	301	305	307

支	攴	文	斗	斤	方	无	日	曰	月	木	欠	止	歹	殳	毋	比	毛	氏
356	357	363	364	365	367	369	370	382	385	388	428	430	433	436	437	439	439	441

气	水	火	爪	父	爻	爿	片	牙	牛	犬
442	444	493	510	511	512	513	513	514	515	518

五畫

玄	玉	瓜	瓦	甘	生
526	526	537	538	539	540

用	田	疋	疒	癶	白	皮	皿	目	矛	矢	石	示	禸	禾	穴	立
541	542	547	548	558	559	562	562	567	577	577	578	589	594	595	604	609

六畫

七畫

八畫

九畫

十畫

十一畫

十二畫

十三畫

十四畫

十五畫

十六畫

十七畫